Histoire
de la pensée chinoise

Du même auteur

Entretiens de Confucius
(traduction du chinois et présentation)
Seuil, « Points Sagesses » n° 24, 1981, 2014

Étude sur le confucianisme Han
L'élaboration d'une tradition exégétique
sur les Classiques
*Collège de France
Institut des hautes études chinoises, 1985*

La Pensée en Chine aujourd'hui
(direction)
Gallimard, « Folio Essais » n° 486, 2007

La Chine pense-t-elle ?
Fayard, 2009

Anne Cheng

Histoire
de la pensée chinoise

Éditions du Seuil

ISBN 978-2-7578-4444-1
(ISBN 978-2-02-012559-8, 1ʳᵉ publication)

© Éditions du Seuil, 1997

Le Code de la propriété intellectuelle interdit les copies ou reproductions destinées à une utilisation collective. Toute représentation ou reproduction intégrale ou partielle faite par quelque procédé que ce soit, sans le consentement de l'auteur ou de ses ayants cause, est illicite et constitue une contrefaçon sanctionnée par les articles L. 335-2 et suivants du Code de la propriété intellectuelle.

pour Clara et Julia

à la mémoire de Yining

Qui se hisse sur la pointe des pieds ne tient pas debout
Qui met les enjambées doubles n'arrive pas à marcher
Qui se pousse aux yeux de tous est sans lumière
Qui se donne toujours raison est sans gloire
Qui se vante de ses talents est sans mérite
Qui se targue de ses succès n'est pas fait pour durer

(*Laozi* 24)

Remerciements

À l'image de la tradition chinoise qu'il se propose de présenter, ce livre s'adresse aux générations à venir autant qu'il rend hommage aux maîtres dont l'enseignement l'a nourri. Parmi tous ceux qui m'ont inspiré l'amour de l'étude et montré la voie, trop nombreux pour être nommés ici, je dois une reconnaissance toute particulière à Jacques Gernet qui m'a fait l'honneur de prendre une part active et soutenue dans cette entreprise : dans le temps qu'il a passé sans compter à lire et annoter mon manuscrit, dans la rigueur bienveillante de ses remarques, dans les encouragements qu'il m'a prodigués aux heures difficiles, j'ai reconnu ce qui fait l'essence d'un maître, modèle d'érudition et d'humanité, d'exigence et de tolérance. Je tiens à exprimer ma gratitude à Jean-Pierre Diény pour sa minutieuse et enrichissante relecture et à Léon Vandermeersch pour le soutien qu'il m'a apporté depuis toujours sans faillir. Je remercie également Catherine Despeux et Michael Lackner de m'avoir fait bénéficier de leur expertise. Cette aventure n'aurait pu aboutir sans la confiance que m'ont témoignée les Éditions du Seuil en la personne de Jean-Pie Lapierre. Avec Brigitte Lapierre, il a été mon premier lecteur, à la fois attentif, critique et indulgent. C'est à la compétence et à l'efficacité d'Agnès Mathieu, de Véronique Marcandier Cezard et d'Isabelle Creusot que ce volume doit sa réalisation et sa diffusion. Grâce à l'aide toujours souriante des responsables de la bibliothèque de l'Institut des hautes études chinoises, notamment de Nicole Resche, j'ai pu me documenter dans les meilleures conditions possibles. Comme on peut l'imaginer, un travail de si longue haleine suppose de la part des proches – enfants, époux, parents, amis – un réconfort et une compréhension de tous les instants. Chaque page de ce livre est habitée de leur présence.

Sommaire

Avertissement, 17. – Abréviations, typographie, prononciation, 19. – Carte, 22-23. – Chronologie, 25.

Introduction 27

PREMIÈRE PARTIE
Les fondements antiques de la pensée chinoise
(IIe millénaire-ve siècle av. J.-C.)

1. La culture archaïque des Shang et des Zhou 47
2. Le pari de Confucius sur l'homme 61
3. Le défi de Mozi à l'enseignement confucéen 94

DEUXIÈME PARTIE
Libres échanges sous les Royaumes Combattants
(IVe-IIIe siècle av. J.-C.)

4. Zhuangzi à l'écoute du Dao 113
5. Discours et logique des Royaumes Combattants.. 143
6. Mencius, héritier spirituel de Confucius 159
7. Le Dao du non-agir dans le *Laozi* 188
8. Xunzi, héritier réaliste de Confucius 212
9. Les légistes 234

10. La pensée cosmologique 250
11. Le *Livre des Mutations* 268

TROISIÈME PARTIE
Aménagement de l'héritage
(IIIe siècle av. J.-C.-IVe siècle apr. J.-C.)

12. La vision holiste des Han 293
13. Le renouveau intellectuel des IIIe-IVe siècles 325

QUATRIÈME PARTIE
Le grand bouleversement bouddhique
(Ier-Xe siècle)

14. Les débuts de l'aventure bouddhique en Chine
(Ier-IVe siècle) 349
15. La pensée chinoise à la croisée des chemins
(V[e]-VIe siècle) 373
16. La grande floraison des Tang (VIIe-IXe siècle).... 393

CINQUIÈME PARTIE
La pensée chinoise
après l'assimilation du bouddhisme
(X[e]-XVIe siècle)

17. La renaissance confucéenne au début des Song
(X[e]-XIe siècle) 427
18. La pensée des Song du Nord (XIe siècle)
entre culture et principe................... 469
19. La grande synthèse des Song du Sud (XIIe siècle).. 495
20. Le recentrement sur l'esprit
dans la pensée des Ming (XIVe-XVIe siècle) 527

SIXIÈME PARTIE
Formation de la pensée moderne
(XVIIe-XXe siècle)

21. Esprit critique et approche empirique
  sous les Qing (XVIIe-XVIIIe siècle) 565
22. La pensée chinoise confrontée à l'Occident :
  l'époque moderne (fin XVIIIe-début XXe siècle). . . . 609

Épilogue 641

Bibliographie générale, 647. – Index, 651. – Table, 693.

Avertissement

Ce livre s'adresse à un public curieux, mais pas nécessairement spécialisé, avec une pensée particulière pour les étudiants, dont l'auteur connaît depuis nombre d'années les besoins pour assurer un enseignement universitaire sur l'histoire de la pensée chinoise. Le but n'est pas de permettre au lecteur d'acquérir une connaissance exhaustive, au demeurant impossible, mais de lui donner les moyens de trouver par lui-même des points d'insertion et de repère, de circuler librement dans un espace vivant, bref de ramer seul sur ce qui peut paraître un océan[1].

Sans doute serait-il vain de prétendre pouvoir tout dire, et une fois pour toutes. L'histoire passée de la pensée chinoise, comme toute histoire, est sans cesse à revoir à la lumière du présent. Des conceptions qui semblent communément admises sont périodiquement remises en question par des découvertes ou des recherches nouvelles. Sur certains aspects ou modes d'approche, pour lesquels l'auteur reconnaît volontiers son incompétence, il est fait ample référence aux travaux qui font autorité. En règle générale, l'effort a été de multiplier les indications bibliographiques (les sources secondaires se limitant aux langues européennes, à l'exclusion du chinois et du japonais) : elles visent à pallier ce qui ne manquera pas d'apparaître comme des lacunes aux initiés et aux spécialistes,

1. Par souci de ne pas décourager la curiosité de lecteurs désireux d'enrichir leur culture sans nécessairement avoir la volonté ou les moyens d'un investissement lourd, on a pris le parti d'insister davantage sur les grands courants de la pensée chinoise, quitte à laisser dans l'ombre des aspects, importants mais trop techniques, qui demanderaient des développements que ne permettent pas les dimensions de ce livre. Les informations qui peuvent intéresser des lecteurs plus spécialisés ont été confinées dans les notes.

et à permettre aux lecteurs qui le désirent de pousser plus avant.

La Chine étant une civilisation du livre, la plupart des œuvres citées ont fait l'objet à travers les siècles de multiples éditions. Pour des raisons de commodité et en pensant notamment aux étudiants, les références sont faites, dans la mesure du possible, à des éditions modernes, ponctuées et plus facilement accessibles. Pour les histoires dynastiques, à commencer par le *Shiji (Mémoires historiques)* de Sima Qian, il sera fait référence à l'édition de Pékin, Zhonghua shuju.

N.B. 1. : Les renvois internes se font non pas aux pages, mais aux intertitres des chapitres, ou de note à note (dans ce dernier cas, c'est parfois au texte appelant la note qu'il est fait référence).

N.B. 2. : Les notes sont regroupées en fin de chaque chapitre.

Abréviations, typographie, prononciation

Abréviations

r. = dates de règne.
SBBY : édition du *Sibu beiyao*, Shanghai, Zhonghua shuju, 1936.
SBCK : édition du *Sibu congkan*, Shanghai, Shangwu yinshuguan, 1919-1920 (suppléments 1934-1936).
ZZJC : édition du *Zhuzi jicheng*, Hong Kong, Zhonghua shuju, 1978, utilisée chaque fois que possible pour les textes des Royaumes Combattants et des Han.

Typographie

Certains noms ont systématiquement été dotés d'une majuscule initiale : Ciel, Terre, Homme (ce dernier mot est orthographié avec une majuscule uniquement dans les cas où il apparaît comme troisième terme dans la triade cosmique Ciel-Terre-Homme), Milieu, Classiques, Voie (écrite avec une majuscule lorsqu'il s'agit de la « Voie constante » ou du Dao, et avec une minuscule lorsqu'elle équivaut au nom commun « chemin », « méthode », auquel cas le mot chinois correspondant est transcrit en italique sans majuscule : *dao*).

L'usage de l'*italique* a été réservé aux mots et expressions non français (latin, anglais, etc.) et aux transcriptions du chinois, à l'exception de termes devenus familiers pour le public français : Yin/Yang, Dao (voir la remarque au paragraphe précédent).

En raison de l'abondance des homophones en chinois, on a indiqué, dans la mesure du possible, les caractères chinois à côté des transcriptions. En cas de doute, on peut toujours se reporter à l'index. Seule exception : la distinction importante, marquée par les majuscules et les minuscules, entre *LI* (ordre, principe) et *li* (rites), sur laquelle on s'est expliqué au chapitre 1, note 14.

Concernant les noms propres, il faut savoir que, dans la pratique chinoise (et japonaise), le nom de famille vient avant le nom personnel (pour éviter toute ambiguïté, les noms de famille, qu'ils soient chinois, japonais ou européens, sont donnés en majuscules dans les indications bibliographiques). En outre, dans la Chine classique, et parfois encore aujourd'hui, les individus sont connus sous plusieurs appellations. Nous avons pris le parti de ne mentionner que les plus usitées.

Prononciation

Dans cet ouvrage est adoptée la transcription dite *pinyin*, la plus usitée actuellement, mais voici quelques équivalences avec celle de l'École française d'Extrême-Orient (EFEO) pour donner une approximation de la prononciation :

– **c = ts'** (l'apostrophe indiquant une consonne aspirée), comme dans :
– ca = ts'a
– cai = ts'ai
– can = ts'an
– cang = ts'ang
– cao = ts'ao
– ce = ts'ö
– cen = ts'en
– ceng = ts'eng
– ci = ts'eu
– cong = ts'ong
– cou = ts'eou
– cuan = ts'ouan
– cui = ts'ouei
– cun = ts'ouen
– cuo = ts'uo

– **ch = tch'**, comme dans :
– chi = tch'e
– chou = tch'eou
– chui = tch'ouei

– chun = tch'ouen

– **d = t**, comme dans :
– Dao = Tao
– **g** (même suivi d'une voyelle) = **k**, comme dans :
– ge = ko
– gei = kei
– gen = ken
– gui = kouei
– guo = kouo

– **ji = ki** ou **tsi**, comme dans :
  jing = king ou tsing
  (Yijing = Yi-king,
  Daodejing = Tao-te-king)

– **qi = k'i** ou **ts'i** comme dans :
– qia = k'ia
– qian = ts'ien
– qiang = ts'iang
– qiao = ts'iao
– qie = ts'ie

Abréviations, typographie, prononciation

- qin = ts'in
- qing = ts'ing
- qiong = k'iong
- qiu = ts'ieou

- **qu = ts'iu**
- quan = ts'iuan
  (taijiquan = t'ai-ki-ts'iuan)
- que = ts'io
- qun = k'iun

- **ran = jan**
- ri = je
- rou = jeou
- ru = jou
- rui = jouei

- **shi = che**

- si = sseu

- **xi = si** ou **hi**
- xia = hia
- xian = hien
- xiang = hiang
- xiao = hiao
- xie = hie
- xin = sin ou hin
- xing = sing
- xiong = hiong
- xiu = hieou

- **xu = hiu**
- xuan = hiuan
- xue = siue
- xun = siun (Xunzi = Siun-tseu)

- **zh = tch**
- zha = tcha
- zhai = tchai
- zhan = tchan
- zhang = tchang
- zhao = tchao
- zhe = tchö
- zhen = tchen
- zheng = tcheng
- zhi = tche
- zhong = tchong
- zhou = tcheou
- zhu = tchou
- zhuan = tchouan
- zhuang = tchouang
  (Zhuangzi = Tchouang-tseu)
- zhun = tchouen
- zhuo = tchouo

- **z = ts**
- ze = tsö
  (Mao Zedong =
  Mao Tsö (ou Tse)-toung)
- zi = tseu (Laozi = Lao-tseu,
  Yangzijiang = Yang-tseu
  (ou tzé)-kiang)
- zou = tseou
- zu = tsou
- zui = tsouei
- zun = tsouen

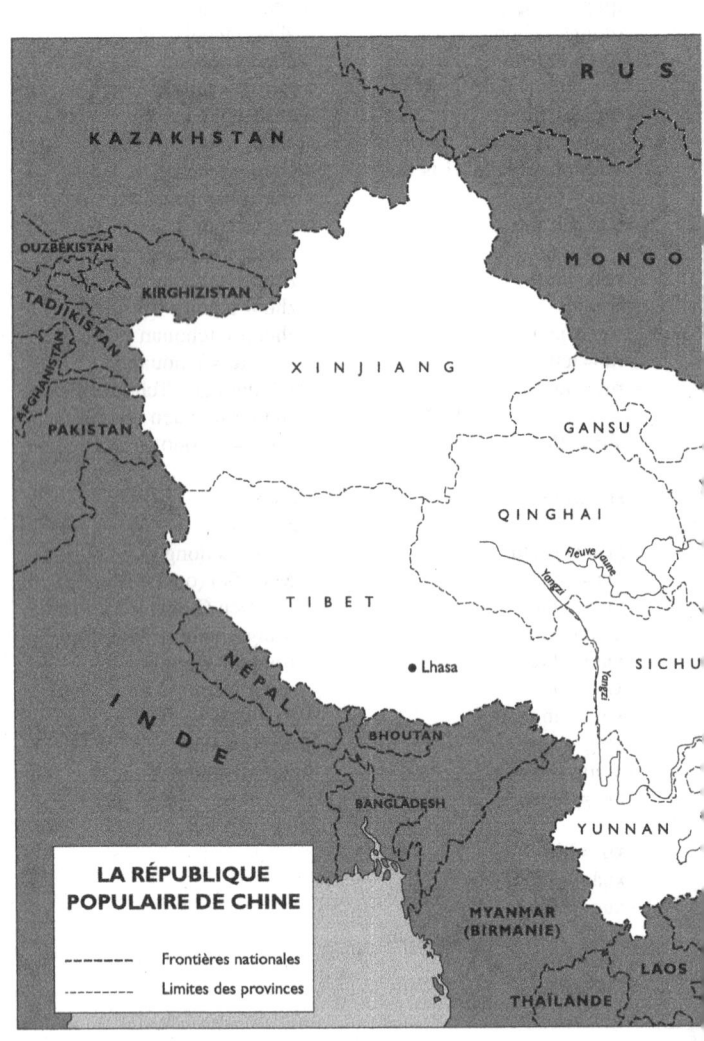

Chronologie

REPÈRES DYNASTIQUES	REPÈRES INTELLECTUELS
IIᵉ millénaire-XVIIIᵉ s. Dynastie Xia	
XVIIIᵉ s.-XIᵉ s. Dynastie Shang	Inscriptions divinatoires
XIᵉ s.-256 av. J.-C. Dynastie Zhou	Royauté féodale
Zhou occidentaux (XIᵉ s.-771)	Capitale Hao (actuelle Xi'an)
Zhou orientaux (770-256)	Capitale Luo (actuelle Luoyang)
Printemps et Automnes (722-481)	Confucius
Royaumes Combattants (403-256)	Mozi, Zhuangzi, Mencius, logiciens, etc.
221-207 Dynastie Qin (Premier Empereur)	Légistes, cosmologistes
206 av. J.-C.-220 apr. J.-C. Dynastie Han Han occidentaux (206 av. J.-C.-9 apr. J.-C.) dynastie Xin de Wang Mang (9-23) Han orientaux (25-220)	Sima Qian, Huang-Lao, *Huainanzi*, Dong Zhongshu, Yang Xiong Liu Xiang, Liu Xin Wang Chong, Zheng Xuan, Wang Fu, etc.
220-265 Dynastie Wei (Trois Royaumes)	Wang Bi, tradition taoïste, introduction du bouddhisme
265-316 Jin occidentaux	Guo Xiang Première période d'implantation du bouddhisme en Chine (Dao'an)
317-589 Dynasties du Nord et du Sud au Nord : Tuoba Wei, Wei orientaux et occidentaux, Qi du Nord, Zhou du Nord	À partir de 402 : Période d'indianisation du bouddhisme : au Nord : Kumârajîva, Seng Zhao (Mâdhyamika)
au Sud : Jin orientaux, Liu Song, Qi, Liang, Chen	au Sud : Huiyuan, Daosheng

581-618 Dynastie Sui	Xuanzang (Yogâcâra)
618-907 Dynastie Tang	Période de sinisation du bouddhisme : écoles Tiantai, Huayan, Terre pure, Chan Renaissance confucéenne : Han Yu, Li Ao
907-960 Cinq Dynasties (période de désunion)	
960-1279 Dynastie Song Song du Nord (960-1127) Liao (Khitan en Mongolie, 916-1125)	Fan Zhongyan, Ouyang Xiu, Wang Anshi, Shao Yong, Zhou Dunyi, Zhang Zai, Su Shi, Cheng Hao, Cheng Yi
Song du Sud (1127-1279) Jin (Jürchen en Mandchourie, 1115-1234)	Zhu Xi, Lu Xiangshan
1264-1368 Dynastie Yuan (Mongols)	Liu Yin, Xu Heng, Wu Cheng
1368-1644 Dynastie Ming	Chen Baisha, Wang Yangming, Wang Tingxiang, Luo Qinshun, Li Zhi, Liu Zongzhou. Luttes entre les partisans du Donglin et les eunuques. Société du Renouveau, missionnaires jésuites (Matteo Ricci)
1644-1912 : Dynastie Qing (Mandchous)	Fin XVIIe s. : Huang Zongxi, Gu Yanwu, Wang Fuzhi, Yan Yuan XVIIIe s. : Dai Zhen XIXe s. : Liu Fenglu, Wei Yuan, Gong Zizhen, Yan Fu, Kang Youwei, Liang Qichao, Tan Sitong, Zhang Binglin, Liu Shipei
1912 République de Chine, transférée à Taiwan à partir de 1949.	Mouvement du 4 mai 1919
1949 République populaire	

Introduction

Chine

Que percevons-nous de la Chine aujourd'hui ? Un brouhaha confus où se mêlent informations mirobolantes sur son économie, nouvelles alarmantes sur sa politique, et interprétations plus ou moins fondées sur sa culture. La Chine est cette grande portion d'humanité et de civilisation qui reste encore pour l'essentiel inconnue du monde occidental, sans avoir cessé de susciter sa curiosité, ses rêves, ses appétits – des missionnaires chrétiens du XVIIe siècle aux hommes d'affaires d'aujourd'hui en passant par les philosophes des Lumières ou les zélateurs du maoïsme. Comme le dit si justement Simon Leys :

> Du point de vue occidental, la Chine est tout simplement *l'autre pôle de l'expérience humaine.* Toutes les autres grandes civilisations sont soit mortes (Égypte, Mésopotamie, Amérique précolombienne), ou trop exclusivement absorbées par les problèmes de survie dans des conditions extrêmes (cultures primitives), ou trop proches de nous (cultures islamiques, Inde) pour pouvoir offrir un contraste aussi total, une altérité aussi complète, une originalité aussi radicale et éclairante que la Chine. C'est seulement quand nous considérons la Chine que nous pouvons enfin prendre une plus exacte mesure de notre propre identité et que nous commençons à percevoir quelle part de notre héritage relève de l'humanité universelle, et quelle part ne fait que refléter de simples idiosyncrasies indo-européennes. La Chine est cet Autre fondamental sans la rencontre duquel l'Occident ne saurait devenir vraiment conscient des contours et des limites de son Moi culturel[1].

Au moment où ressurgissent toutes les peurs et les tentations de l'irrationnel qui nous font osciller entre crainte du « péril jaune » et engouement pour les « sagesses orientales », il paraît plus que jamais nécessaire de jeter les bases d'une connaissance authentique, fondée sur le respect et l'honnêteté intellectuelle et non sur une image déformante qui cache le plus souvent une volonté de récupération. Dans une époque d'éclatement des identités et des certitudes s'offre à nous une chance rare de faire le point des ressources infiniment variées de l'intelligence et des aspirations humaines. À l'issue d'un siècle de bruit et de fureur, la culture chinoise parvient à un tournant d'une histoire continue de quatre mille ans. C'est aussi pour elle le moment ou jamais de dresser un état des lieux afin d'envisager clairement son avenir : est-elle encore capable de se nourrir de sa propre tradition ? que peut-elle avoir à dire d'essentiel à nous qui vivons dans l'Occident moderne ?

Inévitablement, c'est à partir de nos habitudes mentales que nous abordons la pensée chinoise, mais en est-elle pour autant condamnée à l'exotisme, à une pure extériorité ? Si grand que soit notre désir de la connaître, l'important – et le plus difficile – est d'apprendre à la respecter dans sa spécificité : l'interroger, mais aussi savoir se taire pour entendre sa réponse – voire, avant même de la presser de questions, se mettre à son écoute. On ne tentera donc pas de noyer les auteurs chinois sous des discours méthodologiques et encore moins de parler à leur place, mais au contraire de leur laisser le plus possible la parole en faisant la part belle aux textes. Commençons par accoutumer notre oreille à en distinguer la musique propre, les motifs récurrents comme les thèmes novateurs.

C'est donc un esprit à la fois critique et sympathique (au sens étymologique), un point de vue à la fois extérieur et intérieur, qui a inspiré ce livre. S'assignant principalement un rôle d'éveil, il ne vise pas à fournir une somme de connaissances comme autant de vérités acquises, mais à susciter des intérêts, des curiosités tout en donnant quelques moyens pour les satisfaire : certaines clés, livrées pour ce qu'elles valent, qui pourront être utiles au lecteur avant et afin qu'il soit en mesure de se forger les siennes propres. Loin de prétendre ériger un monument définitif, l'auteur a eu pour seule ambition de faire partager son plaisir de fréquenter de grands esprits et son regard formé à partir d'une double culture.

Histoire

Le genre qu'est devenue l'histoire intellectuelle est un exercice malaisé, tiraillé entre la linéarité de la chronologie et le travail en profondeur des idées. Si l'utilité en est discutable dans une culture donnée à l'intérieur de laquelle il y a communauté de langage et de références, elle l'est moins lorsqu'il faut faire connaître à un public non spécialisé une culture radicalement différente, dont les modes d'expression et les cadres de pensée semblent n'offrir aucune prise. Comme le souligne Jacques Gernet, « le plus difficile est d'être clair, quand il s'agit de faire participer à une pensée qui nous est véritablement étrangère et qui est ancrée sur une immense tradition. Le risque est grand des assimilations abusives [2] »...

Même si l'histoire intellectuelle chinoise ne manque pas de produire au regard occidental une impression de répétitivité – les problématiques du XIe, voire du XVIIIe siècle, revenant encore et toujours sur des notions apparues dès l'antiquité –, cette évolution moins linéaire que spiralée ne suffit pas à accréditer l'image par trop répandue d'une sagesse atemporelle et immuable. Elle ne dispense certainement pas d'une mise en perspective diachronique dont les penseurs chinois eux-mêmes, soucieux avant tout de répondre aux questions spécifiques de leur temps, avaient une conscience aiguë. Appréhender la tradition chinoise dans le long terme permet d'en découvrir la diversité et la vitalité, d'en saisir les variations autant que les constantes. La dimension historique assure en outre la distanciation nécessaire à l'exercice constant d'un esprit critique et prémunit du risque toujours présent de généralisation et d'extrapolation. Des notions développées tout au long d'une aussi longue tradition ne revêtent pas nécessairement le même sens à toutes les époques puisqu'elles interviennent dans des problématiques et des contextes toujours nouveaux.

L'importance de l'histoire tient à celle que la Chine a toujours accordée au social et au politique, même si l'individuel a pris une place importante dans les époques de désarroi. Il faut rappeler ici le statut particulier de l'intellectuel qui, surtout dans son statut de lettré-fonctionnaire à l'ère impériale, perd rarement de vue son rôle de « conseiller du prince ». De Confucius qui, au Ve siècle avant notre ère, développe la notion de

« mandat céleste » au déclin de la tradition canonique directement lié à la chute du régime impérial au début du XXe siècle, il semble que le destin de la pensée chinoise soit indissociable de celui des dynasties.

Dès la plus haute antiquité, à partir du milieu du IIe millénaire avant l'ère chrétienne, les tout premiers écrits témoignent des caractères originaux de la civilisation chinoise qui plonge ses racines dans le culte des ancêtres et dans le caractère divinatoire de l'écriture et de la rationalité. Avec le formidable pari sur l'homme lancé par Confucius se forge une éthique qui ne cessera plus de travailler la conscience chinoise. Sous les Royaumes Combattants (IVe-IIIe siècle), le discours s'affine dans un extraordinaire brassage d'idées dû à la multiplication des courants de pensée. C'est pendant cette période que tout se joue et se dessine : les données de départ, les atouts, les enjeux, ainsi que les orientations à venir.

Avec l'unification de la Chine par le Premier Empereur Qin en 221 av. J.-C., le pluralisme des Royaumes Combattants marque le pas. L'effervescence intellectuelle qui avait précédé l'instauration de l'empire connaît une première forme de stabilisation sous les Han (206 av. J.-C.- 220 apr. J.-C.). En même temps que se mettent en place les institutions et les habitudes politiques qui vont caractériser dans ses grandes lignes le système impérial chinois pendant ses deux mille ans d'existence, se dessine une identité culturelle chinoise fondée sur un ensemble de notions communes et sur une pensée déjà formalisée.

C'est au moment où semble triompher la *pax sinica* que la pensée chinoise aborde une nouvelle ère où elle se trouve confrontée à son « dehors ». Après la chute de la dynastie Han au IIIe siècle et l'effondrement de toute sa vision du monde, l'espace politique chinois connaît une fragmentation qui favorisera la résurgence des courants philosophiques des Royaumes Combattants et l'implantation du bouddhisme venu de l'Inde. Tout en s'adaptant à la société et aux mœurs chinoises, cette forme de pensée *a priori* étrangère transformera en profondeur tout l'acquis culturel jusqu'à permettre la grande floraison des Tang.

À la mesure de l'ampleur de l'influence bouddhique est l'immense effort consenti à partir de la fin du Ier millénaire par la tradition lettrée des Song pour se repenser de fond en comble en fonction de la nouvelle donne. En réaction contre ce renouveau jugé trop livresque, la dynastie Ming est marquée

Introduction 31

au XVᵉ-XVIᵉ siècle par une redécouverte des vertus de l'introspection, laquelle suscite par contre-réaction un retour aux valeurs pratiques, accéléré par l'instauration de la dynastie mandchoue des Qing.

Au moment où elle a fini d'assimiler le bouddhisme, la pensée chinoise est confrontée à la tradition, encore plus étrangère, du christianisme et des sciences européennes, d'abord par le truchement des missionnaires, puis à travers les contacts qui se multiplient tout au long du XIXᵉ siècle jusqu'à tourner aux agressions de la part des puissances occidentales. Au seuil du XXᵉ siècle, la Chine se trouve alors écartelée entre le poids écrasant de l'héritage du passé et l'exigence impérative de répondre au nouveau défi de l'Occident, compris comme celui même de la modernité. Le mouvement iconoclaste du 4 mai 1919 constituera la lisière symbolique de notre propos : le premier de cette ampleur à tourner résolument le dos à une tradition deux fois millénaire, il inaugure en effet une nouvelle ère, faite de contradictions et de conflits qui ne sont pas encore résolus.

Tradition

Si la chronologie fournit un cadre et des repères d'ensemble, le présent ouvrage est construit autour des préoccupations majeures des penseurs chinois : ce qui est au cœur des discussions et qui fait problème, mais aussi ce qui est sous-entendu, considéré comme allant de soi sans avoir besoin d'être explicité. Contrairement au discours philosophique hérité du *logos* grec qui éprouve le besoin constant de rendre compte de ses fondements et propositions, la pensée chinoise, opérant à partir d'un substrat commun implicitement accepté, ne saurait se présenter comme une succession de systèmes théoriques. Confucius, pourtant considéré comme le premier auteur chinois à s'exprimer en son propre nom, n'annonce-t-il pas d'emblée : « Je transmets, sans rien créer de nouveau[3] » ?

Il semble donc plus judicieux de mettre l'accent sur l'évolution des notions qui, étant la plupart du temps véhiculées par la tradition, ne sont pas propres à un auteur[4]. La pensée chinoise procédant d'un ensemble de présupposés, le travail proprement historique sera de cerner les enjeux et les débats qui font évoluer une tradition plus cumulative que dialectique. Chang Hao parle de nos jours de « dialogues internes », entendant par là « des discussions intellectuelles d'une nature spécifique qui se sont prolongées à travers les siècles dans toute la tradition chinoise. Celle-ci, à l'instar d'autres traditions de haute culture, a évolué en accumulant un fonds de questions et d'idées qui a tenu en haleine le monde intellectuel, génération après génération »[5]. Ce qu'on a voulu montrer ici est le tissage au cours du temps d'une tapisserie de « dialogues internes » qui finissent par laisser apparaître des motifs en relief. Autant que de suivre un fil chronologique, il s'agira donc d'esquisser un espace articulé où l'on puisse se repérer[6].

Pensée ou philosophie ?

Tout ce qui a été dit jusqu'ici semble interdire de qualifier la pensée chinoise de philosophie, titre que se réservent jalousement les héritiers du *logos*, refoulant les autres prétendants sur les marges : la pensée chinoise apparaît alors comme un stade « pré-philosophique », à moins qu'elle ne soit cantonnée au domaine de la « sagesse ». Puisqu'il faut bien admettre que « la philosophie parle grec »[7], à quoi bon contester le monopole à un « art de créer des concepts » qui semble se suffire à lui-même ? « L'Orient », nous dit-on, « ignore le concept, parce qu'il se contente de faire coexister le vide le plus abstrait et l'étant le plus trivial, sans aucune médiation[8]. » Il y a là l'expression d'un orgueil intellectuel qui, associé à la suprématie occidentale, explique que l'étiquette philosophique, devenue synonyme d'une dignité que toute culture cherche à revendiquer pour elle-même, soit tant convoitée à l'heure actuelle. Comme l'a montré Joël Thoraval, la Chine n'a pas échappé à ce désir de reconnaissance en se dotant à l'époque moderne de la catégorie « philosophie », désignée par un néologisme emprunté au japonais à la fin du XIXe siècle (*zhexue* 哲學 japonais *tetsugaku*)[9].

Devant l'hétérogénéité des écrits des penseurs chinois (à part les traités qui développent de manière suivie un thème ou une notion, on trouve une abondante littérature de commentaires portant en premier lieu sur les Classiques, mais aussi – pêle-mêle – des poèmes, lettres, préfaces et autres écrits de circonstance), force est de constater la difficulté d'isoler un corpus

Introduction

textuel proprement « philosophique » par opposition au « religieux », au « littéraire » ou au « scientifique » (mais les stoïciens ne se sont-ils pas exprimés aussi dans des formes poétiques ou épistolaires ?). Cependant, on ne peut nier qu'il existe au sein de cette tradition foisonnante un certain nombre de textes porteurs d'intuitions fertiles qui ont nourri la pensée pendant des millénaires et qui font ressortir une belle cohérence dans la conception du monde et de l'homme ainsi qu'une grande constance dans l'effort de formulation. Dès l'époque pré-impériale s'élabore en effet un langage qui, à l'issue d'un processus d'affinement et de mise au point entre le Ve et le IIIe siècle, constitue un superbe instrument, merveilleusement affûté, pénétrant tous les interstices de la réalité et épousant à merveille les subtilités de la pensée.

Si ce langage, loin de donner, comme on l'a souvent dit, dans le vague, tend au contraire à une précision croissante de la formulation, le texte qu'il produit se présente rarement sous la forme d'un fil logique, linéaire et autosuffisant au sens où il fournirait lui-même les clés de sa compréhension. Le plus souvent, le texte constitue au sens propre un tissu qui suppose chez le lecteur une familiarité avec les motifs récurrents. Alors qu'il donne l'impression de ressasser des énoncés traditionnels, à la manière d'une navette qui passe et repasse inlassablement sur la même chaîne, c'est au motif qui se dessine peu à peu qu'il faut être attentif, car c'est lui qui est porteur de sens.

L'objet des débats est rarement explicité, sans que cela signifie qu'il n'y a pas de débats. Dans les textes des Royaumes Combattants s'instaurent de véritables combats d'idées qui sont cependant livrés de bien curieuse manière, surtout au regard des polémiques ouvertes de la tradition grecque, rompue à l'art oratoire sur l'agora ou au tribunal, aux débats contradictoires nourris de sophistique et de logique. Sur l'échiquier intellectuel de la Chine ancienne, la règle principale est de décrypter quelle notion est visée dans ce qui est dit, à quel débat il est fait référence, et en fonction de quelle pensée on peut en comprendre une autre. Les textes chinois s'éclairent dès lors que l'on sait à qui ils répondent. Ils ne peuvent donc constituer des systèmes clos puisque leur sens s'élabore dans le réseau des relations qui les constituent. Au lieu de se construire en concepts, les idées se développent dans ce grand jeu de renvois qui n'est autre que la tradition et qui en fait un processus vivant.

L'absence de théorisation à la façon grecque ou scolastique explique sans doute la tendance chinoise aux syncrétismes. Il n'y a pas de vérité absolue et éternelle, mais des dosages. Il en résulte, en particulier, que les contradictions ne sont pas perçues comme irréductibles, mais plutôt comme des alternatives. Au lieu de termes qui s'excluent, on voit prédominer les oppositions complémentaires qui admettent le plus ou le moins : on passe du Yin au Yang, de l'indifférencié au différencié, par transition insensible.

En somme, la pensée chinoise ne procède pas tant de manière linéaire ou dialectique qu'en spirale. Elle cerne son propos, non pas une fois pour toutes par un ensemble de définitions, mais en décrivant autour de lui des cercles de plus en plus serrés. Il n'y a pas là le signe d'une pensée indécise ou imprécise, mais bien plutôt d'une volonté d'approfondir un sens plutôt que de clarifier un concept ou un objet de pensée. Approfondir, c'est-à-dire laisser descendre toujours plus profond en soi, dans son existence, le sens d'une leçon (tirée de la fréquentation assidue des Classiques), d'un enseignement (prodigué par un maître), d'une expérience (du vécu personnel). C'est ainsi que sont utilisés les textes dans l'éducation chinoise : objets d'une pratique plus que d'une simple lecture, ils sont d'abord mémorisés, puis sans cesse approfondis par la fréquentation des commentaires, la discussion, la réflexion, la méditation. Témoignages de la parole vivante des maîtres, ils ne s'adressent pas au seul intellect, mais à la personne tout entière ; ils servent moins à ratiociner qu'ils ne sont à fréquenter, à pratiquer et, finalement, à vivre. Car le but ultime recherché n'est pas la gratification intellectuelle du plaisir des idées, de l'aventure de la pensée, mais la tension constante d'une quête de sainteté. Non pas le toujours mieux raisonner, mais le toujours mieux vivre sa nature d'homme en harmonie avec le monde.

Une pensée de plain-pied

Le langage dans la Chine ancienne ne vaut donc pas tant par sa capacité descriptive et analytique que par son instrumentalité. Si la pensée chinoise n'éprouve jamais le besoin d'expliciter ni la question, ni le sujet, ni l'objet, c'est qu'elle n'est pas préoccupée de découvrir une quelconque vérité d'ordre théorique. Cela est peut-être à mettre en relation avec une écriture bien particulière, radicalement différente des systèmes de notation phonétique propres aux langues alphabétiques européennes. D'origine divinatoire, elle est accréditée de pouvoirs magiques associés plus généralement à tout signe visible.

Au lieu de s'appuyer sur des constructions conceptuelles, les penseurs chinois partent des signes écrits eux-mêmes. Loin d'être une concaténation d'éléments phonétiques en soi dépourvus de signification, chacun d'eux constitue une entité porteuse de sens et se perçoit comme une « chose parmi les choses ». Quand un auteur chinois parle de « nature », il pense au caractère écrit 性 – composé de l'élément 生 qui désigne ce qui naît ou ce qui vit, et du radical du cœur/esprit – lequel infléchit sa réflexion sur la nature, humaine en particulier, dans un sens vitaliste. De par la spécificité de son écriture, la pensée chinoise peut se figurer qu'elle s'inscrit dans le réel au lieu de s'y superposer[10]. Cette proximité ou fusion avec les choses relève sans doute elle-même de la représentation, mais elle n'en détermine pas moins une forme de pensée qui, au lieu d'élaborer des objets dans la distance critique, tend au contraire à rester immergée dans le réel pour mieux en ressentir et en préserver l'harmonie.

Outre l'écriture, il faut souligner également les particularités grammaticales du chinois ancien. La philosophie de l'Antiquité grecque et latine ne se conçoit pas sans l'existence de préfixes privatifs, de suffixes qui permettent l'abstraction, etc. Il est bien connu que la scolastique médiévale procède en grande partie d'une réflexion sur les catégories de la grammaire latine : distinction du substantif et de l'adjectif, du passif et de l'actif (sujet/objet), verbe d'existence, etc. Par contraste, le chinois n'est pas une langue flexionnelle dans laquelle le rôle de chaque partie du discours est déterminé par le genre, la marque du singulier ou du pluriel, la déclinaison, la conjugaison, etc. : les relations sont indiquées seulement par la position des mots (chaque signe écrit, rappelons-le, constituant une unité de sens) dans la chaîne de la phrase. Il n'y a donc pas de structure de base du type sujet-prédicat qui tendrait à dire quelque chose à propos de quelque chose et qui poserait implicitement la question de savoir si la proposition est vraie ou fausse. Au regard des langues indo-européennes, l'un des faits les plus frappants est l'absence, en chinois ancien, du verbe

« être » comme prédicat, l'identité étant d'ailleurs indiquée par une simple juxtaposition. Pour reprendre la formule de Jean Beaufret : « La source est partout, indéterminée, aussi bien chinoise, arabe qu'indienne... Mais voilà, il y a l'épisode grec, les Grecs eurent l'étrange privilège de nommer la source être[11]. »

Il n'est, dès lors, guère étonnant que la pensée chinoise ne se soit pas constituée en domaines comme l'épistémologie ou la logique, fondées sur la conviction que le réel peut faire l'objet d'une description théorique dans une mise en parallèle de ses structures avec celles de la raison humaine. La démarche analytique commence par une mise à distance critique, constitutive aussi bien du sujet que de l'objet. La pensée chinoise, elle, apparaît totalement immergée dans la réalité : il n'y a pas de raison hors du monde.

Connaissance et action : Dao

Dans cette pensée de plain-pied avec les choses, l'emporte la réflexion moins sur la connaissance en soi que sur son rapport à l'action. Deux grandes orientations prédominent : l'une consiste à assigner l'action comme horizon à la connaissance (avec le souci constant de ne rechercher de connaissance que cautionnée par l'action), l'autre à dénier toute validité au rapport entre connaissance et action (c'est-à-dire à toute forme d'action cautionnée par la connaissance et à toute forme de connaissance orientée vers l'action). La première orientation, éminemment illustrée dans la tradition confucéenne, s'intéresse en priorité au passage effectif entre connaissance et action, compris en termes chinois de rapport entre le latent et sa manifestation visible, alors que la tradition taoïsante, qui représente la principale alternative, privilégie et cultive l'en-deçà, ou l'amont, du visible. L'axe connaissance-action comporte ainsi un double versant : le versant de la préoccupation politique (au sens d'un aménagement du monde selon la vision humaine) ; et celui de la vision artistique (au sens d'une participation de l'homme à la gestation du monde). Il n'est dès lors guère étonnant que l'on retrouve souvent tous ces aspects réunis dans le même individu qui peut être le plus naturellement du monde à la fois poète-peintre-calligraphe et conseiller du prince ou homme d'État.

Introduction

Plutôt qu'un « savoir quoi » (c'est-à-dire une connaissance propositionnelle qui aurait pour contenu idéal la vérité), la connaissance – conçue comme ce qui, sans en être encore, tend vers l'action – est avant tout un « savoir comment » : comment faire des distinctions afin de diriger sa vie et aménager l'espace social et cosmique à bon escient. Il ne s'agit donc pas d'une connaissance qui appréhende intellectuellement le sens d'une proposition, mais qui intègre le donné d'une chose ou d'une situation. Le discours des penseurs chinois, du moins avant le changement radical apporté par le bouddhisme, est d'ordre instrumental en ce qu'il est toujours et d'abord directement branché sur l'action. Confucius est le premier à exprimer sa hantise de voir son discours excéder ses actes. L'action ne se contente pas d'être une application du discours, elle en est la mesure, le discours n'ayant de sens que s'il a prise directe sur l'action.

C'est cette conception du rapport de la connaissance à l'action et, plus généralement, un doute persistant sur la validité du discours pour lui-même qui expliquent que la pensée chinoise antique ne se soit pas tant interrogée sur ce qu'est le phénomène de la connaissance, objet de l'épistémologie, qu'elle ne s'est mobilisée sur la question du rapport entre discours et effectivité (en termes chinois, entre « noms » et « réalités »). D'où l'idée que la façon même de nommer une chose a une incidence sur sa réalité effective. La vérité est d'abord d'ordre éthique, la préoccupation première étant de déterminer l'utilisation appropriée du discours, et non pas ce qui fait la vérité de dispositions mentales, de propositions, d'idées ou de concepts[12]. Mais, plutôt que d'une pensée réduite, comme c'est souvent le cas, à la dimension « pratique » ou « pragmatique », il conviendrait de parler d'une pensée d'emblée en situation et en mouvement, à la manière de la perspective cavalière en peinture qui, au lieu de supposer un point de vue idéal fixe, se déplace avec le regard à l'intérieur de l'espace pictural.

Un courant de pensée de la Chine ancienne ne cherche pas à proposer un système clos qui risquerait d'étouffer les virtualités vitales, mais un *dao* (plus communément transcrit *tao*) 道. Ce terme, dont on attribue souvent le monopole aux taoïstes, est en fait un terme courant dans la littérature antique, qui signifie « route », « chemin », et par extension « méthode », « manière de procéder » – sens littéral et figuré recouverts par le mot français « voie ». Mais du fait de la fluidité des catégories en chinois ancien, *dao* peut également signifier, dans une acception verbale, « marcher », « avancer », mais aussi – fait intéressant – « parler », « énoncer ». Ainsi, chaque courant de pensée a son *dao*, en ce qu'il propose un enseignement sous forme d'énoncés dont la validité n'est pas d'ordre théorique mais se fonde dans un ensemble de pratiques. Le *dao* structure l'expérience et, ce faisant, synthétise une perspective hors de laquelle la vérité du contenu explicite des textes ne saurait être évaluée.

Dans le *dao*, l'important n'est pas tant d'atteindre le but que de savoir marcher. « Ce à quoi nous donnons le nom de Dao », dit Zhuangzi au IVe siècle av. J.-C., « c'est ce que nous empruntons pour marcher ». Ou encore : « Ne fixe pas ton esprit sur un but exclusif, tu serais estropié pour marcher dans le Dao[13]. » La Voie n'est jamais tracée d'avance, elle se trace à mesure qu'on y chemine : impossible, donc, d'en parler à moins d'être soi-même en marche. La pensée chinoise n'est pas de l'ordre de l'être, mais du processus en développement qui s'affirme, se vérifie et se perfectionne au fur et à mesure de son devenir. C'est – pour reprendre une dichotomie bien chinoise – dans son fonctionnement que prend corps la constitution de toute réalité.

Unité et continuité : souffle

La pensée chinoise s'enracine dans un rapport de confiance foncière de l'homme à l'égard du monde dans lequel il vit, et dans la conviction qu'il possède la capacité d'embrasser la totalité du réel par sa connaissance et son action – totalité une à laquelle se rapporte l'infinie multiplicité de ses parties. Le monde en tant qu'ordre organique ne se pense pas hors de l'homme et l'homme qui y trouve naturellement sa place ne se pense pas hors du monde. C'est ainsi que l'harmonie qui prévaut dans le cours naturel des choses est à maintenir dans l'existence et les relations humaines. Au lieu d'apparaître du point de vue de Sirius comme une entité analysable ou dérisoire, le monde est perçu comme totalité à partir de l'intérieur de lui-même : c'est le sens de la fameuse figure du Yin/Yang, représentation du cheminement d'un point qui, en passant par le Yin naissant puis mûr et en se renversant dans le Yang, finit par décrire un cercle, image par excellence de la globalité.

L'unité recherchée par la pensée chinoise tout au long de son évolution est celle même du souffle (*qi* 氣), influx ou énergie vitale qui anime l'univers entier. Ni au-dessus ni en dehors mais dans la vie, la pensée est le courant même de la vie. Toute réalité, physique ou mentale, n'étant rien d'autre qu'énergie vitale, l'esprit ne fonctionne pas détaché du corps : il y a une physiologie non seulement de l'émotionnel, mais aussi du mental, voire de l'intellectuel, comme il y a une spiritualité du corps, un affinement ou une sublimation possible de la matière physique.

À la fois esprit et matière, le souffle assure la cohérence organique de l'ordre des vivants à tous les niveaux. En tant qu'influx vital, il est en constante circulation entre sa source indéterminée et la multiplicité infinie de ses formes manifestées. L'homme en est non seulement animé dans tous ses aspects, il y puise ses critères de valeur, qu'ils soient d'ordre moral ou artistique. Source de l'énergie morale, le *qi*, loin de représenter une notion abstraite, est ressenti jusqu'au plus profond d'un être et de sa chair. Tout en étant éminemment concret, il n'est cependant pas toujours visible ou tangible : ce peut être le tempérament d'une personne ou l'atmosphère d'un lieu, la puissance expressive d'un poème ou la charge émotionnelle d'une œuvre d'art. Depuis la phrase de Cao Pi au IIIe siècle apr. J.-C., « en littérature, la primauté est accordée au souffle », et celle de Xie He deux siècles plus tard, « en peinture, il s'agit d'animer les souffles harmoniques », le *qi* est au cœur de la pensée esthétique comme de l'éthique. C'est dans ce sens qu'on a pu dire que la culture chinoise est celle même du souffle.

Mutation

Dans une pensée qui privilégie le modèle génératif (dont la forme première se trouve peut-être dans le culte ancestral) par rapport au modèle causal, la ligne de pertinence, au lieu de séparer le transcendant de l'immanent, passe entre le virtuel et le manifeste. Perçus comme deux aspects d'une seule et même réalité en va-et-vient permanent, ils ne sont pas générateurs de « concepts disjonctifs » tels que être/néant, esprit/corps, Dieu/monde, sujet/objet, réalité/apparence, Bien/Mal, etc. Sensibles au risque inhérent au dualisme de figer la circulation du souffle vital dans un face-à-face sans issue, les Chinois ont préféré mettre en avant la polarité du Yin et du Yang qui préserve le courant alternatif de la vie et le caractère corrélatif de toute réalité organique : coexistence, cohérence, corrélation, complémentarité... Il en résulte une vision du monde, non pas comme un ensemble d'entités discrètes et indépendantes dont chacune constitue en elle-même une essence, mais comme un réseau continu de relations entre le tout et les parties, sans que l'un transcende les autres.

La conception de la réalité comme *continuum* tend à privilégier la notion de rythme cyclique (dans le cours naturel des choses comme dans les affaires humaines) plutôt que celle d'un commencement absolu ou d'une création *ex nihilo*. Si les textes chinois font occasionnellement référence à des représentations cosmogoniques de l'origine ou de la genèse du monde, celui-ci est représenté, de manière prédominante, comme allant « de soi-même ainsi », suivant un processus de transformation. La réflexion sur les fondements ne se pose guère la question des éléments constitutifs de l'univers et encore moins celle de l'existence d'un Dieu créateur : ce qu'elle perçoit comme première est la mutation, ressort du dynamisme universel qu'est le souffle vital.

Le souffle est un, mais pas d'une unité compacte, statique et figée. Vital, il est au contraire en circulation permanente, il est par essence mutation. C'est là une intuition originelle et originale de la pensée chinoise. Si Confucius affirme d'emblée la loi du temps en distinguant les différents âges de la vie, il ne s'agit pas d'une temporalité subie, mais au contraire pleinement vécue et assumée dans toutes les étapes de sa mutation qui débouche sur une forme de « liberté », non pas au sens de l'exercice d'un libre arbitre mais d'un accord parfait avec l'ordre des choses. L'une des intuitions centrales au *Laozi* (plus connu sous le titre de *Tao-te-king*), c'est que toute chose s'accomplit dans le retour qui est « le mouvement même du Dao », c'est-à-dire de la vie. Retour au Vide originel, à comprendre non pas comme point d'anéantissement mais comme synonyme de vivant et de constant. Vivant parce que le Vide, plutôt qu'un lieu où se résorbent les êtres, est ce par quoi le souffle jaillit et rejaillit. Constant parce que le Vide est ce qui permet la mutation tout en étant lui-même ce qui ne change pas. Dans la tradition interprétative du fameux *Livre des Muta-*

tions (*Yijing*, communément transcrit *Yi King*), les élaborations des confucéens et des taoïstes convergent dans une même intuition du souffle vital comme mutation, les premiers la comprenant en termes de « vie qui engendre la vie sans trêve » et les seconds en termes de Vide qui, étant par excellence virtualité, est paradoxalement la racine de la vie, alors que toute chose arrivée au « plein » se durcit et dépérit[14].

Relation et centralité

La continuité des parties au tout est aussi envisagée dans la réflexion chinoise sur la relation. Celle-ci n'est pas comprise comme un simple lien venant s'établir entre des entités préalablement distinctes, elle est constitutive des êtres dans leur existence et leur devenir. Confucius commence par situer notre humanité dans la relation qui nous unit du fait que nous vivons ensemble. Les couples d'opposés complémentaires qui structurent la vision chinoise du monde et de la société (Yin/Yang, Ciel/Terre, Vide/Plein, père/fils, souverain/ministre, etc.) déterminent une forme de pensée, non pas dualiste au sens disjonctif évoqué plus haut, mais ternaire en ce qu'elle intègre la circulation du souffle qui relie les deux termes. Dans son mouvement tournant et spiralé, il indique un centre qui, bien que jamais localisable et fixé d'avance, n'en est pas moins réel et constant.

En évoquant l'interaction et le devenir réciproque que leur rapport implique, le couple Ciel-Terre ne se borne pas à la simple addition de deux termes, il génère le troisième terme implicite qu'est la relation organique, vivante et créatrice, qui les constitue. Ce troisième terme, explicité par la spéculation cosmologique, n'est autre que l'homme qui, par sa participation active, « parachève » l'œuvre cosmique. C'est à travers lui et ce qui le relie à l'univers que les penseurs chinois ont axé leur réflexion sur la réalité de « ce qui naît entre » et sur ce qu'elle implique en termes de comportement moral : tel est le sens de la notion de « Milieu » *(zhong)*.

La traduction de *zhong* ne laisse pas d'être problématique et ouverte aux malentendus. À la fois nominal et verbal, il ne désigne pas seulement la centralité spatiale qu'évoque le terme de « milieu », mais aussi une vertu dynamique et agissante. En tant que substantif, c'est la voie juste qui implique le lieu adéquat et le moment propice ; en tant que verbe, c'est le mouvement de la flèche qui transperce la cible en plein cœur (représentée par la graphie 中). À l'image du tireur à l'arc qui frappe « dans le mille » en vertu de la simple justesse de son geste, assurée par son naturel et parfait accord avec le Dao, le *zhong* est pure efficacité de l'accomplissement rituel. On est loin du souci précautionneux de garder un « juste milieu » entre deux extrêmes ou d'un compromis frileux qui se satisferait d'un « moyen terme ». Comble du paradoxe : les penseurs chinois ont tout au contraire décrit le Milieu comme « l'extrémité de la poutre faîtière » (*ji* 極), celle qui tient ensemble tout l'édifice et dont tout le reste dérive[15]. Le « Grand Plan » de l'antique *Livre des Documents* y voyait déjà l'extrême exigence :

> Rien d'incliné, pas de parti pris : grande est la Voie royale. Pas de parti pris, rien d'incliné : plane est la Voie royale. Pas de retour en arrière ni de déviation : intègre et droite est la Voie royale. Tout converge vers l'extrême exigence, tout y revient[16].

Le Milieu n'est donc pas un point équidistant entre deux termes, mais bien plutôt ce pôle dont l'attraction nous tire vers le haut, créant et maintenant dans toute situation de vie une tension qui nous fait aspirer toujours davantage à la meilleure part de ce qui naît entre nous. Aux yeux de la pensée chinoise, cela revêt une importance vitale : faute de cette tension, de cette exigence constante maintenue au gré des mutations, l'ordre de la vie qu'est le Dao ne saurait se créer ni perdurer. En effet, le Milieu n'est autre que la loi du Dao. Dans le Vide que cultive l'intuition taoïste se reconnaît le centre, là où les forces vitales se créent et se régénèrent en vue d'une mutation harmonieuse et durable.

« Mieux vaut, dit le *Laozi*, rester au centre[17]. » Plutôt que de se laisser aller à la tentation facile de soigner les branches, partie visible et agréable à regarder, mieux vaut cultiver la racine de l'arbre qui, en tirant vie et nourriture au plus profond de la Terre tout en poussant – quoi qu'il arrive – vers le Ciel, est la parfaite image de la sagesse chinoise, de son sens de l'équilibre, de sa confiance dans l'homme et dans le monde. C'est probablement par ses racines, et non par ses branches, que la pensée chinoise entrera véritablement en communication avec son interlocuteur qui, après avoir été bouddhique, est aujourd'hui occidental. Son renouvellement est à ce prix.

Introduction

43

Notes

1. *L'Humeur, l'Honneur, l'Horreur. Essais sur la culture et la politique chinoises*, Paris, Robert Laffont, 1991, p. 60-61.
2. Cf. *L'Intelligence de la Chine. Le social et le mental*, Paris, Gallimard, 1994, p. 303.
3. *Entretiens* VII, 1, traduction d'Anne CHENG, Paris, Éd. du Seuil, 1981. De même qu'un auteur chinois ne peut se comprendre en dehors de la tradition qui le porte, l'emploi du terme *jia* 家, qui signifie « famille » ou « clan », pour désigner un courant de pensée montre bien que la tradition intellectuelle se transmet comme la tradition familiale. Dans les encyclopédies et autres classifications ou catalogues, une doctrine est définie non pas en fonction d'un auteur, mais à partir d'un corpus de textes transmis de génération en génération.
4. Les éléments biographiques seront, en conséquence, réduits au minimum, mentionnés seulement dans la mesure où ils contribuent à la compréhension de la pensée d'un auteur.
5. *Chinese Intellectuals in Crisis : Search for Order and Meaning 1890-1911*, Berkeley, University of California Press, 1987, p. 10.
6. L'originalité de la pensée chinoise se dessine bien plus dans ses enjeux que dans son contenu théorique. Dans cette perspective, il paraît nécessaire de renouveler le genre dans lequel se sont imposés des « monuments » tels que ceux de Feng Youlan ou de Hou Wailu, qui ont voulu présenter la philosophie chinoise comme une succession de théories dans laquelle il s'agissait notamment d'identifier les coïncidences avec des systèmes occidentaux – matérialisme marxiste, idéalisme kantien ou pragmatisme anglo-saxon, cf. FENG Youlan, *Zhongguo zhexue shi (Histoire de la philosophie chinoise)* en 2 vol., publiés pour la première fois à Shanghai en 1931 et 1934 ; et HOU Wailu *et al.*, *Zhongguo sixiang tongshi (Histoire générale de la pensée chinoise)*, Shanghai, Sanlian shudian, 1950. L'ouvrage de FENG Youlan (FUNG Yu-lan) a connu une fortune particulière, puisqu'il a été servi par la remarquable traduction en anglais de Derk BODDE, intitulée *A History of Chinese Philosophy*, 2 vol., Princeton University Press, 1952-1953 ; version fortement condensée et abrégée en traduction française dans *Précis d'histoire de la philosophie chinoise*, Éd. du Mail, 1985. Sur l'histoire complexe des différentes moutures de l'*Histoire de la philosophie chinoise* de FENG Youlan, cf. Michel MASSON, *Philosophy and Tradition. The Interpretation of China's Philosophic Past : Fung Yu-lan 1939-1949*, Taipei, Paris, Hongkong, Institut Ricci, 1985.

Depuis, toujours en anglais, nous disposons de compilations tout aussi monumentales mais plus axées sur les textes, cf. William Theodore DE BARY, CHAN Wing-tsit et Burton WATSON, *Sources of Chinese Tradition*, New York, Columbia University Press, 1960 ; et CHAN Wing-tsit, *A Source Book in Chinese Philosophy*, Princeton University Press, 1963. En français, Marcel GRANET a ouvert la voie d'une étude thématique dans un ouvrage qui est devenu un classique mais qui date quelque peu, cf. *La Pensée chinoise*, 1934, rééd. Albin Michel, 1968. Jacques GERNET, pour sa part, retrace l'évolution des idées dans la Chine classique dans le cadre d'une synthèse plus généralement historique, cf. *Le Monde chinois*, Paris, Armand Colin, 1972, 4ᵉ éd. revue et augmentée, 1999.

7. François CHATELET, « Du mythe à la pensée rationnelle », *in* Pierre AUBENQUE, Jean BERNHARDT et François CHATELET, *Histoire de la philosophie : La philosophie païenne (du VIᵉ siècle av. J.-C. au IIIᵉ siècle apr. J.-C.)*, Paris, Hachette, 1972, p. 17.

8. Opinion citée dans Gilles DELEUZE et Félix GUATTARI, *Qu'est-ce que la philosophie ?* Paris, Éd. de Minuit, 1991, p. 90.

9. Cf. « De la philosophie en Chine à la "Chine" dans la philosophie : Existe-t-il une philosophie chinoise ? », *Esprit*, n° 201 (mai 1994), p. 5-38.

10. C'est pour cette raison qu'il nous a paru important, quitte à les réduire à un strict minimum, de faire figurer certains caractères chinois dont la graphie est déterminante pour comprendre les notions qu'ils représentent.

Sur l'écriture chinoise, on peut consulter notamment Viviane ALLETON, *L'Écriture chinoise*, Presses Universitaires de France, collection « Que sais-je ? », 1970, 6ᵉ éd. révisée 2002 (du même auteur et dans la même collection, signalons également *Grammaire du chinois*, 1973, 3ᵉ éd. révisée 1997) ; Jean-François BILLETER, *L'Art chinois de l'écriture. Essai sur la calligraphie*, Genève, Skira, 1989, rééd. Skira/Seuil, 2001 ; William G. BOLTZ, *The Origin and Early Development of the Chinese Writing System*, New Haven (Conn.), American Oriental Society, 1994 ; QIU Xigui, *Chinese Writing*, traduit du chinois par Gilbert L. MATTOS & Jerry NORMAN, Berkeley, 2000.

11. Cité dans Gilles DELEUZE et Félix GUATTARI, *Qu'est-ce que la philosophie ?* p. 90-91. On se souvient des observations de Benveniste sur l'importance décisive du verbe « être » pour l'élaboration de la pensée ontologique dans les langues indo-européennes. Voir sur ce sujet l'important article d'Angus C. GRAHAM, « "Being" in Western Philosophy Compared with *shih/fei* and *yu/wu* in Chinese Philosophy », *Asia Major*, nouvelle série, 8, 2 (1961), p. 79-112.

12. Sur la question de la vérité sémantique, cf. Chad HANSEN, « Chinese Language, Chinese Philosophy and "Truth" », *Journal of Asian Studies*, 44, 3 (1985), p. 491-520 ; et la critique de Christoph HARBSMEIER, « Marginalia Sino-logica », *in* Robert E. ALLINSON, éd., *Understanding the Chinese Mind : The Philosophical Roots*, Oxford University Press, 1989, p. 155-161.

13. *Zhuangzi* 25 et 17, édition *Zhuangzi jishi* de GUO Qingfan, dans la série ZZJC, p. 396 et 258. Sur Zhuangzi, voir plus bas chap. 4.

14. Sur Confucius, le *Laozi* et le *Livre des Mutations*, voir plus bas chap. 2, 7 et 11.

15. Cf. par exemple Cheng Yi (philosophe du XIᵉ siècle, sur lequel voir chap. 18), *Yishu* 19, in *Er Cheng ji*, p. 256.

16. Cf. Séraphin COUVREUR, *Chou King, les annales de la Chine*, rééd. Cathasia, 1950, p. 201. Sur le « Grand Plan » *(Hongfan)*, un chapitre du *Livre des Documents (Shujing)*, voir plus bas chap. 10, note 20.

17. *Laozi* 5.

PREMIÈRE PARTIE

Les fondements antiques de la pensée chinoise
(IIe millénaire-Ve siècle av. J.-C.)

1
La culture archaïque des Shang et des Zhou

Ce qu'il est convenu d'appeler l'antiquité chinoise recouvre, selon la tradition textuelle, trois grandes dynasties : Xia, Shang et Zhou, qui régnèrent principalement dans les parties septentrionales et centrales de la Chine. Au lieu de cette représentation *a posteriori* des Trois Dynasties se succédant linéairement, il serait sans doute plus exact de concevoir leurs cultures en développement parallèle ou avec des intersections à partir d'un tronc commun [1]. Deux caractéristiques communes importantes semblent avoir été un pouvoir issu de lignages retranchés dans des villes fortifiées et la pratique de fieffer des membres de la lignée royale. La dynastie plus ou moins mythique des Xia, que la tradition fait remonter au IIIe millénaire avant notre ère [2], laisse place aux environs du XVIIIe siècle avant notre ère à la dynastie historique des Shang (ou Yin). D'après les vestiges archéologiques, cette dernière témoigne déjà d'une civilisation raffinée, avec un système politique et religieux très élaboré.

Aux alentours du XIe siècle av. J.-C., la culture Shang se trouve brutalement conquise et soumise par une peuplade rude et guerrière, de niveau culturel moins élevé, vivant aux confins occidentaux du monde chinois d'alors : les Zhou. Ceux-ci accrurent leur puissance en peu de temps sous l'égide du roi Wen. Vers l'an 1000 avant l'ère chrétienne, son fils, le roi Wu, renverse les Shang pour établir les Zhou, dynastie durable qui devait subsister huit siècles jusqu'à l'établissement de l'empire centralisé par Qin au IIIe siècle av. J.-C. et jouer un rôle fondateur dans l'histoire chinoise [3]. L'instauration d'un nouvel ordre Zhou commence par une paix relative du XIe au VIIIe siècle. Cette période inaugurale, celle des Zhou occidentaux (par opposition avec la période suivante des Zhou orientaux qui marqua le déclin de la dynastie), conservera dans la tradition chinoise une aura de prestige en tant que modèle politique, en particulier dans le courant confucéen qui s'y réfère constamment comme à un âge d'or. Au centre de la mythologie des Zhou figurent les souverains fondateurs, les rois Wen et Wu (appellations posthumes qui font d'eux les symboles complémentaires du raffinement culturel et de la puissance guerrière), ainsi que le duc de Zhou, qui assura la régence pour le compte de son jeune neveu, le futur roi Cheng, avant de lui restituer le trône, illustrant ainsi la cession volontaire du pouvoir, idéal central de la pensée politique confucéenne. Voici comment la régence du duc de Zhou se trouve idéalisée dans la reconstruction confucéenne :

> Zhouxin [dernier roi des Shang] avait bouleversé l'ordre de l'univers, allant jusqu'à faire du marquis de Gui de la viande séchée pour la servir dans un banquet aux seigneurs féodaux. C'est pourquoi le duc de Zhou aida le roi à abattre Zhouxin. À la mort du roi Wu, [son fils] le roi Cheng était jeune et faible. Le duc de Zhou prit la place du Fils du Ciel pour maintenir l'ordre dans l'univers. Pendant six ans il reçut l'hommage de cour des seigneurs féodaux dans le Palais des Lumières, tout en réglant les rites, créant la musique, promulguant les mesures et les proportions, de telle sorte que l'univers fit entièrement soumission [4].

Par-delà la légende, l'ordre Zhou paraît fondé sur les trois piliers que sont la royauté, le principe de la transmission héréditaire des fonctions et des titres, et la puissance unifiante d'un système religieux centré sur le roi et la divinité à laquelle il se réfère, le Ciel (*tian* 天). Il semble qu'au début de leur conquête sur les Shang, et pour assurer leur stabilité, les Zhou aient placé à la tête des différents fiefs qu'ils avaient créés des membres de leur propre lignée ou de clans alliés. Chacun de ces chefs avait, en particulier, le droit de rendre un culte au fondateur de la maison seigneuriale, à l'instar de celui qui était rendu au premier ancêtre de la maison royale. En conséquence, l'organisation et la structure politiques vont dépendre étroitement du système des cultes ancestraux et familiaux. On aurait là l'origine de la conception chinoise de l'État comme famille – en chinois moderne, l'État se dit *guojia* 國家 (littéralement « pays-maison »).

La « féodalité » Zhou peut se représenter selon un schéma pyramidal. Au sommet : le roi (*wang* 王) ou « Fils du Ciel » (*tianzi* 天子). Il n'a, au-dessus de lui, que le Ciel et il est le seul à détenir le droit de sacrifier aux ancêtres de la dynastie et à la divinité suprême. Il dispose d'un domaine royal situé dans le bassin moyen du fleuve Jaune (autour des villes actuelles de Xi'an et Luoyang) et sur lequel il exerce directement son pouvoir. Ce roi délègue – et c'est ce principe de délégation qui est à la base de la structure dite féodale – une partie de son pouvoir à des vassaux, lesquels ont un rôle politique d'autant plus important qu'ils sont proches de la lignée royale, confirmant ainsi la superposition des structures politiques et familiales.

Cette période royale se caractérise d'abord par l'importance du signe écrit qui est à l'origine de nature essentiellement divinatoire (inscriptions sur os et écailles, d'où dérivent en particulier les symboles du *Livre des Mutations*). De là est issu le type de rationalité qui s'est élaboré en Chine et qui prend racine dans la primauté de la divination et des pratiques divinatoires. Il semble également que la civilisation chinoise ait très tôt pratiqué le culte des ancêtres royaux qui explique pour une large part l'importance des structures du clan et de la famille dans la culture chinoise. Enfin, le passage des Shang aux Zhou, malgré beaucoup de continuités, est caractérisé par la tendance à une certaine cosmologisation dans la conception du monde : de la notion personnelle d'une divinité suprême ou d'un Ancêtre Premier, on passe sous les Zhou à la notion plus impersonnelle du Ciel, instance normative des processus cosmiques et, parallèlement, des comportements humains [5].

La rationalité divinatoire

Que pouvaient bien penser les Chinois des Shang et des Zhou ? Les témoignages écrits les plus anciens que nous ayons remontent au début du IIe millénaire avant l'ère chrétienne dans des inscriptions à caractère divinatoire, retrouvées sur des omoplates d'ovins et de bovins et sur des carapaces de tortues. Des tisons incandescents y étaient appliqués au niveau de cavités pratiquées au préalable, ce qui provoquait des craquelures qu'il s'agissait ensuite d'interpréter. La demande d'oracle était formulée dans des inscriptions gravées à des endroits précis de l'os ou de la carapace, supports auxquels sont préférés les vases de bronze à partir de l'avènement des Zhou au XIe siècle [6]. Ces inscriptions contiennent les caractères les plus spécifiques de l'écriture et de la rationalité chinoises qui n'oublieront jamais leur origine divinatoire. Le rationalisme divinatoire, selon la caractérisation qu'en donne Léon Vandermeersch, « repose sur une logique des formes, sur une *morphologique*. D'un événement à un autre, le rapport que fait constater la science divinatoire ne se présente pas comme une chaîne de causes et d'effets intermédiaires, mais comme un changement de configuration diagrammatique, signe de la modification globale de l'état de l'univers nécessaire à toute nouvelle manifestation événementielle si infinitésimale qu'elle soit. [...] Le rationalisme divinatoire s'oppose ainsi au rationalisme théologique qui interprète chaque événement comme produit par la volonté divine, comme prenant place dans un agencement divinement conçu de moyens en vue de fins transcendantes, suivant une *téléo-logique* conduisant à l'exploitation de la relation de moyen à fin, c'est-à-dire à la relation de cause à effet [7] ».

Il peut paraître paradoxal de parler d'une « rationalité divinatoire » en juxtaposant deux termes incompatibles pour un esprit contemporain, mais, comme le rappelle Jean-Pierre Vernant, « dans les sociétés où la divination ne revêt pas, comme dans la nôtre, le caractère d'un phénomène marginal, voire aberrant, où elle constitue une procédure normale, régulière, souvent même obligatoire, la logique des systèmes oraculaires n'est pas plus étrangère à l'esprit du public que n'est contestable la fonction du devin. La rationalité divinatoire ne forme pas, dans ces civilisations, un secteur à part, une mentalité isolée, s'opposant aux modes de raisonnement qui règlent la pratique du droit, de l'administration, de la politique, de la médecine ou de la vie quotidienne ; elle s'insère de façon cohérente dans l'ensemble de la pensée sociale, elle obéit dans ses démarches intellectuelles à des normes analogues, tout de même que le statut du devin apparaît très rigoureusement articulé, dans la hiérarchie des fonctions, sur ceux d'autres agents sociaux responsables de la vie du groupe [8] ».

La divination dans la Chine des Shang s'intègre d'autant mieux dans la vie quotidienne, elle est d'autant plus compatible avec la rationalité, qu'elle s'exprime dans des oracles très clairs, pleins de bon sens – en cela bien différents de ceux de la Pythie – tels que : « Il pleuvra », « Il ne pleuvra pas », « La récolte sera bonne », etc. Le caractère aléatoire de la divination n'essaie pas de passer dans un langage sibyllin qu'il s'agit ensuite d'interpréter dans le bon sens, mais dans l'alternative toute simple du oui/non. Bien des demandes d'oracles se présentent en effet par paires de propositions parallèles, l'une positive, l'autre négative : « Le roi devrait s'allier à telle tribu »/« Le roi ne devrait pas s'allier à telle tribu. » L'homme propose une alternative simple, et les puissances divines n'ont d'autre choix que de répondre oui ou non. Ici, nul besoin, pour communiquer avec le surnaturel, d'entrer en transe ou de suspendre de quelque façon que ce soit le processus habituel de la pensée consciente. Le dialogue entre l'humain et le divin reste très « terre à terre », et c'est l'humain qui a l'initiative, c'est lui qui propose, les dieux n'ayant d'autre possibilité que de disposer.

Le culte ancestral

Cette place centrale de la pratique divinatoire dans la civilisation de la Chine antique est à rapporter à l'importance du culte des ancêtres, auxquels s'adressait en grande partie la religion des Shang. Des cultes et des sacrifices étaient rendus à diverses puissances de la nature, telles que le fleuve Jaune, la terre nourricière, certaines montagnes, les vents et les points cardinaux, mais la part la plus importante des sacrifices et des actes de divination était dédiée aux ancêtres royaux, dont le culte apparaît remarquablement organisé, par contraste avec le foisonnement incohérent du culte réservé aux divinités naturelles.

Si le culte ancestral est peut-être issu d'un culte préhistorique des morts, il ne se confond pas avec celui-ci. Certes, les ancêtres sont perçus comme des esprits résidant dans le monde des morts et susceptibles d'assurer ainsi une médiation avec les puissances surnaturelles, mais en même temps ils maintiennent un lien organique avec leur descendance vivante. En tant que membres d'une communauté familiale et par-delà la frontière entre vie et mort, ils continuent à jouer un rôle au sein de cette communauté, et leur statut dans la parenté garde toute son importance. En d'autres termes, les rapports qui lient les parents défunts aux vivants ne sont pas de nature très différente de ceux qui existent entre les vivants eux-mêmes. Il y a donc continuité entre les sacrifices proprement religieux dus aux ancêtres et les codes rituels à respecter à l'égard des vivants. En tant même que phénomène religieux, le culte des ancêtres manifeste le groupe de parenté comme paradigme de l'organisation sociale, et c'est sans doute pour cette raison que, au-delà de sa fonction proprement religieuse, il a contribué à l'élaboration d'une certaine conception de l'ordre sociopolitique en Chine.

Plus qu'un esprit de l'au-delà, l'ancêtre représente d'abord un statut, un rôle familial dans lequel il « se fond » presque au point de perdre toute histoire personnelle, tout destin individuel. Il se trouve donc doté d'un potentiel mythique assez réduit, et la relative pauvreté des mythes dans la culture religieuse chinoise, au-delà de leur occultation délibérée par la tradition confucéenne, pourrait bien s'expliquer par la nature même du culte ancestral et de la conception de l'ancêtre, lesquels rendent perméable la frontière non seulement entre vie et mort, mais aussi entre humain et divin.

Il y a là un processus que l'on a sans doute trop hâtivement assimilé à l'évhémérisme dans la mythologie de la Grèce antique : plutôt qu'une métamorphose d'anciens humains en dieux ou demi-dieux, il s'agirait, pour reprendre les termes de Derk Bodde, de la « transformation de ce qui fut mythes et dieux en une histoire apparemment authentique et en des êtres humains [9] ». Ce processus, aussi paradoxal que cela puisse paraître, a éloigné la mentalité chinoise de la tendance grecque à l'anthropomorphisme, laquelle prête aux divinités des comportements d'humains pris dans leur individualité, leur créativité, en somme leur liberté. Au lieu d'être douée d'une volonté arbitraire, voire capricieuse, la divinité qui prend la figure de l'ancêtre est d'emblée perçue à travers son statut et intégrée dans la vision d'un ordre familial sur lequel se fonde toute harmonie.

Mutation rituelle de la conscience religieuse

Les rites sacrificiels destinés aux ancêtres, dans le but de leur demander l'intercession auprès de la divinité suprême, étaient ordonnancés de manière particulièrement précise et méticuleuse, voire quasi bureaucratique, qui ne laissait rien au hasard et encore moins à la fantaisie surnaturelle. Les ancêtres dont les « juridictions » étaient susceptibles d'empiéter les unes sur les autres étaient classés par génération et par rang d'âge, et des sacrifices leur étaient offerts selon un calendrier fort élaboré. Les divinations se bornaient alors à déterminer le nombre et la nature des victimes à offrir à tel ancêtre tel jour. Vers la fin des Shang, leur rôle se limitait même à informer les ancêtres qu'un sacrifice était en cours, en exprimant simplement le vœu qu'il n'y aurait ni faute ni malheur.

À bien des égards, la divination ne cherche pas tant à savoir si tel vœu sera exaucé ou non, à « deviner » l'intention des esprits, qu'à s'assurer que le vœu sera bel et bien exaucé. C'est une manière de faire connaître aux esprits les désirs des humains, et de trouver une assurance dans le fait que les esprits en ont pris connaissance. Le devin n'interroge pas à proprement parler les esprits, mais scrute leur réaction à une offrande. Son art consiste à obtenir, non pas une réponse à une question posée, mais un signe révélateur des incidences mystérieuses d'un acte supposé. Telle semble bien être la fonction incantatoire de l'incision, au demeurant fort laborieuse, des demandes d'oracles sur os ou carapaces. Aussi surprenant que cela puisse paraître, la divination telle qu'elle se présente dans la dernière partie de la dynastie Shang n'est pas la pratique d'une interrogation sur l'inconnu, elle est au contraire faite de questions que l'on pourrait qualifier de rhétoriques sur un domaine balisé à l'avance, ce qui confère aux oracles un caractère, non pas prophétique, mais rituel. Dans ce sens, la divination en Chine apparaît comme la fille de la religion et non de la magie, et c'est sans doute ce qui explique qu'elle ait imprégné si profondément la mentalité religieuse.

Du fait que le culte des ancêtres est pratiqué par le roi-père ou le chef de famille, sans recours à une caste sacerdotale spécialisée, et que la divination, à l'origine opérée accessoirement après le sacrifice, en vient à le précéder et à en régler par avance les modalités, on assiste à une disjonction croissante entre l'acte de portée strictement religieuse qu'est le sacrifice et la divination investie d'une fonction et de formes rituelles. Cette tendance à la formalisation rituelle, amorcée vers la fin des Shang, ne fait que se confirmer dans la phase de transition vers les Zhou. Dans ce sens, la culture séculière des seconds peut être considérée comme l'héritage rationalisé de la culture magico-religieuse des premiers. L'étude des témoignages oraculaires laisse à penser que les événements néfastes tendaient à être interprétés, non plus comme produits de la volonté capricieuse et maligne des ancêtres défunts, mais comme résultant des actes de leurs descendants vivants, dont il était dès lors possible de rendre compte par un ensemble cohérent de valeurs religieuses. Cette communication directe toujours possible entre le monde des puissances surnaturelles qu'étaient les ancêtres et le monde des vivants est peut-être à l'origine de la continuité que la pensée chinoise antique devait établir entre le céleste et l'humain.

Du « Souverain d'en haut » au « Ciel »

Au-dessus des esprits de la nature et des mânes des ancêtres qui remplissaient, semble-t-il, une fonction de médiation, les inscriptions oraculaires révèlent la croyance en l'existence d'une divinité suprême toute-puissante commandant à l'ensemble de la nature et imposant aux hommes ses volontés : di 帝 (ou shangdi 上帝, « Souverain d'en haut »), appellation qui devait être reprise par les missionnaires chrétiens pour traduire la notion de Dieu. Les études récentes s'accordent pour considérer que l'émergence de cette divinité coïncide avec la suprématie des Shang, dont les derniers souverains, manifestement par prétention à l'apothéose, s'attribuèrent l'appellation de di. Celle-ci en vint à désigner une forme de souveraineté supérieure à la royauté ordinaire, habituellement rendue en français par le titre d'empereur. D'abord réservée aux souverains mythiques de l'antiquité, elle fut usurpée, lors de l'unification de la Chine en 221 av. J.-C., par le roi de Qin qui se proclama « Premier Auguste Empereur », inaugurant ainsi une coutume transmise pendant plus de vingt siècles par les monarques de l'ère dite impériale.

Le culte ancestral sous les Shang est une prérogative royale : non seulement le roi a seul le privilège de rendre un culte à ses ancêtres, mais aussi, prêtre pour tous, il conduit le culte rendu à des ancêtres qui sont autant les siens que ceux de toute la communauté. De là vient qu'il n'existe pas de classe de prêtres indépendants, phénomène symptomatique de la prise en charge, dès la dynastie des Shang, du religieux par le politique. Ce pouvoir du roi de déterminer par la divination, et d'influencer par les prières et les sacrifices la volonté des esprits ancestraux, légitime la concentration du pouvoir politique dans sa seule et unique personne. Corollaire du rapport de continuité établi entre le monde des ancêtres et celui des vivants, l'idée que le dieu unique trouve sa contrepartie dans le souverain universel au sein de l'ordre humain devait rester à la base de la pensée et de la pratique politiques en Chine jusqu'à l'aube du XXe siècle.

La prédominance du culte ancestral dans la Chine antique a donné lieu à une représentation cosmogonique fondée sur un modèle organique d'engendrement bien plus que sur celui d'un mécanisme de causalité ou d'une création *ex nihilo* par une puissance transcendante. La divinité suprême, en tant qu'ancêtre par excellence, n'apparaît pas comme une toute-puissance créatrice ou un premier moteur, mais comme une instance d'ordre jouant un rôle axial entre le monde cosmique, constitué d'entités et d'énergies en interaction harmonieuse, et le monde sociopolitique humain, régi par des réseaux de relations de type familial et hiérarchique et par des codes de comportement rituel.

L'ordre dont il est question ici, loin d'être un principe rationnel qui exclurait l'irrationnel et le surnaturel, constitue une notion globalisante qui inclut tous les aspects de l'expérience humaine, y compris le supra-humain, mais qui par là même en réduit le potentiel mythique et proprement religieux. Le passage entre les Shang et les Zhou a marqué, dans ce sens, une transformation de la conscience religieuse qui s'est muée progressivement en une conscience rituelle de nature essentiellement cosmologique. Une telle mutation se reconnaît à certains signes, tels que l'absence de l'esprit de prière ou de systématisation théologique des mythes. On a déjà constaté la pauvreté des mythes de la Chine ancienne, du moins tels qu'ils nous sont parvenus. À tel point qu'on est en droit de se demander, pour reprendre le titre de Paul Veyne, si les Chinois ont cru à leurs mythes[10]. Il semble qu'en Chine la cosmologie ait très tôt pris une place plus importante que la cosmogonie, et qu'elle ait supplanté les mythes. S'il se vérifie que le discours mythique va de pair avec une forme de pensée religieuse, l'occultation des mythes dans la culture chinoise serait à mettre en rapport avec le bouleversement intellectuel qui se manifeste dans le passage d'une pensée religieuse à une pensée cosmologique lors de la transition dynastique des Shang aux Zhou. La documentation épigraphique révèle le caractère quasi systématique du glissement lexical de *di* (divinité suprême) à *tian* (Ciel), dont « la transcendance est de moins en moins celle d'un monde situé au-delà de celui des hommes et qu'habiteraient des esprits manipulant les éléments naturels ; elle ne subsiste que comme transcendance de la norme par rapport à ce qui lui est soumis, du principe originel par rapport aux dix mille êtres qui en procèdent[11] ». Tout en continuant à se manifester comme volonté active, le Ciel est dès lors perçu de plus en plus comme source et garant d'un ordre rituel et d'une harmonie préétablie.

Le nouvel ordre instauré par les Zhou s'appuie donc sur un message politico-religieux assez clair : la volonté d'assimiler au Souverain d'en haut de leurs prédécesseurs leur propre divinité suprême, le Ciel, et, par là même, de récuser tout lien de parenté entre la divinité et une lignée royale spécifique. Là aussi, le changement de vocabulaire apparaît comme délibéré : des « ordres du Souverain d'en haut », on passe au « mandat du Ciel » (*tianming* 天命). Cette fameuse idée du mandat céleste, qui devait rester à la base de toute la théorie politique chinoise, les Zhou furent les premiers à s'en réclamer pour justifier leur renversement de la dynastie précédente : c'est parce que les derniers souverains de la dynastie Shang n'étaient plus dignes de gouverner que le Ciel aurait mandaté les Zhou pour les châtier et les remplacer.

Ainsi, l'exercice du pouvoir n'était plus l'apanage d'un seul et même lignage, par simple transfert héréditaire, comme cela avait été le cas depuis la fondation des Xia par Yu le Grand. Le mandat du Ciel était susceptible d'être modifié, de passer d'un lignage à un autre, censé plus digne de gouverner. L'expression « changement de mandat » (*geming* 革命) en est venue à traduire, dans l'esprit des penseurs progressistes du XIXᵉ siècle, la notion de « révolution ». Il est significatif qu'une des toutes premières élaborations de la pensée sur le Ciel ait eu un enjeu politique : en Chine, l'aménagement de l'univers est aussi et avant tout un aménagement de l'espace humain : ordre social et ordre cosmique se rejoignent et se confondent[12].

Ordre et rite

Quel que soit l'angle sous lequel on l'examine – système de parenté, pratique religieuse, organisation politique –, la pensée de la Chine antique se caractérise par un goût prononcé pour l'ordre, ou plus exactement l'ordonnancement, érigé au rang de bien suprême. Ce goût de l'ordre se traduit dans la notion de *LI* 理, qui désignerait à l'origine les veines naturelles du jade. Cette notion correspond à l'idée d'ordonnancement rituel plus qu'à celle d'un ordre objectif obéissant à une conception téléologique : « Si la pensée grecque est empreinte de l'esprit du potier, lequel travaille la masse amorphe de l'argile rendue d'abord parfaitement malléable puis tournée entièrement à l'idée de l'artisan, nous avons vu que la pensée chinoise était marquée par l'esprit du lapidaire, lequel fait l'expérience de la résistance du jade et emploie tout son art seulement à tirer parti du sens des strates de la matière brute pour dégager de celle-ci la forme qui y préexistait et dont nul ne pouvait avoir l'idée avant de la découvrir[13]. »

D'où la connivence des deux homophones *LI* 理 (ordre naturel), et *li* 禮 (esprit rituel)[14], ce dernier n'étant pas une grille apposée de l'extérieur sur l'univers, mais la nervure même de l'univers qu'il s'agit de retrouver, de faire réapparaître, de révéler au sens photographique du terme. La rationalité chinoise, au lieu d'émerger des mythes et de s'affirmer par opposition à eux, est née au sein de l'esprit rituel qui lui a donné forme. Ainsi la rationalité désignée par le terme de *LI* s'apparente tout naturellement avec son homophone déjà cité, *li* rituel, mais aussi avec le terme qui en est venu à désigner la culture : *wen* 文, dont la graphie originelle peut être interprétée comme représentant un danseur déguisé en oiseau avec des motifs à plumes sur la poitrine. Par dérivation, on en arrive au sens de « motif », de « dessin », ou de l'anglais *pattern*. *Wen*, de dessin aux fonctions magiques dans une mentalité religieuse de type animiste, en vient à désigner de manière générale un signe, en particulier un signe écrit, fondement même de la culture que les Zhou revendiquèrent comme leur caractéristique majeure, au point d'attribuer le nom posthume de Wen au roi fondateur de la dynastie, auquel succéda la valeur martiale du roi Wu qui devait devenir le complément traditionnel de la culture[15].

Dans une telle perspective, et à la différence de notre monde moderne, où les connaissances scientifiques permettent de connaître l'univers mais ne nous parlent pas dans la mesure où elles ne revêtent pas de sens personnel ou social, le monde chinois antique est porteur de sens. Mais ce sens, que l'homme a la possibilité de décrypter dans les lignes naturelles de l'univers lui-même, n'est pas conféré par une instance radicalement autre ou révélé par une parole divine. Il n'y a pas de solution de continuité entre le sentiment religieux et le sens éthique, à la différence de l'humanisme occidental qui s'est affirmé contre le dogmatisme religieux. Si la transition des Shang aux Zhou se caractérise par le passage d'une culture magico-religieuse à une culture éthique, cette dernière reste profondément marquée par la mentalité et les formes de la première, en particulier dans le caractère sacré qui est conféré à la ritualisation des actes.

Alors que le changement dynastique des Shang aux Zhou reste, au plan institutionnel, sous le signe de la continuité, la véritable mutation se fait sentir seulement au VIIIe siècle av. J.-C., au moment où la royauté affaiblie est contrainte de déplacer sa capitale vers l'est en 770, date qui marque le début des Zhou orientaux. On observe alors un affaiblissement de l'autorité des souverains Zhou sur leurs vassaux, autorité de plus en plus nominale à mesure que certaines vassalités de la périphérie gagnent en extension territoriale et en puissance militaire et exercent une pression hégémonique sur celles du centre, proches du domaine royal et appelées alors « pays du milieu » (*zhongguo* 中國), avant que ce terme en vienne à désigner la Chine dans son entier. C'est au cours de périodes troublées, reflétant le long processus de déclin qui désintègre l'édifice sociopolitique des Zhou, que s'élaborent et s'affinent des discours philosophiques. L'époque des « Printemps et Automnes », qui correspond aux années 722-481 couvertes par les *Annales* du même nom, est suivie de celle des « Royaumes Combattants » que les historiens actuels font généralement commencer en 403 et finir en 256, peu de temps avant l'instauration de l'empire en 221 av. J.-C.[16]. La vision de la Chine antique restera caractérisée par la continuité entre le Ciel (qui finit par se confondre avec le naturel) et l'Homme, laquelle se retrouvera aussi bien dans le ritualisme confucéen que dans le Dao taoïste, mais apparaîtra de plus en plus menacée à la veille de l'ère impériale.

Notes

1. Cf. CHANG Kwang-chih, *Shang Civilization*, New Haven, Yale University Press, 1980.
2. Sur les origines mythiques des Xia, cf. Sarah ALLAN, *The Shape of the Turtle : Myth, Art and Cosmos in Early China*, Albany, State University of New York Press, 1991.
3. Pour une histoire des Zhou fondée sur les témoignages archéologiques, cf. HSU Cho-yun & Kathryn M. LINDUFF, *Western Chou Civilization*, New Haven, Yale University Press, 1988 ; Edward L. SHAUGHNESSY, *Sources of Western Zhou History : Inscribed Brouze Vessels*, Berkeley, University of California Press, 1991 ; Edward L. SHAUGHNESSY, éd., *New Sources of Early Chinese History. An Introduction to the Reading of Inscriptions and Manuscripts*, Berkeley, University of California, 1997. La date exacte de la conquête Zhou est à situer vers 1046 av. J.-C. selon David S. NIVISON, « The Dates of Western Chou », *Harvard Journal of Asiatic Studies*, 43, 2 (1983).
4. *Liji* (*Traité des Rites*, datant env. du IIIe-IIe siècle av. J.-C.), chap. *Mingtang wei*. Sur le Palais des Lumières, voir plus bas chap. 10. Sur le *Traité des Rites*, voir chap. 2, note 32.
5. Cf. Léon VANDERMEERSCH, *Wangdao ou la Voie royale : Recherches sur l'esprit des institutions de la Chine archaïque*, 2 vol., Paris, École française d'Extrême-Orient, 1977 et 1980. Cette étude très approfondie, qui fait le point des connaissances actuelles sur les origines historiques et les sources épigraphiques de la civilisation chinoise, a fourni en grande partie la substance de ce chapitre.
6. Cf. David N. KEIGHTLEY, *Sources of Shang History : The Oracle-Bone Inscriptions of Bronze Age China*, Berkeley, University of California Press, 1978 ; et *The Ancestral Landscape : Time, Space, and Community in Late Shang China (ca. 1200-1045 B.C.)*, Berkeley, China Research Monograph, 2001 ; YAU Shun-chiu & Chrystelle MARECHAL, éd., numéro spécial de *Cangjie : Actes du Colloque international commémorant le centenaire de la découverte des inscriptions sur os et carapaces*, Langages croisés, 2001.
7. « Tradition chinoise et religion », *in* Alain FOREST & Tsuboï YOSHIHARU, éd., *Catholicisme et Sociétés asiatiques*, Paris & Tokyo, L'Harmattan & Sophia University, 1988, p. 27.
8. « Paroles et signes muets », in *Divination et Rationalité*, Paris, Éd. du Seuil, 1974, p. 10. Du même auteur, *Mythe et Religion en Grèce ancienne*, Paris, Éd. du Seuil, 1990. Voir aussi Karine CHEMLA et Marc KALINOWSKI, éd., *Divination et rationalité en Chine ancienne*, *Extrême-Orient, Extrême-Occident*, 21 (1999).
9. « Myths of Ancient China », in *Essays on Chinese Civilization*, Princeton University Press, 1981, p. 45-84. Sur les mythes de la Chine ancienne, cf. Chantal ZHENG, *Mythes et Croyances du monde chinois primitif*, Paris, Payot, 1989 ; Rémi MATHIEU, *Anthologie des mythes et légendes de la Chine ancienne*, Paris, Gallimard, 1989 ; Anne BIRRELL, *Chinese Mythology. An Introduction*, Baltimore & Londres, The John Hopkins University Press, 1993 ; et *Chinese Myths*, Londres, 2000.

10. *Les Grecs ont-ils cru à leurs mythes ? Essai sur l'imagination constituante*, Paris, Éd. du Seuil, 1983.

11. Léon VANDERMEERSCH, *La Voie royale*, t. II, p. 368. Voir aussi Robert ENO, *The Confucian Creation of Heaven : Philosophy and the Defense of Ritual Mastery*, Albany, State University of New York Press, 1990.

12. La description de l'aménagement de l'espace et du temps par l'empereur mythique Yao, donnée dans le *Livre des Documents* et citée au chap. 10, p. 249-250, en fournit une excellente illustration. Sur le *Livre des Documents*, voir chap. 2, note 30.

13. Léon VANDERMEERSCH, *La Voie royale*, t. II, p. 285.

14. Pour différencier les deux homophones, la transcription du terme qui signifie « structure », « ordonnancement », est donnée en majuscules. Cf. Anne CHENG, « LI 理 ou la leçon des choses », *Philosophie*, 44 (1994), Paris, Éd. de Minuit, p. 52-71.

15. Sur *wen*, cf. Lothar VON FALKENHAUSEN, « The Concept of *Wen* in the Ancient Chinese Ancestral Cult », *Chinese Literature : Essays, Articles, Reviews*, 18 (1996), p. 1-22 ; et Michael NYLAN, « Calligraphy, the Sacred Text and Test of Culture », in *Character and Context in Chinese Calligraphy*, The Art Museum, Princeton University, 1999.

16. Cf. LI Xueqin, *Eastern Zhou and Qin Civilizations*, New Haven, Yale University Press, 1985. Sur les *Annales des Printemps et Automnes*, voir plus bas chap. 2, note 34.

2

Le pari de Confucius sur l'homme

Lorsque s'amorce au VIIIe siècle av. J.-C. le déclin de la royauté Zhou avec l'époque des Printemps et Automnes, la question persistante qui commence à saper le fondement des croyances et des valeurs n'est pas tant de savoir comment la maison royale a bien pu se désagréger, que de se figurer comment le Ciel a pu laisser une dynastie en décomposition conserver le trône. La perte de prestige du souverain en place avait pour conséquence directe celle de l'instance suprême qui en était le garant, ce qui eut notamment pour effet de mettre en branle la pensée philosophique. Comme pour Platon confronté à la désintégration de l'ancienne institution qu'était la cité grecque, c'est le délitement d'un ordre politique et d'une certaine conception du monde qui explique en grande partie la pensée de Confucius :

> Confucius dit : « La Voie règne sous le Ciel lorsque les cérémonies rituelles, la musique et les expéditions punitives sont dirigées par le Fils du Ciel en personne. La Voie ne règne plus si elles sont prises en main par les vassaux, lesquels restent rarement au pouvoir plus de dix générations. Si elles se trouvent dévolues aux grands ministres, ceux-ci ne restent guère plus de cinq générations au pouvoir. Enfin, si la charge de l'État est usurpée par les intendants des grandes maisons, leur pouvoir ne saurait se maintenir plus de trois générations. Lorsque la Voie règne sous le Ciel, ce n'est pas aux ministres de décider de la politique et les simples sujets n'ont pas lieu de la discuter[1]. »

Le « cas » Confucius

Plus qu'un homme ou un penseur, et même plus qu'une école de pensée, Confucius représente un véritable phénomène culturel qui se confond avec le destin de toute la civilisation chinoise. Ce phénomène, apparu au Ve siècle avant notre ère, s'est maintenu pendant deux mille cinq cents ans et perdure encore aujourd'hui, après avoir subi maintes transformations et survécu à bien des vicissitudes.

Si Confucius est l'un des rares noms qui surnagent dans la culture générale concernant la Chine et s'il est devenu une figure de la culture universelle au même titre que Bouddha, Socrate, le Christ ou Marx, c'est qu'avec lui il se passe quelque chose de décisif, il se produit un « saut qualitatif », non seulement dans l'histoire de la culture chinoise, mais aussi dans la réflexion de l'homme sur l'homme. Confucius marque en Chine la grande percée philosophique que l'on note parallèlement dans les trois autres grandes civilisations de l'« âge axial » qu'est le Ier millénaire avant l'ère chrétienne : mondes grec, hébreu et indien. Comme dans le cas de Bouddha ou des penseurs présocratiques, ses illustres contemporains, on a le sentiment qu'avec Confucius les dés sont jetés : le destin de la pensée chinoise se trouve désormais tracé dans ses grandes lignes en ce qu'il ne sera plus possible ensuite de penser autrement qu'en se situant par rapport à cette figure fondatrice.

Mais cette notoriété de Confucius ne laisse pas d'être paradoxale : à la différence de ses contemporains indiens ou grecs, Confucius n'est ni un philosophe à l'origine d'un système de pensée, ni le fondateur d'une spiritualité ou d'une religion. Au prime abord, sa pensée apparaît plutôt terre à terre, son enseignement fait de truismes, et lui-même n'était pas loin de considérer sa propre vie comme un échec. À quoi tient donc sa stature exceptionnelle ? Sans doute à ce qu'il a façonné l'homme chinois pour plus de deux millénaires mais, plus encore, à ce qu'il a pour la première fois proposé une conception éthique de l'homme dans son intégralité et son universalité.

Le personnage

Comme chacun sait, Confucius est la latinisation, opérée par les jésuites missionnaires en Chine à partir du XVIᵉ siècle, de l'appellation chinoise Kongfuzi 孔夫子 (Maître Kong). Les quelques renseignements biographiques que nous possédons sont fournis par des ouvrages bien postérieurs à lui[2]. Mais dans un petit livre, intitulé les *Entretiens*[3] et compilé à partir de notes de disciples et d'arrière-disciples, sont rapportés au discours direct les propos du Maître. C'est le témoignage le plus vivant qui nous soit parvenu sur sa personnalité et son enseignement et une source constante d'inspiration pour la culture chinoise.

D'après les dates traditionnelles (551-479 av. J.-C.), Confucius aurait vécu jusqu'à l'âge de soixante-douze ans – voilà sans doute pourquoi il est toujours représenté sous les traits d'un auguste vieillard empreint de sagesse. Il était originaire de la petite vassalité centrale de Lu (dans l'actuelle province côtière du Shandong), berceau de la culture ritualiste antique et proche – par la parenté autant que par la géographie – de la maison royale des Zhou, ce qui explique l'attachement profond de Confucius à la dynastie et à ses valeurs. Bien qu'il semble avoir été d'ascendance aristocratique, Confucius fait allusion dans les *Entretiens* à une jeunesse de condition modeste. De par ses origines sociales, Confucius est représentatif d'une catégorie montante, intermédiaire entre noblesse guerrière et peuple paysan et artisan, celle des *shi* 士 qui, par leurs compétences dans divers domaines et plus particulièrement celui de la culture, finiront par former la fameuse catégorie des lettrés-fonctionnaires de la Chine impériale[4]. Confucius fut au demeurant très tôt engagé dans la vie politique de Lu, d'abord chargé de responsabilités administratives subalternes pour finir ministre de la Justice.

La légende veut que Confucius ait alors quitté son pays natal en signe de désapprobation du mauvais gouvernement de son souverain. Toujours est-il que, vers la cinquantaine, il renonce définitivement à la carrière politique, dont il a compris qu'elle ne pourrait plus être faite que de compromissions avec des souverains ayant perdu le sens du mandat céleste. C'est au nom d'un mandat qu'il a conscience d'avoir reçu directement du Ciel qu'il poursuit sa quête de la Voie et qu'il entame un périple d'une douzaine d'années à travers diverses principautés. Déçu par le souverain de son propre pays, il va proposer ses services et ses conseils à d'autres, sans grand succès, semble-t-il. Confucius est connu parmi ses contemporains comme celui « qui s'obstine à vouloir sauver le monde, tout en sachant que c'est peine perdue [5] ».

À plus de soixante ans, il revient à Lu, où il passe les dernières années de sa vie à enseigner à des disciples de plus en plus nombreux. C'est aussi à ce moment-là que, d'après la tradition, il aurait composé, ou du moins remanié, les textes qui lui sont attribués et qui revêtent de ce fait un caractère canonique. En fait, ces derniers existaient déjà à l'époque de Confucius qui s'en est servi dans son enseignement et, ce faisant, les a sans doute remaniés et réinterprétés à sa manière, dans une optique surtout éthique et éducative.

« À quinze ans, je résolus d'apprendre »

Dans les *Entretiens* se fait entendre pour la première fois dans l'histoire chinoise la voix de quelqu'un qui parle en son propre nom, à la première personne, prenant ainsi la dimension d'un véritable auteur. La parole de Confucius est d'emblée et résolument axée sur l'homme et la notion de l'humain, enjeu central de cet avènement philosophique. Trois « pôles » se dégagent comme essentiels dans l'articulation de son enseignement : l'apprendre, la qualité humaine et l'esprit rituel.

De quoi est-il question, au juste, dans les *Entretiens* ? Dans ces bribes de conversations à bâtons rompus, impossible d'entrevoir de système, ni même de sujets ou de thèmes traités de façon développée, et pourtant s'en dégage l'impression distincte que Confucius a voulu faire passer un message bien précis. Il y est question, au fond, de la façon dont on devient un être humain à part entière. Il y a là un livre plein de vie, voire un livre de vie, dont le Maître nous indique les grandes étapes :

> À quinze ans, je résolus d'apprendre. À trente ans, j'étais debout dans la Voie. À quarante ans, je n'éprouvais plus aucun doute. À cinquante ans, je connaissais le décret du Ciel. À soixante ans, j'avais une oreille parfaitement accordée. À soixante-dix ans, j'agissais selon les désirs de mon cœur, sans pour autant transgresser aucune règle [6].

Confucius fut avant tout un maître, et toute sa pensée tient dans son enseignement. Au commencement, il y a « l'apprendre », dont la place centrale qu'il occupe chez Confucius correspond à sa conviction intime que la nature humaine est éminemment perfectible : l'homme – tout homme – se définit comme un être capable de s'améliorer, de se perfectionner à l'infini. Pour la première fois dans une culture aristocratique fortement structurée en castes et en clans, l'être humain est pris dans son entier – le Maître ne dit-il pas : « Mon enseignement est là pour tous, sans distinctions[7] » ? On peut dès lors parler d'un pari universel et d'un optimisme foncier sur l'homme, même si Confucius ne va pas jusqu'à affirmer explicitement, comme le fera plus tard Mencius, que la nature humaine est bonne.

« L'apprendre », c'est le sujet de la toute première phrase des *Entretiens* :

> Apprendre quelque chose pour pouvoir le vivre à tout moment, n'est-ce pas là source de grand plaisir ? Recevoir un ami qui vient de loin, n'est-ce pas la plus grande joie ? Être méconnu des hommes sans en prendre ombrage, n'est-ce pas le fait de l'homme de bien ? (I, 1.)

Confucius ne commence pas par un quelconque endoctrinement, mais par la résolution d'apprendre prise par l'être humain qui s'engage sur le chemin de l'existence. Il ne s'agit pas tant d'une démarche intellectuelle que d'une expérience de vie. En fait, il n'y a pas de coupure entre les deux, entre la vie de l'esprit et celle du corps, entre théorie et pratique, le processus de pensée et de connaissance engageant la totalité de la personne. L'apprendre est une expérience qui se pratique, qui se partage avec autrui et qui est source de joie, en elle-même et pour elle-même. Ailleurs, Confucius dit que « les anciens apprenaient pour eux-mêmes et non pour les autres », dans le sens qu'ils ne recherchaient ni le prestige ni même l'approbation. L'apprendre trouve donc sa justification en soi, et implique l'acceptation de rester « méconnu des hommes sans en prendre ombrage ». Il s'agit d'apprendre, non pour les autres, mais auprès des autres. Tout en fournit l'occasion, puisqu'on apprend d'abord dans l'échange :

> Le Maître dit : « Quand on se promène ne serait-ce qu'à trois, chacun est certain de trouver en l'autre un maître, faisant la

part du bon pour l'imiter et du mauvais pour le corriger en lui-même » (VII, 21).

L'éducation selon Confucius ne saurait donc être purement livresque. Certes, son enseignement fait la part belle à l'étude des textes anciens, mais ce qui compte n'est pas tant une connaissance d'ordre théorique qui vaut en elle-même et pour elle-même, que sa visée concrète et pratique. L'important est donc de « savoir comment » plutôt que de « savoir que », la connaissance consistant davantage dans le développement d'une aptitude que dans l'acquisition d'un contenu intellectuel :

> Le Maître dit : « Tu peux, dis-tu, réciter par cœur les trois cents Odes ? Mais imagine que, engagé dans une fonction, tu ne sois pas à la hauteur ou que, envoyé en mission à l'étranger, tu ne saches pas répondre de ton propre chef : que te servira toute ta littérature [8] ? » (XIII, 5.)
> Le Maître dit : « Dans l'étude des textes anciens, je ne crois pas être plus médiocre qu'un autre, mais quant à se comporter en véritable homme de bien, je ne crois pas y être encore parvenu ! » (VII, 32.)
> Le Maître dit : « Posséder la connaissance, moi ? Pas du tout ! Que l'homme le plus humble vienne s'enquérir auprès de moi et je me sens comme vide : je m'efforce alors d'aller jusqu'au fond de la question sans en lâcher les deux bouts » (IX, 7).

À ceux qui commencent dans la vie, Confucius propose de placer l'apprendre à vivre avant l'apprendre tout court :

> Le Maître dit : « Un jeune doit être respectueux, chez lui envers ses parents, en société envers ses aînés. Il est sérieux et digne de confiance. Sa sympathie s'étend à tous les hommes, tout en privilégiant ceux qui pratiquent la vertu d'humanité. Et, s'il en a encore le loisir, il peut le consacrer à apprendre la culture » (I, 6).

La visée pratique de l'éducation est de former un homme capable, sur le plan politique, de servir la communauté et, en même temps, sur le plan moral, de devenir un « homme de bien », les deux plans n'en faisant qu'un puisque servir son prince s'assimile à servir son père. À une époque où l'éducation constitue le privilège d'une élite, Confucius affirme qu'un tel privilège doit être apprécié à sa juste valeur et assorti d'un sens des responsabilités. Loin de vouloir bouleverser l'ordre hiérarchique – par exemple en prônant l'éducation comme moyen d'ascension sociale, même si cela devait devenir un processus inévitable tout au long de la période pré-impériale –, Confucius le cautionne au contraire, mais en lui insufflant un sens moral : la responsabilité des membres de l'élite éduquée est précisément de gouverner les autres pour leur plus grand bien. C'est ainsi que s'esquisse, d'entrée de jeu, le destin « politique » (au sens large) de l'homme éduqué qui, au lieu de se tenir en retrait pour mieux remplir un rôle de conscience critique, se sent au contraire la responsabilité de s'engager dans le processus d'harmonisation de la communauté humaine.

Apprendre, c'est apprendre à être humain

Un terme très fréquent dans les *Entretiens* est celui de *junzi* 君子 (litt. « fils de seigneur »), qui désigne généralement dans les textes anciens tout membre de la haute noblesse mais qui, dans le langage de Confucius, prend un sens nouveau, la « qualité » de l'homme noble n'étant plus déterminée exclusivement par sa naissance, mais dépendant aussi et surtout de sa valeur comme être humain accompli. L'élévation n'est plus tant celle de la naissance et du rang social que celle de la valeur morale. Le *junzi* est donc « l'homme de qualité » ou « l'homme de bien », par opposition au *xiaoren* 小人, « l'homme petit » au sens moral, ou « l'homme de peu ». Cette opposition qui revient comme un leitmotiv dans les *Entretiens*, même si elle revêt chez Confucius un sens plus moral que social, indique bien une continuité dans la conscience propre aux *junzi* de former une élite :

> L'homme de bien connaît le Juste, l'homme de peu ne connaît que le profit (IV, 16).
> L'homme de bien est impartial et vise à l'universel ; l'homme de peu, ignorant l'universel, s'enferme dans le sectaire (II, 14).

La grande affaire de l'apprendre est donc de devenir « homme de bien ». En d'autres termes, empruntés à un grand penseur confucéen du XIe siècle, « apprendre, c'est apprendre à faire de soi un être humain[9] ». On ne saurait mieux dire qu'être humain, cela s'apprend et cela constitue une fin en soi. C'est même la valeur suprême, il n'en est pas de plus haute. Comme tous les penseurs chinois, Confucius part d'un constat fort simple et à la portée de tous : notre « humanité » n'est pas un donné, elle se construit et se tisse dans les échanges entre les êtres et la recherche d'une harmonie commune. Toute l'histoire humaine ainsi que notre expérience individuelle sont là pour nous confronter à l'évidence qu'humains, nous ne le sommes jamais assez et que nous n'en finirons jamais de le devenir davantage.

Le sens de l'humain (ren)

Une fois encore, on a ici affaire à un terme qui se trouve déjà dans les textes anciens (où il évoque le plus souvent la magnanimité d'un grand personnage) mais auquel Confucius donne un sens et un contenu nouveaux. On peut dire que le *ren*, c'est la grande idée neuve de Confucius, la cristallisation de son pari sur l'homme. Le caractère *ren* 仁 est composé du radical « homme » 人 (qui se prononce également *ren*) et du signe « deux » 二 : on peut y voir l'homme qui ne devient humain que dans sa relation à autrui. Dans le champ relationnel ouvert par la graphie même de ce terme, le moi ne saurait se concevoir comme une entité isolée des autres, retirée dans son intériorité, mais bien plutôt comme un point de convergence d'échanges interpersonnels. Un grand exégète du IIe siècle apr. J.-C. définit le *ren* comme « le souci qu'ont les hommes les uns pour les autres du fait qu'ils vivent ensemble[10] ».

Le *ren*, que l'on pourra traduire, à défaut, par « qualité humaine » ou « sens de l'humain », est ce qui constitue *d'emblée* l'homme comme être moral dans le réseau de ses relations avec autrui, dont la complexité pourtant harmonieuse est à l'image de l'univers lui-même. La pensée morale, dès lors, ne saurait porter sur la meilleure façon d'instaurer une relation désirable entre les individus ; c'est au contraire le lien moral qui est premier en ce qu'il est fondateur et constitutif de la nature de tout être humain.

Le *ren* semble être une valeur que Confucius place très haut, tellement haut qu'il ne la reconnaît pratiquement à personne (et surtout pas à lui-même) si ce n'est, à la rigueur, aux saints mythiques de l'antiquité. Et en même temps, il la dit toute proche :

> Le *ren* est-il vraiment inaccessible ? Désire-le avec ferveur, et le voici en toi (VII, 29).

Le *ren* ne définit pas un idéal figé et stéréotypé de perfection auquel il faudrait se conformer, procédant plutôt d'une nécessité interne, d'un ordre intrinsèque des choses dans lequel il s'agit de se replacer. Il s'agit moins d'un idéal à réaliser que d'un pôle vers lequel tendre à l'infini :

> Zigong : « Maître, celui qui prodiguerait les bienfaits au peuple et subviendrait à tous ses besoins, ne mériterait-il pas le nom de *ren* ? »
> Le Maître : « Ce ne serait plus du *ren*, ce serait de la sainteté ! Ce n'était pas chose facile même pour Yao et Shun ! » (VI, 28.)
> Le Maître dit : « Atteindre le *ren* ou, à plus forte raison, la sagesse suprême, je ne saurais y prétendre. Tout ce que je puis dire, c'est que j'y tends de toute mon âme, sans me lasser jamais d'enseigner » (VII, 32).

Bien que Confucius parle constamment du *ren*[11], il se refuse à en donner une définition explicite et, de ce fait, limitative. Aux questions de ses disciples, il répond par touches successives et, comme tout bon maître, en fonction de l'interlocuteur qu'il a en face de lui[12]. Au disciple Fan Chi, il répond : « Le *ren*, c'est aimer les autres » (XII, 22). On a souvent voulu voir dans cette phrase, surtout depuis le temps des missionnaires, un rapprochement possible avec l'*agapè* des chrétiens, en oubliant que, loin de faire référence à une source divine, l'amour dont parle Confucius est tout ce qu'il y a de plus humain, enraciné qu'il est dans sa dimension affective et émotionnelle et dans une relation de réciprocité. À ses disciples qui lui demandent s'il est un mot qui puisse guider l'action toute une vie durant, le Maître répond :

> Mansuétude (*shu* 恕), n'est-ce pas le maître mot ? Ce que tu ne voudrais pas que l'on te fasse, ne l'inflige pas aux autres (XV, 23).

Le mot *shu*, dont la graphie (le cœur 心 surmonté de l'élément 如 établissant une équivalence entre deux termes) introduit une relation analogique entre les cœurs, se comprend comme le fait de considérer autrui tel que l'on se considère soi-même :

> Pratiquer le *ren*, c'est commencer par soi-même : vouloir établir les autres autant qu'on veut s'établir soi-même, et souhaiter leur accomplissement autant qu'on souhaite le sien propre. Puise en toi l'idée de ce que tu peux faire pour les autres – voilà qui te mettra dans le sens du *ren* ! (VI, 28.)

Cette mansuétude dictée par le sens de la réciprocité n'est rien de moins que le fil conducteur qui permet de comprendre le *ren* et donne son unité à la pensée du Maître :

> Le Maître dit à Zengzi : « Ma Voie est traversée par un fil unique qui relie le tout. » Zengzi acquiesce. Le Maître sort. Les autres disciples demandent alors : « Que voulait-il dire ? » Et Zengzi de répondre : « La Voie du Maître se ramène à ceci : loyauté envers soi-même, mansuétude pour autrui » (IV, 15).

Tout commence par soi, dans le sens d'une exigence sans limites envers soi-même (*zhong* 忠, dont la graphie évoque le cœur 心 sur son axe central 中). On retrouve ici la notion de centralité, précisément au cœur de la réflexion confucéenne sur ce qui fait notre humanité :

> La vertu du Milieu juste et constant (*zhongyong* 中庸) n'est-elle pas l'exigence extrême ? (VI, 27.)

Ce « Milieu juste et constant », qui devait devenir le titre d'un texte essentiel pour toute la tradition chinoise[13], est le « bien suprême » vers lequel tend toute vie dont le devenir passe nécessairement par le changement et l'échange. Exigence d'équilibre, d'équité et de mesure qui ne cède jamais à l'impulsif, à l'excessif, à l'intérêt immédiat, au calcul partial, à la fantaisie du moment ou au cynisme, autant de penchants qui ruinent toute possibilité de vie fiable et durable. Dans les *Entretiens* abondent les formules balancées, évocatrices du « cheminement au Milieu » (XIII, 21) du funambule sur son fil qui, en péril dès lors qu'il recherche un équilibre statique, ne peut le préserver que dans le mouvement :

> Le Maître était doux mais ferme, imposant sans être intimidant, respectueux tout en restant naturel (VII, 37).
> Le Maître dit : « L'homme de bien est capable d'être généreux sans gaspillage, de faire travailler le peuple sans susciter rancune, d'avoir des aspirations sans convoitise, d'être grand seigneur sans prendre de grands airs, d'être imposant sans être intimidant » (XX, 2).

Mais en même temps c'est dans ce travail sur soi-même que l'on est à même d'étendre sa mansuétude à son entourage. Ce double axe de tension ouvre un champ relationnel fondé sur le respect ou la déférence réciproques. Il faut cependant se hâter de préciser que la relation de réciprocité n'est en rien égalitaire ; elle n'est que « le comportement de celui qui s'inspire, à l'égard d'autrui, de ce qu'il attendrait de lui-même envers autrui s'il était à la place d'autrui et autrui à sa place. Elle ne consiste nullement à placer son vis-à-vis inférieur sur le même plan que soi-même, et conserve intégralement toutes les relations de la hiérarchie sociale telles qu'elles sont ; mais elle fait venir du cœur, elle intériorise, par conversion introspective de la situation d'autrui, toutes les obligations institutionnelles attachées au rang où chacun se trouve placé[14] ».

« Entre les Quatre Mers, tous les hommes sont frères »

Notre potentiel de *ren* ne désigne pas seulement notre possibilité individuelle d'atteindre à toujours plus d'humanité, mais aussi le réseau sans cesse croissant et toujours plus complexe de nos relations humaines. Le *ren* se manifeste ainsi dans des vertus éminemment relationnelles puisque fondées sur la réciprocité et la solidarité dont on peut encore mesurer l'importance dans les liens hiérarchiques et obligatoires qui caractérisent la société et les communautés chinoises.

La relation qui fonde en nature l'appartenance de tout individu au monde comme à la communauté humaine est celle du fils à son père. La piété filiale (*xiao* 孝, caractère où l'on reconnaît l'élément « enfant » 子) est donc la clé de voûte du *ren* en ce qu'elle est l'illustration par excellence du lien de réciprocité : la réponse naturelle d'un enfant à l'amour que lui portent ses parents dans le contexte général de l'harmonie familiale et de la solidarité entre les générations. Réponse qui ne peut se concrétiser que lorsque l'enfant est lui-même parvenu à l'âge adulte, au moment où les parents sont devenus à leur tour dépendants, ou même par-delà leur mort, dans le deuil porté pendant trois ans, durée qu'il faut au nouveau-né pour sortir du giron de ses parents[15].

La piété filiale, que l'on peut encore considérer comme vivante et signifiante dans de larges portions du monde sinisé, fonde en particulier la relation politique entre prince et sujet : de même que le fils répond à la bonté de son père par sa piété, le sujet ou le ministre répond à la bienveillance de son prince par sa loyauté qui commence, on l'a vu, par une exigence envers soi-même. Ces deux relations fondamentales s'enrichissent d'une multiplicité d'autres types de relations, qu'elles soient familiales (frère aîné/frère cadet, mari/femme) ou sociales (entre amis). L'harmonie de ces cinq relations considérées comme fondamentales par les confucéens est garantie par la relation de confiance (*xin* 信), dont la graphie évoque l'homme tout entier dans sa parole, l'adéquation entre ce qu'il dit et ce qu'il fait. Cette intégrité qui rend un homme digne de confiance est elle-même la condition de son intégration dans le corps social.

Comme le suggère l'adage des *Entretiens* « Entre les Quatre Mers, tous les hommes sont frères » (XII, 5), le *ren* est au départ un sentiment de bienveillance et de confiance tel qu'il existe entre les membres d'une même famille, et qui peut se propager de proche en proche si la communauté est élargie à l'échelle d'un pays, voire de l'humanité entière. Cet élargissement par cercles concentriques est évoqué dans la fameuse ouverture de *La Grande Étude (Daxue)*, texte attribué au disciple de Confucius Zengzi (env. 505-436 av. J.-C. ?)[16] :

> Le Dao de la Grande Étude consiste à faire resplendir la lumière de la vertu, être proche du peuple comme de sa propre famille, et ne s'arrêter que dans le bien suprême. Savoir où s'arrêter permet d'être fixé ; une fois fixé, l'esprit peut connaître le repos ; le repos conduit à la paix, la paix à la réflexion, la réflexion permet d'atteindre le but. Toute chose a une racine et des branches, tout événement un début et une fin. Qui sait ce qui vient avant et ce qui vient après, celui-là est proche du Dao.
> Dans l'antiquité, pour faire resplendir la lumière de la vertu par tout l'univers, on commençait par ordonner son propre pays. Pour ordonner son propre pays, on commençait par

régler sa propre maison. Pour régler sa propre maison, on commençait par se perfectionner soi-même. Pour se perfectionner soi-même, on commençait par rendre droit son cœur. Pour rendre droit son cœur, on commençait par rendre authentique son intention. Pour rendre authentique son intention, on commençait par développer sa connaissance ; et on développait sa connaissance en examinant les choses.

C'est en examinant les choses que la connaissance atteint sa plus grande extension. Une fois étendue la connaissance, l'intention devient authentique ; une fois l'intention authentique, le cœur devient droit. C'est en rendant droit le cœur que l'on se perfectionne soi-même. C'est en se perfectionnant soi-même qu'on règle sa maison ; c'est en réglant sa maison qu'on ordonne son pays ; et c'est lorsque les pays sont ordonnés que la Grande Paix s'accomplit par tout l'univers.

Pour le Fils du Ciel comme pour l'homme ordinaire, l'essentiel consiste à se perfectionner soi-même. Laisser l'essentiel au désordre en espérant maîtriser l'accessoire, voilà qui est impossible. Négliger ce qui vous tient à cœur en attachant de l'importance à ce qui n'en a pas, voilà qui ne s'est jamais vu.

L'esprit rituel

Pour Confucius, être humain, c'est être d'emblée en relation avec autrui, relation qui est perçue comme étant de nature rituelle. Se comporter humainement, c'est se comporter rituellement :

Yan Hui demande ce qu'est le *ren*.
Le Maître dit : « Vaincre son ego pour se replacer dans le sens des rites, c'est là le *ren*. Quiconque s'en montrerait capable, ne serait-ce qu'une journée, verrait le monde entier rendre hommage à son *ren*. N'est-ce pas de soi-même, et non des autres, qu'il faut en attendre l'accomplissement ? »
Yan Hui : « Pourriez-vous m'indiquer la démarche à suivre ? »
Le Maître : « Ce qui est contraire au rituel, ne le regarde pas, ne l'écoute pas ; ce qui est contraire au rituel, n'en parle pas et n'y commets pas tes actions » (XII, 1).

La formule devenue célèbre « Vaincre son ego pour se replacer dans le sens des rites » indique la nécessité d'une ascèse visant à discipliner la tendance à l'égocentrisme et à intérioriser rituellement l'humanité de ses relations avec autrui. Un autre disciple qui s'enquiert lui aussi du *ren* reçoit cette réponse :

> En public, comporte-toi toujours comme en présence d'un invité de marque. Au gouvernement, traite le peuple avec toute la gravité de qui participe à un grand sacrifice. Ce que tu ne voudrais pas que l'on te fasse, ne l'inflige pas aux autres. Ainsi, nul ressentiment ne sera dirigé contre toi, que tu sois au service de l'État ou d'une grande famille (XII, 2).

Ces deux réponses montrent bien que, dans l'esprit de Confucius, le *ren* et l'esprit rituel *(li)* sont indissociables. Ces deux termes, les plus fréquemment utilisés dans les *Entretiens*[17], désignent en fait deux aspects d'une seule et même chose : la conception de l'humain chez Confucius :

> Le Maître dit : « Dépourvu de *ren*, comment un homme pourrait-il seulement sentir ce que sont les rites, ce qu'est la musique rituelle ? » (III, 3.)

Dans ses références au *li* 禮, Confucius fait souvent allusion à l'origine religieuse du mot. Composé du radical des choses sacrées 示, auquel vient s'ajouter la représentation schématisée d'un brouet de céréales 曲 dans une coupe 豆, il désigne à l'origine un vase sacrificiel, puis, par extension, le rituel du sacrifice. Mais ce qui intéresse Confucius dans le *li*, et ce qu'il en retient, ce n'est pas l'aspect proprement religieux du sacrifice à la divinité, c'est l'attitude rituelle de celui qui y participe. Attitude d'abord et surtout intérieure, pénétrée de l'importance et de la solennité de l'acte en cours, qui ne fait que se traduire au-dehors par un comportement formel contrôlé.

La dimension rituelle de l'humanisme confucéen lui confère une qualité esthétique, non seulement dans la beauté formelle du geste et le raffinement subtil du comportement, mais du fait qu'il y a là une éthique qui trouve sa justification en elle-même, dans sa propre harmonie. D'où l'association naturelle des rites et de la musique, expression par excellence de l'harmonie :

> Le Maître dit : « Un homme s'éveille à la lecture des *Odes*, s'affirme par la pratique du rituel, et s'accomplit dans l'harmonie de la musique[18] » (VIII, 8).

On aura compris que la notion de *li* prend à rebours l'idée que l'on se fait communément du ritualisme comme une simple étiquette, un protocole, bref un ensemble d'attitudes conventionnelles purement extérieures dont l'illustration caricaturale – mais ô combien répandue – est le Chinois se confondant en courbettes. Même s'il est permis de qualifier l'esprit rituel de formaliste, il s'agit d'une forme qui, du moins dans l'idéal éthique confucéen, se confond totalement avec la sincérité de l'intention. Il y a accord parfait entre la beauté de la forme extérieure et celle de l'intention intérieure :

> Lin Fang : « Quelle est la première chose à observer dans les cérémonies rituelles ? »
> Le Maître : « Une bien grande question ! Dans toute cérémonie, mieux vaut l'austérité que l'apparat. Dans celles de deuil, mieux vaut la sincérité dans la douleur que le scrupule dans l'étiquette » (III, 4).

En promouvant sa grande idée neuve de *ren* qu'il associe étroitement au *li*, Confucius insuffle à ce dernier un sens nouveau dans le code rituel de l'aristocratie ancienne, réduit à son époque à un cadre vide et des formes sans vie :

> Le Maître s'écrie : « Les rites, les rites ! Ne tiennent-ils qu'au brillant du jade et de la soie ? La musique, la musique ! Ne tient-elle qu'au bruit des cloches et des tambours ? » (XVII, 11.)

Voici que la lettre est de nouveau animée par l'esprit. Comme pour l'homme de bien *(junzi)* et le sens de l'humain *(ren)*, Confucius opère au sujet de *li* un « glissement sémantique », passant du sens sacrificiel et religieux à l'idée d'une attitude intériorisée de chacun, qui est conscience et respect d'autrui, et qui garantit l'harmonie des relations humaines, qu'elles soient sociales ou politiques. Le champ d'action des rites se déplace des relations entre l'humain et le surnaturel vers celles qui existent entre les humains eux-mêmes. Mais malgré ce glissement, le caractère sacré du *li* est préservé dans toute sa puissance et son efficace : il y a en fait déplacement du sacré du domaine proprement religieux vers la sphère de l'humain.

Le *li* est donc ce qui fait l'humanité d'un groupe humain et de chaque homme dans ce groupe. En effet, les sentiments les plus instinctifs (attirance, répulsion, souffrance, etc.) ne deviennent proprement humains que lorsque les hommes leur donnent un certain sens, autrement dit lorsqu'ils les ritualisent (c'est aussi ce qu'on observe dans l'évolution des enfants depuis la naissance : pour un petit enfant, un acte prend sens à partir du moment où il est ritualisé). Dans la tradition confucéenne et plus généralement dans la culture chinoise, le comportement rituel constitue même le critère de distinction entre l'humain et la brute, mais aussi entre êtres civilisés et « barbares », distinction qui ne saurait dès lors relever de facteurs purement ethniques :

> Un perroquet pourra apprendre à parler ; il ne sera jamais qu'un oiseau. Un singe pourra apprendre à parler ; il ne sera jamais qu'un animal sans raison. Si un homme ne garde pas les rites, bien qu'il sache parler, son cœur n'est-il pas celui d'un être privé de raison ? Les animaux n'ont aucune règle de bienséance ; aussi le cerf et son petit s'approchent de la même biche [pour s'accoupler]. C'est pourquoi les grands sages qui ont surgi dans le monde ont formulé les règles de bienséance pour enseigner les hommes, et les aider à se distinguer des animaux par l'observation des rites[19].

Il y a enfin un rapport d'interaction entre les rites et la signification qu'ils revêtent pour chaque individu : c'est là le « sens du juste » (*yi* 義) dont parle Confucius. *Yi*, dont la graphie comporte l'élément 我 (moi, je), représente l'investissement personnel de sens que chacun apporte dans sa façon d'être au monde et dans la communauté humaine, c'est la façon dont chacun réinterprète sans cesse la tradition collective en lui donnant un sens nouveau. Tout le contenu notionnel de *yi* comme sens du juste (justice mais aussi justesse) – sens de ce qui est approprié à une circonstance particulière, de ce qu'il convient de faire en situation – concourt à l'associer au *li*, « l'acte signifiant » par excellence. À eux deux, l'esprit rituel et le sens du juste dessinent les contours de l'univers éthique confucéen. Au lieu des références à la transcendance habituelles à la réflexion éthique occidentale, on trouve ici la tradition, mais c'est une tradition qui vit, se nourrit et se perpétue sans se répéter, de la façon dont tout un chacun la vit.

La mission sacrée de l'homme de bien

Pour Confucius, l'homme a une mission sacrée : celle d'affirmer et d'élever toujours plus haut sa propre humanité. Cette mission prime sur tous les autres devoirs sacrés, y compris ceux qui s'adressent aux puissances du divin ou de l'au-delà :

> Le Maître ne parlait jamais de l'étrange ni des esprits, de la force brute ni des actes contre nature (VII, 20).
> Zilu demande comment il convient de servir les esprits. Le Maître lui dit : « Tant que l'on ne sait pas servir les hommes, comment peut-on servir leurs mânes ? » Zilu l'interroge alors sur la mort. Le Maître répond : « Tant que l'on ne sait pas ce qu'est la vie, comment peut-on savoir ce qu'est la mort ? » (XI, 11.)
> Fan Chi demande en quoi consiste la sagesse. Le Maître répond : « C'est rendre aux hommes leur dû en toute justice, et honorer esprits et démons tout en les tenant à distance » (VI, 20).

Cette dernière phrase illustre parfaitement la position préconisée par Confucius vis-à-vis du supra-humain. Le sacré n'est plus tant le culte rendu aux divinités, mais la conscience morale individuelle, la fidélité à toute épreuve à la Voie (Dao 道), source de tout bien. Au nom du Dao, l'homme de bien doit être prêt à « être méconnu des hommes sans en prendre ombrage » comme l'annoncent en ouverture les *Entretiens*, c'est-à-dire à renoncer à tous les avantages et signes extérieurs de la réussite et de la reconnaissance sociale et politique :

> Le Maître dit : « Honneurs et richesses sont ce que l'homme désire le plus au monde, et pourtant mieux vaut y renoncer que s'écarter du Dao. Humilité et pauvreté sont ce que l'homme fuit le plus au monde, et pourtant mieux vaut les accepter que s'écarter du Dao. L'homme de bien qui se départ du *ren* n'est plus digne de ce nom ; l'homme de bien est celui qui ne s'en départ même pas le temps d'un repas, qu'il se trouve pressé ou ballotté par les événements » (IV, 5).
> Le Maître dit : « Un adepte du Dao est tout entier tendu vers sa réalisation. Celui qui rougit d'être mal nourri ou vêtu ne vaut pas la peine que l'on s'entretienne avec lui » (IV, 9).

L'exigence peut aller pour l'homme de bien jusqu'au sacrifice de sa vie :

> Le Maître dit : « L'adepte résolu du Dao, l'homme de *ren* véritable, loin de tenir à la vie s'il en coûte au *ren*, la sacrifierait au besoin pour que vive le *ren* » (XV, 8).
> Le Maître dit : « Qui le matin entend parler du Dao peut mourir content le soir même » (IV, 8).

Ce caractère sacré de l'adhésion au Dao, Confucius le souligne en lui donnant valeur de « décret du Ciel » *(tianming)*, employant l'expression même qui désignait le mandat dynastique des Zhou :

> Le Maître soupire : « Je reste méconnu de tous ! »
> Zigong : « Comment l'expliquez-vous ? »
> Le Maître : « Je n'accuse pas le Ciel, je n'en veux pas aux hommes. Mon étude est modeste, mais ma visée est haute. Qui me connaîtrait, hormis le Ciel ? » (XIV, 37.)

À plusieurs reprises, menacé de mort au cours de ses pérégrinations, Confucius déclare avec force n'avoir rien à craindre, invoquant son « destin céleste », celui même qu'il dit connaître à cinquante ans [20].

Portrait du prince en homme de bien

Ainsi, l'apprendre, le sens de l'humain et l'esprit rituel forment une sorte de tripode qui fonde le pari confucéen : tant que l'on n'a pas appris à se comporter rituellement, on ne peut prétendre être humain à part entière. Deux passages des *Entretiens*, construits de manière quasiment parallèle, montrent le caractère indissociable de ces trois pôles :

> Le Maître dit : « Faute de se régler sur le rituel, la politesse devient laborieuse, la prudence timorée, l'audace rebelle, la droiture intolérante » (VIII, 2).
> Sans l'amour de l'étude, toute déformation est possible : l'amour du *ren* devient simplesse, celui du savoir superficialité, celui de l'honnêteté préjudice, celui de la droiture intolérance, celui de la bravoure insoumission, celui de la rigueur fanatisme (XVII, 8).

L'incarnation de cette trinité est le *junzi*, l'homme de bien pas seulement dans l'éthique individuelle, mais aussi et surtout dans son prolongement qu'est la pratique politique du souverain des hommes. La famille étant perçue comme une extension de l'individu et l'État comme une extension de la famille, et le prince étant à ses sujets ce qu'un père est à ses fils, il n'y a pas de solution de continuité entre éthique et théorie politique, la seconde n'étant qu'un élargissement de la première à la dimension communautaire. Confucius convertit ainsi l'autorité du prince en ascendant de l'homme exemplaire, de même que le « décret céleste » est converti de mandat dynastique en mission morale. En conséquence, la pensée confucéenne a toujours opéré sur le double registre de la « culture morale personnelle » (*xiushen* 修身) qui vise à la « sainteté intérieure » (*neisheng* 內聖) et de la charge d'« ordonner le pays » (*zhiguo* 治國) qui tend à l'idéal institutionnel de la « royauté extérieure » (*waiwang* 外王).

L'ancienne unité religieuse, héritée des Shang et adaptée par les Zhou, se faisait autour de la personne du Fils du Ciel qui, en tant que tel, était seul à pouvoir sacrifier au Ciel et agissait comme prêtre en chef unifiant les aspirations du peuple entier. Avec Confucius, cette communion religieuse se trouve doublée par le consensus moral qu'est le sens de l'humain et qui se cristallise autour de l'homme de bien. La conviction profonde que la nature humaine, à force d'apprendre, est perfectible à l'infini ouvre en effet la voie d'une sainteté qui ne devrait rien au divin, mais qui ne relèverait pas moins du religieux. Par-delà le simple sage (*xian* 賢), le Saint (*sheng* 聖) est à la fois ordinaire et « autre » en ce qu'il allie l'exemplarité, imitable de tous, et le dépassement de l'humanité ordinaire.

Les deux types d'unité, religieuse et éthique, se rejoignent dans leur caractère ritualiste : la figure de l'homme de bien, incarnation d'une éthique du comportement rituel, vient doubler celle du souverain, pôle central d'une religiosité rituelle, jusqu'à idéalement se confondre avec elle :

> Zizhang demande ce qu'est le *ren*. Confucius dit : « Se rendre capable de pratiquer cinq choses sous le Ciel, voilà le *ren*. Quelles sont-elles ? Déférence, grandeur d'âme, honnêteté, diligence et générosité. La déférence vous fait respecter, la grandeur d'âme vous gagne le cœur de la multitude, l'honnêteté vous vaut la confiance du peuple, la diligence assure

l'efficacité de vos entreprises, et c'est par la générosité que vous mériterez le service du peuple » (XVII, 6).

Qu'est-ce que gouverner ?

Le souverain qui, dans l'idéal de la conception politique confucéenne, incarne naturellement le *ren* en s'imposant simplement par la bienveillance, et non par la force, possède le *de* 德. Cet autre terme, issu du vocabulaire antique où il désigne la droiture du cœur mais qui prend une valeur nouvelle chez Confucius, est habituellement traduit par « vertu [21] ». Commençons par préciser qu'il ne s'agit pas de la vertu prise au sens moral par opposition au vice – ce qui n'aurait pas grand sens en l'absence de dualité abstraite et manichéenne Bien/Mal [22]. Si l'on adopte cette traduction par défaut (comme c'est, hélas, le cas pour nombre de notions chinoises), « vertu » serait plutôt à prendre dans son sens latin de *virtus* qui désigne l'ascendant naturel ou le charisme qui se dégage de quelqu'un et qui fait qu'il vous en impose sans effort particulier, et surtout sans recours à quelque forme de coercition extérieure.

La notion clé du gouvernement confucéen n'est en effet pas celle de pouvoir, mais d'harmonie rituelle. Le charisme personnel du souverain, tout comme le rituel, possède l'efficace du sacré par sa capacité, naturelle et invisible, d'harmonisation des rapports humains, sans pour autant dépendre des divinités auxquelles s'adressent les rites proprement religieux. L'opposition entre une puissance transformatrice (*hua* 化), qui oblige sans contraindre, et l'usage de la force ou de la coercition restera au cœur de la pensée politique confucéenne :

> Le Maître dit : « Gouvernez à force de lois, maintenez l'ordre à coups de châtiments, le peuple se contentera d'obtempérer, sans éprouver la moindre honte. Gouvernez par la vertu, harmonisez par les rites, le peuple non seulement connaîtra la honte, mais se régulera de lui-même [23] » (II, 3).

Le credo éthico-politique de Confucius l'amène ainsi à définir un ordre de priorités qui reste étonnamment actuel :

> Zigong : « Qu'est-ce que gouverner ? »
> Le Maître : « C'est veiller à ce que le peuple ait assez de vivres, assez d'armes, et s'assurer sa confiance. »

> Zigong : « Et s'il fallait se passer d'une de ces trois choses, laquelle serait-ce ? »
> Le Maître : « Les armes. »
> Zigong : « Et des deux autres, laquelle serait-ce ? »
> Le Maître : « Les vivres. De tout temps, les hommes sont sujets à la mort. Mais un peuple qui n'a pas confiance ne saurait tenir » (XII, 7).

Les grands de ce monde feraient bien de méditer également les propos tenus entre le Maître et le souverain de son pays natal de Lu, le duc Ding (r. 509-495 av. J.-C.) :

> Le duc Ding : « Est-il une et une seule phrase qui puisse faire la grandeur d'un pays ? »
> Confucius : « Une simple phrase ne saurait avoir ce pouvoir. On dit pourtant : "Être souverain est difficile, être ministre n'est pas facile." Le souverain qui aurait compris la difficulté de sa tâche ne serait-il pas près de faire en une phrase la grandeur de son pays ? »
> Le duc Ding : « Est-il une et une seule phrase qui puisse faire la ruine d'un pays ? »
> Confucius : « Une simple phrase ne saurait avoir ce pouvoir. On dit pourtant : "Je n'ai aucune joie à être prince, si ce n'est que personne n'ose me contredire." Dans le cas où les édits du prince sont sages, ne faut-il pas se féliciter que personne ne s'y oppose ? Mais dans le cas contraire, le souverain qui se donnerait pareille définition ne serait-il pas près de faire en une phrase la ruine du pays ? » (XIII, 15.)

Sur le plan politique, l'éducation est tout aussi centrale que dans le développement de l'individu. Dans un gouvernement par le *ren*, le souverain est avant tout préoccupé d'éduquer ses sujets. On retrouve une fois de plus l'idée que le souverain n'est pas là pour contraindre, mais pour transformer dans le sens d'une harmonisation. Ce sera une éducation par l'exemple et l'imitation de modèles plutôt que par conformité à des normes ou des principes posés *a priori*. À l'usurpateur Ji Kangzi qui réclame une recette pour obtenir du peuple obéissance et soumission, le Maître répond :

> Traitez le peuple avec égard et vous serez vénéré ; soyez bon fils pour vos parents, bon prince pour vos sujets, et vous serez servi avec loyauté ; honorez les hommes de valeur, éduquez les moins compétents, et tous se verront incités au bien (II, 20).

« Rectifier les noms »

La primauté accordée à la valeur de l'exemple se retrouve dans la fameuse glose :

> Gouverner (*zheng* 政), c'est être dans la rectitude (*zheng* 正) (XII, 17).

Dans le mot *zheng*, plutôt que l'idée de gouverner (c'est-à-dire de tenir le gouvernail), il y a celle d'ordonner le monde contenue dans la notion de *zhi* 治, terme qui signifie à l'origine soigner un organisme malade au sens d'y rétablir un équilibre perdu. Autrement dit, l'art de gouverner n'est pas une question de technique politique qui demanderait une spécialisation, mais simple affaire de charisme personnel qu'il s'agit de posséder et de cultiver. L'adéquation de l'ordre du corps sociopolitique avec la rectitude morale du souverain donne toute sa signification rituelle à la nécessité de « rectifier les noms » (*zhengming* 正名) :

> Zilu : « À supposer que le prince de Wei compte sur vous pour l'aider à gouverner, que feriez-vous en tout premier lieu ? »
> Le Maître : « Une rectification des noms, sans doute. »
> Zilu : « Ai-je bien entendu ? Mais, Maître, vous n'y êtes pas ! Rectifier les noms, dites-vous ? »
> Le Maître : « Zilu, quel rustre tu fais ! Quand il ne sait pas de quoi il parle, un homme de bien préfère se taire. Si les noms sont incorrects, on ne peut tenir de discours cohérent. Si le langage est incohérent, les affaires ne peuvent se régler. Si les affaires sont laissées en plan, les rites et la musique ne peuvent s'épanouir. Si la musique et les rites sont négligés, les peines et les châtiments ne sauraient frapper juste. Si les châtiments sont dépourvus d'équité, le peuple ne sait plus sur quel pied danser. Voilà pourquoi l'homme de bien n'use des noms que s'ils impliquent un discours cohérent, et ne tient de discours que s'il débouche sur la pratique. Voilà pourquoi l'homme de bien est si prudent dans ce qu'il dit » (XIII, 3).

Ce passage qui, pour certains, serait ultérieur à Confucius prend pourtant tout son sens lorsqu'on le rapproche de la célèbre formule lancée par le Maître en réponse au duc Jing de Qi qui l'interroge sur l'art de gouverner :

> Que le souverain agisse en souverain, le ministre en ministre, le père en père et le fils en fils (XII, 11).

C'est en effet dans le rapprochement de ces deux passages que l'acte de nommer prend tout son sens : nommer quelqu'un « ministre » (par dénomination), c'est le nommer ministre (par nomination) [24]. C'est ainsi que la formule qui vient d'être citée (et qui n'est en chinois qu'une juxtaposition de termes : souverain-souverain, ministre-ministre, etc.) peut également être comprise selon une construction transitive, et non plus prédicative : « Traiter en souverain le souverain, en ministre le ministre, etc. »

Que la théorie de la rectification des noms ait été ou non formulée par Confucius lui-même, l'idée d'une adéquation entre nom (*ming* 名) et réalité (*shi* 實) informe toute la pensée confucéenne [25]. On y trouve en effet la conviction qu'il existe une force inhérente au langage qui ne fait qu'exprimer la dynamique des relations humaines ritualisées et qui n'a donc pas besoin d'émaner d'une instance transcendante. L'adéquation peut s'effectuer dans les deux sens : il convient d'agir sur les noms de manière à ce qu'ils ne s'appliquent qu'à des réalités qui les méritent, mais aussi d'agir sur la réalité des choses de manière à ce qu'elles coïncident avec les noms conventionnels.

Cette recherche d'une adéquation rituelle entre noms et réalités est la traduction peut-être tardive du rêve confucéen d'un monde non pas placé sous l'égide d'un gouvernement, fût-il idéal, mais s'harmonisant et s'équilibrant de lui-même, comme au temps du souverain mythique Shun qui se contentait de rester assis face au sud, incarnant ainsi un non-agir tout taoïste (XV, 4) [26]. Il y a chez Confucius une grande nostalgie de l'adéquation originelle de l'aventure humaine au cours naturel des choses où le Dao se manifestait naturellement, sans avoir à être explicité en discours et en principes :

> Le Maître dit : « J'aimerais tant me passer de la parole. »
> Zigong lui objecte : « Mais si vous ne parliez pas, qu'aurions-nous, humbles disciples, à transmettre ? »
> Le Maître : « Le Ciel lui-même parle-t-il jamais ? Les quatre saisons se succèdent, les cent créatures prolifèrent : qu'est-il besoin au Ciel de parler ? » (XVII, 19.)

La Voie confucéenne

Si Confucius déclare à qui veut l'entendre : « Je transmets l'enseignement des anciens sans rien créer de nouveau, car il me semble digne de foi et d'adhésion » (VII, 1) ; il dit aussi : « Le bon maître est celui qui, tout en répétant l'ancien, est capable d'y trouver du nouveau » (II, 11). On a vu à propos de bon nombre de notions héritées de la culture antique comment Confucius, sans les déraciner de leur terreau originel, y fait passer une sève nouvelle en les intégrant dans une vision novatrice de l'humain. Pour reprendre les termes de Léon Vandermeersch, « le génie de Confucius est en effet d'avoir su, sans les transformer, intérioriser en valeurs éthiques les principes de la tradition institutionnelle qu'il s'était donné mission de restaurer [27] ». Dans la façon dont Confucius transmet en la transformant la Voie royale de l'antiquité se profile déjà le destin de la tradition chinoise. Celle-ci, au lieu de se scléroser dans la reproduction indéfinie d'un même modèle, ne doit sa vitalité deux fois millénaire qu'à son ancrage dans l'expérience et l'interprétation personnelles des individus qui l'ont vécue. C'est précisément dans la mesure où la Voie confucéenne est à la portée de tout un chacun qu'elle peut prétendre à l'universalité :

> C'est l'homme qui élargit la Voie et non la Voie qui élargit l'homme (XV, 28).
> La Voie, disait le Maître, n'est pas loin de l'homme. Toute voie qu'on nous donnerait et qui serait loin de l'homme ne serait certainement pas la Voie. Il est dit dans le *Livre des Odes* : « Quand on taille un manche de hache, le modèle n'est pas loin. » On tient le manche de la hache avec laquelle on taille un manche de hache, et on tourne les yeux sur lui. Et pourtant ce modèle-là peut être considéré encore comme un modèle éloigné. Mais l'homme de bien, lui, traite l'homme selon l'homme [qu'il est lui-même]. Il lui suffit de se corriger lui-même. La loyauté et la bienveillance pratiquent par retour sur soi-même une voie toute proche [28].

Confucius et la formation des textes canoniques

L'enseignement de Confucius intègre étude, sens de l'humain et rites en une vision unique de ce qu'est une tradition civilisée, c'est-à-dire une culture (*wen* 文). Culture que Confucius était parfaitement conscient d'avoir la haute mission de transmettre, fût-ce au péril de sa vie :

> Menacé de mort à Kuang, le Maître déclara : « Après la mort du roi Wen, sa culture ne devait-elle pas vivre encore ici, en moi ? Si le Ciel avait voulu enterrer cette culture, plus personne n'aurait pu se réclamer d'elle comme je le fais. Or, si telle n'est pas l'intention du Ciel, qu'ai-je à craindre des gens de Kuang ? » (IX, 5.)

Comme les rites, dont l'aspect esthétique de formalisme harmonieux les associe tout naturellement à la musique et à la danse, tous les raffinements de la culture au sens large tendent en dernier ressort à humaniser la nature. Parmi eux, la tradition scripturaire occupe la place privilégiée qui lui revient dans une civilisation de l'écrit. Il y a chez Confucius comme chez ses successeurs une tension constante entre la lettre (textuelle) et l'esprit (rituel), entre l'élargissement de l'expérience et de la connaissance et la capacité de les rapporter à une exigence morale :

> Le Maître dit : « L'homme de bien qui, tout en élargissant sa culture par les lettres, est capable de se discipliner par les rites ne saurait trahir le Dao » (VI, 25).

La formation des textes canoniques est indissociable du nom de Confucius, même si certaines traditions font remonter leurs origines à d'autres figures mythiques de la période fondatrice des Zhou comme le roi Wen ou le duc de Zhou[29]. Dans les *Entretiens* (IX, 14), Confucius fait des citations et un usage didactique d'un certain nombre de textes, qu'il dit lui-même avoir modifiés, réaménagés, voire expurgés. Ceux qui reviennent le plus fréquemment et occupent une place privilégiée parmi les Six Classiques (*jing* 經) répertoriés au début des Han (IIe siècle av. J.-C.) sont les *Documents* (*Shu* 書) et les *Odes* (*Shi* 詩). Les premiers sont censés contenir les discours, serments, conseils et instructions attribués aux souverains de l'antiquité et à leurs ministres, depuis les sages-rois Yao, Shun et Yu, en passant par les Xia et les Shang jusqu'aux Zhou[30]. Les *Odes*, qui constituent très tôt un fonds de référence pour l'élite lettrée, sont actuellement au nombre de 305. Composées et recueillies sous les Zhou, elles comprennent aussi bien des airs populaires de diverses parties du royaume que des odes de cour évoquant les événements officiels ou le culte ancestral [31].

Confucius fait également de fréquentes références aux rites et à la musique, sans qu'il y ait moyen de déterminer s'il s'agit de textes et dans quelle mesure ces derniers correspondraient alors aux *Rites* (*Li* 禮) et à la *Musique* (*Yue* 樂) qui figurent parmi les Six Classiques des Han [32]. Ceux-ci comprennent enfin les *Mutations* (*Yi* 易) et les *Printemps et Automnes* (*Chunqiu* 春秋). Les *Mutations*, dont l'origine remonte sans doute à la plus haute antiquité, ne font cependant l'objet que d'une mention d'authenticité douteuse dans les *Entretiens* (VII, 16) et seront abordés dans un chapitre distinct du fait de leur importance capitale pour l'ensemble de la pensée chinoise [33]. Quant aux *Printemps et Automnes*, ils ne sont pas mentionnés une seule fois dans les *Entretiens* bien qu'étroitement associés à Confucius dans la tradition ultérieure. Les deux saisons du titre, en désignant l'année par synecdoque, forment un terme générique pour les annales. Celles-ci étaient tenues à jour par les scribes officiels non seulement dans la maison royale pour tout le royaume, mais encore dans chaque maison seigneuriale, au moins depuis la fin des Zhou occidentaux. Cependant, seules nous sont parvenues les annales de la maison de Lu, patrie de Confucius, connues sous le simple titre de *Printemps et Automnes* qui en est venu à désigner la période historique couverte par ces annales (722-481 av. J.-C.). Cette chronique purement événementielle, sèche et impersonnelle, ne se trouve pourtant attribuée à Confucius qu'au IVe siècle av. J.-C. par Mencius, qui veut y voir un enseignement caché que le Maître aurait voulu transmettre aux générations futures [34]. C'est le point de départ d'une longue tradition, encore vivace à la fin du siècle dernier, qui fera du *Chunqiu* une sorte de message prophétique, voire ésotérique, livré dans une formulation codée et codifiée.

Au IIe siècle av. J.-C., alors que s'ouvre avec la dynastie Han l'ère impériale, le premier grand historien chinois Sima Qian (145 ?- 86 ? av. J.-C.) décrit ainsi la complémentarité des Six Classiques :

> Le *Livre des Mutations*, qui traite du Ciel et de la Terre, du Yin et du Yang, des Quatre Saisons et des Cinq Éléments, est

> l'étude par excellence du devenir ; le *Traité des Rites*, qui ajuste les rapports entre les hommes, est l'étude de la conduite ; le *Livre des Documents*, qui consigne les faits des rois d'autrefois, est l'étude de la politique ; le *Livre des Odes*, qui chante montagnes et rivières, ravins et vallées, herbes et arbres, oiseaux et bêtes, mâles et femelles, est l'expression par excellence du lyrisme ; le *Livre de la Musique*, par quoi la joie d'être trouve son expression, est l'étude de l'harmonie ; les *Annales des Printemps et Automnes*, qui distinguent le juste de l'injuste, sont l'étude du gouvernement de l'humanité [35].

Ainsi, la tradition scripturaire chinoise n'a rien à envier en complexité aux autres cultures de l'écrit. Il semble que les textes d'où les confucéens ont extrait leur corpus canonique ont fait office de *bonum commune* à des écoles et des courants très diversifiés de la période pré-impériale. Le Canon confucéen a connu dans son développement deux étapes majeures avec l'établissement des textes sous les Han et le grand renouveau des Song, un millénaire plus tard. Sous les Han, il est question de cinq (ou six) Classiques ; sous les Tang, on en compte douze, qui deviennent treize sous les Song, avant de se voir adjoindre les Quatre Livres imposés par Zhu Xi. Autant dire que le Canon n'est pas conçu comme clos et immuable : tout texte essentiel pour « clarifier les principes du Ciel et rectifier les esprits des hommes » peut devenir un Classique.

L'absence d'homogénéité du matériau canonique confucéen a été parfois mise en rapport avec son orientation non théocentrique, les écritures n'étant pas le lieu où Dieu parle aux hommes comme c'est le cas dans les traditions révélées dont les fondements scripturaires apparaissent en comparaison plus homogènes [36]. Tous les éléments qui caractérisent les Classiques (hétérogénéité du matériau, absence de révélation, mutabilité du corpus, absence de monopole d'un courant particulier, etc.) concourent à évacuer les notions d'hétérodoxie ou d'hérésie de la conception chinoise de la canonicité.

Même si la tradition confucéenne s'est attachée à établir un rapport entre ces textes et la figure de Confucius, ce rapport seul n'est pas en soi critère de canonicité puisque même les *Entretiens* n'entrent pas à l'origine dans le corpus canonique. Le principal critère de sacralisation reste lié à l'écriture qui participe du passage, décrit au chapitre précédent, d'une pratique divinatoire à une pensée cosmologique. Les signes écrits, dans leur lien originel avec la divination (rappelons que le même mot *shi* 史 désigne le scribe et le devin), sont investis d'un pouvoir magique, incantatoire, qui leur restera associé à travers toutes les formes ultérieures de l'expression écrite, poésie et calligraphie tout particulièrement. Mais ce pouvoir vient de ce que les signes épousent sans médiation les lignes naturelles de l'univers. Or, une telle écriture ne laisse guère de place à l'expression personnelle. Elle est par excellence canonique au sens du terme chinois *jing* 經, qui désigne la chaîne d'un tissu. Le texte, comme texture, se contente de faire apparaître les motifs fondamentaux de l'univers, il ne s'y superpose pas comme un discours *sur* l'univers. Dans ce sens, les Classiques représentent la trame de l'univers lui-même transcrite, mise en signes : au lieu de démarquer l'homme par rapport au monde, elle noue entre eux un lien intime :

> Les ouvrages qui traitent des principes universels de la grande triade (Ciel-Terre-Homme) s'appellent *jing*. Ils représentent le Dao suprême dans sa permanence, grande leçon immuable. Voilà pourquoi ils sont à l'image du Ciel et de la Terre, se modèlent sur les esprits et les divinités, participent de l'ordre des choses et règlent les affaires humaines[37].

Les Classiques représentent donc chacun un genre spécifique de littérature, mais, pris dans leur ensemble, ils constituent un vaste réservoir de l'expérience et de la sagesse des hommes accumulées tout au long des siècles, un trésor d'*exempla* qui peuvent s'appliquer en toute occasion. Si l'on recherche des dénominateurs communs à tous ces textes à première vue si divers et que l'on s'interroge sur ce qui fait leur canonicité, on peut tout d'abord souligner leur caractère officiel, par opposition à des écrits personnels associés à des auteurs particuliers. Une littérature de précédents qui se donne un modèle canonique n'a pas pour exigence première la recherche de l'originalité. Même si l'on y compte nombre de fortes personnalités et de pensées puissantes, il s'agit en grande partie d'une littérature de commentaires, présentés ou non explicitement comme tels.

La sacralisation de l'écrit est centrale dans le rôle historique assigné à Confucius : durant les deux siècles et demi qui séparent la mort du Maître et les débuts de l'ère impériale, l'essentiel du corpus scripturaire est remodelé dans l'esprit confucéen. En même temps, on assiste à un passage progressif de la culture canonique, basée sur une tradition textuelle et rituelle, à un discours proprement philosophique. De par le précédent qu'il crée d'utilisation profane, non officielle, de l'écriture, Confucius ne fait pas seulement école dans son propre sillage, mais il est imité par ce qu'il est convenu d'appeler « les maîtres et les cent écoles » (moïste, taoïste, légiste, etc.) qui émergent sous les Royaumes Combattants au IVe-IIIe siècle et qui prétendent également instituer des canons. C'est au zèle de disciples désireux de conserver l'essentiel des enseignements oraux des maîtres que l'on doit les premiers recueils de propos ou d'aphorismes. La plupart ont pour titre le nom du maître *(zi)* qui en est l'auteur présumé, le *Mozi* étant, par exemple, censé rapporter l'enseignement de Maître Mo. Dans le cas du *Mengzi*, il ne s'agit plus uniquement de notes consignées en un recueil posthume, Mencius ayant vécu assez vieux pour pouvoir reprendre lui-même le texte. L'idée d'une œuvre personnelle ne se concrétise qu'à la veille de l'empire avec Xunzi qui compose entièrement de sa main de courts traités ayant cependant fait l'objet d'un enseignement oral préalable. Mais le premier véritable auteur à avoir employé directement la langue écrite pour exprimer ses idées personnelles est le grand théoricien de la pensée légiste Han Feizi. C'est cet affinement progressif du discours que nous allons tenter de retracer dans les chapitres qui suivent.

Notes

1. *Entretiens*, XVI, 2.
2. Voir le *Zuozhuan (Commentaire de Zuo)* et le chapitre 47 du *Shiji (Mémoires historiques)* de Sima Qian. Le *Zuozhuan*, généralement daté du milieu du IVe siècle av. J.-C., est une compilation très détaillée de faits et d'anecdotes historiques entre 722 et 464, rattachée, année par année, aux rubriques des *Annales des Printemps et Automnes (Chunqiu)*, document historique considéré comme texte canonique dans la tradition confucéenne (voir plus bas à la note 34). Traduction intégrale de Séraphin COUVREUR, *Tch'ouen ts'iou et Tso tchouan. La Chronique de la principauté de Lou*, 1914, rééd. en 3 vol., Paris, Cathasia, 1951 ; traduction d'extraits par Burton WATSON, *The Tso chuan. Selections from China's Oldest Narrative History*, New York, Columbia University Press, 1989.

Pour des traductions partielles des *Mémoires historiques* du IIe siècle av. J.-C., cf. Edouard CHAVANNES, *Les Mémoires historiques de Sse-ma Ts'ien* (chap. 1 à 47), 1895-1905, rééd. (avec les chap. 48-52), Paris, Adrien Maisonneuve, 1969 ; Burton WATSON, *Records of the Grand His-*

torian of China, 2 vol., New York, Columbia University Press, 1961 ; éd. revue en 3 vol., Chinese University of Hong Kong ; du même auteur, *Ssuma Ch'ien, Grand Historian of China*, New York, Columbia University Press, 1958. Une traduction intégrale en anglais est en cours sous la direction de William H. NIENHAUSER, Jr., *The Grand Scribe's Records*, 9 vol. prévus, t. 1 et 7, Bloomington, Indiana University Press, 1995.

3. En chinois : *Lunyu*. Outre la traduction quelque peu désuète de Séraphin COUVREUR (missionnaire en Chine au début de ce siècle), *Les Entretiens de Confucius et de ses disciples*, publiée dans *Les Quatre Livres*, 1895, rééd. Paris, Cathasia, 1949, il en existe de plus récentes en français. Par ordre chronologique : Anne CHENG, *Entretiens de Confucius*, Paris, Éd. du Seuil, 1981 ; Pierre RYCKMANS, *Les Entretiens de Confucius*, Paris, Gallimard, 1987 ; André LÉVY, *Confucius. Entretiens avec ses disciples*, Paris, Flammarion, 1994. En anglais : Arthur WALEY, *The Analects of Confucius*, Londres, Allen & Unwin, 1938 ; D.C. LAU, *The Analects*, Harmondsworth, Penguin Books, 1979 ; Raymond DAWSON, *Confucius, The Analects*, Oxford University Press, 1993 ; E. Bruce & A. Taeko BROOKS, *The Original Analects. Sayings of Confucius and his Successors*, New York, Columbia University Press, 1998. En allemand : Richard WILHELM, *Kung-Futse Gespräche*, 1910, rééd. Düsseldorf, Diederichs, 1955. En italien : Fausto TOMASSINI, *Testi Confuciani*, Turin, UTET, 1974.

Parmi les nombreuses études sur Confucius et les *Entretiens*, on peut signaler notamment Richard WILHELM, *K'ungtze und der Konfuzianismus*, Berlin & Leipzig, 1928 ; Herrlee G. CREEL, *Confucius, the Man and the Myth*, New York, John Day Co., 1949 (rééd. sous le titre *Confucius and the Chinese Way*, New York, Harper and Row, 1960) ; Herbert FINGARETTE, *Confucius. The Secular as Sacred*, New York, Harper & Row, 1972 ; David L. HALL & Roger T. AMES, *Thinking Through Confucius*, Albany, State University of New York Press, 1987 ; Heiner ROETZ, *Die chinesische Ethik der Achsenzeit. Eine Rekonstruktion unter dem Aspekt des Durchbruchs zu postkonventionellem Denken*, Francfort, Suhrkamp, 1992, et *Konfuzius*, Munich, Beck, 1995.

4. S'agissant de la Chine ancienne, il semble cependant préférable de conserver le terme chinois plutôt que de parler des « lettrés », terme utilisé par les philosophes du XVIIIe siècle européen pour désigner les membres de la société chinoise qui ont pour double fonction de « cultiver les lettres et d'exercer les emplois publics ».

5. *Entretiens*, XIV, 41.

6. *Entretiens*, II, 4. La dernière phrase de ce passage trouve un écho dans les propos du peintre Henri Matisse, alors âgé de plus de soixante ans : « J'ai travaillé quarante ans sans interruption ; j'ai fait des études et des expériences. Ce que je fais maintenant est issu du cœur. » Ou, comme le dit le philosophe Gilles Deleuze, « il y a des cas où la vieillesse donne, non pas une éternelle jeunesse, mais au contraire une souveraine liberté, une nécessité pure », cf. *Qu'est-ce que la philosophie ?* Paris, Éd. de Minuit, 1991, p. 7.

7. *Entretiens*, XV, 38. Sous-entendu : sans distinctions de clans nobiliaires, lesquels, dans la féodalité Zhou, possédaient chacun leurs écoles.

8. Cela fait allusion à la pratique, courante chez les hauts personnages de

l'époque des Printemps et Automnes, de rivaliser de raffinement et de culture en récitant, en fonction des circonstances, des pièces rythmées et rimées dont le *Livre des Odes* est une compilation canonisée par Confucius (voir plus bas à la note 31).

9. La citation est de ZHANG Zai (1020-1078), penseur du début des Song sur lequel voir plus bas, chap. 18. Cf. *Zhangzi yulu*, in *Zhang Zai ji*, Pékin, Zhonghua shuju, 1978, p. 321.

10. ZHENG Xuan, cité dans le *Mengzi zhengyi* de JIAO Xun, Taipei, 1979, 28, p. 14a.

11. Le terme revient plus de cent fois dans les *Entretiens* et fait l'objet exclusif de 58 paragraphes. Cf. CHAN Wing-tsit, « The Evolution of the Confucian Concept *Jen* », *Philosophy East and West*, 4 (1954-55), p. 295-319, et « Chinese and Western Interpretations of *Jen* (Humanity) », *Journal of Chinese Philosophy*, 2, 2 (1975), p. 107-129 ; TU Wei-ming, « *Jen* as a Living Metaphor in the Confucian *Analects* », *Philosophy East and West*, 31, 1 (1981), p. 45-54.

12. Pour un exemple de cette adaptation de l'enseignement à la personnalité de l'interlocuteur, cf. *Entretiens*, XI, 21, et II, 5, 6, 7, 8, où Confucius répond de façons différentes à quatre interlocuteurs qui lui posent pourtant la même question : Qu'est-ce que la piété filiale ?

13. Sur le *Zhongyong*, voir chap. 6, note 22. Bien qu'elle ne soit pas satisfaisante, nous prenons le parti d'adopter, faute de mieux, la traduction conventionnelle de Séraphin COUVREUR : *L'Invariable Milieu*, in *Les Quatre Livres*, rééd. Paris, Cathasia, 1949.

14. Léon VANDERMEERSCH, *La Voie royale*, t. II, p. 505.

15. Voir *Entretiens*, XVII, 21.

16. Traité qui, comme le *Zhongyong (L'Invariable Milieu)*, constitue un chapitre du *Traité des Rites (Liji)* de la fin de l'antiquité.

17. Le terme de *li* est celui qui revient le plus souvent dans les *Entretiens* après celui de *ren* (voir plus haut note 11) : on n'en compte pas moins de 75 occurrences, et 43 paragraphes sont consacrés à en commenter le sens.

18. Sur les *Odes*, voir plus bas note 31.

19. *Liji (Traité des Rites)*, début du chap. 1, traduction Séraphin COUVREUR, *Mémoires sur les bienséances et les cérémonies*, rééd. en 2 vol., Paris, Cathasia, 1950, t. I, p. 6-7.

20. Voir *Entretiens*, II, 4, cité plus haut à la note 6. Sur les menaces de mort, voir VII, 22, et IX, 5. Sur le « décret céleste », voir XVI, 8, et XX, 3.

21. Cf. Donald J. MUNRO, « The origin of the concept of *Te* », in *The Concept of Man in Early China*, Stanford University Press, 1969, p. 185-197.

22. Sur cette question, voir plus bas chap. 6 sur Mencius, « Qu'en est-il du mal ? ».

23. La priorité accordée à la force coercitive de la loi caractérise le courant dit « légiste » dont les théories seront appliquées à partir du IVe-IIIe siècle par les hégémons de la fin des Zhou, voir chap. 9.

24. Cela peut évoquer les « énoncés performatifs » *(« performative utterances »)* dont parle J. L. AUSTIN dans *How To Do Things With Words*, Oxford University Press, 1962, traduit en français sous le titre *Quand dire, c'est faire*, Paris, Éd. du Seuil, 1970.

25. Sur la rectification des noms et la question du rapport nom/réalité, voir plus bas chap. 5. Voir aussi Robert H. GASSMANN, *Cheng-ming : Richtigstellung der Bezeichnungen. Zu den Quellen eines Philosophems im antiken China. Ein Beitrag zur Konfuzius-Forschung*, Berne, Peter Lang, 1988; Karine CHEMLA & François MARTIN, éd., *Extrême-Orient, Extrême-Occident*, 15 (*Le Juste Nom*), Presses de l'université de Vincennes, 1993.

26. Voir chap. 7 sur le *Laozi* à la note 14.

27. *La Voie royale*, t. II, p. 499.

28. *Zhongyong (L'Invariable Milieu)*, § 13. Sur cet ouvrage, voir plus haut, note 13, et chap. 6, note 22.

29. Cf. Anne CHENG, « La trame et la chaîne : Aux origines de la constitution d'un corpus canonique au sein de la tradition confucéenne », *Extrême-Orient, Extrême-Occident*, 5 (1984), p. 13-26; et « Le confucianisme », in *Grand Atlas des religions*, Paris, Encyclopaedia Universalis, 1988, p. 224. Une excellente synthèse sur les Classiques est présentée par Michael NYLAN, *The Five « Confucian » Classics*, New Haven & Londres, Yale University Press, 2001.

30. Pour des traductions, cf. notamment Séraphin COUVREUR, *Chou King. Les Annales de la Chine*, rééd. Paris, Cathasia, 1950; Bernhard KARLGREN, *The Book of Documents*, Göteborg, Elanders, 1950. Pour un résumé des études sur l'authenticité des chapitres du *Livre des Documents*, cf. Herrlee G. CREEL, *The Origins of Statecraft in China*, Chicago University Press, 1970, p. 448-463, et Edward L. SHAUGHNESSY, « *Shang shu (Shu ching)* », in Michael LOEWE, éd., *Early Chinese Texts : A Bibliographical Guide*, Berkeley, University of California, 1993, p. 376-389.

31. Sur l'importance des *Odes* dans la culture lettrée, voir plus haut note 8. On peut consulter notamment les traductions de Séraphin COUVREUR, *Cheu King*, 1896, rééd. Taichung, Kuangchi Press, 1967; Arthur WALEY, *The Book of Songs*, Londres, Allen & Unwin, 1937; Bernhard KARLGREN, *The Book of Odes : Chinese Text, Transcription and Translation*, Stockholm, Museum of Far Eastern Antiquities, 1950; Heide KÖSER & Armin HETZER, *Das Liederbuch der Chinesen. Guofeng*, Francfort, 1990. Voir également l'étude littéraire et anthropologique de Marcel GRANET, *Fêtes et Chansons anciennes de la Chine*, Paris, Leroux, 1919. Sur la composition du *Livre des Odes*, voir C. H. WANG, *The Bell and the Drum : Shih Ching as Formulaic Poetry in an Oral Tradition*, Berkeley, University of California Press, 1974, et Steven VAN ZOEREN, *Poetry and Personality : Reading, Exegesis and Hermeneutics in Traditional China*, Stanford University Press, 1991.

32. Le *Traité des Rites (Liji)* n'est probablement qu'une compilation de la fin des Royaumes Combattants, voire du début des Han, qui va jusqu'à inclure des textes qui n'ont pas grand-chose à voir avec les rites en tant que tels. Pour la traduction de Séraphin COUVREUR, voir plus haut note 19. Quant au *Livre de la Musique*, il est déjà mentionné comme perdu sous les Han, au point qu'il y a lieu de douter qu'il ait jamais existé en tant que texte; c'est la raison pour laquelle on parle tantôt des Cinq, tantôt des Six Classiques, selon qu'on l'inclut ou non.

33. Sur les *Mutations*, voir chap. 11.

34. Pour la traduction de Séraphin COUVREUR, voir plus haut note 2. Sur Mencius, voir chap. 6. Sur l'exégèse des *Printemps et Automnes*, voir chap. 12, « La bataille des Classiques ».

35. Postface au *Shiji (Mémoires historiques)*, traduction de DZO Chingchuan, *Sseu-ma Ts'ien et l'Historiographie chinoise*, Paris, Publications orientalistes de France, 1978, p. 146. Pour des traductions du *Shiji*, voir plus haut note 2.

36. Cf. Léon VANDERMEERSCH, « Une tradition réfractaire à la théologie : la tradition confucianiste », *Extrême-Orient, Extrême-Occident*, 6 (1985), p. 9-21. Voir aussi John B. HENDERSON, *Scripture, Canon and Commentary : A Comparison of Confucian and Western Exegesis*, Princeton University Press, 1991 ; et Mark Edward LEWIS, *Writing and Authority in Early China*, Albany, State University of New York Press, 1999.

37. *Wenxin diaolong* (*L'Esprit littéraire et la Gravure des dragons*, ouvrage de critique littéraire datant du début du VIe siècle apr. J.-C.), chap. 3. Pour une traduction en anglais, cf. SHIH Yu-chung, *The Literary Mind and the Carving of Dragons by Liu Hsieh*, New York, Columbia University Press, 1959.

3
Le défi de Mozi à l'enseignement confucéen

La période des Royaumes Combattants qui fait suite à celle des Printemps et Automnes marque la transition, du Ve au IIIe siècle, entre la féodalité Zhou en déclin et la tendance centralisatrice qui devait culminer dans l'unification de l'espace chinois par le Premier Empereur en 221 av. J.-C. C'est une époque de bouleversements sans précédent dans tous les domaines de l'activité humaine, et tout particulièrement celui de la pensée, sur fond de guerres incessantes entre vassalités et de luttes féroces pour l'hégémonie entre les plus puissantes qui disposent des meilleurs atouts techniques et militaires, mais aussi économiques et politiques[1].

Alors que Confucius vient de lancer, en quelques formules brèves, un formidable pari sur l'homme, une nouvelle ère s'ouvre avec le premier défi jeté à son enseignement par Mozi (Maître Mo), dont la pensée représente à la fois un prolongement et une critique radicale de l'humanisme confucéen. Cette ère nouvelle est celle du discours rationnel qui gagnera ensuite en complexité avec la multiplication des écoles concurrentes sous les Royaumes Combattants. S'engagent alors de véritables combats d'idées qui relèvent davantage de la boxe d'ombres que du pugilat, les attaques ou les défis étant relevés sans que soit nécessairement proclamée l'identité de l'adversaire ou explicité le contenu de ses idées. Dans ce grand jeu de stratagèmes, la règle principale est d'identifier la théorie visée dans ce qui est dit, la nature du débat auquel il est fait allusion, et en fonction de quoi et de qui on peut comprendre un penseur donné. Il s'agira donc, plutôt que de chercher à durcir la classification habituelle en « écoles », de rendre compte des tirs qui se croisent sous des discours plus ou moins explicites.

Mozi, un artisan (de paix) ?

Si l'on en juge par le peu qu'on sait sur lui, Mozi apparaît d'emblée comme un marginal par rapport à la tradition ritualiste dominante, héritage de l'antiquité si éminemment représenté par Confucius[2]. On sait qu'il vécut entre la mort de Confucius, datée traditionnellement de 479, et la naissance de Mencius, datée tout aussi traditionnellement de 372, en pleine transition entre les Printemps et Automnes et les Royaumes Combattants.

S'il semble avoir été aussi originaire d'une des petites vassalités de la plaine centrale, ses origines sociales et culturelles le distinguent nettement de Confucius. La différence de ton et de présentation est frappante entre les *Entretiens* et le *Mozi* : autant les premiers livrent un témoignage vivant sur la personnalité du Maître, autant le second, écrit dans un style laborieux, répétitif et dénué d'humour, fournit peu d'informations sur le personnage. Nombre d'anecdotes qui font état de ses compétences dans le maniement de divers outils suggèrent l'appartenance de Mozi au milieu des artisans – ce qui n'a pas manqué de faire de lui un « penseur prolétarien » aux yeux des historiens marxistes. D'où le caractère souvent pragmatique de ses propos et sa préoccupation pour le critère utilitariste bien plus que pour la haute culture Zhou.

La dernière partie du *Mozi* est consacrée à des techniques militaires comme la défense des cités, destinées à étayer les convictions pacifistes de l'école[3]. Apprenant que le fameux charpentier Gongshu Pan était en train de construire des « échelles à nuages » (servant à escalader les remparts d'une ville assiégée) pour le compte du grand royaume de Chu dans le but d'attaquer le petit pays de Song, Mozi, qui se trouvait à l'autre bout de la Chine d'alors, se serait mis en route sur-le-champ et aurait marché dix jours et dix nuits jusqu'à la capitale de Chu pour persuader le roi de renoncer à sa campagne de conquête. On sait d'autre part que se constitua autour de Maître Mo un groupe de disciples formés aux techniques de défense et organisés dans des expéditions d'intervention antimilitariste. L'éthique moïste aurait ainsi des éléments communs avec celle des « chevaliers errants » redresseurs de torts.

Mozi aurait cependant commencé par étudier dans le sillage de l'école confucéenne mais, semble-t-il, pour son propre compte.

Outre une terminologie commune, à l'exception notoire de l'opposition entre homme de bien et homme de peu, lui aussi se réfère à l'antiquité et cite les *Odes* et les *Documents*. Comme Confucius, il aurait voyagé de pays en pays à la recherche d'un souverain qui voudrait bien appliquer ses idées, à ceci près qu'il semble surtout s'être fait valoir pour ses compétences pratiques. Bien qu'amenés – par conviction morale plus que par revendication sociale – à mettre en cause la qualité liée à la seule naissance, les confucéens se rattachent malgré tout à la vieille aristocratie Zhou. Par contraste, la rupture est plus nette chez les moïstes qui répondent directement aux besoins croissants, dans les grands pays aux prétentions hégémoniques, de connaissances techniques et de compétences bureaucratiques fournies par les *shi*, catégorie montante déjà évoquée à propos de Confucius[4].

Un premier coup de boutoir est porté aux privilèges de l'aristocratie féodale par le principe qui consiste à « promouvoir les plus capables », de toute évidence dirigé contre la pratique courante dans les familles aristocratiques de conserver exclusivement pour elles-mêmes et de se transmettre héréditairement les postes gouvernementaux et ministériels. Confucius avait déjà donné la priorité à la qualité morale sur la noblesse de naissance mais, de manière significative, Mozi substitue à l'idéal de l'homme de bien la figure de l'homme capable. Il dessine ainsi une communauté sociale cimentée tout autrement que par les liens familiaux si chers aux confucéens :

> Les sages-rois de l'antiquité s'attachaient à promouvoir les plus capables en employant les gens compétents. Ils ne faisaient pas de favoritisme à l'égard de leurs père et frères, n'avaient pas de préférence pour les nobles et les riches, ni d'inclination particulière pour la prestance physique. Ils élevaient les plus capables à de hautes places, leur accordaient richesse et honneur pour en faire des chefs responsables. Quant aux incapables, ils les rabaissaient à la pauvreté et l'humilité pour les réduire à l'état de simples exécutants[5].

Introduction de l'argumentation dans le *Mozi*

À la différence des confucéens qui se perçoivent comme une élite avant tout morale, l'école moïste des IVe et IIIe siècles forme une communauté fortement structurée et organisée sous la houlette d'un grand maître. Vers la fin des Royaumes Combattants se produit cependant une scission en trois branches rivales qui s'accusent mutuellement d'hérésie et dont les transmissions différentes apparaissent dans les trois versions – souvent parallèles mais jamais identiques – qui nous sont parvenues de chaque chapitre du *Mozi*[6].

L'ouvrage se présente donc comme une compilation représentant le courant moïste à divers stades de son évolution. On y trouve d'abord une suite d'essais sur divers sujets, chacun formant un tout cohérent en contraste complet avec les bribes de conversations à bâtons rompus que sont les *Entretiens*. C'est dans cette première partie que figurent, en trois versions chacune, les dix thèses auxquelles souscrit la communauté moïste. Vient ensuite la partie centrale appelée « Canon moïste » *(Mojing)*, qui porte essentiellement sur la logique et qui représente un développement tardif de l'école au IIIe siècle av. J.-C.[7]. Comme on l'a vu, le dernier quart de l'ouvrage porte sur des questions de génie militaire.

D'emblée, les thèses du *Mozi* frappent par leur volonté de ne pas s'en remettre à l'argument d'autorité. En refusant de se référer ou de s'intégrer à la tradition, elles doivent dès lors se justifier et se doter de fondements rationnels. C'est ainsi qu'apparaît pour la première fois le mot *bian* 辯 « discuter, argumenter » (écrit avec le radical de la parole), apparenté à *bian* 辨 « distinguer » (radical de la lame), qui deviendra le terme consacré pour désigner le discours rationnel – à telle enseigne que les logiciens ou sophistes dont il sera question plus loin sont connus pour être des « argumenteurs » *(bianzhe* 辯者).

Un discours rationnel se veut, autant que possible, débarrassé de toute subjectivité, c'est-à-dire de toute référence à celui qui l'énonce. Alors que l'enseignement confucéen tient d'abord et surtout à la personne même de Confucius, le discours moïste ne prend même pas la peine de mentionner l'auteur d'une thèse donnée, signe de son rejet de l'argument d'autorité. Le *Mozi* se caractérise en outre par un acharnement quasi obsessionnel à prouver le bien-fondé de ses dires et à mettre en avant le critère de jugement pris comme gage d'universalité ou du moins d'homogénéité – notion totalement absente du discours confucéen qui s'inscrit au contraire dans un ritualisme attaché à opérer des distinctions.

L'une des principales préoccupations de l'école moïste, celle qui a sans doute motivé l'élaboration d'une logique, est de fonder la validité d'une doctrine sur trois critères préétablis. Le terme utilisé par Mozi désigne en fait le *gnomon*, poteau d'une hauteur déterminée dont se sert l'astronome pour mesurer la direction et la longueur de l'ombre projetée par le soleil :

> Maître Mozi dit : Il faut avant tout établir des règles. Discourir sans aucune règle, c'est comme établir le levant et le couchant à partir d'un tour de potier en train de tourner : la distinction entre vrai et faux, profitable et nuisible, ne saurait être connue clairement. Aussi le discours doit-il tenir compte de trois critères. Quels sont-ils ?
> Maître Mozi dit : Tout discours doit avoir un fondement, une origine et une utilité. En quoi réside son fondement ? Il réside en amont dans les faits et gestes des saints rois de l'antiquité. En quoi réside son origine ? Elle réside en aval dans les témoignages réels apportés par les yeux et les oreilles du peuple. En quoi réside son utilité ? Elle réside dans la pratique pénale et politique, dont on examine si elle coïncide avec l'intérêt du peuple et des gens du pays. Voilà ce que j'entends par un discours qui tient compte des trois critères[8].

Les trois critères énumérés par Mozi, loin de fonder un jugement objectif, semblent tout droit sortis de la pensée traditionnelle. On commettrait toutefois un contresens à vouloir les traiter comme des critères de vérité d'ordre épistémologique. Pris dans pareille perspective, le deuxième, celui du sens commun ou de l'évidence au premier degré, apparaîtrait particulièrement naïf dans le crédit qu'il accorde « aux yeux et aux oreilles du peuple » pour fonder une quelconque vérité ! Ce serait pire encore que ce que Platon appelle l'opinion, la *doxa*. Or, les critères de Mozi sont d'ordre pratique et comportemental : ce qui est en jeu ici n'est pas l'adéquation du discours à la réalité, mais sa valeur fonctionnelle, son utilisation judicieuse et appropriée.

Critère d'utilité contre tradition rituelle

Le deuxième critère ne sert en fait que pour deux des dix thèses moïstes : l'existence des démons et des esprits (dont il sera question plus loin) et la non-existence du destin. Quant au premier, il comporte une résonance confucéenne, mais l'important n'est pas tant l'antiquité en soi que l'évocation de l'expérience des sages-rois. De plus, Mozi prend ses exemples indifféremment dans les Trois Dynasties, sans la prédilection pour les Zhou marquée par Confucius, et leur donne le plus souvent une portée historique, sans grande référence au corpus des textes canoniques de la tradition confucéenne.

Ce premier critère trouve lui-même son fondement dans le dernier qui, en fin de compte, l'emporte sur tous les autres, la sagesse des souverains de l'antiquité étant elle-même à mesurer à l'aune du profit et de l'utilité qu'ils apportèrent au peuple. En somme, le critère d'utilité l'emporte sur tout argument d'autorité ou de tradition, en rupture radicale avec la vision éthique des confucéens que les moïstes sont amenés à réviser entièrement, rupture parfaitement illustrée par le débat sur les rites funéraires. Dans l'optique ritualiste des uns, la piété filiale trouve sa suprême expression dans le deuil qui doit être porté trois ans (en pratique vingt-cinq mois) pour les parents, car c'est le temps qu'il a fallu au fils pour sortir de leur giron. Les autres, au chapitre « De l'économie dans les rites funéraires », objectent qu'un deuil aussi prolongé nuit à la santé de celui qui le porte, mais aussi et surtout à celle de l'économie générale car il interrompt l'activité productrice et coûte cher. Enfin, pour les moïstes, les règles du deuil confucéen sont frappées de relativité, changeant selon les coutumes dans l'espace et dans le temps, alors que le critère d'utilité reste constant et valable dans l'absolu.

C'est encore en vertu de ce même critère que sont solennellement condamnées toutes les formes de dépenses jugées non profitables pour le peuple : guerres de conquête, dépenses somptuaires et superflues de l'aristocratie féodale et des cours princières. On reconnaît ici l'idéal de frugalité propre à celui qui est arrivé à se faire une place dans la société à la sueur de son front tout en restant plus proche du peuple et de ses souffrances que ne l'était Confucius. Au chapitre « De l'économie dans les dépenses », Mozi accuse la plupart des gouvernants d'épuiser le peuple à force de corvées et de le ruiner à force d'impôts. Innombrables sont ceux qui meurent de froid et de faim. En plus de cela, les grands de ce monde lèvent des armées pour attaquer les pays voisins ; ces expéditions durent parfois une année entière, au minimum quelques mois. Pendant tout ce temps, hommes et femmes sont séparés, ce qui est un sûr moyen de faire diminuer la population. Innombrables sont ceux qui meurent de mauvaises conditions de logement, d'alimentation irrégulière, de maladie, pendant que tant d'autres se font tuer dans des embuscades, des incendies, des assauts sur des forteresses ou des batailles rangées [9].

Même la musique, associée aux fastes rituels, jugés eux aussi non profitables, ne trouve pas grâce aux yeux de Mozi qui dirige contre elle tout un chapitre. Ce qui nous donne droit à un plaisant dialogue (de sourds) :

> Question de Maître Mozi à un confucéen : Pour quelle raison fait-on de la musique ?
> Réponse : La musique (*yue* 樂) est plaisir (*le* 樂).
> Maître Mozi dit : « Vous n'avez pas répondu à ma question. Si je vous demande pour quelle raison on construit des maisons, et que vous me répondiez : "Pour se protéger du froid l'hiver, de la chaleur en été, et pour garantir la séparation des hommes et des femmes", alors vous m'aurez donné la raison pour laquelle on construit des maisons. Or, je vous demande pour quelle raison on fait de la musique, et vous me répondez que la musique, c'est pour le plaisir ; c'est comme si, à la question : "Pourquoi des maisons ?", vous répondiez : "Les maisons, c'est pour les maisons [10]". »

Alors que le confucéen joue sur le double sens du mot 樂, « musique » et « plaisir », lesquels se conjuguent naturellement dans l'esthétique rituelle, Mozi y voit une vulgaire tautologie – sans doute faute de savoir ce qu'est le principe de plaisir. Ce débat sur la musique illustre bien le contraste entre la recherche de l'harmonie, primordiale dans l'école confucéenne, et le caractère absolu conféré aux principes dont la rigidité dénue le *Mozi* de la moindre étincelle d'humour. L'utilitarisme moïste est en fait une obsession de la fonctionnalité poussée à son comble, qui ne fait agir que dans un but déterminé, aucune action ne valant pour elle-même et ne trouvant son fondement dans la subjectivité.

Amour universel contre sens de l'humain

La clé de voûte de l'utilitarisme moïste dont se réclamera toute action morale, c'est l'« amour universel » (*jian'ai* 兼愛). Il conviendrait plutôt de parler de « sollicitude par assimilation », car il y entre bien plus d'équité que de sentiment. Le développement sur cette création de Mozi fait figure de prototype de raisonnement discursif dans l'histoire de la pensée chinoise :

> Maître Mozi parlait en ces termes : Pratiquer la vertu d'humanité (*ren*) envers les hommes, cela consiste à s'employer à promouvoir l'intérêt général et à supprimer ce qui nuit à l'intérêt général. Or dans le monde actuel, qu'est-ce qui nuit le plus à l'intérêt général ?
> C'est que les grands États attaquent les petits États, que les grandes familles troublent les petites familles, que les forts dépouillent les faibles, que le grand nombre opprime le petit nombre, que les fourbes circonviennent les naïfs, que les gens haut placés traitent avec arrogance les humbles : voilà ce qui nuit à l'intérêt général. Et encore, que les princes soient sans bénignité, les sujets sans loyauté, les pères sans bonté, les fils sans piété : voilà ce qui nuit aussi à l'intérêt général. Et encore, le mépris de l'homme qu'ont les hommes d'aujourd'hui, qui disposent de leurs armes, des poisons, de l'eau et du feu les uns contre les autres pour se nuire et se massacrer mutuellement : voilà ce qui nuit aussi à l'intérêt général.
> Or donc, voyons de quel principe semblent venir tant de maux ? D'où viennent-ils ? Est-ce qu'ils viennent de l'amour des hommes, du souci de l'intérêt des hommes ? Il faut assurément répondre que non, et dire assurément qu'ils viennent de la haine des hommes, de la recherche de la spoliation des hommes. Quelle dénomination attribuerons-nous au fait que partout dans le monde, on hait les hommes et on cherche à les spolier ? Celle de l'assimilation (*jian* 兼) ou celle de la distinction (*bie* 別) ? Celle de la distinction assurément.
> Et pourquoi donc le traitement réciproque par distinction entraîne-t-il le plus grand mal dans tout l'univers ? Parce que la distinction est négative. Ce qui est négatif à l'égard des hommes, il faut prendre un moyen de le changer. Si on garde ce qui est négatif à l'égard de l'homme sans prendre un moyen de le changer, autant chercher le salut en ajoutant le

feu au feu, ou l'eau à l'eau (dans les incendies ou les inondations) : toute doctrine de ce genre sera nécessairement impuissante.
C'est pourquoi Maître Mozi dit : Changeons la distinction en assimilation. Mais pour quelle raison peut-on changer la distinction en assimilation ? Voici la réponse. Si l'on prête à un autre pays la même considération qu'au sien propre, qui voudra élever seulement son pays en en combattant un autre ? Car on agira pour celui-ci selon qu'on agit pour soi-même. Si l'on prête à une autre province la même considération qu'à la sienne propre, qui voudra élever seulement sa province en en attaquant une autre ? Car on agira pour celle-ci selon qu'on agit pour soi-même. Si l'on prête à une autre famille la même considération qu'à la sienne propre, qui voudra élever seulement sa famille en en troublant une autre ? Car on agira pour celle-ci selon qu'on agit pour soi-même. Si de cette manière pays et provinces ne se combattent ni ne s'attaquent mutuellement, individus et familles ne se troublent ni ne se massacrent mutuellement, sera-ce nuisible à l'intérêt général ou pour l'intérêt général ? Il faut assurément dire que ce sera pour l'intérêt général.
Or donc, voyons de quel principe peuvent venir tant de biens. D'où viendront-ils ? Est-ce qu'ils viendront de la haine des hommes, de la recherche de la spoliation des hommes ? Il faut assurément répondre que non, et dire assurément qu'ils viendront de l'amour des hommes, du souci de l'intérêt des hommes. Quelle dénomination attribuerons-nous au fait que partout dans le monde on aime les hommes, on recherche l'intérêt des hommes, celle de la distinction ou celle de l'assimilation ? Assurément celle de l'assimilation. Et pourquoi donc le traitement réciproque par l'assimilation entraîne-t-il le plus grand bien dans tout l'univers ? Parce que, dit Maître Mozi, l'assimilation est positive [11].

Les tout premiers mots de cette longue tirade, « Pratiquer la vertu d'humanité », peuvent laisser croire à un simple prolongement ou une application du *ren* confucéen. La « sollicitude par assimilation », qui se résume dans la formule maintes fois répétée « traiter autrui comme on se traite soi-même », n'est évidemment pas sans rappeler la mansuétude confucéenne *(shu)* qui permet de juger des sentiments d'autrui par les siens propres. Mais, de manière significative, Mozi choisit de marquer sa différence en recourant à un autre terme, *jian* (assimiler les autres à soi-même), par opposition à *bie* (ménager des distinctions). Or, c'est précisément cet aspect d'uniformisation, de nivellement, qui constitue la première démarcation d'avec le *ren* confucéen qui s'attache au contraire à distinguer des degrés de proximité par cercles concentriques (moi, la famille, le pays, l'univers). Alors que le deuil gradué selon la proximité de parenté est au centre du ritualisme confucéen, il est radicalement rejeté comme trop subjectif par Mozi pour qui tout le monde doit être sur un pied d'égalité.

Dans ce sens, le moïsme représente une réaction à la perversion des sentiments moraux d'affection pour les proches – népotisme, favoritisme, intrigue, brigue, ligues, factions –, autant de tares qui constituent la face sombre du confucianisme et grèvent le fonctionnement des institutions chinoises depuis leur commencement. Une telle réaction ne devait cependant pas manquer de provoquer la fureur du grand confucéen du IVe siècle, Mencius, pour qui le nivellement prôné par les moïstes est incompatible avec l'amour que l'on porte naturellement à ses proches et dont la piété filiale est la première expression. Autant, vitupère Mencius, vivre comme les animaux[12] !

L'intérêt général

Ce que Mozi reproche au *ren* confucéen est son ancrage dans les sentiments, alors que la « sollicitude par assimilation » trouve un fondement objectif et rationnel dans l'intérêt général dont la promotion constitue, selon Mozi, la mise en pratique du sens de l'humain. En contraste avec la réciprocité subjective et ritualiste des confucéens, « l'idée d'un contrat social entre le prince et les sujets apparaît seulement chez les moïstes, que leur philosophie mécaniste et téléo-logicienne de la société, construite comme une machine en vue de la réalisation d'un bien calculé en tant que plus grand commun multiple des intérêts de tous, rapproche du positivisme juridique d'inspiration mercantile des codificateurs[13] ».

L'« amour universel » de Mozi n'est donc pas « l'amour pour autrui » dont parlait Confucius. Il ne relève pas de l'émotion ou du sentiment, mais bien plutôt d'une préoccupation impartiale et raisonnée pour tous les hommes comme fin en soi. Or, si Mozi préfère à la subjectivité de l'affection la notion objective et abstraite d'un bien commun, c'est qu'il n'a pas la confiance radicale des confucéens dans la bonté innée de la nature humaine. Celle-ci, selon lui, est portée à rechercher son propre intérêt (*li* 利), terme que Confucius emploie exclusivement dans un sens péjoratif pour caractériser l'homme de peu mais qui, dans le *Mozi*, se rapporte au sens du juste (*yi* 義) et devient du même coup la raison objective du *ren*. Le tout est d'amener la nature humaine à convertir son intérêt individuel en intérêt général, chacun trouvant son compte dans le bien commun.

Face à la conviction confucéenne de la perfectibilité de la nature humaine, qui sera poussée jusqu'à la thèse de sa bonté foncière par Mencius, le *Mozi* présente une vision plutôt pessimiste des débuts de l'humanité, partagée, on le verra, par les légistes :

> Maître Mozi dit : « L'époque actuelle est un retour à l'antiquité des temps où l'humanité venait à peine de naître et où il n'y avait encore ni chef ni recteur. On disait alors : "Sous le Ciel, à chacun son sens du juste." Si bien que pour un homme il y avait un sens, pour dix hommes il y en avait dix, pour cent hommes il y en avait cent. Et plus les hommes proliféraient, plus les idées qu'ils se faisaient du juste proliféraient en proportion. C'est que chacun considérait son propre sens comme juste, et non celui des autres, si bien que tous se jugeaient mutuellement dans l'erreur. »
> Dans les familles, le père, le fils, les aînés, les cadets nourrissaient des griefs entre eux. Tous avaient des sentiments divergents qu'ils ne parvenaient pas à harmoniser, au point de laisser perdre les excédents d'énergie plutôt que de s'entraider, de cacher les bonnes techniques plutôt que de se les enseigner, et de laisser pourrir les surplus plutôt que de se les partager. Dans le monde entier, c'était le désordre jusqu'à la quasi-sauvagerie.
> Du fait qu'il n'existait pas de distinctions entre souverains et sujets, supérieurs et inférieurs, vieux et jeunes, ni de relations ritualisées entre pères et fils, aînés et cadets, le désordre régnait dans le monde. De toute évidence, c'était du fait que le peuple était sans chef ni recteur pour unifier le sens du juste que le monde était dans le désordre. Voilà pourquoi on finit par choisir un homme doué des meilleures qualités, de la plus grande sagesse de jugement et de l'intelligence la plus perspicace pour l'établir comme Fils du Ciel, de telle sorte que toutes les actions se firent en vertu d'un sens du juste unique et commun à tout l'univers [14].

« Se conformer à ses supérieurs »

Pour Mozi, la cause du désordre originel est l'absence d'un principe unique de moralité ; et la raison d'être de l'ordre politique est d'« unifier le sens du juste dans tout l'univers ». On retrouve ici le souci de trouver un critère valable universellement, qui implique nécessairement une uniformisation des volontés et des évaluations individuelles. Tout comme l'« amour universel », le « sens du juste » apparaît comme un principe absolu, alors qu'il tient, selon Confucius, au jugement personnel de chacun placé en situation. Pour Mozi, ce principe moral unique ne peut donc venir que d'en haut et trouve son prolongement logique dans la « conformité à ses supérieurs », probable complément de la « promotion des plus capables » évoquée plus haut. Si ce mouvement des compétences de la base vers le sommet peut laisser croire à une conception « démocratique » de l'ordre politique, il se trouve immédiatement contrebalancé par l'exigence de conformité aux supérieurs qui fonctionne de haut en bas, chaque couche de la hiérarchie sociale recevant ses valeurs et ses critères de jugement de la couche supérieure.

Pour parer au chaos, dit Mozi, il faut que chaque échelon de la société trouve au niveau supérieur un « sens du juste » qui serve de dénominateur commun assez puissant pour obtenir le consensus général : le peuple le trouvera chez les lettrés, les lettrés chez les grands officiers et ministres, et ainsi de suite jusqu'à parvenir en dernière instance au Fils du Ciel. Mozi ne sort donc pas du schéma sociopolitique traditionnel qui prévaut encore dans la Chine actuelle : la conception autoritaire d'un ordre hiérarchisé en pyramide dont le sommet est la source unique d'un pouvoir qui ne circule jamais que de haut en bas. Notons qu'il s'agit d'un autoritarisme qui, à l'usage de la force brute, préfère le principe d'une autorégulation de la société par l'uniformisation des sources de valeur et de jugement. Il y a là toute une tradition de pensée politique dont le moïsme est certainement l'une des sources principales.

Or, que se passe-t-il lorsqu'on parvient au sommet de la pyramide ? Qu'est-ce qui peut garantir que le Fils du Ciel possède le principe de moralité ? Eh bien, précisément le Ciel lui-même, dont il est le fils. Dans sa conception du Ciel, Mozi se démarque une fois de plus d'un code confucéen fondé, de par ses origines aristocratiques, sur le sens de la honte plutôt que sur le sentiment de culpabilité lié à la peur du châtiment. Pour Confucius, la question de savoir si le Ciel est une divinité personnelle et si les esprits existent vraiment importe peu, car il s'agit avant tout de se sentir digne de soi-même et de la communauté humaine. Mozi, lui, est amené à faire ressurgir la crainte religieuse du châtiment céleste pour faire respecter l'exigence quelque peu abstraite d'« amour universel » et garantir le bon fonctionnement du sens du juste comme grand dénominateur commun.

Le Ciel de Mozi

Le Ciel se trouve, de ce fait, personnifié et doté de pensée, de volonté, et surtout d'yeux omniprésents qui voient jusque dans le cœur des hommes, où qu'ils se cachent. Au chapitre sur la « volonté céleste » (qui se substitue au « décret céleste » de Confucius), les moïstes s'étonnent de l'attitude paradoxale des confucéens qui, lors même qu'ils sont en faute vis-à-vis du chef de leur famille ou de leur pays, ne s'inquiètent même pas du Ciel, qui pourtant voit tout et règne en tout lieu :

> Or donc, qu'est-ce que le Ciel désire le plus ? Et qu'est-ce qu'il abhorre le plus ? Le Ciel désire le sens du juste, et abhorre ce qui lui est contraire. Si donc j'amène le peuple à agir selon le sens du juste, je fais ce que le Ciel désire. Et si j'agis selon le désir du Ciel, celui-ci en retour agira selon mon désir. […]
> Ceux qui se conforment à la volonté du Ciel ont de la sollicitude les uns pour les autres, cherchent à être bénéfiques les uns aux autres et sont ainsi sûrs d'être récompensés ; ceux qui vont contre la volonté du Ciel n'éprouvent que haine les uns pour les autres et ne font que se piller entre eux et sont ainsi sûrs d'être punis. […]
> Maître Mozi dit : « La volonté du Ciel est pour nous ce que le compas est au charron ou l'équerre au charpentier. Le charron et le charpentier prennent leur compas et leur équerre pour mesurer universellement cercles et carrés, en disant : Ce qui tombe juste est vrai ; ce qui ne tombe pas juste est faux[15]. »

Pour le seconder dans son rôle de justice rétributive, le Ciel dispose de toute une armée de démons et d'esprits pour châtier les méchants, et surtout pour les dissuader de mal agir. Ici, le ressort utilisé n'est pas le respect qu'on se doit à soi-même et à autrui, mais l'espoir de la récompense et son envers, la peur du châtiment. Paradoxalement, il semble y avoir plus de sens du sacré dans le ritualisme humaniste de Confucius que dans la crainte, ressort primitif du sentiment religieux utilisé par Mozi pour imposer l'intérêt général, principe rationnel et utilitariste s'il en fut.

Moïstes contre confucéens

Alors que Mozi tendrait à voir dans fortune et prospérité la récompense automatique d'une bonne conduite, Confucius insiste au contraire sur le fait que l'homme de bien se doit de pratiquer le *ren* quel qu'en soit le prix. L'homme n'a en effet de prise que sur sa propre conduite, qui se doit d'être la plus humaine possible ; quant au reste, ce sur quoi l'homme ne peut prétendre agir, c'est l'affaire du Ciel et de son « décret ». Une telle attitude ne pouvait apparaître que fataliste aux yeux des moïstes : si je suis pauvre et méconnu, ce ne peut être que le résultat de ma conduite :

> Comment savons-nous que le fatalisme est la Voie des tyrans ? Dans le passé, les gens pauvres étaient empressés pour boire et manger mais paresseux au travail. Voilà pourquoi ils connaissaient les tourments liés au manque de vêtements et de nourriture, à la famine et au froid. C'est qu'ils ne savaient pas dire : « Je n'ai pas fait assez d'efforts, je n'ai pas été assez assidu à la tâche. » Au lieu de cela, ils disaient inévitablement : « C'est mon destin inéluctable que de rester pauvre. » Les rois tyrans du temps passé ne restreignaient pas les plaisirs de leurs sens ni les intentions retorses de leur cœur, ils n'écoutaient pas l'avis de leurs parents. Cela menait à la perte de leur pays et au renversement de leur gouvernement. C'est qu'ils ne savaient pas dire : « Je n'ai pas fait assez d'efforts, ma façon de gouverner n'était pas bonne » ; ils disaient inévitablement : « C'était mon destin inéluctable que de perdre le trône [16]. »

Le fatalisme des confucéens est dénoncé pour son aspect démobilisateur : je ne fais pas d'efforts puisque, de toute façon, je pense que le résultat de mes actions sera le même. Mais, la vérité, même si elle n'est pas explicitée, c'est que les moïstes ne peuvent admettre une moralité qui ne se justifie par rien, si ce n'est par un pari sur l'homme et sur sa perfectibilité. Ici se trouve probablement la véritable pomme de discorde entre deux courants divergents malgré leurs origines communes. Deux sections entières du *Mozi* constituent des attaques en règle contre les confucéens :

> Ils corrompent les hommes par leurs rites et leur musique compliqués et ornementés ; leur deuil prolongé et leur chagrin hypocrite ne dupent que les parents des défunts. Ils prônent le fatalisme et se vautrent dans la misère tout en affichant la plus grande arrogance. Ils tournent le dos à l'essentiel, laissent tomber leurs tâches et ne sont contents que dans la paresse et la fatuité. Ils s'empressent quand il s'agit de boire ou de manger, mais beaucoup moins quand il s'agit de travailler. Aussi préféreraient-ils risquer de mourir de faim ou de froid plutôt que d'y remédier.
> Ils se comportent comme des mendiants, font des provisions sur le dos des autres comme des rats, ont l'œil aux aguets comme des chèvres et se précipitent comme des porcs châtrés. Lorsque des hommes de bien les prennent en dérision, ils se fâchent en disant : « Bande de médiocres ! Comment prétendez-vous reconnaître un bon confucéen ? »
> Au printemps et en été, ils quémandent du grain. Une fois que les récoltes ont été engrangées, ils s'agglutinent autour des grandes funérailles avec toute leur descendance derrière eux, et tous de s'en mettre plein la panse. Au bout de quelques funérailles, ils ont leur content. C'est ainsi qu'ils tirent des familles et des terres des autres prestige et nourriture. Dès qu'il y a un décès dans une riche famille, ils exultent et s'écrient : « Voilà notre chance de trouver l'habit et le couvert[17] ! »

On sent ici la caricature rageuse, provenant sans doute du moïsme tardif, destinée à dénigrer les membres de l'école concurrente. Mozi est-il bien le « rival méconnu » de Confucius[18] ? En tout état de cause, il ne le fut pas tout de suite, bien au contraire : au IVe siècle, après deux générations, Mozi était encore la bête noire de Mencius qui avait de bonnes raisons de craindre que son influence n'éclipse celle du Maître. De fait, pendant toute la période préimpériale, la pensée chinoise devait rester dominée par l'opposition des enseignements confucéen et moïste. Mais à partir de l'empire, c'est une certaine forme de confucianisme qui, après avoir absorbé en grande partie les thèses rivales, l'emportera, la grande alternative se trouvant désormais dans le taoïsme.

Notes

1. Cf. notamment HSU Cho-yun, *Ancient China in Transition : An Analysis of Social Mobility, 722-222 B.C.*, Stanford University Press, 1965.

2. Les *Mémoires historiques* de Sima Qian (voir plus haut chap. 2, note 2), principale source d'informations datant du IIe siècle av. J.-C. sur toute l'histoire qui a précédé, ne consacrent à Mozi que quelques mots au chap. 74.

3. Pour une reconstruction de cette partie du *Mozi* (chap. 52-67), cf. Robin YATES, *Towards a Reconstruction of the Tactical Chapters of Mo-tzu*, thèse de M. A., Berkeley, University of California, 1975.

4. Voir chap. 2, note 4.

5. *Mozi* 9 *(Shangxian, zhong)*, p. 29, dans l'édition ZZJC qui sera utilisée ici. On peut consulter la traduction intégrale mais vieillie d'Alfred FORKE, *Me Ti, des Sozialethikers und seiner Schüler philosophische Werke*, Berlin, Mitteilungen des Seminars für Orientalische Sprachen, 1922 ; et les traductions partielles de MEI Yi-pao, *The Ethical and Political Works of Motse*, Londres, Probsthain, 1929 (chap. 1-39 et 46-50) ; Burton WATSON, *Mo Tzu : Basic Writings*, New York, Columbia University Press, 1963 ; Helwig SCHMIDT-GLINTZER, *Mo ti : Solidarität und allgemeine Menschenliebe* et *Mo ti : Gegen den Krieg*, Düsseldorf, Diederichs, 1975 (chap. 1-39). Voir aussi l'étude d'Ernst STEINFELD, *Die sozialen Lehren der altchinesischen Philosophen Mo-tzu, Meng-tzu und Hsün-tzu*, Berlin, Akademie, 1971.

6. Elles sont désignées par *shang, zhong, xia*, notation qui équivaut à A, B, C.

7. Concernant cette partie du *Mozi*, voir plus bas chap. 5, note 6.

8. *Mozi* 35 *(Feiming, shang)*, p. 164.

9. *Mozi* 20 *(Jieyong, shang)*, p. 101.

10. *Mozi* 48 *(Gongmeng)*, p. 277.

11. *Mozi* 16 *(Jian'ai, xia)*, p. 71, traduction Léon VANDERMEERSCH, *La Voie royale*, t. II, p. 512-513.

12. Cf. *Mengzi* III B 9. Sur Mencius, voir plus bas chap. 6.

13. Léon VANDERMEERSCH, *La Voie royale*, t. II, p. 506-507.

14. *Mozi* 12 *(Shangtong, zhong)*, p. 47.

15. *Mozi* 26 *(Tianzhi, shang)*, p. 119-122.

16. *Mozi* 35 *(Feiming, shang)*, p. 167.

17. *Mozi* 39 *(Feiru, xia)*, p. 180-181.

18. Allusion au titre de l'étude de MEI Yi-pao, *Motse, the Neglected Rival of Confucius*, qui accompagne sa traduction partielle du *Mozi* citée plus haut note 5.

DEUXIÈME PARTIE

Libres échanges
sous les Royaumes Combattants
(IVᵉ-IIIᵉ siècle av. J.-C.)

4

Zhuangzi à l'écoute du Dao

Tandis qu'une vision éthique se livre dans l'intuition confucéenne dont le pari sur l'homme sera déterminant pour tout le destin de la pensée chinoise, et que s'ébauche avec Mozi un discours rationnel qui va de pair avec une pensée utilitariste, s'ouvre parallèlement une troisième voie. Une voie qui refuse à la fois l'engagement confucéen et l'activisme moïste, au nom de quelque chose d'encore plus fondamental que l'homme : la Voie par excellence, le Dao 道.

La plupart des courants de pensée des Royaumes Combattants (V^e-IIIe siècle) partent de la constatation que le monde n'est que discorde et violence. Mais, dès le départ, le courant dit taoïste part dans une direction toute différente des autres qui, eux, cherchent des voies (des *dao*) ou des méthodes positives : les confucéens préconisent de faire régner le *ren*, les moïstes de rechercher l'intérêt du plus grand nombre ; pour les légistes, il faut ni plus ni moins imposer la même loi à tous. En revanche, un Zhuangzi ou un Laozi ne se mettent pas en quête de moyens pour remédier à la situation, ils se mettent tout simplement à l'écoute, dans une attitude qu'ils appellent le non-agir. À l'écoute de quoi ? D'une petite musique harmonieuse qui perce encore sous le vacarme des conflits et la cacophonie des théories et des discours : celle du Dao[1].

La tradition a fait de Zhuangzi le deuxième maître taoïste après Laozi, ce dernier étant considéré comme un contemporain de Confucius qui aurait donc vécu aux alentours du VIe-Ve siècle. Cependant, une lecture attentive des textes tend à remettre en question la présentation traditionnelle, parfois jusqu'à en inverser l'ordre et à placer le début de la composition du *Zhuangzi* au IVe siècle, avant celle du *Laozi* vers la fin du IVe ou le début du IIIe siècle[2]. Dans cette perspective, il semblerait que ces textes représentent deux stades différents de la pensée philosophique des Royaumes Combattants, le noyau dur du *Zhuangzi* étant représentatif d'une première vague (avec les logiciens et Mencius), alors que le *Laozi* serait plus caractéristique d'une deuxième vague (avec Xunzi et les légistes).

Il faut savoir, en outre, que les deux noms, toujours cités ensemble aujourd'hui, ne furent pas associés avant l'ère impériale. Ce n'est qu'au début des Han, au IIe siècle av. J.-C., qu'apparaît l'étiquette d'« école taoïste » (*daojia* 道家) dans la classification des six grandes écoles de pensée des Royaumes Combattants par Sima Tan (mort vers 110 av. J.-C.), reprise par son illustre fils Sima Qian dans ses *Mémoires historiques (Shiji)*. L'école taoïste dont parlent les Sima, père et fils, est en fait le courant dit « Huang-Lao », plus particulièrement porté sur les techniques et les stratégies de pouvoir et la recherche de l'immortalité, thèmes sensibles à la veille de l'empire et plus centraux au *Laozi* qu'au *Zhuangzi*, ce qui explique peut-être l'ordre de priorité qui s'est imposé depuis lors. Dans la catégorie *daojia* était également rangé le *Liezi* sur lequel on ne s'étendra pas, l'ouvrage qui porte actuellement ce titre étant très composite et généralement considéré comme un faux des IIIe et IVe siècles de notre ère[3]. Autant dire que le « taoïsme » est une construction *a posteriori* qui recouvre en fait une réalité complexe dans laquelle la pensée de Zhuangzi s'est trouvée imbriquée jusqu'à y perdre une partie de sa profonde originalité[4].

Le livre et le personnage

Le *Zhuangzi*, en tant que texte, se présente sous une forme très différente du *Laozi*. Alors que ce dernier est composé d'aphorismes concis, rythmés et rimés, le *Zhuangzi* est écrit dans une prose foisonnante et d'une grande qualité littéraire et poétique pour laquelle il est resté un modèle dans l'histoire de la littérature chinoise. Comparé à l'anonymat soigneusement préservé du *Laozi*, le *Zhuangzi* apparaît comme une véritable œuvre d'auteur au ton distinctement personnel.

Il faut toutefois distinguer divers degrés d'authenticité dans la composition de cet ouvrage hétérogène. Il s'agit d'une compilation, voire d'une mosaïque d'écrits attribués à Zhuangzi, qui tous prônent une vie en retrait, non engagée, mais qui représentent en fait des courants assez divers, allant de l'époque de Zhuangzi lui-même (fin du IVe siècle av. J.-C.) jusqu'aux Han (fin du IIIe siècle av. J.-C.). Jean-François Billeter a comparé ce texte au forum romain, tel qu'il nous apparaît aujourd'hui dans son enchevêtrement inextricable de vestiges d'époques diverses qui, tous, clament d'une voix différente tout en formant un indéniable ensemble[5] ; l'exercice du fin connaisseur serait de distinguer, au milieu de ce tohu-bohu, la voix propre de Zhuangzi. L'édition actuelle, qui date seulement du IIIe siècle de notre ère, comporte 33 chapitres : les chapitres « internes » (1 à 7) sont traditionnellement attribués à Zhuangzi lui-même, alors que les chapitres « externes » (8 à 22) seraient d'authenticité plus douteuse et les onze derniers (23 à 33), appelés « mixtes », de nature encore plus composite.

À la différence de Laozi, Zhuangzi est un personnage dont on est au moins sûr qu'il a existé, même si l'on sait peu de chose sur lui[6]. Il avait pour nom personnel Zhou et aurait été originaire, comme Laozi selon la légende, de la culture méridionale de Chu, riche et raffinée, à l'imaginaire luxuriant, très différente de la culture ritualiste et confucéenne de la plaine centrale[7]. Alors que celle-ci se développe dans le bassin du fleuve Jaune, le royaume de Chu occupe le Sud de la Chine des Zhou, autour du bassin moyen du fleuve Bleu. Zhuangzi y aurait vécu entre la fin du IVe et le début du IIIe siècle, aux environs de 370-300, à la même époque que Mencius. Après avoir occupé un poste administratif subalterne, il se serait délibérément retiré du monde, donnant de lui-même l'image d'un personnage excentrique (au sens propre du terme) qui fait l'objet de nombreuses anecdotes. Voici celle, bien connue, où il tourne littéralement le dos aux responsabilités politiques :

> Un jour que Zhuangzi pêche à la ligne au bord de la rivière Pu, deux grands officiers envoyés par le roi de Chu viennent se présenter devant lui en disant : « Notre roi désire vous confier une charge dans son État. »
> Sa canne à pêche à la main, sans même daigner tourner la tête, Zhuangzi leur répond : « J'ai ouï dire que vous avez à Chu une tortue magique, morte il y a trois mille ans. Le roi l'a fait envelopper et placer dans un coffret qu'il garde précieusement sur l'autel de ses ancêtres. À votre avis, cette tortue aurait-elle préféré périr pour que ses os fassent l'objet d'une vénération éternelle ? Ou aurait-elle mieux aimé rester vivante, à traîner sa queue dans la gadoue ?
> – Elle aurait mieux aimé rester vivante à traîner sa queue dans la gadoue, répondent en chœur les deux officiers.

– Allez-vous-en ! conclut Zhuangzi. Moi aussi j'aime mieux rester ici à traîner ma queue dans la gadoue [8] ! »

Relativité du langage

Avec Zhuangzi s'ouvre une ère nouvelle de la réflexion philosophique, axée sur la grande question du rapport entre l'Homme et le Ciel (ou le Dao). À cet égard, le *Zhuangzi* partage avec le *Laozi* une même intuition initiale : le Dao, cours naturel, spontané des choses qu'il s'agit de laisser faire ; or, l'homme est le seul être à s'en détacher par sa volonté d'y surimposer son action et son discours. La condition première pour la recherche du Dao est de se mettre en disponibilité, en congé, de manière à capter la petite musique qui nous vient de l'origine et qui n'a jamais cessé, malgré les bruits parasites de toute nature : activisme, conscience de jouer un rôle bien défini dans l'univers ou, plus généralement, confiance placée dans le discours, obstacle majeur dans la marche du Dao pour la simple raison qu'il n'est pas naturel.

Pour Zhuangzi, il y a *le* Dao, c'est-à-dire la réalité comme totalité, et il y a *des dao*, c'est-à-dire des découpages partiels et partiaux de cette réalité. Il se trouve que le terme chinois recouvre toutes ces acceptions : il désigne la Voie, mais aussi les voies entendues comme méthodes, techniques ou approches particulières à tel ou tel courant, et, dans son acception verbale, il signifie aussi « parler » ou « dire ». Par rapport à la réalité originelle et totalisante qu'est le Dao, les *dao* ne sont que les découpages humains et sociaux pratiqués par le discours. Découpage : c'est bien là le sens premier du mot *bian*, écrit presque indifféremment avec le radical de la parole ou de la lame (辯 ou 辨), que nous avons rencontré à propos de Mozi et qui désigne l'activité favorite des « argumenteurs » contemporains de Zhuangzi [9].

Celui-ci, pour sa part, fait feu de tout bois, use de tous les procédés, pour tourner en dérision la raison discursive et en dénoncer la vanité. Dans le *Zhuangzi*, les mots sont très souvent pris dans un sens différent ou même contraire à celui qu'ils ont dans le langage ordinaire : forme suprême d'ironie ! Zhuangzi semble avoir été l'un des rares penseurs chinois à comprendre que l'humour est plus efficace et dévastateur qu'un long discours. Il affectionne le dialogue en chaîne ou l'anecdote paradoxale qui finit sur une touche de *nonsense* destinée à provoquer un sursaut, voire un bond dans une vérité autre que celle de la logique ordinaire – procédé réutilisé bien plus tard par le bouddhisme Chan. En particulier, Zhuangzi adore placer ses propres idées dans la bouche de Confucius utilisé à contre-emploi. Un autre procédé consiste à entamer une discussion pseudo-logique avec toutes les apparences de la rationalité, mais finissant dans le délire complet :

> Zhuangzi et Huizi se promènent le long de la digue sur la rivière Hao. Zhuangzi s'exclame : « Regardez comme ces vifs-argents sortent et s'ébattent à leur aise ! Voilà le vrai plaisir des poissons ! »
> Huizi : « Mais vous n'êtes pas un poisson – comment savez-vous ce qu'est le plaisir des poissons ? »
> Zhuangzi : « Mais vous n'êtes pas moi – comment savez-vous que je ne sais pas ce qu'est le plaisir des poissons ? »
> Huizi : « Je ne suis pas vous, je ne sais donc certes pas ce qui est en vous. Mais vous n'êtes certes pas un poisson, il est donc évident que vous ne savez pas ce qu'est le plaisir des poissons ! »
> Zhuangzi : « Reprenons au point de départ, si vous le voulez bien. Vous m'avez demandé comment je savais ce qu'est le plaisir des poissons : c'est donc que, pour me poser cette question, vous saviez que je le savais. Eh bien, je le sais en me tenant ici, au bord de la rivière [10] ! »

Les paradoxes de Hui Shi

Ce dialogue champêtre met en scène Zhuangzi et son maître et ami Huizi ou Hui Shi (env. 380-305). Les deux hommes ont cependant des positions opposées concernant le langage : alors que Zhuangzi ne manque pas une occasion de le pourfendre comme beaucoup trop relatif pour être un instrument de référence, Hui Shi s'efforce d'en faire un instrument idéal. En cela, il est représentatif d'un courant qui prend de l'importance en pleine période des Royaumes Combattants, celui des « argumenteurs » ou des « logiciens ». En attendant d'y revenir plus longuement, il paraît opportun, au détour de cette promenade le long de la rivière, de cerner la personnalité philosophique de Hui Shi afin de mieux comprendre celle de Zhuangzi [11]. D'après le dernier chapitre du *Zhuangzi*, les ouvrages de Hui

Shi « remplissaient cinq charrettes », dont il ne subsiste malheureusement qu'une série de dix propositions :

> 1) Le Très-Grand n'a pas d'extérieur : on l'appelle le Grand-Un ; le Très-Petit n'a pas d'intérieur, on l'appelle le Petit-Un.
> 2) Ce qui n'a pas d'épaisseur ne saurait être accumulé, et pourtant il mesure mille lieues.
> 3) Le ciel est aussi bas que la terre, les montagnes sont au même niveau que les marais.
> 4) Le soleil est à la fois au midi et au couchant, un être à la fois vit et meurt.
> 5) Une grande similitude diffère d'une petite similitude : c'est ce qu'on appelle petite différence ; que les dix mille êtres soient à la fois en tout point semblables et en tout point différents : c'est ce qu'on appelle grande différence.
> 6) Le Sud est sans limites, tout en ayant une limite.
> 7) Je vais à Yue (à l'extrême sud) aujourd'hui, et j'y suis arrivé hier.
> 8) Des anneaux de jade imbriqués l'un dans l'autre peuvent être séparés.
> 9) Je connais le centre de l'univers : il est au nord de Yan (à l'extrême nord) et au sud de Yue (à l'extrême sud).
> 10) Que votre amour s'étende aux dix mille êtres, le Ciel-Terre ne fait qu'un [12].

Ces dix paradoxes peuvent se regrouper sous trois thèmes principaux. Prédominant semble être le thème de la relativité de l'espace : les propositions 1, 2, 3, 6, 8, 9 tendent chacune à montrer que toute mesure quantitative et toute distinction spatiale sont illusoires, sans aucun caractère de réalité. Vient ensuite le thème de la relativité du temps, illustré dans les propositions 4 et 7 : les distinctions de temps, comme celles d'espace, sont en fait établies artificiellement par l'homme et n'ont aucune réalité en elles-mêmes. Enfin, Hui Shi va plus loin en montrant la relativité des notions mêmes de similitude et de différence. La raison humaine a tendance à regrouper tout ce qui lui paraît « semblable » et à distinguer tout ce qui lui paraît « différent ». Or, ces notions ne sauraient servir de critères puisqu'elles sont elles-mêmes relatives, comme il est dit dans la proposition 5 qui trouve sa conclusion et sa morale dans la proposition finale : « Le Ciel-Terre ne fait qu'un. »

L'oiseau géant et la grenouille

Les paradoxes de Hui Shi tendent à discréditer les distinctions, en particulier spatio-temporelles, en montrant que toutes se ramènent à une contradiction : il ne reste plus alors que le langage comme référence fiable. Mais à partir de telles contradictions, il n'y a qu'un pas pour débusquer la relativité du discours lui-même dont le rôle analytique revient précisément à faire des distinctions. Ce pas, Hui Shi ne le franchit pas, il reste en deçà : quand il dénonce la relativité des distinctions et des désignations, son but est seulement de parvenir à un langage et un discours plus rigoureux. Quant à Zhuangzi, il le franchit plus qu'allègrement, n'hésitant pas à discréditer totalement le langage et, à travers lui, la raison discursive :

> La grenouille au fond du puits ne saurait parler de l'océan, enserrée qu'elle est dans son trou. L'insecte qui ne vit qu'un été ne saurait parler du gel, limité qu'il est à une seule saison. Le lettré borné ne saurait parler du Dao, prisonnier qu'il est de ce qu'il a appris[13].

Ici Zhuangzi ne se contente pas d'ironiser sur la relativité de toute chose : il indique que le Dao ouvre une perspective radicalement autre, incommensurable avec notre perception habituelle, ordinaire, de la réalité. Le tout premier chapitre du *Zhuangzi* s'ouvre dans un grand souffle sur un poisson géant qui se transforme en un immense oiseau planant au-dessus des mers :

> Dans l'océan du Nord vit un poisson, qui a nom Kun. Nul ne sait combien de milliers de lieues il mesure en taille. Il se transforme en oiseau, qui a nom Peng. Nul ne sait combien de milliers de lieues il mesure en envergure. Quand il prend son envol, ses ailes se déploient comme les nuages du ciel.
> [...]
> Une caille se moque de lui : « Où s'en va-t-il, comme ça ? Moi, en deux sauts trois bonds, je suis en l'air, et à peine quelques pas plus loin, je redescends en battant des ailes au milieu des roseaux. Plus haut que cela on ne saurait voler, mais celui-là, où pense-t-il aller[14] ? »

L'incommensurabilité qui sépare l'oiseau géant et la caille nous fait percevoir à quel point ce que nous appelons « connaissance » dépend de la perspective, relative et limitative, dans laquelle nous nous plaçons. Et voilà comment Zhuangzi en arrive à interpréter à sa façon les paradoxes de Hui Shi :

> Dans l'univers il n'est rien de plus grand que la fine pointe d'un poil d'automne, et le mont Tai est petit. Personne ne vit plus vieux qu'un enfant mort-né, et Peng Zu (Mathusalem chinois) mourut jeune. Le Ciel-Terre fut engendré avec moi ; les dix mille êtres et moi ne faisons qu'un.
> Maintenant que nous ne faisons plus qu'un, puis-je encore dire quelque chose ? Mais maintenant que j'ai dit que nous ne faisons qu'un, puis-je encore dire que je n'ai rien dit ? L'un et ce que j'en dis font deux, et deux et un font trois. À partir de là, le meilleur des mathématiciens n'arrivera pas au bout de ses calculs, encore moins un homme ordinaire ! Ainsi donc, si, en passant de rien à quelque chose, on arrive déjà à trois, qu'en sera-t-il quand on passera de quelque chose à quelque chose d'autre ? Mieux vaut encore ne passer de rien à rien, et l'affirmation « c'est cela », fondement de tout le reste, n'aura plus de raison d'être [15].

Ce qui est ici mis en cause sur le mode ironique n'est plus seulement l'utilisation qui est faite du langage, mais le langage lui-même. Le langage qui se prétend « fondement de tout le reste » a-t-il une raison d'être ? A-t-il une raison tout court ? A-t-il même, tout simplement, raison ? Si la réflexion sur le langage est le dénominateur commun de tous les courants de pensée des Royaumes Combattants, nul n'a été plus loin que Zhuangzi dans l'entreprise de démolition systématique du seul instrument dont dispose la raison humaine. C'est d'ailleurs elle qui est visée dans la remise en cause du langage comme fondement de notre rapport au monde.

Pour Zhuangzi, le langage ne peut rien nous dire sur la véritable nature des choses du fait que c'est lui qui pose, non seulement les noms que nous donnons aux choses, mais dans le même temps ces choses elles-mêmes. En posant à la fois les « noms » (*ming* 名) et les « réalités » (*shi* 實), le langage n'est en fait qu'un découpage artificiel et arbitraire de la réalité, dont la vaine prétention à constituer, sinon un moyen de connaissance, du moins une prise sur la réalité, éclate dans des affirmations du type « C'est cela » (*shi* 是) ou « Ce n'est pas cela » (*fei* 非).

« C'est cela », « Ce n'est pas cela »

L'essentiel de la réflexion philosophique de Zhuangzi sur la relativité du langage et de la raison discursive tient dans le deuxième chapitre qui nous fait parvenir sans brouillage la voix de Zhuangzi et nous donne l'impression de l'entendre penser tout haut. Son titre *Qi wu lun* 齊物論, que l'on peut traduire approximativement « De la mise à plat qui rend les choses équivalentes [16] », se trouve éclairé par le passage suivant :

> La sagesse des anciens a parfois atteint des sommets. Quels sommets ? Ceux qui pensent qu'il n'a jamais commencé d'y avoir des choses distinctes ont atteint la sagesse suprême, totale, à laquelle on ne peut rien ajouter. Ensuite viennent ceux qui pensent qu'il y a des choses, mais qu'il n'a jamais commencé d'y avoir des délimitations entre elles. Enfin viennent ceux qui pensent qu'il y a des délimitations, mais qu'il n'a jamais commencé d'y avoir d'oppositions entre « c'est cela » et « ce n'est pas cela ». Lorsque sont mises en avant de telles oppositions, c'est le Dao qui est éclipsé. [...] Or, dans le Dao il n'y a jamais eu fût-ce un début de délimitations, pas plus que dans le langage un début de permanence. Dès que l'on dit « c'est cela », il y a limite. Si vous me permettez, je vais vous dire ce qui limite : gauche et droite, analyses et jugements, découpages (*fen* 分) et distinctions (*bian* 辨), débats et polémiques [17]...

Zhuangzi ne parle pas du discours en termes absolus de « vrai »/« faux », mais en termes de « c'est cela » « ce n'est pas cela ». Or, qu'est-ce qui permet de décider que « c'est cela » est un point de référence absolu ? Et qu'est-ce qui permet de décider que quelque chose « est cela » ou ne l'est pas ? Pour Zhuangzi, une telle affirmation ne fait qu'ouvrir une perspective propre au locuteur, elle ne vaut que pour lui et à l'intérieur de cette seule perspective. Dans ce sens, confronter le « c'est cela » d'un locuteur particulier avec le « c'est cela » d'un autre locuteur n'a aucune valeur puisqu'il n'existe pas de terrain commun d'évaluation entre deux perspectives purement subjectives. C'est précisément l'image que Zhuangzi se fait des arguties (*bian* 辯) auxquelles se livrent les différents courants de pensée de son temps et qu'il se contente de renvoyer dos à dos :

À supposer que nous nous mettions à argumenter, vous et moi, et que ce soit vous qui l'emportiez sur moi, et non moi sur vous, cela signifiera-t-il une fois pour toutes que c'est vous qui avez raison et moi tort ? Et si c'est moi qui l'emporte sur vous, et non vous sur moi, est-ce à dire que c'est moi qui ai raison et vous qui avez tort ? Ou est-ce que nous aurions chacun en partie raison, en partie tort ? Aurions-nous tous deux raison, ou tous deux tort ? Si nous ne sommes pas capables de nous départager nous-mêmes, d'autres seront encore plus dans le brouillard. À qui faire appel comme arbitre ? Si ce quelqu'un est d'accord avec vous, de ce fait même, comment saurait-il être arbitre ? S'il est d'accord avec moi, de ce fait même, comment saurait-il être arbitre ? Et s'il n'est d'accord ni avec moi ni avec vous, comment donc pourra-t-il arbitrer ? Mais s'il est d'accord avec vous comme avec moi, l'arbitrage est-il possible ? Ainsi donc, si personne, de moi, de vous ou d'un tiers, n'est capable de nous départager, aurons-nous encore recours à quelqu'un d'autre[18] ?

Comment connaître ?

Si Zhuangzi s'en prend à la validité du langage, ce n'est pas que celui-ci nous fournirait une représentation faussée de la réalité : ce que Zhuangzi met en cause n'est rien de moins que la capacité même du langage à avoir une prise quelconque sur la réalité, c'est-à-dire à connaître :

> La connaissance doit avoir sur quoi s'appuyer pour pouvoir tomber juste (*dang* 當). Or, ce sur quoi elle s'appuie n'est justement pas fixe[19].

Chad Hansen a relevé que « connaître » (*zhi* 知) en chinois ancien implique moins la notion d'un contenu, vrai ou faux, que celle d'une aptitude qui permet ou non de tomber juste[20]. « Savoir » serait davantage un « savoir comment » qu'un « savoir que ». La question qui se pose est non pas « que pouvons-nous connaître ? », mais « comment connaissons-nous ? », « quelle validité notre connaissance peut-elle avoir ? ». Notre prétendue aptitude à connaître est au centre d'un dialogue entre deux personnages dont l'un cherche vainement à acculer l'autre à admettre qu'il connaît quelque chose :

— Connaîtriez-vous ce qui dans les choses peut être unanimement tenu pour vrai ?
— Comment le connaîtrais-je ?
— Est-ce à dire que vous connaissez ce que vous ne connaissez pas ?
— Comment le connaîtrais-je ?
— Bon, alors, est-ce à dire que rien ne connaît rien ?
— Comment le saurais-je ? Ou plutôt, laissez-moi essayer de dire ceci : comment saurais-je que ce que j'appelle « connaissance » n'est pas ignorance ? et comment saurais-je que ce que j'appelle « ignorance » n'est pas connaissance [21] ?

Et le bon vieux Confucius d'être désigné comme celui qui croit « connaître » quelque chose : ne dit-il pas à son disciple Zilu : « Veux-tu que je t'enseigne ce qu'est la connaissance ? Savoir qu'on sait quand on sait, et savoir qu'on ne sait pas quand on ne sait pas, telle est la connaissance [22]. » Le *Zhuangzi* nous livre une malicieuse parodie du fameux passage des *Entretiens* où Confucius se targue, à quarante ans, de « n'éprouver plus aucun doute », à cinquante, de « connaître le décret du Ciel » et, à soixante, d'avoir « une oreille parfaitement accordée » :

> À soixante ans, Confucius n'avait fait que changer d'opinion soixante fois. Chaque fois qu'il commençait par dire « C'est cela », il concluait « Ce n'est pas cela ». Je ne connais encore rien que j'affirme maintenant, mais que je n'aurai pas à nier cinquante-neuf fois [23].

Oublier le discours

En plein IVe-IIIe siècle, où font rage les discussions entre confucianistes, moïstes, sophistes, force est à Zhuangzi de constater qu'il n'y a pas plus de raison de donner raison aux uns plutôt qu'aux autres. Ce qui le conduit à se demander : la raison est-elle bien raisonnable ? Et surtout, peut-elle vraiment prétendre trouver prise quelque part, se raccrocher à quelque chose, voire être elle-même ce à quoi se raccrocher ? La raison analytique ne sait fonctionner que sur le principe du tiers exclu : telle chose « est cela », ou ne l'est pas. Or, pour Zhuangzi, c'est un leurre que de prétendre affirmer quelque chose puisqu'il est possible, simultanément, d'affirmer son contraire.

Sont tournés en ridicule ceux qui prétendent connaître ou

affirmer quoi que ce soit, tous les maîtres à penser qui sans exception ont cru pouvoir proposer un *dao* positif. Zhuangzi, lui, représente l'alternative, celle qui prend le parti de ne pas prendre parti, de ne rien affirmer. Si une contradiction se révèle impossible à trancher, il ne reste plus qu'à la dissoudre. Dans un passage bien connu, construit en spirale, Zhuangzi montre qu'à partir du discours on peut régresser à l'infini, jusqu'à être pris d'une sorte de vertige :

> Il y a le commencement.
> Il y a ce qui n'a pas encore commencé d'avoir un commencement.
> Il y a ce qui n'a pas encore commencé de ne pas commencer d'avoir un commencement.
> Il y a l'il-y-a (*you* 有), il y a l'il-n'y-a-pas (*wu* 無).
> Il y a ce qui n'a pas encore commencé de ne pas avoir commencé d'y avoir l'il-n'y-a-pas.
> Et voilà qu'il y a l'il-n'y-a-pas !
> Mais nous ne connaissons pas encore ce qu'il y a ou ce qu'il n'y a pas en réalité dans l'il-y-a et l'il-n'y-a-pas. Or moi, j'ai déjà dit quelque chose, mais je ne sais pas encore si ce que j'ai dit disait bien quelque chose, ou en réalité ne disait rien [24].

Pris d'un tel vertige et d'un tel sentiment d'absurdité, ne serait-on pas en droit de rejeter le langage en bloc ? Si Zhuangzi souligne à plaisir les propriétés autodissolvantes du langage, est-ce cependant pour le récuser totalement, ou est-ce en vue d'autre chose ? Dans certains chapitres « externes » et « mixtes » du *Zhuangzi* se dessinent deux tendances. La première, qui se manifeste principalement dans le chapitre 22, semble séduite par la tentation de destruction du langage, faisant la part belle à l'absurde. Une autre tendance, explicitée dans les chapitres 17 et 25, paraît l'emporter dans la pensée de Zhuangzi : le langage peut être « oublié » en vue d'autre chose, il y aurait un au-delà du langage.

Dans cette perspective, le sage apparaît comme celui qui ne se laisse pas piéger, aliéner par le langage et ses prétentions à « poser quelque chose » et à servir ainsi de référence absolue. Même si le langage n'est pas à prendre au sérieux, il est à utiliser en pleine connaissance de cause, c'est-à-dire comme créant de toutes pièces un monde artificiellement limité et limitatif. Reste la possibilité de s'en jouer en inventant un langage nouveau, qui ne soit plus un simple instrument de discussion et de distinction entre « c'est cela » et « ce n'est pas cela ». Seul le sage connaît la réalité dans son authenticité, en ce qu'il ne perd jamais de vue la perspective du Dao et – par-delà le langage – le sens :

> Les hommes qui sont en quête du Dao croient le trouver dans les écrits. Mais les écrits ne valent pas plus que la parole. Certes, la parole a une valeur, mais celle-ci réside dans le sens. Or, le sens se réfère à quelque chose, mais ce quelque chose ne peut se communiquer par les mots. Pourtant, c'est pour ce quelque chose que les hommes accordent de la valeur aux mots et transmettent les livres. Tout cela, le monde a beau lui donner du prix, moi je trouve que cela ne le mérite pas car ce à quoi on donne du prix n'est pas ce qu'il y a de plus précieux [25].

Et Zhuangzi de conclure : « Celui qui sait ne parle pas, celui qui parle ne sait pas », paradoxe que l'on retrouve en tête du *Laozi* 56 et qui exprime un rêve, celui de parvenir à se passer du discours :

> La raison d'être de la nasse est dans le poisson ; une fois pris le poisson, on oublie la nasse.
> La raison d'être du piège est dans le lièvre ; une fois capturé le lièvre, on oublie le piège.
> La raison d'être des mots est dans le sens ; une fois saisi le sens, on oublie les mots.
> Où trouverai-je celui qui sait oublier les mots pour lui dire deux mots [26] ?

Le discours peut couvrir un certain domaine et amener jusqu'à un certain point, au-delà duquel il ne reste plus qu'à plonger dans l'oubli pour se fondre dans un autre ordre :

> Dès lors que les choses existent, le discours peut en venir à bout, la connaissance peut en faire le tour, tel est le point suprême du monde des choses. Mais celui qui contemple le Dao ne les poursuit pas au point où elles disparaissent, il ne remonte pas au point où elles prennent leur source : ce point est celui où s'arrête la discussion [27].

Comme un poisson dans le Dao

> Confucius dit : « Les poissons vivent entre eux dans l'eau, les hommes vivent entre eux dans le Dao. Pour les êtres qui évoluent dans l'eau, il suffit de creuser un étang pour qu'ils y trouvent leur subsistance. Pour ceux qui évoluent dans le Dao, il leur suffit de rester inactifs pour que leur vie suive son cours. C'est ce qui me fait dire que les poissons s'oublient entre eux dans les fleuves et les lacs, et les hommes s'oublient entre eux dans l'art d'épouser le Dao [28]. »

La métaphore aquatique est sans doute – et les penseurs chinois de tous bords l'ont bien perçu – la plus apte à évoquer le Dao : l'eau suit un cours naturel qui épouse les reliefs au lieu de chercher à les modifier, alors que l'homme n'a de cesse d'y résister ou d'y faire barrage : par les institutions, par le langage, par tout ce qui tend à fixer des normes, à imposer des cadres permanents :

> Confucius contemplait les chutes de Lüliang. L'eau tombait d'une hauteur de trois cents pieds et dévalait ensuite en écumant sur quarante lieues. Une tortue ou un crocodile n'aurait pu y nager, mais ne voilà-t-il pas que Confucius vit un homme nager à cet endroit ! Il crut que c'était un malheureux qui voulait mourir et donna l'ordre à ses disciples de longer la rive pour le tirer de là. Mais quelques centaines de pas plus loin, l'homme sortit de l'eau et, les cheveux au vent, se mit à se promener sur la berge en chantant.
> Confucius le rattrapa et lui dit : « Je vous ai pris pour un démon, mais, à y regarder de près, vous êtes un homme en chair et en os. Puis-je vous demander si vous possédez un *dao* pour surnager ainsi ?
> – Non, répondit l'homme, aucun. Je suis parti du donné originel (*gu* 故), j'ai développé ma nature (*xing* 性), et j'ai rejoint le destin (*ming* 命). Je plonge avec l'eau qui tombe et émerge avec l'eau qui reflue, je suis le *dao* de l'eau sans chercher à imposer mon moi, et c'est ainsi que je surnage. »
> Confucius demanda alors : « Que voulez-vous dire par "partir du donné originel, développer sa nature et rejoindre la destinée" ? »
> L'homme répondit : « Je suis né dans ces collines et j'y suis chez moi : voilà le donné. J'ai grandi dans l'eau et je m'y trouve dans mon élément : c'est ma nature. Il en est ainsi sans que je sache pourquoi : tel est le destin [29]. »

La main et l'esprit

Pour entrer dans le courant du Dao, Zhuangzi, tel le nageur, laisse tomber la « résolution d'apprendre », point de départ du projet confucéen, pour chercher du côté du « savoir-faire », du « coup de main » instinctif et pourtant acquis de l'artisan. Appréhender le Dao est une expérience qu'on ne peut exprimer ni transmettre par les mots. Alors que l'intellect ne peut jamais rien connaître avec certitude, la main sait ce qu'elle fait avec une sûreté infaillible, elle sait faire ce que le langage ne sait pas dire. Mais ce savoir-faire de la main n'est lui-même qu'une métaphore pour désigner un certain type de connaissance privilégié par les penseurs chinois : une connaissance qui ne résulterait pas de l'acquisition d'un contenu, mais d'un processus d'apprentissage comme celui d'un métier qui ne s'acquiert pas en un jour, mais qui « rentre » imperceptiblement.

La métaphore artisanale se trouve illustrée et développée dans de multiples anecdotes. L'une des plus fameuses est certainement celle du cuisinier Ding au chapitre 3 intitulé « De la manière essentielle de nourrir le principe vital » :

> Le cuisinier Ding découpe un bœuf pour le prince Wenhui. Il frappe de la main, pousse de l'épaule, tape du pied, ploie du genou, on entend les os de l'animal craquer de toutes parts, et la lame pénétrer dans les chairs, le tout en cadence, tantôt sur la danse de la Forêt des Mûriers, tantôt sur le rythme du Jingshou [30].
>
> Le prince Wenhui s'exclame : « Bravo ! Et dire qu'on peut atteindre une technique aussi parfaite ! »
>
> Le cuisinier Ding pose son couteau et répond : « Ce que votre serviteur recherche le plus, c'est le Dao, ayant laissé derrière lui la simple technique.
>
> « Au début, quand j'ai commencé à découper des bœufs, je ne voyais que bœufs entiers autour de moi. Au bout de trois ans, je ne voyais plus le bœuf dans son entier. À présent, je ne le perçois plus avec les yeux mais l'appréhende par l'esprit (*shen* 神). Là où s'arrête la connaissance sensorielle, c'est le désir de l'esprit qui a libre cours.
>
> « S'en remettant aux lignes conductrices naturelles (*LI* 理) [31], mon couteau tranche le long des grands interstices, se laisse guider par les principales cavités, suit un chemin nécessaire ; jamais il ne touche aux ligaments ni aux tendons, encore

moins aux os. Un bon cuisinier change de couteau une fois par an, car il coupe ; un cuisinier moyen en change une fois par mois, car il hache. Le couteau de votre serviteur, lui, a dix-neuf ans d'usage, il a découpé des milliers de bœufs mais la lame en est comme neuve, à peine sortie de la meule. Voyez cette articulation : elle a un interstice, or la lame du couteau n'a pas d'épaisseur. Si vous taillez dans un interstice avec quelque chose qui n'a pas d'épaisseur, vous pourrez y promener votre lame tout à votre aise, et avec une marge encore ! Voilà pourquoi, au bout de dix-neuf ans, mon couteau est comme neuf, à peine sorti de la meule.

« Cela dit, chaque fois que j'en arrive à une articulation complexe, je vois d'abord où est la difficulté et me prépare avec soin. Mon regard se fixe, mes gestes ralentissent : on voit à peine le mouvement de la lame et, d'un seul coup, le nœud est tranché, il tombe comme une motte de terre. Et moi, je reste le couteau à la main, je regarde tout autour de moi, heureux, puis je le nettoie et le range. »

Et le prince Wenhui de conclure : « Excellent ! Après avoir écouté les paroles du cuisinier Ding, je sais comment nourrir le principe vital [32] ! »

Dans ce passage célèbre est décrite une véritable « phénoménologie de l'activité [33] ». Il y est question d'un savoir-faire bien précis, et non d'un état de vague et béate spontanéité. On retrouve ici une idée associée en Chine à toute pratique à la fois physique et spirituelle : celle de *gongfu* 功夫. Ce terme, rendu populaire – quoique dans un sens quelque peu réducteur – par le genre cinématographique du *kung-fu*, désigne le temps et l'énergie que l'on consacre à une pratique dans le but d'atteindre un certain niveau – idée qui se rapprocherait à bon escient de la notion d'« entraînement », au sens sportif, chère à Michel Serres. Il s'agit donc de l'apprentissage d'un savoir-faire qui ne se transmet pas par les mots :

> Un jour que le duc Huan est occupé à lire dans la salle, et le charron Pian à tailler une roue au bas des marches, ce dernier pose son ciseau et son maillet, monte les marches et demande au duc : « Puis-je vous demander de quoi parle ce que vous lisez ? »
> Réponse du duc : « Ce sont les paroles des sages.
> – Mais ces sages sont-ils en vie ?
> – Non, ils sont morts depuis longtemps.
> – Alors, conclut le charron, ce que vous lisez là n'est que le déchet des anciens ! »

> Et le duc Huan de s'écrier : « Ce que je lis, comment un charron oserait-il en discuter ? Si tu sais te justifier, soit ; sinon, tu mourras ! »
> Le charron Pian dit alors : « Votre serviteur voit les choses à partir de son humble expérience. Pour tailler une roue, un coup qui part trop doucement ne mord pas ; s'il part trop fort, il dérape sur le bois. Ni trop fort ni trop doux : j'ai le coup dans la main et la réaction dans l'esprit. Il y a là-dedans un tour qui ne peut se dire par des mots. Je n'ai pu l'enseigner à mon fils, pas plus qu'il n'a pu l'apprendre de moi, de sorte qu'à soixante-dix ans me voilà encore à tailler des roues. Les anciens ont emmené dans la mort tout ce qu'ils n'ont pas pu transmettre, ainsi donc, ce que vous lisez là n'est que le déchet des anciens [34] ! »

Le charron parle d'une expérience comparable à celle du cuisinier Ding : lorsqu'il arrive à un nœud délicat, il suspend son geste, concentre son attention jusqu'à ce que tout devienne clair pour lui et, là, tranche d'un seul coup. En cet instant, il y a identification parfaite de la main et de l'esprit, concomitance entre la sûreté de la première et la lucidité du second qui ne passe pas par l'intermédiaire de l'intellect. Le terme de *shen* 神, qui désigne à l'origine le divin ou le spirituel, en vient, comme celui de *ling* 靈 (« merveilleux », « magique ») avec lequel il est souvent associé, à évoquer l'esprit lorsqu'il est au comble de la vie, de la spontanéité, du naturel, et qu'il se meut sans aucune entrave, celle que pourrait représenter tout effort de réflexion, de conceptualisation ou de mise en forme. Le mouvement du *shen* n'est cependant pas celui de l'inconscience, et encore moins de l'inconscient, mais celui de l'oubli de la conscience. Cela ne saurait se décrire par des mots : seule peut l'évoquer la perfection fulgurante du geste qui, à force de pratique et d'affinement, n'est plus conscient. L'esprit est alors « d'emblée à son aise et il y reste, au point d'en oublier d'être tout aise de son aise [35] ».

Le spontané comme en un miroir

L'histoire du cuisinier Ding, comme celle du charron Pian, illustre un thème central de la pensée taoïste : le spontané (du latin *sponte sua* qui traduit assez bien *ziran* 自然, littéralement « de soi-même ainsi »). Cette spontanéité-là, loin d'exalter une quelconque liberté à la manière romantique, serait au contraire à associer à l'« inévitable » (*bu de yi* 不得已), au « chemin nécessaire » suivi par le couteau du cuisinier, ou encore au « destin » évoqué par le nageur. Alors que le romantisme privilégie l'intensité de l'émotion spontanée, le « cri du cœur », quitte à déformer la réalité par la subjectivité, Zhuangzi tient, au contraire, à préciser que « dans le spontané qui consiste à s'accorder aux choses, il n'y a pas place pour le moi », à l'image du nageur qui « suit le *dao* de l'eau sans chercher à imposer son moi ».

Le spontané, nous apprend le cuisinier Ding, s'atteint au prix d'une concentration intense sur une situation ponctuelle, laquelle exige un maximum de lucidité et de clairvoyance dépassant la tendance habituelle à juger, à classer. Un acte ne sera donc « de soi-même ainsi » qu'à condition de « n'ajouter rien à la vie », d'épouser ou de refléter parfaitement la situation telle qu'elle se présente, à la manière d'un miroir qui réfléchit sans passion les choses comme elles sont. La « lucidité », la « clair-voyance » du sage sont celles du miroir, métaphore récurrente tout au long du *Zhuangzi* :

> L'homme accompli fait de son cœur un miroir. Il ne s'attache pas aux choses, pas plus qu'il ne va au-devant d'elles. Il se contente d'y répondre, sans chercher à les retenir. C'est ainsi qu'il est capable de dominer les choses sans être atteint en lui-même [36].

Ce passage est ainsi commenté par le penseur chinois contemporain Tang Junyi : « D'ordinaire, nous connaissons les choses à travers les concepts et les noms. Lorsque ceux-ci s'appliquent aux choses qui se présentent à notre attention, nous allons au-devant d'elles. Dans ce cas, l'esprit n'est pas purement réceptif. La seule manière de remédier à ce mode ordinaire de pensée est de transcender et d'évacuer nos concepts et noms habituels afin de laisser se faire le vide dans notre esprit. C'est alors que l'esprit devient purement réceptif et qu'il est prêt à accueillir les choses pleinement, et toute chose nous devient ainsi transparente. Il se produit alors illumination et oubli de soi [37]. »

Ainsi, le sage est celui qui « n'étant pas lui-même chosifié par les choses, est capable de traiter les choses comme choses [38] » :

> Lorsque le Saint atteint la quiétude, il ne l'atteint pas parce qu'il se dit que la quiétude est bonne, sa quiétude vient de ce que pas un des dix mille êtres ne parvient à troubler son cœur. Lorsque l'eau est calme, on y voit en toute clarté le moindre poil de barbe ou de sourcil, elle est parfaitement étale, à l'aplomb du niveau du charpentier, et le meilleur artisan la prendra pour norme. Si même l'eau est claire lorsqu'elle est calme, combien plus encore la quiétude de l'esprit essentiel (*jingshen* 精神), le cœur du Saint, reflet du Ciel-Terre, miroir des dix mille êtres [39] !
> En lui-même, pas de point fixe
> Les choses, en prenant forme, d'elles-mêmes se manifestent
> Dans le mouvement, il est comme l'eau
> Dans la quiétude, comme le miroir,
> Dans la réponse, comme l'écho [40].

Rêve ou réalité

La pensée de Zhuangzi respire en deux temps : elle commence par s'attaquer radicalement à la raison et au discours en montrant que tous les principes censés fonder la connaissance et l'action sont eux-mêmes sans fondements. Puis, une fois que tout est démoli, se pose la question de savoir ce qui reste : rien que le naturel et le spontané, ce qui est « de soi-même ainsi » et qu'il suffit de refléter tel qu'il est, comme un miroir. Plutôt qu'un irrationnel, Zhuangzi est un antirationaliste. Il ne traite pas la réalité comme un pur produit de l'imagination, se contentant de douter que la raison analytique puisse nous montrer ce qu'est le monde et d'admettre sans discussion que nous n'avons qu'à le prendre tel qu'il est. Cette nuance apparaît dans le fameux rêve de Zhuangzi-papillon :

> Un jour, Zhuang Zhou rêvait qu'il était un papillon : il en était tout aise, d'être papillon ; quelle liberté ! quelle fantaisie ! il en avait oublié qu'il était Zhou. Soudain, il se réveille, et se retrouve tout ébaubi dans la peau de Zhou. Mais il ne sait plus si c'est Zhou qui a rêvé qu'il était papillon, ou si c'est un papillon qui a rêvé qu'il était Zhou. Mais entre Zhou et le papillon, il doit bien y avoir une distinction : c'est là ce qu'on appelle la transformation des êtres [41].

Ici, le propos n'est pas de dire : qu'importent les choses puisque tout est rêve, *et non* réalité. Le problème, pour Zhuangzi, c'est qu'il n'y a justement pas moyen de savoir si celui qui parle est à l'état de veille *ou* de rêve, de même qu'il n'y a pas moyen de savoir si ce qu'on pense connaître est connaissance *ou* ignorance :

> Nous rêvons que nous festoyons ; l'aube venue, nous pleurons. Au soir, nous pleurons ; le lendemain matin, nous partons à la chasse. Pendant que nous rêvons, nous ne savons pas que c'est un rêve. Dans notre rêve, nous expliquons un autre rêve, et ce n'est qu'au réveil que nous savons que c'était un rêve. Et ce ne sera qu'au moment du grand réveil que nous saurons que c'était un grand rêve. Il n'y a que les sots qui se croient éveillés, ils en sont même parfaitement certains. Princes, bergers, tous unis dans cette même certitude ! Confucius et vous ne faites que rêver ; et moi qui dis que vous rêvez, je suis aussi en rêve [42].

Cette merveilleuse méditation n'est pas sans évoquer la formule tout aussi belle de Pascal :

> Ne se peut-il faire que cette moitié de la vie n'est elle-même qu'un songe, sur lequel les autres sont entés, dont nous nous éveillons à la mort ? [...] Qui sait si cette autre moitié de la vie où nous pensons veiller n'est pas un autre sommeil un peu différent du premier [43] ?

Homme ou Ciel

La méditation sur la distinction, toute relative, entre état de veille et état de rêve est à replacer dans une méditation plus générale sur la distinction, tout aussi relative selon Zhuangzi, entre ce qui relève de l'Homme et ce qui relève du Ciel (ou du Dao). Distinction traditionnelle dans la pensée chinoise, tout particulièrement dans le courant confucéen où sont nettement délimités, d'une part, le domaine de l'Homme, c'est-à-dire le champ à l'intérieur duquel il peut prétendre exercer une action et, d'autre part, ce qui dépasse ce champ et sur lequel l'Homme ne peut pas agir, à savoir le Ciel :

> Qu'est-ce qui relève du Ciel ? Qu'est-ce qui relève de l'Homme ? Réponse : Le fait que bœufs et chevaux ont

quatre pattes relève du Ciel ; brider la tête des chevaux et percer le museau des bœufs relève de l'Homme [44].

Or, pour Zhuangzi, cette distinction-là est à récuser comme toutes les autres : comment savoir ce qui, en nous, relève de l'Homme et ce qui relève du Ciel ? De même que je ne peux jamais être sûr de faire quelque chose réellement à l'état de veille au lieu d'être simplement en train de rêver que je le fais, il m'est impossible de déterminer avec certitude si l'agent de mes actions, c'est moi-même ou le Ciel qui agit en moi.

En fait, chaque fois que mon action est volontaire, chaque fois qu'elle cherche à « imposer mon moi » en allant à contre-courant du cours naturel des choses, elle relève de l'Homme ou de ce que les taoïstes appellent le *wei* 為, l'agir-qui-force la nature. Quand, au contraire, l'action va dans le sens des choses, quand elle se laisse porter par le courant, tel le nageur qui « suit le *dao* de l'eau sans chercher à imposer son moi », elle relève du naturel (c'est-à-dire du Ciel ou du Dao), ou encore du *wuwei* 無為, le non-agir ou plutôt l'agir-qui-épouse la nature, qui n'impose aucune contrainte. Tout ce qui en l'homme veut, analyse, construit, fait des distinctions (en somme, tout ce qui entrerait dans la définition de l'ego) ne représente que la part périphérique de son être. Ce n'est que lorsqu'il la laisse tomber que l'homme retrouve son centre – qui n'est autre que la part du Ciel :

> Connaître ce qui relève de l'action du Ciel et ce qui relève de l'action de l'Homme, telle est la connaissance suprême. Celui qui connaît l'action du Ciel vit de la vie du Ciel. Celui qui connaît l'action de l'Homme se sert de ce qu'il connaît par son intellect pour alimenter ce que son intellect ne connaît pas. Parvenir au bout des années allouées par le Ciel sans être fauché à mi-chemin, c'est atteindre la plénitude de la connaissance [45].
>
> Zhuangzi dit : « Connaître le Dao est aisé ; ce qui n'est pas facile, c'est de ne pas en parler. Le connaître et ne pas en parler, c'est le moyen de rejoindre le Ciel ; le connaître et en parler, c'est le moyen de rejoindre l'Homme. Les anciens s'en remettaient au Ciel, et faisaient fi de l'Homme [46]. »

L'idéal serait que l'homme se défasse, non seulement de sa nature proprement humaine (*xing* 性), que la pensée confucéenne fait dériver du Ciel mais qui, chez Zhuangzi, apparaît au contraire comme la part encombrante empêchant la vraie nature de l'homme de couler de source céleste, mais aussi de ses « caractéristiques intrinsèques » (*qing* 情) que sont émotions et sentiments :

> Huizi (Hui Shi) dit un jour à Zhuangzi : « Se peut-il qu'un homme n'ait pas les caractéristiques de l'humain ? »
> Zhuangzi lui répondit : « Parfaitement. »
> Huizi : « Si un homme n'a pas ces caractéristiques, qu'est-ce qui permet de l'appeler "homme" ? »
> Zhuangzi : « Le Dao lui a donné son aspect, le Ciel sa forme, comment pourrait-on ne pas l'appeler "homme" ? »
> Huizi : « Mais étant donné qu'on l'appelle "homme", comment pourrait-on lui dénier ce qui le caractérise ? »
> Zhuangzi : « Le fait d'affirmer "C'est cela", "Ce n'est pas cela", voilà ce que je considère comme caractéristique de l'humain. Pour moi, en être dépourvu, c'est ne pas se laisser affecter intérieurement par ses goûts et ses dégoûts, avoir pour règle de suivre le cours naturel sans prétendre apporter quelque chose à la vie. »
> Huizi : « Si l'homme n'apporte rien à la vie, comment peut-il ne serait-ce qu'exister ? »
> Zhuangzi : « Le Dao lui a donné son aspect, le Ciel sa forme, qu'il lui suffise de ne pas se laisser affecter intérieurement par ses goûts et ses dégoûts. Regardez-vous plutôt :
> Toujours à disperser votre force spirituelle
> Toujours à gaspiller votre énergie essentielle
> Toujours à radoter contre un arbre appuyé
> Jusqu'à vous assoupir sur votre sterculier
> Le corps que le Ciel vous a donné
> À discuter du "dur" et du "blanc" vous l'usez[47]. »

L'homme vrai

Alors que l'homme confucéen est invité à exalter son humanité, Zhuangzi l'exhorte au contraire à la faire entrer en fusion avec le Dao :

> L'homme d'exception n'est d'exception qu'au regard des hommes, mais il est de plain-pied avec le Ciel. Ne dit-on pas : « L'homme de peu au regard du Ciel est homme de bien au regard des hommes ; et l'homme de bien au regard des hommes est homme de peu au regard du Ciel[48] » ?

Chapitre 4

Dans le *Zhuangzi* se dessine un élément important de la tradition taoïste ultérieure : la figure du Saint, de « l'homme vrai » (*zhenren* 真人), celui qui « demeure un » au point qu'en lui n'existe même plus de démarcation entre Ciel et Homme [49]. Selon Isabelle Robinet, « aux questions que pose Zhuangzi et qu'il laisse en suspens sur le plan du discours et de la conceptualisation, le Saint est la seule réponse, qui se situe à un autre niveau. [...] Exempt de tout souci moral, politique ou social, de toute inquiétude métaphysique, de toute recherche d'efficacité, de tout conflit interne ou externe, de tout manque et de toute quête, il a l'esprit libre et vit en parfaite unité avec lui-même et avec toute chose. Il jouit ainsi d'une totale plénitude (ou intégrité, *quan* 全) qui lui confère une grande puissance, et il revêt une dimension cosmique [50] ».

La puissance du Saint est décrite à maintes reprises comme invincible, inaltérable, car c'est la puissance même, ou « vertu » (*de* 德), du Dao :

> Celui qui possède la puissance suprême, le feu ne saurait le brûler, ni l'eau le noyer, le chaud et le froid ne sauraient l'affecter, les oiseaux et les bêtes sauvages le dépecer. Non qu'il en fasse fi, mais il est vigilant dans la sécurité comme dans le danger, serein dans le malheur comme dans la félicité, avisé dans ses avances comme dans ses retraites ; il n'est rien qui puisse l'affecter. Ne dit-on pas : « Le Ciel est à l'intérieur, l'Homme est à l'extérieur » ? Quant à la puissance, elle ne tient qu'au Ciel [51].

> L'homme accompli tient du divin. Y aurait-il une chaleur à embraser les grands marécages qu'il ne serait pas brûlé, un froid à faire geler le fleuve Jaune et la rivière Han qu'il ne serait pas transi, des rafales de tonnerre à briser les montagnes et des ouragans à déchaîner l'océan qu'il ne serait pas terrifié. Un tel homme monterait les nuages et la brume, chevaucherait le soleil et la lune, et s'en irait loin au-delà des Quatre Mers. Si même la vie et la mort lui indiffèrent, que dire des vétilles que sont profit et perte [52] !

C'est par cette « puissance spirituelle divine » (*shen* 神) que l'homme vrai fusionne avec le Dao, expérience décrite comme un « voyage de l'esprit » (*shenyou* 神遊), envol mystique ou extase qui laisse le corps « comme motte de terre » ou « bois mort », et le cœur comme « cendre éteinte » [53].

Préserver l'énergie essentielle

La puissance que le Saint puise dans celle du Dao est de nature spirituelle tout en se jouant du monde physique : c'est la quintessence du *qi* 氣, qui est à la fois énergie vitale et influx spirituel. Le corps étant perçu comme du *qi* à l'état le plus dense et le plus compact, celui-ci, pour entrer en fusion avec le Dao, doit être affiné le plus possible jusqu'à parvenir à la ténuité et la subtilité de son état « quintessentiel » (*jing* 精), c'est-à-dire à l'état spirituel (*shen* 神). Le composé *jingshen* 精神, qui traduit la notion d'esprit dans la langue moderne, désigne le *qi* dans ce qu'il a de plus délié et de plus intangible tout en étant parfaitement concret.

Cet affinement nécessaire, non seulement du corps physique dans sa lourdeur et son manque de mobilité, mais aussi d'un ego trop encombrant pour entrer dans la fluidité du Dao, peut s'atteindre par des pratiques très concrètes, regroupées sous l'appellation générique de « travail sur le *qi* » (*qigong* 氣功), qui n'est qu'un aspect du *gongfu* 功夫 mentionné plus haut[54] : maîtrise de la respiration, gymnastique, méditation (« assis dans l'oubli », *zuowang* 坐忘), discipline sexuelle, etc. Le *Zhuangzi* préfère l'appellation plus poétique de « jeûne du cœur » (*xin zhai* 心齋), décrit dans un dialogue mettant en scène Confucius et son disciple préféré Yan Hui :

> À Hui qui sollicite l'enseignement du Maître sur le jeûne du cœur, Confucius répond : « Unifie ton intention. Plutôt que d'écouter avec l'oreille, écoute avec le cœur. Plutôt que d'écouter avec le cœur, écoute avec le *qi*. L'ouïe s'arrête à l'oreille, le cœur s'arrête à ce qui s'accorde avec lui. Le *qi*, c'est le vide qui accueille toute chose. Or, seul le Dao accumule le vide. Ce vide, c'est le jeûne du cœur[55]. »

Un passage fameux dans un chapitre « externe » du *Zhuangzi* fait allusion à des pratiques respiratoires et gymnastiques qui préfigurent les exercices du *taijiquan* 太極拳 :

> Souffler et respirer, expirer et inspirer, rejeter l'air usé et en absorber du frais, s'étirer à la manière de l'ours ou de l'oiseau qui déploie ses ailes, tout cela ne vise qu'à la longévité. C'est ce qui est prisé de l'adepte qui s'efforce de guider et induire

l'énergie, de l'homme qui veut nourrir son corps, ou de celui qui espère vivre aussi vieux que Peng Zu[56].

Pour Zhuangzi, la fusion avec le Dao n'est pas une immersion béate dans le Grand Tout, elle ne s'atteint qu'au prix d'une longue et régulière pratique d'affinement dont l'aboutissement ne consiste pas à s'abîmer dans une totalité indifférenciée, mais à considérer les choses comme le ferait un miroir, non pas pour avoir prise sur elles, mais au contraire pour s'en détacher.

Suprême détachement

Zhuangzi ne nie pas le rapport de l'homme au monde. Le Saint est simplement celui qui réussit à entretenir ce rapport sans se laisser « chosifier par les choses » : c'est là toute la différence avec la perspective bouddhique qui recourt pourtant à la même image du miroir. Pour Zhuangzi, il s'agit de se libérer, de se vider du monde, mais pas pour le nier au nom de son impermanence, thème bouddhique par excellence. Au contraire, en fusionnant avec le Dao, l'homme retrouve son centre et n'est plus affecté par ce que l'esprit humain considère ordinairement comme souffrance : déclin, maladie, mort. Chez Zhuangzi, et dans toute la pensée antique en général, le problème de la souffrance et de la mort n'est jamais posé de front justement parce qu'elles ne sont pas perçues comme mal absolu, mais bien plutôt comme faisant partie du processus naturel :

> Le Dao n'a ni fin ni commencement. Les êtres connaissent mort et vie, sans avoir jamais l'assurance de leur accomplissement. Tantôt vides, tantôt pleins, ils ne résident pas dans des formes fixes. Les années ne peuvent être retenues, pas plus que le temps suspendu. Déclin et croissance, plénitude et vide, tout ne finit que pour recommencer[57].

Pour reprendre les termes d'Isabelle Robinet, « d'être cycliques, le temps et le monde des taoïstes permettent un recommencement, une renaissance ; ce sont un temps et un monde d'éternelles transformations. Le propre, hautement déclaré, de ce temps circulaire est d'être réversible, au contraire, disent les taoïstes, du temps ordinaire des hommes, qui est sans retour et s'achemine vectoriellement vers une fin, la mort[58] ». Dans cette perspective, même la chose la plus tragique pour un être humain, sa propre mort, sa propre décomposition, ne lui apparaît plus horrible s'il prend conscience qu'elle n'est qu'une des multiples phases de transformation du Dao. À preuve l'attitude, apparemment provocatrice et éminemment contraire aux rites, de Zhuangzi à la mort de sa femme :

> Lorsque la femme de Zhuangzi mourut, Huizi (Hui Shi) vint présenter ses condoléances. Il trouva Zhuangzi accroupi, genoux écartés, occupé à taper sur un pot et à chanter.
> Huizi lui dit : « Quand on a vécu avec une personne, élevé des enfants et vieilli avec elle, c'est déjà un comble de ne pas pleurer sa mort, mais que dire de cette façon de taper sur un pot en chantant ! »
> Zhuangzi répondit : « Vous vous trompez. Au moment de sa mort, comment n'aurais-je pas senti l'immensité de la perte ? Je me mis alors à remonter à son origine : il fut un temps où il n'y avait pas encore la vie. Non seulement il n'y avait pas la vie, mais il fut un temps où il n'y avait pas de forme. Non seulement il n'y avait pas de forme, mais il fut un temps où il n'y avait pas de *qi*. Mêlé ensemble dans l'amorphe, quelque chose se transforma, et il y eut le *qi*, quelque chose dans le *qi* se transforma et il y eut les formes, quelque chose dans les formes se transforma et il y eut la vie. Or, maintenant, après une autre transformation, elle est allée à la mort, accompagnant ainsi le cycle des quatre saisons, printemps, été, automne, hiver. Au moment où elle se coucha pour dormir dans la plus grande des demeures, je ne pus que la pleurer, mais la pensée me vint que je ne comprenais rien au destin, aussi ai-je cessé de pleurer[59]. »

Quand l'homme cesse de se démener, de vouloir, d'imposer aux choses ses cadres de pensée et son mode d'action, quand il se contente d'être à l'écoute et de refléter les choses telles qu'elles sont, bref quand il lâche prise, que lui reste-t-il comme mode d'existence fondamental ? La naissance, la croissance, le déclin et la mort : autant de processus spontanés, naturels, qui relèvent du Ciel. Tel est notre « destin céleste » qui est pourtant le plus difficile à accepter parce que nous voulons toujours décider, toujours choisir ; notre façon et notre raison d'être, c'est de vouloir.

Voilà pourquoi Zhuangzi propose de passer à un tout autre niveau, ouvrant brusquement une perspective en abîme où l'on aperçoit d'un seul coup – dans ce qui peut être considéré comme une illumination – l'infini, l'insondable du Dao, lequel aspire l'esprit comme un maelström en une régression sans fond. À côté de la tentation de se laisser aller au vertige, l'esprit ne peut s'empêcher de se poser l'ultime question de l'existence d'un « créateur » (*zaowuzhe* 造物者), maintes fois évoquée dans le *Zhuangzi* mais restée en suspens :

> Le Ciel tourne-t-il ? La Terre est-elle fixe ?
> Le soleil et la lune se disputent-ils leur place ?
> Qui préside à tout cela ? Qui le coordonne ?
> Qui, sans rien faire, lui confère impulsion et mouvement ?
> Pensera-t-on à un ressort, à un mobile à la marche inéluctable ? Imaginera-t-on que tout cela se meut et tourne sur soi-même sans pouvoir s'arrêter [60] ?

Notes

1. À noter que, dans la littérature taoïste, le Dao est souvent symbolisé par la musique. Sous la cacophonie des *dao*, le *Zhuangzi* rêve de retrouver l'harmonie première du Dao, comme au chap. 33 : « La multiplicité des *dao* et des techniques déchire l'unité du monde. »

2. Dans notre choix de présenter, contrairement à la coutume établie, le *Zhuangzi* avant le *Laozi*, nous suivons l'éminent sinologue britannique Angus C. GRAHAM, même si celui-ci reste prudent : « Du fait que les "chapitres internes" [du *Zhuangzi*] ne fournissent aucune indication claire d'une connaissance du *Laozi*, ce dernier est abordé sans inconvénient après Zhuangzi, bien qu'il n'y ait pas de preuve positive qu'il soit plus tardif », cf. *Disputers of the Tao. Philosophical Argument in Ancient China*, La Salle (Illinois), Open Court, 1989, p. 217-218.

3. Voir cependant la bonne traduction d'Angus C. GRAHAM, *The Book of Lieh-tzu*, Londres, John Murray, 1961.

4. Cf. Isabelle ROBINET, *Histoire du taoïsme des origines au XIVᵉ siècle*, Paris, Cerf, 1991 ; Herrlee G. CREEL, *What is Taoism? And Other Studies in Chinese Cultural History*, University of Chicago Press, 1970 ; Holmes WELCH, *Taoism : The Parting of the Way*, Boston, Beacon Press, 1957, éd. révisée 1965 ; Nathan SIVIN, « On the Word "Taoist" as a Source of Perplexity : With Special reference to the Relations of Science and Religion in Traditional China », *History of Religions*, 17/3-4 (1978), p. 303-330. Voir aussi le bilan des études taoïstes dressé dans l'important article, accompagné d'une bibliographie exhaustive, d'Anna SEIDEL, « Chronicle of Taoist Studies », *Cahiers d'Extrême-Asie*, 5 (1989-1990) p. 223-347 ; et Knut WALF, *Westliche Taoismus-Bibliographie*, 3ᵉ éd., Essen, 1992.

5. Lors d'une conférence non publiée, donnée en novembre 1991 à l'École normale supérieure, et à laquelle ce chapitre doit beaucoup. On

pourra consulter la traduction intégrale de Burton WATSON, *The Complete Works of Chuang Tzu*, New York, Columbia University Press, 1968. Celle, en français, de LIOU Kia-hway, *Œuvre complète de Tchouang-tseu*, Paris, Unesco, 1969, est malheureusement peu recommandable. Pour les sept « chapitres internes », la meilleure traduction reste celle d'Angus C. GRAHAM, *Chuang-tzu, The Seven Inner Chapters and Other Writings from the Book Chuang-tzu*, Londres, Allen & Unwin, 1981 ; il existe une traduction en français, assez libre et peu annotée, de Jean-Claude PASTOR, *Zhuangzi (Tchouang-tseu), les chapitres intérieurs*, Paris, Cerf, 1990.

Parmi les nombreuses études sur le *Zhuangzi*, voir notamment : Martin BUBER, *Reden und Gleichnisse des Tschuang-Tse*, Leipzig, Insel, 1910 ; CHANG Tsung-tung, *Metaphysik, Erkenntnis und praktische Philosophie im Chuang-Tzu*, Francfort, Klostermann, 1982 ; Victor H. MAIR, éd., *Experimental Essays on Chuang Tzu*, Honolulu, University of Hawaii Press, 1983 ; Paul KJELLBERG & Philip J. IVANHOE, éd., *Essays on Skepticism, Relativism, and Ethics in the Zhuangzi*, Albany, State University of New York Press, 1996 ; Roger T. AMES, éd., *Wandering at Ease in the Zhuangzi*, Albany, State University of New York Press, 1998 ; Jean-François BILLETER, *Leçons sur Tchouang-tseu*, Paris, Editions Allia, 2002.

6. Voir *Shiji (Mémoires historiques)*, chap. 63.

7. Isabelle ROBINET, dans son *Histoire du taoïsme*, p. 42, rapproche du *Zhuangzi* la tradition des *Élégies de Chu (Chuci)*, ensemble de poèmes datant du IIIe-IIe siècle et issu de la veine chamaniste du Sud de la Chine.

8. *Zhuangzi* 17, p. 266-267. L'édition utilisée ici est le *Zhuangzi jishi* de GUO Qingfan, dans la série ZZJC.

9. Voir chap. 3, « Introduction de l'argumentation dans le *Mozi* », et chap. 5, « Les logiciens ».

10. *Zhuangzi* 17, p. 267-268.

11. Sur Hui Shi, cf. Ignace KOU Pao-koh, *Deux Sophistes chinois : Houei Che et Kong-souen Long*, Paris, PUF, 1953 ; Ralf MORITZ, *Hui Shi und die Entwicklung des philosophischen Denkens im alten China*, Berlin, Akademie, 1973 ; Jean-Paul REDING, *Les Fondements philosophiques de la rhétorique chez les sophistes grecs et chez les sophistes chinois*, Berne, Peter Lang, 1985, p. 274-385, et « Greek and Chinese Categories : A Reexamination of the Problem of Linguistic Relativism », *Philosophy East and West*, 36, 4 (1986), p. 349-374 ; Lisa RAPHALS, *Knowing Words : Wisdom and Cunning in China and Greece*, Cornell University Press, 1992.

12. *Zhuangzi* 33, p. 476-477 (c'est nous qui numérotons les propositions).

13. *Zhuangzi* 17, p. 248.

14. *Zhuangzi* 1, p. 1-2 et 8.

15. *Zhuangzi* 2, p. 39-40.

16. Sur ce chapitre, voir la traduction partielle et l'étude de Jean-François BILLETER, « Arrêt, vision et langage : Essai d'interprétation du *Ts'i wou-louen* de Tchouang-tseu », *Philosophie*, 44 (1994), p. 12-51.

17. *Zhuangzi* 2, p. 36-40.

18. *Zhuangzi* 2, p. 50-51.

19. *Zhuangzi* 6, p. 102. Sur la signification technique du mot *dang* (« tomber juste », « correspondre à la réalité »), voir chap. 5, « Conception instrumentale du langage ».

Chapitre 4

20. Cf. *Language and Logic*, p. 64. À noter que le mot *zhi*, dans le passage du *Zhuangzi* 2 cité ci-dessus, a été traduit par « départager ». Sur la question de la connaissance, et en contrepoint aux thèses de HANSEN, cf. Christoph HARBSMEIER, « Conceptions of Knowledge in Ancient China », in Hans LENK & Gregor PAUL, éd., *Epistemological Issues in Classical Chinese Philosophy*, Albany, State University of New York Press, 1993, p. 11-30.

21. *Zhuangzi* 2, p. 43-44.

22. *Entretiens*, II, 17.

23. *Zhuangzi* 27, p. 410. Pour un passage parallèle mettant en scène un personnage proche de Confucius, voir *Zhuangzi* 25, p. 390.

24. *Zhuangzi* 2, p. 38-39. Ce passage précède immédiatement l'interprétation ironique des paradoxes de Hui Shi citée plus haut en note 15.

25. *Zhuangzi* 13, p. 217.

26. *Zhuangzi* 26, p. 407.

27. *Zhuangzi* 25, p. 394-395.

28. *Zhuangzi* 6, p. 123.

29. *Zhuangzi* 19, p. 288-289.

30. Il s'agit de danses rituelles, associées respectivement au roi Cheng Tang, fondateur de la dynastie Shang, et au souverain mythique Yao.

31. Sur le *LI*, notion clé que Zhuangzi contribue ici à élaborer de manière déterminante et qui sera précisée et enrichie tout au long de l'histoire de la pensée chinoise, voir plus haut chap. 1, « Ordre et rite ».

32. *Zhuangzi* 3, p. 55-58.

33. Pour une interprétation intéressante de ce passage et des suivants, cf. Jean-François BILLETER, « Pensée occidentale et pensée chinoise : le regard et l'acte », in *Différences, Valeurs, Hiérarchie : Textes offerts à Louis Dumont*, Paris, Éd. de l'EHESS, 1984, p. 25-51.

34. *Zhuangzi* 13, p. 217-218.

35. *Zhuangzi* 19, p. 290.

36. *Zhuangzi* 7, p. 138. Sur le thème du miroir, cf. le bel essai de Paul DEMIÉVILLE, « Le miroir spirituel », repris dans *Choix d'études bouddhiques (1929-1970)*, Leyde, Brill, 1973.

37. « The Individual and the World in Chinese Methodology », in Charles A. MOORE, éd., *The Chinese Mind : Essentials of Chinese Philosophy and Culture*, Honolulu, University of Hawaii Press, 1967, p. 272.

38. *Zhuangzi* 11, p. 178.

39. *Zhuangzi* 13, p. 204.

40. *Zhuangzi* 33, p. 473.

41. *Zhuangzi* 2, p. 53-54.

42. *Zhuangzi* 2, p. 49-50.

43. *Pensées*, in Pascal, *Œuvres complètes*, Paris, Éd. du Seuil, coll. « L'Intégrale », 1963, p. 514 (Lafuma n° 131).

44. *Zhuangzi* 17, p. 260.

45. *Zhuangzi* 6, p. 101.

46. *Zhuangzi* 32, p. 453.

47. *Zhuangzi* 5, p. 99-100. « Dur et blanc » : titre d'un chapitre du *Gongsun Longzi* attribué au logicien Gongsun Long sur lequel voir chap. 5.

48. *Zhuangzi* 6, p. 124.

49. Cf. *Zhuangzi* 6, p. 108.

50. *Histoire du taoïsme*, p. 38.
51. *Zhuangzi* 17, p. 259-260.
52. *Zhuangzi* 2, p. 45-46.
53. *Zhuangzi* 2, p. 22.
54. Voir plus haut, « La main et l'esprit ».
55. *Zhuangzi* 4, p. 67-68.
56. *Zhuangzi* 15, p. 237. Sur les techniques, inspirées des mouvements des animaux et devenues courantes sous les Han à la veille de l'ère chrétienne, qui consistent à « guider et induire » *(daoyin)* l'énergie vitale de manière à lui permettre de circuler librement à travers tout le corps, cf. Livia KOHN & SAKADE Yoshinobu, éd., *Taoist Meditation and Longevity Techniques*, Ann Arbor, University of Michigan, 1989.
57. *Zhuangzi* 17, p. 259.
58. *Histoire du taoïsme*, p. 21.
59. *Zhuangzi* 18, p. 271.
60. *Zhuangzi* 14, p. 218-219.

5
Discours et logique des Royaumes Combattants

L'enjeu du discours

Au IVe-IIIe siècle, sous les Royaumes Combattants, s'élaborent les notions fondamentales de *Dao* (« Voie »), *qi* (« énergie vitale »), Yin/Yang, etc., mais le véritable enjeu autour duquel elles s'articulent est celui du discours. La guerre des vassalités pour l'hégémonie se livre aussi dans la guerre des discours à une époque où se confirme chez les penseurs chinois une véritable fascination pour les problèmes du langage. Celle-ci finit d'ailleurs par caractériser toute la période antérieure à l'introduction du bouddhisme qui, à partir du Ier siècle de l'ère chrétienne, apporte des conceptions nouvelles informées par des langues indo-européennes.

La catégorie des *shi* 士 qui, dès l'époque de Confucius, commence à émerger en tête des « quatre catégories du peuple » n'a pour activité spécialisée que le maniement du discours, alors que les trois autres (paysans, artisans, marchands) ont des activités bien déterminées par leur statut social. Dans la société hiérarchisée des Zhou, les *shi*, officiers de rang subalterne ayant charge des affaires du pays, représentaient la plus basse catégorie de l'aristocratie. Avec le déclin de cette dernière et l'effondrement de la hiérarchie féodale vers la fin des Printemps et Automnes au Ve siècle av. J.-C., la catégorie des *shi* prit une importance grandissante, accédant à un statut social fortement marqué par le savoir comme instrument de promotion[1]. On assiste alors à une spécialisation intellectuelle de cette catégorie qui s'octroie un accès plus large à l'écriture jusqu'alors réservée aux scribes royaux. Au moment où les rites perdent leur signification dans la classe nobiliaire sous les Royaumes Combattants, les *shi* restent les uniques dépositaires de la tradition rituelle et scripturaire qu'ils appellent le Dao. Cette « Voie », qu'ils disent avoir héritée de l'esprit des institutions antiques et qu'ils se donnent pour mission de sauvegarder, contribue pour beaucoup à leur donner la conscience de former une catégorie à part.

Les différents courants de pensée issus de la catégorie des *shi* des Royaumes Combattants se définissent largement en fonction de leur position par rapport au discours. Tout en se montrant conscients de ses dangers, les confucéens, dont Mencius et Xunzi sont les représentants les plus marquants, ne peuvent faire autrement que de chercher à utiliser au mieux ce qui reste l'un des atouts majeurs de l'humanité. Il y a, par ailleurs, les logiciens, techniciens du discours qui en considèrent le perfectionnement comme une fin en soi. D'autres, comme Laozi et Zhuangzi, cherchent à discréditer totalement le discours et la raison humaine au nom d'une réalité plus vaste et plus essentielle : le Dao du naturel et du spontané. Restent ceux pour qui le discours n'est que l'instrument d'un pouvoir érigé en absolu : les légistes. Seul à se situer en dehors de ce débat est le courant cosmologique qui, de manière significative, ne s'élabore que vers la fin des Royaumes Combattants et se développe surtout sous les Han, au moment où le discours, ayant achevé sa mission d'unification de l'empire, cesse d'être au centre des préoccupations.

Les logiciens

Comme beaucoup d'auteurs des Royaumes Combattants, Hui Shi, l'un des logiciens les plus connus et ami de Zhuangzi [2], cherche une solution pratique aux problèmes de la seconde moitié du IVe siècle et croit la trouver dans un discours correct, selon lui l'outil le plus efficace pour adapter l'action aux circonstances politiques du moment. Cette prééminence de l'enjeu pratique et normatif est sans doute à l'origine d'un préjugé fort répandu : la pensée chinoise proposerait une sagesse très belle, certes, mais totalement dépourvue de logique. Dans le présent chapitre, il s'agira précisément de montrer de quelle manière la pensée ancienne a obéi à des exigences logiques, non seulement au sens large, mais aussi dans un sens plus technique [3].

Avant d'être regroupés au IIᵉ siècle av. J.-C. dans la classification Han sous l'étiquette d'« école des formes et des noms » (*xingmingjia* 刑名家), les logiciens, d'abord connus comme spécialistes de l'argumentation (*bian* 辯), sont passés de la pratique à la théorie de cet art particulier. Comme on l'a vu, le caractère, composé de deux éléments symétriques de part et d'autre du radical de la parole 言, est souvent interchangeable avec son homophone *bian* 辨, écrit avec le radical de la lame [4]. Il s'agit donc d'une opération de découpage, de discrimination, bref d'analyse logique, qui consiste à trancher entre deux affirmations contradictoires :

> Dire qu'aucune proposition ne l'emporte dans l'argumentation logique ne saurait correspondre à la réalité (*dang* 當). [...] L'argumentation consiste en ceci : l'un dit que c'est cela, et l'autre que ce n'est pas cela, et c'est celui dont la proposition correspond à la réalité qui l'emporte [5].

Les théories de l'école moïste tardive (fin IVᵉ-fin IIIᵉ siècle) sur la logique, mais aussi sur bien d'autres sujets comme la géométrie, l'optique ou la mécanique, sont contenues dans le Canon moïste *(Mojing)*, qui occupe actuellement les six chapitres centraux (40 à 45) du *Mozi*. Ceux-ci présentent la vision cohérente d'un savoir universel qui comprendrait quatre disciplines : connaissance des noms, des objets, de la manière de les mettre en rapport, et de la manière d'agir [6].

Le courant moïste ne fait aucun secret de son parti pris rationaliste de tourner le dos aux spéculations sur le rapport entre Ciel et Homme, et de rechercher à la pensée éthique des fondements purement logiques. Mais, dans les domaines aussi bien de la logique que de l'éthique, ce qui est recherché est moins *la* Vérité que des normes, des critères, des repères pour guider la connaissance et l'action. Le danger inhérent au discours n'est donc pas tant de tomber dans le faux comme non-vérité que de perdre ses repères, en concluant par exemple à la similarité de propositions faussement parallèles : un voleur est un homme ; mais, en dépit du principe général qu'il est condamnable de tuer un homme, il ne s'ensuit pas que tuer un voleur revient à tuer un homme [7].

Avec le Canon moïste, le *Gongsun Longzi*, attribué au sophiste Gongsun Long (début du IIIᵉ siècle av. J.-C.) constitue notre source principale concernant la discipline logique en Chine ancienne. En réalité, le texte tel qu'il nous est parvenu est un faux des IVe-VIe siècles apr. J.-C., mais on peut au moins accorder un certain degré d'authenticité aux deux premiers chapitres, « Du cheval blanc » et « De la désignation des choses », dont il sera question plus loin [8].

L'école des logiciens est d'abord apparue sous un jour principalement expérimental, exploratoire, voire ludique, décrié par la plupart des autres courants de pensée comme pure perte de temps. Certes, les logiciens de la Chine ancienne partagent avec leurs homologues grecs la même fascination pour le langage, la même impatience d'explorer les possibilités et les limites d'un instrument que l'on vient de découvrir. Or, comme le montre Zhuangzi, la raison comme instrument trouve ses limites dans l'absurde. D'après A.C. Graham, alors que les Grecs auraient réussi à surmonter cette première étape expérimentale en établissant les règles d'une logique formelle, la pensée logique en Chine ne semble guère avoir dépassé un stade embryonnaire [9].

Conception instrumentale du langage

Un point commun à tous les courants concernés de près ou de loin par la question du langage, et en contraste avec la tradition philosophique grecque, est l'absence d'intérêt pour la définition comme porteuse de signification et moyen d'accès à la réalité des choses. Alors que les dialogues platoniciens se préoccupent principalement de formuler les définitions les plus exactes comme moyens d'atteindre la vraie connaissance, un Confucius, un Mencius ou un Laozi sont, au contraire, soucieux d'éviter de fournir des définitions aux termes pourtant cruciaux qu'ils utilisent : on n'en voudra pour exemple que la façon pointilliste dont Confucius ébauche la notion de *ren* plus qu'il n'en dessine les contours [10].

Ce refus de la définition ne s'explique pas seulement par la crainte qu'elle ne soit nécessairement limitative, mais plus largement par une différence de visée, l'important n'étant pas la signification théorique que l'on peut donner à une notion, mais la manière dont celle-ci doit être utilisée et, surtout, vécue. De manière générale, les penseurs chinois qui ont réfléchi sur le langage se sont intéressés davantage à l'aspect pragmatique du rapport entre le langage et ses usagers qu'à l'aspect sémantique de son rapport avec la réalité extralinguistique. En d'autres termes, le langage importe plus par sa fonction normative que par sa fonction descriptive, nettement privilégiée par la tradition aristotélicienne. Plutôt que de s'interroger sur son caractère vrai ou faux, on se demandera en priorité quel effet telle croyance pourra exercer sur les hommes, ou quelles implications morales ou sociales pourront être dégagées de telle proposition.

La pensée chinoise se distingue donc en premier lieu par l'accent qu'elle place sur le langage comme générateur de comportements plutôt que comme expression sémantique d'un contenu [11]. Mais il ne s'agit que d'une différence d'accent, car les penseurs de l'antiquité chinoise, et tout particulièrement les logiciens, faisaient bien la distinction entre une proposition qui est « vraie » au sens où elle « tombe juste » (*dang* 當) par adéquation à la réalité des faits, et une proposition admissible, recevable au sens où elle est logiquement possible (*ke* 可). C'est le cas, comme on le verra plus loin, du paradoxe « Cheval blanc n'est pas cheval » qui, de toute évidence, ne correspond à aucune réalité mais dont il s'agit de montrer qu'il est logiquement défendable. Il faut donc se garder d'une tendance excessive à la modélisation qui voudrait faire du chinois ancien l'illustration par excellence des théories logico-linguistiques modernes [12].

La théorie des « noms de masse »

Les premiers chapitres du *Gongsun Longzi*, qui constituent les textes les plus célèbres sur la logique, sont aussi les plus problématiques de la philosophie chinoise. On a, en particulier, émis une multitude d'hypothèses quant à l'interprétation du paradoxe du cheval, mais dont aucune ne réussit à trouver une clé totalement convaincante, faisant irrémédiablement apparaître le raisonnement de Gongsun Long comme un fatras d'arguments spécieux. Récemment, Angus C. Graham et Chad Hansen ont tenté de retourner la question en montrant que ce sont nos propres préjugés qui nous font considérer la logique chinoise sous le mauvais angle [13]. En partant d'une analyse fondée sur le rapport du tout et de ses parties, il serait possible de rendre compte de ces textes comme formant un ensemble cohérent.

Hansen semble fournir une clé qui, selon Graham, ouvre enfin la porte d'une compréhension logique de ces textes en partant de la constatation que les substantifs en chinois ancien fonctionnent davantage comme des « noms de masse » *(mass nouns)* que comme les « noms décomptables » *(count nouns)* des langues indo-européennes. Pour prendre un exemple, le nom « volaille » est un nom générique, indécomptable s'il est employé seul. Il ne peut être décompté qu'en étant assorti d'un classificateur de quantité : une tête, une caisse ou un camion de volaille désignera une partie par rapport au tout que représente la volaille en général. En cela, le nom « volaille » se distingue du nom « coq », qui est décomptable et qui, en tant que tel, peut porter la marque du singulier ou du pluriel, et désigne un individu ou une unité, la somme de plusieurs individus ou unités constituant une classe. On peut résumer en disant que les noms décomptables donnent lieu à la question « un ou plusieurs ? », alors que les noms de masse appellent la question « peu ou beaucoup ? ». L'ennui, c'est que l'affirmation de Chad Hansen, « tous les noms chinois sont des noms de masse », est trop péremptoire pour être exacte, surtout aux yeux d'un linguiste comme Christoph Harbsmeier qui, par une analyse syntactique, montre que la réalité du chinois ancien est bien plus complexe [14].

D'après Hansen, en raisonnant sur la base de noms comptables, les pensées issues de la tradition aristotélicienne tendent à concevoir la réalité en termes d'entités identifiables, désignées par des noms communs ou substantifs. Dans ces conditions, la réalité apparaît comme discontinue, et donc analysable (en atomes par exemple). Les penseurs chinois, en revanche, perçoivent la réalité comme un tout continu dont les parties s'interpénètrent et, à force d'affinement, prennent des formes (*xing* 形) de plus en plus particulières. C'est précisément dans ces termes que les cosmogonies de la Chine ancienne se représentent l'avènement du monde visible, non comme création *ex nihilo* de la multiplicité des êtres par un créateur unique, mais comme processus de diversification à partir d'une réalité originelle totalisante, le plus souvent dénommée Dao [15].

Une conception issue d'Aristote amènerait la problématique

suivante : quand je nomme « cheval » un cheval particulier, et que je nomme également « cheval » un autre cheval particulier, qu'est-ce qui me permet d'affirmer que je parle de la même chose ? La solution apportée à cette question se trouve dans la notion d'idée ou de concept. Cette notion n'étant pas une « chose » introduit une inévitable dichotomie entre, d'une part, le monde des choses sensibles et, de l'autre, le monde des idées, qui se situe en dehors et au-dessus du premier et qui n'est accessible que par l'esprit. Il faudra alors choisir entre les « idées-réalités » qui seraient des objets communs à des individus particuliers (c'est la position « réaliste »), et les « idées-concepts » communes à tous les esprits (c'est la position « conceptualiste »).

La conception nominaliste

Reste la troisième solution qui consiste à concevoir, non pas les idées, mais les noms comme de simples outils permettant d'analyser la réalité : telle est la position « nominaliste » qui caractérise la réflexion de tous les courants de la Chine ancienne préoccupés par la question du langage. L'intérêt s'est d'abord porté sur le rapport entre noms (*ming* 名) et réalités (*shi* 實), les propositions n'étant prises en compte qu'à un stade plus tardif. Comme le remarque Christoph Harbsmeier, « la préoccupation principale n'est pas essentiellement associée à la relation entre deux termes. Les philosophes chinois du langage se préoccupaient principalement de la relation entre les noms et les choses[16] ». Contrairement à la présentation qu'en ont faite certains historiens chinois soucieux de répondre à l'accusation de traditionalisme dogmatique, dans aucune de ces théories du langage n'intervient la notion platonicienne d'« idées » ou d'« idéaux », ni même de définitions ou de concepts qui représenteraient l'essence (ou le sens) des noms[17]. Tout le débat qui a tant occupé la scolastique médiévale européenne sur l'existence ou la non-existence des universaux n'est pas seulement en l'occurrence dénué de sens, il peut constituer un obstacle majeur à la compréhension des débats chinois sur le langage dans leur spécificité.

La réalité étant perçue comme un tout continu, le langage (ce que les Chinois appellent « les noms ») apparaît comme un simple instrument qui permet de « découper » (*fen* 分), c'est-à-dire de pratiquer des distinctions pertinentes. Ces coupes mettent ainsi en évidence des oppositions et des distinctions qui peuvent être considérées comme autant de jugements de valeur subjectifs et arbitraires. C'est là que se rejoignent en effet les fonctions descriptive et normative du langage, le fait de découper étant une façon d'analyser la réalité mais aussi de l'évaluer – c'est précisément sur ce point que porte la critique de Zhuangzi.

D'après l'interprétation de Hansen, le langage ne fait que prendre des « masses », comme des *choses* découpées et démarquées les unes des autres par les pratiques linguistiques de la communauté, et accoler à chaque chose un nom. Au-delà du caractère conventionnel que la philosophie occidentale reconnaît aux sons ou symboles utilisés par la communauté des locuteurs, une telle conception du langage voit la convention, non seulement dans le rapport entre signifiant et signifié, mais dans le découpage même des signifiants. Nommer ne consiste guère plus qu'à découper, faire des distinctions, lesquelles sont elles-mêmes conventionnelles en tant que résultat d'un consensus au sein de la communauté sur la manière de percevoir le monde.

Cela dit, les découpages pratiqués dans la réalité par le discours se font toujours « en situation », dans la mesure où ils sont appelés par des expériences vécues, concrètes :

> Admissible (*ke* 可), dites-vous ? Alors, va pour admissible. Inadmissible ? Alors ce sera inadmissible. Le Dao se réalise à mesure que nous y cheminons ; les choses deviennent ce qu'elles sont à mesure que nous les disons telles[18].

Il en est de la pensée en Chine comme de la peinture de paysage : les Chinois n'ont jamais éprouvé le besoin de reconstituer la vision en perspective qui suppose un point de vue idéal. Ils lui ont toujours préféré une « perspective cavalière » où l'œil qui regarde fait partie du paysage et évolue avec lui. De la même façon qu'en peinture le regard est toujours « en situation », l'intellect qui tente de discerner des repères est lui aussi en situation, il décide et fait la part des choses au fur et à mesure qu'il progresse dans le discours, sans chercher à établir des règles absolues et définitives (tel le syllogisme). C'est peut-être l'une des raisons pour lesquelles la pensée logique chinoise ne s'est jamais dotée d'un dispositif systématique de règles formelles.

On peut distinguer dans la conception conventionnaliste du langage propre à la tradition chinoise deux positions fondamentales. Pour les confucéens, les noms sont purement conventionnels, mais il existe des distinctions « correctes » que le langage se doit de refléter : telle est la teneur de la « rectification des noms », selon laquelle la convention linguistique, comprise comme usage normatif du langage, permet de rétablir un lien social défaillant[19]. Le tissu linguistique vient alors pallier les failles du tissu sociopolitique en rétablissant l'adéquation correcte entre les noms et les réalités qu'ils sont censés désigner. Dans une conception ritualiste du langage, le seul fait de nommer comporte en soi un jugement de valeur. La « rectification des noms » a donc pour objet de créer une sorte de langage idéal susceptible d'entretenir équilibre et harmonie au sein des relations sociales. Une bonne illustration en est fournie par un auteur du Ier siècle apr. J.-C. :

> Confucius refusa de boire de l'eau de la Source-des-voleurs, et Zengzi ne consentit pas à pénétrer dans un quartier appelé Victoire-sur-sa-mère, afin d'éviter tout contact avec quelque chose de mauvais, de souillé, ne voulant pas compromettre leur réputation dans des endroits portant des noms contraires à la morale[20].

Plus conventionnaliste encore est la position du *Zhuangzi* et du *Laozi* pour qui les distinctions entre les réalités sont elles-mêmes imposées par le langage, lequel pose à la fois noms et réalités. Tandis que la théorie de la rectification des noms ne fait que poser la question de l'adéquation des noms aux réalités, Zhuangzi dénonce cette question comme un faux problème puisque, pour lui, noms et réalités sont simultanément et artificiellement posés par le langage. Au chapitre 32 du *Laozi* (où il est question du bois brut, métaphore de l'unité originelle du Dao) apparaît dans une lumière critique la double fonction du langage, analytique et évaluative : « Dès lors que surgissent les *zhi* 制 apparaissent les noms. » Ce terme de *zhi* (dont la graphie comporte le radical de la lame) peut désigner aussi bien l'action de disséquer que toute institution ou mesure tendant à surimposer un certain ordre à la réalité. Or, conclut le chapitre 28, « le Maître de l'Art n'a garde de tailler ».

La théorie des moïstes tardifs peut, elle aussi, être qualifiée de nominaliste en ce qu'un nom est censé « prélever » (*ju* 舉) une chose ou une portion de réalité. C'est en fonction de l'échelle du « prélèvement » qu'il convient de distinguer entre noms individuels, génériques et universels. L'un des centres d'intérêt majeurs de la logique moïste est de fixer les critères de distinction pour les noms génériques. On nomme un objet « cheval » et on applique ce nom à toute chose qui lui est semblable ou du même type (*lei* 類). Le nom « cheval » n'est donc que l'abréviation de « semblable à l'objet cheval », et se référer à quelque chose revient à dire ce à quoi cela ressemble.

« Cheval blanc n'est pas cheval »

Penser en termes de « noms de masse » implique notamment que le rapport entre la classe et les membres qui la composent devient une simple variante du rapport entre le tout et ses parties. Contrairement à la logique aristotélicienne qui conçoit la définition d'une chose en particulier à partir de ce que cette chose n'est pas ou de ce qu'elle exclut, la logique chinoise propose un mode d'identification par inclusion : une chose est un tout qui inclut des parties, la partie n'étant pas identique au tout. Cette conception se retrouve aussi bien chez Gongsun Long que dans le Canon moïste.

C'est sur cette conception du rapport entre le tout et ses parties que, selon Hansen, suivi en cela par Graham, Gongsun Long appuierait la démonstration logique de son fameux paradoxe : « Cheval blanc n'est pas cheval. » Tant que l'on n'échappe pas à l'idée préconçue que Gongsun Long parle en termes de rapport entre classe et membre, voire entre universel et particulier, on ne parviendra pas à comprendre comment il peut mettre sur un même plan « cheval » et « blanc », forme et couleur, éléments qu'il ne fait que séparer ou combiner. Mais dès lors que l'on saisit que « cheval » est à considérer comme un tout, une masse composée de parties homogènes en terme de forme, et « blanc » comme une autre masse composée de parties homogènes en terme de couleur, on peut admettre qu'un cheval blanc est effectivement la combinaison d'une partie de la première masse et d'une partie de la seconde. Dès lors que la conception du langage est axée sur une formule du type « un nom/une chose », se posent des questions telles que : l'expression « cheval blanc » désigne-t-elle une seule chose ou deux choses distinctes, et, dans ce dernier cas, l'une de ces choses est-elle « le blanc » ?

Comme le montre prestement Christoph Harbsmeier qui conteste que le mot chinois *ma* 馬 (« cheval ») soit un nom de masse, nul n'est besoin de chercher midi à quatorze heures : Gongsun Long joue tout simplement sur deux interprétations – rendues possibles par l'indétermination du chinois ancien – de l'énoncé *baima fei ma* 白馬非馬 : 1) « Un cheval blanc n'est pas un cheval » ; 2) « "Cheval blanc" n'est pas (la même chose que) "cheval" ». La stratégie de Gongsun Long consisterait donc à laisser l'adversaire s'acharner sur la première interprétation, pendant que lui-même défend tranquillement la seconde [21].

Gongsun Long part du présupposé que le tout n'est pas une de ses parties, présupposé dont la formulation logique est donnée dans le Canon moïste : « "Bœuf et cheval" n'est pas "bœuf" [22]. » Dans ces conditions, le tout « cheval blanc » apparaît comme la combinaison de deux parties dont l'une n'est pas un cheval. « Cheval blanc » peut en effet s'analyser en une couleur appelée « blanc » et une forme appelée « cheval », la première ne correspondant pas à la dénomination « cheval » :

> « "Un cheval blanc n'est pas un cheval", est-ce logiquement admissible (*ke* 可) ?
> – Oui.
> – Comment cela ?
> – "Cheval" est ce qui nous permet de nommer la forme, "blanc" est ce qui nous permet de nommer la couleur. Nommer la couleur n'est pas nommer la forme. Voilà pourquoi je dis : "Cheval blanc n'est pas cheval." […]
> – Objection : Vous considérez un cheval qui a une couleur comme n'étant pas un cheval. Or, dans l'univers entier, il ne se trouve pas de chevaux sans couleur. Peut-on admettre qu'il n'y ait pas de chevaux dans l'univers ?
> – Réponse : Les chevaux ont certes une couleur, ce qui fait qu'il y a des chevaux blancs. À supposer que les chevaux soient sans couleur, et qu'il n'y ait que des chevaux tout court, comment distinguerait-on un cheval blanc ? Ainsi le blanc n'est pas le cheval. "Cheval blanc", c'est la combinaison de "cheval" et de "blanc". Voilà pourquoi je dis : "Cheval blanc n'est pas cheval." »

En montrant qu'on ne peut appeler une combinaison par une seule de ses parties et en séparant forme et couleur, Gongsun Long appelle une autre objection : ne supprime-t-il pas du même coup tout lien entre ces deux parties ? « Cheval blanc » ne se contente pas, en effet, d'additionner « cheval » et « blanc » (que ce soit du cheval, de la neige ou du jade), c'est la combinaison de ce qui est à la fois cheval et blanc. Autrement dit, « cheval » qui n'exclut aucune couleur n'est pas la même chose que « cheval blanc » qui exclut toutes les couleurs autres que le blanc :

> « Objection : Quand on est en présence d'un cheval blanc, on ne peut pas dire qu'il n'y a pas de cheval. Ce dont on ne peut pas dire qu'il n'y a pas de cheval, n'est-ce pas un cheval ? Si, lorsqu'il y a un cheval blanc, on considère qu'il y a un cheval, pourquoi n'est-ce pas un cheval dès lors qu'il est blanc ?
> – Réponse : Pour quelqu'un qui cherche un cheval, un cheval jaune ou noir fera tout aussi bien l'affaire. Pour quelqu'un qui cherche un cheval blanc, un jaune comme un noir ne fera pas l'affaire. À supposer qu'un cheval blanc revienne au même qu'un cheval, ce que ces deux individus chercheraient serait une seule et même chose. Ce serait une seule et même chose du fait que le blanc ne se différencierait pas du cheval. Mais si ce qu'ils cherchent ne se différencie pas, comment expliquer qu'un cheval jaune ou noir soit admissible dans le premier cas, et non dans le second ? Qu'une chose soit tout à la fois admissible et non admissible constitue de toute évidence une contradiction dans les termes. Par conséquent, un cheval jaune et un cheval noir reviennent au même en ce qu'ils répondent à la proposition "il y a un cheval", et non à la proposition "il y a un cheval blanc" : c'est là une preuve concluante que "cheval blanc" n'est pas "cheval" ! »

Dès le départ, Gongsun Long nous enferme dans une alternative simple : soit « cheval blanc » est la combinaison de « cheval » et de quelque chose d'autre, auquel cas cette combinaison n'est pas le cheval tout court ; soit un cheval blanc revient à un cheval, auquel cas rien n'est ajouté et dire « cheval blanc » est la même chose que dire « cheval ». C'est la position à laquelle l'objecteur se trouve acculé malgré lui. Dès lors que l'on admet les prémisses selon lesquelles « cheval blanc » est la combinaison de la forme cheval et de la couleur blanche, le raisonnement de Gongsun Long est inattaquable. Mais ce qui fausse ces prémisses, c'est que la forme cheval est traitée, au même titre que la couleur blanche, comme une simple partie du tout que serait le cheval blanc. Autrement dit, forme (cheval) et couleur (blanc) sont mis sur le même plan, dans un rapport de coordination du type « Une pierre dure et blanche », exemple logique que l'on trouve dans le Canon moïste :

> La pierre est une, la qualité d'être dure et celle d'être blanche sont deux, mais elles sont dans la pierre [23].

Dans ce cas, on pourrait dire, à la manière de Gongsun Long, que « La pierre est blanche » n'est pas la même chose que « La pierre est dure et blanche ». Mais c'est précisément en faisant le rapprochement analogique de l'exemple du cheval et de celui de la pierre que l'on perçoit ce qui est faussé dans le premier. Il n'est, en effet, pas possible de mettre sur un même plan les deux parties que seraient la couleur blanche et la forme cheval, celui-ci étant en lui-même un tout auquel la partie couleur se trouve subordonnée. Il y a donc en fait entre « cheval » et « blanc » un rapport, non de coordination, mais de subordination : le cheval est tout entier dans sa forme, il s'y identifie totalement, alors que sa couleur n'en est qu'une partie.

« De la désignation des choses »

Le difficile chapitre « De la désignation des choses » (*Zhiwu lun* 指物論), qui fait suite au « cheval blanc » dans le *Gongsun Longzi*, a fait l'objet d'interprétations aussi nombreuses que contradictoires [24]. Le terme *zhi* 指 dans la littérature philosophique pré-impériale est d'abord un verbe qui signifie « pointer le doigt vers », « désigner ». Au chapitre 22 du *Xunzi* sur la « rectification des noms », par exemple, *zhi* signifie désigner les choses au moyen des noms. Pris comme substantif, *zhi* est la désignation, le fait de désigner mais aussi ce qui est ainsi désigné. Dans le *Gongsun Longzi*, ce qui est désigné, ce sont soit les choses (*wu* 物), soit le monde comme totalité (*tianxia* 天下). Cette dernière expression, qui signifie littéralement « tout ce qui est sous le ciel », est ici à comprendre au sens que lui donne le *Zhuangzi* 21 : « Le monde, c'est ce en quoi les dix mille êtres ne font qu'un. » Il y a donc le tout qu'est le monde, et ses parties que sont les choses. Quand on désigne une chose, c'est toujours « sur fond » de monde : l'acte de désigner consiste à détacher une chose de son fond. Mais qu'en est-il lorsque l'on passe de la désignation des choses, c'est-à-dire des parties, à la désignation du tout qu'est le monde ? On fait usage des noms pour désigner les choses les unes par rapport aux autres, mais sur fond de quoi désignera-t-on le monde ? C'est là le sens du paradoxe inaugural de l'essai :

> Paradoxe : Lorsqu'il ne se trouve aucune chose qui ne soit pas ce qui est désigné, désigner n'est pas désigner. [...]
> Argumentation : « Ce qui est désigné », c'est ce qu'il n'y a pas au monde ; « les choses », c'est ce qu'il y a au monde. Que ce qu'il y a au monde soit considéré comme étant ce qu'il n'y a pas au monde n'est pas admissible.

Le paradoxe tient à l'extension de la désignation d'une chose particulière à celle du tout. Si l'on désigne le monde comme « les choses », on se heurte au fait que celles-ci ne sont que des parties du monde. Or, aucune partie du monde, aucune chose n'est le monde qui est dès lors indésignable. Autrement dit, quand on cherche à désigner le monde dans son entier, on ne trouve pas d'objet à sa désignation. Le tout n'est, par définition, pas désignable, et pourtant toutes ses parties le sont. Le *Zhuangzi* s'amuse à résumer et tourner en dérision ce paradoxe qui rejoindra ultérieurement le débat autour de la question : les mots servent à désigner des parties, mais peuvent-ils dé-signer le tout (c'est-à-dire le sens ?) :

> Si vous désignez une par une les cent parties du cheval sans arriver à obtenir un cheval alors qu'il est là, attaché devant vous, c'est que vous placez les cent parties sur un autre plan pour les appeler « cheval »[25].

Ne résistons pas à l'envie de clore ce chapitre décidément très chevalin sur la savoureuse historiette du *Han Feizi* :

> Ni Yue, un homme de Song, excellait dans l'art d'argumenter. Il tenait que « cheval blanc n'est pas cheval », se rattachant aux argumenteurs de l'académie Jixia de Qi. Le jour où, monté sur un cheval blanc, il voulut passer la douane, il lui fallut malgré tout s'acquitter de la taxe sur les chevaux[26]...

Notes

1. Voir plus haut chap. 3, p. 96.
2. Voir plus haut, chap. 4, « Les paradoxes de Hui Shi ».
3. Cf. Gregor PAUL, « Reflections on the Usage of the Terms "Logic" and "Logical" », *Journal of Chinese Philosophy*, 18, 1 (1991).
4. Voir chap. 4, p. 116.
5. *Mojing* (Canon moïste) B 35 selon la numérotation de Graham (voir note suivante). Sur la règle logique du tiers exclu, cf. Donald LESLIE, *Argument by Contradiction in Pre-Buddhist Chinese Reasoning*, Canberra, Australian National University, 1964.
6. Voir plus haut chap. 3, note 7. L'étude la plus approfondie en langue occidentale sur l'école moïste tardive reste sans doute celle d'Angus C. GRAHAM, *Later Mohist Logic, Ethics and Science*, Hong Kong, Chinese University Press, 1978. Graham propose une réorganisation et une numérotation des rubriques du Canon moïste que nous suivons ici.
7. La logique moïste semble rejoindre ici l'argumentation de Mencius sur le régicide des tyrans, voir chap. 6 à la note 8.
8. Pour le texte chinois, on peut se référer à de nombreuses éditions, notamment celle du grand spécialiste chinois de la dialectique ancienne PANG Pu, *Gongsun Longzi jinyi*, Chengdu, Ba Shu shushe, 1989. Pour des traductions, cf. MEI Yi-pao, « The Kung-sun Lung-tzu, with a Translation into English », *Harvard Journal of Asiatic Studies*, 16 (1953), p. 404-437 ; Max PERLEBERG, *The Works of Kung-sun Lung-tzu*, Hong Kong, 1952. Cf. aussi les études d'Angus C. GRAHAM, « The composition of Kung-sun Lung-tzu », in *Studies in Chinese Philosophy and Philosophical Literature*, Institute of East Asian Studies, Singapour, 1986, p. 125-166 ; et de J. E. KANDEL, *Ein Beitrag zur Interpretationsgeschichte des abstrakten Denkens in China : Die Lehren des Kung-sun Lung und deren Aufname in der Tradition*, Höchberg, 1976.
9. Cf. *Disputers of the Tao : Philosophical Argumentation in Ancient China*, La Salle (Illinois), Open Court, 1989, p. 76. Sur la logique chinoise antique, cf. aussi Janusz CHMIELEWSKI, « Notes on Early Chinese Logic », *Rocznik Orientalistyczny*, 26, 2 (1963), p. 91-105 ; 29, 2 (1965), p. 117-138 ; 30, 1 (1966), p. 31-52.
10. Voir chap. 2 aux notes 11 et 12.
11. Cf. notamment Donald J. MUNRO, *The Concept of Man in Early China*, Stanford University Press, 1969, p. 55.
12. Tel est le reproche qui pourrait être adressé aux travaux de Chad HANSEN (notamment *Language and Logic in Ancient China*, University of Michigan Press, 1983, et *A Daoist Theory of Chinese Thought*, Oxford University Press, 1992), lesquels présentent un intérêt indéniable tout en péchant par un goût trop prononcé pour le jargon mathématique et, plus généralement, par un excès de formalisation du fait de l'application, pas toujours critique, des thèses de la philosophie analytique moderne à l'étude de la philosophie chinoise ancienne. Autour de l'idée résumée par le titre fameux de J. L. AUSTIN, *Quand dire, c'est faire* (voir chap. 2, note 24), s'est élaborée, principalement dans la pensée anglo-saxonne, une concep-

tion pragmatique du langage qui présente le discours comme étant en soi une forme d'action.

13. Cf. Angus C. GRAHAM, « Kung-sun Lung's Discourse re-read as argument about whole and part », in *Studies in Chinese Philosophy* (références en note 8), p. 193-215. Aux ouvrages de Chad HANSEN cités dans la note précédente, on peut ajouter son article « Chinese Language, Chinese Philosophy, and "Truth" », *Journal of Asian Studies*, 44, 3 (1985), p. 491-519.

14. Cf. Chad HANSEN, « Language in the Heart-mind », *in* Robert E. ALLINSON, éd., *Understanding the Chinese Mind: The Philosophical Roots*, Oxford University Press, 1989, p. 75-124, et la critique de Christoph HARBSMEIER dans le même ouvrage, « Marginalia Sino-logica », p. 155-161. Pour une réfutation des thèses de HANSEN, cf. HARBSMEIER, « The Mass Noun Hypothesis and the Part Whole Analysis of the White Horse Dialogue », *in* Henry ROSEMONT Jr., éd., *Chinese Texts and Philosophical Contexts: Essays Dedicated to Angus C. Graham*, La Salle (Illinois), Open Court, 1991, p. 49-66. Voir également Heiner ROETZ, « Validity in Chou Thought: On Chad Hansen and the Pragmatic Turn in Sinology », *in* Hans LENK & Gregor PAUL, éd., *Epistemological Issues in Classical Chinese Philosophy*, Albany, State University of New York Press, 1993, p. 69-112.

15. Voir chap. 10.

16. « Marginalia Sino-logica », p. 128.

17. Cf. en particulier HU Shi, *The Development of the Logical Method in Ancient China*, 1re éd., Shanghai, 1922, rééd. New York, Paragon Press, 1963 ; FUNG Yu-lan (FENG Youlan), *Zhongguo zhexue shi*, 1re éd. Shanghai, 1931-1934, traduit par Derk BODDE, *A History of Chinese Philosophy*, t. I, Princeton University Press, 1952. Hu et Feng, écrivant dans le sillage du grand soulèvement antitraditionaliste du 4 mai 1919, semblent animés avant tout par le souci de montrer que la pensée chinoise n'a rien à apprendre de l'occidentale, d'où la recherche éperdue d'équivalents de la seconde dans la première.

18. *Zhuangzi* 2, p. 33-34.

19. Voir chap. 2, « Rectifier les noms ».

20. WANG Chong, *Lunheng* 28 *(Wen Kong)*, éd. ZZJC, p. 94. Sur cet auteur, voir chap. 12.

21. Cf. « Marginalia Sino-logica », p. 152 et 160.

22. *Mojing* B 67 selon la numérotation de Graham (voir plus haut note 6).

23. *Mojing* B 37 selon la numérotation de Graham.

24. Cf. Angus C. GRAHAM, « Kung-sun Lung's Essay on Meanings and Things », *Journal of Oriental Studies*, 2, 2 (1955), p. 282-301 ; CHENG Chung-ying & Richard H. SWAIN, « Logic and Ontology in the *Chih Wu Lun* of Kung-sun Lung-tzu », *Philosophy East and West*, 20, 2 (1970), p. 137-154.

25. *Zhuangzi* 25, p. 392.

26. *Han Feizi* 32, éd. ZZJC, p. 201. Sur l'académie Jixia, voir chap. 8, note 3.

6
Mencius,
héritier spirituel de Confucius

Les premières formulations de la pensée chinoise ont été appelées par une situation de crise : détérioration d'un ordre ancien déplorée par Confucius, et introduction d'un ordre nouveau déjà perceptible chez Mozi. Vers la fin du IVe siècle av. J.-C., le climat intellectuel et les données du problème ont changé : on assiste alors à l'émergence d'un discours qui recherche l'origine de ses propres questionnements, élabore un mode de justification théorique et tend à se perfectionner lui-même comme instrument de rationalité. C'est aussi à ce moment que se forment dans la pensée philosophique des enjeux auxquels s'adressent les différents courants de manière explicite ou, le plus souvent, implicite. En ce sens, Zhuangzi et Mencius prennent le relais, entre la fin du IVe et le début du IIIe siècle, des pensées fondatrices :

> Après la mort de Confucius (en 479 av. J.-C., selon la tradition), ses soixante-dix disciples se dispersèrent et allèrent de la cour d'un seigneur féodal à l'autre. Les plus importants parmi les disciples en devinrent les maîtres et les ministres. Les moins importants devinrent amis et tuteurs des dignitaires ou se retirèrent pour ne plus jamais être vus. [...] Durant cette période, il y avait partout des conflits armés entre les Royaumes Combattants et le courant confucéen déclina. C'est seulement dans les pays de Qi et de Lu que la tradition érudite se perpétua. Pendant les règnes des rois Wei (357-320) et Xuan (319-301) de Qi vécurent des gens comme Mencius et Xunzi qui suivaient l'enseignement du Maître tout en le magnifiant, se rendant célèbres chez leurs contemporains pour leur savoir[1].

Ayant vécu aux alentours de 380-289 av. J.-C., Mengzi, dont Mencius est la latinisation, est un contemporain de Zhuangzi[2].

Même s'il semble ne l'avoir jamais rencontré et se situe dans une perspective bien différente, il en est le principal interlocuteur philosophique, partageant avec lui bon nombre de thèmes de réflexion et de questionnements. Originaire d'un petit pays limitrophe de Lu, patrie de Confucius, Mencius aurait étudié auprès d'un disciple de Zisi (env. 485-420 av. J.-C. ?), petit-fils du Maître formé par son disciple Zengzi (env. 505-436 av. J.-C. ?) – filiation directe qui fait de lui l'héritier spirituel de Confucius.

L'homme de bien face au prince

À travers ses entretiens avec divers souverains de son temps, on sait que Mencius, comme son modèle, fit un périple de pays en pays alors qu'il avait déjà la soixantaine. On retrouve chez lui le même sens aigu de la « mission céleste » de l'« homme de bien » : perpétuer la Voie royale de l'antiquité. À deux reprises, il signale que les temps sont mûrs pour l'avènement d'un nouveau sage-roi, lequel, selon lui, doit se produire tous les cinq cents ans. C'est probablement en quête de ce nouveau sage que Mencius se mit en route.

Il est utile de rappeler que, sous les Royaumes Combattants, les lettrés servaient dans le sillage des souverains disposés à les entretenir, en tant que conseillers itinérants, un peu à la manière des chevaliers errants. Pendant la période de transition entre la décomposition de la féodalité antique et la centralisation de l'empire, les *shi* 士 (futurs lettrés-fonctionnaires de la bureaucratie impériale) connaissent une parenthèse – restée unique dans toute l'histoire chinoise – de relative autonomie par rapport à la mainmise politique. Ils peuvent alors choisir de se rendre auprès de tel ou tel prince ou de se retirer selon leur conception personnelle du Dao. Mais, très vite, leur statut se définit comme *shi* 仕 (« emploi, fonction ») dans une spécialisation proprement politique qui est à l'origine du caractère ambigu et paradoxal de la relation de l'intellectuel au pouvoir en Chine. Dès le départ, il ne semble pas y avoir de statut spécifique pour l'intellectuel, en l'absence de cloisonnement étanche entre une *vita activa* occupée à changer le monde et une *vita contemplativa* consacrée à l'expliquer.

La reconnaissance et la valorisation du statut privilégié du *shi* sont étroitement associées à la tradition confucéenne. Dans les *Entretiens* de Confucius, le *shi* apparaît comme celui qui assume communément une charge politique à la mesure de sa compétence personnelle en même temps qu'il incarne un idéal éthique. Mais c'est sans doute chez Mencius qu'on trouve, exprimée pour la première fois avec pareille force, la conscience d'une distinction, fondamentale dans la pensée politique chinoise, entre l'idéal moral de l'« homme de bien » (*junzi* 君子) et le pouvoir effectif du prince (*jun* 君). Mencius se fait une idée très haute du premier, auquel sa valeur morale permet de traiter d'égal à égal avec le second, allant jusqu'à opposer une « noblesse du Ciel » à celle des hommes :

> Mencius dit : « Il est des dignités conférées par le Ciel, et des dignités conférées par les hommes. Sens de l'humain et du juste, loyauté et bonne foi, joie inépuisable procurée par le bien, autant de dignités conférées par le Ciel. Duc, ministre et grand officier, telles sont les dignités conférées par les hommes » (VI A 16) [3].
>
> Zengzi (disciple de Confucius) disait : « Ce que les rois possèdent en richesses, je le possède en humanité ; ce qu'ils détiennent comme rang, je le détiens en moralité. Comment ne me contenterais-je pas de tout cela ? » (II B 2.)

Dans le Livre V du *Mencius*, presque entièrement consacré à la question des relations entre le prince et le *shi*, il apparaît que le premier peut traiter le second de trois manières : en maître, en ami ou en serviteur. Mais on s'aperçoit très vite que la relation égalitaire d'amitié n'est guère tenable :

> Zisi (petit-fils de Confucius) dit [au souverain de Lu] : « Si l'on considère notre position respective, vous êtes prince et je suis sujet ; comment oserais-je contracter amitié avec un prince ? Si l'on considère notre vertu respective, vous devez me servir ; comment pouvez-vous prétendre à mon amitié ? » (V B 7.)

Il ne reste dès lors au *shi* que deux possibilités : servir le prince comme ministre, ou entretenir avec lui un rapport de maître à disciple. Le *shi*, qui est à la fois très en dessous du prince de par le pouvoir effectif qu'il détient et très au-dessus de lui eu égard à sa valeur morale personnelle, se trouve dans une position de sujet selon le code politique et dans une position de maître selon le code éthique. L'ambiguïté du rapport entre le prince et le *shi* tient à ce que chacun cherche à exiger de l'autre un acte d'allégeance, tout en sachant qu'il a besoin de l'autre pour se doter d'une légitimité : autant le pouvoir politique a besoin de se donner une légitimité morale, autant l'autorité morale cherche reconnaissance dans un statut de supériorité. C'est donc en pleine période des Royaumes Combattants et sous l'impulsion de Mencius que le Dao, ensemble des valeurs morales et culturelles défendues par les *shi*, devient un enjeu politique.

Le *Mengzi,* ouvrage polémique

Alors que les propos de Confucius, un siècle plus tôt, représentaient une sorte d'âge d'or où la parole sortait sans effort, Mencius doit passer son temps à fourbir ses armes, faisant flèche de tout bois pour relever les défis et parer aux attaques. À l'époque où s'affrontent « cent écoles », Mencius a affaire à rude concurrence : outre la Voie de Zhuangzi, un discours légiste se met en place avec Shen Buhai et Shang Yang ; il y a aussi les stratèges, connus surtout à travers le *Sunzi bingfa (L'Art de la guerre selon Maître Sun)*, les diplomates qui prônent des alliances « verticales et horizontales » (Nord-Sud et Est-Ouest), les sophistes, les adeptes du « Divin Fermier », sans oublier l'école de Mozi tant honnie.

Jean Levi brosse un tableau effrayant de cette période où prédominent stratagèmes et ruses, où « les conduites ne se mesurent plus à l'aune de la morale mais à celle de l'efficacité », où « l'égoïsme, le cynisme et l'ambition sont tels que toutes les actions héroïques ou vertueuses des hagiographies antiques sont réinterprétées comme des exemples d'amoralisme, et la générosité et la grandeur d'âme sont des attitudes si étrangères à la mentalité du temps qu'elles sont tout bonnement inconcevables. Au IVe-IIIe siècle, il paraît impossible qu'une conduite vertueuse et désintéressée puisse être dictée par autre chose que la bêtise »[4]. Dans un tel contexte, Mencius fait figure de champion quelque peu esseulé de ce que ses contemporains voyaient sans doute comme de l'idéalisme bêlant. Mais, suivant l'exemple de Confucius qui « essaie quand même, tout en sachant que c'est peine perdue » (*Entretiens,* XIV, 41), Mencius s'assigne pour mission de défendre l'enseignement du Maître envers et contre tout, de l'armer de réponses et de justifications face aux questions et objections des autres courants. Dans son combat, il est ainsi amené à préciser certaines intuitions que Confucius s'était contenté de lancer, et parfois même à adopter des points de vue ou des méthodes propres à d'autres courants, n'hésitant pas, par exemple, à recourir à la technique des logiciens ou à intégrer dans son discours des notions ou des questions empruntées à Zhuangzi.

On perçoit dans le *Mengzi* un ton nettement polémique et défensif, totalement absent des *Entretiens*, destiné à convaincre des tiers plus qu'à instruire des disciples déjà acquis. Alors que l'enseignement de Confucius est recueilli par bribes qui le réduisent souvent à de laconiques aphorismes, c'est dans le *Mengzi* que s'opère sa transformation en un discours affiné et affûté comme instrument dialectique, donnant valeur philosophique à un ouvrage remarquablement homogène et développé, probablement compilé par des disciples de Mencius qui aurait peut-être vécu assez vieux pour en reprendre lui-même le texte.

La force de persuasion de « l'humain »

Le message éthico-politique que Mencius essaie de passer aux souverains qu'il rencontre se résume ainsi : la meilleure façon de gouverner est de mettre en œuvre le sens de l'humain, le *ren*. Message qui se situe dans la ligne du pari confucéen sur l'homme, mais qui, au IVe siècle, résonne avec si peu de force de conviction face aux théories pragmatiques, voire cyniques, des légistes, stratèges et autres diplomates, que l'historien Sima Qian en arrive à ce constat désabusé :

> Mencius avait la volonté de transmettre les vertus de Yao, Shun et des Trois Dynasties, de sorte qu'aucun des seigneurs qu'il allait trouver ne voulait l'écouter[5].

Dans un tel contexte, comment donner un minimum de crédibilité à l'idée du gouvernement par le *ren*, centrale à toute la théorie politique confucéenne ? Mencius répond que c'est là le seul mode de gouverner qui se fonde sur le consensus, facteur unificateur et garant de cohésion et de stabilité. En effet, un souverain qui traite ses sujets avec humanité, en « père et mère du peuple », les attire naturellement à lui. Mencius reprend ici l'opposition, établie dans les *Entretiens*, entre l'idéal politique d'humanité et le principe du gouvernement par la force et la coercition, mais c'est à lui que l'on doit la distinction, devenue classique, entre « Voie royale » et « voie hégémonique » :

> Mencius a une entrevue avec le roi Xiang de Liang. À sa sortie, il déclare : « En le regardant de loin, il ne m'est pas apparu comme un souverain. À y regarder de plus près, je n'ai rien vu en lui qui inspirât le respect. Il m'a demandé abruptement : "Comment l'empire peut-il trouver la stabilité ?"
> Je lui ai répondu : "Il la trouvera dans l'unité."
> – Qui pourra réaliser cette unité ?
> – Celui qui ne prend pas plaisir à massacrer les hommes.
> – Mais, à celui-là, qui pourra octroyer l'empire ?
> – Il ne se trouvera personne dans l'empire pour ne pas le lui octroyer. Votre Majesté a-t-elle déjà observé des pousses de riz ? S'il ne pleut pas aux septième et huitième mois, les pousses se dessèchent. Mais dès que le ciel amoncelle d'épais nuages et que la pluie tombe à torrents, les pousses se mettent à proliférer : qui pourrait alors s'y opposer ? Or, parmi les meneurs d'hommes aujourd'hui, il n'en est pas un qui ne prenne plaisir à massacrer. S'il s'en trouvait un seul qui n'y prît pas plaisir, alors le peuple de l'empire tout entier se retournerait et tous les regards convergeraient sur lui. En vérité, s'il en était ainsi, le peuple viendrait vers lui, pareil à l'eau qui coule naturellement vers le bas. Et quand l'eau tombe à flots, qui pourrait s'y opposer[6] ? » (I A 6.)

On est frappé, dans ce propos qui s'adresse à un meneur d'hommes, par le choix de métaphores organiques (les pousses de riz) et naturelles (l'eau dont la nature est de couler vers le bas) : elles apparaissent ici dans le discours politique mais on les retrouvera dans le discours éthique, en particulier sur la nature humaine[7]. Il faut également souligner, dans ce passage, l'enjeu économique du pouvoir d'attraction qu'exercerait un souverain confucéen sur les populations : sous les Royaumes Combattants, la puissance d'un pays se mesurait au nombre de ses habitants, et des pays aux ambitions expansionnistes essayaient par tous les moyens d'attirer la population de pays voisins sur leur territoire. Mencius présente le *ren* comme un de ces moyens qui, pour lui, est le seul qui fonctionne vraiment et à long terme.

Chapitre 6 165

Un autre argument destiné à plaider en faveur du *ren* aux yeux des souverains est qu'ils trouvent dans le peuple la source de leur légitimité. Il s'agit toutefois d'une légitimité morale plus que politique, et « le peuple » n'est en fait que l'expression du mandat du Ciel, la sanction morale qui justifie l'instauration d'une dynastie. Le signe qu'un souverain est agréé par le Ciel est donné par le peuple quand il se tourne naturellement vers lui, lui remettant ainsi l'empire de lui-même et manifestant la volonté céleste de lui octroyer le mandat :

> Mencius dit : « Le Fils du Ciel peut proposer au Ciel quelqu'un [pour lui succéder], il n'a pas le pouvoir d'obliger le Ciel à lui donner l'empire. […] Jadis, Yao proposa Shun au Ciel, et le Ciel l'agréa ; il le présenta au peuple, et le peuple l'agréa. […] Il est dit dans la « Grande Déclaration » [du *Livre des Documents*] : "Le Ciel voit comme mon peuple voit ; le Ciel entend comme mon peuple entend." Ces paroles confirment ce que j'ai dit » (V A 5).

Ce rôle supposé du peuple comme sanction morale est un élément, non pas nouveau, mais radicalisé par Mencius. Même si on peut penser que les notions de Ciel et de peuple ne sont là que pour entériner les précédents historiques et l'institution établie de la transmission héréditaire, il reste que Mencius assume la conséquence logique de la prépondérance accordée au peuple : si le souverain, comparé à un bateau, ne se montre plus digne du mandat, il devient légitime pour le peuple qui le porte de le renverser (au sens le plus littéral du mot !) :

> Mencius dit : « Le peuple vient en premier, les autels de la Terre et du Millet (symboles du pouvoir politique) passent après, et le souverain ne vient qu'en dernier. C'est en se gagnant le peuple de base que l'on devient Fils du Ciel » (VII B 14).

Mencius pousse même la logique jusqu'à prendre en compte le devoir de régicide :

> Le roi Xuan de Qi demande : « Qu'un ministre assassine son souverain, est-ce admissible ? »
> Réponse de Mencius : « Celui qui dérobe le sens de l'humain *(ren)* est un voleur ; celui qui détruit le sens du juste est un vandale. Or, un voleur ou un vandale est un homme du commun. Pour ma part, que je sache [dans le cas de l'exécu-

tion de Zhouxin, dernier roi des Shang, par le roi Wu, fondateur de la dynastie Zhou], c'est l'homme du commun Zhouxin qui a été puni, et non un souverain qui a été assassiné[8] » (I B 8).

Mengzi va donc très loin, jusqu'au bout de ce qui était impliqué dans le gouvernement par le *ren* de Confucius : une conception du pouvoir où l'éthique l'emporterait sur le politique. Idée qui persistera dans toute l'histoire chinoise, au cœur même des institutions (notamment sous la forme du devoir de remontrance du conseiller confucéen vis-à-vis de l'empereur, qui devait ensuite s'institutionnaliser dans le censorat) et encore à l'époque moderne : dans le mouvement de critique politique du « printemps de Pékin » de 1989 restait vivace l'idée que les dirigeants en place avaient perdu le mandat.

Mais cela ne fait pas pour autant de Mencius un « démocrate », si tant est que ce mot ait un sens dans le contexte de la Chine ancienne. Pas plus que Mozi, qui avait pourtant prôné le principe de « promouvoir les plus capables », Mencius ne sort du schéma traditionnel autoritariste et pyramidal. Le gouvernement par le *ren* n'implique pas une suppression de la hiérarchie politique et sociale, au contraire : le *ren* est le meilleur garant de la hiérarchie puisqu'il en constitue une justification morale. C'est parce que les supérieurs traitent leurs inférieurs avec humanité que ces derniers, par réciprocité, reconnaîtront « naturellement » leur supériorité. Ainsi se trouve justifiée, en termes moraux, la distribution entre le travail manuel assigné aux gouvernés et le travail intellectuel réservé à ceux qui les gouvernent :

> Gouverner l'empire, est-ce la seule chose que l'on puisse faire tout en cultivant la terre ? Il est des activités propres aux grands hommes, il en est d'autres pour les médiocres. De plus, pour subvenir aux besoins d'une seule personne, il y faut le travail de cent artisans. S'il fallait que chacun fasse tout lui-même avant de pouvoir s'en servir, il aurait à courir partout sans arrêt. Voilà pourquoi il est dit : certains font travailler leur esprit, d'autres leur force physique. Les premiers gouvernent, les autres sont gouvernés. Les gouvernés nourrissent ; les gouvernants sont nourris. Tel est le principe qui prévaut dans tout l'univers (III A 4).

Il y a là une réponse manifeste au courant qui se réclame du Divin Fermier, Shennong. C'était devenu une pratique courante chez les fondateurs d'écoles de pensée depuis Confucius de se réclamer de souverains mythiques représentant tel ou tel idéal politique. Confucius se réfère aux sages-rois mythiques Yao et Shun, suivi en cela par l'école moïste qui finit cependant par privilégier la figure de Yu le Grand, fondateur de la dynastie Xia qui paya de sa personne pour maîtriser les inondations. Quant à Shennong, il incarne un idéal politique selon lequel chacun, à commencer par le souverain, doit pouvoir subvenir à ses propres besoins en cultivant lui-même la terre [9].

Cette distribution du travail entre « intellectuels » et « manuels » est un motif récurrent de la littérature antique dès le VIe siècle, marquant ainsi la spécialisation des *shi* qui, au IVe-IIIe siècle, apparaissent de plus en plus comme des techniciens de la politique. Alors que la pensée de Confucius était entièrement « tendue sur un fil unique » et rejetait toute idée de spécialisation, Mencius, pressé de tous côtés de questions urgentes et concrètes, ne peut se contenter de tenir un discours purement éthique, il doit aussi répondre sur le plan politique et économique aux moïstes comme aux adeptes du Divin Fermier. Comme le dit l'adage : ventre affamé n'a point d'oreilles. Confucius était déjà convaincu que l'éducation morale ne peut avoir prise que sur un terrain qui ne connaît pas de pénurie matérielle majeure [10]. Un exemple bien connu de la vision économique de Mencius est la description idéalisée du modèle des « champs en damier » (*jingtian* 井田), qui aurait été inspiré des institutions rituelles antiques, en particulier celles du début des Zhou :

> Nul ne sera enterré, nul n'ira s'établir hors de la communauté villageoise. Les champs d'un même village feront partie d'un damier (*jing* 井)[11]. À l'extérieur comme à l'intérieur, [les membres de la communauté] seront amis, ils se porteront secours mutuel dans les veilles, et soutien mutuel dans la maladie, alors seulement les cent familles n'en feront plus qu'une dans l'harmonie.
> Cent *li* carrés délimiteront un damier, chaque damier comptant neuf cents ares. Au centre sera le champ commun. Huit familles exploiteront chacune cent ares pour subvenir à ses propres besoins, tout en s'occupant en commun du champ central. Ce n'est qu'après en avoir fini avec le travail commun que chacun se permettra de vaquer à ses propres affaires, c'est là le signe distinctif de la condition paysanne (III A 3).

Une moralité fondée en nature

Tous les discours de Mencius – politique, économique, ou autre – tendent à démontrer la paradoxale efficacité du *ren*. Mais ce qui fait de lui, non plus seulement un héritier de Confucius, mais un penseur à part entière, c'est sa conception de la nature humaine qui restera au centre de toute la réflexion confucéenne ultérieure. Ce qui n'était, chez le Maître, qu'une intuition du sens de l'humain devient, avec Mencius, l'affirmation puissante de la bonté de la nature humaine comme fondement de la moralité dans sa participation à l'harmonie cosmique.

Alors que Confucius avait parlé du décret du Ciel et Mozi de sa volonté avec un parfait naturel, c'est au moment où s'élabore un discours philosophique au IVe siècle que les rapports de l'homme et du Ciel font problème. D'entrée de jeu, la question de l'homme ne se conçoit que sur fond de Ciel. C'est dans le cadre de la réflexion sur le couple Homme-Ciel, véritable constante de la pensée chinoise, qu'évoluent les différents courants des Royaumes Combattants et que se pose la question de notre nature *(xing)*, entendue comme ce qui nous est imparti à la naissance par le Ciel : le caractère *xing* 性 comporte l'élément *sheng* 生, qui signifie « vie », « venir à la vie » ou « engendrer » (à noter que dans le mot « nature », il y a le verbe latin *nascor*, « naître »)[12]. La première élaboration de cette notion semble revenir à l'école de Yang Zhu (ou Yangzi), ancêtre présumé du taoïsme qui apparaît dans le *Liezi* pour prôner le principe de « garder intacte sa vie ou sa nature » (*quan sheng* 全生 ou *quan xing* 全性), avec tout ce que cela pouvait comporter de provocateur aux yeux des moralistes patentés de l'époque – confucéens ou moïstes. Les « yangistes » ont lancé là un défi que les penseurs du IVe siècle se doivent de relever, ou du moins qu'ils ne peuvent se permettre d'ignorer. Mencius résume ainsi, en la simplifiant jusqu'à la caricature, la position de Maître Yang :

> Le principe de Yangzi était : « Chacun pour soi. » Eût-il pu sauver le monde entier en s'arrachant un seul poil qu'il ne l'aurait pas fait (VII A 26).

Yang Zhu aurait donc prôné le principe « proto-taoïste » de « préserver le principe vital » au détriment du sens moral. Or, le projet de Mencius est de montrer que la nature humaine tend à la bonté aussi naturellement qu'elle tend à sa bonne conservation, le sens moral étant aussi naturel que le principe vital. Quelle est la part de l'homme et quelle est la part du Ciel dans le *xing*, tel est donc le véritable enjeu. La réponse à cette question détermine toute une gamme de positions, dont les deux extrêmes sont, d'un côté, le rationalisme à outrance des moïstes tardifs selon lesquels aucune part ne revient au Ciel et qui ne s'intéressent d'ailleurs pas à la question du *xing* et, de l'autre, l'antirationalisme de Zhuangzi pour qui plus l'homme s'en remet au Ciel, mieux il se porte. Mengzi, lui, voudrait arriver à intégrer ces deux extrêmes en montrant que le *xing*, dans ce qu'il a de plus spécifiquement humain, à savoir le sens moral, relève du Ciel, c'est-à-dire du « naturel ». En rétablissant le lien de continuité entre homme et Ciel, Mencius répond à la fois à Mozi qui tire la couverture entièrement du côté de l'homme et de sa rationalité, réduisant le sens moral à un utilitarisme purement objectif, et à Zhuangzi qui la tire du côté du Ciel, l'homme n'étant à même de fusionner avec le Dao que s'il accepte de laisser tomber tout ce qui le caractérise comme être humain. C'est ainsi que les notions de spontanéité et de non-agir, développées principalement dans le *Zhuangzi* et le *Laozi*, se trouvent intégrées dans l'action morale des saints confucéens :

> Mencius dit : « Partout sous le Ciel quand on parle de la nature, il ne s'agit en fait que du donné original (*gu* 故). Or, le donné original prend racine dans le profitable. Ce qu'il y a à reprocher aux hommes de discernement, c'est leur façon de forcer les choses. S'ils imitaient la façon dont Yu fit écouler les eaux, il n'y aurait plus rien à reprocher à leur discernement. Yu fit écouler les eaux en agissant sans effort. Si seulement les hommes de discernement faisaient de même, grand serait leur discernement en vérité[13] ! » (IV B 26.)

Qu'est-ce que le vital ?

Mencius développe sa conception de la nature au début du Livre VI, dans un débat fameux avec un dénommé Gaozi dont les propos ont une coloration moïste, bel exemple de discussion dialectique exploitant toutes les ressources de la logique et de la rhétorique. Au départ se présentent trois positions possibles : 1) il n'y a ni bon ni mauvais dans la nature ; 2) la nature a autant de chances de devenir bonne que de devenir mauvaise ; 3) la nature est bonne chez certains, mauvaise chez d'autres. Mencius commence par s'attaquer à l'idée, accréditée par Gaozi, de la neutralité de la nature qui ne serait ni bonne ni mauvaise : pour lui, la nature, étant vivante, ne peut pas être inerte ; elle est portée par sa tendance naturelle vers ce qui est bon (c'est le sens du mot *shan* 善 que l'on traduit trop souvent par « le Bien » par opposition implicite avec « le Mal ») :

> Gaozi dit : « La nature est comme le bois de saule, le sens moral comme tasses et bols. Fabriquer du sens de l'humain et du sens du juste à partir de la nature humaine, c'est comme faire des tasses et des bols à partir du bois de saule. »
> Mencius dit : « Seriez-vous capable de fabriquer tasses et bols tout en respectant la nature propre du bois de saule ? En fait, c'est en lui faisant violence que vous en faites tasses et bols. Est-ce à dire que vous ferez aussi violence à l'homme pour en tirer sens de l'humain et sens du juste ? Si quelque chose doit conduire l'humanité tout entière à considérer ces vertus comme des calamités, ce sont bien vos propos ! » (VI A 1-2.)

Pour Gaozi, la nature est une matière brute comme le bois de saule, qu'il faut travailler pour en faire quelque chose, de la même façon que l'on fabrique tasses et bols. Il y aurait donc entre nature humaine et sens moral un rapport d'extériorité que Mencius récuse avec la dernière énergie. Pour lui, la nature humaine, du fait même qu'elle est nature, est bonne, c'est-à-dire prédisposée au sens moral de la même façon que l'eau est, de par sa nature, prédisposée à couler vers le bas :

> Gaozi dit : « La nature humaine est comme une eau qui tourbillonne. Si on lui ouvre une voie à l'est, elle coulera vers l'est ; si on lui ouvre une voie à l'ouest, elle coulera vers l'ouest. La nature humaine ne fait pas la distinction entre ce qui est bon et ce qui ne l'est pas, de la même façon que l'eau ne distingue pas entre l'est et l'ouest. »
> Mencius dit : « Admettons que l'eau ne fasse pas cette distinction, mais ne la fait-elle pas entre le haut et le bas ? La

nature humaine est bonne, de la même façon que l'eau coule vers le bas. Il n'y a pas d'homme sans bonté, de même qu'il n'y a pas d'eau qui ne coule pas vers le bas. Certes, si vous la faites jaillir en la frappant, vous pourrez faire sauter de l'eau plus haut que votre front. Et si vous la canalisez en la refoulant, vous pourrez même la faire tenir en haut d'une montagne. Mais est-ce bien la nature propre de l'eau ? Elle ne fait qu'obéir à la force. L'homme peut être amené à faire le mal, mais alors sa nature subit violence[14] » (VI A 2).

Si Mencius et Gaozi s'accordent pour dire que le *xing* 性 n'est autre que le *sheng* 生, c'est-à-dire le processus vital, leurs points de vue divergent quant à sa définition. Pour Gaozi, le vital se résume au biologique, aux instincts primaires et animaux comme la faim, la crainte du froid, l'instinct sexuel. Pour Mencius, c'est quelque chose de plus. Il y a, selon lui, quelque chose d'aussi premier chez l'homme que la faim et le sexe : le sentiment empathique qui rend insupportable (*buren* 不忍) le spectacle de la souffrance d'autrui. C'est dans cette réaction humaine spontanée face à l'intolérable que Mencius voit la manifestation évidente de la présence intrinsèque de la moralité en l'homme :

Mencius dit : « Tout homme a un cœur qui réagit à l'intolérable. […] Supposez que des gens voient soudain un enfant sur le point de tomber dans un puits, ils auront tous une réaction d'effroi et d'empathie qui ne sera motivée ni par le désir d'être en bons termes avec les parents, ni par le souci d'une bonne réputation auprès des voisins et amis, ni par l'aversion pour les hurlements de l'enfant.
Il apparaît ainsi que, sans un cœur qui compatit à autrui, on n'est pas humain ; sans un cœur qui éprouve la honte, on n'est pas humain ; sans un cœur empreint de modestie et de déférence, on n'est pas humain ; sans un cœur qui distingue le vrai du faux, on n'est pas humain. Un cœur qui compatit est le germe du sens de l'humain ; un cœur qui éprouve la honte est le germe du sens du juste ; un cœur empreint de modestie et de déférence est le germe du sens rituel ; un cœur qui distingue le vrai du faux est le germe du discernement. L'homme possède en lui ces quatre germes, de la même façon qu'il possède quatre membres. Posséder ces quatre germes et se dire incapable [de les développer], c'est se faire tort à soi-même ; en dire son prince incapable, c'est faire tort à son prince.
Quiconque, possédant en lui les quatre germes, saura les

développer au maximum, sera comme le feu qui prend ou la source qui jaillit. Fût-il seulement capable de les développer qu'il pourrait se voir confier le monde ; en fût-il incapable qu'il ne saurait même pas servir son père et sa mère » (II A 6).

Physiologie morale

Dans le principe vital que l'homme partage avec la brute, Mencius veut déceler des signes d'un sens moral tout aussi instinctif, des « germes » de bonté, pour filer la métaphore végétale déjà évoquée plus haut[15]. Il se fait une belle et haute image de l'homme qu'il voit grandir en bonté comme un arbre pousse droit :

> Ce que l'homme de bien considère comme sa nature ne saurait être augmenté, dût-il faire de grandes choses, ni être diminué, dût-il vivre dans la pauvreté, car c'est le lot qui lui a été assigné. Ce que l'homme de bien considère comme sa nature – sens de l'humain, du juste, des rites et discernement – prend racine dans le cœur, mais rayonne sur le visage, court le long de l'épine dorsale et se répand dans les quatre membres, lesquels, sans nul besoin de discours, le laissent transparaître (VII A 21).

Cette extraordinaire description de l'homme de bien illustre une sorte de tropisme, de physiologie morale dans laquelle le corps a sa moralité que la raison ne connaît pas. Ce qui irrigue les quatre germes et circule dans les quatre membres n'est autre qu'un influx vital décrit comme une « énergie débordante » (*haoran zhi qi* 浩然之氣) :

> C'est un *qi* immense et vigoureux. S'il est nourri de droiture sans subir de dommage, il emplit tout l'espace entre Ciel et Terre. C'est le *qi* par lequel sont mis en adéquation le sens moral et le Dao, faute de quoi il dépérit. Il naît de la pratique cumulative du sens moral et non d'actes ponctuels. Pour peu que le comportement ne soit pas en accord avec le cœur, il dépérit. Voilà pourquoi je dis que Gaozi n'a jamais compris ce qu'est le sens moral, du fait qu'il le considère comme extérieur. Il faut y travailler, mais sans chercher à le redresser ; ne pas laisser son cœur l'oublier, mais sans vouloir l'aider à pousser ; et surtout ne pas faire comme l'homme de Song.

> Un homme de Song, se désolant de ne pas voir ses pousses grandir assez vite, eut l'idée de tirer dessus. Rentré chez lui en toute hâte, il dit à ses gens : « Je suis bien fatigué aujourd'hui, j'ai aidé les germes à pousser. » Sur ce, son fils se précipita pour aller voir, mais les pousses avaient déjà séché. Dans le monde, rares sont ceux qui n'aident pas les germes à pousser. Ceux qui abandonnent, persuadés que c'est peine perdue, sont ceux qui négligent de cultiver les pousses ; mais ceux qui forcent la croissance sont ceux qui tirent sur les pousses : effort non seulement inutile, mais nuisible (II A 2).

Mencius fait ici le lien entre la valorisation taoïste de l'énergie vitale et la conception confucéenne de la nature humaine comme morale. L'histoire de l'homme de Song en fournit l'illustration : si on laisse la première suivre son cours, elle se remettra naturellement dans le sens de la seconde, prenant à contre-pied les taoïstes – à commencer par Zhuangzi – qui voient dans la moralité un des obstacles majeurs à la libre circulation du *qi*[16]. Pour Mencius, il y a une inclination naturelle vers la part morale, présente en tout homme à l'état de germes, pour la simple et saine raison qu'elle est la plus salutaire. En somme, faire le bien fait du bien. La nature humaine est donc bonne dans le sens qu'elle est fondamentalement saine, si elle ne se trouve pas pervertie par des facteurs extérieurs.

Le cœur/esprit

Pour Mencius, ce qui distingue l'humain de l'animal n'est autre que sa nature morale. Dans la perspective confucéenne, c'est à l'homme lui-même qu'il incombe de se démarquer de la brute, sa supériorité n'étant pas acquise d'entrée de jeu du fait, par exemple, de quelque origine divine – on pense à l'idée biblique que, de toutes les créatures, seul l'homme est conçu à l'image de Dieu. Il s'agit donc de rien de moins que de mettre exactement le doigt sur ce qui fait qu'un homme est humain :

> Mencius dit : « Ce qui distingue l'homme de l'animal tient à presque rien. Les gens du commun en font fi, l'homme de bien est le seul à le préserver » (IV B 19).

Ce « presque rien » auquel l'homme de bien est si attaché, Mencius l'appelle « esprit originel » (*benxin* 本心), ou « esprit foncièrement bon » (*liangxin* 良心)[17]. « Presque rien » infime, mais aussi infini : dès lors que l'homme se démarque de l'animalité, ses virtualités morales peuvent se déployer à l'infini, car on n'en finit jamais d'être toujours plus humain.

Le *xin* 心, qui désigne à la fois l'esprit et le cœur, est pour Mencius une forme exclusivement humaine de sensibilité, la faculté de ressentir, de désirer et de vouloir, mais aussi de penser ce qui est ressenti, désiré, voulu. Il est intéressant de noter que, contrairement à la distinction familière pour un Européen entre la tête, siège de la pensée pure, et le cœur, siège des émotions et des passions, le *xin* est l'organe à la fois des affects et de l'intellect. L'être humain est à envisager comme un tout dans lequel on ne songerait même pas à dissocier le corps du cœur/esprit, l'un n'étant pas plus un simple agrégat de chair que l'autre une faculté pensante désincarnée, pour la bonne raison qu'ils sont tous deux, au même titre que le reste des existants, constitués d'énergie vitale. Chaque fois qu'il sera question de *xin*, traduit pour des raisons de simplicité par « esprit », il conviendra d'y inclure tout ce présupposé qu'il véhicule implicitement. Rappelons que les six disciplines de base de l'éducation de l'homme de bien – rites, musique, tir à l'arc, conduite de char, calligraphie, arithmétique – sont autant physiques que spirituelles. Pour Mencius, user de son esprit, c'est-à-dire de sa faculté proprement humaine de penser ce que l'on ressent, c'est pencher naturellement, ou infléchir son intentionnalité, vers la partie la plus noble de la nature humaine :

> Gongduzi demande : « Les hommes sont tous également hommes, mais alors que certains sont de grands hommes, d'autres sont petits, pourquoi ? »
> Réponse de Mencius : « Ceux qui s'en remettent à leur part la plus grande en sortent grandis, ceux qui s'en remettent à leur part la plus petite s'en retrouvent diminués.
> – Les hommes étant tous également hommes, pourquoi certains choisissent-ils la part la plus grande alors que d'autres choisissent la plus petite ?
> – Les organes sensoriels n'ont pas la faculté de penser et se laissent obnubiler par les choses extérieures. Étant de simples choses en contact avec d'autres choses, les sens ne font que se laisser attirer par elles. L'organe qu'est le cœur/esprit a la faculté de penser. S'il pense, il pourra comprendre les

choses ; mais s'il ne pense pas, il ne pourra pas les comprendre. Voilà ce dont le Ciel nous a dotés. Pour peu que nous commencions par mettre sur pied ce qu'il y a de grand en nous, le petit ne saurait l'emporter. Il n'en faut pas plus pour devenir un grand homme » (VI A 14-15).

Tout homme peut devenir un saint

Il y a donc, dans la conception mencienne de la nature humaine, une vision globalisante, totalisante de l'homme, qui nous représente le développement coordonné et harmonieux des prédispositions morales de la « part la plus grande » de chaque individu, et simultanément des prédispositions biologiques de sa « part la plus petite », seule la première pouvant être considérée comme proprement humaine, en ce qu'elle inclut l'être pensant, moral et social. Le processus d'humanisation à l'infini part de la situation existentielle de l'être humain ordinaire ici-et-maintenant et intègre progressivement dans ce donné une dimension de plus en plus large, jusqu'à inclure « le Ciel-Terre et les dix mille êtres ». Bonté ordinaire et sainteté quasi divine sont en relation de continuité, de telle sorte qu'il est possible de passer de l'une à l'autre dans une progression graduelle.

La possibilité d'une accession progressive à la sainteté, fondée dans l'unité foncière de la nature humaine, se résume dans des formules devenues célèbres : « N'importe qui peut devenir Yao ou Shun », ou « Shun était un homme, tout comme moi » (IV B 28). En ne reléguant plus, comme le faisait Confucius, les figures des saints à une inaccessible antiquité, Mencius ouvre la voie, reprise à l'envi par le renouveau confucéen des Song à partir du Xe siècle, à la possibilité d'atteindre la sainteté à partir de la nature humaine ordinaire, qui est la même pour tous puisqu'elle est issue du Ciel, c'est-à-dire inscrite dans le naturel :

> Prenons l'exemple de l'orge. On en répand la semence, puis on la recouvre de terre. Le type de terre choisie est le même, ainsi que le moment de semer. L'orge pousse à merveille et, dès le solstice d'été, elle est parfaitement mûre. Si différence il y a, c'est seulement que les sols sont plus ou moins fertiles, les pluies et la rosée plus ou moins bienfaisantes et le travail de l'homme plus ou moins important.

Les choses de même espèce sont toutes semblables, pourquoi en irait-il autrement pour les hommes ? Il n'y a aucune différence d'espèce entre les saints et nous. Maître Long disait : « Si je vois un cordonnier fabriquer des chaussures pour quelqu'un dont il ne connaît pas la pointure, je peux être certain qu'il ne fabriquera pas des paniers. » Toutes les chaussures se ressemblent du fait que tous les pieds ont quelque chose en commun. [...]
Chez tous les êtres humains, la bouche a la même capacité de goûter les saveurs, l'oreille d'écouter les sons, l'œil d'admirer les couleurs. N'y aurait-il que le cœur/esprit à ne pas avoir de capacité commune ? Qu'est-ce donc que tous les esprits ont en commun ? C'est un même principe inhérent (*LI* 理), c'est un même sens moral (*yi* 義). Les sages n'ont fait que découvrir avant nous ce que nos esprits ont en commun. C'est ainsi que principe et sens moral procurent le même plaisir à notre esprit que les viandes à notre palais (VI A 7).

Nature et destin

Chez Mencius, la nature humaine telle qu'il la conçoit prend en charge la vision totalisante de l'homme comme être éthique contenue dans le *ren* confucéen. Ce dernier se retrouve ainsi sur le même plan que le sens du juste, le sens des rites et le discernement, les « quatre germes » de bonté inhérents à la nature humaine. La capacité d'agir moralement étant indissociable de celle de discerner le vrai du faux, la sagesse consiste donc avant tout en une connaissance, non tant au sens d'une cognition que d'une identification dans l'expérience vécue. Il s'agit d'atteindre une vision d'ensemble de tout le potentiel de la nature humaine, qui doit permettre de replacer chaque inclination dans le droit fil de la nature :

> Mencius dit : « Celui qui épuise le potentiel de son cœur/esprit connaît sa nature (*xing* 性). Or, connaître sa nature, c'est connaître le Ciel. Préserver parfaitement son esprit et nourrir sa nature, c'est la manière de servir le Ciel. Il est alors indifférent de mourir jeune ou vieux : la discipline de soi permet d'attendre sereinement la mort, et c'est ainsi que l'on maîtrise son destin (*ming* 命). »
> Mencius dit : « Il n'est rien qui ne soit destin. Il s'agit donc d'accepter ce qui est dans le droit fil du destin. Ainsi, ceux

qui connaissent le destin ne se tiennent pas sous un mur qui menace de s'écrouler. Celui qui meurt en ayant été au bout de sa voie suit le droit fil du destin ; mais mourir prisonnier dans les fers [pour un crime qu'on a commis], ce n'est pas être dans le droit fil » (VII A 1-2).

Tout en faisant référence à Confucius qui disait, à cinquante ans, connaître le « décret du Ciel » (*tianming* 天命), Mencius révèle ici sa visée : réconcilier et intégrer les deux dimensions de l'homme et du Ciel en une interaction dynamique entre le *xing* et le *ming*. Le *xing* est la nature proprement humaine mais originellement issue du Ciel. Ce terme n'est donc pas purement descriptif, il comporte une dimension prescriptive en ce qu'il désigne la nature de l'homme, non seulement telle qu'elle est donnée, mais aussi et surtout dans son avènement à l'être éthique. La nature humaine contient de la moralité en « germes » : là est sa part céleste (et sa dimension prescriptive), mais c'est à l'homme de la développer.

Dans le *xing*, tout est déjà là : il ne reste plus qu'à l'actualiser. Quant au *ming*, c'est ce qui est décrété par le Ciel, mais c'est aussi ce qu'il incombe à l'homme de connaître par son esprit et d'accomplir par sa nature. Il y a donc également dans le *ming* la double dimension prescriptive (le Ciel a pour décret l'obligation morale) et descriptive (le décret céleste est ce qu'il est et ne sanctionne pas nécessairement la conduite humaine). Les rapports du Ciel et de l'homme obéissent ainsi à une dialectique du *xing* et du *ming*, du descriptif et du prescriptif :

> Mencius dit : « Les réactions de la bouche aux saveurs, de l'œil aux couleurs, de l'oreille aux sons, du nez aux odeurs, de tout le corps au bien-être, relèvent de la nature humaine *(xing)*. Mais elles sont inévitables *(ming)*, aussi l'homme de bien ne les considère-t-il pas comme étant seulement du *xing*. Les attitudes d'humanité à l'égard d'un père ou d'un fils, de sens moral à l'égard d'un souverain ou d'un ministre, de sens rituel à l'égard d'un invité ou d'un hôte, de discernement à l'égard des hommes capables, du sage à l'égard du Dao du Ciel, relèvent du *ming*. Mais elles appartiennent à notre nature humaine *(xing)*, aussi l'homme de bien ne les considère-t-il pas comme étant seulement du destin inéluctable *(ming)* » (VII B 24).

Qu'en est-il du mal ?

Une fois que Mencius a montré que la nature humaine, loin d'être neutre, est naturellement prédisposée à la bonté, il reste à rendre compte de ce qui est mauvais en elle, car, enfin, force est de constater le mal dans les comportements humains. Mencius n'essaie pas de nier cette évidence, mais il est persuadé qu'un homme mauvais ne l'est pas foncièrement : ce n'est pas sa nature première qui est en cause, c'est qu'il n'aura pas développé son fond de bonté ou qu'il n'aura même pas pris conscience de son existence :

> Les caractéristiques intrinsèques de l'homme (*qing* 情) le rendent capable d'être bon. C'est ce que j'entends par sa « bonté ». Mais s'il se met à être mauvais, ce ne sera certes pas la faute de son potentiel (*cai* 才, qu'il a reçu du Ciel). […] Sens de l'humain, du juste, des rites et discernement n'ont pas été soudés sur nous de l'extérieur, ils sont bien en nous, mais encore faudrait-il en prendre conscience [18] (VI A 6).

Toute notre moralité repose donc sur une simple prise de conscience, celle de notre propre nature. Mencius la compare à une sente de montagne qui, si elle est pratiquée et entretenue, devient un vrai chemin. Mais qu'elle reste à l'abandon pendant quelque temps, et la voilà envahie par les mauvaises herbes jusqu'à disparaître complètement (VII B 21). Notre potentiel, qui est bon, ne demande qu'à se réaliser, il est prêt à le faire à tout moment. Nous ne devenons mauvais qu'à force de l'oublier ou de le perdre de vue, mais, à la différence de la chute et de la perte du paradis qui nous sont contées dans la Bible, il n'y a là rien de définitif. Autant la réalisation de notre potentiel n'est jamais acquise une fois pour toutes, autant sa perte n'est jamais irrémédiable.

Pour Mencius, l'être humain est porté au bien non seulement par sa nature, mais aussi par son destin. Dire que la vie humaine n'est pas qu'un donné biologique auquel nous nous accrocherions avec un instinct de conservation, c'est dire qu'elle est douée d'un destin moral – elle a un sens, et ce sens est moral. La question de savoir *pourquoi* je devrais me conduire moralement ne se pose même pas dès lors que j'ai reconnu ma propre nature dans toute son humanité. Ici, la volonté comme principe subjectif, individuel, d'autodétermination de ses actions, n'entre pas en ligne de compte, si ce n'est comme expression de l'égoïsme. Le « mal » ne peut en effet avoir d'autre contenu que l'égoïsme qui consiste à nier la solidarité radicale des existences avec la vaine intention de ne vivre que pour soi (voir par exemple VII A 25).

Dans une telle conception de la nature, il n'y a tout simplement pas place pour le Mal, dans la mesure où n'est pas prise en considération la volonté individuelle libre de choisir entre Bien et Mal : pour Mencius comme pour tous les confucéens, la Voie est unique : soit on fait tout son possible pour y cheminer, soit on la perd de vue : « Il n'y a, résume Mencius en citant Confucius, que deux chemins possibles : le *ren* et l'absence de *ren* » (IV A 2). Le Maître avait laissé dans sa vision de l'homme l'empreinte indélébile d'un optimisme invétéré que l'on retrouve au fondement même de l'esprit confucéen et qui rend impossible toute dramatisation de la condition humaine, à la manière du discours biblique ou bouddhique. En s'attachant à montrer qu'il n'y a rien de mauvais en soi dans la nature humaine, le mal et la souffrance provenant seulement d'un défaut d'humanité, Mencius se dispense, comme tous les penseurs chinois avant l'arrivée du bouddhisme, de poser frontalement la question du mal[19].

L'humanité comme responsabilité

S'il n'y a pas plus de place, dans la perspective confucéenne, pour le Mal en soi que pour une quelconque idée de liberté ou de libre arbitre, il existe bel et bien un sens de la responsabilité qui nous fait pleinement assumer la charge qui nous est impartie par le Ciel. Tout dépend de la détermination de chacun à prendre son destin moral en main ou, comme le dit Mencius, à le « mettre sur pied » (*li ming* 立命)[20]. Ce sens de la responsabilité, loin d'être l'apanage de quelques saints, est si profondément inscrit en chacun de nous qu'il s'impose de lui-même, surtout en situation limite :

> Mencius dit : « J'aime le poisson, mais j'aime aussi les pattes d'ours. Si je ne peux avoir les deux, je laisse le poisson et je prends les pattes d'ours. J'aime la vie, mais j'aime aussi le sens moral. Si je ne peux avoir les deux, je renonce à la vie pour garder le sens moral. Certes j'aime la vie, mais il est

quelque chose que j'aime encore plus que la vie, je ne vais
donc pas m'y accrocher à tout prix. Certes je redoute la mort,
mais il est quelque chose que je redoute encore plus que la
mort, je ne vais donc pas éviter le péril à tout prix.
Si l'homme n'aimait rien plus que la vie, ne ferait-il pas tout
pour la conserver ? S'il ne redoutait rien plus que la mort, ne
ferait-il pas tout pour éviter le danger ? Or, il ne fait pas toujours
tout pour sauver sa vie, pas plus qu'il ne fait toujours
tout pour échapper au danger. Ce qui montre bien qu'il est
quelque chose que l'homme aime plus que la vie, quelque
chose qu'il redoute plus que la mort. Les sages ne sont pas
les seuls à posséder cet esprit-là, c'est un bien commun à
tous, mais seuls les sages ne le perdent jamais [21] » (VI A 10).

Qu'est-ce donc qui s'impose à nous avec une telle évidence
au point de nous faire renoncer à notre propre vie ? Rien
d'autre que l'humanité de notre nature : ce qui fait de nous des
êtres humains, ce qui fait que, à en croire Mencius, le plus
miséreux des mendiants préférera mourir de faim plutôt que
d'accepter de la nourriture qu'on lui aura jetée par terre comme
à un chien. Mencius n'a pas d'autre choix que de poser la
bonté de l'homme comme inscrite dans sa nature et comme
prescrite par sa vocation, n'ayant pas le recours de trouver à la
moralité un fondement extérieur à l'homme – Dieu, impératif
catégorique ou promesse du paradis par-delà la mort. L'homme
est seul responsable de sa propre nature morale :

> Le sens de l'humain (*ren* 仁), c'est l'homme même (*ren* 人)
> (VII B 16).

Centralité et authenticité

Nous partageons avec les êtres et le monde qui nous entourent
le sens d'une communauté d'existence qui se traduit en
termes humains par le *ren*. Le fondement absolu de la moralité
réside donc dans notre propre humanité, mais notre plus grand
commun dénominateur est à rechercher dans notre part la plus
profonde et, partant, la plus cachée, la plus méconnue : celle
que Mencius appelle « céleste » ou « authentique », ouvrant
ainsi une grande voie qui connaîtra une immense fortune dans
le renouveau confucéen à partir des Song au XIe siècle, et qui
passe par la formulation puissante de deux grands textes : le

Zhongyong (*L'Invariable Milieu*) et le *Daxue* (*La Grande Étude*)[22]. Textes superbes, dont la force d'expression et la portée globalisante, voire universelle, tranchent avec la teneur du traité ritualiste dont ils sont extraits. Le *Zhongyong*, traditionnellement attribué au petit-fils de Confucius, Zisi, est plus probablement le résultat d'un travail cumulatif qui s'est fait dans la mouvance mencienne et qui, comme le *Mengzi*, représente une pensée confucéenne qui tiendrait compte des objections de Zhuangzi (d'où l'hypothèse souvent avancée d'influences taoïstes). En voici le célèbre passage inaugural :

> Ce que le Ciel destine *(tianming)* à l'homme, c'est sa nature *(xing)* ; suivre sa nature, c'est le Dao ; cultiver le Dao, c'est l'enseignement.
> Le Dao ne saurait être quitté un seul instant ; s'il pouvait l'être, ce ne serait plus le Dao. Aussi l'homme de bien est-il aux aguets même pour ce qu'il ne voit pas, sur le qui-vive même pour ce qu'il n'entend pas : il n'est rien de plus visible que ce qui est caché, rien de plus manifeste que ce qui est latent. Voilà pourquoi l'homme de bien reste si vigilant lorsqu'il est seul avec lui-même.
> Tant que plaisir, colère, tristesse et joie ne se sont pas manifestés, c'est le Milieu. Lorsqu'ils se manifestent sans dépasser la juste mesure, c'est l'harmonie. Le Milieu est le grand fondement de l'univers, l'harmonie en est le Dao universel. Que le Milieu et l'harmonie soient portés à leur comble, et le Ciel-Terre trouvera sa place et les dix mille êtres leurs ressources[23].

Dans cette grandiose ouverture, le « Milieu » (*zhong* 中) qui, on l'a souligné, ne correspond nullement à une quelconque équidistance[24], apparaît d'emblée comme la loi même du Dao. En tant que puissance agissante, il est le fondement constitutif de l'univers en même temps qu'il en est le mode de fonctionnement. Sans lui, le Dao serait impuissant à engendrer la vie et, *a fortiori*, à assurer sa pérennité et ses transformations dans l'harmonie. Principe de constance dans la justesse, c'est lui qui maintient l'énergie vitale dans son intégrité et sa mesure, c'est en lui que sont conservées tout entières les virtualités des êtres ainsi que leurs promesses de transformation. Dans l'ordre humain, le *zhong* tient compte des évolutions et des situations particulières, mais il se doit de représenter chaque fois la meilleure part, la plus exigeante, toujours tendue vers le haut, vers le « bien suprême » (*zhishan* 至善). Sans limite est la confiance que les confucéens placent dans le destin de l'homme et dans le pouvoir équilibrant du Milieu juste, constant et donc praticable (*yong* 庸).

C'est ainsi que les émotions humaines, y compris colère et tristesse, n'ont rien de néfaste en soi. Tant qu'elles ne se sont pas manifestées à la manière de germes qui affleurent à la surface du sol, tant qu'elles ne se sont pas exprimées dans leurs contours et leurs caractéristiques, elles évoluent en fusion avec le Dao et restent naturellement en adéquation avec la centralité. Dans leur passage à la manifestation, il importe qu'elles restent dans le sens de la mesure, condition nécessaire pour qu'advienne l'harmonie (*he* 和). Cette « mesure » relèverait davantage de la musique que d'un parti pris théorique ou arbitraire de modération : le terme chinois *jie* 節 désigne à l'origine les nœuds du bambou dont ils marquent la croissance d'un rythme vital ; de manière plus large, il évoque le souffle intègre et rythmé dont l'univers est animé. Tandis que le composé *jieqi* 節氣 (mesure-souffle) en est venu à désigner les saisons et les fêtes qui rythment le temps vital, son inverse *qijie* 氣節 (souffle-mesure) qualifie la rectitude morale d'un homme mû par le souffle intègre.

Dans ce passage inaugural est célébrée l'unité du Ciel et de l'homme, la nature du second étant issue du premier. En réalisant en lui-même le Milieu et l'harmonie, l'homme retrouve sa part céleste que le *Zhongyong*, à la suite de Mencius (IV A 12), nomme *cheng* 誠. Il semble préférable de comprendre ce terme, généralement traduit par « sincérité », en terme d'« authenticité », dans le sens de l'idéal taoïste de l'« homme vrai » (*zhenren* 真人)[25]. Composé du radical de la parole 言 et de l'élément 成 (également prononcé *cheng* et signifiant « réaliser », « accomplir »), *cheng* désigne – bien plus qu'une « sincérité » au sens trop étroitement psychologique – la réalisation, l'accomplissement de la part céleste en chaque être humain :

> L'authenticité, c'est le Dao du Ciel. Se rendre authentique, c'est le Dao de l'Homme. L'authenticité reste au Milieu sans se forcer, elle parvient au but sans même y penser. Cheminer tout à son aise en restant dans le Dao du Milieu, voilà le propre du Saint. Se rendre authentique, c'est choisir le bien pour ne plus le lâcher (§ 20).

L'appréhension du Ciel par l'homme ne se fait pas ailleurs qu'en l'homme lui-même. Le Ciel n'est donc pas un au-delà de l'homme, un ailleurs accessible uniquement par un grand saut (la mort ou la grâce) : le Ciel est la part la plus authentique de l'homme en tant qu'être capable de se transcender lui-même toujours davantage dans sa propre humanité :

> Seule sous le Ciel l'authenticité parfaite est capable d'aller au bout de la nature. Être capable d'aller au bout de la nature, c'est être capable d'aller au bout de celle de l'homme, ce qui signifie aller au bout de celle de tout être. Celui qui en est capable est à même de participer du processus génératif du Ciel-Terre ; participer de ce processus, c'est former une triade avec le Ciel et la Terre (§ 22).

Cela fait écho à Mencius pour qui est « authentique » celui qui réalise pleinement son humanité, ayant pris conscience que son existence est en étroite interdépendance et interaction avec l'ensemble de toutes les autres :

> Mencius dit : « Les dix mille êtres sont présents dans leur totalité en moi. Y a-t-il joie plus grande que de voir, en m'examinant moi-même, que je suis authentique ? Peut-on être plus proche du but dans sa quête d'humanité que lorsqu'on s'efforce à la mansuétude ? » (VII A 4.)

Dans la perspective confucéenne, le projet éthique et la quête de sainteté ne se conçoivent pas en dehors de l'unité du Ciel et de l'Homme :

> L'authenticité (*cheng* 誠), c'est ce qui s'accomplit de soi-même (*zicheng* 自成) ; la Voie, c'est ce qui est en marche de soi-même. L'authenticité est la fin et le commencement de toute chose ; sans elle, il ne peut rien y avoir. Voilà pourquoi l'homme de bien a tant à cœur de se rendre authentique. L'authenticité ne consiste pas seulement à s'accomplir soi-même, c'est par elle que s'accomplit toute chose. S'accomplir soi-même, c'est humanité ; permettre aux choses de s'accomplir, c'est sagesse. Telles sont les vertus propres à la nature, qui constituent la Voie unissant l'extérieur et l'intérieur. C'est ainsi que, mises en œuvre en temps opportun, elles tombent toujours juste (§ 25).

Le grand mot est lâché : l'authenticité n'est autre que le Dao lui-même, dans sa capacité infinie de donner vie aux êtres, de les transformer, de les harmoniser. Le Saint, en étant pleinement authentique – en réalisant sa propre humanité autant qu'il permet aux autres de la réaliser –, ne fait que participer du processus créatif du Ciel. Aucun autre texte n'a célébré avec autant de force la participation pleine et entière de l'homme au processus cosmique, évoqué avec autant de lyrisme l'émerveillement originel devant le foisonnement infini et la parfaite harmonie des choses de la nature : tout est déjà là, et il n'y a pas lieu de chercher ailleurs une quelconque vérité :

> L'authenticité parfaite jamais ne s'arrête. Ne s'arrêtant jamais, elle dure éternellement. Étant éternelle, elle fait apparaître ses effets. Manifestant ses effets, elle se propage à l'infini. Se propageant à l'infini, elle est large et profonde. Dans sa largeur et sa profondeur, elle est élevée et lumineuse. Large et profonde, elle soutient les êtres. Élevée et lumineuse, elle les recouvre. Infinie et éternelle, elle les accomplit. Large et profonde à l'image de la Terre, élevée et lumineuse à l'image du Ciel, d'une étendue et d'une durée sans limite, elle se manifeste sans se faire voir, elle se transforme sans se mouvoir, elle accomplit dans le non-agir. [...]
>
> Le Ciel n'est en apparence qu'une masse lumineuse ; mais dans son infinité, il est l'immensité où sont suspendus le soleil, la lune et les étoiles, recouvrant les dix mille êtres. La Terre n'est qu'une poignée de glèbe, mais dans ses espaces et ses abîmes, elle porte les monts Hua et Yue comme fétus de paille et contient fleuves et océans sans en perdre une goutte, soutenant les dix mille êtres. La montagne n'est qu'une pincée de cailloux, mais dans sa taille majestueuse, elle donne vie aux plantes et aux arbres et abrite les oiseaux et les bêtes sauvages, porteuse de trésors cachés. Quant à l'eau, elle tiendrait dans une cuillère, mais dans ses profondeurs insondables, elle donne vie aux monstres des grands fonds, aux dragons, aux poissons et aux tortues, foisonnante de richesses et de ressources (§ 26).

Dire, comme Mencius, que « les dix mille êtres sont présents dans leur totalité en moi », c'est dire que tout est là depuis le début, dans l'« esprit originel », comme la plante épanouie est tout entière dans la graine. L'apprendre confucéen n'a donc pour autre vocation que de retrouver et réanimer quelque chose de déjà présent :

Le Dao de l'étude et de l'expérience (*xuewen* 學問) ne consiste en rien d'autre que de se mettre en quête de l'esprit originel qui a été perdu de vue (VI A 11).

On voit ainsi comment Mencius a voulu répondre à Zhuangzi qui, pour sa part, a tiré la couverture du côté du Ciel, ne laissant à l'homme qu'une seule visée : retrouver sa part céleste, c'est-à-dire le naturel ou l'Origine. Mencius, tout en intégrant la part naturelle du Ciel et, dans la foulée, celle de l'énergie vitale, s'efforce de réaménager la part humaine. On verra comment Xunzi, un peu plus tard, tirera résolument la couverture du côté de l'homme. Mais alors que cet autre grand nom du confucianisme pré-impérial interprète l'enseignement du Maître dans un sens ritualiste et normatif, c'est à la vision à la fois éthique et cosmologique inspirée de Mencius que reviendra le dernier mot à partir du IIe millénaire.

Notes

1. *Shiji (Mémoires historiques)*, chap. 121, éd. Pékin, Zhonghua shuju, 1972, p. 3116.
2. Pour quelques données biographiques, voir *Shiji*, chap. 74.
3. Le *Mengzi* se présente en 7 livres, chacun étant subdivisé en deux parties A et B et prenant pour titre les deux premiers mots du texte, à la manière des *Entretiens*. Les références sont données sous leur forme traditionnelle : le chiffre romain correspond au Livre, suivi de la mention A ou B, enfin le chiffre arabe numérote la section.
On peut se reporter à la traduction en français de Séraphin COUVREUR, *Œuvres de Meng Tzeu* dans *Les Quatre Livres*, 1895, réèd. Paris, Cathasia, 1950, ou à celle, en anglais, de D. C. LAU, *Mencius*, Harmondsworth, Penguin Books, 1970, réèd. révisée avec le texte chinois, Hong Kong, Chinese University Press, 1984. Sur le *Mengzi*, voir les études de David S. NIVISON dans *The Ways of Confucianism. Investigations in Chinese Philosophy*, Chicago & La Salle, Open Court, 1997 ; et de SHUN Kwong-loi, *Mencius and Early Chinese Thought*, Stanford University Press, 1997.
Pour le titre de l'ouvrage, la transcription du chinois est conservée, alors que le personnage est désigné sous son nom latinisé, plus familier au même titre que Confucius pour désigner Maître Kong.
4. *Les Fonctionnaires divins*, Paris, Éd. du Seuil, 1989, p. 65 et 53-54.
5. *Shiji (Mémoires historiques)* 74, p. 2343.
6. Le roi Xiang de Liang : les seigneurs féodaux de l'époque des Royaumes Combattants, bien qu'étant toujours nominalement vassaux de la royauté Zhou, s'arrogent désormais le titre de roi, comme c'est le cas à Liang. Sur la distinction entre « Voie royale » et « voie hégémonique », voir *Mengzi* II A 3.

7. Mencius affectionne les métaphores organiques, en particulier végétales. Voir *Mengzi* VI A 7-8-13-14, où il est question de la croissance du blé, d'une montagne boisée, de la culture des arbres, etc.

Pour la métaphore de l'eau, voir plus bas à la note 14 et *Mengzi* IV A 9 : « Le peuple se tourne vers l'homme de *ren* comme les bêtes vers les espaces sauvages ou comme l'eau coule vers le bas. » Sur ces métaphores, cf. Sarah ALLAN, *The Way of Water and Sprouts of Virtue*, Albany, State University of New York Press, 1997.

8. Sur l'argument selon lequel tuer un voleur est un homme, mais tuer un voleur ne revient pas à tuer un homme, voir chap. 5 à la note 7 sur le Canon moïste.

9. Cf. A. C. GRAHAM, « The Nung-chia "School of the Tillers" and the Origins of Peasant Utopianism in China », *Bulletin of the School of Oriental and African Studies*, 42, 1 (1971).

10. Cf. par exemple *Entretiens*, XIII, 9. Cf. Jörg SCHUMACHER, *Über den Begriff des Nützlichen bei Mengzi*, Berne, Peter Lang, 1993.

11. La graphie du terme, qui signifie « puits », définit un damier de huit carrés disposés autour d'un carré central.

12. Cf. Roger T. AMES, « The Mencian Conception of *ren xing* : Does it mean "Human Nature" ? », *in* Henry ROSEMONT Jr., éd., *Chinese Texts and Philosophical Contexts : Essays Dedicated to Angus C. Graham*, La Salle (Illinois), Open Court, 1991, p. 143-175. Cet article fait référence à Angus C. GRAHAM, « The Background of the Mencian Theory of Human Nature », reproduit dans *Studies in Chinese Philosophy and Philosophical Literature*, Albany, State University of New York Press, 1990. Voir aussi le numéro spécial « Human "Nature" in Chinese Philosophy » de la revue *Philosophy East and West*, 47, 1 (1997); et Maurizio SCARPARI, *La concezione della natura umana in Confucio e Mencio*, Venise, Cafoscarina, 1991.

13. À noter que le terme traduit par « donné originel » se trouve aussi dans l'anecdote du nageur du *Zhuangzi* 19, voir chap. 4 à la note 29. Yu est le fondateur mythique de la dynastie Xia.

14. Pour la métaphore de l'eau, voir plus haut à la note 7. Cette métaphore semble être partagée par d'autres courants de pensée, comme en témoignent le *Laozi* et les textes de stratégie, voir plus bas chap. 7, « La métaphore de l'eau ».

Sur le raisonnement analogique que tient Mencius à partir de cette métaphore, voir par exemple l'étude d'Alexei VOLKOV, « Analogical reasoning in ancient China : some examples », *Extrême-Orient, Extrême-Occident*, 14 (1992), p. 15-37.

15. Voir plus haut à la note 7.

16. Voir à ce propos le chapitre 49 du *Guanzi*, intitulé *Neiye* (« L'œuvre intérieure »), qui témoigne d'un stade primitif de développement de la notion de *qi*, conçu comme à la fois naturel et éthique, santé morale étant synonyme de santé physique. Sur le *Guanzi*, voir plus bas chap. 9, note 2, et chap. 10, note 5.

17. Mencius parle aussi d'« esprit humain et moral », d'« esprit qui réagit à l'intolérable » ou encore d'« esprit du nouveau-né » (image que l'on retrouve dans le *Laozi*, voir chap. 7, « Retour au naturel »).

18. Tout comme le « donné originel » (voir plus haut note 13), le terme

de *qing* (« caractéristiques intrinsèques ») fait également partie du vocabulaire et de la problématique de Zhuangzi (voir chap. 4, p. 134). Sur l'évolution sémantique de ce terme dans la littérature pré-impériale, voir Anne CHENG, « Émotions et sagesse dans la Chine ancienne : l'élaboration de la notion de *qing* dans les textes philosophiques des Royaumes Combattants jusqu'aux Han », *Études chinoises*, 18, 1-2 (1999), p. 31-58.

19. La confiance placée par Mencius en la nature humaine ne manque pas d'évoquer celle de Jean-Jacques Rousseau, tout en se situant dans une problématique bien différente. Sur cette question, cf. François JULLIEN, « Essai : "Fonder" la morale, ou comment légitimer la transcendance de la moralité sans le support du dogme ou de la foi (au travers du *Mencius*) », *Extrême-Orient, Extrême-Occident*, 6 (1985), p. 40-42 ; et *Fonder la morale. Dialogue de Mencius avec un philosophe des Lumières*, Paris, Grasset, 1995.

20. Voir *Mengzi* VII A 1. En II A 6 et VI A 15, Mencius parle de « mettre sur pied sa détermination » (*li zhi* 立志).

21. Cela rappelle l'injonction de Confucius : « L'adepte résolu de la Voie, l'homme de *ren* véritable, loin de tenir à la vie s'il en coûte au *ren*, la sacrifierait au besoin pour que vive le *ren* » (*Entretiens*, XV, 8), voir plus haut chap. 2, « La mission sacrée de l'homme de bien ».

22. Ces deux textes (déjà évoqués au chap. 2, voir notes 13, 16 et 28) constituent respectivement les chapitres 31 et 42 du *Traité des Rites (Liji)*, compilé aux environs du IIIe-IIe siècle. Certains manuscrits sur fiches de bambou récemment découverts à Guodian (voir plus bas chap. 7 note 7) semblent confirmer la filiation entre ces textes et le courant mencien. On pourra consulter la traduction en français (qui reproduit également le texte chinois) de Séraphin COUVREUR, *La Grande Étude* et *L'Invariable Milieu* in *Les Quatre Livres*, rééd. Paris, Cathasia, 1949. Voir aussi les traductions du *Zhongyong* en anglais par TU Wei-ming, *Centrality and Commonality : An Essay on Confucian Religiousness*, Albany, State University of New York Press, 1989 ; et par Roger T. AMES & David L. HALL, *Focusing the Familiar - A Translation and Philosophical Interpretation of the Zhongyong*, Honolulu, University of Hawaii Press, 2001 ; et en français par François JULLIEN, *Zhong Yong. La régulation à usage ordinaire*, Paris, Imprimerie nationale, 1993. Cf. aussi Peter WEBER-SCHÄFER, *Der Edle und der Weise. Oikumenische und Imperiale Repräsentation der Menschheit im Chung-yung*, Munich, Beck, 1963.

23. Pour le dernier paragraphe, voir au chap. 11, p. 282.

24. Voir l'Introduction, « Centralité ».

25. Voir plus haut chap. 4, « L'homme vrai ».

7

Le Dao du non-agir dans le *Laozi*

Selon la légende qui fait de lui un contemporain de Confucius ayant vécu au VIe-Ve siècle, Laozi ouvrirait la « voie taoïste », Zhuangzi ne venant qu'en position de successeur. Cependant, comme on l'a vu, un examen critique des textes et les découvertes archéologiques récentes ont considérablement modifié la conception traditionnelle du taoïsme, terme qui n'est guère plus qu'une étiquette collée *a posteriori* sur une réalité au demeurant fort complexe[1].

Alors que Zhuangzi aurait vécu au IVe siècle, l'existence du *Laozi* comme ouvrage n'est pas attestée avant 250 av. J.-C., date qui tend à être confirmée par la nature de ses préoccupations majeures, caractéristiques de la période finale des Royaumes Combattants précédant immédiatement l'unification de l'empire chinois en 221 av. J.-C.[2]. À bien des égards, le *Laozi* apparaît comme un ouvrage représentatif de la « deuxième vague » évoquée précédemment[3], laquelle semble se distinguer de la première par une pensée moins spéculative et un durcissement sur les enjeux politiques du moment. Dans le sillage de Confucius, à l'idéalisme d'un Mencius succède, comme on le verra au chapitre suivant, le réalisme de Xunzi ; parallèlement, après la pensée contemplative de Zhuangzi vient avec le *Laozi* le temps de l'agir – même s'il se conçoit, et ce n'est pas le moindre de ses paradoxes, sur le mode du non-agir[4].

La légende

Comme pour Zhuangzi, il convient de distinguer le texte du personnage auquel il est attribué. En l'occurrence, sur Laozi (« le vieux Maître » – probablement un pseudonyme), on ne sait rien de sûr, pas même s'il a vraiment existé. Comme Zhuangzi, il aurait été originaire du pays de Chu dont la culture, on l'a vu, se développe en marge de la tradition ritualiste des « pays centraux ». Sa biographie dans les *Mémoires historiques* lui dresse un état civil très précis et détaillé – trop pour être vrai – lui attribuant un nom de famille très courant en Chine, Li 李, « prunier », celui même sous lequel notre personnage fut mis au monde au bout de soixante-deux ans de gestation, ce qui lui valut, dès sa naissance, d'être surnommé « le vieil enfant » (autre sens possible de Laozi). Quant à son nom personnel Er 耳 et son appellation Dan 聃, ils font tous deux référence à ses oreilles qu'il avait fort longues, signe indiscutable de sagesse. Alors qu'il était chargé de la conservation des archives des Zhou, Confucius en personne serait venu le consulter sur une question rituelle :

> Laozi lui dit : « Le bon marchand cache au plus profond ses trésors et fait comme si ses coffres étaient vides ; l'homme de bien déborde de vertu, mais son visage et son expression ne manifestent que de l'idiotie. » [...]
> Confucius repartit et dit à ses disciples : « Les oiseaux, je sais qu'ils peuvent voler ; les poissons, je sais qu'ils peuvent nager ; les bêtes sauvages, je sais qu'elles peuvent courir. Ce qui court peut être pris dans des filets, ce qui nage pris à la ligne et ce qui vole à la flèche. Mais quant au dragon, je ne peux savoir comment, chevauchant vents et nuées, il s'élève jusqu'au ciel. Or, aujourd'hui, j'ai vu Laozi. Eh bien, il est comme le dragon [5] ! »

Toujours selon la légende, Laozi, découragé par le déclin des Zhou, serait parti vers l'ouest. Alors qu'il parvenait à la dernière passe avant la steppe, le gardien de la passe lui dit : « Puisque vous êtes sur le point de vous retirer du monde, je vous prie de bien vouloir composer un livre pour moi. » Là-dessus, Laozi écrivit les quelque cinq mille mots du *Livre de la Voie et de sa Vertu* (*Daodejing* 道德經), « puis il s'en alla, et nul ne sait où il mourut », ce qui rendit possible, comme on le verra plus loin, sa récupération dans le cadre du bouddhisme [6].

Le texte

Si un halo de légende entoure le personnage, l'ouvrage qui porte son nom, également connu sous le titre susmentionné, a une existence historique attestée [7]. Il se présente sous une forme complètement différente de tous les ouvrages qui l'ont précédé : au lieu d'un exposé didactique sous forme de questions-réponses à la manière des *Entretiens* ou du *Mengzi*, il s'agit d'une série de poèmes rythmés et rimés d'une concision extrême, au style unique, obscur à force de simplicité.

Si les stances du *Laozi* peuvent être qualifiées de poétiques, elles ne délivrent pas une pensée philosophique « mise en vers » : c'est la pensée elle-même qui procède par aphorismes, métaphores, sauts du coq à l'âne, rapprochements fulgurants. Comme le *Zhuangzi*, le *Laozi* est à la recherche d'une forme de langage apte – sinon à appréhender – du moins à pointer vers l'indicible. Comme le note Isabelle Robinet, sa forme poétique et scandée « suggère qu'il était censé acquérir une force incantatoire par la répétition rythmée de récitations qui renforcent une pratique, qu'il était destiné à être chanté et mémorisé, comme il a été fait dans certaines sectes religieuses [8] ». Le contenu s'abstient délibérément de toute référence qui pourrait offrir une prise pour dater ou situer le texte (lieux, événements, personnages historiques, etc.). D'où le nombre impressionnant d'interprétations possibles et de traductions existantes [9]. L'ouvrage peut en effet se lire et se pratiquer sur plusieurs plans à la fois : culture individuelle du « non-agir », application de ce principe à l'art de gouverner ou aux arts de combat, recherche des méthodes de longue vie dont Laozi serait l'ancêtre, etc. [10].

Le non-agir

Même si le *Laozi* comporte certains aspects ésotériques, il tente, comme tout ouvrage philosophique, de répondre à des préoccupations dominantes à son époque dont la nature, à défaut d'autres repères, constitue peut-être le meilleur indice pour dater le texte de la fin des Royaumes Combattants. Dans un contexte où les principautés les plus puissantes en arrivent à lutter à mort pour l'hégémonie, le problème le plus pressant est de savoir comment sortir du cercle vicieux de la violence, comment survivre au milieu de superpuissances qui s'entretuent. Préoccupations qui restent toujours d'actualité…

Le *Laozi* commence par rejeter explicitement le moralisme confucéen autant que l'activisme moïste, employant délibérément leurs propres termes pour les accuser d'avoir provoqué le déclin du Dao :

> Laisse tomber la promotion des plus capables,
> Le peuple cessera de batailler (§ 3).
> Laisse là ta sagesse et ton discernement,
> Le peuple en tirera cent fois profit.
> Laisse là ton sens de l'humain et du juste,
> Le peuple retrouvera l'amour de père à fils (§ 19).
> De l'abandon de la grande Voie naquirent sens de l'humain et du juste.
> De l'émergence de l'intelligence et du discernement naquit la grande tromperie.
> De la discorde des six parentés[11] naquirent piété filiale et amour paternel.
> De la confusion et du chaos dans le royaume naquirent fidélité et loyauté (§ 18).

La réponse du *Laozi*, paradoxale s'il en fut, c'est de « ne rien faire », de rester dans le « non-agir » (*wuwei* 無為)[12]. Ainsi donc, la meilleure façon de remédier au pillage, à la tyrannie, au massacre, à l'usurpation, serait de ne pas agir. Au-delà de l'aspect volontairement provocateur du paradoxe, cultivé comme art de penser tout au long du livre, il faut tenter de discerner ce qui est entendu par « non-agir ». Le *Laozi* part de la constatation, au demeurant fort simple et à la portée de tout un chacun, que, dans le monde naturel aussi bien qu'humain, la force finit toujours par se retourner contre elle-même :

> Ne cherche pas à primer par les armes
> Car primer par les armes appelle à la riposte (§ 30).
> Celui qui agit détruira
> Celui qui saisit perdra
> Le Saint, n'agissant sur rien, ne détruit rien
> Ne s'emparant de rien, il n'a rien à perdre (§ 64).

Ainsi, le non-agir vise à briser le cercle de la violence. De quelle manière ? En absorbant l'agression, en s'abstenant d'agresser en retour pour ne pas tomber dans la surenchère, dans l'escalade sans fin, et pour, au bout du compte, faire en sorte que l'agression devienne inutile.

La métaphore de l'eau

Afin d'illustrer son paradoxe central, connu dès le milieu du IIIe siècle pour être la stratégie qui consiste à vaincre en cédant, le *Laozi* a recours à une métaphore privilégiée dans les textes philosophiques des Royaumes Combattants : l'eau. On se souvient de l'avoir déjà rencontrée dans le *Mengzi* où sa tendance naturelle à couler vers le bas est mise en rapport analogique avec la prédisposition de la nature humaine à la bonté. Dans le *Laozi*, où elle occupe une place de choix, la métaphore est utilisée de manière quelque peu différente, fortement évocatrice des traités de stratégie comme *L'Art de la guerre selon Sunzi* :

> La disposition des troupes est à l'image de l'eau. De même que l'eau tend à éviter toute hauteur pour couler vers le bas, de même les troupes tendront à éviter les points forts de l'ennemi pour attaquer ses points faibles ; de même que l'eau détermine son cours en fonction du terrain, de même les troupes déterminent leur stratégie victorieuse en fonction de l'ennemi [13].

Dans le *Laozi*, l'eau représente l'élément le plus humble, le plus insignifiant en apparence qui, bien que ne résistant à rien, vient pourtant à bout des matières réputées les plus solides :

> L'homme du bien suprême est comme l'eau
> L'eau bénéfique à tout n'est rivale de rien
> Elle séjourne aux bas-fonds dédaignés de chacun
> De la Voie elle est toute proche (§ 8).
> Rien au monde n'est plus souple et plus faible que l'eau
> Mais pour entamer dur et fort, rien ne la surpasse
> Rien ne saurait prendre sa place
> Que faiblesse prime force
> Et souplesse dureté
> Nul sous le Ciel qui ne le sache
> Bien que nul ne le puisse pratiquer (§ 78).

Cette métaphore de l'eau se retrouve chez nombre de penseurs chinois en fréquente association avec le Dao dont elle est la figuration par excellence : comme le Dao, l'eau jaillit d'une source unique et constante tout en se manifestant sous une infinie multiplicité de formes ; de par sa nature insaisissable et labile, elle est à l'infime lisière entre le rien et le quelque chose, entre l'il-n'y-a-pas (*wu* 無) et l'il-y-a (*you* 有), et passe par d'infinies transformations.

L'eau est au cœur de tout un réseau métaphorique. Du fait qu'elle coule toujours au plus bas, elle est ce vers quoi tout le reste conflue, appelant ainsi l'image de la Vallée. Dans son humilité (et son humidité !), elle est pourtant ce qui donne vie à toute chose, symbole en cela du féminin, du Yin qui conquiert le Yang par attraction plutôt que par contrainte. De la figure du féminin, on en arrive ainsi tout naturellement à celle de la Mère dont le *Laozi* ne fait rien de moins qu'une des désignations de la Voie elle-même, « Mère des dix mille êtres ». Il faut ici rappeler la prédominance, dans la pensée chinoise, du thème de l'engendrement et du modèle organique, génératif, dans toutes les représentations – religieuses, cosmologiques et même « scientifiques ». Le *Laozi* privilégie tout particulièrement la part du féminin, face à l'ordre confucéen, éminemment Yang et centré sur la figure du Père :

> L'esprit de la Vallée ne meurt pas
> Il a nom mystérieux féminin
> La porte du mystérieux féminin
> A nom racine du Ciel-Terre
> Un mince fil – c'est à peine s'il existe –
> Et pourtant, il a beau servir, jamais il ne s'use (§ 6).

L'eau et les métaphores associées sont là pour illustrer ce paradoxe : le faible réussit à triompher du fort, le souple du rigide. Il s'agit, non pas de démontrer l'éclatante revanche d'un David sur un Goliath, mais de désamorcer la violence en se mettant plus bas que l'agresseur, car ce qui provoque l'agression est de placer l'autre en position d'infériorité. Cette idée, soit dit en passant, est à la base des techniques de combat dans les arts martiaux chinois qui ont essaimé dans les autres cultures extrême-orientales (rappelons que *judô* est la prononciation japonaise de *roudao* 柔道, « la voie du souple », emprunt direct au *Laozi*).

En somme, le non-agir l'emporte sur l'agir par attraction plus que par contrainte, par la manière d'être plutôt que d'avoir ou de faire. Il y a là un terrain commun avec le ritualisme confucéen qui, lui aussi, repose sur l'efficace d'un Dao harmonieux :

> Le Maître dit : « Qui, mieux que Shun, sut gouverner par le non-agir ? Que lui était l'action ? Il lui suffisait, pour faire régner la paix, de siéger en toute dignité face au plein sud. »
> Qui gouverne par sa seule puissance morale (*de* 德) est comparable à l'étoile polaire, immuable sur son axe, mais centre d'attraction de toute planète [14].

Le rapprochement avec le courant confucéen a le mérite de nous faire comprendre que le « non-agir » ne consiste pas à « ne rien faire » au sens de se croiser les bras passivement, mais à s'abstenir de toute action agressive, dirigée, intentionnelle, interventionniste, afin de laisser agir l'efficacité absolue, la puissance invisible *(de)* du Dao. Le non-agir, c'est ce que le *Laozi* appelle l'« agir sans trace », car « celui qui sait marcher ne laisse pas de trace » (§ 27). Le Saint est celui qui « aide les dix mille êtres à vivre selon leur nature, en se gardant d'intervenir » (§ 64), qui « donne la vie sans se l'approprier, agit sans s'en prévaloir, achève son œuvre sans s'y attacher » (§ 2).

Paradoxe

Le message du *Laozi* commence donc par un paradoxe-choc qui a été immédiatement saisi par son premier public : « Lao Dan valorisait la faiblesse », résume le *Lüshi Chunqiu (Printemps et Automnes du sieur Lü)*, ouvrage synthétique compilé à la veille de l'empire vers la fin du IIIe siècle av. J.-C. [15]. Le paradoxe consiste à prendre le contre-pied des habitudes de pensée : préférer le faible au fort, le non-agir à l'agir, le féminin au masculin, le dessous au dessus, l'ignorance à la connaissance, etc. Le *Laozi* parle de « préférer », et non de ne retenir que le faible à l'exclusion du fort, car les couples d'opposition dans la pensée chinoise ne sont jamais de nature exclusive, mais complémentaire, les contraires étant en relation non pas logique, mais organique et cyclique, sur le modèle génératif du couple Yin/Yang. Or, le paradoxe le plus radical consiste certainement à dire que le rien a plus de valeur que le quelque chose, le vide plus de valeur que le plein, que l'il-n'y-a-pas (*wu* 無) l'emporte sur l'il-y-a (*you* 有) :

> Trente rayons convergent au moyeu
> Mais c'est justement là où il n'y a rien qu'est l'utilité du char

> On façonne l'argile pour faire un récipient
> Mais c'est là où il n'y a rien qu'est l'utilité du récipient
> On perce portes et fenêtres pour faire une chambre
> Mais c'est là où il n'y a rien qu'est l'utilité de la chambre
> Ainsi l'il-y-a présente des commodités que l'il-n'y-a-pas transforme en utilité (§ 11)

Le paradoxe touche ici à son comble : l'absence aurait plus de présence que ce qui est là, le vide aurait une efficace que le plein n'a pas. Dans sa volonté de radicalisation, le *Laozi* a la formule plus abrupte que le *Zhuangzi* qui se contente la plupart du temps d'ironiser sur la relativité des choses. Au lieu de la question « Comment saurais-je que ce que j'appelle "connaissance" n'est pas ignorance ? et comment saurais-je que ce que j'appelle "ignorance" n'est pas connaissance[16] ? », le *Laozi* affirme :

> Voir la connaissance comme la non-connaissance, voilà qui est bien
> Voir la non-connaissance comme la connaissance, là est le mal
> L'on est guéri d'un mal que l'on tient pour un mal
> Le sage ne va pas mal ; c'est son mal qui va mal
> Quant à lui-même il va fort bien ! (§ 71.)

Le paradoxe qui va à l'encontre des habitudes intellectuelles et des valeurs conventionnelles a pour fonction de montrer que poser quelque chose, c'est poser par là même son contraire. Les distinctions et les oppositions que nous faisons par habitude ou par convention n'ont donc en elles-mêmes aucune valeur :

> Quand chacun tient le beau pour beau vient le laid
> Quand chacun tient le bon pour bon vient le mauvais
> Il-y-a et il-n'y-a-pas s'engendrent
> Aisé et malaisé se complètent
> Long et court renvoient l'un à l'autre
> Haut et bas se penchent l'un vers l'autre
> Musique et bruit consonnent ensemble
> Devant et derrière se suivent (§ 2).

Amoralité du naturel

On a tôt fait de s'apercevoir que tous ces paradoxes sont fondés sur la constatation d'une loi naturelle : la loi cyclique selon laquelle tout ce qui est fort, dur, supérieur, a été à l'origine faible, mou, inférieur, et est destiné à le redevenir :

> Tout arbre, tout être naît faible et gracile
> Flétri et sec il meurt [...]
> Ce qui est grand et fort est au plus bas
> Au plus haut le souple et le faible (§ 76)

C'est dans le faible et le passif que le fort et l'actif prennent leur source ; or, toute chose ne peut, tôt ou tard, que revenir à l'origine : « Les êtres, parvenus à leur comble, ne peuvent que faire retour. » En vertu de cette logique naturelle selon laquelle toute chose qui monte devra nécessairement redescendre, le fait de renforcer la puissance d'un ennemi peut à la limite servir à hâter sa chute :

> Ce qui est à fermer
> Il faut d'abord l'ouvrir
> D'abord consolider
> Ce qui est à fléchir
> D'abord favoriser
> Ce qui est à détruire
> Et d'abord donner
> Ce qui est à saisir
> Cela s'appelle l'illumination subtile
> Le souple vainc le dur, le faible vainc le fort (§ 36).

Cette « illumination subtile » est à la source de la « tolérance » taoïste (*ci* 慈) dont il est question au *Laozi* 67 et qui n'a pas plus à voir avec l'amour chrétien qu'avec la compassion bouddhiste. Le sage manifeste pour les êtres la tolérance du Ciel et de la Terre au sens où, comme eux, il « ne vit pas pour lui-même » (§ 7). Il n'est aucunement question ici de motivation morale, mais bien plutôt d'une loi naturelle : de même que le cours d'eau le plus bas est « roi » des cours d'eau supérieurs puisque c'est lui qui s'enrichit de leur eau, le Saint taoïste, en se mettant plus bas que les autres, fait en sorte que les autres finissent par aller dans le même sens que lui. C'est ce qui s'appelle « agir par le non-agir ».

Cela est important : si le Saint du *Laozi* fait l'inverse de ce qui se fait habituellement, ce n'est ni par calcul ni par désir de se distinguer ; ce n'est pas dans le but de devenir le plus fort qu'il se fait humble et faible, c'est tout simplement que la loi naturelle de toute chose est d'aller de bas en haut, puis de retourner à la source. Or, cette loi, l'humanité dans sa grande absurdité s'évertue à la contrecarrer constamment en se démenant pour atteindre pouvoir et position de supériorité. Au lieu de se fatiguer à nager à contre-courant (auquel cas on fait, au mieux, du sur-place), le *Laozi* propose de rentrer dans le courant, de se laisser porter par la vague. Tout comme le nageur du *Zhuangzi* qui « suit le Dao de l'eau sans chercher à y imposer son moi », le *Laozi* a compris que, pour celui qui est au creux de la vague, le seul moyen de ne pas se retrouver immergé et noyé est de se laisser porter en sachant qu'il ne peut ainsi que remonter.

Cette métaphore de l'eau et du courant, qui revient une fois de plus, vient ici indiquer que la rupture entre le naturel et la moralité, autrement dit entre le Ciel et l'Homme, est consommée. On se souvient que Mencius avait lui aussi exploité la métaphore aquatique, mais c'était pour montrer que la nature va dans le sens de la moralité : la nature humaine est prédisposée à la bonté de la même façon que l'est l'eau à couler vers le bas[17]. Pour le *Laozi*, au contraire, la nature (c'est-à-dire le Ciel) est totalement dépourvue de sens moral :

> Le Ciel-Terre est dépourvu d'humanité *(ren)*
> Traitant les dix mille êtres comme chiens de paille
> Le Saint est dépourvu d'humanité
> Traitant les cent familles comme chiens de paille
> Entre Ciel et Terre
> N'est-ce pas comme un immense soufflet de forge ?
> Vide et pourtant inépuisable
> En action, il évente toujours plus
> Trop de discours tarissent très vite
> Mieux vaut rester au centre (§ 5).

Alors que les confucéens valorisent le Milieu, précaire et mouvant équilibre générateur d'harmonie, les taoïstes sont en quête du centre, c'est-à-dire de l'Origine :

> Le Dao est vide
> On a beau le remplir, jamais il ne déborde

> De ce sans-fond, les dix mille êtres tirent leur origine
> Il émousse tout tranchant
> Il démêle tout nœud
> Il harmonise toutes lumières
> Il fait un de toutes poussières
> Il est là, semble-t-il, depuis toujours
> De qui est-il le fils ? Je l'ignore
> Avant même le Souverain d'en haut
> Je crois qu'il était là (§ 4).

Cette assimilation du centre à l'Origine donnera lieu, dans les pratiques spirituelles et religieuses, à une spatialisation symbolique. Pour les taoïstes, le monde « est orienté vers le centre, mais aussi vers le haut, qui ne font qu'un. Le taoïste construit le centre et s'y place, mais doit aussi assurer le lien entre le haut et le bas, monter et descendre, ce qu'il fait en usant de divers instruments symboliques, tels que des instances cosmiques divinisées, ou les trigrammes (du *Livre des Mutations*) [18] ».

Valeur politique du non-agir

Dans cette amoralité, le *Laozi* ne manque pas de prêter le flanc au légisme même si, au lieu de les condamner comme vaines et inutiles, celui-ci rejette tout principe moral uniquement pour justifier l'agression et la force[19]. De manière significative, le *Laozi* est à la base de certaines notions fondamentales du légisme, allant jusqu'à constituer une source directe d'inspiration pour son plus grand théoricien Han Feizi. Au centre de la réflexion politique légiste se retrouve le non-agir, présenté dans le *Laozi* comme principe de non-interférence :

> Laisse tomber la promotion des plus capables
> Le peuple cessera de batailler
> Ne valorise pas les choses rares
> Le peuple cessera de dérober
> N'exhibe pas ce qui porte à la convoitise
> Le peuple aura l'esprit en paix
> Ainsi se présente le gouvernement du Saint :
> Faire le vide dans les esprits
> Faire le plein dans les ventres
> Affaiblir les volontés

> Fortifier les os
> Garder à tout jamais le peuple du savoir et du désir
> Faire en sorte que les malins n'osent rien faire
> Agir par le non-agir
> Et tout sera dans l'ordre (§ 3).

En d'autres termes, plus la vie du peuple sera simple et frugale, plus il sera facile à gouverner dans le non-agir, c'est-à-dire sans que le souverain ait à intervenir dans les affaires d'un pays où tout suit son cours naturel. Mais on trouve aussi dans cette stance l'expression de ce qui deviendra le totalitarisme légiste : « Faire le vide dans les esprits, faire le plein dans les ventres. » Ainsi s'instaure un ordre fondé sur l'assurance d'un confort matériel minimal, et le maintien dans l'ignorance des gouvernés à qui l'on épargne de penser ou même d'envisager un quelconque progrès technologique :

> Un pays se gouverne par la droiture
> Une guerre se mène par surprise
> Mais c'est par le non-faire que l'on gagne le monde
> Comment le sais-je ?
> Ainsi !
> Plus règnent au monde tabous et interdits
> Et plus le peuple s'appauvrit
> Plus le peuple possède d'armes tranchantes
> Et plus le désordre dans le pays sévit
> Plus abondent ruse et habileté
> Et plus se voient d'étranges fruits
> Plus se multiplient lois et décrets
> Et plus foisonnent les bandits
> Aussi le Saint :
> Je pratique le non-agir : le peuple évolue de lui-même
> Je porte amour à la quiétude : de lui-même il se redresse
> Je reste sans rien faire : de lui-même il prospère
> Je reste sans désir : de lui-même à la simplicité il revient (§ 57).

L'existence d'une théorie politique dans le *Laozi* peut surprendre, si l'on s'en remet à une conception désormais largement répandue du taoïsme comme doctrine de sagesse individuelle. En fait, seul le *Zhuangzi* se prononce pour un désengagement délibéré par rapport au politique qui, dans le *Laozi*, représente au contraire un aspect primordial de la pratique du Dao en tant que domaine d'application par excellence du non-agir. On verra comment les légistes perçoivent une analogie entre le sage taoïste et le souverain, entre « gouverne de soi-même » et « gouverne du pays » (*zhishen zhiguo* 治身治國), pour reprendre le commentaire de Heshang gong (env. IIᵉ siècle apr. J.-C.) . De fait, le *Laozi* peut être lu au premier chef comme un traité politique dont la devise serait : « Régir un grand État, c'est comme frire des petits poissons ! » (§ 60.)

Retour au naturel

Ne pas agir, c'est donc s'abstenir de toute action qui soit intentionnelle, dirigée, en vertu du principe qu'une action ne peut être vraiment efficace que si elle va dans le sens du naturel. Le thème central du non-agir conduit ainsi à celui du retour à la nature originelle. De même qu'on a vu le premier associé à l'eau, le second est évoqué par des images comme le bois brut, la soie brute ou le nouveau-né [20] :

> Connais en toi le masculin
> Adhère au féminin
> Fais-toi ravin du monde
> Être ravin du monde
> C'est s'unir à la Vertu constante
> C'est retourner à la petite enfance.
>
> Connais en toi le blanc
> Adhère au noir
> Fais-toi norme du monde
> Être norme du monde
> C'est communier à la Vertu constante
> C'est retourner au sans-limites.
>
> Connais en toi la gloire
> Adhère à la disgrâce
> Fais-toi vallée du monde
> Être vallée du monde
> C'est avoir en abondance la Vertu constante
> C'est retourner à la simplicité du bois brut.
>
> Le bloc du simple primordial
> Est détaillé en ustensiles
> Mais le Saint, c'est le bloc vierge
> Qu'il adopte comme ministre
> Car le Maître de l'Art n'a garde de tailler (§ 28).

Quant au nouveau-né, sur lequel le *Laozi* revient longuement à plusieurs reprises, il représente l'énergie vitale à l'état pur que tout être dérive de la puissance même du Dao (le *de* 德, conventionnellement mais inadéquatement traduit par Vertu), le souffle originel (*yuanqi* 元氣) encore intact, force non dirigée, non canalisée. Or, toute la vie humaine est un processus continu de déperdition de ce souffle, que l'on ne peut inverser qu'en cultivant et en nourrissant son *qi* :

> Celui qui contient la Vertu en abondance
> Peut se comparer au nouveau-né
> Guêpes, scorpions, serpents venimeux ne le piquent pas
> Les bêtes sauvages ne se jettent pas sur lui
> Les oiseaux de proie ne l'enlèvent pas
> Ses os sont fragiles et ses muscles faibles, mais sa poigne est solide
> Il ne connaît pas encore l'union du mâle et de la femelle, mais son pénis est dressé
> Comble de l'essence vitale
> Il s'égosille à longueur de journée sans en être enroué
> Comble de l'harmonie !
> Connaître l'harmonie, c'est le Constant
> Connaître le Constant, c'est l'illumination
> En rajouter à la vie, c'est mauvais pour la vie
> Laisser l'esprit diriger le souffle, c'est lui faire violence
> Tout être parvenu à la force de l'âge va sur son déclin
> Ceci a nom « à rebours du Dao »
> À rebours du Dao court à la mort (§ 55).
>
> Peux-tu faire à ton âme embrasser l'Un
> Dans une union indissoluble ?
> Peux-tu, en concentrant ton souffle, devenir
> Aussi souple qu'un nouveau-né ?
> Peux-tu purifier ta vision interne
> Jusqu'à la rendre immaculée ?
> Peux-tu chérir le peuple et gouverner l'État
> Sans user de ton intelligence ?
> Peux-tu ouvrir et clore les battants du Ciel
> En jouant le rôle féminin ?
> Peux-tu tout voir et tout connaître
> En cultivant le non-agir ? (§ 10.)

Retour à l'Origine

Le non-agir apparaît comme une façon de revenir à notre état de nature tel qu'il était à notre naissance. Le retour à la petite enfance évoque ici, non pas l'innocence, mais l'Origine perdue. La perte de l'Origine se ressent effectivement au contact des petits enfants : tout en sachant qu'on est soi-même passé par là, on a le sentiment que tout est effacé, d'où une certaine difficulté à renouer avec cet état originel.

Sur le plan collectif, il s'agit aussi de revenir à la naissance de l'humanité, à un état originel, antérieur à la formation de sociétés organisées et institutionnalisées. À contre-courant des théories anthropologiques modernes, le *Laozi* rêve d'un état primitif exempt de toute forme d'agression ou de contrainte de la société sur les individus, où l'absence de morale, de lois, de châtiments ne conduit pas les individus à être agressifs en retour, et où il n'y a donc ni guerre, ni conflit, ni même esprit de compétition ou volonté de domination. Rêve qui se traduit dans la vision idyllique de petites communautés autarciques, assez proches pour entendre le coq et le chien du voisin, mais assez éloignées pour éviter les conflits :

> C'est un petit pays sans guère d'habitants
> Auraient-ils des engins pour dix ou cent personnes
> Qu'ils ne s'en serviraient point
> Ils redoutent la mort et ne vont pas au loin
> Auraient-ils bateaux et voitures
> Qu'ils n'en feraient point usage
> Auraient-ils armes et armures
> Qu'ils n'en feraient point étalage
> Ils remettent en honneur la cordelette à nœuds
> Trouvent leurs mets savoureux
> Leurs vêtements seyants
> Leurs demeures commodes
> Leurs coutumes plaisantes
> De ce pays à son voisin
> S'entend le cri du coq comme l'aboi du chien
> Mais tous deux mourront de vieillesse
> Sans avoir eu affaire ensemble [21] (§ 80).

Il y a dans le *Laozi* la conviction foncière que l'homme, dans sa nature originelle, pré-sociale, est entièrement dénué d'agressivité. Cet état originel est décrit dans un portrait idéal du Saint taoïste, celui qui ne « paie pas de mine » mais qui « sait téter la Mère », c'est-à-dire puiser directement à l'Origine, à la source du Dao :

> Abandonne l'étude (le *xue* 學 confucéen) et par là le souci
> En quoi diffèrent oui et non ?
> En quoi diffèrent bon et mauvais ?
> Ce qui effraie autrui, dois-je m'en effrayer ?
> Quelle insondable absurdité !
> Chacun s'échauffe et se dilate
> Comme s'il festoyait au sacrifice du bœuf
> Ou montait sur les tours du printemps
> Moi seul demeure en paix, imperturbable
> Comme un petit enfant qui n'a pas encore ri
> Seul, détaché comme un sans-logis
> Chacun amasse et thésaurise
> Moi seul parais démuni
> Quel innocent je fais !
> Quel idiot je suis !
> Chacun paraît malin malin
> Moi seul me tais me tais
> Fluctuant comme la mer
> Je vais et viens sans cesse
> À chacun quelque affaire
> Moi seul je m'en abstiens
> Incivil et têtu
> Pourquoi si singulier ?
> Je sais téter ma Mère (§ 20).

Le Dao

Les thèmes du non-agir et de la nature brute originelle impliquent celui du retour : retour à l'Origine, au Dao. Tout comme Zhuangzi distingue les *dao* et le Dao, ce mot dans le *Laozi* ne désigne pas seulement une voie (celle du non-agir), mais la Voie, c'est-à-dire ni plus ni moins que la réalité ultime, dans son tout, son principe et son origine. Ainsi, le Dao est le tout premier mot du *Laozi*, même si nous n'en connaîtrons jamais le dernier :

> Le Dao qui peut se dire n'est pas le Dao constant
> Le nom qui peut le nommer n'est pas le nom constant

> Sans-nom : commencement du Ciel-Terre
> Ayant-nom : Mère des dix mille êtres
> Ainsi dans le Sans-désir constant, considérons le germe
> Dans l'Ayant-désir constant, considérons le terme [22] (§ 1).

Dès les deux premiers versets est évoquée la question de l'indicible, ce qui situe d'emblée la Voie du *Laozi* en marge des autres voies, quant à elles tout à fait dicibles. La notion essentielle et totale de Dao, mise en parallèle avec le « nom », se comprend d'entrée de jeu en terme de langage. D'après les quatre versets suivants, le Dao comporte un aspect indicible et un aspect dicible, un aspect « sans » (*wu* 無) et un aspect « ayant » (*you* 有). En tant qu'Origine absolue, avant de produire le Ciel-Terre, le Dao est in-nommable ; mais dans le fait même de produire le Ciel-Terre, dans l'avènement à la manifestation, il devient nommable et prend pour nom « Mère des dix mille êtres ».

Dans ces tout premiers versets, construits en parallèles, l'indicible est évoqué non pas dans les mots, mais dans le balancement des phrases. Pour ne pas se laisser enfermer dans l'énoncé d'une proposition (qu'elle soit affirmative ou négative), le *Laozi* en énonce aussitôt le contraire, procédant ainsi comme un funambule sur le fil de l'indicible : il donne un coup de balancier à droite, un coup à gauche, et, grâce à ce balancement, avance en une « insoutenable légèreté ». Cette première stance se termine ainsi :

> Deux, issus d'une même source mais portant des noms différents
> Ce deux-un s'appelle mystère
> Mystère au-delà du mystère
> Porte de toute merveille.

Mystère, en effet, que ce double aspect du Dao qui reste pourtant un : le Dao est Constant indicible en même temps qu'il englobe toute la réalité dicible, ces deux dimensions n'étant pas dissociables. C'est dire que le Constant ou l'Un ne sont pas l'absolu derrière le changeant ou le multiple, à l'image d'une réalité derrière le voile des apparences. On a vu que le scepticisme de Zhuangzi ne porte pas tant sur la dichotomie apparences/réalité que sur la dichotomie langage/réalité. Les oppositions qu'introduit le langage entre constant et changeant, un et multiple sont en fait des désignations différentes pour une seule et même chose : « Deux, issus d'une même source mais portant des noms différents. » Il aura saisi le « mystère au-delà du mystère », celui qui aura compris que même l'il-y-a et l'il-n'y-a-pas ne constituent pas deux réalités distinctes.

Dans la perspective du *Laozi*, ce ne sont pas nos sens qui nous trompent en ne nous permettant de saisir que des apparences. À l'origine de notre certitude dérisoire d'avoir prise sur la réalité sont les distinctions que nous y pratiquons par les catégories du langage. Ce sont ces distinctions qui faussent et limitent nos fonctions sensorielles, et qui suscitent nos « désirs », impulsions à aller dans un sens ou dans l'autre alors que le Dao est quiétude :

> Le Dao trouve sa constance dans le non-agir
> Or par lui tout s'accomplit
> Si seulement rois et seigneurs s'y tenaient
> Les dix mille êtres d'eux-mêmes se transmueraient
> Pour peu que mutation devienne velléité d'agir
> Simplicité-sans-nom saurait l'assagir
> Car simplicité-sans-nom est aussi sans-désir
> Le sans-désir s'atteint par la quiétude
> Et le monde se détermine alors de lui-même (§ 37).

Du Dao aux dix mille êtres

Constant et Un ne sont pas transcendants par rapport au changeant et au multiple. Bien au contraire : la réalité dans toute sa multiplicité en découle directement, organiquement, dans un rapport d'engendrement, et non dans un acte de création *ex nihilo*[23] :

> Le Dao engendre l'Un
> Un engendre Deux
> Deux engendre Trois
> Trois les dix mille êtres
> Les dix mille êtres portent le Yin sur le dos et le Yang dans les bras
> Mêlant leurs souffles (*chongqi* 沖氣), ils réalisent l'harmonie (§ 42).

Ce passage souvent cité car ouvert à divers niveaux de lecture peut en particulier être interprété en termes cosmogoniques. Le Dao engendre l'Un, c'est-à-dire le tout qu'est le réel et dont l'unité se manifeste dans le souffle originel *(yuanqi)*. Le dynamisme du souffle, qui est le mode d'existence même du Dao, signifie que l'Un n'est pas monolithique et figé dans son unité et son unicité, il se diversifie dans la dualité des souffles du Yin/Yang, ou du Ciel-Terre. Mais la dualité n'est pas une fin en soi : elle resterait bloquée dans un face-à-face stérile si elle n'était animée par la relation ternaire qui introduit la possibilité de mutation et de transformation. C'est ainsi que la dualité des souffles Yin/Yang se trouve dynamisée par le vide (autre sens de *chongqi* 沖氣, parfois remplacé par *zhongqi* 中氣, « souffle médian »). En termes cosmologiques, très en faveur sous les Han, cette relation ternaire se traduit dans la triade Ciel-Terre-Homme[24]. Le trois figure une relation à la fois fermée et ouverte, qui se suffit à elle-même en même temps qu'elle est capable de l'infini, qui dit le tout de l'univers visible et invisible dans son unicité, tout en prenant en compte la multiplicité qui le compose. Certaines interprétations de la fin des Han voient dans la dualité du Ciel-Terre la figuration par excellence de l'espace, alors que le rythme ternaire (naissance, maturation, mort) représente le mouvement même du temps et du devenir. À partir de la relation ternaire, en effet, tout devient possible : le trois ouvre sur le multiple à l'infini. Dans le passage du Dao aux dix mille êtres, on assiste au déploiement de l'Un dans le multiple, processus dans lequel on peut voir le souffle originel, de qualité infiniment subtile, se subdiviser, se diversifier en *qi* de qualité de plus en plus grossière, dense et compacte.

Cette aspiration d'un retour à l'unité perdue se retrouve dans d'autres cultures, mais ce qui reste spécifique à la pensée chinoise est la continuité assurée par le va-et-vient constant entre l'il-n'y-a-pas et l'il-y-a, l'invisible et le visible. La difficulté à désigner l'indésignable, ce qui est à la fois Un et multiple, à la fois indicible et dicible, est un thème récurrent dans le *Laozi* :

> Il est un être formé dans le chaos
> Né avant Ciel et Terre
> Silence ! Vacuité !
> Il se tient seul, inaltérable
> Circulant partout sans s'épuiser
> On peut y voir la Mère du monde
> Ne connaissant pas son nom, je l'appelle Dao
> À défaut d'autre nom, je le dirais grand

> Grand pour dire qu'il s'écoule
> S'écoulant, il s'étend au loin
> À l'extrême lointain, il fait retour (§ 25).

Voie négative ou mystique ?

Le mot est lâché : « retour » (*fan* 反). C'est là que se trouvent le secret du Dao et celui de son appréhension, comme il est dit dans une stance qui, en quelques mots, donne la quintessence du *Laozi* :

> Le retour, c'est le mouvement même du Dao
> Le faible, c'est l'efficacité même du Dao
> Les dix mille êtres sous le Ciel naissent de l'il-y-a
> Et l'il-y-a naît de l'il-n'y-a-pas (§ 40).

Comme on l'a vu, le retour est d'abord retour – régression, diraient certains – vers un état primitif de nature brute : état de faiblesse du nouveau-né pour l'individu, état de nature non agressive pour l'humanité dans son ensemble. En régressant encore, on revient à l'état pur et simple de l'« il-y-a », et en poussant plus loin le retour, on revient à l'« il-n'y-a-pas-encore », ou plus exactement à ce qui n'est pas encore manifesté : état véritablement originel de fusion, de non-dépendance totale, que le *Laozi*, tout comme le *Zhuangzi*, appelle « de-soi-même-ainsi » (*ziran* 自然), « ce qui va de soi » dans la pure spontanéité :

> Ainsi grand est le Dao
> Grand le Ciel
> Grande la Terre
> Comme l'est le souverain des hommes
> Il est au monde quatre grands
> Le souverain est l'un d'eux
> L'Homme prend modèle sur la Terre
> La Terre sur le Ciel
> Le Ciel sur le Dao
> Et le Dao sur ce qui va de soi (§ 25).

La démarche d'appréhension du Dao est donc une démarche « à reculons », « à rebours » de toute démarche habituelle, une « voie négative » :

> Pratiquer l'apprendre, c'est de jour en jour s'accroître
> Pratiquer le Dao, c'est de jour en jour décroître

Décroître au-delà du décroître, jusqu'à atteindre le non-agir
Ne rien faire et il n'est rien qui ne se fasse (§ 48).

L'opposition est explicite à la voie confucéenne, fondée sur l'apprendre qui est cheminement vers l'avant, progressif et cumulatif. Pour le *Laozi*, « pratiquer le Dao », c'est cheminer sur un chemin sans chemin pour « apprendre à désapprendre » (§ 64), « décroître », réduire vers le toujours-plus-simple, jusqu'à atteindre une appréhension immédiate des choses et une efficacité directement en prise sur elles. C'est précisément cette efficace immédiate et irrésistible que désigne le *de* 德, Vertu ou plutôt puissance du Dao. Celui-ci, étant par excellence l'indifférencié, ne saurait être appréhendé qu'à travers la puissance de ses opérations, de ses manifestations, de son action. Or, quelle action serait plus efficace que celle qui se laisse porter par la toute-puissance du Dao ? Quelle chose résisterait à une action qui va dans le même sens qu'elle ?

Dans cette perspective, le non-agir poussé à l'extrême rejoint une attitude existentielle : être dans sa plus grande simplicité. Car même dans la façon d'être, il y a une façon d'être quelqu'un, de vouloir s'affirmer, d'« imposer son moi » comme dit le *Zhuangzi* :

> Le Ciel dure, la Terre persiste
> Qu'est-ce donc qui les fait persister et durer ?
> C'est qu'ils ne vivent pas pour eux-mêmes
> Voilà ce qui les fait vivre pour l'éternité
> De même le Saint met sa personne en retrait
> Elle se retrouve au premier rang
> Il la met au-dehors
> C'est ainsi qu'elle est préservée
> N'est-ce pas qu'il est sans moi propre ?
> Par là même son moi s'accomplit (§ 7).

Toute forme de spiritualité commence par un « lâcher prise », un renoncement au moi limité et limitatif. On pourrait qualifier le retour dont parle le *Laozi* d'expérience mystique, à cette nuance près qu'au lieu de s'efforcer d'aller *au-delà* de l'expérience vécue, par-delà le Bien et le Mal, il s'efforce de revenir *en deçà*, jusqu'à absorption complète de l'il-y-a dans l'il-n'y-a-pas. Dans ce sens, la mystique taoïste apparaît bien comme la seule dimension spirituelle, avant l'introduction du bouddhisme dans la pensée chinoise, qui prenne une direction autre que le pari confucéen sur l'homme :

Qui sait ne parle pas
Qui parle ne sait pas
Garde la bouche fermée
Garde la porte close
Émousse tout tranchant
Dénoue tous les nœuds
Harmonise toute lumière
Mêle toute poussière
Là réside l'Unité mystérieuse (§ 56).
Atteins suprême vacuité
Maintiens en toi quiétude
Dans la manifestation foisonnante des choses
Je contemple leur retour
Car toute chose après avoir fleuri
Retourne à sa racine
Retour à la racine a nom quiétude
– Retour à destinée
Retour à destinée a nom Constant
Connaître le Constant a nom illumination (§ 16).

Notes

1. Voir plus haut chap. 4, notes 2 et 4.
2. Selon Isabelle ROBINET, « il semble que le texte daterait de la fin du IVᵉ siècle ou du début du IIIᵉ avant notre ère, et représenterait l'aboutissement d'une tradition orale déjà ancienne », cf. « Polysémisme du texte canonique et syncrétisme des interprétations : Étude taxinomique des commentaires du *Daode jing* au sein de la tradition chinoise », *Extrême-Orient, Extrême-Occident*, 5 (1984), p. 27. La même datation est reprise dans son *Histoire du taoïsme des origines au XIVᵉ siècle*, Paris, Cerf, 1991, p. 33. Dans sa notice sur le *Laozi*, William G. BOLTZ cite GU Jiegang et D. C. LAU, qui vont jusqu'à dater la constitution du *Laozi* en tant que texte de la fin du IIIᵉ siècle, voire du début du IIᵉ siècle av. J.-C., cf. Michael LOEWE, éd., *Early Chinese Texts. A Bibliographical Guide*, Berkeley, University of California, 1993, p. 270-271.
3. Voir début du chap. 4.
4. H. G. CREEL parle du « contemplative Taoism » de Zhuangzi par opposition au « purposive Taoism » du *Laozi*, cf. « On Two Aspects in Early Taoism », in *What is Taoism? And Other Studies in Cultural History*, University of Chicago Press, 1970, p. 37-47.
5. *Shiji (Mémoires historiques)* 63, p. 2140.
La description du sage taoïste sous les traits d'un marchand qui cache ses trésors semble faire écho à Confucius qui, à la question de son disciple Zigong, « Supposons que vous possédiez une perle rare. La garderiez-vous enfermée dans un coffret, ou la vendriez-vous à bon prix ? », répond : « Je la vendrais, bien sûr, je la vendrais ; mais j'attends encore l'amateur de vraies valeurs » (*Entretiens*, IX, 12).

6. Voir chap. 14 à la note 21.

7. L'ouvrage, tel qu'il nous est parvenu dans le texte établi aux IIe et IIIe siècles apr. J.-C. par les commentaires de Heshang gong et de Wang Bi, est divisé en 81 stances regroupées en deux grandes parties : le *Livre de la Voie*, *Daojing* (stances 1 à 37) et le *Livre de la Vertu* (ou puissance du Dao), *Dejing* (stances 38 à 81). Cet ordre se trouve inversé dans le manuscrit du *Laozi* découvert en 1973 dans une tombe du début des Han (IIe siècle av. J.-C.), à Mawangdui (province du Hunan). Voir la traduction de Robert G. HENRICKS, *Lao-tzu Te-Tao Ching : A New Translation Based on the Recently Discovered Ma-wang-tui Texts*, New York, Ballantine Books, 1989.

Plus récemment encore, plusieurs recensions partielles du *Laozi* sur fiches de bambou ont été retrouvées à Guodian (province du Hubei) en 1993 dans une tombe de l'époque des Royaumes Combattants et compliquent encore un peu plus les problèmes de datation du texte. Voir les traductions de Robert G. HENRICKS, *Lao Tzu's Tao Te Ching. A Translation of the Startling New Documents Found at Guodian*, New York, Columbia University Press, 2000 ; et de Moss ROBERTS, *Dao De Jing. The Book of the Way*, Berkeley, 2001, ainsi que les études incluses dans Sarah ALLAN & Crispin WILLIAMS, éd., *The Guodian Laozi : Proceedings of the International Conference, Dartmouth College, May 1998*, Berkeley, Early China Special Monograph Series n° 5 (2000) ; et dans Carine DEFOORT & XING Wen, éd., numéro spécial de *Contemporary Chinese Thought : Guodian, Part 1*, vol. 32 n° 1 (2000).

8. *Histoire du taoïsme*, p. 36. Pour l'histoire exégétique, voir, du même auteur, *Les Commentaires du Tao Tö King jusqu'au VIIe siècle*, Paris, Collège de France, Institut des hautes études chinoises, 1977.

9. Dans notre traduction, nous donnerons la préférence, tout en la modifiant souvent, à celle de François HOUANG et Pierre LEYRIS, *La Voie et sa vertu, Tao-te-king*, Paris, Éd. du Seuil, 1979 : bien que totalement dépourvue d'appareil critique, elle a le mérite de rendre compte de la concision, de la qualité poétique et mnémotechnique du texte. Pour des traductions annotées devenues classiques, cf. en anglais Arthur WALEY, *The Way and its Power : A Study of the Tao Te Ching and its Place in Chinese Thought*, Londres, Allen & Unwin, 1934 ; en français J. J. L. DUYVENDAK, *Tao Tö King, Le Livre de la Voie et de la Vertu*, 1949, rééd. Paris, Adrien Maisonneuve, 1981.

10. À partir des Han, des commentaires comme celui de Heshang gong (probablement IIe siècle apr. J.-C.), le *Xiang'er* (fin du IIe siècle) et le *Jiejie* (au plus tard début du IVe siècle), mettent en lumière les allusions qui seraient faites dans les formules mystérieuses du *Laozi* à des pratiques de longévité : « alimentation du principe vital », méditation, ascèse, « alchimie interne », etc.

11. Les six parentés sont les liens fondamentaux pour les confucéens : père-fils, frère aîné-frère cadet, mari-femme, et la réciproque.

12. La notion apparaît dans 57 des 81 stances du *Laozi*.

13. *Sunzi* (*L'Art de la guerre selon Sunzi*) 6, éd. ZZJC, p. 101-102. Pour une traduction de ce texte en anglais, cf. Roger AMES, *Sun-tzu, The Art of Warfare : A New Translation Incorporating the Recently Discovered Yin-ch'üeh-shan Texts*, New York, Ballantine Books, 1993. Le même auteur,

en collaboration avec D. C. LAU, a traduit un autre traité d'art de la guerre du IVe siècle av. J.-C., le *Sun Bin bingfa*, sous le titre *Sun Pin, The Art of Warfare*, New York, Ballantine Books, 1996. Pour une traduction en français, cf. Jean LEVI, *Sun Tzu, L'art de la guerre*, Hachette, 1999.

14. *Entretiens* XV, 4, et II, 1. Sur le « non-agir » confucéen, voir chap. 2 à la note 26.

15. Sur cet ouvrage, voir chap. 10 à la note 2.

16. *Zhuangzi* 2, voir chap. 4 à la note 21.

17. Voir chap. 6 à la note 14.

18. Isabelle ROBINET, *Histoire du taoïsme*, p. 23. Sur le *Livre des Mutations*, voir plus bas chap. 11.

19. Sur les légistes, voir plus bas chap. 9.

20. À noter que « bois brut » (*pu* 樸) et « soie brute » (*su* 素) se combinent en chinois moderne pour désigner la simplicité.

21. La vision primitiviste de petites communautés vivant en autarcie, développée également dans le *Liezi*, semble inspirée de l'idéal du courant qui se réclame de Shennong, le « Divin Fermier ». Elle n'est pas sans rappeler également l'évocation des « champs en damier » de Mencius (voir chap. 6 aux notes 9 et 11). La cordelette à nœuds correspond au mythe d'une communication primitive non discursive.

22. « Le Dao qui peut se dire » peut aussi se comprendre : « Le Dao dont on peut parler », ou « Le Dao qui peut être désigné comme Dao ».

23. Sur ce sujet, cf. R. P. PEERENBOOM, « Cosmogony, the Taoist Way », *Journal of Chinese Philosophy*, 17 (1990), p. 157-174.

24. Sur cette triade, cf. Anne CHENG, « De la place de l'homme dans l'univers : la conception de la triade Ciel-Terre-Homme à la fin de l'antiquité chinoise », *Extrême-Orient, Extrême-Occident*, 3 (1983), p. 11-22. Selon le *Taipingjing (Livre de la Grande Paix)*, texte taoïste du IIe-IIIe siècle (sur lequel voir plus bas chap. 12, note 67) : « Tout être est issu du souffle originel. (…) Le souffle originel d'abord confus se concentra spontanément pour former l'Un, qui eut nom Ciel ; puis il se divisa pour donner naissance au Yin qui donna la Terre, ce qui eut nom Deux ; puis montant vers le Ciel et descendant vers la Terre, le Yin et le Yang se mêlèrent et donnèrent naissance à l'Homme, ce qui eut nom Trois. »

8

Xunzi,
héritier réaliste de Confucius

Comme le *Laozi*, le *Xunzi* semble représentatif d'une « deuxième vague » dans l'aventure philosophique des Royaumes Combattants. De même que se percevait dans le *Laozi* une vision du Dao moins contemplative que dans le *Zhuangzi*, le *Xunzi* frappe dès l'abord par la vigueur du propos – voire un durcissement du ton – par rapport au message confucéen du *Mengzi*. Plus encore que Mencius, Xunzi s'impose comme un polémiste : sa pensée se construit dans et par la controverse et, sans toujours le reconnaître, se nourrit des idées qu'elle critique.

Il a souvent été dit que Mencius et Xunzi représentent deux faces différentes mais complémentaires de l'héritage confucéen. Alors que le premier en présenterait la face idéaliste en confirmant le pari sur l'homme par sa conviction que la nature humaine est bonne, le second en ferait ressortir la face réaliste dans toute sa vigueur et sa rigueur. Le côté « homme d'action » de Xunzi devait même lui valoir d'être rapproché des légistes : ce n'est pas un hasard s'il compta parmi ses plus éminents disciples Han Feizi, qui donna au légisme ses lettres de noblesse philosophiques, et Li Si, ministre aux méthodes autoritaires de celui qui allait devenir Premier Empereur de Chine. De manière significative, la « grande Révolution culturelle prolétarienne » (de 1966 à 1976), qui réduisit les débats entre tous les courants de pensée des Royaumes Combattants à la « lutte des lignes confucéenne et légiste », éprouva le besoin de rallier à cette dernière un Xunzi pourtant considéré de tout temps comme un confucéen bon teint.

Il reste que le *Xunzi* se distingue nettement, à commencer par la forme, du *Mengzi*. Alors que celui-ci est censé restituer des conversations entre le Maître et divers interlocuteurs à la manière des *Entretiens*, le *Xunzi* est constitué de 32 chapitres, chacun formant un traité théorique sur un sujet précis et les échanges de questions-réponses ne se faisant plus que de manière fictive entre un objecteur imaginaire et l'auteur présumé[1]. Avec le *Han Feizi* (composé, rappelons-le, par un disciple), le *Xunzi* est le seul ouvrage connu de l'antiquité chinoise à se présenter comme un discours élaboré, construit et suivi. Il marque ainsi une étape décisive dans le cheminement de la pensée pré-impériale vers un discours de plus en plus articulé et rationnel, en même temps qu'il représente un modèle de style et de clarté d'élocution.

Portrait d'un confucéen à la fin d'un monde

La date de naissance de Xunzi, incertaine, est située entre 340 et 305 av. J.-C., au moment où Mencius est un homme mûr[2]. Natif de Zhao, au nord de la Chine des Royaumes Combattants, Xunzi a tôt fait de s'établir à la fameuse académie Jixia de Qi, l'un des « pays centraux » de tradition ritualiste dont étaient originaires Confucius et Mencius. Cette académie vient alors d'être fondée par la volonté de souverains soucieux d'allier le prestige culturel à leur politique d'hégémonie[3]. C'est en particulier le roi Xuan de Qi (r. 319-301 av. J.-C.), que Mencius connut personnellement[4], qui encourage les lettrés de toutes les principautés à venir à Jixia en leur offrant toutes les commodités pour poursuivre leurs études et exposer leurs doctrines. À telle enseigne que l'académie devient au début du IIIe siècle av. J.-C. l'un des principaux foyers d'activité culturelle et le point de ralliement des grands penseurs de l'époque. C'est là que Xunzi a tout le loisir de fourbir ses armes de polémiste et de défenseur de la cause confucéenne face aux représentants des courants rivaux.

L'établissement de l'académie Jixia marque l'apogée de la reconnaissance par le pouvoir politique du prestige moral et intellectuel des *shi* 士. Dans le cadre de cette institution, ces derniers acquièrent un statut clairement défini de détenteurs du savoir, honorés de l'appellation de « maîtres » (*xiansheng* 先生). Bien que n'ayant aucune charge gouvernementale, ils occupent un rang équivalent à celui d'officiers supérieurs dans la hiérarchie bureaucratique et sont payés et entretenus pour confronter leurs différentes conceptions du Dao, avec pour seule fonction de « discuter et non de gouverner[5] ». Avec l'institutionnalisation du statut des *shi*, on assiste à la mise en place d'un dispositif pour le moins paradoxal : l'aménagement d'un espace de désengagement du politique par le pouvoir politique lui-même. Autant celui-ci est conscient de ne pouvoir asseoir sa légitimité sur le seul usage de la force et de devoir recourir à l'autorité morale, autant les différents *dao* issus de l'effervescence intellectuelle des Royaumes Combattants sont amenés à lutter pour l'hégémonie, c'est-à-dire pour une position de domination qui leur permettrait d'unifier les esprits. D'où la revendication de chacun des courants de représenter l'authentique et unique Dao, dès lors compris en termes de « principe d'ordre » (*zhidao* 治道) comme c'est le cas dans le *Xunzi*.

Il semble que, vers 255, Xunzi se soit vu offrir une position de haut magistrat au royaume méridional de Chu où il serait resté jusqu'à sa mort, elle aussi de date inconnue. Même s'il ne vécut sans doute pas pour voir l'unification finale de l'empire par Qin en 221 av. J.-C., il fut témoin de la fin officielle et définitive de la dynastie Zhou en 249, qui marque l'écroulement de tout un monde ancien et qui explique en grande partie son interprétation lucide et sans concession de l'enseignement confucéen. Ces quelques éléments biographiques, au demeurant fort controversés, nous donnent l'image d'un grand esprit rompu à la polémique et, qu'il l'ait voulu ou non, engagé dans des responsabilités politiques au service de la plus grande puissance du moment. Il n'est donc guère étonnant que sa vision de l'homme diffère quelque peu de celle de ses prédécesseurs. Xunzi ne cache pas, par exemple, une certaine admiration pour l'efficacité du gouvernement de Qin, terrain d'expérimentation des théories politiques légistes qu'il eut lui-même l'occasion de visiter[6]. Mais en bon confucéen, il persiste à penser que toute la puissance militaire de Qin ne suffirait pas à renverser un souverain gouvernant avec humanité et jouissant, selon l'idée de Mencius, du soutien du peuple : ce serait comme « tenter de briser un rocher en le bombardant avec des œufs ou de remuer de l'eau bouillante avec son doigt[7] ». Ce que Xunzi reproche aux légistes n'est pas tant leur recours à la force – se démarquant ainsi de Mencius, beaucoup plus intransigeant sur ce point – que l'usage exclusif qu'ils en font. Pour lui, l'idéal serait un mode de gouvernement qui allierait humanité et châtiments, charisme moral et maniement du pouvoir, préfiguration du confucianisme Han qui sous-tendra un discours moral confucéen par des méthodes coercitives légistes.

L'homme face au Ciel

Dans la perspective intellectuelle des Royaumes Combattants, Xunzi fait figure de penseur « adulte », qui conçoit l'homme debout face au Ciel, et non plus dépendant de lui. Le chapitre 17 du *Xunzi* consacré entièrement au Ciel – fait unique dans l'histoire du confucianisme pré-impérial – témoigne de l'émergence d'une pensée cosmologique et naturaliste élaborée tout au long des IVe-IIIe siècles. En cette période de déclin final de la royauté Zhou, la question du Ciel est devenue incontournable, à tel point que la notion même de Dao, centrale à toute la pensée chinoise, se confond désormais avec celle de Ciel ou de naturel. On se souvient que Mencius avait abordé la question mais par le biais éthique du « destin céleste » de l'homme.

Xunzi, pour sa part, dissocie clairement le domaine cosmologique du Ciel et le domaine éthico-politique de l'homme. Mais, comme on l'a déjà noté à propos des couples d'opposés dans la pensée chinoise, cette dissociation n'a pas un caractère exclusif, le Ciel et l'homme formant un continuum dans lequel le second est le complément du premier. Dans la vision de Xunzi, l'homme parachève l'œuvre cosmique du Ciel et de la Terre, avec lesquels il forme une triade, par sa capacité de « distinguer[8] » :

> La marche du Ciel est constante. [...] Aussi celui qui connaît clairement la démarcation entre Ciel et Homme est-il complet. Ce qui s'accomplit sans qu'il y ait eu action, ce qui s'obtient sans qu'il y ait eu quête, voilà qui relève de l'œuvre du Ciel. Sur ce domaine, un homme, même avec la réflexion la plus profonde, n'aura aucune prise ; si grandes que soient ses capacités, il ne pourra les faire valoir ; si fine que soit sa perspicacité, il ne pourra l'exercer. C'est ce qui s'appelle ne pas rivaliser avec l'œuvre du Ciel.
> Le Ciel a ses saisons, la Terre ses richesses, l'Homme son ordre. C'est ainsi qu'ils peuvent former une triade. Vouloir participer de cette triade, tout en faisant fi de ce qui la rend possible, voilà l'illusion.
> Les étoiles tournent en bon ordre, le soleil et la lune brillent tour à tour, les quatre saisons se succèdent, Yin et Yang opèrent leur grande transformation, vent et pluie se propa-

gent partout, les dix mille êtres trouvent chacun l'harmonie requise pour leur engendrement et la nourriture nécessaire à leur accomplissement. Or, tout ce processus reste invisible, seuls en sont visibles les résultats : cela s'appelle esprit. Pas un qui ne le connaisse à l'état achevé, aucun qui le connaisse en tant que sans-forme : cela s'appelle Ciel. Seul le Saint ne cherche pas à connaître le Ciel [9].

En allant à contre-courant de la tendance, de plus en plus marquée à son époque, à établir un rapport de correspondance entre Ciel et homme, Xunzi trace la ligne de démarcation qui, selon lui, les sépare, mais ce faisant, il ménage une place de choix à l'homme érigé en troisième puissance cosmique, dont l'ordre est indépendant des saisons du Ciel et des richesses de la Terre :

> Ordre et chaos sont-ils le fait du Ciel ? Je dis que soleil et lune, étoiles, planètes et constellations étaient les mêmes pour Yu (sage-roi fondateur de la dynastie Xia) et Jie (archétype du tyran sanguinaire, dernier souverain de cette même dynastie). Avec Yu régna l'ordre, avec Jie le chaos. Ordre et chaos ne sont donc pas le fait du Ciel.
> Seraient-ils le fait des saisons ? Prolifération et croissance au printemps et en été, récolte et engrangement à l'automne et en hiver étaient également les mêmes pour Yu et Jie. Avec Yu régna l'ordre, avec Jie le chaos. Ordre et chaos ne sont pas plus le fait des saisons.
> Seraient-ils le fait de la Terre ? Qui gagne la Terre vit, qui la perd meurt : principes qui valaient autant pour Yu que pour Jie. Avec Yu régna l'ordre, avec Jie le chaos. Ordre et chaos ne sont pas le fait de la Terre [10].

Tout le début de ce chapitre consacré au Ciel est la réponse de Xunzi aux courants cosmologistes de son temps, dont il reprend à dessein la terminologie divinatoire. Alors que toutes les spéculations de l'école Yin/Yang et de la tradition associée au *Livre des Mutations* sont entièrement fondées sur la notion de « résonances » entre monde naturel et événements humains [11], Xunzi insiste au contraire sur la « distinction entre Ciel et Homme », ce dernier n'ayant qu'à gérer au mieux le domaine sur lequel il a prise et s'abstenir de se lancer dans de vaines spéculations sur ce qui le dépasse :

> Lorsque des étoiles tombent ou que des arbres sifflent, les gens du pays, terrorisés, demandent à qui mieux mieux :

« Qu'est-ce que c'est ? » Pour moi, ce n'est rien du tout : rien que changements du Ciel et de la Terre, transformations du Yin et du Yang, choses qui se produisent rarement. En être intrigué, soit, mais en avoir peur, certainement pas !
Des éclipses du soleil ou de la lune, des vents ou des pluies hors de saison, des apparitions occasionnelles d'étoiles étranges ont eu lieu de tout temps. Dans un pays gouverné de manière stable par un souverain éclairé, ces phénomènes se produiraient-ils en série qu'ils ne feraient aucun tort. Dans un pays gouverné de manière périlleuse par un souverain obtus, ne se produiraient-ils jamais que cela ne changerait rien. Car la chute des étoiles, le sifflement des arbres ne sont que changements du Ciel et de la Terre, transformations du Yin et du Yang. En être intrigué, soit, mais en avoir peur, certainement pas ! [...]
Lorsqu'il pleut après qu'on a exécuté la danse de la pluie, qu'est-ce que cela signifie ? Rien. C'est exactement comme s'il pleuvait sans que la danse ait été exécutée. Accomplir le rite pour « sauver » le soleil et la lune des éclipses, exécuter la danse de la pluie en période de sécheresse, pratiquer la divination avant de prendre de grandes décisions, tout cela ne vise pas à obtenir ce que l'on demande, mais à entretenir la culture. Ce qui pour l'homme de bien est culturel, le peuple y voit du surnaturel. La première attitude est faste, la seconde néfaste [12].

Xunzi fait ici preuve d'un rationalisme pétri de bon sens, qui inspirera celui d'un Wang Chong sous les Han, au risque de couper court à tout élan de curiosité ou à tout effort d'investigation scientifique. Pour lui, l'homme n'a pas à découvrir l'univers tel qu'il est dans un effort de connaissance pure, et donc vaine et inutile, mais à l'ordonner (*LI* 理). À cette notion, qui désignait dans le *Zhuangzi* un principe naturel inhérent aux choses, Xunzi est sans doute le premier à donner une véritable fonction structurante et ordonnatrice. Le passage qui suit semble jouer à dessein sur l'homophonie entre *LI*, principe d'ordre, et *li* 禮, sens rituel [13] :

Dans le Ciel et la Terre commence l'engendrement ; dans les rites *(li)* et le sens moral commence l'ordonnancement. À l'origine des rites et du sens moral est l'homme de bien qui les pratique jusqu'à s'en pénétrer, les répète sans relâche et les chérit plus que tout.
Ainsi le Ciel et la Terre engendrent l'homme de bien, l'homme de bien structure *(LI)* le Ciel et la Terre. L'homme de bien forme avec le Ciel et la Terre une triade, en lui les dix

> mille êtres trouvent leur somme totale, il est un père et une mère pour le peuple.
> Sans l'homme de bien, le Ciel et la Terre n'auraient aucune structure, les rites et le sens moral aucune organisation : il n'y aurait, en haut, ni prince ni maître, en bas, ni père ni fils. Ce serait le chaos absolu. Prince et ministre, père et fils, aîné et cadet, mari et femme : autant de relations qui ne commencent que pour finir et ne finissent que pour recommencer, partageant avec Ciel et Terre la même structure, avec les dix mille générations la même pérennité. C'est là le grand fondement [14].

Cette prise de position à l'égard du Ciel, dont le domaine est bien démarqué de celui de l'Homme, est caractéristique non seulement de la pensée de Xunzi avec des incidences sur tous les aspects de sa pensée, mais aussi du contexte intellectuel de l'époque. Alors que la vague précédente concevait l'homme dans un rapport de continuité avec le Ciel – Zhuangzi tirait vers le Ciel et Mencius vers l'homme, mais dans les deux sens, il y avait continuité –, Xunzi opère clairement la distinction : d'un côté, le Ciel fait œuvre d'engendrement et, de l'autre, l'Homme joue son rôle d'ordonnateur. Face à Xunzi qui, en bon confucéen, prend le parti de l'Homme, se campe le *Laozi* qui, lui aussi, dissocie radicalement le Ciel de l'Homme mais pour mieux l'identifier à ce qu'il nomme Dao.

« La nature humaine est mauvaise »

Tout le *Xunzi* peut se lire comme l'apologie militante d'un humanisme ritualiste face à la prépondérance croissante des modes de pensée naturalistes au IIIe siècle av. J.-C. Ceux-ci tendent à isoler le courant confucéen dont le fondement rituel est remis en cause pour son caractère spécifiquement humain, culturel et non naturel. Dans un tel contexte, il y faut toute la vigueur d'un Xunzi pour sauver l'héritage confucéen en réaffirmant et en légitimant les rites comme valeur humaine fondamentale. L'ouvrage est ainsi construit sur un double paradoxe : l'homme, tout en étant un animal issu de la nature, possède cependant la capacité de cultiver en lui la sagesse et l'harmonie sociale issues de rites non naturels, qui dépassent pourtant tout ce que la nature humaine peut comporter d'inné.

Ce double paradoxe se trouve illustré au chapitre 23 dont le titre, « La nature humaine est mauvaise », constitue à lui seul tout un programme. Alors que les idées de Mencius sur la question doivent être reconstituées à partir de dialogues épars, le *Xunzi* présente un exposé qui se veut systématique, témoin d'une nette évolution de la technique d'argumentation au sein du courant confucéen. Le chapitre s'ouvre sur une apparente déclaration de guerre à Mencius dont Xunzi, non content de s'en prendre à tous les adversaires du confucianisme, ne se prive pas d'attaquer la « secte », sans doute parce qu'elle n'abonde pas assez dans son sens :

> La nature de l'homme est mauvaise (*xing e* 性惡) : ce qu'il y a de bon en elle est fabriqué (*wei* 偽).
> Dans ce que la nature humaine a d'inné, il y a l'amour du profit ; si l'homme suit cette pente, alors apparaissent convoitise et rivalité, disparaissent déférence et modestie. Dans l'inné, il y a haine et jalousie ; si cette pente est suivie, apparaissent crime et infamie, disparaissent loyauté et confiance. Dans l'inné, il y a les désirs des oreilles et des yeux, il y a le goût pour la musique et le sexe. Si cette pente est suivie, apparaissent excès et désordre, disparaissent rites et sens moral, culture (*wen* 文) et structure (*LI* 理).
> Si donc on laisse libre cours à la nature de l'homme (*xing* 性), si on suit la pente de ses caractéristiques intrinsèques (*qing* 情), on ne pourra que commencer par la lutte pour les biens, poursuivre dans le sens contraire à leur juste répartition et à leur bonne organisation, et finir dans la violence. Il est donc nécessaire de faire intervenir la transformation opérée par les maîtres et les normes, ainsi que le Dao des rites et du sens moral, pour pouvoir ensuite commencer dans la déférence et la modestie, aller dans le sens de la culture et de la structure, et finir dans un état ordonné. En considérant les choses de cette façon, il est clair que la nature humaine est mauvaise, et que ce qu'elle a de bon est fabriqué[15].

Pour illustrer son propos, Xunzi emploie à dessein des métaphores opposées à l'esprit de Mencius qui récusait même celle des bols et des tasses que l'on fabrique à partir du bois de saule au risque de lui faire violence : la nature humaine doit au contraire être redressée de force comme du bois tordu, affûtée comme du métal émoussé, images d'une brutalité calculée assez évocatrices de l'esprit légiste qui voudrait refondre l'homme dans le moule des lois.

Tout le chapitre 23 semble construit comme une réfutation de Mencius, mais Xunzi ne fait en réalité que déplacer le débat. Au lieu de se contenter de prendre le contre-pied en affirmant que notre nature est mauvaise, il tente de montrer que, prise comme l'ensemble de nos prédispositions instinctives et biologiques, elle ne comprend rien d'intrinsèquement éthique – et c'est en cela qu'elle est « mauvaise » :

> La nature de l'homme est de désirer se rassasier quand il a faim, se réchauffer quand il a froid, se reposer quand il est fatigué. Telle est la nature caractéristique (*qingxing* 情性) de l'homme. Or, on voit des hommes affamés qui, voyant plus âgés qu'eux, n'osent pas leur passer devant pour manger – signe de déférence – et d'autres qui, malgré leur fatigue, n'osent pas se reposer – par souci de servir les autres –, de telle sorte qu'il y a des fils et des frères cadets déférents et prêts à servir leur père et leurs aînés : ces deux comportements sont pourtant contraires à la nature humaine (*xing* 性) et prennent à rebours ses caractéristiques intrinsèques (*qing* 情)[16].

Si la nature humaine se réduit aux appétits animaux, l'origine du sens moral doit être recherchée ailleurs, dans l'effort de culture dont l'homme est capable – dans ce sens, « ce que la nature humaine a de bon est fabriqué » :

> Mencius dit : « La nature de l'homme disposé à apprendre est bonne. » Je dis qu'il n'en est pas ainsi. C'est manquer de connaître la nature de l'homme, faute de voir la distinction entre ce qui, en lui, est naturel et ce qui est fabriqué.
> Or, la nature est l'œuvre du Ciel, elle ne peut être apprise, on ne peut rien y faire. Les rites et le sens moral, eux, sont engendrés par le Saint : l'homme en devient capable par éducation, il les accomplit à force de travail. Ce qui ne peut être appris, ce à quoi on ne peut rien faire relève du Ciel, c'est ce que j'appelle le « naturel ». Ce dont on devient capable par éducation, ce qu'on accomplit à force de travail relève de l'Homme, c'est ce que j'appelle le « fabriqué ». Telle est la distinction entre naturel et fabriqué[17].

Dans ce passage où Xunzi entre en polémique ouverte avec Mencius, chose rare dans les textes philosophiques de la Chine ancienne, il précise que, pour lui aussi, notre nature procède du Ciel – mais il s'agit d'un Ciel amoral (comme le conçoivent les taoïstes, les légistes, et tous les courants non confucéens en général); pour Mencius, au contraire, c'est justement parce qu'elle procède du Ciel que notre nature possède des germes de moralité. Il y a donc, selon Xunzi, la nature brute, engendrée par un Ciel perçu comme amoral, et, d'autre part, le « fabriqué », c'est-à-dire tout le travail fourni par l'homme pour faire de lui-même un être humain. De toute évidence, c'est cette part-là qui intéresse Xunzi : en elle réside l'humanité de l'homme et non dans sa « nature » – réduite comme par les adversaires de Mencius au donné purement animal et biologique. Ainsi, Xunzi déplace, plus qu'il ne renverse, le débat engagé par son illustre devancier.

Nature et culture

Pour Mencius, l'homme se distingue dès le départ de la brute par la bonté inhérente à sa nature. Pour Xunzi, l'inné, qu'il décrit comme amour du profit, haine et jalousie, désirs sensuels, ne comporte rien qui prédispose la nature humaine à la moralité. L'homme n'émerge de l'animalité que par la force de son intelligence. C'est elle qui lui fait comprendre que son intérêt est du côté de l'ordre, notion omniprésente dans la pensée de Xunzi au point d'y supplanter celle de bonté. L'homme est susceptible de moralité par sa capacité de discernement (*zhi* 智) qui lui représente ce qui vaut le mieux pour lui, à savoir un ordre harmonieux qui lui permettra de satisfaire ses désirs, idée moïste par excellence. Le *zhi*, qui figure parmi les quatre « germes de moralité » de Mencius comme capacité intrinsèque de discernement moral, devient avant tout chez Xunzi une forme d'intelligence faite de bon sens. Nous nous rendons ainsi à l'évidence que les pulsions de la nature brute ne sont « mauvaises » que dans la mesure où elles sont anarchiques et qu'il nous suffit d'y mettre bon ordre pour pouvoir les satisfaire.

Or, cette intelligence est le fait du cœur/esprit (*xin* 心), qui juge si une action entreprise pour satisfaire un désir est admissible moralement (*ke* 可) ou si elle n'est que matériellement possible (*neng* 能). Alors que, chez Mencius, le cœur/esprit vient enrichir le potentiel moral de la nature humaine, celui de Xunzi est traité en termes moïstes, utilitaristes, comme capacité de choisir en pesant le pour et le contre, illustrée par la métaphore de la balance reprise elle aussi du *Mozi*[18]. Le jugement moral s'exprime désormais dans des termes empruntés à la logique moïste, l'alternative étant entre l'admissible et le non-admissible.

L'indéniable empreinte moïste se trouve cependant corrigée par la visée d'ensemble qui reste proprement confucéenne et ritualiste. Même un acte aussi instinctif que celui de manger pour satisfaire sa faim peut être raffiné et élevé pour prendre un sens culturel et donc éthique, en particulier dans l'acte ritualisé où la satisfaction primaire des instincts se trouve en quelque sorte transcendée grâce à la capacité propre à l'homme de donner sens à ses actes. Dans l'analyse de ce qui fait notre humanité, Xunzi passe donc de la nature brute, animale, au cœur/esprit, faculté spécifiquement humaine de juger et d'assigner des valeurs et, par là, de transformer la nature en être éthique. Autrement dit, la nature humaine est bien à définir en termes biologiques, mais elle comporte aussi la capacité de « faire des distinctions », c'est-à-dire de raffiner et de travailler ses propres prédispositions instinctives. Voilà comment Xunzi, en partant d'une conception moïsante de la nature humaine, finit par rejoindre la vision confucéenne.

Xunzi a sans doute voulu répondre à l'idée taoïste et naturaliste de l'amoralité du Ciel et donc de l'homme, et réaffirmer la dimension et la place de l'homme face au Ciel. Du coup, il en rajoute sur la valeur de l'effort humain, jusqu'à employer un terme spécifique pour désigner ce qu'il entend par le « fabriqué » : le mot *wei* 偽, composé de *wei* 為 (« faire », « agir »), auquel vient se surajouter le radical de l'homme 人 comme pour mieux défier les taoïstes, adeptes du non-humain et du non-agir. Cette part de « fabriqué » dans la nature humaine implique que toutes les qualités éthiques sont acquises à force d'apprentissage. D'où l'importance primordiale que revêt pour Xunzi l'apprendre, au plan individuel et collectif, par lequel l'expérience accumulée dans le temps prend la forme de la culture (*wen* 文). À la différence de Mencius, Xunzi voit notre humanité non pas dans notre nature, mais dans notre culture. Il n'est pas d'autre être au monde qui façonne ainsi la brutalité de la nature par l'affinement de la culture :

> La nature, c'est la racine et l'originel, la matière brute ; le fabriqué, c'est ce qui est développé jusqu'à épanouissement par la culture et les rites. Sans la nature, le fabriqué n'aurait aucun support pour travailler ; sans le fabriqué, la nature

n'aurait aucun moyen de se perfectionner. Ce n'est que lorsque naturel et fabriqué s'unissent que le Saint atteint à une renommée unique et que les œuvres de l'univers entier se parachèvent. Voilà pourquoi il est dit : « De l'union du Ciel et de la Terre naissent les dix mille êtres ; de la rencontre du Yin et du Yang surgissent les changements et transformations ; de la combinaison de la nature et du fabriqué est issu l'ordre dans le monde [19]. »

En opposition frontale avec Mencius, Xunzi insiste sur l'idée que la moralité n'a pas du tout sa source dans la nature humaine. De manière significative, le sens moral dont il parle n'est plus associé, comme c'était le cas chez Mencius, au sens de l'humain (*renyi* 仁義) mais aux rites (*liyi* 禮義), allant jusqu'à le dire « fabriqué » par les saints de même que récipients et ustensiles sont façonnés par les potiers et les artisans :

> Question : Si la nature humaine est mauvaise, alors d'où viennent les rites et le sens moral ?
> Réponse : Les rites et le sens moral sont nés de la fabrication des saints, ils n'ont pas été à l'origine engendrés par la nature humaine. C'est ainsi que lorsque le potier façonne l'argile pour en faire des récipients, ceux-ci naissent de la fabrication du potier, et non pas de sa nature. Lorsque l'artisan sculpte le bois pour en faire des ustensiles, ceux-ci naissent de la fabrication de l'artisan, et non pas de sa nature. Le Saint, à force de réfléchir et de mettre en œuvre sa part de fabriqué, est en mesure d'engendrer rites et sens moral, de susciter règles et normes ; celles-ci naissent de la fabrication du Saint, non de sa nature. [...]
> Question : Les rites et le sens moral, la part accumulée de fabriqué, sont dans la nature de l'homme, et c'est ainsi que le Saint est en mesure de les engendrer.
> Réponse : Pas du tout. Le potier qui façonne l'argile donne naissance à un pot ; l'argile du pot est-elle pour autant dans la nature du potier ? L'artisan qui sculpte le bois donne naissance à un outil ; le bois de l'outil est-il pour autant dans la nature de l'artisan ? Il y a entre le Saint et les rites et le sens moral le même rapport d'engendrement qu'entre le potier et l'argile ; comment peut-on dire alors que les rites et le sens moral, la part accumulée de fabriqué, sont dans la nature de l'homme [20] ?

Dans ce dialogue entre Xunzi et un objecteur fictif, la moralité présentée comme un produit de la « fabrication » des saints à des fins utilitaires au même titre que récipients et ustensiles aurait eu de quoi révulser Mencius. Alors que celui-ci avait d'emblée rejeté l'analogie avec le potier et l'artisan précisément pour montrer que le sens moral est inhérent à notre nature, Xunzi affirme au contraire que la moralité est une pure fabrication, totalement extérieure à la nature humaine, rejoignant ainsi les idées moïstes et légistes. Mais à la différence notoire de ces derniers, Xunzi s'emploie à faire de la moralité une « seconde nature » pour l'homme en disant des saints qu'ils « engendrent » (*sheng* 生) la moralité, de la même façon que le Ciel engendre notre nature.

Les rites

En parlant du sens moral en termes de rites et non plus d'humanité, Xunzi se démarque nettement de Mencius dans le cadre de l'héritage du Maître. À travers leurs positions respectives, le débat sur la nature humaine fait ressortir les deux notions clés, complémentaires et indissociables, de l'humanisme confucéen : le sens de l'humain *(ren)* et les rites *(li)*.

Lorsque Mencius met l'accent sur le *ren* dont notre nature, engendrée par le Ciel, posséderait les germes, il mise sur la dimension subjective de la spontanéité. Xunzi, pour sa part, coupe le cordon ombilical qui reliait l'homme au Ciel et, de ce fait, ne peut plus recourir qu'à des critères objectifs d'humanité – valeur de l'effort et du travail, intelligence, culture – qui relèvent tous de la dimension rituelle. De toute évidence, Xunzi emprunte beaucoup à l'esprit moïste, mais ce qui l'en distingue, c'est précisément sa foi bien confucéenne dans l'efficace des rites. En contraste avec ce que l'on pourrait appeler l'idéalisme de Mencius, Xunzi instaure un humanisme énergique en réaffirmant la place spécifique de l'homme debout face au Ciel :

> L'eau et le feu possèdent l'énergie *(qi)* mais pas la vie, les plantes et les arbres ont la vie mais pas la conscience, les oiseaux et les bêtes ont la conscience mais pas le sens moral. L'homme qui possède l'énergie, la vie, la conscience et, de surcroît, le sens moral, est donc l'être le plus noble sous le Ciel.
> Il n'a pas la force du bœuf, ne court pas aussi vite que le cheval, et pourtant le bœuf et le cheval sont à son service, pourquoi ? C'est qu'il est capable de vivre en société, à la différence des animaux. Qu'est-ce qui fait que les hommes

sont capables de vivre en société ? Le principe de répartition (*fen* 分). Qu'est-ce qui fait que la répartition est efficace ? Le sens moral. Ainsi, répartir en vertu du sens moral conduit à l'harmonie, harmoniser conduit à l'unité, unifier conduit à l'accroissement des forces, accroître les forces conduit à la puissance, et la puissance permet de dominer les choses. C'est ce qui permet aux hommes de vivre en paix dans leurs demeures. Qu'ils suivent le mouvement des quatre saisons, qu'ils organisent les dix mille êtres pour le plus grand profit du monde entier, il n'y a là aucun secret : c'est qu'ils ont compris le principe de répartition en vertu du sens moral [21].

Ce texte admirable de vigueur et de concision assigne à l'homme une place unique dans l'univers. Le secret de sa réussite réside, selon Xunzi, dans le *fen* 分, principe de répartition équitable des ressources mais aussi de hiérarchisation sociale. Cet emprunt, direct mais non reconnu, au moïsme tardif est de la première importance puisqu'il explique l'apparition des rites et de la moralité :

> Si nous restons séparés sans dépendance mutuelle, nous vivons dans la pauvreté ; mais si nous vivons en société sans principe de répartition, nous nous battons entre nous pour notre survie [22].
>
> Qu'est-ce qui fait qu'un homme est homme ? C'est sa capacité de faire des distinctions. [...] Ainsi donc, dans le Dao de l'Homme, il n'est rien qui soit sans distinctions. Des distinctions, nulle n'est plus haute que la répartition ; et des répartitions, nulle n'est plus haute que les rites [23].

Il n'est dès lors guère étonnant que Xunzi consacre aux rites un chapitre entier dont voici le début :

> Quelle est l'origine des rites ? L'homme à sa naissance a des désirs. S'il n'obtient pas ce qu'il désire, il n'a de cesse qu'il ne les satisfasse. S'il cherche à les satisfaire sans se donner de mesure et sans répartir des limites, il y a nécessairement compétition. Celle-ci provoque le désordre, lequel entraîne l'épuisement des ressources. Les rois de l'antiquité, par aversion pour le désordre, établirent rites et sens moral en vue d'une répartition qui assouvirait les désirs des hommes et répondrait à leurs besoins, de façon que les désirs ne fussent jamais en excès par rapport aux biens et les biens toujours en adéquation par rapport aux désirs, désirs et biens se

développant par leur soutien mutuel. Telle est l'origine des rites [24].

Dans ce passage, il est clair que Xunzi essaie de se frayer un chemin spécifiquement confucéen entre les taoïstes et les moïstes. Pour les premiers, si l'homme veut se fondre dans sa part céleste, c'est-à-dire dans le Dao, il doit commencer par se débarrasser de ses désirs (la toute première stance du *Laozi* insiste sur le « sans-désir constant »). Xunzi, lui, choisit la part de l'homme avec tout ce qu'elle implique, à commencer par ses désirs que – force est de le constater – ses sens suffisent à éveiller. Dans le moïsme, les désirs sont pris en compte, mais dans une perspective pessimiste puisque, ne pouvant jamais être totalement satisfaits, ils sont sources d'éternels conflits. Xunzi voit une manière de les satisfaire dans le principe de répartition rituelle qui réfrène les désirs tout en encourageant la production des biens. En rejetant les rites, les moïstes se privent en fait d'un principe régulateur... de l'offre et de la demande !

C'est donc à partir d'une analyse objective, anthropologique, largement inspirée du *Mozi*, que Xunzi justifie la pratique des rites : à l'origine de l'humanité était la lutte pour la possession des biens, génératrice de désordre. D'où la nécessité d'équilibrer les convoitises de chacun par le principe de la répartition inscrit dans le sens rituel qui devient alors le critère objectif de distinction entre humanité et animalité, en lieu et place du critère intérieur et subjectif qu'était le cœur/esprit chez Mencius. Ce qui n'empêche pas Xunzi d'avoir des accents aussi lyriques à propos de la beauté des rites que Mencius à propos du cœur : les lignes structurantes que l'homme de bien lit dans la nature deviennent les lignes de force de sa culture dont les rites sont l'expression par excellence. Même si Xunzi les compare parfois aux balises sur les cours d'eau, les rites ne se réduisent pas au rôle de garde-fou face au chaos, appelés par une vision pessimiste de la nature humaine. Ils fournissent au contraire à Xunzi l'occasion de réaffirmer le credo confucéen qui parie sur l'homme et sa perfectibilité, et d'ouvrir la possibilité d'une résolution consensuelle des conflits, tout particulièrement face aux légistes pour qui seule vaut la force de la loi.

Noms et réalités

Le principe rituel et consensuel, éminemment confucéen, de la répartition (*fen* 分) trouve une éclatante illustration dans la « rectification des noms » (*zhengming* 正名)[25]. Ce thème typiquement confucéen est traité au chapitre 22 consacré au rapport des noms et des choses qui constitue une sorte de compendium du Canon moïste sur la logique à l'usage des confucéens, en même temps qu'une réfutation des méthodes des logiciens. Dans ce contexte, la notion de répartition ou de partition (rappelons que *fen* signifie d'abord « découper ») correspond à l'idée que nommer, c'est d'abord diviser, démarquer, tracer des lignes de pertinence entre le semblable et le différent. On trouve ici une conception taxonomique du monde comme champ d'objets naturellement ordonnés en ensembles selon les principes fondamentaux d'identité et de différence que l'homme a la capacité naturelle de distinguer :

> Lorsque les sages-rois instaurèrent les noms, les noms furent fixés et les réalités distinguées. Leur Dao était pratiqué et leur intention bien comprise ; le peuple était alors rigoureusement guidé et unifié. On se mit alors à couper les mots en quatre et à en inventer à tort et à travers afin de semer le désordre dans la rectification des noms, semant ainsi le doute dans les esprits et suscitant moult litiges : ce fut la grande perversion. [...]
> À présent que les sages-rois ne sont plus, la sauvegarde des noms s'est relâchée, des mots bizarres font leur apparition, noms et réalités sont dans la confusion. Vu que la configuration du vrai et du faux a perdu sa clarté, on a beau avoir des préposés à la sauvegarde de la loi et des lettrés chargés d'énoncer les principes, eux aussi baignent dans la confusion. [...]
> Les hommes de discernement établirent des principes de partition et de distinction, et instaurèrent des noms pour désigner les réalités, dans le but premier de démarquer le noble et le vil, mais aussi de distinguer entre le semblable et le différent[26].

Toute la théorie de la rectification des noms tourne autour de l'idée que connaître, c'est en fait reconnaître des distinctions de catégories qualitatives préexistantes. D'où une osmose parfaite entre épistémologie et éthique, le principe de partition relevant à la fois de la connaissance objective et du jugement de valeur. Le Saint est par excellence celui qui est capable de classer les situations selon leurs implications éthiques et d'y réagir de manière appropriée, c'est-à-dire rituelle. Mais, de même que les rites, les noms, étant engendrés par la convention, n'ont aucune nécessité intrinsèque :

> Les noms ne sont pas appropriés de manière définitive ; ils sont fixés par convention. Ce n'est qu'une fois établie la convention et installée la coutume qu'on les considère comme appropriés, et que tous ceux qui s'écartent de la convention sont considérés comme inappropriés. Les noms ne dénomment pas telles ou telles réalités de manière définitive ; leur correspondance est fixée par convention. Ce n'est qu'une fois établie la convention et installée la coutume qu'on les considère comme dénommant telles ou telles réalités [27].

Le conventionnalisme déclaré de Xunzi, mis au service de la primauté qu'il accorde à la notion d'ordre, va dans un sens plus conservateur que le vitalisme de Mencius. Pour Xunzi, mieux vaut préserver le *statu quo*, même si on le sait parfaitement arbitraire et conventionnel, que de risquer de basculer dans l'anarchie à force de vouloir remettre les choses en question. Mencius, au contraire, s'expose à ce risque en donnant valeur de référence suprême au cœur/esprit, source intérieure et intrinsèque de moralité :

> La réalité n'étant pas explicite, on l'a dénommée ; ces dénominations n'étant pas explicites, on les a articulées ; ces articulations n'étant pas explicites, on en a fait des discours ; ces discours n'étant pas explicites, on en a fait la critique. Ainsi l'articulation des désignations et la critique des discours ont servi à établir le corpus écrit, première des tâches de la royauté. Quand un nom est entendu, une réalité est explicitée : voilà comment on se sert des noms. Les lier pour en faire un texte, c'est apparier les noms. Être capable de s'en servir et de les apparier, c'est connaître les noms. Avec les noms on articule les réalités. Dans les énoncés, en prenant les noms de différentes réalités, on exprime une conception. Dans la critique des discours, on prend les noms dans une référence inchangée aux réalités qu'ils désignent pour expliciter le Dao, envisagé positivement ou négativement.
> L'articulation des dénominations est l'instrument de la cri-

tique des discours. La critique des discours est ce par quoi l'esprit donne figure au Dao. L'esprit est le maître artisan du Dao. Le Dao est ce qui structure l'ordre. Si l'esprit est en accord avec le Dao, le discours en accord avec l'esprit, l'énoncé en accord avec le discours, les noms articulés après avoir été rectifiés, les données réelles explicitées selon leurs caractéristiques intrinsèques, alors les différences sont distinguées sans faute et les catégories induites sans arbitraire. Ce qui est accepté est conforme au texte, ce qui est critiqué est totalement remis en cause, de telle sorte que le Dao est rectifié et la perversion critiquée de la même façon que le courbe et le rectiligne sont déterminés au fil à plomb[28].

Le *Xunzi*, panorama des idées des Royaumes Combattants

La pensée de Xunzi est une pensée complexe du fait qu'elle prétend prendre en compte toutes les questions, tous les enjeux apparus dans les divers courants des Royaumes Combattants, en les intégrant dans un ensemble structuré et cohérent : tâche redoutable s'il en fut ! Or, le pivot central qui maintient la cohésion de l'ensemble est constitué par les rites. Xunzi se bat certes sur tous les fronts, mais c'est pour défendre ce qu'il considère comme le cœur même de l'héritage confucéen : l'esprit rituel et sa culture dans l'homme :

> Les rites ont trois fondements : le Ciel et la Terre sont le fondement de l'engendrement, les ancêtres le fondement de l'espèce, les souverains et les maîtres le fondement de l'ordre. Sans le Ciel et la Terre, comment l'homme serait-il engendré ? Sans les ancêtres, d'où descendrait-il ? Sans souverain ni maître, comment concevoir l'ordre ? Si un seul de ces trois éléments manquait, il n'y aurait pour l'homme aucun point fixe. Or, par les rites, il sert en haut le Ciel, en bas la Terre, il honore ses ancêtres et exalte son souverain et son maître : tels sont les trois fondements des rites[29].

Les rites sont donc ce qui relie l'homme à l'univers, à ses origines et à son destin. L'idée sous-jacente qui parcourt tout le *Xunzi* comme un fil rouge, c'est que l'organisation structurante des rites ne fait qu'épouser et reproduire celle de la nature. Xunzi trouve ainsi la parade à la diffusion des pensées naturalistes en les intégrant dans sa propre vision et en y ajoutant une autre dimension, celle de l'Homme. C'est là ce qui explique les apparentes contradictions dans sa conception de la nature (autre nom pour le Dao ou le Ciel) : tantôt éthiquement neutre, telle qu'elle se présente dans la pensée naturaliste ; tantôt normative, téléologique et source de valeur éthique, dans la tradition des *Entretiens* et du *Mengzi*. D'un côté, Xunzi nie la possibilité pour le naturel d'être source de valeurs, et, de l'autre, rétablit une continuité entre une nature normative et une humanité ritualisée. Ces apparentes contradictions se résolvent dans le projet central du *Xunzi* de contrer le discrédit jeté par les pensées naturalistes sur le ritualisme confucéen. Et c'est l'Homme qui sort victorieux de cette joute avec le Ciel.

Tout en intégrant les critiques les plus radicales dirigées contre la vision de l'homme propre à Confucius, Xunzi en a été le meilleur défenseur dans son vibrant plaidoyer pour la culture qui fait notre humanité. C'est qu'il bénéficiait d'un point de vue privilégié, panoramique et synoptique, sur les « cent écoles » des Royaumes Combattants. Dans le chapitre 21 intitulé « Dissiper les obnubilations », Xunzi se permet de passer en revue les maîtres à penser de son époque en reprochant à chacun de s'être laissé « obnubiler » par une idée fixe, se privant ainsi d'une vision complète des choses :

> Mozi, obnubilé par l'utilité, ne comprenait pas les raffinements de la culture. Songzi, obnubilé par les désirs, ne savait pas comment les satisfaire. Shen Dao, obnubilé par la loi, ne reconnaissait pas la valeur personnelle. Shen Buhai, obnubilé par le rôle du pouvoir, ne reconnaissait pas celui de l'intelligence. Hui Shi, obnubilé par le discours, ne comprenait rien à la réalité. Zhuangzi, obnubilé par le Ciel, ne comprenait rien à l'Homme. [...] Chacune de ces doctrines ne représente qu'un coin du Dao. Or, le Dao donne corps aux principes constants en tenant compte de tous les changements : comment un seul coin pourrait-il suffire à l'appréhender[30] ?

Toutes ces « obnubilations » sont autant de « vues unilatérales et partielles » qui rendent l'esprit « aveugle à la grande structure d'ensemble » (*dali* 大理). Pour Xunzi, il s'agit de purifier l'esprit pour le mettre en état de percevoir le monde extérieur sans confusion, dans toute la netteté de ses distinctions et sans en perdre de vue l'aspect de totalité bien ordonnée. De même que l'eau d'un bassin est pure et permet un discernement optimal tant qu'elle est calme, mais se trouble dès qu'elle est agitée,

> de même l'esprit, s'il est guidé par le principe structurant *(LI)* et nourri de pureté, est capable de déterminer le vrai et le faux, de trancher tout soupçon et tout doute. Mais, pour peu qu'il se laisse distraire par le moindre objet du dehors, son équilibre est compromis à l'extérieur, il est bouleversé intérieurement et devient incapable de juger de spécificités même les plus grossières [31].

En même temps qu'il constitue une somme et une évaluation critique de toute la pensée pré-impériale, le *Xunzi* annonce la prééminence, au début de l'empire sous les Han, d'un confucianisme mâtiné de légisme qui l'emporte sur l'inspiration mencienne. Celle-ci ne devait refaire surface qu'aux environs du Xe siècle, au moment où Mencius apparaît comme le seul représentant de la transmission orthodoxe du Dao confucéen. De fait, les deux principaux héritiers de Confucius représentent les deux grands pôles de son enseignement, créant ainsi une tension qui allait dynamiser la tradition confucéenne pendant deux millénaires.

Notes

1. Certains éléments laissent à penser que le *Xunzi* ne serait pas attribuable à un auteur unique, mais à une école se réclamant de l'enseignement de Maître Xun.
2. Voir la biographie de Xunzi placée à la suite de celle de Mencius au chap. 74 du *Shiji (Mémoires historiques)*.
3. Au pays de Yan, autre prétendant à l'hégémonie, se créa l'académie Jieshi sur le modèle de Jixia, cf. *Shiji* 74, p. 2345.
4. Voir chap. 6 à la note 1.
5. *Shiji* 46, p. 1895.
6. Voir le chapitre 8 du *Xunzi*, où il est question de son entrevue avec le roi Zhao de Qin (r. 306-251 av. J.-C.).
7. *Xunzi* 15, éd. ZZJC, p. 177. Tout ce chapitre 15 est dirigé contre les légistes. Il existe une bonne traduction intégrale du *Xunzi* en anglais par John KNOBLOCK, *Xunzi. A Translation and Study of the Complete Works*, 3 vol., Stanford University Press, 1988, 1990 et 1994. Voir aussi en allemand Hermann KÖSTER, *Hsün-tzu ins Deutsche übertragen*, Kaldenkirchen, Steyler, 1967, et en français Ivan KAMENAROVIC, *Xunzi (Siun Tseu)*, Paris, Cerf, 1987. Pour une étude déjà ancienne, cf. Homer H. DUBS, *Hsüntze, the Moulder of Ancient Confucianism*, suivie d'une tra-

duction partielle, *The Works of Hsüntze*, Londres, Probsthain, 1927 et 1928.

8. Il s'agit du terme *bian* 辨 dont on connaît la fortune dans le discours rationnel des Royaumes Combattants et qui ne revient pas moins de 75 fois dans le *Xunzi*.

9. *Xunzi* 17, p. 205-206.

10. *Ibid.*, p. 207-208.

11. Voir plus bas chap. 10 et 11.

12. *Xunzi* 17, p. 209-211.

13. Pour distinguer les deux homophones, rappelons que la transcription du terme signifiant « principe structurant » est donnée en majuscules, voir chap. 1 à la note 14.

14. *Xunzi* 9, p. 103-104.

15. *Xunzi* 23, p. 289.

16. *Ibid.*, p. 291. Pour l'utilisation de la notion de *qing* (« caractéristiques intrinsèques ») par Zhuangzi et Mencius, cf. chap. 4, p. 134, et chap. 6, p. 178.

17. *Ibid.*, p. 290. Sur « la nature humaine est mauvaise » et la controverse avec Mencius, il existe une abondante littérature critique : voir notamment Homer H. DUBS, « Mencius and Sündz on Human Nature », *Philosophy East and West*, 6 (1956), p. 213-222 ; D. C. LAU, « Theories of Human Nature in Mencius and Shyuntzyy (Xunzi) », *Bulletin of the School of Oriental and African Studies*, 15 (1953) p. 541-565 ; Maurizio SCARPARI, *Xunzi e il problema del male*, Venise, Cafoscarina, 1997, et « Mencius and Xunzi on human nature : the concept of moral autonomy in the early Confucian tradition », *Annali di Ca' Foscari* (Venise) XXXVII, 3 (1998), p. 467-500 ; Bryan W. VAN NORDEN, « Mengzi and Xunzi : Two Views of Human Agency », *International Philosophical Quarterly*, 32 (1992), p. 161-184 ; Philip J. IVANHOE, « Human Nature and Moral Understanding in Xunzi », *International Philosophical Quarterly*, 34 (1994), p. 167-175.

18. Cf. *Xunzi* 21, p. 263.

19. *Xunzi* 19, p. 243.

20. *Xunzi* 23, p. 291 et 294.

21. *Xunzi* 9, p. 104-105.

22. *Xunzi* 10, p. 113.

23. *Xunzi* 5, p. 50.

24. *Xunzi* 19, p. 231. Certaines sections du *Xunzi*, et en particulier de ce chap. 19 consacré aux rites, sont reprises dans le *Traité des Rites (Liji)*, et le *Traité des Rites de Dai l'Ancien (Da Dai Liji)*, datant du tout début de l'époque impériale (IIe siècle av. J.-C.). Sur le *Traité des Rites*, voir plus haut chap. 2, note 32. Pour le *Traité des Rites de Dai l'Ancien*, il existe une traduction partielle et peu satisfaisante de Benedykt GRYNPAS, *Les Écrits de Tai l'Ancien et le Petit Calendrier des Hia*, Paris, Adrien Maisonneuve, 1972.

25. Sur ce thème confucéen, voir plus haut chap. 2, « Rectifier les noms ». Cf. J. J. L. DUYVENDAK, « Hsün-tzu on the Rectification of Names », *T'oung Pao*, 23 (1924), p. 221-254 ; Redouane DJAMOURI, « Théorie de la "rectification des dénominations" et réflexion linguistique chez Xunzi », *in* Karine CHEMLA & François MARTIN, éd., *Extrême-*

Orient, Extrême-Occident, 15 *(Le Juste Nom)*, Presses de l'université de Vincennes, 1993, p. 55-74.

26. *Xunzi* 22, p. 275-276.

27. *Ibid.*, p. 279. Sur le « conventionnalisme » des théories du langage dans l'antiquité chinoise, voir plus haut chap. 5, « La conception nominaliste ».

28. *Ibid.*, p. 280-281, traduction (légèrement modifiée) de Léon VANDERMEERSCH, *La Voie royale*, t. II, p. 523-524.

29. *Xunzi* 19, p. 233.

30. *Xunzi* 21, p. 261-262. Sur Mozi, voir plus haut chap. 3. Songzi, ou Song Xing, partisan de l'idée taoïsante que « les désirs essentiels sont réduits », est réfuté dans *Xunzi* 18. Shen Dao et Shen Buhai sont deux penseurs associés au légisme (voir plus bas chap. 9). Hui Shi est le fameux logicien, ami de Zhuangzi, évoqué au chap. 4.

31. *Ibid.*, p. 267.

9

Les légistes

Comme bien d'autres courants des Royaumes Combattants, le légisme ne propose pas, au départ, de pensée philosophique, mais une théorie politique résultant d'un ensemble de pratiques[1]. De manière significative, la plupart des ouvrages classés comme légistes ont pour titres des noms de ministres célèbres, à commencer par le *Guanzi*. Le titre de cette compilation d'écrits divers datant du IVe au IIe siècle fait référence au ministre Guan Zhong qui fit du duc Huan de Qi (r. 685-643) le premier hégémon de la Chine des Printemps et Automnes, et à qui Confucius rendit hommage, sans pour autant approuver ses méthodes[2]. De même, le *Lizi*, ouvrage aujourd'hui perdu, se réfère à Li Kui, ministre du marquis Wen de Wei (r. 424-397 av. J.-C), et le *Shenzi* à Shen Buhai, ministre du pays de Han, mort en 337 av. J.-C.[3]. Quant au *Shangjun shu (Le Livre du prince Shang),* il est attribué à Shang Yang, ministre de Qin, bien que selon toute probabilité composé près d'un siècle après sa mort survenue en 338 av. J.-C.[4]. Il reflète les réformes sans précédent réalisées par Shang Yang qui permirent à Qin de devenir le dernier hégémon des Royaumes Combattants, celui qui devait réussir, en 221 av. J.-C., à unifier pour la première fois le monde chinois en un empire puissant et durable.

Rares exceptions aux ouvrages associés à de grands hommes d'État cités plus haut : le *Shenzi* (écrit différemment du premier), dont seuls des fragments subsistent, est assigné à Shen Dao, actif autour de 310 av. J.-C. à la fameuse académie Jixia qui vit également passer Mencius et Xunzi[5]. Enfin, et surtout : le *Han Feizi*, du nom du théoricien mort en 233 av. J.-C. qui fit la synthèse de la pensée légiste[6]. Tous les courants de pensée antiques se préoccupent beaucoup de politique (au sens chinois de l'art et la manière d'ordonner le monde, *zhi* 治), mais aucun aussi exclusivement que les légistes qui recherchent avant tout la façon la plus efficace de préserver et de renforcer un État.

Beaucoup d'écrits légistes se présentent ainsi comme des manuels donnant le mode d'emploi du pouvoir à l'usage des souverains et se résumant à quelques formules simples :

> Comment un souverain encouragera-t-il son peuple ? Par la fonction et le rang. Comment un pays gagnera-t-il en puissance ? Par l'agriculture et la guerre[7].

Anthropologie légiste

Si les écrits légistes sont d'abord des manuels qui ne font que systématiser et théoriser des pratiques existantes, celles-ci ont fini par se constituer en méthodologie, voire en véritable conception du monde : les légistes sont probablement les premiers penseurs politiques en Chine à prendre pour point de départ l'homme et la société non pas comme ils devraient être, mais tels qu'ils sont – dans leur réalité même la plus inacceptable. Ne s'embarrassant d'aucun préjugé, d'aucune idée toute faite, ils font table rase de la tradition. En pleine période des Royaumes Combattants, ce n'est au demeurant plus très original de rejeter les références à l'antiquité et à la tradition : tout le monde s'y met, les taoïstes, les moïstes, les légistes ; il ne reste guère plus que les confucéens pour s'y accrocher, et encore ! Dans un chapitre intitulé « Contre les douze maîtres », Xunzi s'en prend, avec la pugnacité et l'intransigeance qu'on lui connaît, à nombre d'adversaires, sans même épargner ceux de son propre bord comme Mencius :

> Prendre sommairement modèle sur les anciens rois sans comprendre leur système, et multiplier pourtant l'érudition avec de grands desseins en développant confusément les enquêtes et les vues ; construire sur des vieilleries passées une théorie nommément rapportée aux cinq éléments en abusant de distorsions illogiques, en se réfugiant mystiquement dans l'indicible, en concluant des propositions sans explications ; et embellir alors son discours de formules de respect en déclarant : « Voilà ce qu'ont dit des hommes de bien d'autrefois » ; c'est ce que Zisi a prêché et ce à quoi Mencius a fait écho[8].

Cet irrespect pour la tradition donne lieu chez les légistes à une conception et une méthodologie « anthropologiques » aux résonances très modernes. Au lieu de la référence à l'antiquité comme autorité est mise en place une analyse proprement historique fondée sur l'idée que, pour agir efficacement, il faut vivre avec son temps et s'adapter aux changements. Tel est le sens d'une historiette célèbre du *Han Feizi*, qui connut une telle fortune qu'elle est encore monnaie courante dans la langue actuelle sous la forme d'un dicton, « rester auprès de la souche à guetter le lièvre » :

> Il y avait au pays de Song un homme qui labourait son champ au milieu duquel se trouvait une souche. Et voilà qu'un lièvre en pleine course vient se heurter contre la souche; s'étant brisé le cou, il meurt sur-le-champ. Là-dessus, l'homme, abandonnant sa charrue, se met à surveiller la souche dans l'espoir de voir s'y jeter d'autres lièvres. Mais il n'y en eut jamais d'autres, et notre bonhomme devint la risée de tout le pays de Song [9].

Le rejet de la référence à l'antiquité ou à toute forme de précédent comme argument d'autorité s'exprime, dès le début du *Livre du prince Shang*, dans un débat tenu en présence du duc Xiao de Qin (r. 361-338 av. J.-C.). Il s'agit de « réfléchir sur les changements dans les affaires de l'époque, discuter du fondement pour rectifier les normes (*fa* 法) et rechercher la méthode (*dao* 道) pour diriger le peuple » :

> Shang Yang dit : « Les générations passées n'avaient pas toutes les mêmes doctrines; quelle antiquité allons-nous prendre pour norme ? Les empereurs et les rois se succédaient sans se ressembler; quel rituel allons-nous prendre pour modèle ? Fuxi et Shennong (le Divin Fermier) dispensaient leur enseignement sans jamais châtier. L'Empereur jaune, Yao et Shun châtiaient tout en épargnant les familles des condamnés. Quant aux rois Wen et Wu, ils établissaient chacun des normes adaptées aux temps et instituaient des rites en fonction des circonstances. Rites et normes étant fixés selon les temps, la moindre institution, le moindre décret était approprié, le moindre armement, le moindre équipement répondait à son usage. De l'avis de votre serviteur, il y a plus d'un *dao* pour mettre de l'ordre dans une époque, et le bien-être du pays ne repose pas nécessairement sur le modèle antique [10]. »

Les légistes proposent une analyse quasi malthusienne des débuts de l'humanité qu'ils divisent en trois grandes périodes, marquées par une compétition de plus en plus féroce à mesure que s'accroît la population :

> Au moment où apparurent Ciel et Terre naquirent les hommes. En ce temps-là, ils connaissaient leur mère, mais pas leur père. Leur *dao* consistait à s'en tenir aux liens de parenté et à privilégier l'égoïsme. L'attachement à la parenté aboutit à l'exclusion, l'égoïsme à la précarité. Avec l'accroissement de la population, cette tendance à l'exclusion et à la précarité aboutit au désordre.
> En ce temps-là, les hommes cherchaient à dominer et à régler leurs comptes par la force. La volonté de domination aboutit à la compétition, le règlement par la force au litige. Sans aucun principe de rectitude pour trancher les litiges, nul n'était assuré de finir ses jours. C'est alors que les hommes de valeur établirent probité et rectitude et prônèrent l'altruisme, et le peuple se mit à priser la vertu d'humanité *(ren)*. En ce temps-là, l'attachement à la parenté disparut au profit de la promotion des plus capables.
> Les tenants du sens de l'humain sont tous portés à aimer autrui, tandis que les plus capables ont pour *dao* de se surpasser les uns les autres. Avec l'accroissement de la population, et en l'absence de tout contrôle, à force de vouloir se surpasser les uns les autres, on aboutit au désordre. C'est alors que les sages qui suivirent instaurèrent des divisions *(fen* 分 *)* entre les terres, les biens, et entre hommes et femmes. Des divisions instaurées sans contrôle étant inconcevables, ils établirent des interdits. Des interdits établis sans préposés à leur application étant inconcevables, ils mirent en place des fonctionnaires. Des fonctionnaires mis en place sans personne pour les unifier étant inconcevables, ils établirent un souverain. Au moment où ils établirent le souverain, la promotion des plus capables disparut au profit de la primauté du rang.
> En somme, dans l'antiquité régnaient l'attachement à la parenté et l'égoïsme ; puis on a élevé les plus capables et donné du prix à l'humanité ; aujourd'hui, on accorde la primauté au rang et la dignité à la fonction[11].

Une analyse comparable se retrouve chez Han Fei :

> Dans l'antiquité, les hommes ne labouraient pas car les fruits des plantes et des arbres suffisaient pour se nourrir ; les femmes ne tissaient pas car les peaux des bêtes suffisaient pour se vêtir. Les hommes avaient de quoi vivre en suffisance sans labeur, ils étaient peu nombreux avec des ressources en

> excédent, aussi n'y avait-il pas de luttes entre eux. Voilà pourquoi ils vivaient en bon ordre sans que leur soient prodiguées de larges récompenses ou infligées de lourdes peines.
> De nos jours, il n'est pas rare qu'un homme ait cinq enfants, lesquels en ont à leur tour chacun cinq ; l'aïeul n'est pas encore mort qu'il a déjà vingt-cinq petits-enfants. Voilà pourquoi les hommes sont nombreux et les ressources rares, le labeur est pénible pour de maigres résultats ; aussi y a-t-il conflit, et dût-on doubler les récompenses et alourdir les peines que l'on n'éviterait pas le désordre. [...]
> Ainsi donc, la facilité avec laquelle on échangeait les biens dans l'antiquité n'était pas de l'humanité ; c'est qu'ils étaient en abondance, voilà tout. L'âpreté avec laquelle on se les dispute aujourd'hui n'est pas de la vilenie, c'est qu'ils se font trop rares [12].

Dans ces deux descriptions des débuts de l'histoire humaine, la progression géométrique est constatée objectivement sans que soit porté de jugement de valeur : elle n'est ni déclinante comme pour les taoïstes, ni téléologique comme pour les confucéens. L'analyse part d'une observation que nous serions tentés de qualifier d'anthropologique et de sociologique, aux antipodes de la conviction confucéenne que la nature de l'homme est foncièrement morale, tout comme son rapport au monde.

Dans la Chine des Royaumes Combattants finissent par s'imposer et s'opposer, « d'un côté, ceux qui affirment la primauté de la moralité personnelle ; de l'autre, ceux qui n'accordent d'efficacité qu'à la position occupée [...] D'un côté, ceux qui appartiennent, au moins par l'esprit, aux anciens cercles de cour, sont attachés aux valeurs du rituel et de la tradition, et serviront de "lettrés" auprès des princes ; de l'autre, ceux qui sont ouverts à l'influence du monde de l'entreprise et du négoce – qui connaît alors un développement extraordinaire en Chine –, et projettent leur vision, à la fois réaliste et conquérante, sur la gestion non seulement du pouvoir, mais aussi du corps social tout entier [13] ». Dans leur opposition au ritualisme confucéen, les légistes rejoignent les moïstes et, d'une certaine manière, les taoïstes. Mais à la différence de ces derniers qui proposent une voie autre, les légistes se veulent véritablement les fossoyeurs de tout l'ordre confucéen, qui finit ainsi par se confondre avec l'ordre féodal Zhou, en remplaçant l'esprit rituel par ce qu'ils considèrent comme un principe objectif et absolu, autosuffisant et autojustifiant : la loi.

La loi

Le terme de *fa* 法, qui est traduit ici par « loi » et donne son nom au « légisme », se rencontre dans les textes antiques avec le sens général de norme à laquelle se référer ou de modèle auquel se conformer. Il est très souvent associé aux instruments géométriques de mesure et de précision qui servent de références universelles, comme le compas (*gui* 規) et l'équerre (*ju* 矩) du charpentier. La combinaison de ces deux termes a donné un binôme, *guiju* 規矩, qui désigne encore dans la langue moderne l'ensemble des règles à respecter. Le compas, l'équerre, ainsi que le fil à plomb sont des images récurrentes dans le discours légiste, aux côtés de la balance (*quan* 權 qui désigne, par dérivation, le pouvoir)[14], pour illustrer l'exactitude et l'objectivité de la loi :

> La balance sert à déterminer le nombre qui correspond au poids. Si les hommes ne cherchent pas à agir sur elle, ce n'est certes pas par aversion pour le profit ; c'est que le contrepoids ne saurait, dans leur intérêt, accroître ou diminuer le nombre, ni le fléau rendre la charge plus légère ou plus lourde. Les hommes ne cherchent pas à agir sur elle pour la bonne raison qu'ils savent que ce serait inutile.
> Aussi, lorsque règne un souverain éclairé, les fonctionnaires n'ont pas loisir d'infléchir la loi, ni les magistrats d'agir pour leur propre compte. Sachant qu'il serait inutile de chercher à agir sur eux, on ne leur glisse pas de pots-de-vin. Quand la balance attend sa charge, droite et égale, fourbes et félons n'ont pas loisir de faire triompher leur intérêt personnel[15].

Avec un instrument tel que la balance, il suffit de laisser se stabiliser le fléau, sans qu'il y ait besoin d'une intervention subjective et morale de l'utilisateur. Contrairement à Mencius et même à Xunzi pour lesquels la loi, si elle doit être prise en compte, ne saurait suffire et doit avoir pour fondement une éthique d'humanité et de bienveillance, les légistes estiment que la force de la loi se suffit à elle-même, étant bien plus effective que le lien le plus fort qui soit, celui du sang :

> L'amour d'une mère pour son fils est le double de celui du père, mais les ordres du père à son fils valent dix fois ceux de

la mère. Les magistrats n'ont aucun amour pour le peuple, mais leurs ordres valent dix mille fois ceux d'un père[16].

Il suffit donc de mettre en regard les actes d'un homme avec la loi qui, une fois édictée, vaut pour tous. Dans le processus d'objectivation des lois, leur mise par écrit, rendue publique sous forme de codes, fut une étape décisive. En 536 av. J.-C., Zichan, premier ministre de Zheng, faisait pour la première fois inscrire la loi pénale sur bronze. Ainsi, dès le VIe siècle étaient portés les premiers coups de boutoir à l'ordre féodal fondé sur les relations rituelles de personne à personne. Dès lors que la loi était publiée, nul n'était censé l'ignorer et nul n'y échappait, ce qui instaurait l'égalité de tous devant elle et allait à l'encontre du fameux adage du *Traité des Rites* : « Les rites ne descendent pas jusqu'aux gens du commun, les châtiments ne montent pas jusqu'aux grands dignitaires[17] » :

> Unifier les châtiments, c'est faire en sorte qu'ils ne comportent aucune distinction de rang. Depuis les ministres et généraux jusqu'aux dignitaires et simples sujets, quiconque désobéit aux décrets royaux, enfreint les interdits du pays ou jette le désordre dans les institutions est condamné à mort sans rémission. La peine n'est pas réduite même si le crime a été précédé d'actes méritoires, la loi est appliquée même si la faute a été précédée d'un comportement exemplaire. Les ministres les plus loyaux et les fils les plus pieux qui commettent une faute doivent être jugés en fonction de sa gravité. Les magistrats qui n'appliquent pas les lois royales, fussent-ils des modèles de respect de la loi et de leur fonction, sont condamnés à mort sans rémission, la peine portant sur trois générations[18].

L'antique code des règles rituelles parfaitement intériorisées a cédé le pas à la loi positive, objectivée. Objet d'une élaboration théorique dans *Le Livre du prince Shang* reprise dans le *Han Feizi*, elle est à prendre essentiellement au sens pénal en ce qu'elle a pour fonction de fixer récompenses et châtiments. Ce que Han Fei appelle les « deux manipules » et que nous appellerions plus volontiers « la carotte et le bâton » fournit en effet, selon les légistes, les seules incitations susceptibles d'exercer quelque influence sur la nature humaine, réduite à ce qu'elle aime et n'aime pas, les motivations d'ordre moral n'y trouvant plus leur place :

> Les hommes ne sont gouvernables que parce qu'ils ont des passions. Aussi un prince doit-il porter attention aux convoitises de ses peuples. C'est sur elles que repose toute l'efficacité du système des peines et des récompenses : étant dans la nature des hommes de convoiter les récompenses et de redouter les châtiments, le prince peut espérer, grâce à eux, canaliser les forces de ses sujets[19].

Par une ironie peut-être volontaire, Shang Yang détourne la métaphore de Mencius, pour qui la nature humaine est bonne de la même façon que l'eau coule vers le bas, en lui faisant illustrer une thèse diamétralement opposée :

> Il est dans la nature des hommes de courir après le profit comme l'eau suit la ligne de plus grande pente. Ce sont leurs intérêts égoïstes qui meuvent les hommes. Et le souverain détient la source de toutes les richesses[20].

La position de force

Dans leur théorie politique, les légistes dissocient, de la même façon, pouvoir et moralité, en opposition avec les confucéens pour lesquels le pouvoir d'un souverain tient essentiellement à sa puissance morale ou vertu (*de* 德). Cette conviction présuppose toutefois que le souverain soit bon : on est donc en plein idéal. Les légistes, qui ne voient que la réalité, savent que les bons souverains ne sont pas légion. Le problème est donc d'assurer un fonctionnement efficace du pouvoir en faisant abstraction de la valeur morale et personnelle du souverain en place. La réponse est fournie, du moins en partie, par la notion de « position de force » (*shi* 勢), élaborée d'abord par Shen Dao[21]. C'est d'elle, et non d'une quelconque autorité morale, que procède le pouvoir. Dans la contradiction entre ces deux sources de pouvoir se cristallise l'opposition entre les théories politiques confucéenne et légiste. Une historiette du *Han Feizi* est à l'origine du binôme *maodun* 矛盾 (qui signifie littéralement « lance-bouclier »), consacré dans la langue moderne pour désigner la « contradiction » et mis à l'honneur par un des écrits les plus célèbres du Grand Timonier Mao :

> Un homme qui faisait commerce de lances et de boucliers vantait ses boucliers, si solides que rien ne pouvait les trans-

> percer. Il enchaînait aussitôt en vantant ses lances : « Elles sont si acérées, disait-il, qu'il n'est rien qu'elles ne transpercent. » Quelqu'un lui objecta : « Et si j'essayais de transpercer un de vos boucliers avec une de vos lances ? » L'autre fut bien en peine de répondre.
> Un « bouclier inattaquable » et une « lance irrésistible » sont une contradiction dans les termes. Dire que le *dao* de la valeur morale ne saurait être interdit, et d'autre part que c'est le *dao* de la position de force de tout interdire, c'est tomber dans la contradiction de la lance et du bouclier. Il apparaît donc clairement que valeur morale et position de force ne peuvent coexister [22].

Le pouvoir n'est plus lié à la valeur personnelle du souverain, fondement de toute la pensée politique confucéenne, mais à l'efficacité des institutions, qui font respecter la loi et la position de force. Celle-ci, indépendante de toute subjectivité, est, à l'image de la balance, un instrument parfaitement neutre, susceptible d'être manipulé par n'importe qui.

Les techniques

On voit ici l'esprit aristocratique et ritualiste céder le pas à une mentalité nouvelle, institutionnelle et bureaucratique. Il ne suffit pas, en effet, que soient respectées la loi et la position de force incarnées par le souverain, encore faut-il qu'il y ait de bonnes courroies de transmission du pouvoir et de l'autorité entre le souverain et le peuple. La liaison entre la tête et les membres est assurée par un corps de bureaucrates, sur lequel le souverain garde la mainmise par un ensemble de « techniques » (*shu* 術) dont la conception première revient à Shen Buhai et à travers lesquelles le pouvoir se trouve délégué tout en restant soumis à un contrôle direct et sévère :

> Alors que Shen Buhai parle des techniques, Shang Yang fait les lois. Les techniques consistent à attribuer les postes en vertu des capacités, à mettre en regard la réalité des faits et la dénomination de la fonction, à tenir fermement les manipules qui donnent la vie ou la mort, et à tester les compétences de tous les ministres. Voilà ce que détient le souverain.
> Les lois consistent à rendre publics les édits dans les organes gouvernementaux, à imprimer dans les cœurs le caractère inéluctable des peines, les récompenses étant réservées à

> ceux qui observent la loi et les châtiments à ceux qui enfreignent les décrets. Voilà ce qui régit les ministres.
> Si le souverain n'applique pas les techniques, les abus régneront en haut ; si les ministres n'appliquent pas la loi, le désordre sévira en bas. De ces deux choses, aucune n'est facultative : ce sont les deux instruments indispensables aux empereurs et aux rois [23].

L'idée même de « technique » politique, à laquelle Confucius déclare son opposition à maintes reprises, trouve sans doute son origine dans le principe moïste de « promotion des plus capables », auquel vient s'adjoindre l'idée exprimée ici par Han Fei de « mettre en regard la réalité des faits (*shi* 實) et la dénomination de la fonction (*ming* 名) ». Ici, la préoccupation n'est plus d'ordre ritualiste, comme dans la « rectification des noms » chère aux confucéens, ou théorique comme dans le débat logicien sur l'adéquation entre le nom et la chose qu'il désigne, mais plus spécifiquement politique. Le « nom » *(ming)* désigne dans ce contexte le titre ou l'appellation d'une fonction avec la compétence requise pour l'exercer, et la « réalité » *(shi)* ou « forme » (*xing* 形, parfois écrit 刑, « châtiments ») est à comprendre comme la façon dont la fonction est effectivement remplie en pratique [24]. Il s'agit, en fait, de vérifier l'adéquation entre la compétence nominale et la compétence réelle, éternel problème de l'administration chinoise dont une des solutions fut l'instauration du système des examens pour le recrutement des fonctionnaires. Au souverain, il ne reste plus qu'à vérifier que la performance réelle répond bien au titre détenu, autrement dit qu'il y a bien adéquation entre « formes et noms » (*xingming* 刑名), et à dispenser récompenses ou châtiments selon le cas :

> Un jour, le marquis Zhao de Han, ivre mort, s'endormit. Le préposé au chapeau, voyant que le marquis avait froid, le couvrit d'un manteau. Lorsque le marquis s'éveilla, il fut agréablement surpris et demanda à ses serviteurs : « Lequel d'entre vous m'a mis ce manteau ? » On lui répondit que c'était le préposé au chapeau. Le marquis punit alors aussi bien le préposé au manteau que le préposé au chapeau, le premier pour avoir manqué à son devoir et le second pour l'avoir outrepassé. Non que le marquis n'eût pas horreur du froid, mais il considérait que l'empiètement d'un fonctionnaire sur les devoirs d'un autre était bien plus dommageable

que le froid. Aussi le souverain éclairé qui mène ses ministres ne les laisse pas outrepasser leur fonction afin d'obtenir des gratifications, pas plus qu'il ne les laisse se targuer de promesses verbales qui ne seraient pas suivies des faits[25].

Le Dao totalitaire du *Han Feizi*

Les trois idées maîtresses des textes légistes – loi, position de force et techniques de contrôle – dessinent une pensée totalitaire du pouvoir à l'état pur, exclusivement centrée sur la figure du souverain[26]. Mais, à la différence des convictions par trop idéalistes des confucéens, c'est une pensée politique qui, en toute logique, doit fonctionner : les légistes ont au moins compris qu'on ne gouverne pas avec de bonnes intentions, mais avec de solides institutions.

Dans le corpus des textes légistes dont on a vu qu'ils constituent pour la plupart des manuels pratiques pour le maniement du pouvoir à l'usage des souverains, le *Han Feizi* fait figure d'exception, étant le seul à rechercher un fondement philosophique à sa théorie politique. Né au début du IIIe siècle et « descendant direct des ducs de Han » dont il portait le nom[27], Han Fei fut sans doute, parmi les penseurs de la Chine ancienne, l'un des rares avec le prince Shang à être membre de la haute noblesse. En effet, Confucius, Mozi, Mencius, Zhuangzi, Xunzi et les autres étaient tous représentatifs de la catégorie des *shi*[28], position sociale intermédiaire qui explique au moins en partie leur liberté de pensée et de mouvement : ils allaient et venaient d'un pays à l'autre, proposaient leurs services à tout souverain qui voudrait bien les employer, ou se retiraient au contraire de la société pour vivre en ermites. Par contraste, Han Fei, du fait de ses liens familiaux, resta jusqu'à la fin loyal au souverain de Han, pourtant menacé de plus en plus par Qin, son voisin immédiat à l'ouest.

Han Fei eut pour maître Xunzi, dont il a été question au chapitre précédent, et pour condisciple Li Si, qui devait devenir premier ministre de Qin et artisan de l'unification de l'empire[29]. Lorsqu'il fut envoyé comme ambassadeur de Han auprès du futur Premier Empereur de Chine, alors tout jeune souverain monté sur le trône de Qin en 246 av. J.-C., il fut accueilli par Li Si qui, à force de calomnies, le fit emprisonner et le contraignit au suicide en 233 av. J.-C. Ironie tragique que la condamnation de Han Fei par un ancien condisciple qui devait édifier l'empire sur la base de ses propres idées ! Mais mourir de mort violente, condamné par les lois qu'on a soi-même promulguées, semble être un trait caractéristique des destinées des légistes : Shang Yang avait péri écartelé en 338 av. J.-C., Li Si lui-même finit tronçonné à la taille en 208 av. J.-C.

C'est parce qu'il était bègue et avait « l'élocution difficile » – handicap de taille à une époque où l'éloquence et la rhétorique figuraient parmi les armes politiques les plus efficaces – que Han Fei aurait préféré écrire, ce qui nous vaut un ouvrage au discours ciselé et affûté comme un diamant. Comme le *Xunzi*, le *Han Feizi* se présente sous forme de chapitres, au nombre de 55, chacun traitant d'un sujet précis d'une manière construite. Le livre offre une vision d'ensemble des idées et des notions clés qui reviennent, à divers degrés d'importance, dans la littérature légiste et dont il effectue une synthèse en leur donnant un fondement philosophique emprunté au *Laozi*. Han Fei avait en effet « une prédilection pour l'étude des formes et des noms (*xingming* 刑名), de la loi (*fa* 法) et des techniques politiques (*shu* 術) ; mais la source ultime de sa pensée se trouve chez Huang et Lao [30] ». « Huang » désigne Huangdi, le mythique Empereur jaune auquel se réfère la tradition taoïste, et « Lao » est mis pour Laozi [31].

Cette curieuse combinaison avec une théorie politique autoritaire avec la pensée du Dao n'est donc pas aussi paradoxale qu'il y paraît : on a déjà noté le parti pris d'amoralité commun au taoïsme et au légisme, avec la différence que le premier récuse toute contrainte – dont la morale est selon lui une forme – alors que le second se sert de l'amoralité pour justifier l'usage de la force. Or, le discours légiste, en particulier celui de Han Fei, réussit un tour de force en même temps qu'un tour de passe-passe magistral : celui de gommer cette différence en pratiquant « la dénaturation la plus achevée de la phraséologie taoïste sur la nature [32] ».

Dans les chapitres 20 et 21, intitulés respectivement « Explication » et « Illustration du *Laozi* », le *Han Feizi* propose une lecture légiste en même temps que le tout premier commentaire connu de ce texte. La notion centrale de loi y est présentée purement et simplement en terme de Dao : « La loi pénale ne fait que concourir à l'ordre de l'univers ; elle est la raison naturelle (*LI* 理) se concrétisant en droit criminel au contact de la société [33]. » On voit ici Han Fei reprendre à son compte une présupposition commune à toutes les formes de pensée de l'antiquité chinoise, celle de la continuité – voire de l'identité – entre ordre naturel et ordre humain. Mais, ce faisant, il inverse la vision taoïste de l'Homme en adéquation avec le Ciel, en taillant l'ordre naturel aux exigences de l'ordre humain.

C'est ainsi que les métaphores du compas, de l'équerre, de la balance et autre fil à plomb, omniprésentes dans le discours légiste mais exemples mêmes de perversion de la nature aux yeux d'un Zhuangzi, deviennent dans le *Han Feizi* les garants de la superposition de l'ordre naturel à l'ordre sociopolitique. L'instrumentalité en vient ainsi à caractériser le Dao lui-même. À l'image de la balance, le Dao qui englobe tous les contraires est parfaitement indifférent et neutre à l'égard des projets humains, dont le succès ou l'échec dépend entièrement de la manière dont on utilise ses principes inhérents. Inversement, tel le Dao, l'instrument de mesure ou de référence régule de lui-même. Nul besoin de l'intervention humaine, avec tout ce qu'elle peut comporter de subjectif, d'affectif, de moralisant. L'ordre parfait est réalisé lorsque toutes choses d'elles-mêmes viennent s'aligner sur le fil à plomb. Point n'est besoin alors d'agir ou d'intervenir. C'est ainsi que le *Guanzi* peut unir « non-agir » taoïste et « technique » légiste en un terme qui fera fortune dans les textes et les pratiques taoïstes ultérieurs :

> Le Dao du non-agir consiste à suivre (*yin* 因). Suivre, c'est ne rien ajouter, ne rien retrancher. Suivre la forme de quelque chose pour lui donner un nom, telle est la technique du suivre [34].

De même que la loi est décrite en terme de Dao, le souverain légiste prend les traits du Saint taoïste, l'un étant au-dessus des lois tout comme l'autre se situe au-dessus des distinctions conventionnelles. À la manière du Saint qui se retire du monde, le prince se dérobe aux regards derrière des paravents et se retire au plus profond de ses palais pour préserver tout le mystère qui doit entourer la source du pouvoir. Tel le Saint, le prince pratique le non-agir, compris comme efficacité absolue – celle qui n'a pas besoin d'agir : en tant que source de tout pouvoir, il n'a pas besoin de l'exercer. À preuve cette stance du *Han Feizi*, dont la forme même, rythmée et rimée, n'est pas sans rappeler celle du *Laozi* :

> Le pouvoir ne gagne pas à être exhibé
> Car il est pur non-agir.
> L'activité se déploie aux quatre orients
> Mais la clé en est au centre.
> Le Saint détient la clé
> À lui profite l'activité des quatre orients.
> Vide, il attend
> D'eux-mêmes tous travaillent pour lui.
> En lui tout l'univers d'entre les Quatre Mers
> Dirigent le Yin pour manifester le Yang.
> À sa gauche et à sa droite, tous prêts à le servir
> Sa porte est ouverte : tout lui convient.
> Il n'a rien à changer, rien à modifier,
> Il lui suffit de marcher avec les deux manipules,
> D'une marche qui ne finit pas,
> Car c'est la raison même des choses (*LI* 理) qu'il suit.
> Chaque être a sa fonction
> Chaque matière son application.
> Quand chacun est à sa place
> De haut en bas agit le non-agir :
> Le coq guette l'aube
> La belette chasse les souris.
> À chaque aptitude son emploi
> Au prince, point d'affaire.
> Pour peu qu'il montre ce qu'il sait faire
> Les affaires n'iront plus droit
> Pour peu qu'il se targue de ses compétences
> On cherchera à le duper
> Pour peu qu'il se montre brillant et indulgent
> On en tirera profit.
> Dès lors que prince et sujets inversent leurs rôles
> Le pays ne connaît plus ordre ni paix [35].

Notes

1. Cf. Léon VANDERMEERSCH, *La Formation du légisme. Recherche sur la constitution d'une philosophie politique caractéristique de la Chine ancienne*, Paris, École française d'Extrême-Orient, 1965.

2. Cf. *Entretiens*, III, 22 ; XIV, 10, 17 et 18. Pour l'interprétation des vertus confucéennes comme prenant source dans la loi, cf. *Guanzi* 45, éd. ZZJC, p. 256 : « Ce que l'on appelle humanité, sens du juste, rites et musique, tout cela procède de la loi. » Pour une traduction en anglais du *Guanzi*, cf. W. Allyn RICKETT, *Guanzi. Political, Economic and Philosophical Essays from Early China*, Princeton University Press, 2 vol., 1985 et 1998. Sur le *Guanzi*, voir aussi plus bas chap. 10, p. 251.

3. Cf. Herrlee G. CREEL, *Shen Pu-hai : A Chinese Political Philosopher of the 4th Century B.C.*, University of Chicago Press, 1974.

4. Pour une traduction française du *Shangjun shu*, cf. Jean LEVI, *Le Livre du prince Shang*, Paris, Flammarion, 1981. Voir aussi la traduction en anglais de J. J. L. DUYVENDAK, *The Book of Lord Shang*, Londres, Probsthain, 1928.

5. Sur l'académie Jixia, voir plus haut chap. 8 à la note 3. Pour une traduction en anglais du *Shenzi*, cf. Paul M. THOMPSON, *The Shen Tzu Fragments*, Oxford University Press, 1979.

6. Pour une traduction en anglais, cf. W. K. LIAO, *The Complete Works of Han Fei Tzu. A Classic of Chinese Political Science*, 2 vol., Londres, Probsthain, 1959. Il existe une traduction récente en français par Jean LEVI, *Han-Fei-tse ou le Tao du Prince*, Éd. du Seuil, 1999. Voir aussi les études de WANG Hsiao-po & Leo S. CHANG, *The Philosophical Foundations of Han Fei's Political Theory*, Honolulu, University of Hawaii Press, 1986 ; et de Bertil LUNDAHL, *Han Fei Zi : the Man and the Work*, Stockholm, Institute of Oriental Languages, 1992.

7. *Shangjun shu (Le Livre du prince Shang)*, chap. 3, éd. ZZJC, p. 5.

8. *Xunzi* 6, éd. ZZJC, p. 59. Zisi est le petit-fils de Confucius.

9. *Han Feizi* 49, éd. ZZJC, p. 339.

10. *Shangjun shu* 1, p. 2.

11. *Shangjun shu* 7, p. 15-16.

12. *Han Feizi* 49, p. 339-341.

13. Cf. François JULLIEN, *La Propension des choses. Pour une histoire de l'efficacité en Chine*, Paris, Éd. du Seuil, 1992, p. 41-42.

14. Rappelons que l'unification des poids et mesures fut l'une des premières décisions prises par Qin Shihuang pour unifier l'empire.

15. *Guanzi* 67, p. 346.

16. *Han Feizi* 46, p. 320.

17. *Liji (Traité des Rites)*, chap. 1, *Quli*, traduction Séraphin COUVREUR, *Mémoires sur les bienséances et les cérémonies*, rééd. en 2 vol., Paris, Cathasia, 1950, t. I, p. 53.

18. *Shangjun shu* 17, p. 29.

19. *Shangjun shu*, traduction de Jean LEVI, *Le Livre du prince Shang*, p. 107.

20. *Ibid.*, p. 170.

21. Cette notion fait l'objet de l'ouvrage (cité à la note 13) de François JULLIEN qui la traduit par « propension ».

22. *Han Feizi* 40, p. 299-300.

23. *Han Feizi* 43, p. 304.

24. Cf. à ce sujet H.G. CREEL, « The Meaning of *Hsing-ming* », in *What is Taoism ? and Other Studies in Chinese Cultural History*, University of Chicago Press, 1970, p. 79-91. L'interprétation de Creel est soumise à discussion dans John MAKEHAM, *Name and Actuality in Early Chinese Thought*, Albany, State University of New York Press, 1994, p. 69 *sq.* (voir aussi p. 166-169 sur la graphie de *xing* 刑).

25. *Han Feizi* 7, p. 28. Le marquis Zhao de Han est le souverain que servait Shen Buhai.

26. Jean Levi donne une image terrifiante et démonte habilement les mécanismes de ce qu'il appelle la « pensée échiquéenne » des Royaumes

Combattants, d'un cynisme et d'une brutalité à peine imaginables, cf. *Les Fonctionnaires divins*, Paris, Éd. du Seuil, 1989.

27. Voir la biographie de Han Fei dans *Shiji (Mémoires historiques)* 63, p. 2146. Han était une petite vassalité de la Chine du Nord, devenue royaume à part entière au moment de la partition de Jin en trois pays distincts : Han, Wei et Zhao. La partition fut reconnue officiellement par les Zhou en 403 av. J.-C., date qui marque pour certains historiens le début des Royaumes Combattants.

28. Sur les *shi*, voir chap. 2 à la note 4, chap. 3 à la note 4, chap. 6, « L'homme de bien face au prince », et chap. 8, « Portrait d'un confucéen à la fin d'un monde ».

29. Cf. Derk BODDE, *China's First Unifier : A Study of the Ch'in Dynasty as Seen in the Life of Li Ssu (280 ?-208 B.C.)*, Leyde, Brill, 1938.

30. *Shiji (Mémoires historiques)* 63, p. 2146. À noter que Sima Qian a cru bon de regrouper dans ce même chapitre les biographies de quatre grands noms du taoïsme et du légisme : Laozi, Zhuangzi, Shen Buhai et Han Feizi.

31. À l'époque où parle Sima Qian, tout au début de la dynastie Han (IIe siècle av. J.-C.) qui, après l'unification du monde chinois par Qin, inaugure l'ère impériale, le *Laozi* est connu et interprété dans le cadre du courant « Huang-Lao » alors prédominant, voir début du chap. 12.

32. Cf. Jean LEVI, *Les Fonctionnaires divins*, p. 114.

33. *Ibid.*, p. 115.

34. *Guanzi* 36, p. 221.

35. *Han Feizi* 8, p. 30.

10

La pensée cosmologique

Pensées de la nature

Les toutes premières écoles philosophiques de la Chine ancienne, confucéenne et moïste, tentaient de définir des valeurs en surimposant au monde naturel des modes d'interprétation humaniste tels que ritualisme esthétique et utilitarisme rationaliste. Dès lors que les rites qui avaient informé toute la pensée antique se délitent en même temps que les institutions des Zhou, la référence au cours naturel des choses devient prépondérante, rendant possible la formulation systématisée d'une pensée cosmologique. Sous les Royaumes Combattants se forment des courants divers qui ont pour terrain commun de chercher dans la nature la source de toute sagesse, à commencer par le taoïsme « primitif » du *Zhuangzi* et, dans une certaine mesure, du *Laozi*. C'est en particulier en fonction d'un nouveau modèle d'autorité que s'élabore une cosmologie qui apparaît comme la sanction naturelle de l'ordre politique[1].

Pareil projet trouve une illustration dans le *Lüshi Chunqiu (Printemps et Automnes du sieur Lü)*, ouvrage collectif et synthétique compilé au pays de Qin vers 241-235 av. J.-C. pour le compte de Lü Buwei, ministre du futur Premier Empereur[2]. Cette compilation, représentative de la volonté de synthèse prédominante à la veille et à l'aube de l'empire, comprend une série de chapitres qui porteraient la marque de Yang Zhu, penseur habituellement considéré comme « proto-taoïste » dont il ne reste aucun écrit[3]. Ces chapitres dits « yangistes » exaltent la préservation de l'intégrité physique comme point d'ancrage du naturel, préconisant de « garder sa vie ou sa nature intacte » – ce que les taoïstes appelleront « préserver le principe vital » fût-ce au détriment du sens moral. Une telle idée ne pouvait qu'attirer sur Yang Zhu les foudres de Mencius, qui n'hésite pas à le présenter comme sa « bête noire » au même titre que Mozi[4].

À peu près à la même époque que le *Lüshi Chunqiu*, à l'autre extrémité de la Chine, au pays de Qi, était compilé un autre ouvrage de caractère syncrétique, le *Guanzi*, dans lequel figure également une série de chapitres[5] qui présentent un programme de préservation du soi physique conçu comme extension de l'ordre cosmique : le quiétisme, la suppression des désirs et la stricte discipline des activités du corps telle que l'alimentation constituent la voie d'accès au grand souffle cosmique et, de ce fait, à la maîtrise de la réalité matérielle. Ces textes témoignent de l'existence d'une pensée que d'aucuns se plaisent à qualifier de « matérialiste », et qui fut très probablement élaborée dans les cercles de l'académie Jixia de Qi[6].

Une forme plus aboutie – et mieux connue – de ce « matérialisme de Jixia » se trouve dans le naturalisme Yin/Yang, associé à la figure à la fois obscure et célèbre de Zou Yan. Grâce aux quelques renseignements fournis au chapitre 74 des *Mémoires historiques*, on sait qu'il fut un personnage important à l'académie Jixia entre les époques de Mencius et de Xunzi, aux environs de 300 av. J.-C. Bien qu'issues de milieux marginaux, extérieurs aux écoles philosophiques des Royaumes Combattants, il semble que les idées de Zou Yan se soient imposées grâce à l'intérêt qui leur fut porté par certains souverains, à commencer par le Premier Empereur. L'historien Sima Qian souligne le lien entre le naturalisme cosmologique de Zou Yan et les pratiques visant à l'immortalité propres aux milieux des *fangshi* 方士, appellation générique regroupant tous ceux qui « s'adonnaient à l'astrologie, la médecine, la divination, la magie, la géomancie, ainsi qu'aux méthodes de longévité et aux randonnées extatiques. Idéologiquement très proches de l'école du Yin/Yang et des Cinq Phases, c'étaient généralement des chercheurs solitaires qui tentaient de trouver des lois dans les phénomènes naturels ; ils étaient les détenteurs d'un savoir parallèle transmis de maître à disciple, soit de bouche à oreille, soit par des écrits secrets[7] ». Ces spécialistes d'arts et de techniques plus ou moins occultes étaient pour la plupart originaires de Qi et de Yan, pays côtiers du Nord-Est de la Chine où prédominaient les spéculations sur le surnaturel, en contraste avec la culture ritualiste de Lu, patrie de Confucius :

> Ils pratiquaient des arts visant à atteindre une immortalité magique, qui ferait que leur corps s'échapperait pour être dissous et transformé, s'appuyant pour cela sur leurs services

aux esprits divins. Zou Yan, avec ses théories sur le Yin et le Yang, avait une grande réputation auprès des seigneurs féodaux. Et les *fangshi* qui vivaient le long des côtes de Qi et de Yan transmettaient son art, sans être capables de le comprendre [8].

Au commencement était le *qi*

L'origine du mot *qi* 氣 reste mystérieuse, aucune graphie qui pourrait correspondre à sa signification actuelle n'ayant pu être identifiée avec certitude dans les inscriptions Shang ou Zhou. Le caractère en usage aujourd'hui semble symboliser de la vapeur s'élevant au-dessus du riz en train de cuire. Comme dans d'autres civilisations [9], le *qi* apparaît fondamentalement comme le souffle de la vie qui, dans la vision chinoise, a pour caractéristique d'opérer et de circuler selon un rythme binaire : inspiration/expiration, et à plus long terme condensation à la naissance/dissolution à la mort.

Mais plus encore que le souffle qui anime les êtres vivants, le *qi* est le principe de réalité unique et un qui donne forme à toute chose et à tout être dans l'univers, ce qui implique qu'il n'existe pas de démarcation entre les êtres humains et le reste du monde : « L'univers s'autocrée perpétuellement en une évolution constante (l'une de ses dénominations est "les dix mille transformations"), en perpétuels genèse et devenir, à partir d'un matériau unique, le Souffle (ou énergie) primordial (*yuanqi* 元氣) qui n'est ni matière ni esprit [10]. » Toute chose n'en est qu'un aspect et un état de plus ou moins grande condensation. Comme le dit Zhuangzi, « l'homme doit la vie à une condensation de *qi*. Tant qu'il se condense, c'est la vie ; mais dès qu'il se disperse, c'est la mort [11] », c'est-à-dire le retour à l'état de potentiel indéfini.

En effet, le *qi* « n'est pas une substance qui aurait une existence repérable, en dehors des formes qu'elle prend. [...] On a ainsi, d'une part, l'énergie qui, sans leur être extérieure, est distincte des formes concrètes, en tant qu'elle en est la source, c'est-à-dire le potentiel indéfini et infini, et en tant qu'elle demeure lorsque ces formes concrètes disparaissent, et, d'autre part, les formes que prend cette énergie, qui ne sont rien d'autre qu'elle. En raison de cette double possibilité de s'arrêter à une forme et de la dépasser, ce *qi* « informe (à la manière du potier) et transforme » (*zaohua* 造化) toute chose, en une opération à double face [...] puisqu'il définit la forme arrêtée, mais aussi la change constamment[12] ».

Comme on l'a vu à propos de la physiologie morale de Mencius, il n'existe pas de démarcation entre santé physique, qui est plénitude et intégrité du *qi* tel que nous l'avons reçu à la naissance, et santé morale : en cultivant notre *qi*, nous travaillons à notre culture morale personnelle, le Saint étant celui qui sait conserver une parfaite intégrité autant physique que morale. Faisant sienne l'idée que le corps vivant résulte de la condensation du souffle vital, la médecine chinoise s'est d'emblée attachée à en observer le fonctionnement. Elle fait en particulier la distinction entre le « souffle intègre » (*zhengqi* 正氣) qui, étant en accord avec le souffle primordial, est garant de santé, et les « souffles viciés » (*xieqi* 邪氣) qui, en introduisant des déséquilibres dans l'organisme, provoquent la maladie.

Yin et Yang

Tous les courants qui viennent d'être décrits se caractérisent par leur recherche commune d'un rapport entre l'homme et le cosmos. On pourrait y voir une « anthropo-cosmologie », c'est-à-dire une forme de pensée corrélative qui met en œuvre des rapports d'analogie entre le Ciel et l'Homme. Dans la classification opérée au IIe siècle av. J.-C. par Sima Qian dans ses *Mémoires historiques*, elle est désignée comme « l'école du Yin/Yang et des Cinq Phases » (*yinyang wuxing jia* 陰陽五行家), étiquette collée *a posteriori* qui regroupe deux notions, initialement distinctes, dont l'origine exacte reste mal connue[13]. Dans le *Commentaire de Zuo* daté du IVe siècle av. J.-C., un savant médecin fait état de « six souffles *(qi)* célestes » :

> Les six souffles sont Yin (ombre) et Yang (soleil), vent et pluie, obscurité et lumière. Ils se distinguent en quatre saisons et s'ordonnent en cinq articulations [de l'année][14].

La complémentarité du Yin et du Yang remonte sans doute à un fonds très ancien, mais ne trouve une formulation explicite dans les textes que relativement tard. Tout comme le *Commen-*

taire de Zuo, le *Livre des Odes* ne présente pas encore Yin et Yang comme associés en une notion abstraite de dualité, mais comme désignant des phénomènes concrets, résultats de l'observation empirique : l'alternance naturelle du jour et de la nuit, de l'été et de l'hiver, du chaud et du froid, etc. Le Yang (dont la graphie 陽 comporte l'élément « soleil » 日) représente la lumière, le rayonnement solaire, le versant ensoleillé d'une montagne ou le soleil sortant des nuages, par opposition au Yin (陰, écrit avec l'élément « nuage » 云) qui évoque l'ombre, le versant froid et humide de la montagne ou le soleil se cachant dans les nuages.

Ce n'est que sous les Royaumes Combattants, au IVe-IIIe siècle av. J.-C., que Yin et Yang commencent à être perçus comme les deux souffles primordiaux ou principes cosmiques qui, par leur alternance et leur interaction, président à l'émergence et à l'évolution de l'univers. Dans le fameux chapitre 42 du *Laozi* où il est dit que « le Dao engendre l'Un, l'Un le Deux, Deux le Trois, Trois les dix mille êtres », le Deux né de l'unité du Dao se comprend comme la dualité des souffles Yin et Yang issus de l'unité du souffle originel[15]. Yin et Yang représentent donc « le principe de la différence qui crée attraction, ainsi que du devenir et de la multiplicité qu'ils font naître par leurs combinaisons ; mais aussi, par la corrélation étroite qui les unit, ils sont les témoins de l'Unité de fond sous-jacente au monde[16] ». À la même époque, le *Grand Commentaire* du *Livre des Mutations* résume ainsi l'alternance de ces deux principes : « Un Yin, un Yang, tel est le Dao[17]. » Le Yang, principe dynamique, et le Yin, principe de repos, alternent en une « formule rythmique du régime de vie », pour reprendre l'expression de Marcel Granet qui fait remarquer qu'« au lieu de constater des successions de phénomènes, les Chinois enregistrent des alternances d'aspect[18] ».

Le rythme binaire Yin/Yang est le rythme fondamental qui anime le principe vital : le *qi* qui se meut, s'ouvre, s'étend est Yang ; quand il revient à la quiétude et se replie sur lui-même, il est Yin. Lorsqu'un être advient à l'existence, son *qi* se meut vers le dehors dans sa phase Yang, puis se stabilise dans la phase de recueillement Yin pour se fixer dans une forme durable. En d'autres termes, Yin et Yang ne désignent pas deux forces opposées qui s'appliqueraient au *qi* conçu comme matière inerte, l'une la mettant en mouvement et l'autre au repos, ils sont deux phases du *qi* constamment en circulation, en expansion/ contraction. Wang Chong, un auteur des Han du Ier siècle apr. J.-C., illustre ainsi ce double processus :

> Au plus fort de l'hiver, c'est le *qi* glacé qui l'emporte, et l'eau se fige en glace. Au printemps, le *qi* tiédit, et la glace fond en eau. La vie de l'homme entre Ciel et Terre est à l'image de la glace : les *qi* Yin et Yang se coagulent en un être humain qui, arrivé à la fin de ses jours, meurt pour redevenir *qi* indifférencié [19].

Le couple Yang/Yin, ainsi devenu prototype de toute dualité, peut servir de paradigme à tous les couples (Ciel-Terre, dessus-dessous, devant-derrière, masculin-féminin, etc.). Bien que de natures contraires, Yin et Yang sont en même temps solidaires et complémentaires : l'un ne peut opérer sans l'autre, le déclin de l'un signifiant en même temps le développement de l'autre. En cela, la dualité du Yin et du Yang est la caractéristique par excellence de la pensée chinoise qui conçoit volontiers les contraires comme complémentaires et non comme exclusifs l'un de l'autre. Même en étant placé en position de supériorité, le Yang n'exclut pas le Yin à la façon du bien qui exclut le mal, la vérité l'erreur, ou l'absolu le relatif.

Les Cinq Phases

Aux « six souffles célestes » mentionnés par le *Commentaire de Zuo* répondent les « cinq agents » (*wuxing* 五行) énumérés dans le « Grand Plan » du *Livre des Documents* :

> Les cinq agents sont : eau, feu, bois, métal, terre. Il est dans la nature de l'eau d'humidifier et de couler vers le bas ; dans celle du feu de brûler et de s'élever dans les airs ; dans celle du bois d'être courbé et redressé ; dans celle du métal d'être ductile et d'accepter la forme qu'on lui donne ; dans celle de la terre de se prêter à la culture et à la moisson. L'eau qui humidifie et coule vers le bas devient salée ; le feu qui brûle et s'élève devient amer ; le bois, courbé et redressé, devient acide ; le métal, qui change de forme dans sa ductilité, devient âcre ; la terre, en étant cultivée, prend une saveur douce [20].

La traduction conventionnellement adoptée de *wuxing* par « Cinq Éléments » présente d'abord l'inconvénient de ne pas rendre compte de l'aspect dynamique du mot *xing* 行 (« marcher », « aller », « agir »). En outre, il n'y a là rien de commun avec les quatre éléments, ou racines *(rhizomata)*, constitutifs de l'univers – feu, eau, terre et air – distingués par Empédocle au Ve siècle av. J.-C. : les « Cinq Agents » ne sont pas le résultat d'une analyse mais semblent avoir été envisagés à l'origine sous un angle essentiellement fonctionnel, plus comme processus que comme substances [21].

Vers la fin des Royaumes Combattants, au IIIe-IIe siècle, l'alternance des deux souffles primordiaux Yin et Yang se trouve combinée avec les *wuxing* perçus comme cinq phases ou portions de temps (journée, saison, année, dynastie) correspondant à des qualités déterminées qui se succèdent cycliquement à des points de référence fixés dans l'espace. On peut représenter cette combinaison par le schéma suivant :

YANG CROISSANT		CÈDE LA PLACE À	YIN CROISSANT	
Bois	Feu	Terre	Métal	Eau
printemps	été	transition	automne	hiver
est	sud	centre	ouest	nord
vert	rouge	jaune	blanc	noir

Dans le passage des *wuxing* de leur sens fonctionnel à une représentation cyclique, la figure de Zou Yan, évoquée plus haut, semble avoir joué un rôle décisif à travers l'élaboration de toute une cosmologie fondée sur l'interaction du Yin et du Yang et la succession de ce qu'il nomme les « Cinq Vertus (ou Puissances) » (*wude* 五德). Le *Lüshi Chunqiu (Printemps et Automnes du sieur Lü)* en présente le cycle en corrélation avec la fortune historique des dynasties :

> Chaque fois qu'un empereur ou un roi est sur le point d'accéder au trône, le Ciel ne manque jamais de faire apparaître d'abord un signe de bon augure au peuple ici-bas.
> Lors de l'accession de l'Empereur jaune, le Ciel fit apparaître des fourmis et des vers de terre géants. L'Empereur jaune dit : « C'est l'énergie de la Terre qui l'emporte. » En conséquence, il privilégia la couleur jaune et concentra ses activités sur la terre.

> Lors de l'accession de Yu (fondateur de la dynastie Xia), le Ciel fit apparaître des plantes et des arbres qui ne mouraient pas en automne et en hiver. Yu dit : « C'est l'énergie du Bois qui l'emporte. » En conséquence, il privilégia la couleur verte et concentra ses activités sur le bois.
> Lors de l'accession de Tang (fondateur de la dynastie Shang), le Ciel fit apparaître des lames de métal qui surgirent de l'eau. Tang dit : « C'est l'énergie du Métal qui l'emporte. » En conséquence, il privilégia la couleur blanche et concentra ses activités sur le métal.
> Lors de l'accession du roi Wen (fondateur de la dynastie Zhou), le Ciel fit d'abord apparaître du feu ; des oiseaux rouges portant dans leur bec des écrits de cinabre vinrent se poser sur l'autel des Zhou. Le roi Wen dit : « C'est l'énergie du Feu qui l'emporte. » En conséquence, il privilégia la couleur rouge et concentra ses activités sur le feu.
> Au feu succédera nécessairement l'Eau. Le Ciel fera apparaître la prédominance de l'énergie de l'Eau. En conséquence, il conviendra de privilégier la couleur noire et de concentrer ses activités sur l'eau. Nul ne sait quand adviendra le règne de l'Eau, mais lorsque cette phase prendra fin, elle laissera de nouveau place à la Terre [22].

Les Cinq Phases sont ici présentées en un cycle de conquête où la terre est labourée par le bois de la charrue, le bois coupé par le métal de la hache, le métal fondu par le feu, le feu éteint par l'eau et l'eau endiguée par la terre. De manière analogue, selon un schéma qui vaut d'abord par sa portée politique, une dynastie est supplantée par une autre lorsque sa puissance ou « vertu » s'épuise. Dès 221 av. J.-C., en même temps qu'il se donne le titre de « Premier Auguste Empereur [23] », le souverain de Qin se préoccupe d'intégrer son règne dans la continuité d'un cycle dynastique traduit en termes cosmologiques. C'est ainsi que son mode de gouvernement répressif, fortement inspiré des idées légistes, trouve une justification dans « l'avènement de la puissance de l'Eau », comble du Yin, qui se traduit politiquement par un régime de châtiments par opposition aux valeurs Yang d'humanité et de bienveillance :

> Le Premier Empereur avança la théorie du cycle des Cinq Puissances, selon laquelle Zhou avait détenu la puissance du Feu. Du fait que Qin avait supplanté Zhou et que [chaque puissance] succède à celle qu'elle ne peut conquérir, voici que commençait à prendre effet la puissance de l'Eau. Il

changea le calendrier [...], choisit le noir comme couleur des vêtements, bannières et drapeaux, et désigna le six comme chiffre de base : les sceaux et les bonnets officiels mesuraient tous six pouces, les chars six pieds. Le double pas était de six pieds, et les équipages de six chevaux. Le fleuve Jaune fut rebaptisé la « rivière dont la puissance est l'eau » afin de saluer l'avènement de la puissance de l'Eau. Avec force, dureté et extrême sévérité, toute chose était tranchée par les lois. C'est par le châtiment et la répression, par le refus de toute humanité et bienveillance, de tout esprit de conciliation et de justice, que devait être atteinte la conformité avec la position numérique assignée dans la succession des Cinq Puissances. La conséquence en fut une application des lois stricte et sans rémission [24].

L'application du cycle des Cinq Agents (ou Phases) à la succession des dynasties se trouve ici concrétisée pour la première fois. L'enjeu politique devait rester, sous les Han, au centre de la systématisation des schémas cosmologiques et de l'élaboration de la notion de souveraineté impériale. Avec l'unification de l'empire, il devenait en effet indispensable de maîtriser ce nouveau formalisme pour avoir une chance d'être écouté à la cour : c'est à partir de là que la cosmologie corrélative fut véritablement intégrée dans chaque courant de pensée qui ne pouvait plus se permettre de l'ignorer.

Espace et temps cosmologiques

Le *Lüshi Chunqiu* comporte des chapitres où se combinent la conception cosmologique et son implication politique sous la forme d'un calendrier qui règle la conduite du souverain tout au long de l'année et qui se retrouve dans les « commandements mensuels » du *Traité des Rites*. Ces dispositions prennent un caractère éminemment rituel et cosmologique puisqu'elles sont rythmées dans le temps par la succession des mois et des saisons, laquelle se traduit dans l'espace par la déambulation du Fils du Ciel à travers les salles du Palais des Lumières dont il sera question plus loin. Voici, à titre d'exemple, les « commandements » pour le premier mois de l'année :

> Au premier mois du printemps, le soleil est dans Pégase. Le soir, Orion est au milieu de sa course ; le matin, c'est la queue

> [du Scorpion]. Les jours les plus fastes sont les jours *jia* et *yi*. Règne alors en position de Souverain d'en haut Tai Hao (c'est-à-dire le Souverain vert) avec l'assistance de Goumang. L'espèce zoologique qui domine est celle des squamifères. La note de la gamme qui domine est *jue* ; le tuyau sonore convenable est le *taicu*. Le nombre approprié est le 8. La saveur appropriée est l'acide. L'odeur appropriée est le rance. Le culte des esprits de la maison s'adresse alors à l'esprit de la porte. Lors des sacrifices, la rate est prise pour morceau de choix.
> Le vent d'est provoque le dégel. Les espèces zoologiques en hibernation commencent à s'activer. Les poissons remontent à la surface sous la glace. Les loutres font des offrandes de poisson. Les oies sauvages, grandes et petites, reviennent.
> Les Fils du Ciel demeure dans la salle adjacente de gauche [du Palais des Lumières] du jeune Yang. Il monte le char d'apparat à grelots, qui est attelé aux chevaux appelés « dragons azurés » et qui porte l'étendard vert. Il est vêtu de vert, et porte [à son bonnet et à sa ceinture] des breloques de jade azuré. Il se nourrit de blé et de viande de mouton. Les ustensiles dont il se sert sont ciselés de motifs de pousses de légumes. [...]
> En ce mois, le Fils du Ciel, au jour propice, adresse une prière au Souverain d'en haut pour une bonne récolte. On choisit un jour favorable où le Fils du Ciel porte lui-même la charrue ; il la met dans le char d'un officier portant la cuirasse. Accompagné des Trois ducs et des Neuf ministres, des vassaux et des grands officiers, il laboure en personne le champ du Souverain d'en haut. [...]
> En ce mois, les souffles du Ciel descendent, ceux de la Terre s'élèvent. Ciel et Terre sont en harmonie, plantes et arbres se couvrent de bourgeons. Le roi ordonne l'organisation des travaux agricoles. [...]
> Il est interdit d'abattre les arbres. On s'abstient de renverser les nids, de tuer les petits des animaux, les embryons dans le ventre des femelles, et les oisillons commençant à voler. On épargne les faons et les œufs [25].

Le comportement ritualisé prescrit dans les moindres détails par ces « commandements mensuels » donne la vision d'un univers qui, de la course des astres jusqu'aux travaux de la terre, du Fils du Ciel jusqu'au petit peuple, s'équilibre de lui-même, sans intervention particulière, et qui, tout confucéen qu'il soit, ne laisse pas d'évoquer le non-agir taoïste.

L'effort de systématisation cosmologique associé à Zou Yan tend à intégrer en un schéma unique le couple du Yin et du

Yang, paradigme de tous les autres, et la succession des Cinq Phases devenue matrice de toutes les séries de cinq (ou de quatre avec l'adjonction d'un élément central)[26]. C'est sans doute du fait de sa combinaison avec les quatre saisons que le cycle des Cinq Phases, initialement de conquête, s'est transformé avec l'avènement de la dynastie Han en un cycle plus pacifique d'engendrement[27] :

CYCLE ORIGINEL DE CONQUÊTE	CYCLE D'ENGENDREMENT
Terre (endigue l'eau)	Bois (prend feu)
Bois (laboure la terre)	Feu (se réduit en cendres)
Métal (coupe le bois)	Terre (produit les métaux)
Feu (fond le métal)	Métal (se liquéfie dans la fonte)
Eau (éteint le feu)	Eau (nourrit le bois)

Même si les deux cycles semblent par nature incompatibles, il est remarquable que celui d'engendrement puisse s'imbriquer de façon systématique dans celui de conquête, chaque phase engendrant le prédécesseur immédiat de la phase qu'elle conquiert ou, selon la formule des *Mémoires historiques*, chaque phase succédant à celle qu'elle ne peut conquérir[28].

À la base de la série des Cinq Phases disposées en cycle d'engendrement se trouve donc la relation temporelle des quatre saisons, doublée de la relation spatiale des quatre orients ou points cardinaux. Ces quatre repères font référence aux positions du soleil dans son cycle récurrent à la fois dans l'espace et dans le temps :

```
                    sud
                    été
                (grand Yang)

est                                          ouest
printemps          centre                    automne
(jeune Yang)                                 (jeune Yin)

                    nord
                    hiver
                (grand Yin)
```

Cette double quadrature spatio-temporelle est illustrée dans l'aménagement du monde par l'empereur mythique Yao tel que le décrit le *Livre des Documents* :

> Alors, [après avoir unifié le monde, l'empereur Yao] ordonna à Xi et à He, dans le respect du vaste ciel, de calculer calendériquement et de déterminer la forme des mouvements du soleil, de la lune et des étoiles, pour dispenser pieusement le temps aux hommes.
> Il ordonna spécialement à Xi le cadet de s'installer chez les Yuyi, au lieu-dit de la Vallée lumineuse, pour y accueillir respectueusement le soleil levant et déterminer les travaux de l'Est. Par le médian de la longueur des jours et l'étoile de l'Oiseau se prend exactement le milieu du printemps. Le peuple se disperse alors dans les champs ; les oiseaux et les bêtes se reproduisent.
> Il continua en ordonnant à Xi le benjamin de s'installer chez les Nanjiao, pour déterminer les changements du Sud, et manifester son respect au soleil au solstice. Par le plus long des jours et l'étoile du Feu se prend exactement le milieu de l'été. Le peuple alors poursuit [les efforts qu'il a commencés au printemps] ; les oiseaux et les bêtes se dépouillent de leur plumage et de leur pelage.
> Il ordonna spécialement à He le cadet de s'installer à l'Ouest, au lieu-dit de la Vallée sombre, pour y faire respectueusement des adieux au soleil couchant, et déterminer les achèvements de l'Ouest. Par le médian de la longueur des nuits et l'étoile Xu se prend exactement le milieu de l'automne. Le

peuple alors se repose; les oiseaux et les bêtes renouvellent plumage et pelage.
Il continua en ordonnant à He le benjamin de s'installer dans les contrées septentrionales, au lieu-dit de la Capitale ténébreuse, pour y examiner les changements associés au Nord. Par le plus court des jours et l'étoile Mao se prend exactement le milieu de l'hiver. Le peuple alors reste au chaud dans les maisons; les oiseaux et les bêtes prennent un plumage et un pelage duveteux.
L'empereur dit: « Oh, vous, Xi et He! Le cycle de l'année est de trois cents jours, six décades et six jours. Avec un mois intercalaire, fixez les quatre saisons et complétez l'année, pour aménager comme il convient les cent fonctions et faire resplendir toutes les activités [29]. »

Sur le plan spatial, 4 et 5 se combinent sans difficulté puisque aux 4 directions vient s'adjoindre le Centre, sectorisation quinaire attestée dès les Shang. Mais sur le plan temporel, il est plus difficile d'assigner un centre dans la succession des quatre saisons :

> printemps (Bois) – été (Feu) – ? (Terre) – automne (Métal) – hiver (Eau)

D'où les solutions, fort ingénieuses mais néanmoins artificielles, qui consistent à ajouter une saison intermédiaire à la fin du sixième mois ou un sixième mois détaché de l'été pour former une saison distincte. Toutes ces spéculations, qui peuvent paraître vaines et sans fondement, témoignent cependant d'une certaine vision du monde qui conçoit les nombres eux-mêmes, non pas comme des entités fixes, mais comme capables de mutations dans le cadre d'une combinatoire.

Le Palais des Lumières

De même que l'on cherche par tous les moyens à combiner la séquence des Cinq Phases avec la disposition des quatre orients, on tente plus généralement de traduire l'espace en termes de temps, et inversement. Le carré qui, dès le IIe siècle av. J.-C., s'impose comme figuration de l'espace par excellence se présente souvent quadrillé en un damier de 3 cases de côté, 9 au total [30]. De cette manière, le 4, spatial et statique, devient générateur du 3 et du 9, nombres du devenir et de la mutation :

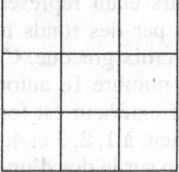

Le carré à 9 cases, composé de 8 carrés autour d'un carré central, reproduit la configuration des 4 orients autour du centre – quatre salles disposées à la manière d'une croix grecque autour d'une salle centrale – architecture supposée du Palais des Lumières (*mingtang* 明堂) dont l'instauration remonterait au début de la dynastie Zhou. Il représente le centre, siège de la royauté, d'où se propage, telle une lumière rayonnante, le gouvernement royal. Comme l'explique Léon Vandermeersch, le plan du palais correspond à une norme, non pas juridique, mais cosmologique : il était « édifié à l'extérieur de l'enceinte de la capitale, dans la banlieue sud que […] le tertre rond du grand sacrifice solsticial au Ciel marquait comme pôle cosmique. Sa toiture, de chaume, était ronde comme la voûte céleste, tandis que le corps de l'édifice était carré comme la terre. Il se composait de quatre parties, orientées à l'est, au sud, à l'ouest et au nord autour d'un hall central. […] Cette construction avait évidemment été calculée par homothétie avec la configuration des principaux pôles de la spatio-temporalité, norme formelle de toutes les formes. […] C'est là, en effet, que chaque mois le roi "était mis au courant de la nouvelle lune" avant de la signifier aux seigneurs féodaux, lesquels, à leur tour, en proclamaient le mandat chacun dans son grand temple ancestral. Ainsi se trouvaient déclenchées toutes les entreprises conformes à la lunaison naissante. Le roi prenait alors rituellement place, pour toute la durée de la lune, dans la salle correspondante du Palais des Lumières, où son installation avait le sens d'une présidence à la mise en œuvre des applications convenables de la norme cosmique[31] ».

La disposition en carré ou en croix grecque se retrouve dans les mystérieux dispositifs du Diagramme du Fleuve (*Hetu* 河圖) et de l'Écrit de la Luo (*Luoshu* 洛書)[32]. Selon la littérature apocryphe des Han, le Diagramme apparu sur le dos d'un cheval-dragon au milieu du fleuve Jaune est une figuration des nombres 1 à 10 disposés en 4 carrés imbriqués les uns dans les autres, les nombres impairs étant représentés par des ronds blancs, les nombres pairs par des ronds noirs. Au centre se trouve le 5 sous forme de croix grecque. Celle-ci est entourée d'un carré représentant le nombre 10 autour duquel sont disposés 1, 2, 3 et 4. Le carré extérieur est formé de 6, 7, 8 et 9, correspondant respectivement à 1, 2, 3 et 4. Quant à l'Écrit qui serait sorti de la rivière Luo sur le dos d'une tortue, il est composé de constellations de 4, 9, 2, 3, 5, 7, 8, 1 et 6 points, disposées en un « carré magique » dans lequel n'importe quelle série de 3 chiffres additionnés à l'horizontale, à la verticale ou en diagonale, aboutit invariablement à un total de 15. Tous ces nombres possèdent un fort potentiel symbolique dans la tradition cosmologique chinoise en raison de leurs associations multiples, notamment avec les figures du *Livre des Mutations* dont il sera question au chapitre suivant.

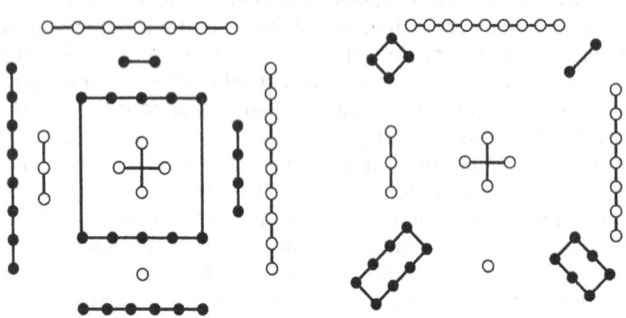

« Diagramme du Fleuve »   « Écrit de la Luo »

Notes

1. Cf. Mark Edward LEWIS, *Sanctioned Violence in Early China*, Albany, State University of New York Press, 1990 ; WANG Aihe, *Cosmology and Political Culture in Early China*, Cambridge University Press, 2000.

2. Les traductions en langues européennes sont celles de Richard WIL-

HELM, *Frühling und Herbst des Lü Bu we*, Iéna, Diederichs, 1928; Ivan P. KAMENAROVIC, *Printemps et automnes de Lü Buwei*, Cerf, 1998; John KNOBLOCK & Jeffrey RIEGEL, *The Annals of Lü Buwei. A Complete Study and Translation*, Stanford University Press, 2000. Cf. les articles de Marc KALINOWSKI, « Les justifications historiques du gouvernement idéal dans le *Lüshi Chunqiu* » et « Cosmologie et gouvernement naturel dans le *Lüshi Chunqiu* », *Bulletin de l'École française d'Extrême-Orient* 68 (1980), p. 155-208, et 71 (1982), p. 169-216.

3. Cf. en particulier A. C. GRAHAM, *Disputers of the Tao*, p. 170 *sq.*, dont les théories sur le « yangisme » sont contestées par Robert ENO, *The Confucian Creation of Heaven : Philosophy and the Defense of Ritual Mastery*, Albany, State University of New York Press, 1990».

4. Voir plus haut chap. 6, « Une moralité fondée en nature ».

5. Il s'agit de quatre chapitres (*Guanzi* 36, 37, 38 et 49) dont le dernier intitulé *Neiye* (« L'œuvre intérieure ») a déjà été mentionné au chap. 6 à la note 16. Sur le *Guanzi*, voir chap. 9 à la note 2.

6. Voir plus haut chap. 8 à la note 3.

7. Isabelle ROBINET, *Histoire du taoïsme*, p. 43. Le mot *fang* 方 signifiant aussi bien « art », « procédé », « technique », que « direction » ou « région », l'expression *fangshi*, qui désignait peut-être à l'origine des exorcistes de l'époque Zhou, pourrait bien s'appliquer plus généralement à des spécialistes venus des quatre orients, détenteurs d'un savoir technique, magique ou ésotérique. Sur l'école du Yin/Yang et des Cinq Agents, voir un peu plus bas.

8. *Shiji (Mémoires historiques)* 28, p. 1369. Les annales de règne du Premier Empereur font état des expéditions répétées mais infructueuses qu'il lança, sur le conseil des *fangshi*, vers les îles des immortels détenteurs du secret de l'immortalité, cf. *Shiji* 6, p. 247.

9. Cf. U. LIBBRECHT, « *Prâna = Pneuma = Ch'i*? », in Wilt L. IDEMA et Erik ZÜRCHER, éd., *Thought and Law in Qin and Han China : Studies dedicated to Anthony Hulsewé on the occasion of his 80th birthday*, Leyde, Brill, 1990, p. 42-62.

10. Isabelle ROBINET, *Histoire du taoïsme*, p. 14.

A. C. GRAHAM croit repérer la première occurrence connue de l'expression *yuanqi* (« énergie primordiale ») dans le *Heguanzi (Le Maître à la coiffe de faisan)*, texte syncrétique probablement daté de la fin du IIIe siècle av. J.-C., cf. « A Neglected Pre-Han Philosophical Text : *Ho-Kuan-Tzu* », *Bulletin of the School of Oriental and African Studies*, 52, 3 (1989), p. 497-532, et « The Way and the One in *Ho-kuan-tzu* », in Hans LENK & Gregor PAUL, éd., *Epistemological Issues in Classical Chinese Philosophy*, Albany, State University of New York Press, 1993, p. 31-43.

11. *Zhuangzi* 22, éd. *Zhuangzi jishi* de GUO Qingfan, ZZJC, p. 320.

12. Isabelle ROBINET, *Histoire du taoïsme*, p. 15.

13. Cf. Angus C. GRAHAM, *Yin/Yang and the Nature of Correlative Thinking*, Singapour, Institute of East Asian Philosophies, 1986.

14. *Zuozhuan*, Zhao, 1re année (540 av. J.-C.), traduction française de Séraphin COUVREUR, *Tch'ouen Ts'iou et Tso Tchouan, la Chronique de la principauté de Lou*, rééd. en 3 vol., Paris, Cathasia, 1951, t. III, p. 37. Sur le *Zuozhuan*, voir chap. 2 à la note 2.

15. Voir plus haut chap. 7, « Du Dao aux dix mille êtres ».

16. Isabelle ROBINET, *Histoire du taoïsme*, p. 17.

17. Voir sous cet intertitre au chapitre suivant.

18. *La Pensée chinoise*, 1934, rééd. Paris, Albin Michel, 1968, p. 111 et 272.

19. *Lunheng*, chap. 61 (« De la mort »), éd. ZZJC, p. 204. Sur Wang Chong, voir plus bas au chap. 12.

20. *Shujing (Livre des Documents)*, chap. *Hongfan* (« Grand Plan »), traduction Séraphin COUVREUR, *Chou King, les Annales de la Chine*, rééd. Paris, Cathasia, 1950, p. 196-197. Sur le *Livre des Documents*, voir plus haut chap. 2, note 30. Comme le reste du livre, le chapitre *Hongfan* prétend dater du début de la dynastie Zhou aux environs du XIe siècle av. J.-C. ; en réalité, il est bien plus tardif quoique probablement guère postérieur à la fin du IVe siècle av. J.-C. Cf. Michael NYLAN, *The Shifting Center : The Original « Great Plan » and Later Readings*, Monumenta Serica, 1992.

21. Cf. John S. MAJOR, « Note on the Translation of Two Technical Terms in Chinese Science : *Wu-hsing* and *Hsiu* », *Early China*, 2 (1976), p. 1-3 ; Michael FRIEDRICH & Michael LACKNER, « Once Again : The Concept of *Wu-hsing* », *Early China*, 9-10 (1983-1985), p. 218-219.

22. *Lüshi Chunqiu* 13, 2 *(Yingtong)*, éd. ZZJC, p. 126-127. Voir aussi *Shiji* 74, p. 2344.

23. Sur ce titre, qui fait référence à la divinité suprême des Shang, voir chap. 1, « Du "Souverain d'en haut" au "Ciel" ».

24. *Shiji (Mémoires historiques)* 6, p. 237-238.

25. *Liji (Traité des Rites)*, chap. *Yueling* (« Commandements mensuels »), voir traduction de Séraphin COUVREUR, *Li Ki. Mémoires sur les bienséances et les cérémonies*, rééd. en 2 vol., Paris, Cathasia, 1950, t. I, p. 330-337. Sur le *Traité des Rites*, voir plus haut chap. 2, note 32.

26. Voir plus haut la citation du *Lüshi Chunqiu (Printemps et Automnes du sieur Lü)* à la note 22.

27. Selon Michael LOEWE, le cycle de conquête est le plus ancien, le cycle d'engendrement n'apparaissant que sous les Han antérieurs (206 av. J.-C.-6 apr. J.-C.), cf. « Water, Earth and Fire : The Symbols of the Han Dynasty », in *Divination, Mythology and Monarchy in Han China*, Cambridge University Press, 1994, p. 57.

28. Voir plus haut la citation du *Shiji* 6 à la note 24.

29. *Shujing (Livre des Documents)*, chap. *Yaodian* (« Règle de Yao »), traduction Séraphin COUVREUR, *Chou King*, p. 3-8. Voir plus haut chap. 1 à la note 12.

30. Schéma déjà rencontré dans les « champs en damiers » dont il est question dans le *Mengzi*, voir plus haut chap. 6 à la note 11. Sur la conception de l'espace, cf. Anne CHENG, « La notion d'espace dans la pensée traditionnelle chinoise », dans *Asies 2 (Aménager l'espace)*, Presses de l'université de Paris-Sorbonne, 1994, p. 33-43 ; et Vera V. DOROFEEVA-LICHTMANN, « Conception of Terrestrial Organization in the *Shan hai jing* », *Bulletin de l'École française d'Extrême-Orient*, 82 (1995), p. 57-110.

31. *La Voie royale*, t. II, p. 383-384.

32. Sur ces mystérieux diagrammes dont l'existence est attestée à partir des Royaumes Combattants et qui figurent maintenant dans des traités de géomancie, cf. John B. HENDERSON, *The Development and Decline of*

Chinese Cosmology, New York, Columbia University Press, 1984 (voir en particulier le chapitre sur « Geometrical cosmography in early China »); John S. MAJOR, « The Five Phases, Magic Squares, and Schematic Cosmography », *in* Henry ROSEMONT Jr., éd., *Explorations in Early Chinese Cosmology*, Chico (Calif.), Scholars Press, 1984, p. 133-136.

11

Le *Livre des Mutations*

L'une des sources essentielles de la pensée cosmologique, et de la philosophie chinoise en général, est sans aucun doute le *Livre des Mutations* (*Yijing* 易經), également connu en chinois sous le titre de *Mutations des Zhou* (*Zhouyi* 周易)[1]. C'est pour cette raison que lui est consacré un chapitre à part entière qui clôt le cycle de la pensée pré-impériale. Bien que puisant dans un fonds très ancien qui a informé toute la pensée chinoise, il semble que le *Yijing*, en tant que source textuelle, ne se soit constitué que tardivement, dans la dernière partie des Royaumes Combattants. Souvent mentionné en tête des Cinq Classiques confucéens reconnus sous les Han, il se distingue pourtant des quatre autres *(Odes, Documents, Rites, Annales des Printemps et Automnes)* qui constituent autant de références pour l'humanisme confucéen[2]. La longue et riche tradition interprétative qui s'est formée autour du *Yi* lui donne valeur de traité cosmologique et symbolique à portée éternelle et universelle. De fait, à quelque époque et dans quelque courant que ce soit, il ne se trouve pas un seul penseur chinois d'importance qui n'ait été inspiré par les *Mutations* au point d'y projeter sa propre vision des choses. Unique en son genre, sans équivalent dans d'autres civilisations, c'est un livre de vie autant que de connaissance qui contient toute la vision spécifiquement chinoise des mouvements de l'univers et de leur rapport avec l'existence humaine.

Origines divinatoires

Bien que l'origine et la composition de ce livre soient sujettes à de multiples controverses, on peut considérer qu'il s'agit en premier lieu d'un système de notation d'actes de divination. Les pratiques divinatoires connues de la Chine archaïque remontent à l'époque des Shang où la divination se fait par interprétation des craquelures résultant du brûlage d'omoplates d'ovins ou de bovins ou de carapaces de tortues[3]. Si le *Livre des Mutations* s'est d'abord intitulé *Mutations des Zhou*, la raison en est probablement qu'au début des Zhou, vers le XIe siècle avant notre ère, les manipulations d'os ou de carapaces semblent céder le pas à un nouveau mode de divination fondé sur le décompte de tiges d'achillée. De la lecture du dessin résultant de la fissuration de supports matériels et censé reproduire une configuration déterminée du réel, on passe à un niveau d'interprétation moins immédiat, plus abstrait, fondé sur le calcul et les nombres. Ce changement dans la technique divinatoire marque sans doute le passage définitif d'une mentalité religieuse à une pensée naturaliste, les signes apparaissant comme la figuration d'une situation émergente et non plus comme la manifestation de la volonté des esprits. Comment opérait-on avec l'achillée ? « Il s'agissait d'obtenir comme signe chiffré de la nature du phénomène considéré un nombre [...] qui ne pouvait être que 6, 7, 8 ou 9. L'opération était répétée six fois de suite [...]. Les six résultats, au lieu d'être exprimés par des chiffres, l'étaient par des monogrammes (appelés *yao* 爻) [...] qui n'étaient que de deux sortes, car c'étaient surtout les propriétés du pair et de l'impair qui se trouvaient prises en considération. Les bases 7 et 9, impaires, interprétées comme significatives du principe mâle, s'exprimaient par la notation d'un tiret long et continu ; les bases 6 et 8, paires, interprétées comme significatives du principe femelle, s'exprimaient par la notation de deux tirets courts, séparés par une discontinuité, mais à deux de même mesure que le long tiret des bases impaires. Au fur et à mesure que les six bases étaient obtenues, l'achilléomancien disposait leurs expressions monogrammatiques les unes au-dessus des autres jusqu'à la formation d'une figure appelée *gua* 卦, terme technique que nous traduirons par *hexagramme* mais qui s'applique aussi à chacun des deux *trigrammes* plus élémentaires en lesquels la figure hexagrammatique pouvait être décomposée[4]. »

Après manipulation et décompte des tiges d'achillée, on obtenait 64 hexagrammes, qui représentaient toutes les superpositions possibles de 6 monogrammes pleins (—) et brisés (– –) et qu'il était possible de décomposer en 8 trigrammes de base :

qian 乾	☰	kun 坤	☷
gen 艮	☶	dui 兌	☱
kan 坎	☵	li 離	☲
zhen 震	☳	xun 巽	☴

Le *Livre des Mutations* semble avoir été à l'origine un simple instrument de divination, voire un « fatras de jugements divinatoires au premier degré, du type "Faste au sud-ouest, néfaste au nord-est", et de proverbes ou dictons rimés mais souvent tronqués [5] ». Deux chercheurs américains ont tenté de reconstituer le *Yi* dans son état originel, aboutissant à des conclusions opposées quant à sa composition : Edward Shaughnessy en date le noyau originel de la fin du XIe siècle av. J.-C. et y voit la composition consciente d'un ou de plusieurs éditeurs, le texte étant resté sujet à modifications jusqu'à sa stabilisation définitive au Ier-IIe siècle apr. J.-C. ; pour Richard Kunst, en revanche, « il s'agit au départ d'une anthologie, transmise oralement en une évolution continue, de présages avec leurs pronostics, de dictons populaires, d'anecdotes historiques et de propos de sagesse sur la nature, qui furent regroupés en un manuel autour d'un dispositif d'hexagrammes, avec leurs traits pleins et brisés, par des devins qui se fondaient sur la manipulation de tiges d'achillée pour obtenir des oracles [6] ».

Canonisation des *Mutations*

Dans le *Commentaire de Zuo*, généralement daté du milieu du IVe siècle av. J.-C., on trouve les premières citations connues du *Yi* qui apparaît encore à ce stade comme un manuel de divination consulté par des hommes d'État sur des enjeux d'ordre personnel ou le plus souvent politique[7]. S'il n'est pas mentionné comme texte dans le *Xunzi* qui qualifie pourtant déjà les quatre autres livres de Classiques et si, contrairement à ces derniers, il échappe à l'autodafé ordonné par le Premier Empereur en 213 av. J.-C., c'est qu'il ne fait sans doute pas encore partie, à la veille de l'empire, du Canon confucéen[8].

Ce n'est qu'au début des Han (IIᵉ siècle av. J.-C.) que son intégration dans le corpus des Cinq Classiques lui confère un statut canonique jusque-là problématique. Alors que les *Odes*, *Documents*, *Rites* et *Printemps et Automnes* auraient été composés ou du moins remaniés par Confucius, celui-ci ne fait jamais mention des *Mutations*, sauf dans une phrase des *Entretiens* dont le sens est plus qu'incertain. C'est au moment où le livre accède au statut canonique que son lien avec Confucius est lourdement souligné :

> Au soir de sa vie, Confucius tira grande joie des *Mutations*, mettant en ordre les commentaires *Tuan*, *Xici*, *Xiang*, *Shuogua* et *Wenyan*. Il lisait les *Mutations* [avec tant d'ardeur] que les cordons reliant les lattes de bambou se rompirent par trois fois[9].

Les commentaires énumérés ici font partie des « Dix Ailes » qui sont venues s'agréger au noyau originel des *Mutations*, attribué par une volonté de canonisation à des sages mythiques de l'antiquité. Selon la tradition la plus communément acceptée depuis les Han, l'invention des huit trigrammes serait due au légendaire Fuxi ; leur redoublement en 64 hexagrammes, accompagnés de leurs sentences divinatoires (*guaci* 卦辭), est le plus souvent attribué au roi Wen ; quant aux sentences sur chacun des traits (*yaoci* 爻辭), elles seraient l'œuvre du duc de Zhou :

> Jadis, lorsque Fu Xi régnait en roi sur le monde, il leva les yeux pour contempler les configurations observables dans le Ciel, puis il les baissa pour observer les modèles sur la Terre. Il regarda attentivement les traces des oiseaux et des bêtes sauvages, en conformité avec les variations de la Terre. Ce qui était proche, il en jugeait à partir de lui-même ; ce qui était loin, il en jugeait à partir des choses. C'est alors qu'il inventa les huit trigrammes, afin de pénétrer l'efficace des êtres numineux et de sérier la multiplicité des dix mille êtres[10].

Les Dix Ailes, traditionnellement attribuées à Confucius, sont plus vraisemblablement le résultat d'une sédimentation de textes qui commence sous les Royaumes Combattants pour ne se stabiliser qu'au début des Han, aux environs de 200 av. J.-C.[11]. Elles représentent la « récupération » d'un ouvrage à l'origine divinatoire par le courant confucéen au moment où il se cherche, comme bien d'autres, un fondement cosmologique. Avec la floraison de la pensée naturaliste décrite au chapitre précédent, il fallait bien que l'école confucéenne, jusque-là préoccupée principalement du Dao de l'Homme, se décidât à y intégrer le Dao du Ciel. Les commentaires (*zhuan* 傳) que sont les Dix Ailes se décomposent de la manière suivante :

– 1 et 2 : le commentaire *tuan* 彖, composé de deux parties, qui porte un « jugement » sur un hexagramme dans son ensemble et sur la sentence divinatoire qui l'accompagne.

– 3 et 4 : le commentaire *xiang* 象, la « figure », également en deux parties. Comme son nom l'indique, il porte sur l'hexagramme pris comme figuration d'une situation divinatoire. La « grande figure » vient doubler le commentaire *tuan* en interprétant sur le plan figuratif la sentence portant sur l'ensemble, tandis que les « petites figures » interprètent les sentences portant sur chacun des traits.

On peut récapituler ainsi l'ensemble des textes et commentaires attachés à un hexagramme *(gua)* : il y a d'abord la sentence divinatoire *(guaci)* portant sur l'ensemble de la figure ; cette sentence fait à son tour l'objet d'un « jugement » appelé *tuan* et d'un commentaire figuratif *(xiang)*. À l'intérieur d'un hexagramme donné, chaque monogramme ou trait *(yao)* est accompagné d'une sentence divinatoire *(yaoci),* sur laquelle porte également un commentaire figuratif.

– 5 et 6 : le *Grand Commentaire* (*Dazhuan* 大傳), ou « Sentences attachées » (*Xici* 繫辭), qui constitue, non pas un commentaire sur chaque hexagramme ou sur chaque sentence, mais un véritable traité en deux parties sur le *Yi* pris comme un tout cohérent. C'est le *Grand Commentaire,* généralement daté du début des Han, qui, en élevant le *Yi* du rang de simple manuel de divination à celui de traité cosmologique, représente sans doute la plus belle formule de l'intégration confucéenne du Ciel et de l'Homme.

– 7 : le *Wenyan* 文言 (Commentaire sur les mots du texte), très développé, ne porte cependant que sur les deux premiers hexagrammes, *qian* et *kun*.

– 8, 9 et 10 : respectivement, le *Shuogua* 説卦 (Explication des figures), *Xugua* 序卦 (Séquence des figures) et *Zagua* 雜卦 (Mélange de figures) livrent des considérations diverses sur les noms des figures, ainsi que sur leur ordre de succession ou leur disposition. Chacune d'elles porte en effet un nom qui semble avoir quelque rapport avec les caractéristiques générales de la situation qui lui correspond. Par exemple, l'hexagramme 53 (*jian* 漸, « graduel ») parle d'un vol d'oies sauvages s'approchant du rivage, image qui suggère peut-être l'idée d'une situation se développant lentement et graduellement. Pour ce qui est de la disposition des huit trigrammes de base, deux modèles principaux se dégagent à partir du IIe siècle av. J.-C. sous les Han : le « Diagramme antérieur au Ciel » (*Xiantian tu* 先天圖) et le « Diagramme postérieur au Ciel » (*Houtian tu* 後天圖)[12].

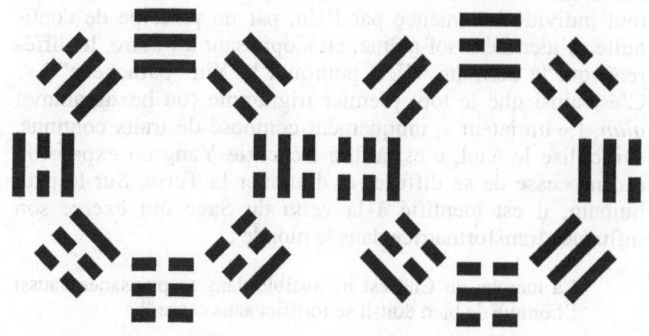

« Diagramme antérieur au Ciel »   « Diagramme postérieur au Ciel »

« Un Yin, un Yang, tel est le Dao »

On est donc en présence d'un ouvrage complexe, aux strates multiples, dont le titre lui-même comporte plusieurs sens possibles : comme adjectif, *yi* 易 signifie « facile », « aisé » ; dans une acception verbale, il désigne le processus de mutation (la tradition voit à l'origine de ce caractère la représentation d'une sorte de lézard ou de caméléon). D'autres termes servent à dire le changement de manière plus spécifique. Dans le *Grand Commentaire*, le mot *bian* 變 – par opposition à *hua* 化 qui évoque plutôt une transformation graduelle et sans heurt, quasi magique [13] – désigne le principe d'alternance du Yin et du Yang ou de conversion de l'un en l'autre, figuré par la superposition des traits continus et des traits brisés :

> La mutation qui s'épuise ne peut que se convertir en son alternative (*bian* 變) ; se convertissant, elle ne peut qu'aboutir partout (*tong* 通) ; aboutissant partout, elle ne peut que perdurer. Puisque fermer une porte se dit *kun* (Yin) et que l'ouvrir se dit *qian* (Yang), fermer puis ouvrir se dit « alterner » ; alterner dans un va-et-vient incessant se dit « aboutir partout »[14].

Dans les *Mutations*, « le Yang représenté par un trait continu est dit "rigide" ; c'est le pareil à soi-même ; le Yin figuré par un trait discontinu est dit "souple" ; c'est l'ouverture à la différence. En tant qu'unité, le Yang "commence" : toute identité, tout individu commence par l'Un, par un principe de continuité, d'identité à soi-même, en s'opposant à l'autre, le différent, qui le délimite. C'est pourquoi le Yin "parachève"[15] ». C'est ainsi que le tout premier trigramme (ou hexagramme) *qian*, l'« initiateur », uniquement composé de traits continus, symbolise le Ciel, c'est-à-dire l'énergie Yang en expansion qui ne cesse de se diffuser et d'animer la Terre. Sur le plan humain, il est identifié à la vertu du Sage qui exerce son influence transformatrice dans le monde :

> La marche du Ciel est irrésistible dans sa puissance ; aussi l'homme de bien doit-il se fortifier sans cesse[16].

En corrélation avec *kun*, le « réceptif », composé exclusivement de traits brisés Yin, *qian* figure la totalité de la réalité, toutes les autres figures n'évoquant que des situations particulières :

> Un Yin, un Yang, tel est le Dao[17].

En combinant les deux sens premiers de *yi*, on en arrive à l'idée qu'il n'est rien de plus aisé que la mutation puisqu'elle est inscrite dans l'ordre naturel des choses : un être vivant n'est jamais défini ou définitif, il contient déjà en lui le principe de sa propre transformation :

> La vie qui engendre la vie, telle est la mutation[18].

La mutation est toujours à replacer, dans la perspective plus large d'une harmonie et d'une continuité prééminentes, en relation d'équivalence avec le Dao. De par son titre, le *Yi* fait de la mutation le principe structurant du cosmos, façon de rappeler que le retour est le mouvement même du Dao. Il semble d'ailleurs que Dao et *yi* soient deux aspects d'une seule et même chose : tandis que le premier désigne l'unité originelle à laquelle toute chose revient, le second en est l'aspect manifeste ; à eux deux, ils évoquent la diversification ou démultiplication de l'il-y-a dans son déploiement à partir de l'il-n'y-a-pas, la source innommée. Déploiement qui s'opère à partir de l'Un sur un rythme binaire (2, puis 4, puis 8, puis 64) décrit dans le *Grand Commentaire,* qu'il est révélateur de mettre en parallèle avec un texte d'inspiration cosmologique sur l'origine de la musique tiré des *Printemps et Automnes du sieur Lü* et le fameux chapitre 42 du *Laozi* :

> Ainsi donc, dans les *Mutations*, le Faîte suprême (*taiji* 太極) engendre les deux modèles (*yi* 儀). Les deux modèles engendrent les quatre figures (*xiang* 象), lesquelles engendrent les huit trigrammes (*gua* 卦). Ceux-ci déterminent le faste et le néfaste. La détermination du faste et du néfaste engendre les grandes œuvres [19].
> [La musique] prend sa racine dans le Grand Un. Du Grand Un sont issus les deux modèles, des deux modèles sont issus Yin et Yang. Yin et Yang se modifient et se transforment, l'un en haut, l'autre en bas. [...] Les quatre saisons se succèdent [...]. Les dix mille êtres trouvent ainsi leur origine : ils prennent consistance dans le Grand Un et se transforment dans le Yin/Yang [20].
> Le Dao engendre l'Un
> Un engendre Deux
> Deux engendre Trois
> Et Trois les dix mille êtres [21].

Ces trois textes, qui datent approximativement de la même époque, évoquent chacun à leur manière un processus qui se déploie vers l'infini de la multiplicité à partir d'une origine unique, innommable et impossible à figurer si l'on reste à l'intérieur du processus – formulation parfaite de ce que la pensée chinoise entend par le Dao.

Les *Mutations* comme combinatoire figurative

Le *Grand Commentaire* dévoile les choses et les êtres dans leur évolution et indique la bonne manière de les appréhender, fastes ou néfastes. Plus généralement, les commentaires des *Mutations* présentent les trigrammes ou hexagrammes comme résultant d'une observation directe du réel et structurant en pointillé l'univers :

> Une fois abouties toutes les possibilités de mutation, [les hexagrammes] forment les signes (*wen* 文) du Ciel-Terre ; une fois épuisé tout le potentiel des nombres, ils déterminent les figures des choses du monde [22].

La notion de « figure » est ainsi expliquée dans le *Han Feizi* :

> Les hommes voient rarement un éléphant (*xiang* 象) vivant, mais quand ils trouvent la carcasse d'un éléphant mort, ils se fondent sur cette vision pour se le figurer vivant. Voilà pourquoi tout ce qui sert à se former une idée ou une figure est appelé *xiang* 象 [23].

Xiang est donc la « figuration » ou l'image que l'on se fait d'une chose ou d'un phénomène :

> Or donc, les *Mutations* sont des figures (*xiang* 象) au sens où elles sont à la ressemblance (*xiang* 像) des choses. [...] Les traits [des hexagrammes] reproduisent les mouvements du monde [24].

Le langage que constitue la combinatoire des hexagrammes donne une figuration ou configuration structurée et structurante d'un monde où tout est signe : comportements, corps, gestes « se déchiffrent comme des superpositions de lignes hexagrammatiques, dont elles sont le substitut par le jeu symbolique des correspondances. [...] Le monde, dans toutes ses manifestations, est une collection de diagrammes oraculaires. [...] Constellé de symboles et d'indices, c'est un grimoire qui livre les secrets du temps à qui possède la clé de leur déchiffrement. Tout se charge de signification, tout est signifiant [25] ». De fait, Wang Chong, penseur des Han du Ier siècle apr. J.-C., tend vers une conception naturaliste et non plus magique de la divination :

> À l'époque des Printemps et Automnes, lorsque les ministres et les dignitaires se réunissaient, ils observaient les comportements inhabituels, ils écoutaient les propos étranges. Si le signe était bon, il était clair que la situation était favorable, et si le signe était mauvais, il fallait s'attendre à quelque malheur. Prévoir une bonne ou une mauvaise fortune, anticiper ce qui n'est pas encore, ne relève pas d'une connaissance magique, mais simplement de l'induction à partir des signes [26].

Potentiel symbolique inépuisable que la riche combinatoire de ce vaste réseau de monogrammes, trigrammes et hexagrammes, reflets et corrélats de tous les processus et formes de l'univers naturel ainsi que des circonstances infiniment variées de la vie humaine – y compris les plus sujettes au doute et à la contingence. C'est ainsi que la seule série des huit trigrammes a été associée aux éléments et phénomènes naturels, mais aussi aux relations familiales, aux catégories sociales, etc. [27]. Lorsque les trigrammes se combinent à leur tour en 64 hexagrammes [28], la richesse d'association prend une ampleur et couvre un champ inconnus de la cosmologie primitive qui se limitait au couple Yin/Yang et aux Cinq Agents. Alors que cette dernière opérait à partir d'une « science du concret », les hexagrammes des *Mutations*, à travers la complexité de leur combinatoire, ouvrent la possibilité d'un véritable langage figuratif. Un exemple en est la façon dont un hexagramme se transforme en un autre, impliquant, par association d'idées ou d'images, un glissement de sens : la transformation de l'hexagramme 48 (*jing*, « le puits ») dans l'hexagramme 5 (*xu*, « l'attente ») par la seule modification du trait inférieur amène à interpréter le puits, source inépuisable, comme image de la persévérance et de la patience ; inversement, l'attente est à comprendre, non pas comme amère résignation, mais comme expectative forte de la résolution de ne pas se précipiter avant l'heure vers l'issue souhaitée.

Cette exploitation du potentiel figuratif du *Yi* culmine dans l'« étude des figures et des nombres » (*xiangshuxue* 象數學), expression qui trouve peut-être son origine dans le *Commentaire de Zuo* :

> Les carapaces de tortue forment les figures, les tiges d'achillée les nombres. Les choses naissent, puis viennent les

figures. Après les figures vient la profusion, et de celle-ci naissent les nombres [29].

Si « les figures et les nombres » font initialement référence à la divination utilisant les carapaces et l'achillée, ils recouvrent, à partir des Han, l'ensemble des techniques mantiques ayant trait, de près ou de loin, au *Livre des Mutations*. On se met alors à jongler à cœur joie avec tous les rapports possibles entre hexagrammes : négation (transformation d'un hexagramme en son négatif trait pour trait), inversion (hexagramme lu à l'envers), modification de traits, « trigrammes nucléaires » (traits 2-3-4 et 3-4-5), etc. [30]. Mais, ce faisant, le formidable potentiel figuratif des *Mutations* se trouve canalisé et compartimenté dans une grille qui finit par se limiter à un jeu purement mécanique.

Interprétation des *Mutations*

Certaines règles d'interprétation des hexagrammes se dégagent du commentaire *tuan* (le « jugement ») : la première combine la notion de centralité (*zhong* 中, le « Milieu » confucéen) avec la traditionnelle division de l'hexagramme en deux trigrammes, inférieur et supérieur (rappelons que la figure, qu'elle soit à trois ou six traits, se lit de bas en haut). Dans cette perspective, les deuxième et cinquième traits, étant situés au milieu de leur trigramme respectif, sont à même de tenir compte de la situation en son évolution et de déterminer le lieu adéquat et le moment propice à l'action. Une deuxième règle concerne la position « correcte » (*zheng* 正), selon laquelle les traits impairs sont en principe Yang (pleins), et les traits pairs Yin (brisés). Dans la figure idéale, les traits 3 et 5 devraient donc être Yang – tout particulièrement le 5, dit « le souverain » – alors que les traits 2 et 4 devraient être Yin. Il se produit, par conséquent, un effet de dislocation en principe néfaste lorsqu'un trait Yang est en position Yin, ou inversement. Enfin, un phénomène de « résonance » (*ying* 應) peut opérer entre les traits correspondants des deux trigrammes (1-4, 2-5, 3-6) : si, par exemple, le premier trait est Yang et le quatrième Yin, ils sont en résonance propice.

On peut ainsi considérer que le *Livre des Mutations* initie ceux qui le consultent à la science de la centralité à travers une multiplicité de situations. Mais dans la symbolique qui lui est propre, il n'y a précisément pas de figure idéale, pas plus qu'il n'y a de schéma préétabli [31]. Les innombrables exceptions aux cas de figures stéréotypés ne sont pas faites pour confirmer la règle mais font, au contraire, que les règles ne sont pas de règle dans un domaine où il s'agit de répondre à des conjonctures ou des situations toujours uniques. Après tout, le mot clé n'est-il pas « mutation », qui signifie bien qu'une situation n'est jamais statique et qu'il n'est donc pas possible de fixer des règles, même pour un cas de figure donné. En effet, la réponse consiste non pas en une réaction type, mais à déplacer et à reformuler le problème à mesure que la situation évolue, à la manière du jeu d'échecs ou de l'analyse moderne : « Systèmes clos et dynamiques, à l'intérieur desquels se manifestent des tensions, des ruptures, des mutations, des attractions et répulsions, les hexagrammes ne sont pas sans analogie avec des échiquiers où le déplacement d'une seule pièce suffit à modifier toute la configuration et à changer le sens général de l'ensemble, bloquant certaines possibilités d'action, en ouvrant d'autres, affaiblissant ou renforçant telle ou telle position. Toujours interprétés deux par deux, les hexagrammes traduisent des situations transitoires dont le sens et les tendances qu'ils recèlent n'apparaissent que dans leur transformation [32]. »

On aura peut-être noté que les commentaires des *Mutations* s'attachent à interpréter soit l'ensemble des 64 hexagrammes comme un tout organisé, soit chacun des hexagrammes comme un processus d'évolution déterminé. Dans le premier cas, ils portent sur le passage ou la transformation d'une figure à l'autre. Dans le second, chaque hexagramme représente une situation : « Le diagramme divinatoire n'est nullement un simple indice de ce qui arrivera, mais la figure de la structure même de l'événement considéré [33]. » Or, la situation divinatoire, loin d'être figée ou d'aboutir à l'impasse de la tragédie grecque, est constamment dynamique et évolutive : on pourrait dire, en effet, qu'il y a développement, déploiement, voire dévoilement à mesure qu'elle évolue d'un trait à l'autre. Seule une telle dynamique permet de découvrir la vérité ultime de la figure, c'est-à-dire de la situation qu'elle représente. D'où la portée à la fois humaine et cosmique des hexagrammes du *Yi* qui, dans leur ensemble, peuvent être pris comme la vaste évolution d'une situation. Les deux derniers hexagrammes, qui alternent régulièrement traits Yin et Yang dans deux ordres différents, sont là pour signifier que l'efficacité et l'accomplissement authentiques des deux hexagrammes initiaux (*qian* uniquement composé de traits Yang et *kun* de traits Yin) ne résident pas dans leur position respective, prise en soi isolément, mais dans leur interpénétration et leur interaction harmonieuses. L'ordre de succession ne manque pas non plus de signification : à l'avant-dernier hexagramme *jiji* 既濟 (« Une fois avoir traversé la rivière ») succède paradoxalement *weiji* 未濟 (« N'ayant pas encore traversé la rivière ») qui a le mot de la fin :

> En pleine confiance, on boit du vin. Pas de blâme. Mais si l'on se mouille la tête, on la perd en vérité.

Cette leçon qui nous enseigne à ne pas chercher le trop-plein afin de ménager la possibilité du devenir nous ramène au tout premier hexagramme *qian* qui conclut sur un avertissement de même nature :

> Dragon orgueilleux aura à se repentir.

L'« infime amorce »

> Le Maître (Confucius) dit : « Connaître l'infime amorce (*ji* 幾) ne tient-il pas de l'esprit à son comble (*shen* 神) ? L'homme de bien ne flatte pas ses supérieurs, pas plus qu'il ne rudoie ses inférieurs : c'est qu'il connaît l'amorce infime. L'infime, c'est l'imperceptible commencement du mouvement, le tout premier signe visible du faste [ou du néfaste]. L'homme de bien, dès qu'il voit l'infime, passe à l'action, sans attendre la fin de la journée [34]. »

Dans les *Mutations* se trouve la formulation la plus achevée de l'extrême attention que prête la pensée chinoise à ce qui est en germe, ce qui n'est encore qu'en gestation : « Toute la science divinatoire du *Yijing* repose sur le postulat que le futur est déjà dans le présent à l'état de germe. [...] Ainsi le *ji*, dans la phraséologie divinatoire, désigne la potentialité, ou plutôt le stade où le non-être se cristallise en être [35]. » Le *ji* 幾 (infime amorce ou indice) est souvent mis pour *ji* 機 (ressort cosmique) [36].

Dans les deux cas, il est ce qui met en branle les choses, moment infime entre la quiétude et le mouvement, entre la puissance virtuelle et l'acte réel : « Entre la pure latence et la complète actualisation existe donc ce stade intermédiaire qui requiert d'autant plus notre attention qu'il doit permettre à la fois la prévision et la rectification. Si l'évolution du procès ne peut être codifiée (selon un modèle déterminé d'avance), elle n'en est pas moins repérable, analysable et donc, dans une certaine mesure aussi, modifiable. D'où tout l'intérêt que portent à cette notion de stade initial les commentaires du *Livre des Mutations* puisque c'est à travers elle que l'homme peut effectivement appréhender le devenir en cours et le maîtriser[37]. »

L'infime (*ji* 幾), le ténu (*wei* 微), le quintessentiel (*jing* 精), le germe (*duan* 端) : autant de termes différents pour désigner une seule et même notion particulièrement opérante dans le domaine médical. Tout l'art du médecin tient en effet dans la reconnaissance et l'interprétation des signes les plus subtils qui assurent la justesse du diagnostic alors que la maladie n'en est qu'à ses débuts, voire avant même qu'elle ne se déclare[38]. De manière plus générale, une situation, quelle qu'elle soit, n'est jamais un donné figé, elle est la préfiguration (ou l'image *xiang* 象) d'un aboutissement. Est à l'état de germe ce qui est déjà tout en n'étant pas encore tout à fait. Celui qui a compris cela part d'une simple constatation de fait : « Un décalage d'un cheveu aboutit à une erreur de dix mille lieues » et se distingue du commun des mortels : « Le sot ne voit même pas ce qui est achevé, le sage voit ce qui n'est pas encore en germe[39]. » De la même façon, le *Laozi* se montre attentif aux phénomènes avant même qu'ils n'aient pris forme (*weixing* 未形) et ne se soient réalisés (*cheng* 成) :

> Ce qui est en repos est facile à tenir
> Ce qui n'a point éclos facile à prévenir
> Ce qui est encore frêle facile à briser
> Ce qui est encore ténu facile à disperser
> L'agir se tient dans ce qui n'est pas encore
> L'ordre s'instaure avant que n'éclate le désordre
> Cet arbre qui remplit tes bras est né d'un germe infime
> Cette tour et ses neuf étages sont issus d'un petit tertre
> Ce périple de mille lieues a commencé sous tes pieds [...]
> Sois attentif au terme comme au germe
> Jamais tu ne connaîtras l'échec[40].

L'infime amorce n'indique pas seulement le passage quasi imperceptible du latent au manifeste, mais aussi la continuité entre nature et éthique, « ce qui devrait être » étant issu directement de « ce qui est ». C'est ce qui est dit au début de *L'Invariable Milieu* :

> Tant que plaisir, colère, tristesse et joie ne se sont pas manifestés (*weifa* 未發), c'est le Milieu (ou l'équilibre interne, *zhong* 中). Lorsqu'ils se manifestent (*yifa* 已發) sans dépasser la juste mesure, c'est l'harmonie (dans l'action, *he* 和). Le Milieu est le grand fondement de l'univers, l'harmonie en est le Dao universel. Que le Milieu et l'harmonie soient portés à leur comble, et le Ciel-Terre trouvera sa place et les dix mille êtres leurs ressources [41].

C'est dans ce passage de l'indétermination et de la quiétude à l'activité et au mouvement que sera pensée l'apparition des mauvaises impulsions, ou ce que nous appellerions la question du mal. Dans l'optique chinoise, est mauvais tout ce qui fait obstacle à la vie, à la circulation de l'énergie, autrement dit tout ce qui tend à rigidifier, à durcir dans des formes déterminées, comme le suggère le *Huainanzi* (*Le Maître de Huainan*), somme taoïste du IIe siècle av. J.-C. :

> L'homme est quiet (*jing* 靜) de naissance : c'est la nature qu'il tient du Ciel. Sous l'influence des choses, le mouvement (*dong* 動) se produit en lui ; c'est là une détérioration de sa nature. Son esprit répond aux choses qui se présentent, et ainsi sa connaissance entre en mouvement. Celle-ci le met au contact avec les choses, et ainsi naissent en lui l'amour et la haine, qui font prendre corps aux choses ; et la connaissance, attirée vers l'extérieur, ne peut plus revenir à elle-même. C'est ainsi qu'est détruit en lui l'ordre céleste (*tianli* 天理). Ceux qui sont initiés au Dao n'échangent pas le Ciel contre l'Homme [42].

« En amont des formes, en aval des formes »

Le monde est ici envisagé comme un ensemble où tout est lié, sans ruptures, où rien n'est absolu, indépendant, séparé, où l'invisible, loin d'avoir une existence distincte, est présent dans le visible à l'état de signes. L'infime amorce, si ténue et insaisissable qu'elle soit, est là pour témoigner du va-et-vient cyclique entre manifeste et latent, entre ce que perçoivent les sens et ce qui leur échappe. De façon analogue, le système figuratif qui s'élabore dans les *Mutations* fait fonction de médiateur entre le langage discursif et l'indicible. En effet, la figure n'est pas la représentation ou la reproduction d'une chose, elle est un stade dans le processus de sa formation, lequel passe par l'avènement (*cheng* 成) avant d'en arriver à la figure (*xiang* 象), puis à la forme (*xing* 形) pour aboutir à l'objet concret (*qi* 器) :

> Fermer puis ouvrir se dit « alterner »; alterner dans un va-et-vient incessant se dit « aboutir partout ». Dès lors que ce qui aboutit partout est visible, il devient figure; dès lors que cette figure prend forme, elle devient objet concret. [...]
> Ce qui est en amont des formes (*xing er shang* 形而上) s'appelle Dao; ce qui est en aval (*xing er xia* 形而下) s'appelle objets concrets (*qi* 器). Ce qui les transforme et les régit, c'est l'alternance; quand celle-ci est étendue à l'action, elle aboutit partout [43].

Dans le processus continu de formation des choses, les figures sont des principes structurants qui, « en amont », relèvent du Ciel alors que les formes, « en aval », sont des représentations déterminées, concrètes et particulières relevant de la Terre. Si les figures prennent des formes perceptibles qui, en tant que telles, fournissent des données concrètes et utiles pour l'expérience et le comportement, la nature intrinsèque de la réalité qu'elles figurent est, en revanche, impossible à appréhender par le discours :

> Ce qui est écrit ne saurait épuiser le sens des paroles. Les paroles ne sauraient épuiser le sens des idées. Est-ce à dire qu'il est impossible de saisir les idées des saints ? Le Maître dit : « Les saints ont établi les figures afin de rendre totalement compte de leurs idées ; ils ont conçu les hexagrammes pour épuiser le vrai et le faux ; ils ont adjoint des explications [aux hexagrammes] pour épuiser le sens de leurs paroles ; ils ont saisi [le sens des] mutations des hexagrammes, en ont compris le procédé, et ce afin de rendre totalement compte de ce qui est profitable aux choses [44]. »

On retrouve ici une problématique déjà formulée en termes similaires autour du thème du « Grand Homme » dans certains chapitres du *Zhuangzi*[45]. Cette réalité ultime qui est hors de portée des formes et du discours n'est autre que le Dao, dont seul le sage ou le « Grand Homme » peut avoir idée et dans lequel il se coule en s'en tenant au principe éminemment taoïste du non-agir. C'est le propre du sage d'appréhender de manière immédiate – sans médiation – le principe qui régit toute situation et d'y répondre infailliblement de la façon la plus appropriée. Mais c'est aussi à lui qu'il incombe de recourir à la médiation du langage figuratif pour permettre au commun des hommes de percevoir le sens ultime, le Dao.

Même si l'expression *xing er shang* 形而上 (« en amont des formes visibles ») devait devenir l'expression consacrée dans la langue moderne pour désigner la métaphysique, il reste que « la pensée chinoise ancienne ne s'intéresse pas à l'absolu de l'être. Elle recherche non pas ce qui fonde l'être – problème métaphysique –, mais ce qui peut expliquer comment la multiplicité extraordinairement diversifiée des "dix mille êtres" fonctionne d'un même mouvement, du mouvement de l'univers – problème cosmologique [46] ». L'alternance cyclique Yin/Yang est la matrice de l'oscillation entre ce qui n'est qu'imminent, encore imperceptible dans sa subtilité, et ce qui se manifeste, entre la quiétude de la latence et le mouvement de l'action, entre le Dao comme source d'être et les choses concrètes ou, pour annoncer une dichotomie qui fera fortune tout au long de l'histoire intellectuelle chinoise, entre la constitution fondamentale (*benti* 本體) et sa manifestation fonctionnelle dans le monde de l'expérience (*fayong* 發用). Ce va-et-vient constant, qui est précisément ce qu'il faut entendre par la « réalité comme mutation », rend vain tout effort de définir une « métaphysique » qui serait « au-delà » du physique.

Dans le *Grand Commentaire*, on voit le courant confucéen se doter d'une dimension cosmologique fortement inspirée du naturalisme taoïste. Ce n'est donc pas un hasard si les penseurs ultérieurs qui ont tenté de revenir aux sources d'une réflexion globale et fondamentale, de Wang Bi au IIIe siècle apr. J.-C. à Zhou Dunyi au XIe siècle, les ont cherchées dans le *Grand Commentaire* autant que dans une inspiration taoïsante. Mencius, qui percevait la continuité entre Ciel et Homme dans une moralité directement issue de la nature, avait déjà pressenti que l'humanisme confucéen devait être replacé dans un contexte plus vaste pour prendre tout son sens :

> Un Yin, un Yang, tel est le Dao. C'est dans le bien qu'il perdure, dans la nature humaine qu'il s'accomplit [47].

Ces simples phrases du *Grand Commentaire* font la jonction d'une conception de la bonté humaine et d'une vision du Dao par-delà toute éthique, synthèse magistrale de divers courants (confucéen, taoïste, cosmologiste) si caractéristique de l'esprit qui prédomine à la veille et au début des Han. Vision totalisante qui se résume dans une formule évocatrice de la grande triade chère à Xunzi :

> Le *Yi* est un livre à la fois vaste de portée et complet de contenu. En lui résident le Dao du Ciel, le Dao de la Terre et le Dao de l'Homme. En associant ces Trois Puissances (*sancai* 三才) et en les doublant, on obtient six lignes. Ces six lignes ne représentent pas autre chose que le Dao des Trois Puissances [48].

Sens de l'opportunité

La symbolique dérivée des *Mutations* offre donc un système clos et en même temps ouvert, caractéristique de la pensée divinatoire qui ne relève pas tant du discours que d'une vision intuitive, synthétique et instantanée. À l'image des choses en perpétuelle mutation et pourtant intégrées dans l'unité du cosmos, le Saint ne fait qu'un avec le Dao mais aussi avec ses multiples mutations : il s'agit pour lui, comme le dit Xunzi, de se mettre en condition autant pour « répondre aux changements » que pour répandre autour de lui une influence transformatrice :

> Il répond aux changements et se plie au mouvement du temps, agissant au bon moment et s'ajustant à la situation. À travers mille mouvements et dix mille changements, son *dao* reste un [49].

Cette exigence d'adaptation à la mutation se traduit au premier chef dans la notion d'« opportunité » (*shi* 時) qui conçoit le temps non pas comme écoulement homogène et régulier, mais comme processus constitué de moments plus ou moins favorables. Notion développée en particulier dans deux textes associés à la mouvance de Mencius, *La Grande Étude* et *L'Invariable Milieu* :

> Toute chose a des racines et des branches, les événements ne finissent que pour recommencer. Connaître le bon ordre de succession des choses, c'est être proche du Dao.
> C'est seulement en trouvant leur parachèvement que les choses ne finissent que pour recommencer, faute de quoi elles ne sauraient même exister. Aussi l'homme de bien accorde-t-il la plus grande valeur à ce parachèvement. [...] C'est dans ce sens qu'il exerce [sa vertu] au moment le plus opportun [50].

L'univers apparaît ici comme un champ en perpétuelle mutation, où les choses n'ont pas de contours individuels fixes et où les événements n'ont pas de repères temporels préétablis – univers de situations qui se transforment constamment en configurations nouvelles. Le sage s'y intègre comme étant celui qui connaît et guide dans une certaine mesure le flux des événements. La cosmologie élaborée autour des *Mutations* est au cœur de toute une vision du monde qui trouve sa première expression achevée sous les Han. Le chapitre qui suit se propose de l'explorer à la fois en ce qu'elle est intimement associée à la dynastie Han et en ce qu'elle restera spécifiquement chinoise pour de nombreux siècles.

Notes

1. La traduction en langue occidentale la plus couramment utilisée est celle de Richard WILHELM, *I Ging, Das Buch der Wandlungen*, Iéna, Diederichs, 1924, à son tour traduite en anglais par Cary F. BAYNES sous le titre *I Ching or Book of Changes*, New York, Bollingen Foundation, 1950, et en français par Étienne PERROT sous le titre *Yi King, le Livre des transformations*, Paris, Librairie de Médicis, 1973. En français, on peut également consulter la traduction ancienne de P.-L.-F. PHILASTRE, *Le Yi : King ou Livre des changements de la dynastie des Tsheou*, 1re éd. 1885-1893, rééd. Paris, Adrien Maisonneuve, 1982. La traduction de Edward L. SHAUGHNESSY, *I Ching, The Classic of Changes*, New York, Ballantine Books, 1997, tient compte des découvertes archéologiques les plus récentes.

2. Voir chap. 2, « Confucius et la formation des textes canoniques ».

3. Voir chap. 1, « La rationalité divinatoire ».

4. Léon VANDERMEERSCH, *La Voie royale*, t. II, p. 302-303.

5. Nathan SIVIN, compte rendu de la traduction de John BLOFELD, *I Ching, The Book of Change*, dans le *Harvard Journal of Asiatic Studies*, 26 (1966).

6. Richard A. KUNST, cité dans Kidder SMITH Jr. *et al.*, *Sung Dynasty Uses of the I Ching*, Princeton University Press, 1990, p. 11. Voir sa thèse « The Original *Yijing* : A Text, Phonetic Transcription, Translation, and Indexes, with Sample Glosses », Ann Arbor, University Microfilms International, 1985. Celle d'Edward SHAUGHNESSY est intitulée « The Composition of the *Zhouyi* », Ann Arbor, University Microfilms International, 1983.

7. Le *Commentaire de Zuo (Zuozhuan)*, sur lequel voir chap. 2, note 2, contient plus d'une vingtaine de citations des *Mutations* qui s'échelonnent entre 672 et 485 av. J.-C.

8. Sur l'autodafé de 213 av. J.-C., voir plus bas chap. 12, note 3.

9. *Shiji (Mémoires historiques)*, achevés vers 100 av. J.-C., chap. 47, p. 1937. Rappelons que, dans l'antiquité chinoise, on écrivait sur des lattes de bambou (une colonne de caractères par latte) reliées par des cordons, le tout s'enroulant à la manière d'un store vénitien ; c'est ce qui explique que les chapitres des ouvrages soient désignés comme des « rouleaux » *(juan* 卷 *)*. Sur la question du rapport entre Confucius et les *Mutations*, voir Homer H. DUBS, « Did Confucius Study the *Book of Changes* ? », *T'oung Pao*, 25 (1975).

10. *Xici (Grand Commentaire)* B 2. Le *Grand Commentaire*, comme on le verra un peu plus bas, comporte deux parties, notées A et B, le chiffre qui suit correspondant à la section.

11. Sur les Dix Ailes, cf. Willard PETERSON, « Making Connections : "Commentary on the Attached Verbalizations" of the *Book of Change* », *Harvard Journal of Asiatic Studies*, 42, 1 (1982). Leur attribution à Confucius fait l'objet de critiques dès les Song, cf. Iulian K. SHCHUTSKII, *Researches on the I Ching*, Princeton University Press, 1979. Hellmut WILHELM souligne leur caractère hétérogène et fort peu canonique dans *Eight Lectures on the I Ching*, Princeton University Press, 1960, p. 66. Du même auteur, voir aussi *Heaven, Earth and Man in the « Book of Changes »*, Seattle, University of Washington Press, 1977. Voir enfin Gerhard SCHMITT, *Sprüche der Wandlungen auf ihrem geistesgeschichtlichen Hintergrund*, Berlin, Akademie, 1970.

12. Sous les Han, les hexagrammes apparaissaient également dans diverses dispositions, comme en témoigne le manuscrit le plus ancien que nous possédions du *Livre des Mutations*, découvert dans une tombe du début des Han à Mawangdui (province du Hunan), dans lequel les 64 hexagrammes sont donnés dans une séquence et des graphies différentes de la version reçue.

13. À noter que, dans le *Zhuangzi*, *hua* pourrait être considéré comme un terme « technique » désignant la transmutation du *qi* (énergie) en *shen* (esprit) chez le Saint, l'« homme vrai ». Sur l'association de *hua* et *shen* dans le *Grand Commentaire*, cf. Gerald SWANSON, « The Concept of Change in the *Great Treatise* », *in* Henry ROSEMONT Jr., éd., *Explorations in Early Chinese Cosmology*, Chico (Calif.), Scholars Press, 1984, p. 72.

14. Cf. *Xici (Grand Commentaire)* B 2 et A 11.
15. Isabelle ROBINET, *Histoire du taoïsme*, p. 16.
16. Premier hexagramme *qian*, commentaire sur l'image *(xiang)*.
17. *Xici (Grand Commentaire)* A 5.
18. *Ibid.*
19. *Xici (Grand Commentaire)* A 11. Dans l'expression *taiji, ji* désigne la poutre faîtière d'un édifice et, par extension, un point focal au-delà duquel on ne peut aller ; *taiji*, la « poutre faîtière suprême », évoque donc ce point limite à partir duquel se déploie en aval l'infinie multiplicité du réel. Les « deux modèles » désignent le trait continu (Yang) et le trait brisé (Yin). Les « quatre figures » sont les quatre combinaisons possibles de ces deux types de traits. À remarquer la progression mathématique 1-2-4-8, qui peut également s'écrire $2^0, 2^1, 2^2, 2^3$.
20. *Lüshi Chunqiu (Printemps et Automnes du sieur Lü)* 5, 2 *(Dayue)*, éd. ZZJC, p. 46.
21. *Laozi* 42, voir plus haut chap. 7, « Du Dao aux dix mille êtres », et chap. 10, note 15.
22. *Xici (Grand Commentaire)* A 10.
23. *Han Feizi* 20, éd. ZZJC, p. 108.
24. *Xici (Grand Commentaire)* B 3.
25. Jean LEVI, *Les Fonctionnaires divins*, p. 41-42.
26. *Lunheng* 77 *(Shizhi)*, éd. ZZJC, p. 254.
27. Selon le commentaire sur l'image *(xiang)*, le trigramme *qian* est Ciel, *kun* est Terre, *gen* montagne, *dui* marais, *zhen* tonnerre, *xun* vent, *kan* eau et *li* feu.
L'un des commentaires des Dix Ailes, le *Shuogua (Explication des figures)*, représentatif du processus de systématisation qui devait aboutir à la cosmologie corrélative des Han, développe les associations de chaque trigramme avec l'une des Cinq Phases, une saison, un animal, une partie du corps, etc. Au trigramme *kan*, par exemple, sont associés l'eau (le danger), l'hiver, le cochon et les oreilles.
28. Kidder SMITH remarque qu'au VIIe siècle av. J.-C., comme en témoigne le *Commentaire de Zuo*, la divination par les *Mutations* fait référence essentiellement aux trigrammes, alors qu'à partir de l'ère impériale ce sont les hexagrammes qui l'emportent, cf. *Sung Dynasty Uses of the I Ching*, p. 17.
Sur la combinatoire des hexagrammes, cf. F. VAN DER BLIJ, « Combinatorial Aspects of the Hexagrams in the Chinese *Book of Changes* », *Scripta Mathematica*, 28, 1 (1967) p. 37-49.
29. *Zuozhuan*, Xi, 15e année. Le *Commentaire de Zuo* rappelle ici le changement décisif du mode de divination qui s'opère entre les Shang et les Zhou, passant de la lecture des fissures sur os ou carapaces au calcul numérique fondé sur la manipulation de tiges d'achillée, voir plus haut « Origines divinatoires ».
30. Sur différentes méthodes divinatoires courantes à partir du IIIe-IIe siècle, cf. Marc KALINOWSKI, « Les instruments astro-calendériques des Han et la méthode *liuren* », *Bulletin de l'École française d'Extrême-Orient*, 72 (1983), p. 309-419, et « La divination par les nombres dans les manuscrits de Dunhuang », *in* Isabelle ANG et Pierre-Étienne WILL, éd., *Nombres, Astres, Plantes et Viscères : sept essais sur l'histoire des*

sciences et des techniques en Asie orientale, Paris, Collège de France, Institut des hautes études chinoises, 1994, p. 37-88.

31. Sur les « règles » d'interprétation des figures des *Mutations*, cf. Léon VANDERMEERSCH, *La Voie royale*, t. II, p. 304 sq.

32. Jacques GERNET, « Sur la notion de changement », in *L'Intelligence de la Chine*, p. 324-325.

33. Léon VANDERMEERSCH, *La Voie royale*, t. II, p. 295.

34. *Xici (Grand Commentaire)* B 5. Sur le *shen* comme état maximal de vitalité et de lucidité de l'esprit, voir chap. 4, p. 129.

35. Jean LEVI, *Les Fonctionnaires divins*, p. 35-36.

36. Sur ces deux termes connexes, homophones et souvent glosés l'un par l'autre, cf. Isabelle ROBINET, «*Primus movens* et création récurrente », *Taoist Resources*, 5, 2 (1994), p. 29-68.

37. François JULLIEN, *Procès ou Création. Une introduction à la pensée des lettrés chinois (Essai de problématique interculturelle)*, Paris, Éd. du Seuil, 1989, p. 209. Voir aussi, du même auteur, *Figures de l'immanence. Pour une lecture philosophique du Yi king, le Classique du changement*, Paris, Grasset, 1993.

38. Voir la biographie du fameux médecin de l'antiquité, Pian Que, au chap. 105 du *Shiji (Mémoires historiques)*.

39. *Shangjun shu (Le Livre du prince Shang)* 1, éd. ZZJC, p. 1.

40. *Laozi* 64.

41. Ce passage du *Zhongyong*, § 1, est cité intégralement au chap. 6, p. 181.

42. *Huainanzi* 1, éd. ZZJC, p. 4, traduction de Paul DEMIÉVILLE, « Le miroir spirituel », in *Choix d'études bouddhiques*, Leyde, Brill, 1973, p. 138-139. Sur le *Huainanzi*, voir plus bas chap. 12.

43. *Xici (Grand Commentaire)* A 11-12.

44. *Xici (Grand Commentaire)* A 12.

45. Cf. A.C. GRAHAM, *Disputers of the Tao*, p. 204-210.

46. Léon VANDERMEERSCH, « Tradition chinoise et religion », in *Catholicisme et Sociétés asiatiques*, Paris et Tokyo, L'Harmattan et Sophia University, 1988, p. 28-29.

47. *Xici (Grand Commentaire)* A 5.

48. *Xici (Grand Commentaire)* A 10. Sur la triade de Xunzi, voir plus haut chap. 8 aux notes 9 et 10. Sur les « Trois Puissances », en particulier dans la tradition des *Mutations*, cf. Anne CHENG, « De la place de l'homme dans l'univers : la conception de la triade Ciel-Terre-Homme à la fin de l'antiquité chinoise », *Extrême-Orient, Extrême-Occident*, 3 (1983), p. 11-22.

49. *Xunzi* 8, éd. ZZJC, p. 87.

50. *Daxue (La Grande Étude)* 1 et *Zhongyong (L'Invariable Milieu)* 25. Il s'agit de deux chapitres du *Traité des Rites (Liji)*, voir plus haut chap. 6, note 22.

TROISIÈME PARTIE

Aménagement de l'héritage
(IIIe siècle av. J.-C.-IVe siècle ap. J.-C.)

12

La vision holiste des Han

Il a été question jusqu'ici de la période inaugurale de l'histoire de la pensée chinoise, pendant laquelle tout s'est joué et dessiné : les données de départ, les atouts, les enjeux, les choix décisifs pour l'avenir. Il s'est ainsi constitué un ensemble de discours qui trouvent une première forme de systématisation sous la dynastie des Han (206 av. J.-C.-220 apr. J.-C.). On y distingue les Han antérieurs (206 av. J.-C.- 9 apr. J.-C.) ou occidentaux du fait de la situation de leur capitale Chang'an (l'actuelle Xi'an) et, après l'interrègne de Wang Mang, fondateur et unique souverain de l'éphémère dynastie Xin (9-23 apr. J.-C.), les Han postérieurs (25-220 apr. J.-C.), dits orientaux à la suite du transfert de la capitale à Luoyang. Au cours des quatre siècles que durent les Han, en même temps que se mettent en place des institutions et des habitudes politiques qui vont jouer un rôle déterminant dans le système impérial chinois pendant ses deux mille ans d'existence, se définit la conscience d'une identité proprement chinoise, fondée sur un ensemble de notions implicites communes et sur une pensée déjà formalisée. La vision du monde caractéristique des Han dépasse donc de loin les limites historiques de la dynastie qui a donné son nom à l'ethnie dominante et à la langue : c'est à partir de là que les Chinois commencent à se percevoir comme « les participants d'une même civilisation[1] ».

Les Han ont la réputation d'avoir été peu créatifs sur le plan de la pensée, d'abord employée à ordonner et classifier le foisonnement d'idées qui l'a précédée. Après l'effervescence intellectuelle des Royaumes Combattants où les penseurs ont connu une liberté de mouvement et de pensée sans précédent ni équivalent ultérieur, et après la mise au pas et l'uniformisation imposées par Qin, les Han représentent une phase de rumination qui transforme les innovations en acquis, en tradition. Partout, on s'affaire à collecter, enregistrer, cataloguer. Pour ne citer que quelques exemples, un « Bureau de la musique » est créé pour recueillir les chansons, odes et autres ballades populaires locales, tandis que sont consignés dans les annales dynastiques les us et coutumes des diverses contrées de l'empire [2].

L'héritage intellectuel et le corpus scripturaire font au premier chef l'objet de travaux d'inventaire et de catalogage, surtout après le traumatisme de l'autodafé ordonné par le Premier Empereur Qin en 213 av. J.-C. [3]. Le tout premier – et l'un des plus grands – des historiens chinois, Sima Qian (145 ?-86 ?), reproduit dans ses *Mémoires historiques (Shiji)* la classification des « écoles » ou « familles » de pensée (*jia* 家) des Royaumes Combattants effectuée par son père Sima Tan [4]. Mais, au-delà de ce travail d'étiquetage, la pensée des Han a le mérite d'élaborer une vision du monde cohérente et synthétique proprement chinoise, avant l'arrivée, dès le début de l'ère chrétienne, du bouddhisme qui va bouleverser toutes les règles du jeu et les données du problème en introduisant des questions et des enjeux nouveaux.

« Différentes voies pour arriver au même point [5] » : telle est l'une des formules qui reviennent le plus souvent dans les textes Han. La diversité des *dao* propres aux maîtres à penser des Royaumes Combattants n'est en fait que celle des points de vue sur la réalité une du Dao, comme le dit le dernier chapitre du *Zhuangzi* :

> Lorsque le monde sombra dans le désordre, saints et sages se cachèrent et le Dao fut divisé, chacun sous le Ciel en prit une parcelle pour se faire valoir. Il en est comme de l'ouïe, de la vue et de l'odorat, qui ont chacun leur usage, mais ne communiquent pas : les cent écoles, dans le foisonnement de leurs techniques, en comptent toutes d'excellentes, utiles à tel ou tel moment, mais aucune n'embrasse la globalité. Celui qui n'en possède qu'une partie découpe la beauté du Ciel-Terre et fragmente le principe des dix mille êtres [6].

De toute évidence, la nouvelle vision des Han est en quête d'un point de vue panoramique à partir duquel il est possible, non seulement d'avoir une vision d'ensemble sur le foisonnement des courants qui ont précédé, mais de les intégrer dans un ensemble cohérent et sans exclusive. Un tel projet caractérise déjà les écrits de la fin des Royaumes Combattants, à commencer par le *Xunzi*, mais il s'impose dans des textes du tout début de l'époque impériale comme le *Lüshi Chunqiu* composé à Qin aux environs de 241-235 av. J.-C., et le *Huainanzi* présenté un siècle plus tard, en 139 av. J.-C., à l'empereur Wu des Han par son oncle Liu An, roi de Huainan [7].

Le courant « Huang-Lao »

La dynastie Han est fondée par Liu Bang, plus connu sous son nom d'empereur Gaozu, un homme du commun, rude et fruste, resté célèbre pour avoir uriné dans la coiffe de cérémonie d'un des lettrés de la cour avec lesquels le dialogue s'annonce difficile :

> Lu Jia n'arrêtait pas de parler des Classiques à l'empereur Gao. Agacé, celui-ci demanda : « J'ai conquis l'empire à cheval, quel besoin ai-je de ces Classiques ? » Lu Jia répondit : « C'est à cheval qu'on le conquiert, mais est-ce à cheval qu'on le gouverne ? Les rois Tang et Wu ont certes pris le pouvoir de haute lutte, mais c'est par l'harmonie qu'ils l'ont conservé. Savoir manier à la fois les armes et la culture, voilà l'art de durer [8]. »

C'est le même Lu Jia qui conseilla au nouvel empereur de se démarquer par rapport à la dynastie précédente qui avait dû « fortune et puissance » à l'application des idées légistes :

> Plus on complique les choses, plus le désordre règne. Plus les lois sont nombreuses, plus les infractions se généralisent. Plus on règne par les armes, plus on a d'ennemis. Si les Qin ont perdu l'empire, ce n'est pas par manque de volonté de faire régner l'ordre, c'est parce qu'ils ont traité le peuple avec cruauté et abusé des châtiments [9].

Même si l'empereur fondateur finit par se laisser convaincre par les lettrés confucéens de la nécessité d'instaurer des rites officiels, le premier courant à avoir dominé à la cour des Han (première moitié du IIe siècle av. J.-C.) est celui dit « de l'Empereur jaune et de Laozi » (Huang-Lao). Ce qui passe couramment sous cette dénomination est un phénomène encore mal défini précisément du fait que tous les témoignages de l'époque le supposent connu. Il se trouve à l'heure actuelle quelque peu éclairé par la découverte en 1973 d'une série de manuscrits dans une tombe à Mawangdui (province du Hunan). C'est dans cette tombe datant du début des Han que l'on a retrouvé le manuscrit du *Laozi* le plus ancien à ce jour, accompagné de quatre textes généralement rattachés à la tradition de l'Empereur jaune[10]. Une des préoccupations centrales qui s'en dégagent est de fournir au souverain un guide et des techniques pour l'exercice du pouvoir, conçu comme partie intégrante de l'ordre universel que constitue le Dao.

Comme on l'a vu dans les *Mémoires historiques*, le Huang-Lao est associé à des auteurs taoïstes aussi bien que légistes, à commencer par Han Feizi :

> Le Dao n'est pas double, aussi est-il dit Un. Voilà pourquoi le souverain éclairé privilégie la figure solitaire du Dao. Souverain et ministre ne partagent pas le même *dao* ; [...] le souverain brandit le nom, et le ministre imite la forme. Lorsque formes et noms se confondent, il y a concorde et harmonie entre supérieur et inférieur[11].

L'adéquation « des formes et des noms » (*xingming* 刑名), au cœur même de la pensée Huang-Lao, représente l'ancrage de la notion de loi dans celle de Dao, c'est-à-dire de l'ordre politique dans l'ordre naturel. Dans les quatre textes de Mawangdui revient l'idée que c'est le Dao qui engendra la loi, et qu'il faut faire remonter le fondement de la loi au commencement du cosmos. Dès lors qu'est en place le dispositif politique censé reproduire le cours du Dao, le souverain n'a plus « rien à faire qu'à rester tranquille ». Son rôle se borne à garantir que « formes » et « noms » soient en parfait accord et à surveiller la bonne marche de cet ordre politique idéal. Il apparaît ainsi sous les traits du sage taoïste qui, à l'image du Dao, est à la fois centre « vide » et générateur des infinies mutations de l'univers.

Il semble donc que, dans le contexte conflictuel de la fin des Royaumes Combattants, le *Laozi* et le Huang-Lao donnent la même primauté au Dao mais divergent quant à son application dans le domaine humain. Le premier voit une manière de mettre fin aux convoitises des grandes puissances par l'instauration de petites communautés autarciques qui ne seraient organisées ni sur le principe de profit ni selon une structure hiérarchique. Le Huang-Lao, dans lequel on voit poindre l'idéologie de l'empire centralisé, trouve au contraire dans l'ordre naturel la justification d'un ordre sociopolitique fortement hiérarchisé : de même que les montagnes sont hautes et les vallées basses, le Yang en haut et le Yin en bas, certains sont faits pour gouverner, d'autres pour être gouvernés. De manière symptomatique, les notions de loi et d'adéquation des formes et des noms sont finalement absorbées dans celle de « non-agir » qui, dès lors, ne tend plus à une fusion avec l'ordre naturel mais consiste pour chacun à remplir le rôle qui lui est assigné. Dans ce sens, le *Huainanzi* est probablement l'ouvrage le plus représentatif du début des Han :

> Le Ciel n'a pas qu'une seule saison, la Terre qu'une seule richesse, l'Homme qu'une seule activité. C'est ainsi qu'il n'y a pas de métiers sans multiplicité de techniques, pas de parcours sans multiplicité de directions. [...] Tout a une fonction appropriée à sa nature, chaque chose a son utilisation appropriée [12].

Alors que le *Laozi* s'attache à présenter la figure du Saint comme souverain idéal, la tradition issue de l'Empereur jaune est plus spécifiquement associée à la quête d'immortalité. Il semble que le courant Huang-Lao trouve ses origines dès le début du IVe siècle av. J.-C. au pays de Qi dont on connaît l'antagonisme avec la culture ritualiste de Lu. Il serait à rattacher à l'académie Jixia et au milieu des *fangshi* – devins, médecins, magiciens qui, pour leur quête du secret de la longue vie, étaient fort prisés des grands de ce monde [13]. De fait, leur tradition devait connaître un apogée sous le règne de l'empereur Wu des Han (140-87 av. J.-C.), tout aussi féru de techniques d'immortalité que son illustre prédécesseur, le Premier Empereur. La figure du sage, à la fois saint et souverain idéal, pivot central de l'univers, parcourt tout le *Huainanzi* :

> Ayant le Ciel pour dais de char, il n'est rien qui ne le recouvre ; ayant la Terre pour caisse de char, il n'est rien qui ne le porte ; ayant les quatre saisons pour coursiers, il n'est rien qui ne soit à son service. [...] Aussi est-il rapide sans s'agiter et va-t-il loin sans se fatiguer : tenant le manche de l'essence du Dao, il se livre à des randonnées dans l'infini terrestre. Loin d'intervenir activement dans les affaires du monde, il les pousse dans le sens de leur mouvement naturel ;

loin de chercher à sonder les mille transformations des êtres, il s'efforce de tout ramener aux tendances essentielles[14].

Le *Huainanzi*

Dans le *Huainanzi*, essai de synthèse de toute la spéculation ancienne dans une perspective taoïsante dont l'influence imprégnera toute la pensée Han, est exposée une conception du commencement du monde, non pas comme création, mais comme déploiement de la réalité en trois temps à partir du « souffle originel » *(yuanqi)*. Celui-ci commence par se différencier en Yin et Yang, en Ciel et Terre, puis se particularise à travers les quatre saisons, pour enfin se diversifier à l'infini dans les dix mille êtres, suivant un processus de « formation-transformation » *(zaohua* 造化*)* :

> Comme le Ciel et la Terre n'étaient pas encore formés, que tout était vaste, immense, obscur et sans aspect, cela fut appelé le Grand Commencement. Le Dao commença dans les immensités vides. Celles-ci engendrèrent l'univers duquel naquit le *qi*. Celui-ci prit alors des contours. Ce qui était pur et léger s'éleva et s'épandit pour donner le Ciel. Ce qui était lourd et grossier s'agglomérera et se coagula pour donner la Terre. La concentration aérée du pur et du subtil fut aisée ; mais la coagulation compacte du lourd et du grossier fut difficile. Aussi le Ciel fut-il achevé en premier, et la Terre formée seulement après.
> Les essences assemblées du Ciel et de la Terre donnèrent le Yin et le Yang. Les essences concentrées du Yin et du Yang donnèrent les quatre saisons. Les essences dispersées des quatre saisons donnèrent les dix mille êtres. Le souffle chaud du Yang en accumulation engendra le feu, et l'essence du souffle du feu donna le soleil. Le souffle froid du Yin en accumulation donna l'eau, et l'essence du souffle de l'eau donna la lune[15]. […]
> Des souffles rejetés par le Ciel, ceux qui sont déchaînés donnent le vent, des souffles contenus par la Terre, ceux qui sont harmonieux donnent la pluie. […] Les bêtes à poil et à plume sont les espèces qui marchent et qui volent : aussi relèvent-elles du Yang. Les bêtes à carapace et écailles sont les espèces qui se tapissent et se cachent : aussi relèvent-elles du Yin. […] Les êtres d'une même espèce s'ébranlent mutuellement, la racine et les branches se répondent[16].

Ici se trouvent retracées l'origine du cosmos et son évolution suivant une chaîne d'oppositions binaires à partir de l'unité du Dao et du *qi* originel qui, indifférencié, porte en lui le principe de formation et de transformation des êtres : Dao → *qi* → limpide/trouble → Ciel/Terre → Yang/Yin → chaud/froid → feu/eau → soleil/lune, etc. À partir de là s'élabore toute une « cosmologie corrélative » dans laquelle « expliquer et induire, c'est localiser à l'intérieur du schème *(pattern)*[17] ». Dans un tel réseau de corrélations, pas de distanciation ni de critique possible : tout est prévu, donné d'avance. C'est le maillage du réseau lui-même qui tient lieu d'explication, son adéquation au réel n'étant testée à aucun moment.

Une fois le réseau en place et les choses rangées par « catégories » (*lei* 類), on peut procéder par analogie en « poussant (le raisonnement) d'une catégorie à l'autre » (*tuilei* 推類), c'est-à-dire en inférant un phénomène encore inconnu par analogie à partir d'un phénomène apparenté qui procède de la même catégorie. Les affinités ou analogies qu'il est possible de discerner entre certaines catégories sont au cœur de la « résonance » (*ganying* 感應, littéralement « stimuler et répondre à la stimulation ») par laquelle, selon la cosmologie corrélative, s'expliquent tous les phénomènes naturels. Au chapitre 6 du *Huainanzi* qui lui est consacré, la résonance apparaît au départ comme un phénomène purement physique de vibration du *qi*, comme il s'en produit entre deux instruments de musique[18] :

> Or, la résonance entre les catégories d'êtres est mystérieuse et insaisissable. On ne peut ni en rendre compte par la connaissance ni l'expliquer par la discussion. Ainsi, quand le vent d'est s'élève, le vin fermente et déborde[19]. [...]
> Quand le Saint règne, il porte en son cœur le Dao sans jamais parler, et pourtant son influence bienfaisante atteint les dix mille peuples. Quand le prince et le ministre se regardent de travers, des segments de halo opposés apparaissent dans le ciel [de chaque côté du soleil]. C'est la preuve que les souffles spirituels sont en résonance les uns par rapport aux autres. Ainsi, les nuages de montagne prennent la forme d'herbes folles ; les nuages de rivière, d'écailles de poisson ; les nuages de sécheresse, de volutes de fumée ; les nuages de torrent, d'eaux écumantes. Chaque être est stimulé par ce qui lui ressemble par la forme et la catégorie. [...]
> Quand l'accordeur de luth frappe la corde *gong* [sur un instrument], la même corde [sur un autre instrument] y répond

> par résonance ; et quand il pince la corde *jiao* [sur un instrument], la même corde [sur un autre instrument] se met à vibrer. Tel est le phénomène de l'harmonie mutuelle entre des notes semblables. Supposons maintenant que l'accordeur modifie l'accord d'une des cordes de telle sorte qu'elle ne corresponde à aucune des cinq notes (de la gamme pentatonique chinoise) et que, lorsqu'elle est frappée, les vingt-cinq cordes [de chacun des instruments] se mettent toutes à résonner : n'aura-t-on pas alors idée de ce qui ne s'est pas encore différencié en sons et qui pourtant commande à toutes les notes [20] ?

En vertu de cette vision corrélative, l'Homme, en tant qu'agent cosmique, est mis en relation terme à terme avec le Ciel et la Terre :

> Le Ciel a ses quatre saisons, ses cinq agents, ses neuf divisions et ses trois cent soixante-six jours ; de la même façon, l'Homme a ses quatre membres, ses cinq viscères, ses neuf orifices et ses trois cent soixante-six jointures. Le Ciel connaît vent, pluie, froid et chaleur ; de la même façon, l'Homme prend et donne, connaît joie et colère. Ainsi, sa bile est nuage, ses poumons souffle, sa rate vent, ses reins pluie, son foie tonnerre. Avec le Ciel et la Terre, l'Homme constitue une troisième force dont l'esprit est le maître [21].

Cosmologie corrélative et pensée scientifique

À l'issue d'une période foisonnante et complexe sur le plan des idées, ce sont des cadres de pensée issus de milieux originellement extérieurs aux écoles philosophiques – astronomes, devins, docteurs, magiciens, maîtres de musique, etc. – qui s'imposent durablement comme modèles intellectuels. Par cette voie détournée, le fossé qui s'était creusé entre le naturel et l'humain se trouve comblé, la moralité étant définitivement replacée dans l'ordre cosmique. La pensée corrélative, « anthropo-cosmologique », célèbre donc l'unité retrouvée du Ciel et de l'Homme qui caractérise la pensée Han et lui confère la puissance d'une vision globalisante.

Mais cette unité s'est refaite avant que l'homme ait eu le temps de se penser comme une exception dans un univers moralement neutre à la manière de Xunzi et de Han Fei, ou de développer ses investigations logiques dans le prolongement des sophistes et des moïstes tardifs. En d'autres termes, l'unité du Ciel et de l'Homme s'est refermée avant que la pensée chinoise, peut-être trop pressée de sous-tendre l'unification politique par une harmonisation idéologique, ait eu la possibilité de s'engager dans une démarche proprement scientifique. S'il est hors de propos de porter un jugement de valeur, il reste que le modèle corrélatif a pour caractéristique de ne laisser aucune place à la distanciation, c'est-à-dire à la « découverte du comment on découvre » que d'aucuns placent au cœur de la révolution scientifique qui se produisit en Europe aux environs de 1600. Dans les réseaux corrélatifs, aucune place n'est faite à la dimension « méta » : la conscience et l'intelligence humaines sont dans une totale immersion qui ne leur permet pas d'élaborer l'univers environnant comme objet de connaissance. Cela n'est pas en contradiction avec le fait que l'intelligence chinoise, comme l'ont amplement montré les travaux dirigés par Joseph Needham, est de type causal pour ce qui est de l'inventivité pratique et technologique [22].

En fait, le problème de savoir si la pensée cosmologique peut tenir lieu de pensée scientifique ou si elle y a fait obstacle est un faux problème dans la mesure où, se situant dans une perspective plus symbolique que cognitive, elle s'attache moins à connaître qu'à maintenir dans le monde humain un équilibre constant sur le modèle le plus incontestable qui soit, celui du cours naturel des choses. On est frappé par la divergence de plus en plus marquée, quoique tardivement reconnue et acceptée, entre les conceptions de la cosmologie traditionnelle et celles de l'astronomie qui se développe à partir des Han. Curieusement, l'observation empirique de nombreuses anomalies dans les mouvements des astres n'a pas conduit les astronomes à rejeter la forme de pensée qui sous-tend les spéculations numérologiques mais dont l'incapacité à prévoir les phénomènes célestes est manifeste dès les Han : une vision du monde qui privilégie la régularité, l'équilibre et l'harmonie dans le cosmos [23].

Il y a, certes, un côté rassurant dans ce type de relation au monde où faits et valeurs ne font qu'un. Contrairement à la pensée scientifique post-cartésienne qui a débarrassé le cosmos de toute notion de valeurs, désormais réservées à la subjectivité humaine, la pensée chinoise leur a préservé pour l'essentiel une origine cosmique. Dans la cosmologie corrélative, l'homme lit dans l'univers non seulement les principes structurants, mais aussi les lignes de conduite à suivre. Le calendrier rituel des « Commandements mensuels » du *Traité des Rites* ou le calendrier médical du *Canon interne de l'Empereur jaune* ne sont pas seulement descriptifs, ils sont aussi prescriptifs [24]. Il n'y a pas de hiatus entre ce qui est et ce qui devrait être, la primauté revenant à l'interaction naturelle entre l'homme et son environnement.

Tout l'effort de la pensée cosmologique tend à représenter l'État comme naturel, le politique comme organique. La vision qu'ont les Han de l'équilibre interne à l'univers se double d'une conception quasi médicale du corps politique (rappelons que le mot *zhi* 治 signifie à la fois « soigner » et « mettre en ordre »). Ainsi, l'astronomie est au politique ce que médecine et physiognomonie sont au corps humain : de même que déranger l'ordre macrocosmique provoquerait chaos et anarchie, négliger l'ordre microcosmique provoquerait maladie et dérèglement. C'est sans doute cet aspect rassurant d'une harmonie réalisée entre l'activité humaine et le monde environnant qui explique en grande partie la pérennité des schémas cosmologiques. Ceux-ci trouvent leur expression la plus développée et la plus achevée sous les Han, mais alors que la dynastie disparaît au début du IIIe siècle apr. J.-C., la vision du monde qui l'avait caractérisée se perpétue bien au-delà, en dépit de l'émergence d'une pensée plus rigoureusement scientifique qui ne finit par s'affirmer véritablement qu'au XVIIe siècle.

Le culte de l'unité

Après une période initiale où prédomine l'idéologie du non-agir propre au courant « Huang-Lao », la centralisation du monde Han se réalise effectivement sous le règne de l'empereur Wu (140-87 av. J.-C.). L'« Un suprême » (*Taiyi* 太一) devient alors l'objet d'un culte impérial [25] dont la portée clairement politique apparaît dans la « grande unification » (*da yitong* 大一統) tant exaltée pendant la première moitié de la dynastie. Le mot *tong* 統 désigne étymologiquement l'extrémité extérieure du fil d'un cocon de soie, d'où l'idée de succession continue et de pouvoir unifiant. La fondation de la dynastie par un vulgaire roturier ayant renversé les notions traditionnelles de légitimité, il s'agit dès lors de justifier le règne de la maison des Han par une intervention directe du Ciel.

L'empereur Wu, dont le règne marque une puissante reprise en main du pouvoir central, a l'idée astucieuse d'associer le mandat céleste à la caution de Confucius, ce qui lui permet dans le même mouvement de se débarrasser de l'influente faction de l'impératrice douairière férue de Huang-Lao et de se doter d'un nouveau dispositif de légitimation. Son coup de génie politique est d'avoir compris le rôle que peuvent jouer les lettrés confucéens dans l'élaboration d'une idéologie nouvelle destinée à sous-tendre l'ordre impérial Han. C'est lui qui, de sa propre initiative, les invite à présenter leurs conseils sur la bonne marche du gouvernement sous forme de mémoires. Ceux de Dong Zhongshu semblent avoir retenu tout particulièrement son attention :

> De nos jours, chacun des maîtres prône son propre *dao*, les hommes tiennent des discours différents, les cent écoles divergent dans leurs méthodes et ne s'accordent pas dans leurs idées. Voilà pourquoi les gouvernants sont bien en peine de maintenir l'unité et, du fait que les lois et les institutions n'arrêtent pas de changer, les gouvernés ne savent plus à quoi se fier. Votre serviteur, tout stupide qu'il est, pense que la voie doit être coupée et la promotion interdite à tout ce qui ne se trouve pas dans les Six Arts et les méthodes de Confucius, et qu'une fin définitive doit être mise aux théories vicieuses et dépravées. C'est alors seulement que les normes pourront être unifiées et les principes clarifiés, et que le peuple saura à quoi se conformer [26].

C'est donc la volonté d'unifier et de contrôler les esprits des serviteurs de l'État qui préside à l'édit de 136 av. J.-C. par lequel l'empereur Wu établit des chaires impériales pour les « docteurs » sur les Cinq Classiques confucéens à l'exclusion de tout autre corpus, puis à celui de 124 av. J.-C. qui crée l'Académie impériale où sont formées des promotions destinées à nourrir, après examen, les rangs de la bureaucratie. Il y a là les germes du système bien connu de recrutement des fonctionnaires par les concours mandarinaux. C'est sous les Han, dont la légitimité se proclame fondée sur le principe, non plus de la naissance, mais du mérite, que le courant confucéen devient un phénomène de masse : instauration d'un culte impérial à Confucius, octroi de privilèges à ses descendants et, surtout, exigence d'une réputation morale de « sagesse et compétence » et d'une parfaite connaissance des Classiques pour l'accès aux fonctions administratives.

Dong Zhongshu (env. 195-115)

Dans la refonte idéologique qui suit la centralisation de l'empire, Dong Zhongshu joue un rôle déterminant en fournissant au nouveau régime des fondements cosmologiques issus des Royaumes Combattants[27]. Toute sa pensée présuppose en effet la vision de l'univers comme ensemble organique régi par le Ciel, « ancêtre des dix mille êtres » et, en tant que tel, source directe et naturelle d'autorité et de légitimité dynastique :

> Le père, c'est le ciel du fils. Le Ciel, c'est le ciel du père. Rien n'a jamais pu être engendré sans le concours du Ciel. Le Ciel, c'est l'ancêtre des dix mille êtres. Sans le Ciel, aucun d'eux ne pourrait être engendré[28].

C'est du Ciel que procède l'ordre tant naturel que moral et politique ; c'est à lui que tout obéit, à commencer par l'empereur, Fils du Ciel et se devant d'agir à son image :

> C'est au printemps que le Ciel engendre ; c'est dans le sens de l'humain que le souverain des hommes aime son peuple. L'été, le Ciel fait croître ; par la vertu, le souverain nourrit son peuple. Par le givre, le Ciel tue la végétation ; par les châtiments, le souverain punit. De ce point de vue, le rapport manifeste entre le Ciel et l'Homme est le Dao qui relie passé et présent[29].

Les prémisses de la théorie politique de Dong Zhongshu peuvent donc se résumer dans cette formule : « Conformité des hommes au souverain, conformité du souverain au Ciel[30]. » L'étymologie pour le moins fantaisiste fournie pour le caractère *wang* 王 (« roi ») – trois traits horizontaux reliés par un trait vertical – y voit le souverain en pivot central à l'intersection du Ciel, de la Terre et de l'Homme :

> Le Ciel, la Terre et l'Homme sont les racines des dix mille êtres. Le Ciel les engendre, la Terre les nourrit, l'Homme les accomplit. Le Ciel les engendre comme un père, la Terre leur prodigue de quoi se nourrir et se vêtir, l'Homme les parfait par les rites et la musique. Les trois sont liés comme bras et jambes, ils ne forment qu'un seul corps : aucun ne saurait y manquer [31].

L'importance d'une telle conception dans le confucianisme Han se mesure à la nouveauté qu'elle introduit par rapport à celle de Jia Yi (200-168 av. J.-C.). Celui-ci, dans son *Livre nouveau (Xinshu),* avait tenté de placer un mode de contrôle sur l'autocratie totalitaire instaurée par les Qin et reprise durant les premiers règnes Han, en rendant l'empereur responsable devant le peuple dans la tradition dérivée de Mencius. Pour Dong Zhongshu, qui oriente ainsi la vision politique confucéenne sur une voie nouvelle, l'empereur est responsable devant le Ciel. Du fait même qu'il est le représentant du Ciel, il ne peut gouverner d'une façon purement arbitraire, mais doit se conformer à un modèle d'autant plus contraignant qu'il est céleste : le Dao.

Le génie de Dong Zhongshu et des idéologues Han en général est d'avoir rapporté l'ordre sociopolitique hiérarchisé à la régulation naturelle de l'univers. Dès lors, les fondements du pouvoir ne sauraient être à caractère formel ou légal, mais cosmique. L'ordre de subordination des cinq relations humaines fondamentales (père-fils, souverain-ministre, époux-épouse, frère aîné-frère cadet, ami-ami) se trouve ainsi fondé en nature dans l'ordre cyclique des Cinq Phases, dont l'enjeu politique se cristallise dans les débats sur la phase à adopter par la dynastie [32]. La pensée de Dong Zhongshu est bien représentative de la vision, propre à l'optimisme triomphant des Han antérieurs, d'un ordre organique et globalisant dans lequel prime le modèle de la cohésion des membres au sein d'une même famille. Ce n'est guère un hasard si un enjeu central de l'époque Han est de déterminer s'il faut privilégier la loyauté du sujet envers son souverain (*zhong* 忠) ou la piété filiale (*xiao* 孝). Dans la perspective cosmologique de Dong Zhongshu, elles sont, l'une comme l'autre, aussi naturelles que la soumission de la Terre au Ciel ou du Yin au Yang [33].

En établissant un rapport d'interaction entre Ciel et Homme, Dong Zhongshu fournit à l'ordre hiérarchique sa meilleure garantie de constance et d'équilibre, celle de l'ordre naturel, en même temps qu'il instaure une forme de critique politique cautionnée par le Ciel. À travers des remontrances à l'empereur plus ou moins abritées derrière l'interprétation des présages, les lettrés détiennent désormais une arme politique redoutable qui, de fait, contribue à limiter l'arbitraire du pouvoir impérial. La notion de résonance se prête tout particulièrement à une exploitation politique dans la théorie des « calamités et prodiges » présentés comme autant d'avertissements et de sanctions célestes « répondant » (*ying* 應) aux dérèglements du monde humain.

Le confucianisme des Han antérieurs se présente donc sous un jour bien différent de l'enseignement originel de Confucius : dans sa recherche d'une unité nouvelle, tant politique que culturelle, il est amené à tendre, dans le sillage de Xunzi, vers le pôle de l'autorité et des normes institutionnelles (c'est-à-dire la « dimension externe de la royauté », *waiwang* 外王) aux dépens de l'introspection et de la valeur personnelle (la « dimension intérieure de la sainteté », *neisheng* 內聖) privilégiées par Mencius [34].

La bataille des Classiques

Après la proscription de leur culture par Qin et l'autodafé de 213 av. J.-C. [35], les lettrés confucéens du début des Han se voient comme les gardiens d'une tradition en partie perdue et fragmentée, qu'il s'agit de restaurer dans son unité et sa cohérence. La figure de Confucius étant désormais au centre du dispositif de légitimation de la dynastie, le travail des exégètes Han est de lui associer le plus étroitement possible tout le processus de canonisation de textes établis dans des versions qui varient selon les écoles et les traditions de commentaires.

En tant qu'idéologue de la « grande unification », Dong Zhongshu cherche des justificatifs dans sa lecture des Classiques, à commencer par les *Annales des Printemps et Automnes (Chunqiu)* sur lesquelles il dispense un enseignement de « docteur » dans la tradition de Gongyang. À la suite de Mencius qui, le premier, attribua à Confucius la rédaction de cette chronique purement historique [36], le commentaire de Gongyang décrypte dans la formulation même du texte des « propos subtils porteurs d'un grand message » (*weiyan dayi* 微言大義) à travers lesquels le Maître aurait distribué « louanges et blâmes » sur les faits passés pris comme autant de leçons pour le présent.

On peut ainsi voir dans les *Printemps et Automnes* une grille de référence ou un manuel de précédents, utilisables dans tous les domaines, y compris pour trancher des cas de justice, comme le fait Dong Zhongshu semble-t-il pour la première fois [37]. On voit ici s'opérer une synthèse entre la force coercitive de la loi telle que la conçoivent les légistes et l'obligation morale instaurée par les rites confucéens, le seul contrepoids à la portée universelle de la première étant l'autorité particularisante des seconds. Le pouvoir de la loi qui ne souffre pas d'exception se trouve ainsi tempéré par le particularisme des rites qui ménagent des traitements différenciés en fonction du statut personnel, de la nature des relations, des circonstances sociales, etc. En bon confucéen, il semble que Dong Zhongshu ait privilégié l'interprétation rituelle par rapport à la pure objectivité de la loi, justifiant par exemple le comportement d'un père qui s'abstient de dénoncer son fils, ou celui d'une femme qui assassine son mari pour avoir failli à son devoir filial. Cette synthèse de l'éthique confucéenne et des institutions légistes, des rites et de la loi, et plus généralement de la norme constante (*jing* 經, terme qui désigne également les Classiques) et de l'« adaptation aux circonstances » (*quan* 權, image du fléau de la balance affectionnée par les légistes), constitue une éminente manifestation de ce qu'il est convenu d'appeler la « confucianisation du légisme » sous les Han antérieurs [38].

Selon l'exégèse de l'école Gongyang, les *Printemps et Automnes* contiendraient l'enseignement ésotérique de Confucius qui apparaît moins sous les traits d'un grand sage que d'un prophète visionnaire, doublé d'un « roi sans couronne » ayant pour mission céleste de prévoir pour la dynastie Zhou en faillite un digne successeur qui n'est autre que la dynastie Han :

> Confucius voyait l'avenir et sa prescience n'avait pas de limites. Il savait que les Han succéderaient à une période de grands troubles. Aussi composa-t-il des règles pour éliminer le désordre, afin qu'elles fussent transmises à la postérité [39].

Cela nous amène tout naturellement à de curieux écrits connus sous le terme générique d'apocryphes (*chenwei* 讖緯, littéralement « textes de pronostication et de trame »), qui firent florès sous des règnes en mal de légitimité entre la fin des Han antérieurs et le début des Han postérieurs, en passant par l'interrègne de Wang Mang[40]. Cette littérature très hétérogène est constituée principalement de textes de nature prophétique ou oraculaire, auxquels s'ajoutent des « apocryphes » à proprement parler. Les *wei* 緯 désignent, en effet, les fils de trame qui viennent s'entretisser dans les fils de chaîne (*jing* 經) que sont les Classiques et répondent sans doute au besoin de doubler les textes canoniques d'un fil ésotérique. Il s'agit sans doute de traditions anciennes associées au milieu des spécialistes de techniques plus ou moins occultes (*fangshi*), mêlées à des écrits ou diagrammes magiques « découverts » sous les Han pour des motifs de toute évidence politiques. Bref, un grand fourre-tout où tout le monde – lettrés confucéens comme détenteurs de savoirs en tous genres – pouvait trouver son compte : révélations, prophéties, imagerie politique codée, mais aussi étymologies, gloses, données pseudo-scientifiques en astrologie, numérologie, géomancie, physiognomonie, etc.[41].

C'est en persuadant les souverains Han de la nécessité de recourir à leur expertise sur la tradition passée pour la gestion du présent que les lettrés accèdent aux cercles du pouvoir. D'où l'importance des débats qui se tinrent successivement à la cour, sur l'initiative et en présence de l'empereur, concernant des questions économiques comme les monopoles d'État sur le sel et le fer (81 av. J.-C.)[42], mais aussi des problèmes plus académiques comme l'intégration dans le curriculum officiel de certaines traditions exégétiques sur les Classiques[43].

La présence de l'empereur à ces réunions montre bien que même les débats apparemment les plus érudits comportent un enjeu politique de première importance. C'est le cas de la controverse qui opposa les partisans des Classiques en « versions anciennes » (*guwen* 古文) aux tenants des « versions modernes » (*jinwen* 今文) qui monopolisaient alors les chaires de l'Académie impériale. Sous les Han, les Classiques dits « modernes » étaient les versions officielles transmises en écriture cléricale courante au début des Han après l'uniformisation des graphies sous les Qin. Cependant, vers le milieu du IIe siècle av. J.-C.

commencèrent à voir le jour des versions des Classiques en styles « anciens », c'est-à-dire dans diverses formes d'écriture sigillaire en usage avant les Qin. Du fait qu'elles étaient de graphie plus ancienne et qu'elles avaient été prétendument retrouvées dans les murs de la demeure de Confucius à Lu, ces versions pouvaient revendiquer une plus grande authenticité que celles, transcrites depuis les Qin, qui jouissaient d'une reconnaissance officielle. De là surgit une controverse qui allait marquer la constitution, sous les Han, du corpus canonique confucéen, et dont les enjeux devaient dépasser le strict domaine philologique pour revêtir un caractère idéologique[44].

La polémique s'enflamma au moment où Liu Xin (32 av. J.-C. ?-23 apr. J.-C.), bibliothécaire des Archives impériales, voulut faire officialiser des textes qu'il prétendait y avoir découverts : le *Commentaire de Zuo (Zuozhuan)* que Liu Xin rapportait aux *Printemps et Automnes*, ainsi qu'une version « ancienne » du *Livre des Documents*. Après avoir dûment obtenu des chaires à l'extrême fin des Han antérieurs et pendant l'interrègne de Wang Mang (9-23 apr. J.-C.), ces textes continuèrent à gagner en influence tout au long des Han postérieurs, malgré la volonté affichée par l'empereur Guangwu (r. 25-57 apr. J.-C.) de restaurer les Han en même temps que les Classiques en écriture moderne. Ces derniers, après la chute de la dynastie, devaient sombrer dans un long oubli dont ils n'allaient réémerger qu'en pleine dynastie Qing, vers la fin du XVIIIe siècle[45].

Ces vicissitudes montrent bien à quel point ce que nous considérerions comme des questions purement intellectuelles représentaient, sous les Han, un enjeu ouvertement politique. Pour les « docteurs » de l'Académie impériale, il s'agissait de défendre leur position privilégiée de détenteurs de l'orthodoxie et pour les empereurs, de privilégier les textes dont le contenu idéologique se conformait le mieux à leur souci de légitimité (Wang Mang étant à cet égard un cas exemplaire). Ces textes font ainsi l'objet de débats à la cour et de commentaires dits « par chapitres et versets », exercice exégétique d'un genre nouveau consistant en de longues et verbeuses digressions sur les implications morales et politiques d'un mot ou d'une phrase. Ce qui donne lieu à une véritable surenchère dans le découpage de cheveux en quatre et les arguties scolastiques, vigoureusement dénoncée par ses adversaires[46].

La controverse entre partisans des Classiques en écriture

« moderne » et en écriture « ancienne » finit ainsi par recouvrir l'opposition entre deux types de lettrés : aux exégètes des écoles officielles attachés à spéculer sur l'interprétation à donner de la moindre formule dans le sens agréé par le patronage impérial s'opposent des lettrés moins soucieux de leur carrière et davantage de l'esprit des textes. Se réclament donc de la tradition des Classiques « anciens » des érudits authentiques qui s'intéressent à l'étymologie et à la philologie et qui sont à l'origine de la plupart des nombreux dictionnaires et œuvres lexicales produits sous les Han, comme le *Fangyan (Répertoire d'expressions dialectales)* de Yang Xiong ou le *Shuowen jiezi (Dictionnaire étymologique)* de Xu Shen, achevé en 100 apr. J.-C. [47].

Yang Xiong (53 av. J.-C.-18 apr. J.-C.)

Au moment où l'enjeu idéologique et politique de la conception des Classiques domine les esprits, quelques lettrés purs et durs et, de ce fait, marginalisés ne se contentent pas de commenter, mais tentent d'innover. Yang Xiong est un de ceux-là. Originaire de Chengdu (dans l'ancien royaume de Chu et l'actuelle province du Sichuan), il commence par prendre exemple sur ses illustres compatriotes et devanciers, les poètes Qu Yuan (env. 340-env. 278 av. J.-C.) et Sima Xiangru (179-118 av. J.-C.), en composant de nombreux poèmes du type *fu* en vogue sous les Han [48]. Mais parvenu à la maturité, il s'adonne à l'étude des textes dont il a la charge aux Archives impériales, sans pour autant céder ni à l'exégèse officielle par « chapitres et versets » ni aux intrigues politiques, au point d'être surnommé « l'ermite de cour ».

Pour Yang Xiong, il n'est pas de plus grandes sources d'inspiration que les *Entretiens* de Confucius et le *Livre des Mutations*, aussi en compose-t-il des « imitations » respectivement dans le *Fayan (Propos modèles)* qui esquisse sous forme dialoguée un idéal de sagesse pour l'homme [49], et le *Taixuanjing (Livre du Mystère suprême)* qui tente de décrypter les opérations du Ciel-Terre. Vaste construction qui prétend imiter le *Yijing* tout en le systématisant et qui n'hésite pas à se donner le titre de Classique, le *Taixuanjing* connaît une fortune considérable auprès des contemporains malgré un langage volontairement abscons [50].

Fidèle à son modèle, il comporte une partie canonique suivie de commentaires et utilise une méthode de divination dérivée du décompte des tiges d'achillée. À la dualité des traits Yang (un segment continu) et Yin (deux segments), Yang Xiong ajoute un trait à trois segments. Ces trois types de traits se combinent, non pas sur six positions, comme dans les *Mutations*, mais sur quatre. Au lieu de se faire sur le mode binaire à partir de l'alternance Yin/Yang, la diversification dans le *Taixuanjing* se fait sur le mode ternaire avec pour matrice la triade Ciel-Terre-Homme, ce qui donne 81 combinaisons possibles. L'ensemble du dispositif est censé donner une représentation symbolique de l'univers et de ses mutations plus systématique que le *Yijing*, le projet de Yang Xiong étant de mettre en correspondance ses figures tétragrammatiques avec les portions de l'année. Il s'agit de rien de moins que de rapporter les schémas cosmologiques à la science calendérique, voire aux connaissances astronomiques courantes sous les Han[51].

La cosmologie de Yang Xiong intègre, comme il se doit, les quatre saisons (qui sont au temps ce que les quatre orients sont à l'espace) ainsi que les Cinq Phases, et comme chez beaucoup d'exégètes Han sur les *Mutations*, les nombres sont perçus comme un principe de synchronicité qui règle les correspondances entre le cosmique et l'humain. Cette représentation schématique des processus naturels, contrairement à la vision téléologique de Dong Zhongshu, ne comporte aucun jugement de valeur, le Yin et le Yang, par exemple, n'étant pas dans une relation de supérieur à inférieur mais dans une alternance à part égale. À la notion de « mutation » (*yi* 易), Yang Xiong tend à substituer celle de *xuan* 玄, terme emprunté au premier chapitre du *Laozi* et généralement traduit par « mystère », qui désigne à l'origine l'azur, si profond qu'il en devient noir. Cette notion est donc associée de manière privilégiée au Ciel, au point que Taixuan 太玄 ne serait qu'un autre nom, sinon une autre forme de Taiyi 太一, l'« Un suprême » à qui était rendu un culte impérial sous les Han. *Xuan* évoque ainsi la dimension mystérieuse, obscure et pourtant globalisante, que le *Laozi* assigne au Dao :

> *Xuan*, c'est ce qui obscurément fait advenir les dix mille sortes d'êtres sans que l'on en voie la forme.
> Le Ciel, en ce qu'il n'est pas visible, est *xuan*, la Terre, en ce qu'elle n'a pas de formes, est *xuan*[52].

En d'autres termes, *xuan* n'est qu'une désignation du souffle un et originel *(yuanqi)*, lequel en se diversifiant (d'abord dans la dualité Yin/Yang, puis les Cinq Phases, etc.) fait apparaître de lui-même les dix mille êtres. En cela, Yang Xiong, dont la conception s'oppose autant à la cosmologie téléologique de Dong Zhongshu qu'à l'« étude du Mystère » (*xuanxue* 玄學) qui devait faire les délices de Wang Bi au lendemain des Han, hérite du naturalisme de l'académie Jixia, repris après lui par des rationalistes comme Huan Tan (env. 43 av. J.-C.-28 apr. J.-C.), le mathématicien astronome Zhang Heng (78-139 apr. J.-C.) et surtout Wang Chong [53].

Wang Chong (27-env. 100)

Si Yang Xiong fut un « ermite de cour », Wang Chong fut, sinon un ermite tout court, du moins un marginal, probablement moins par choix que par la force des choses. Après des débuts prometteurs à l'Académie impériale, il semble que son tempérament critique et ombrageux lui ait très vite attiré des ennuis avec ses supérieurs et l'ait amené à se contenter d'une carrière provinciale et subalterne qui le laissa amer [54]. Son œuvre maîtresse, le *Lunheng* (titre que l'on traduit couramment par « Essais critiques » mais qui signifie littéralement « Théories mises dans la balance »), se démarque de la masse de la littérature Han par son projet et son discours très personnels d'auteur, avec toute son exigence de lucidité intellectuelle et sa volonté délibérément critique :

> Le *Lunheng* se propose de mettre les théories dans la balance et de rétablir l'équilibre du vrai et du fallacieux, sans faire de belles phrases et des discours ornés destinés à illustrer une vision extraordinaire. Il trouve son point de départ dans les erreurs humaines, et s'en prend avec une farouche détermination aux mœurs de ce temps dont la nature même est de raffoler d'histoires extraordinaires et de se délecter de vaine littérature [55].

Aux yeux de la modernité, une telle déclaration de principes n'a pas manqué de faire de Wang Chong le champion du rationalisme dans une époque d'obscurantisme et de superstitions. À y regarder de plus près, force est de constater que sa pensée, même *a priori* critique, ne fait qu'opérer à l'intérieur du schéma cosmologique préétabli : à l'instar de Dong Zhongshu, dont il ne rate pourtant jamais une occasion d'attaquer les thèses, il croit en l'astrologie, la physiognomonie, aux signes annonciateurs d'événements importants, et reprend même sans discussion certaines superstitions de son temps. Si Wang Chong est probablement le seul penseur Han à soumettre à l'épreuve du sens commun la notion de résonance omniprésente à son époque, sa critique reste à l'intérieur de son objet, sans jamais parvenir à s'en extraire et prendre la distance nécessaire pour fonder une épistémologie. En restant sur le seul plan empirique, son argumentation se limite à ce qui est vérifiable du fait de sa proximité, pour la simple raison que « c'est en se tenant sous le toit qu'on se rend compte qu'il fuit[56] ». Le phénomène de résonance ne peut donc se vérifier qu'entre des êtres ou des choses assez proches pour pouvoir entrer en interaction. Dans le sillage de Xunzi, pour qui le Ciel est insensible aux vicissitudes humaines, Wang Chong s'emploie à montrer que la résonance ne fonctionne pas entre le Ciel et le monde humain, en faisant valoir la disproportion physique et la distance spatiale qui les séparent :

> Le Ciel est un corps et ne diffère pas à cet égard de la Terre. Tous les corps ont des oreilles sur la tête : il n'y a pas de corps avec des oreilles séparées de lui. Le Ciel est éloigné de plusieurs milliers de lieues des hommes, les oreilles sur le corps du Ciel devraient donc percevoir des paroles qui viennent de la même distance, ce qui est impossible. Lorsqu'un homme est au sommet d'une tour, il ne voit même pas le corps des fourmis sur le sol et, à plus forte raison, il n'entend pas leur bruit, parce que les fourmis sont beaucoup plus petites que l'homme, et que leur bruit ne peut traverser un si grand espace. Le Ciel est beaucoup plus haut que le sommet d'une tour, et l'homme est beaucoup plus petit par rapport au Ciel que les fourmis par rapport à lui-même. Il est donc faux d'affirmer que le Ciel réagit par des signes fastes ou néfastes aux paroles bonnes ou mauvaises de l'homme[57].

Il apparaît assez clairement que Wang Chong ne critique pas la notion de résonance en soi comme phénomène physique, mais ne fait que la dépouiller de l'intentionnalité et de la dimension téléologique dont elle se trouve investie depuis Dong Zhongshu. Il n'y voit pour sa part qu'un processus purement naturel et spontané, le « de soi-même ainsi » (*ziran* 自然) des taoïstes, faisant ainsi figure de précurseur de la pensée des Six Dynasties. C'est au nom de ce naturalisme qui conçoit toute réalité en terme d'énergie *(qi)* que Wang Chong rejette toute idée de justice immanente, notamment la croyance en l'immortalité et en l'existence des esprits. Il est ainsi amené à une vision déterministe dominée par l'obsession du destin (*ming* 命) : nul ne peut avoir la garantie qu'une bonne conduite assurera une bonne destinée du fait purement naturel que divers cycles de *qi* opérant à différents niveaux (dynastique, régional, etc.) peuvent interférer avec le *qi* qui régit l'existence individuelle, à la manière d'ondes contraires qui finissent par se neutraliser :

> Les relations qu'entretient un homme avec ses supérieurs, les ennuis qu'il rencontre dans sa carrière, tout cela est affaire de destin. Il en est un qui décide de la vie ou de la mort, de la longévité ou de la disparition prématurée ; il en est un qui décide d'une position élevée ou humble, de la richesse ou de la pauvreté. Depuis les rois et les princes jusqu'aux hommes du commun, depuis les saints et les sages jusqu'aux derniers des imbéciles, de tous les êtres qui possèdent tête, yeux, sang, il n'en est aucun qui échappe au destin[58].

La vision déterministe de Wang Chong a ses incidences sur sa conception de la nature humaine :

> La nature de l'homme moyen dépend de son éducation : si elle est bonne, il deviendra bon ; si elle est mauvaise, il deviendra mauvais. Seules les personnes extrêmement bonnes ou extrêmement mauvaises ne changent pas, quelle que soit leur éducation. Voilà pourquoi Confucius dit : « Seuls les gens suprêmement intelligents et les gens suprêmement bêtes ne changent pas. » Certaines natures sont si bonnes ou si mauvaises que même la meilleure éducation n'y peut rien[59].

Si Confucius est cité ici comme une autorité, ailleurs il est « mis en question[60] ». À une époque où les exégètes des « textes modernes » ont fait de lui une figure sacro-sainte, quasi divinisée, ne voir en lui qu'un maître à penser, fût-il le premier, susceptible d'être discuté, voire contesté, n'est pas seulement une caractéristique des partisans des « textes anciens », mais le fait d'un esprit critique particulièrement audacieux. Il est dès lors d'autant plus étonnant que ce grand pourfendeur de supercheries intellectuelles croie toutefois bon (ou prudent) de consacrer un chapitre à la « gloire des Han », éloge dithyrambique de la *pax sinica* établie par la dynastie :

> Les barbares du Nord-Ouest font aujourd'hui partie de l'empire, les sauvages d'hier portent les vêtements de cour, ceux qui se promenaient tête nue une coiffe, ceux qui marchaient nu-pieds des chaussures. Les terres caillouteuses sont devenues des champs fertiles, les sols les plus raboteux sont aplanis. Les révoltés et les insoumis ont été transformés en sujets dociles et vertueux. Si cela n'est pas l'âge de la Grande Paix (*taiping* 太平), qu'est-ce donc [61] ?

L'esprit critique de Wang Chong semble avoir eu au moins quelque rapport avec sa position, voulue ou subie, de lettré en marge de la sphère du pouvoir central, position qu'il partage avec la plupart des grands noms associés à la tradition des « textes anciens », écartée de l'*establishment* idéologique et institutionnel pendant les deux siècles des Han antérieurs. Cependant, au regard du formidable optimisme qui anima cette première partie de la dynastie, la seconde apparaît en position de repli.

Les Han postérieurs (25-220 apr. J.-C.)

Après l'éphémère parenthèse ouverte par Wang Mang (9-23) et sa restauration par l'empereur Guangwu (r. 25-57), la dynastie Han ne présente plus le même visage : après avoir dû sa puissance à une vision unitaire dans laquelle le souverain est le pivot du monde humain et cosmique, elle doit désormais faire face à des tendances centrifuges grandissantes. Après l'échec retentissant de Wang Mang à la mesure des espoirs placés en lui par les confucéens idéalistes, après la restauration conservatrice de l'orthodoxie en cours dans la première partie de la dynastie, les lettrés des Han postérieurs se désintéressent de plus en plus du rôle qu'ils jouaient jusqu'alors dans la marche du pouvoir impérial. Force leur est de se rendre à l'évidence que ni les empereurs Han ni Wang Mang n'ont réalisé la « Grande Paix » à laquelle un Wang Chong s'efforce encore de croire envers et contre tout [62].

À la désillusion morale des lettrés s'ajoute un sentiment d'écœurement vis-à-vis de l'exégèse telle qu'elle est pratiquée à l'Académie impériale. Les érudits authentiques se retrouvent pour la plupart autour de la tradition des « textes anciens ». Certains, comme Ma Rong (79-166) et son illustre disciple, le grand exégète Zheng Xuan (127-200), établissent des écoles privées qui tendent à supplanter l'Académie dans le domaine des études classiques. C'est autour de ces centres animés par des lettrés prestigieux que se forme un monde intellectuel parallèle qui dominera la scène après la chute des Han et dans lequel sont perceptibles les premiers signes d'un regain d'intérêt pour les textes taoïstes.

À partir du règne de l'empereur Huan (146-168), on observe une tendance croissante chez des hommes à la réputation bien établie au plan local à refuser de servir dans les rangs de la bureaucratie en se gagnant ainsi l'approbation générale pour leur choix moral, au point que l'érémitisme protestataire finit par devenir une mode. L'antagonisme entre ces confucéens « purs » et les eunuques qui les ont évincés comme conseillers auprès des empereurs éclate en lutte ouverte pour le pouvoir en 166. Les partisans ralliés au mouvement de « jugements purs » (*qingyi* 清議) tombent alors sous le coup d'une proscription, ils sont interdits d'accès aux fonctions gouvernementales et emprisonnés [63]. Ces persécutions, les premières d'une série qui devait ponctuer l'histoire impériale, marquent le début de la fin pour les Han.

Dans le désarroi général des lettrés sous les Han postérieurs, deux attitudes restent possibles : soit se durcir dans une position plus pragmatique et utilitariste en puisant aux sources d'inspiration légiste, soit prendre refuge dans une pureté et une autonomie individuelles, loin des responsabilités politiques, à la manière taoïste. Des confucéens comme Wang Fu (env. 85-165), Cui Shi (env. 110-170), Zhongchang Tong (né en 180) ou Xu Gan (170-217) [64], optent pour la première solution en s'efforçant de recentrer leur pensée sur les nécessités pressantes du moment, notamment le problème posé par le recrutement de fonctionnaires dont la vertu et la capacité ne reposeraient pas sur leur seule renommée, mais sur une réelle compétence. À la fin des Han se retrouve donc le thème de l'adéquation entre noms et réalités qui avait été à l'honneur dans le courant Huang-Lao au début de la dynastie et qui devait alimenter toute une réflexion sur la notion de talent et ses critères.

Pour remédier à la faillite de la dynastie, l'alternative à la recherche pragmatique de méthodes de gouvernement plus efficaces est le recours au fonds taoïste. La prédilection pour le *Laozi* et le *Zhuangzi*, bannis des études officielles depuis l'établissement du monopole des Classiques confucéens par l'empereur Wu, réapparaît dès le milieu des Han postérieurs chez des grands lettrés qui se désengagent de plus en plus de leur rôle de soutien de la dynastie, à mesure que celle-ci tombe sous la coupe du gynécée (clans des impératrices et eunuques). À partir du début du IIe siècle apr. J.-C. se succèdent des règnes de courte durée ou d'empereurs-enfants qui se détournent de la tradition canonique pour s'intéresser à des cultes moins austères comme celui de Laozi divinisé ou même du Bouddha dont le nom commence à circuler en Chine dès le Ier siècle apr. J.-C.[65].

C'est à ce moment qu'apparaît un taoïsme collectif qui, pour la première fois de son histoire, prend une forme organisée, voire institutionnalisée, notamment dans la secte des Turbans jaunes au centre et à l'est[66]. Menée par Zhang Jue, elle condamne la dynastie Han en décomposition et proclame l'avènement prochain du règne de la Terre (d'où la couleur jaune des turbans) qui doit, selon le cycle d'engendrement des Cinq Agents, succéder au Feu des Han. C'est en vertu de cette croyance millénariste en la réalisation toute proche de l'ère de la « Grande Paix » que la Voie du même nom, s'inspirant du *Livre de la Grande Paix (Taipingjing)*[67], déclenche contre les Han un soulèvement en 184, année inaugurale d'un nouveau cycle de soixante ans.

Les Han réussissent cependant à écraser le soulèvement, tandis qu'au Sichuan se développe, sous l'égide de Zhang Daoling, la Voie des Cinq Boisseaux de riz (par référence à la contribution que devaient verser ses adeptes), plus connue sous le nom de « Voie des Maîtres célestes ». La secte prit une importance considérable jusqu'à former un véritable État, avec ses armées et ses divisions administratives organisées selon des modèles cosmologiques, sous la direction des descendants de Zhang Daoling dont la lignée se perpétue encore aujourd'hui[68].

Notes

1. Jacques GERNET, *L'Intelligence de la Chine. Le social et le mental*, Paris, Gallimard, 1994, p. 135. Voir le livre richement illustré de Michèle PIRAZZOLI-T'SERSTEVENS, *La Chine des Han, histoire et civilisation*, Fribourg (Suisse), Office du livre, 1982.

2. Voir, par exemple, le « Traité sur la géographie » du *Han shu (Annales des Han antérieurs)*, ou le *Fengsu tongyi (Somme des us et coutumes)* de Ying Shao (seconde moitié du IIe siècle apr. J.-C.).

3. En 213 av. J.-C., sur ordre du Premier Empereur, les copies officielles de textes considérés comme canoniques dans la tradition confucéenne furent détruites par le feu, en même temps qu'un certain nombre de lettrés étaient condamnés à être enterrés vivants. Il faut cependant faire la part de la diabolisation de Qin opérée par les Han dans un esprit de propagande, et rappeler l'élément de continuité entre les études classiques des Qin et celles du début des Han. Cf. Jens Ostergard PETERSEN, « Which books did the First Emperor of Ch'in burn? On the meaning of *pai chia* in early Chinese sources », *Monumenta Serica*, 43 (1995), p. 1-52.

4. Le *Shiji*, achevé en 91 av. J.-C., est l'une des sources principales d'informations sur la période Han (voir plus haut chap. 2, note 2), avec le *Han shu (Annales des Han antérieurs)*, rédigé presque deux siècles plus tard par Ban Gu (32-92), entre 74 et 84 apr. J.-C. Pour la classification de Sima Tan, cf. *Shiji* 130 et *Han shu* 88, ainsi que l'analyse de Benjamin E. WALLACKER, « Han Confucianism and Confucius in Han », *in* David T. ROY and Tsuen-hsuin TSIEN, éd., *Ancient China : Studies in Early Civilization*, Hong Kong, Chinese University Press, 1978, p. 217-218.

Concernant la notion d'« écoles » dans la Chine ancienne, Nathan SIVIN (cf. *Philosophy East and West*, 42, 1 [1992], p. 27) remarque que, contrairement à la conception grecque de l'école formée d'orateurs et de polémistes sur la place publique, elle correspond bien plus à des classifications bibliographiques qu'à des groupements de personnes. En Chine, les écoles se distinguaient entre elles en ce qu'elles préservaient et transmettaient des corpus différents de textes écrits, dans une lignée de transmission qui ressemblait fort à une filiation (d'où le mot *jia* 家 qui désigne le clan). Sivin cite le cas du *Laozi* et du *Zhuangzi*, qui se sont retrouvés groupés sous l'étiquette d'« école » taoïste (*daojia* 道家) pour la simple raison que des traditions d'interprétation sur ces deux textes s'étaient retrouvées dans le même secteur de la bibliothèque impériale.

5. *Huainanzi (Le Maître de Huainan)* 20, éd. ZZJC, p. 353. Une formule similaire se retrouve, par exemple, dans le *Fengsu tongyi (Somme des us et coutumes)* 5, éd. ZZJC, p. 35.

6. *Zhuangzi* 33, éd. *Zhuangzi jishi* de GUO Qingfan du ZZJC, p. 462-463. Ce dernier chapitre, tardif, pourrait bien dater du début des Han.

7. Sur le *Lüshi Chunqiu (Printemps et Automnes du sieur Lü)*, voir plus haut chap. 10 à la note 2. Sur le *Huainanzi (Le Maître de Huainan)*, voir plus bas.

8. *Shiji (Mémoires historiques)* 97, p. 2699. Les rois Tang et Wu sont les fondateurs respectifs des dynasties antiques des Shang et des Zhou.

9. *Xinyu (Nouveaux Propos)*, chap. 4 (« Non-agir »), éd. ZZJC, p. 7. Voir la traduction du *Xinyu* en anglais par KU Mei-kao, *A Chinese Mirror for Magistrates : The Hsin-yü of Lu Chia*, Canberra, Australian National University, 1988.

10. Certains y voient les « Quatre Classiques de l'Empereur jaune » mentionnés dans le « Traité bibliographique » des *Annales des Han antérieurs (Han shu yiwenzhi)*. On trouvera la traduction de quelques extraits dans Jean LEVI, *Dangers du discours (Stratégies du pouvoir IVe et IIIe siècles av. J.-C.)*, Aix-en-Provence, Alinéa, 1985. Cf. également Michael LOEWE, *Chinese Ideas of Life and Death : Faith, Myth and Reason in the Han Period*, Londres, Allen & Unwin, 1982 ; et Robin D.S. YATES, *Five Lost Classics. Tao, Huanglao, and Yin-Yang in Han China*, New York, 1997.

11. *Han Feizi* 8, éd. ZZJC, p. 32. Voir plus haut chap. 9 aux notes 24 et 25.

12. *Huainanzi* 20, éd. ZZJC, p. 353.

13. Sur les *fangshi*, voir plus haut chap. 10, note 7.

14. *Huainanzi* 1, éd. ZZJC, p. 3.

15. Les « essences » (*jing* 精) constituent la forme la plus subtile de l'énergie primordiale, du *qi*.

16. *Huainanzi* 3, éd. ZZJC, p. 35-36. Pour une traduction en anglais, cf. John S. MAJOR, *Heaven and Earth in Early Han Thought : Chapters Three, Four and Five of the Huainanzi*, Albany, State University of New York Press, 1993. Pour une traduction partielle du *Huainanzi* en français (chap. 1, 7, 11, 13 et 18), cf. Claude LARRE, Isabelle ROBINET, Élisabeth ROCHAT DE LA VALLÉE, *Les Grands Traités du Huainan zi*, Paris, Cerf, 1993. Voir aussi Harold D. ROTH, *The Textual History of the Huai-nan Tzu*, Ann Arbor, American Association for Asian Studies, 1992 ; et Griet VANKEERBERGHEN, *Huainanzi and Liu An's Claim to Moral Authority*, Albany, State University of New York Press, 2001.

Cette cosmogonie où l'on voit les souffles légers Yang s'élever pour former le Ciel, et les souffles denses Yin sombrer pour former la Terre appelle une division analogue dans l'être humain entre deux sortes d'âmes qui cherchent à quitter le corps pour retourner à leur origine : les âmes *hun* aspirent à s'élever vers le Ciel du fait qu'elles sont Yang, et les âmes *po* à revenir à la Terre de par leur nature Yin.

17. A. C. GRAHAM, *Disputers of the Tao*, p. 320.

18. À titre d'exemple, l'invention dès les Han, en 132 apr. J.-C., du premier appareil de détection des tremblements de terre « met en jeu une notion d'action à distance qui […] est d'origine magique » (Jacques GERNET, *L'Intelligence de la Chine*, p. 253). Il s'agit de la résonance dont il est question au chap. 6 du *Huainanzi*, sur lequel cf. Charles LE BLANC, *Huai-nan Tzu : Philosophical Synthesis in Early Han Thought*, Hong Kong University Press, 1985.

19. La résonance entre l'est et l'aigre est due à leur appartenance commune à la catégorie Bois.

20. *Huainanzi* 6, p. 90-92. La question finale de la citation évoque le « Grand Son » (celui qui n'a pas encore commencé de se différencier en sons particuliers) du *Laozi*.

21. *Huainanzi* 7, p. 100.

22. Cf. Joseph NEEDHAM, *La Science chinoise et l'Occident* (traduction de *The Grand Titration*), Paris, Éd. du Seuil, 1973, ainsi que le monumental *Science and Civilization in China*, Cambridge University Press ; voir aussi Nathan SIVIN, « Why the scientific revolution did not take place in China – or didn't it ? », in *Chinese Science*, 5 (1982), p. 45-66 ; HO Peng Yoke, *Li, Qi and Shu : An Introduction to Science and Civilization in China*, Hong Kong University Press, 1985.

23. Cf. John B. HENDERSON, *The Development and Decline of Chinese Cosmology*, New York, Columbia University Press, 1984, chap. 3.

24. Sur les « Commandements mensuels », voir plus haut chap. 10 à la note 25. Le *Canon interne de l'Empereur jaune (Huangdi neijing)*, généralement daté du Ier siècle av. J.-C., évoque le réseau cosmique tissé par le couple Yin/Yang et les Cinq Phases, ainsi que les corrélations entre le monde naturel (macrocosme), le corps humain (microcosme) et le modèle Han de l'État impérial. Cf. la notice très fournie de Nathan SIVIN, « Huang ti nei ching », *in* Michael LOEWE, éd., *Early Chinese Texts : A Bibliographical Guide*, Berkeley, University of California, 1993, p. 196-215. Voir aussi Donald J. HARPER, *Early Chinese Medical Literature : The Mawangdui Medical Manuscripts*, Londres & New York, Kegan Paul International, 1998.

25. C'est en 113 av. J.-C. que l'empereur Wu, sur le conseil des *fangshi* (voir chap. 10, notes 7 et 8), aurait pour la première fois rendu un culte à l'« Un suprême », auquel venait s'associer celui du « Ciel-Un » et de la « Terre-Une » pour former les « Trois-Un », cf. *Shiji (Mémoires historiques)* 28, p. 1394, et *Han shu (Annales des Han antérieurs)* 6, p. 185, et 25A, p. 1230. Cf. Kristofer SCHIPPER, *L'Empereur Wou des Han dans la légende taoïste, Han Wu-ti nei-tchouan*, Paris, École française d'Extrême-Orient, 1965.

26. Mémoire de Dong Zhongshu, cité dans *Han shu (Annales des Han antérieurs)* 56, p. 2523. Les « Six Arts » désignent ici les Six Classiques confucéens (*Mutations, Documents, Odes, Printemps et Automnes, Rites*, avec l'adjonction du *Livre de la Musique*, déjà disparu en tant que texte sous les Han).

27. Cf. Marianne BUJARD, « La vie de Dong Zhongshu : énigmes et hypothèses », *Journal asiatique*, 280, 1-2 (1992), p. 145-217.

28. *Chunqiu fanlu* 70, éd. *Xinbian zhuzi jicheng*, Pékin, Zhonghua shuju, 1992, p. 410. Le *Chunqiu fanlu (Profusion de rosée sur les Printemps et Automnes)*, ouvrage attribué à Dong Zhongshu, pose d'énormes problèmes d'authenticité que les érudits ont généralement préféré laisser de côté. Plusieurs chercheurs ont tenté récemment de remettre un peu d'ordre dans ce « chop-suey textuel », pour reprendre l'expression de Gary ARBUCKLE, cf. « Restoring Dong Zhongshu (BCE 195-115) : An Experiment in Historical and Philosophical Reconstruction », thèse de PhD., University of British Columbia, 1991. Voir également Sarah QUEEN, *From Chronicle to Canon : The Hermeneutics of the Spring and Autumn Annals according to Tung Chung-shu*, Cambridge University Press, 1996. Et enfin, Marianne BUJARD, *Le Sacrifice au Ciel dans la Chine ancienne. Théorie et pratique sous les Han occidentaux*, Paris, École française d'Extrême-Orient, 2001. Il existe une traduction en allemand des six premiers chapitres par Robert H. GASSMANN, *Tung Chung-shu Ch'un-ch'iu Fan-lu : Üppiger Tau des Frühling-und-Herbst-Klassikers : Übersetzung und Annotation der Kapitel eins bis sechs*, Berne, Peter Lang, 1988.

29. *Han shu (Annales des Han antérieurs)* 56, p. 2515. Voir la traduction en anglais de Homer H. DUBS, *The History of the Former Han Dynasty by Pan Ku*, 3 vol., Baltimore, Waverly Press, 1938-1955.

30. *Chunqiu fanlu* 2, p. 31.

31. *Chunqiu fanlu* 19, p. 168.

32. En choisissant la Terre en 104 av. J.-C., les Han expriment une volonté de se démarquer de Qin associé au règne de l'Eau. Lorsque Wang Mang situe sa dynastie Xin (9-23 apr. J.-C.) dans la phase de la Terre en vertu du cycle d'engendrement et non plus de conquête, il revendique une légitimité naturelle qui dément sa réputation d'usurpateur. Celle-ci se trouve pourtant réaffirmée par l'empereur Guangwu lorsqu'il restaure la dynastie Han sous le signe du Feu en 25 apr. J-C. Cf. Michael LOEWE, « Water, Earth and Fire : the Symbols of the Han Dynasty », republié dans *Divination, Mythology and Monarchy in Han China*, Cambridge University Press, 1994, p. 55-60. Voir aussi, du même auteur, l'ouvrage indispensable sur les Han antérieurs, *Crisis and Conflict in Han China, 104 BC to AD 9*, Londres, Allen & Unwin, 1974.

Sur le cycle des Cinq Phases, voir chap. 10. À partir des Han, le schéma quinaire s'impose partout, trouvant des corrélations dans tous les domaines : les cinq constantes de l'éthique confucéenne, les cinq aspects de la nature humaine, les cinq grandes périodes de l'antiquité chinoise, les Cinq Classiques, etc.

33. L'idée d'amalgamer la loyauté politique à la piété filiale se retrouve dans le *Livre de la piété filiale (Xiaojing)*, promu au rang de Classique dès sa « découverte » (autant dire sa fabrication) sous les Han antérieurs. Traduction en anglais d'Ivan CHEN, *Hsiao ching : The Book of Filial Piety*, 1908, rééd. Londres, John Murray, 1968, et en italien de Fausto TOMASSINI dans *Testi confuciani*, Turin, UTET, 1974.

34. Sur cette bipolarité confucéenne, voir chap. 2, « Portrait du prince en homme de bien ».

35. Voir plus haut, note 3.

36. Cf. *Mengzi* III B 9 et IV B 21. Voir aussi chap. 2 à la note 34.

37. Le catalogue bibliographique des *Annales des Han antérieurs (Han shu yiwenzhi*, p. 1714) mentionne des « Cas de justice tranchés par Dong Zhongshu selon le *Gongyang* », qui auraient été au nombre de 232 et dont il ne reste actuellement que 8 fragments. Ils sont présentés et traduits par Gary ARBUCKLE dans « Former Han Legal Philosophy and the *Gongyang zhuan* », *British Columbia Asian Review*, 1 (1987), p. 1-25.

38. Cf. CH'Ü T'ung-tsu, *Law and Society in Traditional China*, Paris, Mouton, 1961, p. 278. Voir aussi Anne CHENG, « Le statut des lettrés sous les Han », *in* Charles LE BLANC et Alain ROCHER, éd.,*Tradition et Innovation en Chine et au Japon. Regards sur l'histoire intellectuelle*, Presses de l'université de Montréal, 1996, p. 69-92.

Sur *quan* et l'image de la balance dans la pensée légiste, cf. chap. 9 aux notes 14 et 15.

39. Ainsi parle He Xiu (129-182), dernier représentant important de l'école Gongyang sous les Han postérieurs, dans son sous-commentaire sur la toute dernière rubrique des *Printemps et Automnes*. Cf. Anne CHENG, *Étude sur le confucianisme Han : l'élaboration d'une tradition exégétique sur les Classiques*, Paris, Collège de France, Institut des hautes

études chinoises, 1985, p. 244-250 ; et « La Maison des Han : avènement et fin de l'histoire », *Extrême-Orient, Extrême-Occident*, 9 (1986) p. 29-43. Sur l'histoire textuelle du *Chunqiu* et de ses principaux commentaires, voir du même auteur « *Ch'un ch'iu, Kung yang, Ku liang* and *Tso chuan* », in Michael LOEWE, éd., *Early Chinese Texts : A Bibliographical Guide* (références plus haut en note 24), p. 67-76.

40. L'origine et le contenu de ce corpus de textes restent mal connus du fait de proscriptions successives, entre 267 et 1273. Cf. Max KALTENMARK, « Les *tch'an-wei* », *Han-hiue*, II, 4 (1949), p. 363-373 ; Jack DULL, « A Historical Introduction to the Apocryphal *(Ch'an-wei)* Texts of the Han Dynasty », thèse de PhD. non publiée de Washington State University, 1966 ; Anne CHENG, « La trame et la chaîne : aux origines de la constitution d'un corpus canonique au sein de la tradition confucéenne », *Extrême-Orient, Extrême-Occident*, 5 (1984), p. 13-26.

41. Cf. NGO Van Xuyet, *Divination, Magie et Politique dans la Chine ancienne*, Paris, 1976 ; et Kenneth J. DE WOSKIN, *Doctors, Diviners and Magicians of Ancient China : Biographies of Fang-shih*, New York, Columbia University Press, 1983.

42. L'ouvrage connu sous le titre de *Débats sur le sel et le fer (Yantie lun)* en rapporte la teneur sous forme de dialogues qui témoignent de vives tensions entre les conseillers de la cour partisans d'un pragmatisme légiste et les lettrés soucieux de résister à l'argument purement matériel au nom des grands principes moraux. Pour une traduction en anglais, cf. Esson M. GALE, *Discourses on Salt and Iron : A Debate on State Control of Commerce and Industry*, 1931, rééd. Taipei, Chengwen, 1973. Des extraits sont rendus en français par Delphine BAUDRY-WEULERSSE, Jean LEVI et Pierre BAUDRY dans *Dispute sur le sel et le fer*, Paris, Seghers, 1978.

43. Les plus connues sont les réunions du pavillon Shique en 51 av. J.-C. et de la Salle du Tigre Blanc en 79 apr. J.-C. Celle-ci, la dernière du genre sous les Han, inspira une grande compilation, le *Bohu tong*, cf. TJAN Tjoe Som, *Po Hu T'ung : The Comprehensive Discussions in the White Tiger Hall*, 2 vol., Leyde, Brill, 1949 et 1952.

44. Sur la polémique entre *jinwen* et *guwen*, cf. Anne CHENG, *Étude sur le confucianisme Han* (cité plus haut note 39) ; voir aussi Michael NYLAN, « The *Chin-wen/Ku-wen* Controversy in Han Times », et Hans VAN ESS, « The Old Text/New Text Controversy : Has the 20th Century got it wrong ? », *T'oung Pao*, 80 (1994), p. 82-144 et p. 145-169 respectivement.

45. Sur la résurgence de la querelle entre « textes modernes » et « textes anciens » sous les Qing, voir chap. 22.

46. Cf. *Han shu (Annales des Han antérieurs)* 30, p. 1723-1724, et 88, p. 3620. De véritables records sont atteints dans ce domaine, comme un commentaire de cent mille mots sur les deux caractères *Yao dian* qui forment le titre d'un chapitre du *Livre des Documents*. L'inflation des commentaires est à la mesure de celle des effectifs. Lorsque des chaires sont instaurées à l'Académie impériale sous le règne de l'empereur Wu, une seule école d'interprétation est admise pour chacun des Cinq Classiques. À la fin des Han antérieurs, le nombre total d'écoles s'élève déjà à une vingtaine. Au cours de la même période, le nombre des étudiants de l'Académie impériale passe de cinquante à trois mille, puis à trente mille sous les Han postérieurs.

Chapitre 12

47. Sur le *Fangyan*, cf. Paul L.-M. SERRUYS, *The Chinese Dialects of Han Time according to Fang Yen*, Berkeley, University of California Press, 1959. Sur le *Shuowen jiezi*, cf. Françoise BOTTÉRO, *Sémantisme et classification dans l'écriture chinoise. Les systèmes de classement des caractères par clés du Shuowen jiezi au Kangxi zidian*, Collège de France, Institut des Hautes Etudes Chinoises, 1996.

48. Cf. David R. KNECHTGES, *The Han Rhapsody : A Study of the Fu of Yang Hsiung (53 B.C.-A.D. 8)*, Cambridge University Press, 1976. Biographie de Yang Xiong dans *Han shu (Annales des Han antérieurs)* 87 A-B, traduite par David R. KNECHTGES, *The Han shu Biography of Yang Xiong (53 B.C.-A.D. 18)*, Center for Asian Studies, Arizona State University, 1982.

49. Cf. Erwin Ritter VON ZACH, *Yang Hsiungs Fa-yen (Worte strenger Ermahnung)*, 1939, rééd. San Francisco, Chinese Materials Center, 1976.

50. Sur le *Taixuan jing*, cf. la monumentale traduction de Michael NYLAN, *The Canon of the Supreme Mystery by Yang Hsiung. A Translation of the T'ai hsüan ching*, Albany, State University of New York Press, 1993.

51. Sur les calculs calendériques, cf. Nathan SIVIN, « Cosmos and Computation in Early Chinese Mathematical Astronomy », *T'oung Pao*, 55 (1969), p. 5-19. Sur les modèles astronomiques prédominants sous les Han, cf. NAKAYAMA Shigeru, « Early Chinese Cosmology », in *A History of Japanese Astronomy : Chinese Background and Western Impact*, Cambridge, 1969, p. 24-40.

52. *Taixuanjing*, commentaires *Xuanli* (« Évolution du mystère ») et *Xuangao* (« Révélation du mystère »).

53. Sur Wang Bi, voir chap. suivant. Sur le naturalisme de Jixia, voir chap. 8 à la note 3 et chap. 10 à la note 6. Pour une traduction en anglais des œuvres de Huan Tan, cf. Timoteus POKORA, *Hsin lun (New Treatise) and Other Writings by Huan T'an (43 B.C.-28 A.D.)*, Ann Arbor, University of Michigan, 1965.

54. Voir sa biographie dans *Hou Han shu (Annales des Han postérieurs)* 49. Sur Wang Chong et sa pensée, on peut consulter Nicolas ZUFFEREY, *Wang Chong (27-97 ?). Connaissance, politique et vérité en Chine ancienne*, Berne, Peter Lang, 1995.

55. *Lunheng* 84 *(Duizuo)*, éd. ZZJC, p. 280. La seule traduction intégrale du *Lunheng* en langue occidentale reste celle d'Alfred FORKE, *Lunheng : Part I, Philosophical Essays of Wang Ch'ung ; Part II, Miscellaneous Essays of Wang Ch'ung*, 1907 et 1911, rééd. New York, Paragon Book Gallery, 1962. Voir aussi la traduction d'extraits en français par Nicolas ZUFFEREY, *Discussions critiques (Lunheng) de Wang Chong*, Gallimard, 1997.

56. *Lunheng* 33 *(Daning)*, p. 118.

57. *Lunheng* 17 *(Bianxu)*, p. 42.

58. *Lunheng* 3 *(Minglu)*, p. 5. Sur la question du destin sous les Han, cf. HSU Cho-yun, « The Concept of Predestination and Fate in the Han », *Early China*, 1 (1975), p. 51-56.

59. *Lunheng* 13 *(Benxing)*, p. 29. La citation de Confucius est tirée des *Entretiens*, XVII, 3.

60. C'est le sens du chapitre 28 *(Wen Kong)*. Cf. Nicolas ZUFFEREY,

« Pourquoi Wang Chong critique-t-il Confucius ? », *Études chinoises*, 14, 1 (1995), p. 25-54.

61. *Lunheng* 57 *(Xuan Han)*, p. 191.

62. Cf. Michael LOEWE, « The failure of the Confucian ethic in Later Han times », republié dans *Divination, Mythology and Monarchy in Han China*, Cambridge University Press, 1994, p. 249-266.

63. Le mouvement des « jugements purs » était une réaction des lettrés, traditionnels conseillers du pouvoir impérial, à l'influence grandissante des clans des impératrices, puis des eunuques. Cf. Rafe DE CRESPIGNY, « Politics and Philosophy under the Government of Emperor Huan (159-168 A.D.) », *T'oung Pao*, 66 (1980), p. 41-83 ; et « Political Protest in Imperial China : the Great Proscription of Later Han (A.D. 167-184) », *Papers of Far Eastern History* (Canberra), 11 (1975), p. 1-36.

64. Tous auteurs de traités dont celui de Wang Fu, *Propos d'un homme caché (Qianfu lun)*, a fait l'objet d'un bon nombre de traductions (intégrales ou partielles), cf. Ivan KAMENAROVIC, *Wang Fu, Propos d'un ermite*, Paris, Cerf, 1992 ; Margaret J. PEARSON, *Wang Fu and the Comments of a Recluse*, Tempe, Arizona State University, 1989 ; Anne BEHNKE KINNEY, *The Art of the Han Essay : Wang Fu's Ch'ien-fu lun*, Arizona State University, 1990. Sur le traité de Xu Gan, le *Zhong lun (Propos qui font mouche)*, cf. John MAKEHAM, *Name and Actuality in Early Chinese Thought*, Albany, State University of New York Press, 1994. Sur Wang Fu, Cui Shi et Zongchang Tong, cf. Étienne BALAZS, « La crise sociale et la philosophie politique à la fin des Han », *T'oung Pao*, 39 (1949), republié dans *La Bureaucratie céleste : Recherches sur l'économie et la société de la Chine traditionnelle*, Paris, Gallimard, 1968, p. 71-107.

65. Sur le culte de Laozi divinisé, cf. Anna SEIDEL, *La Divinisation de Lao tseu dans le taoïsme des Han*, Paris, École française d'Extrême-Orient, 1969. À partir de 151, où le moine parthe An Shigao entreprend en Chine ses traductions du sanscrit, l'intérêt pour l'enseignement du Bouddha devient très à la mode (voir plus bas chap. 14, note 12).

66. Cf. Rolf A. STEIN, « Remarques sur les mouvements du taoïsme politico-religieux au IIe siècle apr. J.-C. », *T'oung Pao*, 50 (1963), p. 1-78.

67. Sur ce texte datant en partie du Ier ou du IIe siècle apr. J.-C., mais remanié vers le IVe siècle, et qui inspira autant la secte des Turbans Jaunes que celle des Maîtres célestes, cf. Isabelle ROBINET, *Histoire du taoïsme* p. 76-79. Voir aussi Werner EICHHORN, « T'ai-p'ing und T'ai-p'ing Religion », *Mitteilungen des Instituts für Orientforschung der deutschen Akademie der Wissenschaften* (Berlin) 5, 1 (1957), p. 113-140 ; Timoteus POKORA, « On the Origins of the Notions T'ai-p'ing and Da-t'ung in Chinese Philosophy », *Archiv Orientalni* (Prague) 29 (1961), p. 448-454 ; Max KALTENMARK, « The Ideology of the *T'ai-p'ing ching* », *in* Holmes WELCH & Anna SEIDEL, éd., *Facets of Taoism*, New Haven, Yale University Press, 1979, p. 19-52 ; B. J. MANSVELT-BECK, « The Date of the *Taiping jing* », *T'oung Pao*, 66 (1980), p. 149-182.

68. Sur le taoïsme comme ensemble de pratiques religieuses vivantes, cf. Kristofer SCHIPPER, *Le Corps taoïste : corps physique, corps social*, Paris, Fayard, 1982 ; Michael SASO, *The Teachings of Taoist Master Chuang*, New Haven, Yale University Press, 1978 ; et Isabelle ROBINET, *Introduction à l'alchimie intérieure taoïste. De l'unité et de la multiplicité*, Paris, Cerf, 1995.

13
Le renouveau intellectuel des IIIᵉ et IVᵉ siècles

Avec l'effondrement des Han au début du IIIᵉ siècle apr. J.-C., c'est tout un monde qui s'écroule. Sous les derniers règnes de la dynastie agonisante, l'empire tombe sous le contrôle effectif d'hommes forts parmi lesquels le général Cao Cao (155-220) finit par s'emparer du pouvoir en 220, son fils aîné Cao Pi (187-226) devenant le premier empereur de la dynastie Wei (220-265). Celle-ci ne contrôle que le Nord et doit partager le territoire chinois avec Shu au sud-ouest et Wu au sud-est : c'est l'époque dite des « Trois Royaumes ». L'éphémère dynastie Wei est elle-même marquée par la rivalité incessante entre les deux clans Cao et Sima, ce dernier l'emportant finalement pour établir la dynastie Jin (265-420). La désintégration de l'empire Han marque le début d'une période de division entre le Nord et le Sud longue de quatre siècles, connue sous le nom de Six Dynasties, et qui ne prend fin qu'avec la réunification de l'empire chinois par les Sui en 589.

Mais c'est précisément cette situation de délitement qui, après quatre siècles de vision unitaire, libère les esprits et la créativité, donnant une impulsion sans exemple depuis les Royaumes Combattants aux débats intellectuels et ouvrant largement la voie à l'influence bouddhique. Après la saturation de commentaires exégétiques et d'élucubrations numérologiques à laquelle est parvenue la pensée à la fin des Han, les lettrés ne peuvent guère choisir qu'entre la moralisation du confucianisme traditionnel et la recherche d'une voie autre dans des domaines jusque-là occultés ou peu explorés, telles les sources du taoïsme philosophique ou du bouddhisme nouvellement introduit. L'héritage de l'éthique confucéenne des Han est alors connu sous l'appellation générique de « doctrine des noms » (*mingjiao* 名教), qui consiste essentiellement à cultiver une réputation, notamment de piété filiale, devenue dès les Han postérieurs un moyen d'ascension sociopolitique. Le « nom » désigne ici le renom mais fait aussi référence à l'exigence d'adéquation entre « noms » et « réalités », centrale dans les préoccupations de la fin des Han qui portent sur la correspondance entre compétences et fonctions et les rapports entre nature foncière (*xing* 性) et capacités ou talents innés (*cai* 才). Dans son essai sur *Les Quatre Fondements (Siben lun)*, Zhong Hui (225-264), farouche défenseur de la doctrine des noms, présente tous les rapports possibles entre nature morale et capacité, c'est-à-dire entre valeur humaine et qualité d'intelligence, afin de déterminer si cette dernière est bonne moralement. C'est aussi la question que se pose Liu Shao (env. 180-env. 240) dans son *Traité des caractères* :

> Si l'on prend l'humanité et le discernement comme entités distinctes opérant indépendamment l'une de l'autre, c'est l'humanité qui l'emporte. Mais si on les combine en les faisant opérer ensemble, alors c'est le discernement qui joue le rôle principal[1].

Avec la désaffection grandissante, sensible dès les Han postérieurs, des lettrés vis-à-vis de leur rôle traditionnel de piliers de la bureaucratie impériale, se fait jour une critique de la doctrine des noms et du moralisme confucéen, germe nouveau d'un esprit anti-traditionnel qui se réclame de la spontanéité taoïste. Ce nouvel esprit, dont Wang Chong fait figure de précurseur dès les Han, inspire le poète Xi Kang (223-262) dans son essai intitulé *Se délivrer du moi* :

> N'ayant pas d'orgueil dans son cœur, [l'homme de bien] peut dépasser la doctrine des noms pour s'adonner au spontané (*ziran* 自然)[2].

« Causeries pures » et « étude du Mystère »

Le désengagement politique des lettrés dont beaucoup aspirent à un mode de vie « pur » et sans contraintes se traduit sous les dynasties Wei et Jin dans la vogue des « causeries pures » (*qingtan* 清談), qui apparaissent comme le contrecoup des « jugements purs » (*qingyi* 清議) de la fin des Han. Le *Nou-*

veau Recueil de propos mondains témoigne du côté élitiste et brillant de ces discussions entre intellectuels spirituels et raffinés[3]. Ce phénomène s'accompagne parfois de comportements iconoclastes, associés en particulier à l'esprit anarchisant et antiritualiste des « sept sages du bosquet de bambous » qui se réunissent chez Xi Kang et choquent leurs contemporains en s'enivrant, en se promenant tout nus ou en urinant en public[4].

Dans la première moitié du IIIe siècle se dessine notamment avec Wang Bi et He Yan un mouvement de pensée qui donne un cours nouveau à l'histoire intellectuelle après les Han. On note alors un passage des élaborations sur « les noms et les principes » (*mingli* 名理) à l'« étude du Mystère » (*xuanxue* 玄學) qui se démarque radicalement du confucianisme cosmologico-politique des Han. Le mot *xuan* 玄 (« mystérieux », « insondable »), sémantiquement proche de *yuan* 遠 « lointain » – à la fois loin des préoccupations de l'« ici et maintenant » et hors de portée de l'entendement humain –, fait référence au « mystère au-delà du mystère » du chapitre inaugural du *Laozi*. Ce texte, avec le *Zhuangzi* et le *Livre des Mutations*, forme une trinité connue au IIIe-IVe siècle sous le nom de « Trois Mystères », principales sources d'inspiration pour un courant intellectuel qu'il est cependant inexact de qualifier, comme c'est souvent le cas, de « néotaoïsme ». Il s'agit en effet moins d'une simple résurgence du taoïsme philosophique des Royaumes Combattants que d'une réorientation des préoccupations majeures chez des penseurs de formation confucéenne comme He Yan ou Wang Bi. D'un intérêt pour les corrélations cosmologiques, ils passent à une réflexion fondamentale sur les rapports entre la réalité manifeste (l'il-y-a, *you* 有) et le fond indifférencié (l'il-n'y-a-pas, *wu* 無). Alors que, sous les Han, les spéculations de Yang Xiong sur le « Mystère suprême » ne se concevaient que sur fond de pensée corrélative et utilisaient la même terminologie que Dong Zhongshu[5], l'« insondable » dont parle Wang Bi caractérise ni plus ni moins le « fondement constitutif originel » (*benti* 本體).

Wang Bi (226-249)

C'est dans un contexte troublé, où nombre de ses contemporains connaissent des destinées tourmentées ou brutalement abrégées, que Wang Bi naît et meurt de maladie à vingt-trois ans. Génie précoce et brillant causeur, il se passionne dès l'âge de dix ans pour le *Zhuangzi* et le *Laozi* tout en se plaisant à disserter sur le Dao confucéen. De fait, il laisse pour seule œuvre des commentaires devenus canoniques sur le *Laozi*, le *Livre des Mutations*, mais aussi les *Entretiens* de Confucius [6]. Sous la protection de He Yan (env. 190-249), le jeune prodige est introduit dans l'un des cercles de « causeries pures » les plus brillants et les plus en faveur auprès de la dynastie Wei :

> He Yan considérait que le Saint ne connaît ni contentement, ni colère, ni tristesse, ni joie, avançant pour étayer sa thèse des arguments extrêmement subtils. Zhong Hui et d'autres relayèrent cette idée. Mais Wang Bi n'était pas d'accord : pour lui, ce que le Saint a de supérieur aux autres hommes est sa clairvoyance divine, alors que ce qu'il a de commun avec eux, ce sont précisément les cinq émotions. Du fait de la supériorité de son esprit, il est en mesure d'incarner l'harmonie médiane pour pénétrer à fond l'indifférencié *(wu)*. Du fait qu'il partage avec le commun des mortels les cinq émotions, il ne peut répondre aux choses sans tristesse ou sans joie ; cependant, les émotions du Saint répondent aux choses de telle façon qu'elles n'y restent pas attachées. Or, sous prétexte qu'il n'y a pas attachement aux choses, dire qu'il n'y a pas non plus réponse, c'est faire une grossière erreur [7].

La question de savoir si la nature du Saint est en elle-même impassible et immobile ou si les passions et émotions en sont partie intégrante est l'objet d'un débat séculaire. Significative est la position de Wang Bi pour qui le Saint est à la fois supérieur au commun des hommes en ce qu'il possède une « clairvoyance divine » qui lui fait incarner l'« indifférencié » en bon sage taoïste, tout en étant doté comme les autres hommes d'un naturel humain par lequel il « répond » aux êtres, aux choses et aux événements, et qui lui permet d'exercer son influence sur le monde humain dans la tradition confucéenne.

Entre indifférencié et manifesté

L'intuition centrale à la pensée de Wang Bi est celle de l'unité qui sous-tend tout l'existant, comme l'exprime le début de son court traité sur les *Mutations* :

> Le multiple ne saurait gouverner le multiple ; celui qui gouverne le multiple, c'est le Suprême-Solitaire (le souverain, l'unique). Le mouvant ne saurait régir le mouvant ; celui qui régit les mouvements du monde, c'est celui qui tient à l'Un. Ainsi, ce qui permet au multiple de se maintenir dans sa cohésion, c'est qu'il a un maître qui en réalise l'unité. Ce qui permet au mouvant de se maintenir dans le dynamisme, c'est que sa source est nécessairement unique. Nul être ne saurait être aberrant, chacun procède nécessairement d'un principe (*LI* 理). Pour les rassembler, les êtres ont un ancêtre commun ; pour les réunir, ils ont une origine commune. Aussi sont-ils divers mais non désordonnés, multiples mais non confus[8].

À travers une conception du *Livre des Mutations* non plus comme manuel divinatoire ou numérologique qu'il était sous les Han, mais comme figuration de l'univers dans sa totalité et son unité, Wang Bi rejette d'emblée l'idée d'une multiplicité irréductible qui exclurait toute liaison entre les choses. Il affirme que les êtres ont un « maître[9] », un principe unique : le *wu* 無, terme qu'il reprend du *Laozi*. En tant que négation de *you* 有 qui signifie « avoir », ou « y avoir », « il-y-a », *wu* désigne l'« il-n'y-a-pas », non pas dans le sens de néant ou de rien, mais au sens où il « n'a pas » les déterminations et la finitude de l'il-y-a, au sens où, n'étant pas encore manifesté, il n'a pas les contours de la réalité visible. Comme le dit Wang Bi, les êtres dans leur infinie multiplicité ne peuvent être là par eux-mêmes, ils procèdent nécessairement d'un fonds unique. Dès lors, l'indifférencié ne saurait être une entité qui s'oppose au manifeste, il est « ce par quoi » (*suoyi* 所以) l'il-y-a est là. Pour reprendre la formulation de He Yan :

> L'il-y-a, en tant qu'étant-là, dépend de l'il-n'y-a-pas pour être là, les phénomènes en tant que tels tirent de l'il-n'y-a-pas-encore leur accomplissement[10].

Formule ainsi complétée par Wang Bi :

> Ce qui n'est pas encore ne peut se manifester par l'il-n'y-a-pas, il doit le faire par ce qui est déjà là[11].

La complémentarité de « ce qui n'est pas encore » et de « ce qui est déjà effectivement là » peut se comprendre comme le rapport entre le « fondement constitutif » (*ti* 體) et sa « mise en opération » (*yong* 用). Ce dernier terme, que Wang Bi reprend du *Laozi* 11 où il désigne l'efficacité paradoxale de l'il-n'y-a-pas et qu'il apparie pour la première fois au « fondement constitutif », est « ce par quoi » tout être advient à la manifestation :

> Les dix mille êtres, dans toute leur noblesse, trouvent leur efficace *(yong)* dans l'indifférencié, à défaut de quoi ils sont incapables de se donner une constitution *(ti)*. S'ils abandonnent l'indifférencié pour accéder à la manifestation, ils perdent alors ce qui fait leur grandeur[12].

Il y a donc entre le fondement latent et sa manifestation le même rapport intrinsèque qu'entre la racine (*ben* 本) invisible et pourtant essentielle, et les branches (*mo* 末) dont le déploiement est le signe manifeste. Dans cette image commune à toute la pensée chinoise pour évoquer la distinction entre l'essentiel et l'accessoire, la racine chez Wang Bi désigne plus spécifiquement l'aspect primordial de l'Un, et les branches, la multiplicité de ses manifestations :

> Le Dao du spontané est comme un arbre. Plus il accumule de substance, plus il s'éloigne de la racine. Moins il en accumule, plus il se rapproche du fondement. Accumuler, c'est s'éloigner de sa vérité […] ; se contenter de peu, c'est saisir le fondement[13].

Cela est de toute évidence inspiré du *Laozi* 48 :

> Apprendre, c'est de jour en jour s'accroître
> Suivre le Dao, c'est de jour en jour décroître
> Décroître, encore décroître, jusqu'au non-agir[14].

Wang Bi reprend à son compte le paradoxe d'une démarche décroissante qui vise en fait à une plus forte concentration puisqu'il s'agit de réduire (au sens où l'on « réduit » une sauce pour la rendre plus consistante) l'accessoire à l'essentiel. Le multiple se condense ainsi en l'Un qui a pour équivalent, dans le *Grand Commentaire* aux *Mutations*, le « Faîte suprême » (*taiji* 太極). Or, pour Wang Bi, cet « Un » ou « Faîte suprême » n'est autre que l'il-n'y-a-pas, notion qu'il radicalise – au sens propre du terme – en faisant d'elle la racine de sa pensée et de l'existant en général. Alors que le *Laozi* semble privilégier le processus d'engendrement successif[15], Wang Bi fond en une notion unique l'Un, le Dao et le *wu*. Cet indifférencié qui, pour le *Laozi*, n'était qu'un aspect du Dao, occupe une place si centrale dans l'interprétation de Wang Bi qu'il finit par annexer toutes les autres notions, au point de réduire le Dao lui-même à une simple appellation :

> Le Dao est une appellation du *wu*. Puisqu'il n'est rien que l'indifférencié ne pénètre, rien dont il ne soit l'origine, on a de bonnes raisons de l'appeler Dao, qui est silence, sans existence manifestée et qui ne peut se figurer[16].

Discours, image, sens

L'indifférencié étant promu par Wang Bi au rang d'absolu, se pose la question de son appréhension par le discours telle qu'elle est formulée par le *Laozi* dans sa célèbre ouverture : « Le Dao qui peut se dire n'est pas le Dao constant. » Wang Bi exprime à sa façon cette impuissance à dire ce qui n'est pas dicible :

> On voudrait dire que cela est présence, or on n'en voit pas la forme. On voudrait dire que cela est absence, or les dix mille êtres en sont issus.
> On voudrait dire qu'il n'est pas là *(wu)*, et pourtant il accomplit toute chose. On voudrait dire qu'il est là *(you)*, et pourtant on n'en voit pas la forme[17].

De même He Yan :

> Cela dont on parle et qui n'est pas dicible, cela que l'on nomme et qui n'est pas nommable, cela que l'on voit et qui n'a pas de forme, cela que l'on entend et qui n'a pas de son, c'est le Dao dans son entier[18].

Ici cherche à se formuler la contradiction propre à toute tentative d'appréhender l'absolu, hors de toute finitude ; or, l'approche ne peut se faire que par le discours qui, par nature, impose des déterminations. Affirmer l'absolu, c'est déjà le déterminer :

> S'il y a délimitation (*fen* 分), on perd l'absolu. [...] Tous les êtres ont une désignation, un nom, qui par là même en nie l'absolu.
> Dès qu'il y a nom, il y a délimitation ; dès qu'il y a forme, il y a finitude [19].

« Noms » et « formes » sont équivalents : ce sont des délimitations qui instituent inévitablement la distinction et la différenciation dans l'Unité originelle (le mot *fen* 分, écrit avec l'élément « couteau » 刀 et signifiant « découper », équivaut au préfixe français *dé-* ou *dis-*). Dès que l'on perçoit, distingue, nomme, on manque l'absolu. Le chapitre 2 du *Zhuangzi* disait déjà :

> Le Dao ne connaît pas de distinctions. Le langage ne peut se référer à l'éternel. C'est parce qu'il y a langage qu'il y a démarcations. [...] Le Grand Dao n'a pas de nom, une vraie discussion, c'est en fait une discussion où l'on ne parle pas. [...] Le Dao qui est exposé n'est pas le Dao ; la parole qui discute le pour et le contre n'épuise pas son sujet. [...] Aussi celui qui sait discuter sans parler, qui connaît le Dao ineffable, est-il appelé le Trésor du Ciel [20].

Une anecdote biographique nous relate une visite que Wang Bi, qui n'avait pas encore vingt ans, aurait rendue à Pei Hui, grand personnage réputé pour sa connaissance du *Laozi* et des *Mutations* :

> Pei Hui, tout étonné de voir [en Wang Bi une si précoce intelligence], lui posa cette question : « L'indifférencié est bien ce dont dépendent les dix mille êtres pour s'accomplir. Or, le Saint (Confucius) refusait d'en dire mot, alors que Laozi était intarissable sur ce sujet. Comment l'expliquez-vous ? »
> Wang Bi répondit : « C'est que le Saint incarnait l'indifférencié qui, au demeurant, n'est pas communicable ; aussi n'en parla-t-il jamais. Laozi, lui, n'étant que dans le manifesté, parlait constamment de l'indifférencié dont il était déficient [21]. »

Bel échantillon, en vérité, de la subtilité des raisonnements de Wang Bi, rompu à la technique du débat logique hérité des sophistes des Royaumes Combattants et remis au goût du jour dans les « causeries pures » du IIIe siècle. Dans un paradoxe délibéré, Confucius se trouve placé au-dessus de Laozi et Zhuangzi du fait qu'il a si parfaitement fait corps avec l'indifférencié qu'il n'a pas eu besoin d'en parler, alors que les deux maîtres taoïstes, cantonnés au domaine de la réalité manifeste et du discours explicite, n'ont pas cessé d'en parler faute d'avoir pu l'incarner.

La contradiction inhérente à toute tentative d'appréhender l'absolu se cristallise dans le paradoxe même du langage qui, tout à la fois, dit ce qu'il dit et renvoie à autre chose. Dans le rapport analogique établi par Wang Bi dans son commentaire sur l'hexagramme 24 (*fu* « Le retour ») des *Mutations*, la parole est au silence ce que le manifesté est à l'indifférencié :

> *Fu*, le retour, signifie revenir à la racine. Le Ciel-Terre fait de la racine son cœur. Tout mouvement qui cesse devient quiétude, sans que la quiétude soit l'opposé du mouvement ; toute parole qui se tait devient silence, sans que le silence soit l'opposé de la parole. Ainsi le Ciel-Terre a beau être vaste et riche des dix mille êtres, être ébranlé par le tonnerre et le souffle du vent, connaître maintes transformations et dix mille mutations, il trouve sa vraie racine dans la quiétude de l'indifférencié *(wu)* suprême. Aussi lorsque cesse tout mouvement sur terre apparaît le cœur du Ciel-Terre[22].

De même que l'indifférencié n'est pas conçu négativement comme néant ou absence de tout existant, le silence n'est pas conçu comme mutisme ou absence de parole, mais au contraire comme un au-delà de la parole : ce que la parole ne peut pas exprimer. Inversement, de même que le visible a pour fonction de manifester l'invisible, de pointer dans la direction de son origine, la parole peut indiquer la voie d'un retour à la vérité silencieuse. Sur la question de l'appréhension de l'absolu par le langage comme sur la notion de *wu*, Wang Bi pousse plus loin la réflexion que ses prédécesseurs taoïstes en indiquant une possibilité d'appréhender le Dao comme indifférencié (en tant qu'il n'est pas limité par le mode de l'existence manifestée) dans un mouvement de retour *(fan* 反*)* qui est, selon le *Laozi* 40, « le mouvement même du Dao ». Puisque le Dao ne peut être appréhendé positivement par aucune définition ou détermination, il ne reste plus qu'à l'approcher, non pas frontalement, mais à rebours.

Si le manifeste a une racine qui se découvre par un mouvement de retour, il existe, selon Wang Bi, une possibilité de revenir du sens littéral du discours, manifesté dans les « noms » et les « formes », au sens caché, enfoui comme la racine, en passant par la médiation des « images », c'est-à-dire des figures des *Mutations*. Il envisage ainsi le rapport entre trois niveaux : celui des sentences attachées aux hexagrammes ou à chacun de leurs traits et, plus généralement, des mots ou du discours (*yan* 言); celui des figures hexagrammatiques ou « images » (*xiang* 象); et enfin celui de la signification des hexagrammes et, plus largement, du sens (*yi* 意). Ces termes font référence à une phrase du *Grand Commentaire* sur les *Mutations* : « Les paroles ne sauraient épuiser le sens des idées : est-ce à dire qu'il est impossible de saisir les idées des saints [23] ? », point de départ de tout un débat entre le IIe et le IVe siècle sur la nature de la réalité fondamentale : est-elle « mystère » insondable et indicible, ou au contraire – en tant que monde humain et phénoménal – sensible et accessible ? Une telle question en implique d'autres qui prennent un tour sociopolitique : si la réalité fondamentale est indicible, les « noms », les mots, le discours, et avec eux le fonctionnement de la société et le découpage qu'elle opère (lois, titres, fonctions), ne sont que formes conventionnelles qui manquent perpétuellement ce qu'elles sont censées désigner, bien qu'il leur arrive d'en laisser deviner la présence. Telle est la conviction de Wang Bi :

> La figure, c'est ce qui manifeste le sens. Les mots, c'est ce qui explique la figure. Pour aller jusqu'au fond du sens, rien ne vaut la figure ; pour aller jusqu'au fond de la figure, rien ne vaut les mots. La parole naît de la figure, aussi peut-on scruter les mots pour considérer la figure. La figure naît de l'idée, aussi peut-on scruter la figure pour considérer le sens. C'est la figure qui permet d'aller au fond du sens, ce sont les mots qui permettent d'éclairer la figure. Ainsi donc, les mots sont faits pour expliquer la figure, mais une fois qu'on a saisi la figure, on peut oublier les mots. La figure est faite pour fixer le sens, mais une fois qu'on a saisi le sens, on peut oublier la figure. C'est comme le piège dont la raison d'être est dans le lièvre : une fois le lièvre capturé, on oublie le piège. Ou comme la nasse dont la raison d'être est dans le

> poisson : une fois le poisson attrapé, on oublie la nasse. Or donc, les mots sont le piège qui capture la figure ; la figure est la nasse qui attrape l'idée.
> Voilà pourquoi celui qui s'en tient aux mots n'arrivera jamais à la figure ; et celui qui s'en tient à la figure n'arrivera jamais au sens. La figure naît du sens, mais si l'on s'en tient à la figure, ce à quoi on tient n'est pas vraiment la figure. Les mots naissent de la figure, mais si l'on s'en tient aux mots, ce à quoi on tient ne sont pas vraiment les mots. Aussi, c'est en oubliant la figure que l'on arrive au sens ; et c'est en oubliant les mots que l'on arrive à la figure. L'appréhension du sens est dans l'oubli de la figure, et l'appréhension de la figure est dans l'oubli des mots [24].

Wang Bi revient ici à la discussion lancée par le *Zhuangzi*, puis reprise par le *Grand Commentaire* aux *Mutations*, sur le rapport entre discours manifeste et sens implicite. Alors que dans le *Grand Commentaire*, les sentences explicitent les figures que sont les hexagrammes et qui à leur tour manifestent la signification sous-jacente laissée par les sages, Wang Bi tente de pousser plus loin sa réflexion en empruntant au *Zhuangzi* le thème de l'oubli du discours : c'est par « oublis » successifs (d'abord du discours, puis des images) que l'on accède au sens. Il ne s'agit pas d'aller chercher le sens dans des référents extérieurs, mais de le retrouver au cœur même du discours – en procédant à une réduction (au sens culinaire indiqué plus haut [25]).

Un même rapport intrinsèque relie figure et sens, visible et invisible : la figure est issue du sens en ce qu'elle en est la manifestation, mais pour saisir le sens à partir de la figure, il ne s'agit pas simplement d'intervertir l'extérieur et l'intérieur, il faut opérer un véritable mouvement de « retour à la racine », à l'unité originelle, thème cher au *Laozi*. On trouve ici la même oscillation entre dit et non-dit qu'entre réalité visible et invisible : la parole dépend du non-dit pour se dire, mais le non-dit a besoin de la parole pour s'exprimer. À travers cette réflexion sur le langage, Wang Bi développe l'idée qu'il est possible d'approcher le Dao ineffable – article de foi typiquement confucéen – par un retour qui part du langage mais finit par l'oubli du langage – thème éminemment taoïste.

Entre indifférencié et principe structurant

Pour Wang Bi, le Dao est ineffable, innommable, impossible à appréhender par le langage ou par les sens, mais il comporte un principe d'intelligibilité en ce qu'il est, à l'image du Dao, « constant » :

> Le Dao a sa grande constance et le principe (*LI* 理) sa structure générale [26].

Le *LI*, terme que Wang Bi reprend du *Zhuangzi* et qu'il contribue à élaborer un peu plus, désigne le caractère structuré et structurant du monde, manifestation du Dao. Le Dao est donc en soi au-delà de toute description, mais sa constance révèle une structure signifiante intelligible, du moins pour le sage. Dans le commentaire de Wang Bi sur les *Mutations*, ce principe d'intelligibilité, nommé « *LI* suprême » et qualifié de « fondamental » et de « nécessaire », est « ce par quoi tout est ainsi » (*suoyiran* 所以然) [27]. La conception d'un ordre intrinsèque aux êtres et aux choses constitue probablement l'un des éléments les plus originaux de la pensée de Wang Bi et apparaît d'autant plus importante qu'elle annonce la grande réflexion « néoconfucéenne » sur le principe à partir du XIe siècle [28].

La « constance » du Dao dessine une structure dans laquelle les êtres et phénomènes les plus divers dans leur multiplicité trouvent leur origine commune dans une unité fondamentale. Il y a donc une sorte de dialectique entre l'unité de l'indifférencié *(wu)* et le principe structurant de la réalité *(LI)*, entre le fondement constitutif *(ti)* et sa mise en œuvre *(yong)*, par laquelle le Dao ineffable et sa manifestation qu'est le monde trouvent leur équilibre harmonieux. Le principe structurant par lequel se manifeste la spontanéité du Dao est décrit au *Laozi* 25 :

> L'homme prend modèle sur la Terre
> La Terre sur le Ciel
> Le Ciel sur le Dao
> Et le Dao sur lui-même *(ziran)*.

Cette notion de *ziran* (« de soi-même ainsi »), que Wang Bi comprend essentiellement en termes de *suoyiran* (« ce par quoi tout est ainsi »), joue un rôle axial dans la dialectique entre indifférencié et principe structurant, autrement dit entre un aspect « négatif » et un aspect « positif » du Dao qui est absence de toute détermination, mais dont la présence dans le monde est ressentie effectivement. Qualifier le Dao d'indifférencié pourrait, en effet, le cantonner à la dimension mystique d'une *via negativa*, mais la notion d'un principe structurant vient couper court à toute tentation de rester dans un silence apophatique en faisant valoir l'action du Dao dans la nature.

Guo Xiang (env. 252-312)

À l'opposé de la pensée de Wang Bi centrée sur le pouvoir structurant de l'indifférencié, on trouve l'immanentisme pur, voire mystique, de Guo Xiang, pour qui les êtres et les choses procèdent d'eux-mêmes et ne se maintiennent en existence que par les relations qui les tiennent ensemble, n'étant pas issus d'une source d'être unique – volonté personnelle ou principe fondamental [29]. Guo Xiang expose sa conception dans son commentaire sur le *Zhuangzi* [30] dont l'idée centrale est de vider l'indifférencié *(wu)* de Wang Bi de toute substance et de toute effectivité :

> Ce que Laozi et Zhuangzi appellent *wu* 無, qu'est-ce que c'est ? Cela signifie tout bonnement que ce qui donne vie aux êtres n'est pas un être *(wu wu* 無物*)* et que les êtres vivent par eux-mêmes [31].

Pour Guo Xiang, le *wu* n'est pas la source du monde phénoménal telle que la conçoit Wang Bi, il est à prendre comme le pur et simple contraire de l'il-y-a *(you)*, c'est-à-dire comme il-n'y-a-pas, « non-existant », avec impossibilité de passage ou de transformation de l'un à l'autre :

> Pas plus que l'il-n'y-a-pas *(wu)* ne saurait se transformer en il-y-a *(you)*, l'il-y-a ne saurait se transformer en il-n'y-a-pas. Aussi les êtres auront beau se transformer d'une infinité de façons, ils ne pourront jamais ne pas exister. De ce fait, il n'y a jamais eu un temps où il n'existait rien ; il y a toujours eu quelque chose [32].

Le *wu* de Guo Xiang est « l'affirmation d'une non-contingence du monde, du caractère de réalité absolue de ce monde [33] ». En cela, il met résolument un terme à l'oscillation jamais stabilisée (ce qu'Isabelle Robinet appelle l'« épochè ») de Zhuangzi et rejoint Pei Wei (267-300), auteur du *Chongyou lun (De la prééminence de l'il-y-a)*, qui affirme face à Wang Bi que le commencement du monde n'est pas le *wu*. On pourrait penser que, dans la perspective de Guo Xiang, l'infini des mutations possibles achoppe sur la limite entre il-y-a et il-n'y-a-pas, mais en fait c'est précisément parce qu'au-delà de l'il-y-a il n'y a rien que les mutations peuvent se déployer dans toute leur infinité. Toute la pensée de Guo Xiang tourne autour de l'idée qu'il n'y a ni origine ni principe explicatif (*suoyiran* 所以然) pour rendre compte de l'il-y-a, tout relève de ce que les taoïstes appellent « de soi-même ainsi » (*ziran* 自然), le *sponte sua* latin : tout être se crée de lui-même (*zizao* 自造), s'engendre de lui-même (*zisheng* 自生), s'obtient de lui-même (*zide* 自得), etc. :

> Vu que l'il-n'y-a-pas n'est pas là, il ne saurait engendrer l'il-y-a. Or, avant que l'il-y-a soit engendré, il ne peut lui-même engendrer. Par qui donc est-il lui-même engendré ? Il s'engendre lui-même, voilà tout. Ce qui ne signifie pas qu'il y ait un « moi » qui engendre. Autant le moi est incapable d'engendrer les êtres, autant ceux-ci le sont d'engendrer le moi. Le moi est donc de lui-même ainsi. Qu'il soit de lui-même ce qu'il est, cela s'appelle le naturel (*tianran* 天然, litt. : « ce qui procède du Ciel »). Naturel, c'est-à-dire sans qu'il y ait action (pour le faire être de telle ou telle façon). C'est pourquoi on le dit céleste : s'exprimer ainsi, c'est mettre en lumière la spontanéité. [...]
> Ainsi toute chose s'engendre d'elle-même, et n'est pas issue de quelque chose d'autre. Tel est le Dao du Ciel. [...] Chacun des êtres est de lui-même ainsi *(ziran)* et nul ne sait par quoi *(suoyiran)* il est ainsi. Aussi ont-ils beau différer par leurs formes, ils ont d'autant plus en commun le fait d'être ainsi. [...] Quel est l'être qui les fait germer ? Ils sont ainsi d'eux-mêmes, voilà tout.
> La question est : y a-t-il un créateur ou non ? S'il n'y en a pas, alors, qui peut créer les êtres ? S'il y en a, il ne peut suffire à faire être toutes les formes. Ainsi, lorsqu'il est clair que toutes les formes sont des êtres par elles-mêmes, alors seulement on peut commencer à parler de création ; c'est pourquoi, lorsqu'on se place dans le monde où il y a des êtres,

> tout, même une ombre, se transforme par soi-même dans une ténèbre mystérieuse. Donc, ce qui crée les êtres n'est pas un maître, et chaque être se crée en lui-même. Chaque être se créant en lui-même, il ne dépend de rien. Cela est la juste norme du Ciel-Terre. […] Lorsqu'on comprend ce principe (*LI* 理), on fait retourner les dix mille êtres à leur origine à l'intérieur d'eux-mêmes au lieu de les faire dépendre de quelque chose d'extérieur [34].

Guo Xiang remplace donc le « ce par quoi » indifférencié de Wang Bi par le pur « il-y-a » qui ne peut être que « de soi-même ainsi », reprenant une notion qui parcourt comme un fil ininterrompu toute la pensée taoïste, celle d'un principe spontané d'être et d'action :

> Le Ciel-Terre est le nom générique des dix mille êtres. Le Ciel-Terre trouve son fondement constitutif dans les dix mille êtres, mais ceux-ci trouvent nécessairement leur droit fil dans le spontané. Le spontané, c'est ce qui est, sans qu'il y ait action, de soi-même ainsi [35].

Le poète Ruan Ji (210-263), l'un des « sept sages du bosquet de bambous », écrit dans la même veine :

> Le Ciel-Terre est né du spontané, les dix mille êtres sont nés du Ciel-Terre. Hors du spontané, il n'y a rien ; c'est pourquoi c'est le nom du Ciel-Terre [36].

Pour Guo Xiang contrairement à Wang Bi, le visible n'advient pas sur fond d'invisible ; le Dao est insondable précisément parce qu'il n'a pas de fond – il n'y a rien d'autre que ce qui se donne à voir (c'est là tout le sens du « de soi-même »). Dans cette perspective, le Dao ne désigne pas l'origine, il n'est rien d'autre que le nom donné à la spontanéité des êtres. Dès lors, tout ne peut advenir que « brusquement », « inopinément » ou – pour reprendre l'expression du *Laozi* 57 – « comme ça ! » :

> Considérons la naissance des êtres : il n'en est pas un qui ne naisse d'un seul coup de lui-même [37].

Le processus infiniment jaillissant de l'autocréation comporte en lui un principe d'individuation, le *fenming* 分命 (« destin reçu en partage »), « l'aspect particularisant qui en même temps manifeste et borde sa puissance de vie, lui donne forme et existence concrète. Ce *fen ming* a un aspect universel, comme le fait d'être limité dans la durée (la naissance et la mort), et un autre personnel (les "capacités") ; mais son caractère général est d'être inévitable et imposé [38] ». Cela pourrait laisser supposer un déterminisme total, voire totalitaire, mais là réside le paradoxe, déjà exprimé dans le *Zhuangzi* : c'est en « trouvant la paix dans ses propres limites » que l'on peut s'adonner à la « libre randonnée » dont parle Zhuangzi. Seule la « coïncidence merveilleuse » ou « fusion mystérieuse »[39] avec ses limites et son destin permet le jaillissement spontané et sans cesse renouvelé de l'il-y-a, c'est-à-dire de l'énergie vitale *(qi)* :

> Il n'est pas une chose qui n'accepte son lot et qui ne coïncide avec ses propres limites [40].

L'autocréation ne va donc pas sans autorégulation, ce qui fait du principe structurant interne aux choses (*LI* 理) un autre terme pour désigner le spontané :

> Il n'est pas d'être qui n'ait son principe, il lui suffit de s'y conformer.
> Tous les êtres existent par eux-mêmes, voilà tout : ils ne se font pas exister mutuellement. Pour peu qu'on les laisse opérer ainsi, le principe se mettra en place de lui-même [41].

Sur la description que donne le *Zhuangzi* de l'« homme accompli » qui, « dans une inondation montant jusqu'au Ciel, ne se noierait pas et, dans une sécheresse à faire fondre métaux et pierres et à brûler terre et montagnes, n'aurait pas trop chaud », Guo Xiang commente :

> Où qu'il aille, il est en paix, aussi est-il à l'aise partout. Si de vivre ou de mourir lui est indifférent, que lui sera de se noyer ou d'avoir trop chaud ! Si l'homme accompli n'est pas affecté par les calamités, ce n'est pas qu'il les évite. C'est qu'il va droit en suivant son principe et qu'ainsi, tout naturellement, il ne tombe jamais dans le malheur [42].

Un tel principe d'ordre inscrit dans le naturel une fois appliqué dans le domaine des relations sociopolitiques nous ramène à la pensée de l'adéquation entre « noms » et « formes » qui avait prédominé à l'aube de l'ère impériale et avait ressurgi vers la fin des Han. Pour Guo Xiang, « le gouvernement parfait laisse jouer les distinctions hiérarchiques qui existent comme faisant partie de l'ordre naturel », alors que Wang Bi « conçoit une société idéale qui serait sans classe et qui rappelle l'utopie égalitaire de la Grande Paix [43] ». Mais la pensée de Guo Xiang ne saurait pour autant être réduite à une idéologie totalitaire puisqu'« il n'y a ni intérieur ni extérieur, tout est également illuminé [44] ». Alors que Wang Bi pourrait être suspecté de chercher le mystère là où il n'est pas, pour Guo Xiang, il n'y a ni dedans ni dehors, le mystère *est* le monde réel : tout est déjà là et il n'est rien en dehors de cela.

Pour reprendre la formule d'Isabelle Robinet, Guo Xiang pousse l'interprétation du *Zhuangzi* dans le sens d'un « rationalisme mystique » qui érigerait « le monde comme absolu » en ce qu'il « n'a pas de cause : il n'existe rien au-delà de lui ; mais il est infini dans son renouvellement ; sans cause, il est sans fond. [...] Ainsi, la mort est effacée comme la naissance : rien ne se perd, puisque rien ne se crée ; l'individu est avalé dans l'éternité totale et une de la nature, dans le temps éternel des transformations sans commencement ni fin » [45]. Cette parfaite adéquation, voire identité de l'absolu et du relatif, rend une telle pensée éminemment adaptable à l'immanentisme du bouddhisme Mahâyâna. De fait, le commentaire de Guo Xiang se révèle central dans l'intégration du bouddhisme par les lettrés chinois en termes empruntés au *Zhuangzi* [46].

Tradition taoïste

Si l'« étude du Mystère » a remis à l'honneur le *Laozi* et le *Zhuangzi*, elle s'est vu qualifier de « néotaoïste » bien à tort, ayant connu une élaboration distincte du taoïsme proprement dit qui se développe comme courant religieux, savant et technique surtout à partir des Han postérieurs. Des penseurs comme Wang Bi ou He Yan sont caractéristiques de la tradition intellectuelle du Nord, héritière de l'exégèse confucéenne des Classiques en « écriture ancienne ». Comme on l'a vu, cette dernière s'était en grande partie constituée sous les Han par réaction au courant dominant des « Classiques modernes » qui, dans son recours à la littérature apocryphe, avait un terrain commun avec les « magiciens » *(fangshi)* dont on n'a pas manqué de relever les nombreuses affinités et similitudes avec les taoïstes [47].

L'un des textes qui constituent un point de rencontre entre tous ces milieux est le *Zhouyi cantongqi (La Triple Conformité selon le Livre des Mutations)* [48], attribué au mystérieux Wei Boyang qui aurait vécu au IIe siècle apr. J.-C. Cet ouvrage traite de la production du cinabre qui sert à fabriquer la pilule d'immortalité, l'un des objets principaux des recherches et expériences taoïstes. Le processus alchimique est exposé à travers la symbolique des trigrammes et hexagrammes combinée avec les signes cycliques (notamment la série dénaire dite des « troncs célestes ») et avec les mouvements du soleil et de la lune, autant de correspondances que l'on trouve déjà chez les exégètes des Han.

Au regard de la démarche intellectuelle d'un Wang Bi qui cherche à faire de l'indifférencié un absolu en allant jusqu'à lui annexer le Dao, il est intéressant de noter que le *Cantongqi*, dans la pure tradition cosmologique, assimile le Dao avec l'Un ou l'« énergie primordiale du Faîte suprême » dont il est question dans les apocryphes sur les *Mutations*. Il en va de même chez Ge Hong (env. 283-343), auteur du *Baopuzi (Le Maître qui embrasse la simplicité)* et figure emblématique de la tradition lettrée, individualiste et alchimiste de la Chine du Sud, fortement marquée par les magiciens et taoïstes des Han :

> Quand on connaît l'Un, tout est accompli. Pour celui qui connaît l'Un, il n'y a aucune chose qu'il ignore. Pour celui qui ne connaît pas l'Un, il n'est aucune chose qu'il puisse connaître. Le Dao se manifeste d'abord dans l'Un. Il est donc d'une valeur incomparable [49].

Comme le note Isabelle Robinet, les spéculations numérologiques sur les *Mutations*, « si actives sous les Han, disparurent à peu près de la scène officielle après eux, alors qu'elles furent tout du long activement poursuivies au sein des milieux taoïstes qui en maintinrent ainsi la tradition et en firent hériter le néoconfucianisme sous les Song, celui-ci ne faisant alors que reprendre le flambeau dont la flamme avait été entretenue et est encore entretenue par le taoïsme [50] ».

Notes

1. *Renwu zhi (Traité des caractères)*, éd. SBCK, B, p. 26b. Pour des traductions de ce traité de caractérologie, cf. John K. SHRYOCK, *The Study of Human Abilities. The Jen Wu Chih of Liu Shao*, New Haven, American Oriental Society, 1937 ; Anne-Marie LARA, *Traité des caractères*, Paris, Gallimard, 1997.

2. *Shisi lun (Se délivrer du moi)*. Cet essai est traduit par Donald HOLZMAN dans *La Vie et la Pensée de Hi K'ang (223-262)*, Leyde, Brill, 1957. Pour une traduction en anglais des essais de Xi Kang, qui comprennent également *Nourrir le principe vital (Yangsheng lun)* et *Il n'est ni joie ni tristesse qui tienne en musique (Sheng wu aile lun)*, cf. Robert G. HENRICKS, *Philosophy and Argumentation in Third-Century China. The Essays of Hsi K'ang*, Princeton University Press, 1983.

3. La composition du *Nouveau Recueil de propos mondains (Shishuo xinyu)*, florilège de jugements, d'apophtegmes, de dialogues et de joutes verbales des milieux aristocratiques du IIIe au Ve siècle, est généralement attribuée au prince Liu Yiqing (403-444). Cf. la traduction en anglais de Richard B. MATHER, *Shih-shuo Hsin-yü, A New Account of Tales of the World, by Liu I-ch'ing with commentary by Liu Chün*, Minneapolis, University of Minnesota Press, 1976.

4. Cf. Donald HOLZMAN, « Les sept sages du bosquet de bambous et la société chinoise de leur temps », *T'oung Pao*, 44 (1956) p. 317-346, et Étienne BALAZS, « Entre révolte nihiliste et évasion mystique : Les courants intellectuels en Chine au IIIe siècle de notre ère », in *La Bureaucratie céleste*, Paris, Gallimard, 1968, p. 108-135.

5. Sur Dong Zhongshu et Yang Xiong, voir au chap. précédent.

6. À noter que Ma Rong (79-166), l'un des plus grands représentants de la tradition exégétique sur les Classiques en « écriture ancienne » sous les Han postérieurs, avait composé le premier commentaire confucéen sur le *Laozi* et un commentaire sur les *Mutations*, en cela précurseur de Wang Bi dont il est important de comprendre l'exégèse en fonction de cet héritage confucéen. Cf. M. Jerzy KÜNSTLER, *Ma Jong, vie et œuvre*, Varsovie, 1969.

7. *Wei shu (Annales de la dynastie Wei)* 28, in *Sanguo zhi (Chronique des Trois Royaumes)*, Pékin, Zhonghua shuju, 1959, p. 795. L'« harmonie médiane » est une allusion au *Laozi* 42, voir plus haut chap. 7, « Du Dao aux dix mille êtres ».

8. *Zhou Yi lüeli (Remarques générales sur le Livre des Mutations)*, chapitre *Ming tuan* (« Explication des jugements sur les hexagrammes »), p. 591, dans l'édition des œuvres complètes de Wang Bi par LOU Yulie, *Wang Bi ji jiaoshi*, Pékin, Zhonghua shuju, 1980. Sur le *Livre des Mutations*, voir chap. 11. Pour une traduction de ce Classique avec le commentaire de Wang Bi, ainsi que de son *Zhou Yi lüeli*, cf. Richard John LYNN, *The Classic of Changes. A New Translation of the I Ching as Interpreted by Wang Bi*, New York, Columbia University Press, 1994.

9. Voir le commentaire de Wang Bi au *Laozi* 47, 49 et 70. Il existe de nombreuses traductions et études du commentaire de Wang Bi sur le

Laozi : cf. Paul J. LIN, *A Translation of Lao Tzu's Tao Te Ching and Wang Pi's Commentary*, Ann Arbor, University of Michigan, 1977 ; Ariane RUMP & CHAN Wing-tsit, *Commentary on the Lao Tzu by Wang Pi*, Honolulu, University Press of Hawaii, 1979 ; Richard J. LYNN, *The Classic of the Way and Virtue. A New Translation of Tao-te Ching of Laozi as Interpreted by Wang Bi*, New York, Columbia University Press, 1999 ; Rudolf G. WAGNER, *The Craft of a Chinese Commentator : Wang Bi on the Laozi*, Albany, State University of New York Press, 2000 ; voir aussi l'ouvrage de Alan CHAN cité plus bas en note 16.

10. *Daolun (Sur le Dao)*, cité par Zhang Zhan (début du IVe siècle) dans son commentaire au *Liezi*, éd. SBCK, 1, p. 2b.

11. Wang Bi cité par son contemporain Han Kangbo en marge du *Grand Commentaire* sur les *Mutations*.

12. Commentaire au *Laozi* 38. Ce premier couplage du « fondement constitutif » *(ti)* et de sa « mise en opération » *(yong)*, qui n'apparaît que cette seule fois dans les écrits de Wang Bi, fera fortune dans le contexte bouddhique, puis néoconfucéen à partir des Song. Pour le *Laozi* 11, voir plus haut chap. 7, « Paradoxe ».

13. Commentaire au *Laozi* 22.

14. Sur ce passage, voir plus haut chap. 7, « Voie négative ou mystique ? ».

15. Voir *Laozi* 40, où les dix mille êtres sont engendrés par l'il-y-a qui lui-même est engendré par l'il-n'y-a-pas, et *Laozi* 42, où l'Un, engendré par le Dao, engendre à son tour la multiplicité des êtres.

16. Commentaire aux *Entretiens*, VII, 6. Cette fusion est encore plus apparente lorsqu'on fait la comparaison avec la perspective, fortement teintée de cosmologisme Han, du commentaire de Heshang gong (le « Vieillard du bord du fleuve ») sur le *Laozi*, où c'est la notion de l'Un, et non pas celle de non-manifesté réduite à l'idée de vide, qui occupe la place centrale. Cf. Alan K.L. CHAN, *Two Visions of the Way. A Study of the Wang Pi and the Ho-shang Kung Commentaries on the Lao-Tzu*, Albany, State University of New York Press, 1991 ; et Isabelle ROBINET, *Les Commentaires du Tao Tö King jusqu'au VIIe siècle*, Paris, Collège de France, Institut des hautes études chinoises, 1977.

17. Commentaire au *Laozi* 6 et 14.

18. *Daolun (Sur le Dao)*, cité par Zhang Zhan dans son commentaire au *Liezi*, éd. SBCK, 1, p. 2b.

19. Commentaire au *Laozi* 25 et 38.

20. Sur le langage comme découpage, voir chap. 4, « "C'est cela", "ce n'est pas cela" ».

21. *Wei shu (Annales de la dynastie Wei)* 28, in *Sanguo zhi (Chronique des Trois Royaumes)*, Pékin, Zhonghua shuju, p. 795.

22. Commentaire sur le jugement *(tuan)* de l'hexagramme 24 (*Fu* 復), éd. Lou Yulie (références en note 8), p. 336-337.

23. Cf. *Xici (Grand Commentaire)* A 12. Voir chap. 11 à la note 44.

24. *Zhou Yi lüeli (Remarques générales sur le Livre des Mutations)*, chap. *Ming xiang* (« Explication des figures hexagrammatiques »). Les images du piège à lièvre et de la nasse à poisson sont empruntées au *Zhuangzi* 26, voir plus haut chap. 4 à la note 26.

25. Voir p. 330-331.

26. Commentaire au *Laozi* 47.

27. Sur l'élaboration de la notion de *LI*, terme que l'on retrouve par huit fois dans le commentaire de Wang Bi alors qu'il n'apparaît pas une seule fois dans le texte même du *Laozi*, cf. Anne CHENG, « *Yi* : mutation ou changement ? Quelques réflexions sur le commentaire de Wang Bi (226-249) au *Livre des Mutations* », in Viviane ALLETON & Alexeï VOLKOV, éd., *Notions et Perceptions du changement en Chine*, Paris, Collège de France, Institut des hautes études chinoises, 1994 ; et «*LI* 理 ou la leçon des choses », *Philosophie* n° 44 (1994), Paris, Éd. de Minuit, p. 52-71.

28. Voir chap. 18.

29. Voir la biographie de Guo Xiang dans le *Jin shu (Annales de la dynastie Jin)* 50. Sur sa pensée, cf. Isabelle ROBINET, « Kouo Siang ou le monde comme absolu », *T'oung Pao*, 69 (1983), p. 73-107.

30. Ce commentaire, l'un des plus anciens qui nous soient parvenus sur le *Zhuangzi* dont Guo Xiang remodèle le texte dans l'unique version que nous connaissions aujourd'hui, aurait repris – au point d'avoir été soupçonné de plagiat – celui de son contemporain Xiang Xiu (env. 223-env. 300), l'un des « sept sages du bosquet de bambous ». Cf. Livia KNAUL, « Lost *Chuang-tzu* Passages », *Journal of Chinese Religions*, 10 (1982), p. 53-79.

31. Commentaire au *Zhuangzi* 11, éd. *Zhuangzi jishi* de GUO Qingfan, ZZJC, p. 173.

32. Commentaire au *Zhuangzi* 22, p. 332.

33. Isabelle ROBINET, « Kouo Siang ou le monde comme absolu », p. 100.

34. Commentaire au *Zhuangzi* 2, p. 24-26 et 53.

35. Commentaire au *Zhuangzi* 1, p. 10.

36. Cf. son court essai sur le *Zhuangzi (Da Zhuang lun)*, traduit en anglais par Donald HOLZMAN, *Poetry and Politics. The Life and Works of Juan Chi (210-263)*, Cambridge University Press, 1976.

37. Commentaire au *Zhuangzi* 2, p. 22.

38. Isabelle ROBINET, « Kouo Siang ou le monde comme absolu », p. 81.

39. Allusion au *Laozi* 56.

40. Commentaire au *Zhuangzi* 2, p. 24.

41. Commentaire au *Zhuangzi* 22, p. 325, et 2, p. 27.

42. Commentaire au *Zhuangzi* 1, p. 17.

43. Isabelle ROBINET, « Kouo Siang ou le monde comme absolu », p. 102.

44. Commentaire au *Zhuangzi* 2, p. 22.

45. « Kouo Siang ou le monde comme absolu », p. 91 *sq*.

46. Le commentaire de Guo Xiang sur le *Zhuangzi* contient des formulations qui se retrouvent à la fois dans l'école bouddhique du Mâdhyamika et dans l'école taoïste du « Double Mystère », sur lesquelles voir plus bas chap. 15, notes 3 et 9.

47. Sur les Classiques « modernes » et « anciens », voir chap. 12, « La bataille des Classiques ». Sur les *fangshi*, voir chap. 10, note 7, et chap. 12, note 13.

48. Cet ouvrage alchimique, attribué à un auteur Han mais peut-être bien ultérieur, est intégré dans la grande somme taoïste, le *Daozang*. Le titre est

diversement interprété comme signifiant « Triple conformité entre les voies du Ciel, de la Terre et de l'Homme » ou « Triple conformité entre les voies des *Mutations*, du taoïsme et de l'alchimie ». Cf. FUKUI Kojun, « A Study of *Chou-i Ts'an-t'ung-ch'i* », *Acta Asiatica*, 24 (1974), p. 19-32.

49. *Baopuzi neipian (Traité interne du Maître qui embrasse la simplicité)*, chap. 18, éd. ZZJC, p. 92, traduction de Kristofer SCHIPPER dans *Le Corps taoïste : corps physique, corps social*, Paris, Fayard, 1982, p. 175. Pour le *Baopuzi neipian (Traité interne)*, cf. les traductions de James R. WARE, *Alchemy, Medicine and Religion in the China of A.D. 320*, 1966, rééd. New York, Dover, 1981, et de Philippe CHE, *Ge Hong. La Voie des divins immortels. Les chapitres discursifs du Baopuzi neipian*, Gallimard, 1999. Pour le *Baopuzi waipian (Traité externe)*, cf. Jay SAILEY, *The Master Who Embraces Simplicity. A Study of the Philosopher Ko Hung, A.D. 283-343*, San Francisco, Chinese Materials Center, 1978. Sur Ge Hong, cf. Gertrud GÜNTSCH, *Ko Hung. Das Shen-hsien chuan und das Erscheinungsbild eines Hsien*, Berne, Peter Lang, 1988.

50. *Histoire du taoïsme*, p. 50. Du même auteur, cf. *Introduction à l'alchimie intérieure*, Paris, Cerf, 1995.

QUATRIÈME PARTIE

Le grand bouleversement bouddhique
(Ier-X{e} siècle)

14

Les débuts de l'aventure bouddhique en Chine
(Ier-IVe siècle)

Alors que s'effondrent, aux alentours des IIIe et IVe siècles, toute une vision du monde et un système de valeurs forgés pendant les quatre siècles de la dynastie Han et que se réaffirment les aspirations individuelles, le bouddhisme venu de l'Inde apporte une nouvelle façon de concevoir l'existence, bouleversant de fond en comble les perceptions chinoises – processus historique qui aboutira à une assimilation véritable sous les Tang à partir du VIIIe siècle.

Les origines indiennes du bouddhisme

En Inde, où elle représente déjà un bouleversement, l'aventure bouddhique commence avec Gautama Sâkyamuni (env. 560-480 av. J.-C.), contemporain de Confucius. Prince héritier d'un petit royaume au pied de l'Himalaya, il est élevé dans une vie de luxe et de plaisirs qu'il quitte pour celle d'un religieux mendiant après avoir eu la révélation que « tout est illusion *(mâyâ)* » lors de quatre sorties où il est frappé successivement par la vue d'un vieillard, d'un malade, d'un cadavre et d'un moine muni de son bol à aumônes. À trente-cinq ans, ayant atteint l'illumination sous l'arbre de l'Éveil *(bodhi)*, il est connu comme le Bouddha, « l'Éveillé ». Il passe ensuite le reste de sa vie à enseigner (sa première prédication est le fameux sermon de Bénarès) et meurt en *parinirvâna* à l'âge de quatre-vingts ans.

Le message bouddhique s'impose comme universel, transcendant les limitations des rituels védiques, de l'intellectualisme des *Upanishad* et de la société de castes. Il incorpore cependant certains éléments de la pensée indienne comme les notions de *karma* et de renaissance, fondements d'une théorie selon laquelle les *karma* ou actions de chaque être animé dans ses existences antérieures déterminent ce qu'il va devenir dans ses existences à venir. L'existence n'est en effet pas limitée par un commencement et une fin ; il faut plutôt concevoir une concaténation indéfinie d'existences sous des formes différentes (dieux, hommes, animaux, êtres infernaux...) selon le bon ou le mauvais *karma* accumulé au cours des existences antérieures.

Le mot *karma* signifie fait ou acte. Tout acte produit un résultat ou un fruit, bon ou mauvais. L'acte n'est donc pas ponctuel et neutre, il est porteur de ses propres conséquences : « Tout ce qui existe représente un procès karmique : êtres animés ou inanimés, les bêtes, les hommes et les dieux eux-mêmes n'existent que d'une existence sérielle faite de causes et de fruits, où l'instant et l'acte présents sont conditionnés par ceux qui précèdent et conditionnent ceux qui suivent[1]. » La loi du *karma* fait donc que les êtres, renaissant selon la nature et la qualité de leurs actes passés, en sont les « héritiers ». Tout se passe comme si les actes étaient porteurs de gènes, faisant du *karma* une théorie « génétique » de l'action. En témoigne ce dialogue entre le moine indien Nâgasena et le roi indo-grec Milinda (Ménandre, IIe siècle av. J.-C.), avide de connaître la doctrine bouddhique :

> « Nâgasena, pourquoi tous les hommes ne sont-ils pas semblables ? Pourquoi ont-ils une vie longue ou brève ? Pourquoi sont-ils vigoureux ou maladifs, beaux ou laids, influents ou impuissants, riches ou pauvres, de haute naissance ou de basse extraction, intelligents ou sots ?
> – Et pourquoi, grand roi, toutes les plantes ne sont-elles pas semblables ? Pourquoi sont-elles, suivant leur espèce, aigres, salées, amères, acides, astringentes ou douces ?
> – En raison de la différence des graines, je suppose.
> – De même, les hommes diffèrent en raison de la différence des actes. Le Bienheureux (le Bouddha) a dit : "Les êtres ont pour patrimoine leur *karma*, ils sont les héritiers, les descendants, les parents, les vassaux de leur *karma* : c'est le *karma* qui partage les hommes en supérieurs et en inférieurs"[2]. »

L'image des graines deviendra classique pour décrire le processus karmique dans lequel les bonnes ou mauvaises renaissances ne sont pas des récompenses ou des châtiments, mais

Chapitre 14

simplement les résultats naturels de certains types d'actions. L'apport du bouddhisme dans la théorie du *karma* est d'avoir mis l'accent, non sur l'acte lui-même dans sa factualité, mais sur l'intentionnalité dont l'acte n'est que la manifestation. C'est l'intention, l'impulsion psychologique qui est génératrice de *karma*, amorçant ainsi un enchaînement de causes aboutissant au fruit. Voilà pourquoi le bouddhisme vise d'abord à éradiquer l'intentionnalité, la perpétuelle tension vers, bref le désir perçu comme *duhkha*. Ce terme désigne l'état d'insatisfaction, de mal-être permanents qui caractérisent la condition de tout être attaché et asservi à la roue du *samsâra* (de la racine *sar-*, qui signifie « s'écouler » et qui évoque la « perpétuelle errance », le flux constant et universel des existences). La croyance dans la transmigration, profondément enracinée dans la culture indienne, correspond au sentiment du manque, lié à un état conditionné, de plénitude et de permanence dans la perfection. Comme le dit si bien Thérèse d'Avila : « Notre désir est sans remède. »

Toute existence est *duhkha* en ce qu'elle est impermanence. Notre plus grande illusion – et c'est l'intuition centrale du bouddhisme – est la conviction que nous avons de constituer chacun un « moi » permanent : là réside l'obstacle majeur à l'atteinte de l'Absolu. Selon la théorie du « non-moi » *(an-âtman)*, l'être humain se réduit à cinq agrégats *(skandha)* de purs phénomènes (forme corporelle, sensations, perceptions, formations mentales, conscience) qui constituent la matière première de ce que le sens commun appelle « individualité ». L'illusion consiste à surimposer à ces agrégats de phénomènes la notion d'un « moi » qui leur confère un semblant d'unité et de permanence, mais qui ne fait que nous attacher à la roue des existences. Comme le dit si justement Bernard Faure, « la notion de l'absence de moi est sans doute celle qui distingue le plus nettement le bouddhisme des autres doctrines philosophiques ou religieuses. Elle est aussi la plus difficile à saisir, tant elle contredit notre conviction la plus intime. […] C'est l'ontologie tout entière, la croyance en l'être et en la substance, qui défaille. Il n'y a plus au cœur des êtres et des choses cette étincelle de réalité ultime, cet *âtman* qui est pour les hindous la part individuelle d'absolu, la trace du principe ultime ou Brahman au fond de soi-même. On ne trouve, derrière tous les états émotionnels ou psychiques, les pensées et les actions, aucun principe fédérateur ou unificateur immuable qu'on pourrait qualifier de moi. Il y a de la pensée, mais pas de penseur. La notion d'agent, d'une présence à l'œuvre derrière les actes, n'est qu'une erreur produite par le langage. [...] Il n'y a rien ni personne derrière : ni sujet ni sens subjectif[3] ».

Le but ultime est de mettre fin à l'engrenage du désir : une fois le désir éteint, tout *karma* cesse de se produire et le cycle des renaissances prend fin, signe que le *nirvâna* a été atteint. Plus que de sortir de la roue du *samsâra*, il s'agit d'en gagner le milieu, le moyeu, espace vide infini qui seul échappe au tournoiement perpétuel de la roue. C'est de ce centre apaisé que l'on peut prendre conscience de *duhkha* et du chaos du *samsâra* où vit l'homme extériorisé, constamment décentré.

Les Quatre Sceaux de la Loi bouddhique

Le « tout est *duhkha* » constitue la première des Quatre Nobles Vérités, ou Sceaux de la Loi bouddhique *(Dharma)*, prêchées par le Bouddha dans son sermon de Bénarès à la suite de son illumination :

> Voici, ô bhikkhus (moines), la Noble Vérité sur *duhkha*. La naissance est *duhkha*, la vieillesse est *duhkha*, la maladie est *duhkha*, la mort est *duhkha* ; être uni à ce que l'on n'aime pas est *duhkha*, être séparé de ce que l'on aime est *duhkha*, ne pas avoir ce que l'on désire est *duhkha* ; en résumé, les cinq agrégats d'attachement *(skandha)* sont *duhkha*.
> Voici la Noble Vérité sur la cause de *duhkha*. C'est cette soif (désir, *tanha*) qui produit la re-existence et le re-devenir, qui est liée à une avidité passionnée et qui trouve une nouvelle jouissance tantôt ici, tantôt là, c'est-à-dire la soif des plaisirs des sens, la soif de l'existence et du devenir, et la soif de la non-existence (auto-annihilation).
> Voici la Noble Vérité sur la cessation de *duhkha*. C'est la cessation complète de cette soif : la délaisser, y renoncer, s'en libérer, s'en détacher.
> Voici la Noble Vérité sur le Sentier qui conduit à la cessation de *duhkha*. C'est le Noble Sentier Octuple, à savoir : la vue juste, la pensée juste, la parole juste, l'action juste, le moyen d'existence juste, l'effort juste, l'attention juste, la concentration juste[4].

D'emblée, le Bouddha pose les grandes questions fondamentales avec une radicalité qui paraîtra inédite aux yeux des penseurs chinois. Souvent présenté comme un médecin, il commence par donner un diagnostic sans complaisance de la condition humaine, totalement asservie et traversée par la réalité de *duhkha* dont il n'est possible de se délivrer que par le saut du salut. On est loin des discussions confucéennes sur ce qu'il convient d'entendre par « nature humaine ». L'enseignement originel du Bouddha est avant tout une doctrine du salut, thérapeutique et sagesse à la fois, qui se défie des spéculations pourtant si caractéristiques des développements ultérieurs du bouddhisme indien, appelés par la nécessité de convaincre des esprits rompus à la logique et à la dialectique.

La vocation prioritairement pratique de l'enseignement du Bouddha est développée dans le « sentier octuple » de la quatrième vérité. Les huit embranchements désignent toutes les voies dont nous disposons dans notre cheminement vers le salut et qui sont de trois ordres : ce que le sermon de Bénarès appelle « action, moyen d'existence et effort justes » relève de la pratique morale, « l'attention et la concentration justes » correspondent à la discipline mentale de la méditation ou contemplation, enfin les « vue, pensée et parole justes » sont du domaine de la sagesse. Les différentes écoles du bouddhisme se distingueront moins sur l'intuition de base que sur les méthodes pour parvenir à l'illumination.

La discipline morale constitue une étape préparatoire de mise en condition pour la pratique spirituelle. Ses règles diffèrent selon qu'elle concerne les moines ou les laïcs. La communauté monastique *(sangha)* est considérée comme une élite, la vie du laïc n'étant *a priori* guère compatible avec les exigences de la spiritualité. Comme dans toute forme de vie monacale, il existe un ensemble de règles *(vinaya*, qui finit par constituer un pan entier de la littérature bouddhique) : non-violence, pauvreté, célibat. Cette dernière règle fut probablement l'objet de la plus forte résistance dans la société chinoise, si profondément ancrée dans le culte de la famille et de la descendance. Pour les Chinois, entrer dans les ordres, c'était littéralement « quitter la famille » (*chu jia* 出家) et, par voie de conséquence, renoncer à la fois à servir ses parents et à perpétuer la lignée. De plus, la formation d'un clergé qui dépassait les structures familiales et politiques constituait un phénomène social sans précédent en Chine et devait être à l'origine des plus violentes réactions et persécutions anti-bouddhiques.

Pour ce qui concerne les laïcs, dont les chances d'atteindre le *nirvâna* paraissent plus réduites, l'accent est mis sur l'idée d'accumulation de mérite *(karma)*, plus accessible que les notions abstraites et les dures exigences de la Loi bouddhique. Le code de moralité de base du laïc se résume à la récitation des « trois joyaux » et à l'observance des « cinq préceptes ». Les « trois joyaux » sont trois formules faciles à retenir et à réciter par trois fois :

> Je prends refuge dans le Bouddha
> Je prends refuge dans le Dharma
> Je prends refuge dans le Sangha

Quant aux cinq préceptes, ils consistent à ne pas détruire la vie, ne pas voler, ne pas commettre d'adultère, ne pas mentir et s'abstenir de boissons enivrantes [5].

La discipline mentale relève d'un ensemble de pratiques désignées par le terme général de *yoga* [6]. Une fois que le corps a été rendu exclusivement apte à la vie spirituelle, on peut pratiquer la contemplation ou concentration *(samâdhi*, qui a une racine commune avec le grec *synthesis)*, en rétrécissant le champ de l'attention selon un mode et pour une durée déterminés par la volonté afin d'aboutir à un état de calme total, à l'image d'un miroir ou d'un lac sans rides. Il s'agit de discipliner l'esprit, de focaliser le champ de l'attention de manière à ne plus être distrait par la réalité extérieure, objet perpétuel de désir et de convoitise, pour parvenir au principe ultime de la sagesse.

Cette sagesse *(prajnâ)*, qui représente l'aboutissement du chemin spirituel bouddhique, est comprise comme la « contemplation méthodique des *dharma* » ou, en termes paradoxaux, la « saisie » du réel, rendue possible par la réalisation qu'il n'y a, précisément, rien à saisir. La *prajnâ* est la capacité à laquelle on parvient, par la pratique méthodique de la contemplation, de voir la réalité telle qu'elle est, sans illusion, c'est-à-dire de voir que les seules choses qui « existent » vraiment ne sont qu'agrégats de phénomènes impermanents ou *dharma*. Résultat final d'une analyse qui procède par réduction, les *dharma* sont ce à quoi se ramènent, en définitive, les éléments de l'expérience. Ils désignent les choses telles qu'elles sont, dépourvues de nature propre *(sva-bhâva)*, dans leur pure « ainsité » *(tathatâ)* et en l'absence de tout « emmaillotement » conceptuel, pour reprendre l'expression du Bouddha. L'« ainsité », « c'est le fait que, en vérité absolue, les choses sont "ainsi", que leur véritable nature consiste en l'absence de toute détermination autre qu'un pur être-là. On pourrait dire que si le *nirvâna* est absence pure, la *tathatâ* est présence pure : deux points de vue diamétralement opposés sur la même vérité absolue [7] ». En somme, le terme de *dharma* désigne à la fois les choses et la vérité sur les choses : lorsque les *dharma* sont établis dans leur vraie nature, ils s'identifient au Dharma, c'est-à-dire à la Loi bouddhique (traduit en chinois par *fa* 法).

Évolution historique du bouddhisme indien

Le bouddhisme originel, connu dans le Canon pâli du Theravâda et dans le Canon sanscrit du Sarvâstivâda, indique une voie de salut réalisable par chaque individu pour lui-même dont l'idéal est incarné par l'*arhat*, le « sans retour ». C'est en réaction contre cette conception jugée trop étroite que commence à se démarquer, aux environs de 250 av. J.-C., une tendance nouvelle, connue sous le nom de « Grand Véhicule » (Mahâyâna), qui taxe le bouddhisme ancien de n'être qu'un « Petit Véhicule » (Hînayâna). Alors que le salut, à l'origine, n'était guère concevable que pour l'élite monastique, le Mahâyâna prétend en ouvrir la voie à tous les êtres vivants, censés posséder en eux la nature-de-Bouddha et donc susceptibles de connaître l'illumination. À la place de l'*arhat* qui, ayant obtenu le salut pour lui-même, n'opère pas de retour vers les êtres souffrants, le Grand Véhicule propose un idéal de compassion universelle incarné par le Bodhisattva, l'« être d'Éveil », qui s'abstient d'entrer lui-même en *nirvâna* tant qu'il n'y a pas fait entrer tous les êtres. En somme, le Mahâyâna dénonce la contradiction inhérente au fait de concevoir l'absolu comme négation de toute chose (la négation – dite, pensée ou agie – du monde relatif constitue en même temps son affirmation : elle ne s'oppose à lui qu'en le posant) et à ne rechercher l'état d'*arhat* que pour soi-même, ce qui revient à réaffirmer le moi individuel.

Le Mahâyâna a commencé par s'exprimer dans toute une littérature de *sûtra*, terme qui signifie à l'origine « fil[8] » et qui, dans le bouddhisme, désigne tout texte considéré comme parole authentique du Bouddha. Dans le corpus canonique bouddhique, le plus volumineux parmi les grandes traditions anciennes, les *sûtra* ne représentent que l'une des « Trois Corbeilles » *(Tripitaka)*, les deux autres renfermant la littérature du *Vinaya* sur la vie monastique, et celle des traités et commentaires (*sâstra* ou *Abhidharma*, « analyse de la Loi »).

Après être resté confiné à la vallée du Gange pendant deux siècles après la mort du Bouddha, son enseignement commence, vers le milieu du IIIe siècle av. J.-C., au moment même où il s'universalise dans sa forme mahâyâniste, à se répandre dans toutes les directions, au sud vers Ceylan, au nord-ouest vers Gândhâra, le Cachemire et le royaume des Scythes, puis le long des routes de l'Asie centrale qui convergent à Dunhuang en territoire chinois. Alors que le Hînayâna devait rester implanté en Asie du Sud (Ceylan, Birmanie, Cambodge, Siam, Laos), la tendance plus libérale devait connaître une expansion sans précédent vers la Chine et tout le « monde sinisé » (Japon, Corée, Vietnam, Tibet).

Le bouddhisme dans la Chine des Han

Lorsque se manifestent, dès le Ier siècle apr. J.-C., les premiers signes d'une présence bouddhique en terrain chinois, on est au début d'un long et immense processus d'assimilation du bouddhisme indien par la culture chinoise, processus qui devait durer plusieurs siècles et avoir des répercussions profondes, voire insoupçonnées. Il faut rappeler que le bouddhisme fut, avant l'arrivée du christianisme, la première expression d'une spiritualité universelle en même temps que d'une culture étrangère à s'introduire dans une Chine qui venait de se constituer un sens très fort de son identité Han. C'est à la faveur d'un désarroi à la fois physique et moral du monde chinois au lendemain de l'écroulement des Han, suivi de trois siècles de division, que le bouddhisme prend un ancrage profond en Chine, intervenant là où la mentalité confucéenne s'est révélée déficiente : par-delà toutes les distinctions hiérarchiques, c'est à tous les hommes que s'adressent le folklore de l'au-delà – paradis ou enfer –, la doctrine du *karma* qui met tout un chacun à la même enseigne, et surtout l'idéal de la bouddhéité dont nous possédons chacun les germes en nous et que nous pouvons faire éclore avec l'intercession des Bodhisattva.

La légende fait commencer l'aventure bouddhique en Chine sous les Han postérieurs, une nuit où l'empereur Ming (r. 58-75) vit en songe une divinité d'or voler devant son palais. Celle-ci ayant été identifiée comme le Bouddha, des émissaires furent dépêchés vers l'ouest pour en savoir davantage et c'est à leur retour qu'aurait été construit à la capitale, Luoyang, le monastère du Cheval blanc [9]. Selon le *Mouzi lihuo lun (Comment Maître Mou lève nos doutes)*, qui aurait été composé dans le sud de la Chine à la fin du IIe siècle par un Chinois converti au bouddhisme, les émissaires envoyés par l'empereur Ming seraient revenus avec un *Sûtra en 42 sections* [10]. En réalité, il existe dès le Ier siècle des traces incontestables de la présence bouddhique en Chine [11]. À Luoyang s'organise très tôt un centre de traduction, sous la tutelle de moines étrangers venus de Parthie, de Scythie, d'Inde ou de Sogdiane. Le plus célèbre, An Shigao, un moine parthe arrivé à Luoyang vers 148 sous le règne de l'empereur Huan, devait passer une vingtaine d'années en Chine à propager la foi bouddhique, formant des moines chinois dont le premier aurait eu nom Yan Fotiao (fin du IIe siècle) [12].

Sous les Han, l'intérêt pour le bouddhisme se concentre de prime abord sur l'immortalité de l'âme ainsi que sur le cycle des renaissances et le *karma*. Ces notions sont d'abord comprises dans le contexte de la mentalité religieuse taoïste en termes de « transmission du fardeau » : le bien ou le mal commis par les ancêtres étant susceptible d'influencer la destinée des descendants, l'individu est passible de sanctions pour des fautes commises par ses ascendants. Mais alors que les taoïstes s'attachent au caractère collectif de la sanction, la responsabilité individuelle introduite par la conception bouddhique du *karma* apparaît comme une nouveauté [13].

Les Chinois éprouvent d'abord quelque difficulté à concevoir des réincarnations successives sans supposer l'existence d'une entité permanente pour les sous-tendre. D'où l'idée d'une « âme spirituelle » et immortelle (*shenling* 神靈) qui transmigre à travers le cycle des renaissances, alors que le corps matériel se désintègre à la mort. Cette idée ne fait que reprendre la croyance taoïste en un au-delà spirituel – voire physique – du corps. Un texte probablement composé vers la fin du IVe siècle, sous la dynastie Jin, témoigne de la conception chinoise de la « réincarnation » :

> Excellents sont ces propos de Maître Xiang[14] : « Qu'est-ce que le Ciel ? C'est le nom générique des dix mille êtres. Qu'est-ce que l'homme ? C'est un être du Ciel parmi les autres. » De là on conclut que les dix mille êtres sont dénombrables, alors que le Ciel-Terre est illimité. Ainsi, les transformations illimitées ne sauraient procéder des dix mille êtres. Mais si ces derniers ne se réincarnaient pas, le Ciel-Terre aurait une fin. Or, il n'en a pas, ce qui prouve que la réincarnation existe. Dans les traités anciens, il est dit aussi que « les dix mille germes s'élèvent, puis retombent ; tous les êtres vivants déclinent tour à tour ». Les saints qui composèrent les *Mutations* en ont déjà exploré le comble suprême. « Ayant exploré à fond les esprits, ils connaissaient les transformations », « ayant pénétré à fond la structure [de l'univers], ils comprenaient parfaitement la nature »[15].
>
> Si même les esprits peuvent être explorés à fond, il est impossible que ce qui a forme ne soit pas dénombrable. Ainsi donc, les hommes et les êtres sont en nombres déterminés, le moi et l'autre ont des démarcations assignées. L'existant ne peut s'anéantir pour devenir non-existant, l'autre ne peut se transformer pour devenir le moi. [Les êtres] se condensent puis se dispersent, disparaissent puis réapparaissent, ils tournent en un cycle sans fin. [...]
>
> Ajoutez à cela que l'esprit et la matière forment un couple naturel. Lorsque le couple se sépare ou s'unit, ce sont les transformations que sont mort et vie. Lorsque la matière se condense ou se disperse, ce sont les tendances que sont aller et retour. Tout homme, tout être, dans ses transformations, a tendance à aller ; mais tout aller a sa racine, aussi revient-il à ce qu'il est depuis toujours. Autant la dispersion est confusion, autant la condensation ne peut être désordre. Plus on va loin [dans la mort], plus le retour [dans la vie] est proche. [...]
>
> Ainsi donc, toute vie vécue dans le présent est une vie déjà vécue dans le passé. Ce qui s'est passé avant cette vie est la vie antérieure. Faute de savoir ce que devient le corps, cette idée nous reste obscure. Faute de connaître l'éveil final, comment prétendre détenir l'illumination ? Celui qui parle aujourd'hui sait seulement que son moi passé n'est pas celui

d'aujourd'hui, mais il ne sait pas que son moi d'aujourd'hui est encore celui du passé. Celui qui est capable de comprendre, mettant sur un même plan mort et vie, dit aussi que mort et vie sont comme veille et sommeil[16]. Comme il dit vrai[17] !

Bouddhisme du Nord et bouddhisme du Sud

On peut distinguer trois grandes phases dans la grande aventure du bouddhisme en Chine : dans une phase préparatoire (IIIe-IVe siècle), il se trouve entraîné dans les controverses chinoises de l'époque. Ce n'est que dans la période suivante (V[e]-VIe siècle) que ses origines indiennes sont pleinement reconnues et assumées. Avec la grande floraison culturelle que connaît la Chine des Tang (VIIe-VIIIe siècle), il recommence à se siniser, mais cette fois en connaissance de cause, ce qui permet de parler d'assimilation véritable.

La première période est marquée sur le plan historique par la scission de la Chine en dynasties du Nord et du Sud, avec pour conséquence le développement d'un bouddhisme du Nord et d'un bouddhisme du Sud. En 311, Luoyang, capitale dynastique des Jin (265-420), tombe aux mains des envahisseurs Xiongnu (connus en Europe sous le nom de Huns), suivie de Chang'an en 316. Ces deux dates marquent la fin du contrôle chinois sur le Nord pour une période de trois siècles, jusqu'à la réunification du territoire par les Sui en 589. Le pouvoir impérial chinois est contraint d'émigrer au Sud et de s'installer à Jiankang (actuelle Nankin), suivi par nombre d'officiers, de lettrés et de moines. La vie reprend alors ses droits sous les Jin orientaux où se forme un bouddhisme intellectuel propre à la classe lettrée. Celle-ci tente de mettre en rapport avec sa propre tradition culturelle le message bouddhique, alors compris essentiellement en termes empruntés à l'« étude du Mystère[18] ».

Ce bouddhisme du Sud diffère radicalement de celui qui se développe au Nord, sous l'égide de règnes non chinois qui font du bouddhisme une religion d'État. Moins portés sur la littérature et la philosophie, les moines y sont utilisés comme conseillers politiques, voire militaires, et appréciés pour leurs pouvoirs occultes. Dans la Chine du Nord, placée sous la férule « barbare » et lacérée par la guerre, prédomine un bouddhisme dévotionnel, surtout préoccupé de moralité, de méditation et de pratique religieuse. En comparaison, le Sud apparaît plus privilégié matériellement, mais au plan intellectuel et spirituel il hérite de l'esprit blasé et désabusé des « causeries pures », désormais dégénéré en hédonisme décadent. La classe lettrée, qui se mobilisait traditionnellement autour de sa mission morale et politique de sauvegarde du Dao, se laisse désormais gagner par un scepticisme qui trouve des échos dans le thème bouddhique du « tout est transitoire ».

C'est à partir de cette scission entre le Nord et le Sud que commencent à se distinguer deux styles de traduction des textes bouddhiques : à la fin des Han, les traductions avaient élaboré un idiome conventionnel qui répondait à l'objectif assez sommaire de rendre les textes sanscrits de manière simple, libre mais intelligible. À partir du IVe siècle commence à se développer au Sud un style beaucoup plus raffiné, sinon littéraire, propre à traduire des textes courts ou narratifs susceptibles d'intéresser un public plus cultivé.

Dhyâna et *Prajnâ*

Dès le début du IIIe siècle, au lendemain de la chute des Han, se dessinent dans l'approche chinoise du bouddhisme deux principaux centres d'intérêt qui correspondent aux deux grands volets de la doctrine bouddhique : *dhyâna* (concentration) et *prajnâ* (sagesse). Le terme difficilement traduisible de *dhyâna* désigne dans le bouddhisme canonique de l'Inde un ensemble d'exercices, dûment définis et gradués, qui visent à l'obtention de divers états de concentration et de purification mentales relevant du *yoga*. Le moine parthe An Shigao, actif à Luoyang dès la seconde moitié du IIe siècle, met l'accent sur les textes de *dhyâna*, surtout associés au bouddhisme Hînayâna, qui traitent essentiellement des techniques de contrôle mental, de respiration et de suppression des passions. Les premiers textes traduits en Chine portent moins sur les vérités fondamentales du bouddhisme que sur ses pratiques, et bien des traductions sont empruntées à la terminologie taoïste. Témoin la préface du moine bouddhiste Dao'an (312-385) à son commentaire sur l'*Anâpâna-sûtra* :

> L'*anâpâna*, c'est l'expiration et l'inspiration. Là où séjourne le Dao, il n'est rien qui ne s'y conforme ; là où réside sa

Vertu, il n'est rien qui ne s'y remette. Voilà pourquoi l'*anâpâna* parvient à la complétude en séjournant dans la respiration, et les quatre *dhyâna* parviennent à la concentration en résidant dans le corps. Le séjour dans la respiration comporte six stades, et la résidence dans le corps quatre étapes. La gradation des stades, c'est le « décroître, encore décroître, jusqu'au non-agir ». La distinction des étapes, c'est « l'oubli par-delà l'oubli, jusqu'au non-désir »[19].

Le bouddhisme des Han s'était d'abord adressé à un public populaire en mettant l'accent sur les pratiques de méditation, mais aussi sur le thème de la compassion et de l'accumulation de *karma* qui se traduisait notamment par des dons à la communauté monastique. Aux yeux d'un public déjà formé aux exigences du taoïsme religieux pour qui le bouddhisme n'était au fond qu'une variante ouvrant une nouvelle voie vers l'immortalité[20], il devait inévitablement se produire entre les deux un amalgame, assorti d'une tentation de « récupération » réciproque. Selon une conception taoïste, Laozi, après avoir disparu à l'ouest de la Chine, aurait poursuivi sa route jusqu'en Inde, où il aurait « converti les barbares » et serait devenu le Bouddha. L'idée que ce dernier ne serait autre qu'une réincarnation de Laozi trouve son apothéose dans le *Sûtra sur la conversion des barbares (Huahu jing)*. Objet d'une fameuse querelle qui devait rebondir au IVe, puis au VIe-VIIe siècle, ce *sûtra*, composé de fait vers 300 apr. J.-C. pour les besoins de la cause, témoigne des relations complexes entre bouddhisme et taoïsme[21].

Erik Zürcher[22] parle d'un véritable phénomène d'« hybridation » dans les couches populaires beaucoup plus que chez l'élite, comme en témoigne l'absorption d'éléments bouddhiques dans l'école taoïste du Joyau sacré (Lingbao), dont le corpus scripturaire commence, semble-t-il, à prendre forme vers la fin du IVe siècle. Le Lingbao semble avoir emprunté au bouddhisme de manière plus délibérée encore que le Maoshan (ou Shangqing, « Haute Pureté »), l'autre grand courant du taoïsme du Sud apparu quelques décennies plus tôt en réaction contre les envahisseurs du Nord[23]. Il est probable, par exemple, que certaines techniques de visualisation (*guan* 觀) propres au bouddhisme Mahâyâna aient stimulé ou du moins renforcé des notions analogues dans le taoïsme, ou que la conception taoïste de l'écrit talismanique ait été confortée par la découverte des formules magiques *(mantra* ou *dhâranî)* des *sûtra* bouddhiques.

Par-delà les pratiques de *dhyâna*, la doctrine bouddhique fait culminer le cheminement de l'adepte dans la sagesse *(prajnâ)*, ensemble de spéculations sur la nature-de-Bouddha et la réalité ultime des *dharma*. Cette tradition connaît en Chine une première fortune sous l'impulsion d'un Scythe, Lokaksema (nom chinois Zhi Loujiachan, souvent abrégé en Zhichan). Arrivé à Luoyang, capitale des Han postérieurs, vers 167, à peu près en même temps que le Parthe An Shigao, il se consacre à la traduction de textes de la Prajnâ-pâramitâ (littéralement « perfection de la sagesse ») [24]. Celle-ci représente un développement caractéristique du bouddhisme Mahâyâna en Inde dès le IIe siècle av. J.-C. et commence à s'enraciner en Chine, principalement dans le bouddhisme intellectuel du Sud, vers le milieu du IIIe siècle. Parallèlement à l'influence du bouddhisme sur le taoïsme religieux, le IVe siècle voit se développer dans la région du bas Yangzi une forme hybride de l'« étude du Mystère » qui, à la notion de vacuité propre à la Prajnâ-pâramitâ, mêle des idées issues des « Trois Mystères » (le *Laozi* et les *Mutations* dans l'interprétation de Wang Bi, avec le *Zhuangzi* édité par Guo Xiang).

Échanges intellectuels dans le bouddhisme du Sud

C'est à travers des échanges d'idées sur la vacuité que le bouddhisme atteint les milieux lettrés du Sud, alors occupés à spéculer sur les rapports entre le « fondement constitutif » *(benti* 本體) et sa « mise en œuvre » *(fayong* 發用), le premier étant perçu comme l'il-n'y-a-pas *(wu)* assimilé à la vacuité bouddhique, et le second comme l'il-y-a *(you)* ou la réalité relative telle que nous la percevons. Ainsi, les sept premières écoles du bouddhisme chinois, qui se constituent en grande partie au Sud, se départagent entre les adeptes du *wu* qui se réclament de Wang Bi, et ceux du *you*, plus proches de Guo Xiang. Des tentatives, plus ou moins heureuses, sont faites pour mettre en rapport le bouddhisme avec l'acquis intellectuel chinois, à commencer par la méthode dite du *geyi* 格義. Utilisée en particulier par les traducteurs et les propagateurs de la Loi bouddhique dans le but de la rendre plus directement accessible, elle consiste à « faire coïncider le sens » ou « apparier les notions » bouddhiques avec des notions chinoises connues, principalement taoïstes. À titre d'exemples, l'éveil *(bodhi)* est compris en terme de Dao, l'extinction *(nirvâna)* en terme de non-agir *(wuwei)*, l'*arhat* bouddhiste est assimilé à l'« homme véritable » *(zhenren)* taoïste, la notion d'« ainsité » *(tathatâ)* se trouve rendue par celle de « non-existant originel » *(benwu)*. Cette méthode, qui finit par tomber en désuétude après l'arrivée de Kumârajîva en 402, est l'une des caractéristiques principales de la phase d'implantation du bouddhisme des IIIe et IVe siècles, où les débats se formulent dans des termes avant tout chinois, les textes bouddhiques n'étant appelés que pour fournir du combustible à l'argumentation[25].

À la cour impériale des Jin orientaux qui règnent sur la Chine du Sud de 320 à 420, moines et adeptes laïques du bouddhisme côtoient les figures marquantes de la scène littéraire et artistique de l'époque, tels que Xie An (320-385), Wang Meng (env. 309-347), le poète Xu Xun (IVe siècle) ou le fameux calligraphe Wang Xizhi (env. 307-365). Tout ce beau monde revit dans les anecdotes du *Nouveau Recueil de propos mondains* attribué au prince Liu Yiqing (403-444)[26]. L'un des moines les plus éminents du IVe siècle, Zhi Dun ou Zhi Daolin (314-366), est connu pour s'être adonné aux « causeries pures ». Auteur d'un commentaire bouddhisant sur le premier chapitre du *Zhuangzi*, Zhi Dun souligne que notre relation d'engendrement à l'Un, tant exaltée par la cosmologie chinoise, ne fait que nous asservir à la « roue des renaissances » et nous enchaîner à une existence conditionnée perçue comme *duhkha*. Laissant de côté les notions de Dao et de Ciel qui dénotent traditionnellement l'unité de l'existant, Zhi Dun recourt délibérément à un terme différent, celui de *LI* 理, dont il fait un principe ontologique, absolu et transcendant, désormais opposé dans les écrits bouddhiques aux objets ou événements de l'expérience empirique *(shi* 事*)*. La distinction de deux niveaux, celui de la « réalité ultime » et celui des « réalités phénoménales », vient donc se substituer à l'alternance créatrice du Yin et du Yang et à la relation organique entre les êtres et leur générateur, le Dao. Zhi Dun compte parmi ses disciples laïques de fortes personnalités comme Xi Chao (env. 336-377), qui expose sa vision propre du bouddhisme dans le *Fengfa yao (Points essentiels du Dharma)*[27].

Non contents de frayer avec l'élite lettrée, les moines bouddhistes, dont beaucoup sont issus de milieux aristocratiques, voire de familles princières, œuvrent activement en faveur de l'adoption du bouddhisme à la cour. Ce sera chose faite dès 381 quand l'empereur Xiaowu (r. 373-396) donne son adhésion officielle à la doctrine bouddhique et devient lui-même un laïc dévot au point de faire édifier un monastère dans l'enceinte même du palais. Cet engouement impérial ne tarde pas à susciter des réactions contre l'extravagance des dépenses et l'interventionnisme clérical dans les affaires de l'État. La conception confucéenne traditionnelle du pouvoir impérial, suprême puisque issu du Ciel, supporte mal l'intrusion de « l'État dans l'État » que constitue la communauté monastique bouddhiste. Considérée en Inde comme un corps autonome gouverné par ses propres lois, au-delà de la juridiction des autorités civiles et politiques, elle est composée de moines auxquels le souverain doit le respect. Dans le grand débat qui s'instaure vers 340 à la cour des Jin sur la question de savoir si les moines doivent ou non se prosterner devant l'empereur, c'est leur autonomie qui, dans un premier temps, remporte gain de cause, défendue notamment par le célèbre Huiyuan (334-416) :

> Ceux qui sont entrés dans les ordres (litt. : qui ont quitté la famille) séjournent hors des limites, ils ont coupé tout lien avec les êtres. [...] De tels hommes, depuis qu'ils ont prononcé leurs vœux, ont commencé par abandonner les frivolités, la fermeté de leur idéal se matérialise dans leur changement vestimentaire. Tous ceux qui entrent dans les ordres se retirent du monde pour se mettre en quête de leur idéal, et changent leurs habitudes pour réaliser leur voie. Changer leurs habitudes signifie que leur tenue extérieure ne se conforme plus aux rites séculiers ; se retirer du monde signifie qu'ils se doivent de donner de l'élévation à leur façon d'être. [...]
> Intérieurement, le moine est en porte-à-faux avec ce qui est le plus important dans les relations naturelles, sans pour autant contrevenir à la piété filiale ; extérieurement, il manque à la déférence due à la position du souverain, sans pour autant être dénué de respect. De ce point de vue, il apparaît que celui qui va au-delà du changeant et du superficiel pour rechercher l'Origine est animé par un principe profond et une intention sincère. Et il est évident que celui qui prend une grande respiration pour discourir sur la vertu d'humanité n'a que bien peu de mérite et d'effets bienfaisants [28].

Bouddhisme et dynasties non chinoises du Nord

Pendant que le bouddhisme prospère avec la bénédiction impériale au Sud, le Nord est en proie aux rivalités incessantes entre des chefs non chinois à la tête de populations d'origine turque ou tibétaine. Les premiers à s'imposer sont les Xiongnu, qui s'emparent des capitales chinoises de Luoyang en 311 et de Chang'an en 316. Dans ce contexte d'instabilité et d'insécurité, les moines préfèrent se mettre au service des souverains comme conseillers, se prévalant parfois de pouvoirs occultes pour inciter les conversions à la Loi bouddhique. Fotudeng, un moine originaire d'Asie centrale arrivé à Luoyang vers 310 au beau milieu des troubles qui agitent la Chine du Nord, met à la disposition du fondateur « barbare » des Zhao postérieurs (319-352) son expertise et sa magie qu'il utilise notamment pour attirer la pluie [29].

C'est dans la zone contrôlée par les Liang du Nord au début du Ve siècle que se développe l'un des grands centres du bouddhisme chinois : Dunhuang, point de convergence des routes nord et sud à travers l'Asie centrale. Tout commence en 366 par des grottes creusées à même le flanc des collines. Au fil du temps, elles s'ornent de splendides fresques et sculptures, comme celles de la Grotte des Mille Bouddhas, témoins de l'évolution de l'art chinois entre les IVe et XIIIe siècles.

Toutes les dynasties non chinoises qui se succèdent au Nord encouragent puissamment le développement du bouddhisme qui, étant comme elles d'origine étrangère, leur procure un fondement spirituel et une légitimité politique hors des valeurs chinoises traditionnelles. C'est en 399, au moment où les Qin postérieurs contrôlent le nord de la Chine, que le moine Faxian quitte la Chine pour l'Inde en quête de la Loi, inaugurant ainsi une longue tradition de pèlerinages. À son retour en 413, il entreprend de traduire les textes qu'il a rapportés et qui concernent principalement les règles de la vie monastique *(Vinaya)*.

Quelques grands moines du IVe siècle : Dao'an, Huiyuan, Daosheng

Originaire du nord de la Chine et issu d'une famille confucianiste, Dao'an (312-385) est sans doute le moine qui marqua le plus le IVe siècle [30]. Sous la direction de Fotudeng, il étudie à la fois des textes de Prajnâ et de Dhyâna, sur lesquels il écrit des commentaires d'abord fortement marqués par la méthode du *geyi*, rejetée plus tard au nom de l'exigence d'un bouddhisme plus authentique. En 365, Dao'an est contraint par les guerres qui font rage au Nord de se réfugier au Sud, dans l'actuelle province du Hubei, où il accomplit une œuvre considérable de promotion du bouddhisme, tant sur le plan dévotionnel que sur le plan textuel. Il compile le premier catalogue de toutes les traductions de textes bouddhiques depuis les Han [31], énonce des règles pour la vie monastique et inaugure un culte à Maitreya, le Bouddha à venir qui réside au ciel Tusita en attendant le moment de descendre sur terre. En 379, Dao'an retourne au Nord, à Chang'an, où il contribue à la traduction du Canon de l'école ancienne du Sarvâstivâda dans le cadre d'une équipe formée autour de Sanghabhuti et Sanghadeva, moines originaires du Cachemire. Ce groupe de traduction devait préparer le terrain au grand Kumârajîva dont il sera question plus loin [32].

Dao'an semble donc avoir joué, dans cette première période d'acclimatation, un rôle de « plaque tournante ». Versé autant dans la littérature de la Prajnâ-pâramita que dans celle de l'« étude du Mystère », il incarne la combinaison des cultures chinoise et bouddhique ; formé aux textes de Prajnâ comme de Dhyâna, il réunit les deux grandes tendances initiales du bouddhisme Han. C'est encore lui qui jette un pont entre le bouddhisme du Nord et celui du Sud et introduit la littérature Sarvâstivâdin, perpétuée au Sud par son disciple Huiyuan. En préparant ainsi l'arrivée et le travail de Kumârajîva, Dao'an ouvre la voie à une nouvelle ère dans l'histoire du bouddhisme en Chine.

Au cours de sa longue carrière, Dao'an eut des disciples qui se comptaient par centaines et dont le plus fameux fut sans doute Huiyuan (334-416). Après avoir cru trouver la voie dans les Classiques confucéens, puis dans le *Laozi* et le *Zhuangzi*, il a la révélation de la vérité à vingt et un ans en entendant Dao'an parler des *sûtra* de la Prajnâ. Aussitôt, il entre dans les ordres et se trouve bientôt à même d'enseigner à son tour les écritures bouddhiques par la méthode du *geyi*. Au moment où Dao'an regagne le Nord, Huiyuan s'établit sur le mont Lu (dans l'actuel Jiangxi), au monastère de la Forêt de l'Est, dès lors connu pour la pureté de sa discipline monastique. À l'instar du culte rendu par son maître Dao'an à Maitreya, Huiyuan instaure un culte au Bouddha Amitâbha qui règne sur la « Terre pure »[33]. Bien qu'il ne quitte plus sa montagne, Huiyuan jouit d'une vaste réputation qui lui vaut d'être écouté par les puissants, aussi bien au Nord qu'au Sud, notamment dans le débat évoqué plus haut sur les rapports entre communauté monastique et pouvoir impérial. Malgré son ancrage au Sud, Huiyuan conserve des rapports étroits avec les bouddhistes du Nord. Sanghadeva, l'un des traducteurs de la littérature Sarvâstivâdin à Chang'an, l'introduit au mont Lu où il rejoint Huiyuan, suivi de son coreligionnaire Buddhabhadra. Aux environs de 405, Huiyuan entre en correspondance avec Kumârajîva arrivé depuis peu à Chang'an[34].

Le lien entre Nord et Sud est entretenu par l'un des disciples les plus importants de Huiyuan, Daosheng (env. 360-434). Arrivé auprès de Huiyuan au mont Lu vers 397, il se place sous la tutelle de Sanghadeva pour étudier les textes de l'école Sarvâstivâdin. Quelques années plus tard il se rend à Chang'an où il se joint au groupe de traduction de Kumârajîva, avant de revenir au Sud avec le traité de Sengzhao, « Prajnâ n'est pas connaissance », qui ne manque pas de retenir l'attention de Huiyuan[35].

C'est à cette époque qu'il se concentre sur le *Sûtra du Nirvâna*, s'imposant ainsi comme le promoteur de l'école du même nom en Chine. Ce *sûtra* qui contiendrait l'enseignement ultime du Bouddha n'est guère du goût de la tendance Mâdhyamika représentée par Kumârajîva du fait de sa description du *nirvâna*, non pas comme vacuité, mais comme état de pure joie. Mais c'est sur ce texte que Daosheng s'appuie pour défendre envers et contre tous sa compréhension du Mahâyâna comme voie de salut universel : tous les êtres, même ceux qui recherchent la gratification de leurs désirs, possèdent la bouddhéité. La vacuité, vérité ultime des *sûtra* de la Prajnâ, et la nature-de-Bouddha (ou bouddhéité, sanscrit *buddhatâ*) dont il est question dans le *Sûtra du Nirvâna*, sont une seule et même chose. Cette nature-de-Bouddha, présente en tout un chacun, n'est autre que le « moi vrai » qui entre en *nirvâna*, le *samsâra* n'étant que le cheminement conduisant à l'union finale avec le Bouddha.

Après son introduction par Daosheng, l'école du Nirvâna devait jouir d'un engouement croissant dans le bouddhisme du Sud, notamment au Ve siècle, sous le règne de l'empereur Wu des Liang dont il sera question plus loin. La pensée de Daosheng représentait, en effet, une tendance typiquement chinoise à pousser le plus loin possible l'universalisation du salut bouddhique. En outre, elle était sans doute la première à affirmer que la bouddhéité s'obtient par une illumination subite et totale, donnant ainsi le départ au grand débat entre gradualistes et subitistes qui devait marquer l'école Chan, aboutissement de la tradition de Dhyâna en Chine.

Notes

1. Cf. Guy BUGAULT, *La Notion de prajnâ ou de sapience selon les perspectives du Mahâyâna – part de la connaissance et de l'inconnaissance dans l'anagogie bouddhique*, Paris, Publications de l'Institut de civilisation indienne, 1968, p. 25.

2. Le dialogue est tiré du *Milinda-panha (Les Questions de Milinda)* rédigé en pâli (le texte original parle de *kamma*, terme pâli pour le sanscrit *karma*), voir la traduction de Louis FINOT, datée de 1923, republiée dans la coll. « Connaissance de l'Orient », Paris, Gallimard, 1992, p. 111-112.

3. Cf. *Bouddhismes, philosophies et religions*, Flammarion, 1998, p. 170-172.

4. Traduction Walpola RAHULA, *L'Enseignement du Bouddha d'après les textes les plus anciens*, Paris, Éd. du Seuil, 1961, p. 123.

5. Cf. Edward CONZE, *Le Bouddhisme dans son essence et son développement* (traduit d'un ouvrage en anglais de 1951), Paris, coll. « Petite Bibliothèque Payot », 1978, p. 99. Du même auteur, cf.*Buddhist Scriptures, selected and translated*, Harmondsworth, Penguin Books, 1959. Cf. aussi TAKAKUSU Junjirô, *The Essentials of Buddhist Philosophy*, 1947, rééd. Honolulu, University of Hawaii Press, 1956; William Theodore DE BARY, éd., *The Buddhist Tradition*, New York, Modern Library, 1969; Lilian SILBURN, éd., *Le Bouddhisme*, Fayard, 1977, rééd. 1997 sous le titre *Aux sources du bouddhisme*; Peter HARVEY, *An Introduction to Buddhism. Teachings, History and Practices*, Cambridge University Press, 1990 (traduit en français sous le titre *Le Bouddhisme. Enseignements, histoire, pratiques*, Éd. du Seuil, 1993); Bernard FAURE, *Le Bouddhisme*, Flammarion, Collection « Dominos », 1996; et *Bouddhismes, philosophies et religions*

(références en note 3) ; Philippe CORNU, *Dictionnaire encyclopédique du bouddhisme*, Éd. du Seuil, 2001.

6. Le mot *yoga* (racine *yuj-*) qui a pour sens primitif « atteler », « mettre sous le joug », peut signifier non seulement « joindre », mais aussi, très souvent, au passif, « être ajusté », évoquant ainsi un « ajustement intérieur ». Le *yoga* peut être considéré comme une entreprise systématique de modification des états de la conscience par la méditation, le « rêve lucide », la possession rituelle, etc., visant à réorganiser et modifier le rapport à soi-même, à son corps et au monde.

7. Jacques MAY, « La philosophie bouddhique idéaliste », *Études asiatiques*, 25 (1971), p. 315.

8. On retrouve dans le mot sanscrit *sûtra* la même métaphore textile que dans le français « texte » et dans le chinois *jing* 經 qui, on l'a vu (chap. 2, p. 84), désigne les écritures sacrées en général, y compris celles du bouddhisme. Cf. Roger CORLESS, « The Meaning of *Ching (Sûtra ?)* in Buddhist Chinese », *Journal of Chinese Philosophy*, 3, 1 (1975), p. 67-72.

9. Sur cet épisode qui marque symboliquement l'entrée du bouddhisme en Chine, cf. Henri MASPERO, « Le songe et l'ambassade de l'empereur Ming », *Bulletin de l'École française d'Extrême-Orient*, 10 (1910), p. 95-130. Du même auteur, « Comment le bouddhisme s'est introduit en Chine » (1940), reproduit dans *Le Taoïsme et les Religions chinoises*, Gallimard, 1971, p. 279-291. Voir aussi Paul DEMIÉVILLE, « La pénétration du bouddhisme dans la tradition philosophique chinoise », *Cahiers d'histoire mondiale* (Unesco, Neuchâtel) 3, 1 (1956), p. 1-38.

10. Le *Mouzi*, qui se présente comme une apologie du bouddhisme par un converti chinois sous forme de questions-réponses, est cependant sujet à caution. Il semble raisonnable de penser que le noyau originel date de la fin des Han, mais que le texte a connu des ajouts et des remaniements jusqu'au Ve siècle. Pour une traduction, cf. Paul PELLIOT, « Meou-tseu, ou les doutes levés », *T'oung Pao*, 19 (1920), p. 255-433 ; et John P. KEENAN, *How Master Mou Removes our Doubts : A Reader-Response Study and Translation of the Mou-tzu Li-huo lun*, Albany, State University of New York Press, 1994.

Quant au prétendu *Sûtra en 42 sections* qui, selon la légende, serait le premier texte bouddhique introduit en Chine et le premier à être traduit en chinois (aux environs de 67 apr. J.-C.), il est en fait d'origine douteuse et constitue vraisemblablement un apocryphe.

11. Cf. Erik ZÜRCHER, « Han Buddhism and the Western Region », *in* W. L. IDEMA & E. ZÜRCHER, éd., *Thought and Law in Qin and Han China. Studies dedicated to Anthony Hulsewé on the occasion of his eightieth birthday*, Leyde, Brill, 1990, p. 158-182.

12. On trouve les biographies d'An Shigao et de Yan Fotiao, ainsi que de tous les moines chinois importants du IIe au VIe siècle, dans le *Gaoseng zhuan (Biographies des moines éminents)* compilé par Huijiao (mort en 554), Pékin, Zhonghua shuju, 1992. Pour une traduction, cf. Robert SHIH, *Biographies des moines éminents (Kao seng tchouan) de Houei-kiao*, Louvain, Institut orientaliste, 1969.

13. Cf. JAN Yün-hua, « The Chinese Understanding and Assimilation of Karma Doctrine », *in* Ronald W. NEUFELDT, éd., *Karma and Rebirth : Post-Classical Developments*, Albany, State University of New York Press, 1986, p. 145-168.

14. Il s'agit de Xiang Xiu (env. 223-env. 300), l'un des « sept sages du bosquet de bambous », auteur présumé d'un commentaire sur le *Zhuangzi*, voir plus haut chap. 13, note 30.

15. Citations de deux commentaires sur les *Mutations*, *Xici (Grand Commentaire)* B 3, et *Shuogua (Explication des figures)* 1.

16. Idée chère à Zhuangzi, voir chap. 4, « Rêve ou réalité ».

17. *Geng sheng lun (De la réincarnation)* de Luo Han (env. 300-380), reproduit à la p. 30 du t. 1 de *Zhongguo fojiao sixiang ziliao xuanbian (Morceaux choisis de textes bouddhiques chinois)*, compilation en plusieurs volumes éditée à partir de 1981 par la Zhonghua shuju de Pékin, où l'on pourra retrouver le texte chinois de la plupart des citations qui suivent.

18. Sur l'« étude du Mystère », voir chap. précédent.

19. L'*Anâpâna-sûtra* fut traduit sous les Han par An Shigao sous le titre *Da anban shouyi jing (Grand Sûtra sur l'attention appliquée à l'inspiration et à l'expiration)*. Cette préface est reproduite dans *Zhongguo fojiao sixiang ziliao xuanbian*, t. 1, p. 34. Les quatre *dhyâna* sont quatre sortes de méditation définies comme moyens pour transcender nos réactions habituelles aux stimulants sensoriels. Les deux dernières phrases citent et paraphrasent le *Laozi* 48 (voir plus haut chap. 7, « Voie négative ou mystique ? »).

20. WU Hung, dans son étude « Buddhist Elements in Early Chinese Art (2nd and 3rd Centuries A.D.) », *Artibus Asiae*, 47 (1986), p. 263-316, note que, pour le commun des Chinois de l'époque Han, le Bouddha était un dieu étranger qui avait atteint l'immortalité, qui était capable de voler, de se métamorphoser et d'aider les êtres ; en tant que tel, il fut mis sur le même pied que les immortels taoïstes Xi Wangmu (la reine mère de l'Ouest) et Dong Wanggong (le roi père de l'Est), et associé comme eux aux cultes d'immortalité et aux rites funéraires.

21. Sur la disparition de Laozi à l'Ouest, voir chap. 7, « La légende ». Pour une bonne récapitulation de la controverse sur la « conversion des barbares », cf. Kristofer SCHIPPER, « Purity and Strangers : Shifting Boundaries in Medieval Taoism », *T'oung Pao*, 80 (1994), p. 62 *sq*. En l'an 520, devant l'empereur Xiaoming des Wei du Nord, se tint entre bouddhistes et taoïstes un débat pour déterminer lequel, de Bouddha ou de Laozi, venait en premier, textes (faux si nécessaire) à l'appui. C'est ainsi que le faux *Qingjingfa xing jing (Sûtra pour propager la Loi claire et pure)* prétendait que « le Bouddha avait envoyé trois disciples en Chine pour transmettre ses enseignements et convertir le peuple. Le Bodhisattva Rutong fut appelé Kong Qiu (Confucius) par les Chinois ; le Bodhisattva Guangjing fut appelé Yan Yuan (disciple de Confucius) ; et Mahâkâsyapa (disciple du Bouddha) fut appelé Laozi »…

22. Cf. « Buddhist Influence on Early Taoism : A Survey of Scriptural Evidence », *T'oung Pao*, 66 (1980), p. 84-147.

23. Sur le Maoshan (ou Shangqing) et le Lingbao, on pourra consulter Isabelle ROBINET, *Histoire du taoïsme des origines au XIVe siècle*, Cerf, 1991, chap. 5 et 6, et *La Révélation du Shangqing dans l'histoire du taoïsme*, 2 vol., Paris, Publications de l'École française d'Extrême-Orient, 1984 ; ainsi que Stephen R. BOKENKAMP, « Sources of the Ling-pao Scriptures », *in* Michel STRICKMANN, éd., *Tantric and Taoist Studies*, t. 2, Bruxelles, Institut belge des hautes études, 1983, p. 434-486 ; Michel

STRICKMANN, *Le Taoïsme du Mao Chan. Chronique d'une révélation*, Paris, Collège de France, Institut des hautes études chinoises, 1981.

24. Parmi les *sūtra* de la Prajñā-pâramitâ traduits dès les Han par Lokaksema figure l'un des plus anciens, l'*Astasâhasrikâ (La Perfection de la sagesse en 8 000 lignes)*, probablement du Ier siècle av. J.-C., qui servit de base pour des versions soit rallongées, soit raccourcies. Les deux premiers abrégés, achevés au IVe siècle, sont les fameux *Sûtra du Diamant* et *Sûtra du Cœur*, toujours associés en Chine et récités l'un après l'autre. Cf. Edward CONZE, *Buddhist Wisdom Books, containing the Diamond Sûtra and the Heart Sûtra*, Londres, Allen & Unwin, 1958. Pour le *Sûtra du Cœur*, cf. Donald S. LOPEZ, Jr., éd., *The Heart Sûtra Explained : Indian and Tibetan Commentaries*, Albany, State University of New York Press, 1988. Pour le *Sûtra du Diamant*, cf. Philippe CORNU & Patrick CARRÉ, trad., *Soûtra du Diamant - et autres soûtras de la Voie médiane*, Fayard, 2001.

25. Cf. T'ANG Yung-t'ung, « On *ko-yi*, the earliest method by which Indian Buddhism and Chinese thought were synthesized », *in* W. R. INGE et al., *Radhakrishnan, Comparative Studies in Philosophy Presented in Honour of his Sixtieth Birthday*, Londres, Allen & Unwin, 1951, p. 276-286 ; et Whalen LAI, « Limits and failure of *ko-i* (concept-matching) Buddhism », *History of Religions*, 18, 3 (1979), p. 238-257.

26. Sur le *Shishuo xinyu*, voir plus haut chap. 13, note 3. Sur Xie An, cf. Jean-Pierre DIÉNY, *Portrait anecdotique d'un gentilhomme chinois, Xie An (320-385), d'après le Shishuo xinyu*, Paris, Collège de France, Institut des hautes études chinoises, 1993.

27. On en trouvera des passages traduits dans Erik ZÜRCHER, *The Buddhist Conquest of China*, 2 vol., Leyde, 1959, t. 1, p. 164-176, et dans Kenneth CH'EN, *Buddhism in China, A Historical Survey*, Princeton University Press, 1962, p. 70 *sq*. Du même auteur, cf. *The Chinese Transformation of Buddhism*, Princeton University Press, 1973.

28. *Shamen bu jing wangzhe lun (Les moines ne sont pas tenus de marquer leur respect aux rois)*, 2e section intitulée *Chu jia* 出家 *(Entrer dans les ordres*, litt. « quitter la famille »), texte reproduit dans *Zhongguo fojiao sixiang ziliao xuanbian*, t. 1, p. 81 *sq*. Sur cette controverse, cf. Leon HURVITZ, « "Render unto Caesar" in Early Chinese Buddhism », *Sino-Indian Studies*, 1957, 5, 3-4, p. 96-114 ; et Léon VANDERMEERSCH, « Bouddhisme et pouvoir dans la Chine confucianiste », *in Bouddhismes et Sociétés asiatiques*, Paris, L'Harmattan, 1990. Voir aussi TSUKAMOTO Zenryû, *A History of Early Chinese Buddhism from its Introduction to the Death of Hui-yüan*, traduit du japonais par Leon HURVITZ, 2 vol., New York, 1985. Sur Huiyuan, voir plus bas.

29. Cf. Arthur F. WRIGHT, « Fo-t'u-teng », *Harvard Journal of Asiatic Studies*, 11 (1948), p. 322-370.

30. Cf. Arthur E. LINK, « The Biography of Tao-an », *T'oung Pao*, 46 (1958), p. 1-48 ; « The Taoist Antecedents of Tao-an's Prajñā Ontology », *History of Religions*, 9 (1969-1970), p. 181-215 ; (avec Leon N. HURVITZ) « Three Prajñâpâramitâ Prefaces of Tao-an », *Mélanges de sinologie offerts à Paul Demiéville*, t. 2, Paris, Bibliothèque de l'Institut des hautes études chinoises, 1944, p. 403-470.

31. Il s'agit du *Zongli zhongjing mulu (Catalogue général des sûtras)*, également connu sous le titre de *An lu (Catalogue de An)*, qui compte 611 titres.

32. Sur l'école du Sarvâstivâda, ou « voie du réalisme intégral », voir plus haut, « Évolution historique du bouddhisme indien ». Cette école, basée au Cachemire, était une branche du Theravâda et donc considérée comme Hînayâna, mais comportait un canon propre rédigé en sanscrit. Sur Kumârajîva, voir chap. suivant.

33. Cf. Walter LIEBENTHAL, « Shih Hui-yüan's Buddhism as set forth in his writings », *Journal of the American Oriental Society*, 70 (1950), p. 243-259. Huiyuan est l'auteur d'un commentaire sur le *Sûtra de la visualisation de l'infinie longévité (Guan wuliangshou jing)*, qui joua un rôle important dans l'école de la Terre pure à ses débuts. Cf. Kenneth K. TANAKA, *The Dawn of Chinese Pure Land Buddhist Doctrine : Chingying Hui-yüan's Commentary on the Visualization Sûtra*, Albany, State University of New York Press, 1990. Sur l'école de la Terre pure, voir plus bas chap. 16.

34. Cf. Rudolf G. WAGNER, *Die Fragen Hui-yüans an Kumârajîva*, Berlin, 1969.

35. Sur Daosheng, cf. Walter LIEBENTHAL, « A Biography of Chu Tao-sheng » et « The World Conception of Chu Tao-sheng », *Monumenta Nipponica*, 11 (1955), p. 64-96, et 13 (1956), p. 73-100. Sur Sengzhao, disciple de Kumârajîva, voir chap. suivant.

15
La pensée chinoise à la croisée des chemins (Ve-VIe siècle)

Kumârajîva et l'école Mâdhyamika

L'arrivée de Kumârajîva (344-413 ? ou 350-409) à Chang'an en 402, au tout début du Ve siècle, inaugure une nouvelle période où la spécificité de l'apport bouddhique indien se trouve pleinement reconnue en Chine. Dès lors, on ne cherche plus à transposer la pensée venue d'ailleurs en termes familiers, mais on se lance dans de grands travaux d'exégèse et de traduction directement du sanscrit pour lesquels on fait appel à des moines venus d'Inde ou de Sérinde[1].

Né à Kucha, l'une des principales étapes de la Route de la soie, Kumârajîva reçoit une formation qui lui permettra de jouer un rôle déterminant dans le processus d'indianisation du bouddhisme en Chine, alliant l'étude des *sûtra* du Hînayâna et du Mahâyâna, allant et venant entre les grands centres de la Sérinde et maîtrisant plusieurs langues dont le chinois. Dès son arrivée à Chang'an en 402, avec le concours d'un millier de moines, Kumârajîva s'attelle à la traduction d'une série impressionnante de textes qui deviendront les pièces maîtresses du Canon bouddhique chinois, à commencer par le *Sûtra de la Terre pure*[2]. Kumârajîva entreprend ensuite de traduire les trois traités fondamentaux de l'école Mâdhyamika[3]. Non content d'avoir achevé ce travail colossal en l'espace de quelques années, Kumârajîva y ajoute la traduction, entre autres, de deux *sûtra* majeurs du Mahâyâna, le *Sûtra du Lotus* et le *Sûtra de Vimalakîrti*[4]. C'est grâce à ces traductions que le public chinois est véritablement initié à la littérature Mahâyâna, notamment aux textes de l'école Mâdhyamika qui, dès lors, est amenée à se développer parallèlement en Inde et en Chine. Le plus éminent disciple de Kumârajîva, Sengzhao (374-414), contribue activement à la diffusion de cette école dans la Chine du Nord. À l'image des trois traités de l'école qu'il représente, il est connu pour ses trois essais : « L'immutabilité des choses », « La vacuité de l'irréel », « Prajnâ n'est pas connaissance »[5].

L'école Mâdhyamika, fondée en Inde par Nâgârjuna et son disciple Aryadeva au IIe siècle apr. J.-C., précisément au moment où le bouddhisme commence à s'introduire en Chine, est la plus représentative de la tradition de la Prajnâ-pâramitâ et constitue sans doute l'une des formes les plus achevées du bouddhisme Mahâyâna. *Mâdhyamika* désigne la « voie moyenne » entre les deux extrêmes de l'existence et de la non-existence, de l'affirmation et de la négation, du plaisir et de la douleur. Loin de représenter un quelconque compromis ni même un équivalent du « Milieu » confucéen, elle est l'aboutissement d'une dialectique dans laquelle excelle Nâgârjuna[6].

Du fait que les choses sont toutes produites par des causes et des conditions, elles n'ont pas de réalité indépendante, pas de nature propre *(sva-bhâva)*. Or, la *prajnâ*, définie comme « contemplation méthodique des *dharma* » (c'est-à-dire des éléments d'existence dont le flot incessant compose la réalité), consiste à les voir dans leur vraie nature qui est ultimement vide *(sûnya)*. Dire que les *dharma* sont vides, c'est dire précisément qu'ils n'ont pas de nature propre, qu'ils ne sauraient fonder la réalité puisqu'ils sont le fruit de l'illusion et dépendent d'autre chose pour exister.

La conception des *dharma* comme vacuité conduit à la notion de non-dualité, que les Chinois traduisent avec leur économie coutumière par « non-deux » (*bu er* 不二) : il n'existe pas de dualité irréductible entre sujet et objet, pas plus qu'il n'y en a entre affirmation et négation, ou entre le flux des existences *(samsâra)* et leur extinction *(nirvâna)*, les deux termes de la dualité se rejoignant et se confondant finalement dans la vacuité *(sûnyatâ)*. Celle-ci, selon Nâgârjuna, « est ce qui se tient droit au milieu entre l'affirmation et la négation, l'existence et la non-existence, l'éternité et l'annihilation ». La vacuité n'est donc autre que la « voie moyenne », aboutissement d'un processus dialectique en quatre temps (ou tétralemme) qui tend à réfuter une idée comme étant, comme non-étant, comme étant à la fois étant et non-étant, comme n'étant ni étant ni non-étant. Une telle dialectique tend, au fond, à dissoudre dans la vacuité toute proposition, qu'elle soit affirmation ou négation, échappant ainsi au piège de la dualité.

Toute chose est vide, c'est-à-dire vide de sens : « Rien n'advient à l'être/Rien ne disparaît. Rien n'est éternel/Rien n'a une fin. Rien n'est différent/Rien n'est identique. Rien ne se déplace ici/Rien ne se déplace là. » Ce jeu qui consiste à affirmer tout et son contraire vise à rendre perceptible, quasi tangible, l'évidence de la vacuité en vidant dialectiquement le mental et en balayant tous les concepts, y compris celui même de vacuité sur lequel on aura pris provisoirement appui : l'absolu est vide, sans contenu ; autant dire que la vacuité elle-même est vide. Comme le remarque fort justement Guy Bugault, « d'une manière générale, les concepts, quels qu'ils soient, sont comme des béquilles pour notre esprit. Or, la règle d'or du Bodhisattva est de ne prendre appui sur rien, à l'image de son *nirvâna* qui est lui-même sans appui[7] ». Ce que Jacques May exprime en d'autres termes : « Il y a quelque abus de langage à dire que la réalité absolue se constitue ou se pose : étant pure annulation, elle ne saurait se constituer positivement, et le Mâdhyamika se définit volontiers comme étant la suppression de toutes les positions philosophiques[8]. »

Pour Nâgârjuna, il convient de distinguer deux niveaux de vérité. La vérité relative est celle dans laquelle nous vivons et existons ; elle reste cohérente tant qu'elle n'est pas réduite à néant par l'irruption de la vérité absolue, tel un rêve qui a sa cohérence tant que l'on ne se réveille pas. Le monde n'existe pas au sens absolu du mot, mais le fait que nous le percevons nous conduit à lui accorder une réalité empirique dont nous nous accommodons. Quant à la vérité absolue, elle est de l'ordre de la *prajnâ*, qui est par-delà toute notion ou concept, inconditionnée, indéterminée et indicible. La dialectique du Mâdhyamika trouvera un écho puissant dans l'école taoïste dite du « Double Mystère » (Chongxuan) qui « met en balance l'affirmation (le *you*) et la négation (le *wu*), la "voie positive" et la "voie négative" des mystiques, pour les rejeter successivement comme n'étant que des moyens et non des fins. Laozi transcende les deux voies ; l'approfondissement mystique passe par le jeu de la dialectique de ces deux voies, puis par leur coïncidence qui est en même temps celle de tous les contraires : en ce qui concerne la Vérité suprême, toute négation doit disparaître comme n'existant que par rapport à l'affirmation, et inversement[9] ».

Polémiques entre bouddhistes, confucianistes et taoïstes dans les dynasties du Sud

Les Ve et VIe siècles correspondent à ce que les Chinois appellent « dynasties du Nord et du Sud », période de désunion qui va de la fin de la dynastie Jin en 420 à la réunification de l'empire chinois par les Sui en 589. Tandis que le Nord est unifié en 440 par la dynastie « barbare » des Wei du Nord, au Sud, où s'est réfugiée la cour impériale chinoise, se succèdent des dynasties éphémères : Liu Song (420-479), Qi (479-502), Liang (502-557), Chen (557-589). Au cours de cette période, la distinction qui se dessine dès le IVe siècle entre un bouddhisme du Nord, plus porté sur la pratique dévotionnelle et méditative, et un bouddhisme du Sud, caractérisé par un esprit plus intellectuel et exégétique, ne fait que se confirmer.

Les dynasties chinoises du Sud continuent, en règle générale, à patronner un bouddhisme étroitement associé à l'élite sociale et intellectuelle. L'apogée est atteint sous le règne de l'empereur Wu (r. 502-549), fondateur de la dynastie Liang : prenant ouvertement modèle sur le grand roi indien Asoka (IIIe siècle av. J.-C.), il promeut activement le bouddhisme au point d'être qualifié de « Bodhisattva impérial »[10]. Cependant, c'est aussi sous son règne que s'amorce un projet de réforme sociale visant à restaurer le rôle des lettrés confucéens : les écoles officielles sont rouvertes en plus grand nombre, et l'examen des docteurs sur les Cinq Classiques est réinstauré en 505.

Entre les Ve et VIe siècles, le nombre des temples bouddhiques aurait presque doublé, et celui des moines plus que triplé. Peu étonnant, donc, qu'il ne tarde pas à y avoir des réactions, à la fois de la part des taoïstes et des confucianistes qui, pour une fois, font cause commune contre le danger extérieur. Gu Huan (env. 430-493), adepte comme Tao Hongjing (456-536) du taoïsme de la « Haute Pureté » (Shangqing), souligne dans son *Traité sur les Barbares et les Chinois (Yi Xia lun)* l'infériorité du bouddhisme, présenté comme une religion étrangère destinée à des barbares[11].

La position de Gu Huan tranche cependant avec la volonté

Chapitre 15

de syncrétisme affichée au Ve siècle dans des ouvrages comme le *Traité de Blanc et Noir (Baihei lun)*, composé autour de 433-435 par le moine Huilin, contemporain de Daosheng. Auteur de commentaires sur le *Livre de la piété filiale* et sur le *Zhuangzi*, Huilin semble penser que confucianisme, taoïsme et bouddhisme se valent, comme le suggère le titre originel de son traité : *Jun shan lun (Les trois doctrines sont également bonnes)*. Il s'agit d'une polémique fictive entre une « école blanche » et une « école noire », la première représentant un bouddhisme lettré et philosophique dont se réclame Huilin, alors que la seconde correspond à une tendance taoïsante, plus portée sur les pratiques magiques et dévotionnelles. Ce qui est attaqué ici est l'ensemble des croyances mises en place pour inciter les gens du commun à placer leur foi dans le bouddhisme, mais qui sont contraires à l'enseignement authentique du Bouddha : foi en une vie meilleure dans une « Terre pure », accumulation de bon *karma* pour s'acheter une place au paradis par des dons, etc.

> Un maître de l'École Blanche disait : « Les saints chinois ordonnent les cent générations : vaste est leur puissance spirituelle. Ils connaissent les dix mille transformations de l'univers, le principe interne du Ciel et de l'Homme n'a pas de secret pour eux. Leur Voie ne comporte aucune obscurité, leur enseignement aucune faille, leur intelligence est toute sagesse, pourquoi alors s'en remettre à des théories étrangères ? »
> Un taoïste de l'École Noire lui rétorque : « [Les saints chinois] n'éclairent pas le chemin obscur (l'au-delà), ils n'en viennent jamais aux transformations de la vie future. Ils ont beau exalter le vide du cœur, ils ne réalisent pas le vide des phénomènes. Jamais leur profondeur n'atteint celle [des saints] de l'Ouest. »
> Là-dessus, Blanc, qui voudrait bien savoir pourquoi, demande : « N'y a-t-il aucune différence entre le vide dont parle Sâkyamuni (le Bouddha) et celui dont parle Laozi ? »
> Réponse de Noir : « Ce sont deux choses différentes. Pour Sâkyamuni, les choses elles-mêmes sont vacuité, la vacuité et les choses se rejoignent. Pour Laozi, l'étant *(you)* et le non-étant *(wu)* sont deux réalités distinctes, le vide et l'étant sont différents. Comment [Sâkyamuni et Laozi] parleraient-ils de la même chose ? » [...]
> Noir : « L'enseignement de Sâkyamuni ne servirait-il qu'à

sauver les barbares, n'aurait-il rien de valable à offrir aux Chinois ? »

Blanc : [...] « Aimer les êtres et s'interdire de tuer, exalter l'altruisme, mettre son cœur en paix et faire taire ses désirs d'honneurs et de grandeur, [suivre] le Saint du Mahâyâna dans sa volonté de compassion universelle, tout cela, comment le confucianisme et le taoïsme pourraient-ils le surpasser ? Ce que je déplore, c'est que l'idée originelle ait perdu sa lumière, et que dans son évolution actuelle elle soit devenue une entrave. [...]

« Ceux qui vendent de la vie future portent tort au taoïsme et au bouddhisme qui n'y peuvent rien, alors que ceux qui laissent à l'obscur tout son mystère sont en accord avec le duc de Zhou et Confucius qui ont préféré garder le silence. On en conclut que celui qui pérore ne va pas forcément très profond, celui qui sait n'atteint pas forcément [la vérité] alors que celui qui ne sait pas ne la manque pas forcément. Mais il reste que les six *pâramitâ* et les cinq préceptes [12] vont de pair, la loyauté et l'obéissance (confucéennes) et la compassion (bouddhique) sont égales. Les chemins diffèrent mais conduisent au même but [13]. »

La controverse sur le corps et l'esprit

Pendant toute cette deuxième période où l'indianité du bouddhisme est pleinement reconnue – aussi bien par ses adeptes que par ses détracteurs – se prolonge le débat engagé dès le IIIe siècle sur le rapport de l'esprit et du corps [14]. Le grand moine du IVe siècle Huiyuan nous livre une belle réflexion sur le sujet dans un essai intitulé *La forme corporelle s'épuise, mais l'esprit est indestructible* :

[Question :] Notre part d'énergie vitale *(qi)* s'épuise dans cette vie : lorsque celle-ci arrive à son terme, l'énergie se dissout pour se fondre dans le non-existant *(wu)*. L'esprit *(shen* 神*)* a beau être une chose subtile, c'est le résultat des transformations du Yin et du Yang. Ceux-ci en se transformant donnent la vie, en se transformant encore ils donnent la mort. Leur condensation est commencement, leur dispersion est fin. Il est donc certain que l'esprit et le corps évoluent ensemble, suivant un seul et même fil dès l'origine. Le subtil et le grossier ne sont qu'un seul *qi* et demeurent à jamais ensemble. Tant que la demeure est intacte, le *qi* reste condensé et il y a de l'esprit ; mais dès que la demeure est détruite, le *qi* se disperse et la lumière s'éteint. À la dispersion, ce qui a été reçu retourne à la racine céleste ; l'extinction, c'est le retour au non-existant. Ce retour à l'extinction finale est déterminé par le processus naturel. Y aurait-il quelqu'un pour faire qu'il en soit ainsi ?

Mais même à supposer que corps et esprit soient à l'origine distincts, que ce soient des *qi* différents qui, à force de s'unir, finiraient par se transformer ensemble, il resterait que l'esprit réside dans le corps. De la même façon, le feu réside dans le bois : tant que le corps est en vie, l'esprit se maintient, mais dès que le corps est détruit, l'esprit s'éteint. Lorsque le corps se désintègre, l'esprit se disperse, faute de demeure ; lorsque le bois se putréfie, le feu s'éteint, faute de support. Tel est le principe interne des choses *(LI)*. [...]

Réponse [de Huiyuan] : Qu'est-ce donc que l'esprit ? C'est la quintessence [du *qi*] affinée au point de devenir spirituelle. [...] Zhuangzi a émis des paroles profondes sur la grande Origine : « La grande motte (c'est-à-dire l'univers) me met en peine durant la vie, me met au repos à la mort. » Il dit aussi que la vie est une entrave pour l'homme, alors que la mort est retour à l'authentique. Nous savons ainsi que la vie est la plus grande des calamités, alors que la non-vie est retour à la racine. Wenzi rapporte ainsi les propos de l'Empereur jaune : « Le corps connaît la destruction, mais l'esprit ne change pas. Dans son immutabilité, il chevauche les mutations et ses transformations n'ont pas de fin. » Zhuangzi dit aussi : « Avoir atteint la forme humaine est une joie. Mais quand bien même elle se transformerait de dix mille façons, elle serait encore loin de la complétude. » Nous savons ainsi que la vie ne s'épuise pas dans une seule transformation et que c'est à force de poursuivre les choses qu'il n'y a pas de retour. Bien que ces deux maîtres [Zhuangzi et Wenzi] n'aient pas découvert toute la réalité des choses dans leurs discours, ils en ont approché le fondement par ouï-dire.

Votre propre discours, faute d'examiner la théorie de l'alternance de vie et mort, vous fait penser à tort que le *qi* se condense et se dissout en une seule transformation. Faute d'avoir idée que le Dao de l'esprit a la spiritualité d'une chose merveilleuse, vous considérez que le subtil et le grossier trouvent une fin commune. N'est-ce pas affligeant ?

Quant à votre métaphore du feu et du bois, elle est tirée des écrits des saints, mais vous en avez perdu le sens correct et l'avez exposée de façon obscure, sans l'avoir examinée. [...] Le feu qui se propage dans le bois est comme l'esprit qui se propage dans le corps. Le feu qui se propage à un autre fagot est comme l'esprit qui se transmet à un autre corps. [...]

> Quelqu'un dans l'illusion, voyant le corps se désagréger au bout d'une seule vie, croit que le désir de vivre de l'esprit périt avec lui ; de la même façon, constatant que le feu s'éteint sur un seul morceau de bois, il pense qu'il est éteint à tout jamais [15].

La position de Huiyuan se retrouve dans l'essai d'un contemporain, le laïc Zheng Xianzhi (363-427), intitulé *De l'indestructibilité de l'esprit*, mais elle est contrée au VIe siècle, sous le règne de l'empereur Wu des Liang, par celui du lettré confucéen Fan Zhen (450-515 ?), *De la destructibilité de l'esprit* :

> L'esprit, c'est le corps, et le corps, c'est l'esprit. Si le corps demeure, l'esprit demeure ; si le corps disparaît, l'esprit est détruit. Le corps est la matière de l'esprit ; l'esprit est la fonction du corps. Quand on parle du corps, on entend la matière ; quand on parle de l'esprit, on entend la fonction : ce ne saurait être deux choses différentes, ce sont simplement deux noms distincts pour une seule et même entité. L'esprit est à la matière ce que le tranchant est au couteau ; le corps est à la fonction ce que le couteau est au tranchant. Le terme « tranchant » ne désigne pas le couteau ; le terme « couteau » ne désigne pas le tranchant. Et pourtant, ôtez le tranchant, il n'y a plus de couteau ; ôtez le couteau, il n'y a plus de tranchant. On n'a jamais entendu dire que le tranchant subsiste après la disparition du couteau ! Comment l'esprit pourrait-il subsister quand le corps a disparu [16] ?

Les thèses de Fan Zhen provoquent de vives réactions chez les adeptes du bouddhisme, à commencer par l'empereur Wu lui-même qui se fend d'un essai, *L'esprit est indestructible*, dans lequel prédomine le point de vue de l'école du Nirvâna, suivi en cela par bon nombre de ses conseillers [17]. Cette réfutation intellectuelle paraît bien indulgente au regard du sort réservé par le même empereur Wu au confucéen Xun Ji, auteur d'un *Mémoire sur le bouddhisme*, pamphlet qui s'en prend avec une rare virulence aux moines, accusés d'insoumission, d'immoralité, de parasitisme et d'hypocrisie :

> Maintenant moines et nonnes sont paresseusement assis en méditation durant l'été et ne tuent même pas une fourmi, disant qu'ils respectent la vie de tout vivant. D'un côté, ils méprisent leurs gouvernants et leurs parents ; d'un autre, ils

sont abusivement bienveillants envers les insectes. Ils pratiquent l'avortement et tuent leurs enfants, mais ils gardent vivants moustiques et taons[18] !

Mais le grief majeur reste que cette communauté, qui forme un « État dans l'État », est source de sédition et de subversion puisqu'elle ne reconnaît pas l'autorité de l'empereur. Xun Ji pousse le réquisitoire jusqu'à mettre tous les désordres de la période de désunion sur le compte du bouddhisme qui, selon lui, a pulvérisé les « cinq relations » fondamentales de la communauté humaine telle que la conçoivent les confucéens. Ces critiques acerbes, dont beaucoup n'étaient alors que trop justifiées, devaient déchaîner l'ire de l'empereur Wu et coûter la vie à leur auteur exécuté en 547.

Le bouddhisme du Nord aux Ve et VIe siècles

Après avoir soumis le nord de la Chine en 440, la dynastie des Wei du Nord ou Tuoba Wei, d'origine turkmène (Tuoba est la transcription chinoise du nom ethnique des Tabgatch), assure un siècle de relative continuité. Après son effondrement en 534, la dynastie se scinde dans les Wei orientaux (534-550) et les Wei occidentaux (535-557), lesquels laissent place aux Qi du Nord (550-577) puis aux Zhou du Nord (557-581), autant de dynasties non chinoises dont la dernière, tout comme la dynastie chinoise des Chen au Sud, laissera les Sui réunifier l'empire en 589.

Les premiers souverains des Tuoba Wei adoptent le bouddhisme comme religion officielle, réduisant les moines au statut de fonctionnaires d'État, bien différent de celui de leurs homologues du Sud où le principe d'autonomie monastique avait été si énergiquement affirmé par Huiyuan. Se met alors en place une véritable bureaucratie préposée aux affaires religieuses, avec un « Bureau de supervision des bienfaits » intégré dans l'administration centrale et un « Chef des *sramana* » (moines bouddhistes) nommé par l'empereur.

Face à un tel processus d'officialisation se forme une coalition menée par le taoïste de la secte des Maîtres célestes Kou Qianzhi (373-448) et le confucianiste Cui Hao (381-450) qui font cause commune contre le bouddhisme, quoique pour des motifs différents : le premier rêve d'un empire taoïste dont lui-même prendrait la tête, alors que le second projette de siniser l'empire Tuoba en plaçant le plus grand nombre possible de Chinois dans les rangs de la bureaucratie. Cet épisode marque un tournant dans l'histoire des Maîtres célestes et du taoïsme en général qui, pour la première fois, est institué officiellement comme religion d'État[19]. L'action conjuguée des taoïstes et des confucianistes finit en l'occurrence par déclencher l'une des premières persécutions anti-bouddhiques d'envergure. L'édit impérial de 446 ordonne de détruire tous les *sûtra*, *stûpa* (tours reliquaires) et peintures bouddhiques, et d'exécuter tous les moines sans distinction d'âge[20].

C'est sans doute pour se faire pardonner cette réaction aussi brève que brutale et affirmer à la face de l'éternité la gloire du bouddhisme impérial que sont taillés à même le roc les Bouddha et Bodhisattva de Yungang, près de la capitale Datong[21]. Ces sculptures représentent la première phase de l'art des Wei du Nord, encore influencé par celui du Gândhâra, de l'Inde et de l'Asie centrale, par l'intermédiaire de centres comme Dunhuang, et attestent d'une grande ferveur de la part des laïcs qui contribuèrent à décorer les grottes. Après le transfert en 494 de la capitale Tuoba de Datong dans l'ancienne capitale chinoise de Luoyang – signe d'une volonté de sinisation – la statuaire bouddhique se développe dans les grottes de Longmen qui connaîtront une autre période faste sous les Tang.

Alors que, dans les sculptures des Wei du Nord, la prédilection va aux figures de Sâkyamuni et de Maitreya, elle se portera sous les Tang sur Amitâbha et Avalokitesvara[22]. Le culte de tous ces Bouddha et Bodhisattva, associés à leurs divers paradis et « terres pures », témoigne d'une évolution du Mahâyâna sous la pression des laïcs qui recherchent moins l'extinction *(nirvâna)* que le prolongement de leur existence dans une vie meilleure. Dès le IVe siècle, Dao'an avait largement contribué à populariser le culte de Maitreya, « l'Amical », le futur Bouddha de la prochaine période cosmique qui, en tant que tel, se retrouve au centre de nombreux mouvements messianiques et apocalyptiques[23]. Comme tout Bodhisattva en attente de devenir Bouddha, il réside dans l'un des quelque vingt-deux cieux que compte la cosmologie bouddhique, le ciel Tusita, d'où il veille sur les créatures.

La ferveur religieuse de Longmen, qui s'exprime dans les ex-voto gravés par des laïcs, des moines ou des associations religieuses, atteste de la popularisation du bouddhisme, encore confiné au cours de la période précédente dans des cercles privilégiés, et de son infléchissement dans un sens mahâyâniste, l'accent étant mis sur la compassion et la charité. L'iconographie des Wei du Nord illustre en outre l'acclimatation du bouddhisme à la culture chinoise à travers le thème de Vimalakîrti conversant avec Manjusrî, Bodhisattva de la Sagesse suprême. Vimalakîrti, tout à la fois incarnation du saint laïc et modèle de piété filiale, apparaît comme une figure centrale du Mahâyâna qui cherche précisément à étendre la bouddhéité hors des limites trop restrictives du rigorisme monastique, tout en étant présenté comme un idéal confucéen susceptible de parler directement à la mentalité chinoise.

Xuanzang et l'école Yogâcâra

En réalisant en 589, après trois siècles de désunion, la réunification de l'espace chinois, les Sui opèrent, par là même, une refonte du bouddhisme jusque-là tributaire de la scission entre Nord et Sud et désormais placé sous la coupe centralisée d'une autorité impériale unique. Dès lors, et surtout à partir des Tang, la communauté monastique chinoise semble reconnaître tacitement la suprématie de l'État, autre signe de l'adaptation du bouddhisme au contexte chinois.

Au cours des Ve et VIe siècles, on a vu le bouddhisme s'indianiser en Chine en important telles quelles des écoles typiquement indiennes. Avec l'arrivée de Kumarajîva qui inaugure cette deuxième période, c'est l'école Mâdhyamika qui s'implante solidement en terrain chinois. Quelque peu tombée en déclin après Sengzhao, elle connaît un dernier regain de vitalité sous les Sui avec Jizang (549-623). Une autre grande école indienne s'impose brièvement en Chine à l'extrême fin de la période, celle du Yogâcâra (connue en Chine sous le nom de Faxiang), qui ne pouvait pas trouver meilleur représentant que Xuanzang (602-664). Ce moine fameux, géant de la traduction à l'égal de Kumarajîva, suivit le chemin inverse de son illustre prédécesseur en faisant le voyage jusqu'en Inde pour rechercher les textes bouddhiques à la source. Si, d'un point de vue strictement chronologique, son éphémère carrière chinoise date du début des Tang dont il sera question au chapitre suivant, l'école purement indienne du Yogâcâra ne correspond en rien à l'esprit des écoles bouddhiques chinoises apparues au VIIe-VIIIe siècle, mais marque bien plutôt le paroxysme de la volonté d'indianisation qui caractérise les Ve et VIe siècles – d'où sa prise en compte dans le présent chapitre.

L'école Faxiang (traduction chinoise du sanscrit *dharmalaksana*, « caractéristiques des *dharma* ») est issue d'une école indienne fondée sur les écrits des frères Asanga et Vasubandhu (IVe-Ve siècle). Cette école, qui se développe en Inde jusqu'au VIIe siècle sous le nom de Yogâcâra (« pratique du Yoga »), représente l'un des deux grands systèmes élaborés par la pensée mahâyâniste, l'autre étant la « voie de la vacuité » (Sûnyavâda) de l'école Mâdhyamika. On a également qualifié cette école d'« idéaliste », par référence à la thèse du « rien que pensée » (*citta-mâtra*, en chinois *weishi* 唯識) qui est au cœur du traité d'Asanga, le *Mahâyâna-samgraha (Compendium du Mahâyâna)* [24]. L'idée centrale du Vijnânavâda (« voie de la faculté cognitive »), auquel en est venu à s'assimiler le Yogâcâra, se résume en effet dans la formule de Vasubandhu : « Le triple monde n'est que pensée. » Autrement dit, l'ensemble du monde phénoménal, dans sa nature réelle, n'est que pensée ; le monde extérieur n'est qu'un produit de notre conscience et, n'ayant pas d'existence réelle, est pure illusion.

L'école du « rien que pensée » constitue en fait le pendant de l'école du « rien que *dharma* » ou école Kosa, fondée sur l'*Abhidharma-kosa (Trésor de la scolastique)* de Vasubandhu [25], également qualifiée de « réaliste » au sein du bouddhisme Hînayâna parce qu'elle est convaincue de la réalité permanente des *dharma*. L'école souscrit à la thèse de l'impermanence des objets constitués par les *dharma* mais ceux-ci existent de tout temps, quelles que soient les formes qu'ils prennent : dans tout objet et tout être, les *dharma* passés sont transmis dans le présent, et les *dharma* présents sont à leur tour transmis dans le futur. A l'inverse, l'école Yogâcâra enseigne l'inexistence des éléments qui constituent la réalité objective, mais tient pour acquise la réalité de la conscience.

Selon la doctrine bouddhique, on l'a vu, l'homme n'est en fait qu'un ensemble d'agrégats de phénomènes. Dans une telle conception, la faculté cognitive *(vijnâna)* n'est qu'un agrégat comme les autres, tout en posant un problème particulier par son ambivalence. D'un côté, c'est elle qui, en donnant à l'être humain une apparence d'unité, est responsable de la plus solide des illusions, celle de l'individualité ou du moi. Toute l'expérience d'un être humain s'organise dès lors autour de cette illusoire unité et – plus grave encore – ses contenus psychologiques ne cessent d'alimenter la conscience et par suite le sentiment d'unité, la conscience étant constitutive non seulement de l'illusion du moi, mais aussi de notre attachement à cette illusion. D'un autre côté, alors que, sur le plan de la vérité relative, la pensée peut être associée avec les passions qui ne sont qu'« adventices », sur celui de la vérité absolue, elle peut prétendre à une autonomie et une pureté parfaites. La conscience possède donc en elle-même la possibilité de se purifier, à condition d'être bien orientée, d'exercer les fonctions de son dynamisme psychique dans le bon sens.

Si « tout n'est que pensée », en quoi consiste-t-elle ? L'école du Vijnânavâda propose une analyse très poussée des processus de la cognition, qui se décompose en cinq facultés sensorielles ; une sixième, la *mano-vijnâna*, a pour fonction de centraliser et synthétiser les perceptions fournies par les cinq sens. La septième faculté, le *manas* (qui a une racine commune avec le latin *mens*), constitue proprement l'organe mental, centre de la pensée *(citta)* qui est conscience de soi en train de penser, qui veut et qui raisonne à partir du soi. L'analyse distingue enfin une huitième faculté, l'*âlaya-vijnâna*, « connaissance de réserve » ou « connaissance-entrepôt ». Point de départ de tout le dynamisme psychique, elle est à la base non seulement de toute activité cognitive, mais aussi de toute existence phénoménale, et même de tout le processus de transmigration, car c'est en elle que viennent se déposer et s'entreposer les « semences » ou effets du *karma* de toute éternité. Ces « semences » ou « germes » sont « toutes les impressions produites dans le courant de conscience par tous les faits physiques et psychologiques dont se tisse le devenir. On les appelle "germes" parce qu'elles sont chargées d'un dynamisme et tendent à fructifier en actes effectifs de connaissance objectivée ; "imprégnations" parce qu'elles imprègnent la connaissance-entrepôt à la manière d'un parfum qui imprègne une étoffe. C'est ainsi que, par exemple, un mouvement de colère, lui-même résultat d'une fructification antérieure, va imprégner la connaissance-réceptacle qui est à la base de la vie psychologique de celui qui l'éprouve, et tendra à produire des effets qui se manifesteront dans un avenir plus ou moins éloigné[26] ». Selon la théorie du *karma*, tout acte, toute pensée produit une impression sous forme d'énergie spirituelle qui se dépose dans l'*âlaya*. Or, l'empreinte de cette énergie demeure même après que l'acte ou la pensée a cessé : l'*âlaya-vijnâna* constitue donc une mémoire, au sens le plus large, qui assure un certain *continuum* sans pour autant qu'il soit associé à l'individualité, à un moi particulier.

Toutes les impressions accumulées sont conservées dans cette « connaissance-entrepôt », attendant l'occasion de se manifester, d'être activées. En effet, l'*âlaya* n'est pas douée d'énergie active, elle n'agit jamais par elle-même ; elle est comme un miroir ou un plan d'eau lisse qui n'est dérangé que par l'action d'un agent extérieur tout en restant parfaitement distinct de lui. Le miroir, qui réfléchit l'image sans pour autant devenir cette image, est une métaphore privilégiée dans l'école Vijnânavâda – objet neutre qui rend compte à la fois de l'apparition du monde objectif et de la perception illusoire que nous en avons[27]. L'agent extérieur qui vient activer l'*âlaya*, c'est le *manas*, à la suite de quoi les impressions déposées dans l'« entrepôt » sont éveillées de leur état latent, dormant, et donnent lieu à l'apparition d'objets individualisés et polarisés du point de vue karmique. Le *manas* est donc le principe d'individuation ou de discrimination qui s'exerce sur le contenu de l'*âlaya*, elle-même neutre et non consciente d'elle-même. En conséquence, le *manas* est l'agent de l'illusion du moi qui, en déclenchant les mécanismes de l'appropriation des objets au moi, contribue puissamment à renforcer le dynamisme des germes et à entretenir le cycle de la transmigration. Dès lors que le *manas* introduit la dualité sujet/objet, la sixième conscience se met automatiquement en branle, déclenchant tout le processus de la perception, de la connaissance et du jugement.

En étant responsable de l'idée du moi et du monde extérieur et, par voie de conséquence, des désirs, passions et ignorance qu'elle entraîne, le *manas* contamine la pureté de l'*âlaya*. C'est donc sur lui qu'il faut travailler pour qu'il cesse d'introduire des discriminations et qu'il purifie les germes de l'*âlaya* de façon à la rendre à sa nature véritable de *vijnapti-mâtratâ* (litt. « nature de ce qui fait connaître, sans plus »), laquelle n'est autre que l'absolu (*tathatâ*, « ainsité ») tel que le conçoit le Vijnânavâda. La culture des germes de purification constitue toute la technique psychophysiologique, connue sous le nom de *yoga*, du chemin qui mène à la délivrance de la transmigration.

On peut dire que les écoles Mâdhyamika et Yogâcâra représentent les deux versants du Mahâyâna : la première, le versant négatif de la vacuité, du *nirvâna*, anéantissement dans lequel on s'abîme par un processus dialectique ; la seconde, le versant positif de l'illumination, de la *vijnapti-mâtratâ*, absolu auquel on parvient par une démarche « phénoménologique ». Alors que le Mâdhyamika s'acharne à évacuer tout contenu, à éliminer tout appui, le Yogâcâra professe une intuition de l'absolu comme vacuité, Loi par excellence, ainsité. À telle enseigne que le contenu de l'illumination tend à être conçu comme une réalité, voire comme un corps transposé. D'où l'importance des spéculations sur les trois corps (*trikâya*) du Bouddha dans le développement du bouddhisme religieux et populaire dont l'influence fut déterminante en Chine du Nord, en Corée et au Japon[28]. Pour le Mâdhyamika, dont l'influence prédomine dans la culture bouddhique de la Chine du Sud, l'illumination est « la dissolution de toutes les significations. Loin d'attendre une réponse à toutes les questions ou un contenu de révélation, on compare l'irruption de la compréhension à un seau qui craque et perd son fond[29] ». Dans ce sens, le Mâdhyamika préfigure le Chan. Quant au Yogâcâra, il trouve précisément son point de rupture dans le glissement de la pure non-dualité vers une sorte de monisme idéaliste, dans lequel le dynamisme psychique culmine dans la connaissance absolue de la réalité ultime qui transcende tous les « caractères spécifiques des *dharma* » (*faxiang*)[30].

Cette école si purement indienne du Yogâcâra connut un développement sans précédent en Chine avec Xuanzang qui, avant même son ordination à l'âge de vingt-deux ans, lui portait un vif intérêt. C'est pour s'en procurer les textes originaux qu'il entreprit un périple de dix-sept ans (entre 629 et 645) qui le conduisit dans les hauts lieux du bouddhisme en Inde. Rentré triomphalement à Chang'an, il fut reçu par l'empereur Taizong des Tang, intéressé moins par les dernières tendances du bouddhisme indien que par la configuration des « contrées de l'Ouest » dont Xuanzang fut invité à donner la description dans le *Da Tang xiyu ji (Récit sur les contrées à l'ouest du grand empire Tang)* [31]. Grâce au patronage impérial, Xuanzang put traduire 76 des quelque 600 textes qu'il avait rapportés, en privilégiant les textes du Yogâcâra [32]. En dépit de cette proportion apparemment infime, il s'agit du plus considérable travail de traduction jamais entrepris en Chine – trois fois plus important que celui de Kumârajîva. Mais, malgré cet effort titanesque et le puissant patronage des premiers souverains Tang, l'école Faxiang ne survécut guère à Xuanzang et à son plus éminent disciple Kuiji (632-682). L'esprit en était par trop indien et analytique pour rencontrer un intérêt soutenu dans la mentalité chinoise qui devait assimiler à sa façon l'héritage bouddhique pendant la période de floraison culturelle sans précédent que connut la dynastie Tang.

Notes

1. Le catalogue de l'exposition *Sérinde, terre de Bouddha : Dix siècles d'art sur la Route de la soie* (édité par la Réunion des musées nationaux, 1995, sous la dir. de Jacques GIÈS et Monique COHEN) définit la Sérinde comme « ce vaste "monde" compris entre les influences de l'Inde et de la Chine – le pays des "Sères" du géographe grec Pausanias (env. 180 apr. J.-C.), appellation tirée du nom même du ver à soie » (Introduction, p. 17).
2. Ce texte selon lequel il suffit d'entendre, de prononcer et de garder à l'esprit le nom du Bouddha Amitâbha pour renaître dans sa « Terre pure » devait connaître un grand succès en Chine grâce à la clarté de son style et à la simplicité de sa pratique face aux exercices complexes du Hînayâna. Sur l'école de la Terre pure, voir chap. 16.
3. L'école Mâdhyamika est connue également sous le nom d'école des Trois Traités : le *Traité en 100 versets*, le *Traité de la voie moyenne* et le *Traité des douze portes*, qui accompagnent le *Sûtra de la Prajnâ-pâramitâ (Sûtra de la Perfection de la sagesse en 25 000 lignes)* attribué à Nâgârjuna.
4. Pour le *Sûtra du Lotus*, voir chap. suivant, « L'école Tiantai », et les traductions de Leon HURVITZ, *Scripture of the Lotus Blossom of the Fine Dharma (The Lotus Sûtra), translated from the Chinese of Kumârajîva*, New York, Columbia University Press, 1976 ; Burton WATSON, *The Lotus Sûtra*, New York, Columbia University Press, 1993 (version abrégée publiée sous le titre *The Essential Lotus. Sections from the Lotus Sutra*, 2001) ; Jean-Noël ROBERT, *Le Sûtra du Lotus, traduit du chinois*, Fayard, 1997. Pour le *Sûtra de Vimalakirti*, voir les traductions d'Étienne LAMOTTE, *L'Enseignement de Vimalakîrti (Vimalakîrtinirdesa)*, Louvain, Peeters, 1987 ; Burton WATSON, *The Vimalakirti Sûtra, Translated from the Chinese Version by Kumarajiva*, New York, Columbia University Press, 1997 ; Patrick CARRÉ, *Soûtra de la liberté inconcevable. Les enseignements de*

Vimalakîrti, Fayard, 2001. Sur le personnage de Vimalakîrti, voir plus bas, « Le bouddhisme du Nord aux Ve et VIe siècles ».

5. Les trois essais de Sengzhao sont réunis dans le *Zhaolun*, l'un des ouvrages les plus importants de la période de désunion. Voir la traduction en anglais de Walter LIEBENTHAL, *The Book of Chao*, Pékin, 1948. On se souvient que le dernier essai, « Prajnâ n'est pas connaissance », fut rapporté au Sud par Daosheng, voir chap. précédent à la note 34.

6. Cf. T. R.V. MURTI, *The Central Philosophy of Buddhism. A Study of the Mâdhyamika System*, Londres, Allen & Unwin, 1955; Richard H. ROBINSON, *Early Mâdhyamika in India and China*, Madison, University of Wisconsin Press, 1967; David J. KALUPAHANA, *Nâgârjuna : The Philosophy of the Middle Way*, Albany, State University of New York Press, 1986; Guy BUGAULT, chapitres « Nâgârjuna » et « Logique et dialectique chez Aristote et chez Nâgârjuna », in *L'Inde pense-t-elle ?*, Presses universitaires de France, 1994; Brian BOCKING, *Nâgârjuna in China. A Translation of the Middle Treatise*, Lewiston, The Edwin Mellen Press, 1995; LIU Ming-wood, *Madhyamaka Thought in China*, Leyde, Sinica Leidensia, 1994.

7. Guy BUGAULT, *La Notion de prajnâ ou de sapience selon les perspectives du Mahâyâna – part de la connaissance et de l'inconnaissance dans l'anagogie bouddhique*, Paris, Publications de l'Institut de civilisation indienne, 1968, p. 187.

8. Jacques MAY, « La philosophie bouddhique de la vacuité », *Studia philosophica* (Annuaire de la Société suisse de philosophie), 18 (1958), p. 127. Voir aussi Guy BUGAULT, « Vacuité et bon sens », in *L'Inde pense-t-elle ?* (références en note 6).

9. Sur cette école, qui n'est plus représentée que par deux commentaires des Tang (fin du VIIe siècle), ceux de Cheng Xuanying et de Li Rong, cf. Isabelle ROBINET, « Polysémisme du texte canonique et syncrétisme des interprétations : étude taxinomique des commentaires du *Daode jing* au sein de la tradition chinoise », *Extrême-Orient, Extrême-Occident*, 5 (1984), p. 39. Sur la double vérité, voir Bernard FAURE, *Bouddhismes, philosophies et religions*, Flammarion, 1998, p. 195-219.

10. Achevé sous le règne de l'empereur Wu, le *Chu sanzang jiji (Collection de notes concernant la traduction du Tripitaka)* compilé par le moine Sengyou (445-518) évalue à 2 073 titres les textes bouddhiques traduits ou composés en chinois jusqu'aux Liang. Sengyou est également le compilateur du *Hongming ji (Recueil destiné à propager et éclairer la Loi bouddhique)* qui recueille 31 textes dus à des moines mais aussi et surtout à des laïcs bouddhistes, visant à « défendre le bouddhisme des attaques dirigées contre lui ». Cf. Helwig SCHMIDT-GLINTZER, *Das Hung-ming chi und die Aufnahme des Buddhismus in China*, Wiesbaden, Steiner, 1976. Sur Sengyou, cf. Arthur E. LINK, « Shih Seng-yu and his Writings », *Journal of the American Oriental Society*, 80, 1 (1960), p. 17-43.

11. Pour de plus amples développements sur Gu Huan, cf. Kenneth Ch'en, « Anti-Buddhist Propaganda during the Nan-ch'ao », *Harvard Journal of Asiatic Studies*, 15 (1952), p. 168-192. Sur l'école de la « Haute Pureté », voir les références données plus haut chap. 14, note 23. Sur Tao Hongjing, cf. notamment Michel STRICKMANN, « On the Alchemy of T'ao Hung-ching », *in* Holmes WELCH & Anna SEIDEL, éd., *Facets of*

Taoism. Essays in Chinese Religion, New Haven, Yale University Press, 1979, p. 123-192.

12. Les « six *pâramitâ* » sont les six « extrêmes » de vertus bouddhiques qui permettent d'atteindre l'Éveil : *dâna*, charité ou générosité ; *sîla*, attachement aux préceptes ; *ksânti*, patience ; *viriya*, énergie ; *dhyâna*, méditation ; *prajnâ*, sagesse. Les « cinq préceptes » désignent les cinq relations fondamentales pour les confucéens entre souverain et sujet, père et fils, frère aîné et frère cadet, mari et femme, et entre amis.

13. *Baihei lun (Traité de Blanc et Noir)*, inclus dans le *Song shu (Annales de la dynastie Liu Song)* 97 et dans le *Hongming ji* de Sengyou (voir plus haut à la note 10), et reproduit dans *Zhongguo fojiao sixiang ziliao xuanbian*, t. I, p. 257-259.

14. Sur ce débat, cf. Walter LIEBENTHAL, « The Immortality of the Soul in Chinese Thought », *Monumenta Nipponica*, 8 (1952), p. 327-397.

15. *Xing jin shen bu mie (La forme corporelle s'épuise, mais l'esprit est indestructible)*, reproduit dans *Zhongguo fojiao sixiang ziliao xuanbian*, t. 1, p. 85. À noter que la métaphore du feu pour la vie est classique, cf. Wang Chong, *Lunheng* 61 (« De la mort »), éd. ZZJC, p. 204.

16. *Shen mie lun (De la destructibilité de l'esprit)*, inclus dans le *Liang shu (Annales de la dynastie Liang)* et dans le *Hongming ji*. La traduction est empruntée, avec quelques modifications, à Paul MAGNIN, *La Vie et l'Œuvre de Huisi (515-577) : Les origines de la secte bouddhique chinoise du Tiantai*, Paris, École française d'Extrême-Orient, 1979, p. 146 (la version du *Hongming ji* se présente sous forme de dialogue entre un objecteur et Fan Zhen ; seules les répliques de ce dernier sont données ici en continu). Pour une traduction intégrale de ce dialogue, cf. Stefan (Étienne) BALAZS, « Der Philosoph Fan Dschen und sein Traktat gegen den Buddhismus », *Sinica*, 7 (1932), p. 220-234 ; LIU Ming-wood, « Fan Chen's *Treatise on the Destructibility of the Spirit* and its Buddhist Critics », *Philosophy East and West*, 37, 4 (1987), p. 402-428.

17. Cf. Whalen LAI, « Emperor Wu of Liang on the Immortal Soul, *Shen pu mieh* », *Journal of the American Oriental Society*, 101, 2 (1981), p. 167-175. Shen Yue (441-513), conseiller de l'empereur Wu, est l'auteur d'un essai qui porte le même titre.

18. *Lun fojiao biao (Mémoire sur le bouddhisme)* inclus dans le *Guang hongming ji* (complément au *Hongming ji* de Seng You compilé en 664 par Daoxuan), traduction Paul MAGNIN, *La Vie et l'Œuvre de Huisi*, p. 150.

19. Cf. Isabelle ROBINET, *Histoire du taoïsme*, p. 81. Voir aussi Richard B. MATHER, « K'ou Ch'ien-chih and the Taoist Theocracy at the Northern Wei Court, 425-451 », *in* WELCH & SEIDEL, éd., *Facets of Taoism* (références plus haut en note 11), p. 103-122.

20. Ce premier sursaut répressif sera suivi de plusieurs autres (notamment celui de 574), motivés par des raisons plus politiques et économiques que proprement religieuses, jusqu'à celui de 845 qui donnera un sérieux coup de frein au bouddhisme en Chine (voir chap. 16, p. 416).

21. Sur les grottes de Yungang, cf. James O. CASWELL, *Written and Unwritten : A New History of the Buddhist Caves at Yungang*, Vancouver, 1989.

22. Sur Amitâbha et Avalokitesvara, voir chap. 16, « L'École de la Terre pure ».

23. Cf. Alan SPONBERG & Helen HARDACRE, éd., *Maitreya, the Future Buddha*, Cambridge University Press, 1988. Sur Dao'an, voir plus haut chap. 14, « Quelques grands moines du IVe siècle ».

24. Traduction française d'Étienne LAMOTTE, *La Somme du Grand Véhicule d'Asanga*, 2 vol., Louvain, 1938-1939. Ce texte, traduit par Xuanzang, avait déjà fait l'objet d'une traduction, un siècle plus tôt, par le moine indien Paramârtha (499-569), arrivé en Chine sous le règne de l'empereur Wu des Liang. Cf. Diana Y. PAUL, *Philosophy of Mind in 6th Century China : Paramârtha's Evolution of Consciousness*, Stanford University Press, 1984.

25. Brillante synthèse critique des doctrines du bouddhisme ancien principalement dans ses écoles du nord et du nord-ouest de l'Inde, ce texte, traduit en chinois par Paramârtha au VIe siècle, fut retraduit un siècle plus tard par Xuanzang. Voir la traduction du sanscrit en français par Louis de LA VALLÉE POUSSIN en 3 vol., Paris, 1923-1925.

26. Jacques MAY, « La philosophie bouddhique idéaliste », *Études asiatiques*, 25 (1971), p. 307.

27. Cf. Jacques MAY, « La philosophie bouddhique idéaliste », p. 302-303 ; et Paul DEMIÉVILLE, « Le miroir spirituel », repris dans *Choix d'études bouddhiques (1929-1970)*, Leyde, Brill, 1973, p. 126.

28. Pour le bouddhisme ancien du Theravâda, le Bouddha apparaît comme un maître humain qui vécut sur terre pour accomplir sa mission avant d'entrer en *nirvâna*. Dans le Mahâyâna, le Bouddha est conçu comme un être éternel, incarnant la vérité universelle et cosmique. Il ne naît ni ne meurt, mais vit d'éternité en éternité. Dans cette perspective, la personnalité de Sâkyamuni revêt peu d'importance au regard de spéculations métaphysiques sur le Bouddha éternel et son « triple corps » : *dharma-kâya* (« corps de la Loi »), transmutation du Bouddha dans sa Loi, désignation de la vérité absolue ; *sambhoga-kâya* (corps de jouissance communautaire), démultiplication du Bouddha dans les Bodhisattva ; *nirmana-kâya* (corps de transformation), manifestation du Bouddha sous forme fantomatique, telle qu'elle apparaît par exemple en Sâkyamuni.

29. Guy BUGAULT, *La Notion de prajnâ ou de sapience selon les perspectives du Mahâyâna* (références en note 7), p. 188.

30. Cf. LIU Ming-wood, « The Yogâcâra and Mâdhyamika Interpretation of the Buddha-Nature Concept in Chinese Buddhism », *Philosophy East and West*, 35, 2 (1985), p. 171-193. Voir aussi G. M. NAGAO, *Mâdhyamika and Yogâcâra*, Albany, State University of New York Press, 1991.

31. Les pérégrinations de Xuanzang devaient inspirer le fameux roman populaire du XVIe siècle, le *Xiyou ji (Le Pèlerinage à l'Ouest)*, où un rôle central est dévolu au roi des singes, Sun Wukong. Voir la traduction d'André LÉVY, *La Pérégrination vers l'ouest*, Paris, Gallimard, coll. « Bibliothèque de la Pléiade », 1991.

Sur le personnage historique de Xuanzang, cf. Stanislas JULIEN, trad., *Histoire de la vie de Hiouen-thsang*, Paris, 1853 ; René GROUSSET, *Sur les traces du Bouddha*, Librairie Plon, 1957 ; Alexander L. MAYER & Klaus RÖHRBORN, *Xuanzangs Leben und Werk*, Wiesbaden, 2001.

32. Outre l'*Abhidharma-kosa* et le *Mahâyâna-samgraha* dont il a déjà été question (voir plus haut notes 24 et 25), Xuanzang traduisit notamment

la *Vijnapti-mâtratâ-siddhi* de Dharmapala (*Parachèvement du rien-que-conscience*, en chinois *Cheng weishi lun*), traduction française de Louis de LA VALLÉE POUSSIN, *La Siddhi de Hiuan-tsang*, 3 vol., Paris, Paul Geuthner, 1928-1948.

16
La grande floraison des Tang
(VIIᵉ-IXᵉ siècle)

Après six siècles d'implantation, le bouddhisme, désormais solidement enraciné dans la société et l'esprit chinois, parvient à sa pleine maturité sous les Tang (618-907). Sur le plan intellectuel, la masse de littérature déjà traduite permet une véritable assimilation qui donnera lieu à l'éclosion d'écoles bouddhiques proprement chinoises. La traduction des textes bouddhiques a représenté pour les Chinois le tout premier effort de transfert culturel à grande échelle[1]. Après les premiers tâtonnements s'institutionnalise avec Kumârajîva l'établissement de bureaux de traduction dans des temples, sous les auspices impériaux. De plus en plus, les moines étrangers s'initient au chinois ; inversement, les moines chinois connaissent de mieux en mieux le sanscrit. Ce processus d'osmose atteint son apogée avec des moines qui sont tout aussi à l'aise dans les deux langues et qui entreprennent le grand voyage en Inde comme Xuanzang (602-664) ou Yijing (635-713). Sous les Tang, dont l'influence s'étend sur toute l'Asie centrale, on note une intensification du mouvement des pèlerins chinois vers les sites originels du bouddhisme indien, signe que, pour la première fois, les Chinois acceptent de se décentrer et d'aller chercher la vérité ailleurs. Au moment où le bouddhisme commence, en Inde même, à céder la place à l'hindouisme, ces pèlerins contribuent à perpétuer le message bouddhique en allant le puiser à la source et en le diffusant encore plus à l'est, vers la Corée et le Japon.

La dynastie Tang marque une période de véritable éclosion religieuse qui voit s'introduire en Chine de multiples influences en provenance de l'Asie centrale et de l'Iran (islam, nestorianisme, manichéisme, mazdéisme...)[2]. Cependant, les souverains Tang semblent relativement moins ardents que leurs prédécesseurs des dynasties du Sud à embrasser le bouddhisme.

Le clan impérial commence par affirmer ses affinités avec le taoïsme et se déclarer descendant de Laozi dont il partage le nom de famille Li. On remet alors à l'honneur la lecture du *Daodejing* (honoré d'un commentaire de l'empereur Xuanzong lui-même), du *Zhuangzi* et du *Liezi*, qui font même l'objet de certaines épreuves d'examens. Pendant toute la dynastie, taoïsme et bouddhisme se disputent le patronage impérial.

Malgré le processus de bouddhisation qui atteint son apogée sous les Tang, la culture traditionnelle, confucéenne en particulier, n'en est pas morte pour autant. Sous les Six Dynasties, la littérature exégétique élaborée sous les Han se prolonge dans des « collations de commentaires ». Au VIIe siècle, une commission de lettrés placée sous la direction de Kong Yingda (574-648) est chargée, sur ordre impérial, de compiler le *Wujing zhengyi (Sens correct des Cinq Classiques)*[3], base de l'éducation classique pendant toute la période Tang, destinée à unifier non seulement l'érudition confucéenne, mais le monde intellectuel dans son ensemble. Rappelons qu'il n'existe guère de compartimentation idéologique étanche dans le type d'érudition poursuivie par les lettrés ou les moines, qui partagent le même sens de la continuité des traditions textuelles et sont souvent issus de la même élite sociale.

Cependant, le clergé bouddhique, qui représente au VIIIe siècle le double du clergé taoïste, constitue désormais une force avec laquelle il faut trouver un *modus vivendi*. La volonté des Tang de contrôler les institutions bouddhiques, tout en les patronnant, s'affirme dès les débuts de la dynastie et finira par contraindre la communauté monastique à s'intégrer aux structures étatiques. C'est surtout à partir du règne de Xuanzong (712-756) que la politique impériale s'efforce de limiter le nombre des ordinations et la puissance économique des monastères. De fait, la règle de pauvreté, fondamentale pour la vie monastique, n'est alors plus, dans bien des cas, qu'un vœu pieux prêtant aux accusations de parasitisme. Les monastères, en particulier, avaient fini par devenir, à côté des familles aristocratiques, les plus grands propriétaires fonciers de l'empire[4].

Sinisation du bouddhisme sous les Tang

Dès l'époque des dynasties du Nord et du Sud étaient apparus les premiers germes des écoles du bouddhisme chinois qui devaient s'épanouir sous les Tang, floraison doctrinale étroitement liée à la politique de patronage impérial menée sous certains règnes[5]. Il s'agit désormais d'écoles spécifiquement chinoises, qui ne sont plus importées de l'Inde et dont les appellations mêmes ne font plus guère référence au bouddhisme indien, mais qui représentent l'élaboration et l'adaptation du message bouddhique par l'esprit chinois. Dans ce sens, les Tang marquent une étape décisive dans l'évolution du bouddhisme en Chine : au lieu d'être, comme les exégètes de la période précédente, en vénération tremblante devant les textes indiens et leurs représentants, les fondateurs des écoles chinoises, dont chacune se réfère à des *sûtra* spécifiques, ne se gênent plus pour en interpréter le « sens caché » en fonction de leur propre expérience religieuse, sans se soucier de la fidélité textuelle.

Après plusieurs siècles de traductions et d'exégèses, les Chinois finissent par s'apercevoir qu'ils ont perdu de vue le but premier du bouddhisme : le salut. C'est au cours de cette troisième période de sinisation du bouddhisme qu'ils se mettent à repenser par eux-mêmes et dans leurs propres termes la question du salut, de l'illumination, et des voies pour y arriver. La réflexion proprement chinoise tend à se concentrer sur la possibilité d'atteindre l'éveil en cette vie (de préférence de manière instantanée) et sur la croyance en un salut universel pour tous les êtres, ce qui présuppose une lecture pour le moins interprétative des écritures.

D'autre part commence à se faire ressentir le besoin d'opérer une synthèse de ce qui s'était jusqu'alors présenté « en vrac » au public chinois. Le bouddhisme n'a en effet jamais pris la forme d'une doctrine dogmatique, et encore moins d'une Église unifiée sous le contrôle d'une autorité centrale. En tant qu'enseignement de la vacuité, cette spiritualité introspective contemple une dimension intérieure dépourvue de centre, mais en tant que missionnaire, elle est en même temps tournée vers un extérieur dépourvu de pôle d'autorité fixe. La présence bouddhique se concrétise par des myriades de communautés monastiques, disséminées un peu partout et relativement indépendantes les unes des autres. D'où l'absence d'une orthodoxie unifiée habilitée à exclure les hérésies, le refus de tout monopole de la vérité – la vérité étant affaire relative de point de vue – et la diversification complexe des écoles et des courants de pensée. En Inde, celle-ci s'était faite en un processus continu et organique, souvent comparé à la croissance et à la ramification du chêne à partir du gland. Les choses se passent tout autrement pour les Chinois, subitement confrontés à une masse et une variété écrasantes d'écritures d'époques différentes et le plus souvent contradictoires[6].

Pour venir à bout d'une telle complexité, on a recours à la notion, caractéristique du Mahâyâna, d'« adaptation aux exigences pratiques » (*upâya*, en chinois *fangbian* 方便, expression qui en est venue à signifier dans la langue moderne « commode », « pratique »). Le Bouddha ayant compris dans son enseignement de la Loi qu'il devait s'adapter aux différentes capacités de compréhension de ses auditeurs, divers niveaux de subtilité ou de vérité sont à distinguer dans les *sûtra*, dont il s'agit en fait d'expliquer les contradictions alors qu'ils sont tous censés avoir été énoncés par le Bouddha lui-même. Il va de soi que chaque école s'attribue le plus haut degré de vérité, les autres écoles n'étant pas considérées comme hérétiques, mais comme représentant des degrés inférieurs de vérité, des révélations seulement partielles destinées à ceux qui ne sont pas encore mûrs. Chacune des écoles chinoises s'ingénie ainsi à hiérarchiser les écritures autour d'une doctrine centrale, selon des schémas qui permettent de « différencier les phases de l'enseignement (du Bouddha) » (*panjiao* 判教)[7].

L'école Tiantai

L'école Tiantai est la première des écoles bouddhiques spécifiquement chinoises à apparaître sous les Sui, dont elle conforte la réunification politique de l'espace chinois en opérant la synthèse des deux traditions bouddhiques du Nord et du Sud, celle de la méditation et celle de l'exégèse. L'école se reconnaît comme fondateur effectif Zhiyi (538-597) qui en paracheva et systématisa les doctrines, tout en accordant le statut de patriarche à ses prédécesseurs Huiwen (actif vers 550) et Huisi (515-577)[8]. Après avoir étudié avec ce dernier, Zhiyi s'établit dans les monts Tiantai (dans l'actuelle province du Zhejiang) qui donnèrent leur nom à l'école. Éminemment représentatif de la volonté chinoise de synthèse et de sinisation du bouddhisme, Zhiyi élabore, dans le cadre d'une importante réflexion sur le *panjiao*, un schéma complexe de « cinq périodes et de huit enseignements » qui lui permet de concilier les priorités données au *Sûtra de la Guirlande* par les bouddhistes du Nord et au *Sûtra du Nirvâna* par ceux du Sud tout en faisant culminer l'édifice dans le *Sûtra du Lotus*[9].

Selon ce *sûtra*, devenu l'un des textes religieux les plus populaires de toute l'Asie orientale, le Bouddha n'est venu en ce monde que pour apporter le salut, c'est-à-dire un éveil égal au sien et destiné à tous les vivants sans discrimination. Tout homme, voire tout être animé, possédant la nature-de-Bouddha (en chinois *foxing* 佛性) peut devenir Bouddha. L'univers tout entier devient ainsi Bouddha en puissance, et tout ce qui se produit n'est que manifestation de cette nature-de-Bouddha : c'est ce qui permet de parler de « matrice » ou d'« embryon » de Bouddha *(tathâgata-garbha)*. L'école est si bien dominée par l'esprit d'inclusion qu'avec le neuvième patriarche, Zhanran (711-782), elle sera amenée à reconnaître que la nature-de-Bouddha n'est pas seulement présente en tout être vivant, mais aussi dans les choses inanimées, telles que montagnes, rivières, jusqu'à la moindre particule de poussière. La notion Tiantai de salut universel est à situer dans la direction prise par le bouddhisme chinois dès le début du Vᵉ siècle avec Daosheng qui, sur la base d'une version incomplète du *Sûtra du Nirvâna*, avait défendu l'idée que tout homme, même le plus corrompu, est susceptible d'atteindre la bouddhéité. Sous les Tang, il n'y eut guère que l'école Faxiang pour aller à l'encontre de cette universalité en distinguant une catégorie d'êtres constitutionnellement incapables d'atteindre l'éveil[10].

Mais Zhiyi pousse la lecture du *Sûtra du Lotus* dans un sens encore plus chinois en soulignant que la bouddhéité est accessible, non seulement à tous, mais aussi dans cette vie, rompant définitivement avec la tradition du bouddhisme indien où seuls quelques arhats peuvent espérer atteindre l'éveil, et encore après quelques éons *(kalpa)* d'efforts soutenus. Si cette vision s'accommode de la conception indienne du temps, elle ne satisfait pas du tout l'exigence chinoise de voir le fruit des efforts fournis ici et maintenant. C'est ainsi que Zhiyi reconnaît la possibilité de prendre des raccourcis, rappelant opportunément l'histoire, contée dans le *Lotus*, d'une fillette de huit ans qui, à force d'actes de piété, fut rapidement transformée en homme, passage obligé pour atteindre la bouddhéité.

Dans sa dimension philosophique, l'école Tiantai est l'héritière de la dialectique du Mâdhyamika[11]. Pour éviter de penser en termes de dichotomie, elle introduit la vérité ternaire : vacuité, impermanence et voie moyenne. Toute chose étant sans réalité indépendante, sans existence en soi, peut être considérée comme vide. Mais en tant que phénomène, la chose jouit d'une existence temporaire et perceptible par les sens. Le fait qu'une chose est à la fois vide et temporaire constitue la vérité moyenne, qui n'est pas entre les deux, mais un dépassement des deux, et qui revient à souligner l'idée de totalité et d'identité : le tout et ses parties sont une seule et même chose. Autrement dit, le cosmos dans son entier et tous les Bouddha de tous les temps peuvent être considérés comme présents dans un grain de sable ou la fine pointe d'un cheveu, d'où la formule célèbre du Tiantai : « Une seule pensée est les trois mille mondes. »

Outre qu'elle illustre l'interpénétration de tous les *dharma* et l'unité essentielle de l'univers – préoccupation typiquement chinoise –, cette formule exprime l'identification des phénomènes et de l'absolu. Le Tiantai est éminemment représentatif de la sinisation du bouddhisme en ce qu'il tire la conception de l'absolu dans un sens immanentiste, prenant une direction résolument opposée à la vision transcendantale propre au bouddhisme originel de l'Inde. C'est en effet dans l'esprit absolu que s'intègrent harmonieusement tous les éléments du monde nouménal pur de la bouddhéité comme du monde phénoménal impur marqué par la multiplicité et la diversité infinies des choses. En conséquence, l'école Tiantai met l'accent sur la culture de l'esprit : la cessation-concentration (*zhi* 止), qui amène à prendre conscience de la vacuité de toute chose, et la visualisation (*guan* 觀) qui, par-delà la vacuité, perçoit les choses dans leur réalité temporaire[12].

L'école Huayan

École purement chinoise, comme le Tiantai, en ce qu'elle n'a pas de contrepartie en Inde, l'école Huayan connaît son heure de gloire sous les Tang, grâce au patronage de l'impératrice Wu Zhao (plus connue sous le nom de Wu Zetian), qui détint la réalité du pouvoir pendant toute la fin du règne de l'empereur Gaozong devenu infirme, et après sa mort survenue en 683. Comme la tradition confucéenne ne permettait pas à une femme de régner, grâce à la complicité de moines corrompus qui avaient leur entrée au palais impérial et faisaient probablement partie de ses nombreux amants, elle dénicha une source de légitimité politique dans le *Sûtra du Grand Nuage (Mahâmegha-sûtra)* qui prophétisait que, sept cents ans après la disparition du Bouddha, une femme pieuse s'imposerait comme souveraine d'un empire auquel tous les pays se soumettraient. Non contente de s'identifier à ce personnage, Wu Zhao se fit passer pour une incarnation de Maitreya, le futur Bouddha. En 690, elle proclamait la nouvelle dynastie Zhou dont elle fut le seul souverain et qui prit fin en 705, au moment où le trône fut restitué à l'empereur légitime Zhongzong et la dynastie Tang rétablie après cet intermède féminin, unique dans toute l'histoire impériale chinoise.

Pendant la période où elle tint les rênes du pouvoir, Wu Zhao fit tout pour soutenir le bouddhisme dont elle était une fervente adepte et qui avait en outre contribué à légitimer son règne. Les grottes de Longmen connurent alors leur activité la plus intense, en même temps que se construisaient de nombreux temples. Sans doute par volonté de se démarquer de ses prédécesseurs favorables à l'école Faxiang, Wu Zhao patronna activement l'école Huayan (du nom du *Sûtra de la Guirlande, Huayan jing*) en protégeant personnellement son plus grand théoricien, Fazang (643-712). Ce moine d'ascendance sogdienne, né à Chang'an et parfaitement sinisé, après s'être essayé dans l'équipe de Xuanzang dont il ne tarda pas à contester les conceptions indiennes et gradualistes, mit ses compétences au service de la traduction du *Sûtra de la Guirlande* commanditée par la dévote impératrice[13]. De même que Zhiyi avait opportunément réuni le bouddhisme du Nord et du Sud pour la plus grande gloire de la dynastie Sui, Fazang servit le règne de Wu

Zetian en opérant une nouvelle synthèse des tendances du bouddhisme Tang, caractérisé par l'acceptation totale du monde pourtant perçu comme le lieu d'un salut supra-mondain.

Après Fazang le théoricien vint une série de patriarches qui marquèrent de leurs personnalités le destin de l'école. Chengguan (737-838) et son successeur Zongmi (780-841)[14], en combinant le *Sûtra de la Guirlande* avec d'autres textes comme le *Traité de l'éveil de la foi dans le Mahâyâna (Dacheng qixin lun)*[15], le *Sûtra de Vimalakîrti*, le *Sûtra du Diamant* et le *Sûtra du Nirvâna*, injectent dans l'école Huayan beaucoup d'éléments empruntés au Tiantai mais aussi au Chan. Comme le Tiantai, le Huayan est amené à reconnaître la possibilité d'un éveil subit, conséquence directe de l'idée que la nature-de-Bouddha est présente en tout être. Quant au Chan, il précise que l'éveil ne passe pas par l'étude des écritures ou la pratique des règles monastiques, mais se réalise dans l'instant foudroyant où la dualité vacuité/existence s'abolit dans un esprit détaché de tout[16].

Si le *Sûtra de la Guirlande* de l'école Huayan a bien des points communs avec le *Sûtra du Lotus* vénéré par le Tiantai – principalement des notions religieuses comme le véhicule unique ou le salut universel – c'est un ouvrage à bien des égards plus complexe sur le plan philosophique. L'une des idées les plus spécifiques de ce *sûtra* est que l'univers n'est pas constitué d'éléments *(dharma)* discontinus, mais qu'il constitue un tout parfaitement intégré dont chaque partie est organiquement reliée aux autres. D'après la théorie centrale du Huayan sur la causalité par le principe universel *(dharma-dhâtu)*, tous les *dharma* de l'univers apparurent simultanément. Cette idée impliquant l'autocréation de l'univers ne manque pas d'évoquer la « création spontanée » et l'« autotransformation » dont parlait Guo Xiang au IVe siècle[17].

De même que le Mâdhyamika et le Tiantai, le Huayan conçoit les *dharma* comme vides. Mais cette vacuité comporte deux aspects : en tant que principe ou noumène (*LI* 理), elle est statique, mais en tant que phénomène (*shi* 事), elle est dynamique. De ces deux aspects indissociables de la vacuité, l'école Huayan dérive ces deux conceptions fondamentales : d'une part, principe et phénomène sont intimement mêlés, mais, en même temps, tous les phénomènes ne forment qu'un seul et même tout. Cette position doctrinale est éminemment illustrée par Fazang dans son fameux *Essai sur le lion d'or*, composé à l'occasion d'une conférence donnée devant l'impératrice Wu Zetian. Cette dernière ayant peine à saisir certaines subtilités du *Sûtra de la Guirlande*, Fazang illustra son propos à l'aide d'un lion en or qui se trouvait là : l'or représente le principe et le lion l'ensemble des phénomènes. De la même façon que le principe, n'ayant pas de forme propre, peut s'investir dans quelque phénomène que ce soit, l'or dont le lion est pétri se retrouve dans toutes les parties du lion et en assure l'identité. L'or et le lion coexistent, chacun incluant l'autre : ce qui signifie que chaque chose ou événement dans le monde phénoménal est une manifestation parfaite et achevée du principe. Autrement dit, c'est en renvoyant tous à un seul et même principe que les phénomènes s'identifient entre eux.

Fazang, qui était décidément excellent pédagogue, aurait fait à l'appui de son analogie une célèbre démonstration en disposant dix miroirs : huit aux points cardinaux, un au-dessus et un en dessous, tous tournés l'un vers l'autre. Au milieu était placée une statue du Bouddha éclairée par une torche. On put alors constater non seulement que la statue se reflétait dans tous les miroirs, mais que son reflet dans chacun des miroirs était également réfléchi par les autres miroirs, et cela dans un système de renvois à l'infini qui figurait l'identification des phénomènes entre eux. Cette présentation kaléidoscopique reflète également la cosmologie du *Sûtra de la Guirlande*, qui place au centre de l'univers une Terre pure présidée par le « Bouddha du soleil », Vairocana. Dans les dix directions à partir de ce centre partent un nombre illimité d'autres mondes, chacun avec son Bouddha, qui reflètent parfaitement la Terre pure centrale, illustrant ainsi le principe d'interpénétration de tous les phénomènes. Comme le Tiantai, le Huayan vise donc à réintroduire l'immanence et l'harmonie dans la pensée bouddhique, mais il propose en outre une vision totalisante et centralisée où tout se ramène au centre qu'est le Bouddha. Une telle vision, qui ne pouvait qu'être du goût de monarques autoritaires comme Wu Zetian, prototype du souverain universel régentant une communauté universelle où le politique et le religieux se soutiendraient mutuellement, devait faire fortune en Corée et au Japon.

L'école de la Terre pure

Cette école tient son nom de la « Terre pure » (sanscrit *Sukhâvatî*, chinois *jingtu*) sur laquelle veille Amitâbha, le « Bouddha de l'infinie lumière ». Dans le *Sûtra de la Terre pure*[18], qui se fait au demeurant une idée fort sombre de la condition humaine, l'important n'est pas l'effort personnel, mais la foi placée dans la puissance salvatrice d'Amitâbha qui, dans son infinie compassion pour l'océan des êtres, a créé la Terre pure du Paradis de l'Ouest afin que ceux qui croient en lui puissent y renaître. D'où le crédit accordé à la répétition à l'infini de la formule *namo-Amitâbha* (« Vénération à Amitâbha »). Les premiers adeptes chinois de la Terre pure apparaissent dès les IIIe et IVe siècles, sous l'influence de moines célèbres comme Zhi Dun et surtout Huiyuan, habituellement considéré comme le patriarche fondateur de l'école en Chine[19].

Le Bouddha Amitâbha est le plus souvent assisté dans sa tâche salvatrice par le Bodhisattva Avalokitesvara[20]. Ce nom qui désignerait le « seigneur que l'on voit (ou qui baisse les yeux en compassion ?) » a été curieusement traduit en chinois par Guanyin, « celui qui perçoit les sons » (c'est-à-dire les prières du monde). Dans le *Sûtra de la Terre pure* et le *Sûtra du Lotus*, Avalokitesvara apparaît avant tout comme un intercesseur rempli de compassion pour tous les êtres en danger ou en difficulté, notamment les femmes désireuses d'avoir un fils. À partir du Ve siècle, le Bodhisattva est un thème de prédilection dans les grottes de Yungang et de Longmen, mais au siècle suivant, il gagne encore en popularité avec l'essor de l'école de la Terre pure. Jusqu'aux Tang et au début des Song, Guanyin est représenté sous des traits masculins, souvent avec une moustache. Mais dès le VIIIe siècle apparaît dans un *sûtra* tantrique la figure d'une Guanyin habillée de blanc, la Tara blanche que le bouddhisme tibétain assigne comme compagne à Avalokitesvara et que l'iconographie chinoise adopte à partir du Xe siècle. Entraîné par ce processus de féminisation se développe le culte populaire, et non plus spécifiquement bouddhique, d'une « Guanyin donneuse d'enfant[21] ».

Le bouddhisme tantrique

Le terme de tantrisme fait référence au Tantrayâna, le « véhicule de ce qui répand la connaissance », également connu sous le nom de Vajrayâna (« véhicule du diamant-foudre »), allusion au *Sûtra sur la tête du Diamant*[22]. Point culminant du Mahâyâna selon ses adeptes, le bouddhisme tantrique est aujourd'hui connu en Occident principalement sous sa forme tibétaine[23] – les Chinois préfèrent d'ailleurs parler d'« école ésotérique » *(mizong)*. Le terme de *tantra*, traduit en chinois par celui de *jing* qui s'applique génériquement à tout texte canonique, désigne le plus souvent une catégorie de textes qui relèvent de la littérature ésotérique en ce qu'ils décrivent principalement des rites magiques[24]. Le tantrisme, apparu aux marges du monde indien entre la fin du VIIe et le début du VIIIe siècle, puise largement dans les mythologies hindoues où la symbolique sexuelle joue un rôle prépondérant, et prétend détenir des révélations faites non pas sur terre mais sur le mont Sumeru ou dans Akanistha, le plus haut des cieux bouddhistes. C'est pour son aspect essentiellement pratique que le bouddhisme magique s'était imposé, surtout dans la Chine du Nord, dès la toute première période, mais le tantrisme à proprement parler n'exerça quelque influence sur le bouddhisme chinois qu'au VIIIe siècle sous les Tang[25].

La pratique religieuse tantrique, forme particulière de *yoga*, implique l'homme entier, corps et esprit, dans l'acte qu'il accomplit et dans le monde qu'il crée ainsi par le truchement du rituel. Le salut ne s'atteint pas tant par la connaissance que par un ensemble de pratiques impliquant le corps (visualisation), la parole *(mantra)* et la pensée (méditation sur la nature de l'esprit ou de la divinité). Un élément important du Tantrayâna est la visualisation des *mantra*, formules stéréotypées composées de concaténations de syllabes. Véhicules de l'influx divin, elles sont reçues directement d'un maître par transmission exclusivement orale. Le *mantra* devient alors le centre de la vie religieuse de celui qui l'a reçu en sa possession puisqu'il est la plus parfaite manifestation de la divinité, présente dans la profération même de son nom. De telles formules, qui ont le pouvoir magique de chasser ou de soumettre les démons, sont censées résumer les *sûtra* et procurer des « raccourcis » vers l'illumination. *Om mani padme hum,* « Om ! joyau dans le lotus Hum », est un *mantra* essentiel dans le tantrisme tibétain, sa simple récitation visant à mettre fin au cycle des renaissances et à permettre la délivrance ou l'accès à un paradis. On le retrouve à ce titre inscrit partout : bannières, moulins à prières, etc.

La récitation et la visualisation des syllabes des *mantra* peuvent s'accompagner de *mudrâ*. Ce mot, qui signifie « sceau », désigne d'abord certaines positions des doigts ou des mains, mais aussi des attitudes corporelles qui, imitant en général celles de la divinité adorée, s'associent à la méditation visualisante pour provoquer et exprimer tout à la fois la fusion avec la divinité *(sâdhana)* ou la « cosmisation » de l'adepte qui se fond dans l'absolu. Cette fusion peut être provoquée notamment par des pratiques sexuelles et yogiques, l'union du mâle et de la femelle symbolisant celle des deux aspects fondamentaux de l'absolu que sont la méthode et la connaissance, ou la vacuité et la compassion.

Les pratiques tantriques de visualisation s'appuient également sur les cosmogrammes que sont les *mandala*, définis dans la littérature tantrique comme les lieux de rassemblement des saints ou les autels où se tiennent les cérémonies de consécration. Il s'agit de diagrammes délimitant une aire sacrée, orientée et centrée, où est appelée à résider la divinité, représentée dans ses associations cosmiques et figurée sous une apparence corporelle ou sous la forme de lettres sanscrites. Dans la Chine des Tang, parmi les plus connus figurent deux *mandala* complémentaires, le Vajra-dhâtu, la « matrice adamantine », et le Garbha-dhâtu, la « matrice utérine », basée sur le *Sûtra du Grand Soleil (Mahâvairocana-sûtra)*, qui représente au centre Mahâvairocana et, disposés autour de lui, les Bouddha des quatre directions. Ces cinq divinités se démultiplient ensuite à l'infini sous leurs divers aspects mâle/femelle, bienveillant/ terrible, etc.

Manifestations populaires du bouddhisme

Alors que la vie monastique obéit à un ensemble complexe de règles, la vie des laïcs doit plus simplement se conformer à la récitation des « trois joyaux » et à l'application des « cinq préceptes » renforcés par les « dix bonnes œuvres »[26]. Ces quelques principes se cristallisent dans la « règle du Bodhisattva » qui met l'accent sur l'altruisme total, la compassion universelle et la ferme résolution de sauver tous les êtres. Dès le début du Ve siècle, cette règle devient extrêmement populaire chez les moines comme chez les laïcs, jusqu'à trouver un écho dans les écritures taoïstes de l'époque qui, elles aussi, se mettent à distinguer entre une pratique religieuse purement extérieure, ritualiste et mécanique, et un « grand véhicule » qui serait la voie royale de la méditation mystique.

On peut dire que le salut rendu accessible par le Mahâyâna à tous les êtres vivants sans exception est une idée neuve dans la société chinoise. La vie religieuse est rythmée par des fêtes qui, à la différence des rituels taoïstes et surtout confucianistes, réunissent en une même liesse toutes les couches de la société, de l'empereur au petit peuple. Pour n'en citer que quelques-unes : la fête des lanternes, la fête en l'honneur des reliques du Bouddha, l'Ullambana ou fête des morts basée sur la légende bouddhiste de Moggallâna (prononciation pâli de Maudgalyâna, l'un des dix grands disciples de Sâkyamuni, en chinois Mulian) qui descendit aux enfers pour sauver sa mère. En Chine, cette fête, tout comme le culte de Vimalakîrti, dut sa grande popularité à sa célébration de la piété filiale[27].

Autre manifestation de l'universalisme mahâyâniste, le souci de propager le plus largement possible la foi bouddhique put profiter à plein d'une avancée majeure, l'essor des techniques d'imprimerie. Auparavant, les *sûtra*, comme la plupart des textes, étaient en général copiés à la main sur de grands rouleaux constitués de feuilles de papier collées ensemble. Puis on eut l'idée de plier les feuilles en accordéon, de manière à former un livre, plus facile à ouvrir. Enfin, les feuilles, au lieu d'être pliées, en vinrent à être reliées comme elles le sont dans le livre moderne. L'avènement de la lithographie au VIIIe siècle dut beaucoup au prosélytisme bouddhique : le plus ancien échantillon de cette technique qui nous soit parvenu est un ouvrage contenant des extraits du *Sûtra du Diamant* daté de 868, retrouvé à Dunhuang et conservé au British Museum. Dans les grottes de Dunhuang ont été également retrouvés de nombreux exemples de *bianwen*, récits merveilleux qui « brodent » en langue vernaculaire à partir d'histoires bouddhiques. Destiné au peuple illettré, ce qui devait bientôt devenir un art de conteurs est à l'origine d'un genre littéraire nouveau, mélange de prose et de passages rimés qui préfigure le roman chinois.

Comme en témoignent les grottes de Yungang et de Longmen, des associations religieuses se créèrent dès les Ve et VIe siècles dans le but d'obtenir des mérites par des actes collectifs, telles la sculpture de statues, l'organisation de jeûnes végétariens ou de séances de récitation de *sûtra*. Placées sous l'égide de monastères, ces associations, qui en vinrent à revêtir un caractère surtout social comme lieux de rencontre et d'entraide, étaient appelées *she* 社, terme qui fait référence au culte antique pratiqué à l'autel du dieu du Sol et qui, dans la langue moderne, entre dans le composé désignant la société (*shehui* 社會). Parallèlement aux œuvres laïques, les monastères jouèrent un rôle dans le soutien des pauvres par l'instauration des « champs de compassion », auxquels s'adjoignaient toutes sortes d'institutions caritatives : dispensaires, gîtes, cantines, etc. En somme, les institutions bouddhiques couvraient tous les aspects de la vie d'un individu, quelle que fût sa condition.

L'école Chan

La perception chinoise du bouddhisme s'est très tôt, et comme naturellement, tournée vers le *dhyâna* (transcription chinoise *channa* ou *chan* 禪, prononciation japonaise *zen*), discipline spirituelle préparatoire à la *prajnâ* qui tend à pacifier l'esprit pour permettre une introspection en toute quiétude dans l'intériorité de la conscience, et à révéler une réalité indépendante des sens et l'existence d'une capacité de l'esprit à franchir le fossé entre fini et infini, relatif et absolu. La pratique de *dhyâna* peut commencer par des exercices de contrôle de la respiration[28] ou de concentration de l'esprit sur un objet unique jusqu'à sa dissolution. On a vu que le *dhyâna* constitue d'emblée, avec la *prajnâ*, un centre d'intérêt majeur pour les bouddhistes chinois de la première heure, à commencer par les moines les plus éminents du IVe siècle : Dao'an, Huiyuan et Daosheng (l'un des premiers à affirmer la possibilité de l'illumination subite).

Pour se donner une crédibilité, l'école Chan se réclame d'une filiation directe et continue, quoique non attestée par les textes, qui remonterait jusqu'au Bouddha lui-même. Un jour, sur le mont des Vautours, il aurait montré une fleur à l'assemblée des disciples, mais seul Kâsyapa comprit et sourit. Alors le Bouddha lui transmit directement et en silence, en dehors des écritures, l'Œil de la Vraie Loi. C'est un moine venu de Perse nommé Bodhidharma, vingt-huitième patriarche dans la filiation indienne, qui aux environs de 520 aurait importé en Chine l'« école Lankâ », du nom du *Lankâvatâra-sûtra*[29], texte traitant essentiellement de l'illumination intérieure, c'est-à-dire de l'esprit.

Après ces débuts qui revendiquent haut et fort leurs origines indiennes, le véritable fondateur du Chan comme école spécifiquement chinoise est le patriarche Hongren (602-674), dont l'enseignement se fonde sur le *Sûtra du Diamant*[30]. Son successeur, Shenxiu (605 ?-705), serait resté le chef incontesté du Chan de l'école du Nord[31] si, en 734, ne s'était produit un coup de théâtre : un moine du Sud, nommé Shenhui (670 ? -760), génie politique et prêcheur fort populaire, très lié avec les plus grands poètes de l'époque tels Wang Wei (699-759) et Du Fu (712-770), se piquait de remettre en cause la légitimité de Shenxiu, prétendant que la succession revenait à un certain Huineng (638-713) qui aurait reçu secrètement la robe de patriarche des mains de Hongren. À ses attaques, Shenhui donnait une justification doctrinale en s'en prenant à la notion d'illumination graduelle prônée par Shenxiu qui distinguait quatre étapes dans la pratique de *dhyâna*[32]. Or, objectait Shenhui, la pure sagesse étant indivisible et indifférenciée, l'illumination peut être atteinte totalement et instantanément. D'après les récits hagiographiques, Huineng était un colporteur de bois de chauffage illettré, originaire de la Chine du Sud, qui aurait été employé par Hongren dans son monastère pour piler le riz. Le jour où le patriarche dut envisager sa succession, il déclara qu'il ferait son choix au vu d'un poème. Shenxiu, qui apparaissait comme le « dauphin » désigné, proposa la stance suivante :

> Le corps est l'arbre de l'éveil
> L'esprit est comme un miroir clair
> Appliquez-vous sans cesse à l'essuyer, à le frotter
> Afin qu'il soit sans poussière.

Quelques jours après, on pouvait lire à côté cette autre stance :

> L'éveil ne comporte point d'arbre
> Ni le miroir clair de monture matérielle
> La nature-de-Bouddha est éternellement pure
> Où y aurait-il de la poussière [33] ?

Dans cette stance, attribuée à l'humble pileur de riz, Hongren aurait reconnu la véritable illumination qui valut à son auteur de devenir le sixième patriarche. Si cette histoire de transmission secrète est d'une authenticité très douteuse, toujours est-il que l'école du Sud finit par éclipser complètement celle du Nord qui sombra dans l'oubli. Ce « nouveau Chan » s'imposa en Chine à partir du VIIIe siècle avec Mazu (709-788, japonais Baso), également appelé Daoyi, chef de l'école Hongzhou. Sous les Tang prédominèrent deux branches principales, celle de Linji (mort en 866), et celle de Cao Dong, du nom des deux montagnes associées à ses fondateurs, Liangjie (807-869) et Benji (840-901). Ces deux écoles devaient être introduites au Japon entre le XIIe et le XIIIe siècle, notamment par le moine Dôgen (1200-1253), sous les dénominations respectives de Rinzai et Sôtô [34].

L'esprit du Chan

Pour le « nouveau Chan », l'absolu, ou « nature-de-Bouddha » (*foxing* 佛性), c'est l'esprit (*xin* 心), comme l'exprime la formule « faire la lumière dans son esprit, c'est voir la nature-de-Bouddha » (*ming xin jian xing* 明心見性). Il est intéressant de noter que la dénomination d'« école Chan » est relativement tardive : c'est Zongmi, généralement associé à l'école Huayan, qui l'adopta au IXe siècle en concurrence avec celle d'« école de l'esprit » (*xinzong* 心宗) :

> L'esprit est la source de tous les *dharma*. Quels *dharma* ne seraient pas contenus dans cette source [35] ?

Zongmi consacra sa vie à une compilation de propos (*yulu* 語錄) d'une centaine de maîtres Chan, de Bodhidharma jusqu'au IXe siècle, où il distingue dix grandes écoles regroupées sous trois tendances principales, à commencer par le Chan du Nord incarné par Shenxiu, encore sous l'influence gradualiste du *dhyâna* indien. Dans le Chan du Sud sont représentées les deux grandes tendances du bouddhisme qui prédominèrent en Chine au Ve-VIe siècle : d'un côté, pour la tendance Mâdhyamika centrée sur la vacuité, il n'y a « ni esprit ni Bouddha », comme le proclame l'école dite de la « Montagne de la Tête de bœuf » formée autour de Farong (594-657). D'un autre côté, la tendance Yogâcâra, plus portée sur la conscience, préconise d'« être esprit, être Bouddha », mot d'ordre de l'école Hongzhou autour de Mazu Daoyi[36].

Selon Paul Demiéville[37], la conception de l'absolu comme intérieur ou comme esprit est un apport du bouddhisme : jusquelà, les Chinois avaient conçu l'absolu en termes de « Voie » *(Dao)* ou de « principe » *(LI)* structurant le monde en totalité bien ordonnée. La notion d'esprit comme absolu avait été explicitée dans le moindre détail par la doctrine du « rien-quepensée » de l'école Yogâcâra introduite en Chine par Xuanzang au tout début des Tang. Or, c'est précisément contre cette dernière que le Chan du Sud se constitue dans sa « nouveauté ». Les deux écoles ont beau faire de l'esprit leur centre d'intérêt commun, elles en ont des conceptions diamétralement opposées, la première étant analytique autant que la seconde est synthétique. L'absolu, exprimé dans le Chan en terme de nature-de-Bouddha, est à la fois universel (en ce qu'il est présent dans tout être animé, voire inanimé) et vide (c'est-à-dire indicible, et même inconcevable par la pensée). Il ne peut donc être appréhendé que dans un éclair de l'intuition, de manière totale et instantanée.

L'idée, centrale au Chan, de l'illumination subite semble remonter en Chine à la fin de la première période, entre le IVe et le Ve siècle, où Daosheng l'introduisit dans le bouddhisme du Sud. D'abord occultée par le bouddhisme analytique directement calqué sur le modèle indien de la deuxième période, cette idée revient en force sous les Tang où l'adaptation du bouddhisme au terrain chinois permet l'éclosion de la fine fleur qu'est le Chan, summum de toute l'aventure bouddhique en Chine. Comme en témoigne le concile de Lhasa[38], pendant tout le VIIIe siècle prédomine la controverse entre gradualisme et subitisme : « Il faut entendre par subit *(dun* 頓, l'*éxaiphnès* platonicien) un aspect totalitaire du salut, lié à une conception synthétique de la réalité [...] : les choses sont envisagées "d'un seul coup", intuitivement, inconditionnellement, révolutionnairement, tandis que le "gradualisme", doctrine analytique, prétend conduire à l'absolu par des procédés graduels (*jian* 漸, l'*éphexès* platonicien), par une succession progressive d'œuvres de toute sorte, pratiques morales et cultuelles, exercices mystiques, études intellectuelles[39]. » Ainsi, les deux stances attribuées respectivement à Shenxiu et à Huineng reflètent l'opposition entre le Chan gradualiste du Nord pour lequel, bien qu'originellement pur, l'esprit doit sans cesse se préserver des pollutions possibles, et le Chan subitiste du Sud qui considère que l'esprit, étant foncièrement vacuité, est et reste pur sans qu'il y ait besoin de le purifier.

Comme le Dao des taoïstes, l'absolu du Chan ne saurait être exprimé qu'en termes négatifs et approché qu'à rebours, ce qui conduit Shenhui à retrouver une phraséologie chère à l'« étude du Mystère » :

> La substance du Chemin est absence d'objets particuliers, elle n'est comparable à rien, elle est dépourvue de connaissance, d'Éveil et d'activité de rayonnement, dépourvue de *dharma* de mouvement et d'immobilité. En elle, ni terre spirituelle ni terre mentale ne peuvent être établies. Elle est sans allée ni venue, sans intérieur ni extérieur ni milieu, sans localisation. Elle n'est pas quiétude. Elle est sans concentration ni distraction. Elle est sans vacuité et sans nom. Elle est absence de phénoménal, absence de pensée, absence de réflexion. Ni la connaissance ni la vue ne peuvent l'atteindre. Elle ne peut être éprouvée. La nature du Chemin est absolument insaisissable[40].

L'absolu ne pouvant être appréhendé que de manière négative, il s'agit de faire le vide dans l'esprit, de manière à ce qu'il ne produise plus aucune pensée pourvue d'un contenu, c'est-à-dire consciente du soi et génératrice de *karma*. Laisser tomber tout effort délibéré, tout « projet » de l'esprit, tel que s'initier à l'enseignement du Bouddha, réciter les *sûtra*, adorer les images ou accomplir les rituels, mais aussi chercher à fixer ou purifier son esprit, voire contempler la vacuité (qui est elle-même un objet). C'est ainsi que Xuanjian (782-865) préconise en toute simplicité de vivre le plus naturellement du monde : s'habiller, manger, faire ses besoins, rien de plus. Seul compte l'esprit, qu'il faut ramener à la capacité de pure intuition. On constate ici un retour à la notion bien chinoise de jaillissement naturel, spontané (*ziran* 自然) qui seul peut créer les conditions d'une illumination totale et subite :

Soit les fils d'un tissu de soie, dont le nombre est incalculable. Si on les réunit en un toron que l'on place sur une planche et que l'on tranche d'un coup d'épée aiguë, au même instant, tous les fils seront coupés. Si grand que soit leur nombre, ils ne résisteront pas à un seul coup d'épée. Il en est de même pour ceux qui produisent l'esprit d'éveil *(bodhi)* [41].

Il s'agit donc de laisser l'esprit se mouvoir tout à son aise, sans carcan ni béquilles, afin qu'il puisse appréhender la nature-de-Bouddha dans une expérience spirituelle appelée éveil ou illumination (*wu* 悟, le *satori* japonais) qui, en écho à la thématique de la veille et du rêve propre au *Zhuangzi*, désigne un état d'unité indifférenciée dans lequel plus rien ne vous affecte. En cet instant, l'esprit est à la fois totalement lui-même et le contraire de lui-même : il est « vue subite de notre nature propre », *c'est-à-dire* « non-pensée » (*wunian* 無念) :

> Union veut dire vue de l'absence de pensée, pénétration de la nature propre. [...] La pensée dans l'absence de pensée, c'est la manifestation de l'activité de l'absolu [42].

La « non-pensée » dépasse encore la « pensée unique qui contient les trois mille mondes » du Tiantai : c'est l'instant de pensée où l'on voit tous les *dharma* (par la *prajnâ*), mais c'est aussi l'instant où l'on s'est détaché de toute pensée – « pensée instantanée, c'est-à-dire intemporelle, [qui] se produit dès le moment où l'esprit est vide de toute pensée, c'est-à-dire de toute notion et de toute opposition [43] ». Selon le Chan, atteindre cet état n'est pas parvenir à quelque état supérieur ou transcendant, c'est au contraire avoir la révélation de quelque chose qui est présent en nous de tout temps (ce qui explique que cet éveil peut se répéter) : la nature-de-Bouddha n'est autre que notre esprit. Après tout, la priorité chinoise n'a-t-elle pas été de tout temps de commencer par soi-même, de trouver sa vérité en soi ? Confucius n'a-t-il pas dit que le sens de l'humain *(ren)* commence par soi-même ? Pourquoi chercher ailleurs ce que nous avons en nous ?

Les pratiques du Chan

Si les différentes branches du Chan visent toutes à cette parfaite vacuité de l'esprit, elles prônent des voies différentes pour y parvenir. Linji, fondateur d'une école qui devait marquer l'histoire du Chan jusqu'à la fin du XIe siècle de son esprit iconoclaste, est pour la méthode de choc : prendre l'adepte par surprise, de manière à lui faire faire un saut qualitatif hors de ses habitudes mentales pour lui révéler sa nature foncière, le forcer à sortir de ses gonds et à découvrir en lui la part méconnue mais toujours présente. Le but recherché est la libération de l'esprit de quelque cadre que ce soit, la rupture des structures mentales pour obtenir l'illumination totale et instantanée, à la manière du trait sans rature ni bavure du calligraphe, imité par Matisse : cris, invectives, coups de bâton, agressions verbales :

> Tout ce que vous rencontrez, au-dehors et même au-dedans de vous-même, tuez-le. Si vous rencontrez un Bouddha, tuez le Bouddha ! Si vous rencontrez un patriarche, tuez le patriarche ! Si vous rencontrez un Arhat, tuez l'Arhat ! Si vous rencontrez vos père et mère, tuez vos père et mère ! Si vous rencontrez vos proches, tuez vos proches ! C'est là le moyen de vous délivrer, et d'échapper à l'esclavage des choses ; c'est là l'évasion, c'est là l'indépendance [44] !

Toutes ses déclarations volontiers provocatrices, qui poussent l'outrance jusqu'à qualifier les Bouddha et Bodhisattva de « porteurs de fumier » et les *sûtra* de « vulgaires feuilles de papier tout juste bonnes à se torcher le derrière », visent à nous débarrasser de la tentation de recourir aux « béquilles » ou « points d'appui » dont notre pensée a tant besoin pour se sentir exister. Contrairement aux méthodes actives, voire violentes de Linji, le Cao Dong privilégie la voie calme, passive, de la méditation assise (*zuochan* 坐禪, japonais *zazen*). Cette pratique d'introspection silencieuse menée sous la direction d'un maître devait se perpétuer au-delà même de l'école Chan jusqu'à être reprise par les adeptes confucéens du *daoxue* à partir des Song [45].

Parmi les méthodes de transmission de maître à disciple privilégiées par les écoles Chan des IXe et Xe siècles sont restés célèbres les *gong'an* (japonais *kôan*), qui désignent littéralement des « cas juridiques » servant de précédents, mais constituent en fait une manière de ne pas dire les choses directement. Anti-discours qui n'utilisent les mots que pour les réduire au néant de l'absurde, sortes d'énigmes que l'adepte doit résoudre (ou plutôt dissoudre) de manière non intellectuelle pour atteindre l'éveil, les *gong'an* se placent dans la lignée du *Zhuangzi*. En voici quelques exemples :

> Question : De quoi a l'air le Bouddha ?
> Réponse : D'un bâton de fumier séché.
> Question : Qu'est-ce que le Bouddha ?
> Réponse : Trois livres de chanvre [46].

Un *gong'an* peut également lancer une question insoluble : « Quel bruit fait une main qui applaudit ? » ou : « Comment faire pour sortir une oie d'une bouteille sans la casser ? » À noter que tous ces dialogues sont consignés en « langue vulgaire » (*baihua*, littéralement la « langue blanche ») que les maîtres Chan utilisent délibérément pour transmettre une parole vivante, par opposition à la lettre morte de la langue écrite et du jargon des *sûtra* – parti pris qui se révélera déterminant pour l'évolution de la littérature chinoise, notamment le genre romanesque.

En même temps que l'apogée du bouddhisme en Chine, le Chan représente ainsi la fine fleur de l'esprit chinois tel qu'il se manifeste dans le taoïsme ancien revu par l'« étude du Mystère ». Cependant, loin de pouvoir être réduit à un simple avatar du taoïsme philosophique, le Chan cristallise la notion de spontanéité et lui donne un sens dans la spiritualité bouddhique dont il retrouve le cœur en allant droit à son but premier : le salut par l'illumination. En cela, le Chan est bien représentatif de la superbe liberté d'esprit qui caractérise la culture des Tang pendant un siècle où il aura marqué d'aussi grands poètes que Wang Wei, Li Bo ou Du Fu, jusqu'au moment où la belle prospérité de la dynastie est ébranlée par la révolte d'An Lushan, commencée en 755 et écrasée en 763 [47]. Tout en étant la forme la plus originale du bouddhisme en Chine, le Chan sera aussi la plus durable, étant ressenti comme proprement chinois et ne présentant, à la différence des autres écoles, aucun caractère proprement religieux. En outre, du fait qu'ils sont tenus aux tâches manuelles quotidiennes pour subvenir à leurs besoins, les moines Chan échappent à l'accusation traditionnelle de parasitisme. C'est ce qui explique que cette école sera la seule, non seulement à survivre à la grande persécution anti-bouddhique de 845, mais à continuer de prospérer sous les Song jusqu'à devenir la référence bouddhique principale pour les chefs de file du « néoconfucianisme ».

À la fin des Tang, le bouddhisme, inspiré par l'esprit missionnaire du Mahâyâna, a réussi à étendre largement son influence dans toute l'Asie orientale, contribuant dans la foulée à importer en Corée et au Japon une grande partie de la culture et des institutions chinoises. La réussite du bouddhisme dans son projet universaliste tient pour beaucoup à son autonomie par rapport à un ordre culturel et social tel que le système des castes dans l'hindouisme ou les liens du clan dans le confucianisme. C'est sans doute parce qu'il ne prescrit rien ou presque concernant la vie familiale, sociale et politique, qu'il s'est facilement adapté à toutes les formes d'institutions, jusqu'à devenir en Chine et au Japon une sorte de « religion d'État », bénéficiant du haut patronage impérial.

Enfin, le bouddhisme est une spiritualité universelle dans sa dimension introspective. Cependant, l'esprit qui en est le centre est conçu comme vide, notamment de toutes notions ou vertus morales, ce qui va de toute évidence à l'encontre de l'idée confucéenne, mencienne en particulier, que la nature humaine possède de manière innée des « germes » de moralité. C'est bien parce que le bouddhisme représente un immense défi aux cadres institutionnels et intellectuels acceptés depuis des siècles par la tradition confucéenne qu'il a provoqué chez celle-ci un renouveau radical d'une ampleur comparable.

Han Yu (768-824) et le « retour à l'antique »

Le changement d'attitude des lettrés qui commence à poindre avec la détérioration de l'ordre Tang au VIIIe-IXe siècle est perceptible chez Han Yu, l'un des plus grands prosateurs de la Chine classique. Champion d'un « retour à l'antique » – notamment à une « écriture à l'antique » (*guwen* 古文) – Han Yu se veut l'héritier d'une tradition écrite *(wen)* porteuse de valeurs qu'il se donne pour mission de restaurer[48]. Toute la clarté et la vigueur de son style sont mises au service de quelques articles de foi : tandis que le bouddhisme et le taoïsme, et plus généralement toute doctrine étrangère, sont rejetés comme subversifs pour la moralité publique, l'éthique confucéenne est réaffirmée comme essentielle à la stabilité politique et au bien-être social, fût-ce à contre-courant de la volonté impériale ou de l'opinion des lettrés.

La combativité de Han Yu transparaît dans le mémoire qu'il

présente au trône en 819 à l'occasion de la cérémonie annuelle de la réception par l'empereur en son palais d'une relique du Bouddha. C'était l'occasion d'une procession qui attirait des foules portées par une liesse et une ferveur que le confucianisme strict de Han Yu voyait d'un œil réprobateur :

> Le Bouddha était un barbare dont la langue n'était pas le chinois et dont la tenue était d'une coupe étrangère. Ses discours, ses vêtements n'étaient pas ceux prescrits par les anciens rois ; il ne connaissait ni la juste relation entre prince et ministre, ni le juste sentiment entre père et fils.
> Imaginons qu'il soit encore vivant aujourd'hui et qu'envoyé en ambassade par son pays, il vienne à la capitale rendre visite à la cour, Votre Majesté le recevrait cordialement. Mais il n'aurait droit qu'à une entrevue dans la salle des audiences, qu'à un seul banquet en son honneur, qu'à un seul présent en vêtements ; puis il serait reconduit à la frontière sous bonne escorte, sans avoir eu le temps de semer la confusion dans la multitude. Or, voici qu'il est mort depuis bien longtemps : ses os desséchés et décomposés, ses restes néfastes et nauséabonds ont encore moins de raison de pénétrer dans le palais interdit ! Maître Kong (Confucius) n'a-t-il pas dit de « respecter les esprits et démons, tout en les tenant à distance » ? […]
> Je requiers que cet os (la relique du Bouddha) soit remis à un préposé pour être jeté à l'eau ou au feu, afin d'éradiquer le mal une fois pour toutes, de mettre fin au doute dans tout l'empire et de prévenir l'égarement des générations futures [49].

Les convictions de Han Yu étaient loin d'aller de soi à la fin des Tang dont les empereurs avaient souvent patronné le bouddhisme et le taoïsme : ces remontrances au sujet de la relique du Bouddha valurent à leur auteur un bannissement au fin fond de la Chine du Sud. Même des contemporains comme Liu Zongyuan (773-819) [50] ou Bo Juyi (772-846) étaient imbus du bien-fondé d'une érudition bouddhique. Han Yu fait partie de ces grands confucéens qui, paradoxalement, durent ramer à contre-courant du confucianisme institutionnel pour faire vivre la tradition et la renouveler. En réaffirmant, envers et contre tous, le Dao authentique, Han Yu était bien à l'image de son héros, Mencius, dont il ranimait la voix prophétique. Aux yeux du renouveau confucéen des Song, qui le considère à juste titre comme son saint patron, il est celui qui renoua le fil du Dao transmis en ligne directe depuis Confucius :

> [Ce Dao] est celui qui fut transmis de Yao à Shun, puis à Yu (fondateur des Xia), puis à Tang (fondateur des Shang), puis à Wen, à Wu et au duc de Zhou (fondateurs des Zhou) ; ceux-ci le transmirent à Confucius, qui le transmit à Mencius, mais à la mort de ce dernier, la transmission s'interrompit. Xunzi et Yang Xiong y ont puisé mais pas assez profond, ils en ont parlé mais pas assez précisément [51].

Et Han Yu de conclure cet essai intitulé *L'Origine du Dao* sur la nécessité de mettre fin aux agissements des taoïstes et des bouddhistes par des moyens pour le moins draconiens : « Qu'ils soient rendus à la laïcité, que leurs livres soient brûlés et que leurs monastères soient transformés en habitations. » Ce sera chose faite en 845, vingt ans après la mort de Han Yu, lors d'une grande vague de persécutions anti-bouddhiques qui, bien que motivée par des raisons plus économiques qu'idéologiques, marque un coup d'arrêt à la floraison du bouddhisme en Chine. La richesse des monastères, exemptés d'impôts, atteignait des proportions inquiétantes pour le pouvoir impérial qui manifesta une volonté croissante d'en finir avec la communauté monastique, en grande partie forcée de retourner à la laïcité tandis que ses biens étaient détruits ou réquisitionnés. Les persécutions précédentes (notamment en 446 et 574) avaient été confinées au nord de la Chine et limitées dans leurs effets. Celle de 845 fut à l'échelle de l'empire et, malgré sa courte durée, administra par sa violence un coup fatal, sinon à l'esprit, du moins à l'institution bouddhique. En même temps, elle marqua un premier sursaut de l'identité culturelle chinoise, précurseur du renouveau confucéen des Song.

Li Ao (env. 772-836) et le « retour à la nature foncière »

Alors que Han Yu préfigure la vigueur et la combativité des réformistes des Song, son cadet Li Ao esquisse un courant plus spéculatif dans son *Livre sur le retour à la nature foncière* :

> Ce qui fait qu'un homme devient un saint, c'est sa nature foncière (*xing* 性) ; ce qui jette la confusion dans cette nature, ce sont ses émotions (*qing* 情). [...] Nature et émotions ne vont pas l'une sans l'autre. Sans la nature, les émotions ne naîtraient de nulle part : les émotions naissent de la nature. Les émotions ne sont pas telles d'elles-mêmes, elles le sont

> de par la nature. La nature n'est pas telle d'elle-même, elle est lumière de par les émotions.
>
> « La nature, c'est le décret du Ciel. » Le Saint est celui qui l'obtient sans jamais tomber dans la confusion. Les émotions, ce sont les mouvements de la nature : les hommes ordinaires sont ceux qui s'y noient sans jamais connaître son fondement. Est-ce à dire que le Saint est dénué d'émotions ? Le Saint est silencieux et immobile. Sans se déplacer, il parvient à destination ; sans parler, il communique sa force spirituelle ; sans briller, il irradie. Par ses œuvres, il forme une trinité avec le Ciel et la Terre, par ses transformations, il s'unit avec le Yin et le Yang. Bien qu'il connaisse les émotions, il n'est jamais émotif. Est-ce à dire que le commun du peuple est dénué de cette nature ? La nature d'un homme du commun ne diffère en rien de celle du Saint. Toutefois, elle est obscurcie par les émotions avec lesquelles elle est en perpétuel conflit, de sorte que [l'homme du commun] arrive à la fin de ses jours sans avoir eu lui-même une vision de sa propre nature [52].

Le contraste entre « nature » et « émotions » constitue un thème central chez Li Ao, le premier terme en étant venu à désigner une nature foncière et permanente, le second des caractères particuliers et variables. La question de savoir si le Saint peut être « dénué d'émotions » remonte à Zhuangzi et fait l'objet de débats passionnés depuis le IIIe siècle. À l'idée, reprise de Mencius, que « la nature d'un homme du commun ne diffère en rien de celle du Saint » s'ajoute celle que tout homme possède la nature-de-Bouddha.

On voit ici un penseur qui, soucieux de répondre aux défis lancés par les interrogations bouddhiques, cherche des réponses dans sa propre culture. Li Ao remet à l'honneur la tradition sur les *Mutations* qui illustre le thème cosmologique de l'union de l'Homme avec le Ciel-Terre, ainsi que *La Grande Étude* et *L'Invariable Milieu* où l'« authenticité » (*cheng* 誠) occupe une place centrale. Cette notion, comprise comme aboutissement du « retour à la nature foncière », apparaît comme l'équivalent confucéen de l'illumination des bouddhistes ou des taoïstes, lesquels n'en détiendraient pas le monopole. Li Ao, qui fait dans ce sens figure de précurseur des développements intellectuels à venir, retrace ainsi le cheminement de l'esprit vers une « bouddhéité confucéenne ». Si sa pensée représente encore un état de fusion entre confucianisme, taoïsme et bouddhisme [53], les confucéens des Song réaffirmeront avec vigueur la primauté de l'homme face aux conceptions taoïstes et bouddhistes d'un univers indifférent ou illusoire.

Notes

1. Il existe de nombreux catalogues de traductions des textes bouddhiques : après le *Zongli zhongjing mulu (Catalogue général des sûtra)* de Dao'an de 374 (cf. chap. 14, note 31), et le *Chu sanzang jiji (Collection de notes concernant la traduction du Tripitaka)* de Sengyou de 518 (cf. chap. 15, note 10), l'un des plus importants catalogues des Tang est le *Kaiyuan shijiao lu (Catalogue sur le bouddhisme de l'ère Kaiyuan)*, achevé en 730 par Zhisheng, qui devait servir de base aux compilations ultérieures. Voir Paul DEMIÉVILLE, « Le Bouddhisme : les sources chinoises » (1953), repris dans *Choix d'études bouddhiques*, Leyde, Brill, 1973.

2. Pour une illustration concrète, on peut consulter le catalogue de l'exposition *Sérinde, terre de Bouddha* cité au chap. précédent, note 1. Cf. aussi ZHANG Guangda, « Trois exemples d'influences mazdéennes dans la Chine des Tang », *Études chinoises*, 13, 1-2 (1994), p. 203-219.

3. Sur le contexte et la composition du *Wujing zhengyi*, cf. David McMULLEN, *State and Scholars in T'ang China*, Cambridge University Press, 1988, p. 73 ; et Howard J. WECHSLER, *Offerings of Jade and Silk : Ritual and Symbol in the Legitimation of the T'ang Dynasty*, Yale University Press, 1985, p. 47.

4. Sur l'histoire institutionnelle du bouddhisme sous les Tang, voir Kenneth CH'EN, *Buddhism in China, A Historical Survey*, Princeton University Press, 1962 ; et Jacques GERNET, *Les Aspects économiques du bouddhisme dans la société chinoise du Ve au Xe siècle*, Paris, École française d'Extrême-Orient, 1956.

5. Cf. Stanley WEINSTEIN, « Imperial Patronage in the Formation of T'ang Buddhism », *in* Arthur F. WRIGHT & Denis TWITCHETT, éd., *Perspectives on the T'ang*, Yale University Press, 1973, p. 265-306. Du même auteur, *Buddhism under the T'ang*, Cambridge University Press, 1987.

6. Il y a les *sûtra* du Hînayâna et du Mahâyâna, les règles monastiques *(vinaya)* et les traités scolastiques *(sâstra)*, lesquels constituent les « Trois Corbeilles » ou Tripitaka *(sanzang)*, voir chap. 14, p. 356. À la fin des Tang, le Canon bouddhique chinois peut être considéré comme achevé, aboutissement d'un millénaire de travaux de traduction et d'exégèse, même si quelques traductions éparses sont encore faites sous les Song. Sur ordre du premier empereur des Song, le Tripitaka fut imprimé dans son intégralité en 983. Cette édition, connue sous le nom de Shuben (édition du Sichuan car imprimée à Chengdu), servit de base aux quatre autres faites sous les Song qui essaimèrent ensuite en Corée et au Japon. Parmi les éditions modernes, les plus nombreuses et les plus importantes ont été faites au Japon. La dernière en date et la plus fiable est le *Taishô shinshû daizôkyô* en 100 volumes (Tokyo, publié entre 1924 et 1934), qui tient compte

de toutes les éditions existantes, chinoises mais aussi coréennes, ainsi que des canons sanscrit, pâli et tibétain.

7. Cf. notamment LIU Ming-wood, « The *p'an-chiao* system of the Hua-yen School in Chinese Buddhism », *T'oung Pao*, 67 (1981), p. 10-47.

8. Sur Zhiyi, cf. Leon HURVITZ, « Chih-i (538-597), an introduction to the life and ideas of a Chinese Buddhist monk », in *Mélanges chinois et bouddhiques*, t. XII, Bruxelles, 1962. Sur Huisi, cf. Paul MAGNIN, *La Vie et l'Œuvre de Huisi (515-577) : les origines de la secte bouddhique chinoise du Tiantai*, Paris, École française d'Extrême-Orient, 1979.

9. Le *Sûtra du Lotus* (sanscrit *Saddharma-pundarîka*) avait été magnifiquement traduit au début du Ve siècle sous le titre de *Miaofa lianhua jing* par Kumârajîva (voir plus haut chap. 15, note 4), pourtant omis de la lignée patriarcale du Tiantai. Fait significatif : chacune des écoles Tang élabore une lignée de transmission à partir de patriarches (*zu* 祖, littéralement « ancêtres ») chinois, les traducteurs étant systématiquement écartés alors qu'ils avaient été jusqu'alors l'objet d'une profonde vénération.

10. Sur Daosheng, voir chap. 14, « Quelques grands moines du IVe siècle » ; sur l'école Faxiang, voir chap. 15, « Xuanzang et l'école Yogâcâra ».

11. Cf. NG Yu-kwan, *T'ien-t'ai Buddhism and Early Mâdhyamika*, Honolulu, University of Hawaii Press, 1993. Sur l'école Mâdhyamika, voir plus haut début du chap. 15. Sur l'école Tiantai, cf. aussi Bruno PETZOLD, *Die Quintessenz der T'ien-t'ai-(Tendai-) Lehre*, Wiesbaden, Steiner, 1982 ; Paul L. SWANSON, *Foundations of T'ien-t'ai Philosophy : The Flowering of the Two Truths Theory in Chinese Buddhism*, Berkeley, Asian Humanities Press, 1989.

12. Les conférences de Zhiyi, éditées en trois ouvrages par son disciple Guanding (561-632), se composent de deux séries sur le *Sûtra du Lotus*, auxquelles s'ajoute le *Mohe zhiguan (La Grande Concentration et Visualisation)*, traduit partiellement en anglais par Neal DONNER & Daniel B. STEVENSON, *The Great Calming and Contemplation : A study and annotated translation of the first chapter of Chih-i's Mo-ho chih-kuan*, Honolulu, University of Hawaii Press, 1994.

13. Il s'agissait d'une nouvelle traduction, après celle de 420 par Buddhabhadra, dirigée en 699 par le maître khotanais Siksânanda et pour laquelle des membres de l'équipe de Xuanzang furent réquisitionnés. Une troisième traduction, partielle, devait paraître en 810 sous la direction de Prajnâ.

Le *Sûtra de la Guirlande (Avatamsaka-sûtra)*, qui aurait été énoncé par le Bouddha tout de suite après son illumination, est un texte massif et composite dont les parties les plus anciennes ne remontent vraisemblablement qu'au Ier siècle apr. J.-C.

Sur l'école Huayan, cf. Garma C. C. CHANG, *The Buddhist Teaching of Totality. The Philosophy of Hwa-yen Buddhism*, Londres, Allen & Unwin, 1972 ; Francis H. COOK, *Hua-yen Buddhism : The Jewel Net of Indra*, University Park, Pennsylvania State University Press, 1977.

Sur l'aspect idéologique du patronage de l'école Huayan par l'impératrice Wu, cf. Antonino FORTE, *Political Propaganda and Ideology in China at the End of the Seventh Century*, Naples, Istituto Universitario Orientale, 1976.

14. Sur Zongmi, cf. Peter N. GREGORY, *Tsung-mi and the Sinification*

of Buddhism, Princeton University Press, 1991. Voir aussi plus bas à la note 35.

15. Attribué par le Canon chinois à Asvaghosa sous le titre *Mahâyanasraddhotpâda-sâstra*, le *Dacheng qixin lun (Traité de l'éveil de la foi dans le Mahâyâna)* est plus probablement un apocryphe chinois, composé dans la seconde moitié du VIe siècle, qui présente une habile synthèse des principales thèses mahâyânistes parvenues en Chine à cette époque. Cf. Paul DEMIÉVILLE, « Sur l'authenticité du *Ta tch'en k'i sin louen* », *Bulletin de la Maison franco-japonaise*, II, 2 (1929). Traduction en anglais par HAKEDA Yoshito S., *The Awakening of Faith*, New York, Columbia University Press, 1967.

Sur le *Sûtra de Vimalakîrti*, voir plus haut chap. 15 à la note 4. Sur le *Sûtra du Diamant*, voir chap. 14, note 24. Sur le *Sûtra du Nirvâna*, voir fin du chap. 14.

16. Sur le Chan, voir plus bas.

17. Sur Guo Xiang, voir chap. 13.

18. Il existe deux versions du *Sûtra de la Terre pure (Sukhâvatî-vyûha)* : une longue qui insiste sur un cheminement progressif fait d'accumulation de bon *karma*, et une courte qui mise exclusivement sur la foi et la dévotion. C'est cette dernière version qui connut la plus grande popularité, représentative qu'elle était de l'évolution de la notion hînayâniste de *karma* vers l'idée mahâyâniste de salut par les Bouddha et Bodhisattva. La version longue fit l'objet de pas moins de dix traductions chinoises, dont cinq sont encore préservées dans le Canon chinois ; quant à la version courte, seule nous est parvenue la traduction de Kumârajîva, intitulée *Sûtra d'Amitâbha (Amituo jing)*. Cf. Luis O. GOMEZ, *The Land of Bliss, The Paradise of the Buddha of Measureless Light, Sanskrit and Chinese Versions of the Sukhâvatîvyûha Sutras*, Hawaii & Kyoto, 1996 ; et Jérôme DUCOR, *Le Sûtra d'Amida prêché par le Buddha*, Berne, Peter Lang, 1998.

19. Voir chap. 14 à la note 33.

20. Cf. Marie-Thérèse DE MALLMANN, *Introduction à l'étude d'Avalokitesvara*, Paris, 1948.

21. Cf. Rolf A. STEIN, « Avalokitesvara/Kouan-yin, un exemple de transformation d'un dieu en déesse », *Cahiers d'Extrême-Asie*, 2 (1986), p. 17-80 ; et YÜ Chun-fang, *Guanyin : The Chinese Transformation of Avalokiteshvara*, New York, Columbia University Press, 2000.

22. Traduit partiellement en chinois sous le titre de *Jingangding jing* par le maître tantrique Vajrabodhi, arrivé en Chine en 720 et mort en 741.

23. Sur le bouddhisme tibétain, on peut citer notamment D. SNELLGROVE, *Indo-Tibetan Buddhism*, Londres, Serindia Publications, 1987 ; Anne-Marie BLONDEAU, « Réflexion sur le bouddhisme tantrique », in *Tibet, la roue du temps*, Arles, Actes Sud, 1995 ; KALOU Rinpoché, *La Voie du Bouddha selon la tradition tibétaine*, Éd. du Seuil, 1993 ; Rolf A. STEIN, *La Civilisation tibétaine*, Paris, L'Asiathèque, 1987.

24. Pour des exemples de *tantra* tibétains, cf. D. SNELLGROVE, *The Hevajra Tantra*, Oxford University Press, 1959 ; *Le Miroir du cœur*, Paris, Éd. du Seuil, 1994.

25. Sur le bouddhisme tantrique en Chine, cf. CHOU I-liang, « Tantrism in China », *Harvard Journal of Asiatic Studies*, 8 (1945) ; et Michel

STRICKMANN, *Mantras et Mandarins. Le bouddhisme tantrique en Chine*, Paris, Gallimard, 1996.

26. Sur les « trois joyaux » et les « cinq préceptes », voir chap. 14 à la note 5.

27. Cf. Kenneth K. S. CHEN, « Filial Piety in Chinese Buddhism », *Harvard Journal of Asiatic Studies*, 28 (1968), p. 81-97.

28. Voir la préface de Dao'an à son commentaire sur l'*Anâpâna-sûtra*, voir plus haut chap. 14 à la note 19.

29. La compilation du *Lankâvatâra-sûtra (Descente à l'île de Lankâ ou Ceylan)*, traduit en chinois sous le titre de *Ru Lengjia jing*, semble dater des IIIe et IVe siècles. Pour une traduction en anglais, cf. SUZUKI Daisetz Teitarô, *The Lankâvatâra Sûtra*, Londres, Routledge & Kegan Paul, 1932.

Sur l'école Lankâ, cf. Bernard FAURE, *Le Bouddhisme Ch'an en mal d'histoire : Genèse d'une tradition religieuse dans la Chine des T'ang*, École française d'Extrême-Orient, 1989. Du même auteur, voir *Le Traité de Bodhidharma, première anthologie du bouddhisme Chan*, Éd. Le Mail, 1986, rééd. Éd. du Seuil, 2000; *La Volonté d'orthodoxie dans le bouddhisme chinois*, Éd. du CNRS, 1988; *The Rhetoric of Immediacy: A Cultural Critique of Chan/Zen Buddhism*, Princeton University Press, 1991.

30. Sur le *Sûtra du Diamant (Vajracchedikâ-prajnâpâramitâ-sûtra)*, traduit en chinois par Kumârajîva sous le titre de *Jingang jing*, voir chap. 14, note 24.

31. Sur Shenxiu et l'école du Nord, cf. John R. McRAE, *The Northern School and the Formation of Early Ch'an Buddhism*, Honolulu, University of Hawaii Press, 1986.

32. Sur ce point, cf. HU Shih, « Ch'an (Zen) Buddhism in China : its History and Method », *Philosophy East and West*, 3, 1 (1953), p. 7.

33. Cf. *Liuzu tanjing (Sûtra de l'Estrade du Sixième Patriarche)*, traduction Paul DEMIÉVILLE, « Le miroir spirituel », in *Choix d'études bouddhiques (1929-1970)*, Leyde, Brill, 1973, p. 112. Selon Demiéville, le *Sûtra de l'Estrade* est un « ouvrage issu, probablement dans la seconde moitié du VIIIe siècle, de milieux peu lettrés où les enseignements de Chenhouei (Shenhui), un disciple de Houei-neng (Huineng) qui mourut en 760, avaient suscité un mouvement de ferveur réformiste orienté dans le sens anti-intellectualiste et quiétiste ». À noter que pour l'avant-dernier verset, « La nature-de-Bouddha est éternellement pure », il existe une variante : « Foncièrement aucune chose n'existe. » Pour des traductions du *Sûtra de l'Estrade*, cf. CHAN Wing-tsit, *The Platform Scripture*, New York, Saint John's University Press, 1963; Philip B. YAMPOLSKY, *The Platform Sutra of the Sixth Patriarch*, New York, Columbia University Press, 1967.

Sur le thème du miroir dans le bouddhisme, outre l'article de Paul DEMIÉVILLE, « Le miroir spirituel », cité plus haut, cf. Alex WAYMAN, « The Mirror-like Knowledge in Mahâyâna Buddhist Literature », *Asiatische Studien/Études asiatiques*, 25 (1971), p. 353-363 ; « The Mirror as a Pan-Buddhist Metaphor-Simile », *History of Religions*, 13, 4 (1974), p. 251-269.

34. Sur divers aspects du Chan chinois et japonais, cf. les témoignages et articles réunis dans « Tch'an (Zen) : textes chinois fondamentaux, témoignages japonais, expériences vécues contemporaines », *Hermès*, 7 (1970), et « Le Tch'an (Zen), racines et floraisons », *Hermès*, 4 (nouvelle

série), Paris, Les Deux Océans, 1985. Cf. aussi James L. GARDNER, *Zen Buddhism : A Classified Bibliography of Western-Language Publications through 1990*, Salt Lake City, 1991. Sur les développements du Chan en Chine et au Japon, cf. CHANG Chung-yuan, *Original Teachings of Ch'an Buddhism. Selected from the Transmission of the Lamp*, New York, Pantheon Books, 1969 ; Heinrich DUMOULIN, *The Development of Chinese Zen after the Sixth Patriarch in the Light of Mumonkan*, New York, 1953 ; Bernard FAURE, *La Vision immédiate : nature, éveil et tradition selon le Shôbôgenzô*, Aix-en-Provence, Le Mail, 1987 ; Pierre NAKIMOVITCH, *Dôgen et les paradoxes de la bouddhéité : Introduction, traduction et commentaire du volume « De la bouddhéité » (Trésor de l'œil de la loi authentique)*, Genève, Droz, 1999.

35. Zongmi (sur lequel voir plus haut à la note 14), cité par JAN Yünhua, « The Mind as the Buddha-Nature : the Concept of the Absolute in Ch'an Buddhism », *Philosophy East and West*, 31, 4 (1981), p. 475. Sur les rapports entre le Huayan et le Chan, cf. Robert M. GIMELLO & Peter N. GREGORY, éd., *Studies in Ch'an and Hua-yen*, Honolulu, University of Hawaii Press, 1984.

36. Cf. les extraits de Farong présentés et traduits par Catherine DESPEUX dans « Le Tch'an (Zen), racines et floraisons » (cité en note 34). De la même traductrice, cf. *Entretiens de Mazu*, Paris, Les Deux Océans, 1980.

37. Cf. « Le miroir spirituel » p. 122-123 (voir référence en note 33).

38. Cf. Paul DEMIÉVILLE, *Le Concile de Lhasa : Une controverse sur le quiétisme entre bouddhistes de l'Inde et de la Chine au VIIIe siècle de l'ère chrétienne*, Paris, PUF, 1952.

39. Paul DEMIÉVILLE, « Le miroir spirituel », p. 115 (voir référence en note 33). Cf. aussi Rolf A. STEIN, « Illumination subite ou saisie simultanée : note sur la terminologie chinoise et tibétaine », *Revue de l'histoire des religions*, 169, 1 (1971), p. 3-30, où il est montré que la notion de *dun* comprend aussi l'idée d'une saisie immédiate et simultanée à la fois du relatif et de l'absolu ; et Lewis LANCASTER & Whalen LAI, éd., *Early Ch'an in China and Tibet*, Berkeley Buddhist Studies, 1983.

40. Traduction Jacques GERNET, *Entretiens du maître de dhyâna Chen-houei du Ho-tsö*, 1949, rééd. École française d'Extrême-Orient, 1977, p. 78.

41. Traduction Jacques GERNET, *Chen-houei*, p. 40.

42. *Ibid.*, p. 55.

43. *Ibid.*, p. 10-11.

44. Traduction Paul DEMIÉVILLE, *Entretiens de Lin-tsi*, Paris, Fayard, 1972, p. 117. À noter que les expressions « échapper à l'esclavage des choses » et « indépendance » (*zizai* 自在, littéralement « rester en soi-même ») sont empruntées au *Zhuangzi*. Paul Demiéville définit l'esprit iconoclaste de Linji comme un « mouvement de réforme, de retour à la *praxis* contre la théorie, d'anti-intellectualisme poussé jusqu'aux limites du rationnel » (p. 16-17). Sur Linji, cf. aussi R.Ch. MÖRTH, *Das Lin-chi lu des Ch'an Meisters Lin-chi Yi-hsüan. Der Versuch einer Systematisierung des Lin-chi lu*, Hambourg, 1987 ; Burton WATSON, *The Zen Teachings of Master Lin-chi. A Translation of the Lin-chi lu*, New York, Columbia University Press, 1999.

45. Voir en particulier chap. 19, « Discipline mentale ».

46. *Annales de la falaise verte (Biyan lu)*, compilées par Xuedou (980-1052). Ces annales contiennent une centaine de *gong'an*, que le *Wumen guan (La Passe sans porte)* de Wumen (1183-1260) fait suivre de remarques et de stances. Voir la traduction allemande de W. GUNDERT, *Biyän-lu*, Munich, Hanser, 1960.

47. Sur cet événement déterminant dans l'histoire de la dynastie Tang, cf. Robert DES ROTOURS, *Histoire de Ngan Lou-chan*, Paris, PUF, 1962 ; Edwin G. PULLEYBLANK, *The Background of the Rebellion of An Lu-shan*, Oxford University Press, 1965.

48. Cf. Charles HARTMAN, *Han Yü and the T'ang Search for Unity*, Princeton University Press, 1986. Et David L. McMULLEN, « Han Yü : An Alternative Picture », *Harvard Journal of Asiatic Studies*, 49, 2 (1989), p. 603-657. Voir aussi Edwin G. PULLEYBLANK, « Neo-Confucianism and Neo-Legalism in T'ang Intellectual Life, 755-805 », *in* Arthur WRIGHT, éd., *The Confucian Persuasion*, Stanford University Press, 1960.

49. *Lun Fogu biao (Mémoire concernant la relique du Bouddha)*, in *Han Yu wenxuan (Choix d'écrits de Han Yu)*, Pékin, Renmin wenxue chubanshe, 1980, p. 173-174. Pour la citation de Confucius, cf. *Entretiens*, VI, 20.

50. Cf. William H. NIENHAUSER, Jr., *et al.*, *Liu Tsung-yuan*, New York, Twayne Publishers, 1973.

51. *Yuandao (L'Origine du Dao)*, in *Han Yu wenxuan*, p. 219. À noter que le moine bouddhiste Zongmi est l'auteur d'un *Yuanren lun (De l'origine de l'homme)*, peut-être écrit en réponse au *Yuandao* de Han Yu, cf. la traduction de Peter N. GREGORY, *Inquiry into the Origin of Humanity. An Annotated Translation of Tsung-mi's Yüan jen lun with a Modern Commentary*, Honolulu, University of Hawaii Press, 1995. Sur Zongmi, voir plus haut aux notes 14 et 35.

52. *Fuxing shu (Livre sur le retour à la nature foncière)*, in *Li Wengong ji (Œuvres de Li Ao)*, éd. SBCK, 2, p. 5a *sq.* « La nature, c'est le décret du Ciel » fait référence à la première phrase de *L'Invariable Milieu*.

53. Comme le suggère le titre de l'ouvrage de Timothy H. BARRETT, *Li Ao : Buddhist, Taoist, or Neo-Confucian ?*, Oxford University Press, 1992, où l'on trouvera une traduction en anglais du *Fuxing shu*. Du même auteur, cf. *Taoism under the T'ang*, Londres, Wellsweep, 1996.

Sur le taoïsme à partir de la fin des Tang, cf. Judith M. BOLTZ, *A Survey of Taoist Literature, Tenth to Seventeenth Centuries*, Berkeley, University of California, Institute of East Asian Studies, 1987 ; Franciscus VERELLEN, *Du Guangting (850-933), taoïste de cour à la fin de la Chine médiévale*, Paris, Collège de France, Institut des hautes études chinoises, 1989.

CINQUIÈME PARTIE

La pensée chinoise après l'assimilation du bouddhisme
(X^e-XVIe siècle)

17

La renaissance confucéenne au début des Song
(X^e-XIe siècle)

Autour de l'an 1000 avant notre ère, la civilisation chinoise avait connu un moment fondateur : avec l'avènement de la dynastie Zhou s'instaurait une vision anthropocosmique qui allait nourrir les spéculations si fécondes des Royaumes Combattants et devenir pour longtemps une matrice de représentation. Un autre temps fort survient aux environs de l'an 1000 de la chrétienté qui, au même moment en Europe, s'active à construire des cathédrales. Certains n'ont pas hésité à voir dans ce tournant l'avènement de la modernité chinoise, d'autres un équivalent de la Renaissance européenne. De même que cette dernière a eu des répercussions jusque dans le monde occidental moderne, la mutation qui se produit en Chine au début des Song est porteuse d'une culture qui devait perdurer pendant un millénaire, jusqu'à l'aube du XXe siècle.

Dès le milieu des Tang, au début du VIIIe siècle, s'amorce une transformation capitale dont le ressort est d'abord économique : d'un ordre social fondé sur un réseau de dépendances personnelles, on passe à un autre où les rapports entre les individus sont médiatisés en grande partie par les lois de l'économie monétaire et de la propriété privée. Sous les Song, la propriété foncière, de nature très différente de celle de l'aristocratie Tang, forme l'assise économique principale de la nouvelle « classe mandarinale » dont le destin allait se confondre avec celui de l'empire : « Une classe dont les membres, sur la base d'une culture confucianiste qui est conçue comme une qualification morale, passent par le système des examens pour accéder à la carrière de fonctionnaire. [...] Elle n'est pas une classe fermée, fondée sur le principe de la naissance, mais une classe ouverte fondée sur celui de l'aptitude, dans les préoccupations de laquelle le savoir joue un rôle de tout premier plan. C'est la perspective ouverte par cette combinaison de la culture, du talent et de l'activité politique qui, jointe au dynamisme social engendré par l'économie monétaire, a produit la vigueur et l'idéalisme exceptionnels de cette classe[1]. »

Après la longue période de troubles et de fragmentation politique qui marquent toute la fin des Tang à partir du soulèvement d'An Lushan (entre 755 et 763) et l'époque dite des Cinq Dynasties (907-960), avec les Song (960-1279) s'ouvre de fait une ère nouvelle. Même si la dynastie reste en butte constante aux risques d'invasions barbares, elle prône les valeurs civiles propres aux lettrés-fonctionnaires recrutés par examens et loyaux au trône impérial. C'est en grande partie cet essor de la catégorie lettrée dans un contexte de paix et de prospérité relatives qui explique les sommets de raffinement et de créativité atteints par la culture Song. Avec le développement des concours de recrutement officiels s'imposent de nouveaux besoins d'éducation et la nécessité de créer des écoles[2]. Près de quatre cents académies privées auraient été créées sous les Song, dont certaines attireraient jusqu'à un millier de disciples ; elles constituaient pour les lettrés des structures propres et autonomes, des lieux d'échanges intellectuels et de pratiques cultuelles. Cet esprit d'initiative inédit est à mettre en rapport avec le relâchement du contrôle très strict exercé jusqu'alors par le pouvoir central sur les monastères, ce qui eut pour effet la prolifération d'associations laïques, bouddhistes ou taoïstes, et, parallèlement, d'organisations confucéennes privées, éducatives ou caritatives, intermédiaires entre la cellule familiale et l'administration locale.

De ce besoin éducatif, ainsi que de la nécessité de regagner à des valeurs morales traditionnelles une société acquise à l'égalitarisme du taoïsme et du bouddhisme Mahâyâna, naît un nouvel élan confucéen[3]. Il convient de souligner, à cet égard, le rôle déterminant joué par le développement des techniques de reproduction de l'écrit rapides et bon marché apparues dès la fin des Tang. Les études classiques, quelque peu éclipsées par l'engouement pour le taoïsme et le bouddhisme sous les Tang, reviennent à l'honneur et bénéficient du patronage impérial. On peut voir là un « sursaut de la culture savante[4] », rendu possible par l'essor de l'imprimerie, après la longue imprégnation du bouddhisme qui avait pris pour une large part des formes populaires.

Les grands hommes d'action des Song du Nord (960-1127)

La priorité éducative est éminemment représentée par les « trois maîtres » du début des Song : Sun Fu (992-1057), Hu Yuan (993-1059) et Shi Jie (1005-1045)[5]. Comptant des disciples par milliers, ils sont les premiers à faire des académies privées (indépendantes des écoles officielles) les centres de la vie intellectuelle en Chine du XIᵉ au XVIIᵉ siècle, et à former toute une génération dans un idéal confucéen revivifié. Dans la lignée de Han Yu, ils ont conscience de rétablir la continuité du Dao :

> Pendant les mille cinq cents ans qui se sont écoulés depuis Confucius, ayant connu les ravages commis par Yang Zhu et Mozi, Han Fei, Zhuangzi et Laozi, et enfin le Bouddha, le Dao des anciens rois est tombé en désuétude[6].

Pour ces confucéens « militants », il est tout aussi important de former les générations futures que de mettre en œuvre une certaine idée du Dao aux dimensions de l'empire. Une synergie se met en place entre le travail éducatif et l'engagement politique, les grands maîtres susnommés s'appuyant tous sur des hommes d'État haut placés pour diffuser largement leur enseignement. Vers 1043-1044, Fan Zhongyan (989-1052)[7], nommé à une position de choix à la cour, s'attaque à une réforme du système des examens et préconise, sur le modèle antique du début des Zhou, l'établissement d'écoles publiques d'État alors que l'éducation était jusqu'alors l'apanage d'écoles privées. Ainsi avec Fan Zhongyan au pouvoir et Hu Yuan à la tête de l'école impériale nouvellement établie à la capitale Kaifeng, le projet éducatif des Song était dessiné dans ses grandes lignes, jetant les bases d'un réseau à l'échelle de l'empire qui allait permettre aux générations à venir de diffuser le nouvel esprit confucéen dans toutes les couches de la société, à la manière du bouddhisme qu'il cherchait à supplanter.

Comme Fan Zhongyan, son contemporain Ouyang Xiu (1007-1072)[8] allie à ses talents d'homme d'État un génie polyvalent de prosateur héritier de l'« écriture à l'antique » de Han Yu et d'historien compilateur des annales des Tang et des Cinq Dynasties. Comme beaucoup de confucéens engagés dans l'action, il se situe dans la filiation de Xunzi : son idéal est de reconstituer un monde qui engloberait en un tout harmonieux l'ordre tant humain que cosmique, avec les rites comme source de valeurs unique[9]. De manière significative, il ne s'intéresse guère à la tradition innéiste issue de Mencius et ne voit dans les *Mutations* que des critères de conduite morale définis par les saints de l'antiquité, n'ayant que faire des spéculations divinatoires et cosmologiques[10]. Cette nouvelle conception des connaissances fait rapidement son chemin en inspirant la confiance dans un confucianisme revigoré chez des lettrés comme Li Gou (1009-1059) et Su Xun (1009-1066), père du fameux poète Su Dongpo[11].

Vers le milieu du XIe siècle, la nouvelle culture intellectuelle s'est définitivement imposée dans une génération marquée par la lutte politique entre Sima Guang (1019-1086) et Wang Anshi (1021-1086). Bien qu'ils revendiquent tous deux l'héritage d'Ouyang Xiu, leur opposition traduit notamment une tension sociale entre l'ancienne aristocratie issue des Tang et une classe émergente d'origine roturière, de plus en plus présente et active. Représentatif de cette dernière, Wang Anshi lance sous le règne de l'empereur Shenzong (1067-1085) une série de réformes qui visent à renforcer l'autorité de l'État au détriment des intérêts privés. Cette « nouvelle politique » procède de la conviction qu'il faut revenir, non pas à la lettre, mais à l'esprit antique et, plus généralement, d'une volonté de remonter à la source, au-delà des institutions et de l'érudition établies depuis les Han et les Tang[12].

Mais les réformes mises en œuvre avec une poigne de fer par Wang Anshi sont loin de faire le consensus. Durant les années 1070, Sima Guang, de sa semi-retraite de Luoyang, conduit un parti d'opposition auquel se rallient des penseurs aussi prestigieux que Shao Yong ou les frères Cheng, et qui préconise de renforcer les institutions existantes au lieu d'en créer toujours de nouvelles. Partisans et adversaires des réformes continuent ainsi à se disputer le pouvoir jusqu'en 1126 où la prise de la capitale Kaifeng par les Jürchen de Mandchourie marque la débâcle des Song du Nord et l'exode de la cour au sud du Yangzi.

La renaissance confucéenne

Pendant toute la fin du XIe siècle, la lutte entre Wang Anshi et Sima Guang provoque de graves scissions dans les milieux des bureaucrates lettrés. L'échec de la « nouvelle politique » de Wang Anshi creuse un peu plus le fossé entre ceux qui croient encore en la possibilité de réformer les institutions et ceux qui préfèrent se retirer dans la quiétude de la spéculation philosophique, alternative qui illustre la double dimension constitutive de la pensée confucéenne : après l'échec de l'idéal « extérieur de la royauté » (*waiwang* 外王) éminemment illustré par les réformes de Wang Anshi, il semble nécessaire de se ressourcer à l'idéal « intérieur de la sainteté » (*neisheng* 內聖)[13]. Une bonne partie de la capacité cosmique dont le confucianisme de la fin des Zhou et du début des Han avait investi la figure du souverain se trouve dès lors reportée sur la dimension intérieure, même si les lettrés tiennent encore à leur rôle de « conseillers du prince ». Dès le IXe-Xe siècle s'était amorcé un retour à la thématique de la sainteté axée sur la culture individuelle de l'esprit (*xin* 心) comme voie royale pour rétablir le lien entre l'Homme et le Ciel. La réflexion sur l'esprit qui, contrairement à la nature (*xing* 性), n'avait guère fait l'objet de débats chez les confucéens depuis Mencius, doit autant à l'élaboration bouddhique qu'à l'inspiration mencienne. Dans cet intérêt nouveau pour le rôle de l'esprit et ses rapports avec les choses extérieures, on perçoit l'influence des analyses bouddhiques des processus de conscience et de l'émergence du monde sensible. Cependant, au lieu de tourner le regard vers l'intérieur pour percevoir l'esprit comme nature-de-Bouddha, il s'agit pour les confucéens de le replacer dans leur quête de sainteté et de se démarquer de la perspective bouddhique sur un point crucial : la réflexion sur la nature humaine, assortie de la conviction mencienne de sa bonté foncière.

La renaissance confucéenne, amorcée dès la fin des Tang et connue sous la désignation conventionnelle de « néoconfucianisme[14] », tient à l'immense effort pour repenser la tradition de fond en comble produit par une conscience chinoise travaillée par près de dix siècles de problématique bouddhique. Dans leur style et leur mode de présentation, les écrits des Song trahissent l'ancrage qu'a pris le bouddhisme dans la forme même de la pensée chinoise. Les rapports de ces confucéens d'un nouveau type avec l'héritage bouddhique sont donc des plus ambigus, mêlant violentes réactions de rejet et assimilation plus ou moins consciente dans leur volonté de revendiquer une spécificité confucéenne sur fond de questionnement bouddhique[15]. Ils ne peuvent en effet s'empêcher d'être impressionnés par une spiritualité qui culmine dans le Chan. La Chine a été « visitée » par la figure de compassion du Bodhisattva, que l'on retrouve en terrain confucéen dans la fameuse phrase de Fan Zhongyan : « L'homme de bien est le premier à se soucier des tourments du monde, et le dernier à se réjouir de ses joies. » La conviction mencienne, reprise à l'envi, que tout homme possède en lui le potentiel pour devenir un Yao ou un Shun est maintenant rapportée à l'idée que tout être possède la « nature-de-Bouddha ». En conséquence, le débat sur la réalisation graduelle ou instantanée de la bouddhéité se reporte sur la problématique confucéenne de la sainteté : alors que la position bouddhique traditionnelle est fondamentalement gradualiste, l'esprit du Mahâyâna, et tout particulièrement celui du Chan, vient bouleverser les données du problème en abolissant toute frontière entre cheminement et illumination, entre virtualité et accomplissement, et en dernière instance entre connaissance et action.

La tradition des *Mutations* et le renouveau cosmologique

En marge du confucianisme vigoureux et activiste défini sous les Song du Nord par Ouyang Xiu, se dessinent des pensées individuelles qui devaient être, un siècle plus tard, sélectionnées et regroupées sous la bannière du *daoxue* (l'« étude du Dao ») par la volonté d'orthodoxie de Zhu Xi (1130-1200). Si les auteurs présentés ici n'ont pour point commun que l'étiquette « néoconfucianiste » collée *a posteriori*, il reste que tous ont cherché à fournir une réponse au doute radical sur la réalité des choses introduit par le bouddhisme en ranimant une forme de spéculation cosmologique proprement chinoise, oubliée depuis les Han. À travers leur référence à une tradition antérieure au bouddhisme, ils s'efforcent de retrouver une identité culturelle supposée perdue et de reconstituer une vision totalisante et globalisante susceptible de faire écho à l'unité politique retrouvée des Song.

Après la « conquête » bouddhique, la « reconquête » confucéenne passe par la conviction qu'il n'existe qu'un seul Dao, le « fil unique qui relie le tout » de Confucius[16]. Ce souci de révéler dans l'infinie multiplicité des choses une unité fondamentale qui permette une compréhension totale (*tong* 通) est caractéristique des lettrés Tang et Song, chacun y allant de sa synthèse, qu'il s'agisse du *Tongdian (Somme des textes canoniques)* de Du You (735-812), du *Tongshu (Livre qui permet de comprendre les Mutations)* de Zhou Dunyi (1017-1073), du monumental *Zizhi tongjian (Miroir complet à l'usage des gouvernants)* de Sima Guang (1019-1086), suivi du *Tongzhi (Traité général)* de Zheng Qiao (1140-1162) et du *Wenxian tongkao (Examen général des documents littéraires)* de Ma Duanlin (1254-1325)[17].

Au XIe siècle, au début des Song du Nord, certains penseurs reviennent aux sources de la cosmologie corrélative des Han qui célèbre l'unité du Ciel et de l'Homme, et tout particulièrement à la tradition des *Mutations*. Certains de ses aspects ésotériques, associés aux symboles et aux nombres et appliqués en astrologie, en divination ou en alchimie, avaient été transmis de façon plus ou moins occulte dans les milieux taoïstes entre les Han et les Song.

Shao Yong (1012-1077)

Cet autodidacte porté sur la numérologie qui, toute sa vie, refusa la carrière politique pour vivre en « reclus de la ville » fut un personnage central malgré sa marginalité. Par ses relations qui comprenaient entre autres Sima Guang et les frères Cheng, Shao Yong se rattachait à la tendance conservatrice du cercle de Luoyang. Cette métropole qui, sous les Song, était encore un grand centre intellectuel et culturel servait de point de ralliement aux adhérents du parti « ancien », opposé aux réformes menées par Wang Anshi de la capitale Kaifeng entre 1069 et 1072.

Shao Yong aurait reçu la science des nombres à travers une transmission qui remonterait au taoïste Chen Tuan (env. 906-989)[18]. C'est sans doute l'une des raisons pour lesquelles son œuvre complète – un recueil de poèmes et un traité de cosmologie, le *Huangji jingshi shu (Traversée des siècles de l'Auguste Faîte)* – s'est trouvée écartée de la ligne orthodoxe par Zhu Xi et incluse dès le début des Ming dans le *Canon taoïste (Daozang)*[19]. Shao Yong se donne pour tâche de montrer la corrélation entre la structure du Ciel-Terre et la connaissance humaine à travers les hexagrammes des *Mutations* qui, en représentant des situations en évolution, constituent déjà un stade d'élaboration de la réalité. Il s'agit ainsi d'expliquer la nature de la mutation, ressort premier du dynamisme universel dont l'origine se trouve dans le « Faîte suprême » (*taiji* 太極), terme qui apparaît dans le *Grand Commentaire* et que Shao Yong, avec d'autres cosmologistes du XIe siècle, contribue à remettre à l'honneur :

> Ainsi donc, dans les *Mutations*, le Faîte suprême engendre les deux modèles. Les deux modèles engendrent les quatre figures, lesquelles engendrent les huit trigrammes[20].

L'évolution de l'univers à partir du Faîte suprême esquissée par le *Grand Commentaire* est explicitée par Shao Yong :

> Une fois que le Faîte suprême se divise, les deux modèles se mettent en place. De l'interaction du Yang qui descend à la rencontre du Yin, et du Yin qui monte à la rencontre du Yang, naissent les quatre figures. Par leur interaction, le Yang et le Yin donnent naissance aux quatre figures du Ciel. Par leur interaction, le ferme et le souple donnent naissance aux quatre emblèmes de la Terre. C'est ainsi qu'adviennent les huit trigrammes. Les huit trigrammes se combinent entre eux, donnant naissance aux dix mille êtres. Ainsi 1 se divise en 2, 2 en 4, 4 en 8, 8 en 16, 16 en 32, 32 en 64. [...]
> 10 se démultiplie en 100, 100 en 1 000, 1 000 en 10 000, de même qu'une racine donne un tronc, le tronc donne des branches, les branches donnent des feuilles. Plus les choses sont grandes, moins il y en a, plus elles sont ténues, plus il y en a. Réunissez-les et elles ne feront plus qu'un, dispersez-les et elles seront dix mille[21].

C'est du Faîte suprême que procèdent les différents ordres de la réalité, comme l'explique Shao Yong dans sa paraphrase du *Laozi* 42 :

> Le Faîte suprême est Un (en tant qu'il est la totalité indivisible, Un ne saurait être un nombre). Sans se mettre en mouvement, il donne naissance à deux. Dès lors qu'il y a deux, il y a puissance spirituelle (qui représente l'aspect dynamique de la réalité et introduit la possibilité de la mutation, alors que le Faîte suprême est immobile). Le spirituel donne naissance aux nombres (qui, en tant qu'aspect de la réalité, sont donc produits dans ce premier passage de l'immobilité au mouvement). Les nombres donnent naissance aux figures. Les figures donnent naissance aux objets concrets [22].

Shao Yong retient du bouddhisme l'idée qu'il existe différents niveaux de réalité selon le point de vue. La structure binaire étant privilégiée dans sa conception, ce qui représente une entité à un niveau devient une paire d'entités au niveau suivant, et ainsi de suite ; inversement, deux entités appariées à un niveau peuvent n'en former plus qu'une au niveau suivant. Il semble que Shao Yong distingue trois niveaux de structuration de la réalité : la base est constituée par les objets appréhendés par les sens ; vient ensuite la représentation articulée dans l'esprit par les figures (*xiang* 象) et les nombres (*shu* 數) ; enfin, cette représentation se trouve elle-même dépassée dans la « vraie connaissance » (ou « connaissance absolue »), unité primordiale de laquelle toute chose procède en vertu du principe structurant (*LI* 理) et à laquelle toute chose revient dans la puissance spirituelle (*shen* 神) du Saint.

Constitution et fonction

La distinction de différents niveaux n'est pas seulement descriptive, elle est aussi opératoire, chacun d'eux représentant un degré à la fois constitutif (*ti* 體) et fonctionnel (*yong* 用) de structuration de la réalité. La conception de la réalité comme structure, c'est-à-dire comme un réseau caractérisé par une certaine régularité, permet la mise en correspondance de ses éléments à l'intérieur de catégories (ou figures) et leur description en termes de nombres. Dans la pensée de Shao Yong, nombres et figures jouent un rôle structurant : ils constituent un niveau de théorisation qui part de l'expérience et la met en œuvre, et qui comporte donc un aspect « antérieur au Ciel » (*xiantian* 先天)[23], théorique ou « constitutif », et un aspect

« postérieur au Ciel » (*houtian* 後天), expérientiel ou « fonctionnel ». La distinction établie par Shao Yong entre un « avant » et un « après » (sous-entendu l'âge mythique des souverains civilisateurs) introduit une démarcation entre monde encore dépourvu de normes et monde normé, en même temps qu'un passage possible entre chaos et civilisation, entre temps de la nature et temps de la culture. Sur le plan de la théorisation, l'« avant » et l'« après » sont en fait deux aspects simultanés, l'élaboration de nos catégories de pensée étant issue de notre expérience en même temps qu'elle la détermine, ce qui interdit de comprendre l'« antérieur au Ciel » comme un *a priori*. Il y a donc, selon Shao Yong, deux niveaux de la réalité qui coexistent : le tout, culminant dans le Faîte suprême, et les parties, c'est-à-dire les nombres, la multiplicité infinie des choses particulières du monde phénoménal.

Figures et nombres

Dans la séquence « antérieure au Ciel », l'émergence à l'être se fait naturellement, par division et redivision à partir de l'un, sans que soit rompue la continuité du tout à ses parties. Le processus d'engendrement successif est le même entre l'un, le deux, le quatre, etc., qu'entre la racine d'un arbre, le tronc, les branches et les feuilles. Tout comme aux penseurs des Han, l'univers apparaît à Shao Yong structuré selon certains schèmes fondamentaux, les choses et les événements ayant, selon lui, une tendance naturelle et objectivement observable à se regrouper, en particulier par deux ou par quatre. Shao Yong développe ces séries sur le modèle du *Livre du Mystère suprême (Taixuanjing)* de Yang Xiong en tissant un réseau dont l'ancrage dans la réalité reste hypothétique, mais qui en lui-même forme un tout cohérent à l'intérieur duquel chaque élément trouve sa place[24]. En multipliant et en combinant les séries, Shao Yong pousse le système des relations analogiques et corrélatives au degré extrême de la formalisation dans le dessein implicite de parvenir à une modélisation exhaustive du monde.

Toutes les combinaisons « tétranomiques » contenues dans le *Huangji jingshi shu* partent de deux séries issues des commentaires aux *Mutations*. Il s'agit des « quatre figures » du Ciel : Yang extrême, Yin extrême, Yang naissant, Yin naissant ; et des

« quatre configurations » de la Terre : souplesse extrême, fermeté extrême, souplesse naissante, fermeté naissante[25]. L'interaction du Yin et du Yang produit les quatre saisons (temps), celle du ferme et du souple produit les quatre directions (espace). Toutes ces séries de quatre, ainsi que celles de huit qu'elles engendrent, sont des formes constitutives *(ti)*, tandis que leurs interactions en sont le fonctionnement *(yong)*. Dans ce sens, les figures sont des catégories qui représentent des relations et non pas seulement des instances concrètes et qui fonctionnent donc comme des principes structurants.

Plus encore que les figures, les nombres contribuent à doter la réalité d'une structure théorique du fait qu'ils captent la régularité des mutations de l'univers, permettant ainsi la connaissance totalisante, voire la prescience du Saint. La combinatoire des nombres se trouve représentée visuellement chez Shao Yong sous forme de diagrammes qui permettent, non seulement de visualiser un processus, mais aussi d'en découvrir de façon synoptique tout le potentiel combinatoire[26]. Shao Yong jongle ainsi à plaisir avec des séries numériques de douze ou de trente qui prétendent être des divisions naturelles du temps, mais qui ne tiennent en fait aucun compte de l'exactitude astronomique. Et pour cause : l'astronomie à laquelle il est fait référence date des Han ! Pour Shao Yong, qui conçoit les nombres comme catégories et non comme moyens de quantification, l'important est d'élaborer des modèles analogiques pour rendre compte de la mutation bien plus que de vérifier leur adéquation à la réalité.

Connaissance du principe
et « observation inversée »

Sous-tendant l'ordonnancement de la réalité par les nombres, un niveau plus fondamental encore de structuration est celui du principe (*LI* 理) :

> Seul le principe peut rendre compte totalement du Ciel, ce n'est pas le cas des formes visibles. Comment se pourrait-il que les techniques astronomiques rendent pleinement compte du Ciel par les seules formes visibles[27] ?

On ne saurait exprimer plus clairement que le principe est d'un autre ordre que la réalité visible dont il est possible de rendre compte par les figures et les nombres. Selon l'expression du *Grand Commentaire*, le principe est, comme le Dao, « en amont des formes » ; source de sens, il constitue un niveau de réalité tout-englobant. Pour Shao Yong – et c'est à cela que l'on reconnaît le confucéen – l'utilisation des nombres ne saurait être purement technique : elle doit être le propre d'un esprit de droiture et d'authenticité (*cheng* 誠) :

> À moins d'une ultime authenticité, il est impossible de parvenir à l'étude des principes ultimes. Dans l'étude des principes des choses, quelque chose d'impossible à comprendre ne saurait être compris à toute force. Dès lors que la compréhension est forcée, le moi intervient, et dès lors qu'intervient le moi, l'univers entier tombe sous le coup de la pure technique [28].

Il s'agit dès lors de savoir comment une connaissance totale est possible et comment elle débouche alors sur la sainteté. Sortir de la perspective subjective qui est celle de chacun pour faire corps avec les choses, tel est le but de l'« observation des choses » (*guanwu* 觀物) :

> Or donc, passé et présent ne sont que matin et soir entre Ciel et Terre. Si l'on considère le présent du point de vue du présent, alors on l'appelle présent. Si l'on considère le présent du point de vue du futur, alors le présent s'appelle passé. Si l'on considère le passé du point de vue du présent, on l'appelle passé. Si le passé se contemple lui-même, alors le passé s'appelle présent. C'est ainsi que nous savons que le passé n'est pas nécessairement le passé, pas plus que le présent nécessairement présent. Tout est question de point de vue subjectif. Comment ignorer que, de la plus haute antiquité au plus lointain avenir, tout homme contemple les choses de son propre point de vue [29] ?

En écho à Zhuangzi pour qui le sage est celui qui, « n'étant pas lui-même chosifié par les choses, est capable de traiter les choses comme choses », Shao Yong affirme que « dès lors qu'on ne les investit pas de son moi, on peut traiter les choses comme choses » [30] grâce à ce qu'il appelle l'« observation inversée » (*fanguan* 反觀) :

> Ce que l'on appelle observation des choses n'est pas l'observation par les yeux. Plutôt que d'une observation par les yeux, il s'agit d'une observation par l'esprit. Et plutôt que d'une observation par l'esprit, il s'agit d'une observation par le principe. [...]
> La capacité d'un miroir d'être clair signifie qu'il ne dissimule rien des formes des dix mille choses. Bien que le miroir ne dissimule rien, il ne vaut pas la surface de l'eau qui peut fondre les formes des dix mille choses en un tout unique. Bien que l'eau puisse fondre les formes, elle ne vaut pas la capacité du Saint d'intégrer en un tout unique leurs caractères particuliers. Cette capacité, le Saint la doit à celle d'observer les choses d'un point de vue inversé, ce qui signifie ne pas les observer du point de vue du moi mais du point de vue de choses. S'il en est ainsi, comment le moi pourrait-il encore s'entremettre ?
> Nous savons ainsi que je suis autrui, et qu'autrui est moi, moi et autrui étant l'un comme l'autre des choses. C'est parce que nous pouvons nous servir des yeux du monde comme de nos propres yeux qu'il n'y a rien que nos yeux ne puissent observer. [...] Celui qui est capable de réaliser les choses les plus vastes, les plus étendues, les plus élevées, les plus grandes, sans pour autant qu'intervienne aucune action, celui-là n'est-il pas d'une suprême valeur spirituelle, d'une suprême sainteté [31] ?

La conscience apparaît ici comme un continuum qui part de la perception sensorielle ordinaire pour aboutir à un état d'union mystique. On peut y distinguer trois stades qui tendent à effacer de plus en plus la distinction sujet/objet et qui correspondent aux trois stades de structuration de la réalité distingués plus haut : le premier niveau est celui de l'appréhension des objets par les sens ; vient ensuite la contemplation des choses par l'esprit ; enfin, la fusion totale avec les choses dans le principe constitue la « vraie connaissance » (que les bouddhistes appellent « vérité absolue ») où sujet et objet ne font plus qu'un.

La capacité d'induire la structure ou le principe à partir des caractères particuliers par l'observation-contemplation (évocatrice de la « cessation-contemplation » de l'école bouddhique du Tiantai [32]) caractérise la connaissance exceptionnelle à laquelle accède le Saint du fait qu'il n'est pas limité à un point de vue spécifique. L'« observation inversée » est un emprunt au bouddhisme Chan où elle consiste à « contempler l'esprit » (*guanxin* 觀心). La métaphore du miroir à laquelle recourt Shao Yong est également empruntée aux bouddhistes et aux taoïstes qui parlent de « reflet inversé » (*fanzhao* 反照) ou d'« inversion de la vision »[33]. Il s'agit de percevoir les choses, non plus à partir de soi, mais à partir des choses, respectant ainsi leur vérité. Dans l'esprit du Saint, limpide comme un miroir, viennent se refléter sans obstacle les choses dans leur réalité absolue, c'est-à-dire dans leur principe. Dans l'« observation inversée », le moi du Saint est transparent jusqu'à s'abolir totalement et ne plus faire obstacle à la fusion sujet/objet, laquelle permet de réaliser l'intuition parfaite.

Le mot *fan* 反, « retour », terme éminemment taoïste, évoque le mouvement, dont seul le Saint est capable, de retour à la source du Dao. Ce retour s'opère en inversant le processus de déploiement de l'Un au multiple, en le « remontant » comme un cours d'eau. C'est ainsi que la connaissance du sage, qui est prescience, opère à rebours :

> Ainsi le temps peut être connu en allant à contre-courant, alors que les choses adviennent en allant dans le sens du courant[34].

En remontant du visible à l'invisible et en percevant toute chose du point de vue total du Dao ou du Faîte suprême, le Saint peut donc entrer en confluence avec le tout et se substituer aux forces cosmiques, formant une triade avec le Ciel et la Terre. Que « le Saint et l'Auguste Ciel partagent le même Dao[35] » signifie que l'esprit du Saint et les processus naturels possèdent le même pouvoir structurant. Cette substitution de la conscience à la traditionnelle vertu du sage confucéen laisse également entrevoir une influence du bouddhisme idéaliste :

> [Le Saint] est capable avec son seul esprit de contempler dix mille esprits, par sa seule personne d'en contempler dix mille, de sa seule génération d'en contempler dix mille. Et aussi parce qu'il est capable, par son esprit, de manifester les intentions du Ciel, par sa bouche les paroles, par sa main les œuvres, par sa personne les activités. Il est encore capable, en haut, de connaître les saisons du Ciel, en bas, d'explorer à fond les principes de la Terre, au milieu, de prendre pleinement conscience des caractères particuliers des choses, et d'éclairer dans leur ensemble les activités des hommes. Enfin, il est capable d'ordonnancer le Ciel-Terre, d'imiter le pro-

cessus créatif, d'évaluer présent et passé, et de situer les hommes et les êtres [36].

Avec Zhou Dunyi, Shao Yong fait partie de ces penseurs du XIᵉ siècle qui s'intéressent à la cosmologie des *Mutations*, mais entretiennent peu de rapports avec le renouveau confucéen militant des frères Cheng [37]. Zhu Xi, le grand ordonnateur de l'orthodoxie du XIIᵉ siècle, a des sentiments mêlés sur Shao Yong : tout en reconnaissant son importance, jusqu'à s'en inspirer lui-même dans ses études sur les *Mutations*, il n'échappe pas à la tendance générale à limiter sa pensée à la numérologie et la cosmologie, laissant dans l'ombre sa réflexion sur la connaissance du Saint et l'écartant ainsi de la lignée de transmission du Dao [38].

Zhou Dunyi (1017-1073)

Contemporain de Shao Yong, qu'il ne semble cependant pas avoir rencontré, Zhou Dunyi eut une vie à l'image de son idéal de parfait équilibre entre vie intérieure et extérieure. À la fois adepte de la spiritualité bouddhique et résolument engagé dans son temps à travers une carrière officielle bien remplie, il a laissé principalement deux écrits : le *Taijitu shuo (Explication du Diagramme du Faîte suprême)* et le *Tongshu (Livre qui permet de comprendre les Mutations)* [39]. Sa pensée se fonde en effet sur le *Livre des Mutations* qu'il est le premier, avec Shao Yong, à replacer sur le devant de la scène au début des Song, réintroduisant ainsi la dimension cosmologique quelque peu perdue de vue depuis les Han. Il est désormais devenu difficile de lire l'*Explication du Diagramme du Faîte suprême*, texte concis à l'extrême, en oubliant que Zhu Xi en fit la référence cosmologique et ontologique par excellence de l'orthodoxie confucéenne pour plusieurs siècles :

> Sans Faîte et pourtant Faîte suprême ! Le Faîte suprême dans le mouvement donne naissance au Yang, le mouvement parvenu à son comble devient quiétude, dans la quiétude prend naissance le Yin, la quiétude parvenue à son comble fait retour au mouvement. Mouvement et quiétude alternent, prenant racine l'un dans l'autre. Un Yin, un Yang, de leur partage surgissent les deux modèles. De la transformation du

Yang et de son union avec le Yin naissent eau, feu, bois, métal, terre. Lorsque ces cinq énergies agissent dans une succession harmonieuse, les quatre saisons suivent leur cours.
Un cycle des Cinq Agents correspond à une alternance du Yin et du Yang. Le Yin et le Yang se fondent dans le Faîte suprême. Le Faîte suprême trouve sa racine dans le Sans Faîte. Les Cinq Agents naissent chacun avec sa nature propre. Le Sans Faîte dans sa vérité, le Yin/Yang et les Cinq Agents dans leur quintessence, mystérieusement s'unissent et se condensent. Le Dao du *qian* se fait masculin, le Dao du *kun* se fait féminin[40]. Ces deux énergies en interaction engendrent et transforment les dix mille êtres. Les dix mille êtres se reproduisent et prolifèrent, et leurs transformations n'ont pas de fin. Seul l'homme, recevant le meilleur, possède la plus haute intelligence. Une fois qu'il a pris corps, son esprit développe une conscience. Les cinq éléments de sa nature réagissent et agissent : ainsi apparaît la distinction entre bon et mauvais, ainsi se manifestent les dix mille activités humaines.
Le Saint les règle par le Milieu, la rectitude, l'humanité et l'équité (le Dao du Saint n'est rien d'autre que Milieu, rectitude, humanité et équité), en prenant fondement dans la quiétude (dès lors qu'il y a absence de désirs, il y a quiétude)[41]. Il porte ainsi la dimension de l'homme à son Faîte. Le Saint « participe avec le Ciel-Terre de la même puissance spirituelle, avec le soleil et la lune de la même lumière, avec les quatre saisons du même ordre de succession, avec les esprits et les divinités des mêmes fortunes ou infortunes[42] ». L'homme de bien les cultive et connaît bonne fortune, l'homme de peu les enfreint et ne connaît qu'infortune.
Voilà pourquoi il est dit : « Établir, comme Dao du Ciel, Yin et Yang ; comme Dao de la Terre, Souple et Ferme ; comme Dao de l'Homme, humanité et juste. » Il est dit aussi : « Suivre l'évolution de l'origine à l'aboutissement, c'est connaître ce qui peut se dire sur la mort et la vie. » Grand est le *Livre des Mutations*! Voilà ce qu'il contient de meilleur[43] !

« Sans Faîte et pourtant Faîte suprême »

Que Zhou Dunyi ait détenu le diagramme du taoïste Chen Tuan[44] reste incertain, mais la source pour le moins quiétiste de son inspiration est incontestable, à commencer par la notion de « Sans Faîte » (*wuji* 無極) directement issue du *Laozi* 28. La formule inaugurale « Sans Faîte, mais (et/ou) Faîte suprême ! »

(*wuji er taiji* 無極而太極) fera l'objet d'une controverse célèbre au XIIe siècle entre Zhu Xi et son contemporain Lu Xiangshan, centrée principalement sur la particule *er* 而 [45]. Doit-on comprendre que le Sans Faîte précède le Faîte suprême (*wuji* puis *taiji*) selon la conception du *Laozi* 40 : « Les dix mille êtres sous le Ciel naissent de l'il-y-a (*you* 有), l'il-y-a naît de l'il-n'y-a-pas (*wu* 無) » ? Ou bien le Sans Faîte est-il simplement apposé au Faîte suprême (*wuji et taiji*), impliquant dès lors qu'il s'agit d'une même chose sous deux noms différents ? Toujours est-il que, dans cette simple formule, on voit la pensée confucéenne réaffirmer la notion de Faîte suprême issue de la tradition des *Mutations*, tout en tenant compte des conceptions aussi bien des taoïstes sur la relativité que des bouddhistes sur l'impermanence. Le Faîte suprême comme Sans Faîte désignerait ainsi l'absolu que les premiers appellent « il-n'y-a-pas » et les seconds « vacuité ».

Ce qui fait suite à cette formule inaugurale a tout l'air de développer la fameuse phrase du *Grand Commentaire* sur les *Mutations* : « Quiet et sans mouvement, incité et par là en communication universelle », dont on trouve un écho dans le *Zhuangzi* : « Vide, il est quiétude ; quiet, il se meut ; en mouvement, il s'accomplit [46]. » À la fois étant et non-étant, mouvement et quiétude, telle est la puissance spirituelle par opposition aux choses manifestes, comme l'explique Zhou Dunyi dans son *Livre qui permet de comprendre les Mutations* :

> En mouvement quand elles ne sont pas quiètes, en quiétude quand elles ne se meuvent pas, telles sont les choses. En mouvement tout en ne l'étant pas, en quiétude tout en ne l'étant pas, telle est la puissance spirituelle (*shen* 神). Ce qui ne signifie nullement qu'elle n'est ni mouvement ni quiétude : alors qu'il est impossible aux choses de s'interpénétrer, le spirituel opère des merveilles dans les dix mille choses.
> « Quiet et sans mouvement », tel est l'authentique (*cheng* 誠). « Incité et par là en communication universelle », tel est le spirituel. Mis en mouvement sans avoir encore de formes physiques, à la limite entre l'étant et le non-étant, tel est l'infime. L'authentique, étant quintessentiel, irradie sa lumière. Le spirituel, se laissant émouvoir, fait des merveilles. L'infime, étant infiniment subtil, reste mystérieux. Celui qui allie l'authentique, le spirituel et l'infime, c'est le Saint [47].

« La sainteté n'est rien d'autre qu'authenticité »

Derrière cette formule brève et simple [48], il y a toute la tradition héritée de Mencius qui établit une continuité entre le fondement cosmique et la culture morale. La source d'inspiration est le fameux chapitre 22 de *L'Invariable Milieu* :

> Seul sous le Ciel le sage qui a atteint la suprême authenticité est capable de réaliser pleinement sa nature. Étant capable de cela, il peut amener autrui à réaliser pleinement sa propre nature. Étant capable de cela, il peut amener toute chose à réaliser pleinement sa nature. Étant capable de cela, il est à même de participer du processus transformateur et nourricier du Ciel-Terre. Étant à même de faire cela, il l'est alors de former une triade avec le Ciel-Terre.

La sainteté est la visée ultime de toutes les considérations cosmologiques qui prennent sens dans leur application au domaine humain et dans une préoccupation morale typiquement confucéenne :

> Entre Ciel et Terre, ce qu'il y a de plus honorable est le Dao, et ce qu'il y a de plus estimable est sa vertu (*de* 德). Mais ce qu'il y a de plus précieux, c'est l'homme ; et ce qui le rend précieux, c'est qu'il possède en lui le Dao et sa vertu [49].

La sainteté est comprise comme la parfaite adéquation entre l'Homme et le Ciel-Terre qu'est l'« authenticité », notion issue de *L'Invariable Milieu* et mise en relation par Zhou Dunyi avec le Faîte suprême des *Mutations*. Alors que Shao Yong, s'inspirant de la cosmologie corrélative des Han, privilégie les spéculations sur la structure de l'univers, l'accent est mis ici sur le processus cosmique pris comme fondement même de la nature et du destin de l'homme. Zhou Dunyi développe ainsi la grande idée de Mencius : exprimer des notions éthiques en termes cosmologiques, c'est dire que la pratique morale est fondée en nature puisqu'elle relève d'un « principe céleste » (*tianli* 天理).

L'authentique, caractérisé comme silencieux et immobile, devient ainsi l'équivalent éthique du Faîte suprême qui, étant aussi Sans Faîte, se trouve assimilé au spirituel et à l'infime. Pour Zhou Dunyi, l'authenticité est, de par sa nature, quiète, mais elle ne revient pas pour autant à un quiétisme taoïste, étant en même temps, de par sa fonction, dynamique. Le Saint, dans une perspective typiquement confucéenne, est en effet celui qui « règle les affaires humaines par le Milieu, la rectitude, l'humanité et l'équité ».

La question du mal

« L'authentique demeure dans le non-agir, il est l'amorce infime du bon et du mauvais [50]. » Cette phrase du *Livre qui permet de comprendre les Mutations* a fait l'objet de bien des discussions, car ici se trouve en jeu toute la conception de la nature humaine, préoccupation centrale des confucéens depuis la période pré-impériale. Foncièrement, Zhou Dunyi adhère à l'idée traditionnelle depuis Mencius que la nature humaine est originellement bonne, le mal n'apparaissant que dans le contact avec le monde extérieur. Alors que le taoïsme et le bouddhisme conçoivent cette influence extérieure comme corruptrice, l'éthique confucéenne rend l'homme pleinement responsable : c'est lorsqu'il dévie du Milieu que le mal fait son apparition [51]. Ainsi, la nature humaine originellement bonne serait constitutive (*ti* 體), alors que la dualité du bien et du mal serait fonctionnelle (*yong* 用). Dans la pensée de Zhou Dunyi, l'authenticité comme « infime amorce » (*ji* 幾) viendrait enrichir les « quatre germes » de moralité dont parle Mencius en fournissant une explication pour l'apparition du mal [52].

Le gros de l'effort fourni par le renouveau confucéen pour repenser le monde à la suite de la problématique bouddhique est centré sur la notion de « nature » (*xing* 性) : face au bouddhisme qui a livré un diagnostic sans précédent sur la condition humaine, il s'agit en effet de réintroduire la notion de nature humaine qui permet d'articuler la vision cosmologique avec la conception éthique du monde. Cette notion, qui avait fait l'objet de tant de débats dans la période pré-impériale, revient avec force dans les esprits, l'enjeu étant de savoir si la nature humaine est en elle-même morale, comme l'affirme Mencius, ce qui aurait pour conséquence de nous porter naturellement vers la sainteté. Le problème vient de l'indéniable existence du mal dans le monde, soulignée par le bouddhisme dans l'universalité de *duhkha*, ainsi que de l'extrême difficulté, voire l'impossibilité de fait pour la plupart des êtres humains d'atteindre la sainteté.

Pour Zhou Dunyi comme pour Mencius, il s'agit de trouver un équilibre, le Milieu entre le total non-agir des taoïstes et le volontarisme des confucéens. Comme le dit si bien l'historiette du bonhomme de Song qui voulait faire pousser ses navets plus vite en tirant dessus[53], il s'agit de naviguer entre deux extrêmes également préjudiciables au processus naturel de croissance : laisser tomber complètement la culture morale, ou bien s'échiner systématiquement à faire le bien, le Milieu étant de laisser se manifester sa bonté naturelle. Ce qui amène à se demander comment faire pour vivre une moralité qui soit spontanéité ; d'où l'importance que revêtent l'adéquation entre le Ciel et l'Homme dans la fameuse unité anthropocosmique et la notion de *LI* 理, principe interne à la fois aux choses de la nature et aux affaires humaines.

La sainteté peut-elle s'apprendre ?

Le renouveau confucéen se traduit par un sursaut d'optimisme, une réitération en force du pari originel de Confucius sur l'homme, de sa confiance en la perfectibilité de la nature humaine. La plupart des penseurs Song sont convaincus que tout homme est non seulement perfectible, mais susceptible de devenir un saint. Mais en même temps qu'est reprise l'idée mencienne que « tout homme peut devenir un Yao ou un Shun[54] », se trouve affirmée la conception du Saint comme un homme à part, extra-ordinaire. C'est là toute la « tension », le « dilemme »[55] qui crée la dynamique ouverte sur l'infini, l'élan quasi religieux, qui caractérise l'esprit confucéen à partir du XIe siècle.

Comme nombre de ses contemporains, Zhou Dunyi se plaît à évoquer l'exemple vivant de Yan Hui, le disciple préféré de Confucius, qui incarne l'idéal de l'« apprendre » et la quête individuelle de la sainteté[56]. Par sa volonté constante de progresser, sa détermination à rester dans le Dao, ses efforts de tous les instants dont font état les *Entretiens* de Confucius, Yan Hui offre un exemple concret auquel il est possible de se conformer, tout en n'ayant pas lui-même atteint la sainteté du fait d'une mort prématurée. Il montre comment, en étant né comme tout homme ordinaire et en vivant dans de médiocres conditions matérielles, on peut s'approcher de la sainteté uniquement à force d'« apprendre ». En même temps, son cheminement fait toucher du doigt les difficultés d'une telle quête qui requiert une détermination et une constance dont la plupart des êtres humains sont en fait incapables. À la question « La sainteté peut-elle s'apprendre ? », Zhou Dunyi répond par l'affirmative :

> Se concentrer sur l'Un, c'est la règle d'or. Se concentrer sur l'Un, c'est être sans désir. Être sans désir, c'est être vacant dans la quiétude, et aller droit dans le mouvement. Étant vacant dans la quiétude, on est éclairé, et étant éclairé, on comprend tout. Allant droit dans le mouvement, on est équanime et étant équanime, on embrasse tout. Étant éclairé et équanime, comprenant et embrassant tout, n'est-on pas tout près du but (la sainteté) [57] ?

Un et multiple

Comme Shao Yong, Zhou Dunyi s'interroge sur les rapports entre l'Un et le multiple, thème qui avait été abordé par Wang Bi au IIIe siècle, puis élaboré dans le bouddhisme du Tiantai et du Huayan avant d'être repris dans le Chan : « Le multiple revient à l'Un, et l'Un se différencie dans le multiple. » Plus encore que Shao Yong dont le souci premier reste de rendre l'univers lisible à l'homme, Zhou Dunyi réintroduit une dimension éthique proprement confucéenne dans le « Dao du Saint » qui consiste à remonter du multiple à l'Un :

> Les unes manifestes, les autres latentes, seule une conscience supérieure peut mettre en lumière [les opérations du Yin et du Yang]. Le Ferme est bon comme il peut être mauvais ; il en va de même pour le Souple. Rester dans le Milieu, voilà tout.
> Les deux énergies primordiales et les Cinq Agents en se transformant donnent naissance aux dix mille êtres. Les Cinq [Agents] différencient, alors que les deux [énergies] constituent la réalité même. Or ces deux-là ne sont fondamentalement qu'un. C'est ainsi que dix mille ne fait qu'un, et qu'un dans sa réalité se divise en dix mille. Dix mille et un ont

chacun leur place correcte, petit et grand chacun leur position déterminée [58].

Tout au long de son évolution, la pensée chinoise reste convaincue que le monde comporte un certain degré d'intelligibilité. Alors que la vision des Han cherche à rendre compte de l'univers par des schématisations numérologiques, ce type de cosmologie corrélative est remis en question par la perspective bouddhique, qui s'interroge sur la condition humaine bien plus que sur le rapport de l'homme au monde et pour laquelle rien n'a d'existence absolue. Pour des penseurs du début des Song comme Shao Yong, il s'agit, après le grand bouleversement bouddhique, de reconstituer une vision du monde cohérente et synthétique, un peu à la manière des Han. Quant à Zhou Dunyi, il tente à la fois de repenser le rapport de l'homme au monde sans pour autant se contenter d'appliquer des schémas et, contre le doute radical introduit par le bouddhisme, de reformuler la notion de changement et de mutation en vue de raviver une foi toute confucéenne en un univers structuré et animé d'une force vitale foncièrement bonne. La notion de principe, dans cette perspective nouvelle, reprend l'idée d'une intelligibilité du monde tout en se raccordant au problème de la nature et de la destinée humaines, central dans l'esprit des lettrés à partir du XIe siècle.

Zhang Zai (1020-1078)

Originaire de la Chine du Nord et issu d'une famille de magistrats, Zhang Zai n'a pas encore vingt ans lorsqu'il prend l'initiative d'écrire à propos de stratégie militaire à Fan Zhongyan, alors au sommet de sa gloire, qui lui aurait conseillé de s'intéresser plutôt aux Classiques, à commencer par *L'Invariable Milieu* [59]. Zhang Zai se jette alors pendant une dizaine d'années dans les études, son insatiable curiosité le conduisant vers le bouddhisme et le taoïsme pour revenir finalement au Dao confucéen qu'il est ainsi amené à repenser de fond en comble. Alors qu'il est occupé à enseigner sur les *Mutations* à la capitale Kaifeng a lieu sa fameuse rencontre avec ses neveux Cheng Hao et Cheng Yi, sans doute à l'occasion des examens mandarinaux qu'il passe avec succès en 1057, la même année que Cheng Hao. Sa carrière politique finit par l'amener, en

1069, auprès de l'empereur qui l'invite à participer à la « nouvelle politique » de Wang Anshi. Mais ses relations avec ce dernier tournant à l'aigre, il se retire dans son Guanzhong natal, à Hengqu (actuelle province du Shaanxi), pour la dernière période de sa vie, la plus fructueuse du point de vue philosophique.

Parmi les œuvres de Zhang Zai qui nous sont parvenues, on compte le *Yishuo (Explications sur les Mutations)* et son testament spirituel, le *Zhengmeng (L'Initiation correcte)*[60]. La piètre préservation de ses écrits en dit long sur l'effacement de Zhang Zai, dans la « lignée de transmission du Dao » établie au XIIe siècle par Zhu Xi, au profit de ses neveux qui, après sa mort, récupérèrent nombre de ses disciples autour de leur pôle de Luoyang. Ce n'est que sous les Ming et les Qing que ses œuvres exercèrent une influence considérable sur les plus grands philosophes en réaction contre la prédominance de l'« école du principe » héritée des frères Cheng et de Zhu Xi.

« Tout se relie dans le Dao unique »

Plus encore que Shao Yong et Zhou Dunyi, Zhang Zai se fait fort de réaffirmer la réalité du monde et l'effectivité de l'action humaine face au « tout est illusion » bouddhique. Comme devait le dire un siècle plus tard Zhang Shi (1133-1180), contemporain de Zhu Xi :

> Quand le bouddhisme parle d'absence de désirs, il s'agit pour lui de s'attaquer à la racine et d'arracher l'arbre, de détruire les normes sociales. Il s'agit pour lui d'engloutir les principes qui fondent la réalité du monde dans le gouffre de la vacuité et de l'irréalité[61].

Dans sa préface au *Zhengmeng (L'Initiation correcte)*, le disciple de Zhang Zai, Fan Yu, se livre à un plaidoyer passionné contre le bouddhisme :

> En vérité, il n'y a qu'un et un seul Dao. [...] Ce qui fait que le Ciel bouge, que la Terre porte, que le soleil et la lune répandent leur lumière, que les mânes et les esprits diffusent leur mystère, que le vent et les nuages changent, que les fleuves et les rivières coulent, [...] de la racine aux branches, du haut jusqu'en bas, tout se relie dans le Dao unique[62].

Le Dao confucéen est unique car il est le Dao de la nature même. Si Zhang Zai reconnaît à la doctrine bouddhique, qu'il a passé dix années de sa vie à étudier, une certaine part de vérité, il reste, selon lui, un point essentiel qu'elle n'a pas saisi : le lien entre l'Homme et le Ciel, d'où découle la capacité inhérente à l'esprit humain de se ressourcer directement dans l'unité cosmique :

> Dans ses propos sur la nature humaine, il apparaît que le Bouddha n'a pas compris les mutations. Or, ce n'est qu'après avoir compris les mutations qu'il devient possible d'aller jusqu'au fond de la nature humaine.
> Ce n'est qu'après avoir saisi « l'aisé et le simple » qu'on peut connaître le difficile et l'obscur. Une fois saisi le principe de l'aisé et du simple, on peut relier par un même fil le Dao de l'univers entier [63].

Comme Shao Yong et Zhou Dunyi, Zhang Zai s'inspire dans ses conceptions cosmologiques des *Mutations*, et principalement du *Grand Commentaire*. Mais on ne trouve plus chez lui l'assurance d'une solidarité étroite entre le Ciel et l'Homme dont les penseurs des Zhou et des Han avaient fait une sorte d'*a priori* et exploité tous les développements possibles dans la « cosmologie corrélative ». Après la dissolution de cette vision par la vacuité bouddhique qui tient le monde sensible pour illusoire, le renouveau confucéen entend redonner vie, substance et légitimité à la « pensée unique qui relie le tout » de Confucius et renouer avec la tradition antique de l'unité de l'homme et du cosmos, mais avec la conscience aiguë qu'elle fait problème, voire la hantise qu'elle pourrait être perdue si elle n'est pas repensée et justifiée. C'est ainsi qu'à l'antinomie bouddhique entre les phénomènes (*shi* 事) et l'absolu (*LI* 理) dont ils restent inconsciemment imprégnés, des penseurs comme Zhang Zai substituent l'opposition complémentaire de l'énergie constitutive des choses (*qi* 氣) et du principe cosmique (*LI* 理) – qualifié parfois de principe céleste (*tianli* 天理) [64] – terme ancien dont le bouddhisme avait détourné la signification et auquel ils s'efforcent de rendre son sens premier d'ordre naturel.

Qi : vide et plein

C'est en terme d'énergie vitale *(qi)* que Zhang Zai rend compte de la réalité tout entière, c'est-à-dire du Dao[65]. Pour lui, le principe unifiant qui permet de rendre compte de l'infinie multiplicité, c'est le *qi*. Comme chez Wang Bi, il est le fond indifférencié (*wu* 無), vide (*xu* 虛) qui rend possible l'émergence de toute chose, mais en même temps, il est, comme chez Guo Xiang, tout « ce qu'il y a » (*you* 有). En somme, le *qi est* la totalité du Dao :

> Le *qi*, à son origine dans le Vide, est pur, un et sans formes ; sous l'effet de la stimulation, il donne naissance [au Yin/Yang], et ce faisant se condense en figures visibles.
> Le *qi* fluctuant s'agite et se déplace en tous sens, en se concentrant il se constitue en matière et engendre ainsi la multiplicité différenciée des hommes et des choses. Dans leur cycle sans fin, les deux fondements du Yin et du Yang établissent la grande norme du Ciel-Terre[66].

De même qu'à Zhou Dunyi il fut reproché d'avoir posé le Sans Faîte et la quiétude comme premiers, le « Vide suprême » (*taixu* 太虛) de Zhang Zai ne manqua pas d'irriter par ses connotations taoïstes, voire bouddhiques. C'était passer à côté de l'intention première de Zhang Zai qui était précisément de faire pièce à l'il-n'y-a-pas du *Laozi* et à la vacuité bouddhique sur leur propre terrain. Alors que ces notions tendent à montrer la nature relative ou illusoire de toute chose, Zhang leur insuffle du *qi* pour affirmer au contraire que la réalité est bien réelle :

> Le Dao du Ciel-Terre n'est autre que de faire du plein à partir du Vide extrême. [...] Au fil du temps, même l'or et les métaux se désagrègent, les plus hautes montagnes s'érodent, toute chose qui a forme se détruit facilement. Seul le Vide suprême, étant inébranlable, est le comble du plein[67].

Toute réalité, matérielle ou spirituelle, relève du *qi* et de ses infinies transformations. Pour Zhang Zai, la réalité est animée dans son entier par un double processus fondamental, une sorte de respiration vitale en deux temps : inspiration/expiration, expansion/contraction, dispersion/condensation. Selon ce rythme binaire propre à la bipolarité complémentaire du Yin (condensation) et du Yang (dispersion), le *qi* indifférencié se cristallise dans les formes visibles, puis se dissout de nouveau, comme l'eau qui se solidifie en gelant puis se répand en fondant[68]. Ainsi s'ouvre le *Zhengmeng (L'Initiation correcte)* :

> L'Harmonie suprême (*taihe* 太和) est ce qui s'appelle Dao. En elle est contenue la nature [de tous les processus] : flotter/sombrer, monter/descendre, mouvement/repos, stimulation mutuelle. C'est en elle que [les processus] trouvent leur origine : génération, interaction, vaincre/être vaincu, contraction/expansion. À son avènement, elle est infime et subtile, « aisée et simple [69] », mais à son achèvement, elle est vaste et grande, ferme et solide. [...]
> Ce qui se disperse, se différencie et peut prendre figure visible est énergie vitale (*qi* 氣) ; ce qui est pur, pénètre partout et ne peut prendre de forme visible est puissance spirituelle (*shen* 神). À moins d'être comme du *qi* en mouvement, les forces génératrices [du Ciel-Terre] ne sauraient être considérées comme en Harmonie suprême. [...]
> Le Vide suprême n'a pas de formes : c'est la constitution originelle du *qi*. La condensation et la dissolution [du *qi*] sont des formes temporaires dues aux changements et aux transformations. [...] Bien que le *qi* du Ciel-Terre se condense et se disperse, repousse et recueille de cent façons, en tant que principe (*LI* 理), il opère selon un ordre infaillible. Le *qi* est une chose qui se dissout pour revenir au sans-forme en se maintenant dans sa constitution, et qui se condense pour donner des figures sans s'écarter de sa constante.
> Le Vide suprême ne peut être que *qi*, le *qi* ne peut que se condenser pour donner les dix mille êtres, les dix mille êtres ne peuvent que se dissoudre pour revenir au Vide suprême. Avènement et résorption alternent en un cycle universellement nécessaire. [...] Le Vide suprême est pur, étant pur il est sans obstruction, étant sans obstruction il est spirituel *(shen)*. Le contraire du pur est le trouble ; le trouble est obstruction, et l'obstruction donne les formes [70].

« Spirituel » *(shen)* qualifierait donc le *qi* un et indifférencié du Vide suprême, alors qu'il ne s'est pas encore condensé et diversifié dans les formes sensibles. Le *qi* est donc la totalité du Dao, dans son aspect invisible aussi bien que visible. Zhang Zai commente ainsi la formule du *Grand Commentaire* sur les *Mutations*, « Ce qui est en amont des formes s'appelle Dao, ce qui est en aval s'appelle objets concrets » :

> Tout ce qui est en amont de l'informe s'appelle Dao. Ce qui est difficile à comprendre, c'est simplement le point de rencontre entre il-y-a et il-n'y-a-pas, entre là où il y a forme et là où il n'y a pas forme. L'important est de comprendre que c'est de ce point que procède le *qi*, seul capable d'unifier l'il-y-a et l'il-n'y-a-pas [71].

Bien avant d'être rattrapé par la classification marxiste qui a voulu voir en lui un penseur « matérialiste », Zhang Zai avait déjà posé problème à son neveu Cheng Yi pour qui le *qi*, en tant qu'énergie animant les êtres, est « en aval des formes » et ne saurait donc caractériser le Dao qui, en tant que pur principe, est « en amont ». À l'opposé d'une telle dichotomie, Zhang Zai a pour but déclaré de rendre compte de la réalité dans sa totalité, aussi bien matérielle que spirituelle, par la seule notion de *qi* dont il s'efforce de formuler la dualité dans l'unité :

> Le *qi* du Vide suprême est Yin et Yang en une seule chose, et pourtant il y a dualité qui revient à celle de « puissance » et « docilité » [72].
> Une seule chose avec une double constitution, tel est le *qi*. [...] Cette constitution double est vide et plein, mouvement et repos, condensation et dispersion, clair et trouble, mais foncièrement elle est une [73].
> Une seule chose avec une double constitution, tel est le *qi*. En ce qu'il est un, il est spirituel (*shen* 神) ; en ce qu'il est deux, il est transformation (*hua* 化) [74].

Cela donne l'occasion à Zhang Zai de s'en prendre aussi bien aux bouddhistes qu'aux taoïstes pour n'avoir pas compris ce mystère du deux-un :

> Ceux qui parlent d'extinction (les bouddhistes) conçoivent un départ sans retour ; ceux qui s'en tiennent à la vie et s'accrochent à l'existant (les taoïstes) croient les choses immuables. Malgré leurs différences, tous se rejoignent dans leur incompréhension du Dao. Que [le *qi*] soit condensé ou dissous, c'est toujours ce qui me constitue. On ne peut parler de la nature humaine qu'avec celui qui a compris que la mort n'est pas annihilation.
> Quand on a compris que l'espace vide n'est que *qi*, alors l'il-y-a et l'il-n'y-a-pas, le latent et le manifeste, l'esprit et

> les transformations, la nature humaine et le destin ne forment plus qu'un et non pas deux. Celui qui, contemplant condensation et dissolution, avènement et résorption, forme et non-forme, est capable de remonter à leur source première, celui-là a saisi le sens profond des *Mutations*. [...] La condensation et la dissolution du *qi* sont au Vide suprême ce que le gel et la fonte sont à l'eau. Comprendre que le Vide suprême, c'est le *qi*, c'est comprendre qu'il n'y a pas d'il-n'y-a-pas [75].

Selon les bouddhistes, le fait que les choses apparaissent et disparaissent du monde de l'existant est une preuve de leur caractère illusoire. Pour Zhang Zai, ce phénomène alternatif s'explique par le va-et-vient entre *qi* potentiel indifférencié et *qi* matériel différencié, différents états d'un seul et même *qi* qui, lui, reste toujours réel. La mort, dans cette perspective, n'est ni extinction ni même disparition, elle est seulement transformation du *qi* : le *qi* d'un être se dissout à sa mort pour retourner à l'état indifférencié de Vide suprême, et le *qi* indifférencié en se condensant donne forme à un autre être. En soulignant la réalité éternelle et indestructible du *qi*, Zhang Zai s'oppose à l'idée bouddhique du « tout est illusion », quitte à s'attirer les soupçons de Zhu Xi qui y voit la porte ouverte à l'idée tout aussi bouddhique de transmigration !

Unité de l'énergie, unité de la nature

Dans la nature foncière, originelle (*xing* 性), on retrouve le même rythme binaire, la même respiration à deux temps que dans le *qi* :

> Si les choses peuvent entrer en interaction, c'est qu'elles ont toutes en elles une même nature qui se ramasse et se disperse, qui recueille et dispense.
> La nature céleste en l'homme est exactement comparable à la nature aquatique dans la glace ; bien que – gelée ou fondue – [l'eau] soit dans des états différents, en tant que chose elle reste une [76].

Zhang Zai retrouve ici l'intuition propre au Mâdhyamika de la non-dualité des phénomènes et de l'absolu, dont il tire la même conclusion que le Mahâyâna chinois : tout être possède la nature-de-Bouddha. Universalisme à travers lequel est relue la fameuse phrase de Mencius : « Les dix mille êtres sont présents dans leur totalité en moi. »

> « Connaître sa nature, c'est connaître le Ciel » : [cela signifie que] Yin et Yang, recueillement et expansion, font partie intégrante de moi [77].

La fameuse « Inscription de l'ouest », mise en exergue par Cheng Yi [78], est une reformulation puissante du message de Mencius :

> Le Ciel, c'est mon père ; la Terre, c'est ma mère. Et moi, être insignifiant, je trouve ma place au milieu d'eux. Ce qui remplit le Ciel-Terre fait corps avec moi, ce qui régit le Ciel-Terre participe de la même nature que moi [79]. Tout homme est mon frère, tout être mon compagnon [80]. Le souverain suprême est le fils aîné de mon père et de ma mère, les grands ministres sont ses serviteurs.
> Ayez respect pour les anciens, de manière à traiter les plus âgés comme ils devraient l'être ; ayez amour pour les orphelins et les faibles, de manière à traiter les plus jeunes comme ils devraient l'être. Le Saint est celui dont la vertu ne fait qu'un [avec celle du Ciel-Terre], l'homme de valeur est celui qui surpasse les autres. Tous ceux dans le monde qui sont las, infirmes, mutilés, malades, ceux qui sont esseulés après avoir perdu frères, enfants, épouse, mari, tous sont mes frères, eux qui, dans l'adversité, ne savent vers qui se tourner. [...]
> Richesses, honneurs, bienfaits et largesses m'assurent la prospérité dans la vie ; pauvreté, basse condition, souci et chagrin me portent vers l'accomplissement personnel. Dans la vie, je suivrai et servirai [le Ciel-Terre] ; dans la mort, je serai en paix [81].

Dans ce texte magnifique qui, malgré sa brièveté, devait inspirer des générations de penseurs, sont rassemblés tous les grands thèmes qui forment l'ossature de l'enseignement confucéen : l'affirmation – d'une énergie digne de Xunzi – de la participation active de l'homme au processus créatif du Ciel-Terre ; le sens de l'unité des êtres et des choses ; l'accomplissement du soi individuel au sein de la communauté humaine. L'unité du Ciel et de l'Homme qui fonde la morale naturelle en même temps que la nature morale s'exprime également dans des termes empruntés au *Grand Commentaire* sur les *Mutations* :

> La mutation est une chose unique mais elle réunit les trois puissances cosmiques : Ciel, Terre et Homme ne font qu'un. Yin/Yang est leur *qi*, dur-souple leur forme, humanité-moralité leur nature [82].

Zhang Zai explique comment l'homme, et en particulier le Saint, parachève l'œuvre cosmique :

> Le Ciel n'est que le *qi* unique en mouvement ; il « met en branle les dix mille êtres » et par là leur donne naissance, mais il n'a pas de cœur pour compatir avec eux. Écrasé de soucis, le Saint ne saurait être à l'image du Ciel. « Le Ciel-Terre établit les positions, le Saint réalise les potentialités. » C'est le Saint qui ordonne les choses du Ciel-Terre et « son discernement s'étend aux dix mille êtres, sa voie apporte la paix à l'univers » [83].

Un peu plus loin, Zhang Zai distingue ce qu'il retient du *Laozi* et ce qu'il en rejette :

> Il est dit dans le *Laozi* : « Le Ciel-Terre est dépourvu d'humanité, il traite les dix mille êtres comme chiens de paille » : ceci est juste. « Le Saint est dépourvu d'humanité, il traite les cent familles comme chiens de paille » : cela, en revanche, est anormal. Comment le Saint pourrait-il être dépourvu d'humanité ? Sa hantise est précisément d'en manquer ! Quant au Ciel-Terre, quelle idée pourrait-il avoir de l'humanité ? Il se contente de « mettre en branle les dix mille êtres », alors que le Saint, par sa seule humanité, est capable d'« élargir la Voie » [84].

Bien que sa nature soit issue du Ciel, l'homme ne peut la réaliser pleinement qu'en développant au maximum son potentiel de bonté qu'est le sens de l'humain (*ren* 仁), c'est-à-dire en épousant parfaitement le processus cosmique : tel est le propre de l'authenticité (*cheng* 誠), notion qui, on l'a vu chez Zhou Dunyi, redevient centrale chez les penseurs confucéens des Song et à laquelle Zhang Zai consacre tout un chapitre de son *Zhengmeng* :

> L'union de la nature humaine et du Dao céleste réside dans l'authenticité. Le Dao par lequel le Ciel perdure à l'infini s'appelle authenticité. Ce qui permet à l'homme doué d'humanité et au fils filial de servir le Ciel et de réaliser en eux l'authenticité, c'est simplement de persister dans l'humanité et la piété filiale. Voilà pourquoi l'homme de bien accorde tant de prix à l'authenticité [85].

Cependant, Zhang Zai, tout en se référant fréquemment à Mencius, intègre aussi l'héritage de Xunzi dans sa tentative de répondre à la question du mal. Sa pensée du *qi* lui permet précisément de prendre en compte le mal et les désirs humains. La nature foncière, étant nourrie de *qi* originel issu du Vide suprême et indifférencié, est pure et céleste – Zhang Zai l'appelle « nature du Ciel », *tian zhi xing* 天之性, ou « nature du Ciel-Terre », *tiandi zhi xing* 天地之性 :

> L'authenticité, c'est le plein ; le Vide suprême, c'est ce qui emplit le Ciel [...] et l'esprit. [...] Le Vide est la source du sens de l'humain. [...] À la racine du bon est la quiétude, à la racine de la quiétude est le Vide. [...] Le Ciel-Terre trouve sa vertu dans le Vide, le comble du bien étant le Vide [86].

Mais une fois qu'il se différencie dans les formes et les êtres particuliers, il n'est plus que *qi* physique, soumis à la tyrannie des désirs et des habitudes. Zhang Zai appelle « nature de matière-énergie » (*qizhi zhi xing* 氣質之性), ou nature physique, ce *qi* particulier à chaque individu qui explique les différences de qualité, de talent, de capacité, qui rend compte de la présence des désirs les plus bas, qui prend le pli des mauvaises habitudes mais qu'il s'agit de canaliser et d'orienter dans le sens de la nature foncière par l'apprendre :

> La nature en l'homme n'a rien que de bon. Tout dépend de son aptitude à y faire retour. [...] Dès qu'un être prend forme, il y a nature physique. Pour peu qu'il soit apte à faire retour à la nature du Ciel-Terre, celle-ci est préservée. Voilà pourquoi il y a dans la nature physique quelque chose que l'homme de bien se refuse à considérer comme sa nature. Qu'un homme soit ferme ou souple, indolent ou impatient, capable ou incapable, est dû à des déséquilibres de son *qi*. Le Ciel est à l'origine une harmonie à trois en équilibre parfait. Nourrir son *qi* et le faire retourner à cette origine sans pencher d'un côté ou de l'autre, c'est accomplir pleinement sa nature jusqu'à retrouver le Ciel [87].

Distinguer un *qi* pur, céleste, et un *qi* physique, mélange plus ou moins impur de Yin et de Yang, permet, tout en restant dans une perspective naturaliste et dans la conviction mencienne que la nature humaine est bonne, de rendre compte de l'existence du mal. Les penchants qui marquent le *qi* originel au moment où un être humain prend corps introduisent des excès dans un sens ou dans un autre, un déséquilibre ou un dérèglement auquel il s'agit de remédier. En reprenant l'idée mencienne d'une « connaissance morale innée » (*liangzhi* 良知)[88], Zhang Zai est le premier à établir une distinction claire – sans pour autant remettre en question l'unité foncière du *qi* – entre « principe céleste » (*tianli* 天理) et « désirs humains » (*renyu* 人欲), autant de notions qui connaîtront une fortune considérable dans le développement ultérieur de la pensée confucéenne.

La quête de sainteté

L'idée de la disparité de *qi* selon les constitutions, témoin du réalisme de Zhang Zai, ne débouche cependant pas sur un déterminisme pessimiste : en bon confucéen, Zhang Zai reste confiant dans les capacités d'apprentissage que l'homme, par son esprit, est seul parmi les êtres à posséder et qui lui permettent de surmonter aussi bien les obstacles extérieurs que ses propres tares ou lacunes :

> L'esprit (*xin* 心), c'est ce qui régit la nature et les émotions[89].

L'essentiel est de placer dans la volonté d'apprendre une détermination sans faille et sans relâche :

> Pour peu que l'on soit « résolu à apprendre », on pourra vaincre [les défauts de] son *qi* et ses mauvaises habitudes[90].

Mais gare à ceux qui abandonnent ou relâchent un tant soit peu leur effort !

> Si celui qui apprend s'arrête un seul instant, il deviendra du même coup une marionnette qui ne bouge que si on la tire ou la secoue, et qui s'arrête dès qu'on la laisse. Celui-là connaîtra dix mille vies et dix mille morts en une seule journée. Si celui qui apprend s'arrête un seul instant, c'est comme s'il mourait car

c'est la mort de l'esprit, même si le corps reste en vie ; or, le corps n'est qu'une chose parmi la multitude des choses de l'univers. Celui qui apprend ne vit que par le Dao ; si le Dao s'arrêtait, ce serait sa mort car il ne serait plus en fin de compte qu'une chose artificielle. Aussi devrait-il toujours se représenter la métaphore de la marionnette en guise d'avertissement [91].

La pensée de Zhang Zai est éminemment représentative du confucianisme renouvelé des Song : en revenant aux intuitions originelles de Confucius, elle s'efforce de les expliciter dans le sens de l'expérience vécue et de la pratique concrète. Cela apparaît le plus nettement dans l'exposition du processus de l'étude et de la quête de sainteté. « Apprendre, c'est apprendre à faire de soi un être humain [92] », c'est ainsi que Zhang Zai résume la grande idée de Confucius, tout en s'efforçant de baliser le plus concrètement possible le chemin en y distinguant deux étapes principales :

[Le chemin parcouru] entre celui qui entreprend d'apprendre et Maître Yan [Hui] est une première étape ; entre Maître Yan et Confucius, c'en est une autre. C'est dire combien la progression est difficile : ces deux étapes sont comme deux passes à franchir [93].

Zhang Zai recourt aux *Entretiens* de Confucius comme témoignage vivant sur le comportement du Maître en situation. Certains passages du *Zhengmeng* laissent à penser qu'il cherche à s'identifier à Confucius, conscient d'avoir un message important à livrer au monde et, à l'image de son illustre modèle, frustré de n'avoir pas eu plus d'influence de son vivant. Quant à Yan Hui, le disciple préféré du Maître, il incarne une étape décisive dans la quête de sainteté. C'est d'une dimension concrète, vécue, que les penseurs des Song enrichissent cet aspect traditionnel de l'enseignement confucéen. Zhang Zai établit un véritable programme à l'aune duquel peuvent être jugés même ses plus proches contemporains, à commencer par ses ambitieux neveux :

Dès l'âge de quatorze ans, les deux frères Cheng étaient bien décidés à apprendre pour devenir des saints, mais maintenant qu'ils ont la quarantaine, ils n'ont même pas atteint le niveau de Yan [Hui] et de Min [Sun]. Le plus jeune Cheng pourrait se comparer à Maître Yan, mais je crains fort qu'il ne le vaille pas dans l'absence d'égoïsme [94].

Dans les deux étapes distinguées par Zhang Zai, la première apparaît comme un apprentissage fondé sur l'effort délibéré et soutenu, le désir de connaître et de se perfectionner toujours plus, alors que la seconde tient davantage d'une évolution naturelle et spontanée que Zhang Zai appelle « maturation du sens de l'humain ». Ce processus conduit à un état décrit en des termes évocateurs des *Entretiens* de Confucius : « On réalise sa nature quand on suit son cœur et que tout s'accorde avec le Ciel[95]. » Zhang Zai parle également d'une « illumination de l'esprit[96] » où s'abolit la distinction du moi et d'autrui, et qui lui inspire, comme à beaucoup d'autres, la métaphore typiquement taoïste et bouddhique du miroir :

> Dans le miroir central du principe céleste apparaissent aussi bien le moi qu'autrui. C'est comme si vous teniez un miroir ici, il ne reflétera que ce qui est là et vous ne verrez rien de vous, mais en plaçant le miroir au centre, tout viendra s'y refléter. Tant que le principe céleste est là, le moi aussi bien que les choses apparaissent : il n'y a donc pas lieu de mettre en avant le moi puisqu'il est aussi une chose. C'est en s'accoutumant à se défaire de son moi que la lumière se fera d'elle-même[97].

En distinguant deux étapes dans le cheminement vers la sainteté, Zhang Zai tente, tout comme Zhou Dunyi, de restituer l'équilibre entre le « non-agir » taoïste et l'« agir » confucéen, entre abandonner la terre en friche et s'acharner à tirer sur les navets à la manière de l'homme de Song[98]. Il y a donc dans l'esprit de l'homme la même distinction à faire que dans le *qi* : en ce qu'il est directement inspiré par le Ciel, il est esprit « vide » de tous préjugés, capable d'une connaissance intuitive, immédiate, non dépendante des sens, et d'un retour au Vide suprême :

> En élargissant son esprit, il est possible de faire corps avec les choses de l'univers. Tant que l'on n'a pas fait corps avec toute chose, il restera quelque chose d'extérieur à l'esprit. L'esprit des hommes ordinaires se limite aux bornes étroites de ce qu'ils voient et entendent. Le Saint réalise pleinement sa nature et ne laisse pas entraver son esprit par ce qu'il voit et entend. Dans le regard qu'il porte sur l'univers, il n'est pas une chose qui ne soit sienne. C'est ce que voulait dire Mencius : « Épuiser le potentiel de son esprit, c'est connaître sa nature comme c'est connaître le Ciel. » Le Ciel est immense

au point de n'avoir pas d'extérieur, aussi l'esprit auquel il reste quelque chose d'extérieur ne saurait-il s'unir à l'esprit du Ciel. La connaissance issue de la vue et de l'ouïe (*jianwen zhi zhi* 見聞之知) s'acquiert par contact avec les choses, ce n'est pas la connaissance propre à la nature morale (*dexing suo zhi* 德性所知), laquelle ne dérive pas de ce qui est vu et entendu [99].

Même si Zhang Zai indique un programme précis et concret qui semble mettre à la portée de tous un idéal de sainteté, celui-ci reste un pôle vers lequel tendre sans être jamais atteint. Zhang Zai lui-même donne l'exemple d'un esprit curieux, en perpétuelle quête, qui tire son inspiration des traditions les plus variées, se référant aussi bien aux *Mutations*, aux *Entretiens* de Confucius, au *Mengzi* et à *L'Invariable Milieu* qu'au *Zhuangzi* et au *Laozi*, dont les citations font de ses écrits de véritables mosaïques [100]. Dans ce qui nous reste de son enseignement, on sent constamment la marque d'un maître dont le souci principal est de guider efficacement ses disciples en leur parlant d'une manière qui les touche au vif : non sans une pointe d'humour, Zhang Zai y voit l'art du boucher Ding qui connaît le moindre interstice de son bœuf pour y faire passer sa lame [101] !

Notes

1. SHIMADA Kenji, dans un article de 1958 cité par Jean-François BILLETER, *Li Zhi, philosophe maudit (1527-1602). Contribution à une sociologie du mandarinat chinois de la fin des Ming*, Genève, Droz, 1979, p. 80-81. Sur cette mutation économique et sociale de première importance, cf. Mark ELVIN, *The Pattern of the Chinese Past. A Social and Economic Interpretation*, Stanford University Press, 1973.

2. Thomas H. C. LEE parle d'une véritable « révolution pédagogique » et d'une « découverte de l'enfance », cf. « The discovery of childhood: children education in Sung China (960-1279) », in Sigrid PAUL, éd., *Kultur : Begriff und Wort in China und Japan*, Berlin, D. Reimer Verlag, 1984, p. 159-202; et *Government Education and Examinations in Sung China*, Hong Kong, The Chinese University Press, 1985. Voir aussi John W. CHAFFEE, *The Thorny Gates of Learning in Sung China*, Cambridge University Press, 1985.

3. À noter que les grands centres du renouveau confucéen sont situés dans les zones les plus prospères tant du point de vue économique que démographique vers la fin des Tang et sous les Song (actuelles provinces du Sichuan, Jiangxi, Jiangsu, Zhejiang, Fujian, dans le moyen et le bas Yangzi).

4. Jacques GERNET, *L'Intelligence de la Chine*, p. 260. La première édition imprimée des Classiques confucéens est achevée en 951. Thomas F. CARTER, dans son ouvrage *The Invention of Printing in China and its Spread Westward*, éd. revue et augmentée par L. C. GOODRICH, New York, Ronald Press, 1955, p. 83, n'hésite pas à comparer la renaissance confucéenne à celle qui se produisit au XVIe siècle en Europe autour de la redécouverte de la littérature classique et qui dut aussi beaucoup aux progrès de l'imprimerie. Les confucéens des Song avaient à l'égard des Classiques une attitude comparable à celle des scoliastes de la Renaissance à l'égard de la Bible et d'Aristote : ils se donnaient pour mission de redécouvrir, non pas une philosophie nouvelle, mais une lecture oubliée des textes canoniques. Cf. également Paul PELLIOT, *Les Débuts de l'imprimerie en Chine*, Paris, Adrien Maisonneuve, 1953 ; Jean-Pierre DRÈGE, « Des effets de l'imprimerie en Chine sous la dynastie des Song », *Journal asiatique*, 282, 2 (1994), p. 391-408 ; du même auteur, *Les Bibliothèques en Chine au temps des manuscrits (jusqu'au Xe siècle)*, École française d'Extrême-Orient, 1991.

5. La désignation « trois maîtres » est de l'historien du XVIIe siècle Huang Zongxi (voir plus bas chap. 21) qui leur consacre les deux premiers chapitres de son *Song Yuan xue'an (Les Écoles de lettrés des Song et des Yuan)*, la toute première histoire des courants philosophiques du Xe au XIVe siècle, traitant de 87 lettrés en 100 chapitres.

Sur les conceptions politiques de Sun Fu et de quelques autres penseurs des Song, cf. Alan T. WOOD, *Limits to Autocracy. From Sung Neo-Confucianism to a Doctrine of Political Rights*, Honolulu, University of Hawaii Press, 1995.

6. SHI Jie, *Du Yuandao (En lisant « L'Origine du Dao » de Han Yu)*, in *Zulaiji*, éd. *Siku quanshu zhenben*, 7, p. 4b.

7. Cf. James T. C. LIU, « An Early Sung Reformer : Fan Chung-yen », in John K. FAIRBANK, éd., *Chinese Thought and Institutions*, Chicago University Press, 1957, p. 105-131 ; Johanna VON FISCHER, « Fan Chung-yen (989-1052) : Das Lebensbild eines chinesischen Staatsmannes », *Oriens Extremus* (1955), 2, p. 39-85.

8. Cf. James T. C. LIU, *Ou-yang Hsiu : An 11th Century Neo-Confucianist*, Stanford University Press, 1967.

9. Les titres de ses essais illustrent sa volonté de revenir à la source normative du confucianisme originel : *Des fondements (Ben lun)* et *De la transmission orthodoxe (Zhengtong lun)*, dont on trouvera une traduction partielle dans William Theodore DE BARY *et al.*, *Sources of Chinese Tradition*, t. I, p. 386-390.

10. Ouyang Xiu ne voit dans les Dix Ailes qu'un fatras incohérent qu'il attribue à des auteurs anonymes et peu fiables : il est le premier à mettre en doute l'attribution traditionnelle à Confucius en particulier du *Grand Commentaire*, pourtant source d'inspiration essentielle pour le courant cosmologique.

11. Sur Li Gou, cf. HSIEH Shan-yüan, *The Life and Thought of Li Kou (1009-1059)*, San Francisco, Chinese Materials Center, 1979. Sur Su Xun et ses fils, voir plus bas chap. 18.

12. En 1075, Wang Anshi use (et, selon certains, abuse) de son pouvoir politique pour imposer sa conception du Dao en introduisant au pro-

gramme des examens et des écoles ses propres *Nouveaux Commentaires sur les trois Classiques (Odes, Documents, Rites des Zhou)*, qui accordent plus d'attention aux grandes idées qu'aux détails philologiques et exégétiques des textes, provoquant un tollé dans les milieux lettrés. Cf. James T. C. LIU, *Reform in Sung China : Wang An-shih (1021-1086) and his New Policies*, Harvard University Press, 1959.

13. Sur cette double dimension du confucianisme classique, voir chap. 12, note 34.

14. Pour quelques précisions concernant cette désignation, qui est en fait un néologisme de la sinologie occidentale, voir chap. 19, note 13, et Hoyt Cleveland TILLMAN dans le débat qui l'oppose à William Theodore DE BARY, cf. « A New Direction in Confucian Scholarship : Approaches to Examining Differences Between Neo-Confucianism and *Tao-hsueh* », et « A Reply to Professor de Bary », *Philosophy East and West*, 42, 3 (1992), p. 445-474, et 44, 1 (1994), p. 135-142.

15. Cf. Peter N. GREGORY & Daniel A. GETZ, éd., *Buddhism in the Sung*, Honolulu, University of Hawaii Press, 2000 ; Edward T. CH'IEN, « The Neo-Confucian Confrontation with Buddhism : A Structural and Historical Analysis », *Journal of Chinese Philosophy*, 9 (1982), p. 307-328 ; Carsun CHANG, « Buddhism as Stimulus to Neo-Confucianism », *Oriens Extremus*, 2 (1955), p. 157-166. De ce même auteur, on pourra consulter *The Development of Neo-Confucian Thought*, 2 vol., 1957, rééd. Westport (Conn.), Greenwood Press, 1977. Voir aussi HUANG Siu-chi, *Essentials of Neo-Confucianism. Eight Major Philosophers of the Song and Ming Periods*, Westport, Greenwood Press, 1999.

16. Cf. *Entretiens*, IV, 15 et XV, 3. La « conquête bouddhique » est une allusion à l'ouvrage d'Erik ZÜRCHER, *The Buddhist Conquest of China*, cité au chap. 14, note 27.

17. Les trois derniers ouvrages, en particulier, attestent d'un renouveau des études historiques sous les Song dans le cadre de la réaffirmation de l'humanisme confucéen occulté par le bouddhisme.

18. Sur Chen Tuan, spécialiste bien connu des techniques taoïstes d'immortalité, voir sa biographie au chap. 457 des *Annales de la dynastie Song (Song shi)*, et Livia KNAUL, *Leben und Legende des Ch'en T'uan*, Berne, Peter Lang, 1981.

19. Cf. Michael FREEMAN, « From Adept to Worthy : the Philosophical Career of Shao Yung », *Journal of the American Oriental Society*, 102 (1982), p. 477-491 ; Anne D. BIRDWHISTELL, *Transition to Neo-Confucianism : Shao Yung on Knowledge and Symbols of Reality*, Stanford University Press, 1989 ; Don J. WYATT, *The Recluse of Loyang : Shao Yung and the Moral Evolution of Early Sung Thought*, Honolulu, University of Hawaii Press, 1996. Voir aussi la thèse de doctorat d'Alain ARRAULT, « Shao Yong (1012-1077) : Un philosophe poète dans la Chine prémoderne », université Paris-VII, 1995, qui s'intéresse plus particulièrement aux poèmes contenus dans le *Yichuan jirang ji (Recueil du jeu de rang de la rivière Yi)*.

Le *Huangji jingshi shu* (désormais HJJSS) est composé d'un calendrier perpétuel établi sur des conceptions cosmologiques et servant de cadre à une chronologie du souverain mythique Yao aux Cinq Dynasties, d'une série de pseudo-tables de rimes et de plusieurs « chapitres sur l'observation des choses ». L'expression *huangji*, « Auguste Faîte », qui figure dans le titre est empruntée au chapitre *Hongfan* (« Grand Plan ») du *Livre des Documents*. Les références seront données ici dans l'édition du *Sibu beiyao* (SBBY).

20. *Xici (Grand Commentaire)* A11 (voir plus haut chap. 11, note 19). Sur la notion de Faîte suprême à partir des Song, cf. HUANG Siu-chi, « The Concept of *T'ai-chi* (Supreme Ultimate) in Sung Neo-Confucian Philosophy », *Journal of Chinese Philosophy*, I, 3-4 (1974), p. 275-294 ; et Isabelle ROBINET, « The Place and Meaning of *Taiji* in Taoist Sources Prior to the Ming Dynasty », *History of Religions*, 29, 4 (1990), p. 373-411.

21. HJJSS 7A, p. 24b. Sur les « quatre figures du Ciel » et les « quatre emblèmes de la Terre », voir plus bas à la note 25.

22. HJJSS 8B, p. 23a.

23. L'expression est issue du commentaire *Wenyan* sur le premier hexagramme *qian* du *Livre des Mutations* : « Il est antérieur au Ciel et le Ciel ne lui fait pas opposition. »

24. Sur Yang Xiong, voir chap. 12.

25. Cf. HJJSS 5, p. 1b. Voir aussi plus haut note 21.

26. On peut visualiser quelques diagrammes dans Kidder SMITH, Jr., *et al.*, *Sung Dynasty Uses of the I Ching*, Princeton University Press, 1990, p. 113, 115, 117.

27. HJJSS 8A, p. 16b.

28. HJJSS 12 B, p. 5a-b.

29. HJJSS 5, p. 14b.

30. *Zhuangzi* 11 (cité au chap. 4, note 38) et HJJSS 8B, p. 27b.

31. HJJSS 6, p. 26b. La dernière phrase est une citation du *Grand Commentaire* aux *Mutations*, cf. *Xici* B3. À bien des égards, le passage sur le thème du miroir a tout l'air de commenter et développer le passage du *Zhuangzi* 13, éd. *Zhuangzi jishi*, ZZJC, p. 204 (cité au chap. 4, note 39).

Sur l'« observation inversée », cf. Anne D. BIRDWHISTELL, « Shao Yung and his Concept of *Fan Kuan* », *Journal of Chinese Philosophy* IX, 4 (1982), p. 367-394.

32. Voir chap. 16 à la note 12.

33. Cf. Paul DEMIÉVILLE, « Le miroir spirituel », republié dans *Choix d'études bouddhiques (1929-1970)*, Leyde, Brill, 1973, p. 122-123.

34. HJJSS 8B, p. 2b. Cela s'inspire de toute évidence du *Shuogua (Explication des figures des Mutations)* 3 : « L'examen du passé va dans le sens du courant. La connaissance de l'avenir va à contre-courant. C'est pourquoi le *Livre des Mutations* est l'évaluation de cette réversion. »

35. HJJSS 5, p. 7a-8a.

36. *Ibid.*, p. 5a-6a.

37. Pour Cheng Hao (sur lequel voir chap. suivant), contemporain et ami proche, la pensée de Shao Yong était une pure construction de l'esprit, « un château dans les airs », cf. *Yishu* 7, in *Er Cheng ji*, p. 97.

38. Cf. Don J. WYATT, « Chu Hsi's Critique of Shao Yung : One Instance of the Stand Against Fatalism », *Harvard Journal of Asiatic Studies* 45 (1985), p. 649-666.

39. Les écrits de Zhou Dunyi sont rassemblés dans le *Zhouzi quanshu (Œuvres complètes de Maître Zhou)*, compilé en 1756, rééd. Taipei,

Shangwu, 1978. On peut consulter aussi le *Zhou Dunyi ji (Œuvres de Zhou Dunyi)*, Pékin, Zhonghua shuju, 1990. Les quelques monographies sur Zhou Dunyi sont déjà anciennes : Werner EICHHORN, *Chou Tun-i. Ein chinesisches Gelehrtenleben aus dem 11. Jahrhundert*, Leipzig, 1936 ; CHOW Yih-ching, *La Philosophie morale dans le néoconfucianisme (Tcheou Touen-yi)*, Paris, PUF, 1954.

40. *Qian* et *kun* sont les noms des deux premiers hexagrammes des *Mutations*, entièrement constitués de traits Yang et de traits Yin et associés respectivement au Ciel et à la Terre.

41. Les annotations entre parenthèses sont de Zhou Dunyi.

42. Citation du commentaire sur le premier hexagramme *qian*.

43. Traduction intégrale du *Taijitu shuo (Explication du Diagramme du Faîte suprême)*. Les citations du dernier paragraphe sont tirées du *Shuogua (Explication des figures)* 2 et du *Grand Commentaire* aux *Mutations* (*Xici* A 4).

44. Voir plus haut note 18.

45. Voir chap. 19, « Faîte suprême ou Sans Faîte ? ».

46. *Xici* (*Grand Commentaire*) A 10 et *Zhuangzi* 13, éd. *Zhuangzi jishi*, ZZJC, p. 205.

47. *Tongshu (Livre qui permet de comprendre les Mutations)*, § 16 et 4.

48. *Tongshu*, § 2. Voir aussi *Tongshu*, § 1 : « L'authenticité est le fondement de la sainteté. »

49. *Tongshu*, § 24.

50. *Tongshu*, § 3.

51. Cf. *Tongshu*, § 27.

52. Sur l'« infime amorce », voir chap. 11 à la note 34 ; sur les « quatre germes », cf. *Mengzi* II A 6, cité au chap. 6, p. 171-172.

53. Cf. *Mengzi* II A 2, cité au chap. 6, « Physiologie morale ».

54. *Mengzi* VI B 2 ; cf. aussi VI A 7 : « Le Saint et moi sommes de la même espèce. » Voir chap. 6, « Tout homme peut devenir un saint ».

55. Pour reprendre les termes de TU Wei-ming (*Centrality and Commonality : An Essay on Confucian Religiousness*, Albany, State University of New York Press, 1989, p. 31-32) et de Thomas A. METZGER (*Escape from Predicament : Neo-Confucianism and China's Evolving Political Culture*, New York, Columbia University Press, 1977, p. 49).

56. Cf. *Tongshu*, § 10 et 29.

57. *Tongshu*, § 20.

58. *Tonsghu*, § 22. Ce passage devait être interprété par Zhu Xi comme la préfiguration de la fameuse formule de Cheng Yi : « Le principe est un mais ses particularisations sont multiples », cf. *Zhuzi yulei* 94, éd. Zhonghua shuju, p. 2374.

59. Les relativement rares informations biographiques sur Zhang Zai proviennent principalement de la biographie composée par un de ses disciples, Lü Dalin (1047-1093), et de celle du chap. 427 des *Annales de la dynastie Song (Song shi)*.

60. Ce titre, qui signifie littéralement « La droite règle pour les esprits embrumés » et pourrait aussi être traduit par « La discipline pour débutants », fait allusion au jugement sur le 4e hexagramme *meng* du *Livre des Mutations* : « Cultiver les esprits embrumés [de ceux qui n'ont encore rien appris] pour les placer dans la rectitude : telle est la tâche du Saint. »

Le but de l'ouvrage est de « remettre dans le droit chemin ceux qui, encore "obscurcis dans la Voie", sont désireux de se rendre auprès d'un maître, de leur procurer ainsi une discipline et de rectifier le sens des passages obscurs des Classiques », cf. Stéphane FEUILLAS, « Rejoindre le Ciel. Nature et morale dans le *Zhengmeng* de Zhang Zai (1020-1078) », thèse de doctorat non publiée de l'université Paris-VII, 1996, p. 10. Pour une traduction intégrale et fiable, cf. Michael FRIEDRICH, Michael LACKNER et Friedrich REIMANN, *Chang Tsai, Rechtes Auflichten/Cheng-meng*, Hambourg, Meiner, 1996.

Parmi les œuvres perdues de Zhang Zai figurent des commentaires sur les *Entretiens* de Confucius et le *Mengzi*, sur les *Annales des Printemps et Automnes* et sur un traité militaire, le *Weiliaozi*, ainsi qu'un *Traité sur les rites et la musique*. Quant au *Jingxue liku (Thesaurus des principes de l'étude des Classiques)* dont l'attribution à Zhang Zai est incertaine, il reste sans doute un bon reflet de son enseignement.

Il sera fait ici référence au *Zhang Zai ji (Œuvres de Zhang Zai)*, Pékin, Zhonghua shuju, 1978. On peut consulter la monographie d'Ira E. KASOFF, *The Thought of Chang Tsai (1020-1077)*, Cambridge University Press, 1984. À noter que Kasoff donne la date de 1077 pour la mort de Zhang Zai sans tenir compte du fait qu'elle survint au mois de janvier de l'année suivante.

61. Cité par Jacques GERNET, *L'Intelligence de la Chine*, p. 307.

62. Préface de Fan Yu au *Zhengmeng (L'Initiation correcte)*, in *Zhang Zai ji*, p. 5-6. Voir aussi les propos anti-bouddhiques de Zhang Zai lui-même dans *Zhengmeng* 17, in *Zhang Zai ji*, p. 64-65.

63. Propos de Zhang Zai sur le *Grand Commentaire* aux *Mutations* et citation du *Zhengmeng* 9, in *Zhang Zai ji*, p. 206 et 36. L'expression « l'aisé (yi 易, qui signifie également "mutation") et le simple » vient du *Grand Commentaire (Xici* A1).

64. Sur cette expression, voir la citation du *Huainanzi* au chap. 11, note 42.

65. Sur ce thème, cf. HUANG Siu-chi, « Chang Tsai's Concept of Ch'i », *Philosophy East and West* 18 (1968), p. 247-260 ; et « The Moral Point of View of Chang Tsai », *Philosophy East and West* 21 (1971), p. 141-156. Cf. également T'ANG Chün-yi, « Chang Tsai's Theory of Mind and its Metaphysical Basis », *Philosophy East and West* 6 (1956), p. 113-136 ; Anne D. BIRDWHISTELL, « The Concept of Experiential Knowledge in the Thought of Chang Tsai », *Philosophy East and West* 35 (1985), p. 37-60.

66. *Zhengmeng* 1, in *Zhang Zai ji*, p. 10 et 9.

67. *Zhangzi yulu (Propos rapportés de Maître Zhang)*, 2ᵉ partie, in *Zhang Zai ji*, p. 325.

68. Cf. *Zhengmeng* 2, in *Zhang Zai ji*, p. 12. Les références sont au *Zhuangzi* 22 et au *Lunheng* 61, cités au chap. 10, notes 11 et 19.

69. Sur cette expression, voir plus haut note 63.

70. *Zhengmeng* 1, in *Zhang Zai ji*, p. 7-9.

71. *Yishuo (Explications sur les Mutations)*, in *Zhang Zai ji*, p. 207. La citation commentée est tirée du *Xici* A 12, voir chap. 11 à la note 43.

72. Explication du *Grand Commentaire* dans le *Yishuo*, in *Zhang Zai ji*, p. 231. « Puissance » *(jian)* et « docilité » *(shun)*, qui caractérisent respec-

tivement le Yin et le Yang, sont associées aux deux premiers hexagrammes *qian* et *kun* (avec un possible jeu d'homophonie) dans *Xici (Grand Commentaire)* B 9.

73. Propos sur le *Shuogua (Explication sur les figures)* dans le *Yishuo*, in *Zhang Zai ji*, p. 233.

74. *Zhengmeng* 2, in *Zhang Zai ji*, p. 10.

75. *Zhengmeng* 1, in *Zhang Zai ji*, p. 7-8.

76. *Zhengmeng* 5 et 6, in *Zhang Zai ji*, p. 19 et 22.

77. *Zhengmeng* 6, in *Zhang Zai ji*, p. 21. Les références sont au *Mengzi* VII A 1 et 4 (voir plus haut chap. 6, p. 176-177 et 183).

78. Deux passages du dernier chapitre du *Zhengmeng*, que Zhang Zai avait inscrits sur les murs est et ouest de son étude, furent rebaptisés « Inscription de l'est » et « Inscription de l'ouest » par son neveu Cheng Yi qui considérait cette dernière comme une « vision encore jamais atteinte depuis Mencius ». Il semble toutefois que l'« Inscription de l'ouest » ait été à peu près le seul écrit de Zhang Zai à trouver grâce aux yeux des frères Cheng.

79. Ce qui « remplit le Ciel-Terre » et qui constitue également mon corps, c'est le *qi* ; ce qui « régit le Ciel-Terre » et qui est également ma nature, c'est la bipolarité Yin/Yang. Cf. *Mengzi* II A 2 : « Si [le *qi*] est nourri par la droiture sans être affecté d'aucune manière, il remplira tout l'espace entre Ciel et Terre » (cité au chap. 6, « Physiologie morale »).

80. Allusion aux *Entretiens* de Confucius, XII, 5 : « Entre les Quatre Mers, tous les hommes sont frères » (cité au chap. 2).

81. *Ximing* (« Inscription de l'ouest » : il s'agit du tout début du chap. 17 du *Zhengmeng*), in *Zhang Zai ji*, p. 62-63. Cf. Werner EICHHORN, *Die Westinschrift des Chang Tsai : ein Beitrag zur Geistesgeschichte der nördlichen Sung*, Leipzig, Deutsche Morgenländische Gesellschaft, 1939.

82. Propos sur le *Shuogua (Explication des figures)* dans le *Yishuo*, in *Zhang Zai ji*, p. 235.

83. Explication du *Grand Commentaire* dans le *Yishuo*, in *Zhang Zai ji*, p. 185. Les citations sont du *Xici* A 5, B 9 et A 4.

84. Explication du *Grand Commentaire* dans le *Yishuo*, in *Zhang Zai ji*, p. 188-189. Les citations sont du *Laozi* 25, du *Xici* A5 et des *Entretiens* de Confucius, XV, 29.

85. *Zhengmeng* 6, in *Zhang Zai ji*, p. 20-21.

86. *Zhangzi yulu (Propos rapportés de Maître Zhang)*, 2e partie, in *Zhang Zai ji*, p. 324-326. Cela fait suite, et est exactement parallèle, à la citation de la note 67.

87. *Zhengmeng* 6, in *Zhang Zai ji*, p. 22-23.

88. Cf. *Mengzi* VII B 15.

89. *Xingli shiyi (Fragments sur la nature et le principe)*, in *Zhang Zai ji*, p. 374. Cette petite formule devait être reprise à l'envi par les frères Cheng et par Zhu Xi, voir chap. 19, note 34.

90. *Zhangzi yulu (Propos rapportés de Maître Zhang)*, 3e partie, in *Zhang Zai ji*, p. 330. L'expression « résolu à apprendre » fait référence aux *Entretiens* de Confucius, II, 4 (voir chap. 2, note 6).

91. *Jingxue liku (Thesaurus des principes de l'étude des Classiques)*, in *Zhang Zai ji*, p. 267.

92. *Zhangzi yulu*, 2e partie, in *Zhang Zai ji*, p. 321.

93. *Jingxue liku*, in *Zhang Zai ji*, p. 278.
94. *Ibid.*, p. 280. Yan Hui et Min Sun sont deux disciples de Confucius.
95. Explication du premier hexagramme *qian* des *Mutations* dans le *Yishuo*, in *Zhang Zai ji*, p. 78. Cf. *Entretiens,* II, 4 : « À soixante-dix ans, j'agissais selon mon cœur, sans pour autant transgresser aucune règle » (voir chap. 2, note 6).
96. Pour la « maturation du sens de l'humain », cf. *Yishuo*, in *Zhang Zai ji*, p. 77 et 216. Pour l'« illumination de l'esprit », cf. *Jingxue liku*, in *Zhang Zai ji*, p. 274.
97. *Jingxue liku*, in *Zhang Zai ji*, p. 285. Pour un traitement apparenté du thème du miroir, voir plus haut sur Shao Yong à la note 31.
98. Zhang Zai fait lui aussi allusion à l'histoire de l'homme de Song relatée dans le *Mengzi* II A 2, cf. *Yishuo*, in *Zhang Zai ji*, p. 77. Pour Zhou Dunyi, voir plus haut à la note 53.
99. *Zhengmeng* 7, in *Zhang Zai ji*, p. 24. Pour la citation de Mencius, cf. *Mengzi* VII A 1. La distinction entre la « connaissance issue de la vue ou de l'ouïe » et la « connaissance propre à la nature morale » sera développée par les frères Cheng (chap. 18, « Voir le Principe »).
100. La structure des écrits en mosaïques chez Zhang Zai et ses successeurs est bien démontrée par Michael LACKNER, « Argumentation par diagrammes : une architecture à base de mots. Le *Ximing* (l'*Inscription occidentale*) depuis Zhang Zai jusqu'au *Yanjitu* », et « Citation et éveil. Quelques remarques à propos de l'emploi de la citation chez Zhang Zai », *Extrême-Orient, Extrême-Occident*, 14 (1992), p. 131-168, et 17 (1995), p. 111-130.
101. Cf. *Yulu chao* (*Suppléments aux Propos rapportés de Maître Zhang*), in *Zhang Zai ji*, p. 335. Il s'agit du cuisinier Ding dont il est question dans le *Zhuangzi*, voir plus haut chap. 4, note 32.

18
La pensée des Song du Nord (XIᵉ siècle) entre culture et principe

Les frères Su et les frères Cheng

Au milieu du XIᵉ siècle apparaît sur la scène politique et intellectuelle une nouvelle génération formée dans le sillage des grands hommes d'action du début des Song. Fils du lettré autodidacte du Sichuan Su Xun, Su Shi (1037-1101), connu comme poète sous son appellation de Su Dongpo, se fait remarquer en 1057, lors d'un examen organisé par Ouyang Xiu qu'il passe avec son frère Su Che (1039-1112)[1]. Par contraste, Cheng Yi (1033-1107) et son frère aîné Cheng Hao (1032-1085)[2] sont issus d'une famille de lettrés-bureaucrates du Nord. Au lieu d'être placés à l'école d'Ouyang Xiu comme les frères Su, ils sont envoyés dans leur prime jeunesse auprès de Zhou Dunyi. Comme son oncle Zhang Zai, Cheng Hao consacre d'abord une dizaine d'années au taoïsme et au bouddhisme avant de revenir au Dao confucéen, tandis que son frère cadet étudie à la capitale sous la direction de Hu Yuan[3].

Après leur réussite aux examens en 1057, la même année que Su Shi, Cheng Hao et son oncle Zhang Zai s'engagent dans la carrière officielle, tandis que Cheng Yi, qui a échoué, se retire. Cependant, en opposition aux réformes de Wang Anshi, Zhang Zai se voit contraint de regagner son Guanzhong natal et Cheng Hao de rejoindre son frère à Luoyang devenu pôle de résistance. Contrairement aux frères Su, les frères Cheng se consacrent alors à l'enseignement et à la réflexion philosophique en fondant leurs écoles respectives (c'est à cette époque qu'ils se lient d'amitié avec Shao Yong, leur voisin à Luoyang). Avec le changement de politique qui coïncide avec la mort de son frère aîné en 1085, Cheng Yi qui, bien que n'ayant pas fait carrière, s'est taillé une belle réputation dans les cercles antiréformistes est nommé tuteur du jeune empereur Zhezong (r. 1085-1100), tandis que Su Shi est appelé à la cour pour organiser les examens. Bien que les deux hommes fassent partie de factions opposées, ils connaissent le même type de vicissitudes jusqu'à leur mort, alternant périodes de faveur et de bannissement. Pour les lettrés de la fin du XIe siècle, ils ouvrent le choix entre deux voies possibles : l'affinement culturel individuel et la foi en la nature morale.

Su Shi et le Dao de la culture

C'est pendant son exil dans le Sud en 1079 que Su Shi compose un commentaire sur le *Livre des Mutations*, qu'il considère lui-même comme son œuvre majeure[4]. Opinion surprenante au vu de sa réputation d'« homme de culture » (*wen* 文), émérite en prose, poésie et calligraphie, mais généralement considéré comme dilettante dans la recherche du Dao. Au début des Song prédomine en effet le *wen* dans toutes ses acceptions : aptitude littéraire, tradition textuelle et domaine civil (par opposition au militaire). Mais sous l'impulsion d'Ouyang Xiu, le mouvement de l'« écriture à l'antique » *(guwen)* hérité de Han Yu tend à dépasser la simple imitation des formes anciennes en lui donnant le sens d'une recherche des principes constants.

C'est son interprétation très personnelle de la culture qui fait de Su Shi un opposant à Wang Anshi, dont le projet est d'« unifier la moralité afin d'uniformiser les mœurs[5] ». Tout le commentaire de Su Shi sur les *Mutations* démontre une hostilité profonde à une mise au pas imposée de l'extérieur. Pour lui, persuadé que les hommes « possèdent certainement en eux-mêmes la rectitude[6] », c'est à chacun de retrouver par lui-même une racine commune. Dans l'opposition entre Wang Anshi et Su Shi s'affrontent deux conceptions de l'humanisme confucéen : la conception autoritariste de l'homme d'action dans l'esprit de Xunzi, et la conception culturaliste de l'homme de *wen*. Dans le monde intellectuel des Song du Nord, Su Shi représente un humanisme autant culturel que moral, ancré à la fois dans le *wen* et dans le Dao, et pratiqué par des lettrés qui ne sont plus d'austères exégètes mais des esprits curieux de tout, à la fois critiques et encyclopédiques.

Comment comprendre la relation entre le Dao et les infinies mutations des êtres et des événements ? À cette question, cruciale à son époque, Su Shi répond par la notion de principe inhérent aux choses (*LI* 理) qui fonde une unité intrinsèque et non plus imposée de l'extérieur. Il reprend sur ce point l'idée de Wang Bi que les êtres et les faits dans leur infinie multiplicité se ramènent à une unité fondamentale qui leur donne sens. Mais, bien plus que Wang Bi, Su Shi souligne l'enjeu socio-éthique d'une telle unité : c'est elle qui permet de croire à la réalisation possible d'un monde harmonieux sous l'impulsion du sage. Celui-ci agit en effet en accord avec le Dao : il n'a pas d'idées fixes ou préconçues sur la manière dont les choses doivent être, les laissant simplement être selon leur propre principe :

> Le Ciel-Terre et l'Homme relèvent d'un seul et même principe. Si l'Homme est rarement capable de s'assimiler au Ciel-Terre, c'est qu'il est obnubilé par les choses, troublé par leurs changements et transformations, ballotté par le faste et le néfaste, dépassé par ce qu'il ne connaît pas. Il n'est pas de changement et de transformation plus grands que ceux de l'obscurité à la lumière, pas de faste et de néfaste plus flagrants que la vie et la mort, pas d'inconnaissable plus profond que les démons et les esprits. Celui qui connaît ces trois choses ne saurait être obnubilé par rien. En l'absence de toute obnubilation, rien n'empêche l'Homme de s'assimiler au Ciel-Terre [7].

Le sage est celui qui trouve accès au principe des choses. Su Shi fait écho à Zhuangzi et à la « non-pensée » du bouddhisme Chan en prônant un « savoir-faire » dicté par les choses elles-mêmes au corps et à la puissance spirituelle (*shen* 神) plutôt qu'à l'intellect. C'est ainsi que ressurgit naturellement l'image du nageur :

> Saisir les principes dans leur essence, c'est en épuiser le sens. Entrer dans la dimension spirituelle *(shen)*, c'est réaliser pleinement la nature pour arriver au destin. « Pénétrer à fond le principe, réaliser pleinement sa nature pour accomplir son destin » – ne s'agit-il que de cela ? Le but n'est rien moins que de « mettre en œuvre la pratique ». Prenons l'exemple de l'eau : savoir comment on flotte et comment on coule, épuiser toutes les transformations possibles de l'eau et avoir les moyens d'y répondre, c'est saisir les principes dans leur essence. Savoir comment flotter ou couler dans l'eau au point de ne faire plus qu'un avec elle, sans avoir même conscience

> que c'est de l'eau, c'est entrer dans la dimension spirituelle. Celui qui flotte et coule dans l'eau et ne fait plus qu'un avec elle sans même être conscient qu'il est dans l'eau excellera forcément à la nage, et plus encore au maniement d'un bateau ! C'est là « mettre en œuvre la pratique ». Lorsqu'un bon nageur manie un bateau, il a l'esprit libre et le corps détendu. Pourquoi ? C'est que sa pratique est efficace et sa personne en sécurité. Lorsque j'en arrive au point de me sentir en sécurité, rien ne peut venir me contrôler et j'y gagne en vertu [8].

La démarche de Su Shi, tout en empruntant beaucoup à celle de Zhuangzi, reste cependant confucéenne dans sa visée : après la recherche d'une fusion totale avec l'Origine et l'unité du monde dont Zhuangzi se serait contenté, vient la phase « descendante » de réponse aux êtres et aux choses. Pour Su Shi, ce qui reste authentique en soi lorsque tout le reste a changé ou disparu, c'est la nature. Parachever l'unité de sa nature, sans qu'il y ait plus de distinction entre le soi et le reste, tel est le destin. Mais savoir répondre aux êtres dans leurs infinies transformations par la « mise en œuvre de la pratique », c'est le propre des caractéristiques naturelles que sont les émotions (*qing* 情). En dernière analyse, ces trois termes – nature, destin, émotions – sont équivalents en ce qu'ils pointent vers une réalité unique ; leur différence n'est que d'aspect, selon que l'on se place dans le mouvement ascendant de recherche de la source (qui permet d'« atteindre » le Dao), ou descendant de nage dans le courant (qui est « pratique » du Dao). Or, ce double mouvement ne saurait suggérer une dualité dans la façon de vivre le Dao, de même que la main de l'artisan (encore une image empruntée à Zhuangzi) n'a pas besoin d'être guidée par l'intellect pour exécuter son geste avec une perfection dont seule la nature est capable :

> Il en va de même que pour le maniement d'un outil qui ne vaut pas la main elle-même. Celle-ci agit naturellement sans que l'on sache comment ni pourquoi. Quand la nature atteint ce point-là, cela s'appelle « destin ». [...] Les émotions sont les mouvements de la nature. Quand on remonte le courant, on arrive au destin, quand on le descend, on arrive aux émotions. Il n'est rien qui ne soit nature : entre nature et émotions, il n'y a pas de distinction qui tienne entre bon et mauvais. Dès lors que la nature se disperse dans l'action, elle

devient émotions, voilà tout. Entre destin et nature, il n'y pas de discrimination à faire entre ce qui relève du Ciel et ce qui relève de l'Homme. Dès lors que l'unité est atteinte sans qu'il y ait plus de moi, cela s'appelle destin, voilà tout [9].

Les frères Cheng et l'« étude du Dao »

Sous l'influence de l'esprit et des communautés Chan se fait jour un phénomène social et culturel radicalement nouveau dans la Chine des Song : l'émergence d'une communauté confucéenne formant un réseau de relations et se réclamant d'une tradition commune distincte du confucianisme « bureaucratique » courant à l'époque. C'est ainsi que des groupes qui se forment à partir du XIe siècle, notamment dans le Guanzhong autour de Zhang Zai et à Luoyang autour des frères Cheng, se réclament de l'« étude du Dao » (*daoxue* 道學). Celle-ci s'affirme par une volonté de retrouver l'accès libre et direct au Dao dont les principes sont implantés dans l'esprit lui-même, par opposition avec la connaissance du Dao reçue par l'intermédiaire de la tradition culturelle telle que la défend Su Shi. Dans la mutation des valeurs qui s'opère entre la fin du XIe et celle du XIIe siècle, les lettrés abandonnent progressivement la perspective littéraire et historique héritée de la culture traditionnelle au profit de préoccupations principalement éthiques et philosophiques [10]. Le *daoxue* est donc une aspiration à retrouver, par-delà le confucianisme exégétique des Han et des Tang, le souffle originel de l'enseignement de Confucius, celui que l'on sent passer dans les *Entretiens* [11].

Les frères Cheng partagent avec les penseurs du renouveau confucéen, et tout particulièrement leur oncle Zhang Zai, l'idée que le Dao est un et qu'il faut le ressusciter de son long sommeil depuis Mencius. Celui-ci fut le premier à définir une lignée de transmission du Dao dans laquelle Confucius apparaissait comme l'héritier des sages-rois mythiques Yao et Shun en passant par Yu, Tang et Wen, respectivement fondateurs des trois dynasties de l'antiquité [12]. Un millénaire plus tard, le flambeau est rallumé vers la fin des Tang par Han Yu qui se donne pour mission de retrouver « l'enseignement authentique » de Confucius, selon lui perdu depuis Mencius, écartant de ce fait Xunzi et les confucéens des Han. Dans le sillage de Han Yu, Li Ao confirme la lignée mencienne en faisant passer la transmission de Confucius à Mencius par Yan Hui, Zengzi et Zisi, disciples et petit-fils de Confucius. Quelques siècles plus tard, Cheng Yi, à la mort de son frère aîné (dont l'appellation Mingdao en fait celui qui « éclaire le Dao »), le salue comme l'héritier du Dao confucéen interrompu depuis mille cinq cents ans :

> [Mon frère] disait que depuis la disparition de Mencius, l'enseignement des saints n'était plus transmis, et il s'était donné pour mission de faire revivre « cette culture »[13].

Dès leur plus jeune âge, les frères Cheng, et tout particulièrement le cadet, semblent convaincus qu'il est possible de revenir au Dao unique par la compréhension globale du message des Classiques et par l'« apprendre » menant à la sainteté illustré par Yan Hui, le plus jeune et le plus aimé des disciples de Confucius, mort prématurément. On se souvient du jugement porté par Zhang Zai sur son plus jeune neveu : « Il pourrait se comparer à Maître Yan [Hui], mais je crains fort qu'il ne le vaille pas dans l'absence d'égoïsme[14]. » On voit poindre l'orgueil intellectuel de Cheng Yi dans l'essai qu'il écrivit alors qu'il n'avait guère plus d'une vingtaine d'années sur « ce que Maître Yan aimait apprendre » :

> Son étude portait sur le Dao qui mène à la sainteté. Est-il possible de devenir un saint par l'étude ? Oui. En quoi consiste ce Dao ? De tous les concentrés d'énergie du Ciel-Terre, celui qui reçoit le meilleur des Cinq Agents, c'est l'homme. La racine de son être n'est qu'authenticité et quiétude. Tant qu'elle ne s'est pas développée, sa nature morale est complète dans ses cinq aspects : sens de l'humain, du juste, des rites, discernement et bonne foi. Quand sa forme corporelle apparaît et entre en contact avec les choses extérieures, il est ébranlé en lui-même. De cet ébranlement naissent les sept émotions : joie, colère, tristesse, plaisir, amour, haine, désir. Quand les émotions gagnent en force et en violence, la nature morale est altérée. L'être éveillé canalise ses émotions de manière à les accorder avec le Milieu, rectifie son esprit et nourrit sa nature. Aussi dit-on qu'il rend naturelles ses émotions. Quant à l'être obtus, ne sachant comment les contrôler, il leur laisse libre cours jusqu'à la dépravation, au point qu'elles entravent sa nature et finissent par la détruire. Aussi dit-on qu'il rend émotionnelle sa nature.

> Le Dao de l'étude ne consiste en rien d'autre qu'à rectifier son esprit et nourrir sa nature. Être authentique en restant droit dans le Milieu, tel est le Saint. L'homme de bien qui veut apprendre doit d'abord être clair dans son esprit et savoir ce qui est à nourrir, puis mettre toutes ses forces pour parvenir au but, c'est ce qui s'appelle « partir de la clarté pour parvenir à l'authenticité »[15].

Si les frères Cheng n'ont jamais reconnu formellement Zhou Dunyi comme maître (n'en déplaise à Zhu Xi dont la volonté d'élaborer une ligne de transmission du Dao le conduisit à établir entre eux une filiation), ils ont retenu quelque chose de son enseignement. Cet essai de jeunesse de Cheng Yi en est la preuve, se présentant comme un véritable commentaire sur l'*Explication du Diagramme du Faîte suprême* qui, cependant, passe sous silence l'aspect cosmologique pour s'attacher longuement à la formule de *L'Invariable Milieu* : « Le décret du Ciel est ce qui s'appelle nature » – nature propre à l'homme dont c'est dès lors la tâche d'accomplir son destin moral en accord avec le Dao céleste.

Le *LI* comme principe

Comme pour Zhou Dunyi et Zhang Zai, il est devenu difficile de lire les frères Cheng en dehors de la synthèse opérée un siècle plus tard par Zhu Xi, qui tend parfois à en diluer les aspects les plus originaux et à gommer l'empreinte du bouddhisme qui, pour être vigoureusement niée, n'en est pas moins profonde. On est généralement tenté de les mettre tous deux dans le même sac sans essayer de distinguer les différences d'accent alors qu'on est en présence du cas, somme toute assez rare, de frères philosophes qui, dans la remarquable complémentarité de tempéraments contrastés mis au service d'une même intuition, font entendre une pensée à deux voix. Alors que Cheng Hao se laisse volontiers porter par l'élan mencien dans un lyrisme qui s'exprime dans de nombreux poèmes, Cheng Yi fait preuve d'exigence et de rigueur, voire d'austérité, intellectuelles et morales qui, une fois privilégiées par Zhu Xi, deviendront les caractéristiques dominantes de l'« école Cheng-Zhu ».

Plus encore que son frère aîné, mort vingt-deux ans avant lui,

Cheng Yi eut le loisir de développer une conception cohérente du *LI* 理 comme « principe ». Pour lui, c'est en effet le *LI*, et non pas le *qi* de Zhang Zai, qui peut rendre compte de la totalité du réel en ce qu'il représente à la fois le fondement de toute chose et sa disposition intrinsèque. Il se définit le plus simplement du monde comme « ce qui fait qu'une chose est comme elle est (ou opère comme elle opère) » (*suoyiran* 所以然) :

> En règle générale, toute chose obéit à un principe [16].
> Qu'un arbre fleurisse au printemps et se dessèche à l'automne est un principe constant. Il n'existe pas de principe qui le ferait fleurir en permanence [17].
> Toute chose a son principe. Par exemple, ce qui fait que (*suoyi* 所以) le feu est chaud, que l'eau est froide, et même ce qui régit les rapports entre souverain et ministre, père et fils : ce sont là autant de principes [18].
> Que le souverain soit en position élevée et le ministre en position subalterne est un principe constant de l'univers [19].

Ici sont mis en parallèle et sur un même plan les phénomènes naturels et les rapports qui lient les êtres humains. Le principe étant à la fois naturel et éthique, un arbre qui fleurit au printemps et se dessèche à l'automne obéit à un « principe constant » de la même façon qu'un père est bienveillant et un fils filial. On se souvient que, selon la « rectification des noms » dont il est fait état dans les *Entretiens* de Confucius, seul un souverain qui se conduit selon le principe du souverain mérite d'être appelé « souverain » [20]. Les frères Cheng érigent donc le *LI* 理 en principe normatif, norme éminemment rituelle (*li* 禮) en vertu de laquelle chaque être et chaque chose ont un rôle propre à jouer pour maintenir l'harmonie générale :

> S'abstenir de regarder, d'écouter, de parler, de se mouvoir, contre le principe, c'est se comporter selon les rites : les rites, c'est le principe. Tout ce qui n'est pas principe céleste n'est que désirs humains égoïstes qui feront que, même en ayant l'intention de faire le bien, on agira contrairement aux rites. Ce n'est qu'en l'absence de tout désir humain que tout sera principe céleste [21].

Dans le *LI* ainsi conçu, il y a donc une part d'intelligibilité (« ce qui fait qu'il en est ainsi », *suoyiran* 所以然), déjà explicitée par Wang Bi au IIIe siècle, mais aussi une part de normativité (« ce qui doit être ainsi », *suodangran* 所當然). En d'autres termes, le principe désigne la réalité d'une chose en même temps que sa fonction (à prendre dans un sens ritualiste). Ce qui signifie que s'il n'existe pas de principe par lequel *(suoyi)* une chose est produite ou détruite, cette chose ne peut pas exister, mais aussi qu'une chose qui ne fonctionne pas selon son principe supposé *(suodang)* n'est pas ladite chose :

> Ce n'est que si le principe existe réellement que la chose existe. Le principe dont elle provient, par lequel elle advient, est le commencement de la chose. Le principe dans lequel elle disparaît, par lequel elle périt, est sa fin. En l'absence de ces principes, même si l'image d'une chose frappe l'ouïe ou la vue, on ne peut pas se fier à ses oreilles et ses yeux, et on est en droit de nier que cette chose existe. [...] C'est parce que le principe existe réellement que la chose existe réellement, et c'est parce que la chose existe réellement que sa fonction est réelle. C'est parce que le principe existe réellement que notre esprit en a réellement la notion, et c'est parce que notre notion en est réelle que le fait est réel. Tout ceci illustre [la phrase du *Grand Commentaire*] « En remontant à l'origine on saisit l'aboutissement ». Un van qui ne peut pas servir à vanner n'est pas un van, une louche qui ne peut pas servir à verser le vin ou le bouillon n'est pas une louche[22].

Le van qui, faute de servir à vanner, n'est pas un van rejoint la « coupe carrée qui n'est plus carrée » des *Entretiens* de Confucius[23]. Contrairement à ce que pourrait penser un esprit aristotélicien, le *LI* ne vise pas à définir les choses, il ne rend pas compte de leurs propriétés mais du rôle à remplir par chacune d'elles pour occuper sa juste place dans l'ordre naturel, c'est-à-dire dans l'harmonie morale :

> « Qui dit chose dit règle. » Le père trouve son repos dans la bienveillance, le fils dans la piété, le souverain dans l'humanité, le ministre dans la déférence. Des dix mille êtres et de la multitude des faits, il n'en est pas un qui n'ait sa place propre : lorsque chacun la trouve, c'est la paix ; sinon, c'est la confusion. Si le Saint est capable de gouverner l'univers dans un ordre harmonieux, ce n'est pas grâce à sa capacité d'édicter des règles pour les choses, mais du fait qu'il repose dans un ordre où chacun est à sa place[24].

Le principe entre Un et multiple

Malgré ce qu'il doit à une élaboration déjà longue, le *LI* de Cheng Yi ne se confond pas avec celui de ses prédécesseurs : il ne procède pas, comme chez Wang Bi, d'une source unique ; à la différence de celui de Su Shi, il ne se fonde pas dans la tradition culturelle, pas plus qu'il n'implique différents niveaux de réalité comme chez Shao Yong. Cheng Yi parle d'un principe présent et à l'œuvre en toute chose, qui n'est pas une essence ou une puissance transcendante mais tout simplement la façon dont chaque être participe de l'opération du Ciel-Terre. Le bouddhisme chinois, en particulier l'école Huayan, avait érigé la notion de *LI* en principe absolu par opposition aux manifestations du monde phénoménal (*shi* 事). Dans une discussion sur le *Sûtra de la Guirlande*, dont l'idée d'harmonie entre principe et phénomènes a sans doute inspiré les frères Cheng, chaque être ou événement est présenté comme obéissant à un principe interne qui lui est propre mais qui renvoie à un principe unique et commun :

> Les dix mille principes reviennent à un principe unique [25].

Principe suprême érigé en équivalent du Dao :

> En haut et en bas, à la racine et à la pointe des branches, à l'intérieur et à l'extérieur, tout relève d'un seul principe qui n'est autre que le Dao.
> Qu'est-ce que le Dao du Ciel ? Rien d'autre que le Principe. Le Principe, c'est tout simplement le Dao du Ciel [26].

D'où les composés *tianli* 天理 « principe céleste », *daoli* 道理 « principe du Dao » (ce dernier étant encore employé dans la langue actuelle pour désigner un principe explicatif ou rationnel) :

> Quand quelque chose se fait sans qu'il y ait personne pour le faire, quand quelque chose se produit sans que personne en soit la cause, c'est le fait du principe céleste [27].

Notons également que *LI*, au même titre que Dao, peut s'employer comme un terme courant qui peut se traduire au pluriel, comme il peut désigner un absolu qui ne peut se traduire qu'au singulier. Ce qui fera dire à Zhu Xi :

> Le Dao est le chemin, les principes sont les lignes qui en forment les motifs [...] à la manière des lignes du bois. [...] Le mot Dao englobe la totalité, les principes représentent les nombreuses veines à l'intérieur du mot Dao. On pourrait aussi dire : le mot Dao fait référence au tout, le mot *LI* à son essence [28].

Le Ciel-Terre ne forme un tout que parce qu'il est parcouru par un seul et unique principe. Il y a entre les principes particuliers, propres à chaque chose, et le Principe un rapport non pas de réalité à idéal, mais de parties à tout, chaque partie étant à l'image du tout :

> L'esprit d'un seul homme est l'esprit du Ciel-Terre. Le principe d'une seule chose est le principe des dix mille choses. La révolution d'un jour est la révolution de toute une année. Qui dit communauté dit unité, qui dit individualité dit multiplicité. Ultimement tout revient à l'un, le sens essentiel ne peut être deux. Si les esprits des hommes sont aussi différents que leurs visages, c'est uniquement du fait de leur individualité [29].

La relation des parties au tout qui les subsume donne le sens de la célèbre formule « Le Principe est un, mais ses différenciations sont multiples » (*li yi er fen shu* 理一而分殊), éminemment illustrée par l'« Inscription de l'ouest » de Zhang Zai [30]. Cette formule signifie que le Principe unifie des éléments en apparence disparates et hétérogènes tout en les maintenant dans leurs spécificités, mais aussi que les catégories et les hiérarchies peuvent se maintenir dans une unité et une harmonie suprêmes. Un exemple classique en est le microcosme familial qui forme un tout dont chaque membre occupe pourtant sa place et joue son rôle propre. Il s'agit de récuser à la fois ce qui tend à durcir les différences et ce qui tend à les diluer : sont donc visés ceux qui voudraient établir un Dao pour le Ciel-Terre et un autre pour l'Homme (distinction originellement établie par Xunzi), autant que les bouddhistes, taoïstes et autres moïstes qui cherchent à nier ou, du moins, à gommer les distinctions.

« Examen des choses
et extension de la connaissance »

Cette double expression que l'on trouve au début de *La Grande Étude* est remise à l'honneur sous les Song jusqu'à devenir centrale dans l'« étude du Dao » :

> C'est en examinant les choses (*gewu* 格物) que la connaissance atteint sa plus grande extension (*zhizhi* 致知). Une fois étendue la connaissance, l'intention devient authentique ; une fois l'intention authentique, l'esprit devient droit. C'est en rendant droit son esprit que l'on se perfectionne soi-même [31].

En la replaçant dans leur propre recherche du principe par le cœur/esprit (*xin* 心), les frères Cheng donnent un sens nouveau à l'expression *gewu* [32] :

> Examiner [les choses], c'est les atteindre, c'est-à-dire les pénétrer jusqu'à atteindre à leur principe.
> La priorité [dans l'art de se perfectionner soi-même] est de rendre droit son esprit et authentique son intention. L'authenticité de l'intention réside dans l'extension de la connaissance, laquelle réside dans l'examen des choses. Le mot *ge* signifie « arriver », comme dans « les esprits des ancêtres royaux sont arrivés ». Toute chose comporte son principe, et c'est lui qu'il s'agit de pénétrer à fond. Il y a pour cela une multiplicité de méthodes : lire des livres et élucider par la discussion les principes moraux, traiter des hommes et des faits du passé et du présent et distinguer ce qui est juste de ce qui ne l'est pas, se mettre au contact des faits et des choses et leur assigner la place qui leur convient, autant de manières de pénétrer à fond le Principe [33].

L'idée d'une intelligibilité inhérente à un monde ordonné ne conduit pas à la recherche d'une connaissance empirique, d'une adéquation entre les choses et les structures de l'esprit humain, elle vise bien plutôt à sauver du doute bouddhique les fondements de la conduite éthique et des valeurs morales. L'« examen des choses » implique un examen de questions d'ordre moral et non une investigation de type expérimental associée aux sciences naturelles. En cela, le *daoxue* des Song se montre fidèle à l'enseignement originel de Confucius, pour

Chapitre 18

qui l'étude consistait d'abord dans l'apprentissage d'une conduite de vie, la connaissance en soi n'étant qu'un objectif secondaire, voire pernicieux :

> Examiner les choses pour en pénétrer à fond le principe ne signifie pas qu'il faille considérer toutes les choses de l'univers. Il suffit de le pénétrer à fond sur un point, le reste pouvant être induit par analogie. Prenons par exemple la piété filiale : comment pénétrer à fond le principe qui en fait la piété filiale ? Si on ne parvient pas à bien comprendre le principe d'une chose, on peut en prendre une autre, commencer par le plus facile ou le plus difficile, en fonction de son niveau propre. C'est comme une infinité de chemins qui mènent tous à la capitale, mais il suffit d'un seul pour y parvenir. Qu'il soit possible d'avoir une compréhension totale tient au seul fait que les dix mille êtres partagent un seul et même principe. Il n'est pas un seul être, un seul fait, si insignifiant soit-il, qui ne possède en lui ce principe.
> Les choses extérieures et moi obéissons à un même principe. Dès lors que l'on comprend l'un, on saisit l'autre, réunissant ainsi en une seule Voie l'intérieur et l'extérieur. Infiniment grand, [le Principe] atteint au plus haut et au plus profond du Ciel-Terre ; infiniment petit, il parvient au « ce-par-quoi » *(suoyiran)* de la moindre chose. Celui qui apprend devrait prendre la mesure de tout cela. [...] Chaque brin d'herbe, chaque plante possède son principe et demande à être examiné. Contempler le principe des choses pour s'examiner soi-même, c'est être en mesure d'éclairer le Principe, et ainsi de tout connaître où qu'on aille [34].

La phrase maintes fois répétée, « L'enrichissement moral demande de la gravité *(jing* 敬), et le progrès dans l'étude réside dans l'extension de la connaissance [35] » a été comprise comme le résumé de l'enseignement des frères Cheng qui avaient bien senti la nécessité de concilier l'aspect à la fois intérieur et extérieur de l'effort moral. Double exigence qui s'inspire sans doute des deux grands principes bouddhiques de méditation *(dhyâna)* et de sagesse *(prajnâ)*, mais qui puise surtout dans la longue réflexion des penseurs confucéens au fil des siècles sur l'origine du mal, enjeu central des discussions sur quiétude et mouvement. À la suite de Mencius, la nature humaine est conçue comme intrinsèquement bonne à l'état de quiétude, le mal n'apparaissant que dans le mouvement ou l'activité. Mais cette conception présente le danger de conduire à un quiétisme contre lequel s'insurgent les confucéens. L'activité, pour rester bonne, se doit de porter à l'articulation entre quiétude et mouvement une attention empreinte de « gravité » :

> Question : Y a-t-il du bon et du mauvais dans l'esprit ?
> Réponse : Ce qui relève du Ciel est le destin, ce qui relève du sens moral est le principe, ce qui relève de l'homme est sa nature, ce qui commande au corps est l'esprit : en réalité, tout cela ne fait qu'un. L'esprit est originellement bon ; c'est lorsqu'il se développe dans la pensée réfléchie qu'il y a du bon comme du mauvais ; une fois développé, il est à considérer comme émotions, et non plus comme esprit. Il en va de même pour l'eau, qui est eau jusqu'au moment où, se mettant à couler en un courant vers l'est ou vers l'ouest, elle n'est plus qu'écoulement [36].

« Voir le Principe »

Ce qui est à percevoir dans les choses n'est pas tant leurs contours ou leurs propriétés que leur principe interne qui garantit le rapport harmonieux entre elles. Si l'harmonie importe plus que les choses en elles-mêmes et pour elles-mêmes, il ne faut pas accorder trop de crédit au témoignage des sens. Selon Cheng Yi, il est possible de « voir le Principe (*jian li* 見理) [...] aussi clairement et distinctement qu'une route plane [37] » sans pour autant recourir à la perception sensorielle. On reconnaît ici l'influence du Chan qui parle de « voir en soi la nature-de-Bouddha » (*jian xing* 見性) [38]. Cheng Yi commente ainsi la phrase de *L'Invariable Milieu*, « Rien n'est plus apparent que le caché, rien n'est plus évident que l'infime » :

> Les hommes ne considèrent comme évident et apparent que ce qu'ils voient et entendent avec leurs yeux et leurs oreilles ; ce qu'ils ne voient ni n'entendent, ils le considèrent comme caché et infime. Mais ils ignorent que le Principe est tout ce qu'il y a de plus évident. Cela fait penser à cet homme qui, jadis, alors qu'il jouait de la cithare, vit une mante religieuse s'attaquer à une cigale ; ceux qui l'écoutaient jouer crurent entendre le son d'une mise à mort [dans sa musique]. Or, la mise à mort n'était que dans son esprit, mais ceux qui écoutaient sa cithare en eurent connaissance, n'est-ce pas là l'évidence même [39] ?

Les Cheng reprennent à leur compte la distinction opérée par Zhang Zai entre une connaissance intellectuelle et objective, dérivée du monde extérieur par la médiation des sens, et une connaissance morale purement intérieure, intuitive et immédiate :

> La connaissance issue de l'ouïe et de la vue (*wenjian zhi zhi* 聞見之知) n'est pas la connaissance issue de la nature morale (*dexing zhi zhi* 德性之知). Quand la chose [qu'est le corps] entre en contact avec d'autres choses, cette connaissance-là ne vient pas de l'intérieur ; c'est celle qui s'appelle aujourd'hui « richesse d'informations et diversité de capacités ». Quant à la connaissance issue de la nature morale, elle ne dépend en rien des sens [40].

Cette « connaissance issue de la nature morale » à laquelle on accède en « voyant le Principe » est la condition essentielle de l'action morale. À preuve l'histoire du paysan qui a connu – connaissance intime et pas seulement théorique – la morsure du tigre :

> La vraie connaissance n'est pas la connaissance ordinaire. Il m'est arrivé de voir un paysan qui avait été blessé par un tigre. Au moment où quelqu'un parla d'un tigre qui attaquait les gens, tout le monde fut pris de frayeur, mais seul le paysan changea de visage d'une façon bien particulière. Personne, même un enfant haut comme trois pommes, n'ignore qu'un tigre peut déchiqueter un homme, mais ce n'est pas encore une vraie connaissance. Seule compte une connaissance pareille à celle du paysan. Ainsi ceux qui persistent à faire ce qu'ils savent mauvais n'en ont pas encore une vraie connaissance ; s'ils l'avaient, ils ne le feraient certainement plus.
> Il faut partir du fondement qu'est la connaissance. Dès que celle-ci prend de la profondeur, l'action ne peut qu'aboutir. Il ne s'est jamais vu que l'on ait la connaissance sans pouvoir la mettre en action. Une connaissance qui ne peut être mise en action ne fait que démontrer sa superficialité. Si les hommes s'abstiennent, même affamés, de manger des plantes vénéneuses, ou de s'enfoncer dans l'eau ou le feu, c'est qu'ils savent. Quand ils agissent mal, c'est qu'ils ne savent pas [41].

La connaissance intime, immédiate, conduit à une action naturelle, sans effort, qui rejoint le « non-agir » taoïste :

Dès lors que l'on est capable de connaître et de voir [le Principe], comment pourrait-on ne pas se comporter [en fonction de cette connaissance] ? Dès lors que toute action se fait comme elle doit se faire *(suodang)*, il n'est plus besoin de faire intervenir l'intentionnalité. Si un tel besoin existe, c'est que l'esprit est sous l'emprise du moi [42].

C'est ainsi qu'après une progression graduelle se produit l'illumination :

Question : Dans l'examen des choses, faut-il les examiner une par une, ou bien suffit-il d'en examiner une seule pour connaître les dix mille principes ?
Réponse : Comment est-ce possible ? Même un Maître Yan [Hui] n'oserait pas prétendre comprendre tous les principes à partir de l'examen d'une seule chose ! Ce qu'il faut faire, c'est examiner un jour une chose, le lendemain une autre, et à force d'accumuler de l'expérience, il arrive un jour où, telle une soudaine échappée, une compréhension totale se produit d'elle-même [43].

À propos des *Mutations*

Le tempérament lyrique de Cheng Hao le porte à célébrer comme harmonie préétablie l'unité anthropo-cosmique développée par Zhou Dunyi et Zhang Zai :

Il est dans l'ordre du monde que rien n'existe isolément et sans son opposé. Il en est ainsi, non par l'effet d'un arrangement voulu, mais de façon entièrement spontanée. Chaque fois que j'y songe la nuit, je me mets à danser des pieds et des mains sans m'en rendre compte [44].

Tout en souscrivant à la même perspective unitaire, Cheng Yi se montre plus soucieux de prendre en compte la diversité du monde, comme le montre son commentaire sur l'hexagramme *kui* (« opposition ») du *Livre des Mutations* :

Étendre ce qu'il y a de commun dans les principes des choses pour illustrer la mise en œuvre opportune de l'opposition, c'est le Dao par lequel le Saint réunit les oppositions. Reconnaître les choses identiques comme étant les mêmes, n'importe qui sait le faire. Le Saint, lui, comprend qu'il existe un fondement commun aux principes des choses [même les plus hétérogènes]; c'est ainsi qu'il peut ramener au même l'univers entier et réunir en un tout harmonieux les dix mille catégories. Cela est illustré par [les oppositions entre] Ciel et Terre, masculin et féminin, et les dix mille êtres. Le Ciel étant haut, la Terre basse, ils sont en opposition de par leurs constitutions. Mais le Yang en descendant et le Yin en montant se réunissent et se retrouvent dans leur œuvre commune de transformation et de génération. Homme et femme sont en opposition de par leurs constitutions différentes, mais ils communiquent dans leur volonté de s'unir. Les choses sont en opposition du fait qu'elles sont produites dans une infinie variété, mais elles relèvent d'une même catégorie en ce qu'elles partagent la même harmonie du Ciel-Terre et la même énergie Yin et Yang. Les choses, dans leurs différences, ont leur fondement dans un même principe. Voilà pourquoi dans l'immensité de l'univers, la multitude des êtres vivants, l'infinie diversité des oppositions, seul le Saint est capable de trouver une unité commune [45].

Le caractère normatif de sa réflexion éloigne Cheng Yi des spéculations d'ordre cosmologique inspirées des *Mutations*. Dans la tradition de son maître Hu Yuan, les hexagrammes sont autant de leçons morales sur la vie du lettré confucéen : relations familiales, responsabilités politiques, processus d'éducation, etc. :

Dans les relations familiales de chair et de sang qui existent entre père et fils, ce sont en général les émotions qui priment sur les rites, et le sentiment de reconnaissance qui l'emporte sur le sens du juste. Seul celui qui se tient ferme est capable de ne pas perdre le principe de rectitude du fait de ses penchants égoïstes [46].

L'effort de moralisation préconisé par Cheng Yi commence par une discipline personnelle qui vise à contrôler les pulsions égoïstes afin de les replacer dans le droit fil du Principe. À l'échelle de la société, il s'agit de remédier à une situation de crise morale due à la mentalité carriériste d'une majorité de lettrés [47]. Dans le commentaire de Cheng Yi sur les *Mutations*, la notion de *LI* représente la jonction des deux questions essentielles pour le *daoxue* : « Comment ne faire qu'un avec le Ciel-Terre et les dix mille êtres ? » et « Comment fonder la moralité ? » Pour Cheng Yi, ne faire qu'un avec le monde, participer de sa grande unité, *c'est* agir moralement. En d'autres termes, le principe inhérent aux choses est moral au même titre que le monde physique comporte haut et bas [48].

C'est aussi sa normativité qui met le principe en lieu et place du « Sans Faîte et pourtant Faîte suprême » dont parle Zhou Dunyi et du « Vide suprême » de Zhang Zai :

> Si, ayant compris le Dao du jour et de la nuit, de la fermeture et de l'ouverture, de la contraction et de la dilatation, on sait ce qui fait qu'il en est ainsi *(suoyiran)*, alors on est à même de saisir le fonctionnement mystérieux du Ciel-Terre et de connaître la source originelle du Dao et de sa vertu [49].

Alors que Zhou Dunyi tente de combiner la quiétude taoïste et le mouvement confucéen, c'est-à-dire de penser à la fois l'Un et le multiple, Cheng Yi réserve délibérément l'action morale au domaine normatif du principe, l'énergie vitale *(qi)* étant chargée de rendre compte de la part naturelle, c'est-à-dire de l'existence et des transformations des choses sensibles. Quant au Vide suprême de Zhang Zai qui insiste pourtant sur sa réalité en tant qu'énergie, il évoque trop le thème bouddhique de l'irréalité de toute chose au goût des frères Cheng qui préfèrent parler de la foncière « réalité du principe » :

> Selon le principe de l'univers, il n'est rien qui, sans mouvement, puisse perdurer. Dès qu'il y a mouvement, il ne s'arrête que pour recommencer : il est ainsi perpétuel et inépuisable. De tous les êtres engendrés par le Ciel-Terre jusqu'aux montagnes les plus inébranlables, pas un qui ne change. Aussi permanence ne veut-elle pas dire fixité. Une chose fixe ne saurait perdurer. Seul ce qui change au cours du temps est le Dao constant [50].

En réponse à une lettre de Zhang Zai pour qui « la nature, même inébranlable, ne peut éviter d'être active et d'être affectée par les choses extérieures », Cheng Hao laisse entrevoir l'influence de ses études bouddhiques en refusant de voir une quelconque distinction entre intérieur et extérieur :

> Je dis [que la nature est] inébranlable en ce qu'elle l'est aussi bien dans l'activité que dans la quiétude, en ce qu'elle ne va pas au-devant des choses, pas plus qu'elle ne fait de distinc-

tion entre dedans et dehors. Considérer les choses au-dehors comme extérieures et s'amener soi-même à s'y conformer revient à considérer sa propre nature comme partagée en intérieure et extérieure. De plus, si la nature est censée suivre les choses qui lui sont extérieures, pendant qu'elle est au-dehors, que reste-t-il à l'intérieur ? [...]
Ce qui fait la permanence du Ciel-Terre, c'est que son esprit se propage à tous les êtres tout en étant absence d'esprit. Ce qui fait la permanence du Saint, c'est que ses émotions s'accordent à tous les événements tout en étant absence d'émotions. Voilà pourquoi l'éducation de l'homme de bien est vaste et impartiale ; aux choses qui se présentent il répond en parfait accord [51].

Principe et énergie

Contrairement à Zhang Zai, l'énergie (*qi*) n'est pas considérée comme première par les frères Cheng pour qui l'alternance du Yin et du Yang n'est pas simplement l'expansion/contraction d'un *qi* éternel, mais le processus continuel de génération de *qi* neuf et de disparition de *qi* usé. Au lieu de mettre l'accent sur la notion cyclique de Faîte suprême qui n'apparaît pas dans leurs écrits, les frères Cheng préfèrent parler de l'« Origine véritable », source sans cesse jaillissante, génératrice de *qi* à l'infini. Ils cherchent probablement à contourner ainsi l'écueil de la transmigration bouddhique qui menacerait la conception de Zhang Zai, et à relativiser le *qi* par rapport à l'absolu constant qu'est le *LI* :

> Dire que le *qi* usé (litt. « déjà rentré ») doit encore resservir pour donner le *qi* en expansion, c'est passer à côté des transformations du Ciel-Terre. Les transformations du Ciel-Terre engendrent spontanément, encore et toujours, sans fin. Quel besoin y aurait-il de faire resservir une forme déjà morte, un *qi* déjà rentré, pour les besoins de la création-transformation (*zaohua* 造化) ?
> Prenons un exemple tout proche dans notre propre corps : l'ouverture et la fermeture, le va-et-vient se voient dans la respiration par le nez ; mais il n'est pas nécessaire d'attendre que l'air inspiré soit rentré pour expirer. Le *qi* est engendré spontanément. Le *qi* de l'homme prend naissance à partir de l'Origine véritable. Le *qi* du Ciel s'engendre aussi spontanément, encore et toujours, sans fin.

C'est comme l'eau de la mer qui se dessèche sous la prédominance du Yang et qui se reconstitue avec la prédominance du Yin. Eh bien, ce n'est certes pas avec un *qi* desséché que monte la marée ! La capacité génératrice est spontanée, le va-et-vient, la contraction et l'expansion ne sont que principe. Dès lors qu'il y a croissance, il y a déclin ; dès lors qu'il y a jour, il y a nuit ; dès lors qu'il y a aller, il y a venue. Entre Ciel et Terre, n'est-ce pas comme une immense fournaise ? Qu'est-ce qui n'y fondrait pas [52] ?

« La vie qui engendre la vie sans trêve a nom mutation » : c'est en vertu de cela que le Ciel est Dao. Le Ciel a pour seul Dao d'engendrer. Ce qui s'ensuit de ce principe générateur n'est autre que le bien [53].

Dans ce dernier passage, la puissance génératrice du Ciel est mise en rapport avec le bien. Dans l'énergie perpétuellement jaillissante qu'est le *qi*, les frères Cheng voient le processus universel et éternellement renouvelé du sens de l'humain (*ren* 仁). À l'image de l'« énergie débordante » *(haoran zhi qi)* de Mencius [54], le *qi* est moral en ce qu'il est vie toujours jaillissante et, partant, pure, saine et bonne. Dans une perspective mencienne, le Ciel est source à la fois cosmique et morale et sa puissance créatrice principe de vie autant que de bonté.

Principe et sens de l'humain

Si le sens de l'humain est à l'image d'une énergie constamment renouvelée, il est, par essence, principe. Parlant des *Entretiens* de Confucius, Cheng Yi le décrit comme « le principe de rectitude de l'univers [55] » : de même que le principe est premier, ce qui prime dans la nature est le sens de l'humain, promu de ce fait au rang de notion globalisante alors que la tradition confucéenne n'y voyait que l'une des « cinq constantes » :

> La nature est principe (*xing ji li* 性即理), c'est ce qu'on entend par nature de principe. Pris à la source, il n'est pas un principe dans l'univers qui ne soit pas bon. Tant qu'elles ne sont pas développées, joie et colère, tristesse et gaieté ne sont jamais mauvaises ; même développées, tant qu'elles restent équilibrées, elles ne peuvent jamais être mauvaises quoi qu'elles fassent. Chaque fois qu'il est question de bon et de mauvais, c'est toujours le bon qui précède le mauvais [56].

C'est ce caractère originel et génératif du sens de l'humain qui permet à l'homme de participer de l'activité du Ciel et de dire, comme Mencius, « les dix mille êtres sont présents dans leur totalité en moi [57] ». Le sens moral est question de sensibilité, qui est d'abord toute physique, à fleur de peau. Est dépourvu de sens moral celui qui reste insensible (notamment à la souffrance d'autrui), engourdi tel un membre où l'influx vital ne circule plus :

> Un ouvrage de médecine décrit la paralysie des mains et des pieds comme absence de sens humain (littéralement « non-ren », *buren* 不仁) : on ne saurait mieux dire. Celui qui a le sens de l'humain fait corps avec le Ciel-Terre et les dix mille êtres sans qu'il y ait rien qui ne soit lui. Dès lors qu'il en a pris conscience, où y aurait-il des limites [à son humanité] ? Si des choses ne font pas partie de moi, elles n'auront naturellement aucun rapport avec moi. De même que la main ou le pied déserté par le sens humain, où l'influx vital ne circule plus, ne fait plus partie de moi [58].

Ce sera la tâche de Zhu Xi, un siècle plus tard, d'expliciter le rapport entre énergie, principe et nature, c'est-à-dire entre fonction de production et fonction d'organisation, sur lequel les frères Cheng se contentent de dire :

> Parler de nature sans parler d'énergie, c'est être incomplet ; parler d'énergie sans parler de nature, c'est être peu éclairant. C'est se tromper que d'en faire deux choses distinctes [59].

Quête de sainteté

Devenue centrale dans le renouveau confucéen, la quête de la sainteté fait partie des premières préoccupations des frères Cheng, sans doute sous l'influence de Zhou Dunyi. La sainteté n'apparaît plus comme un idéal inaccessible réservé à des époques révolues, elle est à rechercher activement ici, maintenant et par tout un chacun. Un principe n'est vivant que si sa vérité fait l'objet d'une expérience directe, immédiate et radicalement personnelle dans la mesure où on n'y parvient que par ses propres efforts. Il n'est plus question de recevoir passivement le legs du passé. La sainteté est devenue pour ainsi dire d'actualité, une expérience possible dans le vécu concret et que chacun peut « obtenir par soi-même et pour soi-même » (*zide* 自得). Cette notion, centrale dans l'éthique du *daoxue*, fait une fois de plus référence à Mencius :

> L'homme de bien s'immerge à fond dans le Dao par désir de le découvrir par lui-même. En le découvrant par lui-même, il s'y sent à son aise. En s'y sentant à son aise, il y trouve des ressources profondes. En y trouvant des ressources profondes, il puise à la source en toute circonstance. Voilà pourquoi l'homme de bien tient à découvrir par lui-même [60].

Dans la mesure où on l'« obtient par soi-même » (*zide*), la sainteté se réalise naturellement, « de soi-même » *(ziran)* :

> Celui qui apprend doit se concentrer sur la préservation de son esprit, et non s'évertuer à le forcer. Il lui faut le cultiver et le nourrir en profondeur jusqu'à s'y plonger complètement. C'est alors seulement qu'il le découvrira par lui-même. S'évertuer à lui courir après n'est qu'un signe d'égoïsme et ne suffit pas, en fin de compte, à atteindre le Dao [61].

Dans une perspective typiquement confucéenne, un tel projet moral trouve son prolongement au plan politique. Cheng Yi est l'un des maîtres confucéens des Song à avoir pris le plus au sérieux l'idée mencienne de l'autorité du sage sur le prince. Dans un mémoire à l'empereur Yingzong (r. 1064-1068), Cheng Yi lui rappelle que rien ne peut se faire s'il ne prend pas lui-même la décision d'assumer ses responsabilités :

> Affermir sa résolution, c'est le fondement ; dès lors que la résolution du souverain est affermie, l'univers entier est en ordre. Affermir sa résolution suppose d'être authentique au plus haut point et de n'avoir qu'une seule pensée : prendre sur soi (*ziren* 自任) la charge du Dao, s'en remettre à l'enseignement des saints, s'attacher à mettre en œuvre le gouvernement des anciens rois, sans se laisser brider par son entourage ni troubler par la clameur publique, de façon à ramener l'univers à un état comparable aux Trois Dynasties [62].

Notes

1. Sur Su Xun, voir chap. précédent à la note 11.
2. Cheng Hao et Cheng Yi sont également connus par leurs appellations respectives : Mingdao (« qui éclaire le Dao ») et Yichuan (du nom de la rivière près de laquelle il vécut). Pour les sources biographiques, cf. CHAN Wing-tsit dans Herbert FRANKE, éd., *Sung Biographies*, Wiesbaden, Steiner, 1976, p. 174-179 ; et Angus C. GRAHAM, *Two Chinese Philosophers : Ch'eng Ming-tao and Ch'eng Yi-ch'uan*, Londres, Lund Humphries, 1958, p. xx, note 2. Cette dernière monographie reste la plus fiable en langue occidentale sur les frères Cheng.
3. Sur Hu Yuan, voir chap. précédent à la note 5.
4. À noter que Su Shi a également commenté les *Entretiens* de Confucius, le *Livre des Documents* et *L'Invariable Milieu*, cf. Christian MURCK, « Su Shih's Reading of the *Chung-yung* », *in* Susan BUSH & Christian MURCK, éd., *Theories of the Arts in China*, Princeton University Press, 1983, p. 267-292. Voir aussi LIN Yu-tang, *The Gay Genius. The Life and Times of Su Tungpo*, New York, J. Day, 1947 ; Ronald C. EAGAN, *Word, Image and Deed in the Life of Su Shi*, Harvard University Press, 1995.
5. Wang Anshi fait ici référence au modèle antique du *Traité des Rites*, cf. *Linchuan xiansheng wenji (Écrits de Wang Anshi)*, Shanghai, Zhonghua shuju, 1971, p. 794.
6. Commentaire sur le 4ᵉ hexagramme *meng* (auquel fait également référence le *Zhengmeng* de Zhang Zai, voir chap. précédent, note 60), in *Su Shi Yizhuan (Commentaire de Su Shi sur les Mutations)*, éd. Congshu jicheng, 1, p. 13.
7. *Su Shi Yizhuan*, 7, p. 158.
8. Commentaire de la phrase du *Shuogua (Explication des figures)* : « Pénétrer à fond le principe, réaliser pleinement sa nature pour accomplir son destin », in *Su Shi Yizhuan*, 8, p. 177.
9. *Su Shi Yizhuan*, 1, p. 3-4.
10. L'histoire à la fois sociale et intellectuelle de cette mutation fait l'objet de l'ouvrage de Peter K. BOL, *« This Culture of Ours » : Intellectual Transitions in T'ang and Sung China*, Stanford University Press, 1992.
11. Cf. William Theodore DE BARY, *Neo-Confucian Orthodoxy and the Learning of the Mind-and-Heart*, Columbia University Press, 1981, p. 9, et *The Trouble with Confucianism*, Harvard University Press, 1991, p. 9 *sq*.
12. Cf. *Mengzi* VII B 38.
13. *Yichuan wenji (Œuvres de Cheng Yi)* 7, in *Er Cheng ji*, p. 638. L'expression « cette culture » fait référence aux *Entretiens*, IX, 5 : « Menacé de mort à Kuang, le Maître déclara : "Après la mort du roi Wen, sa culture (wen) ne devait-elle pas vivre encore ici, en moi ? Si le Ciel avait voulu enterrer cette culture, plus personne n'aurait pu se réclamer d'elle comme je le fais. Or, si telle n'est pas l'intention du Ciel, qu'ai-je à craindre des gens de Kuang ?" »
Ce qui nous est resté de l'enseignement des frères Cheng (écrits, com-

mentaires sur les Classiques, recueils de propos, etc.) est rassemblé sous le titre *Er Cheng quanshu (Œuvres complètes des frères Cheng)*, notamment dans l'édition SBBY. L'édition moderne utilisée ici est le *Er Cheng ji (Œuvres des frères Cheng)* en 4 vol., Pékin, Zhonghua shuju, 1981.

14. Voir chap. précédent, note 94.

15. *Yanzi suohao hexue lun (Ce que Maître Yan aimait apprendre)*, in *Yichuan wenji (Œuvres de Cheng Yi)* 4, in *Er Cheng ji*, p. 577-578. Cheng Yi aurait composé cet essai en 1056, alors qu'il étudiait à la capitale sous la direction de Hu Yuan (voir plus haut à la note 3), qui avait donné ce sujet à traiter à ses étudiants et qui fut impressionné par la copie de Cheng Yi. La citation à la fin de ce passage provient de *L'Invariable Milieu* 21.

16. *Yishu* 18, in *Er Cheng ji*, p. 188. Comme pour la plupart des grands maîtres, l'enseignement des frères Cheng a été consigné en grande partie par des disciples sous forme de notes qui furent organisées par Zhu Xi au XIIe siècle en deux compilations : le *Henan Chengshi yishu (Écrits laissés par les Cheng de Henan*, abrégé en *Yishu*) et le *Henan Chengshi waishu* (complément du premier, abrégé en *Waishu*).

17. *Waishu* 10, in *Er Cheng ji*, p. 408.

18. *Yishu* 19, in *Er Cheng ji*, p. 247.

19. *Yishu* 18, in *Er Cheng ji*, p. 217.

20. Voir chap. 2, « Rectifier les noms ».

21. *Yishu* 15, in *Er Cheng ji*, p. 144. La première phrase est une allusion aux *Entretiens* de Confucius, XII, 1 : « Le Maître dit : Ce qui est contraire au rituel, ne le regarde pas, ne l'écoute pas ; ce qui est contraire au rituel, n'en parle pas et n'y commets pas tes actions. »

Sur la connivence entre les deux homophones *LI* (principe) et *li* (rite), voir chap. 1, note 14.

22. *Henan Chengshi jingshuo (Explications des Cheng de Henan sur les Classiques*, abrégé en *Jingshuo*) 8, in *Er Cheng ji*, p. 1160.

23. Cf. *Entretiens*, VI, 23.

24. *Yichuan Yizhuan (Commentaire de Cheng Yi sur les Mutations)* 4, in *Er Cheng ji*, p. 968.

25. *Yishu* 18, in *Er Cheng ji*, p. 195.

26. *Yishu* 1 et 22A, in *Er Cheng ji*, p. 3 et 290.

27. *Yishu* 18, in *Er Cheng ji*, p. 215. Cela est une paraphrase du *Mengzi* V A 6 : « Quand quelque chose se fait sans qu'il y ait personne pour le faire, c'est le fait du Ciel ; quand quelque chose se produit sans que personne en soit la cause, c'est le fait du destin. »

28. *Zhuzi yulei* 6, éd. Zhonghua shuju, p. 99.

29. *Yishu* 2 A et 15, in *Er Cheng ji*, p. 13 et 144.

30. Cf. la réponse à Yang Shi sur l'« Inscription de l'ouest » dans *Yichuan wenji (Écrits de Cheng Yi)* 5, in *Er Cheng ji*, p. 609. Sur l'« Inscription de l'Ouest », voir chap. précédent à la note 81.

31. *Daxue (La Grande Étude)*, 1re partie (traduite en entier au chap. 2 à la note 16).

32. CHAN Wing-tsit rappelle qu'il y en a eu jusqu'à 72 interprétations différentes ! Cf. *Source Book*, p. 561-562.

33. *Yishu* 22A et 18, in *Er Cheng ji*, p. 277 et 188. La citation « les esprits des ancêtres royaux sont arrivés » est tirée du *Livre des Documents*, chap. *Yi Ji*.

34. *Yishu* 15 et 18, in *Er Cheng ji*, p. 157 et 193.

35. *Yishu* 18, in *Er Cheng ji*, p. 188.

36. *Ibid.*, p. 204. Il y a ici une allusion au 1er chap. de *L'Invariable Milieu* (voir chap. 11 à la note 41).

37. Cf. *Yishu* 18, in *Er Cheng ji*, p. 205. Cette défiance à l'égard des sens trahit l'influence du bouddhisme, tout comme les analyses auxquelles se livrent les frères Cheng sur des états de conscience « limites » (rêve, hallucination, etc.).

38. Voir chap. 16, « L'esprit du Chan ».

39. *Yishu* 18, in *Er Cheng ji*, p. 224.

40. *Yishu* 25, in *Er Cheng ji*, p. 317. Pour la distinction de Zhang Zai, voir chap. précédent à la note 99.

41. *Yishu* 2A et 15, in *Er Cheng ji*, p. 16 et 164.

42. *Yishu* 17, in *Er Cheng ji*, p. 181. À noter que Cheng Yi parle d'« agir selon le non-agir » (*wei wuwei* 為無為), cf. *Yishu* 18, in *Er Cheng ji*, p. 226.

43. *Yishu* 18, in *Er Cheng ji*, p. 188. Concernant Yan Hui, l'allusion est aux *Entretiens* de Confucius, V, 8 et VII, 8.

44. Cité par Jacques GERNET, *L'Intelligence de la Chine*, p. 312.

45. Commentaire du jugement sur le 38e hexagramme *kui* (« opposition »), *Yichuan Yizhuan (Commentaire de Cheng Yi sur les Mutations)* 3, in *Er Cheng ji*, p. 889.

Ce commentaire de Cheng Yi sur les *Mutations* (préface datée de 1099) est le seul texte complet et clairement assignable à l'un des deux frères qui nous soit parvenu, et le seul véritable ouvrage que Cheng Yi ait jamais écrit.

46. Commentaire sur le deuxième trait du 37e hexagramme *jiaren* (« famille »), *Yichuan Yizhuan* 3, in *Er Cheng ji*, p. 886.

47. Voir le mémoire que Cheng Yi adressa à l'empereur Renzong en 1050, à l'âge de dix-sept ans, pour critiquer avec une crâne assurance l'état de la société, in *Er Cheng ji*, p. 510-515.

48. Cf. *Yishu* 18, in *Er Cheng ji*, p. 225.

49. *Yichuan jingshuo (Explications de Cheng Yi sur les Classiques)*, in *Er Cheng ji*, p. 1028.

50. Commentaire sur le jugement du 32e hexagramme *heng* (« permanence »), *Yichuan Yizhuan* 3, in *Er Cheng ji*, p. 862.

51. « Réponse à une lettre de Zhang Zai », *Mingdao xiansheng wenji (Écrits de Cheng Hao)* 2, in *Er Cheng ji*, p. 460.

52. *Yishu* 15, in *Er Cheng ji*, p. 148. Les effets du Yang et du Yin sur la mer sont ceux du soleil et de la lune génératrice des marées.

53. *Yishu* 2A, in *Er Cheng ji*, p. 29. La citation est tirée du *Grand Commentaire* au *Livre des Mutations* (*Xici* A 5).

54. Voir chap. 6, « Physiologie morale ».

55. *Yichuan jingshuo (Explications de Cheng Yi sur les Classiques)*, in *Er Cheng ji*, p. 1136.

56. *Yishu* 22A, in *Er Cheng ji*, p. 292. Comme dans le texte cité plus haut à la note 36, il est ici fait référence au premier chapitre de *L'Invariable Milieu*.

57. *Mengzi* VII A 4 (cité au chap. 6, p. 183).

58. *Yishu* 2A, in *Er Cheng ji*, p. 15. Cela fait écho à *Mengzi* VII A 21 (cité au chap. 6, p. 172).

59. *Yishu* 6, in *Er Cheng ji*, p. 81.
60. *Mengzi* IV B 14.
61. *Yishu* 2A, in *Er Cheng ji*, p. 14.
62. *Yichuan wenji (Écrits de Cheng Yi)* 1, in *Er Cheng ji*, p. 521. L'expression *ziren* vient du *Mengzi* V B 1, où il est question de « prendre sur soi le poids du monde ». Pour une exhortation semblable de Cheng Hao à l'empereur, cf. *Mingdao wenji (Écrits de Cheng Hao)* 1, in *Er Cheng ji*, p. 451.

La coutume de désigner un lettré éminent pour faire régulièrement la leçon à l'empereur sur les textes classiques remonte à 1033, et se perpétuera sous diverses formes jusqu'à la fin de l'empire.

19
La grande synthèse des Song du Sud (XIIe siècle)

Zhu Xi (1130-1200) et Lu Xiangshan (1139-1193)

Après la déroute des Song face aux Jürchen de Mandchourie (ou Jin, 1115-1234) et la restauration en 1127 de la dynastie au Sud, à Lin'an (actuelle Hangzhou)[1], il ne reste aux lettrés, encore sous le choc de la perte du berceau culturel chinois, qu'à tirer les leçons des divers courants du XIe siècle. Alors que la dynastie avait commencé sur de vastes programmes de réformes à l'échelle de l'empire, l'élite intellectuelle des Song du Sud se contente d'agir sur le plan local pour répondre au souci éducatif resté prédominant.

Brillamment reçu aux examens mandarinaux dès l'âge de dix-neuf ans, Zhu Xi se lance dans la carrière bureaucratique avec la responsabilité des écoles, des bibliothèques et des rites de sa région d'origine, l'actuelle province côtière du Fujian[2]. Après une période de fascination pour le bouddhisme Chan, il prend pour maître Li Tong (1093-1163) qui le dirige dans une quête spirituelle proprement confucéenne inspirée par quelques penseurs des Song du Nord : Zhou Dunyi, Zhang Zai et les frères Cheng, dont il compile les écrits notamment dans le *Jinsi lu (Réflexions sur ce qui nous touche de près)*, en collaboration avec son ami Lü Zuqian (1137-1181). C'est ce dernier qui organise en 1175 sa fameuse rencontre avec Lu Jiuyuan au monastère du Lac de l'Oie dans l'actuel Jiangxi, au cours de laquelle se tint l'un des plus célèbres débats philosophiques de l'histoire chinoise.

Lu Jiuyuan, plus connu sous son appellation Xiangshan (le « Mont de l'Éléphant » de son Jiangxi natal où il se retira pour enseigner), après avoir réussi aux concours mandarinaux dont Lü Zuqian était examinateur, servit dans la bureaucratie, mais il fut avant tout un maître dont la parole simple et directe toucha un auditoire très large. À la manière des maîtres Chan, il allait droit à l'essentiel et laissa peu d'écrits, contrairement à son illustre contemporain Zhu Xi à qui tout concourait à l'opposer[3]. Les discussions du monastère du Lac de l'Oie portent notamment sur deux points : d'une part, Lu Xiangshan et son frère aîné Lu Jiuling (1132-1180) reprochent à Zhu Xi d'accorder trop d'importance au savoir livresque et à l'exégèse, le mettant au défi de dire quels livres il pouvait bien y avoir à lire dans les temps reculés avant les sages Yao et Shun. D'autre part, une discussion sur l'ordre des hexagrammes des *Mutations* fournit à Lu Xiangshan l'occasion de se lancer dans un long développement sur son thème préféré, l'esprit originel. D'emblée s'affrontent deux visions que Lu Xiangshan résume déjà dans un poème composé sur la route qui le mène au monastère :

> Une pratique simple et aisée se révélera grande et durable,
> Le souci des détails épars ira se perdre dans les sables[4].

Opposition confirmée par les témoins oculaires :

> Durant la rencontre du Lac de l'Oie, la discussion en vint à porter sur la manière d'éduquer les gens. Zhu Xi était d'avis qu'il faut les amener à élargir leurs horizons et leurs lectures avant d'en retenir l'essentiel. Mais d'après les frères Lu, il s'agit d'abord de révéler l'esprit fondamental de l'homme, les lectures passant après. Pour Zhu, la manière des frères Lu était par trop simpliste ; pour ces derniers, celle de Zhu était trop fragmentée ; il s'ensuivit entre eux un certain désaccord[5].

En 1179, comme préfet de Nankang dans le Jiangxi, Zhu Xi se consacre pleinement à sa mission éducative, donnant de nombreuses conférences, faisant élever un temple à Zhou Dunyi et rétablissant l'académie de la Grotte du Cerf blanc qui devait jouer un rôle de premier plan dans le développement des académies privées et la propagation du *daoxue*. Mais il prend également des mesures concrètes pour prévenir les inondations et les famines par la construction de digues et de greniers communautaires. On ne peut pas dire cependant que la carrière officielle de Zhu Xi, confinée à des postes locaux, lui ait permis de jouer un rôle politique important[6]. En fait, Zhu Xi n'était pas disposé à faire des concessions à des bureaucrates dont il ne cessa jamais de dénoncer la corruption. En 1197, peu avant sa mort, les attaques des milieux officiels contre le *daoxue* (« étude de la Voie »), appelé par dérision « étude dévoyée » (*weixue* 偽學), se durcirent au point de mettre son nom sur une liste noire et sa vie en péril[7].

Zhu Xi réussit malgré tout à créer, en dehors du système officiel tourné vers les examens, l'infrastructure d'académies privées, le corpus de textes et le réseau de communautés scolastiques nécessaires pour animer un programme éducatif cohérent[8]. Outre la centaine d'ouvrages qu'il composa dans des domaines très variés[9], il commenta bon nombre de Classiques confucéens, à commencer par *La Grande Étude*, les *Entretiens* de Confucius, le *Mengzi* et *L'Invariable Milieu*, regroupés dans les « Quatre Livres », nouveau corpus canonique qui s'ajoute aux Classiques. Zhu Xi ne fait ainsi que confirmer une tendance qui se dessine depuis la fin des Tang et le début des Song : il s'agit de retrouver l'esprit originel de Confucius dont Mencius est désigné comme l'héritier et le porte-parole, par-delà la tradition exégétique des Han et des Tang sur les Classiques qui n'ont plus l'autorité absolue dont ils jouissaient jusqu'alors. L'important désormais n'est plus tant la tradition scripturaire que les réflexions sur la nature humaine, les fondements de la moralité et la place de l'homme dans le cosmos, pour lesquelles les Quatre Livres sont des sources vivantes d'inspiration[10].

La position de Zhu Xi vis-à-vis des textes canoniques reflète le passage à une préoccupation existentielle, qui va de la fameuse formule de Cheng Yi, « La culture morale exige de la gravité, et les progrès dans l'étude résident dans le développement de la connaissance », à celle, non moins fameuse, de Lu Xiangshan, « Pour peu que, par l'étude, on connaisse le fondement, les Six Classiques ne sont guère plus qu'annotations sur moi (c'est-à-dire sur l'esprit, source de moralité) »[11]. La fréquentation des textes ne vise plus la seule érudition, elle doit amener une transformation de toute la personne :

> Lorsqu'on lit, on ne se contente pas de rechercher les principes moraux sur le papier, il faut les chercher en soi-même : c'est là qu'ils trouvent leur réalité et leur application[12].

On peut dire que Zhu Xi fut aux Song du Sud ce qu'Ouyang Xiu avait été aux Song du Nord, son ambition étant ni plus ni moins de réévaluer la tradition culturelle dans son entier. Mais bien plus que son prédécesseur, Zhu Xi avait les moyens intellectuels d'opérer une nouvelle et puissante synthèse dans laquelle Ciel et Homme étaient remis en relation, non plus dans une cosmologie corrélative jugée trop mécanique, mais dans une véritable synergie amenant chaque individu à se cultiver lui-même afin de réaliser le dessein céleste. C'est cet immense travail de synthèse à la fois éthique, cosmologique et canonique – en somme une réévaluation du Dao – qui devait constituer pour plusieurs siècles un horizon intellectuellement indépassable.

De l'« étude » à la « transmission » du Dao

Au XIIe siècle, le *daoxue* est représenté par une communauté active, regroupée autour de maîtres comme Zhu Xi au Fujian, Lü Zuqian au Zhejiang, Lu Xiangshan au Jiangxi ou encore Zhang Shi (1133-1180) au Hunan[13]. D'une association assez lâche de penseurs individuels avec des idées très divergentes, on passe peu à peu à une école de pensée qui finit par être reconnue comme orthodoxie d'État au milieu du XIIIe siècle et qui le restera jusqu'au début du XXe. Ce phénomène s'accompagne d'une conscience de plus en plus affirmée d'appartenir à une communauté distincte des lettrés-bureaucrates et d'adhérer à un projet commun mis en œuvre dans des académies où des rituels viennent renforcer le lien entre les adeptes. De toute évidence inspirées des monastères Chan, ce sont « des fondations privées ou semi-privées où des maîtres célèbres dispensent librement un enseignement moral et philosophique qui est généralement appuyé sur une interprétation des Classiques. Le terme le plus courant pour les désigner est celui de *shuyuan*. Il évoque un ensemble de bâtiments sur cours qui comportent une bibliothèque[14] ». L'influence du Chan se traduit également par l'insistance sur la transmission orale : « Jusque-là les intellectuels passaient surtout leur temps à commenter les textes classiques ou à rédiger leurs propres traités, qui faisaient toujours appel à l'autorité des Classiques. Un autre genre devient à la mode sous la dynastie Song : les étudiants à l'école de philosophes réputés notent, pour les publier, les conversations qu'ils ont avec leurs maîtres. Ces conversations mises par écrit *(yulu)* expriment l'attitude des hommes qui se considèrent d'abord comme des enseignants communiquant à leurs disciples l'enseignement ineffable des anciens sages, qu'une mise en forme trop élaborée ne déforme que trop aisément[15]. » Par-delà la référence au mode de transmission des maîtres Chan, les *yulu* renvoient aux maîtres de l'antiquité, Confucius et Mencius, dont seul l'enseignement oral fut transmis par leurs disciples ; ils forment la plus grande partie du corpus confucéen à partir des Song, à tel point que dans le courant issu de Lu Xiangshan l'expression écrite est quasiment abandonnée.

À partir de la fin du XIe et pendant tout le XIIe siècle, l'« étude du Dao » (*daoxue* 道學) tend à céder le pas à la « transmission légitime du Dao » (*daotong* 道統), sur le modèle de la légitimité dynastique (*zhengtong* 正統) fondée sur la réception du mandat céleste[16]. Zhu Xi construit alors de toutes pièces une filiation en accord, non pas avec les textes ou les faits historiques, mais avec sa propre idée du Dao. Dans son *Jinsi lu (Réflexions sur ce qui nous touche de près)*[17], parmi les auteurs des Song du Nord ne sont retenus que ceux qui ont à ses yeux ranimé le flambeau du Dao éteint depuis Mencius : Zhou Dunyi (pour avoir développé la notion de Faîte suprême), les frères Cheng (pour avoir repensé le Principe) et Zhang Zai, à l'exclusion de Shao Yong jugé trop influencé par l'occultisme taoïste. Envers et contre toute évidence, les frères Cheng sont censés avoir reçu l'enseignement de Zhou Dunyi sur le Diagramme du Faîte suprême – alors qu'ils n'y ont jamais fait la moindre allusion et qu'ils n'ont jamais reconnu Zhou Dunyi pour maître – et Zhang Zai se retrouve placé derrière ses neveux. Zhu Xi s'arrange pour faire implicitement culminer la transmission dans sa propre personne, sans faire aucune mention de son maître Li Tong ni de contemporains aussi importants que Lu Xiangshan.

Le Faîte suprême, unité du principe et de l'énergie

En explicitant des notions élaborées un siècle plus tôt et en clarifiant les rapports entre elles, Zhu Xi accomplit indéniablement un colossal travail de synthèse, au point d'être surnommé le Thomas d'Aquin chinois. Tandis que Lu Xiangshan tente de retrouver d'emblée la source jaillissante qu'est pour lui l'esprit, Zhu Xi n'aura de cesse toute sa vie qu'il ne saisisse le « nœud central » où s'articulent la nature de l'esprit et son fonctionnement. Ce point de convergence, il le trouve dans le Faîte suprême (*taiji* 太極), notion fondamentale dans la tradition des *Mutations* et réactivée par Zhou Dunyi dont il s'efforce de faire un équivalent du Principe si essentiel pour les frères Cheng. Les deux notions désignent en effet une unité qui sous-tend la multiplicité, mais alors que l'appeler « Faîte suprême » implique que toute chose résultant de la division d'une unité primordiale provient d'une seule et même origine, l'appeler « Principe » signifie que les choses sont parcourues par une seule et même rationalité grâce à laquelle on peut procéder du connu à l'inconnu :

> Le Faîte suprême est tout simplement le principe du Ciel, de la Terre et des dix mille êtres. […] Le Faîte suprême n'est qu'un autre mot pour « Principe »[18].

Zhu Xi conçoit le Faîte suprême comme le principe de tous les principes, ou le « principe suprême » (que les frères Cheng, qui se refusent à parler de Faîte suprême, appellent « principe céleste »), mais en même temps comme l'unité des dix mille êtres dans l'énergie vitale (*qi* 氣). C'est dans le Faîte suprême que se fonde l'unité du principe et de l'énergie, de l'amont et de l'aval des formes visibles, de l'Un et du multiple, de la « constitution » et de la « fonction ». Or, pour penser principe et énergie comme étant deux et pourtant un, le premier désignant l'aspect constitutif (*ti* 體) et le second l'aspect fonctionnel (*yong* 用)[19], Zhu Xi ne peut que recourir à la notion de Faîte suprême, d'où la place centrale qu'il est le premier à accorder à Zhou Dunyi :

> Le Faîte suprême se rapporte au Dao qui est en amont des formes visibles ; Yin et Yang se rapportent aux objets concrets qui sont en aval des formes visibles[20].
> Entre Ciel et Terre, il y a à la fois principe et énergie. Le principe se rapporte au Dao en amont des formes visibles, c'est la racine dont est issue toute chose. L'énergie se rapporte aux objets concrets qui sont en aval des formes visibles, c'est le moyen par lequel toute chose prend naissance. Aussi, dans le processus de leur engendrement, hommes et choses sont nécessairement doués de ce principe qui leur donne leur nature et de cette énergie qui leur donne leurs formes visibles. Bien qu'elles ne se conçoivent pas en dehors d'un corps, cette nature et ces formes se distinguent clairement,

l'une relevant du Dao et les autres des objets concrets, distinction que l'on ne saurait brouiller [21].

Vu de l'amont des formes, ce qui est vide et quiet est constitutif, alors que ce qui se réalise dans les faits et les choses est fonctionnel. Mais vu de l'aval des formes, on peut aussi dire que faits et choses sont constitutifs, alors que le principe qui se réalise et se révèle est fonctionnel. [...] Entre l'amont et l'aval des formes, il y a bien une distinction. Il faut bien voir que l'un est constitutif et l'autre fonctionnel avant de pouvoir dire qu'ils proviennent d'une même source. Il faut bien voir que l'un est figure visible et l'autre principe avant de pouvoir dire qu'il n'y a pas d'intervalle entre eux [22].

Cela explicite de toute évidence la préface de Cheng Yi à son commentaire sur les *Mutations* :

Infiniment subtil, tel est le principe. Infiniment manifeste, telle est la figure. Constitution et fonction proviennent d'une même source, entre manifeste et subtil point d'intervalle [23].

Constitution et fonction forment une sorte de binôme paradigmatique, à la manière de Yin et Yang, sous lequel on peut regrouper les habituels couples Ciel/Terre, subtil/manifeste, etc. Cependant Zhu Xi insiste bien sur le fait qu'il ne s'agit pas de catégories distinctes, mais de deux aspects de la même réalité ultime qu'est le Dao. Non seulement il n'est pas de constitution sans fonction, ou l'inverse, mais on peut dire que la constitution est fonction constitutive et que la fonction est constitution fonctionnelle :

Le Faîte suprême contient en lui-même le principe du mouvement et de la quiétude, mais il ne faut pas voir dans mouvement et quiétude une distinction entre constitution et fonction, la quiétude étant la constitution du Faîte suprême et le mouvement sa fonction. Prenons par exemple un éventail : il n'y a qu'un seul éventail ; quand on l'agite, il est fonction, mais quand on le pose, il est constitution. Dès lors qu'on le pose, il n'est qu'un principe unique ; mais dès qu'on l'agite, il n'est toujours que ce seul principe [24].

Ce que la constitution est à la fonction, le principe l'est à l'énergie :

> Dans l'univers jamais il ne s'est trouvé d'énergie sans principe, ni de principe sans énergie. [...] Dès lors qu'il y a principe, il y a énergie, mais c'est le principe qui est fondamental. Au fond, on ne peut pas dire que l'un est antérieur et l'autre postérieur. Ce n'est que si l'on tient absolument à remonter à l'origine que l'on est obligé de désigner le principe comme antérieur. Ce qui ne veut pas dire que le principe soit une entité à part, bien au contraire, il est inhérent à l'énergie. Faute de cette énergie, le principe ne pourrait se raccrocher à rien. [...] Comment savoir si c'est le principe qui vient en premier et l'énergie en second, ou l'inverse ? Tout cela est invérifiable. Mais sur le plan de l'idée, je soupçonne que l'énergie opère en fonction du principe. Dès lors qu'il y a concentration d'énergie, il y a aussi principe. Alors que l'énergie a la capacité, en se coagulant, de créer et de réaliser, le principe n'a ni intentionnalité, ni projet, ni capacité créatrice [25].

On perçoit dans cette formulation hésitante une pensée qui se cherche, mais il ne fait aucun doute que la distinction entre principe et énergie, entre amont et aval des formes, ne saurait en aucun cas correspondre à la distinction propre au langage philosophique occidental entre transcendance et immanence, métaphysique et physique : Zhu Xi indique clairement qu'il y a là une réalité unique envisagée sous ses deux aspects, constitutif et fonctionnel. Ce principe rempli d'énergie possède en effet une réalité substantielle qui l'oppose en tout point à la vacuité bouddhique dénoncée par Zhu Xi comme pure constitution dissociée de toute fonction. C'est sur ce point précis que porte la controverse menée par correspondance en 1188-1189 entre Lu Xiangshan et Zhu Xi sur la formule inaugurale de l'*Explication du Diagramme du Faîte suprême* de Zhou Dunyi : « Sans Faîte et pourtant Faîte suprême [26]. »

« Faîte suprême » ou « Sans Faîte » ?

La controverse est allumée par Lu Xiangshan pour qui la notion de « Sans Faîte », tirée du *Laozi* 28, est une concession inadmissible au taoïsme. La bipartition de la notion de Faîte lui paraît inutile, voire dangereuse, dans la mesure où le Faîte suprême, flanqué de sa négation, risque ainsi de se trouver rejeté hors du Dao. L'objection de Lu vise en réalité Zhu Xi qui se voit reprocher de parler du Faîte suprême, non plus en termes d'énergie comme c'était le cas jusqu'à Zhou Dunyi, mais en termes de principe, avec le risque d'en faire une notion transcendante. Or, pour Zhu Xi, l'erreur de Lu Xiangshan est précisément de dissocier, comme le font les bouddhistes, constitution (principe) et fonction (énergie) : il s'agit donc de convaincre son objecteur que le Sans Faîte (constitution) n'est pas une entité séparée et supérieure au Faîte suprême (fonction), mais une façon d'en nommer l'unité indifférenciée. Zhu Xi tient manifestement à la notion de Faîte suprême comme Sans Faîte pour mieux en préserver la non-détermination qui seule préserve la possibilité infinie de production et de transformation :

> Si Maître Zhou [Dunyi] qualifie [le Faîte suprême de] Sans Faîte, c'est précisément parce qu'il n'a ni lieu ni aspect, considérant qu'il est là avant les choses tout en perdurant une fois qu'elles ont fait leur apparition, qu'il existe en dehors du Yin/Yang tout en opérant à l'intérieur d'eux, qu'il traverse le tout et qu'il est partout présent sans que l'on puisse au départ lui assigner aucun son, odeur, ombre ni écho [27].

« Sans aucun son ni odeur » : cette caractérisation des opérations du Ciel en viendra à désigner le principe premier de toutes choses dans l'indétermination propre à tout absolu. C'est bien là le danger que flaire Lu Xiangshan d'un « principe céleste » « en amont des formes », dissocié du monde « en aval des formes », celui de la réalité cosmique et humaine. Pour Lu, ce principe a des relents fortement taoïstes d'un Dao dissocié de l'action humaine. Or, Zhu Xi se défend précisément de voir dans le Sans Faîte et le Faîte suprême des étapes distinctes dans l'émergence du manifesté à partir du latent, et tout son effort est de montrer que, contrairement à ce que pense son objecteur, il n'y a pas dualisme dans la mesure où le premier n'est que la réalité avant la manifestation des formes, et le second cette même réalité après leur manifestation.

> Quand Laozi parle d'il-y-a et d'il-n'y-a-pas, il les considère comme deux entités distinctes ; quand Maître Zhou parle d'il-y-a et d'il-n'y-a-pas, il les considère comme ne faisant qu'un. [...] Dire « Sans Faîte et pourtant Faîte suprême », c'est comme parler de « l'agir du non-agir » [28].

La notion de Faîte suprême permet donc à Zhu Xi de porter sur un plan cosmologique, et non plus seulement éthique, la formule de Cheng Yi « Le principe est un mais ses différenciations multiples », illustrée par la métaphore de la graine, chère aux philosophes chinois :

> Il n'y a qu'un principe unique, que les dix mille êtres partagent comme leur substance, mais [en même temps] chacun des dix mille êtres comporte son propre principe. [...] Mais tout finit par se ramener à un seul principe qui se diffuse partout. C'est comme une graine de millet qui donne un germe, lequel donne une fleur. Une fois que la fleur est porteuse de graines qui redeviennent millet, on en revient à la forme originelle. Un épi porte cent graines, dont chacune forme une entité à part entière. Que ces cent graines soient semées, et elles en donneront à leur tour cent chacune. Elles continueront à se reproduire ainsi indéfiniment : au départ, c'est une seule graine qui n'a plus cessé de se subdiviser. Chacun des êtres possède un principe qui lui est propre, mais tous se ramènent à un principe unique [29].

Les relations des parties au tout ne sont plus perçues seulement comme la fusion de l'infinie multiplicité des êtres dans l'harmonie universelle, mais aussi comme l'unité du macrocosme dont toute chose n'est qu'un microcosme. Ce qui signifie que le Faîte suprême englobe toute chose en un tout, mais qu'en même temps chaque chose individuelle comprend le Faîte suprême :

> Fondamentalement, il n'y a qu'un Faîte suprême unique, mais chacun des dix mille êtres l'a reçu en partage, de telle sorte que chacun le possède dans sa totalité. Il en va de même que pour la lune : il n'y en a qu'une dans le ciel, mais lorsque son reflet se disperse sur rivières et lacs, elle est visible en tout lieu sans que l'on puisse dire qu'elle est divisée [30].

L'image de la lune rappelle l'analogie utilisée par l'école bouddhique Huayan : l'Un est au multiple ce que la lune est à ses reflets dans dix mille rivières, chaque reflet renvoyant l'image non seulement de la lune mais de tous ses autres reflets. Mais le rapprochement s'arrête là, car il s'agit pour Zhu Xi, non pas de montrer que l'Un et le multiple se rejoignent dans la vacuité bouddhique, mais au contraire d'affirmer l'unité de la constitution et de la fonction qui sera le fondement même de toute la réflexion confucéenne des Ming sur l'unité de la connaissance et de l'action.

L'esprit, unité du principe céleste et des désirs humains

La question de la nature humaine (*xing* 性), si fondamentale pour l'éthique confucéenne, partage les esprits depuis Mencius et Xunzi jusqu'aux premiers penseurs du *daoxue* des Song. C'est alors que Cheng Yi, qui élève le Principe au rang de notion suprême, repense toute la conception mencienne en voyant aussi bien dans le Ciel que dans notre nature et notre esprit (*xin* 心) des aspects du Principe :

> Mencius disait que l'esprit, la nature et le Ciel ne relèvent que d'un seul principe [31].

Zhu Xi ajoute à cette nouvelle construction le Faîte suprême dont il fait, dans le domaine éthique, la source du « sens de l'humain » (*ren* 仁). Alors que Mencius rattache celui-ci à notre esprit, et Cheng Yi à notre nature [32], la notion de Faîte suprême (unité de la constitution et de la fonction) permet à Zhu Xi de concevoir l'esprit comme unité de la nature (constitution) et des émotions (fonction) :

> L'esprit est le maître du corps. Il trouve sa constitution dans la nature humaine et son fonctionnement dans les émotions [33].

Zhu Xi ne fait que reprendre les idées de Zhang Zai pour qui « l'esprit est ce qui régit la nature et les émotions », et de Cheng Yi pour qui « l'esprit est un, désignant tantôt la constitution, tantôt la fonction » [34] :

> La nature est ce qui n'est pas encore en mouvement, les émotions sont ce qui est déjà en mouvement ; quant à l'esprit, il embrasse les deux. Ainsi, l'esprit qui n'est pas encore en mouvement est nature, et quand il est en mouvement il est émotions ; c'est ce que [Zhang Zai] appelle « l'esprit qui régit la nature et les émotions ». Les désirs sont produits par les émotions. L'esprit est comme l'eau, la nature est l'eau dans sa quiétude, les émotions représentent l'eau qui coule et les désirs l'eau qui s'agite. Or, dans ces vagues, il en est de

bonnes, et d'autres mauvaises. Parmi les désirs, il en est de bons, comme lorsque « je désire être toujours plus humain », et de mauvais qui se jettent au-dehors en trombes violentes ; la plupart du temps, ces derniers anéantissent le principe céleste comme l'eau qui rompt ses digues et détruit tout sur son passage. Quand Mencius dit que « les émotions amènent à faire le bien », il veut parler des émotions pleines de rectitude qui découlent de notre nature et dont aucune n'est à l'origine mauvaise [35].

Contrairement à Lu Xiangshan qui, on le verra, se contente de mettre en équivalence esprit et principe, Zhu Xi considère que dans l'esprit seule la nature est principe en ce qu'elle est impartie par le Ciel. La phrase inaugurale de *L'Invariable Milieu,* « Ce qui est imparti par le Ciel s'appelle nature », est interprétée ainsi :

> La nature, c'est le Principe. Le Ciel, par le Yin/Yang et les Cinq Agents, donne naissance et transformation aux dix mille êtres qui prennent forme par l'énergie, tout en étant doués de principe [36].

Du fait que Zhu Xi conçoit la nature comme « principe céleste », autrement dit comme « sens de l'humain » *(ren),* l'unité fondamentale de l'esprit permet à son tour de comprendre le *ren* – déjà perçu comme énergie par les frères Cheng – en terme de principe. Héritier d'une conception globalisante résumée dans la formule de Cheng Hao, « Celui qui a le sens de l'humain fait corps avec le Ciel-Terre et les dix mille êtres [37] », Zhu Xi définit le *ren* comme « le principe de l'amour et la vertu de l'esprit », c'est-à-dire l'esprit du Ciel-Terre qui donne naissance aux choses, ce qui revient à fonder l'éthique confucéenne dans l'universalité du Principe [38].

Pour Zhu Xi, il est essentiel de présenter l'esprit comme point de convergence du principe (c'est-à-dire de la nature issue du Ciel) et de l'énergie (dont la pureté plus ou moins grande différencie les êtres). L'énergie revêt en effet des degrés différents « de finesse et de grossièreté » selon les obstacles et obstructions qu'elle rencontre chez différents êtres et qui déterminent la visibilité plus ou moins grande du principe. C'est ainsi que s'expliquent les différences d'intelligence entre l'homme et l'animal, mais aussi entre les hommes eux-mêmes [39].

L'enjeu de tous ces développements sur les rapports principe / énergie (ou nature / émotions) est de rendre compte *dans le même mouvement* du fait que notre nature est une et bonne puisque issue du Ciel, et de cet autre fait qu'il nous arrive de faire le mal. Comment expliquer que je doive faire effort pour retrouver ma nature foncière qui est principe ? Il s'agit en fait d'établir une continuité entre la spontanéité de l'énergie et l'exigence du principe moral. Pour commencer, de quelle nature parle-t-on ? Est-ce la « nature physique » (*qizhi zhi xing* 氣質之性) dont parlent Zhang Zai et les frères Cheng, le lot inné d'énergie qui varie d'un individu à l'autre et qui peut être bon, mauvais ou les deux à la fois ? Ou est-ce plus fondamentalement la « nature décrétée par le Ciel » (*tianming zhi xing* 天命之性) ou « nature de moralité et de principe » (*yili zhi xing* 義理之性) ? Il y aurait ainsi la nature biologique qui relève de l'énergie, et la nature foncière qui relève du principe. Alors que la première est ce que nous avons de commun avec le reste des êtres et des choses, notre spécificité humaine réside dans la seconde. Ainsi s'explique le décalage entre Mencius qui, lorsqu'il affirme que la nature humaine est bonne, pense à la nature issue du Ciel, et Xunzi qui pose le contraire en se référant pour sa part à la nature physique. Ce n'est donc qu'en prenant en compte à la fois l'énergie et le principe que nous pourrons avoir une vision complète de notre nature :

> La nature, c'est le principe que l'homme détient du Ciel. La vie, c'est l'énergie que l'homme détient du Ciel. La nature est en amont des formes visibles, l'énergie en aval. L'homme, comme tous les êtres, vient à la vie doué de cette nature et de cette énergie. En terme d'énergie, l'homme et les autres êtres ne diffèrent guère par les facultés de conscience et de mouvement ; mais en terme de principe, les êtres posséderaient-ils tout le sens de l'humain, du juste, du rituel, tout le discernement [de l'homme] ? Voilà la raison pour laquelle la nature de l'homme est en tout point bonne et son intelligence supérieure parmi les dix mille êtres [40].

Dans ce qui le distingue des autres êtres, l'homme a des réactions qui ont la propriété de changer avec sa connaissance. Le principe qui structure l'énergie de chacun n'est qu'une partie du principe céleste qui, par le processus de la connaissance, modifie progressivement ses réactions spontanées de l'égoïsme à l'universalité à mesure que son énergie s'affine :

> La nature n'est rien d'autre que principe. Ceci étant, sans l'énergie et la matière du Ciel-Terre, ce principe ne serait plus inhérent à rien. Là où l'énergie est reçue dans sa pureté et sa limpidité, il n'y a ni obscurité ni obstruction et le principe peut se manifester sans encombre. Quand l'obstruction est négligeable, c'est le principe céleste qui triomphe ; quand elle devient plus conséquente, ce sont les désirs égoïstes qui l'emportent. On voit par là que la nature originelle est entièrement bonne [41].

Ici, le problème du rapport entre désirs humains et principe céleste est à comprendre comme le rapport du tout à ses parties et à mettre en relation avec l'« unité du Principe et la diversité de ses particularisations » de Cheng Yi, dans laquelle la réalité du multiple et du particulier (le soi dans toute son individualité et ses désirs particuliers) est affirmée tout autant que l'universalité du Principe (la nature morale).

« Esprit de Dao » et « esprit humain »

L'esprit est à la fois principe et énergie, mais doit être constamment purifié par l'effort moral pour maintenir le contrôle de l'un sur l'autre. Zhu Xi est ainsi amené à reprendre la distinction, déjà élaborée par Cheng Yi, entre l'« esprit de Dao » (*daoxin* 道心) et l'« esprit humain » (*renxin* 人心). Le premier, qui correspond à la nature morale dont l'homme est pourvu par le Ciel, est ce que Zhu Xi entend par principe ; le second recouvre la part psycho-physique de la nature humaine, faite d'émotions et de désirs qui relèvent de l'énergie et qui, bien que n'étant pas intrinsèquement mauvais, peuvent devenir égoïstes sans le contrôle de l'esprit de Dao [42].

Cependant, le malentendu serait de penser que l'esprit de Dao est bon alors que l'esprit humain est mauvais [43] : Zhu Xi est plutôt à la recherche d'un subtil équilibre entre les deux, de façon à éviter le double écueil de l'activisme utilitariste et du désengagement taoïste ou bouddhiste. Il s'agit à la fois de « prendre pied » dans le monde humain et de « trouver un ancrage pour le corps et l'esprit » dans le monde naturel. Aux yeux de Zhu Xi, il y a un égal danger à se dispenser de toute norme et à faire l'économie du naturel :

Si l'on ne met en œuvre que l'esprit humain sans reconnaître l'esprit de Dao, on est sûr de tomber dans le laisser-aller et la déviance. Mais si l'on s'en tient seulement à l'esprit de Dao en faisant fi de l'esprit humain, cela revient à séparer nature morale (*xing* 性) et nature donnée (ou « destin », *ming* 命) en deux entités distinctes ; ce qui est appelé esprit de Dao est alors vide et sans existence réelle, et l'on tombe alors dans la doctrine bouddhiste et taoïste, sans rapport aucun avec les instructions contenues dans le *Livre de Yu*[44].

Les « instructions du *Livre de Yu (Yushu)* » font allusion à un passage d'authenticité douteuse, les « Conseils de Yu le grand » *(Da Yu mo)* dans le *Livre des Documents*, où l'on trouve une injonction de Shun à son successeur Yu le grand, fondateur de l'antique dynastie Xia :

> L'esprit humain n'est que précarité
> L'esprit de Dao n'est que subtilité
> Attache-toi à l'essentiel et à l'Un
> Tiens-toi fermement au Milieu[45].

Ces quatre versets cryptiques qui tiennent en seize caractères finirent par devenir une formule de ralliement du renouveau confucéen des Song, interprétée en ces termes par Cheng Yi :

> L'esprit humain n'étant que désirs égoïstes comporte le risque de toute précarité ; l'esprit de Dao étant principe céleste a la subtilité de l'essentiel. Dès lors que les désirs égoïstes sont éliminés, le principe céleste apparaît dans toute sa clarté[46].

Face à cette tendance, à ses yeux dangereuse, à dissocier deux esprits, Lu Xiangshan s'efforce de retrouver la source du principe céleste dans l'esprit humain conçu comme un :

> Le principe du Dao n'est autre que celui que nous avons sous les yeux. Aurions-nous la capacité d'élever notre perception jusqu'au niveau des saints que nous ne verrions jamais autre chose que le principe du Dao qui est sous nos yeux. [...] La théorie du principe céleste et des désirs humains n'est, de toute évidence, pas la meilleure. À supposer que le Ciel soit principe et que l'homme soit désirs, il s'ensuit que Ciel et Homme ne sont pas la même chose. Une telle idée trouve sa source chez Laozi. [...] La plupart des commentateurs ont

pris l'esprit de l'homme comme désignant ses désirs, et l'esprit de Dao comme le principe céleste. Cette interprétation est fausse. L'esprit est un, comment l'homme aurait-il deux esprits [47] ?

L'unité de l'esprit selon Lu Xiangshan

C'est pour contrer ce qui lui apparaît comme une bifurcation entre Ciel et Homme, entre principe céleste et esprit humain, et pour corriger la formule de Cheng Yi, « La nature est principe » (*xing ji li* 性即理), que Lu Xiangshan lance la sienne propre qui demeurera le résumé de sa pensée : « C'est l'esprit qui est principe » (*xin ji li* 心即理) :

> D'esprit, il n'y en a qu'un ; de principe, il n'y en a qu'un. Ultimement tout revient à l'un, le sens essentiel ne peut être deux. Cet esprit, ce principe, en aucun cas ne saurait être deux [48].

Pour Lu Xiangshan, la réalité se trouve tout entière dans l'unité et la continuité de l'esprit :

> Les quatre directions avec le haut et le bas s'appellent « espace ». Le passé et l'avenir s'appellent « temps ». L'espace-temps est mon esprit, mon esprit est l'espace-temps. Il y a des milliers de générations, des saints sont apparus qui participaient de cet esprit, de ce principe. Dans des milliers de générations, des saints apparaîtront qui participeront de cet esprit, de ce principe. Tous les saints qui apparaissent entre les Quatre Mers participent de cet esprit, de ce principe. [...] La réalité intrinsèque à l'espace-temps est la mienne propre ; la réalité qui m'est intrinsèque est celle même de l'espace-temps [49].

À la différence de Cheng Yi et de Zhu Xi, Lu Xiangshan ne s'intéresse guère à la notion de nature, difficilement concevable sans celle de principe céleste. Pour lui, l'unité du réel et la bonté originelle de la nature humaine sont d'emblée présentes, elles sont du déjà-donné et, en tant que telles, ne peuvent être appréhendées que dans l'immédiateté de l'intuition. À un disciple qui lui demande la différence entre « nature », « capacité », « esprit », « émotion », Lu se borne à répondre :

« Tout cela revient au même, seule diffère la façon de le dire. »
De toute évidence, Lu ne s'intéresse pas à ces questions intellectuelles de terminologie : l'importance vitale est dans la pulsation des « veines » qui « se trouve exclusivement dans le sens de l'humain et du juste »[50].

Accusé d'assimiler le Principe au Dao, Zhu Xi contre-attaque en dénonçant chez son objecteur une influence du bouddhisme Chan. Il est suivi par l'un de ses plus éminents disciples, Chen Chun (1159-1223), qui va jusqu'à rapprocher la notion de l'esprit chez Lu Xiangshan de l'idée bouddhique de conscience[51]. Cela tient cependant davantage de l'anathème que de la critique objective : Lu se contente au fond de pousser jusqu'à ses extrêmes limites l'innéisme mencien, mais il revendique sa « pensée unique » haut et fort, avec même une pointe de défi :

> Si mon enseignement diffère des autres, c'est que chez moi tout est spontané. J'ai beau avoir tenu des milliers de propos, ils n'expriment que ce qui est en moi sans y ajouter aucune fioriture. Quelqu'un disait de moi récemment : « À part cette seule phrase (de Mencius que Lu se plaît à citer à tout bout de champ), "Commence par consolider ce qu'il y a de grand en toi", il n'a pas d'autre tour dans son sac. » Quand on me l'a rapporté, j'ai dit : « Il n'y a rien de plus vrai[52] ! »

Mais force est de reconnaître que Lu Xiangshan préserve l'unité foncière de l'esprit au prix d'une méconnaissance de la question du mal, sur laquelle il n'ajoute pas grand-chose par rapport à Mencius, se bornant à poser l'identité de la « nature dans le Ciel » et de l'« esprit en l'homme ». Tout en reconnaissant les possibles effets pervers d'une énergie vitale impure, il ne les considère pas comme des obstacles majeurs pour l'unité de l'esprit et du principe céleste. Dans une réflexion intitulée « Il suffit de réfléchir pour l'obtenir (le principe) », il affirme avec une conviction toute mencienne :

> Le sens moral et le principe tels qu'ils résident dans l'esprit humain sont conférés par le Ciel et ne peuvent donc être éliminés. Si certains se laissent obnubiler par les choses extérieures au point de contrevenir au principe et d'enfreindre le sens moral, c'est tout simplement qu'ils ne réfléchissent pas. Pour peu qu'ils soient en mesure de faire un vrai retour sur eux-mêmes et un effort de réflexion, leur capacité de distinguer bon et mauvais et de choisir en conséquence aura la

> mobilité de l'invisible, la clarté de la lumière et la netteté de la certitude.
> Ceux qui étudient aujourd'hui n'appliquent leur esprit qu'à des broutilles, sans chercher à s'arrêter sur du concret. Mencius a dit : « Qui épuise le potentiel de son esprit connaît sa nature. Or, connaître sa nature, c'est connaître le Ciel. » D'esprit, il n'y en a qu'un : le mien, celui de mon ami, celui du sage il y a des millénaires, celui du sage à venir dans des millénaires, tous participent de ce même esprit. L'esprit a une constitution immense, et pour peu que j'arrive à en épuiser le potentiel, je ne fais plus qu'un avec le Ciel[53].

Contrairement à Lu Xiangshan pour qui l'esprit *est* principe, Zhu Xi conçoit l'esprit humain comme le lieu de dévoilement du principe céleste qui ne peut toutefois se manifester pleinement qu'au prix d'un effort soutenu de l'esprit si doit être prise en compte l'existence de pulsions mauvaises. Pour ce faire, il devient nécessaire de distinguer l'esprit de la nature. Celle-ci n'étant qu'une autre expression du principe, du « pas encore manifesté » (*weifa* 未發), est « en amont des formes ». En revanche, l'esprit, que Zhu Xi contrairement à Lu Xiangshan considère comme le « déjà manifesté » (*yifa* 已發), est « en aval des formes »[54] ; il est à concevoir comme un mélange de principe et d'énergie susceptible de produire des émotions qui ne peuvent que trop facilement tourner aux « désirs égoïstes » propres à l'humain.

En somme, aux yeux de Zhu Xi, Lu Xiangshan ne parvient à préserver l'unité foncière de l'esprit et du principe qu'au prix d'un subjectivisme total qui entraîne constamment la question : quand je dis « l'esprit *est* principe », ne veux-je pas plutôt dire que c'est *mon* esprit qui est principe, auquel cas n'est-ce pas la porte ouverte à toutes les mystifications ? Voilà pourquoi Zhu Xi est à la recherche constante de normes, de références pour tester la validité du principe : connaissance de l'intention des saints par l'étude des Classiques, examen des choses extérieures, etc.

Dans la perspective de Lu Xiangshan, l'esprit est premier et c'est à lui que se ramène tout le reste : « Ce qui emplit l'esprit et en émane, et ce qui s'étend dans tout l'univers n'est rien d'autre que principe[55]. » Pour Zhu Xi, cette primauté de l'esprit ne représente qu'une donnée de départ qui doit ensuite trouver substance dans le processus de la culture morale, comprenant tout le travail de l'esprit sur lui-même ainsi que sa

Chapitre 19 513

confrontation avec le monde extérieur. Alors que Lu conçoit l'esprit dans la perspective atemporelle, anhistorique, de l'unité anthropo-cosmique, Zhu Xi, pour qui rien n'est joué ni donné d'avance, ne perd jamais de vue le dessein historique et la visée culturaliste du projet confucéen.

Discipline mentale

Contrairement à ce que voudrait nous faire croire Lu Xiangshan, Zhu Xi perçoit l'esprit de Dao et l'esprit humain comme un seul et même esprit, vu sous ses deux aspects : l'aspect moral qui le fait rejoindre le principe céleste, et l'aspect strictement biologique et instinctif. Il reste cependant que chez Zhu Xi comme chez Cheng Yi se ressent une volonté de contrôle, consciente du risque permanent de tomber dans l'anarchie. La métaphore de l'eau, dont la tendance à couler vers le bas est chez Mencius aussi naturelle que celle de la nature humaine à être bonne, s'assombrit chez Zhu Xi qui compare l'esprit à de l'eau susceptible d'être agitée par de mauvaises vagues [56]. Cette ombre jetée sur l'optimisme mencien s'explique sans doute par l'influence conjuguée de Xunzi et du bouddhisme [57] :

> L'esprit désigne le maître. Il le reste aussi bien dans le mouvement que dans la quiétude – ce n'est pas qu'il ne soit pas nécessaire dans la quiétude, et qu'il ne le redevienne qu'en passant au mouvement. Par « maître », il faut entendre un pouvoir de contrôle inhérent à l'esprit qui se diffuse partout. L'esprit unifie et contrôle la nature et les émotions, sans pour autant ne faire qu'un avec elles dans une vague entité sans distinctions [58].

Cette obsession d'un « maître » présidant à tout l'existant n'est pas sans évoquer l'élaboration de cette idée par Wang Bi au IIIe siècle, lequel puisait dans Zhuangzi et Mencius la notion d'un « esprit inébranlable » (*budong xin* 不動心), même sous l'effet des pressions extérieures [59]. Zhu Xi, quant à lui, parle d'un « principe fixe » à partir duquel il devient possible de faire face au « tohu-bohu des dix mille transformations ». La discipline mentale nécessaire à la réalisation de ce point d'équilibre où l'esprit humain se confond avec l'esprit de Dao est qualifiée de « règle de l'esprit » (*xinfa* 心法), emprunt au bouddhisme et au taoïsme. Cheng Yi voyait déjà dans *L'Invariable Milieu* « la règle de l'esprit transmise par l'école de Confucius », allusion à la toute première section où il est question de la « vigilance de l'homme de bien lorsqu'il est seul avec lui-même »[60].

Dans la pensée de Zhu Xi entre donc en ligne de compte l'esprit non seulement dans sa « constitution fondamentale » (*benti* 本體), mais aussi dans sa « mise en œuvre fonctionnelle » au sein de l'expérience concrète (*fayong* 發用). Celle-ci exige un « effort moral délibéré et soutenu » (*gongfu* 功夫) qui se traduit par un certain nombre de pratiques dont les plus répandues sont la méditation assise et la notation quotidienne de son examen de conscience, de toute évidence reprises du taoïsme et du bouddhisme. Le *jingzuo* 靜坐 (littéralement l'« assis en quiétude ») est nettement inspiré de l'« assis dans l'oubli » (*zuowang* 坐忘) de Zhuangzi et de la méditation assise (*zuochan* 坐禪) du bouddhisme Chan[61]. C'est ainsi que Li Tong, le maître de Zhu Xi, « purifiait son esprit en restant assis silencieusement afin d'éprouver ce que pouvait être l'état dans lequel plaisir, colère, tristesse et joie ne se sont pas encore manifestés. Et il comprit à la longue que cet état était le grand fondement de tout ce qu'il y a au monde[62] ». En voici le mode d'emploi :

> Accroupi dans le calme, les jambes croisées, les yeux doivent regarder le bout du nez. Il faut fixer son esprit sur la partie du corps qui est au-dessous du nombril. À la longue, on éprouvera une sensation de chaleur et on sentira peu à peu l'efficacité [de cette méthode][63].

Il s'agit d'amener l'esprit à « voir le Principe », pour reprendre l'expression des frères Cheng :

> Si dans les moments d'oisiveté où l'on ne lit pas, on s'accroupit dans le calme, cela a pour effet d'apaiser l'esprit, de régler le souffle et de faire voir, dans un éclaircissement progressif, le principe d'ordre universel[64].

L'« assis en quiétude » conduit à des expériences que l'on peut qualifier de mystiques en ce qu'il permet de retrouver l'esprit originel, « non encore manifesté », c'est-à-dire avant que l'activité mentale ne s'exprime sous forme de volitions, pensées ou sentiments. Mais Zhu Xi se garde bien de verser dans la tendance quiétiste associée aux taoïstes et aux bouddhistes en faisant valoir que même la quiétude suprême n'est pas dissociable de l'activité propre à l'homme confucéen :

> « L'infime amorce est mouvement encore imperceptible » : imperceptible est le mouvement à son commencement, au moment où vrai et faux, bon et mauvais font tout juste leur apparition. [...] Ce début est aussi peu perceptible qu'un poil, mais à force d'observation approfondie, la vision s'élargit et le principe du Dao se révèle alors naturellement. Ce moment de « l'infime amorce » est le point de séparation du bon et du mauvais. Dès lors qu'on en a une perception claire, il y a examen des choses et, partant, extension de la connaissance ; de la première découle l'authenticité de la pensée, de la seconde la rectitude du cœur et la culture morale, lesquelles entraînent à leur tour la cohésion familiale, le bon ordre du pays et la paix universelle [65].

Zhu Xi s'inscrit en faux contre l'idée syncrétiste qu'il n'existe pas de différence fondamentale entre le sens de l'humain confucéen et la compassion bouddhique, et que la seule divergence serait d'ordre purement fonctionnel, le bouddhisme ne proposant pas de projet pratique. Pour qui cherche à retrouver une source d'inspiration authentiquement confucéenne, cette distinction entre principe absolu et pratique éthique est inacceptable. La fusion totale avec le principe – la sainteté – ne peut s'atteindre que dans la pratique morale la plus concrète, quotidienne et ordinaire. D'où la nécessité, pour ceux qui ne possèdent pas encore la connaissance totale des saints, de se livrer à l'étude du principe à la fois à l'intérieur et à l'extérieur d'eux-mêmes.

« Examen des choses et extension de la connaissance »

Face à Lu Xiangshan qui prend le parti de revenir à la source vive de l'intuition mencienne, la capacité de l'esprit de s'affiner sans cesse et de retrouver sa communion première avec la puissance cosmique, Zhu Xi est à la recherche d'une norme extérieure à l'esprit. C'est à ce titre qu'il fait grand cas de l'« examen des choses » *(gewu)*. À la suite de Cheng Yi, il prend cette expression de *La Grande Étude* dans le sens d'« atteindre » les choses pour en dégager le principe[66]. Ainsi est décrit un cheminement éthique aboutissant à une expérience mystique qui pourrait être rapprochée de l'illumination bouddhique :

> La phrase « L'extension de la connaissance consiste dans l'examen des choses » signifie que, si je veux étendre ma connaissance, je dois aller au fond du principe de toute chose qui se présente à moi. L'intelligence de tout homme est pourvue d'aptitude à connaître, de même que toute chose sous le Ciel est pourvue de principe. Tant qu'il reste des principes qui n'ont pas été explorés à fond, la connaissance n'est pas exhaustive. Voilà pourquoi *La Grande Étude*, dans ses toutes premières instructions, recommande instamment à celui qui apprend, devant quelque chose que ce soit, de commencer par ce qu'il connaît de son principe et de l'explorer jusque dans son fond ultime, de façon à pousser sa quête à l'extrême. À force de labeur et de longueur de temps, un beau jour, subitement, il pénétrera tout dans une même unité. C'est alors que, du foisonnement des choses, plus rien ne lui sera inaccessible – l'endroit comme l'envers, le plus subtil comme le plus sommaire – et que de son esprit, plus rien ne restera dans l'ombre – la totalité de sa constitution comme l'ampleur de son action. C'est là l'« examen des choses » et l'« extension de la connaissance »[67].

De toute évidence, cette connaissance-là n'est pas à comprendre dans un sens empirique et objectif : il s'agirait plutôt d'une « co-naissance » comme intuition immédiate. Quant à l'examen du principe, il évoque d'emblée un projet moral qui ne peut être mené à bien que de manière cumulative, même si la pratique morale peut parfois aboutir à une illumination instantanée. La préface à *La Grande Étude* indique une voie graduelle que Zhu Xi met ouvertement en parallèle avec les trois grands principes et le chemin octuple de l'enseignement bouddhique. L'exigence de « se perfectionner soi-même afin d'être en mesure de gouverner les hommes » (*xiuji zhiren* 修己治人) signifie que la régénération de la société passe par une discipline individuelle pratiquée par tout un chacun. Zhu Xi prend grand soin de distinguer ce cheminement de l'illumination subite du Chan en soulignant, dans un esprit éminemment mencien, la responsabilité politique du souverain d'assurer l'éducation de tous grâce à un réseau d'écoles, depuis la capitale jusqu'au plus petit village. En cela, il est en opposition avec les conceptions de Chen Liang (1143-1194) et de Ye Shi (1150-1223) qui, par leurs critères utilitaristes d'efficacité et leurs préoccupations économiques, sociales et politiques, sont les héritiers des tendances critiques et réformatrices de Wang Anshi, bête noire de Zhu Xi [68].

Pour Zhu Xi, les rites sont « les formes extérieures qui manifestent le principe céleste », c'est-à-dire le sens de l'humain. Contrairement à la conception de Xunzi, les rites n'occupent plus le centre de gravité, tout en continuant à remplir une fonction pédagogique et sociale. À ce titre, Zhu Xi se montre soucieux de la santé morale de la société, œuvrant activement à la large diffusion des rites dans la vie familiale et éducative. Ses *Rites familiaux (Zhuzi jiali)* et son *Étude élémentaire (Xiaoxue)*, bien que compilés en grande partie par d'autres, ont joué un rôle de tout premier ordre dans la diffusion à travers toute la société de l'éthique confucéenne depuis les Song jusqu'aux Qing [69].

Cet aspect de l'œuvre de Zhu Xi témoigne du pli rigoriste pris dans la société chinoise à partir du XIe siècle qui voit proliférer les « conventions communales » *(xiangyue)*, associations d'édification morale dont le but est de « s'encourager mutuellement au bien, se corriger mutuellement de ses fautes, se traiter mutuellement selon les rites, s'aider mutuellement en cas de malheur » [70]. Comme le rappelle Jacques Gernet, qui voit là un parallèle avec l'Europe des XVIe-XVIIIe siècles, « on a entrepris de transformer le prescrit en vécu, de catéchiser les gens du peuple et de leur imposer une morale plus stricte. À partir du XIe-XIIe siècle, une plus forte pression sociale s'est exercée sur les femmes, les jeunes et, de façon générale, les subordonnés [71] ». Le rigorisme moral des Song, largement étayé par l'école Cheng-Zhu, met en parallèle une conception absolutiste de la loyauté du ministre envers son prince et de la fidélité d'une femme vis-à-vis de son mari, fût-il défunt : « Pas plus qu'une femme vertueuse ne se donne à deux époux, dit Sima Guang, un ministre loyal ne sert deux souverains [72]. »

Gradualisme et subitisme, connaissance et action

En dépit de l'opposition tranchée dans laquelle leurs successeurs ont voulu figer leurs visions respectives, Zhu Xi et Lu Xiangshan semblent partager au fond la même conception moniste du monde comme tout indivisible et pleinement présent dans chacune de ses parties. Leur divergence porterait plutôt sur la façon de penser cette unité. Selon Zhu Xi, en refusant d'identifier le mal et en restant rivé à l'unité de l'esprit sans « aller au fond du principe », Lu Xiangshan ne se donne pas les moyens d'envisager leur rapport sous tous ses aspects. Inversement, à prêter une attention excessive au fossé entre le mal et le principe, Zhu Xi court le risque de « dissocier esprit et principe en deux entités distinctes » et ainsi de rendre impossible leur unité.

Après leur disparition, le débat vivant entre les deux maîtres tend à se durcir dans la rivalité entre écoles, celle du principe (*lixue* 理學) contre celle de l'esprit (*xinxue* 心學). Alors que la première donnerait la primauté à la « voie de l'investigation et de l'étude » (*dao wenxue* 道問學), la seconde est censée privilégier l'« exaltation de la nature morale » (*zun dexing* 尊德性)[73]. Cette double expression, empruntée à *L'Invariable Milieu*, est commentée ainsi par Zhu Xi :

> Exalter la nature morale, c'est le moyen de préserver l'esprit dans son intégrité pour porter à son comble ce qu'il y a de grand dans la substance du Dao. Suivre la voie de l'investigation et de l'étude, c'est le moyen d'étendre sa connaissance pour aller jusqu'au bout du plus infime dans la substance du Dao. Ce sont là les deux grands fondements de la culture de la vertu et de l'affermissement du Dao[74].

Zhu Xi semble vouloir faire ici la synthèse la plus équilibrée possible entre les deux principes d'investigation intellectuelle et de pratique éthique qui sont, selon sa propre comparaison, aussi solidaires que les deux ailes d'un oiseau ou les deux roues d'une charrette. Il s'agit, ni plus ni moins, d'un programme total de recherche de sainteté. Tout en insistant sur la fondamentale unité de la pratique et de la connaissance, la démarche de Zhu Xi reste gradualiste, quitte à être qualifiée de « fragmentaire » par Lu Xiangshan qui préfère affirmer la primauté de l'innéisme moral :

> Si l'on ne sait pas exalter la nature morale, comment peut-on parler de suivre la voie de l'investigation et de l'étude [75] ?

Innéisme dans lequel Zhu Xi flaire du subitisme Chan que Lu aurait tenté de faire passer sous couvert d'enseignement confucéen, tel un faux saunier du Fujian qui recouvre son sel de contrebande avec du poisson séché [76]. Cette controverse prolonge la tension, déjà perçue dans les *Entretiens* de Confucius, que crée une double exigence : l'élargissement de la connaissance et de l'expérience et le souci de les ramener à l'essentiel qu'est le sens moral [77]. Mais, entre-temps, il y a eu la reformulation bouddhique, et la tension se produit désormais entre le cheminement graduel et cumulatif de l'édification morale et l'illumination subite [78]. Il y a là deux conceptions différentes de l'avènement du sens, selon qu'il est saisi par l'intellect ou par l'intuition. Pour Zhu Xi, il est impossible de faire l'économie de la connaissance dans le processus moral :

> Connaissance et action sont toujours indispensables l'une à l'autre, comme les yeux et les jambes : sans jambes, les yeux ne peuvent pas marcher ; sans yeux, les jambes ne peuvent pas voir. En terme d'ordre à suivre, la connaissance vient en premier ; mais en terme d'importance, c'est l'action qui a le plus de poids [79].

C'est essentiellement l'articulation de la connaissance et de l'action qui donnera du grain à moudre aux successeurs de Zhu Xi, dont le plus marquant sera Wang Yangming sous les Ming. Toujours est-il que le côté livresque et intellectuel de la synthèse zhuxiste, ses apports à la tradition classique et l'exploitation idéologique dont elle fera l'objet lui assureront une pérennité plus grande qu'à ses adversaires. À partir du milieu du XIIIe siècle, la pensée de Zhu Xi est érigée en orthodoxie et commence à se diffuser dans tout le monde « sinisé », en particulier en Corée et au Japon où elle connaît des développements riches et originaux [80]. En 1241, alors que les Mongols sont venus à bout des Jürchen au Nord, la cour impériale des Song du Sud, à la recherche éperdue d'un soubassement idéologique pour sa légitimité, adhère officiellement au *daoxue* en introduisant les effigies de ses principaux représentants dans le temple de Confucius et en encourageant l'étude de leurs textes et commentaires. Mais la dynastie Song est vouée à disparaître en 1279 sous les coups de boutoir des Mongols. Ces derniers ont alors déjà établi leur dynastie des Yuan au Nord de la Chine, avec pour capitale Khanbalik (l'actuelle Beijing ou Pékin, la « capitale du Nord »), celle-là même que put admirer Marco Polo (1254-1324) lors de son entrevue avec le grand Khan Kubilai (r. 1260-1294)[81]. C'est par un décret de 1313 de l'empereur Renzong des Yuan que les Quatre Livres et les Classiques dans les commentaires de Zhu Xi s'imposent au programme des examens mandarinaux, constituant une nouvelle orthodoxie qui devait se maintenir pendant six siècles jusqu'à l'abolition définitive du système des examens en 1905.

Notes

1. Sur l'histoire intellectuelle de cette période, cf. Hoyt Cleveland TILLMAN & Stephen WEST, éd., *China under Jürchen Rule : Essays on Chin Intellectual and Cultural History*, Albany, State University of New York Press, 1995 ; James T. C. LIU, *China Turning Inward : Intellectual & Political Changes in the Early Twelfth Century*, Harvard University Press, 1988.

2. Pour des éléments biographiques sur Zhu Xi, cf. CHAN Wing-tsit, éd., *Chu Hsi and Neo-Confucianism*, Honolulu, University of Hawaii Press, 1986. Du même auteur, voir *Chu Hsi : Life and Thought*, Hong Kong, Chinese University Press, 1987, et *Chu Hsi : New Studies*, Honolulu, University of Hawaii Press, 1989.

Pour des études générales sur Zhu Xi, cf. Galen Eugene SARGENT, *Tchou Hi contre le bouddhisme*, Paris, Imprimerie nationale, 1955 ; TOMOEDA Ryûtarô, « The Characteristics of Chu Hsi's Thought », *Acta Asiatica*, 21 (1971), p. 52-72 ; Julia CHING, *The Religious Thought of Chu Hsi*, Oxford University Press, 2000.

3. L'édition moderne des œuvres complètes de Lu Xiangshan (principalement des lettres et des conférences) à laquelle il sera fait référence ici est le *Lu Jiuyuan ji*, Pékin, Zhonghua shuju, 1980. On peut consulter la monographie (assez sommaire) de HUANG Siu-chi, *Lu Hsiang-shan, A Twelfth Century Chinese Idealist Philosopher*, 1944, rééd. Westport (Conn.), Hyperion Press, 1977 ; et Wallace Robert FOSTER, *Differentiating Rightness from Profit : The Life and Thought of Lu Jiuyuan (1139-1193)*, thèse de PhD., Harvard University, 1997.

4. *Lu Jiuyuan ji*, 34, p. 427. Pour une traduction complète en anglais, cf. CHAN Wing-tsit, « Neo-Confucian Philosophical Poems », *Renditions* (Hong Kong), 4 (1975).

La rencontre est relatée dans la biographie chronologique de Lu

Xiangshan, cf. *Lu Jiuyuan ji* 36, p. 490-491. Pour le contenu de la discussion, cf. *ibid.*, 34, p. 427-428. Sur les circonstances de la rencontre, cf. Julia CHING, « The Goose Lake Monastery Debate (1175) », *Journal of Chinese Philosophy*, I (1974), p. 76-93.

5. Témoignage d'un dénommé Zhu Hengdao, in *Lu Jiuyuan ji* 36, p. 491.

6. Les seuls contacts de Zhu Xi avec la cour impériale furent trois mémoires de courageuses remontrances qu'il présenta à l'empereur Xiaozong (r. 1162-1189) et qui furent suivis d'audiences à la capitale, ainsi que les 46 jours à la fin de sa carrière pendant lesquels il fut chargé d'instruire l'empereur Ningzong (r. 1194-1224) sur *La Grande Étude*. Sur la carrière officielle de Zhu Xi, cf. Conrad M. SCHIROKAUER, « Chu Hsi's Political Career : A Study of Ambivalence », *in* Arthur F. WRIGHT & Denis TWITCHETT, éd., *Confucian Personalities*, Stanford University Press, 1962, p. 162-188.

7. Cf. Conrad SCHIROKAUER, « Neo-Confucians under Attack : The Condemnation of *Wei-hsüeh* », *in* John Winthrop HAEGER, éd., *Crisis and Prosperity in Sung China*, Tucson, University of Arizona Press, 1975, p. 163-198.

8. Sur les conceptions éducatives de Zhu Xi, cf. Daniel K. GARDNER, « Principle and Pedagogy : Chu Hsi and the Four Books », *Harvard Journal of Asiatic Studies*, 44, 1 (1984), p. 57-82 ; « Transmitting the Way : Chu Hsi and his Program of Learning », *Harvard Journal of Asiatic Studies*, 49, 1 (1989) ; « Modes of Thought and Modes of Discourse in the Sung », *Journal of Asian Studies*, 50 (1991), p. 574-603. Voir également Peter K. BOL, « Chu Hsi's Redefinition of Literati Learning », *in* William Theodore DE BARY & John W. CHAFFEE, éd., *Neo-Confucian Education : The Formative Stage*, Berkeley, University of California Press, 1989, p. 151-185.

9. Beaucoup de ces ouvrages, qui portent sur des domaines aussi variés que la philosophie, l'histoire, la religion, la littérature, le genre biographique, sont perdus. Il existe un certain nombre d'anthologies des œuvres de Zhu Xi dont voici les plus importantes :

– le *Zhuzi yulei (Recueil raisonné des propos de Maître Zhu)*, compilé en 1270 en 140 chapitres. L'édition moderne utilisée ici est celle de la Zhonghua shuju, Pékin, 1986. On pourra consulter la traduction partielle en anglais de Daniel K. GARDNER, *Learning to be a Sage : Selections from the Conversations of Master Chu, Arranged Topically*, Berkeley, University of California Press, 1990.

– le *Zhuzi wenji (Écrits de Maître Zhu)*, daté de 1532, rassemble des lettres, documents officiels, brefs essais, poèmes, etc., en 121 chapitres. Il est repris dans l'édition du *Sibu congkan* (SBCK), ainsi que dans l'édition du *Sibu beiyao* (SBBY) qui l'a rebaptisé *Zhuzi daquan (Grande Somme de Maître Zhu)*.

– quant au *Zhuzi quanshu (Œuvres complètes de Maître Zhu)*, compilé en 1714 sur ordre impérial et arrangé en 66 chapitres, il ne comprend en fait que des morceaux choisis du *Zhuzi wenji* et du *Zhuzi yulei*. Rééd. Taipei, Guangxue, 1977.

10. À noter que les Cinq Classiques, à l'exception du *Livre des Mutations*, font l'objet de bien peu d'intérêt de la part des commentateurs des Song du Sud, des Yuan et des Ming, et ne connaissent un regain de faveur

qu'à partir du XVIIᵉ siècle, au moment où se dessine une réaction contre l'orthodoxie zhuxiste.

11. Cf. *Yishu* 18, in *Er Cheng ji*, p. 188, et *Lu Jiuyuan ji* 34, p. 395.

12. *Zhuzi yulei* 11, p. 192.

13. Cf. Hoyt Cleveland TILLMAN, *Confucian Discourse and Chu Hsi's Ascendancy*, Honolulu, University of Hawaii Press, 1992, qui étudie l'évolution historique du *daoxue* en tant que *« fellowship »*. Cette communauté se distingue d'une part du *Songxue* (« études Song », terme générique pour désigner la renaissance confucéenne sous les Song) et d'autre part de l'école Cheng-Zhu ou *lixue*, « école du principe », qui s'impose comme orthodoxie d'État en 1241, ces trois aspects étant d'habitude indifféremment coiffés de l'étiquette de « néoconfucianisme » dans la sinologie occidentale. Voir aussi chap. 17, note 14.

14. Cf. Jacques GERNET, *L'Intelligence de la Chine*, p. 110. Sur les académies, cf. Linda A. WALTON, « The Institutional Context of Neo-Confucianism : Scholars, Schools, and *Shu-yüan* in Sung-Yüan China », *in* DE BARY & CHAFFEE, *Neo-Confucian Education* (références en note 8), p. 457-492 ; et *Academies and Society in Southern Sung China*, Honolulu, University of Hawaii Press, 1999.

15. Cf. Julia CHING (avec Hans KÜNG), *Christianisme et Religion chinoise*, Paris, Éd. du Seuil, 1991, p. 101.

16. Il semble que le terme *daotong* ait été utilisé pour la première fois en 1136, peu après la naissance de Zhu Xi, avec une référence fortement politisée aux maîtres de Luoyang, à commencer par les frères Cheng. En 1131, par décret impérial, des honneurs posthumes avaient été octroyés à Cheng Yi, victime de la vindicte des partisans de Wang Anshi à la fin des Song du Nord. Sur la construction d'une « généalogie du Dao » à partir des Song du Sud, cf. Thomas A. WILSON, *Genealogy of the Way. The Construction and Uses of the Confucian Tradition in Late Imperial China*, Stanford University Press, 1995.

17. Le *Jinsi lu*, anthologie destinée à l'édification morale de ses lecteurs, est un modèle du genre, maintes fois reproduit et copié, avec des répercussions considérables puisqu'il fit l'objet de commentaires jusqu'à la fin du XIXᵉ siècle, y compris en Corée et au Japon. L'expression *jinsi* est empruntée aux *Entretiens* de Confucius (XIX, 6) : « Zixia dit : Élargir ses connaissances sans perdre de vue son intention première, interroger toujours plus pour mieux réfléchir à ce qui nous touche de près, voilà qui tient déjà du sens de l'humain ! »

Le *Jinsi lu*, longtemps considéré comme texte de base pour l'étude de la philosophie des Song, connut maintes éditions, notamment celles de Ye Cai (milieu du XIIIᵉ siècle) et de Jiang Yong (1681-1762). Cette dernière a servi de base à l'édition moderne du *Sibu beiyao* et de la Guangwen shuju, Taipei, 1972, ainsi qu'à la traduction en anglais par CHAN Wing-tsit, *Reflections on Things at Hand*, New York, 1967. L'édition de Ye Cai a servi de base à la traduction en allemand par Olaf GRAF, *Djin-si lu. Die sungkonfuzianische Summa*, 3 vol., Tokyo, Sophia, 1953-1954. Du même auteur, cf. *Tao und Jen. Sein und Sollen im sungchinesischen Monismus*, Wiesbaden, Harrassowitz, 1970.

18. *Zhuzi yulei* 1, p. 1-2.

19. Cf. David GEDALECIA, « Excursion into Substance and Function :

The Development of the T'i-Yung Paradigm in Chu Hsi », *Philosophy East and West*, 24, 4 (1974), p. 443-451.

20. Commentaire de Zhu Xi sur l'*Explication du Diagramme du Faîte suprême (Taijitu shuo)*, in *Zhou Dunyi ji (Œuvres de Zhou Dunyi)*, Pékin, Zhonghua shuju, 1990, p. 3. La distinction entre le Dao « en amont des formes visibles » et les objets concrets « en aval des formes visibles » est reprise du *Grand Commentaire* sur les *Mutations* (voir chap. 11, note 43).

21. Lettre en réponse à Huang Daofu, in *Zhuzi wenji* 58, éd. SBBY, p. 4b.

22. 40e et 41e réponses à Lü Zuqian, in *Zhuzi wenji* 48, éd. SBBY, p. 16b-17b.

23. Préface au *Yichuan Yizhuan (Commentaire de Cheng Yi sur les Mutations)*, in *Er Cheng ji*, p. 689.

24. *Zhuzi yulei* 94, p. 2372.

25. *Zhuzi yulei* 1, p. 2-3.

26. Voir chap. 17.

27. 5e lettre de Zhu à Lu, in *Lu Jiuyuan ji*, p. 553. L'expression « sans aucun son ni odeur » est une citation, très affectionnée de Zhu Xi, de *L'Invariable Milieu*, § 33, qui cite lui-même le *Livre des Odes*, n° 235.

28. 6e lettre de Zhu à Lu, in *Lu Jiuyuan ji*, p. 555 et 558.

29. *Zhuzi yulei* 94, p. 2374.

30. *Ibid.*, p. 2409.

31. *Yishu* 22A, in *Er Cheng ji*, p. 296.

32. Cf. *Mengzi* VI A 11 et *Yishu* 18, in *Er Cheng ji*, p. 182.

33. *Zhuzi wenji* 56, éd. SBBY, p. 14b.

34. Voir la citation de Zhang Zai au chap. 17, note 89, et la lettre de Cheng Yi à Lü Dalin, *Yichuan wenji (Écrits de Cheng Yi)* 9, in *Er Cheng ji*, p. 609.

35. *Zhuzi yulei* 5, p. 93-94. La citation « je désire être toujours plus humain » provient des *Entretiens* de Confucius, VII, 29 ; la phrase de Mencius, « les émotions amènent à faire le bien », est tirée de *Mengzi* VI A 6. La comparaison de l'esprit avec l'eau est reprise de Cheng Yi, voir chap. 18, note 36.

36. Commentaire sur *Zhongyong (L'Invariable Milieu)*, § 1, in *Sishu zhangju jizhu (Collations de commentaires sur les Quatre Livres)*, Pékin, Zhonghua shuju, coll. « Xinbian zhuzi jicheng », 1983, p. 17.

37. Cf. chap. 18, note 58.

38. Voir le commentaire de Zhu Xi sur le début des *Entretiens* de Confucius, *Lunyu jizhu* 1, in *Sishu zhangju jizhu*, p. 48, et le *Traité sur le sens de l'humain (Renshuo)*, in *Zhuzi wenji* 67, éd. SBBY, p. 20a.

39. Cf. *Zhuzi yulei* 4, p. 65-66.

40. Commentaire sur le *Mengzi* VI A 3, in *Sishu zhangju jizhu*, p. 326.

41. *Zhuzi yulei* 4, p. 66.

42. La distinction que Zhu Xi introduit entre les « quatre germes » du *Mengzi* II A 2 (sens de l'humain, du juste, du rituel et discernement) qui sont expressions du principe, et les « sept émotions » du *Liji (Traité des Rites)*, chap. *Liyun* (joie, colère, chagrin, crainte, amour, haine, désir), qui sont expressions de l'énergie, provoqua des débats acharnés au XVIe-XVIIe siècle en Corée dans la controverse dite des « quatre-sept », cf. *Zhuzi yulei* 53, p. 1296 *sq.*

43. C'est un peu la tendance rigoriste prise par certains propagateurs de l'école Cheng-Zhu au XIIe-XIIIe siècle. Thomas METZGER s'insurge contre la présentation simpliste du « dualisme » de la pensée de Zhu Xi sous forme d'opposition entre principe (= bien) et énergie (= mal), cf. *Escape from Predicament*, p. 261-262, note 210.

44. *Zhuzi yulei* 62, p. 1488.

45. Les trois premières phrases proviennent du *Xunzi* 21, qui cite un « classique perdu », et la dernière des *Entretiens* de Confucius, XX,1. La non-authenticité de ce passage, sur lequel Zhu Xi lui-même entretenait quelques doutes, fut démontrée de manière décisive sous les Qing par Yan Ruoqu (1636-1704), voir chap. 21, p. 591.

46. *Yishu* 24, in *Er Cheng ji*, p. 312.

47. *Lu Jiuyuan ji (Œuvres de Lu Xiangshan)* 34, p. 395-396.

48. *Lu Jiuyuan ji* 1, p. 4-5. Pour la formule de Cheng Yi, voir plus haut chap. 18, à la note 56.

49. *Lu Jiuyuan ji* 22, p. 273. À en croire sa biographie, Lu aurait tenu ces propos dès l'âge de douze ans, cf. *Lu Jiuyuan ji* 36, p. 483.

50. *Lu Jiuyuan ji* 35, p. 444.

51. *Beixi ziyi (Signification des termes selon le Maître de Beixi)*, éd. *Congshu jicheng* 1, p. 9-10. Il s'agit d'un glossaire fort utile de termes et de notions clés utilisés dans le *daoxue*. Il en existe une traduction en anglais de CHAN Wing-tsit, *Neo-Confucian Terms Explained (The Pei-hsi tzu-i) by Ch'en Ch'un, 1159-1223*, New York, Columbia University Press, 1986.

52. *Lu Jiuyuan ji* 34, p. 400.

53. *Lu Jiuyuan ji* 32 et 35, p. 376 et 444. La citation de Mencius est tirée de *Mengzi* VII A 1, voir plus haut chap. 6, « Nature et destin ».

54. Sur toutes ces notions, voir chap. 11 aux notes 41 et 43.

55. *Lu Jiuyuan ji* 34, p. 423.

56. Voir le passage du *Zhuzi yulei* 5 cité plus haut à la note 35.

57. À propos de l'influence du bouddhisme sur la conception confucéenne de la nature humaine, cf. Thomas METZGER, *Escape from Predicament*, p. 262-263, note 222.

58. *Zhuzi yulei* 5, p. 94. Voir aussi plus haut notes 33 et 34.

59. Sur l'idée d'un « maître interne » dans la pensée de l'antiquité préimpériale, cf. Donald J. MUNRO, *The Concept of Man in Early China*, Stanford University Press, 1969, p. 59-64 et 89.

60. *Waishu* 11, in *Er Cheng ji*, p. 411. Pour la citation de *L'Invariable Milieu*, § 1, voir plus haut chap. 6, « Centralité et authenticité ».

61. Sur l'« assis dans l'oubli » *(zuowang)* de Zhuangzi, voir chap. 4, « Préserver l'énergie essentielle » ; sur la méditation assise *(zuochan*, japonais *zazen*) du bouddhisme Chan, voir chap. 16 à la note 45. Sur la pratique de l'« assis en quiétude » sous les Song et les Ming, cf. Jacques GERNET, « Techniques de recueillement, religion et philosophie : À propos du *jingzuo* néoconfucéen », republié dans *L'Intelligence de la Chine*, p. 280-302 ; et Rodney L. TAYLOR, « The Sudden/Gradual Paradigm and Neo-Confucian Mind Cultivation », in *The Religious Dimensions of Confucianism*, Albany, State University of New York Press, 1990, p. 77-91.

62. Cité par Jacques GERNET, *L'Intelligence de la Chine*, p. 287.

L'« état dans lequel plaisir, colère, tristesse et joie ne se sont pas encore manifestés » fait allusion à *L'Invariable Milieu*, § 1, voir chap. 6, p. 181.

63. 8ᵉ lettre en réponse à Huang Zigeng, in *Zhuzi wenji* 51, citée par Jacques GERNET, *L'Intelligence de la Chine*, p. 291-292.

64. *Zhuzi yulei* 11, cité par Jacques GERNET, *L'Intelligence de la Chine*, p. 290. La pratique de l'« assis en quiétude » allait de pair avec des exercices de régulation du souffle sur lesquels Zhu Xi écrivit un court traité, le *Tiaoxi zhen*.

65. *Zhuzi yulei* 94, p. 2394. Sur l'« infime amorce », voir chap. 11 à la note 34. Toute la fin de ce passage est une paraphrase de *La Grande Étude (Daxue)*, voir chap. 2 à la note 16.

66. Pour l'interprétation de Cheng Yi, voir chap. 18, note 33. Cf. William E. HOCKING, « Chu Hsi's Theory of Knowledge », *Harvard Journal of Asiatic Studies*, I (1936), p. 109-127 ; et D. C. LAU, « A Note on *Ke Wu* », *Bulletin of the School of Oriental and African Studies*, 30 (1967), p. 353-357.

67. Commentaire sur la 5ᵉ section de *La Grande Étude*, *Daxue zhangju*, in *Sishu zhangju jizhu (Collations de commentaires sur les Quatre Livres)*, p. 6-7.

Zhu Xi opéra sur le texte de *La Grande Étude* un travail de chirurgie qui fit date : outre la distinction des chapitres en « classique » (les 6 derniers) et en « commentaire » (les 4 premiers), il ajoute une 5ᵉ section de son cru qui lui permet d'expliciter ce qu'il entend par « examen des choses » et « extension de la connaissance ». On pourra consulter sur ce sujet Daniel K. GARDNER, *Chu Hsi and the Ta-hsüeh : Neo-Confucian Reflection on the Confucian Canon*, Harvard University Press, 1986.

68. La controverse entre Zhu Xi et Chen Liang sur l'idéal politique s'exprime dans une série de lettres, voir notamment *Zhuzi wenji* 36. Cf. Hoyt Cleveland TILLMAN, *Utilitarian Confucianism : Chen Liang's Challenge to Chu Hsi*, Harvard University Press, 1982. Sur Ye Shi, cf. Winston W. LO, *The Life and Thought of Yeh Shih*, Hong Kong, Chinese University Press, 1974.

69. Sur les rites familiaux, cf. Hui-chen Wang LIU, « An Analysis of Chinese Clan Rules : Confucian Theories in Action », *in* David S. NIVISON et Arthur F. WRIGHT, éd., *Confucianism in Action*, Stanford University Press, 1959. Cf. aussi Patricia EBREY, *Chu Hsi's Family Rituals*, Princeton University Press, 1991.

70. Cf. Monika ÜBELHÖR, « The Community Compact *(Hsiang-yüeh)* of the Sung and its Educational Significance », *in* DE BARY & CHAFFEE, *Neo-Confucian Education*, p. 371-388. Ces associations finissent par doubler la structure, héritée du légisme antique, des *baojia*, organisations de contrôle et de surveillance mutuelle de la population par regroupement d'unités composées de dix et cent familles ayant chacune leur responsable. Qui connaît un tant soit peu l'organisation de la société dans la Chine communiste du XXᵉ siècle y verra quelques similitudes !

71. *L'Intelligence de la Chine*, p. 260.

72. *Zizhi tongjian (Miroir complet à l'usage des gouvernants)* 291, éd. Taipei, Wenguang chubanshe, 1972, p. 9511. Sur Sima Guang, voir chap. 17, « Les grands hommes d'action des Song du Nord ».

73. C'est sur leur antagonisme qu'insistent les héritiers de Zhu et de Lu

jusqu'aux Ming et aux Qing; cf. notamment la toute première histoire du *daoxue*, le *Song Yuan xue'an (Les Écoles de lettrés des Song et des Yuan)* de Huang Zongxi (1610-1695), voir chap. 17, note 5, et chap. 21.

74. Lettre en réponse à Sun Jingfu, in *Zhuzi wenji* 63, éd. SBBY, p. 19a. La référence est à *L'Invariable Milieu*, § 27.

75. *Lu Jiuyuan ji* 34, p. 400.

76. Cf. *Zhuzi yulei* 124, p. 2978.

77. Voir chap. 2, p. 85.

78. Cf. l'article de Rodney L. TAYLOR cité plus haut en note 61.

79. *Zhuzi yulei* 9, p. 148.

80. On pense notamment au grand néoconfucéen coréen Yi T'oegye (1501-1570), sur lequel cf. Michael C. KALTON, *To Become a Sage: The Ten Diagrams on Sage Learning by Yi T'oegye*, New York, Columbia University Press, 1988. Voir aussi William Theodore DE BARY & JaHyun KIM HABOUSH, éd., *The Rise of Neo-Confucianism in Korea*, New York, Columbia University Press, 1985; Mark SETTON, *Chong Yagyong. Korea's Challenge to Orthodox Neo-Confucianism*, Albany, State University of New York Press, 1997. Sur l'influence néo-confucéenne au Vietnam, cf. Alexander B. WOODSIDE, *Vietnam and the Chinese Model*, Cambridge University Press, 1988.

81. Cf. John D. LANGLOIS, éd., *China under Mongol Rule*, Princeton University Press, 1981. On peut toutefois s'interroger sur la véritable nature du périple de Marco Polo, cf. Frances WOOD, *Did Marco Polo Go to China?*, Londres, Secker & Warburg, 1995.

20

Le recentrement sur l'esprit dans la pensée des Ming
(XIVᵉ-XVIᵉ siècle)

L'héritage des Song du XIIIᵉ au XVᵉ siècle

Pour la classe lettrée, l'avènement de la dynastie mongole des Yuan (1264-1368) fut un traumatisme majeur. Pendant tout le siècle que dura leur domination, elle fut tenue à l'écart du pouvoir politique et idéologique, la voie de recrutement par examens lui étant pratiquement coupée. « Dans un empire où les Mongols régnaient en maîtres absolus, ne confiant aux Chinois que des fonctions subalternes, il est normal que les conquérants aient montré peu d'intérêt pour la culture de leurs sujets. [...] Aussi bien les faveurs accordées à l'école "néo-confucéenne" des Song ne doivent-elles pas faire illusion. Elles sont intervenues tardivement au début du XIVᵉ siècle [1]. » Même après le décret de 1313 déclarant orthodoxes les interprétations de Zhu Xi sur les Classiques et le rétablissement des concours mandarinaux en 1315, la discrimination à l'égard des Han et des Chinois du Sud se fait encore sentir. En revanche, à la faveur de la domination mongole, l'espace chinois se trouve traversé par une circulation sans précédent d'ethnies, de cultures, de religions très diverses : le bouddhisme lamaïste tibétain devient prépondérant à la cour mongole tandis que des communautés musulmanes s'implantent dans le grand Ouest et le Sud. Les premières missions chrétiennes, notamment franciscaines, qui font alors leur apparition resteront cependant ponctuelles et sans lendemain jusqu'à la grande « offensive » jésuite au XVIIᵉ siècle [2].

L'écroulement de la dynastie Song en 1279 face à l'envahisseur mongol, qui ébranle profondément la vision idéaliste et universaliste des lettrés du *daoxue*, provoque un repli sur la quête individuelle de sainteté chez ceux qui, comme Liu Yin (1249-1293), choisissent la retraite. D'autres acceptent de servir la dynastie mongole. C'est le cas de Xu Heng (1209-1281) qui contribue ainsi à imposer la ligne de Zhu Xi au détriment de celle de Lu Xiangshan, peut-être trop méridionale et individualiste pour avoir la faveur de la cour mongole au Nord. Un compromis entre les deux extrêmes de l'érémitisme et de la collaboration avec l'occupant est représenté par Wu Cheng (1249-1333) qui finit par occuper brièvement un poste à l'Académie impériale Hanlin, créée pour fournir à la cour des lettrés versés en littérature et en érudition classiques[3].

La dynastie des Ming (1368-1644) s'ouvre sous le signe de la restauration de l'identité chinoise, de la reconstruction et de l'expansion territoriale, ainsi que d'un dynamisme économique en contraste flagrant avec le durcissement de l'autocratie impériale. Peut-être est-ce dans le prolongement de l'autoritarisme mongol que les Ming renforcent la centralisation du pouvoir dans les mains de l'empereur en créant un Secrétariat impérial susceptible de se substituer aux organes réguliers de gouvernement[4]. Ce conseil privé tombera à plusieurs reprises sous le contrôle des eunuques qui tendent à isoler l'empereur des traditionnelles courroies de transmission que sont les lettrés-bureaucrates. Toute la dernière partie de la dynastie sera marquée par de tragiques luttes pour le pouvoir entre ces deux groupes d'influence.

La montée du despotisme impérial après les Song s'appuie sur la tradition dite « Cheng-Zhu », érigée en orthodoxie qui sert de base aux examens d'État et aux leçons dont les empereurs sont abreuvés par leurs conseillers confucéens. Comme celle des Han, la dynastie des Ming est fondée par un chef d'insurrection populaire, un dénommé Zhu Yuanzhang (nom de règne Hongwu, 1368-1398) qui justifie son intérêt pour Zhu Xi par le fait qu'il porte le même patronyme ! Sous le règne de Yongle (1403-1424) s'achève la compilation par Hu Guang (1370-1418) et d'autres membres de l'Académie Hanlin de *compendia* néoconfucéens essentiellement destinés à la préparation des examens mandarinaux : la *Grande Somme sur la nature et le principe*[5], la *Grande Somme sur les Cinq Classiques* et la *Grande Somme sur les Quatre Livres*. Cette dernière, en particulier, devint le texte de base des compositions d'examen « en huit parties » *(bagu wen)* consistant à développer en huit paragraphes le sens d'une citation tirée d'un Classique. Ce genre devait donner lieu à la pire espèce de « bachotage », de compétition et d'arrivisme chez les candidats et constituer la cible privilégiée des détracteurs des examens jusqu'à leur abolition définitive en 1905[6]. Selon un édit impérial de 1462 :

> L'étudiant doit s'appliquer à acquérir le savoir et à le mettre ensuite en pratique. Il doit lire et relire les Classiques des saints et des sages jusqu'à ce qu'il sache les réciter par cœur sans oublier aucun détail. Il suit ensuite les explications du maître jusqu'à ce qu'il ait bien compris, afin de faire siennes les paroles des saints et des sages et de les mettre en pratique[7].

On a ici la traduction en termes institutionnels des leçons morales et des catéchismes dispensés par Zhu Xi et ses épigones : « règles familiales », manuels d'écoliers, *compendia* pour candidats aux examens, etc. En constituant la matière même des concours de recrutement de la bureaucratie impériale, l'étude des Classiques, imposée dès les Han, devenait plus que jamais un enjeu politique central et confondait son destin avec celui de l'empire jusqu'à disparaître avec lui à l'aube du XXe siècle. On ne saurait donc trop insister sur le rôle idéologique joué par des débats en apparence purement philologiques ou académiques, chargés en fait d'élaborer une pensée orthodoxe à l'échelle de l'empire pour une partie importante de la population, celle qui servait de courroie de transmission au pouvoir impérial[8].

En marge de l'orthodoxie officielle, l'idéal érémitique se perpétue même après la chute de la dynastie mongole en 1368 chez des confucéens comme Wu Yubi (1392-1469), connu pour avoir systématiquement refusé toute fonction, préférant vivre du travail de ses mains et selon un mode de vie tout empreint de la « gravité » préconisée par Cheng Yi[9]. Ses *Notes au jour le jour (Rilu)*[10] font apparaître une préoccupation qui deviendra centrale chez les penseurs des Ming pour ce qui est appelé « l'action pratique de tous les jours » *(riyong)* – le quotidien de la quête de sainteté. Chez Hu Juren (1434-1484), on retrouve des pratiques devenues courantes comme la composition de listes de lectures édifiantes et, de même que chez Wu Yubi, la tenue d'un journal spirituel pour faire son examen de conscience. La philosophie de la première moitié des Ming, qui se caractérise par une quête spirituelle en dehors des cadres constitués du savoir livresque, de la structure hiérarchique et de la morale ritualisée, est empreinte d'une grande religiosité.

Le lien entre l'Homme et le Ciel une fois rétabli par le renouveau confucéen des Song, se fait jour, dans le prolongement de l'influence bouddhique, un besoin de recentrement sur l'esprit (*xin* 心). Après avoir commencé par étudier auprès de Wu Yubi, Chen Xianzhang (1428-1500), également connu comme le Maître de Baisha (« Sable blanc ») du nom de son village d'origine dans la région de Canton, en vient rapidement à rejeter l'influence « néoconfucéenne » de son maître pour redécouvrir, au terme d'une quête spirituelle solitaire, les ressources de l'esprit en rapport direct avec le principe céleste :

> L'homme se livre à l'étude par désir de trouver la Voie. S'il ne la trouve pas dans les livres, qu'il la cherche dans son esprit, sans se laisser retenir par ce qui lui est extérieur[11].

L'influence de Chen Xianzhang s'exerce sur son disciple préféré, Zhan Ruoshui (1466-1560), qui entretient de nombreux échanges intellectuels avec Wang Yangming et qui préconise l'« expérience du principe céleste partout où l'on se trouve » :

> L'esprit est engendré par le Ciel. Pas plus que le Ciel, l'esprit n'a d'intérieur ou d'extérieur. Toute chose qui comporte intérieur et extérieur ne saurait être esprit, auquel cas elle ne saurait s'unir avec le Ciel[12].

Wang Yangming (1472-1529)

La volonté de recentrement sur l'esprit, manifeste dès le début des Ming, culmine au milieu de la dynastie chez Wang Yangming (nom donné par ses disciples et plus usité que son nom de naissance Wang Shouren). Comme l'a souligné Jean-François Billeter, « la tension entre recherche spirituelle et confucianisme officiel s'accroît et devient chez Wang Yangming incompatibilité déclarée. Pour avoir introduit cette rupture, Wang Yangming est devenu le personnage clé de l'histoire du confucianisme des Ming. Son influence a été énorme sur ses disciples comme sur ses détracteurs et rien ne peut être dit de l'histoire des idées au XVIe et au XVIIe siècle qui ne ramène à lui d'une manière ou d'une autre [13] ».

Il est d'usage d'opposer à l'« école du principe » de Cheng Yi et Zhu Xi l'« école de l'esprit » à laquelle sont associés, par souci de symétrie, les noms de Lu Xiangshan et de Wang Yangming. Certes, Wang reprend largement à son compte la réflexion de Lu sur l'esprit, mais il se situe essentiellement par rapport à la pensée de Zhu Xi. Cependant, loin de se cantonner à la réflexion philosophique, son insatiable curiosité se porte tour à tour sur la préparation des concours mandarinaux, les arts militaires et les techniques taoïstes de longévité.

Alors que son succès aux examens lui ouvre une belle carrière politique, il est envoyé en exil dans la province méridionale du Guizhou, au milieu des peuples Miao et Liao, pour avoir pris la défense d'un confrère contre un eunuque. En pleine adversité, il connaît en 1503 une illumination qui lui ouvre les yeux sur l'unité de l'esprit et du principe jusqu'alors différenciés par Zhu Xi. Son enseignement philosophique sur la « conscience morale innée » se double d'une carrière officielle bien remplie, consacrée notamment à la lutte contre les bandes armées. Il meurt peu après avoir été appelé à mater une rébellion dans le Guangxi, incarnant ainsi l'unité de la connaissance et de l'action qui est au cœur de sa pensée.

« Il n'est pas de principe hors de l'esprit »

Tout comme Lu Xiangshan trois siècles avant lui, Wang Yangming réaffirme au début de son *Questionnement sur la Grande Étude*, considéré comme le plus important de ses écrits, la confiance mencienne dans la capacité foncière de l'esprit à être en sympathie (au sens étymologique) avec les êtres, et au stade ultime, avec l'univers entier :

> Le grand homme est celui qui conçoit le Ciel-Terre et les dix mille êtres comme un seul corps. Il considère le monde comme une seule famille, et le pays comme une seule personne. Quant à opérer des distinctions entre les objets et une séparation entre moi et autrui, c'est le propre de l'homme mesquin. Que le grand homme conçoive le Ciel-Terre et les dix mille êtres comme un seul corps ne procède pas d'une

intention délibérée : c'est le sens de l'humain intrinsèque à son esprit qui l'unit foncièrement à l'univers entier. En cela, il n'est en rien différent de l'esprit de l'homme mesquin qui n'est diminué que par son étroitesse de vue.

C'est ainsi que, à la vue d'un enfant sur le point de tomber dans un puits, il ne pourra réprimer un sentiment d'effroi et de pitié, son sens de l'humain faisant alors corps avec l'enfant. Certes, l'enfant appartient à la même espèce humaine ; mais devant les cris pitoyables et les airs apeurés de bêtes sur le point d'être massacrées, il ne pourra pas davantage supporter ce spectacle, son humanité faisant alors corps avec ces bêtes. Mais, objectera-t-on, les bêtes sont douées comme nous de conscience ; or, à la vue de plantes menacées de destruction, il ne pourra s'empêcher de ressentir de la commisération, son humanité faisant corps avec les plantes. Les plantes sont malgré tout des êtres vivants, mais même devant des débris de tuiles et de pierres, il sentira son cœur se serrer, son humanité faisant corps avec ces détritus. Tous ces sentiments, même le cœur de l'homme le plus mesquin ne saurait y échapper [14].

Outre l'inspiration mencienne, cette progression évoque indéniablement une « nature-de-Bouddha » universelle, présente jusque dans le moindre grain de sable. En montrant, quitte à exagérer, l'universalité de ce sentiment de compassion, Wang tente de nous faire sentir de la manière la plus concrète que nous avons tous la même constitution. Il est bien beau de reprendre à l'envi le refrain confucéen, « il y a des saints plein les rues », il reste justement que les saints ne courent pas les rues ! Après s'être longuement interrogé sur la finalité de la quête de sainteté, le moment est arrivé de reposer la question : *comment* devient-on un saint ? Désormais, le but compte moins que le chemin, et le chemin, c'est l'esprit. Wang Yangming l'évoque dans un morceau de bravoure qui rejoint par sa puissance l'« Inscription de l'ouest » de Zhang Zai :

> L'esprit du Saint conçoit le Ciel-Terre et les dix mille êtres comme un seul corps. À ses yeux, tous les hommes au monde – qu'importe qu'ils soient étrangers ou familiers, lointains ou proches, pourvu qu'ils aient sang et souffle – sont ses frères, ses enfants. Pas un qu'il ne veuille protéger, préserver, pas un dont il ne veuille subvenir aux besoins moraux et matériels, afin de réaliser sa volonté de faire corps avec les dix mille êtres.

> À l'origine, l'esprit de tout homme au monde ne diffère en rien de celui du Saint. Dès que l'égoïsme vient s'interposer et que les désirs matériels viennent l'obstruer, ce qui était grand devient petit et ce qui circulait librement se bloque. Chacun se met à avoir ses considérations personnelles, au point que certains en arrivent à regarder père, fils, frère comme des ennemis. Telle est la grande inquiétude du Saint, poussé à diffuser et enseigner partout le sens de l'humain qui rassemble en un seul corps le Ciel-Terre et les dix mille êtres. Ainsi, tous nous dominerons notre égoïsme, nous nous débarrasserons de ce qui fait obstruction et retrouverons ce que nous avons de commun : la constitution originelle de notre esprit[15].

Là où Wang Yangming diverge de Zhu Xi, c'est qu'il croit avoir compris que l'essentiel dans le cheminement vers la sainteté n'est pas la recherche du principe par l'« examen des choses ». C'est précisément en voulant mettre celui-ci en pratique par la contemplation prolongée d'un bosquet de bambous qu'il manque de tomber malade. Au terme d'un parcours spirituel douloureux, semé de « cent morts et de mille épreuves », il parvient à l'illumination en retrouvant l'intuition antique de Mencius : c'est l'esprit qui est premier en ce qu'il *est* unité ; c'est donc à partir de lui qu'il s'agit d'intégrer peu à peu tout le reste.

Il faut donc commencer par « éliminer tout ce qui n'est pas droit dans l'esprit pour lui rendre intégralement la rectitude de sa constitution originelle[16] ». Wang Yangming réinterprète ainsi la notion de *gewu* non plus comme « examen », mais comme « remise en état » des choses dans l'esprit rendu à sa pureté originelle, le mot *ge* étant pris au sens mencien de « rectifier »[17]. Chez Zhu Xi, est premier le principe inhérent à toute chose, et c'est à l'esprit de se mettre en quête pour l'atteindre. En affirmant qu'il n'a pas à chercher le principe ailleurs qu'en lui-même, Wang Yangming opère un recentrement majeur de toute la réflexion éthique sur l'esprit : désormais, tout part de là :

> Ce qui commande au corps, c'est l'esprit. Ce qui émane de l'esprit, c'est l'intention. Ce qui constitue originellement l'intention, c'est l'aptitude à connaître. Là où se dirige l'intention, ce sont les choses. [...] Il n'est pas de principe en dehors de l'esprit, il n'est pas de chose en dehors de l'esprit[18].

L'esprit est donc la source première et unique de toute moralité dont le moteur est l'intention. Le centre de gravité passe alors de l'« examen des choses » à l'exigence de « rendre authentique son intention » (*chengyi* 誠意), et de l'« extension de la connaissance » à la « connaissance innée » (*liangzhi* 良知). L'esprit n'a pas à chercher le principe dans les choses : lui, et lui seul, est générateur de principe, possédant en lui-même la « connaissance innée » du bien qui ne demande plus alors qu'à s'étendre à toute chose. La formule de Zhu Xi, « l'extension de la connaissance consiste dans le *gewu* (l'examen des choses) », se renverse alors dans celle de Wang Yangming : « le *gewu* (la rectification des choses dans l'esprit) consiste dans l'extension de la connaissance (innée) ». Seule une telle conception permet de préserver l'unité originelle de l'esprit et évite de tomber dans l'écueil d'une dualité esprit/principe déjà dénoncée par Lu Xiangshan.

Wang Yangming corrige ainsi le parti pris à ses yeux trop intellectualiste de l'école Cheng-Zhu dans le sens d'un innéisme mencien qui rejoint l'intuitionnisme Chan dans une conception commune du « cœur/esprit ». On reconnaît en effet dans ce subjectivisme radical l'influence de la théorie bouddhique du caractère illusoire du monde sensible, comme en témoigne une promenade dans les monts de l'actuel Zhejiang :

> Alors que le Maître (Wang Yangming) se promenait à Nanzhen, un de ses amis, lui montrant un arbre en fleur sur une falaise, lui demanda : « S'il n'y a pas dans le monde d'objets extérieurs à notre esprit [comme vous le dites], quel est donc le rapport entre mon esprit et cet arbre dont les fleurs sont écloses d'elles-mêmes et tomberont d'elles-mêmes dans les profondeurs de cette montagne ? »
> « Avant que vous ayez vu ces fleurs », répondit le Maître, « elles reposaient avec votre esprit dans le même silence. Mais à partir du moment où vous êtes venu les voir, leur couleur vous est apparue clairement tout à coup. Vous comprendrez par là que ces fleurs ne sont pas extérieures à votre esprit[19]. »

À la formule, toujours suspecte de dualisme, de Cheng Yi et de Zhu Xi, « Notre nature (issue du Ciel) est principe », Wang Yangming oppose celle de Lu Xiangshan, « C'est notre esprit qui est principe »[20] :

> L'esprit est un. Avant d'être mêlé à l'humain, il s'appelle « esprit de Dao ». Une fois mêlé à la part la moins authentique de l'homme, il s'appelle « esprit humain ». L'esprit humain qui retrouve sa rectitude est par là même esprit de Dao, alors que l'esprit de Dao qui la perd n'est plus qu'esprit humain. Il n'y a donc pas au départ deux esprits distincts. Lorsque Maître Cheng [Yi] parle de l'esprit humain en termes de désirs humains [égoïstes] et d'esprit de Dao en termes de principe céleste, sa formulation semble opérer une division [entre deux esprits] alors qu'en fait son idée est juste. Maintenant dire que l'esprit de Dao est le maître et que l'esprit humain ne fait qu'obéir, cela revient effectivement à parler de deux esprits distincts. Étant donné que le principe céleste et les désirs humains ne sauraient coexister, comment pourrait-il y avoir à la fois un principe céleste qui agit en maître et des désirs humains qui ne font que suivre ses ordres [21] ?

La distinction entre « esprit de Dao » et « esprit humain » continuera à donner du grain à moudre à toute la réflexion ultérieure. Elle correspond en fait à la distinction entre l'aspect constitutif et l'aspect fonctionnel de l'esprit, ou entre nature et émotions, ou encore, dans la problématique de Zhu Xi, entre principe et énergie, ou enfin, dans celle de Wang Yangming, entre connaissance et action. Il s'agit de remettre en cause un dualisme qui ne résout pas complètement la difficile question du statut à accorder aux émotions (*qing* 情). Pour Zhu Xi, tout ce qui est principe est bon : le « bien suprême » dont parle *La Grande Étude* est défini comme le « principe de la réalité telle qu'elle doit éminemment être », alors que pour Wang Yangming, il n'est autre que « l'esprit dans sa constitution originelle » (*xin zhi benti* 心之本體). Si le mal apparaît avec les pulsions égoïstes, l'esprit risque de s'en trouver écartelé : à vouloir rejoindre hors de lui quelque chose de plus fondamental (nature ou principe), il se voit contraint de retrancher de lui-même sa part de pulsions naturelles, détruisant ainsi l'unité de son être.

La question du mal et la « connaissance morale innée »

Tout l'effort de Wang Yangming est de poser l'expérience de l'esprit comme première : c'est à partir d'elle, et non du principe, que se réalise la grande unité cosmique, dont participe l'esprit de chaque être humain. Entre principe et énergie dont Zhu Xi s'était efforcé de penser le rapport sur un plan notionnel, Wang Yangming cherche à réaliser l'unité dans l'expérience vécue : comment l'esprit, perçu d'emblée comme unité, passe-t-il de la quiétude primordiale à l'activité, du stade latent à celui de la manifestation ? Question essentielle car c'est précisément dans l'« infime amorce » du mouvement qu'apparaissent les pulsions, dont certaines peuvent être mauvaises [22]. Chez Zhu Xi s'imposait la distinction entre une phase initiale de repos relevant du principe et une seconde phase de mouvement relevant de l'énergie. Wang Yangming tente, pour sa part, de restaurer la continuité de l'esprit entre sa phase « pas encore manifestée » (quiétude absolue, absence de tout contact avec le monde extérieur, de toute implication dans l'expérience concrète) et sa phase « manifestée » (immersion dans le monde du vécu, avec intervention inévitable des désirs) [23]. C'est ce qui l'amène à développer sa conception de la « connaissance morale innée » (*liangzhi* 良知).

En substituant le vécu de l'esprit à la question, trop théorique à son gré, de la nature humaine, Wang Yangming reprend, tout en la poussant beaucoup plus loin, l'intuition de Lu Xiangshan. Pour contrer l'accent mis par l'école Cheng-Zhu sur l'« extension de la connaissance », Wang Yangming en revient à la « connaissance innée » de Mencius, ou « ce que l'homme connaît sans réflexion ». C'est celle que Cheng Yi appelle la « connaissance issue de la nature morale », en l'opposant à la « connaissance issue de l'ouïe et de la vue » [24]. Il s'agit donc d'une connaissance première que l'homme détient directement du Ciel et qui, étendue aux choses, informe la connaissance perceptive fournie par les sens.

En affirmant la primauté de l'esprit qui dans son unité contient tout, Wang Yangming peut poser la continuité entre la connaissance morale innée et la connaissance du principe dans les choses de la réalité extérieure. N'ont alors plus lieu d'être les distinctions entre un avant et un après, un dedans et un dehors, entre une phase d'« enrichissement moral » et une autre de « progrès dans l'étude » [25] :

> L'« équilibre de ce qui n'est pas encore manifesté » n'est autre que la connaissance innée : il n'y a ni avant ni après, ni dedans ni dehors, mais un seul tout indifférencié. S'affairer ou être sans affaire peut se dire de [l'esprit] en mouvement

ou en quiétude, mais la connaissance innée ne fait aucune différence entre s'affairer et être sans affaire. Rester parfaitement tranquille ou entrer en communication avec les êtres peut se dire de [l'esprit] en quiétude ou en mouvement, mais la connaissance innée ne fait aucune différence entre rester tranquille et entrer en communication. Il n'y a mouvement et quiétude qu'à partir du moment où [l'esprit] entre en contact [avec les choses]. Mais dans sa constitution originelle, l'esprit ne fait aucune différence entre mouvement et quiétude [26].

Cette connaissance totale, qui dépasse toute dualité, y compris celle de la vie et de la mort, peut être retrouvée dans une illumination comme celle que connut Wang Yangming lui-même en 1503 :

> Dans la pratique soutenue (*gongfu* 功夫) de l'étude, même à supposer que l'on ait réussi à se défaire de tout penchant, de tout désir de prestige et de profit, pour peu que l'on garde le moindre fil de pensée pour la vie et la mort, alors l'esprit tout entier ne pourra être parfaitement serein et délié. Les considérations sur la vie et la mort nous viennent avec la vie elle-même, aussi n'est-il pas facile de s'en défaire. Mais pour peu que l'on arrive à voir au travers, à les transpercer de part en part, alors c'est l'esprit tout entier qui coule de source sans obstacle. C'est là l'étude qui va jusqu'au fond de la nature pour rejoindre le destin [27].

En 1527, peu avant la mort de Wang Yangming, deux de ses principaux disciples, Wang Ji (1498-1583) et Qian Dehong (1496-1574), ont une discussion concernant quatre propositions qui, selon eux, forment le cœur de l'enseignement de leur maître :

> Ni bien ni mal, ainsi est l'esprit dans sa constitution.
> Bien et mal apparaissent dès lors que s'active l'intention.
> Connaître le bien et le mal est le propre de la connaissance innée.
> Pratiquer le bien et éliminer le mal est le rôle de la rectification des choses dans l'esprit *(gewu)* [28].

Dans ces quatre propositions apparaît un ordre de priorité implicite : l'esprit, dans sa constitution, est par-delà bien et mal : tout en lui est originel. La distinction bien/mal n'apparaît qu'avec la mise en branle de l'intention (*yi* 意), laquelle précède la connaissance dite innée, l'action n'intervenant qu'en dernier. De la discussion qui s'ensuit se dégagent clairement les deux orientations principales indiquées par l'intuition fondamentale de Wang Yangming. Pour Wang Ji :

> Si l'on admet que l'esprit dans sa constitution ne comporte ni bien ni mal, il en sera de même pour l'intention comme pour la connaissance et pour les choses. Si l'on admet qu'il y a bien et mal dans l'intention, il faudra bien en conclure qu'il en va de même pour l'esprit dans sa constitution.

À quoi Qian Dehong réplique :

> L'esprit dans sa constitution, c'est la nature que nous avons reçue par décret du Ciel et qui ne comporte à l'origine ni bien ni mal. Mais l'homme a des habitudes d'esprit qui lui font percevoir dans ses intentions et ses pensées une distinction entre bien et mal. Or, tous les efforts *(gongfu)* qu'il met à examiner [les choses], étendre [sa connaissance], rendre authentique [son intention], rectifier [son esprit], bref à cultiver sa rectitude, visent à retrouver cette nature constitutive. Mais s'il n'y avait à l'origine ni bien ni mal, à quoi bon tous ces efforts ?

Le fossé se creusera entre la position de Wang Ji, accusée par ses adversaires d'être calquée sur la conception Chan de l'éveil, et celle de Qian Dehong, dénoncée par les premiers comme trop conforme au dualisme zhuxiste. Il n'empêche qu'en posant la question du bien-fondé de l'effort moral, Qian Dehong a mis le doigt sur un point sensible qui préoccupe beaucoup ses contemporains : la contradiction qu'il semble y avoir entre le présupposé que notre nature, étant issue du Ciel, est bonne et le fait observable que notre esprit peut être sujet à des pulsions mauvaises. Comme on le verra, les rapports entre nature et esprit, et la question de savoir à quel stade intervient le mal, resteront encore longtemps au centre des discussions.

Réaffirmer l'unité foncière de l'esprit, c'est le moyen pour Wang Yangming de recréer une cohérence dans la multitude de problèmes soulevés par toutes les distinctions de l'école Cheng-Zhu (constitution/fonction, nature/émotions, principe/énergie, etc.), et en même temps, d'apporter une solution à la question confucéenne du rapport entre étude et pratique morale. L'unité de la connaissance et de l'action, qui s'impose d'urgence pour Wang Yangming, ne peut se faire en cherchant le principe en dehors de l'esprit, mais en prenant conscience que l'extension de la connaissance innée n'est autre qu'action.

« Connaissance et action ne font qu'un »

Dans la pensée éthique chinoise, le problème ne se situe pas tant entre fait et norme (entre ce qui est et ce qui devrait être), mais plutôt entre connaissance et harmonie : est envisagée la possibilité soit d'exister et d'agir dans l'harmonie sans connaître la nature (c'est la position taoïste), soit d'agir dans l'harmonie à condition de connaître la nature (c'est la conviction confucéenne). Cette primauté de la connaissance explique la fascination de l'école Cheng-Zhu pour le principe et la réaction de l'école Lu-Wang pour qui la connaissance (c'est-à-dire la sainteté) se trouve dans le vécu de l'action, et non l'inverse. En fin de compte, il n'y a pas de réelle contradiction : l'idée qu'il faut une connaissance préalable de la nature pour agir moralement implique déjà une disposition de l'esprit à se purifier afin de percevoir les choses dans leur clarté. Voilà pourquoi beaucoup d'auteurs « néoconfucéens » préfèrent parler de « clairvoyance » (*ming* 明, terme qu'ils empruntent à *L'Invariable Milieu*) plutôt que de « connaissance » (*zhi* 知).

L'unité de la connaissance et de l'action est depuis toujours au cœur des préoccupations confucéennes. Chez Mencius, l'esprit n'est pas seulement la capacité de penser, de donner sens et valeur aux choses, il est également doué d'une volonté qu'il s'agit de « mettre sur pied » (*li zhi* 立志)[29]. Lorsqu'il est en position de « maître », sa volonté est à l'œuvre et canalise l'énergie de l'action dans un sens déterminé. À la suite de Mencius, Wang Yangming, pour qui tout commence par la « résolution d'être authentique » (*li cheng* 立誠), privilégie la volition par rapport à la part cognitive ou discriminative de l'esprit. Dans le *daoxue* des Song, l'authenticité de l'intention, qui relève de la nature, est perception immédiate, intuitive, innée de sa propre unité avec le Ciel, alors que la clairvoyance ou connaissance ne peut être atteinte qu'à l'issue du processus graduel de l'étude. Alors que pour Zhu Xi, ces deux dimensions sont « un en deux, deux en un » (*yi er er, er er yi* 一而二二而一)[30], Wang Yangming en opère la fusion parfaite et totale en une seule et même réalité. Si, aux yeux du premier, la synthèse de la connaissance et de l'action ne peut être que le résultat d'un effort soutenu, pour le second, tout est donné d'emblée, de façon innée : il y a dans le fait même de vivre une propension à connaître le principe, connaissance qui est déjà action.

Wang Yangming ne nie pas que le processus d'autotransformation implique l'étude, il met seulement en doute que l'esprit ait à aller chercher le principe ailleurs qu'en lui-même. Lorsque le processus moral est pris à la source jaillissante qu'est l'intention dans toute son authenticité, la question du mal tombe d'elle-même. Wang Yangming répond ainsi indirectement à l'interrogation angoissée de son disciple Qian Dehong sur la nécessité de l'effort moral :

> La constitution originelle de l'esprit, c'est la nature. La nature ne comportant rien de mauvais, l'esprit dans sa constitution originelle n'est rien que rectitude. D'où vient alors qu'il faille faire effort pour restaurer l'esprit dans sa rectitude ? L'esprit dans sa constitution originelle est bel et bien rectitude ; dès que se mettent en œuvre l'intention et la pensée apparaît la déviance. Celui qui veut restaurer son esprit dans sa rectitude ne peut le faire qu'en rapport avec les opérations de l'intention et de la pensée. Chaque fois qu'apparaît une bonne pensée, qu'il s'y attache comme il s'attacherait à une belle couleur ; chaque fois qu'il en apparaît une mauvaise, qu'il la repousse comme il repousserait une mauvaise odeur : alors seulement son intention sera pure authenticité, et son esprit pourra retrouver sa rectitude [31].

La formule clé de la pensée de Wang Yangming, « Connaissance et action ne font qu'un » (*zhixing heyi* 知行合一), n'indique pas seulement une complémentarité : elle signifie que connaissance et action sont constitutives l'une de l'autre :

> Sans connaissance, l'action est impossible ; sans action, la connaissance est impossible.
> En tant qu'elle est véracité et honnêteté, la connaissance est action ; en tant qu'elle est lucidité et perspicacité, l'action est connaissance. Dans leur pratique, connaissance et action sont fondamentalement indissociables [32].

Connaître la nature humaine consiste d'abord à la mettre en œuvre, et agir revient surtout à approfondir la connaissance de soi : on peut alors parler de connaissance « authentique » qui, engageant la totalité de l'être, est déjà action. Pour Wang Yangming, qui fut lui-même homme d'action, il n'est pas de véritable étude sans pratique (*gongfu* 功夫), avec ce qu'elle comprend d'entraînement quotidien au contact de la réalité :

> Apprendre, s'enquérir, réfléchir, débattre, agir constituent autant d'aspects de l'étude. Étudier sans qu'il y ait action, cela ne se peut. Prenons l'étude de la piété filiale : il faut prendre sur soi le labeur de ses parents et se mettre à leur entière disposition, bref pratiquer le *dao* filial en payant de sa personne avant de considérer qu'on l'a « étudié » ; comment l'étude de la piété filiale pourrait-elle se borner à en parler en l'air ? Il en va de même pour l'étude du tir à l'arc : il faut empoigner l'arc, fixer la flèche dessus, le bander et viser la cible. Pour apprendre à calligraphier, il faut étaler le papier, saisir le pinceau et en tremper la pointe dans l'encrier. De tout temps et en tout lieu, rien n'a jamais pu s'appeler « étude » qui n'ait impliqué de l'action. Se mettre à étudier, c'est déjà agir [33].

Cette conception de l'étude, qui réinterprète un thème fondateur de l'enseignement de Confucius, trouvera un puissant écho au XVIIe siècle, au moment où les penseurs, réduits par l'envahisseur mandchou à l'inaction politique et à l'étude, cherchent un moyen de les vivre envers et contre tout de façon militante, voire protestataire. En affirmant la nécessité d'une pensée engagée, Wang Yangming créait une alternative à l'« école du principe » jugée trop spéculative. Son enseignement devait connaître une fortune considérable en Corée, puis au Japon où il était encore vivant dans l'esprit des réformateurs de l'ère Meiji en 1868.

Les penseurs du *qi* au XVIe siècle

Au regard des pensées puissantes et audacieuses qui se développent sous les Ming, on pourrait se figurer l'orthodoxie héritée des Song comme un legs figé du passé, occupé à ruminer sans relâche le même contenu. En réalité, dès le début de la dynastie, quelques penseurs montrent que la réflexion philosophique, loin d'être totalement stérilisée, s'attache à reconsidérer des questions centrales. À côté de l'utilisation idéologique et politique qui en est faite, la synthèse opérée par Zhu Xi, si considérable soit-elle, ne satisfait pas entièrement sur le plan intellectuel. On lui reproche avant tout de n'être jamais parvenue à sortir d'un dualisme que le recentrement sur l'esprit, amorcé par Lu Xiangshan et explicité par Wang Yangming, réussit à dépasser par le retour à un innéisme mencien auquel est venu s'adjoindre le subitisme Chan. Cependant, un autre courant recherche une source d'unité dans une pensée de l'énergie *(qi)* inspirée de Zhang Zai. Xue Xuan (1389-1464), pourtant connu pour avoir vécu dans la plus stricte éthique du *daoxue*, est amené à repenser le rapport du principe à l'énergie, « estimant qu'entre eux on ne saurait dire lequel vient avant et lequel après, puisqu'il n'y a pas de principe sans énergie, pas plus qu'il n'y a d'énergie sans principe [34] ».

Au début du XVIᵉ siècle, Wang Tingxiang (1474-1544) reprend la thèse qu'il n'y a rien d'autre en ce monde qu'énergie, se demandant avec indignation comment on a pu un seul instant imaginer un principe idéal à l'origine de l'univers :

> Au commencement du Ciel et de la Terre, il n'y avait que de l'énergie primordiale *(yuanqi* 元氣*)*. Au-dessus d'elle, il n'y avait rien d'autre ; c'est dans ce sens que l'énergie primordiale est le fondement du Dao. [...] Entre Ciel et Terre, c'est une même énergie qui n'arrête pas d'engendrer, tantôt constante, tantôt changeante [35].

Comme Wang Tingxiang, son contemporain Luo Qinshun (1465-1547), bien que se réclamant de l'orthodoxie Cheng-Zhu dont il est le plus éminent représentant de l'époque, se déclare gêné par son dualisme et recherche lui aussi l'unité du côté du *qi*. Dans des termes clairement empruntés à Zhang Zai, celui-ci est représenté comme « originellement un, mais suivant un cycle sans fin de mouvement et de quiétude, de va-et-vient, de croissance et de déclin [36] ». De cette énergie, le principe constitue non pas l'origine, mais l'ordre naturel de régularité et de récurrence. C'est la multiplicité infinie des manifestations de l'énergie selon le principe unique de leur cours naturel que Luo Qinshun voit dans la formule de Cheng Yi « Le Principe est un, mais ses différenciations sont multiples [37] ».

En corollaire, Luo s'en prend au dualisme également inhérent à la conception de la nature humaine dans laquelle il faudrait distinguer une nature de principe (d'origine céleste) et une nature d'énergie (d'origine humaine). Il critique aussi bien les confucéens des Song que Wang Yangming pour avoir, sous l'influence du bouddhisme, dénigré les désirs en tant que manifestations de l'énergie. Comme tous les penseurs qui posent la primauté du *qi*, Luo est convaincu qu'il n'y a pas lieu de porter de jugement de valeur et que rien n'est à rejeter, pas même les désirs ou la connaissance sensorielle. De la même façon, Wang Tingxiang, en s'interdisant de voir dans le monde une source de valeur morale, est amené à réviser la thèse mencienne de la bonté de la nature humaine et de l'innéité du sens moral qui avait sous-tendu en grande partie le *daoxue* des Song. En tant qu'énergie propre au Ciel (c'est-à-dire naturelle), « la nature humaine comporte du bien et du mal[38] ».

La pensée de Luo Qinshun, livrée dans un journal spirituel intitulé *Notes sur la connaissance durement acquise*, représente la réaction d'un confucéen pour qui l'existence et le destin humains ne sauraient se réduire à la vie intérieure de l'esprit. À ses yeux, le plus grand danger qui guette ses contemporains est, à force de privilégier la quête intérieure de sainteté et de rechercher l'unité dans l'esprit, de négliger totalement la dimension extérieure de la connaissance et de l'action. Des écrits de Wang Tingxiang et de Luo Qinshun se dégage, contre les tendances quiétistes prédominantes à l'époque, la volonté de renouer avec une vision proprement chinoise centrée sur le *qi* et d'élaborer une conception de la connaissance moins moralisante et plus empirique qui se confirmera au XVIIe siècle.

« Les trois enseignements ne font qu'un »

Malgré ces voix dissonantes, la pensée de Wang Yangming, en mettant l'accent sur l'intuition individuelle et la connaissance innée du bien, exerce une large influence sur toute la seconde moitié de la dynastie Ming (XVIe- début du XVIIe siècle). Le rejet de tout critère formel et traditionnel de moralité, le mépris affiché de la culture livresque comme discipline intellectuelle, ajoutés aux transformations sociales de l'époque, conduisent désormais à une tolérance plus grande vis-à-vis des pratiques « non orthodoxes », à une osmose entre cultures savante et populaire, et pour finir à la convergence syncrétique du confucianisme, du taoïsme et du bouddhisme. L'idée que ces « trois enseignements ne font qu'un » (*sanjiao heyi* 三教合一) remonte à la première période de division au lendemain de la débâcle des Han, entre le IIIe et le Ve siècle [39]. Elle se trouve renforcée à la faveur de la domination, partielle ou totale, des diverses dynasties non chinoises qui se succèdent ensuite (en particulier celle des Mongols) pour devenir prépondérante à partir du milieu du XVIe siècle [40]. Plutôt que d'une fusion proprement dite, il serait plus exact de parler d'une fluidité dans les relations entre les différentes traditions religieuses, rendue possible par la priorité accordée à l'aspect pratique de la culture spirituelle sur le contenu doctrinal.

Au début des Ming, Chen Xianzhang tentait déjà de se dégager de l'emprise de l'orthodoxie lettrée en se référant à d'autres traditions, fussent-elles populaires ou religieuses, n'hésitant pas à s'intéresser à la littérature bouddhique, taoïste et romanesque. Ayant choisi une vie d'ermite par refus de s'engager dans la carrière officielle, il fut un grand adepte de l'« assis en quiétude » dont, contrairement à Zhu Xi, il n'hésitait pas à reconnaître la similitude avec les pratiques bouddhiques de *dhyâna* :

> À la longue, la substance de mon esprit s'est révélée à moi mystérieusement comme une chose tangible et immuable. J'éprouvai alors une parfaite aisance pour répondre à toutes les sollicitations de la vie et mes réactions étaient dans chaque cas conformes à mes désirs. C'était comme quand on guide un cheval par le mors. S'agissait-il de pénétrer le principe des choses ou d'étudier les enseignements de nos saints, tout s'ordonnait parfaitement et semblait couler de source. Je fus alors décidément convaincu et je me dis que tout l'effort pour devenir un saint consistait en cela même [41].

Au XVIe siècle, la tendance syncrétiste est illustrée par un personnage comme Lin Zhao'en (1517-1598), surnommé le « saint des Trois Enseignements [42] ». Bien qu'il ait reçu une formation de lettré destiné à la carrière officielle, il consacre sa vie à soigner à la manière des prêtres taoïstes, selon des méthodes qu'il a lui-même mises au point à partir d'une tradition occulte sur les *Mutations*, et à prêcher un confucianisme mâtiné de bouddhisme et surtout de taoïsme, guidé par une discipline mentale (*xinfa* 心法) à laquelle il attribue des vertus curatives.

Si le syncrétisme de Lin Zhao'en procède d'une volonté de concilier dans le vécu l'idéal confucéen d'engagement actif et les techniques mentales et thérapeutiques taoïstes, par contre celui d'un Hu Zhi (1517-1585) doit bien plus à l'influence de Wang Yangming. Dans ses *Notes sur les peines de l'étude*[43], ouvrage autobiographique dans lequel est consignée à la première personne sa vie spirituelle, genre devenu courant sous les Ming, Hu Zhi raconte qu'après avoir traversé une grave crise existentielle, il entreprend d'étudier le taoïsme et le bouddhisme. Au bout de plusieurs mois d'étude et de pratique de la méditation assise, il connaît coup sur coup deux illuminations qui lui font percevoir « le Ciel-Terre et les dix mille êtres comme la constitution même de son esprit ».

Cette expérience mystique peut être interprétée à la fois comme la découverte de la « nature-de-Bouddha » par la pratique introspective et comme la révélation à soi-même de son propre esprit par la « connaissance innée ». Elle se rapproche, de fait, de l'illumination décrite par Hanshan Deqing (1546-1623), l'un des derniers grands moines bouddhistes des Ming avec Zhu Hong (1535-1615) :

> Un jour, après avoir avalé ma bouillie de riz, j'avais commencé mes déambulations quand, soudain, je m'arrêtai sans plus pouvoir sentir mon corps ni mon esprit. Il y avait seulement quelque chose d'immense et de brillant, de parfaitement plein et silencieux comme un gigantesque miroir circulaire où se reflétaient les montagnes, les rivières et l'immense terre. [...] À partir de ce moment, tout devint clair en moi et hors de moi, et ce que je voyais et entendais ne faisait plus obstacle [dans mon esprit]. Tous mes anciens doutes et embarras avaient disparu[44].

Iconoclasme et esprit critique

Une telle propension au syncrétisme est sans doute le signe d'une impatience grandissante à l'égard de l'orthodoxie qui finit par tourner à l'iconoclasme dans l'école de Taizhou (dans la région côtière du bas Yangzi) fondée par Wang Gen (1483-1541). Après avoir été investi d'une mission salvatrice dans un rêve prophétique, ce saunier autodidacte se met à prêcher un confucianisme fait pour tous[45]. Les membres de son école organisent des assemblées, entre amis ou dans le cadre plus large d'académies, où se pratique la libre interprétation des textes confucéens *(jiangxue*, litt. « discussion sur l'étude ») dans l'esprit nouveau de Wang Yangming, dont l'effet libérateur a donné une formidable impulsion à l'éducation populaire[46].

Éminent représentant de l'école de Taizhou, Li Zhi (1527-1602) affecte de renouer avec un esprit bien peu mandarinal, celui des chevaliers errants dont l'éthique héroïque faite d'individualisme, d'égalitarisme et de proximité avec les gens du peuple, éclate dans des chefs-d'œuvre de la littérature populaire comme le *Roman du bord de l'eau (Shuihu zhuan)* et le *Roman des Trois Royaumes (Sanguo yanyi)*[47]. Dans son hostilité farouche à l'establishment confucéen, Li Zhi pousse le radicalisme jusqu'à taxer l'orthodoxie d'hypocrisie (ce que nous appellerions « pharisianisme »), mettant en doute l'infaillibilité des Classiques et proclamant la légitimité des désirs dans la nature humaine. Ses deux ouvrages les plus connus dont les titres sont en eux-mêmes des manifestes, le *Livre à brûler* et le *Livre à cacher*, restèrent longtemps frappés d'interdit et lui-même se suicida en prison[48].

Li Zhi raconte avec émotion la révélation que fut pour lui, esprit « têtu et réfractaire », la double découverte, à quarante ans, des écrits de Wang Yangming et de la pensée bouddhique de la vacuité dans le *Sûtra du Diamant*. Cela nous vaut des diatribes féroces contre ses contemporains bien-pensants, donneurs de leçons qui se gardent bien eux-mêmes de compromettre leur carrière :

> Notre nature telle qu'elle est, voilà la seule véritable « étude du Dao » *(daoxue)*. Mais cela, comment ceux qui discourent sur l'« étude du Dao » peuvent-ils le comprendre ? Non seulement ils en sont incapables, ils dissimulent leur incapacité avec force citations du Saint (Confucius). [...] Mais quand ils courent après leur intérêt et se font confier pour cela des charges publiques, ils se plaisent à répéter : « les dix mille êtres ne font qu'un ». Dès qu'au contraire ils risquent d'y perdre plutôt que d'y gagner, et que leur souci n'est plus que de s'éviter des ennuis, ils ne parlent que « sagesse clairvoyante et préservation de soi ». Pour faire comprendre au souverain et aux ministres éclairés à quel point ces gens-là sont nuisibles, pour couper court à toutes leurs manigances, il suffirait de ne plus leur permettre de demander de faveurs, de se dérober à leurs responsabilités et de citer les anciens. On verrait alors la fin de ces pratiques de l'« étude du Dao »[49] !

Wang Yangming avait déjà fait preuve d'irrévérence à l'égard de la figure sacrée de Confucius :

> L'étude n'a de valeur que si elle s'obtient par l'esprit. Si ce que je cherche dans mon esprit se révèle faux, quand bien même cela sortirait de la bouche de Confucius, je ne me permettrais pas de le prendre pour vrai : ne parlons pas des autres qui n'arrivent même pas à la hauteur de Confucius ! Si ce que je cherche dans mon esprit se révèle vrai, quand bien même cela sortirait de la bouche d'un homme du commun, je ne me permettrais pas de le prendre pour faux : à quoi bon, alors, citer Confucius [50] !

Irrévérence qui trouve un écho chez Li Zhi, grand pourfendeur de pharisiens auxquels il n'hésite pas à rétorquer :

> « Dans l'étude », dites-vous, « on ne peut se passer de règles. » Comme cela est bien dit ! Et puisque vous tenez cela de Confucius et que vous en avez fait votre credo au point de l'imposer comme règle familiale, que voulez-vous que je vous dise ? Mais sachez que ce sont là les maximes de Confucius, non les miennes. De naissance, chaque homme tient du Ciel sa propre manière d'agir, point n'est besoin d'attendre de l'apprendre de Confucius [51] !

Li Zhi, suivi en cela par certains penseurs radicaux, rejette la morale traditionnelle au nom de l'idée que tout être possédant une nature-de-Bouddha, il suffit de se libérer des entraves imposées par la société pour atteindre la délivrance :

> Si le Saint n'impose aucune obligation aux hommes, c'est que tout homme peut être un saint. Comme le dit Maître [Wang] Yangming : « Il y a des saints plein les rues. » Le Bouddha ne dit pas autre chose : « Esprit ou bouddhéité, tout homme est Bouddha. » Si tout homme est un saint, le Saint n'a pas de secret particulier à révéler aux autres [52].

À cause de son parti pris anti-orthodoxe et anti-lettré, l'école de Taizhou devait se voir accusée par des figures de proue de la transition Ming-Qing comme Gu Yanwu et Huang Zongxi d'avoir basculé dans un « Chan enragé » *(kuangchan)*, voire d'avoir précipité la chute des Ming. Cependant, n'en déplaise à ces grands esprits, c'est précisément cette violence iconoclaste qui devait ouvrir la voie à une forme de critique plus méthodique. Exemplaire est, à cet égard, le cas de Yang Shen (1488-1559), dont la liberté d'esprit et le refus de tout compromis forcèrent l'admiration de Li Zhi. Malgré son brillant succès aux examens, sa protestation publique contre une décision de l'empereur lui valut un exil prolongé au fin fond du Yunnan qu'il mit à profit en s'intéressant à la géographie, l'ethnographie et l'histoire de la région, autant de disciplines relativement peu pratiquées jusque-là et dont il fut parmi les premiers à se servir pour critiquer l'orthodoxie. Dans le même esprit, Jiao Hong (1540?-1620), grand ami de Li Zhi, fut un penseur ouvert aux idées nouvelles en même temps qu'un historien et un érudit, propriétaire de l'une des plus riches bibliothèques privées de l'époque[53]. Entre la fin du XVIe et le début du XVIIe siècle, l'enthousiasme soulevé par le subjectivisme de Wang Yangming culmine dans une valorisation de l'expérience individuelle qui prime sur les impératifs prédéterminés ou les modèles hérités du passé et dont jaillira l'esprit critique et empirique des Qing.

Liu Zongzhou (1578-1645)

En marge du radicalisme de l'école de Taizhou, l'influence de Wang Yangming se fait sentir chez ce grand philosophe qui, tout en restant dans le cadre orthodoxe de la pensée des lettrés, représente une volonté de reconsidérer les grandes synthèses qui l'ont précédé[54]. Comme beaucoup de penseurs des Ming, il est poussé par son embarras vis-à-vis du dualisme de Zhu Xi à intégrer certains apports de Wang Yangming tout en restant critique à leur égard.

L'objection principale de Liu Zongzhou à l'égard de Wang Yangming porte sur sa conception de la « connaissance innée » qui implique une priorité de l'intention sur la connaissance[55]. Dans sa réflexion sur l'unité de la connaissance et de l'action, Wang est en effet amené à privilégier la volonté par rapport à la fonction cognitive de l'esprit. L'interprétation libertaire de l'école de Taizhou y voit un spontanéisme, rendu accessible à tout un chacun, qui, au lieu de prescrire, se contente d'apprendre avec l'expérience, voire de la laisser se régler d'elle-même. C'est bien ce que rejette Liu Zongzhou qui voit là un double danger de dérive : en l'absence de tout repère et de toute norme, on peut être tenté soit de prendre ses propres désirs comme manifestations authentiques du principe moral, soit de concevoir la « connaissance innée » comme une illumination soudaine à la manière Chan, sans tenir compte du processus de développement moral.

Tout en souscrivant à la pensée de Wang Yangming sur l'intention, Liu Zongzhou reste insatisfait quant à son identification avec la « connaissance innée » qu'il voudrait pour sa part enraciner plus profond en revenant à la « racine de l'intention ». Pour Liu, il y a une contradiction inhérente à l'enseignement de Wang Yangming, tel qu'il est livré en particulier dans les quatre propositions[56]. Dès lors que l'on reconnaît qu'il y a bien et mal, force est de faire une part à la fonction discriminative de l'esprit. La priorité que Wang Yangming donne à l'intention par rapport à la « connaissance innée » devient alors intenable, car si l'esprit, entièrement identifié à la nature d'origine céleste, n'est qu'intention, il ne peut vouloir que le bien ; et dans ce cas, comment expliquer l'apparition de pulsions mauvaises ? Liu tente de sortir de la contradiction en affinant les notions utilisées par Wang au moyen de subtiles distinctions d'une part entre intention et volonté, et entre « connaissance innée » et connaissance discriminative de l'autre. C'est ainsi qu'il reformule les quatre propositions de Wang :

Il y a bien et mal dans l'esprit en mouvement.
Il y a attirance pour le bien et répulsion pour le mal dans l'intention en quiétude.
Connaître le bien et le mal est le propre de la connaissance innée.
Pratiquer le bien et éliminer le mal est la règle des choses[57].

La première proposition de Liu, qui décrit l'esprit dans son fonctionnement vécu, fait de volontés et de sentiments, répond à la deuxième proposition de Wang. C'est dans sa deuxième proposition que Liu fait intervenir l'« intention » (yi 意, dans un sens différent de Wang) qui d'elle-même s'oriente vers le bien en tournant le dos au mal. En conséquence, la « connaissance innée » de Liu Zongzhou, même si elle apparaît comme chez Wang dans la troisième proposition, n'est plus simplement la connaissance discriminative qui fait la part du bien et du mal, elle est aussi et surtout intentionnalité intrinsèquement bonne. La bonté originelle de l'intention ne saurait donc dépendre d'une connaissance discriminative du bien et du mal, possible seulement par l'expérience. À ce point précis, Liu ne pourrait être davantage aux antipodes de toute la réflexion occidentale sur le libre-arbitre : loin de fonder une théorie de l'action sur le choix librement effectué en toute connaissance du bien et du mal, Liu cherche dans une direction radicalement opposée une source du bien qui, en amont de la connaissance discriminative, ne soit pas « engluée » dans le relatif de l'expérience et du comportement. Cette source sans cesse jaillissante d'énergie morale, Liu la voit dans la « pure intentionnalité » de l'esprit (*yi* 意), qu'il prend soin de distinguer de la volonté individuelle (*nian* 念) chargée du poids de l'expérience, c'est-à-dire de la connaissance du bien et du mal effectivement observables.

Faute d'avoir clairement distingué l'intentionnalité de la volonté et la « connaissance innée » de la connaissance discriminative, la pensée de Wang Yangming se retrouve sujette à des contradictions que Liu s'emploie à dénouer en identifiant la « racine de l'intention », source originelle sur laquelle il s'agit d'opérer directement en pratiquant la « solitude vigilante » (*shendu*) dont parlent *La Grande Étude* et *L'Invariable Milieu*. La « solitude » désigne ici un état qui ne dépend de rien et qui représente, plutôt qu'un idéal définitivement fixé, un pôle vers lequel tendre toujours davantage. Car la « racine de l'intention », probablement inspirée de la notion taoïste de « racine céleste », est ce qui relie l'homme au Ciel.

Liu Zongzhou s'efforce de redonner du souffle (au sens littéral du *qi*) à l'impulsion morale en renouant ce lien primordial, car « la nature humaine à l'origine n'est autre que le Ciel [58] » : non contente de participer directement de la puissance infiniment créatrice du Ciel, elle l'assiste au premier chef. De manière significative, au lieu du « Faîte suprême » (*taiji* 太極) sur lequel Zhu Xi fonde toute sa construction, Liu préfère parler de « Faîte humain » (*renji* 人極) [59] : c'est l'homme qui, par les ressources sans limites de son esprit, rejoint le Ciel, et non ce dernier qui s'impose à lui comme modèle. L'idée d'une source d'énergie morale à l'image de l'inépuisable puissance génératrice du Ciel, Liu la puise, une fois de plus, dans la tradition des *Mutations* qu'il ravive en référence aux cosmologistes du début des Song [60]. Huang Zongxi (1610-1695), le grand historien du début des Qing, devait revendiquer comme maître ce philosophe qui ne se lassa jamais de présenter des remontrances à la cour des Ming et qui, après leur débâcle en 1644, choisit de se laisser mourir de faim plutôt que de servir l'envahisseur mandchou, incarnant ainsi l'élévation de son propre idéal moral.

Vie et mort des académies privées à la fin des Ming

La pratique des discussions publiques, souvent tenues dans des académies qui se multiplient rapidement dans la seconde moitié du XVIe siècle, joue un rôle essentiel dans la vie intellectuelle autant que sociale de toute la fin des Ming au point d'avoir des répercussions sur le cours politique de la dynastie. Comme l'explique Jean-François Billeter, « sous le couvert d'une libre exégèse des classiques du confucianisme s'y est affirmé un esprit nouveau, qui remettait en question l'emprise de l'orthodoxie d'État sur les esprits, et qui a exercé une action d'autant plus forte sur l'ordre social qu'il a rapidement cessé d'être le seul fait de quelques cercles de mandarins pour pénétrer dans des couches sociales plus vastes et moins stables : marchands, entrepreneurs, artisans et petits employés, petits rentiers et lettrés sans titres, étudiants boursiers de l'État, etc. En s'étendant, le mouvement s'est diversifié. Il a pris, surtout dans l'école de Taizhou, des formes ouvertement hétérodoxes et protestataires. En s'alimentant l'une l'autre, l'instabilité sociale et l'effervescence intellectuelle ont créé une situation qui inquiète le mandarinat, et surtout ses fractions conservatrices, qui craignent la désintégration de leur ordre et la banqueroute de leurs valeurs [61] ».

Un signe patent de l'inquiétude de l'establishment est la décision prise par l'homme fort du moment, Zhang Juzheng (1525-1582), de fermer toutes les académies privées en 1579. En supprimant ces espaces ouverts aux pensées et aux discussions indépendantes, Zhang espère enrayer le déclin de la dynastie et renforcer le pouvoir de l'État [62]. C'est sur sa condamnation et dans la même année que meurt l'un des esprits les plus rebelles de l'époque, He Xinyin (1517-1579), figure phare pour tous les opposants au pharisianisme confucéen comme Li Zhi, lui-même mort en prison en 1602 [63].

À la tête d'un réseau assez lâche d'associations et de cénacles divers, l'académie de la Forêt de l'Est *(Donglin shuyuan)*, fondée sous les Song à Wuxi (dans l'actuel Jiangsu) et rétablie en 1604 par Gu Xiancheng (1550-1612), témoigne de la politisation des académies privées. Au moment où des fonctionnaires – révoqués pour la plupart – et des lettrés intègres et rigoristes se mettent à publier des opuscules critiquant la cour et ses pratiques despotiques, l'académie est accusée par les bureaucrates corrompus, alliés des eunuques de la cour, de constituer une faction *(dang* 黨*)*[64]. Par-delà la critique politique, l'esprit du Donglin exprime l'aspiration à une renaissance morale, une volonté de revenir aux sources de l'éthique confucéenne pour réagir contre son relâchement chez les lettrés, tenus en partie pour responsables de la corruption de la cour. Il s'agit de guérir le pouvoir central d'un mal dont la source est de nature morale et les symptômes d'ordre politique.

Le Donglin réagit en particulier contre la démission à laquelle prête l'intuitionnisme de Wang Yangming dans l'interprétation de son disciple Wang Ji et de l'école de Taizhou. Il remonte ainsi vers la source du *daoxue* des Song, remettant à l'honneur la discipline de l'effort moral *(gongfu* 功夫*)* et de l'action concrète *(shixing* 實行*)*. Un éminent exemple en est Gao Panlong (1562-1626), adepte de l'« assis en quiétude » qui, associé non plus au bouddhisme Chan à la manière de Chen Xianzhang au début des Ming, mais au rigorisme et au ritualisme confucéens, n'en aboutit pas moins à une illumination :

> C'est donc ainsi ! En vérité, il n'y a rien. Dès que j'eus réalisé cela, tout ce qui me ligotait jusqu'alors fut coupé et ce fut soudain comme si un poids de cent livres était tombé à terre d'un seul coup ou comme si un grand éclair avait inondé mon être de son illumination. Après cela, je me fondis entièrement dans la grande activité de transformation du cosmos et il n'y eut plus de séparation entre le Ciel et l'Homme, entre l'intérieur et l'extérieur[65].

Comme Luo Qinshun un siècle avant lui, Gao Panlong proclame son allégeance à Zhu Xi, tout en créditant Zhang Zai de sa conception valorisante de l'énergie[66]. Ayant pris la succession de Gu Xiancheng à la tête de l'académie Donglin, il est arrêté par les eunuques en 1626 mais avant même d'être emmené, il choisit de se suicider par noyade. L'esprit du Donglin représente le sursaut d'une conception militante de l'homme confucéen qui se doit de ne pas céder à la tentation de se désengager de l'action politique, à la manière des taoïstes et des bouddhistes. Comme se plaît à le dire Gu Xiancheng :

> Dès lors que les officiels de la cour n'ont pas l'esprit fixé sur l'empereur, que les officiels des provinces n'ont pas l'esprit fixé sur le peuple, que les lettrés retirés à la campagne qui se rencontrent par petits groupes pour discuter de la nature et du destin humains et perfectionner leur vertu morale n'ont pas l'esprit fixé sur le Dao du monde actuel, l'homme de bien ne les approuve pas, quand bien même ils auraient d'autres qualités [67].

La Société du Renouveau et les jésuites

L'épreuve de force engagée par les partisans du Donglin contre la cour impériale reproduit un scénario maintes fois répété au cours de l'histoire chinoise : la lutte ouverte entre le cercle élargi des lettrés-fonctionnaires et conseillers confucéens des hautes sphères du pouvoir, et le cercle restreint formé autour de l'empereur par le clan de l'impératrice et les eunuques. De manière significative, l'expression « jugements purs » (*qingyi* 清議), utilisée dès les Han dans la lutte qui opposait déjà les lettrés et les eunuques, s'applique à la fin des Ming aux lettrés intègres qui osent exprimer leur désapprobation à l'empereur. Après avoir connu un regain de fortune à la cour au début des années 1620, les partisans du Donglin subissent une terrible répression dirigée par l'eunuque Wei Zhongxian (1568-1627) qui en fait arrêter, torturer et assassiner les meneurs. Les académies privées, dénoncées comme organisations politiquement subversives, sont détruites sur ordre impérial.

Malgré la brutalité de la répression, les forces d'opposition aux eunuques, ainsi que les académies et associations privées, relèvent la tête dès la disgrâce et la mort de Wei Zhongxian en 1627. L'esprit de l'académie Donglin, rasée en 1626, renaît de ses cendres dans la « Société du Renouveau » *(Fushe)*. Ce qui n'était au départ qu'une association littéraire de la région de Suzhou comme il y en avait à profusion sous les Ming représentait à la fin de la dynastie le groupement politique le plus important et le mieux organisé que l'ère impériale ait jamais connu, reprenant le flambeau de la résistance aux eunuques, puis à l'envahisseur mandchou[68].

Le « renouveau », que l'on peut aussi comprendre comme un « retour à l'antique », prôné par le Fushe, n'est pas, en tout état de cause, une aspiration à revenir en arrière, mais représente au contraire une réorientation majeure de la pensée. Ses membres se réclament haut et fort des « études pratiques » (*shixue* 實學) au mépris des « discours creux » de la philosophie spéculative. Nombreux sont ceux qui subissent l'influence, directe ou indirecte, de Xu Guangqi (1562-1633), fonctionnaire de haut rang converti au christianisme et collaborateur de Matteo Ricci (1552-1610) dans la traduction en chinois d'ouvrages européens sur les mathématiques, l'hydraulique, l'astronomie, la géographie[69]. Alors que la présence européenne et chrétienne (tout d'abord des Portugais, suivis des Espagnols et des Hollandais) commence à se faire sentir en Chine au début du XVIe siècle, les premiers missionnaires jésuites italiens, sous la houlette de Michele Ruggieri et de Matteo Ricci, arrivent en 1582[70]. C'est en gagnant les élites cultivées et les bonnes grâces des empereurs, par une politique dite d'accommodation, que les jésuites parviennent à accéder et à se maintenir jusqu'à la fin du XVIIIe siècle à la cour impériale de Pékin où ils font valoir leurs compétences en astronomie, cartographie, mathématiques, lesquelles connaissent alors un regain de curiosité[71].

Mais le message concernant leur religion révélée, dont la propagation constitue le principal objectif des missionnaires, semble intéresser beaucoup moins les Chinois, voire susciter une certaine hostilité. La fameuse « querelle des rites » est un des signes les plus flagrants des malentendus profonds entre chrétiens européens et lettrés chinois. Elle traduit un conflit qui se déclare d'abord au sein des missions dès la mort de Ricci en 1610 et s'aggrave au moment où, après une période de relative tolérance au XVIIe siècle, les directives du Vatican se font plus intransigeantes au siècle suivant, au point de provoquer en Chine un tollé chez les détracteurs du christianisme qui l'accusent de vouloir corrompre les mœurs chinoises en interdisant d'honorer les ancêtres[72]. Il s'agit en effet de savoir si les rites sont d'ordre religieux ou non. Si oui, ils ne peuvent être, aux yeux des chrétiens, que superstitions et, partant, incompatibles avec la doctrine du « Maître du Ciel » ; dans le cas contraire, en tant que rites civils et politiques, ils sont compatibles avec la foi chrétienne [73]. Or, pour les Chinois, la question elle-même n'a pas grand sens du fait de l'absence de distinction, dans leur propre tradition, entre religieux et civil, sacré et profane, spirituel et temporel. L'erreur des jésuites fut probablement de penser qu'il suffisait de parler la langue pour s'introduire dans la culture chinoise : or, pour les Chinois, le sens réside plus encore dans les rites que dans les mots.

En outre, les jésuites avaient pour mission d'introduire une doctrine transcendante qui rendait impossible d'être à la fois un bon chrétien et un bon Chinois, les devoirs du premier faisant du second un fils impie et un rebelle à l'ordre sociopolitique. Alors que les Chinois auraient pu être disposés à intégrer le culte chrétien dans la vision syncrétique prédominante depuis le milieu de la dynastie, ils se heurtèrent au dogmatisme intransigeant des missionnaires qui exigeaient la reconnaissance de leur religion comme la seule vraie, toutes les autres étant condamnées comme superstitieuses.

Les jésuites pénètrent en Chine au moment où s'accentue le processus de décomposition de la société et de l'État qui aboutira à la chute de Pékin aux mains des Mandchous en 1644. Ils arrivent à point nommé pour apporter un renfort inattendu aux aspirations d'une partie des élites chinoises à un retour à la rigueur morale et à l'orthodoxie contre un laxisme et une démission mis au compte de l'influence bouddhiste. Parallèlement, leurs apports scientifiques et techniques viennent conforter l'apparition d'un esprit nouveau qui se manifeste dès le début du XVIe siècle sous la forme d'un intérêt sans précédent pour les connaissances concrètes, utiles pour la gestion administrative, militaire, agricole. Désormais, le lettré, *a fortiori* celui qui se destine à la carrière bureaucratique, ne peut plus se contenter d'être un érudit, il doit savoir maîtriser une gamme aussi large que diversifiée de compétences pratiques.

Notes

1. Jacques GERNET, *Le Monde chinois*, p. 332.
2. Cf. Paul DEMIÉVILLE, « La situation religieuse en Chine au temps de Marco Polo », in *Oriente Poliana* (Rome), 1957, p. 193-234.
3. Sur l'attitude des lettrés du *daoxue* sous les Yuan, cf. Frederick

MOTE, « Confucian Eremitism in the Yüan Period », *in* Arthur F. WRIGHT, éd., *The Confucian Persuasion*, Stanford University Press, 1960, p. 202-240 ; et CHAN Hok-lam & William Theodore DE BARY, éd., *Yüan Thought : Chinese Thought and Religion Under the Mongols*, New York, Columbia University Press, 1982. Sur Wu Cheng, cf. David GEDALECIA, *The Philosophy of Wu Ch'eng : A Neo-Confucian of the Yuan Dynasty*, Bloomington, Indiana University Press, 1999 ; et *A Solitary Crane in a Spring Grove. The Confucian Scholar Wu Ch'eng in Mongol China*, Wiesbaden, 2001.

4. Sur la transition entre les Yuan et les Ming, cf. John W. DARDESS, *Conquerors and Confucians : Aspects of Political Change in Late Yüan China*, New York, Columbia University Press, 1973, et *Confucianism and Autocracy : Professional Elites in the Founding of the Ming Dynasty*, Berkeley, University of California Press, 1983.

5. La *Grande Somme sur la nature et le principe (Xingli daquan)*, compilée en 1415, est la plus importante des nombreuses anthologies inspirées du *Jinsi lu (Réflexions sur ce qui nous touche de près)* de Zhu Xi et Lü Zuqian (voir chap. 19, note 17). Trois siècles plus tard, en 1715, sur ordre de l'empereur Kangxi, Li Guangdi (1642-1718) compilera un abrégé de la *Grande Somme* intitulé *Idées essentielles sur la nature et le principe (Xingli jingyi)*, cf. CHAN Wing-tsit, « The *Hsing-li ching-i* and the Ch'eng-Chu School of the Seventeenth Century », *in* William Theodore DE BARY *et al.*, *The Unfolding of Neo-Confucianism*, New York, Columbia University Press, 1975, p. 543-579.

6. Sur le système des examens mandarinaux, cf. Jacques GERNET, « Éducation », in *L'Intelligence de la Chine*, p. 98-132. Voir aussi l'ouvrage au titre éloquent de MIYAZAKI Ichisada, *China's Examination Hell* (traduit du japonais), New Haven, Yale University Press, 1981. Sur la mobilité sociale issue de ce système, cf. HO Ping-ti, *The Ladder of Success in Imperial China : Aspects of Social Mobility, 1368-1911*, New York, Columbia University Press, 1962.

7. Cité par Jean-François BILLETER, *Li Zhi, philosophe maudit (1527-1602). Contribution à une sociologie du mandarinat chinois de la fin des Ming*, Genève, Droz, 1979, p. 62.

8. Sur la notion complexe d'« orthodoxie » entre le début des Ming et la fin des Qing, cf. LIU Kwang-ching, éd., *Orthodoxy in Late Imperial China*, Berkeley, University of California Press, 1990. Pour des références biographiques sur la période Ming, cf. L. C. GOODRICH, éd., *Dictionary of Ming Biography, 1368-1644*, 2 vol., New York, Columbia University Press, 1976.

9. Cf. CHAN Wing-tsit, « The Ch'eng-Chu School of Early Ming », *in* William Theodore DE BARY, éd., *Self and Society in Ming Thought*, New York, Columbia University Press, 1970, p. 29-51. Voir aussi Theresa KELLEHER, « Personal Reflections on the Pursuit of Sagehood : The Life and Journal of Wu Yü-pi (1392-1469) », thèse de PhD., Columbia University, Ann Arbor, University Microfilms, 1982.

10. Le titre *Notes au jour le jour (Rilu)* préfigure celui du *Rizhilu (Notes sur les connaissances acquises jour après jour)* de Gu Yanwu (1613-1682), voir plus bas chap. 21.

11. Cité par J.-F. BILLETER, *Li Zhi, philosophe maudit*, p. 94. Sur

Chen Xianzhang, cf. JEN Yu-wen, « Ch'en Hsien-chang's Philosophy of the Natural », *in* DE BARY, *Self and Society in Ming Thought*, p. 53-92 ; et Paul JIANG, *The Search for Mind : Ch'en Pai-sha, Philosopher-Poet*, Singapore University Press, 1980.

12. *Kongmen chuanshou xinfa lun (Sur la transmission de la discipline mentale dans l'école confucéenne)*, in *Zhan Ganquan xiansheng wenji (Écrits de Maître Zhan Ruo-shui)*, éd. de 1580, 24, p. 42b-44b.

13. *Li Zhi, philosophe maudit*, p. 94. Il existe une abondante bibliographie en langues occidentales sur Wang Yangming, principalement en anglais. On pourra consulter, entre autres : CHAN Wing-tsit, « Wang Yang-ming : Western Studies and an Annotated Bibliography », *Philosophy East and West*, 22, 1 (1972), p. 75-92 ; T'ANG Chün-i, « The criticisms of Wang Yang-ming's teachings as raised by his contemporaries », *Philosophy East and West*, 23, 1-2 (Jan.-Apr. 1973), p. 163-186 ; Carsun CHANG, *Wang Yang-ming, Idealist Philosopher of 16th Century China*, New York, Saint John's University Press, 1962 ; Julia CHING, *Philosophical Letters of Wang Yang-ming*, Canberra, Australian National University, 1971, et *To Acquire Wisdom. The Way of Wang Yang-ming*, New York, Columbia University Press, 1976 ; TU Wei-ming, *Neo-Confucian Thought in Action, Wang Yang-ming's Youth (1472-1509)*, Berkeley, University of California Press, 1976.

L'édition moderne des œuvres complètes de Wang Yangming utilisée ici est le *Wang Yangming quanji*, 2 vol., Shanghai guji chubanshe, 1992.

14. *Daxue wen (Questionnement sur la Grande Étude)*, in *Wang Yangming quanji* 26, p. 968. Pour une traduction intégrale, cf. CHAN Wing-tsit, *Source Book*, p. 659-666.

L'une des premières tâches de Wang Yangming fut de restaurer le texte de *La Grande Étude* dans son état originel, c'est-à-dire antérieur aux multiples coupures et remaniements opérés par Zhu Xi (voir chap. 19, note 67).

L'exemple de l'enfant sur le point de tomber dans le puits est classique depuis Mencius, voir chap. 6, « Qu'est-ce que l'inné ? ».

15. *Chuanxi lu (Notes sur la transmission d'une pratique morale)* II, in *Wang Yangming quanji*, p. 54. Pour une traduction intégrale, cf. CHAN Wing-tsit, *Instructions for Practical Living and Other Neo-Confucian Writings by Wang Yang-ming*, New York, Columbia University Press, 1963.

16. *Chuanxi lu* I, in *Wang Yangming quanji*, p. 6 et 25.

17. Cf. *Mengzi* IV A 20. On se souvient que pour Cheng Yi et Zhu Xi, le mot *ge* signifiait « arriver » ou « atteindre (les choses dans leur principe) », voir chap. 18, note 33, et chap. 19, note 66.

18. *Chuanxi lu* I, in *Wang Yangming quanji*, p. 6.

19. *Chuanxi lu* III, p. 107-108.

20. Pour la formule de Cheng Yi (*xing ji li* 性即理), voir chap. 18, note 56 ; pour celle de Lu Xiangshan (*xin ji li* 心即理), voir chap. 19, note 48.

21. *Chuanxi lu* I, p. 7. Pour la distinction entre « esprit de Dao » et « esprit humain », voir chap. 19.

22. Sur l'« infime amorce », voir chap. 11.

23. Les phases « pas encore manifestée » et « manifestée » font référence au fameux passage de *L'Invariable Milieu* (*Zhongyong*, § 1), cité au chap. 6, p. 181, et au chap. 11, p. 282.

24. Voir chap. 18 à la note 40.

25. Allusion à la formule de Cheng Yi, voir chap. 18, note 35.

26. *Chuanxi lu* II, p. 64.

27. *Chuanxi lu* III, p. 108.

28. *Ibid.*, p. 117. Sur Wang Ji, qui développa l'idée d'« amener la connaissance innée à atteindre par elle-même sa propre complétude », cf. TANG Chün-i, « The Development of the Concept of Moral Mind from Wang Yang-ming to Wang Chi », et Takehiko OKADA, « Wang Chi and the Rise of Existentialism », *in* DE BARY, *Self and Society in Ming Thought*, p. 93-119 et 121-144.

29. Cf. *Mengzi* II A 6 et VI A 15. Voir chap. 6, note 20.

30. *Zhuzi yulei*, 5 et 74, p. 87 et 1898. Cette formule devait faire fortune chez les penseurs des Song et des Ming, cf. CHAN Wing-tsit, *Chu Hsi : New Studies*, Honolulu, University of Hawaii Press, 1989, p. 311-314.

31. *Daxue wen (Questionnement sur la Grande Étude)*, in *Wang Yangming quanji* 26, p. 971. Pour l'interrogation de Qian Dehong, voir plus haut, p. 538.

32. *Chuanxi lu* I et II, in *Wang Yangming quanji*, p. 4 et 42.

33. *Chuanxi lu* II, in *Wang Yangming quanji*, p. 92. « Apprendre, s'enquérir, réfléchir, débattre, agir » fait référence à *L'Invariable Milieu*, § 20.

34. *Mingru xue' an (Les Écoles de lettrés des Ming)*, éd. SBBY, 7, p. 2a. Cet ouvrage du grand historien du XVIIe siècle Huang Zongxi (sur lequel voir chap. suivant) traite de 257 lettrés regroupés dans les principales écoles des Ming et constitue l'une des sources majeures pour l'histoire intellectuelle de cette période. Voir la traduction partielle en anglais par Julia CHING *et al.*, *The Records of Ming Scholars*, Honolulu, University of Hawaii Press, 1987.

35. *Yashu (Annotations raffinées)*, 1re partie, in *Wang Tingxiang ji (Œuvres de Wang Tingxiang)*, 4 vol., Pékin, Zhonghua shuju, 1989, p. 835 et 848.

36. *Kun zhi ji (Notes sur la connaissance durement acquise)*, éd. 1528, 1re partie, section 11. Voir la traduction d'Irene BLOOM, *Knowledge Painfully Acquired : The K'un-chih chi by Lo Ch'in-shun*, New York, Columbia University Press, 1987. Voir aussi son article « On the "Abstraction" of Ming Thought : Some Concrete Evidence From the Philosophy of Lo Ch'in-shun », *in* William Theodore DE BARY & Irene BLOOM, éd., *Principle and Practicality : Essays in Neo-Confucianism and Practical Learning*, New York, Columbia University Press, 1979.

37. Voir chap. 18, note 30.

38. *Yashu*, 1re partie, p. 835.

39. On se souvient, par exemple, du *Traité de Blanc et Noir* de Huilin, daté du Ve siècle, initialement intitulé *Les trois doctrines sont également bonnes* (voir chap. 15, p. 377).

40. Sur divers aspects du syncrétisme religieux des Ming et ses antécédents, cf. LIU Ts'un-yan et Judith BERLING, « The "Three Teachings" in the Mongol-Yüan Period », *in* CHAN Hok-lam & W.T. DE BARY, éd., *Yüan Thought*, p. 479-512 ; Timothy BROOK, « Rethinking Syncretism : The Unity of the Three Teachings and their Joint Worship in Late Imperial China », *Journal of Chinese Religions*, 21 (1993) ; LIU Ts'un-yan, « The

Penetration of Taoism into the Ming Neoconfucianist Elite », *T'oung Pao*, 57 (1971), p. 94-102 ; Rodney L. TAYLOR, « Proposition and Praxis in Neo-Confucian Syncretism », in *The Religious Dimensions of Confucianism*, Albany, State University of New York Press, 1990 ; ARAKI Kengo, « Confucianism and Buddhism in the Late Ming », *in* DE BARY, *Unfolding of Neo-Confucianism*, p. 39-66.

41. *Mingru xue'an (Les Écoles de lettrés des Ming)*, 5, p. 4a. Sur Chen Xianzhang, voir plus haut à la note 11. Sur l'« assis en quiétude », voir chap. 19, « Discipline mentale ».

42. Cf. LIU Ts'un-yan, « Lin Chao-en (1517-1598), the Master of the Three Teachings », *T'oung Pao*, 53 (1967), p. 253-278 ; et Judith BERLING, *The Syncretic Religion of Lin Chao-en*, New York, Columbia University Press, 1980.

43. Les *Notes sur les peines de l'étude (Kunxue ji)* de Hu Zhi, dont le titre sera repris par Gao Panlong (voir plus bas note 65), se veulent peut-être le pendant du *Kunzhi ji (Notes sur la connaissance durement acquise)* de Luo Qinshun (voir plus haut, note 36). Les deux expressions *kunxue* (« peiner pour apprendre ») et *kunzhi* (« peiner pour connaître ») font allusion aux *Entretiens* de Confucius, XVI, 9 et à *L'Invariable Milieu*, § 20.

44. Cité par Jacques GERNET, *L'Intelligence de la Chine*, p. 296-297. Sur Hanshan Deqing, cf. Pei-i WU, « The Spiritual Autobiography of Te-ch'ing », *in* DE BARY, *Unfolding of Neo-Confucianism*, p. 67-92 ; HSÜ Sung-peng, *A Buddhist Leader in Ming China : The Life and Thought of Han-shan Te-ch'ing 1546-1623*, 1979. Sur Zhu Hong, cf. Kristin YÜ GREENBLATT, « Chu Hung and Lay Buddhism in the Late Ming », in *Unfolding of Neo-Confucianism*, p. 93-140 ; YÜ Chün-fang, *The Renewal of Buddhism in China : Chu Hung and the Late Ming Synthesis*, New York, Columbia University Press, 1981.

45. Sur l'école de Taizhou, cf. William Theodore DE BARY, « Individualism and Humanitarianism in Late Ming Thought », *in Self and Society in Ming Thought*, p. 145-247. Sur Wang Gen, cf. Monika ÜBELHÖR, *Wang Gen (1483-1541) und seine Lehre. Eine kritische Position im späten Konfuzianismus*, Berlin, Reimer, 1986.

46. Originellement, les *jiangxue* étaient des séances publiques de « discussion sur l'étude » auxquelles tous pouvaient participer, par opposition aux conférences magistrales qu'étaient les *jiangyi*. Les académies sont la forme la plus structurée des associations de particuliers, héritées des Song, qui se multiplient vers la fin des Ming et sur lesquelles on pourra consulter Jacques GERNET, « Clubs, cénacles et sociétés aux XVIe et XVIIe siècles », in *L'Intelligence de la Chine*, p. 88-97.

47. Sur Li Zhi, cf. Jean-François BILLETER, *Li Zhi, philosophe maudit* (références en note 7) ; Otto FRANKE, *Li Tschi, ein Beitrag zur Geschichte der chinesischen Geisteskämpfe im XVI. Jahrhundert* et *Li Tschi und Matteo Ricci*, Berlin, Abhandlungen der preussischen Akademie der Wissenschaft, 1937 et 1938 ; CHAN Hok-lam, éd., *Li Chih (1527-1602) in Contemporary Chinese Historiography : New Light on his Life and Works*, Seattle, University of Washington Press, 1980.

48. Le *Livre à brûler (Fenshu)* de 1590 est un recueil de textes très divers comme les affectionnaient les lettrés des Ming (lettres, essais, notes de lecture, poèmes, préfaces et autres textes de circonstance), que Li Zhi

enjoint à ses lecteurs de brûler – par prudence – après lecture. Le *Livre à cacher (Cangshu)* de 1599, composé de quelque huit cents biographies de personnages historiques à travers lesquelles Li Zhi instruit, selon ses propres dires, « le procès de milliers d'années d'histoire », est « à cacher » en attendant le jour où il trouvera son vrai lecteur, cf. préface au *Fenshu*, Pékin, Zhonghua shuju, 1975, p. 1.

49. *Chutan ji (Premier Recueil du bord du lac)* 19, Pékin, Zhonghua shuju, 1974, p. 328, traduction modifiée de J.-F. BILLETER, *Li Zhi, philosophe maudit*, p. 73.

50. *Chuanxi lu* II, in *Wang Yangming quanji*, p. 76. Il s'agit d'une lettre à Luo Qinshun (voir plus haut, p. 542-543), l'un des plus éminents représentants de la philosophie zhuxiste en même temps que de la classe mandarinale.

51. « Réponse au Censeur Geng (Dingxiang) », in *Fenshu (Le Livre à brûler)* 1, p. 16, traduction modifiée de J.-F. BILLETER, *Li Zhi, philosophe maudit*, p. 127-128.

52. « Réponse au Vice-ministre Geng (Dingxiang) » (il s'agit du même personnage qu'à la note précédente, qui est entre-temps monté en grade), in *Fenshu* 1, p. 31, traduction modifiée de J.-F. BILLETER, *Li Zhi, philosophe maudit*, p. 182.

53. Sur Jiao Hong, cf. Edward T. CH'IEN, « Chiao Hung and the Revolt Against Ch'eng-Chu Orthodoxy », *in* DE BARY, *The Unfolding of Neo-Confucianism*, p. 271-303 ; et *Chiao Hung and the Restructuring of Neo-Confucianism in the Late Ming*, New York, Columbia University Press, 1986.

54. Sur Liu Zongzhou, cf. TANG Chün-i, « Liu Tsung-chou's Doctrine of Moral Mind and Practice and his Critique of Wang Yang-ming », *in* DE BARY, *Unfolding of Neo-Confucianism*, p. 305-331 ; et TU Wei-ming, « Subjectivity in Liu Tsung-chou's Philosophical Anthropology », *in* Donald MUNRO, éd., *Individualism and Holism : Studies in Confucian and Taoist Values*, Ann Arbor, University of Michigan, Center for Chinese Studies, 1985, p. 215-235.

55. Cf. le *Liangzhi shuo (Essai sur la connaissance innée)*, in *Liuzi quanshu (Œuvres complètes de Maître Liu)*, éd. de 1822, 8, p. 24b-26a.

56. Voir plus haut à la note 28.

57. *Xueyan (Propos sur l'étude)*, 1re partie, in *Liuzi quanshu* 10, p. 26b.

58. *Yi yan (Extrapolations sur les Mutations)*, chap. 8, in *Liuzi quanshu* 2, p. 14a.

59. Voir le premier chapitre du *Renpu (Manuel pour l'homme)*, in *Liuzi quanshu* 1.

60. Cf. *Du Yi tushuo (Lecture diagrammatique des Mutations)*, in *Liuzi quanshu* 2, p. 8b-9a.

61. *Li Zhi, philosophe maudit*, p. 146-147.

62. Sur les académies sous les Ming, cf. John MESKILL, *Academies in Ming China : A Historical Essay*, Tucson, University of Arizona Press, 1982 ; et Tielemann GRIMM, *Erziehung und Politik im konfuzianischen China der Ming-Zeit (1368-1644)*, Hambourg, Gesellschaft fur Natur- und Völkerkunde Ostasiens, 1960. Sur Zhang Juzheng, cf. Robert CRAWFORD, « Chang Chü-cheng's Confucian Legalism », *in* DE BARY, *Self and Society in Ming Thought*, p. 367-413.

63. Cf. Ronald G. DIMBERG, *The Sage and Society : The Life and Thought of Ho Hsin-yin*, Honolulu, University Press of Hawaii, 1974.

64. Sur l'académie Donglin, cf. Heinrich BUSCH, « The Tung-lin Academy and its Political and Philosophical Significance », *Monumenta Serica*, 14 (1949-1955), p. 1-163 ; Charles O. HUCKER, « The Tung-lin Movement of the Late Ming Period », *in* John K. FAIRBANK, éd., *Chinese Thought and Institutions*, University of Chicago Press, 1957, p. 132-162 ; Benjamin A. ELMAN, « Imperial Politics and Confucian Societies in Late Imperial China. The Hanlin and Donglin Academies », *Modern China*, 15, 4 (1989).

À noter que le terme *dang* 黨 qui sert alors, avec une connotation péjorative, à désigner les factions, perçues par le pouvoir central comme des groupements poursuivant des intérêts « privés » plutôt que « publics », est celui-là même qui désigne actuellement les partis politiques.

65. *Kunxue ji* (*Notes sur les peines de l'étude*), cité par Jacques GERNET, *L'Intelligence de la Chine*, p. 295. Sur le titre de cet essai, voir plus haut note 43. Sur Gao Panlong, cf. Rodney L. TAYLOR, *The Cultivation of Sagehood as a Religious Goal in Neo-Confucianism : a Study of Selected Writings of Kao P'an-lung (1562-1626)*, Missoula (Montana), Scholars Press, 1978 ; et « Meditation in Ming Neo-Confucianism : Kao P'an-lung's Writing on Quiet-Sitting », *Journal of Chinese Philosophy*, 6, 2 (1979), p. 149-182.

66. Gao Panlong est l'auteur d'*Explications sur l'Initiation correcte de Zhang Zai (Zhengmeng shi)*. Sur Zhang Zai, voir plus haut chap. 17, p. 448-461.

67. Cité comme un propos « souvent tenu » par Gu Xiancheng dans le *Mingru xue'an (Les Écoles de lettrés des Ming)*, 58, p. 4a.

68. Cf. William S. ATWELL, « From Education to Politics : The Fu She », *in* DE BARY, *Unfolding of Neo-Confucianism*, p. 333-367.

69. Cf. Catherine JAMI, Peter ENGELFRIET & Gregory BLUE, éd., *Statecraft and Intellectual Renewal in Late Ming China. The Cross-Cultural Synthesis of Xu Guangqi (1562-1633)*, Leyde, 2001. Sur un autre converti célèbre, cf. Nicolas STANDAERT, S. J., *Yang Tingyun (1562-1627), Confucian and Christian in Late Ming China*, Leyde, Brill, 1988.

70. Cf. Matteo RICCI et Nicolas TRIGAULT, *Histoire de l'expédition chrétienne au royaume de la Chine (1582-1610)*, Paris, Desclée de Brouwer, 1978 ; Jonathan D. SPENCE, *The Memory Palace of Matteo Ricci*, Londres et Boston, Faber and Faber, 1983 ; Erik ZÜRCHER, Nicolas STANDAERT, S. J., Adrianus DUDINK, *Bibliography of the Jesuit Mission in China : ca. 1580-ca. 1680*, Université de Leyde, 1991 ; Jacques GERNET, « La politique de conversion de Matteo Ricci et l'évolution de la vie politique et intellectuelle en Chine aux environs de 1600 », in *L'Intelligence de la Chine*, p. 215-243 ; Michael LACKNER, *Das vergessene Gedächtnis. Die jesuitische mnemotechnische Abhandlung Xiguo jifa*, Stuttgart, Steiner, 1985.

71. Comme le rappelle Jacques GERNET, « de très nombreux ouvrages de caractère technique ou scientifique sont publiés à la fin de l'époque des Ming. Ils intéressent presque toutes les branches du savoir (pharmacopée, médecine, botanique, agriculture, procédés artisanaux, géographie…) et témoignent sans doute des progrès qui se sont accomplis au XVIe siècle »,

cf. *Le Monde chinois*, p. 386. Cf. Willard J. PETERSON, « Western Natural Philosophy Published in Late Ming China », *Proceedings of the American Philosophical Society*, 117 (1973), p. 295-322.

72. Sur la querelle des rites, cf. David E. MUNGELLO, éd., *The Chinese Rites Controversy : Its History and Meaning*, Nettetal, Steyler, 1994. Sur les rapports entre Chine et christianisme, cf. Jacques GERNET, *Chine et Christianisme. Action et réaction*, Paris, Gallimard, 1982, rééd. 1991 avec le sous-titre *La première confrontation*; ÉTIEMBLE, *L'Europe chinoise*, t. I : *De l'Empire romain à Leibniz*; t. II : *De la sinophilie à la sinophobie*, Gallimard, 1988 et 1989; Thomas H. C. LEE, éd., *China and Europe*, Hong Kong University Press, 1991; Catherine JAMI et Hubert DELAHAYE, éd., *L'Europe en Chine. Interactions scientifiques, religieuses et culturelles aux XVIIe et XVIIIe siècles*, Paris, Collège de France, Institut des hautes études chinoises, 1993; Paul A. RULE, *K'ung-tzu or Confucius ? The Jesuit Interpretation of Confucianism*, Sydney, Londres, Boston, Allen and Unwin, 1986; David E. MUNGELLO, *The Great Encounter of China and the West, 1500-1800*, Lanham, 1999; Pascale GIRARD, *Les Religieux occidentaux en Chine à l'époque moderne*, Lisbonne & Paris, Centre culturel Calouste-Gulbenkian, 2000; LI Wenchao, *Die Christliche China-Mission im 17. Jahrhundert. Verständnis, Unverständnis, Missverständnis. Eine geistesgeschichtliche Studie zum Christentum, Buddhismus and Konfuzianismus*, Stuttgart, 2000; LI Wenchao & Hans POSER, éd., *Das Neueste über China. G.W. Leibnizes Novissima Sinica von 1697*, Stuttgart, 2000.

73. Voir la traduction du *Tianzhu shiyi* de Matteo RICCI par Douglas LANCASHIRE & Peter HU Kuo-chen, S. J., *The True Meaning of the Lord of Heaven*, St. Louis (Missouri), Institute of Jesuit Sources, 1985.

SIXIÈME PARTIE

Formation de la pensée moderne
(XVIIe-XXe siècle)

21
Esprit critique et approche empirique sous les Qing
(XVIIᵉ-XVIIIᵉ siècle)

À partir de la fin de la dynastie Ming se développe une « grande crise morale qu'ont provoquée la dégradation du climat politique depuis les dernières années du XVIᵉ siècle et la décomposition d'un empire secoué par de formidables soulèvements populaires des environs de 1630 à 1644, incapable de contenir la puissance mandchoue qui s'est constituée dans le Nord-Est avec l'aide de transfuges chinois. Elle s'explique par la fin dramatique de la dynastie des Ming et par les tragédies qui l'ont suivie quand s'est installé le nouveau pouvoir mandchou de 1644 à 1661, le temps nécessaire pour écraser toute résistance. Ce que remettent en question les générations nées dans la première moitié du XVIIᵉ siècle, ce n'est pas seulement la philosophie idéaliste qui cherche à éliminer les passions et oppose le principe d'ordre aux réalités grossières de ce monde, c'est toute la société chinoise de la fin des Ming : un despotisme égoïste et aveugle aux malheurs des humbles, isolé du reste de la nation, impuissant à la défendre contre le désordre et les attaques du dehors, l'inconscience de milieux dirigeants tout à leurs intrigues et l'irréalisme de classes lettrées férues de discussions abstraites et pleines de mépris pour l'action et les connaissances pratiques [1] ».

Ébranlés par les conséquences désastreuses du despotisme des Ming, les lettrés prennent une conscience aiguë et généralisée de l'éternel dilemme confucéen entre l'idéal moral et la pratique politique. Or, l'exigence héritée du *daoxue* des Song de « se perfectionner soi-même pour être à même de gouverner les hommes » (*xiuji zhiren* 修己治人) [2] a établi une continuité devenue impraticable entre éthique individuelle et responsabilité collective. Il n'est guère étonnant que ce soit chez des penseurs traumatisés par la débâcle des Ming face aux Mandchous que l'on trouve la critique la plus radicale de l'absolutisme impérial et des vices dont souffrent traditionnellement les institutions et la société chinoises. « C'est d'un même mouvement que les penseurs du XVIIe siècle remettent en cause le mode de gouvernement, les mœurs politiques et les courants intellectuels de la fin des Ming. À l'aberration qui consiste à considérer comme une réalité transcendante un ordre qui n'est en fait que le pouvoir d'organisation inhérent à la matière et au social répond cette autre aberration qu'est la subordination de tous à un despotisme absolu [3]. »

On assiste alors à une crise d'identité culturelle majeure qui met la débâcle chinoise sur le compte de la vacuité des spéculations depuis les Song et établit un parallèle entre la période de décadence qui précéda la chute des Han en 220 et celle qui conduisit au cataclysme de 1644. D'où les réactions de rejet de tout ce qui peut rappeler les pratiques néoconfucéennes : conférences publiques, dialogues par questions-réponses, notes sur l'enseignement des maîtres, etc. Ces pratiques orales rappellent trop les « conversations pures » néotaoïstes et les méthodes de transmission bouddhiques pour être dignes des Classiques confucéens. La crise de la conscience lettrée suscite une fois de plus la volonté de retrouver la source première de l'esprit confucéen, entraînant à la fois un rejet de tout l'apport bouddhique, voire taoïste, et un retour à l'écrit.

On ne jure plus désormais que par l'érudition pure et dure, fondée sur la connaissance empirique directe et non plus sur l'intuition et l'interprétation subjective des textes [4]. Si les Classiques autres que les Quatre Livres de l'orthodoxie zhuxiste sont remis à l'honneur, ils font désormais l'objet d'un examen critique placé sous le signe du doute intellectuel. Pour la première fois s'élaborent des disciplines telles que géographie, astronomie, mathématiques, épigraphie et philologie qui, même en position d'abord marginale par rapport aux études canoniques, constituent une radicale nouveauté : elles sont pratiquées pour elles-mêmes par des érudits désireux de retrouver dans les Classiques les textes authentiques des grands sages. La rigueur de l'astronomie mathématique, par exemple, fournit des critères objectifs de datation et d'authenticité des textes.

Dans le même temps, les penseurs du XVIIe siècle cherchent par tous les moyens à donner une signification militante, voire protestataire, à l'« étude » à laquelle ils se trouvent désormais réduits. Le mot d'ordre est d'allier l'étude traditionnelle des Classiques (*jingxue* 經學), c'est-à-dire l'érudition porteuse de la fierté culturelle chinoise et symbole de la résistance anti-mandchoue, avec une exigence pratique inspirée du légisme antique (*jingshi zhiyong* 經世致用, litt. « chercher l'utilité pratique dans l'organisation du monde actuel »)[5]. C'est ce qui explique, outre l'élaboration d'une nouvelle méthodologie dans l'approche des textes, l'intérêt marqué pour tous les domaines pratiques (techniques administratives, hydrauliques, cartographiques, etc.). Après six siècles d'insistance sur la « quête intérieure de sainteté », l'avènement des Mandchous précipite le retour du pendule au souci d'« ordonner le monde extérieur »[6].

Huang Zongxi (1610-1695)

Le nom de Huang Zongxi, associé aujourd'hui à ceux de Gu Yanwu et de Wang Fuzhi, figure aux yeux des contemporains parmi les « trois grands confucéens » du début des Qing, en compagnie de Sun Qifeng (1585-1675) et de Li Yong (1627-1705)[7]. Huang Zongxi est témoin dès son plus jeune âge de la lutte menée contre les eunuques par les partisans du Donglin. Son père, qui en fait partie, est exécuté en prison sur l'ordre de l'eunuque Wei Zhongxian en 1626. À vingt ans, Huang Zongxi entre à la Société du Renouveau à Nankin avant de s'engager à corps perdu dans la lutte contre l'envahisseur mandchou, allant jusqu'à solliciter l'aide des Japonais. Mais tout effort se révélant vain, il renonce finalement à l'action et se retire dans son Zhejiang natal pour mener une vie de lettré. Sa curiosité et son érudition universelles touchent à des domaines aussi divers que l'astronomie, la théorie de la musique ou les mathématiques. Mais c'est avant tout son travail d'historien que la postérité retiendra comme signe d'un regain de conscience historique en réaction à un siècle d'intuitionnisme à la Wang Yangming autant qu'aux circonstances tragiques de l'époque. Toute sa vie, Huang Zongxi reste farouchement hostile aux Mandchous, refusant tout poste officiel et toute forme de collaboration aux grandes entreprises de compilation patronnées par l'État.

Dans son premier ouvrage, aussi concis qu'important, *Le*

Plan pour le prince, daté de 1663, Huang Zongxi est animé du même esprit de « retour à l'antique » qui avait inspiré les réformes de Wang Anshi sous les Song. Il s'agit d'une critique en règle des institutions absolutistes de la fin des Ming :

> Dans les temps anciens, l'empire était le maître, le souverain n'étant qu'un hôte qui passait sa vie entière à s'en occuper. De nos jours, le souverain est devenu le maître, l'empire n'étant plus que son hôte. S'il n'est plus possible de trouver la paix nulle part dans l'empire, c'est uniquement par la faute du souverain.
> Tant qu'il ne règne pas, il massacre et disperse les sujets de l'empire dans le seul but d'augmenter son propre patrimoine, déclarant avec un cynisme parfait : « C'est pour mes descendants que je constitue ce pécule. » Mais une fois qu'il est au pouvoir, il continue à pressurer et à disperser dans le but d'assouvir ses propres perversités, déclarant avec le plus grand naturel : « Ce sont là les intérêts de mon patrimoine. » Ainsi donc, le pire fléau de toute la population de l'empire est le souverain et lui seul [8].

Proclamation dont la véhémence trouve un écho chez Tang Zhen (1630-1704) :

> Le destin de millions d'hommes est entre les mains d'un seul : qu'il en prenne soin et ils vivent en paix ; qu'il les abandonne et ils sont voués à la mort. [...] Dans tout le cours d'une dynastie, c'est beaucoup s'il y a deux ou trois souverains capables sur plus de dix. Quant aux autres, si ce ne sont pas des tyrans, ce sont des sots, et si ce ne sont pas des pervers, ce sont des êtres sans énergie [9].

On voit ici l'idéal politique confucéen se heurter de plein fouet à la triste et médiocre réalité : tout va bien tant que le sommet de la pyramide est occupé par un homme de bien, ou du moins ni trop bête ni trop méchant. Or, l'expérience a tôt fait de montrer qu'il en va tout autrement dans les faits. Il finit par se produire un renversement de l'ordre de priorité donné par Mencius : peuple, État, souverain [10]. À présent, c'est à ce dernier et à son bien-être que sont subordonnés les institutions et la bureaucratie d'État, voire le tissu social tout entier. Une fois de plus, les lettrés confucéens sont acculés à concéder une certaine validité aux thèses légistes en reconnaissant la nécessité de lois et d'institutions judicieuses : « ce n'est qu'une fois que les lois sont en ordre que l'ordre règne parmi les hommes ».

Refusant toute collaboration au projet d'*Histoire des Ming* dont l'empereur Kangxi (r. 1662-1723) prend l'initiative, Huang Zongxi donne sa vision personnelle dans son *Mingru xue'an (Les Écoles de lettrés des Ming)* de 1676. Puis, remontant dans le temps, il entreprend d'écrire le *Song Yuan xue'an (Les Écoles de lettrés des Song et des Yuan)*, resté inachevé à sa mort[11]. Il est ainsi le premier penseur chinois à retracer l'histoire de sa propre tradition intellectuelle.

En cherchant à défendre la pensée de son maître Liu Zongzhou, point d'aboutissement des *Écoles de lettrés des Ming*, Huang Zongxi affirme son opposition au radicalisme issu de Wang Yangming, quitte à être en désaccord avec son condisciple Chen Que (1604-1677)[12]. Commençons, dit-il, par ne pas confondre « nature physique » et « désirs humains » : si l'on admet, en suivant Liu Zongzhou, que la nature morale est indissociable de la nature physique, il ne s'ensuit pas que cette dernière se confond avec les désirs humains (*renyu* 人欲). Par leur partialité et leur égoïsme, ils sont mauvais en ce qu'ils retranchent l'individu du reste de l'humanité, se distinguant en cela des « émotions » (*qing* 情) de la nature physique qui, activées dans une juste mesure, nous intègrent dans la communauté humaine et sont à ce titre bonnes[13]. Huang Zongxi réagit à l'amalgame sémantique qui tend, vers la fin des Ming, à assimiler les désirs aux émotions et à les valoriser dans le cadre d'une reconnaissance croissante de leur rôle vital, sans doute par crainte que ce glissement ne dégénère en une pure et simple justification de l'égoïsme. Au fond, ce que Huang Zongxi reproche à Chen Que et à tous les adeptes du radicalisme de Taizhou, c'est de renverser la perspective, de juger de la nature à partir de ses manifestations extérieures[14].

Huang Zongxi hérite de la conception, propre à certains penseurs des Song, d'un univers intégralement constitué de *qi* avec des niveaux distincts, quoique jamais explicités : le plus superficiel est celui des choses et événements avec lesquels nous sommes en contact dans notre existence ordinaire et dont nous interprétons les formes infiniment diverses et changeantes en fonction de l'habitude ou de la convention. Sous-tendant la profusion et la confusion de cette multiplicité sont les principes constants qui se maintiennent en dépit des variations observables au premier niveau. Ces constantes opèrent enfin selon un principe suprême d'harmonie dans la grande unité de l'homme et du monde. Hormis le niveau superficiel où interviennent la subjectivité et les conventions humaines, tout le reste est bon parce que naturel, allant « de soi-même ainsi ». Ce qui fait l'unité et l'homogénéité dans la diversité de tous ces niveaux, c'est la qualité vitale du *qi*, sa manifestation la plus raffinée étant la conscience dont, par notre esprit, nous participons davantage que tous les autres êtres. C'est donc en affinant notre conscience, en nous rendant plus sensibles aux processus subtils de notre esprit, que nous laissons agir au maximum le *qi* en nous, et que nous débarrassons par là nos pensées et nos actions de l'égoïsme et de la force de l'habitude.

À la suite de Liu Zongzhou, Huang Zongxi associe les désirs humains et la volonté individuelle (*nian* 念) avec le premier niveau, alors que la nature innée, l'intentionnalité (*yi* 意) et les émotions se situent au niveau sous-jacent des constantes. Le reproche adressé aux penseurs radicaux comme Chen Que est d'assigner au premier niveau des réalités qui relèvent des constantes, autrement dit de confondre le constant et le conventionnel. La nature humaine risque en effet de s'en trouver rabaissée, réduite à une sorte de naturalisme qui s'en tiendrait au donné premier, contrairement à la tradition mencienne qui cherche à l'élever en soulignant en elle la présence d'un tropisme de croissance semblable à celui des plantes et des arbres. Dans la préface qu'il compose à quatre-vingt-trois ans à son histoire des *Écoles de lettrés des Ming*, Huang Zongxi retrouve ainsi un souffle digne de ses modèles Song :

> Ce qui emplit le Ciel-Terre est l'esprit. Ses changements sont insondables et ne peuvent qu'être d'une infinie diversité. L'esprit n'a d'autre constitution originelle (*benti* 本體) que l'accomplissement de la pratique morale (*gongfu* 功夫).

Gu Yanwu (1613-1682)

Contemporain et ami de Huang Zongxi, Gu Yanwu, né près de Suzhou, berceau de la Société du Renouveau, ne manque pas d'y adhérer dans sa jeunesse au lieu de se préparer aux concours mandarinaux[15]. Comme pour beaucoup de ses contemporains, sa vie bascule avec la prise de Pékin (Beijing, « capitale du Nord »), par les forces mandchoues en 1644. L'année suivante, Gu rédige quatre mémoires adressés à la cour des Ming repliée à Nankin (Nanjing, « capitale du Sud »), préconisant des méthodes pour sauver la patrie. Mais après la chute de Nankin, Gu mène dix années d'une vie errante, effectuant des voyages de reconnaissance dans la Chine du Nord en prévision d'une hypothétique guerre de résistance aux Mandchous. Esprit curieux de tout, il en profite pour accumuler sur le terrain une documentation et des connaissances de première main dans des domaines aussi divers et concrets que l'économie, la géographie, l'histoire, l'épigraphie, la défense militaire, l'administration. En témoigne l'ouvrage de sa vie, le *Rizhilu (Notes sur les connaissances acquises jour après jour)*[16].

Plus encore qu'à la dynastie Ming, Gu se veut loyal à l'identité culturelle chinoise face aux « barbares » dont il rejette toute entreprise de sinisation. L'invasion mandchoue, avec son précédent mongol, éveille donc chez Gu un loyalisme de la plume plus que du sabre qui défend une intégrité chinoise menacée, perçue avant tout en termes culturels :

> La séparation qui existe entre un souverain et ses sujets n'est qu'une question de relations entre personnes, alors que l'obstacle qu'il faut maintenir entre Chinois et barbares concerne tout l'empire. [...] Si l'on soupèse le primordial et le secondaire, le cœur est bien constitué par le monde chinois. Quel enseignement en tirer ? Dans l'esprit des *Annales des Printemps et Automnes (Chunqiu)*, la séparation du souverain et de ses sujets importe moins que la séparation entre Chinois et barbares[17].

À la haine des Mandchous et au sursaut de fierté culturelle qu'il partage avec nombre de ses contemporains, Gu Yanwu allie une exigence critique et une curiosité intellectuelle sans limites : en cela, il est certainement l'un des penseurs les plus représentatifs de la fin du XVIIe siècle caractérisée par une critique virulente des traditions intellectuelles des Ming et par une aspiration active à un retour au concret, notamment aux connaissances pratiques et scientifiques. Malgré des précurseurs dès le XVIe siècle, Gu Yanwu est considéré, dans la tradition chinoise, comme le véritable fondateur de l'école de critique textuelle et historique qui devait s'imposer au XVIIIe siècle.

À la différence de Huang Zongxi qui, après avoir publié *Le Plan pour le prince* autour de la cinquantaine, se consacre aux spéculations sur la nature humaine dans le sillage de Liu Zongzhou, la réflexion de Gu Yanwu reste, toute sa vie durant, en prise directe avec la réalité sociale de son temps. Après les années 1660, une fois que les Mandchous ont définitivement assis leur pouvoir, Gu se livre à un intense travail d'écriture et de réflexion destiné à un souverain-sauveur – de toute évidence, il se compare à Mencius dont c'était déjà une tradition chez les partisans du Donglin de réactiver l'anti-absolutisme. Il se montre par ailleurs profondément hostile aux adeptes radicaux de Wang Yangming (à commencer par Li Zhi, l'une de ses cibles favorites), condamnés pour leur évasionnisme fâcheusement évocateur de l'« école du Mystère » des IIIe et IVe siècles, et pour leur égarement dans le Chan. De fait, c'est toute l'« étude de l'esprit », prédominante depuis Lu Xiangshan sous les Song, qui est récusée au nom de l'enseignement confucéen de l'antiquité :

> J'ai toujours entendu dire que l'étude dans l'antiquité portait sur le Dao ; je ne sache pas qu'elle ait jamais porté sur l'esprit. Les deux mots « étude [de] l'esprit » (*xinxue* 心學) ne sont tout simplement jamais mentionnés, ni dans les Six Classiques, ni chez Confucius et Mencius. Ceux qui parlent d'« étude » de nos jours pensent probablement à [l'idée d'origine bouddhique] que « l'esprit, c'est le Dao »[18].

Gu Yanwu revendique pour sa part l'esprit de rigueur hérité de l'« étude du principe » des frères Cheng et de Zhu Xi, qui doit se confondre avec l'« étude des Classiques » sous peine de tomber dans le « quiétisme mystique à la mode Chan » qu'elle est devenue à son époque. Gu prône en effet un retour à l'exigence éthique et pratique des *Entretiens* de Confucius dont il retient ces deux formules : « élargir sa culture par les lettres » et « avoir dans sa propre gouverne le sens de la honte »[19]. La honte, qui hante les esprits au lendemain de la débâcle ignominieuse des Ming, représente pour Gu un moteur essentiel de l'action morale. Quant à l'étude, il en est lui-même l'incarnation dans son indéfectible honnêteté intellectuelle et sa volonté de revenir aux Classiques afin d'en faire la lecture la plus exacte possible par une méthode d'analyse critique.

Pour Gu Yanwu, la connaissance historique, à laquelle il subordonne toutes les autres formes de connaissance, est la véritable garantie d'un esprit concret et peu enclin au jugement subjectif en ce qu'elle s'appuie sur la collection d'un grand nombre de faits et de données et procède par doute systématique des sources. Tout commence par ce que la tradition appelle la « petite étude » (*xiaoxue* 小學) qui se différencie, au fil d'une spécialisation croissante sous les Qing, en philologie, phonologie, critique textuelle, autant de disciplines auxquelles Gu apporte sa contribution, notamment dans son étude critique du premier dictionnaire datant des Han, le *Shuowen jiezi*, et dans ses *Cinq Traités de phonologie*[20]. Une fois cet outillage de base maîtrisé, on peut passer aux problèmes complexes d'authenticité et d'édition des textes, comme ceux qui se posent à propos du *Livre des Documents* dit « en écriture ancienne », auquel Gu consacre de longs passages de son *Rizhilu*[21].

De l'« étude des Classiques » (*jingxue* 經學) à l'« organisation du monde actuel » (*jingshi* 經世), il n'y a qu'un pas. « L'étude d'un homme de bien doit servir à éclairer le Dao et s'appliquer à sauver le monde[22] » : Gu exprime ici une préoccupation pragmatique et une volonté d'engagement actif en réaction contre les spéculations creuses des penseurs des Song et des Ming, soupçonnés d'avoir succombé aux influences taoïsantes et bouddhisantes. Comme son contemporain Wang Fuzhi, Gu cherche passionnément à comprendre les raisons qui ont conduit à la chute des Ming, dans la perspective d'une restauration de la souveraineté chinoise. La démarche historique consiste donc à rechercher dans le passé l'origine des erreurs du présent. Dans le *Rizhilu*, qui contient la quintessence de sa pensée politique, ainsi que dans d'autres écrits comme son *Traité des forces et faiblesses des commanderies et régions de l'empire* ou son *Traité sur les commanderies et préfectures*, Gu définit le défaut du système féodal de l'antiquité comme la « concentration du pouvoir au niveau local » et celui de l'administration impériale centralisée comme la « concentration du pouvoir au sommet », ce qui était le cas sous les Ming où rien ne venait limiter le despotisme des empereurs. L'idéal, que Gu développe de manière beaucoup plus concrète et détaillée que Huang Zongxi, serait un ordre politique qui « revêtirait l'administration centralisée de la vertu essentielle de l'organisation féodale » et qui permettrait ainsi une décentralisation du système administratif en laissant plus d'initiative aux fonctionnaires locaux et aux hommes de valeur[23]. Il s'agit, dans une certaine mesure, de reféodaliser la société en rétablissant le parallélisme entre structures politiques et claniques et en gouvernant plus par les hommes que par les lois. Mais la réforme politique ne saurait se faire que sur la base d'un ressourcement moral de la population qui, selon les convictions confucéennes de Gu, passe par l'éducation.

Wang Fuzhi (1619-1692)

Cadet de quelques années de Huang Zongxi et de Gu Yanwu avec lesquels son nom est associé aujourd'hui, Wang Fuzhi est également connu sous son appellation Chuanshan (montagne du Hunan où il vécut en retraite). Il présente avec ses aînés une certaine similitude de destin et de dessein, bien que sa pensée n'ait pas eu de son temps le même retentissement. La plupart de ses œuvres, violemment hostiles aux occupants mandchous, furent mises sous le boisseau et ne furent publiées – expurgées – qu'au XIXᵉ siècle. Wang Fuzhi est certainement un penseur d'une stature exceptionnelle dont la philosophie totale, qui bénéficie d'un point de vue panoramique sur la tradition classique dans toute son ampleur, est pourtant indissociable de la tragédie qu'il vécut personnellement[24].

Issu d'une famille de lettrés modestes mais fiers de leur probité, il commence lui aussi par se lancer dans l'action politique à la fin des Ming en créant à vingt ans, dans son Hunan natal, une « Société pour la réforme » *(Kuangshe)* nettement inspirée de la Société du Renouveau. Animé d'une profonde haine des Mandchous, il s'engage pendant une dizaine d'années dans la lutte contre les usurpateurs en servant le fragile et éphémère règne de l'empereur Yongli qui, au milieu d'une guerre de clans, tente de sauver ce qui reste de la dynastie Ming. C'est pendant cette période agitée qu'il se lie d'une amitié durable avec Fang Yizhi (1611-1671), esprit encyclopédique dont l'œuvre porte aussi bien sur l'astronomie, les mathématiques, la musique, la géographie et la médecine que sur la phonétique, la calligraphie, la peinture et l'histoire, et qui avait alors choisi, comme beaucoup d'autres, de se faire moine bouddhiste[25].

Après la chute de Pékin aux mains des Mandchous, à la demande de son père qui sent venir la fin, Wang Fuzhi compose un commentaire sur les *Annales des Printemps et Automnes*. Pour lui, la fréquentation des Classiques n'est pas une entreprise de pure érudition, elle comporte un enjeu direct dans l'urgence de la situation où il se trouve. Comme pour son aîné Gu Yanwu, les *Annales* lui servent de référence pour justifier la distinction entre les conflits condamnables qui divisent des pays appartenant au monde civilisé, et la « guerre juste » que les Chinois se doivent de mener contre les barbares, allusion flagrante aux Mandchous :

> Un conflit entre le Pays du Milieu (*zhongguo* 中國) et les barbares ne saurait s'appeler une guerre. [...] Les anéantir n'est pas à considérer comme inhumain, les tromper comme déloyal, occuper leurs territoires et confisquer leurs biens comme injuste. [...] Les anéantir afin de préserver l'intégrité de notre peuple n'est qu'humanité ; les tromper pour leur infliger ce qu'ils détestent à coup sûr n'est que loyauté ; occuper leurs territoires pour amender leurs mœurs par notre culture et nos valeurs, confisquer leurs biens pour augmenter les ressources de notre peuple n'est que justice [26].

Mais la virulence toute juvénile qui se dégage de ce commentaire sonne en fait comme un aveu d'impuissance car, dès la trentaine, Wang Fuzhi est contraint de renoncer à l'engagement politique, de passer le restant de ses jours caché par refus de transiger avec les autorités mandchoues et de chercher dans une retraite studieuse ce qui était sans doute tout à la fois une évasion et une nouvelle forme d'action.

Unité de l'homme et du monde dans l'énergie vitale

Au subjectivisme des Ming, directement inspiré de la thèse bouddhique du caractère illusoire du monde sensible, Wang Fuzhi reproche d'avoir découragé toute volonté d'action et conduit à la ruine de l'homme, de la société et de l'État. À la fleur de Wang Yangming qui n'apparaît que dans la vision de celui qui la regarde, Wang Fuzhi répond :

> Sans germe, pas de bouton ; sans bouton, pas de fleur ; sans fleur, pas de fruit ; sans fruit, pas de germe. Mais si on cherche plus avant [dans la chaîne des productions], si le Yin

et le Yang ne déterminaient pas les arrangements, il n'y aurait ni racines ni tige, et s'il n'y avait pas mise en branle du Yang et réponse du Yin, il n'y aurait ni calice ni ovaire [27].

En réaction contre l'influence dissolvante du bouddhisme, il s'agit de réaffirmer la vie et l'existence objective du monde, « lieu de constantes et de récurrences qui permettent la réflexion et l'action humaines. [...] Nous devons donc assumer notre condition d'homme au lieu de chercher à nous en évader. Une complémentarité essentielle unit l'homme, sujet sensible et actif, et le monde, objet de ses perceptions et de son action. C'est folie que de vouloir trancher les liens qui nous unissent au monde, car il nous appartient et nous lui appartenons à tout instant. Qui s'y emploie lui inflige et s'inflige à lui-même une profonde blessure. [...] Qui ne retient qu'un aspect des choses, qui imagine un absolu, perd le sens véritable du monde [28] ».

À bien des égards, les écrits de Wang Fuzhi gardent vivante la flamme de l'esprit du Donglin, revendiquant l'héritage du confucianisme engagé et militant d'un Gu Xiancheng ou d'un Gao Panlong qui composa avant lui un commentaire sur le *Zhengmeng (L'Initiation correcte)* de Zhang Zai [29]. Son propre commentaire, que Wang Fuzhi rédigea vers la soixantaine, témoigne de l'intérêt qu'il porta toute sa vie au *Livre des Mutations* autant que de sa fidélité à la pensée de Zhang Zai. D'entrée de jeu, il en fait ressortir le monisme en commentant la toute première phrase, « L'Harmonie suprême est ce qui s'appelle Dao » :

> L'Harmonie suprême, c'est le comble de l'harmonie. Quant au Dao, c'est le principe qui traverse tout – le Ciel et la Terre, les hommes et les choses – et que l'on appelle Faîte suprême. Yin et Yang opèrent différemment, mais leur fusion au sein du Vide suprême qui les allie en un tout sans heurt ni conflit, qui les mêle de façon indifférenciée sans aucune démarcation, constitue le comble de l'harmonie. Avant qu'apparaissent formes et objets, il n'est rien qui ne soit en harmonie ; une fois qu'apparaissent formes et objets, cette harmonie demeure, d'où son nom d'Harmonie suprême [30].

Tout comme Zhang Zai, Wang Fuzhi s'en prend aux conceptions taoïstes du « non-manifesté » *(wu)* et surtout bouddhiques de la vacuité pour réaffirmer la réalité éternelle et indestructible de l'énergie universelle *(qi)* qui ne fait que passer par de multiples transformations entre des états différenciés et indifférenciés. Alors que Zhu Xi avait cru reconnaître dans ce processus la notion bouddhique de transmigration, Wang Fuzhi réfute vigoureusement ce qu'il considère comme une profonde méprise. Ce n'est pas parce que les choses sont tantôt visibles, tantôt invisibles, qu'il faut en conclure, comme le font les bouddhistes, à leur impermanence :

> Lorsque [le *qi*] se disperse, il retourne au Vide suprême, retrouvant sa constitution originelle de fusion, sans qu'il y ait disparition ni destruction. Lorsqu'il se condense, il donne vie à toutes sortes d'êtres, procédant de sa nature constante de fusion, sans qu'il s'agisse d'une création illusoire [31].

Le tout, dit Zhang Zai, est de « comprendre que l'espace vide n'est qu'énergie ». Ce que Wang Fuzhi explicite ainsi :

> L'espace vide n'est autre que le volume occupé par l'énergie. Lorsque l'énergie, flux sans limite, est subtile au point de n'avoir pas de forme, les hommes voient l'espace vide mais pas l'énergie. Or, tout l'espace vide n'est qu'énergie : condensée, elle devient visible, et les hommes disent alors qu'il y a quelque chose ; dispersée, elle n'est plus visible, et les hommes pensent alors qu'il n'y a rien [32].

Saisir l'« esprit de la grande transformation » (*dahua zhi shen* 大化之神), c'est comprendre que tout est dans ce va-et-vient entre l'énergie indifférenciée et ses formes différenciées : il n'y a rien à chercher en dehors de l'interaction du Yin et du Yang qui suffit à expliquer tout le fonctionnement de l'univers. La formule de Zhang Zai « Dès lors qu'il y a deux, il y a transformation (c'est-à-dire création) » est ainsi commentée par Wang Fuzhi :

> À partir du *qi* unique de l'Harmonie suprême commencent à se scinder Yin et Yang dans leur transformation : dans le Yin il y a du Yang, dans le Yang il y a du Yin, leur origine étant l'unité du Faîte suprême. Aussi longtemps que le Yin et le Yang ne se sont pas séparés, il y a reproduction à l'identique. Le Yin seul n'accomplit rien, le Yang seul n'engendre rien. Dans l'engendrement et l'accomplissement, Yin et Yang se différencient dans leur constitution. Dans le domaine

> humain, le ferme et le souple s'entraident, sens du juste et sens du profit s'équilibrent, Dao et objets concrets se complètent : ils réalisent ainsi le principe des dix mille changements dans l'interaction tout en fusionnant dans l'unité [33].
> Que la vie ne soit pas plus création que la mort n'est destruction, c'est le principe naturel du Yin et du Yang [34].
> La fusion [du Yin et du Yang] est l'état originel de l'Harmonie suprême qui n'est pas encore divisée. L'interaction [du Yin et du Yang] est l'effet nécessaire du principe et de la tendance dominante [de l'Harmonie suprême] [35].

Tout en suivant fidèlement Zhang Zai, Wang Fuzhi introduit des précisions de son cru en associant, par exemple, la notion de principe (*LI* 理) à celle de tendance dominante (*shi* 勢) qui conduit à concevoir le principe, non pas comme une entité (*wu* 物) au-dessus ou à l'origine de l'univers mais comme son dynamisme même :

> C'est à travers leurs transformations que le principe des êtres devient visible [36].
> Si, laissant de côté les objets du monde, on cherche [des entités] qui les auraient précédés et qui seraient éternelles, universelles, embrassant tout ce qui existe, non seulement on ne pourra leur donner de nom, mais on ne leur trouvera aucune réalité [37].

Est visée ici l'hypostase d'un principe absolu inspiré du bouddhisme, mais ce pourrait être tout aussi bien le Dieu unique que les missionnaires chrétiens sont venus proclamer en Chine depuis la fin du XVIe siècle. Toujours est-il que Wang Fuzhi va dans le même sens que le polémiste anti-chrétien Yang Guangxian (1596-1670) : s'il y avait un Dieu créateur et ordonnateur de l'univers, « l'univers ne serait plus qu'une chose brute » car il y aurait alors dissociation entre un principe pur, au-dessus de tout, et une matière inerte, sans énergie : dans ce cas, où passerait la vie ?

« Bien que le *qi* du Ciel-Terre », dit Zhang Zai, « se condense et se disperse, repousse et recueille de cent façons, en tant que principe (*LI* 理), il opère selon un ordre infaillible. » Commentant ce passage, Wang Fuzhi précise qu'il s'agit d'un « principe d'organisation-ramification » (*tiaoli* 條理) qui fait que les êtres du monde s'ordonnent spontanément en formes et en réseaux structurés, tels que les groupes dont se constitue la société humaine [38].

Unité du principe céleste et des désirs humains

Quant au rapport entre énergie et principe, qui n'est pas développé par Zhang Zai de sorte que Cheng Yi et Zhu Xi croient pouvoir l'interpréter comme un dualisme, Wang Fuzhi se charge, en y mettant toute la vigueur de sa pensée et de son style, de l'expliciter dans un sens moniste :

> En réalité, le principe réside dans l'énergie et l'énergie n'est rien d'autre que principe ; l'énergie réside dans le vide et le vide n'est rien d'autre qu'énergie : tout n'est qu'un, il n'y a pas de dualité [39].

En affirmant l'unité du principe et de l'énergie, Wang Fuzhi prévient le risque de poser deux natures, l'une physique, l'autre céleste :

> Parler de « nature physique », c'est comme parler d'une nature qui réside dans la substance de l'énergie vitale. Cette substance, c'est la forme substantielle de l'homme au sein de laquelle se manifeste le principe vital. Or, l'intérieur de cette forme substantielle est infusé d'énergie : ce qui remplit tout l'espace entre Ciel et Terre, l'intérieur comme l'extérieur du corps humain, n'est rien qu'énergie et, partant, rien que principe. Le principe opère dans l'énergie où il a pour rôle de contrôler et de répartir. C'est donc la substance qui contient l'énergie, et l'énergie qui contient le principe. C'est parce que la substance contient l'énergie que chaque homme possède une vie, et c'est parce que l'énergie contient le principe que chaque homme possède une nature [40].

Sont ainsi renvoyées dos à dos les deux tendances issues de l'intuitionnisme de Wang Yangming – le radicalisme de l'école de Taizhou qui tire la nature vers les désirs et l'idéalisme moral d'un Liu Zongzhou qui tend vers une nature bonne dans l'absolu. Non seulement il ne saurait y avoir deux natures, mais même principe céleste et désirs humains, placés aux extrêmes dans l'école Cheng-Zhu, sont indissociables, voire interdépendants car issus d'une même origine :

> Cet amour des biens et ces désirs amoureux qui sont communs à tous les hommes sont ce par quoi le Ciel forme mys-

> térieusement tous les êtres, ce qui fait que les hommes portent en eux la grande vertu (*de* 德) du Ciel-Terre [41].
> Le Ciel fait en sorte que l'homme aime à se nourrir et prend plaisir aux relations amoureuses : c'est en cela que consiste sa vertu. Mais l'homme ne peut s'autoriser de cette vertu pour contrevenir à celle qui doit être la sienne [42].

Qu'il n'y ait pas deux natures à distinguer en l'homme ne signifie pas qu'ordre naturel et ordre humain se confondent ; laisser libre cours à ses désirs ne vaut pas mieux que de les éliminer, car « s'abandonner au Ciel – à la nature –, c'est agir en animal. Autrement dit, c'est à travers les nécessités auxquelles doit se soumettre l'action humaine, à travers les adaptations nécessaires de cette action, que doit se manifester chez l'homme le mode d'action de la nature. Le problème est donc celui de l'intégration des désirs dans l'ordre humain. Les rites, fondés sur l'ordre des naissances et la différence des talents et capacités, expression d'un ordre naturel, sont le moyen par lequel le principe d'ordre céleste peut se traduire au niveau humain [43] ».

> Bien que les rites soient purement l'expression ornée et réglée du principe céleste, ils ne peuvent se rendre visibles qu'en logeant dans les désirs humains. [...] Voilà pourquoi il n'y a pas de Ciel séparé de l'homme, ni de principes séparés des désirs. Seul le Bouddha a conçu un principe séparé des désirs, car il déteste et rejette les normes qui président à l'existence des êtres et veut abolir les grandes relations qui fondent la société humaine. [...] Wufeng avait bien raison de dire : « Principe céleste et désirs humains vont de pair dans la variété des émotions » [44] !

Pensée de la force, force de la pensée

En somme, le monisme vitaliste hérité de Zhang Zai ne va pas sans le sens du Milieu (*zhong* 中) : il y a là deux thèmes centraux de l'antiquité chinoise, que Wang Fuzhi réunit dans une pensée puissante qui parvient à intégrer dans l'unité cosmologique du *qi* tout ce que la tradition oppose. Intégration qui se fait sans exclusion ni renoncement, sur le modèle de la complémentarité du Yin et du Yang qui, bien qu'antagonistes dans leurs réalisations individuelles comme toute paire d'opposés, finissent par s'accomplir en s'associant. L'équi-

Chapitre 21

libre parfait du Faîte suprême se réalise lorsque les pressions opposées exercées par les deux antagonistes se transforment en synergie, en coopération dans l'harmonie, au lieu d'aboutir à l'annulation de l'un par l'autre. Wang aime à dire que « toutes les choses du monde se prêtent un mutuel appui » : au-delà de la traditionnelle complémentarité des contraires, est évoquée ici la tension dynamisante entre deux forces opposées.

Selon les *Mutations*, le secret de la sagesse est précisément de trouver constamment l'équilibre parfait en toute situation, à la fois dans l'espace et dans le temps. Mais il s'agit d'un équilibre vivant qui ne saurait être que dynamique, de même que le funambule ne se maintient sur le fil que dans le mouvement. C'est bien à cela que vise la compréhension du Milieu en mutation constante :

> Le mouvement est l'axe du Dao, l'ouverture d'où naît toute vertu. [...] C'est pourquoi il est dit : « La grande vertu du Ciel-Terre s'appelle vie [45]. »

En parvenant à tenir constamment « les deux bouts » – monde et homme, énergie et principe, action et pensée –, Wang Fuzhi crée cette puissante tension créatrice que d'aucuns appellent le Milieu. C'est ce qui lui permet d'aller plus loin et d'opérer une synthèse plus convaincante que ses prédécesseurs à qui l'on pouvait toujours reprocher de pencher d'un côté ou de l'autre. Or, tout excès entraîne l'excès inverse. Dans la Préface à son commentaire sur le *Zhengmeng*, Wang Fuzhi expose une conception fort intéressante du Dao confucéen replacé dans le mouvement historique. Celui-ci est perçu comme une perpétuelle recherche d'équilibre, « tantôt plein, tantôt vide » (à l'image du *qi* décrit par Zhang Zai), les plus grandes déviations étant dues à la volonté de corriger outre mesure des excès précédents.

Tout l'effort de Wang Fuzhi est de repenser le monde et la moralité – ce que les Chinois appellent Dao – en termes de processus purement naturels qui opèrent uniquement par régulation ou rupture d'équilibre. Il n'est guère étonnant que l'une de ses images favorites soit celle du contrepoids (*quan* 權) sur le fléau de la balance, reprise du légisme antique. Wang Fuzhi dit vouloir

> remédier à la situation telle qu'elle se présente dans ses pires défauts sans pour autant prétendre à la perfection. De même que l'on déplace le contrepoids de la balance dont le fléau est trop bas tout en craignant qu'il ne se redresse trop haut, là aussi il y a malgré tout un point d'équilibre [46].

En somme, la force de la pensée de Wang Fuzhi tient à ce qu'elle est pensée de la force, ou plutôt des forces à l'œuvre aussi bien dans l'univers naturel que dans le monde humain. Tous deux obéissent à la fois à l'ordre général qu'est le principe et aux tendances dominantes ou lignes de force (*shi* 勢). Ce terme, également emprunté au légisme antique où il désigne l'avantage momentané qui assure le succès à qui sait en tirer parti [47], correspond dans la terminologie de Wang Fuzhi à l'ensemble des conditions ou tendances objectives liées à une situation, dont même la morale doit tenir compte, tout comme un marin ne peut tenir le cap sans prendre en considération le vent :

> Une force *(shi)* qui atteint son maximum d'intensité finit toujours par s'affaiblir ; et du fait de cet affaiblissement, il devient plus facile de la renverser. Il s'agit là de l'évolution nécessaire de toute force. Ce qui est conforme à cette évolution nécessaire, c'est le principe ; et ce qui est spontané dans le principe, c'est le Ciel [48].

Le sens de l'histoire

« Principes » et « lignes de force » correspondent en fait aux deux dimensions du *LI* 理 distinguées par l'école Cheng-Zhu : normative (« ce qui doit être ainsi », *suodangran* 所當然) et descriptive (« ce qui fait qu'il en est ainsi », *suoyiran* 所以然) [49]. L'originalité de Wang Fuzhi est précisément d'intégrer en une seule et même vision de la réalité normatif et descriptif, principe et énergie, règle morale et adaptation aux circonstances, voire sens du juste et sens du profit.

Cela fait de lui non plus un simple héritier des confucéens des Song, mais un penseur de sa génération traumatisée par la débâcle des Ming. Pour lui, il est urgent de reconsidérer la perspective historique qui occupe toute la fin de sa vie et une part importante de son œuvre. Sa réflexion sur les rapports de forces débouche en effet directement sur sa conception de l'histoire, terrain privilégié où se déploient et s'affrontent des forces complexes : forces centrifuges ou centripètes, force de l'habitude, force d'inertie... Univers physique et monde social relèvent de la même analyse : le principe politique de la source unique de pouvoir et de sa transmission héréditaire s'explique autant par une tendance naturelle que par la puissance de la tradition :

> Si les institutions étatiques se sont maintenues pendant deux mille ans sans qu'on puisse les remplacer [...], c'est qu'elles répondaient à des tendances naturelles. Comment aurait-il pu en être ainsi si elles avaient été en contradiction avec l'ordre des choses ? [...]
> C'est le Ciel qui conduit les hommes à se donner un souverain, chose qui se produit sans que personne n'intervienne. Au commencement, chaque groupe social a mis à sa tête et honoré les plus éminents par leur vertu et leurs mérites. Et ainsi, de proche en proche, il y en eut un qui fut proclamé Fils du Ciel. Mais ceux qui se sont installés dans une position éminente s'y accoutument et de cette accoutumance est né le principe de la succession héréditaire. Même si le successeur est un être stupide et tyrannique, cela vaut mieux qu'un homme venu de sa campagne sans titre à la succession[50].

Dans sa *Lecture du « Miroir complet à l'usage des gouvernants »*, composée vers la fin de sa vie en 1687, Wang Fuzhi se livre à une réflexion globale sur le destin historique de la Chine, s'interrogeant sur les rapports à la fois de conflit et d'interaction entre la civilisation chinoise et les populations des steppes, thème déjà central de son *Livre jaune (Huangshu)* de 1656. De même que l'énergie est en va-et-vient constant entre indifférencié et différencié, l'humanité oscille entre ordre et chaos, civilisation et barbarie :

> Il y a dans l'univers deux grandes lignes de démarcation : entre Chinois et barbares, entre hommes de bien et hommes de peu. Ce n'est pas qu'il n'y eût à l'origine aucune différence et que ces démarcations aient été tracées artificiellement par les anciens rois. Chinois et barbares par naissance vivent sur des terres différentes. À terre différente, climat différent ; et à climat différent, coutumes différentes. Les coutumes étant différentes, les connaissances et les comportements ne peuvent que dif-

férer. À partir de là, la distinction entre noble et vil se fait d'elle-même. Les délimitations sur terre étant marquées et les climats du ciel bien différenciés, il ne saurait y avoir de confusion. Qui dit confusion dit destruction du monde humain ; les populations chinoises subiront en conséquence incursions et persécutions. Établir au plus vite une démarcation afin de stabiliser le monde humain et protéger la vie des hommes, c'est être en parfait accord avec le Ciel [51].

On trouve également dans la *Lecture du « Miroir »* une belle méditation sur le travail de l'historien dont l'enjeu est de réunir la philosophie éthique et la pratique politique :

Ce qui est précieux dans l'histoire, c'est qu'en exposant le passé elle est un maître pour l'avenir. Quand l'historien ne fait que rapporter les faits dans leur vaine et excessive complexité sans qu'apparaissent les grandes lignes de l'ordre qui était propre à l'époque, ceux qui voudront après lui saisir les mécanismes de la réussite et de l'échec afin de s'en inspirer n'auront plus aucun moyen de le faire. Alors, à quoi bon l'histoire [52] ?
Remonter jusqu'aux causes qui font que les choses sont ainsi, distinguer ce qui fait que les choses ne sont pas entièrement comme elles devraient être [et à quoi on pourrait s'attendre], distinguer la part de mal qu'il y a dans le bien et la part de bien qu'il y a dans le mal, de quelle espèce est le bien ou le mal et dans quelle mesure il y a bien ou mal, tenir compte de l'époque, supputer ses tendances profondes, pénétrer la psychologie des gens, examiner l'efficacité de l'action des hommes. [...] L'histoire est faite pour témoigner de l'action des hommes [53].

Yan Yuan (1635-1704)

Bien qu'il ne semble pas avoir retenu l'attention de ses contemporains, Yan Yuan est l'un des plus audacieux et ardents défenseurs des « études pratiques » (*shixue* 實學), déjà prônées sous les Ming par la Société du Renouveau et représentées par ses illustres aînés Huang Zongxi et Gu Yanwu. Formé dans sa jeunesse dans la plus pure tradition zhuxiste, il n'hésite pas, à la suite d'une profonde crise personnelle, à la rejeter en bloc :

> Les confucéens des Song eurent l'idée d'un principe d'ordre extérieur aux choses, l'idée d'une culture extérieure à l'action. Pis encore, ils ont fait un amalgame du bouddhisme et du taoïsme avec les Six Classiques, amenant ainsi tout le monde à errer et à divaguer. […] Ils firent en sorte qu'il n'y eût plus dans les écoles un seul homme qui pût être utile par ses talents et que, dans toute l'administration de l'empire, on ne prît plus aucune mesure qui pût avoir quelque efficacité [54].

Selon Yan Yuan, alors que la sagesse de l'antiquité restait en prise avec la réalité, on n'avait fait que s'en éloigner toujours davantage depuis le début de la période impériale au point de perdre tout contact avec elle. « Ceux qui ont restauré le confucianisme à partir de la fin des Tang sont ceux-là mêmes qui lui ont été le plus infidèles, car ils ont transformé en vains discours et en songe creux une doctrine qui ne visait qu'à la pratique et à l'action [55]. » Yan Yuan oppose ainsi les maîtres des Song, qui « n'apprenaient aux hommes qu'à comprendre les principes », et Confucius, qui « ne leur apprenait qu'à se mettre à l'épreuve des faits ». Or, demande Yan Yuan, « quel principe pourrait-il y avoir en dehors des faits et des choses [56] ? ».

La cause principale de la débâcle des Ming devant l'occupation mandchoue est à trouver dans la prédominance de l'« étude du principe » préconisée par l'école Cheng-Zhu. Yan Yuan, comme beaucoup de ses contemporains, la juge entachée d'éléments taoïstes et bouddhistes ; l'accent mis trop exclusivement sur la quête intérieure de sainteté produit des individus timorés, intravertis, inaptes à l'action et incapables de décision :

> On a appelé sagesse et vertu le fait de s'asseoir dans le calme les yeux fermés, de discourir de la nature céleste, de recueillir les entretiens de maîtres, d'annoter et de gloser les Six Classiques et les Quatre Livres [57].

L'essai *De la sauvegarde de l'homme* a pour thème central une diatribe contre les religions qui ont détruit chez les hommes la bonne nature. Yan Yuan s'en prend au premier chef aux moines bouddhistes et aux bonzes taoïstes, qu'il considère comme des plaies au même titre que les compositions d'examen et les prostituées !

> On représentait jadis (chez les bouddhistes) ce phénomène mystérieux qu'est la réflexion de toutes choses par l'esprit en

> disant [qu'il était semblable au reflet des] « fleurs dans un miroir et [de la] lune dans l'eau ». La conception que les lettrés des Song et des Ming se sont faite de la compréhension du Dao était à peu près de ce genre. [...] Ceux qui ne parviennent pas [à cette expérience] se torturent en vain la moitié de leur vie pour n'être que des chanistes ratés. Mais ceux qui malheureusement y parviennent s'abusent eux-mêmes plus profondément encore. [...] Moi-même, avant 1668, je me suis livré aux exercices d'« assis en quiétude » d'après les recommandations des lettrés des Song et j'ai éprouvé assez bien ces impressions. Aussi est-ce par mon expérience personnelle que je sais que ce phénomène est illusoire et qu'on ne peut rien fonder dessus [58].

Les recherches de Yan Yuan sur l'antiquité l'amènent à la conviction que la culture antique était de nature essentiellement pratique : mobilisant l'homme dans son entier, elle faisait place au tir à l'arc, à la conduite de char, à l'arithmétique, lesquels figurent parmi les six disciplines de base de l'éducation de l'homme de bien. En 1696, à la tête d'une académie au Hebei, Yan Yuan met en œuvre un programme qui renoue avec le projet éducatif des maîtres du début des Song comme Hu Yuan en restituant leur juste place aux connaissances pratiques, ainsi qu'à l'effort physique et à l'habileté manuelle : entraînement militaire, stratégie, équitation, boxe, mécanique, mathématiques, astronomie, histoire.

Li Gong (1659-1733), l'un des rares disciples de Yan Yuan à avoir fait connaître sa pensée après sa mort au point de former une école connue sous le nom de Yan-Li (sur le modèle de l'école Cheng-Zhu), confirme la nature et la portée pratiques de l'étude. Si un tailleur, dit Li Gong, veut atteindre le sommet de son art, ce sera à force de manier l'aiguille avec patience et longueur de temps, et non en la laissant de côté sous prétexte de réfléchir à son principe :

> Savoir ce qu'est l'érudition livresque, ce n'est pas savoir en quoi consiste l'étude. Avoir lu beaucoup de livres, ce n'est pas de l'étude. Ceux qui se consacrent aux livres de nos jours prisent surtout l'élucidation de principes irréels et la mémorisation de discours creux ; leur esprit s'en trouve brouillé, ils y usent leur vie, et s'il leur arrive de devoir se ressaisir pour plonger dans la réalité de leur temps, ils n'y voient pas plus clair que des aveugles. L'étude telle que la

concevaient les saints de l'antiquité n'avait sûrement rien à voir avec cela ! L'étude pratiquée dans l'antiquité – rites, musique, art de la guerre, culture de la terre – permettait autant de se perfectionner moralement que de se rendre utile. C'est dans ces pratiques que résident les moyens d'organiser le monde actuel *(jingshi)* et de subvenir aux besoins du peuple, voilà ce qui s'appelle « étudier ». Les livres ne servent qu'à explorer plus avant [ces pratiques], passer tout son temps à les réciter et à les lire non seulement n'est pas de l'étude, cela lui est dommageable [59].

« Pour le Saint, étudier, enseigner et gouverner sont une seule et même chose » : ainsi se résume l'idéal confucéen de Yan Yuan. Mais l'insistance quasi obsessionnelle avec laquelle le discours des penseurs des Qing revient sur l'unité de l'étude et de l'action ne serait-elle pas un signe de leur impuissance, de l'impossibilité où ils se trouvent d'être à la fois érudits et hommes d'action ?

Les grands projets d'État au XVIIIe siècle

Passé le traumatisme de la conquête, l'ordre mandchou s'installe à partir des années 1660 pour plus d'un siècle de paix, de stabilité et de prospérité qui voit une augmentation sans précédent de la population, une prolifération des activités commerciales et artisanales, une plus grande mobilité sociale, un accroissement du taux d'alphabétisation jusque dans les campagnes et une extension du contrôle impérial jusqu'aux confins du Xinjiang et du Tibet. De façon concomitante, on assiste, à partir du début du XVIIIe siècle, à une relative pacification des esprits après la vague de critique radicale de la seconde moitié du XVIIe. On peut dès lors reconnaître une certaine justesse au qualificatif de despote éclairé appliqué par les philosophes du siècle des Lumières européen à des souverains comme Kangxi (r. 1662-1723), Yongzheng (r. 1723-1735) et Qianlong (r. 1736-1796).

Despotes, ils l'étaient certainement, exigeant une soumission extrême de tous les agents de l'État considérés comme autant de serviteurs personnels [60] ; mais éclairés, ils l'étaient aussi car ils eurent, sans doute par souci de ne pas réitérer l'expérience mongole, l'habileté de se concilier les classes lettrées et surent faire du XVIIIe siècle l'un des plus heureux de l'histoire intellectuelle chinoise. Suprême ironie de l'histoire, ils finirent même par retourner la situation en leur faveur en voyant dans la fin des Ming une illustration toute récente de ce qui arrive quand les valeurs politiques traditionnelles sont renversées, et en se présentant eux-mêmes en garants de l'ordre confucéen qu'ils disaient avoir sauvé des excès d'une dynastie proprement chinoise.

Le rétablissement des concours officiels dès 1656 permet non seulement de renouveler le personnel politique et administratif, mais aussi de canaliser les ambitions et les énergies des anciennes classes dirigeantes, depuis les cantons jusqu'aux plus hautes sphères de l'administration centrale, et de les associer étroitement à l'exercice du pouvoir. Unique voie d'accès aux honneurs et aux responsabilités politiques, les concours représentent en effet un parfait instrument de soumission, d'autant plus que leur pièce maîtresse est depuis le XVe siècle le vain et stérile exercice de la composition en huit parties et que leur préparation constitue l'activité principale des académies. Considérées comme factieuses depuis la crise de 1625 et désormais contrôlées par l'État, celles-ci ne sont plus les foyers de libre discussion et d'opposition politique qu'elles étaient sous les Ming [61].

Également patronnées par l'État sont les grandes entreprises d'éditions de textes, de travaux de compilation, de critique ou d'érudition (plus d'une cinquantaine). Dès le règne de Kangxi y sont engagés un grand nombre de lettrés, représentant aussi bien le courant Cheng-Zhu comme Li Guangdi (1642-1718) que le courant Lu-Wang comme Li Fu (1675-1750) [62] : entre 1703 et 1735 sont achevés le *Ming shi* (histoire officielle de la dynastie Ming), le *Gujin tushu jicheng* (énorme encyclopédie illustrée), le *Quan Tang shi* (grande anthologie de la poésie des Tang), le *Peiwen yunfu* (dictionnaire d'expressions à deux ou trois caractères classées par rimes) et le *Kangxi zidian* (grand dictionnaire de caractères).

Mais le chantier le plus ambitieux est certainement la compilation du *Siku quanshu (Collection complète des œuvres écrites réparties en quatre magasins)* [63]. Un tel projet, qui mobilise plusieurs centaines de lettrés pendant dix ans, de 1772 à 1782, n'avait pas été entrepris depuis la compilation du *Yongle dadian (Grande Collection de l'ère Yongle)* achevé sous les

Ming, en 1407. Paradoxalement, cette entreprise visant à occuper les lettrés et à désarmer ainsi l'hostilité des classes chinoises cultivées coïncide avec la grande inquisition littéraire de 1774-1789 sous le règne de Qianlong. Des milliers d'ouvrages jugés irrespectueux à l'égard des Mandchous sont alors mis à l'index ou entièrement détruits, leurs auteurs et leurs proches soumis aux peines les plus dures : exécutions capitales, exil, travaux forcés, confiscation des biens, etc. Pendant une quinzaine d'années, tandis que l'on travaille à la préservation du patrimoine intellectuel, sévit une véritable « chasse aux sorcières » qui achève de verrouiller les esprits[64].

Il ne faut cependant pas se méprendre sur la nature de cette mise au pas. Certes, les empereurs des Qing sont passés maîtres dans l'art de prendre appui sur l'orthodoxie Cheng-Zhu à laquelle se réduisent notamment les manuels scolaires par un décret impérial de 1652. Mais ils se montrent surtout sensibles au moindre écart ou manque de respect vis-à-vis des Mandchous, ou même des Mongols qui avaient établi avant eux une dynastie non chinoise. Le contraste est frappant entre des libres penseurs comme Yan Yuan ou Li Gong qui s'en prennent en toute impunité à Zhu Xi et un Lü Liuliang (1629-1683)[65], dont les œuvres parfaitement orthodoxes font l'objet d'une féroce persécution posthume du fait de leur caractère anti-mandchou. Tout ce qui peut apparaître comme un signe de résistance nationale ou factieuse est impitoyablement réprimé : il ne reste aux lettrés qu'à se réfugier dans l'érudition pure, tandis que l'activisme militant des débuts de la dynastie a perdu beaucoup de sa force.

**Examen critique des Classiques
et retour aux « études Han »**

Faute de pouvoir former des associations basées sur les académies privées comme ils le faisaient à la fin des Ming, les lettrés non engagés dans la bureaucratie et les notables locaux ne peuvent dès lors se regrouper que dans les lignées familiales. Benjamin A. Elman n'hésite pas à parler de « communautés lettrées » qui fournissent une grande partie de l'élite intellectuelle, assignée notamment à l'Académie Hanlin et à la compilation du *Siku quanshu*[66]. L'une des plus importantes est probablement celle du Jiangnan, formée autour de grands centres urbains et commerciaux du bas Yangzi qui avaient pris leur essor dès les Song : Nankin, Yangzhou, Hangzhou et surtout Suzhou.

Ces communautés se forment autour de la pratique de disciplines telles que la philologie, l'histoire, l'astronomie, dont chaque lignée familiale représente une spécialisation ou une tradition d'interprétation particulière. C'est, au départ, en vue d'une lecture plus fiable et plus historique des Classiques que les érudits tentent de revenir, par-delà les élaborations des Song et des Ming, à l'exégèse des Han, plus proche de l'antiquité et surtout antérieure aux spéculations taoïsantes de l'« école du Mystère » et à l'introduction du bouddhisme. Sensible dès le XVIe siècle bien avant la chute des Ming, cette volonté de retrouver l'authenticité des origines apparaît d'abord comme un phénomène interne aux études classiques qui ne se réduit pas à une réaction anti-mandchoue, bien que soit nettement perceptible, dans le retour aux sources Han, l'intention de faire valoir une identité proprement chinoise face à toute influence « étrangère ».

C'est en opposition déclarée aux spéculations sur « moralité et principe » (*yilixue* 義理學) qu'émerge l'érudition pure « des vérifications et des preuves » (*kaozhengxue* 考證學) qui dominera tout le XVIIIe siècle [67]. Comme en témoigne la prolifération de nouveaux genres exégétiques, l'examen critique, la vérification et la mise à l'épreuve des textes prennent alors une place centrale dans l'étude des Classiques. Il ne s'agit plus seulement du souci de remonter le plus haut possible dans l'antiquité, mais d'un tournant méthodologique où la connaissance s'appuie sur des facteurs objectifs, empiriques, et non plus sur des interprétations subjectives. Il y a donc relativisation et historicisation, c'est-à-dire mise à distance critique, au risque de remettre en cause la notion même de canonicité. À l'étude des Quatre Livres de l'orthodoxie zhuxiste, qui reste obligatoire dans la filière mandarinale, les vrais érudits préfèrent désormais celle des Cinq Classiques, perçus de plus en plus comme textes historiques et non plus comme sources de vérités éternelles.

L'une des grandes batailles de la nouvelle érudition est de démontrer, preuves philologiques à l'appui, que les parties « en écriture ancienne » du *Livre des Documents*, sur lesquelles se fondent en grande partie l'orthodoxie en vigueur et tout particulièrement le fameux débat sur l'«esprit de Dao» et l'«esprit humain», sont en fait des faux du IIIe siècle apr. J.-C. susceptibles d'avoir subi une influence bouddhiste[68]. La question, soulevée par des érudits isolés sous les Song et les Ming, est traitée de manière systématique dans le *Commentaire critique des Documents en écriture ancienne* de Yan Ruoqu (1636-1704) qui, accusé de remettre en question l'authenticité même des Classiques, défend avec une belle conviction le nouvel esprit critique :

> Si quelqu'un me demande : « Dans votre étude sur les *Documents*, vous ne vous fiez qu'aux sources Han en mettant en doute celles des Jin et des Tang : passe encore. Mais comment pouvez-vous ne vous fier qu'aux histoires et aux commentaires en mettant en doute les Classiques ? »
> Je répondrais : « Quels Classiques ? Quelles histoires ? Quels commentaires ? Seule compte leur authenticité. Si les Classiques sont authentiques et faux les histoires et commentaires, il sera bien permis de prendre les Classiques pour rectifier les histoires et les commentaires. Alors pourquoi, à supposer que les histoires et commentaires soient authentiques et faux les Classiques, ne serait-il pas permis de prendre les histoires et commentaires pour rectifier les Classiques[69] ? »

Hui Dong (1697-1758), émule de Yan Ruoqu et auteur d'une *Analyse des Documents en écriture ancienne (Guwen Shangshu kao)*, est généralement considéré comme le véritable fondateur à Suzhou des «études Han» (*Hanxue* 漢學) par opposition militante aux «études Song» (*Songxue* 宋學). Avec Hui Dong, la tendance à l'érudition pure prend en effet une tournure passionnelle, voire idéologique, dans l'attaque en règle contre l'orthodoxie Cheng-Zhu, accusée d'«illettrisme philologique». La remise en question de l'authenticité des *Documents*, et plus généralement de tous les Classiques en «écriture ancienne», les seuls à figurer au programme des concours, finit par constituer une menace pour le mandarinat en place. Dès lors, les «études Han», auxquelles sont associés les noms des plus grands érudits du XVIIIe siècle, deviennent une nouvelle forme de résistance à l'orthodoxie officielle.

Dai Zhen (1724-1777)

Le nouvel esprit critique trouve sans doute sa plus éclatante illustration chez Dai Zhen, issu de l'élite intellectuelle qui se développe dans le milieu des riches marchands du Jiangnan. Dans ce génie rigoureux et curieux de tout qui se donna pour devise de « ne jamais se laisser abuser ni par les autres ni par soi-même » et de « ne rechercher le vrai que dans les faits réels » (*shishi qiushi* 實事求是), on peut voir le digne homologue des Encyclopédistes, ses contemporains européens. Dans la voie tracée par Mei Wending (1633-1721)[70] qui avait comparé les mathématiques occidentales introduites par Matteo Ricci avec les mathématiques chinoises, contribuant ainsi à les réhabiliter, Dai Zhen se passionne pour l'histoire de cette discipline tout en faisant la preuve d'un savoir aussi vaste qu'intransigeant en philologie, phonologie, dialectologie. Jusqu'à la fin de sa vie, il reste pourtant conscient de l'enjeu éthique et philosophique de l'érudition critique dont il est l'un des plus éminents représentants de son époque et dans laquelle se confinent la plupart de ses contemporains[71]. Pour Dai Zhen, la rigueur philologique ne constitue pas une fin en soi mais une pratique morale visant à une connaissance parfaite des Classiques qui seuls permettent d'« entendre le Dao », c'est-à-dire l'enseignement des saints de l'antiquité (Confucius et Mencius principalement), enseveli sous une sédimentation d'interprétations plus fallacieuses les unes que les autres :

> Ce à quoi mènent les Classiques, c'est le Dao. Ce sont leurs mots qui éclairent le Dao, et pour comprendre comment ces mots se sont formés, il n'est rien de tel que la philologie et la paléographie. C'est grâce à l'étude des caractères que l'on maîtrise le langage, et c'est à travers le langage que l'on parvient à pénétrer l'esprit et l'intention des saints et sages de l'antiquité[72].

Aux sources du *Mengzi*

Après avoir été formé à l'orthodoxie zhuxiste, Dai Zhen se montre de plus en plus critique au fil de ses écrits qui, en reprenant les mêmes thèmes dans des termes chaque fois plus précis, manifestent le souci d'approcher peu à peu la formulation la plus juste. Dès le *Yuanshan (L'Origine du bien)*, probablement entrepris sous le coup de sa rencontre en 1757 avec Hui Dong, Dai Zhen se livre à une relecture décapante du *Mengzi* qui vise à faire réapparaître, sous les scories des commentaires Song, la puissance du message originel. Avec une vigueur et une clarté de style dignes des écrits des Royaumes Combattants, Dai Zhen s'en prend en particulier au dualisme du principe et de l'énergie qui transforme les désirs en obstacles à la moralité :

> Il est dit dans le *Traité [des Rites]* : « L'homme possède une nature qui est à la fois sang et souffle (*xueqi* 血氣, c'est-à-dire énergie vitale), et esprit et connaissance (*xinzhi* 心知, c'est-à-dire faculté mentale). En lui, tristesse et plaisir, joie et colère n'ont aucune constance, n'étant suscités qu'en réponse à la sollicitation des choses extérieures : c'est alors seulement que l'on peut voir de quoi l'esprit est capable. »
> Tout être qui possède à la fois sang et souffle, et esprit et connaissance, est par là même animé de désirs. C'est la nature humaine qui s'exprime dans les désirs : à travers les sons, les couleurs, les odeurs, les saveurs, se fait la différence entre ce qu'elle recherche et ce qu'elle redoute. Qui dit désirs dit émotions. C'est la nature humaine qui s'exprime dans les émotions : à travers le plaisir, la colère, la tristesse, la joie, se fait la différence entre ce qui l'inquiète et ce qui l'apaise. Qui dit désirs et émotions dit ingéniosité et discernement. C'est la nature humaine qui s'exprime dans l'ingéniosité et le discernement : à travers le beau et le laid, le vrai et le faux, se fait la différence entre ce qui lui plaît et ce qui lui répugne.
> Le Dao qui engendre et qui nourrit est contenu dans les désirs ; le Dao où tout communique dans l'interaction est contenu dans les émotions. En s'imbriquant naturellement l'un dans l'autre, ils rendent compte à eux deux de tout ce qui se passe dans l'univers. La capacité d'épuiser toutes les possibilités du beau et du laid est contenue dans l'ingéniosité ; c'est de là que procède le pouvoir des gouvernants. La capacité d'épuiser les possibilités du vrai et du faux est contenue dans le discernement ; c'est là que s'édifie la vertu des sages et des saints. En s'imbriquant aussi l'une dans l'autre et en fondant leur quintessence sur la nécessité, ces capacités rendent compte à elles deux de toutes les possibilités de l'univers [73].

Dai Zhen prend ici le contre-pied des moralistes de la fin des Ming et du début des Qing qui, en réaction contre le laxisme engendré selon eux par l'innéisme de Wang Yangming, avaient tenu à distinguer les désirs (relevant de l'énergie) des émotions (relevant de la nature et du principe). Affirmer sans équivoque « qui dit désirs dit émotions » revient à reconnaître la nécessité de tout englober dans la nature humaine, y compris les désirs : dès lors que l'on éprouve le besoin de laisser de côté le moindre aspect, le moindre résidu, on court le risque de perdre l'unité de la nature qui n'est autre que le bien originel.

Les études successives de Dai Zhen sur la pensée de Mencius culminent dans son testament philosophique, le *Commentaire critique du sens des termes dans le Mengzi*, achevé à peine quelques mois avant sa mort survenue en 1777, alors qu'il est devenu l'un des directeurs du projet impérial du *Siku quanshu*. Comme son titre l'indique, cet ouvrage constitue une sorte de glossaire de termes clés comme « principe », « Dao céleste », « nature », etc., à la manière du *Beixi ziyi* de Chen Chun (1159-1223) [74]. Dai Zhen s'emploie à retrouver leur sens premier, c'est-à-dire celui qu'il attribue à Confucius et Mencius, et à montrer la distorsion apportée selon lui par « les confucéens des Song ». Dans cet ouvrage éminemment polémique, la pensée de Cheng Yi et de Zhu Xi est présentée sous un jour volontairement tendancieux, réduite le plus souvent à l'orthodoxie dans laquelle elle s'est figée afin de mieux servir de repoussoir.

De l'énergie au principe de distinction

En faisant appel à l'étymologie, Dai Zhen débarrasse un certain nombre de notions cardinales des élaborations des Song et des Ming, et reconstruit sa propre philosophie autour de celle qu'il considère comme centrale : l'énergie vitale *(qi)*, souvent désignée, sans doute pour en souligner le caractère concret, par l'expression classique « sang et souffle ». C'est à partir d'elle, à partir du donné de toute vie et non d'un principe posé *a priori*, que Dai Zhen retrace toute la quête de sainteté, depuis la spontanéité de ce qui est « de soi-même ainsi » jusqu'à la nécessité de ce qui « ne peut être qu'ainsi ». Mais ce cheminement n'est possible que si l'on suppose, comme le fait Dai

Zhen à la suite de Zhang Zai, que tout ce qui va dans le sens de la vie est bon. C'est bien là ce qui fait le caractère totalisant du Dao : à la fois source inépuisable de vie et Voie à suivre, à la fois énergie et principe, il ne saurait être réduit au seul principe.

Contrairement à Zhu Xi qui laisse supposer une délimitation entre le domaine du principe « en amont des formes visibles » et celui de l'énergie en aval, Dai Zhen conçoit le principe comme opérant des distinctions (*fen* 分) qui coupent à travers l'intégralité du réel dans toute son épaisseur :

> Le Yin/Yang et les Cinq Agents sont la réalité constitutive du Dao ; énergie vitale et faculté mentale sont la réalité constitutive de la nature humaine. Dès lors qu'il y a réalité constitutive, on peut y opérer des distinctions [75].

En faisant du *LI* 理 un principe de distinction, Dai Zhen revient à la conception antique d'un Xunzi :

> *LI*, c'est ainsi que l'on désigne les distinctions qui s'imposent par un examen attentif de la subtilité des choses : c'est pourquoi on parle de « principes de découpe » (*fenli* 分理). S'agissant de la substance matérielle des êtres, on parle de « principes des muscles », de « principes des chairs », de « principes des lignes de la peau ». Dès lors que se fait la découpe, la mise en ordre est nette, sans effrangement : on parle alors de « principes de ramification » (*tiaoli* 條理) [76].

Comme on l'a vu à propos du cuisinier Ding dans le *Zhuangzi* [77], toute la réflexion chinoise sur le *LI* part de l'idée qu'il n'opère pas des distinctions de l'extérieur : il est la veinure même des choses. Il n'est donc ni à poser *a priori*, ni à superposer *a posteriori*, il s'impose de lui-même puisqu'il représente à la fois ce qui est et ce qui doit être. En reprenant précisément l'image des veines et des tissus corporels, appelée par l'étymologie supposée du terme *LI*, Dai Zhen suggère que c'est en se remettant dans le sens du « principe de ramification » que l'on accomplit sa nature, réalisant ainsi la parfaite adéquation entre spontanéité et nécessité :

> Dans la phrase de Confucius : « [À soixante-dix ans] je m'en remettais aux désirs de mon cœur sans pour autant trans-

> gresser aucune règle », « s'en remettre aux désirs de son cœur », c'est le naturel (*ziran* 自然), et « sans transgresser aucune règle », c'est rejoindre le nécessaire (*biran* 必然). Le nécessaire et le naturel ne sont pas deux choses distinctes. Le nécessaire n'est rien d'autre que la compréhension totale et exhaustive du naturel. Il ne reste alors plus de regret, plus qu'une grande paix, c'est ce que les saints et les sages appellent le « de soi-même ainsi ». [...]
> Dans la nature humaine, les désirs sont la part de naturel, la vertu la part de nécessaire. Le naturel, c'est ce qui se voit à l'extérieur dans les multiples activités du quotidien ; le nécessaire, c'est ce qui les ramène à l'intérieur en un tout harmonieux. Connaître le naturel permet de comprendre les transformations du Ciel-Terre, connaître le nécessaire permet d'en comprendre la vertu. C'est dans ce sens que [Mencius] dit que « connaître sa nature, c'est connaître le Ciel »[78].

Dai Zhen rejoint ainsi la grande intuition de Mencius : étant donné que « tout est déjà là » en puissance, il s'agit simplement – mais là réside toute la difficulté – de ne pas le perdre de vue ou de le retrouver. Là où Dai Zhen pousse la réflexion plus loin, c'est sur le processus qui mène à la sainteté et que la tradition confucéenne appelle l'« étude ». Il s'efforce de prendre pleinement en compte tous les facteurs qui, relevant de la dure réalité, sont susceptibles de faire obstacle à la belle intuition première d'une nature humaine foncièrement bonne : la présence des désirs qui font partie intégrante de notre nature ; les capacités ou talents propres à chaque individu qui posent inévitablement la question de l'inégalité entre les êtres. Dai Zhen établit non seulement un lien de continuité, mais une adéquation pure et simple entre désirs (ou émotions) et principe, faisant ainsi écho – sciemment ou non – à celle que le bouddhisme Mahâyâna pose entre phénomènes et absolu :

> Les principes, ce sont tout simplement des émotions qui ne s'égarent pas. Il n'est pas d'émotions qui tombent juste sans que leur principe tombe juste. Chaque fois que tu fais quelque chose à autrui, fais retour sur toi-même et demande-toi dans la quiétude de ton for intérieur : « S'il me faisait cela à moi, serais-je à même de l'accepter ? » Chaque fois que tu exiges quelque chose d'autrui, fais retour sur toi-même et demande-toi dans la quiétude de ton for intérieur : « S'il exigeait cela de moi, serais-je à même de le satisfaire ? »

> Lorsque je suis moi-même le critère dans ma façon de traiter autrui, le principe apparaît clairement. Parler de principe céleste, c'est parler du principe naturel de distinction : par lui, mes propres émotions servent de critère dans ma façon de traiter celles d'autrui, sans qu'aucune soit en déséquilibre [79].

Le principe n'est donc pas une entité ou un idéal transcendant, accessible uniquement par induction, puisque toute émission d'énergie (désirs, émotions, sentiments) comporte de façon inhérente son propre principe de différenciation et d'équilibre. Si Zhu Xi donne l'impression de parler d'un Principe au singulier et avec une majuscule, pour Dai Zhen il s'agirait plutôt de principes au pluriel et sans majuscule. Or, ces « lignes de découpe sans effrangement », c'est notre faculté mentale qui nous permet de voir et de savoir où elles passent. La place centrale que Dai Zhen lui accorde dans la définition de notre humanité le situe dans le sillage de Xunzi, de même que celle qu'il assigne à la connaissance dans notre quête de sagesse fait de lui, fût-ce à son corps défendant, le digne successeur de Zhu Xi.

Contre les pharisiens de la moralité et les dogmatiques de l'érudition

Au lieu d'être compris comme une entité distincte et première par rapport à l'énergie vitale, le principe désigne pour Dai Zhen un ordre universel et harmonieux, inhérent aussi bien à la nature humaine qu'au monde objectif. Pas plus qu'entre principe et énergie, il n'y a de distinction qualitative à faire entre la nature intrinsèque, entièrement pure et bonne, et une nature matérielle, pétrie d'émotions et de désirs. Tout comme les penseurs iconoclastes de la fin des Ming, Dai Zhen est amené par sa critique du dualisme zhuxiste à en récuser les incidences sur la morale sociale, à commencer par la tyrannie des hypocrites, pharisiens et autres bien-pensants, qui font de leur prétendue connaissance du principe un monopole :

> Les saints [de l'antiquité chinoise] ordonnèrent le monde de façon à donner corps aux émotions et à épouser les désirs du peuple, réalisant ainsi la Voie royale. Sachant bien que Laozi, Zhuangzi, le Bouddha n'étaient pas des saints, on

n'accordait guère de crédit à toutes leurs théories sur le « non-désir ». Mais avec les confucéens des Song, on se mit à les assimiler aux saints, et du coup tout le monde se trouva capable de discourir sur la distinction entre Principe et désirs.
Il n'est donc guère étonnant que les souverains d'aujourd'hui considèrent les émotions et les désirs du peuple – ceux-là mêmes que les saints et sages d'autrefois s'efforçaient de satisfaire – comme bas et vils pour la plupart, indignes d'être pris en compte. Mais quant à recourir au Principe comme moyen de censure, ils n'éprouvent aucune difficulté à invoquer les plus sublimes règles en vigueur pour condamner au nom de la moralité. Les grands de ce monde se servent du Principe pour s'en prendre aux petits, les plus vieux pour s'en prendre aux plus jeunes, les mieux placés pour s'en prendre aux plus humbles. Même s'ils se trompent, les premiers considèrent qu'ils sont dans le droit chemin. Mais les petits, les jeunes, les humbles qui s'avisent de les contester au nom du Principe, même en ayant la raison pour eux, sont accusés de dévier.
En conséquence, ceux qui sont en bas de l'échelle ne peuvent faire comprendre leurs émotions et désirs universellement partagés à ceux qui sont en haut, alors que ceux-ci se servent du Principe pour reprocher à ceux-là leur infériorité. Or, les coupables du crime d'infériorité sont légion. Quand un homme meurt sous le coup de la loi, il se trouve toujours quelqu'un pour s'apitoyer sur son sort. Mais qui s'apitoie sur celui qui meurt sous le coup du Principe[80] ?

Pour Dai Zhen, seule la connaissance objective des choses donne accès à leurs principes et prévient du danger que constitue un Principe posé comme transcendant, mais de fait soumis à toutes les interprétations, exploitations et « obstructions » dues aux préjugés, collectifs ou individuels. Or, le meilleur chemin qui mène à la connaissance des principes reste l'étude des Classiques, conviction que Dai Zhen partage avec Zhu Xi contre Wang Yangming[81]. En revanche, rien ne semble satisfaire l'exigence d'objectivité de Dai Zhen pour qui l'esprit critique des « études Han », bien que salutaire dans sa démythification de la tradition, fait en revanche la part trop belle à l'érudition des Han, sujette elle aussi à caution. Si les Classiques sont la clé du principe, il s'impose – et Dai Zhen y insiste de manière quasi obsessionnelle – d'en connaître parfaitement chaque caractère. Alors que pour Zhu Xi, la connaissance des Classiques n'était qu'une sorte de tremplin pour atteindre le principe moral en une sorte d'illumination, ce processus graduel et cumulatif représente en lui-même, aux yeux de Dai Zhen, la pratique morale par excellence.

Mais c'est précisément sur le terrain de cette assimilation de l'érudition classique à la discipline morale que Dai Zhen n'est pas suivi par ses contemporains. Pour son ami Qian Daxin (1728-1804) ou son beau-frère Wang Mingsheng (1722-1798), l'érudition « des vérifications et des preuves » est une fin en soi, et ne doit justement pas céder à la tentation spéculative des « discours creux sur le sens moral et le principe ». Des conceptions philosophiques de Dai Zhen qui puisent si hardiment aux sources vives de la pensée chinoise, ses confrères ne semblent avoir retenu que la tradition de critique érudite qu'il transmet à son disciple Duan Yucai (1735-1815) et qu'illustrent encore au début du XIXe siècle Wang Niansun (1744-1832) et Wang Yinzhi (1766-1834). L'historien Zhang Xuecheng (1738-1801), l'un des rares à avoir compris son projet, rapporte ainsi les propos acerbes d'un Dai Zhen exaspéré par la tyrannie de la pure érudition érigée en dogme :

> Pour moi, l'étymologie, la phonétique, l'astronomie et la géographie sont comme les quatre porteurs d'une chaise, et le Dao que je cherche à comprendre est le grand personnage qui se fait porter dans la chaise. Quel dommage que les prétendus grands érudits de notre temps soient juste bons à parler de la pluie et du beau temps avec mes porteurs de chaise [82] !

Le mérite de Dai Zhen aura été précisément d'être à la fois le grand personnage et le porteur de chaise, d'avoir eu une vision puissante du Dao étayée par des connaissances critiques et objectives, incarnant ainsi l'idéal du lettré moderne tel qu'il vit encore aujourd'hui.

L'esprit critique à l'aube du XIXe siècle

Même poussé à l'extrême, l'esprit critique de Dai Zhen ne s'applique cependant qu'à l'intérieur de la tradition, sans jamais en remettre radicalement en cause les fondements. Il s'agit de l'aiguiser comme instrument d'investigation et d'approfondissement du Dao de l'antiquité, sans que la validité en soit jamais mise en question. Un autre grand érudit qui annonce véritablement – sans en mesurer lui-même toute la portée – la radicalité de la critique moderne est Cui Shu (1740-1816), dont le monumental *Kaoxin lu (Notes pour une lecture critique et véridique)* est un modèle de démythification systématique et méthodique de toute la tradition interprétative des Classiques[83]. Est notamment mise en doute la littérature qui concerne les souverains mythiques de la haute antiquité, vénérés depuis toujours comme des parangons de vertu ; des figures comme Yao, Shun ou Yu le Grand sont désormais à étudier d'un point de vue non plus hagiographique, mais historique. Passé inaperçu de son vivant, le travail de Cui Shu sera revendiqué dans les années 1920-1930 par des historiens radicalement anti-traditionalistes comme Gu Jiegang (1893-1980) et Hu Shi (1891-1962) dans leurs *Critiques sur l'histoire ancienne (Gushi bian)*[84].

Comme Cui Shu, mais selon une méthode différente, Zhang Xuecheng contribue lui aussi à dépouiller encore davantage les Classiques de leur caractère sacré et atemporel en déclarant que « les Six Classiques ne sont qu'histoire » en ouverture de ses *Principes généraux de littérature et d'histoire*[85]. Cette formule devenue fameuse fait écho à celle de Wang Yangming : « Le Dao n'est rien d'autre que les faits, les faits rien d'autre que le Dao. » Dans son plaidoyer pour l'histoire qui, selon lui, est de l'« étude pratique » par excellence en ce qu'elle assure l'unité de la connaissance et de l'action, Zhang Xuecheng revendique le double héritage de Huang Zongxi et de Yan Yuan :

> Question : Est-il permis de mettre sur le même plan et de traiter ensemble l'action pratique et le contrôle de soi (associés à Wang Yangming et à Liu Zongzhou) d'une part, et les ouvrages écrits de l'autre ?
> Réponse : L'étude de l'histoire sert à organiser le monde actuel (*jingshi* 經世) : en aucun cas elle ne consiste à rédiger des « propos creux ». De plus, les Six Classiques remontent tous à Confucius ; or, aux yeux des lettrés du passé, aucun n'avait la valeur des *Annales des Printemps et Automnes*, précisément du fait qu'elles suivent de près les affaires humaines de l'époque[86].

Dans la perspective historiciste de Zhang Xuecheng, Confucius, traditionnellement considéré comme le Saint parmi les saints, voit son rôle relativisé. De son propre aveu, il s'était contenté de transmettre, « sans rien créer de nouveau », la sagesse et les enseignements du duc de Zhou, ultime et suprême sage-souverain qui incarna le mieux la plus haute vertu morale alliée à la plus effective capacité politique[87].

À l'aube du XIXe siècle, il devient de plus en plus évident que l'érudition ne peut plus valoir par elle seule, mais doit prendre en compte les enjeux moraux et philosophiques. Réconcilier dans une « maison » commune « études Han » et « études Song », tel est l'idéal de Ruan Yuan (1764-1849), fondateur en 1820 de l'académie de l'Océan d'érudition *(Xuehaitang)* de Canton qui devait former les plus éminents lettrés du Sud que connut le XIXe siècle[88] :

> En somme, le Dao des saints est pareil à une maison. L'étude des termes et de leurs origines est le chemin pour y accéder. Si vous passez à côté, tous vos pas vous en détourneront. Comment faire alors pour monter à la grande salle et entrer dans l'étude ? Celui qui cherche le Dao trop haut et n'a que dédain pour l'exégèse phrase par phrase est comme un oiseau qui s'élancerait dans le ciel du haut du toit. Il irait certes très haut mais ne serait pas en mesure de voir ce qu'il y a entre la porte et les recoins de la maison. Pour d'autres, qui se contentent de chercher à classer les noms et les choses sans jamais parler du Dao des saints, tout se passe comme si leur vie entière s'écoulait entre le portail et l'entrée, sans penser un instant à explorer la salle et l'étude[89].

Notes

1. Jacques GERNET, *L'Intelligence de la Chine* p. 264-265. Sur la transition Ming-Qing, cf. Lawrence D. KESSLER, « Chinese Scholars and the Early Manchu State », *Harvard Journal of Asiatic Studies*, 31 (1971), p. 179-200 ; Jerry DENNERLINE, *The Chia-ting Loyalists : Confucian Leadership and Social Change in Seventeenth-Century China*, New Haven, Yale University Press, 1981 ; Frederic WAKEMAN, Jr.,*The Great Enterprise. The Manchu Reconstruction of Imperial Order in Seventeenth-Century China*, Berkeley, University of California Press, 1985 ; Lynn A. STRUVE, *Voices from the Ming-Qing Cataclysm : China in Tigers' Jaws*, Yale University Press, 1993 ; et *The Ming-Qing Conflict, 1619-1683. A Historiography and Source Guide*, Ann Arbor, 1998.

2. Pour cette formule, voir chap. 19, « Examen des choses et extension de la connaissance ».

3. Jacques GERNET, *L'Intelligence de la Chine*, p. 264-266.

4. Cf. YÜ Ying-shih, « Some Preliminary Observations on the Rise of Ch'ing Confucian Intellectualism », *Tsing-hua Journal of Chinese Studies*, nouvelle série, 11, 1-2 (1975), p. 105-146.

5. Cf. CHANG Hao, « On the *Ching-shih* Ideal in Neo-Confucianism », *Ch'ing-shih wen-t'i (Late Imperial China)*, 3, 1 (1974).

6. Sur la dichotomie de la « sainteté intérieure » *(neisheng)* et de la « royauté extérieure » *(waiwang)*, voir chap. 17, note 13.

7. C'est du moins l'opinion de l'historien Quan Zuwang (1705-1755) qui acheva le *Song Yuan xue'an* commencé par Huang Zongxi. Sur Li Yong, cf. Anne D. BIRDWHISTELL, *Li Yong (1627-1705) and Epistemological Dimensions of Confucian Philosophy*, Stanford University Press, 1996. Pour des données biographiques sur les personnalités marquantes de la dynastie Qing, cf. Arthur W. HUMMEL, éd., *Eminent Chinese of the Ch'ing Period*, 2 vol., Washington, U.S. Government Printing Office, 1943.

8. *Mingyi daifanglu (Le Plan pour le prince)*, chap. 1, « De l'origine du souverain », in *Huang Zongxi quanji (Œuvres complètes de Huang Zongxi)*, t. 1, Hangzhou, Zhejiang guji chubanshe, 1985, p. 2-3. Pour une traduction complète en anglais, cf. William Theodore DE BARY, *Waiting for the Dawn : A Plan for the Prince, Huang Tsung-hsi's Ming-i-tai fanglu*, New York, Columbia University Press, 1993. *Mingyi* est le nom du 36e hexagramme du *Livre des Mutations*, qui évoque la lumière mise sous le boisseau, d'où la traduction de W. T. DE BARY par « attente de l'aube ».

9. « Rares sont les vrais souverains », in *Qianshu*, II, 9 (Pékin, Zhonghua shuju, 1955, p. 66), traduction de Jacques GERNET, *Écrits d'un sage encore inconnu*, Paris, Gallimard, 1991, p. 230-231.

10. Voir chap. 6, « La force de persuasion de "l'humain" ». À noter que, dès la fin du XIVe siècle, Zhu Yuanzhang, fondateur de la dynastie Ming, avait, dans sa politique d'absolutisation du pouvoir, tenté d'expurger le *Mengzi*.

11. Sur la compilation officielle de l'*Histoire des Ming*, voir plus bas à la note 62. Sur le *Mingru xue'an*, voir chap. 20, note 34 ; sur le *Song Yuan xue'an*, achevé par Quan Zuwang, voir plus haut, note 7, et chap. 17, note 5.

12. Sur Liu Zongzhou, voir chap. précédent. Pour l'interprétation de sa pensée par son disciple Huang Zongxi, cf. *Huang Zongxi quanji (Œuvres complètes de Huang Zongxi)*, t. 1, p. 208-326.

Sur la controverse avec Chen Que, cf. Lynn A. STRUVE, « Chen Que versus Huang Zongxi : Confucianism faces Modern Times in the 17th Century », *Journal of Chinese Philosophy*, 18 (1991), p. 5-23.

13. Sur les émotions, voir chap. 20, fin de la section « Il n'est pas de principe hors de l'esprit », p. 535 ; et Paolo SANTANGELO, « A Research on Emotions and States of Mind in Late Imperial China. Preliminary Results », *Ming Qing yanjiu* (Naples & Rome), 1995, p. 101-209.

14. Sur l'école de Taizhou, voir chap. 20, note 45.

15. Sur Gu Yanwu, cf. Willard PETERSON, « The Life of Ku Yen-wu (1613-1682) », *Harvard Journal of Asiatic Studies*, 28 (1968), p. 114-156, 29 (1969), p. 201-247. Voir aussi la monographie de Jean-François VERGNAUD, *La Pensée de Gu Yanwu (1613-1682), Essai de synthèse*, Paris, École française d'Extrême-Orient, 1990.

16. Ce prodigieux ouvrage encyclopédique, dont la préface est datée de 1676, couvre méthodiquement tout le champ des connaissances que Gu juge utiles, des Classiques à la philologie en passant par l'histoire, la géographie, le calendrier, etc. L'édition utilisée ici est celle de HUANG Rucheng (1799-1837), intitulée *Rizhilu jishi*, initialement publiée en 1834 et reproduite par la Huashan wenyi chubanshe, Shijiazhuang (Hebei), 1991.

17. « Pourquoi Guanzhong ne mourut pas pour Zijiu », in *Rizhilu jishi* 7, p. 317.

18. « L'étude de l'esprit », in *Rizhilu jishi* 18, p. 819.

19. *Gu Tinglin shiwen ji (Recueil de poèmes, lettres, préfaces et essais de Gu Yanwu)*, Hong Kong, Zhonghua shuju, 1976, p. 43. Les références sont aux *Entretiens* de Confucius, VI, 25 et XIII, 20.

20. Cf. Benjamin A. ELMAN, « From Value to Fact : The Emergence of Phonology as a Precise Discipline in Late Imperial China », *Journal of the American Oriental Society*, 102, 3 (1982), p. 493-500. Sur le *Shuowen jiezi (Dictionnaire étymologique)* de Xu Shen, achevé en 100 apr. J.-C., voir chap. 12 à la note 47.

21. Cf. par exemple la rubrique « Les *Documents* en écriture ancienne », in *Rizhilu jishi* 2, p. 88-97, traduite en grande partie par J.-F. VERGNAUD, *La Pensée de Gu Yanwu*, p. 107-111. Sur la question des Classiques en « écriture ancienne » et en « écriture moderne », voir chap. 12, « La bataille des Classiques ».

22. *Gu Tinglin shiwen ji*, p. 103.

23. Cf. *Junxian lun (Traité sur les commanderies et préfectures)*, in *Gu Tinglin shiwenji*, p. 12-13. Pour des traductions plus complètes, cf. Étienne BALAZS, *La Bureaucratie céleste*, p. 251-252, et J.-F. VERGNAUD, *La Pensée de Gu Yanwu*, p. 132-133. L'expression « commanderies et préfectures » *(junxian)* en est venue à désigner l'État centralisé établi en 221 av. J.-C. par le Premier Empereur, par opposition à la « féodalité » *(fengjian)* antique.

24. Sur Wang Fuzhi, cf. Ian McMORRAN, « Wang Fu-chih and the Neo-Confucian Tradition », *in* W.T. DE BARY *et al.*, *The Unfolding of Neo-Confucianism*, New York, Columbia University Press, 1975, p. 413-467, et *The Passionate Realist. An Introduction to the Life and Political Thought of Wang Fuzhi (1619-1692)*, Hong Kong, Sunshine Book Company, 1992 ; Jacques GERNET, « Philosophie et sagesse chez Wang Fuzhi (1619-1692) », in *L'Intelligence de la Chine*, p. 303-312 ; Alison H. BLACK, *Man and Nature in the Philosophical Thought of Wang Fu-chih*, Seattle, University of Washington Press, 1989 ; Ernstjoachim VIERHELLER, *Nation und Elite im Denken von Wang Fu-chih*, Hambourg, Mitteilungen der Gesellschaft für Natur- und Völkerkunde Ostasiens, 1968 ; TENG Ssu-yü, « Wang Fu-chih's Views on History and Historical Writing », *Journal of Asian Studies*, 28, 1 (1968), p. 111-123. Enfin, pour une « lecture problématique » de Wang Fuzhi, cf. François JULLIEN, *Procès ou Création. Une introduction à la pensée des lettrés chinois*, Paris, Éd. du Seuil, 1989.

25. Cf. Willard PETERSON, « Fang I-chih : Western Learning and the "Investigation of Things" », *in* DE BARY, *Unfolding of Neo-Confucianism*, p. 369-411 ; et *Bitter Gourd : Fang I-chih and the Impetus For Intellectual Change*, New Haven, Yale University Press, 1979.

26. *Chunqiu jiashuo (Interprétation des « Annales des Printemps et*

Automnes » dans la tradition familiale) de 1646, *juan* 3, in *Chuanshan yishu quanji (Recueil complet des œuvres encore existantes de Wang Fuzhi)*, 22 vol., Taipei, Zhongguo Chuanshan xuehui et Ziyou chubanshe, 1972 (cette édition reproduit celle de la Taipingyang shudian de Shanghai, établie en 1933 par Zhang Binglin, voir chap. 22, note 51), t. 7, p. 3648-3649. Pour les considérations de Gu Yanwu, également inspirées par les *Annales*, voir plus haut note 17.

27. *Zhouyi waizhuan (Commentaire externe sur les Mutations)* de 1655, *juan* 2, in *Chuanshan yishu quanji*, t. 2, p. 866.

28. Jacques GERNET, *L'Intelligence de la Chine*, p. 305-312.

29. Voir chap. 20, note 66.

30. *Zhangzi Zhengmeng zhu (Commentaire sur l'« Initiation correcte » de Maître Zhang)*, chap. 1, *Taihe (L'Harmonie suprême)*, in *Chuanshan yishu quanji*, t. 17, p. 9277. Pour le texte de Zhang Zai, voir plus haut chap. 17 à la note 70.

31. *Zhangzi Zhengmeng zhu* 1, p. 9282.

32. *Ibid.*, p. 9286.

33. *Zhangzi Zhengmeng zhu* 2, p. 9311. Pour la formule de Zhang Zai, voir chap. 17 à la note 74.

34. *Zhouyi neizhuan (Commentaire interne sur les Mutations)* de 1685, *juan* 5, in *Chuanshan yishu quanji*, t. 1, p. 511.

35. *Zhangzi Zhengmeng zhu* 1, p. 9277.

36. *Du Sishu daquan shuo (Lecture de la « Grande Somme sur les Quatre Livres »)*, daté de 1665, *juan* 10, in *Chuanshan yishu quanji*, t. 13, p. 6983.

Sur la *Grande Somme sur les Quatre Livres,* compilée au XVe siècle sous les Ming et devenue texte de base pour les compositions de concours mandarinaux, voir chap. 20, p. 528-529.

37. *Zhouyi waizhuan (Commentaire externe sur les Mutations)*, juan 5, in *Chuanshan yishu quanji*, t. 2, p. 1013.

38. Cf. *Zhangzi Zhengmeng zhu* 1, p. 9281. Pour la phrase de Zhang Zai, voir chap. 17 à la note 70.

39. *Zhangzi Zhengmeng zhu* 1, p. 9286.

40. À propos des *Entretiens* XVII, *Du Sishu daquan shuo (Lecture de la « Grande Somme sur les Quatre Livres »)*, *juan* 7, in *Chuanshan yishu quanji*, t. 12, p. 6715-6716.

41. À propos du *Mengzi* I B, *Du Sishu daquan shuo juan* 8, in *Chuanshan yishu quanji*, t. 13, p. 6772.

42. *Siwenlu neipian (Réflexions et enquêtes, chapitre interne)*, in *Chuanshan yishu quanji*, t. 17, p. 9651.

43. Jacques GERNET, « Philosophie et sagesse chez Wang Fuzhi », in *L'Intelligence de la Chine*, p. 308-309.

44. À propos du *Mengzi* I B, *Du Sishu daquan shuo juan* 8, in *Chuanshan yishu quanji*, t. 13, p. 6772. Wufeng désigne le philosophe des Song Hu Hong (1105-1155).

45. À propos du *Grand Commentaire* sur les *Mutations* (*Xici* B 1), *Zhouyi waizhuan*, *juan* 6, in *Chuanshan yishu quanji*, t. 2, p. 1019.

46. Préface au *Emeng (Étrange rêve)* de 1682, in *Chuanshan yishu quanji*, t. 17, p. 9765. Sur l'image de la balance dans le légisme antique, voir plus haut chap. 9, notes 14 et 15.

47. Voir chap. 9, « La position de force ».

48. À propos du règne de l'empereur Zhezong des Song (1085-1100), *Song lun (À propos de l'histoire des Song)* de 1691, juan 7, in *Chuanshan yishu quanji*, t. 16, p. 8743.

49. Voir chap. 18, « Le *LI* comme Principe ».

50. *Du Tongjian lun (Lecture du « Miroir complet à l'usage des gouvernants »)* de 1687, juan 1, in *Chuanshan yishu quanji*, t. 14, p. 7317 et 7325. Wang Fuzhi livra cette « lecture » exactement six cents ans après l'ouvrage de Sima Guang des Song qui retrace l'histoire de la Chine du Ve siècle av. J.-C. au Xe siècle apr. J.-C. (voir chap. 17, « Les grands hommes d'action des Song du Nord » et à la note 17).

51. *Du Tongjian lun*, juan 14, in *Chuanshan yishu quanji*, t. 14, p. 7791-7792. Traduction intégrale de ce passage par Ian McMORRAN, *The Passionate Realist*, p. 140-142.

52. *Du Tongjian lun*, juan 6, in *Chuanshan yishu quanji*, t. 14, p. 7495.

53. Conclusion générale au *Du Tongjian lun*, juanmo, in *Chuanshan yishu quanji*, t. 15, p. 8555.

54. *Xizhai jiyu (Notes prises à partir de l'enseignement de Yan Yuan)*, juan 9, in *Yan Yuan ji (Œuvres de Yan Yuan)*, 2 vol., Pékin, Zhonghua shuju, 1987, p. 556.

55. Jacques GERNET, *L'Intelligence de la Chine*, p. 282.

56. *Cunxue bian (De la sauvegarde de l'étude)*, in *Yan Yuan ji*, p. 70-71. Le *Cunxue bian* est l'un des quatre essais sur les réalités essentielles à « sauvegarder » aux yeux de Yan Yuan : la nature *(Cunxing bian)*, l'étude *(Cunxue bian)*, l'art de gouverner *(Cunzhi bian)* et l'homme *(Cunren bian)*.

57. Cité par Jacques GERNET dans *L'Intelligence de la Chine*, p. 281.

58. *Cunren bian (De la sauvegarde de l'homme)*, 2e partie, in *Yan Yuan ji*, p. 129.

59. Propos de Li Gong rapportés par Guo Jincheng (1660-1700) dans sa préface au *Cunxue bian (De la sauvegarde de l'étude)*, in *Yan Yuan ji*, p. 37. Pour la traduction en anglais de cet essai, cf. Mansfield FREEMAN, *Yen Yuan, Preservation of Learning*, Los Angeles, Monumenta Serica, 1972.

60. Cf. par exemple HUANG Pei, *Autocracy at Work : A Study of the Yung-cheng Period, 1723-1735*, Bloomington, Indiana University Press, 1974.

61. Sur les compositions d'examen en huit parties *(bagu wen)* et le rôle des académies sous les Ming, voir chap. 20, note 6, et « Vie et mort des académies privées à la fin des Ming ». Sur les académies sous les Qing, cf. Alexander WOODSIDE, « State, Scholars, and Orthodoxy : The Ch'ing Academies, 1736-1839 », *in* LIU Kwang-ching, éd., *Orthodoxy in Late Imperial China*, Berkeley, University of California Press, 1990, p. 158-184.

62. Sur Li Guangdi, cf. NG On-cho, « *Hsing* (Nature) as the Ontological basis of Practicality in Early Ch'ing Ch'eng-Chu Confucianism : Li Kuang-ti's (1642-1718) Philosophy », *Philosophy East and West*, 44, 1 (1994), p. 79-109 ; et *Cheng-Zhu Confucianism in the Early Ch'ing. Li Guangdi (1642-1718) and Qing Learning*, Albany, State University of New York Press, 2001. Sur Li Fu, cf. HUANG Chin-shing, *Philosophy, Philology and Politics in 18th Century China. Li Fu (1675-1750) and the Lu-Wang School under the Ch'ing*, Cambridge University Press, 1995.

63. Cette compilation réunit l'ensemble des ouvrages imprimés ou manuscrits conservés dans les bibliothèques publiques ou chez les particuliers, au total près de 80 000 volumes, répartis suivant le système des « quatre classes » *(sibu)* : ouvrages canoniques, historiques, philosophiques et littéraires.

64. Cf. L. C. GOODRICH *et al.*, *The Literary Inquisition of Ch'ien-lung*, Baltimore, 1935, rééd. New York, Paragon Book Reprint Corporation, 1966 ; et R. Kent GUY, *The Emperor's Four Treasuries : Scholars and the State in the Late Ch'ien-lung Era*, Harvard University Press, 1987.

65. Cf. William Theodore DE BARY, *Learning for One's Self. Essays on the Individual in Neo-Confucian Thought*, New York, Columbia University Press, 1991, p. 324-345, et *The Trouble with Confucianism*, Harvard University Press, 1991, p. 59 *sq.* Lü Liuliang, après avoir fait tout au long de sa vie de la résistance passive à la dynastie mandchoue en refusant ostensiblement de la servir, devient un cas célèbre dans le cadre de l'inquisition de 1733 au cours de laquelle son corps est exhumé et démembré, l'un de ses fils exécuté, ses petits-fils et ses disciples persécutés.

66. Cf. *From Philosophy to Philology : Intellectual and Social Aspects of Change in Late Imperial China*, Harvard University Press, 1984.

67. L'expression *kaozhengxue*, employée dès les Song du Sud par Wang Yinglin (1223-1296), ne devint une bannière de ralliement pour les érudits sur les Classiques qu'à partir du XVIIe siècle.

68. Il s'agit de la version des documents attribuée à Kong Anguo (156-74 ? av. J.-C.) des Han antérieurs et des 25 chapitres en « écriture ancienne » qui furent présentés à la cour des Jin orientaux par un dénommé Mei Ze au IVe siècle. Pour le débat sur « esprit de Dao » et « esprit humain », voir chap. 19, note 45, et Benjamin A. ELMAN, « Philosophy *(I-li)* versus Philology *(K'ao-cheng)* : the *Jen-hsin Tao-hsin* Debate », *T'oung Pao*, 69, 4-5 (1983), p. 175-222.

69. *Shangshu guwen shuzheng (Commentaire critique des Documents en écriture ancienne)*, in *Huang Qing jingjie xubian (Complément aux « Exégèses sur les Classiques de la dynastie Qing »)*, compilé par WANG Xianqian, 1888, *juan* 2, p. 2a-b. Cet ouvrage fit sensation lors de sa mise en circulation privée, à la fin du XVIIe siècle, mais ne fut publié qu'à titre posthume en 1745.

70. Cf. Jean-Claude MARTZLOFF, *Recherches sur l'œuvre mathématique de Mei Wending (1633-1721)*, Paris, Collège de France, Institut des hautes études chinoises, 1981.

71. Cf. YÜ Ying-shih, « Tai Chen's Choice between Philosophy and Philology », *Asia Major*, 3e série, 2, 1 (1989), p. 79-108.

72. Préface au *Gujingjie gouchen* de Yu Zhonglin, in *Dai Zhen ji (Œuvres de Dai Zhen)*, Shanghai guji chubanshe, 1980, p. 192.

73. *Yuanshan (L'Origine du bien)*, 1re partie, in *Dai Zhen ji*, p. 333. La citation est tirée du *Traité sur la musique (Yueji)*, chap. 17 du *Traité des Rites (Liji)*, cf. Séraphin COUVREUR, *Mémoire sur les bienséances et les cérémonies*, t. 2, p. 71. Pour une traduction en anglais du *Yuanshan*, cf. CHENG Chung-ying, *Tai Chen's Inquiry into Goodness*, Honolulu, East-West Center Press, 1970.

74. Sur le *Beixi ziyi (Signification des termes selon le Maître de Beixi)*, voir chap. 19, note 51.

75. *Mengzi ziyi shuzheng (Commentaire critique du sens des termes dans le Mengzi)*, 2ᵉ partie, rubrique « Tiandao » (Dao céleste), in *Dai Zhen ji*, p. 287.
Voir les traductions en anglais de Torbjörn LODEN, «*Dai Zhen's* Evidential Commentary on the Meaning of the Words of Mencius », *Bulletin of the Museum of Far Eastern Antiquities* 60, Stockholm, 1988, et de CHIN Ann-ping & Mansfield FREEMAN, *Tai Chen on Mencius : Explorations in Words and Meanings : A Translation of the Meng Tzu tzu-i shucheng*, New Haven, Yale University Press, 1990.

76. Début du *Mengzi ziyi shuzheng*, 1ʳᵉ partie, rubrique *« LI »* (Principe), in *Dai Zhen ji*, p. 265. Pour l'utilisation de l'expression *tiaoli* (« principe d'organisation-ramification ») par Wang Fuzhi, voir plus haut à la note 38.

77. Voir chap. 4 à la note 32.

78. *Xuyan (Indices de la Voie)*, étude préliminaire sur le *Mengzi* achevée en 1769, 1ʳᵉ partie, in *Dai Zhen ji*, p. 367 et 371.

79. *Mengzi ziyi shuzheng*, 1ʳᵉ partie, rubrique *« LI »* (Principe), in *Dai Zhen ji*, p. 265-266.

80. *Ibid.*, p. 275.

81. Sur cette question, cf. Cynthia J. BROKAW, « Tai Chen and Learning in the Confucian Tradition », *in* Benjamin A. ELMAN & Alexander WOODSIDE, éd., *Education and Society in Late Imperial China, 1600-1900*, Berkeley, University of California Press, 1994, p. 257-291.

82. *Wenshi tongyi (Principes généraux de littérature et d'histoire)*, Hong Kong, Taiping shuju, 1964, p. 57.

83. Jean-Pierre DIÉNY décrit cette œuvre maîtresse, à laquelle Cui Shu consacra la moitié de sa vie, comme « une somme de douze traités indépendants, relatifs à des époques différentes de l'antiquité. Le titre du livre résume son ambition : en partant d'une lecture *critique (kao)* des textes, parvenir à une relation *véridique (xin)* du passé », cf. « Les années d'apprentissage de Cui Shu », *Études chinoises*, 13, 1-2 (1994), p. 173-200.

84. Sur Gu Jiegang, cf. Arthur W. HUMMEL, trad., *The Autobiography of a Chinese Historian : Being the Preface to a Symposium on Ancient Chinese History (Ku Shih Pien)*, Leyde, 1931 ; Laurence A. SCHNEIDER, *Ku Chieh-kang and China's New History : Nationalism and the Quest for Alternative Traditions*, Berkeley, University of California Press, 1971. Sur Hu Shi, voir plus bas « Épilogue », note 6.

85. *Wenshi tongyi* (références plus haut en note 82), p. 1. Sur Zhang Xuecheng, cf. Paul DEMIÉVILLE, « Chang Hsüeh-ch'eng and his Historiography », *in* W. G. BEASLEY et E. G. PULLEYBLANK, éd., *Historians of China and Japan*, Oxford University Press, 1961, p. 167-185 ; et David S. NIVISON, *The Life and Thought of Chang Hsueh-ch'eng (1738-1801)*, Stanford University Press, 1966.

86. *Wenshi tongyi*, p. 53.

87. Pour la citation des *Entretiens* de Confucius (VII, 1), « Je transmets l'enseignement des anciens sans rien créer de nouveau », voir chap. 2, « La Voie confucéenne ». Sur le duc de Zhou, voir chap. 1 à la note 4.

88. « Océan d'érudition » est l'appellation honorifique de He Xiu, exégète des « textes modernes » des Han postérieurs exhumé par Liu Fenglu

au début du XIXe siècle (voir chap. 22, note 8). Sur cette académie, cf. Benjamin A. ELMAN, « The Hsüeh-hai T'ang and the Rise of New Text Scholarship in Canton », *Ch'ing-shih wen-t'i (Late Imperial China)*, 4, 2 (1979), p. 51-82.

89. *Yanjingshi ji (Recueil du Studio de l'étude des Classiques)*, éd. *Congshu jicheng,* fasc. 1, p. 32.

À l'initiative de Ruan Yuan sont dues la réédition du *Shisanjing zhushu* qui rassemble les plus importants commentaires et sous-commentaires aux Treize Classiques des Han aux Song, ainsi que la compilation du monumental *Huang Qing jingjie*, véritable somme de l'érudition critique des Qing sur les Classiques. Cf. l'article en allemand de Wolfgang FRANKE, « Juan Yüan », *Monumenta Serica,* 9 (1944), p. 59-80.

22
La pensée chinoise confrontée à l'Occident : l'époque moderne (fin XVIIIᵉ-début XXᵉ siècle)

Après un siècle et demi de stabilité, le pouvoir mandchou, qui connaît un apogée sous le long règne de Qianlong (1736-1796), commence à donner des signes de fatigue vers la fin du XVIIIᵉ siècle. En témoigne l'opposition d'une faction de lettrés et de bureaucrates à un Mandchou favori de l'empereur, Heshen (1750-1799). Elle ravive le douloureux souvenir des répressions menées par l'eunuque Wei Zhongxian vers la fin des Ming en faisant éclater au grand jour la corruption de l'ensemble du système socio-économique et bureaucratique[1]. Cet épisode qui marque la transition entre le despotisme de l'ère Qianlong au XVIIIᵉ siècle et la relative tolérance de l'ère Jiaqing au début du XIXᵉ laisse entrevoir de nouveaux rapports de forces entre le pouvoir impérial et les lettrés. Ceux-ci font de nouveau valoir leurs prérogatives et entendre leurs remontrances sous forme de « jugements purs » dont la tradition remonte aux Han et qui avaient connu une recrudescence chez les partisans du Donglin[2]. Les critiques émanant de la base bureaucratique se radicaliseront tout au long du XIXᵉ siècle jusqu'à la chute définitive de la dynastie mandchoue en même temps que du régime impérial à l'aube du XXᵉ.

La résurgence des « textes modernes » au tournant du XVIIIᵉ - XIXᵉ siècle

On a vu s'amorcer, dès la fin des Ming, une mutation intellectuelle sans précédent avec l'émergence d'un esprit critique qui se manifeste dans la volonté de revenir aux sources Han, antidotes à toute la tradition Song désormais vouée aux gémonies. Ce que l'érudition du XVIIIe siècle s'efforce de restaurer dans son authenticité est essentiellement la tradition exégétique des Han postérieurs portant sur les Classiques dits en « écriture ancienne » *(guwen)*, consacrée sous les Tang. Mais au tournant du XVIIIe-XIXe siècle, certaines communautés lettrées du Jiangnan, tout particulièrement celle de Changzhou (dans l'actuel Jiangsu), tentent de remonter jusqu'aux Han antérieurs dont l'exégèse, à la suite de Dong Zhongshu, concerne les Classiques dits en « écriture moderne » *(jinwen)*[3]. C'est alors que commence à se détacher de l'érudition « des vérifications et des preuves », historiciste et volontiers rationaliste, un courant qui prétend redonner aux Classiques leur valeur de textes porteurs de vérités atemporelles.

Le regain d'intérêt pour la tradition oubliée des « textes modernes » se focalise sur les *Annales des Printemps et Automnes (Chunqiu)*, qui avaient été au centre de la « bataille des Classiques » sous les Han. Par leur double statut de Classique et d'ouvrage historique, elles étaient en effet à la jonction de la tradition canonique et de l'engagement politique. Déjà sous les Han, c'était le Classique le plus étroitement associé au thème de la légitimité de la dynastie : selon les apocryphes, Confucius, prophète visionnaire et « roi sans couronne », l'aurait composé en prévision de l'avènement du clan Liu, fondateur de la dynastie Han, et y aurait défini un code implicite de critique éthico-politique qui visait ses contemporains autant qu'il dessinait un monde idéal à venir[4].

Tout en le replaçant dans le contexte général de l'évolution des « études Han », il faut souligner l'esprit réformiste qui sous-tend le renouveau des « textes modernes » animé par les lettrés de Changzhou. Foyer d'opposition aux eunuques dans les années 1620, cette région est le berceau d'une tradition exégétique marquée par un enjeu politique hérité de la lutte du Donglin contre la corruption et le despotisme de la fin des Ming et de la résistance anti-mandchoue du début des Qing. À mesure que l'administration chinoise, et non plus mandchoue, prend de l'importance après le règne de Qianlong, les lettrés prennent conscience des limites de la discipline textuelle et philologique des « études Han » et de la nécessité de revenir à un engagement plus actif dans les problèmes sociopolitiques du moment. Par-delà le domaine de la pure érudition, la référence aux Han, dernière dynastie constitutive de l'identité chinoise avant les invasions « barbares », se chargera au fil du XIXe siècle d'une connotation de plus en plus nettement réformiste en même temps que nationaliste, d'abord par opposition au despotisme mandchou puis à l'impérialisme des puissances occidentales. La nature politique de débats en apparence scolastiques ne fait que perpétuer un phénomène constant dans toute l'histoire chinoise : en tant que références obligées et fondements des concours mandarinaux, les Classiques et le choix des versions à adopter représentent un enjeu idéologique et institutionnel central.

Zhuang Cunyu (1719-1788), contemporain de Dai Zhen qui servit l'empereur Qianlong comme secrétaire, fut poussé par la corruption qui régnait du temps de Heshen à s'intéresser à l'école Gongyang des Han antérieurs[5]. Son *Chunqiu zhengci (Rectification des termes dans les « Annales des Printemps et Automnes »)* peut être considéré comme le manifeste du renouveau des « textes modernes » sous les Qing : prenant le contre-pied de l'exégèse des « textes anciens » qui considère les *Annales* comme un manuel de précédents historiques, il retrouve l'idée maîtresse du *Gongyang* qui croit y déceler des « propos subtils porteurs d'un grand message ». Zhuang y voit en particulier un appel à réformer les institutions présentes en se prévalant de celles de l'antiquité *(tuogu gaizhi)*, ce qui revient à exploiter l'autorité des Classiques pour justifier, voire sanctifier, une pratique politique. Mais au fil du temps, on voit le centre de gravité glisser de plus en plus de la « référence au passé » vers la « réforme du présent » : changement de cap radical de la pensée qui, de la rumination du passé, se tourne vers l'anticipation de l'avenir.

Alors que la lecture des *Annales* par Zhuang Cunyu révèle déjà le passage d'une érudition traditionnelle à une forme de confucianisme plus volontariste, son petit-fils Liu Fenglu (1776-1829) introduit la dimension polémique et politique qui restera associée au courant des « textes modernes » jusqu'à la fin du XIXe siècle. Il fut le premier à appliquer dans sa haute charge au ministère des Rites, et non plus seulement au niveau local de la communauté de Changzhou, des principes qu'il avait tirés de ses études classiques et philologiques. Son idéal de « connaître à fond les Classiques pour en trouver l'application pratique » (*tongjing zhiyong* 通經致用) rappelle celui des lettrés du début des Qing qui cherchaient à allier l'étude des Classiques et l'organisation du monde actuel[6], et ouvre la voie à l'exploitation de notions du *Gongyang* pour la mise en œuvre de réformes politiques.

Le rôle décisif de Liu Fenglu fut de légitimer aux yeux de l'érudition critique l'activisme de son grand-père, inspiré du *Gongyang,* en ravivant la controverse des Han sous sa forme la plus polarisée, mais en même temps la plus élaborée sur le plan philologique et historique. Il s'agissait de montrer que toute la tradition textuelle tenue pour orthodoxe aussi bien par le néoconfucianisme des Song et des Ming que par les « études Han » des Qing était en fait fondée sur des Classiques prétendument « anciens », fabriqués en réalité de toutes pièces par l'archiviste Liu Xin (32 av. J.-C. ?-23 apr. J.-C.) pour justifier le règne de Wang Mang (9-23 apr. J.-C.), l'usurpateur de la légitimité des Han[7]. Mieux valait donc préférer à ces faux le commentaire de Gongyang sur les *Printemps et Automnes*, seul vestige intact de la tradition textuelle des Han antérieurs encore défendue sous les Han postérieurs par He Xiu (129-182)[8].

Liu Fenglu achevait ainsi de semer le doute sur les origines des versions « anciennes » des Classiques dont il était devenu impératif de faire remonter l'authenticité *avant* les manipulations de Liu Xin au service de Wang Mang. Les allégations de Liu Fenglu donnèrent le signal d'attaques concertées contre Liu Xin qui devaient être reprises à Canton par Liao Ping et portées à leur paroxysme par Kang Youwei dans les années 1890. La querelle d'école se radicalisait au moment même où le renouveau des « textes modernes » se révélait compatible avec un réformisme de plus en plus audacieux, voire avec les idées nouvelles venues d'Occident.

« Textes modernes » et réformisme

Le *jinwen*, courant des « textes modernes » des Han, représente dans l'histoire chinoise la première forme d'idéologie impériale fondée sur l'interprétation des Classiques et correspond au passage d'une structure féodale à un empire fortement centralisé. Paradoxalement, c'est cette forme-là du confucianisme qui est remise à l'honneur près de deux mille ans plus tard pour véhiculer un esprit de réforme radical. À cette époque, les Chinois, confrontés à un autre schéma de l'organisation du monde, sont contraints d'admettre que leur pays n'est ni la totalité ni le centre du monde, mais seulement une nation à l'égal de celles qui se sont formées en Europe depuis la fin de l'Ancien Régime. De plus, leur confiance en l'énorme puissance de l'empire Qing commence à être mise à mal à partir du milieu du XIXe siècle par l'agressivité et la supériorité militaires occidentales. Certes, la tournure dramatique prise par les événements contribue à expliquer en partie la conversion de la tradition du *Gongyang* de l'idéologie conservatrice qu'elle incarne encore au XVIIIe siècle en un discours politique réformiste au XIXe. Mais la mutation s'opère avant tout de façon interne, dans la conception même de l'ordre impérial et des fondements de sa légitimité, à commencer par l'autorité des Classiques[9].

C'est d'abord l'image de Confucius, point de référence central de l'autorité des écritures, qui évolue considérablement. Après avoir été celui qui a défini, à travers les Classiques et tout particulièrement les *Printemps et Automnes*, les principes de l'autorité politique autant que de la résistance à lui opposer, Confucius passe du moraliste des néoconfucéens des Song à l'annaliste des philologues et historiens de la fin du XVIIIe siècle. C'est alors qu'il est réhabilité par Liu Fenglu dans sa dimension de Saint prophète et de « roi sans couronne » des Han antérieurs, apparu « non pas parce que le Ciel avait voulu sauver les Zhou orientaux du chaos, mais parce qu'il avait voulu lui donner mandat, à travers les *Printemps et Automnes*, pour sauver du chaos dix mille générations[10] ».

En redonnant un sens prophétique à la vie et au message de Confucius, Liu Fenglu tente de formuler une exigence politique nouvelle dans des termes qui restent cependant classiques par leur référence aux conceptions cosmologiques du *jinwen* des Han, associées à une littérature apocryphe de divination et de présages. Aux yeux de Dong Zhongshu, chef de file de l'école Gongyang des Han antérieurs, l'épisode de la capture de la licorne relaté à la fin des *Printemps et Automnes* était le signe que Confucius, peu avant sa mort, avait reçu le mandat céleste :

> Lorsque Yan Hui (le disciple préféré de Confucius) mourut, le Maître dit : « Hélas, c'est ma mort que le Ciel a voulue ! » Lorsque Zilu (autre disciple de Confucius) mourut, le Maître dit : « Hélas, c'est de ma propre vie que le Ciel coupe le fil ! »

> Lorsque la licorne fut capturée lors d'une chasse à l'Ouest, Maître Kong dit : « Ma Voie est à son terme[11] ! »

Souverain virtuel, Confucius a été choisi par le Ciel, en un temps de chaos et de déclin, pour recevoir le mandat et fonder des institutions nouvelles pour les générations futures. Ici, l'accent est résolument mis sur l'aspect institutionnel de l'idéal confucéen, celui de la « souveraineté extérieure » *(waiwang)*, par opposition à la « sainteté intérieure » *(neisheng)* privilégiée entre les Song et la fin des Ming[12]. Poser Confucius comme idéal de souveraineté, c'était remettre au premier plan la participation active de l'« homme de bien » à l'« organisation du monde actuel », qui devait se traduire pour les lettrés réformistes de la fin du XIXe siècle par la conscience moderne de l'« engagement » de l'intellectuel.

Au regard de ce qui précède, la question est de savoir comment une conception cosmologique remontant aux Han pouvait intégrer des notions politiques proprement occidentales comme le parlementarisme. C'est seulement dans le dernier quart du XIXe siècle que commença de gagner un scepticisme qui « jetait le doute non seulement sur l'efficacité fonctionnelle de l'ordre institutionnel, mais aussi sur sa légitimité morale[13] ». Le bien-fondé d'une conception cosmologique de la souveraineté, dans laquelle ordres civil et religieux étaient confondus et le Fils du Ciel perçu comme un axe central du monde irradiant son autorité universelle, était alors remis en question par le nouveau modèle parlementaire.

« Textes modernes » et légisme

Un autre aspect important du renouveau *jinwen* de la fin des Qing est la redécouverte de la synthèse opérée par la tradition Gongyang des Han antérieurs entre rites et lois, dans laquelle le seul contrepoids à la portée universelle de la loi était l'autorité particulariste des rites. Compte tenu du rôle décisif joué par le légisme dans la formation de l'idéologie impériale au début des Han, la tradition interprétative du *Gongyang* avait établi un lien entre la loi et les *Annales des Printemps et Automnes*. Tout le commentaire repose en effet sur l'idée que les nuances terminologiques et stylistiques du Classique furent délibérément introduites par Confucius pour exprimer des jugements moraux, « louanges et blâmes », sur les faits relatés et les personnages mentionnés. Il devient dès lors possible de lire à travers les lignes un message moral crypté susceptible d'être décodé à l'aide d'une grille interprétative qui peut servir notamment à définir des précédents pour trancher des cas de justice.

Avec Gong Zizhen (1792-1841) et Wei Yuan (1794-1856), les deux principaux disciples de Liu Fenglu qui, au sommet de sa carrière au ministère des Rites, les initia à la lecture du *Gongyang*, le renouveau des « textes modernes » sort des limites géographiques de la communauté de Changzhou pour devenir un puissant courant à l'échelle nationale. Gong Zizhen, petit-fils du grand philologue Duan Yucai (lui-même disciple de Dai Zhen), à la fois poète et prosateur reconnu, est l'auteur d'*Analogies avec les cas tranchés selon les « Printemps et Automnes »* (*Chunqiu jueshi bi*). Même si ce titre rappelle les *Cas de justice tranchés en fonction des « Printemps et Automnes »* (*Chunqiu jueyu*) attribués à Dong Zhongshu, il s'agit plutôt d'une « comparaison de normes déduites du *Chunqiu* avec les normes en vigueur sous les Qing, particulièrement celles qui figurent dans le code impérial[14] ». Elle vise à déterminer la nature du rapport entre une antiquité vénérée pour sa sagesse et les multiples cas issus du vécu présent. Comme Liu Fenglu, Gong Zizhen insiste sur le lien étroit entre rites et lois :

> D'aucuns posent la question : « Pratiquer les rites, ou pratiquer les châtiments : qu'est-ce qui vaut le mieux ? » Je leur réponds : « Les codes de châtiments écrits, voilà qui permet de déterminer le sens des rites. Dès que l'on quitte [le domaine des] rites, on tombe dans [celui des] châtiments, impossible de rester entre les deux[15]. »

Aux yeux des tenants du *jinwen*, lois pénales et règles rituelles se rejoignent dans un même but : préserver les valeurs humaines tout en intégrant l'évolution des temps et des mœurs. Pour Gong Zizhen, Confucius composa les *Printemps et Automnes* afin d'adapter aux changements des temps une vision morale confucéenne fondée sur des relations sociales hiérarchisées. Il y a là une réélaboration du thème, central dans la tradition exégétique du *Gongyang*, de l'« adaptation aux circonstances » (*quan* 權), synthèse de l'éthique confucéenne et des institutions légistes, des rites et de la loi, des Classiques et de l'histoire[16].

Les implications de cette combinaison de classicisme confucéen et de pratique légiste seront développées tout au long du XIXe siècle par des lettrés et des fonctionnaires à l'esprit réformiste, forcés de reconnaître que les remèdes traditionnels ne suffisent plus à résoudre des problèmes aussi graves que l'accroissement de la population, la corruption bureaucratique, les rébellions internes et les incursions étrangères. La dimension idéologique et politique des « textes modernes » finit ainsi par rejoindre les préoccupations pragmatiques des lettrés-fonctionnaires, juges et spécialistes du code. À travers leur réflexion sur l'« organisation du monde actuel » (*jingshi* 經世) qui, dès le XVIIIe siècle, s'inquiète de la prolifération des règlements et des dysfonctionnements de la machine administrative et judiciaire, ils cherchent à revenir à des principes plus généraux.

Outre ses travaux sur les Classiques des *Odes* et des *Documents*, Wei Yuan est connu pour ses ouvrages sur des sujets aussi pratiques que la défense maritime, la taxation, le monopole du sel et l'ingénierie hydraulique, au point d'être étiqueté par certains comme légiste. En 1827 paraît son *Recueil de textes de la dynastie Qing sur l'organisation du monde actuel* qui exerce une influence considérable dans les milieux lettrés[17]. Comme son condisciple Gong Zizhen, Wei Yuan traite de l'inéluctabilité du changement et de sa conséquence nécessaire, la réforme des institutions :

> Depuis les temps les plus reculés avant les Trois Dynasties, le Ciel n'a jamais été le même que celui d'aujourd'hui, la Terre jamais la même que celle d'aujourd'hui, les hommes jamais les mêmes que ceux d'aujourd'hui, même les choses n'ont jamais été celles d'aujourd'hui. [...] Les lettrés des Song n'avaient que les Trois Dynasties à la bouche. Or, il est évident que le [système des] champs en damiers, la structure féodale, le mode de recrutement des Trois Dynasties ne sauraient être ressuscités. Tout cela ne sert qu'à amener les esprits pragmatiques à critiquer les méthodes confucéennes pour leur inefficacité. Un homme de bien qui entreprend d'établir l'ordre sans se conformer à l'esprit d'avant les Trois Dynasties s'expose à être taxé de vulgarité, mais faute de reconnaître l'évolution des conditions depuis les Trois Dynasties, on s'expose à tomber dans l'inefficacité[18].

En ôtant toute substance aux vérités éternelles prétendument contenues dans les Classiques pour affirmer la transformation incessante de toutes choses, le renouveau des « textes modernes » associé à l'exigence d'« organisation du monde actuel » remet en question la notion même de canonicité. Or, s'il est permis de douter de la tradition classique, il devient possible de douter de tout et pourquoi pas du régime impérial ?

Dans la primauté redonnée au politique, qui s'impose comme une évidence à nombre de lettrés-bureaucrates mais qui – cela mérite d'être souligné – ne s'en prend pas encore à la légitimité de la dynastie mandchoue, ressurgissent des thèmes légistes comme le profit et l'application stricte des lois. Mais de manière de plus en plus pressante s'impose la nécessité de pousser jusqu'à une réforme en profondeur des institutions : refonte du système des examens, abolition de l'essai en huit parties au profit de disciplines plus adaptées aux besoins du moment, rapprochement entre l'empereur et les lettrés désireux de reconquérir leur rôle de conseillers – autant de revendications qui reviendront dans toutes les entreprises réformistes.

Premiers conflits ouverts avec les puissances étrangères

En appliquant la doctrine de l'école de Changzhou à la critique des institutions, les disciples de Liu Fenglu contribuent à diffuser l'idée d'une réforme progressive. Mais cet esprit qui puise encore aux sources classiques se radicalise à partir de la seconde moitié du XIXe siècle, au moment où les contacts tournent aux conflits avec les pays occidentaux, mus par leur appétit de domination et leur volonté de protéger les missions chrétiennes[19]. Gong Zizhen meurt en 1841, un an après le début de la première guerre de l'Opium. Au moment où elle prend fin en 1842 avec l'accord de Nankin qui octroie aux puissances occidentales nombre de droits et de privilèges en territoire chinois, notamment l'ouverture des « ports de traité », Wei Yuan vient d'achever son *Mémoire illustré sur les pays d'outre-mer* qui propose de lutter contre les étrangers avec leurs propres armes et de les opposer entre eux, selon le vieux principe qui consiste à « mater les barbares par les barbares ». L'ouvrage connaît un franc succès non seulement en Chine, mais aussi au

Japon où il a sans doute contribué à inspirer les réformes de l'ère Meiji [20]. Wei Yuan meurt en 1856, trois ans après l'établissement de la « Céleste capitale » des Taiping à Nankin, alors que commence la deuxième guerre de l'Opium contre l'Angleterre et la France.

Dès 1850, la révolte des Taiping éclate dans le Sud, au Guangxi, au nom du « culte du Dieu d'en haut », sectarisme syncrétique intégrant des éléments chrétiens formulé par Hong Xiuquan (1814-1864) [21]. L'année suivante, celui-ci se proclame souverain suprême du « Royaume céleste de la Grande Paix » *(Taiping tianguo)*, reprenant un thème récurrent de la littérature antique et objet de maintes spéculations chez des lettrés réformateurs comme Kang Youwei [22]. À bien des égards, l'égalitarisme autoritaire des Taiping rappelle celui des mouvements millénaristes et insurrectionnels qui contribuèrent à la chute de la dynastie Han en se réclamant de la même « Grande Paix ». Le « Royaume céleste », qui imagine déjà se perpétuer en une dynastie héréditaire, prend fin avec la chute de sa capitale, Nankin, en 1864, cédant à une puissance impériale qui n'a pas encore dit son dernier mot. Cette guerre a pour effet de susciter une réaction orthodoxe qui prône un ordre moral néoconfucéen et un renouveau de l'ancienne école de Tongcheng dans l'Anhui, représentée notamment par Fang Dongshu (1772-1851) [23]. Ce dernier porte-drapeau de l'orthodoxie des Song au début du XIXe siècle « fait justice des études Han » dans son *Hanxue shangdui* de 1824 qui signe de fait leur acte de décès : il leur reproche leur méthode trop exclusivement philologique, incapable de fournir une réflexion de fond sur les questions morales et les situations de crise telles que la Chine en connaît alors.

Autre conséquence de la guerre des Taiping : un mouvement de modernisation, c'est-à-dire d'occidentalisation dans les domaines scientifique et technique, théorisé par Feng Guifen (1809-1874). La distinction qu'il introduit entre les traditions chinoises à sauvegarder et les techniques occidentales à emprunter reprend la distinction classique entre constitution (*ti* 體) et fonction (*yong* 用) : « Les enseignements de la Chine comme fondement constitutif, ceux de l'Occident comme pratique fonctionnelle » *(zhongxue wei ti, xixue wei yong)*. Formule célèbre qui sera reprise à l'envi, notamment par Zhang Zhidong (1837-1909) à la veille des réformes de 1898.

C'est à partir des années 1860 que se constitue à la tête de la bureaucratie impériale un mouvement en faveur de l'« autorenforcement » *(ziqiang)* – l'expression provient du *Livre des Mutations* –, c'est-à-dire de la constitution d'une puissance militaire et économique largement inspirée des techniques européennes. C'est à ce stade assez tardif que s'impose l'idée que le danger le plus direct pour la dynastie vient de l'extérieur et qu'il faut faire pièce à l'Occident avec ses propres armes. En même temps se fait jour la conscience d'appartenir à la Chine comme entité, et non plus comme centre de la civilisation par opposition aux « barbares ». Il ne s'agit plus du traditionnel sentiment de supériorité culturelle et politique, mais d'un véritable sursaut national. Tout en restant le « Pays du Milieu [24] », la Chine doit désormais se rendre à l'évidence que l'ordre qu'elle imposait à une grande partie du monde est menacé.

Si cette prise de conscience se fit si tardivement, c'est qu'il fallut du temps pour reconnaître la supériorité objective de l'Occident, non seulement dans le domaine scientifique et technologique, mais encore dans la gestion des ressources humaines et matérielles, au moment où le système politique chinois était miné par une dégradation continue depuis la fin du XVIIIe siècle et atteint en profondeur par la grave crise des Taiping. Aux observateurs comme Wang Tao (1828-1897), fasciné par l'exemple de l'Angleterre et pendant un temps collaborateur du sinologue écossais James Legge (1815-1897), il apparaît clairement que rien ne sert d'adopter les techniques étrangères si les méthodes administratives sont inadaptées et les fondements mêmes de l'État menacés de ruine [25].

Autre fervent admirateur de l'Angleterre, Yan Fu (1853-1921) est formé à l'anglais et aux disciplines scientifiques à l'École de l'arsenal de Fuzhou. Après un séjour de deux ans dans la Royal Navy à la fin des années 1870, il est profondément marqué par la philosophie et la pensée politique anglaises, en particulier le darwinisme dont il applique la thèse de la survie des plus aptes aux sociétés humaines. C'est ce qui ressort de ses essais publiés entre 1895 et 1898 [26], ainsi que de sa traduction annotée de l'ouvrage de Thomas Huxley, *Evolution and Ethics (Tianyan lun)*, terminée en 1896. Dans le monde humain, proclame Yan Fu, la lutte perpétuelle pour la survie se passe d'abord entre les communautés qui, dans le contexte moderne, prennent la forme d'États-nations. Pour traduire cette notion, Yan Fu recourt à *qun* 群, terme du vocabulaire classique élaboré dès l'époque préimpériale par Xunzi, qui désigne à l'origine un troupeau d'animaux et revêt, depuis Confucius, une connotation positive par opposition à *dang* 黨, terme péjoratif appliqué aux « factions [27] ». C'est donc pour surmonter ce préjugé négatif que, lors de la résurgence de l'esprit du Donglin au tournant du XVIIIe-XIXe siècle, le terme de *qun* revint en faveur pour désigner les groupements ou associations qui cherchaient à faire entendre leur voix en matière politique.

Convaincu que les communautés, sociales ou nationales, ne peuvent prospérer que si leurs membres sont individuellement forts, Yan Fu appelle les Chinois à une régénération physique, intellectuelle et morale. Dénonçant leur apathie, leur hypocrisie, leur veulerie et leur manque de sens de l'honneur, il voudrait les voir transformés en citoyens dynamiques et responsables. À cet égard, le message darwinien de Yan Fu représente une composante majeure de l'esprit réformiste des années 1890. Entre 1900 et 1910, il fait paraître une série de traductions, accompagnées de commentaires personnels et rédigées dans une langue classique raffinée qui en font de véritables transpositions en terrain chinois : *The Study of Sociology (Qunxue siyan)* de Herbert Spencer, *The Wealth of Nations (Yuanfu)* d'Adam Smith, *On Liberty (Qunjiquan jielun)* de John Stuart Mill, *L'Esprit des lois (Fayi)* de Montesquieu.

Kang Youwei (1858-1927) et l'apogée du réformisme des « textes modernes »

Pendant toute la seconde moitié du XIXe siècle, avec l'intensification des échanges intellectuels avec les Occidentaux, notamment les missionnaires, des idées nouvelles commencent à faire leur chemin, notamment celle d'un principe parlementaire ou d'une participation du peuple au pouvoir par le truchement des journaux, véhicules de l'opinion publique (*minqing* 民清, expression qui évoque les traditionnels « jugements purs », *qingyi* 清議). Dans le même temps, les lettrés chinois font feu de tout bois pour étayer leurs idées réformistes, fouillant tous les recoins de l'héritage culturel dont bien des aspects avaient été seulement occultés par l'orthodoxie impériale. Comme le note Léon Vandermeersch, « le confucianisme est alors en butte, dans les milieux progressistes, à la sévère critique de tous ceux – par exemple Yan Fu – qui le jugent responsable de l'arriération de la société chinoise laissant le pays livré sans défense à l'agressivité des impérialismes occidentaux et japonais ; ceux qui lui restent attachés ne peuvent donc pas ne pas sentir la nécessité de le rénover. Cependant, ceux-ci, d'autre part, pensent que la tradition chinoise est assez riche pour renfermer quelque part la source spirituelle qui pourra nourrir cette rénovation [28] ».

Cette volonté de mobiliser toutes les ressources du fonds traditionnel est éminemment illustrée par Kang Youwei [29]. Formé à l'académie de l'Océan d'érudition établie en 1820 par Ruan Yuan à Canton [30], il commence par absorber tout ce qu'il peut et dans toutes les directions. À proximité de la colonie britannique de Hong Kong, il est au contact de l'influence occidentale et témoin des signes avant-coureurs de la guerre sino-française de 1884-1885. D'une personnalité flamboyante et très imbu de la grande mission de sauveur du monde dont il se sent investi, Kang se voit dès sa jeunesse sous les traits d'un saint ou d'un Bodhisattva. Il est en cela représentatif d'un véritable renouveau du bouddhisme Mahâyâna vers la fin des Qing qui, paradoxalement, touche surtout les intellectuels laïques et progressistes. Assimilé depuis longtemps par la culture chinoise, le bouddhisme paraît en effet apte à faire pièce aussi bien à la morale chrétienne qu'à la spéculation philosophique dont se réclame l'Occident [31]. Cependant, par défi à l'orthodoxie zhuxiste encore en vigueur officiellement à son époque, Kang puise aussi aux sources de l'antiquité chinoise une conception du monde vitaliste, naturaliste et cosmologique héritée de Mencius et de Dong Zhongshu, axée sur le *qi*, énergie première de l'univers, et l'unité du Ciel et de l'Homme.

Dans les dernières décennies du XIXe siècle, il est devenu urgent de réévaluer de fond en comble toute la tradition classique pour avoir une chance de sauver la nation d'une aliénation totale. Le renouveau des « textes modernes », de plus en plus radical, trouve une caisse de résonance dans les écrits de Kang Youwei. En 1891, en même temps qu'il ouvre une école à Canton où il a pour disciple Liang Qichao, paraît son *Étude critique des faux Classiques établis par les érudits de la dynastie Xin* (l'interrègne de Wang Mang entre 9 et 23 apr. J.-C.). Kang accuse le courant des « textes anciens » dans son entier d'avoir été une constante entrave à tout esprit de réforme, une orthodoxie qui n'a fait que scléroser et stériliser toute la tradition intellectuelle chinoise :

> Le premier à composer des faux et à introduire la confusion dans les institutions du Saint (Confucius) fut Liu Xin. La propagation de ces faux Classiques et l'usurpation de la lignée de Confucius furent parachevées par Zheng Xuan. Pendant la vaste période de deux millénaires, à longueur d'année, de mois, de journée, d'heure, l'érudition de centaines, de milliers, de millions de lettrés et la rigueur des institutions rituelles et musicales de vingt dynasties ont été mobilisées pour ériger ces faux Classiques en modèles de référence du Saint. On les a lus et récités avec ferveur, exaltés dans la pratique ; ceux qui s'y opposaient étaient considérés comme sans foi ni loi, de sorte qu'il ne se trouva jamais personne pour oser s'y opposer ou les mettre en doute [32].

En tant qu'intellectuel chinois confronté au défi occidental, Kang se trouve mis en demeure de reconsidérer l'ensemble de sa propre tradition culturelle, à commencer par sa source même, la « figure du père » qu'est Confucius. Dans son *Étude critique de Confucius comme réformateur des institutions*, parue à Shanghai en 1897, Kang puise dans le corpus des « textes modernes » pour le dépeindre sous les traits d'un progressiste avant la lettre :

> Que les *Odes*, les *Documents*, les *Rites*, la *Musique*, les *Mutations* soient des textes antiques dus aux anciens rois et au duc de Zhou, et que les *Printemps et Automnes* ne soient que des proclamations et des ordonnances officielles, toutes ces idées n'eurent cours que depuis que Liu Xin entreprit de composer des faux en écriture ancienne. Voulant priver Confucius de son statut de Saint afin d'altérer sa sainte loi, Liu Xin substitua le duc de Zhou à Confucius, mais rien de cela n'avait cours avant les Han. Avant les Han, Confucius était universellement connu pour être un chef religieux qui avait réformé les institutions, un saint-roi d'une divine lumière [33].

Le but, difficilement défendable en matière d'histoire textuelle, est de recentrer toute la tradition chinoise sur la personne de Confucius, transfigurée de manière à rivaliser avec les figures de proue des autres grandes religions, le Bouddha, le Christ ou Mahomet :

> Le Ciel, ayant pris en pitié les nombreuses souffrances des hommes qui vivent sur notre vaste terre, ordonna à l'Empereur noir d'envoyer sa semence afin de créer un être capable de sauver les hommes de leurs maux, un être d'une divine lumière qui serait un saint-roi, un maître pour dix mille générations, un rempart pour dix mille peuples et un chef religieux pour la terre entière. Né dans un âge de désordre, [Confucius] partit de là pour établir le modèle des Trois Âges en se concentrant sur celui de la Grande Paix. Puis il prit pour point de départ son pays natal [de Lu] pour déterminer le contenu des Trois Âges en se fixant sur la Grande Unité dans laquelle viendront se fondre tous les êtres de la vaste terre, des plus lointains aux plus proches, des plus grands aux plus petits [34].

Kang Youwei emprunte ici librement à la littérature apocryphe des Han dans la perspective d'une religion confucéenne qui ferait appel aux tendances plus prophétiques que rationnelles des « textes modernes ». Son intention avouée est de faire pièce à l'influence chrétienne tout en reprenant sa vision d'un progrès de l'humanité vers sa libération définitive, inspirée de l'avènement du royaume de Dieu. En exaltant Confucius comme le plus grand saint et le plus grand réformateur de tous les temps, Kang se voit sans doute lui-même sous les traits d'un sage, d'autant qu'il est salué par ses pairs comme le « Martin Luther du confucianisme [35] ». Mais, paradoxalement, l'universalisation d'une nouvelle religion confucéenne allait en réalité dans le sens d'une déconfucianisation de la tradition.

Après la suprême humiliation de la défaite chinoise face au Japon en 1895 et l'occupation en 1897 de la baie de Jiaozhou par l'Allemagne, Kang réussit enfin à se faire entendre de l'empereur et à entreprendre des réformes politiques effectives, faisant du même coup aboutir politiquement les idées des « textes modernes ». Lors des « cent jours », entre le 12 juin et le 20 septembre 1898, Kang et ses partisans parmi lesquels figurent Liang Qichao et Tan Sitong, réussissent pour la première fois à proposer l'instauration d'une monarchie constitutionnelle, notamment sur le modèle du Japon de l'ère Meiji [36]. Mais c'est précisément sur cette réforme de fond que tout achoppe : l'impératrice douairière Cixi reprend bientôt la situation en main en soutenant le mouvement des Boxers. Cette société secrète pro-mandchoue qui veut en finir avec les Occidentaux échouera lamentablement face aux puissances détentrices de concessions le long des côtes chinoises : la France, l'Angleterre, l'Allemagne et la Russie.

En jouant un rôle de premier plan dans le mouvement réformiste, Kang Youwei entre dans l'Histoire par la grande porte, mais ce qui le distingue de nombre de ses contemporains porteurs des mêmes aspirations, c'est qu'il fonde son action politique sur une critique radicale d'ordre culturel fondée sur une réinterprétation de l'héritage scripturaire. Après le désastre de 1898, et même en exil à l'étranger, il restera attaché à sa conception des Classiques en même temps qu'à l'idée d'une monarchie constitutionnelle, à contre-courant de la vague révolutionnaire montante.

Liang Qichao (1873-1929) et Tan Sitong (1865-1898)

Au moment où le jeune Liang Qichao, enfant prodige destiné à la carrière mandarinale, vient d'achever une formation traditionnelle à l'académie de l'Océan d'érudition de Canton, il fait la rencontre déterminante de Kang Youwei qui l'amène à rejeter toute « l'inutile érudition ancienne » et dont il devient le disciple le plus éminent [37]. En 1895, à la suite de la défaite chinoise face aux Japonais, Liang entre en politique en fondant, avec son maître, un journal à faible tirage destiné aux officiels de Pékin, puis en devenant l'éditeur en chef du *Shiwu bao* (connu en anglais comme *The China Progress*). Ce journal nouvellement fondé à Shanghai devait constituer une véritable plate-forme du mouvement réformiste. Dans ses éditoriaux, Liang réclame un régime parlementaire et des « droits pour le peuple », une refonte du système des examens et des cursus scolaires (notamment l'intégration de méthodes et de disciplines occidentales), l'égalité des sexes, l'ouverture d'écoles pour les femmes et l'abolition des pieds bandés. De fait, pendant les quelques années qui précèdent 1898, sous l'impulsion décisive de Kang et de Liang, de multiples écoles et « associations d'étude » *(xuehui)* impatientes d'intégrer le « savoir occidental » fleurissent principalement dans la Chine du Sud :

Jiangsu (région de Shanghai), Guangdong (région de Canton), Hunan.

C'est dans cette dernière province que Liang Qichao va porter la bonne parole en 1897. Patrie de Wang Fuzhi, symbole de la résistance au despotisme mandchou, ainsi que (plus tard) de l'illustre Mao Zedong, le Hunan est alors le théâtre de la première expérience grandeur nature d'organisation sociale sur des bases réformistes. Tan Sitong en est un acteur de premier plan avec son *Nouveau Journal du Hunan (Xiangxue xinbao)* et son Association d'étude du Sud *(Nan xuehui)*. Son œuvre la plus connue, l'*Étude sur l'humanité*, trahit l'influence de Kang Youwei : à partir d'une fusion de l'idéal néoconfucéen et du bouddhisme Mahâyâna, à laquelle viennent s'adjoindre des éléments de spiritualité chrétienne et de théories scientifiques occidentales, Tan Sitong réinterprète la vertu confucéenne d'humanité *(ren)* comme force dynamisante de l'univers et garante de l'égalité foncière entre les êtres humains. Dans un élan mystique, il y voit un état universel de sollicitude mutuelle et de compassion infinie où tous les êtres entreraient en *nirvâna*, rompant ainsi les relations hiérarchiques de la société traditionnelle. À un objecteur fictif qui lui fait remarquer que toute ces belles théories ne valent rien si elles ne conduisent pas à l'action, il répond :

> Pour moi, c'est la connaissance, non l'action, qui a le plus de valeur ; car la connaissance est l'affaire de l'âme, l'action celle du corps. Confucius a dit : « Savoir qu'on sait quand on sait, et savoir qu'on ne sait pas quand on ne sait pas, c'est là la vraie connaissance. » Savoir, c'est de la connaissance, mais ne pas savoir en est aussi. Alors que l'action a ses limites, la connaissance n'en a pas ; on peut venir à bout de l'action, mais non de la connaissance. L'action ne saurait égaler la connaissance, et cela personne n'y peut rien. Ce que la main ou le pied peut toucher ne va pas aussi loin que ce que perçoit l'œil ou l'oreille ; ce que la mémoire peut enregistrer n'englobe pas autant que l'intuition ; la mesure prise par la balance ou la règle ne sera jamais aussi juste que l'évaluation [par l'intelligence] ; toute la beauté de la réalité ne saurait égaler la pureté du principe abstrait. Qui pourrait y changer quelque chose ? Si les lettrés pédants se plaignent de savoir sans pouvoir, c'est que leur connaissance n'est pas la vraie. La vraie connaissance est celle qu'on peut mettre en action à tout moment [38].

L'esprit de réforme
entre universalisme et nationalisme

Face à la tendance pragmatique fortement marquée par le darwinisme social d'un Yan Fu, Tan Sitong, comme Kang Youwei, intègre l'idée d'évolution dans la cosmologie chinoise. De manière significative, chaque fois que Kang s'efforce de traduire des emprunts à la théorie politique libérale de l'Occident, il se tourne tout naturellement vers la tradition des « textes modernes » *(jinwen)* : dans la vision Han de l'unité du Ciel et de l'Homme se trouvent ainsi replacées les notions de liberté individuelle, d'égalité et de démocratie. De la même façon, il interprète la vision *jinwen* de l'histoire, qui reste essentiellement cyclique, dans le sens d'une conception linéaire et évolutionniste, réorientant toute la perspective traditionnelle en un schéma de progrès tourné vers l'avenir. Dans son *Livre de la Grande Unité*, Kang assigne ce qu'il appelle – en reprenant une expression classique – l'« Âge de la Grande Paix » comme but à l'évolution progressive de l'humanité[39], dont l'avènement passe par l'instauration d'un régime parlementaire et d'une monarchie constitutionnelle.

À partir du milieu du XIXe siècle, il semble que le « nationalisme ethnique », alimenté par le ressentiment contre la domination mandchoue, cède progressivement la place à un nationalisme d'un nouveau type en réaction contre les menées impérialistes des puissances occidentales. Du mot d'ordre qui appelle à « restaurer les Ming et renverser les Qing », on passe à celui des Boxers qui, en 1900, veulent « restaurer les Qing et renverser les étrangers ». Dans la conception traditionnelle, la Chine n'est pas au centre du monde, elle *est* le monde (litt. « tout ce qui est sous le Ciel », *tianxia*), un tout cosmique et moral. Une telle représentation, dans laquelle la barbarie (sur la périphérie) n'a de rapports avec la civilisation (au centre) qu'en lui payant tribut, ne favorise guère *a priori* l'émergence d'un nationalisme fondé sur le sentiment d'appartenir à un pays parmi d'autres[40]. La priorité pour les réformistes se réclamant des « textes modernes » était de reconstituer un ordre du monde cohérent qui était fondamentalement universaliste, et si nombre de penseurs de la période étaient conscients de la nécessité de créer le sentiment d'une communauté nationale, ils ne semblent pas avoir conçu le nationalisme comme une fin en soi. Dans le prolongement de l'interprétation donnée des *Printemps et Automnes* par Liu Fenglu, Kang Youwei oriente la vision culturaliste vers un idéal universaliste :

> Tout homme est né du Ciel. Voilà pourquoi il ne doit pas être considéré comme citoyen d'un pays *(guomin)* mais comme citoyen du Ciel *(tianmin)*. Tout homme étant né du Ciel ne peut être soumis qu'au Ciel. [En conséquence] tous sont autonomes et égaux [41].

Chang Hao rappelle qu'au plus fort du mouvement de réformes de 1898, Liang Qichao écrivit à son maître pour lui rappeler que « leur souci d'agir politiquement ne devait pas leur faire oublier leur objectif suprême, à savoir l'idée universaliste de répandre l'enseignement moral et spirituel de Confucius et de sauver le monde, préférable à l'objectif politique "particulariste" de défendre simplement la Chine en tant que nation [42] ». Dans son essai *De la communauté* (sociopolitique), Liang reste dans l'universalité tout en mettant l'accent, non plus sur l'aspect humain comme le fait Kang, mais sur les problèmes cruciaux de participation et de légitimation :

> Il y a les citoyens d'une nation et les citoyens du monde. Les pays occidentaux sont sous le régime du gouvernement par la nation mais ne sont pas encore parvenus au gouvernement par les citoyens du monde. [...] À l'Âge de la Grande Paix, toutes les parties du monde, les plus lointaines comme les plus proches, les plus grandes comme les plus petites, ne feront plus qu'un [43].

Et Liang de citer à l'appui les mêmes sources classiques que Liu Fenglu et Kang Youwei :

> Les *Annales des Printemps et Automnes* n'étaient pas destinées à un seul pays mais au monde entier, elles ne valaient pas pour une seule époque mais pour l'éternité [44].

À cet élan universaliste vient se joindre Tan Sitong. Pourvu que l'homme aborde les problèmes sociopolitiques dans un esprit d'amour – sous la forme confucéenne du sentiment d'humanité –, alors la « Grande Paix » envisagée dans les sources classiques comme le *Gongyang* pourrait advenir, dans la liberté et l'égalité, sans qu'il y ait plus de discrimination entre les peuples ni de séparation entre les nations. À la fin du XIXᵉ siècle, il existait bien, cependant, des façons de combiner cet idéal d'universalité avec un nationalisme de l'ici-et-maintenant : bien des réformateurs « aspiraient à la réalisation future d'un monde universel rassemblant toutes les nations, tout en prônant pour le présent un État-nation chinois réformé. L'universalité restait le but ultime du schéma évolutif fait de changement graduel et de progrès envisagé par les réformateurs. [...] Il était parfaitement cohérent de reconnaître la réalité présente de nations en guerre, tout en ayant la vision d'un monde meilleur de paix universelle à venir [45] ».

L'« après-1898 » : la tradition classique entre réformisme et révolution

Après l'échec des tentatives de réformes de 1898, tous les chefs de file du mouvement sont exécutés comme Tan Sitong, mort en martyr à trente-trois ans, ou contraints à l'exil comme Kang Youwei et Liang Qichao qui se réfugient au Japon. Le renouveau des « textes modernes », après avoir connu son apogée politique dans le réformisme des années 1890, n'est déjà plus d'actualité dès 1899, même s'il conserve un certain prestige dans les milieux intellectuels pour avoir inspiré le premier mouvement constitutionnel de toute l'histoire chinoise. Alors que Kang Youwei ne se départira jamais de ses convictions, son disciple Liang Qichao finit par se rendre à l'évidence que la Chine ne pourra survivre qu'au prix d'une rupture définitive avec la tradition, déclarant en 1902 qu'il a, dans sa trentième année, renoncé à toute discussion sur les « faux Classiques » [46].

C'est au Japon que, sous l'influence probable de réformistes comme Fukuzawa Yukichi, Liang écrit son œuvre maîtresse, *De la nouvelle citoyenneté (Xinmin shuo)*, où la position critique que lui procure son exil à l'étranger l'amène à rejeter tout l'héritage chinois au profit d'idées radicalement nouvelles. L'historien Mark Elvin y voit « le premier ouvrage important publié au sein de la tradition érudite chinoise à avoir coupé les liens avec le confucianisme scripturaire » et à avoir marqué son décès « au sens où il avait perdu le pouvoir de s'autoreproduire comme système viable de croyances et de valeurs dans les classes éduquées »[47].

Zhang Binglin (1869-1935)

Suite à l'échec du réformisme et de l'universalisme inspirés des « textes modernes », ceux qui souhaitent le changement n'ont plus d'autre choix qu'une radicalisation résolument révolutionnaire et nationaliste. Kang Youwei et tout ce qu'il représente se trouvent récusés par les intellectuels progressistes de la génération suivante, à commencer par Zhang Binglin (également connu sous son appellation Zhang Taiyan)[48]. Formé dans le plus pur esprit des « études Han », il rallie le mouvement réformiste en 1895. Après avoir collaboré au *Shiwu bao*, le journal progressiste de Liang Qichao, il devient cofondateur du *Jingshi bao (Journal de l'organisation du monde actuel)*.

Même si Zhang figure parmi les premiers intellectuels chinois « engagés », il garde toute sa vie son penchant pour l'érudition classique. Dès 1899, au lendemain du fiasco des « cent jours », il écrit un article intitulé « Des distinctions à faire entre textes modernes et anciens » qui, en réfutant les positions de Liao Ping, défenseur des « textes modernes », s'en prend en réalité aux idées de Kang Youwei[49]. La même année, Zhang publie dans le journal réformiste *Qingyi bao (Journal des jugements purs)* une « Discussion véridique sur le confucianisme » *(Rushu zhenlun)* qui attaque nommément Kang Youwei et Tan Sitong.

Un siècle après Zhang Xuecheng, Zhang Binglin relève la bannière des « textes anciens » en clamant que les Classiques sont de l'histoire, et non de la fiction ou de la prophétie comme le pense Liao Ping qui va jusqu'à voir dans les *Printemps et Automnes*, non pas les annales du pays de Lu, mais une vision du monde moderne (Zheng représentant la Chine, Qin l'Angleterre, Lu le Japon, etc.). En s'attachant au contraire à dénoncer l'utilisation faite par le courant adverse des apocryphes et à mettre en doute l'attribution des *Printemps et Automnes* à Confucius, Zhang se situe dans la ligne de l'érudition critique des Qing et achève de désacraliser les Classiques.

Emporté par son élan contre les « textes modernes » de ses aînés, Zhang en arrive à présenter Liu Xin comme le plus grand érudit de toute la tradition scripturaire chinoise dans le seul but de vilipender la figure sacrée de Confucius, dépeint sous des traits peu flatteurs dans le *Livre de raillerie* et traité de lettré opportuniste et sans scrupules dans les *Propos sommaires sur les maîtres des Royaumes Combattants*[50]. Dans une *Réfutation de la religion confucéenne (Bo Kongjiao yi)* écrite au vitriol, le confucianisme est décrit comme une croyance qui n'encourage guère la clarté d'esprit et qui ne prône, en fait de moralité, qu'égoïsme et hypocrisie. Une telle virulence, qui préfigure l'iconoclasme du mouvement du 4 mai 1919, montre qu'après l'échec du confucianisme à la Kang Youwei, la seule issue pour la Chine est désormais de saborder les valeurs culturelles fondées sur la sacralité de Confucius et des Classiques afin d'en finir avec l'ordre cosmologico-politique traditionnel.

Cela n'empêche pas Zhang de rechercher tout ce qui peut être sauvegardé de l'identité culturelle chinoise, combustible selon lui indispensable à l'entretien du sentiment nationaliste. Par volonté de s'opposer à la fois à la sacralisation de Confucius dans les « textes modernes » et à l'orthodoxie zhuxiste encore dominante en cette fin de XIXe siècle, Zhang est amené à remettre en lumière la pensée de Xunzi aux dépens de celle de Mencius qui avait nourri la philosophie chinoise depuis un millénaire. Face à l'idéalisme mencien, Xunzi propose une conception beaucoup plus réaliste de l'homme et du monde, en particulier dans son élaboration de la notion de « communauté » *(qun)*. Comme nombre de ses contemporains, Zhang s'empresse de la rapprocher du matérialisme scientifique et du darwinisme social qu'il a puisés dans les écrits et traductions de Yan Fu. Après le fiasco de 1898, sa conception darwinienne de la communauté tend à se cristalliser en un nationalisme antimandchou dont il est nourri depuis sa prime jeunesse au Zhejiang, reprenant l'idée de Wang Fuzhi qu'une majorité de Chinois d'ethnie Han se trouve illégitimement dominée par une minorité inférieure à tout point de vue, notamment culturel[51]. Ce n'est donc qu'au moment où l'échec du réformisme ouvre la voie à la révolution que le débat autour de la notion de *qun* tourne à l'offensive contre les Mandchous, pris à la fois comme minorité ethnique étrangère et comme régime politique répressif.

En 1903, pour avoir insulté l'empereur Guangxu dans un éditorial, Zhang Binglin est emprisonné pendant trois ans. Il se réfugie ensuite au Japon où il édite le *Journal du peuple*

(Minbao) et retrouve des compatriotes comme Liang Qichao. Pendant ses quatorze ans d'exil, ce dernier continue ses activités politiques : il publie dans des journaux et organise avec son maître Kang Youwei un parti pour une réforme constitutionnelle opposé aux conceptions révolutionnaires de Sun Yat-sen (1866-1925). Après la révolution de 1911 qui établit la République, cette concurrence se prolongera entre le Parti progressiste *(Jinbudang)* auquel se rallient Liang et le Parti nationaliste *(Guomindang)* fondé par Sun Yat-sen [52].

Liu Shipei (1884-1919)

Cadet de quinze ans de Zhang Binglin, Liu Shipei est l'un des plus importants penseurs radicaux de la fin du XIXe siècle, tout en étant l'un des derniers à recevoir une éducation traditionnelle dans l'« après-1898 », au moment où l'influence culturelle de l'Occident commence à se propager largement par-delà les « ports de traité » de la côte vers les centres urbains de l'intérieur. Originaire d'une famille de lettrés de la préfecture de Yangzhou, grand centre des « études Han » dans la tradition de Dai Zhen depuis la fin du XVIIIe siècle, Liu bénéficie d'une solide formation classique qui lui aurait assuré une belle carrière officielle s'il n'en avait décidé autrement et si, de surcroît, tout le système des examens mandarinaux n'avait été aboli en 1905 [53].

Comme Zhang Binglin, Liu est fortement marqué par le sentiment anti-mandchou que nourrit sa famille et opposé au réformisme universaliste de Kang Youwei. Son *Livre du rejet (Rangshu)*, le premier qu'il publie, témoigne d'un nationalisme ethnique inspiré de toute évidence du *Livre jaune* de Wang Fuzhi [54]. Y sont « rejetées » les trois relations constitutives de la société chinoise dans laquelle se superposent les structures de l'empire et de la famille, elles-mêmes fondées dans un ordre cosmique universel dont la Chine est le centre. Au-delà de la simple modification des règles du jeu impérial dont les réformistes comme Kang Youwei se seraient bien contentés, Liu s'attaque au fondement même de toute l'organisation sociopolitique traditionnelle.

Malgré le ton polémique de son *Explication générale du sens des termes de l'école du principe (Lixue ziyi tongshi)* publiée en 1905, Liu ne peut s'empêcher, en bon lettré chinois, de puiser dans l'héritage philologique et philosophique de Dai Zhen une vision moniste du monde centrée sur l'énergie vitale. Mais alors que ce dernier pense le principe dans la perspective cosmologique traditionnelle, Liu, probablement sous l'influence des sciences occidentales, évacue tout cet aspect pour ne retenir que celui de la culture morale. Le monisme de Dai Zhen lui permet de concevoir une moralité qui soit autant intérieure qu'extériorisée dans les actes, et dont le volontarisme s'oppose au quiétisme des Song et des Ming : le destin n'est pas une fatalité que l'on subit, c'est à chacun de le forger (*zao ming* 造命). Dans le sillage de Dai Zhen, il s'en prend au caractère élitiste de la conception du principe héritée des Song, qui ne condamne les désirs et émotions des gens ordinaires que pour mieux servir les intérêts des privilégiés en cautionnant l'ordre hiérarchique établi. Ce radicalisme moral trouve son illustration dans le *Manuel d'éthique (Lunlixue jiaokeshu)*, daté lui aussi de 1905 et composé sur le modèle classique de *La Grande Étude*. Le terme de *lunlixue*, néologisme emprunté comme bien d'autres de l'époque au japonais (tels que *ziyou* pour « liberté », *geren zhuyi* pour « individualisme », *zhexue* pour « philosophie », etc.), désigne l'« étude des rapports sociaux et des principes éthiques » replacés dans une perspective historique et évolutionniste, par opposition aux valeurs morales de la tradition confucéenne.

Alors qu'une certaine conception libérale occidentale insiste sur l'autonomie externe de l'individu face à d'autres individus ou à la société, la tradition éthique confucéenne, en privilégiant l'autonomie interne par la culture morale et l'accomplissement de soi, a moins de chances de déboucher sur une réflexion concernant la place de l'individu dans la société. D'où l'intérêt du glissement opéré par Liu d'une autonomie morale purement interne (sens du juste classiquement opposé à celui de l'intérêt) vers une autonomie externe (sens de l'intérêt général par opposition à celui de l'intérêt particulier). Ce glissement se fait dans des termes qui restent empruntés à la tradition confucéenne mais qui tiennent manifestement compte de la nouvelle problématique occidentale. Dans *L'Essentiel des idées chinoises sur le contrat social (Zhongguo minyue jingyi)* de 1903, Liu développe sa conception de l'intérêt général dans une interprétation populiste et antimonarchique influencée par Jean-Jacques

Rousseau. Composé sur le modèle du *Plan pour le prince* de Huang Zongxi, cet ouvrage apparaît comme le complément du *Livre du rejet* inspiré du *Livre jaune* de Wang Fuzhi.

En marge de ses références confucéennes et de son engagement radical, Liu fait preuve d'une attirance paradoxale pour le détachement bouddhique, réservé au plan personnel et existentiel et exprimé dans ses poèmes. L'exigence morale et la négation bouddhique du moi convergent pourtant dans le rejet de la notion d'intérêt individuel propre aux théories de Bentham largement diffusées par l'intermédiaire de Yan Fu. Cette récusation de l'utilitarisme anglo-saxon et l'élaboration d'une pensée politique égalitariste reflètent, dans le parcours intellectuel de Liu, une radicalisation qui se fait à la faveur d'un séjour au Japon en 1907-1908. Il écrit alors des articles enflammés pour le *Journal du peuple*, organe d'un groupe révolutionnaire de Tokyo édité par Zhang Binglin. Au contact des anarchistes japonais, il embrasse activement l'anarcho-socialisme qu'il professe dans des périodiques édités en collaboration avec son épouse, féministe convaincue. Il y expose sa vision d'une société idéale d'où disparaîtrait toute forme d'inégalité : gouvernement, propriété privée (abolie par une révolution paysanne qui redistribuerait les terres), domination des hommes sur les femmes, démarcations entre pays, discriminations raciales... Vision utopique qui rappelle d'autant plus celle de Kang Youwei que Liu l'appelle aussi « Grande Unité[55] », à cette différence près que le premier l'imagine comme l'aboutissement d'un processus historique long et graduel, alors que le second la voit se réaliser dans un brusque sursaut de la volonté et de l'action humaines et dans une rupture violente de toutes les structures sociopolitiques. Ainsi, partant tous deux de sources classiques et aboutissant à un même idéalisme, Kang Youwei et Liu Shipei représentent pourtant deux voies devenues incompatibles à l'aube du XXe siècle : réformisme et révolution.

Notes

1. Cf. David S. NIVISON, « Ho-shen and his Accusers : Ideology and Political Behavior in the 18th Century », *in* David S. NIVISON & Arthur F. WRIGHT, éd., *Confucianism in Action*, Stanford University Press, 1969, p. 209-243 ; et Susan MANN-JONES, « Scholasticism and Politics

in Late 18th Century China », *Ch'ing-shih wen-t'i (Late Imperial China)*, 3, 4 (1975), p. 28-49.

Ce chapitre reprend en partie l'article d'Anne CHENG, « Tradition canonique et esprit réformiste à la fin du XIXe siècle en Chine : la résurgence de la controverse *jinwen/guwen* sous les Qing », *Études chinoises*, 14, 2 (1995), p. 7-42.

2. Sur les « jugements purs » *(qingyi)* sous les Han, voir chap. 12, note 63 ; sur la lutte entre les partisans du Donglin et les eunuques à la fin des Ming, voir chap. 20, note 64.

3. Sur les communautés lettrées du Jiangnan, voir chap. 21 à la note 66. Sur l'école de Changzhou, cf. Benjamin A. ELMAN, *Classicism, Politics and Kinship : The Ch'ang-chou School of New Text Confucianism in Late Imperial China*, Berkeley, University of California Press, 1990. Sur la controverse des Han, voir chap. 12, « La bataille des Classiques ».

4. Sur les apocryphes des Han, voir chap. 12, notes 40 et 41.

5. Sur le commentaire de Gongyang sur les *Annales des Printemps et Automnes*, voir chap. 12, notes 36 à 39.

6. L'expression est de son disciple Wei Yuan (sur lequel voir plus haut, p. 615-616). Sur l'idéal des lettrés du début des Qing, voir chap. 21, note 5.

7. Cf. LIU Fenglu, *Zuoshi Chunqiu kaozheng (Examen critique des « Printemps et Automnes du sieur Zuo »)* publié en 1805 et repris dans le *Huang Qing jingjie (Exégèses sur les Classiques de la dynastie Qing)*, juan 1294-1295.

8. Le commentaire de Gongyang, accompagné du sous-commentaire de He Xiu dont Liu Fenglu fait grand cas, est le seul ouvrage de la tradition des « textes modernes » à avoir été retenu dans tout le corpus des Classiques édités sous les Tang. Sur He Xiu, cf. Anne CHENG, *Étude sur le confucianisme Han : l'élaboration d'une tradition exégétique sur les Classiques*, Paris, Collège de France, Institut des hautes études chinoises, 1985.

9. Thomas A. METZGER décrit le concept Qing de l'autorité sous la forme d'un schéma triangulaire : « L'autorité souveraine du prince *(jun)* était contrebalancée par le rôle joué par l'"homme de bien" *(junzi)* comme éminemment porteur d'une vision éthique, l'autorité des Classiques surplombant ces deux fonctions », cf. *Escape From Predicament : Neo-Confucianism and China's Evolving Political Culture*, New York, Columbia University Press, 1977, p. 179.

10. *Chunqiu lun (Traité sur les « Annales des Printemps et Automnes »)*, in *Liu libu ji (Recueil d'écrits de Liu Fenglu)* 3, éd. 1827, p. 20a.

11. *Chunqiu fanlu* 9, éd. *Xinbian zhuzi jicheng*, Pékin, Zhonghua shuju, 1992, p. 137. Pour l'épisode de la licorne, voir aussi le *Commentaire de Gongyang* sur les *Annales des Printemps et Automnes*, duc Ai, 14e année, et les *Entretiens* de Confucius, XI, 8.

12. Sur cette double dimension, voir notamment chap. 2, « Portrait du prince en homme de bien », chap. 12, note 34, chap. 17, note 13.

13. CHANG Hao, *Chinese Intellectuals in Crisis : Search for Order and Meaning, 1890-1911*, Berkeley, University of California Press, 1987, p. 5.

14. Jérôme BOURGON, *Shen Jiaben et le Droit chinois à la fin des Qing*, thèse de doctorat non publiée, Paris, École des hautes études en sciences sociales, 1994, p. 498. Cet aspect de la tradition exégétique du *Gongyang* lui vaut un renouveau d'intérêt de la part de tout un courant

« juriste » dans la seconde moitié du XIXᵉ siècle. Pour les « cas de justice de Dong Zhongshu », voir chap. 12, note 37.

15. *Gong Zizhen quanji (Œuvres complètes de Gong Zizhen)*, Shanghai Renmin chubanshe, 1975, p. 233.

16. Voir chap. 12, note 38.

17. Le *Huangchao jingshi wenbian (Recueil de textes de la dynastie Qing sur l'organisation du monde actuel)* est une compilation d'essais rédigés par des fonctionnaires et des lettrés des Qing sur des problèmes pratiques de gouvernement (administration, organisation sociale et politique, fiscalité, stratégie et armement, agriculture, etc.). Dirigé par Wei Yuan et He Changling (1785-1848), il est inspiré de son modèle des Ming, le *Mingdai jingshi wenbian*. Il a été réédité sous le titre *Qing jingshi wenbian*, 3 vol., Pékin, Zhonghua shuju, 1992. Cf. Benjamin A. ELMAN, « The Relevance of Sung Learning in the Late Ch'ing : Wei Yuan and the Huang-ch'ao ching-shih wen-pien », *Late Imperial China*, 9, 2 (1988), p. 56-85.

18. *Wei Yuan ji (Œuvres de Wei Yuan)*, Pékin, Zhonghua shuju, 1976, t. I, p. 47-49. Les Trois Dynasties sont celles de l'antiquité chinoise : Xia, Shang et Zhou.

19. Sur la perception chinoise des influences occidentales dans la seconde moitié du XIXᵉ siècle, cf. TENG Ssu-yü, John K. FAIRBANK *et al.*, *China's Response to the West : A Documentary Survey (1839-1923)*, Harvard University Press, 1954 ; Paul A. COHEN, *China and Christianity : The Missionary Movement and the Growth of Chinese Antiforeignism, 1860-1870*, Harvard University Press, 1963 ; LIU Kwang-ching, « 19th Century China : The Disintegration of the Old Order and the Impact of the West », *in* HO Ping-ti & TSOU Tang, éd., *China in Crisis*, t. I : *China's Heritage and the Communist Political System*, University of Chicago Press, 1968, p. 93-178 ; Y. C. WANG, *Chinese Intellectuals and the West, 1872-1949*, Chapel Hill, University of North Carolina Press, 1966 ; Jerome CH'EN, *China and the West : Society and Culture, 1815-1937*, Londres, Hutchinson, 1979.

20. Cf. Jane Kate LEONARD, *Wei Yuan and China's Rediscovery of the Maritime World*, Harvard University Press, et Peter MITCHELL, « The Limits of Reformism : Wei Yüan's Reaction to Western Intrusion », *Modern Asian Studies*, 6 (1972). Fait significatif de l'isolement dans lequel était tenu l'empereur : publié pour la première fois en 1844, puis révisé en 1847 et 1852, traduit au Japon dès 1854-1856, le *Mémoire illustré sur les pays d'outre-mer (Haiguo tuzhi)*, qui fut longtemps l'une des rares sources d'information sur les pays occidentaux à la disposition du public chinois, ne fut présenté à l'empereur qu'en 1858.

21. À noter que le « Dieu d'en haut » des Taiping n'est autre que le « Souverain d'en haut » *(shangdi)* de l'antiquité chinoise (voir chap. 1). Cf. Eugene P. BOARDMAN, *Christian Influence upon the Ideology of the Taiping Rebellion, 1851-1864*, Madison, University of Wisconsin Press, 1952 ; Vincent Y. C. SHIH, *The Taiping Ideology. Its Sources, Interpretations, and Influences*, Seattle, University of Washington Press ; Rudolf G. WAGNER, *Reenacting the Heavenly Vision : The Role of Religion in the Taiping Rebellion*, Berkeley, University of California, 1982.

22. L'ère de la « Grande Paix » figure notamment dans un chapitre du

Traité des Rites (Liji), « L'évolution des rites » *(Liyun)*, cité par Hong Xiuquan en 1845-1846 dans ses « Instructions pour éveiller le monde par la Voie originelle » et de nouveau un demi-siècle plus tard par Kang Youwei, voir plus bas notes 34 et 39.

23. Cf. William Theodore DE BARY, *The Trouble with Confucianism*, Harvard University Press, 1991, p. 74 *sq.*

24. Rappelons que cette désignation très ancienne fut d'abord appliquée dans l'antiquité chinoise aux principautés de la plaine centrale, voir fin du chap. 1.

25. Cf. Paul A. COHEN, *Between Tradition and Modernity : Wang T'ao and Reform in Late Ch'ing China*, Harvard University Press, 1974.

26. Quatre de ces essais, écrits en 1895, sont traduits par François HOUANG, *Les Manifestes de Yen Fou*, Paris, Fayard, 1977. Voir aussi James R. PUSEY, *China and Charles Darwin*, Cambridge (Mass.), Harvard University Press, 1983. Sur Yan Fu, cf. Benjamin SCHWARTZ, *In Search of Wealth and Power : Yen Fu and the West*, Harvard University Press, 1964.

27. Cf. *Entretiens*, XV, 22 : « Les hommes de bien sont sociables *(qun)* sans jamais être partisans *(dang)*. » Sur le mot *dang* dans le sens de « faction », voir chap. 20, note 64.

28. « Une vision confucianiste moderne du bouddhisme : le nouveau cognitivisme de Xiong Shili », *in* Jean-Pierre DRÈGE, éd., *De Dunhuang au Japon. Études chinoises et bouddhiques offertes à Michel Soymié*, Genève, Droz, 1996, p. 301.

29. Cf. notamment Richard C. HOWARD, « K'ang Yu-wei (1858-1927) : His Intellectual Background and Early Thought », *in* Arthur F. WRIGHT & Denis TWITCHETT, éd., *Confucian Personalities*, Stanford University Press, 1962, p. 294-316 ; LO Jung-pang, éd., *K'ang Yu-wei, 1858-1927 : A Biography and a Symposium*, Tucson, University of Arizona Press, 1967 ; HSIAO Kung-ch'üan, *A Modern China and a New World : K'ang Yu-wei, Reformer and Utopian, 1858-1927*, Seattle, University of Washington Press, 1975.

30. Voir chap. 21, note 88.

31. Cf. CHAN Sin-wai, *Buddhism in Late Ch'ing Political Thought*, Hong Kong, Chinese University Press, 1985. Voir aussi Holmes WELCH, *The Buddhist Revival In China*, Harvard University Press, 1968 ; Gabriele GOLDFUSS, *Vers un bouddhisme du XXe siècle. Yang Wenhui (1836-1911), réformateur laïque et imprimeur*, Collège de France, Institut des hautes études chinoises, 2001 ; Don A.PITTMAN, *Toward a Modern Chinese Buddhism. Taixu's (1890-1947) Reform*, Honolulu, University of Hawaii Press, 2001.

32. Préface au *Xinxue weijing kao (Étude critique des faux Classiques établis par les érudits de la dynastie Xin)*, publié à Canton en 1891 puis proscrit par décret impérial en 1894, Pékin, Zhonghua shuju, 1956, p. 2.

Les deux « bêtes noires » mentionnées ici sont Liu Xin (32 av. J.-C. ?-23 apr. J.-C.), bibliothécaire des Archives impériales sous le règne de Wang Mang, et le grand exégète des Han postérieurs Zheng Xuan (127-200), voir chap. 12, « La bataille des Classiques » et « Les Han postérieurs ».

33. *Kongzi gaizhi kao (Étude critique de Confucius comme réformateur des institutions)*, Pékin, Zhonghua shuju, 1958, p. 243-244. Comme le *Xinxue weijing kao*, le *Kongzi gaizhi kao* aurait été largement inspiré du

Jinguxue kao (Examen critique des traditions moderne et ancienne) de Liao Ping (1852-1932) que Kang avait vu en manuscrit en 1886, ce qui donne quelque fondement à l'hypothèse d'un plagiat. Sur Liao Ping, cf. Joseph R. LEVENSON, « Liao P'ing and the Confucian Departure from History », *in* Arthur F. WRIGHT & Denis TWITCHETT, éd., *Confucian Personalities*, Stanford University Press, 1962, p. 317-325.

34. Préface au *Kongzi gaizhi kao*, p. 1. Dans ce passage, Kang fait référence à un apocryphe des Han où l'on trouve un récit de la naissance de Confucius qui aurait résulté de la rencontre de sa mère avec un « Empereur noir » vu en songe et dont le caractère miraculeux fait de lui une quasi-divinité. Sur les Trois Âges, voir plus bas note 39.

35. Voir par exemple Liang Qichao, « Biographie de Kang Youwei » *(Nanhai Kang xiansheng zhuan)*, in *Yinbingshi wenji (Écrits de Liang Qichao)*, Shanghai, Zhonghua shuju, 1926, 39, p. 67a, et Tan Sitong, *Renxue (Étude sur l'humanité)*, in *Tan Sitong quanji (Œuvres complètes de Tan Sitong)*, Pékin, Sanlian shudian, 1954, p. 55.

36. Cf. Philip HUANG, « Liang Ch'i-ch'ao : The Idea of the New Citizen and the Influence of Meiji Japan », *in* David C. BUXBAUM & Frederick W. MOTE, éd., *Transition and Permanence : Chinese History and Culture : A Festschrift in Honor of Dr. Hsiao Kung-ch'üan*, Hong Kong, Cathay Express Ltd., 1972, p. 71-102. Dans le même volume, voir également l'article de WONG Young-tsu, « The Significance of the Kuang Hsü Emperor to the Reform Movement of 1898 », p. 169-186. Voir aussi Meribeth E. CAMERON, *The Reform Movement in China, 1898-1912*, New York, Octagon Co., 1959.

Sur les « cent jours », cf. Luke S. K. KWONG, *A Mosaic of the Hundred Days : Personalities, Politics and Ideas of 1898*, Harvard University Press, 1984.

37. Sur Liang Qichao, cf. Joseph R. LEVENSON, *Liang Ch'i-ch'ao and the Mind of Modern China*, Harvard University Press, 1953 ; CHANG Hao, *Liang Ch'i-ch'ao and Intellectual Transition in China*, Harvard University Press, 1971 ; Philip HUANG, *Liang Ch'i-ch'ao and Modern Chinese Liberalism*, Seattle, University of Washington Press, 1972 ; TANG Xiaobing, *Global Space and the Nationalist Discourse of Modernity. The Historical Thinking of Liang Qichao*, Stanford University Press, 1996.

38. *Renxue (Étude sur l'humanité*, achevée en 1896 mais publiée quelques mois après la mort de Tan Sitong en 1898), 2e partie, in *Tan Sitong quanji (Œuvres complètes de Tan Sitong)*, Pékin, Sanlian shudian, 1954, p. 86. La citation de Confucius est tirée des *Entretiens*, II, 17. Il existe une traduction en anglais du *Renxue* par CHAN Sin-wai, *An Exposition of Benevolence : The Jen-hsüeh of T'an Ssu-t'ung*, Hong Kong, Chinese University Press, 1984 ; du même spécialiste et aux mêmes éditions : *T'an Ssu-t'ung : An Annotated Bibliography*, 1980 ; voir aussi Luke S. K. KWONG, « Reflections on an Aspect of Modern China in Transition : T'an Ssu-t'ung (1865-1898) as a Reformer », et Richard H. SHEK, « Some Western Influences on T'an Ssu-t'ung's Thought », *in* Paul A. COHEN et John E. SCHRECKER, éd., *Reform in 19th Century China*, Cambridge (Mass.), East Asian Research Center, Harvard University, 1976, p. 184-193 et 194-203 ; David WRIGHT, « Tan Sitong and the Ether Reconsidered », *Bulletin of the School of Oriental and African Studies*, 57 (1994), p. 551-575.

39. Dans le *Datong shu (Livre de la Grande Unité)*, dont seuls des fragments parurent de son vivant et qui ne fut publié dans son entier qu'en 1935, huit ans après sa mort, Kang développe la théorie Gongyang des Trois Âges (voir plus haut notes 22 et 34) selon laquelle l'histoire du pays de Lu couverte par les *Printemps et Automnes* comprend trois périodes : le passé lointain dont Confucius n'avait entendu parler que par la tradition, le passé récent dont il avait entendu parler directement, et le présent dont il était témoin oculaire. Cette périodisation devait être développée sous les Han postérieurs par He Xiu (129-182), qui y voyait trois étapes de l'évolution de l'humanité : d'une ère de « décadence et de chaos », elle passerait à une « paix émergente » pour aboutir à la « grande paix » *(taiping)*. Voir plus haut note 8 et Anne CHENG, *Étude sur le confucianisme Han*, p. 207-240. Pour une traduction en anglais du *Datong shu*, cf. Laurence G. THOMPSON, *Ta T'ung Shu. The One-World Philosophy of K'ang Yu-wei*, Londres, Allen & Unwin, 1958.

Cette intégration de l'idée d'évolution darwinienne dans le schéma cosmologique traditionnel permet à Charlotte FURTH de parler de « cosmologie évolutionniste » dans la pensée réformiste, cf. « Intellectual Change : From the Reform Movement to the May Fourth Movement, 1895-1920 », in John K. FAIRBANK, éd., *The Cambridge History of China*, t. 12 : *Republican China 1912-1949*, 1re partie, Cambridge University Press, 1983, p. 322-405.

40. Cf. Joseph R. LEVENSON, *Confucian China and its Modern Fate*, t. I, Berkeley, University of California Press, 1958, p. 99.

41. *Mengzi wei (Signification cachée du Mengzi)*, éd. Shanghai, Guangzhi shuju, 1916, 1, p. 6b.

42. *Chinese Intellectuals in Crisis* (références en note 13), p. 65.

43. Préface au *Shuoqun (De la communauté)*, in *Yinbingshi wenji (Écrits de Liang Qichao)*, 3, p. 45b. Sur le mot *qun*, voir plus haut à la note 27.

44. Préface au *Chunqiu zhongguo yidi bian (Distinctions faites dans les « Printemps et Automnes » entre Chinois et barbares)*, in *Yinbingshi wenji*, 3, p. 49b.

45. WONG Young-tsu, « The Ideal of Universality », *in* Paul A. COHEN et John E. SCHRECKER, éd., *Reform in 19th Century China* (références plus haut note 38), p. 150.

46. *Qingdai xueshu gailun (Aperçu de l'érudition de l'époque Qing)*, § 26, *in* ZHU Weizheng, éd., *Liang Qichao lun Qingxueshi erzhong (Deux Écrits de Liang Qichao sur l'histoire de l'érudition des Qing)*, Shanghai, Fudan daxue chubanshe, 1985, p. 70. Cet *Aperçu de l'érudition de l'époque Qing*, publié à Shanghai en 1921, a été traduit en anglais par Immanuel C.Y. HSÜ sous le titre *Intellectual Trends in the Ch'ing Period*, Harvard University Press, 1959.

47. « The Collapse of Scriptural Confucianism », *Papers on Far Eastern History* (Canberra), 41 (1990), p. 64 et 72. Il est cependant permis de se demander si, dans ce cas, Liang Qichao n'a pas servi simplement de caisse de résonance à des idées déjà exprimées avant lui, notamment dans les manifestes de Yan Fu où la tradition se trouve désacralisée avec une radicalité sans précédent.

48. Cf. Charlotte FURTH, « The Sage as Rebel : The Inner World of

Chang Ping-lin », in *The Limits of Change : Essays on Conservative Alternatives in Republican China*, Harvard University Press, 1976 ; Warren SUN, « Chang Ping-lin and his Political Thought », *Papers on Far Eastern History*, 32 (1985), p. 57-69.

49. Cf. *Jinguwen bianyi (Des distinctions à faire entre textes modernes et anciens)*, reproduit dans TANG Zhijun, éd., *Zhang Taiyan zhenglun xuanji (Choix d'écrits politiques de Zhang Taiyan)*, Pékin, Zhonghua shuju, 1977, p. 108-115. Sur l'idée que Kang Youwei aurait plagié les écrits de Liao Ping, voir plus haut note 33.

50. Le *Qiushu (Livre de raillerie)*, dont il y eut différentes éditions, comprend des essais écrits autour de 1900. Le *Zhuzixue lüeshuo (Propos sommaires sur les maîtres des Royaumes Combattants)* est un essai important de 1906.

51. Les écrits de Wang Fuzhi constituent certainement la source intellectuelle la plus importante du « nationalisme ethnique » de type traditionnel chez les penseurs de la fin du XIXe siècle. À noter que Zhang Binglin s'occupa en 1933, vers la fin de sa vie, de la publication d'un recueil d'œuvres encore existantes de Wang Fuzhi, le *Chuanshan yishu quanji* (voir chap. 21, note 26).

52. Cf. Marie-Claire BERGÈRE, *La Bourgeoisie chinoise et la Révolution de 1911*, Paris & La Haye, Mouton, 1968, et *Sun Yat-sen*, Paris, Fayard, 1994 ; Mary C. WRIGHT, éd., *China in Revolution : The First Phase, 1900-1913*, New Haven, Yale University Press, 1968 ; Harold Z. SCHIFFRIN, *Sun Yat-sen and the Origins of the 1911 Revolution*, Berkeley, University of California Press, 1968 ; Lyon SHARMAN, *Sun Yat-sen : His Life and its Meaning*, Stanford University Press, 1968 ; Michael GASSTER, *Chinese Intellectuals and the Revolution of 1911 : The Birth of Modern Chinese Radicalism*, Seattle, University of Washington Press, 1969.

53. Voir plus bas Épilogue, note 3. Sur Liu Shipei, cf. Martin BERNAL, « Liu Shipei and National Essence », in Charlotte FURTH, éd., *The Limits of Change* (références plus haut, note 48), p. 90-112 ; ONOGAWA Hidemi, « Liu Shih-p'ei and Anarchism« , *Acta Asiatica*, 67 (1990) p. 70-99.

54. Voir chap. 21, « Le sens de l'histoire ».

55. Sur le *Livre de la Grande Unité* de Kang Youwei, voir plus haut note 39.

Épilogue

Jusqu'à l'aube du XXᵉ siècle, même des figures de proue de l'intelligentsia révolutionnaire comme Zhang Binglin ou Liu Shipei continuent à traiter de notions mises en circulation huit siècles plus tôt. La pérennité de la pensée des Song et des Ming n'est donc pas un vain mot. Mais si les intellectuels chinois persistent à se référer largement à leur propre tradition, qu'elle soit d'inspiration confucéenne, taoïste ou bouddhique, ils sont amenés à la solliciter dans des directions infléchies par les questionnements et les enjeux nouveaux de l'Occident.

Par-delà l'apparent simplisme de la formule « Les enseignements de la Chine comme fondement constitutif, ceux de l'Occident comme pratique fonctionnelle », un effort considérable est fait pour reformuler les données et les schémas traditionnels en fonction de problématiques nouvelles qui les poussent dans leurs ultimes retranchements, en révèlent la relativité et en exacerbent les contradictions internes au point de les faire éclater. Comme le remarque Chang Hao, « les idées et valeurs occidentales ont agi comme une sorte de catalyseur culturel, accentuant certaines tensions radicales inhérentes à la pensée chinoise et provoquant ainsi une rupture de l'équilibre traditionnel propre à faire émerger ces tensions en position dominante[1] ». Un exemple en est la vertu confucéenne d'humanité dont il s'agit de concilier l'universalisme avec les valeurs ritualistes, familiales et hiérarchiques.

Un tournant radical est pris par les esprits et les événements en Chine dans la première partie du XXᵉ siècle[2]. Alors que les schémas de la pensée traditionnelle éclatent sous la pression des idées occidentales et que s'intensifie la poussée révolutionnaire, les « dialogues internes » laissent place aux défis urgents de la modernité. C'est au moment où se délitent les fondements et les valeurs de la culture chinoise qu'il devient impératif pour les intellectuels de les dissocier de la Chine en tant qu'État politique moderne. La mutation douloureuse et inaboutie du lettré classique en intellectuel de type occidental est symptomatique des soubresauts de la société tout entière. Avec l'abolition des examens en 1905[3], c'est tout le soubassement idéologique du système impérial constitué par le monopole des Classiques qui s'écroule. La structure politique elle-même ne tarde pas à suivre : la révolution de 1911 met fin à un empire vieux de deux mille ans, avant que la mobilisation intellectuelle qui culmine dans l'iconoclasme du 4 mai 1919 porte un coup fatal à toute la tradition.

Entre les lourdes défaites face aux puissances étrangères à partir de 1890 et la rage destructrice de la jeunesse de 1919 se joue le destin de la Chine du XXe siècle. Ces trois décennies correspondent à une génération, la dernière à avoir connu l'éducation à l'ancienne, mais aussi la première à affronter le choc des idées venues de l'Occident moderne. Elle comporte des figures phares qui exercèrent une influence déterminante sur la suivante, formée dans un système éducatif radicalement différent après l'abolition des examens mandarinaux. En l'espace d'une génération, on est passé de la remise en cause des valeurs fondamentales de la tradition à leur rejet total en faveur d'une « culture nouvelle » dont se réclament les étudiants des universités modernes, c'est-à-dire occidentalisées. Celle de Pékin, réorganisée entre 1917 et 1923 sous la houlette de son recteur Cai Yuanpei (1868-1940), formé à l'Académie Hanlin puis aux universités allemandes de Berlin et Leipzig, offre des enseignements sur divers aspects de la culture européenne. À partir de 1900 s'accroît le nombre d'étudiants qui partent à l'étranger, principalement au Japon, dont beaucoup reviennent prendre une part active au mouvement du 4 mai 1919[4].

Déclenché par les étudiants de Pékin à la suite de l'octroi au Japon des anciennes possessions allemandes en Chine, ce mouvement s'accompagne de manifestations, de grèves et de boycottages qui marquent le début d'une période d'agitation politique assortie d'une grande effervescence intellectuelle. Aux cris de « À bas la boutique Confucius ! », il achève de consommer la rupture avec la culture classique et signe l'acte de naissance de l'intellectuel moderne – du lettré occidentalisé au théoricien révolutionnaire. Rompant une remarquable continuité, la pensée chinoise pour la première fois contrainte de se départir de la vision traditionnelle et de se remettre radicalement en cause, fait table rase de tout le préconçu et repart sur des bases neuves. Mais ce n'est pas le moindre des paradoxes que ce qui était au départ un sursaut patriotique se réclame d'idées occidentales érigées en modèles : science, démocratie, individualisme, nationalisme...

Éditeur du journal le plus influent du mouvement, *La Nouvelle Jeunesse*, et cofondateur en 1921 du Parti communiste chinois, Chen Duxiu (1880-1942) livre son témoignage personnel :

> Dans notre jeunesse, nous étions occupés à étudier la composition en huit parties et à discuter du savoir ancien. Nous n'avions souvent que mépris pour les lettrés qui apprenaient les langues européennes et discutaient du nouveau savoir : c'étaient tous des esclaves des Occidentaux, indignes de notre tradition. C'est seulement en lisant les écrits de Monsieur Kang [Youwei] et de son disciple Liang Qichao, que nous avons commencé à prendre conscience que les principes politiques, la religion et le savoir des étrangers pouvaient nous apporter beaucoup et nous ouvrir les yeux, au point de nous faire rejeter le passé pour embrasser le présent. Si notre génération possède aujourd'hui quelques connaissances sur le monde, nous le devons entièrement à Messieurs Kang et Liang [5].

Avec la chute de la dynastie mandchoue ainsi que du régime impérial, c'est tout un monde qui disparaît en même temps que se formulent les questions qui se posent à une Chine nouvelle, moderne, partagée entre la tentation de rejeter l'héritage dans son entier et la volonté de le sauvegarder soit en le pétrifiant, soit au contraire en l'adaptant. Deux tendances contradictoires auxquelles il arrive cependant de cohabiter : on pense, par exemple, à Feng Youlan (1895-1990) qui embrassa la critique marxiste de la tradition confucéenne dix ans après avoir formulé un système inspiré de Zhu Xi ; ou au parcours inverse de Yin Haiguang (1919-1969) qui revint à la tradition après avoir passé des années à démontrer la pathologie de l'ordre confucéen à coups d'analyses anthropologiques et sociologiques occidentales.

L'adhésion à l'idéologie marxiste, qui culmine dans la prise du pouvoir par les communistes et l'établissement de la République populaire en 1949, représente le parti pris d'emprunter tel quel tout un système à l'Occident : même si on a beaucoup insisté sur sa sinisation dans la pensée de Mao Zedong (1893-1976), il n'en reste pas moins qu'il s'agit là d'une attitude générale de rejet de la tradition, voire d'une volonté de faire table rase. Entre 1966 et 1976, la Révolution culturelle en a été une expression particulièrement destructrice qui a laissé des traces profondes dans la société chinoise.

Une autre attitude possible pour les intellectuels est d'adopter – consciemment ou non – une position défensive : même s'ils se montrent disposés à étudier en profondeur les pensées occidentales et à en faire ressortir les points forts – allant comme Mou Zongsan (1909-1995) jusqu'à étudier l'allemand pour lire Kant dans le texte –, jamais ils ne perdent la conviction que leur propre tradition est plus globalisante et plus satisfaisante pour comprendre la vie. C'est un peu la perspective de Hu Shi (1891-1962) et de Feng Youlan lorsqu'ils rédigent respectivement dans les années 1920-1930 le *Développement de la méthode logique dans la Chine ancienne* et l'*Histoire de la philosophie chinoise* [6]. C'est encore, semble-t-il, celle du « nouveau confucianisme ». D'abord élaboré dans l'« après-4 mai » par des philosophes comme Xiong Shili (1885-1968) et Liang Shuming (1893-1988) [7], puis submergé en Chine populaire par la vague marxiste, il s'est transmis de manière continue à Hong Kong, à Taïwan et aux États-Unis. Il reste à voir si ce courant intellectuel est porteur, comme il en a l'ambition, d'un humanisme revivifiant ou s'il n'est que l'expression d'une tradition sur la défensive [8].

Depuis la fin du XIXe siècle, la Chine ne peut plus se percevoir comme formant un monde à elle seule, ni faire l'économie de la référence occidentale. Les soubresauts souvent violents qu'elle a connus au XXe siècle témoignent d'un dilemme qui est encore loin d'être résolu : si modernisation signifie nécessairement occidentalisation, il y a un risque réel d'aliénation et de perte d'identité culturelle. Or, ne peut-on faire autrement que de s'aliéner pour se moderniser ? Dans ce tournant décisif de son histoire, la survie de la culture chinoise tient en grande partie à la question : que faire de sa tradition ? Est-elle vivante, et donc susceptible d'évolution et de fertilité, ou est-elle bel et bien morte et à enterrer ? Faut-il lui tourner le dos ou la réinventer ? C'est pour apporter des éléments de réponse à toutes ces questions que ce livre a été écrit. À l'heure où l'Occident ressent le besoin de sortir du logocentrisme de son héritage grec et la Chine celui de penser le monde autrement, puisse-t-il contribuer à rendre possible un vrai dialogue entre les interrogations radicales de l'un et la vision originale de l'autre.

Notes

1. *Chinese Intellectuals in Crisis : Search for Order and Meaning, 1890-1911*, Berkeley, University of California Press, 1987, p. 188-189. Voir aussi Jerome B. GRIEDER, *Intellectuals and the State in Modern China : A Narrative History*, New York, Free Press/Londres, Collier McMillan, 1981.

2. Au milieu d'une abondante littérature, on pourra consulter notamment Wolfgang FRANKE, *Das Jahrhundert der chinesischen Revolution, 1851-1949*, Munich, Oldenbourg, 1957; Robert A. SCALAPINO & George T. YU, *Modern China and its Revolutionary Process : Recurrent Challenges to the Traditional Order, 1850-1920*, Berkeley, University of California Press, 1985; Marie-Claire BERGÈRE et al., *La Chine au XXe siècle. D'une révolution à l'autre, 1895-1949*, Paris, Fayard, 1989. Pour l'évolution intellectuelle au cours de cette période, cf. Octave BRIÈRE, S. J., « Les courants philosophiques en Chine depuis cinquante ans (1898-1950) », *Bulletin de l'Université Aurore* (Shanghai), série III, t. 10, n° 40 (1949), p. 561-650 ; traduit en anglais dans *Fifty Years of Chinese Philosophy, 1898-1950*, Londres, Allen & Unwin, 1956, rééd. New York, Praeger, 1965. Voir aussi CHAN Wing-tsit, *Religious Trends in Modern China*, New York, Columbia University Press, 1953.

3. Cf. Wolfgang FRANKE, *The Reform and Abolition of the Traditional Chinese Examination System*, Harvard University Press, 1960 ; Marianne BASTID, *Aspects de la réforme de l'enseignement en Chine au début du XXe siècle, d'après des écrits de Zhang Jian (1853-1926)*, Paris & La Haye, Mouton, 1971 ; Benjamin A. ELMAN, *A Cultural History of Civil Examinations in Late Imperial China*, Berkeley, University of California Press, 2000.

4. Cf. Wolfgang FRANKE, *Chinas Kulturelle Revolution, die Bewegung vom 4. Mai 1919*, Munich, Oldenbourg, 1957 ; CHOW Tse-tsung, « The Anti-Confucian Movement in Early Republican China », *in* Arthur F. WRIGHT, éd., *The Confucian Persuasion*, Stanford University Press, 1960, p. 288-312 ; du même auteur, *The May Fourth Movement : Intellectual Revolution in Modern China*, et *Research Guide to the May Fourth Movement : Intellectual Revolution in Modern China, 1915-1924*, Harvard University Press, 1960 et 1963 ; Benjamin I. SCHWARTZ, éd., *Reflections on the May Fourth Movement : A Symposium*, Cambridge (Mass.), Harvard East Asian Monographs, 1972 ; LIU Chun-jo, *Controversies in Modern Chinese Intellectual History. An Analytic Bibliography of Periodical Articles, Mainly of the May Fourth and Post-May Fourth Era*,

Cambridge (Mass.), 1973 ; LIN Yü-sheng, *The Crisis of Chinese Consciousness. Radical Antitraditionalism in the May Fourth Era*, Madison, University of Wisconsin Press, 1979 ; Vera SCHWARCZ, *The Chinese Enlightenment : Intellectuals and the Legacy of the May Fourth Movement of 1919*, Berkeley, University of California Press, 1986.

5. *Bo Kang Youwei zhi zongtong zongli shu* (« Discussion critique de la lettre de Kang Youwei au président et au Premier ministre »), in *Xin qingnian (La Nouvelle Jeunesse)*, t. 2, n° 2 (1er octobre 1916), p. 1.

Sur Chen Duxiu, cf. Feigon LEE, *Chen Duxiu, Founder of the Communist Party*, Princeton University Press, 1983.

6. HU SHIH (HU Shi), *The Development of the Logical Method in Ancient China*, 1re éd. Shanghai, The Oriental Book Co., 1922, rééd. New York, Paragon Book Reprint Corp., 1963 ; FENG Youlan, *Zhongguo zhexue shi*, en 2 vol., publiés pour la première fois à Shanghai en 1931 et 1934 (pour les versions en anglais et en français, voir la bibliographie générale). Feng Youlan devait récrire son *Histoire* en fonction de la nouvelle idéologie marxiste après 1949, cf. Michel MASSON, *Philosophy and Tradition : The Interpretation of China's Philosophic Past : Fung Yu-lan, 1939-1949*, Taipei, Paris, Hongkong, Institut Ricci, 1985.

Sur Hu Shi, cf. Jerome B. GRIEDER, *Hu Shih and the Chinese Renaissance : Liberalism in the Chinese Revolution, 1917-1937*, Harvard University Press, 1970 ; CHOU Min-chih, *Hu Shih and Intellectual Choice in Modern China*, Ann Arbor, University of Michigan Press, 1984.

7. Sur Xiong Shili, cf. Léon VANDERMEERSCH, « Une vision confucianiste moderne du bouddhisme : le nouveau cognitivisme de Xiong Shili », in Jean-Pierre DRÈGE, éd., *De Dunhuang au Japon. Études chinoises et bouddhiques offertes à Michel Soymié*, Genève, Droz, 1996, p. 301-316 ; sur Liang Shuming, cf. Guy S. ALITTO, *The Last Confucian : Liang Shuming and the Chinese Dilemma of Modernity*, Berkeley, University of California Press, 1978 ; et LIANG Shuming, *Les Cultures d'Orient et d'Occident et leurs philosophies*, traduction en français par LUO Shenyi, révisée et préfacée par Léon VANDERMEERSCH, Paris, Presses universitaires de France, 2000.

8. Cf. Léon VANDERMEERSCH, « Le nouveau confucianisme », *Le Débat*, n° 67 (nov.-déc. 1991), p. 9-16 ; Joël THORAVAL, « De la philosophie en Chine à la "Chine" dans la philosophie : Existe-t-il une philosophie chinoise ? », *Esprit*, n° 201 (mai 1994), p. 5-38.

Bibliographie générale

Les ouvrages spécialisés sont référencés dans les notes.

ALLINSON Robert E., éd., *Understanding the Chinese Mind : The Philosophical Roots*, Oxford University Press, 1989.

BALAZS Étienne, *La Bureaucratie céleste. Recherches sur l'économie et la société de la Chine traditionnelle*, Paris, Gallimard, 1968.

BAUER Wolfgang, *China und die Hoffnung auf Glück : Paradiese, Utopien, Idealvorstellungen*, Munich, Carl Hanser Verlag, 1971 (traduit en anglais sous le titre *China and the Search for Happiness : Recurring Themes in Four Thousand Years of Chinese Cultural History*, New York, Seabury, 1976).

—, *Geschichte der chinesischen Philosophie. Konfuzianismus, Daoismus, Buddhismus*, Munich, C. H. Beck, 2001.

BODDE Derk, *Essays on Chinese Civilization*, édité par Charles LE BLANC & Dorothy BOREI, Princeton University Press, 1981.

BOL Peter, Pauline YU, *et al.*, *Ways with Words. Writing about Reading Texts from Early China*, Berkeley, 2000.

Cambridge History of China, Cambridge University Press, publiée à partir de 1978, 15 vol. prévus.

CHAN Wing-tsit, *A Source Book in Chinese Philosophy*, Princeton University Press, 1963.

—, *An Outline and an Annotated Bibliography of Chinese Philosophy*, New Haven, Yale University Press, 1969.

—, *Religious Trends in Modern China*, New York, Columbia University Press, 1953 ; rééd. New York, Octagon Books, 1969.

CHANG Carsun & Rudolf EUCKEN, *Das Lebensproblem in China und Europa*, Leipzig, 1922.

CREEL Herrlee G., *Chinese Thought from Confucius to Mao Tsetung*, University of Chicago Press, 1953.

DE BARY William Theodore, CHAN Wing-tsit, Burton WATSON, *Sources of Chinese Tradition*, New York, Columbia University Press, 2 vol., 1960.

DE BARY William Theodore & Richard LUFRANO, *Sources of Chinese Tradition*, vol. 2 (éd. revue et augmentée), New York, Columbia University Press, 1999.

DEMIÉVILLE Paul, *Choix d'études sinologiques (1921-1970)*, Leyde, Brill, 1973.

EICHHORN Werner, *Die alte chinesische Religion und das Staatskultwesen*, Leyde, E. J. Brill, 1976.

FAIRBANK John K., éd., *Chinese Thought and Institutions*, Chicago University Press, 1957.

FORKE Alfred, *Geschichte der alten, mittelalterlichen und neueren chinesischen Philosophie*, Hambourg, Friedrichsen, De Gruyter & Co., 3 vol., 1927, 1934, 1938.

—, *Die Gedankenwelt des chinesischen Kulturkreises*, Munich, Oldenbourg, 1927.

FRANKE Otto, *Der kosmische Gedanke in Philosophie und Staat der Chinesen*, Leipzig, Bibliothek Warburg, 1928.

FU Charles Wei-hsun & CHAN Wing-tsit, *Guide to Chinese Philosophy*, Boston, G. K. Hall & Co., 1978.

FUNG Yu-lan (FENG Youlan), *A History of Chinese Philosophy*, traduit du chinois en anglais par Derk BODDE, Princeton University Press, 2 vol., 1952-1953 (nombreuses rééditions). Version française très abrégée dans *Précis d'histoire de la philosophie chinoise*, Éd. du Mail, 1985.

GERNET Jacques, *Le Monde chinois*, Paris, Armand Colin, 1972, 4ᵉ éd. revue et augmentée, 1999.

—, *L'Intelligence de la Chine. Le social et le mental*, Gallimard, 1994.

GRAHAM Angus C., *Disputers of the Tao. Philosophical Argument in Ancient China*, La Salle (Ill.), Open Court, 1989.

GRANET Marcel, *La Pensée chinoise*, Paris, La Renaissance du livre, 1934, rééd. Albin Michel, 1999.

HANSEN Chad, *A Daoist Theory of Chinese Thought. A Philosophical Interpretation*, Oxford University Press, 1992.

HSIAO Kung-chuan, *A History of Chinese Political Thought*, t. 1 : *From the Beginnings to the 6th Century A.D.*, traduit du chinois en anglais par Frederic W. MOTE, Princeton University Press, 1979.

IVANHOE Philip J. & Bryan W. VAN NORDEN, *Readings in Classical Chinese Philosophy*, New York, 2000.

KALTENMARK Max, *La Philosophie chinoise*, Paris, PUF, coll. « Que sais-je ? », n° 707, 1972, rééd. 1994.

LENK Hans & Gregor PAUL, éd., *Epistemological Issues in Classical Chinese Philosophy*, Albany, State University of New York Press, 1993.

LOEWE Michael, éd., *Early Chinese Texts : A Bibliographical Guide*, Berkeley, The Society for the Study of Early China & The Institute of East Asian Studies, University of California, 1993.

MOORE Charles A., éd., *The Chinese Mind. Essentials of Chinese Philosophy and Culture*, Honolulu, University of Hawaii Press, 1967.

MORITZ Ralf, *Die Philosophie im alten China*, Berlin, Deutscher Verlag der Wissenschaften, 1990.

NEEDHAM Joseph, *Science and Civilization in China*, Cambridge University Press, voir notamment t. 2, 1956, *History of Scientific Thought*.

—, *La Science chinoise et l'Occident*, Paris, Éd. du Seuil, 1973 (traduction de *The Grand Titration : Science and Society in East and West*, Londres, Allen & Unwin, 1969).

—, *La Tradition scientifique chinoise*, Paris, Hermann, 1974.

NIVISON David S., *The Ways of Confucianism. Investigations in Chinese Philosophy* (édité par Bryan W. VAN NORDEN), Chicago & La Salle (Ill.), Open Court, 1997.

PAUL Gregor, *Die Aktualität der klassischen Chinesischen Philosophie*, Munich, Iudicium, 1987.

ROBINET Isabelle, *Histoire du taoïsme des origines au XIVᵉ siècle*, Paris, Éd. du Cerf, 1991.

SCHLEICHERT Hubert, *Klassische Chinesische Philosophie*, Francfort-sur-le-Main, Klostermann, 1990.

SCHWARTZ Benjamin I., *The World of Thought in Ancient China*, Harvard University Press, 1985.

VANDERMEERSCH Léon, *Études sinologiques*, Paris, PUF, 1994.

WRIGHT Arthur F., éd., *Studies in Chinese Thought*, University of Chicago Press, 1953.

Index des notions

Les transcriptions des homophones chinois ont été classées selon l'ordre des quatre tons.

académie (*shuyuan* 書院) : 428-429, 496-498, 552 n. 14, 546, **551-553**, 559 n. 46, 560 n. 62, 586, 588, 605 n. 61
action : voir à connaissance
agir (*wei* 為) : 133, 222, 460 ; voir aussi non-agir
an-âtman (sanscrit) : voir non-moi
analogie (raisonnement par) : 186 n. 14, 192, 199-200, 224, 253, 299, 333, 481
ancêtres (culte des) : 30, 49, 51-55, 115, 492 n. 33, 554
animalité : 76, 173, 218, 221-222, 226
apprendre : voir *xue* 學
arhat (sanscrit : le « sans retour ») : 355, 363, 397, 412
arts martiaux : 190, 193
assis dans l'oubli : voir *zuowang* 坐忘
assis en quiétude (*jingzuo* 靜坐) : voir à *jing* 靜
astronomie : 301-302, 311, 323 n. 51, 437, 554, 566, 567, 574, 586, 590, 599
authenticité : voir *cheng* 誠

bagu wen 八股文 (composition d'examen en huit parties) : voir à *wen* 文
barbares : 76, 315, 359, 361, 365, 370 n. 21, 376, 378, 415, 428, 571, 575, 583, 610, 617, 619
ben 本 (la racine, le fondement, le fondamental) : 305, 326, 330, 333-335, 358, 379, 441-442, 449, 457, 474, 500, 549-550, 576
– opposé à *mo* 末 (les branches, l'accessoire) : 42, 72, 286, 298, 330, 434, 436, 449, 478
– *benti* 本體 (constitution fondamentale) : voir à *ti* 體
– *benwu* 本無 (non-existant originel) : 363
– *benxin* 本心 (esprit originel) : voir à *xin* 心
bian 辯 (discuter, argumenter) / *bian* 辨 (distinguer) : 97, 116, 121, 145, 232 n. 8
bian 變 (alterner, changer) : 273-274
bien (bon, *shan* 善) / mal (mauvais, *e* 惡) : 137, 151, 170-171, **178-179**, 195, 203, **218-**

223, 282, 313-314, 350-351, 357, 442, **445-447,** 457-458, 481-483, 488, 506-508, 511-515, 518, **535-540,** 543, 549-552, 569, 584 ; sur la bonté de la nature humaine, voir à *xing* 性
– opposition Bien/Mal : 39, 80, 170, 179, 208, 255
biran 必然 (ce qui ne peut être qu'ainsi, ce qui est nécessairement ainsi) : 127, 130, 452, 578, 582, 593-596
bodhi (sanscrit : éveil) : 349, 363, 411
Bodhisattva (sanscrit : être d'Éveil) : 355, 357, 370 n. 21, 375, 376, 382-383, 402, 405, 412, 420 n. 18, 432, 621
Bouddha (sanscrit : Éveillé) : voir Index des noms propres
bouddhéité (sanscrit *buddhatâ*) : voir *foxing* (nature-de-Bouddha) à *xing*
bouddhisme : 30-31, 37, 42, 137, 143, 179, 196, 294, 325, 341, **347-423,** 427-646 *passim*
– bouddhisme indien : **349-356,** 362, 368 n. 5, 373-375, 383-388, 395, 398, 409
– rapports avec le taoïsme : 189, 357-358, 361-363, 370 n. 20 à 23, 375-378, 381-382, 394, 414-418, 428, 442-485 *passim*
– influence sur le confucianisme : 380-381, 394, 413, 427-548 *passim*
– clergé bouddhique : voir *sangha*
– persécutions anti-bouddhiques : 353-354, 382, 390 n. 20, 413, 416
bu de yi 不得已 (l'inévitable) : 130

budong xin 不動心 (esprit inébranlable) : voir à *xin* 心
bu er 不二 (« non-deux ») : voir non-dualité
buren 不仁 (absence de sens humain) : voir à *ren* 仁
buren 不忍 (sentiment de l'intolérable) : 171, 532

cai 才 (capacité, potentiel, talent inné) : 178, 316-317, 326, 596
– *sancai* 三才 (Trois Puissances, triade cosmique) : voir Ciel-Terre-Homme
calendrier : 53, 258-261, 288 n. 30, 302, 311, 323 n. 51, 463 n. 19, 603 n. 16
caractéristiques intrinsèques : voir *qing* 情
catégorie : voir *lei* 類
« causeries pures » (*qingtan* 清談) : voir à *qing* 清
cent écoles (des Royaumes Combattants) : 89, 162, 230, 294, 303
cent familles : 167, 197
« cent jours » (de 1898) : 623, 629, 637 n. 36
centre (centralité) : 41-42, 58, 70, 72, 103, 115, 118, 133, 137, 167, 180-185, 194, 197-198, 247, 256, 260, 264, 278, 296-297, 302-304, 352, 613-614, 619, 626, 631 ; voir aussi *zhong* 中
châtiments : voir *xing* 刑
cheng 成 (réaliser, accomplir, manifester) : 182-183, 281, 283
cheng 誠 (authenticité) : 180-184, 417, 438, 443-445, 456-457, 474-475, 480, 490, 515, 539-541
– *chengyi* 誠意 (rendre

Index des notions

authentique son intention) :
voir à *yi* 意
— *li cheng* 立誠 (résolution d'être authentique) : 539
« Cheval blanc n'est pas cheval » (*baima fei ma* 白馬非馬) : 146-147, 152-155
christianisme : 31, 54, 69, 356, 427, 527, **553-555**, 561-562 n. 69 à 73, 578, 617-618, 621, 623, 625, 635 n. 21
Ciel : 42, 48-49, 54-56, 61, 78-79, 83, 85, 105-107, 256-257, 263, 437, 488-489, 505-506, 613-614, 623 ; voir aussi à Dao et à *tian* 天
— Ciel-Homme : 58, 87, 116, 132-135, 145, 161, 168-169, 175-185, 197, 215-231, 253, 282-284, 300-302, 304, 313, 377, 431-433, 446, 450, 456-457, 473, 498, 507-512, 530, 536, 550, 552, 580, 621, 626-627
— Ciel-Terre : 41, 86, 88, 118, 120, 131, 139, 172, 175, 181, 183, 193, 196-197, 204, 206, 208, 216-217, 223, 237, 246, 255, 271-276, 282-283, 294, 297-299, 305, 310-311, 319 n. 16, 333, 339, 358, 434, 437-438, 449, 451-452, 456, 479, 485-488, 500-501, 506, 531-533, 542, 576-581
— Ciel-Terre-Homme (triade cosmique, *sancai* 三才) : 41, 88, 206-207, 211 n. 24, 215, 217-218, 229, 285, 289 n. 48, 297, 300, 304-305, 311, 336, 417, 440, 442, 444, 455-456, 471, 474
— Fils du Ciel (*tianzi* 天子) : voir à *tian* 天
cinq agrégats : voir *skandha*
Cinq Classiques (*wujing* 五經) : voir à *jing* 經

Cinq Constantes (*wuchang* 五常, ou cinq relations fondamentales confucéennes *wulun* 五倫) : 72, 305, 378, 381, 390 n. 12, 488
Cinq Phases (ou Cinq Agents, *wuxing* 五行) : 86, 251, 253, **255-262**, 277, 288 n. 27, 300, 305, 311-312, 317, 320 n. 24, 321 n. 32, 442, 447, 474, 506, 595
— cycle de conquête/cycle d'engendrement : 260, 317, 321 n. 32
cinq préceptes (bouddhiques) : 354, 404-405
Cinq Vertus (ou Puissances, *wude* 五德) : 256-258
cœur / esprit : voir *xin* 心
conformité à ses supérieurs (*shangtong* 尚同) : 105-106
confucéens (comme conseillers du prince) : 36, 63, 66, 160-162, 295, 306, 315-316, 431, 490, 494 n. 62, 528, 552-553, 617
confucianisme : voir Dao confucéen, néoconfucianisme, Confucius dans l'Index des noms propres, et *passim*
connaissance (*zhi* 知) : 58, 64-66, 78, 85, 122-133, 141 n. 20, 145-146, 200-201, 209, 217, 227-228, 268, 300-301, 385-387, 403-404, 434, 455, 460-461, 471, 512, 539, 543
— connaissances empiriques : 555, 565-566, 571, 573, 586, 590, 597-599, 603 n. 16, 643
— connaissance et ignorance : 123, 132, 194-195, 209
— « vraie connaissance » ou connaissance du sage : 133, 176-177, 215-216, 280, 286, 332, 342, 435-440, 483

- connaissance et action : 36-38, 432, 518-519
- unité de la connaissance et de l'action : 483-484, 505, 518-519, 531, 535, **539-541**, 548, 600, 625
- connaissance morale innée (*liangzhi* 良知) : 458, 534, 536, **535-539**, 543, 545, 548-550
- connaissance issue de la nature morale (*dexing suo zhi* 德性所知 ou *dexing zhi zhi* 德性之知) / connaissance issue de la vue et de l'ouïe (*jianwen zhi zhi* 見聞之知 ou *wenjian zhi zhi* 聞見之知) : 461, 483, 536
- extension de la connaissance (*zhizhi* 致知) : 73, 480-482, 497, 515-518, 536 ; voir aussi *gewu* 格物
- « connaissance acquise jour après jour » : voir *rizhi* 日知
- « Connaître sa nature, c'est connaître le Ciel » : 176, 455, 460, 512, 596

constitution : voir *ti* 體
contradiction (*maodun* 矛盾) : 241
cosmogonie : 40, 55, 148, 205, 298, 319 n. 16
cosmologie : 40-41, 49-56, 144, 206, 215-216, **250-289**, 327, 342, 382, 401, 417, 427, 432-434, 440-448, 485, 550, 613-614, 621, 626, 630-632, 638 n. 39
- cosmologie corrélative : 298-302, 304-305, 311-313, 433, 444, 448, 450, 498
création-production des êtres : voir *zao* 造
création *ex nihilo* : 40, 55, 148, 205, 298
culture : voir *wen* 文

cycle (conception cyclique) : 40, 137-138, 194, 196, 256-262, 283-284, 305, 314, 317, 342, 352, 357-358, 386, 404, 442, 451-452, 487, 542, 626 ; voir aussi Cinq Phases et *samsâra*

dang 當 (tomber juste) : 122, 145, 147
dang 黨 :
- au sens de faction : 552, 561 n. 64, 620
- au sens de groupe social : 620, 636 n. 27
- au sens de parti politique : 561 n. 64
Dao 道 (Voie) : 36-38, 40, 42, 72, 77, 143-144, 148, 150, 203-209, 212-213, 230, 298-299, 305, 331-341, 360, 363, 377, 409, 470-473, 479, 581, 592-601
- *dao* (voie, méthode) : 37-38, 113, 124, 126, 214, 236-237, 242, 303
- Dao et *dao* : 37-38, 116, 139 n. 1, 203, 294
- Dao constant : 88, 203-204, 331, 336, 486
- Dao confucéen : 61-84, 144, 160-162, 180-185, 208, 229-231, 328, 581 ; voir aussi *wangdao* 王道
- Dao néoconfucéen : 415-416, 429, 433, 449-450, 470
- Dao légiste : 244-247
- Dao taoïste : 58, 113-142, 151, 188-209, 311, 410, 440
- Dao et Ciel : 116, 132-133, 182, 215, 230, 338, 363, 457, 478, 488
- Dao et énergie : 299, 342, 451-452
- Dao et loi : 245-246, 296
- Dao et mutation : 138, 273-275, 283-285

Index des notions 655

– Dao et principe : voir à *LI*
– Dao et Un : 151, 204-206, 254, 275, 296, 299, 331, 342, 344 n.16
– *daojia* 道家 : voir à taoïsme
– *daoli* 道理 (principe du Dao) : voir à *LI*
– *daotong* 道統 (transmission légitime du Dao) : 231, 441, 448, 473-475, 498-499, 522 n. 16
– *dao wenxue* 道問學 (suivre la voie de l'investigation et de l'étude) / *zun dexing* 尊德性 (exalter la nature morale) : 518-519
– *daoxin* 道心 (esprit de Dao) : voir à *xin* 心
– *daoxue* 道學 (étude du Dao) : 412, 432, 473-475, 480, 485, 490, 496-499, 505, 520, 522 n. 13, 524 n. 51, 526 n. 73, 528, 539, 542-543, 546, 552, 555 n. 3, 566
– *badao* 霸道 (voie hégémonique) : 164
– *roudao* 柔道 (japonais *judô*, la voie du souple) : 193
– *taipingdao* 太平道 (Voie de la Grande Paix) : voir *taiping* 太平
– *tianshidao* 天師道 (Voie des Maîtres célestes) : 317, 381
– *wangdao* 王道 (Voie royale) : 42, 84, 160, 164, 597
– *wudoumidao* 五斗米道 (Voie des Cinq Boisseaux de riz) : voir *tianshidao* (Voie des Maîtres célestes)
– *zhidao* 治道 (principe d'ordre) : 214
darwinisme : 619-620, 626, 630, 636 n. 26, 638 n. 39
de 德 (vertu) : 80, 135, 194, 201, 208, 241, 444, 455, 486, 518, 580-581
décret du Ciel (*tianming* 天命) : voir à *ming* 命
désirs (*yu* 欲) : 64, 77, 127, 199, 204-205, 219-221, 225-226, 230, 233 n. 30, 251, 536-537, 543, 546, 549, 593, 595-596, 632
– dans le bouddhisme : 351-352, 354, 367, 378, 380, 386 330-331, 366 ; voir aussi *duhkha*
– sans-désir (*wuyu* 無欲) : voir non-désir
– désirs humains (*renyu* 人欲) : 457-458, 476, 569-570
– opposition désirs humains / principe céleste : voir à *LI*
– désirs égoïstes (*siyu* 私欲) : 476, 508-509, 512
– désirs matériels (*wuyu* 物欲) : 533
– désirs et émotions (*qing* 情) : 474, 505, 508, 523 n. 42, 569, 593-597
– désirs et nature (*xing* 性) : 546, 569-570, 593-597
destin : voir *ming* 命
deuil : 72, 75, 99, 103, 108
dharma (sanscrit : éléments de réalité conditionnés et impermanents) : **354-355**, 362, 374, 384, 387, 398, 400, 408, 410-411
Dharma (sanscrit : Loi bouddhique ; chinois *fa* 法) : 352, 354-355, 363
dhyâna (sanscrit : concentration ; chinois *channa* ou *chan* 禪 ; japonais *zen*) : **360-362**, 366, 368, 390 n. 12, 406-408, 481, 544 ; voir aussi Chan dans l'Index des noms propres
di 帝 (Souverain d'en haut) :

54-56, 198, 259 ; voir aussi Dieu dans l'Index des noms propres

diagrammes : 437, 441-442, 468 n. 100, 475, 499, 502

discernement : voir *zhi* 智

discours (discursivité) : 30-31, 35, 37, 58, 82-83, 88-89, 94, 97-99, 101, 113, 116, 119, 121, 123-125, 131, 135, 143-145, 150, 159, 162-164, 167-168, 179, 213, 215, 228-230, 239, 245-246, 283-285, 293, 303, 312, 331-335, 412, 554, 586, 599, 613

dualité (dualisme) : 39, 41, 80, 206, 386, 432, 445, 453, 472, 503, 524 n. 43, 534-535, 537-538, 542, 548, 579, 593, 597 ; voir aussi non-dualité et Un

duhkha (sanscrit : mal-être, souffrance) : 351-353, 363, 446

eau (image) : 126-127, 164, 170-171, 186 n. 7 et 14, 192-194, 196-197, 200, 241, 440, 471-472, 482, 505-506, 513

écriture : 30, 35, 44 n. 10, 49-50, 57, 85-89, 125 ; voir aussi *wen*

émotions : voir *qing* 情

énergie vitale : voir *qi* 氣

engendrement (modèle génératif) : 39, 55, 193, 205, 216-218, 223, 229, 260, 331, 436, 500, 577 ; voir aussi *sheng* 生

épistémologie : 36-37, 98, 227, 313

érémitisme : 115, 244, 310, 312, 316, 433, 528-529, 544

esprit :
— cœur / esprit : voir *xin* 心
— puissance spirituelle : voir *shen* 神

éthique : 30, 37, 39, 58, 62, 64, 74-84, 95, 99, 113, 145, 161-167, 176-177, 183-185, 215, 220-222, 227-230, 239, 282, 285, 307, 325, 414, 444, 447, 471, 473-518 *passim*, 533-552 *passim*, 565, 572, 584, 592, 615, 632

être : 35-36, 44 n. 11

étude : voir *xue* 學

eunuques : 316-317, 528, 531, 552-554, 567, 609-610

éveil (sanscrit *bodhi* ; chinois *wu* 悟 ; japonais *satori*) : voir illumination

examens (concours mandarinaux) : 243, 303, 376, 394, 427-429, 448, 462 n. 12, 469-470, 495, 497, 520, 527-529, 531, 548, 556 n. 6, 585, 591, 617, 624, 631, 642

fa 法 :
— au sens de norme (prendre pour norme) : 207, 236, 336
— au sens de loi(s) : 80, 113, **239-241**, 245, 569, 574, 617 ; voir aussi légisme et à rites
— au sens de Loi bouddhique : voir *Dharma*
—*faxiang* 法相 (sanscrit *dharma-laksana*, « caractéristiques des *dharma* ») : 384 ; voir aussi Faxiang dans l'Index des noms propres

Faîte suprême : voir *taiji* 太極

fan 反 (retour, retournement) : 207-209, 333, 379, 440 ; voir aussi *fu* 復
—*fanguan* 反觀 (observation inversée) : 438-440
—*fanzhao* 反照 (reflet inversé) : 440

fang 方 (art, procédé, technique/ direction, région) :
—*fangbian* 方便 : voir *upâya*
—*fangshi* 方士 (magiciens,

Index des notions

spécialistes de techniques) : 251-252, 265 n. 7 et 8, 297, 308, 320 n. 25, 341

fen 分 :
- au sens de découpage (distinction) : 121, 150, 227, 237, 332, 479, 595
- au sens de répartition (division) : 225-227
- *fenli* 分理 (principe de découpe) : voir à *Li*
- *fenming* 分命 (destin reçu en partage) : voir à *ming* 命

fil à plomb : 229, 239, 246

fonction (*yong* 用) : voir à *ti* 體

formes : voir *xing* 形

formes et noms (*xingming* 刑名) : voir à *xing* 刑

fu 復 (« retour », hexagramme 24 des *Mutations*) : 333, 358 ; voir aussi *fan* 反

gewu 格物 (examen des choses) : 480, 484, 512, 533-534
- *gewu zhizhi* 格物致知 (examiner les choses et étendre sa connaissance) : 480-482, 515-517, 525 n. 67, 534, 538

geyi 格義 (apparier les notions) : voir à *yi* 義

gong'an 公案 (japonais *kôan*) : 412-413, 423 n. 46

gongfu 功夫 (effort, pratique morale) : 128, 136, 514, 537-538, 541, 552, 570

gradualisme/subitisme : voir à illumination

Grande Paix : voir *taiping* 太平

Grèce : 31-36, 52, 57, 61-62, 140 n. 11, 146, 279, 318 n. 4, 350, 354, 388 n. 1, 645

gu 故 (donné originel) : 126, 169 117, 159

gua 卦 (trigramme ou hexa-gramme des *Mutations*) : 269, 272, 275, 278, 434, 484-485, 496
- *guaci* 卦辭 (sentence divinatoire afférente) : 271-272

guan 觀 (visualisation) : 361, 398, 403
- *guanxin* 觀心 (contemplation de l'esprit) : 439-440
- *guanwu* 觀物 (observation des choses) : 438
- *fanguan* 反觀 (observation inversée) : voir à *fan* 反
- *zhiguan* 止觀 (cessation-contemplation) : 398, 419 n. 12

guiju 規矩 (compas-équerre, règles) : 239, 246

guwen 古文 : voir à *wen* 文

harmonie (*he* 和) : 34-35, 38, 42, 52, 55-56, 68, 71-72, 74-75, 80, 87, 100, 151, 167-168, 181-182, 197, 201, 205, 216, 218, 221, 225, 259, 275, 282, 295-296, 300-301, 398, 401, 442, 457, 476-478, 484-485, 539, 570, 581, 596
- Harmonie suprême (*taihe* 太和) : 452, 576-578

hexagramme : voir *gua* 卦

histoire : 29-31, 43 n. 6, 52, 58, 62, 64, 86, 88, 89 n. 2, 93 n. 35, 95, 99, 101, 114, 149, 160, 165-166, 189-190, 215, 238, 251, 256, 284, 294, 306, 316-317, 327, 349, 355-356, 359, 366, 382, 418 n. 4, 423 n. 47, 429, 462 n. 5, 463 n. 17, 473, 491 n. 10, 495, 499, 513, 520 n. 1, 522 n. 13, 526 n. 73, 531, 548, 551, 553, 558 n. 34, 560 n. 48, 567, 569-573, 581-584, 586, 588,

601 n. 1, 603 n. 16, 605 n. 50, 607 n. 84 et 85, 624, 626, 628, 632-633, 637 n. 36, 638 n. 39 et 46, 644, 646 n. 6
– histoire et études classiques : 590-591, 599-600, 610-613, 616, 622, 629
homme : voir *ren* 人
– Homme : voir à Ciel
– homme accompli (*zhiren* 至人) : 130, 135, 340
– homme vrai (*zhenren* 真人) : 134-135, 182, 287 n. 13, 363
– grand homme (*daren* 大人) : 175, 284, 531
– homme de bien (*junzi* 君子) : 65-67, 71, 75, 77-80, 82, 84-85, 96, 107, 134, 160-162, 172-183, 189, 217-218, 274, 280, 286, 326, 432, 442, 457, 475, 487, 490, 514, 553, 573, 614, 616, 634 n. 9
– homme de peu (*xiaoren* 小人) : 67, 96, 104, 134
– homme de Song : 156, 172-173, 446, 460, 468 n. 98
hua 化 (transformation) : 80, 273, 287 n. 13, 453, 577
humain (humanité) : voir *ren* 仁

ignorance : voir à connaissance
il-y-a (*you* 有) : voir à *wu* 無
il-n'y-a-pas : voir *wu* 無
illumination (ou éveil) :
 – dans le taoïsme : 139
 – dans le bouddhisme : 349, 352-353, 355, 358, 387, 395, 404, 407-408
 – dans le néoconfucianisme : 417, 432, 460, 531, 533, 537, 545, 552
  – graduelle (*jian* 漸) / subite (*dun* 頓) : 368, 407, 409-413, 422 n. 39, 484, 516, 519, 549, 599
illusion (sanscrit *mâyâ*) : 349, 351, 354, 374, 380, 384-386, 418, 449-454, 534, 575-577
immortalité : 251, 265 n. 8, 297, 314, 342, 361, 370 n. 20, 463 n. 18
 – immortalité de l'âme : 357, 378-381, 390 n. 14 et 17
impermanence (dans le bouddhisme) : 351, 354, 384, 398, 443, 577
imprimerie : 405, 418 n. 6, 428, 462 n. 4, 606 n. 63
individualisme (*geren zhuyi* 個人主義) : 632, 643
intention (intentionnalité) : 136, 174, 194, 200, 313, 351, 484, 502 ; voir aussi *yi* 意
intérêt : voir *li* 利
 – intérêt général : 101-104, 107, 632
islam : 393, 527

jésuites : 63, 527, 553-555
ji 幾 (infime amorce) : **280-282**, 443, 445, 515, 536
ji 機 (ressort cosmique) : 280
ji 機 (extrémité) : 42, 288 n. 19 ; voir aussi *taiji* 太極 et *renji* 人極
jia 家 (clan, famille, filiation) : 43 n. 3, 294, 318 n. 4
 – *chu jia* 出家 (quitter la famille, entrer dans les ordres) : 353, 371 n. 28
jian 兼 (assimilation)
 – par opposition à *bie* 別 (distinction) : 101-102
 – *jian' ai* 兼愛 (amour universel) : 101-103
jian 見 (voir) :
 – *jian li* 見理 (« voir le Principe ») : voir à *LI*
 – *jian xing* 見性 (« voir la nature-de-Bouddha ») : voir à *xing* 性
 – *jianwen zhi zhi* 見聞之知

(connaissance issue de la vue et de l'ouïe) : voir à connaissance

jing 經 :
— au sens d'ouvrage canonique : voir Classiques dans l'Index des oeuvres
— au sens de *sûtra* bouddhique : voir *sûtra*
— au sens de *tantra* : voir *tantra*
— au sens de fils de chaîne (par opposition aux fils de trame, *wei* 緯) : 88, 308
— au sens de norme constante : 307
— *jingxue* 經學 (étude des Classiques) : 316, 318 n. 3, 428, 512, 528-529, 566-567, 572-573, 589-591, 598, 611
— *jingshi* 經世 (ordonner le monde) : 573, 587, 600, 616, 629
— *jingshi zhiyong* 經世致用 (chercher l'utilité pratique dans l'organisation du monde actuel) : 567
— *tongjing zhiyong* 通經致用 (connaître à fond les Classiques pour en trouver l'application pratique) : 611

jing 精 (essence, quintessentiel) : 201, 281, 319 n. 15, 443
— *jingshen* 精神 (esprit essentiel) : 131, 136

jing 井 (puits, damier) : 167, 277
— *jingtian* 井田 (champs en damiers) : 167

jing 靜 (quiétude, quiétisme) : 131, 199, 205, 209, 251, 406, 410, 442, 445, 451, 457, 482, 515, 543, 572
— opposé à *dong* 動 (mouvement) : 254, 281-284, 333, 441, 443, 447, 474, 481-482, 486, 501, 505, 513, 536-537, 542, 549, 596, 632

— *jingzuo* 靜坐 (assis en quiétude) : 514, 524 n. 61, 544, 525 n. 64, 552, 586

jing 鏡 : voir miroir
jing 敬 (gravité) : 481-482, 497, 529
jing 淨 (propre, pur)
— *jingtu* 淨土 : voir Terre pure dans l'Index des noms propres
jinwen 今文 (Classiques en écriture moderne) : voir à *wen* 文
jun 君 (prince, souverain) : 67, 78-80, 160-162, 634 n. 9
junzi 君子 (homme de bien) : voir à homme
juste (sens du) : voir *yi* 義

kalpa (sanscrit : éon) : 397
karma (sanscrit : fait ou acte) : 350-352, 354, 357, 361, 369 n. 13, 377, 385-386, 410, 420 n. 18
ke 可 (admissible) : 150, 153, 165
— en rapport avec *dang* 當 (convenable) : 147
— en rapport avec *neng* 能 (capacité, possibilité matérielle) : 221

langage : 34, 83, 116-127, 143-152, 190, 204-205, 276-277, 283-284, 331-335, 352
légisme : 89, 91 n. 23, 104, 113-114, 144, 162-163, 198-199, 212-215, 219-220, 224, 226, 231, **234-249**, 257, 295-296, 307, 316, 525 n. 70, 567-568, 581-582, **614-617**
lei 類 (catégorie) : 152, 299
li 禮 : voir rites
LI 理 (ordre, principe) :
— dans l'antiquité : 57, 60 n. 14, 127, 176, 217-219, 231, 245, 247

– dans le néotaoïsme et le bouddhisme : 329, 336-337, 339-340, 345 n. 27, 363, 379
– dans le néoconfucianisme : 435, 437, 446, 471, **475-479**, 485, 595
– *li yi er fen shu* 理一而分殊 (« Le Principe est un, mais ses différenciations sont multiples ») : 465 n. 58, 479, 504, 508, 542
– *LI* et Dao 道 : 409, 478-479, 511
– *LI* et énergie (*qi* 氣) : 450, 452-453, 476, 486-488, 500, 578, 594-597
– *LI* et esprit : voir à *xin* 心
– *LI* et humanité (*ren* 仁) : 488-489, 506
– *LI* et nature : voir à *xing* 性
– *LI* et phénomènes (*shi* 事) : 363, 400, 450, 478, 596
– *LI* et rites (*li* 禮) : 57, 217, 476
– *LI* et tendance dominante (*shi* 勢) : 578, 582
– *lixue* 理學 (étude ou école du principe) : 449, 518, 522 n. 13, 531, 541, 572, 585, 631
– *jian li* 見理 (voir le Principe) : 482-484, 514
– *dali* 大理 (grande structure) : 230
– *daoli* 道理 (principe du Dao) : 478
– *fenli* 分理 (principe de découpe) : 595, 597
– *tianli* 天理 (ordre ou principe céleste) : 127, 282, 444, 450, 460, 478, 500, 503, 517, 530
– *tianli* 天理 (principe céleste) / *renyu* 人欲 (désirs humains) : 458, 476, **505-513**, 535, **579-580**, 598

– *tiaoli* 條理 (principe de ramification) : 578, 595
li 利 (intérêt, profit) : 70, 98-107, 113, 219-225, 239-241, 247, 296, 537, 617, 633 ; voir aussi intérêt général
– opposé à *yi* 義 (sens du juste) : 67, 104, 578, 582, 632
– opposé à *hai* 害 (nuisible) : 98, 135, 191, 283
li 立 (être debout, mettre sur pied) :
– *li cheng* 立誠 (résolution d'être authentique) : voir à *cheng* 誠
– *li ming* 立命 (mettre sur pied son destin) : voir à *ming* 命
– *li zhi* 立志 (mettre sur pied sa détermination) : voir à *zhi* 志
liangxin 良心 (esprit foncièrement bon) : voir à *xin* 心
liangzhi 良知 (connaissance morale innée) : voir à connaissance
liberté : 40, 52, 90 n. 6, 130-131, 179, 626, 628, 632
logiciens : 97, 114, 117, **143-158**, 163, 227, 243
logique : 33, 36, 50, 97-98, 117, 170, 194, 222, 227, 301, 332-333, 353, 644
logos : 31-32
Loi bouddhique : voir Dharma
lois : voir *fa* 法
« louanges et blâmes » (*baobian* 褒貶) : 307, 615
loyauté : voir *zhong* 忠
Lumières (philosophes des) : 27, 587

mal (mauvais, *e* 惡) : voir bien
manas (sanscrit : organe mental) : 385-386
mandala (sanscrit : cosmogramme) : 404

Index des notions

mandat céleste (*tianming* 天命) : voir à *ming* 命

mandchou : voir Qing dans l'Index des noms propres

mansuétude : voir *shu* 恕

mantra (sanscrit : formule magique) : 362, 403-404

marxisme : 43 n. 6, 62, 95, 453, 643-644, 646 n. 6

métaphysique : 135, 284, 502

Mère (des dix mille êtres) : 193, 203-204, 206

Milieu : voir *zhong* 中

militaire (technique) : 58, 94-95, 97, 192, 214, 359, 448, 470, 531, 555, 586, 619

min 民 (peuple) : 69, 71, 72, 74, 79-82, 98-100, 104, 106, 143, 164-165, 191, 198-199, 201, 217-218, 227, 235, 237, 240-242, 261-262, 295, 303-305, 417, 553, 568, 587, 597-598, 620, 624
– *minqing* 民清 (opinion publique) : 620
– *tianmin* 天民 (citoyen du Ciel) / *guomin* 國民 (citoyen d'un pays) : 627

ming 名 (nom, nommer) : 83, 130, 145, 147-152, 155-156, 204-205, 332-334
– noms / réalités (*shi* 實) : 37, 83, 120, 149, 151, 227-229, 243, 316, 326
– *zhengming* 正名 (rectification des noms) : 82-83, 92 n. 25, 151, 155, 227, 243, 476-477
– *mingjiao* 名教 (doctrine des noms) : 325-326
– *mingli* 名理 (doctrine des noms et des principes) : 327
– *xingming* 刑名 (formes et noms) : voir à *xing* 刑

ming 明 (lumière, clarté, clairvoyance) : 130-131, 539, 545
– *mingtang* 明堂 (Palais des Lumières) : 258-259, 262-263
– *mingxin jianxing* 明心見性 (« faire la lumière dans son esprit, c'est voir sa nature ») : voir à *xin* 心

ming 命 (décret, destin) : 79, 99, 107, 126, 130, 138, 209, 314, 323 n. 58, 357
– en rapport avec la nature humaine : voir à *xing* 性
– *li ming* 立命 (mettre sur pied son destin) : 179
– *zao ming* 造命 (forger son destin) : 632
– *fenming* 分命 (destin reçu en partage) : 339-340
– *geming* 革命 (changement de mandat) : 56
– *tianming* 天命 (mandat céleste, décret du Ciel) : 30, 56, 63-64, 78-79, 106-107, 123, 138, 165-166, 168, 177, 181, 215, 303, 417, 475, 482, 538, 614

miroir (image) : 129-131, 137, 141 n. 36, 354, 386, 401, 407-408, 421 n. 33, 439-440, 460, 545, 586

mizong 密宗 (école ésotérique) : voir tantrisme

moi : 68, 76, 117, 120, 122, 126, 130, 133, 175, 183-184, 197, 208, 326, 338, 351, 355, 358-359, 368, 385-386, 438-440, 455, 460, 473, 481, 484, 489, 497, 531, 545, 596-597 ; voir aussi non-moi

moïsme : voir Mozi dans l'Index des noms propres

mongol : voir Yuan dans l'Index des noms propres

moral (moralité) : voir *yi* 義

mort : 51-52, 72, 77-78, 85, 135-138, 176, 180, 183, 201-

202, 206, 242, 245, 252, 314, 340-341, 352, 358-359, 378-379, 415, 442, 447, 453-455, 459, 471, 482, 537, 568, 578, 613 ; voir aussi immortalité
mudrâ (sanscrit : sceau) : 404
multiple : voir à Un
musique (rituelle) : 48, 61, 74-75, 82, 85-86, 100, 108, 174, 182, 219, 275, 294, 299-300, 305, 482, 567, 574, 587
mutation : voir *yi* 易
mystique : 135, 207-209, 235, 337, 341, 375, 405, 410, 439, 514, 516, 545, 572, 625
mystère : voir *xuan* 玄
mythes (mythique) : 48, 52, 54-55, 57, 59 n. 9, 69, 83, 85, 167, 245, 261, 271, 403, 436, 473, 600

nationalisme : 589, 611, 619-620, 626-628, 630, 643
nature : voir *xing* 性
nature-de-Bouddha (ou bouddhéité, *foxing* 佛性) : voir à *xing* 性
nature :
  – au sens de naturel : voir Ciel
  – au sens de nature humaine : voir *xing* 性
nécessité : voir *biran* 必然 , *bu de yi* 不得已 et *ziran* 自然
néoconfucianisme : 336, 342, 413, 431-432, 463 n. 14, 522 n. 13, 527-528, 530, 539, 566, 612-613, 618, 625 ; voir aussi *daoxue* 道學 à Dao et *lixue* 理學 à LI
néotaoïsme (*xuanxue* 玄學) : voir à *xuan* 玄
nian 念 :
  – au sens de pensée, mental : voir non-pensée
  – au sens de volonté individuelle : voir à *yi* 意

nirvâna (sanscrit : extinction) : 349, 352, 354-355, 363, 367-368, 374-375, 382, 387, 625
nom (nommer) : voir *ming* 名
  – nom(s) / réalité(s) : voir à *ming* 名
  – noms de masse / noms décomptables : 147-149, 152
  – nominalisme : 149-152
nombres : voir *shu* 數
non-agir (*wuwei* 無為) : 83, 114, 133, 169, 184, 188, **190-191**, 193-208 *passim*, 222, 246-247, 259, 284, 296-297, 302, 330, 361, 363, 445-446, 460, 483, 503
non-désir (*wuyu* 無欲) : 199, 204-205, 226, 361, 442, 447, 449, 598
non-dualité (*bu er* 不二) : 374-375, 387, 454, 579 ; voir aussi dualité
non-moi (sanscrit *an-âtman* ; chinois *wuwo* 無我) : 351-352, 633
non-pensée (*wunian* 無念) : 411, 471

opportunité : voir *shi* 時
Origine : 151, 185, 196-198, 200, 202-204, 207, 222, 275, 299, 329, 331-336, 338-339, 363-364, 379, 451, 457, 472, 477, 486-487, 502, 577-579
orthodoxie : 432, 434, 441, 498, 520, 527-529, 541-549, 551, 555, 566, 589-594, 612, 618, 620-621, 630

panjiao 判教 (différencier les phases de l'enseignement du Bouddha) : 396
paradoxe : 41, 42, 117-120, 125, 147, 152-156, 188, 191-196, 218, 280, 330, 333, 340
peuple : voir *min*

Index des notions 663

philologie : 566, 573, 590, 592, 610-612, 618, 632

piété filiale : voir *xiao* 孝

politique (pensée) : 29, 36, 48, 55-56, 79-81, 105, 163-167, 198-200, 214, 234-235, 241-245, 257-258, 297-298, 302-306, 401, 490, 516-517, 568, 573-575, 588, 609-633 *passim*

position de force : voir *shi* 勢

pouvoir (conception de) : 48, 55-56, 80, 105, 144, 160-162, 166, 213-214, 235, 238, 241-247, 296, 305-308, 364, 367, 583 ; voir aussi *quan* 權

prajnâ (sanscrit : sapience, sagesse) : 354, 360-362, 366, 374-375, 406, 411, 481

principe (Principe) : voir *LI*

profit : voir *li* 利

progrès (notion occidentale) : 623, 626, 628

promotion des plus capables (*shangxian* 尚賢) : 96, 105, 166, 191, 198, 237, 243

qi 器 (objets concrets) : 283, 435, 452, 500-501, 578

qi 氣 (énergie vitale, souffle) : 39, 136-138, 143, 172-173, 186 n. 16, 201, 206, 224, **252-255**, 298-299, 314, 340, 378-379, **451-458**, **541-543**, 550, 569-570, 577-581, 621
– *qigong* 氣功 (travail sur l'énergie) : 136
– *jieqi* 節氣 (mesure-souffle) / *qijie* 氣節 (souffle-mesure) : 182
– *haoran zhi qi* 浩然之氣 (énergie morale débordante) : 172-173, 488
– *xueqi* 血氣 (sang et souffle) : 532, 593-594

– *yuanqi* 元氣 (souffle originel) : 201, 252, 254, 265 n. 10, 298-299, 312, 457-458, 542
– *zhengqi* 正氣 (souffle intègre) / *xieqi* 邪氣 (souffle vicié) : 253
– *zhongqi* 中氣 (souffle médian) : 206
– *qi* et principe : voir à *LI*
– *qi* et sens de l'humain : 488-489

qian 乾 / *kun* 坤 (deux premiers hexagrammes des *Mutations*) : 270, 272, 274, 280, 442

qing 清 (pur) :
– *qingtan* 清談 (causeries pures) : 326-328, 333, 360, 363, 566
– *qingyi* 清議 (jugements purs) : 316, 326, 553, 620, 629

qing 情 :
– au sens de caractéristiques intrinsèques : 134, 178, 187 n. 19, 219-220
– au sens d'émotions, sentiments : 182, 458, 472-473, 482, 485, 487, 535, 569-570, 580, 593-598, 632
– en rapport avec la nature (*xing* 性) : 133-134, 220, 328, 416-417, 505-508, 512-513, 535, 538
– « cinq émotions » : 328
– « sept émotions » : 474, 523 n. 42

quan 權 :
– au sens de balance : 222, 239, 242, 246, 307, 581
– au sens de pouvoir : 239
– au sens d'adaptation aux circonstances : 307, 615

quan 全 (intégrité) : 135
– *quan sheng* 全生 ou *quan*

xing 全性 (garder intacte sa vie ou sa nature) : voir à *sheng* 生
quatre figures (des *Mutations*) : voir à *xiang* 象
quatre germes (de moralité, *siduan* 四端) : 171-172, 176, 221, 414, 445, 523 n. 42
Quatre mai (mouvement du 4 mai 1919) : 31, 630, 642, 644
Quatre Mers : 71-72, 135, 247, 510
Quatre Nobles Vérités (ou Sceaux de la Loi bouddhique) : 353-354
quatre orients : 247, 260, 262, 311, 404, 437, 510
quatre saisons : 83, 86, 138, 215, 225, 253, 260, 262, 275, 297-298, 300, 311, 437, 442
quiétude / mouvement : voir *jing* 靜
qun 群 (troupeau, communauté) : 620, 630

rationalité : 57, 117, 159, 169, 500
– divinatoire : 30, 49-51
– discursive : voir discours
réalités / noms : voir à *ming* 名
rectitude : voir *zheng* 正
rectification des noms (*zhengming* 正名) : voir à *ming* 名
réforme (réformisme) : 429-433, 469-470, 495, 517, 541, 568, 574, 610-633
religieux (religiosité) : 47-58, 62, 74-75, 79-80, 106-107, 190, 198, 269, 341, 351, 357, 359-361, 376, 381-383, 387, 393-406, 413-414, 446, 527, 530, 544, 554-555, 585, 614, 622-623, 630, 643
ren 人 (homme, humain, humanité) : 51-56, 68, 72, 104, 134, 144, 197, 202, 207, 226, 236-238, 583-584, 623, 626
– *ren* 人 et *ren* 仁 (sens de l'humain) : 64, 68, 180
– *renji* 人極 (Faîte humain) : 550
– *renxin* 人心 (esprit humain) : voir à *xin* 心
– *renyu* 人欲 (désirs humains) : voir à désirs
ren 仁 (sens de l'humain, humanité) : 41, **66-81**, 101-104, 107, 113, 146, 161, **163-168**, 176-185, 214, 237, 257-258, 326, 364, 411, 456-460, 477, 505-506, 515, 532-533, 625, 627, 641
– en rapport avec le sens du juste (*yi* 義) : 161, 170-172, 191, 223, 442, 445, 474, 511
– en rapport avec les rites : voir à rites
– en rapport avec le Principe : voir à *LI*
– en rapport avec l'énergie : voir à *qi*
– *buren* 不仁 (absence de sens humain) : 179, 197, 456, 489
résonance (*ying* 應 ou *ganying* 感應) : 216, 278, 299-300, 306, 313
retour : voir *fan* 反 et *fu* 復
rêve (opposé à veille) : 131-133, 375, 411
révolution : 56, 628-633, 641-644 ; voir aussi *geming* 革命 à *ming* 命
– révolution de 1911 : 631, 642
– Révolution Culturelle : 212, 644
rites (*li* 禮) : 42, 52-58, 63-64, 73-86, 89, 95, 98-100, 103-104, 107-108, 115, 138, 143,

Index des notions

172, 174, 176, 178, 218, 222, **224-226**, 228-229, 236, 240, 250, 295, 364, 430, 474, 476, 485, 517, 580, 587
– rites et musique : voir musique
– rites et sens moral (*yi* 義) : 76, 217-220, 223, 225
– rites et humanité (*ren* 仁) : 73-75, 223-224, 517
– rites et lois (*fa* 法) : 80, 236, 240, 307, 614-616
– rites funéraires : voir deuil
– esthétique des rites : 74, 100, 226
– querelle des rites : 554-555, 562 n. 72

rilu 日錄 (notes au jour le jour) : 514, 529

riyong 日用 (action pratique de tous les jours) : 529

rizhi 日知 (connaissance acquise jour après jour) : 571, 573

roi (royauté, *wang* 王) : 48-49, 51, 53-55, 57-58, 61, 85-86, 215, 228, 243, 256, 259, 263, 304, 622-623
– roi sans couronne (*suwang* 素王) : 307, 610, 613
– royauté extérieure (*waiwang* 外王) : voir à sainteté
– sages-rois (de l'antiquité) : 85, 96, 98-99, 160, 167, 216, 225, 227, 235-236, 415, 429, 473, 490, 583, 622
– Voie royale (*wangdao* 王道) : voir à Dao
– régicide : 165-166

sacré : 58, 74-75, 77-78, 80, 87-88, 107, 404, 547, 555, 600, 629-630

sacrifices : 49, 51-55, 74-75, 79, 259, 263, 532

sâdhana (sanscrit : fusion avec la divinité) : 404

Saint (*shengren* 聖人) :
– désignation de Confucius : 314, 328, 332, 546, 592, 600-601, 613, 622-623
– Saint confucéen : 68, 169, 175-176, 179, 182, 184, 253, 283, 285, 294, 314, 328, 430, 587, 592-593, 601, 621
– Saint néoconfucéen : 416-417, 435, 437-443, 455-456, 477, 484-487, 509-512, 547
– Saint taoïste : 131, 135-137, 191, 194, 196-200, 203, 208, 246-247, 297, 299 ; voir aussi « homme accompli » et « homme vrai » à homme

sainteté (*sheng* 聖) : 34, 69, 79, 183-184, 431-433, 444-447, 458-461, 474-475, 489-490, 515, 518, 528-529, 532-533, 539, 544, 594-598
– sainteté intérieure/royauté extérieure (*neisheng* 內聖 / *waiwang* 外王) : 79, 306, 431, 543, 567, 585, 614

samâdhi (sanscrit : concentration) : 354

samsâra (sanscrit : flux, cycle des renaissances) : 351-352, 368, 374

sangha (sanscrit : communauté bouddhique) : 353-356, 361, 364, 367, 381, 383, 394-395, 416

Sans Faîte (*wuji* 無極) : voir à *wu* 無

sâstra (sanscrit : commentaire) : 356

sciences : 31, 33, 58, 193, 217, 277, 300-302, 308, 311, 480, 555, 571, 618-619, 625, 630, 632, 643

scolastique : 34-35, 149, 309, 611

sens (sensoriel, sensible) : 107, 127, 149, 174, 176, 205, 221, 226, 283, 334, 336, 351-352, 385, 398, 406, 431, 435, 439, 450, 452, 460, 482-483, 486, 489, 514, 534, 536, 543, 575

sens (signification) : voir *yi* 意

sentiments : voir *qing* 情

sept sages du bosquet de bambous : 327, 339, 343 n. 4, 345 n. 30, 370 n. 14

shen 神 (esprit, puissance spirituelle) : 127, 129, 135-136, 280, 435, 443, 452-453, 471, 577
 – *shenling* 神靈 (âme spirituelle) : 129, 357
 – *shenyou* 神遊 (voyage de l'esprit) : 135
 – *jingshen* 精神 (esprit essentiel) : voir à *jing* 精
 – en rapport avec le corps : voir à *xing* 形

shendu 慎獨 (solitude vigilante) : 514, 550

sheng 生 (vie, vital, venir à la vie, engendrer) : 41, 159-162, 168-172, 224, 488 ; voir aussi engendrement
 – en rapport avec la nature (*xing* 性) : 35, 168, 171-173
 – *quan sheng* 全生 ou *quan xing* 全性 (garder intacte sa vie ou sa nature) : 168, 169, 250-251
 – *yang sheng* 養生 ou *yang xing* 養性 (nourrir le principe vital) : 127-128

sheng 聖 : voir Saint, sainteté

shi 實 (réel, concret) :
 – réalités (par opposition aux noms) : voir à *ming* 名
 – *shixing* 實行 (action concrète) : 552, 600
 – *shixue* 實學 (études pratiques) : 554-555, 565-567, 584-587, 600
 – *shishi qiushi* 實事求是 (« ne rechercher le vrai que dans les faits réels ») : 592

shi 時 (opportunité) : 285-286

shi 史 (scribe, devin, historien, histoire) : 88

shi 士 (catégorie sociale) : 63, 96, 143-144, 160-162, 167, 213-214, 244

shi 仕 (emploi, fonction) : 160

shi 是 (C'est cela) / *fei* 非 (Ce n'est pas cela) : 44 n. 11, 120-123

shi 勢 :
 – au sens de position de force : 241-242
 – au sens de tendance dominante : 578, 582
 – en rapport avec le principe : voir à LI

shi 世 (monde actuel) : voir à *jing* 經

shi 事 (phénomènes, réalité relative, par opposition à l'absolu) : voir à LI

shu 恕 (mansuétude, réciprocité) : 69-71, 102-103, 166, 183

shu 術 (techniques de contrôle) : 242-245

shu 數 (nombres) : 251-253, 262-264, 276-278, 311, 433-438
 – *xiangshuxue* 象數學 (étude des figures et des nombres) : voir à *xue* 學

Six Arts (*liuyi* 六藝) : 174, 303, 320 n. 26, 586

skandha (sanscrit : agrégat de phénomènes) : 351-352, 384

sophistes : voir logiciens

souffle : voir *qi* 氣

spontanéité (spontané) : voir *ziran* 自然

Index des notions

stûpa (sanscrit : tour reliquaire) : 382

sûnya, sûnyatâ (sanscrit : vide, vacuité) : voir vacuité

suodang 所當, *suodangran* 所當然 (ce qui doit être ainsi) : 477, 484, 582

suoyi 所以, *suoyiran* 所以然 (ce qui fait qu'il en est ainsi) : 329, 336, 338, 476-477, 481, 486, 582

sûtra (sanscrit : texte canonique ; chinois *jing* 經) : 356, 361-362, 367, 369 n. 8, 373, 382, 395-396, 402-403, 405-406, 410, 412-413 ; voir aussi à *Sûtra* dans l'Index des œuvres

sva-bhâva (sanscrit : dépourvu de nature propre) : 355, 374

syncrétisme : 34, 251, 377, 515, 543-545, 555, 618 ; voir aussi Trois enseignements

taihe 太和 (Harmonie suprême) : voir à harmonie

taiji 太極 (Faîte suprême) : 275, 288 n. 19, 331, 342, 434-436, 487, 499-502, 550, 576-577, 581 ; voir aussi *ji* 極
 – *wuji er taiji* 無極而太極 (« Sans Faîte, mais (et/ou) Faîte suprême ! ») : 441-445, 451, 486, 502-505
 – *taijiquan* 太極拳 (boxe du Faîte suprême) : 136

taiping 太平 (Grande Paix) : 73, 315, 317, 341, 618, 623, 626-627
 – *taipingdao* 太平道 (Voie de la Grande Paix) : 317
 – Taiping (rébellion des) : voir Index des noms propres

taixu 太虛 (Vide suprême) : voir à vide

taixuan 太玄 (Mystère suprême) : voir à *xuan* 玄

Taiyi 太一 (Un suprême ou Grand Un) : 275, 302-303, 311, 320 n. 25

tantra (sanscrit : texte ésotérique) : 403

tantrisme : 402-404

taoïsme : 36-37, 41-42, 58, 83, 89, 109, 168-169, 173, 181-182, 220, 222, 226, 235, 238, 245-246, 250, 259, 282, 284-285, 296, 298, 314, 316-317, 325-328, 333-339, 360, 410, 413 ; voir aussi *Zhuangzi* et *Laozi* dans l'Index des œuvres
 – rapports avec le néo-confucianisme : 433-434, 440, 442, 445-446, 460, 483, 486, 499, 502-503, 531, 539, 550, 566 ; voir aussi à bouddhisme
 – école taoïste (*daojia* 道家) : 114, 318 n. 4
 – taoïsme religieux : 317, 357-358, 361-363, 375-376, 381-382, 394, 405, 544-545
 – tradition alchimique : 341-342, 433

tathatâ (sanscrit : ainsité) : 355, 363, 387

technique : voir *shu* 術

ti 體 (constitution)
 – en rapport avec *yong* 用 (fonction) : 330, 336, 344 n. 12, 380, 435-437, 445, 500-505, 535, 538, 618, 641
 – *benti* 本體 (constitution fondamentale) / *fayong* 發用 (manifestation fonctionnelle) : 284, 327, 362, 514, 577
 – *xin zhi benti* 心之本體 (constitution originelle de l'esprit) : voir à *xin* 心

tian 天 : voir Ciel

– *tian zhi xing* 天之性 ou *tiandi zhi xing* 天地之性 (nature du Ciel ou nature du Ciel-Terre) : voir à *xing* 性
– *tianli* 天理 (ordre ou principe céleste) : voir à *LI*
– *tianming* 天命 (mandat céleste, décret du Ciel) : voir à *ming* 命
– *tianming zhi xing* 天命之性 (nature décrétée par le Ciel) : voir à *xing* 性
– *tianxia* 天下 (« tout ce qui est sous le ciel », le monde) : 104, 155, 169, 192, 224, 443, 626
– *tianzhi* 天志 (volonté du Ciel) : 56, 85, 106, 168
– *tianzhu* 天主 (Maître du Ciel) : 555
– *tianzi* 天子 (Fils du Ciel) : 43, 48, 74, 97-98, 155, 247-248, 290, 552, 580
– *xiantian* 先天 (antérieur au Ciel)/ *houtian* 後 (postérieur au Ciel) : 273, 435-436
tong 通 (traverser de part en part, comprendre) : 274, 283, 433
– *tongjing zhiyong* 通經致用 (connaître à fond les Classiques pour en trouver l'application pratique) : voir à *jing* 經
tong 同 (concorde, unité) :
– *da tong* 大同 (grande concorde, grande unité) : 623, 626, 633
tong 統 (extrémité du fil de soie, succession, unification) : 302
– *da yitong* 大一統 (grande unité ou unification) : 302, 306
– *daotong* 道統 (transmission légitime du Dao) : voir à Dao
– *zhengtong* 正統 (légitimité dynastique) : 462 n. 9, 499

tout (en rapport avec ses parties) : 38, 40-41 ; voir aussi à Un
– dans la conception du langage : 148-149, 152-156
– dans le bouddhisme : 398, 401
– dans le néoconfucianisme : 436, 479, 504, 508, 518, 627
tradition : 28-33, 36, 43 n. 3, 70, 76, 84-87, 97-100, 105, 113, 143-144, 149, 160, 189, 213, 231, 235, 238, 268, 271-272, 293, 306, 308, 317, 325-326, 341-342, 356, 360, 364-365, 394, 414-415, 428, 431-432, 450, 473, 497-498, 519, 543-544, 547, 555, 569, 574, 580-581, 588, 598-600, 610-632, 641-645
traduction : 41, 54, 56, 68, 80, 91 n. 13, 121, 129, 136, 170, 174, 182, 190, 201, 239, 256, 311, 312, 478-479
– traductions bouddhiques : 355, 357, 360, 362, 365-367, 373-374, 383-384, 388, 393, 395, 399, 402-403
– traductions occidentales : 554, 619-620, 630
transcendance / immanence : 39-40, 50, 55-56, 76, 83, 183, 205, 363, 375, 387, 398, 411, 478, 502-503, 555, 566, 597-598
transformation : voir *hua* 化
transmigration : 351, 357, 385-387, 454, 487, 577
transmission légitime du Dao (*daotong* 道統) : voir à Dao
trigramme : voir *gua* 卦
trois (modèle ternaire) : 41, 205-206, 254, 275, 311, 320 n. 25, 398, 457
Trois Âges : 623, 638 n. 39
Trois Corbeilles : voir *Tripitaka* dans l'Index des oeuvres

Index des notions

Trois Corps du Bouddha (sanscrit *trikâya*) : 387
trois critères (du *Mozi*) : 98-99
trois enseignements : 377
– « Les trois enseignements ne font qu'un » (*sanjiao heyi* 三教合一) : 543-545
trois joyaux (bouddhiques) : 354, 404
Trois Mystères (*sanxuan* 三玄) : voir à *xuan* 玄
Trois Puissances (Ciel-Terre-Homme) : voir à Ciel
trois relations : 631 ; voir aussi Cinq Constantes

Un (unité) : 38-40, 70, 118, 135, 164, 175, 201, 205-206, 209, 225, 285, 351, 385, 306, 332, 335, 363, 398, 411, 435, 447, 450, 454-458, 472-473, 509-513, 516, 533-535, 542-543, 570
– Dao et Un : voir à Dao
– Un suprême ou Grand Un : voir *Taiyi* 太一
– Grande unité (*da yitong* 大一統) : voir à *tong* 統
– Un et deux : 204, 254, 274, 453, 479, 499-508, 510, 531, 539-541, 575-580 ; voir aussi dualité et non-dualité
– Un et multiple : 204-206, 275, 329-331, 336, 398, 411 205, 329, 335-336, 433, 435-436, 440, 447-448, 471, 478-479, 485-486, 500, 504
universalisme : 356, 368, 405, 414, 455, 528, 623, 626-629, 631, 641
upâya (sanscrit : adaptation aux exigences pratiques ; chinois *fangbian* 方便) : 396
utilitarisme : 95, 98-101, 107, 113, 169, 221, 223, 230, 250, 316, 508, 517, 633

vacuité (sanscrit *sûnyatâ* ; chinois *kong* 空) : 362, 367, 374-375, 377, 384, 387, 395, 398, 400, 404, 409-411, 414, 443, 449-451, 450-454, 502, 504, 509, 546, 576
vertu : voir *de* 德
vide (*xu* 虛) : 40-42, 136-137, 194-195, 197-199, 206, 296, 298, 443, 501, 579, 581
– Vide suprême (*taixu* 太虛) : 451-454, 457, 460, 486, 576-577
vijnâna (sanscrit : faculté cognitive) : 384
– *âlaya-vijnâna* (sanscrit : connaissance de réserve) : 385-386
– *mano-vijnâna* (sanscrit : « central » des cinq facultés sensorielles) : 385
Voie : voir Dao

wei 微 (ténu) : 281
– *weiyan dayi* 微言大義 (propos subtils porteurs d'un grand message) : 307, 611
wei 為 : voir agir
wei 偽 (fabriqué) : 219-224
– *weixue* 偽學 (étude dévoyée) : voir à *xue* 學
wei 緯 (fils de trame, apocryphes) : voir à *jing* 經
wei 未 (pas encore) :
– *weifa* 未發 (ce qui ne s'est pas encore manifesté) / *yifa* 已發 (ce qui s'est déjà manifesté) : 182, 207, 282, 503, 512, 514, 536
– *weiji* 未濟 / *jiji* 既濟 (dernier et avant-dernier hexagrammes des *Mutations*) : 280
– *weixing* 未形 (ce qui n'a pas encore pris forme) : 281, 443

weishi 唯識 (sanscrit *citta-mâtra*, rien que pensée) : 384-387

wen 文 (tracé, signe écrit, culture) : 57, 60 n. 15, 85, 219, 222, 276, 414, 470
– *baguwen* 八股文 (composition d'examen en huit parties) : 528-529, 588, 605 n. 61, 617, 643
– *bianwen* 變文 : 405
– *guwen* 古文 (écriture à l'antique) : 414, 429, 470
– *guwen* 古文 (Classiques en écriture ancienne) : 341, 343 n. 6, 573, 590-591, 610
– *jinwen* 今文 (Classiques en écriture moderne) : 308-309, 314, 341, 609-617, 620-623, 626
– controverse *jinwen* 今文 / *guwen* 古文 : 308-310, 332 n. 4, 612, 622, 628-630

wu 無 (il-n'y-a-pas, l'indifférencié) : 328, 331, 333, 336-338, 378, 576
– en rapport avec *you* 有 (il-y-a, le manifesté) : 44 n. 11, 124, 193-195, 204-208, 275, 327, 329-331, 337-340, 362, 375, 377, 443, 451, 453, 503
– *wuji* 無極 (Sans Faîte) : voir à *taiji* 太極
– *wunian* 無念 : voir non-pensée
– *wuwei* 無為 : voir non-agir
– *wuwo* 無我 : voir non-moi
– *wuyu* 無欲 : voir non-désir
– *benwu* 本無 (non-existant originel) : voir à *ben* 本

wu 物 (choses, êtres) : 121, 139, 155, 337, 578
– *wanwu* 萬物 (dix mille êtres) : voir Un et multiple
– observation des choses : voir *guanwu* 觀物
– examen des choses : voir *gewu* 格物

wu 悟 (éveil, japonais *satori*) : 411 ; voir aussi illumination

xiang 像 (ressemblance) : 276
xiang 象 :
– au sens d'éléphant : 276
– au sens d'image, figure ou commentaire des *Mutations* : 271-272, 276, 281, 283, 334, 435
– quatre figures (des *Mutations*) : 275, 434-437
– *xiangshuxue* 象數學 (étude des figures et des nombres) : voir à *xue* 學

xiao 孝 (piété filiale) : 71-72, 99, 103, 191, 240, 305, 326, 364, 383, 405, 457, 481, 541

xiaoren 小人 (homme de peu) : voir à homme

xin 心 (cœur / esprit) :
– conception antique : **174-175**, 221
– conception bouddhique : 408-412, 414
– conception néo-confucéenne : 417, 431, 460-461, 473-475, 480, 496-499, 510-513, 530, 542-545, 548-550
– en rapport avec la nature humaine : voir à *xing* 性
– en rapport avec le principe (*LI* 理) : 505-512, 518, 530-535, 539-540
– *benxin* 本心 (esprit originel) : 174, 496-497, 514
– *budong xin* 不動心 (esprit inébranlable) : 513
– *daoxin* 道心 (esprit de Dao) / *renxin* 人心 (esprit humain) : **508-510**, 513, 535, 591
– *liangxin* 良心 (esprit foncièrement bon) : 174 ; voir

Index des notions

aussi *liangzhi* 良知 à connaissance
- *xinfa* 心法 (règle de l'esprit, discipline mentale) : 513-515, 544
- *xinti* 心體 ou *xin zhi benti* 心之本體 (constitution originelle de l'esprit) : 533-537, 540, 570
- *xinxue* 心學 (étude de l'esprit) : 518, 531, 572
- *xinzhai* 心齋 (jeûne du cœur) : 136
- *xinzhi* 心知 (esprit et connaissance, faculté mentale) : 593, 595
- *xinzong* 心宗 (école de l'esprit, désignation de l'école Chan) : 408
- *guanxin* 觀心 (contempler l'esprit) : voir à *guan* 觀
- *mingxin jianxing* 明心見性 (« faire la lumière dans son esprit, c'est voir la nature ») : 408
- *zheng xin* 正心 (rendre droit son esprit) : voir à *zheng* 正
- *xin ji li* 心即理 (« L'esprit, c'est le principe ») : 510, 512
- « L'esprit régit la nature et les émotions » : 458, 482, 505, 513, 534

xin 信 (relation de confiance) : 72

xing 行 (marcher, agir, agent) :
- voir connaissance et action et *shixing* 實行 (action concrète) à *shi* 實
- voir Cinq Phases

xing 刑 :
- châtiments : 240-241, 243
- *xingming* 刑名 ou 形名 (formes et noms) : 243-245, 248 n. 24, 296-297, 340
- *xingmingjia* 刑名家 ou 形名家 (école des formes et des noms) : 145

xing 形 (formes) : 148, 243, 252-254, 283, 311, 331-334, 338-340, 437-439, 451-452, 576-578 ; voir aussi *xing* 刑
- *weixing* 未形 (ce qui n'a pas encore pris forme) : voir à *wei* 未
- *xing er shang* 形而上 (en amont des formes visibles) / *xing er xia* 形而下 (en aval des formes visibles) : 282-285, 438, 452-453, 500-503, 507, 512, 595
- *xing* 形 (forme corporelle) / *shen* 神 (esprit) : 378-381

xing 性 (nature, vital) : voir *sheng* 生
- nature humaine : 35, 65, 79, 133, 164, 186 n. 12, 285, 314, 353, 414, 431, 450, 453-454, 457, 497, 505, 536, 540, 542-543, 570, 572, 593-597
- débat sur la bonté de la nature humaine : 65, 104, **168-180**, 192, 197, 212, **218-224**, 240-241, 445-448, 458, 481, 507, 510, 513, 543, 596
- en rapport avec les capacités individuelles (*cai* 才) : 326
- en rapport avec le destin (*ming* 命) : 126, **176-179**, 448, 454, 471-473, 475, 482, 509, 537, 553
- en rapport avec les émotions : voir à *qing* 情
- en rapport avec les désirs : voir à désirs
- en rapport avec le cœur/esprit (*xin* 心) : 163-165, 435, 477-487, 507-509
- en rapport avec le principe (*LI* 理) : 514-515, 567-568
- *xing ji li* 性即理 (« La

nature est principe ») : 488, 506, 510, 534
– *foxing* 佛性 (nature-de-Bouddha) : 355, 357, 362, 367-368, 383, 397-398, 400, 408, 409, 411, 417, 431-432, 455, 532, 545, 547
– *jian xing* 見性 (voir la nature-de-Bouddha) : 408, 482
– *qizhi zhi xing* 氣質之性 (nature de matière-énergie, nature physique) : 457, 507, 543, 579
– « Connaître sa nature, c'est connaître le Ciel » : voir à connaissance
– *tian zhi xing* 天之性 (nature du Ciel) ou *tiandi zhi xing* 天地之性 (nature du Ciel-Terre) : 457, 550, 579
– *tianming zhi xing* 天命之性 (nature décrétée par le Ciel) : 181, 507
– *yili zhi xing* 義理之性 (nature de moralité et de principe) : 507
xiuji zhiren 修己治人 (se perfectionner soi-même afin d'être en mesure de gouverner les hommes) : 516, 565
xiushen zhiguo 修身治國 ou *zhishen zhiguo* 治身治國 (se perfectionner soi-même et ordonner le pays) : 79, 200
xuan 玄 (mystère) : 204-205, 311-312, 327, 334, 341
– Chongxuan 重玄 : voir Double Mystère dans l'Index des noms propres
– *sanxuan* 三玄 (Trois Mystères) : 327, 362
– *taixuan* 太玄 (Mystère suprême) : 310-311, 327
– *xuanxue* 玄學 (étude du Mystère) : 312, 326-327, 341, 359, 362, 366, 410, 572, 590

xue 學 (apprendre, l'étude) : **64-68**, 78-79, 127, 184, 203, 207-208, 220, 222, 330, 457, 459, 474-475, 481, 497-498, 530, 536-541, 545-547, 567, 572-573, 586-587, 596, 601
– *daoxue* 道學 (étude du Dao) : voir à Dao
– *Hanxue* 漢學 (études Han) : 589-591, 598, 601, 610, 612, 618, 629, 631
– *jiangxue* 講學 (conférence publique de « discussion sur l'étude ») : 546, 551, 566
– *jingxue* 經學 (étude des Classiques) : voir à *jing* 經
– *kaozhengxue* 考證學 (étude des vérifications et des preuves) : 590, 599, 610
– *lixue* 理學 (école du principe) : voir à *LI*
– *lunlixue* 倫理學 (étude des rapports sociaux et des principes éthiques) : 632
– *shixue* 實學 (études pratiques) : voir à *shi* 實
– *Songxue* 宋學 (études Song) : 522 n. 13, 591, 601, 609
– *weixue* 偽學 (étude dévoyée) : 497
– *xiangshuxue* 象數學 (étude des figures et des nombres) : 277-278, 433-437
– *xiaoxue* 小學 (petite étude) : 517, 573
– *xinxue* 心學 (étude de l'esprit) : voir à *xin* 心
– *xuanxue* 玄學 (étude du Mystère) : voir à *xuan* 玄
– *yilixue* 義理學 (étude de la moralité et du principe) : 590, 599
– *zhexue* 哲學 (philosophie) : 32, 632
– *zhongxue* 中學 (sagesse

Index des notions

chinoise) / *xuexue* 西學 (savoir occidental) : 618, 624, 641
– *xuehui* 學會 (associations d'étude) : 624-625
– *xuewen* 學問 (étude et expérience) : 185

yao 爻 (trait ou monogramme d'une figure des *Mutations*) : 269, 272
– *yaoci* 爻辭 (sentence divinatoire afférente) : 271-272

yi 義 (sens du juste, sens moral) : 76, 104-106, 165, 169-173, 176-180, 197, 220, 223-225, 250, 482, 485, 489, 497, 511, 519, 543, 593, 599
– associé au sens de l'humain : voir à *ren* 仁
– associé aux rites : voir à rites
– opposé à l'intérêt : voir à *li* 利
– associé au principe : 482, 511, 598-599
– *yilixue* 義理學 (étude de la moralité et du principe) : voir à *xue* 學
– *yili zhi xing* 義理之性 (nature de moralité et de principe) : voir à *xing* 性
– *geyi* 格義 (apparier les notions) : 362, 366-367

yi 儀 (« modèle » dans les *Mutations*) : 275

yi 意 :
– au sens d'idée, sens (par opposition à *yan* 言, mots, parole) : 125, 283, 331-335
– au sens d'intention (intentionnalité) : 75, 136, **532-540, 548-550**
– au sens de pure intentionnalité (par opposition à *nian* 念, volonté individuelle) : 549-550, 570

– *chengyi* 誠意 (rendre authentique son intention) : 73, 480, 534, 538-539

yi 易 (mutation) : 39-42, 206, 262-263, 273-279, 284-285, 311, 432-461, 470, 484-488, 581 ; voir aussi *Mutations* dans l'Index des oeuvres

yin 因 (suivre, être en conformité avec) : 246

Yin/Yang (陰陽) : 34, 38, 40-41, 86, 143, 193-194, 205-206, 215-217, 223, 247, **251-261**, 273-280, 284-285, 297-299, 305, 311-312, 363, 378, 417, 434-437, 441-442, 447, 451-458, 485-488, 500-506, 575-580, 595
– *yinyang wuxing jia* 陰陽五行家 (École du Yin/Yang et des Cinq Phases) : 251, 253

yoga (sanscrit : discipline mentale) : 354, 360, 369 n. 6, 384, 387, 403

yong 用
– fonction, mise en opération : voir à *ti* 體
– action pratique : voir *riyong* 日用

you 有 (il-y-a, le manifesté) : voir à *wu* 無

yuanqi 元氣 (souffle originel, énergie primordiale) : voir à *qi* 氣

yulu 語錄 (propos des maîtres) : 408, 498-499, 566

zao 造 (production des êtres, création) :
– *zaohua* 造化 (création-transformation) : 253, 298, 487
– *zao ming* 造命 (forger son destin) : voir à *ming* 命
– *zaowuzhe* 造物者 (créateur) : 139, 338

– *zizao* 自造 (autocréation) : voir à *zi* 自
zheng 政 (gouvernement) : 82
zheng 正 (rectitude) : 82, 182, 237, 278, 442, 470, 485, 488, 515, 533, 535, 538, 540
– *zhengming* 正名 (rectification des noms) : voir à *ming* 名
– *zhengqi* 正氣 (souffle intègre) : voir à *qi* 氣
– *zhengtong* 正統 (légitimité dynastique) : voir à *tong* 統
– *zheng xin* 正心 (rendre droit son esprit) : 474-475, 480, 538, 540
zhi 知 : voir connaissance
zhi 止 (cessation-concentration) : voir à *guan* 觀
zhi 指 (désigner, désignation) : 155-156
zhi 智 (discernement) : 169, 171-172, 177-178, 191, 221, 227, 326, 474, 507, 593
zhi 志 (résolution, détermination) :
– *li zhi* 立志 (mettre sur pied sa détermination) : 187 n. 20, 539
zhi 制 (découper, instituer) : 151, 611
zhi 治 (soigner, ordonner) : 82, 234, 302
– *zhidao* 治道 (principe d'ordre) : voir à Dao
– *zhishen zhiguo* 治身治國 (gouverne de soi-même, gouverne du pays) : voir *xiushen zhiguo* 修身治國
zhizhi 致知 (étendre sa connaissance) : voir à connaissance et *gewu* 格物
zhong 中 (Milieu) : 41-42, 181-182, 197, 278, 282, 374, 442, 445-447, 474-475, 509, 580-581 ; voir aussi centre

– *zhongguo* 中國 (Pays du Milieu, Chine) : 58, 575, 619
– opposition *zhong* 中 (Chine) / *xi* 西 (Occident) : voir à *xue* 學
– *zhongqi* 中氣 (souffle médian) : voir à *qi* 氣
– *zhongyong* 中庸 (Milieu juste et constant) : 70, 181-182 ; voir aussi *Invariable Milieu* dans l'Index des œuvres
zhong 忠 (loyauté) : 70, 72, 81, 84, 101, 161, 191, 219, 240, 305, 321 n. 33, 378, 517, 575
zi 自 (de soi-même) :
– *zicheng* 自成 (s'accomplir de soi-même) : 183
– *zide* 自得 (obtenir de soi-même) : 338, 490
– *ziqiang* 自強 (auto-renforcement) : 619
– *ziran* 自然 (de soi-même ainsi, spontané) : 40, 129-131, 138, 144, 169, 171, 173, 200, 207, 314, 326, 336, 338-339, 410, 413, 446, 460, 484, 490, 507, 548, 570, 582, 594-596
– *ziren* 自任 (prendre sur soi) : 490
– *zisheng* 自生 (engendrement spontané) : 338, 487-488
– *ziyou* 自由 (liberté) : 632
– *zizai* 自在 (rester en soi-même) : 422 n. 44
– *zizao* 自造 (autocréation) : 338-340, 400
zuochan 坐禪 (japonais *zazen*, méditation assise) : 412, 514, 545
zuowang 坐忘 (assis dans l'oubli) : 136, 514 ; voir aussi *jingzuo* 靜坐 (assis en quiétude)

Index des noms propres

académie de la Forêt de l'Est
(*Donglin shuyuan* 東林書院):
552-553, 561 n. 64, 567, 572,
576, 609, 610, 620
académie de la Grotte du Cerf
blanc (*Bailudong shuyuan*
白鹿洞書院): 496
académie de l'Océan d'érudition (*Xuehaitang* 學海堂):
601, 621, 624
Académie impériale Hanlin
(*Hanlin yuan* 翰林院): 528,
589, 642
Académie impériale (*taixue*
太學): 303, 309, 312, 316,
322 n. 46
académie Jixia 稷下: 156, 213,
231 n. 3, 234, 251, 297, 312
Allemagne: 623-624, 642, 644
Amitâbha (Bouddha de l'infinie
lumière): 367, 382, 388 n. 2,
402, 420 n. 18
An Shigao 安世高 (IIe siècle apr.
J.-C.): 324 n. 65, 357, 360,
362, 369 n. 12, 370 n. 19
An Lushan 安祿山 (mort 757
apr. J.-C.): 413, 428
Angleterre: 618, 619-620, 624
Aristote: 147-148, 152, 389
n. 6, 462 n. 4, 477
Aryadeva (IIe siècle apr. J.-C.):
374
Asanga (IVe-Ve siècle): 384
Asoka (r. env. 274-236): 376
Avalokitesvara (nom chinois:

Guanyin 觀音): 382, 402,
420 n. 21

Ban Gu 班固 (32-92): 318 n. 4
Benji 本寂 (840-901): 408
Bentham, Jeremy (1748-1832):
633
Bo Juyi 白居易 (772-846): 415
Bodhidharma (VIe siècle apr.
J.-C.): 407-408, 421 n. 29
Bouddha: 62, 317, 324 n. 65,
349-370, 377, 382, 387, 391
n. 28, 396-401, 405, 406-407,
409-410, 412-413, 415, 429,
450, 547, 580, 597, 623; voir
aussi Sâkyamuni
Boxers: 624, 626
Buddhabhadra (IVe-Ve siècle):
367, 419 n. 13

Cai Yuanpei 蔡元培 (1868-
1940): 642
Canton (Guangzhou 廣州): 530,
601, 612, 621, 624, 625, 636
n. 32
Cao Cao 曹操 (155-220): 325
Cao Dong 曹洞 (japonais Sôtô,
école Chan): 408, 412
Cao Pi 曹丕 (187-226): 39, 325
Chan 禪 (école bouddhique;
sanscrit Dhyâna; japonais
Zen): 117, 368, 387, 400,
406-413, 421 n. 29, 33 et 34,
422 n. 35, 432, 439, 447, 471,
473, 482, 495-496, 498-499,

511, 514, 516, 519, 524 n. 61, 534, 538, 542, 547, 549, 552, 572
Chang'an 長安 (actuelle Xi'an 西安) : 49, 293, 359, 365-367, 373, 387, 399
Changzhou 常州 (école de) : 610-611, 615, 617, 634 n. 3
Chen Chun 陳淳 (1159-1223) : 511, 594
Chen Duxiu 陳獨秀 (1880-1942) : 643
Chen Liang 陳亮 (1143-1194) : 517
Chen Que 陳確 (1604-1677) : 569-570
Chen Tuan 陳摶 (env. 906-989) : 433, 442
Chen Xianzhang 陳獻章 (Chen Baisha 陳白沙, 1428-1500) : 530, 544, 552, 557 n. 11
Cheng 成 (roi des Zhou, env. XIe siècle av. J.-C.) : 48
Cheng 程 (frères) : 430, 433, 441, 459, 467 n. 78 et 89, 468 n. 99, 470, **473-494**, 491 n. 2 et 13, 492 n. 16, 496, 499-500, 506-507, 514, 522 n. 16
– Cheng Hao 程顥 (Cheng Mingdao 程明道, 1032-1085) : 448, 464 n. 37, 474-475, 484, 486, 494 n. 62, 506
– Cheng Yi 程頤 (Cheng Yichuan 程伊川, 1033-1107) : 44 n. 15, 448, 453, 455, 459, 465 n. 58, 467 n. 78, 474-476, 478, 482, 484-486, 488, 490, 492 n. 15, 493 n. 45 et 47, 497, 501, 504-505, 508-510, 513-514, 516, 522 n. 16, 523 n. 34 et 35, 529, 534-536, 542, 557 n. 17, 579, 594
– école Cheng-Zhu 程朱 : 449, 475, 517, 522 n. 13, 524 n. 43, 528, 531, 534, 536, 538-539, 542, 572, 579, 582, 585-586, 588-589, 591

Chengguan 澄觀 (737-838) : 400

Chongxuan 重玄 (école du Double Mystère) : 345 n. 46, 375

Chu 楚 (royaume) : 95, 115, 140 n. 7, 189, 214, 310

Chunqiu 春秋 : voir Printemps et Automnes

Cinq Dynasties (*wudai* 五代, 907-960) : 428-429, 463 n. 19

Cixi 慈禧 (impératrice Ts'eu-hi, 1835-1908) : 623-624

Confucius (Kongfuzi 孔夫子, Maître Kong, 551-479) : 30, 37, 40-41, **61-93**, 94-99, 103-107, 113, 117, 123, 126, 132, 136, 143, 146, 151, 159-163, 166-168, 177, 179, 181, 187 n. 21, 188-189, 209 n. 5, 212-213, 230-231, 244, 251, 271-272, 280, 303-310, 314, 323 n. 60, 328, 332-333, 349, 370 n. 21, 378, 411, 415-416
– dans le néoconfucianisme des Song-Ming : 429, 433, 446, 450, 459-461, 462 n. 10, 473-477, 480, 488, 497, 499, 514, 520, 541, 546-547
– dans le confucianisme des Qing : 572, 585, 592, 594-595, 600, 610, 613-615, 620, 622, 625, 629-630, 637 n. 34, 638 n. 39, 642

Corée : 356, 387, 393, 401, 414, 418 n. 6, 519, 522 n. 17, 523 n. 42, 541

Cui Hao 崔浩 (381-450) : 381

Cui Shi 崔寔 (env. 110-170) : 316

Cui Shu 崔述 (1740-1816) : 600, 607 n. 83

Index des noms propres

Dai Zhen 戴震 (1724-1777) : **592-599**, 606 n. 73, 607 n. 75, 611, 615, 631-632

Datong 大同 (capitale des Wei du Nord) : 382

Dao'an 道安 (312-385) : 360, **366-367**, 382, 406, 418 n. 1, 421 n. 28

Daosheng 道生 (Zhu Daosheng 竺道生, env. 360-434) : **366-368**, 372 n. 35, 377, 389 n. 5, 397, 406, 409

Dieu : 39, 40, 54-55, 87, 173, 180, 578, 618, 623, 635 n. 21

Ding 丁 (cuisinier du *Zhuangzi*) : 127-130, 461, 468 n. 101, 595

Divin Fermier : voir Shennong

Dôgen 道元 (1200-1253) : 408

Dong Zhongshu 董仲舒 (env. 195-115) : **303-307**, 311-313, 320 n. 27 et 28, 321 n. 37, 327, 610, 613, 615, 621

Donglin 東林: voir académie de la Forêt de l'Est

Du Fu 杜甫 (712-770) : 386, 393

Duan Yucai 段玉裁 (1735-1815) : 570, 581

Dunhuang 敦煌 : 356, 365, 382, 405

Empereur jaune : voir Huangdi 黃帝

Fan Zhen 范縝 (450-515 ?) : 380, 390 n. 16

Fan Zhongyan 范仲淹 (989-1052) : 429, 432, 448

Fang Dongshu 方東樹 (1772-1851) : 618

Fang Yizhi 方以智 (1611-1671) : 574

Farong 法融 (Niutou Farong 牛頭法融, 594-657) : 409

Faxian 法顯 (IVe siècle apr. J.-C.) : 365

Faxiang 法相 (école bouddhique) : **383-388**, 397, 399 ; voir aussi Yogâcâra

Fazang 法藏 (643-712) : 399-401

Feng Guifen 馮桂芬 (1809-1874) : 618

Feng Youlan 馮友蘭 (1895-1990) : 43 n. 6, 158 n. 17, 643-644, 646 n. 6

fleuve Jaune (Huanghe 黃河) : 49, 51, 115, 135, 258, 264

fleuve Bleu (Yangzijiang 揚子江) : 115, 362, 430, 461 n. 3, 545, 590

Fotudeng 佛圖澄 (mort 349) : 365-366

Fujian 福建 (province) : 461 n. 3, 495, 498

Fushe 復社 (Société du Renouveau) : 553-554, 567, 570, 574, 584

Fuxi 伏羲 (souverain mythique) : 236, 271

Gândhâra : 356, 382

Gao Panlong 高攀龍 (1562-1626) : 552, 559 n. 43, 561 n. 65 et 66, 576

Gautama : voir Sâkyamuni

Ge Hong 葛洪 (env. 283-env. 343) : 342

Gongsun Long 公孫龍 (début du IIIe siècle av. J.-C.) : 141 n. 47, 145, 147, 152-155

Gongyang 公羊 (école exégétique sur les *Printemps et Automnes*) : 306-307, 321 n. 39, 611-615, 627, 634 n. 8 et 14, 638 n. 39

Gong Zizhen 龔自珍 (1792-1841) : 615-617

Gu Huan 顧歡 (env. 430-493) : 355

Gu Jiegang 顧頡剛 (1893-1980) : 600

Gu Xiancheng 顧憲成 (1550-1612) : 552-553, 561 n. 67, 576

Gu Yanwu 顧炎武 (1613-1682) : 547, 556 n. 10, 567, **570-574**, 575, 584, 602 n. 15, 604 n. 26

Guanyin 觀音 : voir Avalokitesvara

Guan Zhong 管仲 (VIIe siècle av. J.-C.) : 234

Guangwu 光武 (empereur Han, r. 25-57) : 309, 315, 321 n. 32

Guo Xiang 郭象 (env. 252-312) : **337-341**, 345 n. 29, 30 et 46, 362, 400, 451

Han 漢 (dynastie, 206 av. J.-C.-220 apr. J.-C.) : 30, 85-87, 114, 144-145, 206, 215, 217, 231, 249 n. 31, 258, 260, 264, 268, 271-273, 278, 285-286, **293-324**, 325-329, 340-342, 349, 356-357, 360-361, 366, 370 n. 20, 394, 430-433, 436-437, 441, 444, 448, 450, 473, 497, 528-529, 544, 553, 566, 573, 589-591, 598, 608 n. 89, 609-614, 618, 622-623, 626
– Han antérieurs ou occidentaux (206 av. J.-C.-9 apr. J.-C.) : 266 n. 27, 293-315, 606 n. 68, 610-614
– Han postérieurs ou orientaux (25-220) : 315-317, 326, 341, 343 n. 6, 362, 607 n. 88, 610-613, 638 n. 39
– *Hanxue* 漢學 (études Han) : voir à *xue* 學 dans l'Index des notions

Han 韓 (pays) ; 234, 243, 249 n. 27

Han Fei 韓非 (mort 233 av. J.-C.) : 89, 198, 212, 234, 237, 240, 243, **244-246**, 249 n. 27 et 30, 429

Han Yu 韓愈 (768-824) : **414-416**, 423 n. 48, 429, 470, 473

Hanlin 翰林 : voir Académie impériale Hanlin

Hanshan Deqing 憨山德清 (1546-1623) : 545, 559 n. 44

Hangzhou 杭州 (capitale des Song du Sud) : 495, 590

He Xinyin 何心隱 (1517-1579) : 551

He Xiu 何休 (129-182) : 321 n. 39, 607 n. 88, 612, 634 n. 8, 638 n. 39

He Yan 何晏 (env. 190-249) : 327-331, 341

Heshang gong 河上公 : 200, 210 n. 7 et 10, 344 n. 16

Heshen 和珅 (1750-1799) : 609, 611

Hînayâna (Petit Véhicule) : 355-356, 360, 372 n. 32, 373, 384

Hongren 弘忍 (602-674) : 407

Hong Xiuquan 洪秀全 (1814-1864) : 618

Hongzhou 洪州 (école Chan) : 409

Hu Guang 胡廣 (1370-1418) : 528

Hu Hong 胡宏 (Hu Wufeng 胡五峰 , 1105-1155) : 604 n. 44

Hu Juren 胡居仁 (1434-1484) : 529

Hu Shi 胡適 (1891-1962) : 158 n. 17, 644, 646 n. 6

Hu Yuan 胡瑗 (993-1059) : 429, 469, 485, 492 n. 15, 586

Hu Zhi 胡直 (1517-1585) : 545

Huang Zongxi 黃宗羲 (1610-1695) : 462 n. 5, 526 n. 73, 547, 550, 558 n. 34, **567-570**, 572-574, 584, 600, 602 n. 7, 8 et 12, 633

Huangdi 黃帝 (Empereur jaune) : 245, 256, 295-297, 319 n. 10, 320 n. 24

Index des noms propres

– Huang-Lao 黃老 (courant de l'Empereur jaune et de Laozi) : 114, 245, 249 n. 32, **295-298**, 302-303, 316

Huayan 華嚴(école bouddhique ; japonais Kegon) : **399-401**, 408, 419 n. 13, 422 n. 35, 447, 478, 504

Huan Tan 桓譚 (env. 43 av. J.-C.-28 apr. J.-C.) : 312, 323 n. 53

Hui Dong 惠棟 (1697-1758) : 591-593

Hui Shi 惠施 (ou Huizi 惠子, Maître Hui, env. 380-305) : 117-120, 134, 138, 140 n. 11, 144, 230

Huijiao 慧皎 (mort 554) : 369 n. 12

Huilin 慧琳 (ve siècle apr. J.-C.) : 377

Huineng 慧能 (638-713) : 407, 410, 421 n. 33

Huisi 慧思 (515-577) : 396, 419 n. 8

Huiwen 慧文 (actif vers 550 apr. J.-C.) : 396

Huiyuan 慧遠 (334-416) : 364, **366-367**, 372 n. 33 et 34, 378-381, 402, 406

Hunan 湖南 (province) : 498, 574, 625

Huxley, Thomas (1825-1895) : 619

Japon : 356, 387, 393, 401, 406, 408, 411, 412, 414, 418 n. 6, 421-422 n. 34, 519, 522 n. 17, 541, 567, 618, 621, 623-624, 628, 629, 630, 632, 633, 635 n. 20, 642

Jia Yi 賈誼 (200-168) : 305

Jiaqing 嘉慶 (empereur Qing, r. 1796-1820) : 609

Jiangnan 江南 (région) : 590, 592, 610

Jiangsu 江蘇 (province) : 461 n. 3, 552, 610, 625

Jiangxi 江西 (province) : 367, 461 n. 3, 495-496, 498

Jiao Hong 焦竑 (1540?-1620) : 548

Jie 桀 (dernier souverain des Xia) : 216

Jin 金 (dynastie, 1115-1234) : voir Jürchen

Jin 晉 (dynastie, 265-420) : 325-326, 358-359, 363-364, 376, 591, 606 n. 68

Jixia 稷下(académie du pays de Qi) : voir académie Jixia

Jizang 吉藏 (549-623) : 383

Jürchen : 430, 495, 519

Kaifeng 開封 (capitale des Song du Nord) : 429-430, 433, 448

Kang Youwei 康有為 (1858-1927) : 612, 618, **620-633**, 636 n. 22

Kangxi 康熙 (empereur Qing, r. 1662-1723) : 556 n. 5, 569, 587-588

Kong Anguo 孔安國 (156-74 ?) : 606 n. 68

Kong Yingda 孔穎達(574-648) : 394

Kosa (école bouddhique ; sanscrit *dharma-mâtra*, « rien que *dharma* ») : 384

Kou Qianzhi 寇謙之 (373-448) : 381

Kuangshe 匡社 (Société pour la réforme) : 574

Kubilai (grand Khan mongol, r. 1260-1294) : 520

Kuiji 窺基 (632-682) : 388

Kumârajîva (344-413 ? ou 350-409) : 363, 366-367, **373-374**, 388, 393, 419 n. 9, 420 n. 18, 421 n. 30

Laozi 老子 (le Vieux Maître) : 113, 115, 144, 146, **188-190**, 245, 249 n. 30, 295, 317, 324 n. 65, 332-333, 337, 361, 370 n. 21, 375, 377, 394, 429, 503, 509, 597

Legge, James (1815-1897) : 619

Li Ao 李翱 (env. 772-836) : **416-417**, 423 n. 53, 473

Li Bo 李白 (701-762) : 413

Li Fu 李紱 (1675-1750) : 588, 605 n. 62

Li Gong 李塨 (1659-1733) : 586, 589, 605 n. 59

Li Gou 李覯 (1009-1059) : 430, 462 n. 11

Li Guangdi 李光地 (1642-1718) : 556 n. 5, 588, 605 n. 62

Li Kui 李悝 (Vᵉ siècle av. J.-C.) : 234

Li Si 李斯 (mort 208 av. J.-C.) : 212, 244-245

Li Tong 李侗 (1093-1163) : 495, 499, 514

Li Yong 李顒 (1627-1705) : 567, 602 n. 7

Li Zhi 李贄 (1527-1602) : **546-548**, 551, 559 n. 47 et 48, 572

Liang Qichao 梁啟超 (1873-1929) : 621, 623, **624-631**, 637 n. 37, 638 n. 46 et 47, 643

Liang Shuming 梁漱溟 (1893-1988) : 644

Liangjie 良价 (807-869) : 408

Liao Ping 廖平 (1852-1932) : 612, 629, 636-637 n. 33

Lin Zhao'en 林兆恩 (1517-1598) : 544-545

Lingbao 靈寶 (école taoïste du Joyau sacré) : 361, 370 n. 23

Linji 臨濟 (mort 866 ; japonais Rinzai) : 408, 412, 422 n. 44

Liu 劉 (clan impérial des Han) : 295, 610

Liu An 劉安 (roi de Huainan 淮南, mort 122 av. J.-C.) : 295, 319 n. 16

Liu Bang 劉邦 (fondateur de la dynastie Han, nom de règne Gaozu 高祖, r. 188-180) : 295

Liu Fenglu 劉逢祿 (1776-1829) : 607 n. 88, 611-613, 615, 617, 627, 634 n. 8

Liu Shao 劉劭 (env. 180-env. 240) : 326

Liu Shipei 劉師培 (1884-1919) : **631-633**, 639 n. 53, 641

Liu Xin 劉歆 (32 av. J.-C. ?-23 apr. J.-C.) : 309, 612, 622, 629, 636 n. 32

Liu Yin 劉因 (1249-1293) : 528

Liu Yiqing 劉義慶 (403-444) : 343 n. 3, 363

Liu Zongyuan 柳宗元 (773-819) : 415, 423 n. 50

Liu Zongzhou 劉宗周 (1578-1645) : **548-551**, 560 n. 54, 569-570, 572, 579, 600, 602 n. 12

Lokaksema (nom chinois : Zhi Loujiachan 支婁迦讖 ou Zhichan 支讖, IIᵉ siècle apr. J.-C.) : 362

Longmen 龍門 : 382-383, 399, 402, 406

Lu 盧 (mont) : 367

Lu 魯 (pays) : 63-63, 81, 86, 159-161, 251, 297, 309, 623, 629, 638 n. 39

Lu Jia 陸賈 (1ʳᵉ moitié du IIᵉ siècle av. J.-C.) : 295, 319 n. 9

Lu Jiuling 陸九齡 (1132-1180) : 496

Lu Xiangshan 陸象山 (Lu Jiuyuan 陸九淵, 1139-1193) : 443, **495-519**, 520 n. 3 et 4, 525 n. 73, 528, 531, 534, 536, 542, 572

Index des noms propres

– école Lu-Wang 陸王 : 531, 539, 588, 605 n. 62
Lü Buwei 呂不韋 (2ᵉ moitié du IIIᵉ siècle av. J.-C.) : 250, 265 n. 2
Lü Liuliang 呂留良 (1629-1683) : 589, 606 n. 65
Lü Zuqian 呂祖謙 (1137-1181) : 495, 498
Luo 洛 (rivière) : 263-264
Luo Qinshun 羅欽順 (1465-1547) : 542-543, 552, 559 n. 43, 560 n. 50
Luoyang 洛陽 : 49, 293, 357, 359, 360, 362, 365, 382, 430, 433, 449, 469, 473, 522 n. 16

Ma Rong 馬融 (79-166) : 316, 343 n. 6
Mâdhyamika (école bouddhique) : 345 n. 46, **373-376**, 383-384, 387, 388 n. 3, 389 n. 6, 391 n. 30, 398, 400, 409, 454
Mahâyâna (Grand Véhicule) : 355-356, 361-362, 367, 373-374, 378, 383-384, 387, 391 n. 28, 396, 403, 405, 414, 428, 432, 454, 596, 621, 625
Maitreya (l'Amical, le Bouddha à venir) : 366-367, 382, 391 n. 23, 399
Manjusrî (Bodhisattva de la Sagesse suprême) : 383
Mao Zedong 毛澤東 (Mao Tsé-toung, 1893-1976) : 241, 625, 644
Maoshan 茅山 : voir Shangqing 上清
Mawangdui 馬王堆 : 210 n. 7, 287 n. 12, 296, 320 n. 24
Mazu Daoyi 馬祖道一 (709-788, japonais Baso) : 408-409, 422 n. 36
Mei Wending 梅文鼎 (1633-1721) : 592

Meiji 明治 (ère japonaise, 1868-1912) : 541, 618, 623, 637 n. 36
Mencius (Mengzi 孟子, Maître Meng, env. 380-289 av. J.-C.) : 65, 86, 89, 95, 103-104, 108, 114-115, 146, **159-187**, 188, 197, 212-215, 218-231, 232 n. 16 et 17, 234-235, 239, 241, 244, 250-251, 286, 305-306
– dans le néoconfucianisme des Song et des Ming : 415-417, 430-431, 444-446, 455-457, 467 n. 78, 473-474, 481, 488-490, 497, 499, 505-506, 511, 513, 533, 536, 539
– dans le confucianisme des Qing : 568, 572, 592, 596, 630
Ming 明 (empereur Han, r. 58-75) : 357, 369 n. 9
Ming 明 (dynastie, 1368-1644) : 30, 434, 449, 505, 519, **527-562**, 565-575 passim, 582-597 passim, 601 n. 1, 602 n. 10, 609-614, 626, 632, 635 n. 17, 641
monastère de la Forêt de l'Est (*Donglinsi* 東林寺) : 367
monastère du Cheval blanc (*Baimasi* 白馬寺) : 357
monastère du Lac de l'Oie (*Ehusi* 鵝湖寺) : 495
Mou Zongsan 牟宗三 (1909-1995) : 644
Mozi 墨子 (Maître Mo, Vᵉ- IVᵉ siècle) : 89, **94-109**, 113, 116, 123, 159, 162, 166, 168-169, 230, 244, 429

Nâgârjuna (IIᵉ siècle apr. J.-C.) : 374-375, 388 n. 3, 389 n. 6
Nâgasena (IIᵉ siècle av. J.-C.) : 350
Nankin (Nanjing 南京) : 359, 567, 571, 590, 617-618

Nirvâna (école bouddhique) : 368, 380

Ouyang Xiu 歐陽修 (1007-1072) : 429-430, 432, 462 n. 10, 469-470, 497

Parti communiste (*Gongchan dang* 共產黨) : 643
Parti nationaliste (*Guomin dang* 國民黨) : 631
Parti progressiste (*Jinbu dang* 進步黨) : 631
Pékin (Beijing 北京) : 520, 554-555, 571, 574, 624, 642
Peng Zu 彭祖 : 120, 137
Platon : 61, 98, 146, 149
Polo, Marco (1254-1324) : 520
Premier Empereur (fondateur de la dynastie Qin, r. 221-210) : 30, 54, 94, 212, 244, 250-251, 257, 265 n. 8, 271, 294, 297, 318 n. 3, 603 n. 23
Printemps et Automnes (*Chunqiu* 春秋) : 58, 61, 86, 94-95

Qi 齊 (pays) : 156, 159, 165, 213, 234, 251-252, 297
Qian Daxin 錢大昕 (1728-1804) : 599
Qian Dehong 錢德洪 (1496-1574) : 537-540
Qianlong 乾隆 (empereur Qing, r. 1736-1796) : 587, 589, 609-611
Qin 秦 (pays et dynastie, 221-206) : 30, 47, 54, 214, 234, 236, 244, 250, 257, 293-295, 305-306, 308-309, 318 n. 3, 321 n. 32
– Qin Shihuangdi 秦始皇帝 : voir Premier Empereur
Qing 清 (dynastie, 1644-1911) : 31, 309, 449, 517, 547-548, 551, **565-639**

Qu Yuan 屈原 (env. 340-env. 278) : 310
Quan Zuwang 全祖望 (1705-1755) : 602 n. 7 et 11

Ricci, Matteo (1552-1610) : 554, 561 n. 70, 562 n. 73, 592
Rousseau, Jean-Jacques (1712-1778) : 187 n. 19, 632-633
Royaumes Combattants (*Zhanguo* 戰國) : 30, 33, 58, 89, 94-95, 97, **111-289**, 293-296, 304, 325, 327, 333, 593, 630
Ruan Ji 阮籍 (210-263) : 339
Ruan Yuan 阮元 (1764-1849) : 601, 608 n. 89, 621

Sâkyamuni (env. 560-480) : 349, 377, 382, 391 n. 28, 405 ; voir aussi Bouddha
Sanghabhuti (IVe siècle apr. J.-C.) : 366
Sanghadeva (IVe siècle apr. J.-C.) : 366-367
Sarvâstivâda (sanscrit : Voie du réalisme intégral) : 355, 366, 372 n. 32
Sengyou 僧祐 (445-518) : 389 n. 10
Sengzhao 僧肇 (374-414) : 367, 374, 383, 389 n. 5
Shang 商 (ou Yin 殷, dynastie, env. XVIIIe- XIe siècle) : 47-58, 79, 85, 166, 252, 257, 262, 269, 416
Shang Yang 商鞅 (mort 338 av. J.-C.) : 162, 234, 236, 241-242, 244, 245
Shanghai 上海 : 622, 624, 625
Shangqing 上清 (école taoïste de la Haute Pureté) : 361, 370 n. 23, 376
Shao Yong 邵雍 (1012-1077) : 430, **433-441**, 444, 447-450,

Index des noms propres

463 n. 19, 464 n. 37, 469, 478, 499
Shen Buhai 申不害 (mort 337 av. J.-C.) : 162, 230, 234, 242, 248 n. 3 et 25, 249 n. 30
Shen Dao 慎到 (IVe-IIIe siècle) : 230, 234, 241
Shenhui 神會 (670 ?-760) : 407, 410, 421 n. 33
Shennong 神農 (le Divin Fermier) : 166-167, 211 n. 21, 236
Shenxiu 神秀 (605 ?-705) : 407-408, 410, 421 n. 31
Shi Jie 石介 (1005-1045) : 429
Shun 舜 (souverain mythique) : 69, 83, 85, 163, 165, 167, 175, 194, 236, 416, 432, 446, 473, 496, 509, 600 ; voir aussi Yao 堯
Sichuan 四川 (province) : 310, 317, 418 n. 6, 461 n. 3, 469
Sima Guang 司馬光 (1019-1086) : **430-433**, 517, 605 n. 50
Sima Qian 司馬遷 (145 ?-86 ?) : 86, 114, 163, 249 n. 30 et 31, 251, 253, 294 ; voir aussi *Mémoires historiques* dans l'Index des œuvres
Sima Tan 司馬談 (mort vers 110 av. J.-C.) : 114, 294, 318 n. 4
Sima Xiangru 司馬相如 (179-118) : 310
Six Dynasties (*liuchao* 六朝) : 314, 325
Song 宋 (pays) : 95, 156, 172-173, 236
Song 宋 (dynastie, 960-1279) : 30, 87, 175, 180, 287 n. 11, 342, 344 n. 12, 402, 412-413, 415-416, 418 n. 6, **427-526**, 527-530, 539, 541, 543, 550, 552, 565-573 *passim*, 582, 585-586, 590-598 *passim*,

605 n. 48, 609, 612-618, 632, 641
– Song du Nord (960-1127) : 427-494
– Song du Sud (1127-1279) : 495-526
– *Songxue* 宋學 (études Song) : voir à *xue* 學 dans l'Index des notions
Su Che 蘇轍 (1039-1112) : 469
Su Shi 蘇軾 (Su Dongpo 蘇東坡, 1037-1101) : 430, **469-473**, 478, 491 n. 4
Su Xun 蘇洵 (1009-1066) : 430, 469
Sui 隋 (dynastie, 581-618) : 325, 359, 376, 381, 383, 396, 399
Sun Fu 孫復 (992-1057) : 429, 462 n. 5
Sun Qifeng 孫奇逢 (1585-1675) : 567
Sun Yat-sen (Sun Zhongshan 孫中山, 1866-1925) : 631, 639 n. 52
Sûnyavâda (sanscrit : Voie de la vacuité) : 384
Suzhou 蘇州 (localité) : 553, 570, 590, 591

Taiping 太平 (rébellion des) : 618-619, 635 n. 21
Taizhou 泰州 (école de) : 545-551, 559 n. 45, 569, 579
Tan Sitong 譚嗣同 (1865-1898) : 623, 624-629, 637 n. 38
Tantrayâna (sanscrit : Véhicule du *tantra*) : voir tantrisme dans l'Index des notions
Tang 湯 (Cheng Tang 成湯, fondateur de la dynastie Shang) : 141 n. 30, 257, 295, 416, 473
Tang 唐 (dynastie, 618-907) : 30, 87, 349, 359, 382-384, 387-388, **393-423**, 427-433, 473, 497, 585, 588, 591, 610

Tang Zhen 唐甄 (1630-1704) : 568

Tao Hongjing 陶宏景 (456-536) : 376

Terre pure (école bouddhique ; sanscrit *Sukhâvatî* ; chinois *jingtu* 淨土 ; japonais *jôdo*) : 373, 377, 388 n. 2, 401, 402

Theravâda (sanscrit : Enseignement des anciens) : 355, 372 n. 32, 391 n. 28

Tiantai 天台 (école bouddhique ; japonais Tendai) : **396-398**, 399, 400-401, 411, 419 n. 11, 439, 447

Tibet : 356, 402-404, 420 n. 23 et 24, 527, 587 ; voir aussi tantrisme dans l'Index des notions

Tongcheng 桐城 (école de) : 618

Trois Dynasties (Xia, Shang, Zhou) : 47, 99, 163, 473, 490, 616

Trois Royaumes (*sanguo* 三國, 220-265) : 325, 546

Trois traités (école des, *sanlun zong* 三論宗) : voir Mâdhyamika et Trois traités dans l'Index des oeuvres

Turbans jaunes : 317, 324 n. 67

Tusita (paradis de Maitreya) : 366, 382

Ullambana (fête des morts) : 405

Vairocana (Mahâvairocana, Bouddha du Soleil) : 401, 404

Vajrayâna (sanscrit : Véhicule du diamant-foudre) : voir tantrisme dans l'Index des notions

Vasubandhu (IVe-Ve siècle) : 384

Vijnânavâda (sanscrit) : Voie de la faculté cognitive) : 384-387

Vimalakîrti : 383, 405

Wang Anshi 王安石 (1021-1086) : 430-431, 433, 449, 462-463 n. 12, 469-470, 517, 522 n. 16, 568

Wang Bi 王弼 (226-249) : 210 n. 7, 284, 312, 327, **328-337**, 338-342, 343 n. 6, 8 et 9, 344 n. 12 et 16, 345 n. 27, 362, 447, 451, 471, 476, 478, 513

Wang Chong 王充 (27-env.100) : 217, 255, 276, **312-315**, 323 n. 54 et 55, 326, 390 n. 15

Wang Fu 王符 (env. 85-165) : 316, 324 n. 64

Wang Fuzhi 王夫之 (1619-1692) : 567, 573, **574-584**, 603 n. 24, 607 n. 76, 625, 630, 631, 633, 639 n. 51

Wang Gen 王艮 (1483-1541) : 545, 559 n. 45

Wang Ji 王畿 (1498-1583) : 537-538, 552, 558 n. 28

Wang Mang 王莽 (r. 9-23) : 293, 308, 309, 315, 321 n. 32, 612, 621, 636 n. 32

Wang Meng 王濛 (env. 309-347) : 363

Wang Mingsheng 王鳴盛 (1722-1798) : 599

Wang Niansun 王念孫 (1744-1832) : 599

Wang Tao 王韜 (1828-1897) : 619, 636 n. 25

Wang Tingxiang 王廷相 (1474-1544) : 542-543

Wang Wei 王維 (699-759) : 407, 413

Wang Xizhi 王羲之 (env. 307-365) : 363

Wang Yangming 王陽明 (Wang Shouren 王守仁, 1472-1529) : 519, **530-541**, 542-552, 557 n. 13 à 15, 567, 569, 572, 575, 579, 594, 598, 600

Index des noms propres

Wang Yinglin 王應麟 (1223-1296) : 606 n. 67

Wang Yinzhi 王引之 (1766-1834) : 599

Wei 魏 (dynastie, 220-265) : 325-328

Wei du Nord (Bei Wei 北魏 ou Tuoba Wei 拓跋魏, dynastie, 386-534) : 370 n. 21, 376, 381-383

Wei Boyang 魏伯陽 (IIe siècle apr. J.-C.) : 342

Wei Yuan 魏源 (1794-1856) : 615-618, 634 n. 6, 635 n. 17 et 20

Wei Zhongxian 魏忠賢 (1568-1627) : 553, 567, 609

Wen 文 (roi, fondateur des Zhou) : 47-48, 57, 85, 236, 257, 271, 416, 473, 491 n. 13

Wu 吳 (royaume) : 325 ; voir aussi Trois Royaumes

Wu 武 (roi des Zhou) : 47-48, 57, 166, 236, 295, 416

Wu 武 (empereur Han, r. 140-87) : 295, 297, 302-303, 317, 320 n. 25, 322 n. 46

Wu 武 (fondateur de la dynastie Liang 梁, r. 502-549) : 368, 376, 380-381, 390 n. 17, 391 n. 24

Wu Cheng 吳澄 (1249-1333) : 528, 556 n. 3

Wu Yubi 吳與弼 (1392-1469) : 529-530, 556 n. 9

Wu Zhao 武照 (Wu Zetian 武則天, impératrice, r. 690-705) : 399-401, 419 n. 13

Xi Kang 嵇康 (223-262) : 326-327, 343 n. 2

Xia 夏 (dynastie, IIe millénaire av. J.-C.) : 47, 56, 59 n. 2, 85

Xiang Xiu 向秀 (env. 223-env. 300) : 345 n. 30, 370 n. 14

Xie An 謝安 (320-385) : 363, 371 n. 26

Xin 新 (dynastie, 9-23) : voir Wang Mang 王莽

Xiong Shili 熊十力 (1885-1968) : 644, 646 n. 7

Xiongnu 匈奴 (Huns ?) : 359, 365

Xu Gan 徐幹 (170-217) : 316, 324 n. 64

Xu Guangqi 徐光啟 (1562-1633) : 554, 561 n. 69

Xu Heng 許衡 (1209-1281) : 528

Xu Shen 許慎 (env. 55-env. 149) : voir *Shuowen jiezi* dans l'Index des œuvres

Xu Xun 許詢 (IVe siècle apr. J.-C.) : 363

Xuanzang 玄奘 (602-664) : 383-388, 391 n. 24, 25, 31 et 32, 393, 399, 419 n. 13

Xue Xuan 薛瑄 (1389-1464) : 542

Xun Ji 荀濟 (mort 547 apr. J.-C.) : 380-381

Xunzi 荀子 (Maître Xun, 1re moitié du IIIe siècle av. J.-C.) : 89, 114, 144, 155, 159, 185, 188, **212-233**, 234-235, 239, 244, 251, 285, 300, 306, 313, 416, 430, 455, 457, 470, 473, 479, 505, 507, 513, 517, 595, 597, 620, 630

Yan 燕 (pays) : 118, 231 n. 3, 251-252

Yan Fotiao 嚴浮調 (fin du IIe siècle apr. J.-C.) : 357, 369 n. 12

Yan Fu 嚴復 (1853-1921) : 619-621, 626, 630, 633, 636 n. 26, 638 n. 47

Yan Hui 顏回 (disciple de Confucius) : 73, 136, 370

n. 21, 446, 459, 474, 484, 492 n. 15, 613
Yan Ruoqu 閻若璩 (1636-1704) : 524 n. 45, 591
Yan Yuan 顏元 (1635-1704) : **584-587**, 589, 600, 605 n. 54, 56 et 59
Yang Guangxian 楊光先 (1596-1670) : 578
Yang Shen 楊慎 (1488-1559) : 548
Yang Xiong 揚雄 (53 av. J.-C.-18 apr. J.-C.) : 310-312, 323 n. 48 à 50, 327, 416, 436
Yang Zhu 楊朱 (Yangzi 楊子, Maître Yang, IVe siècle av. J.-C. ?) : 168-169, 250, 265 n. 3, 429
Yangzhou 揚州 (localité) : 590, 631
Yangzijiang 揚子江 : voir fleuve Bleu
Yao 堯 (souverain mythique) : 60 n. 12, 69, 85, 141 n. 30, 163, 165, 167, 175, 236, 261, 416, 432, 446, 463 n. 19, 473, 496, 600 ; voir aussi Shun 舜
Ye Shi 葉適 (1150-1223) : 517
Yijing 義淨 (635-713) : 393
Yin Haiguang 殷海光 (1919-1969) : 643
Yogâcâra (école bouddhique) : 383-388, 391 n. 30, 409 ; voir aussi Faxiang
Yu 禹 (le Grand, fondateur des Xia) : 56, 85, 167, 169, 216, 257, 416, 473, 509, 600
Yuan 元 (dynastie mongole, 1260-1368) : 526 n. 81, 527-529, 544, 555-556 n. 3, 571, 587, 589
Yungang 雲崗 : 382, 390 n. 21, 402, 496

Zengzi 曾子 (Maître Zeng, disciple de Confucius, env. 505-436 av. J.-C. ?) : 70, 72, 151, 160, 161, 474
Zhan Ruoshui 湛若水 (1466-1560) : 530
Zhang Binglin 章炳麟 (Zhang Taiyan 章太炎, 1869-1935) : 604 n. 26, **629-631**, 633, 639 n. 51, 641
Zhang Daoling 張道陵 (fin du IIe siècle apr. J.-C.) : 317
Zhang Heng 張衡 (78-139) : 312
Zhang Jue 張角 (fin du IIe siècle apr. J.-C.) : 317
Zhang Juzheng 張居正 (1525-1582) : 551, 560 n. 62
Zhang Shi 張栻 (1133-1180) : 449, 498
Zhang Xuecheng 章學誠 (1738-1801) : 599-600, 607 n. 85, 629
Zhang Zai 張載 (1020-1078) : 91 n. 9, **448-461**, 465 n. 59, 466 n. 60, 467 n. 78, 468 n. 98 et 100, 469, 473-487 *passim*, 495, 499, 505, 507, 532, 542, 552, 561 n. 66, **576-581**, 595
Zhang Zhidong 張之洞 (1837-1909) : 618
Zhanran 湛然 (711-782) : 397
Zhejiang 浙江 (province) : 497, 461 n. 3, 498, 534, 567, 630
Zheng 鄭 (pays) : 240
Zheng Xianzhi 鄭鮮之 (363-427) : 380
Zheng Xuan 鄭玄 (127-200) : 91 n. 10, 316, 622, 636 n. 32
Zhi Dun 支遁 (Zhi Daolin 支道林, 314-366) : 363, 402
Zhiyi 智顗 (538-597) : 396-397, 399, 419 n. 8
Zhong Hui 鍾會 (225-264) : 326, 328
Zhongchang Tong 仲長統 (180 apr. J.-C.- ?) : 316
Zhou 周 (dynastie, XIe siècle-

Index des noms propres

256 av. J.-C.) : **47-58**, 59 n. 3, 62-63, 78-79, 85-86, 90 n. 7, 91 n. 23, 94-96, 99, 115, 143, 166-167, 185 n. 6, 189, 214-215, 238, 249 n. 27, 250, 252, 257, 263, 266 n. 20, 269, 288 n. 29, 307, 416, 427, 429, 431, 450, 613
– Zhou (duc de, Zhougong 周公) : 48, 85, 271, 378, 416, 601, 622

Zhou 周 (dynastie fondée par Wu Zhao, 690-705) : 399

Zhou Dunyi 周敦頤 (1017-1073) : 284, 433, **441-448**, 449-451, 456, 460, 464 n. 39, 469, 475, 484, 486, 489, 495-496, 499-503

Zhouxin 紂辛 (dernier souverain des Shang) : 48, 166

Zhu Hong 袾宏 (1535-1615) : 545, 559 n. 44

Zhu Xi 朱熹 (1130-1200) : 87, 432, 434, 441, 443, 449, 454, 465 n. 58, 467 n. 89, 475, 479, 489, 492 n. 16, **495-526**, 527-552 *passim*, 557 n. 14 et 17, 572, 577, 579, 589, 594-598, 643

Zhu Yuanzhang 朱元璋 (fondateur des Ming, nom de règne Hongwu 洪武, r. 1368-1398) : 528, 602 n. 10

Zhuang Cunyu 莊存與 (1719-1788) : 611

Zhuangzi 莊子 (Maître Zhuang, env. 370-300) : 38, **113-142**, 144, 146, 150-151, 159, 162-163, 169, 173, 181, 185, 187 n. 18, 188, 203-204, 218, 230, 232 n. 16, 244, 246, 249 n. 30, 252, 333, 337-338, 340, 370 n. 16, 379, 417, 429, 438, 471-472, 513-514, 597

Zichan 子產 (VIe siècle av. J.-C.) : 240

Zisi 子思 (petit-fils de Confucius, env. 485-420 ?) : 160-161, 181, 235, 474

Zongmi 宗密 (780-841) : 400, 408, 419 n. 14, 422 n. 35, 423 n. 51

Zou Yan 鄒衍 (1re moitié du IIIe siècle av. J.-C.) : 251-252, 256, 259

Index des œuvres

Abhidharma (sanscrit : analyse de la Loi) : 356
Abhidharma-kosa (*Trésor de la scolastique*) : 384
Annales de la falaise verte (*Biyan lu* 碧巖錄) : 423 n. 46
Annales des Printemps et Automnes : voir *Printemps et Automnes*
Apocryphes (textes de pronostication et de trame, *chenwei* 讖緯) : 308, 342, 420 n. 15, 610, 613, 629, 637 n. 34

Baihei lun 白黑論 (*Traité de Blanc et Noir*) : 377, 390 n. 13, 558 n. 39
Baopuzi 抱樸子 (*Le Maître qui embrasse la simplicité*) : 342, 346 n. 49
Beixi ziyi 北溪字義 (*Signification des termes selon le Maître de Beixi*) : 524 n. 51, 594
Bible : 173, 178-179

Cangshu 藏書 (*Livre à cacher*) : 560 n. 48
Canon :
 – confucéen : voir Classiques
 – bouddhique : voir *Tripitaka*
 – moïste : voir *Mojing*
 – taoïste : voir *Daozang*
Chu sanzang jiji 出三藏記集 (*Collection de notes concernant la traduction du Tripitaka*) : 389 n. 10, 418 n. 1
Chuci 楚辭 (*Élégies de Chu*) : 140 n. 7
Chunqiu 春秋 : voir *Printemps et Automnes*
Chunqiu fanlu 春秋繁露 (*Profusion de rosée sur les Printemps et Automnes*) : 320 n. 28, 321 n. 30-31
Chunqiu zhengci 春秋正辭 (*Rectification des termes dans les Printemps et Automnes*) : 611
Classiques *jing* 經 : 32, 34, 84-89, 88, 92 n. 29, 93 n. 36, 99, 270-272, 295, 304, 306-310, 317, 318 n. 3, 366, 448, 462 n. 4, 474, 497-498, 520, 527, 529, 546, 551, 566, 575, 590, 592, 598, 600, 610-617, 621-633, 634 n. 1, 642
 – Cinq Classiques (*wujing* 五經) : 87, 92 n. 32, 268, 271, 303, 322 n. 46, 376, 394, 421 n. 10, 590
 – Six Classiques (*liujing* 六經) : 85-87, 92 n. 32, 320 n. 26, 497, 572, 585, 600
 – Treize Classiques (*shisanjing* 十三經) : 87, 608 n. 89
Commentaire de Zuo : voir *Zuozhuan*

Dacheng qixin lun 大乘起信論 (sanscrit *Mahâyânasraddhotpâda-sâstra*, *Traité de l'éveil de la foi dans le Mahâyâna*) : 400, 420 n. 15

Da Tang xiyu ji 大唐西域記 (*Récit sur les contrées à l'ouest du grand empire Tang*) : 388

Datong shu 大同書 (*Livre de la Grande Unité*) : 626, 638 n. 39

Daodejing 道德經 (*Livre de la Voie et de sa Vertu*) : voir *Laozi*

Daozang 道藏 (*Canon taoïste*) : 345 n. 48, 434

Daxue 大學 : voir *Grande Étude*

Diagramme du Fleuve (*Hetu* 河圖) : 263-264 ; voir aussi *Écrit de la Luo*

Diagramme antérieur au Ciel (*Xiantian tu* 先天圖) / *Diagramme postérieur au Ciel* (*Houtian tu* 後天圖) : 273

Dix Ailes (commentaires sur les *Mutations*) : 271-272, 287 n. 11, 288 n. 27, 462 n. 10

Documents (*Shu* 書) : 42, 44 n. 16, 60 n. 12, 85, 87, 92 n. 30, 96, 165, 255, 261, 266 n. 20 et 29, 268, 271, 309, 320 n. 26, 322 n. 46, 463 n. 12, 464 n. 19, 491 n. 4, 492 n. 33, 509, 521 n. 9, 573, 590-591, 603 n. 21, 606 n. 68-69, 622

Écrit de la Luo (*Luoshu* 洛書) : 263-264

Entretiens (de Confucius, *Lunyu* 論語) : 43 n. 3, 63-87, 90 n. 3, 95, 97, 123, 161-164, 185 n. 3, 186 n. 10, 187 n. 21, 190, 209 n. 5, 211 n. 14, 213, 230, 247 n. 2, 310, 323 n. 59, 328, 344 n. 16, 423 n. 49, 446, 459-461, 463 n. 16, 466 n. 60, 467 n. 80, 84 et 90, 468 n. 95, 473, 476-477, 491 n. 4 et 13, 492 n. 21 et 23, 493 n. 43, 497, 519, 522 n. 17, 523 n. 35 et 38, 524 n. 45, 559 n. 43, 572, 603 n. 19, 604 n. 40, 607 n. 87, 634 n. 11, 636 n. 27, 637 n. 38

Fangyan 方言 (*Répertoire d'expressions dialectales*) : 310, 323 n. 47

Fayan 法言 (*Propos modèles*) : 310

Fenshu 焚書 (*Livre à brûler*) : 559-560 n. 48 et 52

Fengfa yao 奉法要 (*Points essentiels du Dharma*) : 363

Fengsu tongyi 風俗通義 (*Somme des us et coutumes*) : 318 n. 2 et 5

Fuxing shu 復性書 (*Livre sur le retour à la nature foncière*) : 416-417, 423 n. 52 et 53

Gaoseng zhuan 高僧傳 (*Biographies des moines éminents*) : 369 n. 12

Gongsun Longzi 公孫龍子 : 141 n. 47, 145, 147, 155, 157 n. 8

Grand Commentaire (aux *Mutations*, *Dazhuan* 大傳 ou *Xici* 繫辭) : 254, 272-276, 284-285, 287 n. 10 et 13, 288 n. 19, 331, 334-335, 344 n. 11 et 23, 370 n. 15, 434, 438, 443, 450, 452, 456, 462 n. 10, 464 n. 20, 465 n. 43 et 46, 466 n. 63 et 72, 467 n. 83 et 84, 477, 523 n. 20, 604 n. 45

Grande Étude (*Daxue* 大學) : 72-73, 181, 187 n. 22, 286, 289 n. 50, 417, 480, 492 n. 31,

Index des œuvres 691

497, 516, 521 n. 6, 525 n. 65 et 67, 531, 535, 550, 557 n. 14, 558 n. 31, 632
Grande Somme sur les Quatre Livres (*Sishu daquan* 四書大全) : 528, 604 n. 36
Gushi bian 古史辨 (*Critiques sur l'histoire ancienne*) : 600
Guwen Shangshu kao 古文尚書考 (*Analyse des documents en écriture ancienne*) : 591
Guang hongming ji 廣弘明集 (complément au *Hongming ji*) : 390 n. 18
Guanzi 管子 : 186 n. 16, 234, 246, 247 n. 2, 248 n. 15

Haiguo tuzhi 海國圖志 (*Mémoire illustré sur les pays d'outre-mer*) : 617, 635 n. 20
Han Feizi 韓非子 : 89, 156, 158 n. 26, 198, 212-213, 234, 236, 240-241, **244-246**, 249 n. 30 et 35, 276, 288 n. 23, 296, 319 n. 11
Han shu 漢書 (*Annales des Han antérieurs*) : 318 n. 2 et 4, 319 n. 10, 320 n. 25 et 26, 321 n. 29 et 37, 322 n. 46, 323 n. 48 et 54
Heguanzi 鶡冠子 (*Le Maître à la coiffe de faisan*) : 265 n. 10
Hongfan 洪範 (« Grand Plan », chapitre des *Documents*) : 44 n. 16, 255, 266 n. 20
Hongming ji 弘明集 (*Recueil destiné à propager et éclairer la Loi bouddhique*) : 389 n. 10, 390 n. 13, 16 et 18
Huainanzi 淮南子 (*Le Maître de Huainan*) : 282, 289 n. 42, 295, 297, **298-300**, 318 n. 5 et 7, 319 n. 12 à 21
Huang Qing jingjie 皇清經解 (*Exégèses sur les Classiques de la dynastie Qing*) : 606 n. 69, 608 n. 89, 634 n. 7
Huangdi neijing 黃帝內經 (*Canon interne de l'Empereur jaune*) : 302, 320 n. 24
Huangji jingshi shu 皇極經世書 (*Traversée des siècles de l'Auguste Faîte*) : 434, 436, 463 n. 19
Huangshu 黃書 (*Livre jaune*) : 583, 631, 633

Invariable Milieu (*Zhongyong* 中庸) : 91 n. 13 et 16, 92 n. 28, 181, 286, 289 n. 50, 417, 423 n. 52, 444, 461, 475, 482, 491 n. 4, 492 n. 15, 497, 518, 523 n. 27 et 36, 524 n. 60, 525 n. 62, 526 n. 74, 550, 557 n. 23, 558 n. 33, 559 n. 43

Jingshi bao 經世報 (*Journal de l'organisation du monde actuel*) : 629
Jinsi lu 近思錄 (*Réflexions sur ce qui nous touche de près*) : 495, 499, 522 n. 17, 556 n. 5

Kaoxin lu 考信錄 (*Notes pour une lecture critique et véridique*) : 600
Kongzi gaizhi kao 孔子改制考 (*Étude critique de Confucius comme réformateur des institutions*) : 622, 636 n. 33, 637 n. 34
Kunxue ji 困學記 (*Notes sur les peines de l'étude*) de Gao Panlong : 552, 561 n. 76
Kunxue ji 困學記 (*Notes sur les peines de l'étude*) de Hu Zhi : 545, 559 n. 43
Kunzhi ji 困知記 (*Notes sur la connaissance durement acquise*) de Luo Qinshun : 543, 558 n. 36, 559 n. 43

Laozi 老子 (ou *Daodejing* 道德經, *Livre de la Voie et de sa Vertu*) : 40, 42, 44 n. 14 et 17, 92 n. 26, 113-116, 125, 139 n. 2, 151, 169, 186 n.14 et 17, **188-211**, 212, 218, 226, 245-246, 249 n. 31, 250, 254, 275, 281, 288 n. 21, 289 n. 40, 296-297, 311, 317, 318 n. 4, 319 n. 20, 327-341, 343 n. 6, 7 et 9, 344 n. 16, 345 n. 27, 362, 366, 370 n. 19, 375, 377, 394, 429, 434, 442, 443, 451, 456, 461, 467 n. 84, 502, 503, 509, 597

Liezi 列子 : 114, 168, 211 n. 21, 344 n. 10 et 18, 394

Liji 禮記 : voir *Rites*

Lixue ziyi tongshi 理學字義通釋 (*Explication générale du sens des termes de l'école du principe*) : 631

Livre des Documents : voir *Documents*

Livre de la Grande Paix : voir *Taipingjing*

Livre de la Musique : voir *Musique*

Livre des Mutations : voir *Mutations*

Livre des Odes : voir *Odes*

Livre de la piété filiale : voir *Xiaojing*

Livre de la Voie et de sa Vertu : voir *Laozi*

Livre du prince Shang : voir *Shangjun shu*

Lun fogu biao 論佛骨表 (*Mémoire concernant la relique du Bouddha*) : 415, 423 n. 49

Lun fojiao biao 論佛教表 (*Mémoire sur le bouddhisme*) : 380-381

Lunheng 論衡 (*Essais critiques*) : 266 n. 19, 288 n. 26, 312-315, 323 n. 55

Lunlixue jiaokeshu 倫理學教科書 (*Manuel d'éthique*) : 632

Lüshi Chunqiu 呂氏春秋 : voir *Printemps et Automnes du sieur Lü*

Mahâyâna-samgraha (*Compendium du Mahâyâna*) : 384, 391 n. 32

Mémoires historiques (*Shiji* 史記) : 89 n. 2, 93 n. 35, 109 n. 2, 114, 140 n. 6, 185 n. 1 et 5, 189, 209 n. 5, 231 n. 2, 249 n. 27 et 30, 251, 253, 260, 265 n. 8, 266 n. 24, 287 n. 9, 289 n. 38, 294, 296, 318 n. 8, 320 n. 25

Mengzi 孟子 : 89, 109 n. 12, **159-187**, 212, 230, 266 n. 30, 321 n. 36, 461, 465 n. 52 à 54, 466 n. 60, 467 n. 77, 79 et 88, 468 n. 98 et 99, 491 n. 12, 492 n. 27, 493 n. 57 et 58, 494 n. 60 et 62, 497, 523 n. 32, 35, 40 et 42, 524 n. 53, 557 n. 17, 558 n. 29, **592-594**, 602 n. 10, 604 n. 41 et 44, 607 n. 75, 76 et 78, 638 n. 41

Mengzi ziyi shuzheng 孟子字義疏証 (*Commentaire critique du sens des termes dans le Mengzi*) : 594-595, 607 n. 75 et 79

Minbao 民報 (*Journal du peuple*) : 631, 633

Ming shi 明史 (*Histoire des Ming*) : 569, 588

Mingru xue'an 明儒學案 (*Les Écoles de lettrés des Ming*) : 558 n. 34, 559 n. 41, 561 n. 67, 569-570

Mingyi daifanglu 明夷待訪錄 (*Le Plan pour le prince*) : 568, 572, 602 n. 8, 633

Index des œuvres

Mouzi lihuo lun 牟子理惑論 (*Comment Maître Mou lève nos doutes*) : 357

Mojing 墨經 (*Canon moïste*) : 97, 145, 152-153, 155, 157 n. 5 à 7, 186 n. 8, 227

Mozi 墨子 : 89, **94-109**, 140 n. 9, 145, 222, 226

Musique (*Yue* 樂) : 86, 87, 92 n. 32, 320 n. 26, 606 n. 73, 622

Mutations (*Yijing* 易經 ou *Zhouyi* 周易) : 40-41, 49, 86, 198, 216, 254, 264, **268-289**, 310-311, 320 n. 26, 327-336, 342, 343 n. 6 et 8, 344 n. 11 et 24, 345 n. 27, 345-346 n. 48, 358, 362
– dans le néoconfucianisme : 417, 430, 432-437, 441-445, 448-454, 461, 464 n. 23 et 34, 465 n. 40, 43 et 60, 470, 484-487, 491 n. 6, 493 n. 45, 496, 500-501, 523 n. 20, 544, 550, 581, 602 n. 8, 619, 622

Odes (*Shi* 詩) : 66, 74, 84-87, 90 n. 8, 92 n. 31, 96, 254, 268, 271, 320 n. 26, 463 n. 12, 523 n. 27, 616, 622

Prajnâ-pâramitâ (sanscrit : Perfection de la sagesse) : 362, 366-367, 374

Printemps et Automnes (*Chunqiu* 春秋) : 58, **86-87**, 89 n. 2, 268, 271, 306-307, 309, 320 n. 26, 321 n. 39, 575, 600, **610-615**, 622, 627, 629, 638 n. 39 et 44

Printemps et Automnes du sieur Lü (*Lüshi Chunqiu* 呂氏春秋) : 194, 250, 264-265 n. 2, 266 n. 22 et 26, 275, 318 n. 7

Qingyi bao 清議報 (*Journal des jugements purs*) : 629

Qiushu 訄書 (*Livre de raillerie*) : 630

Quatre Livres (*Sishu* 四書) : 87, 497, 520, 523 n. 36, 525 n. 67, 528, 566, 585, 590, 604 n. 36 et 40

Rangshu 攘書 (*Livre du rejet*) : 631, 633

Renwu zhi 人物志 (*Traité des caractères*) : 326, 343 n. 1

Renxue 仁學 (*Étude sur l'humanité*) : 625, 637 n. 35 et 38

Rites (*Liji* 禮記) : 59 n. 4, 86-87, 91 n. 16 et 19, 92 n. 32, 187 n. 22, 232 n. 24, 240, 248 n. 17, 258, 266 n. 25, 268, 271, 289 n. 50, 302, 320 n. 26, 463 n. 12, 491 n. 5, 523 n. 42, 593, 606 n. 73, 622, 635-636 n. 22

Rizhilu 日知錄 (*Notes sur les connaissances acquises jour après jour*) : 556 n. 10, 571, 573, 603 n. 16

Shangjun shu 商君書 (*Livre du prince Shang*) : 234, 236, 240, 248 n. 4

Shangshu guwen shuzheng 尚書古文疏証 (*Commentaire critique des documents en écriture ancienne*) : 591, 606 n. 69

Shenzi 申子 de Shen Buhai : 234

Shenzi 慎子 de Shen Dao : 234, 248 n. 5

Shi(jing) 詩經 : voir *Odes*

Shiji 史記 : voir *Mémoires historiques*

Shisanjing zhushu 十三經注疏 (*Commentaires et sous-commentaires aux Treize Classiques*) : 608 n. 89

Shishuo xinyu 世説新語 *(Nouveau Recueil de propos mondains)* : 327, 343 n. 3, 363, 371 n. 26

Shiwu bao 時務報 *(The China Progress)* : 624, 629

Shu(jing) 書經 : voir *Documents*

Shuogua 説卦 *(Explication des figures)* : 271, 273, 288 n. 27, 370 n. 15, 464 n. 34, 465 n. 43, 467 n. 73 et 82, 491 n. 8

Shuo qun 説群 *(De la communauté)* : 627, 638 n. 43

Shuowen jiezi 説文解字 *(Dictionnaire étymologique)* : 310, 323 n. 47, 573

Siben lun 四本論 *(Les Quatre Fondements)* : 326

Siku quanshu 四庫全書 *(Collection complète des œuvres écrites réparties en quatre magasins)* : 588-589, 594

Sishu 四書 : voir *Quatre Livres*

Song Yuan xue'an 宋元學案 *(Les Écoles de lettrés des Song et des Yuan)* : 462 n. 5, 526 n. 73, 569

Sun Bin bingfa 孫臏兵法 *(L'Art de la guerre selon Sun Bin)* : 211 n. 13

Sunzi bingfa 孫子兵法 *(L'Art de la guerre selon Maître Sun)* : 162, 192, 210 n. 13

Sûtra du Cœur (sanscrit *Prajnâpâramitâ-hrdaya-sûtra* ; chinois *Xin jing* 心經) : 371 n. 24

Sûtra sur la conversion des barbares (*Huahu jing* 化胡經) : 361

Sûtra de la descente à l'île de Lankâ ou Ceylan (sanscrit *Lankâvatâra-sûtra* ; chinois *Ru Lengjia jing* 入楞伽經) : 407, 421 n. 29

Sûtra du Diamant (sanscrit *Vajracchedikâ-prajnâ-pâramitâ-sûtra* ; chinois *Jingang jing* 金剛經) : 371 n. 24, 400, 405, 407, 421 n. 30, 546

Sûtra de l'Estrade du Sixième Patriarche (*Liuzu tanjing* 六祖壇經) : 408, 421 n. 33

Sûtra du Grand Nuage (sanscrit *Mahâmegha-sûtra* ; chinois *Dayun jing* 大雲經) : 399

Sûtra du Grand Soleil (sanscrit *Mahâvairocana-sûtra* ; chinois *Dari jing* 大日經) : 404

Sûtra de la Guirlande (sanscrit *Avatamsaka-sûtra* ; chinois *Huayan jing* 華嚴經) : 397, 399-401, 419 n. 13, 478

Sûtra de l'inspiration-expiration (sanscrit *Anâpâna-sûtra* ; chinois *Anban shouyi jing* 安般守意經) : 360-361, 370 n. 19

Sûtra du Lotus (sanscrit *Saddharma-pundarîka-sûtra* ; chinois *Miaofa lianhua jing* 妙法蓮華經) : 373, 388 n. 4, 397, 400, 402, 419 n. 9 et 12

Sûtra du Nirvâna (sanscrit *Nirvâna-sûtra* ; chinois *Niepan jing* 涅槃經) : 368, 397, 400

Sûtra de la Perfection de la sagesse en 8 000 lignes (*Astasâhasrikâ-prajnâpâra-mitâ-sûtra*) : 371 n. 24

Sûtra de la Perfection de la sagesse en 25 000 lignes (*Pancavimsati-sâhasrikâ-prajnâpâramitâ-sûtra*) : 388 n. 3

Sûtra en 42 sections (*Sishi'er*

Index des œuvres

zhang jing 四十二章經) : 357, 369 n. 10

Sûtra de la Terre pure (sanscrit *Sukhâvatî-vyûha*) ou *Sûtra d'Amitâbha* (chinois *Amituo jing* 阿彌陀經) : 373, 402, 420 n. 18

Sûtra de la tête du Diamant (sanscrit *Vajrasekhara-sûtra*; chinois *Jingangding jing* 金剛頂經) : 403

Sûtra de Vimalakîrti (sanscrit *Vimalakîrti-nirdesa*; chinois *Weimojie jing* 維摩詰經) : 373, 400

Sûtra de la visualisation de l'infinie longévité (*Guan wuliangshou jing* 觀無量壽經) : 372 n. 33

Taijitu shuo 太極圖説 (*Explication du Diagramme du Faîte suprême*) : **441-442**, 465 n. 43, 475, 499, 502, 523 n. 20

Taipingjing 太平經 (*Livre de la Grande Paix*) : 211 n. 24, 317

Taishô shinshû Daizôkyô 大正新修大藏經 (*Nouvelle Compilation du Canon bouddhique de l'ère Taishô*) : 418 n. 6

Taixuanjing 太玄經 (*Livre du Mystère suprême*) : 310-311, 436

Tongdian 通典 (*Somme des textes canoniques*) : 433

Tongshu 通書 (*Livre qui permet de comprendre les Mutations*) : 433, 441-448

Tongzhi 通志 (*Traité général*) : 433

Traité des Rites : voir *Rites*

Tripitaka (sanscrit : *Trois Corbeilles*, chinois *Sanzang* 三藏) : 355-356, 366, 373, 403, 418 n. 1 et 6

Trois traités (du Mâdhyamika) : 373-374

Vinaya (sanscrit : *discipline monastique*; chinois *lü* 律) : 353, 356, 365-367, 400, 404

Wujing daquan 五經大全 (*Grande Somme sur les Cinq Classiques*) : 528

Wujing zhengyi 五經正義 (*Sens correct des Cinq Classiques*) : 394

Wenshi tongyi 文史通義 (*Principes généraux de littérature et d'histoire*) : 600, 607 n. 82

Wenxian tongkao 文獻通考 (*Examen général des documents littéraires*) : 433

Wenxin diaolong 文心彫龍 (*L'Esprit littéraire et la Gravure des dragons*) : 93 n. 37

Wenyan 文言 (*Commentaire sur les mots du texte*) : 271, 272, 464 n. 23

Xiangxue xinbao 湘學新報 (*Nouveau Journal du Hunan*) : 625

Xiaojing 孝經 (*Livre de la piété filiale*) : 321 n. 33, 377

Xici 繫辭 (*Sentences attachées*) : voir *Grand Commentaire*

Xinmin shuo 新民説 (*De la nouvelle citoyenneté*) : 628

Xin qingnian 新青年 (*La Nouvelle Jeunesse*) : 643

Xinshu 新書 (*Le Livre nouveau*) : 305

Xinxue weijing kao 新學偽經考 (*Étude critique des faux Classiques établis par les érudits de la dynastie Xin*) : 621-622, 636 n. 32 et 33

Xinyu 新語 (*Nouveaux Propos*) : 319 n. 9

Xingli daquan 性理大全 (*Grande Somme sur la nature et le principe*) : 528, 556 n. 5

Xingli jingyi 性理精義 (*Idées essentielles sur la nature et le principe*) : 556 n. 5

Xugua 序卦 (*Séquence des figures*) : 273

Xunzi 荀子 : 155, **212-233**, 245, 248 n. 8, 271, 295

Yi(jing) 易經 : voir *Mutations*

Yi Xia lun 夷夏論 (*Traité sur les Barbares et les Chinois*) : 376

Yongle dadian 永樂大典 (*Grande Collection de l'ère Yongle*) : 588

Yuandao 原道 (*L'Origine du Dao*) : 416, 423 n. 51

Yuanshan 原善 (*L'Origine du bien*) : 593, 606 n. 73

Yue 樂 : voir *Musique*

Yueling 月令 (« Commandements mensuels », chapitre des *Documents*) : 258-259, 302

Zagua 雜卦 (*Mélange de figures*) : 273

Zhaolun 肇論 : 389 n. 5

Zhengmeng 正蒙 (*L'Initiation correcte*) : 449, 452, 456, 459, 465-466 n. 60, 467 n. 78 et 81, 491 n. 6, 561 n. 66, 576, 581

Zhiwu lun 指物論 (« De la désignation des choses », chapitre du *Gongsun Longzi*) : 155

Zhongyong 中庸 : voir *Invariable Milieu*

Zhouyi 周易 (*Mutations des Zhou*) : voir *Mutations*

Zhouyi cantongqi 周易參同契 (*La Triple Conformité selon le Livre des Mutations*) : 342

Zhuangzi 莊子 : 38, **113-142**, 151, 155-156, 169, 186 n. 13, 187 n. 18, 190, 195, 197, 199, 207-208, 209 n. 4, 212, 217, 250, 284, 287 n. 13, 294, 317, 318 n. 4, **327-341**, 345 n. 30, 36 et 46, 362-363, 366, 370 n. 14, 377, 394, **411-417**, 422 n. 44, 443, 461, 464 n. 31, 466 n. 68, 468 n. 101, 595

Zhuzi yulei 朱子語類 (*Recueil raisonné des propos de Maître Zhu*) : 465 n. 58, 521 n. 9, 523 n. 42, 558 n. 30

Zizhi tongjian 資治通鑑 (*Miroir complet à l'usage des gouvernants*) : 433, 525 n. 72, 583-584, 605 n. 50

Zuozhuan 左傳 (*Commentaire de Zuo*) : 89 n. 2, 265 n. 14, 287 n. 7, 288 n. 29, 309

Table

Avertissement, 17. – Abréviations, typographie, prononciation, 19. – Carte : la République populaire de Chine, 22-23. – Chronologie, 25.

Introduction 27

Chine, 27. – Histoire, 29. – Tradition, 31. – Pensée ou philosophie ?, 32. – Une pensée de plain-pied, 34. – Connaissance et action : Dao, 36. – Unité et continuité : souffle, 38. – Mutation, 39. – Relation et centralité, 41.

PREMIÈRE PARTIE
Les fondements antiques de la pensée chinoise
(IIe millénaire-ve siècle av. J.-C.)

1. La culture archaïque des Shang et des Zhou 47

La rationalité divinatoire, 49. – Le culte ancestral, 51. – Mutation rituelle de la conscience religieuse, 52. – Du « Souverain d'en haut » au « Ciel », 54. – Ordre et rite, 57.

2. Le pari de Confucius sur l'homme 61

Le « cas » Confucius, 62. – Le personnage, 63. – « À quinze ans, je résolus d'apprendre », 64. – Apprendre, c'est apprendre à être humain, 67. – Le sens de l'humain (*ren*), 68. – « Entre les Quatre Mers, tous les hommes sont frères », 71. – L'esprit rituel, 73. – La mission sacrée de l'homme de bien, 77. – Portrait du prince en homme de bien, 78. – Qu'est-ce que gouverner ?, 80. – « Rectifier les noms », 82. – La Voie confucéenne, 84. – Confucius et la formation des textes canoniques, 84

3. Le défi de Mozi à l'enseignement confucéen 94

Mozi, un artisan (de paix) ? 95. – Introduction de l'argumentation dans le *Mozi*, 97. – Critère d'utilité contre tradition rituelle, 99. – Amour universel contre sens de l'humain, 101. – L'intérêt général, 103. – « Se conformer à ses supérieurs », 105. – Le Ciel de Mozi, 106. – Moïstes contre confucéens, 107.

DEUXIÈME PARTIE
Libres échanges sous les Royaumes Combattants
(IVe-IIIe siècle av. J.-C.)

4. Zhuangzi à l'écoute du Dao 113

Le livre et le personnage, 114. – Relativité du langage, 116. – Les paradoxes de Hui Shi, 117. – L'oiseau géant et la grenouille, 119. – « C'est cela », « ce n'est pas cela », 121. – Comment connaître ? 122. – Oublier le discours, 123. – Comme un poisson dans le Dao, 126. – La main et l'esprit, 127. – Le spontané comme en un miroir, 129. – Rêve ou réalité, 131. – Homme ou Ciel, 132. – L'homme vrai, 134. – Préserver l'énergie essentielle, 136. – Suprême détachement, 137.

5. Discours et logique des Royaumes Combattants 143

L'enjeu du discours, 143. – Les logiciens, 144. – Conception instrumentale du langage, 146. – La théorie des « noms de masse », 147. – La conception nominaliste, 149. – « Cheval blanc n'est pas cheval », 152. – « De la désignation des choses », 155.

6. Mencius, héritier spirituel de Confucius 159

L'homme de bien face au prince, 160. – Le *Mengzi*, ouvrage polémique, 162. – La force de persuasion de « l'humain », 163. – Une moralité fondée en nature, 168. – Qu'est-ce que le vital ? 169. – Physiologie morale, 172. – Le cœur/esprit, 173. – Tout homme peut devenir un saint, 175. – Nature et destin, 176. – Qu'en est-il du mal ? 178. – L'humanité comme responsabilité, 179. – Centralité et authenticité, 180.

7. Le Dao du non-agir dans le *Laozi* 188

La légende, 188. – Le texte, 189. – Le non-agir, 190. – La métaphore de l'eau, 192. – Paradoxe, 194. – Amoralité du naturel, 196. – Valeur politique du non-agir, 198. – Retour au naturel, 200. – Retour à l'Origine, 202. – Le Dao, 203. – Du Dao aux dix mille êtres, 205. – Voie négative ou mystique ? 207.

8. Xunzi, héritier réaliste de Confucius 212

Portrait d'un confucéen à la fin d'un monde, 213. – L'homme face au Ciel, 215. – « La nature humaine est mauvaise », 218. – Nature et culture, 221. – Les rites, 224. – Noms et réalités, 227. – Le *Xunzi*, panorama des idées des Royaumes Combattants, 229.

9. Les légistes 234

Anthropologie légiste, 235. – La loi, 239. – La position de force, 241. – Les techniques, 242. – Le Dao totalitaire du *Han Feizi*, 244.

10. La pensée cosmologique 250

Pensées de la nature, 250. – Au commencement était le *qi*, 252. – Yin et Yang, 253. – Les Cinq Phases, 255. – Espace et temps cosmologiques, 258. – Le Palais des Lumières, 262.

11. Le *Livre des Mutations* 268

Origines divinatoires, 268. – Canonisation des Mutations, 270. – « Un Yin, un Yang, tel est le Dao », 273. – Les *Mutations* comme combinatoire figurative, 276. – Interprétation des *Mutations*, 278. – L'« infime amorce », 280. – « En amont des formes, en aval des formes », 282. – Sens de l'opportunité, 285.

TROISIÈME PARTIE
Aménagement de l'héritage
(IIIe siècle av. J.-C.-IVe siècle apr. J.-C.)

12. La vision holiste des Han 293

Le courant « Huang-Lao », 295. – Le *Huainanzi*, 298. – Cosmologie corrélative et pensée scientifique, 300. – Le culte de l'unité, 302. – Dong Zhongshu (env. 195-115), 304. – La bataille des Classiques, 306. – Yang Xiong (53 av. J.-C.-18 apr. J.-C.), 310. – Wang Chong (27-env. 100), 312. – Les Han postérieurs (25-220 apr. J.-C.), 315.

13. Le renouveau intellectuel des IIIe et IVe siècles .. 325

« Causeries pures » et « étude du Mystère », 326. – Wang Bi (226-249), 328. – Entre indifférencié et manifesté, 329. – Discours, image, sens, 331. – Entre indifférencié et principe structurant, 336. – Guo Xiang (env. 252-312), 337. – Tradition taoïste, 341.

QUATRIÈME PARTIE
Le grand bouleversement bouddhique
(Ier-Xe siècle)

14. Les débuts de l'aventure bouddhique en Chine (Ier- IVe siècle) 349

Les origines indiennes du bouddhisme, 349. – Les Quatre Sceaux de la Loi bouddhique, 352. – Évolution historique du bouddhisme indien, 355. – Le bouddhisme dans la Chine des Han, 356. – Bouddhisme du Nord et bouddhisme du Sud, 359. – *Dhyâna* et *Prajnâ*, 360. – Échanges intellectuels dans le bouddhisme du Sud, 362. – Bouddhisme et dynasties non chinoises du Nord, 365. – Quelques grands moines du IVe siècle : Dao'an, Huiyuan, Daosheng, 366.

15. La pensée chinoise à la croisée des chemins (V^e- VIe siècle) 373

Kumârajîva et l'école Mâdhyamika, 373. – Polémiques entre bouddhistes, confucianistes et taoïstes dans les dynasties du Sud, 376. – La controverse sur le corps et l'esprit, 378. – Le bouddhisme du Nord aux Ve et VIe siècles, 381. – Xuanzang et l'école Yogâcâra, 383.

16. La grande floraison des Tang (VIIe- IXe siècle) 393

Sinisation du bouddhisme sous les Tang, 395. – L'école Tiantai, 396. – L'école Huayan, 399. – L'école de la Terre pure, 402. – Le bouddhisme tantrique, 403. – Manifestations populaires du bouddhisme, 404. – L'école Chan, 406. – L'esprit du Chan, 408. – Les pratiques du Chan, 411. – Han Yu (768-824) et le « retour à l'antique », 414. – Li Ao (env. 772-836) et le « retour à la nature foncière », 416.

CINQUIÈME PARTIE
La pensée chinoise après l'assimilation du bouddhisme
(Xᵉ-XVIᵉ siècle)

17. La renaissance confucéenne au début des Song (Xᵉ- XIᵉ siècle) 427

Les grands hommes d'action des Song du Nord (960-1127), 429. – La renaissance confucéenne, 431. – La tradition des *Mutations* et le renouveau cosmologique, 432. – Shao Yong (1012-1077), 433. – Constitution et fonction, 435. – Figures et nombres, 436. – Connaissance du principe et « observation inversée », 437. – Zhou Dunyi (1017-1073), 441. – « Sans Faîte et pourtant Faîte suprême », 442. – « La sainteté n'est rien d'autre qu'authenticité », 444. – La question du mal, 445. – La sainteté peut-elle s'apprendre ? 446. – Un et multiple, 447. – Zhang Zai (1020-1078), 448. – « Tout se relie dans le Dao unique », 449. – *Qi* : vide et plein, 451. – Unité de l'énergie, unité de la nature, 454. – La quête de sainteté, 458.

18. La pensée des Song du Nord (XIᵉ siècle) entre culture et principe. 469

Les frères Su et les frères Cheng, 469. – Su Shi et le Dao de la culture, 470. – Les frères Cheng et l'« étude du Dao », 473. – Le *LI* comme principe, 475. – Le principe entre Un et multiple, 478. – « Examen des choses et extension de la connaissance », 480. – « Voir le Principe », 482. – À propos des *Mutations*, 484. – Principe et énergie, 487. – Principe et sens de l'humain, 488. – Quête de sainteté, 489.

19. La grande synthèse des Song du Sud (XIIᵉ siècle) 495

Zhu Xi (1130-1200) et Lu Xiangshan (1139-1193), 495. – De l'« étude » à la « transmission » du Dao, 498. – Le Faîte suprême, unité du principe et de l'énergie, 499. – « Faîte suprême » ou « Sans Faîte » ? 502. – L'esprit, unité du principe céleste et des désirs humains, 505. – « Esprit de Dao » et « esprit humain », 508. – L'unité de l'esprit selon Lu Xiangshan, 510. – Discipline mentale, 513. – « Examen des choses et extension de la connaissance », 515. – Gradualisme et subitisme, connaissance et action, 518.

20. Le recentrement sur l'esprit dans la pensée des Ming (XIVᵉ- XVIᵉ siècle) 527

L'héritage des Song du XIIIᵉ au XVᵉ siècle, 527. – Wang Yangming (1472-1529), 530. – « Il n'est pas de principe hors de l'esprit », 531. – La question du mal et la « connaissance morale innée », 535. – « Connaissance et action ne font qu'un », 539. – Les penseurs du *qi* au XVIᵉ siècle, 541. – « Les trois enseignements ne font qu'un », 543. – Iconoclasme et esprit critique, 545. – Liu Zongzhou (1578-1645), 548. – Vie et mort des académies privées à la fin des Ming, 551. – La Société du Renouveau et les jésuites, 553.

SIXIÈME PARTIE
Formation de la pensée moderne
(XVIIᵉ-XXᵉ siècle)

21. Esprit critique et approche empirique sous les Qing (XVIIᵉ- XVIIIᵉ siècle) 565

Huang Zongxi (1610-1695), 567. – Gu Yanwu (1613-1682), 570. – Wang Fuzhi (1619-1692), 574. – Unité de l'homme et du monde dans l'énergie vitale, 575. – Unité du principe céleste et des désirs humains, 579. – Pensée de la force, force de la pensée, 580. – Le sens de l'histoire, 582. – Yan Yuan (1635-1704), 584. – Les grands projets d'État au XVIIIᵉ siècle, 587. – Examen critique des Classiques et retour aux « études Han », 589. – Dai Zhen (1724-1777), 592. – Aux sources du *Mengzi*, 592. – De l'énergie au principe de distinction, 594. – Contre les pharisiens de la moralité et les dogmatiques de l'érudition, 597. – L'esprit critique à l'aube du XIXᵉ siècle, 599.

22. La pensée chinoise confrontée à l'Occident : l'époque moderne (fin XVIIIe-début XXe siècle)..... 609

La résurgence des « textes modernes » au tournant du XVIIIe-XIXe siècle, 609. – « Textes modernes » et réformisme, 612. – « Textes modernes » et légisme, 614. – Premiers conflits ouverts avec les puissances étrangères, 617. – Kang Youwei (1858-1927) et l'apogée du réformisme des « textes modernes », 620. – Liang Qichao (1873-1929) et Tan Sitong (1865-1898), 624. – L'esprit de réforme entre universalisme et nationalisme, 626. – L'« après-1898 » : la tradition classique entre réformisme et révolution, 628. – Zhang Binglin (1869-1935), 629. – Liu Shipei (1884-1919), 631.

Épilogue............................. 641

Bibliographie générale................. 647

Index des notions..................... 651

Index des noms propres................ 675

Index des œuvres..................... 689

RÉALISATION : PAO ÉDITIONS DU SEUIL
IMPRESSION : NORMANDIE ROTO IMPRESSION S.A.S À LONRAI
DÉPÔT LÉGAL : OCTOBRE 2014. N° 118230-8 (2001997)
IMPRIMÉ EN FRANCE